墨子

김학주 譯著

明文堂

머
리
말

　이 『묵자(墨子)』는 몇년 전 모 출판사에서 간행한 『세계사상대전집(世界思想大全集)』에 실렸던 선역본을 보충하고 교정하여 전체를 다시 번역한 것이다. 『묵자』의 완전한 번역본을 내는 것이 역자의 소망이지만, 그 본문 자체가 안고 있는, 아직 학계에서도 해결하지 못한 많은 문제들 때문에 그것은 거의 불가능한 일에 가까우나 최선을 다했다는 것을 아울러 밝힌다. 지금 전하는 『묵자』는 본시 71편으로 이루어져 있던 것이나, 그 중 완전히 없어져서 그 내용을 알 수 없는 것이 17편이나 된다. 그리고 현재 남아 있는 54편 중에도 앞뒤가 뒤섞이고 중간의 일부분이 빠졌기 때문에, 그 본문을 읽거나 이해할 수가 없는 곳이 허다하다. 여기에서 번역하지 않은 부분이란, 아주 비슷한 내용이 중복되는 곳이 일부분 들어있는 이외에는 거의 모두가 도저히 제대로 읽을 수가 없는 곳이다. 사실은 이곳에 번역해 놓은 중에도 자신있게 번역하지 못한 부분이 적지 않았다. 뒷날의 재검토와 더 많은 보충을 기약한다.

　『묵자』의 본문에 이토록 많은 문제가 있는 것은 사실이지만, 다행히도 그의 사상의 중심을 이루는 겸애(兼愛)와 절검(節儉), 비전(非戰) 및 종교사상(宗敎思想) 등이 쓰인 중요한 부분에는 혼란이 적은 편이다. 특히 앞머리 해제(解題)에서 서지적(書誌的)인 해설뿐만 아니라 그의 생애와 사상에 대하여도 상세히 쓰려고 노력한 것은 묵자에 대한 종합적인 이

해에 도움이 될 것으로 생각했기 때문이다. 또 각 편마다 그 편의 성격과 내용을 앞머리에 해설하고, 한 대목마다 그 대목의 내용을 종합하여 설명하였으니, 전체 문장의 뜻을 파악하는 데 도움이 될 것으로 믿는다.

번역문 뒤에 원문을 붙이고, 그 원문을 근거로 하여 거기에 나오는 까다로운 글자와 어구(語句)를 주석(注釋)한 것은, 역문뿐만이 아니라 원문까지도 아울러 읽는 분에게 도움이 될까해서이다. 원문이나 주해를 위한 대본으로는 타이완(臺灣)의 예문인서관(藝文印書館)에서 영인(影印)한 청(淸)대 손이양(孫詒讓)의 『묵자한고(墨子閒詁)』를 위주로 했다.

묵자는 중국 고대의 위대한 '사랑'의 철학자이며 '사랑'의 실천가였다. 이 책이 우리 동양의 선통사상을 이해하는 네 큰 도움을 주는 한편 메말라가는 현대인들의 가슴속에 다시 한번 '사랑'의 뜻을 깊이 심어주는 계기가 되기를 간절히 빈다. 끝으로 어려운 출판계 사정을 무릅쓰고 좋은 책들을 꾸준히 출판하는 명문당 김동구(金東求) 사장의 노고에 경의를 표한다.

金 學 主

차
례

묵자

일러두기

1. 번역의 원문(原文)은 청(淸)대 손이양(孫詒讓)의 『묵자한고(墨子閒詁)』를 사용하였으며, 문제가 되는 곳은 교정(校訂)을 가하였다.
2. 번역문은 쉬운 현대어(現代語)를 쓰면서도 되도록 원문(原文)의 어순(語順)에 합치시키려 노력하였다.
3. 각 장(章)에는 제목을 붙이고, 그 제목을 간단히 해설하였다.
4. 주(註)는 본문에 의거하여 되도록 간결히 달기로 했으며, 특별한 해석이나 교정으로 말미암아 설명이 필요한 곳에는 그 근거(根據)가 된 책이나 학자의 이름을 괄호 안에 써 넣었다.
5. 앞머리의 '해제(解題)'는 되도록 쉽고도 자세하게 쓰려고 노력하였다. 원문 번역을 한 번 읽어본 뒤 '해제'를 읽고 다시 원문을 한 번 더 읽어보기를 권한다. 그러면 자기 나름대로의 묵자 사상에 대한 개념이 머릿속에서 구체화할 것이다.
6. 현재 출간되어 있는 동명(同名)의 책에는 일부분의 번역이 생략되어 있으나 본서(本書)는 완역(完譯)임을 부기(附記)한다.

해
제

　동양인의 깊고도 은근한 사랑의 정신은 『묵자, B.C. 469?–B.C. 381?』
에 뿌리를 박고 있다고 해도 과언이 아니다. 공자(孔子)의 '어짊(仁)'의
사상 속에서도 우리는 이미 사랑의 뜻을 어느 정도 알게 되었지만 그
것은 『묵자』처럼 구체적이고도 적극적인 것이 못되기 때문이다. 사람
들이 서로를 믿지 못하는 어지러운 시대에 어떻게 세상을 살아가며 어
떻게 그 사회를 올바로 이끌어야 하느냐 하는 문제는 옛날부터 많은
사상가들이 연구를 거듭해 온 문제이다.

　묵자는 기원전 5~4세기, 전쟁과 반란으로 어지럽던 전국시대(戰國時
代)에 나서 사람들이 함께 어울리어 살아가는 방법을 추구했던 사상가
이다. 이 시대엔 묵자뿐만 아니라 제자백가(諸子百家)라 부르는 무수한
사상가들이 나와서 제각기 사람들이 올바로 살아가는 문제에 해답을
하려고 노력하였다. 그러면 그 수많은 사상가들 속에서 묵자는 어떠한
지위를 차지하고 있는가, 또는 그것이 우리에게 어떠한 의의가 있는가
가 문제일 것이다.

　사람들이 어지러운 세상에 대처하는 방법은 크게 나눌 때 두 가지로
구분하여 생각할 수 있을 것이다. 첫째는, 자기 힘으로 자기 신념과 어
긋나는 모든 것과 싸우는 태도이다. 그러한 사람은 자기의 힘 이외에

아무 것도 믿지 않는 비정(非情)한 태도를 지닌다. 둘째는, 남을 감싸주고 이해해 줌으로써 온 사회를 바르고 평화스러운 방향으로 이끄는 것이다. 그러한 사람은 남과의 연대감을 바탕으로 하여 인류의 차원에서 세상을 바라보려는 태도를 지닌다.

첫째, 유파에 속하는 사람으로는 엄격한 법과 형벌 및 자기를 위주로 한 술수로써 세상을 다스리려던 한비자(韓非子, B.C. 280?-B.C. 233?)가 있고, 둘째, 유파를 대표할 사상가로는 여기에 소개하는 묵자가 있다.

묵자는 온 세상 사람들은 아울러 자기나 마찬가지로 남도 사랑해야 한다는 '겸애(兼愛)'를 주장하였다. 이것은 일견 기독교의 '박애(博愛)' 사상과도 통하는 것이지만 묵자는 위선적인 동정으로 빠지기 쉬운 자기 위주의 사랑을 부인하는 데 역점을 두고 있다. 곧 자기 위주의 사랑은 의식적이건 무의식적이건 모순을 합리화시키는 수단이 되기 때문이다. 묵자는 오히려 그러한 모순을 낳는 사람들의 의식구조가 사회혼란의 바탕이 됨을 인식하고, 이러한 인간적인 또는 사회적인 모순과 싸우기 위하여 '겸애'를 내세웠던 것이다.

따라서 묵자는 높은 지위에서 아래의 불쌍하고 가난한 사람에게 사랑을 내려주는 것이 아니라 사회의 가장 밑바닥에서 스스로 땀 흘려 일하며 진정한 다른 사람들과 맺어지는 연대감 속에서 사람들을 사랑하려 하였다. 그러기에 묵자는 부지런히 일하고 절약할 것을 사람들에게 설교했을 뿐만 아니라 몸소 자기 제자들을 거느리고 그것을 실천하였다.

따라서 유가나 법가가 지배계급들의 봉건 원리를 옹호하는 사상가들이라면, 묵자는 피지배계급의 입장에 서서 봉건체재를 철저히 반대한 사상가라 할 수 있다. 봉건사회는 나면서 정해지는 엄격한 계급사회인데, 모든 사람을 다 같이 사랑하고 누구나가 부지런히 일한다는 것은 그런 계급의식을 정면으로 부정하는 것이 되기 때문이다.

때문에 『묵자』는 중국 사회에서는 읽으면 안 되는 책으로 여겨져 오랫동안 사람들이 읽지 않아 책이 제대로 전해지지도 않았다. 필자가 『묵자』를 옮기면서 가장 많이 참고한 손이양(孫詒讓, 1848-1908)의 『묵자한고(墨子閒詁)』에는 앞머리에 유월(俞越, 1821-1906)의 서문이 붙어 있는데, 다음과 같은 대목이 있다.

"당(唐)나라 이후로는 한유(韓愈, 768-824) 이외에 『묵자』에 대하여 아는 사람이 한 사람도 없었다. 그것을 읽고 전하는 사람도 적었고 그 글을 풀이한 이도 드물었다. 옛날 본시의 『묵자』는 전하여지지 않게 된지 오래 되어 빠져 없어진 글과 앞뒤가 뒤바뀐 글 등을 바로 잡을 수가 없게 되었다. 그리고 옛말이나 옛 글자는 더욱 알 수가 없게 되었다. 그러니 묵자의 학문은 영원히 흙 속에 묻힐 뻔하였다."

> 乃 唐以來, 韓昌黎外無一人能知墨子者. 傳誦旣少, 注釋而稀, 樂臺舊本, 久絶流傳, 闕文錯簡, 無可校正. 古言古字, 更不可曉. 而墨學塵薶終古矣.

때문에 지금 우리가 읽는 『묵자』에는 문제가 많을 수밖에 없다. 심지어 묵자라는 사상가 자체에 대하여도 정확히 알 수 없는 점들이 많다.

그러나 묵자는 현대로 오면서 더욱 위대한 사상가였음이 확인되고 있다. 묵자는 위대한 사상가이며 철저한 실천을 바탕으로 하는 철학자였다.

중국의 사상가들 중에서 묵자처럼 행동적이고 적극적인 사람은 다시 찾아보기 힘들다.

> '남을 사랑하면 반드시 남들도 그를 사랑해 주고, 남을 미워하면 반드시 남들도 그를 미워하게 될 것이다.' 「겸애편」

이것이 묵자의 사랑의 원리이다. 따라서 여기에는 타고난 신분의 차별이나 계급 같은 것이 있을 수 없다. 누구나 열심히 노력하고 남을 사랑하면 훌륭한 사람이 될 수 있고 훌륭한 사회를 건설할 수 있다는 것이다. 그래서 당시의 지배계급 또는 상류계급인 군자(君子)들의 눈에는 묵자의 학문이란 '노동꾼들의 도(道)'(『순자』)로 밖에 보이지 않았다.

　묵자의 이론은 단순하지만 그것을 지탱하는 무게는 무척 크다. 그래서 어지러운 전국시대 사람들의 마음을 사로잡아 묵자의 이론은 거의 유가의 세력을 압도하고 있었다. 그것은 묵자의 가르침이 중심을 잃고 흔들리는 어지러운 시대의 사람들 마음을 꽉 잡을 수 있었기 때문일 것이다.

　전국시대가 혼란이 극에 달했던 시대라 하지만 지금 우리가 살고 있는 시대처럼 어지럽고 불안하지는 않았을 것이다. 지금 우리의 중요한 과제의 하나는 모든 사람들이 불안의식에서 벗어나 모두가 평화롭게 잘살 수 있는 길을 찾아야 할 것이다. 묵자로부터 현대에 이르기까지 무척 긴 역사가 흘렀고, 기독교를 비롯한 사랑을 역설하는 종교가 많기는 하지만, 이들보다도 '겸애'를 바탕으로 한 묵자의 사상은 우리에게 크나큰 계시를 줄 수 있으리라 믿는다.

묵자의 생애와 그 시대

1

묵자에 대해서는 구체적인 전기가 하나도 전해지지 않는다. 사마천(司馬遷, B.C. 145-B.C. 86?)의 『사기(史記)』에도 맹자순경열전(孟子荀卿列傳)에 맹자와 순자의 전기를 다 쓰고 나서 끝머리에 '묵적(墨翟)은 송(宋)나라 대부(大夫)로서 성을 방위하는 기술에 뛰어났고 물자를 절약하여 쓸것을 주장하였다. 혹은 공자(孔子, B.C. 551-B.C. 479)와 같은 시대라기도 하고, 혹은 공자의 후세 사람이라고도 한다.'라는 스물네 글자로 된 간단한 글을 붙여 놓고 있을 뿐이다. 여기서는 민국(民國) 초기의 양계초(梁啓超, 1873~1929)가 여러 책의 기록들을 정리하여 『자묵자학설(子墨子學說)』 첫머리에 쓴 「묵자약전(墨子略傳)」을 위주로 하여 그의 생애와 시대를 소개하려 한다.

묵자는 이름이 적(翟)이며, 공자와 같은 노(魯)나라 사람이다. 송(宋)나라 사람 또는 초(楚)나라 사람이라고도 하지만 양계초가 고증하였듯이 거의 노나라 사람임에 틀림없다. 묵자는 대략 주(周)나라 정왕(定王) 원년(元年)으로부터 10년에 이르는 사이(기원전 468~기원전 459년) 공자가 죽은(기원전 469) 뒤 10여 년 만에 세상에 태어났다(양계초 『墨子學案』). 맹자(孟子, B.C. 372-B.C. 289?)는 기원전 372년에 태어났으니 묵자는 공자가 죽은 해와 맹자가 난 해의 중간쯤 되는 전국시대 초기의 사람이라 할 수 있을 것이다.

이 시대의 중국은 크고 작은 여러 나라로 분열하여 천자인 주(周)나라 왕실의 권위는 아랑곳없이 제후들이 제각기 세력을 다투기에 수단과 방법을 가리지 않고 있었다. 그야말로 강한 자가 약한 자의 것을 멋대로 뺏는 시대라 할 것이다. 주나라 천자는 온 중국을 다스릴 권능을 잃고 있었지만 그렇다고 봉건주의의 바탕인 종족제(宗族制)까지 없어졌던 것은 아니다. 옛날의 영주(領主)나 귀족들의 세력은 기울었다 하더라도 사회의 혼란을 이용하여 새로운 지주계급과 상공업자들이 생겨나 백성들을 여전히 착취하고 있었다. 제후들은 자기의 세력을 확장하기 위하여 남의 나라를 틈이 나기만 하면 침범하여 세상을 혼란 속으로 몰아넣었으며, 한편 제후들의 나라 안에서도 기존 질서와 윤리가 무너져서 경대부(卿大夫)들끼리는 물론 경대부들과 제후 사이에도 권력 투쟁이 끊임없이 일고 있었다.

묵자가 태어난 시절의 세상이란 이처럼 분열과 분쟁이 거듭되고 있는 혼란이 대단했던 시대이다.

묵자는 처음에 주(周)나라 귀족이며 '의례(儀禮)'에 통달했다는 사각(史角)이란 학자의 자손에게서 글을 배웠다(『呂氏春秋』當染). 그는 공자의 유학을 공부하였으나 유가의 번거로운 예의는 백성들의 생산을 저해하여 재물을 낭비하고 백성을 가난하게 만들 뿐이라 생각하게 되었다. 본시 노나라엔 옛부터 내려오는 문화 유물이 많이 보존되어 있었고, 또 공자가 거기서 나서 옛날 책과 기록을 정리도 하고 다시 편찬하기도 하였으므로 사실상 이 시대의 중국 문화의 중심지였다고도 할 수 있다. 묵자는 이러한 분위기 속에서 유가들이 숭상하던 『시경(詩經)』과 『서경(書經)』을 공부하고 예의도 익혔다. 그러나 그런 것이 어지러운 세상을 바로잡는 데에는 직접적인 도움이 될 수 없다는 것을 절실히 느꼈던 것이다.

오히려 묵자의 눈에는 유가들이란 번잡한 예의를 미끼로 하여 귀족들에 붙어 사는 쓸데없는 존재로밖에는 보이지 않았다. 중국 전통문화의 전승자이며 그 사회의 지도층이라 할 수 있는 유가들의 타락은 묵자로 하여금 그들의 형식주의에 강렬한 반발을 하게끔 만들었다.

그리하여 묵자는 공자가 이상으로 받들던 주(周, B.C. 1027–B.C. 256)나라의 제도를 반대하고 한층 오래된 하(夏, B.C. 21세기–B.C. 16세기)나라 사회와 정치를 이상으로 받들었다. 그것은 하나라의 건설자인 우(禹)임금의 자기희생적인 노력이 모든 사치를 배격하고 검소하게 살며 자기의 사상을 실천하던 묵자의 마음을 사로잡았기 때문일 것이다. 우임금은 천하의 홍수를 다스리기 위하여 자기 가정도 돌보지 못하며, 거친 정강이에는 털이 붙어날 겨를도 없이 애써 일하고 노력한 행동의 사람이었던 것이다.

묵자의 집안은 사회의 하층 계급인 공인이나 노동자였던 것 같다. 묵자는 그러기에 몸소 성을 방위하는 데 필요한 기구들을 제조하는 방법에 통달해 있었고, 나무로 하늘을 나는 솔개를 만들기도 했으며 큰 수레바퀴에 끼는 빗장나무를 깎기도 하였다. 그리고 봉건적인 사회계급이나 귀족들의 사치에 강렬한 반발을 보이며 모두가 부지런히 일하고 물자를 아껴쓸 것을 내세운 것도 그의 출신이 천하였다는 데 원인이 있을 것이다.

심지어 그의 사상이 봉건지배를 반대하고 서민을 옹호하는 당시에 있어서는 위험한 사상이어서, 묵(墨)이란 성은 얼굴에 죄인임을 표시하는 문신을 하는 형벌인 묵형(墨刑)을 받은 데서 나온 것이라 주장하는 학자도 있고(錢穆 『墨子』), 묵자는 외국인이며(胡懷琛 『墨子學辨』·衛聚賢 『墨子小傳』), 입고 있던 옷과 피부가 까만 데서 나온 성이라고도 하였다.

그가 얼마나 행동적인 사람이었던가는 전쟁을 부정하는 그의 실천적인 이력이 웅변적으로 얘기해 주고 있다. 큰 초(楚)나라가 작은 송(宋)나라를, 공수반(公輸般)이라는 기술자가 만든 새로운 무기로써 공격하려 하자, 묵자는 노나라로부터 열흘 낮 열흘 밤을 갖은 고초를 극복하며 초나라로 달려가서 온갖 노력을 다하여 전쟁을 막는다. 제(齊)나라가 노나라를 공격하려 했을 적에도 묵자는 권력자인 항자우(項子牛)와 제나라 임금을 찾아가 설복시켜 침략 전쟁을 사전에 막는다. 노나라가 정(鄭)나라를 공격하려 했을 적에도 묵자는 양문군(陽文君)을 설복시켜 전쟁을 막는다. 묵자는 자기 신념을 위해서는 이처럼 자신의 노고나 위험은 아랑곳없이 과감하게 행동했던 것이다.

그러기에 묵자의 행동반경은 초인적인 우임금을 따르지는 못하지만 여러 나라 제후들을 찾아다니며 제후를 설복시켜 자기 뜻을 이루려던 다른 사상가들로서는 따르기 힘들 만큼 넓다. 송나라의 대부(大夫)가 되기도 하였지만 제나라에 가서 임금이 된 전화(田和)를 설복시켰고, 위(衛)나라에 가서는 대신인 공량환자(公良桓子)를 설복시켰으며, 위(魏)나라와 월(越)나라에까지도 손을 뻗치고 있었다.

묵자는 행동가인 한편 분수에 넘치는 대우나 보수는 바라지 않았다. 한 번은 그의 제자인 공상과(公尙過)의 얘기를 듣고 월나라 임금이 탄복하여 50승(乘)의 수레를 보내면서 오(吳)나라의 옛 땅 사방 5백 리를 떼어 주겠다면서 묵자를 초빙하였다. 그러나 묵자는 그러한 과분한 대우야말로 바로 자기의 주장과 어긋나는 것임을 지적하면서 초빙을 거부하였다.

묵자는 '앉은 자리가 따스해질 틈도 없이' 행동하고 일했으며, '묵자네 집 굴뚝은 검어질 수가 없다.'고 하리만큼(『呂氏春秋』·『淮南子』) 검소한 생활을 하는 한편 사방을 돌아다녔다. 이것은 모두 자기를 바쳐서라도 온 인류를 잘 살게 하려는 '겸애'의 정신에서 나온 행동이었다. 그러기에 그의 반대 학파인 맹자도 이렇게 말하였다.

'묵자는 겸애(兼愛)를 주장하여 머리 꼭대기부터 발꿈치까지 털이 다 닳아 없어지더라도 천하를 이롭게 하는 일이라면 감행하였다.' 「盡心篇 上」

장자(莊子, B.C. 369?–B.C. 286?)도 이렇게 말하였다.

'묵자의 사람들은 모두 거친 옷을 입고 나막신이나 짚신을 신고서 밤낮 쉴 새 없이 스스로 고생을 다하면서 말하기를 이렇게 하지 못하는 것은 우(禹)임금의 도가 아니며 묵가의 인물이 될 수 없다.' 「天下篇」

'묵자는 정말로 천하의 훌륭한 사람이어서 찾아도 얻기 어려운 분이다. 그는 비록 몸이 파리해진다 하더라도 그런 일은 버리지 않았으니 재사(才士)라 할 것이다.' 「天下篇」

이들은 묵자를 강하게 비판하면서도 한편으로는 존경과 탄복을 아울러 표시하지 않을 수 없었던 것이다. 순자(荀子, B.C. 298?-B.C. 238?)가 묵자의 학문을 가리켜 '노동꾼의 도'라 하였지만 봉건적인 사회계급을 부정하던 그로서는 눈도 깜짝하지 않을 욕이었을 것이다.

2

묵자의 저서

　지금 우리가 보는 『묵자』란 책은 묵자 자신이 직접 쓴 게 아니며 또 그것을 쓴 시기도 똑같지 않다는 게 일반적인 학자들의 견해이다. 『묵자』는 묵자의 말과 행동 및 그의 주장을 묵자의 제자들이 모아 편찬한 것이다. 마치 공자의 『논어(論語)』가 그의 제자들의 손을 통하여 이루어진 거나 같다.

　반고(班固, 32~92)의 『한서(漢書)』 예문지(藝文志)에 '묵자 71편(篇)이 있다'고 하였는데, 『수서(隋書)』 경적지(經籍志) 이하의 여러 사람들의 기록에는 모두 '묵자 15권(卷)이 있다'고 하고 있다. 이 15권이란 권수는 지금 우리가 보는 『묵자』의 권수와 맞는다. 그러나 편수로 볼 때엔 지금은 53편이 남아 있으니 나머지 18편은 없어진 것이다. 없어진 18편 중에서도 8편만은 그 편의 제목이나마 남아 있지만, 나머지 10편은 제목조차도 없어져 버렸다.

　『묵자』는 제자백가들의 책 가운데에서도 가장 읽기 어려운 책의 하나이다. 그 이유는 첫째로, 유가를 계승한 맹자가 묵자를 배척한 뒤로 학자들이 『묵자』를 소홀히 다루었기 때문이다. 따라서 옛날의 책은 대쪽에 쓴 것이었으므로 대쪽이 빠져 달아나거나 뒤섞여도 오랫동안 정리하는 사람이 없었다는 것이다. 근래에 이르러 필원(畢沅, 1730~

1797) · 왕염손(王念孫, 1744-1832) · 손이양(孫詒讓, 1848-1908) 같은 학자들이 본문을 교정하고 주해(注解)를 가하여 훨씬 읽기 쉬워지기는 하였으나 아직도 알 수 없는 곳이 허다하다. 둘째로는, 『묵자』의 문장은 그 자체가 간결하고 실질적이며 쓸데없는 설명들이 붙어 있지 않아서 지금에 와서는 오히려 이해하기 어렵다는 것이다. 이러한 『묵자』의 성격을 설명해 주는 얘기가 『한비자(韓非子)』에 보인다.

'초(楚)나라 임금이 전구(田鳩)에게 말하였다. "묵자란 저명한 학자요. … 그의 주장은 많은데 변론을 하지 않는 것은 무엇 때문인가요?"

전구가 대답하였다.

"옛날 진(秦)나라 제후가 딸을 진(晉)나라 공자(公子)에게 출가시켰습니다. … 시집보낼 때 무늬를 수놓은 옷을 입은 첩 70명을 딸려 보냈습니다. 진(晉)나라에 이르자, 진나라 공자는 그 첩만 사랑할 뿐 아내는 천대하였습니다. 이렇게 되면 첩은 시집을 잘 보냈지만 딸은 시집을 잘 보낸 것이라고 말할 수 없을 것입니다. … 묵자에 대하여 사람들이 만약 그의 주장을 토론하게 되면 그 형식만을 간직하고 그 실질적인 내용은 잊어버려 형식 때문에 실용을 해치게 될까 두려웠기 때문입니다."'「外儲說 左上篇」

이로써도 묵자의 말이나 글은 극히 간단하였음을 알 것이다. 간단한 밀 속에 담긴 깊은 뜻의 터득은 읽는 이들이 세심한 주의를 기울이지 않으면 안될 것이다.

지금 남아 있는 『묵자』 53편을 호적(胡適, 1891-1912)은 『중국철학사대강(中國哲學史大綱)』 상권에서 다음과 같은 다섯 종류로 분류하였다. 양계초(梁啓超, 1873-1929)는 『묵자학안(墨子學案)』에서 이를 따르고 다시 자신의 의견을 덧붙여 이를 설명하고 있다.

□ 첫째 종류(7편)

「제1권」 ㄱ. 친사편(親士篇)

　　　　　 수신편(修身篇)

　　　　　 소염편(所染篇)

　　　　 ㄴ. 법의편(法儀篇)

　　　　　 칠환편(七患篇)

　　　　　 사과편(辭過篇)

　　　　　 삼변편(三辯篇)

□ 둘째 종류(25편)

「제2권」 상현편(尙賢篇) 상·중·하

「제3권」 상동편(尙同篇) 상·중·하

「제4권」 겸애편(兼愛篇) 상·중·하

「제5권」 비공편(非攻篇) 상·중·하

「제6권」 절용편(節用篇) 상·중·하

　　　　 절장편(節葬篇) 하

「제7권」 천지편(天志篇) 상·중·하

「제8권」 명귀편(明鬼篇) 하

　　　　 비악편(非樂篇) 상

「제9권」 비명편(非命篇) 상·중·하

　　　　 비유편(非儒篇) 하

□ 셋째 종류(6편)

「제10권」 경편(經篇) 상·하

　　　　 경설편(經說篇) 상·하

「제11권」 대취편(大取篇)

　　　　 소취편(小取篇)

□넷째 종류(5편)

「제11권」　경주편(耕柱篇)

「제12권」　귀의편(貴義篇)

　　　　　공맹편(公孟篇)

「제13권」　노문편(魯問篇)

　　　　　공수편(公輸篇)

□다섯째 종류(11편)

「제14권」　비성문편(備城門篇)

　　　　　비고림편(備高臨篇)

　　　　　비제편(備梯篇)

　　　　　비수편(備水篇)

　　　　　비돌편(備突篇)

　　　　　비혈편(備穴篇)

　　　　　비아부편(備蛾傅篇)

「제15권」　영적사편(迎敵祠篇)

　　　　　기치편(旗幟篇)

　　　　　호령편(號令篇)

　　　　　잡수편(雜守篇)

첫째 종류는 분상노 빠신 세 많고 내용도 순수한 묵가사싱이리 보기 어려운 게 많다. 그래서 그 사상이 유가와 가깝다는 것은 묵가의 초기 사상을 쓴 것이기 때문이란 학자도 있고, 후세 유가들이 보충한 것이거나 묵가의 여론(餘論)이라 보는 이도 있다. 양계초 같은 사람은 첫 머리 세 편(ㄱ)은 묵가의 사상이 아닌 순전한 가짜로 쓴 글이라 주장하고, 나머지 네 편(ㄴ)은 묵자 학문의 개요를 쓴 것이어서 무엇보다도 먼저 읽어야 한다고 주장하였다.

둘째 종류 25편이야말로 『묵자』의 중심을 이루는 가장 중요한 부분이다. 『묵자』의 대표적인 사상은 모두 이곳에 상세히 쓰여 있다. 이 중 앞머리 23편은 모두 '묵자가 말하였다(子墨子曰)'는 말로써 문장이 시작되고 있는 것으로 보아 묵자의 제자가 기록한 것임에 틀림없다. 이들은 모두 상·중·하 세 편으로 나누어져 있으나 각 편의 내용에는 뚜렷한 구분이 없다.

이들을 묵가의 십대주장(十大主張)이라고 흔히들 말하는데, 상·중·하로 나누어진 것은 묵자가 죽은 뒤 묵가에는 상리씨(相里氏)·상부씨(相夫氏)·등릉씨(鄧陵氏)의 세 파(派)가 있었는데, 이 세 파의 의견을 각각 적어 놓느라고 상·중·하 세 편으로 구분되었다고도 한다. 맨 끝의 「비유편(非儒篇)」만은 상·하 두 편으로 나누어져 있고, 또 '묵자가 말하였다'는 허두가 붙어있지 않은 것으로 보아 묵자의 말을 그대로 옮겨쓴 것은 아니라고 생각된다. 이 둘째 종류는 본시 32편이었으나 그중 7편은 없어지고 25편만이 남아 있다.

셋째 종류 6편 가운데에는 흔히 '묵변(墨辯)'이라고도 부르는 후기 묵가의 논리학(論理學)이 중심을 이루고 있다. 특히 「경편(經篇)」상·하는 묵자가 직접 쓴 글이라는 게 여러 학자들의 공통된 견해이며, 그것을 해설하는 「경설편(經說篇)」상·하는 묵자가 말한 것을 적은 것이라는 것이다. 묵가의 논리학은 중국 고대 논리학의 중심을 이룬다고 할 만한 것이며, 그밖에도 기하학(幾何學)·광학(光學)·역학(力學)·물리학(物理學) 등과도 관련이 있다고 보이는 단편적인 기록들이 섞이어 있다.

넷째 종류는 묵자의 말과 행동을 적은 것이다. 그 중 맨 끝의 「공수편(公輸篇)」만은 내용이 구체적인 것이지만 나머지들은 모두 짤막한 대화들을 모은 것이어서 공자의 『논어』와 비슷한 성격의 것들이다.

다섯째 종류 11편은 제목을 통해서도 알 수 있듯이 모두가 적의 공격으로부터 성을 방어하는 방법을 설명한 것이다. 이 종류의 글은 10편이 더 있었으나 중간에 없어져 버려 지금은 제목조차도 똑똑히 알 수 없게 되었다.

지금 우리가 『묵자』를 읽는 데 가장 좋은 교주본(校注本)으로 다음과 같은 것이 있다.

필원(畢沅)	『묵자주(墨子注)』 16권
손이양(孫詒讓)	『묵자한고(墨子閒詁)』 15권
왕염손(王念孫)	『묵자잡지(墨子雜志)』 6권
장혜언(張惠言)	『묵자경설해(墨子經說解)』 1권
유월(俞樾)	『묵자평의(墨子平議)』 3권
장순일(張純一)	『묵자집해(墨子集解)』 15권
양계초(梁啓超)	『묵경교석(墨經校釋)』 1권
왕숙민(王叔岷)	『묵자각증(墨子斠證)』 1권

　이밖에도 양계초의 『묵자학안(墨子學案)』 및 『자묵자학설(子墨子學說)』 및 이 「해제」에 인용된 기타의 저서들은 묵자의 사상을 체계적으로 이해하는 데 편리함을 줄 것이다.

$\overset{3}{\diagup}$
묵자의 사상

(1) 겸애(兼愛)

겸애는 묵자사상의 기본관념이라고 할 수 있을 것이다. 묵자는 '겸애' 이외에도 '비공(非攻)', '절용(節用)', '비악(非樂)' 등 독특한 주장이 많지만 그 근원을 따져 보면 모두가 '겸애'를 바탕으로 한 것이다. 그러면 '겸애'란 어떠한 것인가?

묵자의 생각으론 사람들이 자기와 남을 분별하는 의식을 지니고 있는 한 인류는 평화롭게 잘 살기가 어렵다는 것이었다. 임금들은 자기 나라의 이익과 손해를 남의 나라의 이익과 손해보다 앞세우고, 대신들은 자기 집안의 이익과 손해를 남의 집안의 이익과 손해보다 앞세우며, 백성들은 자기의 이익과 손해를 남의 이해보다 앞세우고 있기 때문에 세상은 끊임없는 분쟁과 혼란에 휘말리고 있다. 사람들이 자기 또는 자기 집, 자기 나라와 같은 자기 위주의 생각을 버리고 모든 사람들을 널리 평등하게 사랑할 수 있다면 세상의 분쟁이나 갈등은 모두 사라지고 말 것이다.

여기서 묵자가 주장하는 사랑이란 단순한 마음속으로만의 사랑이 아니라 사랑을 실현하는 행동을 수반해야만 한다. 그러기에 묵자는 '모든 사람이 다 같이 서로 사랑하고 다 같이 서로 이롭게 한다(兼相愛,

交相利'는 말을 즐겨 썼다. 사랑의 실천은 반드시 남에게 이익을 갖다 주는 것이기 때문이다. 묵자 자신이 다음과 같은 말을 하고 있다.

'혼란은 어디에서 일어나고 있는가 살펴보았을 때, 서로 사랑하지 않는 데서 일어나고 있다. …자식은 자기는 사랑하되 아버지는 사랑하지 않는다. 그러므로 아버지를 해치고 자신을 이롭게 한다. 아우는 자기는 사랑하되 형은 사랑하지 않는다. 그러므로 형을 해치면서 자신을 이롭게 한다. …신하는 자기는 사랑하되 임금은 사랑하지 않는다. 그러므로 임금을 해치면서 자신을 이롭게 한다. …도적은 그의 집은 사랑하되 남의 집은 사랑하지 않는다. 그러므로 남의 것을 훔치어 그의 집을 이롭게 한다. 남을 해치는 자는 그의 몸은 사랑하되 남은 사랑하지 않는다. 그러므로 남을 해치면서 그 자신을 이롭게 한다. …대부들은 각각 그의 집안은 사랑하되 남의 집안은 사랑하지 않는다. 그러므로 남의 집안을 어지럽히어 자기 집안을 이롭게 한다. 제후들은 모두 그의 나라는 사랑하되 남의 나라는 사랑하지 않는다. 그러므로 남의 나라를 공격하여 자기 나라를 이롭게 한다. …'「兼愛篇 上」

묵자에 의하면 남을 사랑할 줄 모르는 자기 위주의 사고방식에서 사회의 혼란은 물론 모든 전쟁까지도 일어난다는 것이다. 따라서 묵자는 자기와 남을 차별짓는 '별사(別士)'들이야말로 사회혼란의 장본인이라고 맹렬히 비난하고 있다.

"남의 집을 자기 집처럼 여긴다면 누가 도둑질을 하겠는가? 남의 몸을 자기 몸처럼 여긴다면 누가 해치겠는가? 남의 집안을 자기 집안처럼 여긴다면 누가 어지럽히겠는가? 남의 나라를 자기 나라처럼 여긴다면 누가 공격하겠는가?"「兼愛篇 上」

묵자는 이렇게 반문하면서 '겸애'야말로 사회의 질서를 유지하는 규범이 됨을 강조하였다.

이러한 묵자의 '겸애' 사상은 유가의 윤리관과 정면으로 충돌된다. 유가들은 부자와 형제같은 가족 도덕을 바탕으로 하여 사람의 애정에도 친하고 먼 사람에 따라 등차가 있음을 인정하고 있다. 유가에서는 이러한 애정의 등차를 '예의'라는 형식적인 도덕원칙으로 바꾸어 사회의 질서를 유지하려 하였다. 유가들은 부모와 자식이라는 가장 친한 사이의 애정을 사회로 한 발짝 한 발짝씩 확대시켜 나감으로써 정치까지도 규제하자는 것이었다.

묵자의 '겸애' 사상이 실현되는 사회란 공자가 이상으로 받든 '대동사회(大同社會)'와 다를 바가 없을 것이다. 그러나 그러한 이상사회에 이르는 과정에는 큰 차이가 있다. 공자는 한 사람 한 사람의 덕과 사랑을 바탕으로 하여 그것을 서서히 세상에 넓혀 나감으로써 먼저 '소강(小康)'의 사회를 이룩하고, 여기에서 사회를 더욱 발전시켜 '대동사회'를 건설한다는 것이다. 그러나 묵자의 방법은 간단명료하다. 모든 사람들이 서로 남을 자기처럼 사랑함으로써 하루아침에 태평 세상을 이룩하려는 것이다.

핏줄관계가 중시되거나 그것을 바탕으로 한 사회적인 계급이 이루어진 사회란 말할 것도 없이 폐쇄적인 것이다. 묵자는 이러한 핏줄관계를 초월하여 모든 사람이 똑같이 서로 사랑할 수 있는 인류애야말로 대립과 분쟁을 해소하는 길이라 믿었던 것이다. 그러기에 유가 쪽에서는 묵자의 '겸애'의 주장은 종족사회(宗族社會)의 질서를 파괴하는 위험한 사상이라 규정하게 되었다. 그래서 맹자는 '아비도 몰라보는 새나 짐승 같은 것'이라고 묵자의 사상을 격렬히 비난하였다.

그러나 묵자의 '겸애'야말로 기독교의 '박애(博愛)'에 비교할 수 있는, 오히려 '박애'보다도 더욱 적극적으로 사랑이 위선으로 빠지는 경향을 막기 위하여 자기까지도 뒤로 미루는 적극적인 사랑이라 할 수 있을 것이다.

(2) 비공(非攻)

'비공'이란 남의 나라를 공격해서는 안 된다는 뜻이다. 곧 전쟁을 반대하는 주장이다. 묵자의 '겸애' 사상은 정치문제로 눈을 돌릴 때 하루도 편안할 날이 없이 전쟁이 계속되던 전국시대였으므로 자연히 전쟁 반대의 주장에서 두드러지게 된다. 앞에서도 이미 얘기했듯이 '제후들은 모두 그의 나라는 사랑하되 남의 나라는 사랑하지 않는다. 그러므로 남의 나라를 공격하여 자기 나라를 이롭게 하려 든다.'고 '겸애설'에 입각하여 부당한 전쟁의 원인을 캐고 있다. 그러나 묵자의 눈에 비친 전쟁의 비정(非情)함이란 무엇보다도 심각한 것이었기 때문에 묵자는 남의 나라를 공격하는 전쟁을 더욱 격렬히 비난하고 있다.

묵자에 의하면, 남의 과수원에 들어가 과일을 훔친 자도 벌을 받고 남의 집 가축을 훔친 자도 벌을 받는다. 무거운 죄를 지면 그 죄만큼 더 무거운 형벌을 받는다. 한 사람을 살인한 사람은 한 사람을 죽인 데 대한 벌을 받고, 열 사람을 살인한 사람은 열 사람을 죽인 데 대한 벌을 받는다. 그리고 일반 사람들도 한 사람을 살인한 것보다 열 사람을 살인한 것은 열 배의 불의라고 생각한다.

그러나 지금 한 나라가 군사를 일으키어 다른 나라를 공격하면 수없는 백성들의 재물을 망치는 것은 물론 수많은 사람들을 죽게 하고 또 상하게 한다. 그러니 어떠한 명목의 전쟁이라 하더라도 그것이 여러 나라에 미치는 피해란 더할 나위도 없이 막심하다. 사람들은 편협한 애국심 때문에 그러한 전쟁을 지지하기도 하지만 그것은 불의가 무엇인지도 모르는 것이라는 것이다. 묵자는 전쟁을 정당화하는 모든 주장을 부정하고 비판한다.

그러나 묵자의 전쟁 반대는 무기력한 평화주의가 아니다. 그가 남의 나라를 공격하면 안 된다는 이론을 주장하는 태도는 매우 적극적이고도 전투적이다. 왜냐하면 아무리 대다수의 사람들이 전쟁 반대의 주장을 지지한다 하더라도 한 사람의 전쟁을 좋아하는 자만 있으면 전쟁은 언제 건 일어날 수 있기 때문이다. 전쟁을 좋아하는 자에 의하여 전쟁이 도발되었을 때 전쟁 반대자라 해서 덮어놓고 전쟁을 피하여 굴복할 수는 없다. 그 결과 묵자는 큰 나라의 침략으로부터 작은 성을 지키는 방법을 깊이 연구하였다. 그 결과가 『묵자』의 제14권 이하에 수록되어 있는 11편의 '성을 적의 공격으로부터 방위하는 방법'인 것이다. 어지러운 세상에는 힘에 의하지 않고는 평화가 지탱될 수 없는 것이다.

(3) 실리주의(實利主義)

공자는 "군자는 의로움에 약빠르고 소인은 이로움에 약빠르다."(『논어』)라 하였고, 맹자(孟子)도 "어찌 꼭 이로움만을 말하려 하십니까? 또한 어짊과 의로움이 있을 따름입니다."(『맹자』)라고 하였다. 유가에서는 이익을 내세우는 것을 소인들의 일로 간주하였다. 그러기에 한(漢) 동중서(董仲舒, B.C. 179?-B.C. 93?) 같은 사람도 "그 합당함을 바르게 하되 이로움을 꾀하지 않으며, 그 올바른 도를 밝히되 공로는 헤아리지 않는다."고 말했었다.

그러나 묵자는 '겸애'와 이로움을 결부시켜 실리주의적인 입장에서 자기 학설을 체계화하고 있다.

묵자에 의하면 도덕과 실리는 서로 분리될 수가 없는 것이어서 이롭고 이롭지 않음은 바로 좋고 좋지 않은 표준이 된다고 생각하였다.

그래서 묵자는 이렇게 말하고 있다.

'모두가 서로 사랑하고 모두가 서로를 이롭게 한다.' 「兼愛篇 中·下」

'모든 이로움이 생기는 것은 어디로부터 생기는 것인가? 사람들을 사랑하고 사람들을 이롭게 해주는 데서 생겨난다.' 「兼愛篇 下」

'남을 사랑하는 사람은 남들도 역시 따라서 그를 사랑해 주고, 남을 이롭게 하는 사람은 남들도 역시 따라서 그를 이롭게 해준다.' 「兼愛篇

中」

　'하늘은 반드시 사람들이 서로 사랑하고 서로 이롭게 하기를 바란다.'「法儀篇」

　묵자는 사랑과 이익을 결부시켜 설교를 하고 있는 것이다. 상식적으로는 사랑의 대상은 남이고 이익의 대상은 자기여서 이것들은 서로가 용납될 수 없는 것이다. 그러나 묵자는 이들을 한데 뭉치어 하나로 만들었다. 그래서 그의 이로움이란 편협한 이기주의와는 완전히 다른 것이며, 그의 사랑이란 반드시 이익을 전제로 하는 것이었다.

　'충성과 믿음이 서로 이어지게 하고 또 그들에게 이익이 되는 것을 보여주어 평생토록 싫증나지 않게 하는 것이다.'「節用篇 中」

　그는 또 윤리와 실리의 결부를 선언하였다. 이익 없는 사랑이나 좋은 것이란 있을 수 없다는 것이다.

　이러한 실리주의는 그의 경제이론으로서 먼저 물자를 절약해야 한다는 '절용(節用)'에서 두드러진다. 경제학이란 영어단어 Economy의 본뜻도 절용이었다는 것은 더욱 그의 이론에 흥미를 느끼게 한다. 그는 당시 귀족 계급들의 사치스런 생활에 대하여는 거의 분노를 느끼고 있었던 것 같다. 그래서 사치하는 자들이란 바로,

　'남의 입고 먹을 재물들을 강탈하는 것.'「節用篇 中」

이라 규정하고 있다. 묵자의 생각으로는 음식은 배부르고 영양을 충분히 섭취할 정도, 옷은 추위와 더위를 가릴 수 있을 정도(「節用篇 上」), 집은 이슬비와 바람과 추위를 막을 수 있는 정도에서 그쳐야 한다(「辭過篇」)는 것이었다. 사람의 목적은 입고 먹는 데 있지 않으며, 또 그런 분수를 지켜야만 온 세상이 풍부해질 수 있기 때문인 것이다.

따라서 묵자는 사람들의 소비와 행동의 규범을 정하여 이렇게 말하고 있다.

'모든 소비가 백성들에게 이익이 되지 않는 것이면 하지 않는다.'
「節用篇 中」

'모든 재물과 노력(努力)의 소비는 이익이 되지 않는 것이면 하지 않는다.'「辭過篇」

사람들은 일을 하고 물자를 소비하되 그것은 모두가 사람들에게 이익을 갖다 주는 것이어야 한다는 것이다.

묵자가 음악을 부정한 이론적인 근거도 여기에 있다. 음악은 '소비를 하면서도 이익이 되지 않는다.' 는 것이므로 반대하였다. 이것은 반문화적(反文化的)인 주장이라 할 수 있다. 묵자는 음악뿐만 아니라 모든 쾌락을 반대한다. 음악이 사람들의 귀를 즐겁게 하는 것은 사실이지만 그것은 아무런 이익도 갖다 주지 못할 뿐만 아니라 각자가 맡은 직분을 소홀히 하도록 만들기 때문이다. '자기의 몸을 희생하는 것이야말로 최고의 덕'(『莊子』 天下篇)이라고 주장하던 묵자로서는 당연한 귀결이라 할 것이다.

묵자는 따라서 모든 사람에게 가장 큰 이익을 줄 수 있는 것으로 '모두가 부지런히 일하기'를 주장한다.

'그들의 힘에 의지하면 살고 그들의 힘에 의지하지 못하면 살지 못한다.'「非樂篇 上」

따라서 사람들은 '그의 팔다리의 힘을 다하고 그의 생각하는 지혜를 다하여' 일해야 한다는 것이다. 이것이 남에게 이익을 주고 세상을 풍부하게 만드는 일이라는 것이다.

사람들이 일을 하는 데 있어서는 각자에 알맞는 일을 찾아야 한다.

묵자는 일찍부터 분업(分業)의 효율성을 인식하고 있었다.

　　'모든 사람들이 그의 능력에 따라 일에 종사하여야 한다.'「節用篇
中」

　묵자는 비유를 들어 담을 칠 때 흙을 잘 다지는 사람은 흙을 다지고,
흙을 잘 나르는 사람은 흙을 날라다 붓고 감독을 잘하는 사람은 전체
일을 잘 감독하여야만 담을 쉽게 칠 수 있는 것과 같다(「耕柱篇」)고 하였
다. 따라서 어떤 사람은 '팔다리의 힘을 다하여' 일하여야 하고, 어떤
사람은 '생각하는 지혜를 다하여' 일하여야 한다는 것이다. 먹고 마시
며 놀기나 좋아하는 자는 쓸데없는 못난 자라고 묵자는 욕하고 있다.
　생산의 효율면에서 묵자는 시간의 관념이 뚜렷하였다.

　　'재물이 부족할 때에는 철에 알맞게 하였는가 반성하라.'「七患篇」

　그리고 임금이나 대신들은 '일찍 조회에 나가고 늦게 퇴근하며', 농
민들은 '새벽에 들로 나가 저녁에 집으로 돌아오며', 부인들은 '일찍
일어나고 밤늦게 자면서' 자기 맡은 일에 충실할 것을 거듭 강조하고
있다. 묵자가 유가들의 부모나 임금이 죽었을 때 삼 년 동안이나 상복
을 입어야 하는 '삼년상(三年喪)'을 반대한 가장 큰 이유도 그것이 낭비
를 조장할 뿐만 아니라 '오랫동안 상을 입는 것은 오랫동안 일에 종사
하는 것을 막게 되기 때문'(「節葬篇 上」)이었다.
　묵자는 이처럼 근로를 전제로 하여 나라가 흥성하기 위하여는 인구
가 증가되어야 한다고 믿었다. 인구는 옛날 나라들에 있어 생산뿐만
아니라 전쟁에도 가장 중요한 저력이 되므로 누구나 많은 인구를 바랐
었다. 맬서스의 『인구론(人口論)』과는 반대가 되지만 그러나 묵자처럼
생산을 위주로 하여 실리주의적인 입장에서 인구의 증가를 주장했던
사람은 없었다.
　끝으로 묵자는 재력(財力)의 균배(均配)를 주장하였다.

'남는 힘이 있으면 서로 도와주고, 남는 재물이 있으면 서로 나누어 준다.'「尙同篇 上」

사람들은 '부지런히 일에 종사하며 그의 능력을 가지고 서로 이롭게 하여야 한다'(「節葬篇」)는 '겸애'를 바탕으로 한 생각에서 나온 주장이다. 다시 말하면, 서로 돕고 서로 사랑하는 사회를 건설하자는 게 묵자의 이상이었다.

실리주의라는 말은 간단하지만 세상일은 그렇게 단순한 것만은 아니다. 어떤 것이 이익이 되는 행동인가 판단을 내리기 어려울 때가 많다. 그래서 묵자는 이렇게 말하고 있다.

'손가락을 잘라 팔을 보존할 수 있게 된다면 이익 가운데에서 큰 것을 취하고 해로운 것 가운데서 작은 것을 취하는 것이다. 해로운 것 가운데서 작은 것을 취한 것은 해를 취한 것이 아니라 이익을 취한 것이다.'「大取篇」

부득이 피해를 당해야 할 때엔 그 피해를 최소한도로 막아야 한다는 것이다. 따라서 많은 사람들에게 이익이 되는 일과 적은 사람들에게 이익이 되는 일이 있다면 많은 사람들에게 이익이 되는 일을 하여야 한다. 반대로 피치 못할 해라면 가급적 적은 사람에게 해가 그치도록 노력하여야 한다는 것이다.

이러한 묵자의 실리주의는 한 마디로 자신의 말을 빌어 표현하면,

'자기를 죽이어 천하를 보전케 하면 그것은 자기를 죽이어 천하를 이롭게 한 것이다.'「大取篇」

는 희생정신과도 통하는 것이다. 그래서 장자(莊子)도 묵자는 '자기 자신을 희생하는 것을 최고의 덕(「天下篇」)'으로 삼았다면서 그를 숭배하였다.

다만 묵자가 실리를 존중하는 태도에 대하여 유가의 입장에서 순자(荀子) 같은 사람은, '묵자는 실용을 중시하는 나머지 수식(修飾)을 잊었다'는 비판을 하기도 하였다. 사람의 욕망이나 감성을 너무 무시해 버리는 경향이 사실상 없는 것은 아니다. 그러나 인류 전체의 이익을 주장하는 묵자의 학설은 약삭빠른 공리주의 내지는 이기주의로 흐르기 쉬운 사람들의 마음가짐에 커다란 각성제(覺醒劑)가 되어줄 것이다. 더욱이 묵자의 실리주의는 단순한 이익의 추구뿐만 아니라 '사랑'을 바탕으로 한 종교적인 것이었다.

> '하늘의 뜻을 따르는 사람들은 모두가 서로 사랑하고 모두가 서로 이롭게 하여 반드시 상을 얻게 될 것이다. 하늘의 뜻에 반하는 사람들은 사람들을 차별하며 서로 미워하고 모두가 서로 해치어 반드시 벌을 받게 될 것이다.'「天志篇 上」

그의 사랑과 실리의 기준을 하늘 또는 하나님에게 두었다는 것은 그가 주장하는 사랑과 실리의 뜻을 인류사회에서 더욱 영원케 하는 것이라 믿는다.

(4) 실천주의(實踐主義)

묵자는 누구보다도 실천주의의 사상가였다. 사마천(司馬遷)의 『사기(史記)』 태사공자서(太史公自序)에 묵자의 생활상을 이렇게 쓰고 있다.

> '그가 사는 집의 높이는 석 자였고 세 계단의 흙섬돌에다 지붕을 이은 풀도 가지런히 자르지 않고 굽은 서까래도 가지런히 자르지 않았다. 흙으로 만든 밥그릇, 국그릇에 거친 곡식의 밥과 명아주와 콩잎국을 먹었다. 여름에는 칡베옷 겨울에는 사슴 갖옷을 입었다. 장사를 지냄에 있어서는 세 치 두께의 오동나무로 관을 만들었고 곡도 간략하게 하였다.'

이것은 앞에서 말한 '근로(勤勞)'와 '절용(節用)' 같은 자기 주장을 몸소 실천하기 위한 것이었다. 인류를 위하는 숭고한 희생정신 없이는 그 시대의 가장 존경받던 사상가로서 도저히 감당하기 어려운 생활인 것이다.

따라서 그의 학문은 '지식과 행동의 합치'를 요구하였다. 앎이란 그것을 실천에 옮길 수 있을 적에 비로소 참된 지식이 될 수 있다는 것이다.

'지금 장님이 말하기를, 백색은 희다고 하고, 흑색은 검다고 한다면 비록 눈이 밝은 사람이라 하더라도 다른 말을 할 수 없다. 흰 것과 검은 것을 섞어놓고 장님으로 하여금 어느 하나를 고르라면 알 수가 없을 것이다. 그러므로 내가 장님은 희고 검은 것을 모른다고 하는 것은 그 명칭을 두고 한 것이 아니라 그의 분별능력을 두고 말한 것이다. 지금 천하의 군자들이 어짊〔仁〕이란 명칭을 쓰는데 비록 우(禹)임금·탕(湯)임금 같은 성인이라 하더라도 다른 말을 할 수 없다. 어짊과 어질지 않음을 섞어놓고서 천하의 군자들로 하여금 그 중 하나를 고르라고 한다면 알지 못할 것이다. 그러므로 내가 천하의 군자들은 어짊을 모른다고 말하는 것은 그 명칭을 모른다는 게 아니라 그 분별능력을 두고 말한 것이다.' 「貴義篇」

이름이나 뜻을 알면서도 실지로 그것을 분별하여 실천할 수 없다면 그것은 모르는 거나 같다. 따라서 묵자는 고자(告子)에 대하여도 지식과 행동의 불합치를 통렬히 비난하고 있다.

'지금 그대는 입으로는 말하면서도 몸으로 그것을 실행하지 않고 있으니 이것은 그대 몸이 어지러운 것이다.' 「公孟篇」

따라서 그는 분수에 넘치는 보수도 바라지 않았다. 초(楚)나라 혜왕(惠王)이 묵자의 글을 보고 탄복하여 "나는 선생님의 주장을 실행하지는 못하더라도 선생님을 존경하여 많은 땅을 떼어 드리겠다."면서 초청하였으나 묵자는 "의로움이 받아들여지지 않으면 그 조정에 몸을 두지 않는다."면서 거절하였다(「貴義篇」). 또 한 번은 월(越)나라 임금이 묵자의 제자인 공상과(公尙過)의 말을 듣고 탄복한 나머지 융숭한 예우를 하면서 큰 땅을 떼어준다는 조건으로 초빙하였으나 '그러한 과분한 짓은 바로 자기의 주장과 어긋난다.'는 이유로 거절하였다(「魯問篇」). 이처럼 묵자는 최저 한도의 소비를 하며 최대 한도로 일하여 인류에 공헌하려고 몸소 자기주장을 실천하였던 것이다.

묵자가 초(楚)나라의 대신인 목하(穆賀)를 설복하자, 그는 이렇게 대답하고 있다.

> "정말 선생님의 말씀은 훌륭하십니다. 그러나 임금님은 선생님의 의견을 따르지 않을 것입니다. 선생님의 신분이 낮기 때문입니다."

그러나 묵자는 조금도 굴하지 않고 여러 나라 임금을 찾아다니며 유세하였다. 그러나 자기의 출신 계급이 낮다는 사실은 인재 등용에 대하여 자기 나름대로의 절실한 주장을 하게 하였다.

그는 인재를 등용함에 있어서는 능력 본위, 인격 본위로 현명한 사람을 써야만 한다고 주장하였다. 물론 공자를 비롯한 모든 사상가들도 현명한 사람들을 소중히 여겼다. 다만 그들은 모두 친분이나 혈연 및 사회적인 계급을 부정하지는 않았다. 그러나 묵자는 기존 사회계급을 근본적으로 둘러엎고서 능력과 인격에 의하여 새로운 직위를 만들어 나가야 한다고 주장하였다. 옛날에도 강태공(姜太公)은 고기잡이를 하다가, 이윤(伊尹)은 요리사 노릇을 하다가, 부열(傅說)은 도로공사 인부로 일을 하다가 발탁되어 모두 훌륭한 재상이 되었었다.

그러니 친분 · 재산 · 신분 · 용모 같은 것은 모두 덮어버리고 능력과 인격에 따른 '현명한 사람을 존중하라'는 게 그의 주장이었다. 이러한 현명함을 존중해야 한다는 '상현(尙賢)'주의는 온 인류를 아무런 차별

없이 모두 사랑한다는 '겸애' 설과도 통하는 것이다.

묵자의 '전쟁 반대' 의 주장과 그의 행동을 보더라도 얼마나 그가 실천적인 사상가였는가를 알기에 충분하다. 한번은 초(楚)나라가 공수반(公輸般)이 만든 새로운 무기를 사용하여 약소국인 송(宋)나라를 공격하려 하였다. 노(魯)나라에 있던 묵자는 그 말을 듣자 즉시 갖은 고생을 하며 열흘 밤, 열흘 낮을 걸어 초나라에 가서 초나라 임금과 공수반을 만나 전쟁을 하지 말 것을 권고하였다. 끝내 말을 듣지 않자 묵자는 공수반과 성을 공격하고 방어하는 전술을 겨루어 이김으로써 공수반을 굴복시키어 침략전쟁을 막는다.

제(齊)나라가 노(魯)나라를 공격하려 했을 적에도 묵자는 항자우(項子牛)와 제나라 임금을 찾아가 그들을 설복시키어 전쟁을 중지시킨다. 초나라가 정(鄭)나라를 공격하려 했을 적에도 초나라 노양(魯陽)의 문군(文君)을 찾아가 설복시키어 전쟁을 막는다.

이처럼 묵자는 전쟁을 반대하는 자기의 주장을 실천하기 위하여 자기의 괴로움이나 위험은 돌보지 않았다. 아무런 개인적인 관계도 없는 나라들 사이의 전쟁이라 하더라도 묵자는 가만히 앉아서 보고만 있을 수는 없었다. 묵자의 인간애는 전쟁의 비정 아래 희생당하는 무수한 백성들을 보고 가만히 앉아 있을 수 없게 하였던 것이다.

따라서 묵자의 제자들도 모두가 실천에 용감하였던 것 같다. 『회남자(淮南子)』에 이렇게 말하고 있다.

'묵자를 모시는 제자들이 180명 있었는데 모두 칼날을 밟고 불길 속으로 뛰어들어 죽는다 하더라도 발길을 돌리지 않을 사람들이었다.'

육가(陸賈)의 『신어(新語)』에도,

'묵자의 문하에는 용사들이 많았다.'

고 하였다. 이것은 모두 실천을 위해서는 자기희생도 돌보지 않는 묵자의 정신에서 말미암은 것이다. 묵자는 어떤 올바른 목표의 달성을 위해서는 죽음도 대단치 않게 생각하였다.

노(魯)나라 사람 중에 그의 아들을 묵자에게 보내어 공부하게 한 사람이 있었는데, 그의 아들이 전쟁에 나가서 죽었다. 그 아버지는 묵자를 책망하였다. 그러자 묵자가 말하였다.

"당신은 당신의 아들을 공부시키려 하였소. 그런데 그는 지금 학문을 이룩하였소. 전쟁에 나가서 죽었다고 당신이 성을 내는 것은 마치 물건을 팔려다가 팔린 다음에 성을 내는 거나 같소."「公輸篇」

젊은이가 공부를 하러 와서 공부를 하였으면 되었지, 그 뒤에 전쟁에 나가서 죽은 것이 공부와 무슨 상관이 있느냐는 것이다. 묵자는 오히려 옛날에 당신 아들을 가르쳐준 데 대하여 고맙다는 인사라도 하라는 태도이다.

묵자는 하늘과 귀신을 믿으면서도 '숙명론(宿命論)'에 대해서는 강한 반발을 보이고 있다. 그것은 무엇보다도 '숙명론'이 그의 실천주의 학문과 서로 모순이 되기 때문이다. 사람들이 모두 잘살고 못사는 게 운명이라고 체념해 버린다면 아무도 열심히 일하며 절약하고 자기의 신념대로 실천해 나가려 들지 않을 것이기 때문이다. 사회의 발전은 선의(善意)의 경쟁에 의하여 이룩되는데 숙명론이란 그 선의의 경쟁의 예기(銳氣)를 꺾어 버리는 것이다. 다시 말하면, 운명의 긍정이란 결과적으로 염세주의(厭世主義)로 귀결되기 때문에 묵자의 실천주의와는 크게 어긋나는 것이다.

귀신에 대한 묵자의 태도도 마찬가지이다. 귀신은 의로운 사람에게 복을 내리고 악한 사람에게는 재난을 내린다. 그러나 묵자가 병이 들었을 때 제자가 물었다.

"선생님은 성인이신데 어찌하여 병이 드셨습니까? 선생님의 주장이 옳다면 귀신이 보호해 줄텐데 선생님이 병이 들도록 버려두었으니 선생님의 가르침이 잘못된 게 아닙니까?"

또 제자인 조공자(曹公子)도 송나라에 가서 벼슬살이를 하다가 병들어 돌아와서는 묵자에게 항의하였다.

"저는 귀신을 제사지내는데도 집안에 죽는 자가 많고 가축도 불어나지 않으며 제 자신도 병이 들었습니다. 가르침이 잘못된 게 아닙니까?"

그러나 묵자는 사람이 죽거나 가축들이 불어나지 않는 것은 직접 관계된 사람의 책임이 더 크다고 말한다. 자신이 죽거나 병이 들 요건들을 만들어 놓고도 죽거나 병든 책임을 귀신에게 모두 돌리는 것은 잘못이라고 생각하였다. 우선 사람들은 죽기 싫으면 죽지 않을 요건을, 병들기 싫으면 병들지 않을 요건을 자신이 만들어 놓은 다음 귀신을 믿어야 한다고 생각하였다.

묵가들이 자기네 신념을 위하여 얼마나 철저한 실천력을 가졌던가를 알려주는 얘기가 『여씨춘추(呂氏春秋)』에 보인다.

맹승(孟勝)은 묵가의 우두머리인 '거자(鉅子)'였는데 초(楚)나라의 양성군(陽城君)과 친하였다. 양성군이 그에게 나라를 지키도록 하면서 구슬을 쪼개어 부신(符信)을 삼고 약속하였다. "부신이 들어맞는 것처럼 일을 잘해 주시오." 초나라 임금이 죽자 여러 신하들이 오기(吳起)를 상소(喪所)에서 공격하여 싸웠는데 양성군도 한몫 끼었다. 초나라는 그에게 죄를 씌우자 양성군은 도망하였다. 초나라는 그의 나라를 회수하였다. 이때 맹승이 말하였다.

"남의 나라를 맡아 부신까지 받았다. 지금 부신은 없어졌지만 나라를 지킬 수 없으니 죽지 않으면 안 되겠다."

그의 제자 서약(徐弱)이 맹승을 만류하였다.

"죽어서 양성군에게 도움이 된다면 죽어도 좋습니다. 아무도 도움도 못 되는데다가 세상에서 묵가의 전통을 끊게 되어선 안 될 일입니다."

맹승이 말하였다.

"그렇지 않다. 나와 양성군의 관계는 스승일 뿐만 아니라 신하이다. 내가 죽지 않는다면 지금부터는 스승을 구하는 사람들이 반드시 묵가들에게서 구하지 않을 것이다. 현명한 친구를 구하는 사람들이 반드시 묵가들에서 구하지 않을 것이고, 훌륭한 신하를 구하는 사람들이 반드시 묵자들에서 구하지 않을 것이다. 죽는 것만이 묵가로서의 의로움을 행하고 묵가의 학업을 계승하는 것이 된다. 나는 '거자'의 지위를 송(宋)나라 전양자(田襄子)에게 물려주겠다. 전양자는 현명한 사람이다. 묵가의 전통이 세상에서 끊인다고 어찌 걱정이 되겠는가?"

서약이 말하였다.

"선생님의 말씀이 옳으시다면 제가 먼저 죽어 저승길을 닦겠습니다."

돌아가서는 맹승에 앞서 목숨을 끊었다.

그리고 두 사람을 시켜 전양자에게 '거자'의 자리를 전하였다. 맹승이 죽자 제자들 중에 따라 죽은 사람들이 83명이나 되었다. 두 사람도 전양자에게 명령을 전하고는 초나라의 맹승에게로 돌아가 죽으려 하였다. 전양자가 그들을 제지하였다.

"맹선생께서 이미 '거자'를 나에게 전하였으니 내 말을 들으시오!"

그들은 듣지 않고 마침내 돌아가 죽어 버렸다. 묵가에서는 거자의 말을 듣지 않았다고 생각하였다.「上德篇」

복돈(腹䵣)은 묵가의 '거자'였는데 진(秦)나라에 살고 있었다. 그의 아들이 살인을 하였는데 진나라 혜왕(惠王)이 말하였다.

"선생은 나이도 많은데다가 다른 자식이라고는 또 없습니다. 나는 이미 관리들에게 명하여 처형하지 말라고 하였습니다. 선생께선 이 일만은 내 말을 들어주셔야겠습니다."

복돈이 대답하였다.

"묵가의 법에 의하면, 살인한 자는 사형을 받고 남을 해친 자는 처벌을 받게 되어 있는데, 이것은 사람들을 죽이거나 해치는 일을 금하기 위한 것입니다. …임금님께서 비록 그 애를 위하여 특사를 내리시고 관리들에게 처형하지 말라고 명령을 내리셨다지만 이 복돈은 묵자의 법을 행하지 않을 수가 없습니다.…「去私篇」

여기에 나오는 '거자(鉅子)' 란 위대한 사람의 뜻으로 묵가의 전통을 이어받은 묵가의 최고 권위자이다. 마치 카톨릭의 교황(敎皇)이나 같은 위치이다. 그들은 자기네 가르침과 신의(信義)를 위하여 자기 자식은 물론 자기 자신까지도 기꺼이 희생하였던 것이다. 이것도 묵자뿐만 아니라 후세 묵가들까지 얼마나 그들의 가르침의 실천에 철저하였나를 보여주는 보기라 할 것이다.

(5) 종교 사상(宗敎思想)

묵자의 종교 사상은 시대 조류에 대한 반항에서 출발한다. 묵자는 하늘과 함께 귀신을 신앙하나 다른 일반 종교들이 현세를 초월하는 데 비하여 묵자는 현세에서 한 발자국도 벗어나지 않는다.

묵자는 언제나 '하늘' 을 그의 학설의 최고 표준으로 삼고 있다. '하늘' 은 '하느님' 이란 말로 용어를 바꾸어도 괜찮을 것이다. 묵자는 '천하에서 일에 종사하는 모든 사람들, 임금이나 장상(將相)들은 모두 일정한 법도가 있어야 하는데 그 가장 높은 법도가 되는 것이 하늘이다.' 고 주장하였다(「法儀篇」). 따라서 그의 모든 학설, 곧 '겸애' 나 '비공', '실리' 는 모두가 그 바탕을 '하늘' 에 두고 있다. 위로는 임금과 대신들이 정치를 하는 데서부터 아래로는 온 세상 사람들의 말과 행동에 이르기까지 모두 하늘의 뜻을 따르지 않으면 안된다. 따라서,

'천하의 백성들은 모두 천자는 높이 받들며 따르지만 하늘은 높이 받들며 따르지 않는다. 그래서 아직도 재난이 완전히 없어지지 않고

있는 것이다.'「尙同篇 上」

이로써 보면, 묵자의 '하늘'은 유가나 도가에서 공경하는 하늘과는
달리 의지와 감각을 가진 완전한 인격신(人格神)임을 잘 알 수 있다.

　'우리에게 하늘의 뜻이 있는 것은 비유를 들면 마치 수레바퀴 만드
는 사람에게 그림쇠〔規〕가 있고 목수에게 굽은 자〔矩〕가 있는 것과 같
다. 수레바퀴 만드는 사람과 목수는 그들의 그림쇠와 굽은 자를 가지
고서 천하의 네모꼴이나 원을 재어 보아 여기에 들어맞으면 바른 것이
고 들어맞지 않는 것은 잘못된 것이라 판단한다.'「天志篇 上」

　'묵자는 하늘의 뜻을 지니고 있어서, 위로는 그것으로써 임금이나
대신들이 사법과 행정을 함에 있어서 법도가 되고, 아래로는 천하의
만 백성들이 학문을 하고 이론을 펼 때 기준이 되게 하려는 것이다. 그
들의 행동을 살펴어 하늘의 뜻을 따르는 것이면 훌륭한 뜻으로 행동한
다 말하고, 하늘의 뜻에 반하면 나쁜 뜻으로 행동한다 말하는 것이
다.'「天志篇 中」

이처럼 하늘의 뜻으로 모든 행동이나 이론의 규범을 삼아야 한다는
것이다. 뜻이 있다는 것은 의지나 감각이 있음을 뜻한다.
　따라서 묵자가 주장하는 '사랑'이나 '의로움' 같은 것도 모두 하늘
의 뜻에서 출발한다.

　'하늘은 사람들이 서로 사랑하고 서로 이롭게 하기를 바라지 사람
들이 서로 미워하고 서로 해치기를 바라지 않는다.'「法儀篇」

그래서 하늘은 자신이 모든 인류를 골고루 사랑하며 감싸주고 모든
사람들에게 이익을 주고 있다는 것이다. 따라서 묵자가 주장하는 '겸
애'란 하늘의 사랑처럼 차별이 없고 무한한 것이다.

'어짊과 의로움(仁義)을 행하려는 사람은 의로움이 나오는 곳을 알지 않으면 안된다. …의로움은 어디로부터 나오는가? 의로움은 어리석고도 천한 데로부터 나오지 않고 반드시 귀하고도 지혜로운 데로부터 나온다. …그렇다면 누가 귀하고 누가 지혜로운가? 바로 하늘이 가장 귀하고 하늘이 가장 지혜로울 따름인 것이다. 그러니 의로움은 결과적으로 하늘로부터 나온다.'「天志篇 中」

묵자는 언제나 '의로움'이 이 세상에서 가장 고귀하고도 지혜로운 하늘로부터 나온다는 것이다.

하늘은 이처럼 의지가 있고 지혜가 있기 때문에 사람의 행동에 따라 복을 내리기도 하지만 재난을 내리기도 한다.

'하늘의 뜻을 따른 사람은 모두가 서로 사랑하고 모두가 서로 이롭게 할 것이니 반드시 상을 받게 된다. 하늘의 뜻에 반하는 사람은 사람들을 차별하며 서로 미워하고 모두가 서로 해칠 것이니 반드시 벌을 받게 된다.'「天志篇 上」

하늘은 사람들에 차별을 두지 않는다. 따라서 천자로부터 제후, 경대부들과 맨 아래의 백성들에 이르기까지 하늘이 바라는 일을 하면 누구에게나 상으로써 복을 내려주고, 하늘의 뜻에 반하는 짓을 하면 벌로써 재앙을 내려준다는 것이다.

거기에다 하늘은 전지전능(全智全能)하고 이 세상 어디에나 있다. 그러기에 하늘에 죄를 지으면 하늘의 벌로부터 도피할 길이 없다.

'하늘은 숲 속이나 골짜기, 사람 없는 으슥한 곳이라 하더라도 속일 수가 없는 것이니 분명히 반드시 보고 계시다.'「天志篇 上」

묵자는 이처럼 그의 학설의 기초로서 하늘을 신앙하고 있다. 다만 묵자의 논리에 있어서 사람의 양심상의 도덕적인 책임은 제쳐놓고 하늘이 내리는 상과 벌로써 '사랑'과 '의로움'을 강조하고 있는 점은 한편 아쉬운 느낌이 들기도 한다. 그러나 하늘의 뜻이야말로 바로 사람의 양심이라고 한다면 더 말할 나위도 없을 것이다.

한편 '운명'이란 하늘이 정하는 것이라면 사람에게 숙명을 안겨주는 하느님은 묵자가 말하는 '하늘'과 근본적으로 성격이 다르다. 묵자에 의하면, 사람에겐 일정한 운명이 있는 게 아니라 그가 얼마나 하늘의 뜻을 따르는가에 따라서 장래가 결정된다. 이러한 논리에 입각하여 묵자는 '사람이란 과거는 알 수 있지만 미래는 알 수 없다.'고 말하는 그의 제자 팽경생자(彭輕生子)의 말을 반박한다(「魯問篇」). 묵자가 숙명론을 반대한 근거도 이 하늘의 신앙에 뿌리박고 있었던 것이다.

묵자의 종교 사상의 또 한 가지 특징은 절대신(絕對神)인 '하늘' 이외에 또 귀신을 믿고 있다는 것이다. 묵자는 사회 윤리의 혼란을 귀신 신앙을 통하여 막으려 했던 것 같다.

'관리들이 관청을 다스림에 있어서 청렴하지 않다거나 남녀가 분별 없이 행동하는 것을 귀신이 있어 보고 있다. 백성들이 음란한 짓, 난폭한 짓, 반란, 도둑질 같은 짓을 하고… 남의 수레나 말과 옷이나 갖옷을 빼앗아 자기를 이롭게 하는 자는 귀신이 있어서 보고 있다.' 「明鬼篇 下」

다시 말하면, 귀신은 사람들의 모든 행동을 일일이 관찰한 뒤 '현명한 사람에게는 상을 주고, 포악한 사람에게는 벌을 준다.'(「明鬼篇 下」)는 것이다. 그리고 묵자는 귀신의 존재를 부정하는 사람들에 대하여 경험론을 근거로 하여 귀신의 존재를 주장하고 있다.

이러한 묵자의 귀신 신앙은 후세의 많은 학자들로부터 미신적이라는 지탄을 받았다. 그러나 묵자의 기본 학설이 현실적인 문제들을 원만히 해결하려는 입장으로부터 한 발자국도 요동하고 있지 않다면, 그의 귀신 신앙은 어리석었던 옛사람들의 미신적인 경향을 이용하여 자기의 학설을 실현시키려던 한 가지 수단에 불과했다고도 볼 수 있을 것이다. 철저한 합리주의적인 입장에서만 묵자의 귀신 신앙을 비판해서는 안되리라 믿는다. '하늘'과 귀신은 옛날 중국에 있어서는 일반적인 민간 신앙의 대상이었다. 다만 유가들은 '하나님〔天帝〕'의 존재는 인정하면서도 일반적으로 귀신을 부정하였다. 공자는 『논어』에서 '귀신에 대하여는 공경하면서도 멀리한다.'「雍也篇」고 하였다. 그러면서도 조상에 대한 제사를 중히 여긴 것을 보면 귀신을 믿는 민중들의 신앙 경향은 어찌할 수 없었던 것 같다.

'하늘'에 대한 개념도 본시 공자 무렵에는 덕(德)이 있는 사람에게 명(命)을 내리어 세상을 다스리게 하고, 착한 사람에겐 복을 주고 악한 자들은 처벌하는 '의지를 지닌' 인격신(人格神)에 가까운 것이었다. 물론 그것은 자연의 지상(至上)의 섭리이며 그 섭리의 운용에서 자연히 '명'도 내려지고 복이나 화도 내려진다며 유물론(唯物論)적인 해석을 내릴 수도 있을 것이다. 그러나 옛사람들의 의식 속의 '하느님'을 그런 방식으로만 해석한다는 것은 무척 위험한 일일 것이다. 다만 뒤에 순자(荀子)에 이르러는 분명히 '하늘'이란 아무런 의지도 갖지 않은 단순한 자연으로서의 하늘로 해석되어 '하늘'과 사람이 완전히 분리되었다. 순자는 하느님의 존재를 부정하면서 합리주의 쪽으로 다가섰던 것이다.

그러나 묵자는 그러한 민간 신앙을 자기의 학설로 사람들을 몰아세우는 방법으로서 적극적으로 이용하였다. 곧 그는 '겸애' 같은 자기의 주장을 실행하는 것이 바로 '하늘' 또는 귀신의 뜻이며, 사람들은 이러한 '하늘'과 귀신의 뜻을 따르는 정도에 따라 상도 받고 벌도 받게 된다는 것이다. 묵자는 현실적으로 민간에 스며들어 있는 신앙을 자기 학설의 실현을 위하여 이용했던 것 같다. 어떻든 다른 제자백가들보다도 묵가들이 더욱 신념에 철저했고 자기희생에 용감하였던 것은 묵자의 이러한 종교적인 바탕이 크게 작용했던 것 같다.

(6) 논리학(論理學) 및 기타

『묵자』를 읽어보면 그의 이론 전개에 있어 어느 편에서나 논리학의 법칙을 사용하고 있다. 양계초(梁啓超)는 묵자의 학문을 전체적으로 크게 분류할 때 '사랑'과 '지혜'의 두 가지로 나누어 볼 수 있다고 하였다. 「상동편(尙同篇)」·「겸애편(兼愛篇)」 등 10편은 모두가 '사랑'을 설교하는 글로서 사람들의 감정을 발휘시키려는 글이고, 「경편(經篇)」 상·하와 「경설편(經說篇)」 상·하 및 「대취편(大取篇)」·「소취편(小取篇)」의 6편은 '지혜'를 설교하는 글로서 사람들의 이성(理性)을 발휘시키려는 글이라 하였다. 이러한 『묵자』의 두 가지 면을 합치시켜 이해하여야만 비로소 올바른 『묵자』의 면모를 파악할 수 있을 것이다. 물론 묵자의 논리학을 비롯한 기타의 과학적인 이론의 자료는 대부분 '지혜'를 설교한 뒤 6편 속에 들어 있다.

묵자는 사람들의 지식의 본질을 다음의 같은 네 가지로 분계(分界)를 그어 이해하고 있다.

첫째, 지각(知覺)이란 바탕이 되는 것이다. 「經篇」

지각이란 것은 아는 근거가 되지만 그 자체가 아는 것은 반드시 아니며 눈과 같은 것이다. 「經說篇」

둘째, 생각이란 추구하는 것이다. 「經篇」

생각이란 것은 그의 지각으로서 추구하는 것이지만 반드시 앎을 얻게 되는 것은 아니며, 보는 것과 같은 것이다. 「經說篇」

셋째, 앎이란 접촉에서 생기는 것이다. 「經篇」

앎이란 것은 그의 지각으로서 사물을 대하여 그 모양을 인식하게 되는 것이며, 본 것과 같은 것이다. 「經說篇」

넷째, 지혜란 밝은 것이다. 「經篇」

지혜란 것은 그의 지각으로써 사물을 분별하여 그가 안 것을 뚜렷이 하는 것이며, 뚜렷한 것과 같은 것이다. 「經說篇」

곧 사람의 지식이란 지각을 바탕으로 하여 생각을 통해서 추구되며 여러 가지 사물을 접함으로써 얻어지고 또 그것이 지혜라는 분별력을 통하여 명확한 관념으로 정착된다는 것이다.

그리고 지식의 내원(來源)에 대하여는, '앎은 들어서 얻어지는 게 있고, 추리(推理)에 의하여 얻어지는 게 있고, 친히 경험함으로써 얻어지는 게 있다.'(「經篇」)고 세 가지로 구분하고 있다. 숯불을 만져보고 뜨거운 것을 아는 것이 경험으로 아는 것이고, 숯불이 뜨거우니 촛불이나 연탄불도 뜨겁다는 것을 아는 것이 추리에 의하여 아는 것이며, 남이 숯불은 뜨거운 것이라고 가르쳐 주어 아는 것이 들어서 아는 것이다.

묵자는 이러한 지식론을 바로 논리학으로 발전시키고 있다.

'자기의 주장을 내세우려 한다면 먼저 법도를 세워놓고 얘기하지 않으면 안된다. 만약 먼저 법도를 세우지 않고 말한다면 마치 돌림대 위에 서서 동서(東西)를 분별하려는 것과 같은 것이다. 내 생각으로는 비록 동서의 분별을 하려고 한다 하더라도 반드시 끝내 확실한 방향을 지적할 수 없을 것이다. 그러므로 말을 하는 데에는 세 가지 법칙이 있다. 무엇을 세 가지 법칙이라고 하는가? 그것은 그것을 고증할 것이 있어야 하고, 근원을 따지는 게 있어야 하며, 그것이 쓰이는 데가 있어야 하는 것이다. 무엇으로 고증을 해야 하는가? 옛날 성인이나 위대한 임금의 일을 바탕으로 고증하여야 한다. 무엇에 근원을 두어야 하는가? 여러 사람들의 귀와 눈으로 보고 들은 사실에 두어야 하는 것이다. 무엇에 써야 하는가? 그것을 발휘하여 나라의 정치를 행하고 만백성들을 돌보고 보살펴주어야 한다.' 「非命篇 下」

이것은 논리학의 필요성을 강조하고 있는 말이며, 모든 의론은 논리학을 기초로 하여야만 한다는 것이다. 그리고 여기에서 묵자가 제시한 세 가지 법도인 '상고하는 것'이란 곧 '들어서 얻어지는 것'이며, '근원을 따지는 것'이란 곧 친히 '경험으로 얻어지는 것'이고, '응용하는 것'이란 곧 '추리에 의하여 얻어지는 것'으로서 그의 지식론과 합치된다.

진한대(秦漢代) 이후로 유가들의 학문 방법은 대체적으로 '들어서 얻어지는 것'과 '추리에 의하여 얻어지는' 두 가지 면에 치중되고 있었다. '들어서 얻어지는 것'은 옛날 사람들을 덮어놓고 따라감으로써 창조력을 둔화시키며, '추리에 의하여 얻어지는 것'은 학문의 기초도 없는 공상적인 것으로 만들어 혼란을 일으키기 쉽다. 그래서 묵자는 건전한 학문 방법을 위하여 '친히 경험을 통하여 얻어지는 것'까지 합쳐 지식을 개발해 나가려 하였던 것이다.

먼저 여기에 묵자가 자주 쓰고 있는 논리학 용어(用語)부터 해설하기로 한다.

(1) 변(辯) : 묵자는 논리학과 같은 뜻으로 쓰고 있어 Logic과 같은 말. '옳고 그른 분별, 같고 다른 점, 표현과 내용의 원리를 밝히고 이해관계를 처리하며 의혹을 해결하고 만물이 그러한 원리를 표현하며 여러 말의 정확한 뜻을 파악하여 표현으로써 내용을 드러내며, 말로써 뜻을 펴내고, 논설로써 원인을 캐내는 것'(「小取篇」)이 '변'이라고 자신은 설명한다.

(2) 명(名) : 논리학의 명사(名辭)와 같은 말, 곧 Term.

(3) 사(辭) : 논리학의 명제(命題)와 같은 말, 곧 Proposition.

(4) 설(說) : 논리학의 전제(前提)와 같은 말, 곧 Premise. 특히 삼단논법(三段論法)에 있어서의 소전제(小前提)와 비슷하다.

(5) 실(實) : 명사가 표현하는 내용으로서 논리학의 단안(斷案), 곧 Conclusion과 같은 말이다. 묵자는 '명(名)으로서 실(實)을 드러낸다.'(「小取篇」)고 하였다.

(6) 의(意) : 명제(命題)의 형식으로 표현되는 판단. 그러나 '이것은 진짜다'라는 판단, 곧 Judgement보다는 '이것은 진짜에 가깝다'라는 가설, 곧 Hypothesis에 가까운 말이다. 묵자는 '사(辭)로써 의(意)를 펴낸다.'(「小取篇」)라고 하였다.

(7) 고(故) : 원인, 곧 Cause의 뜻. 인과율(因果律)은 특히 논리학의

첫째 요건이 된다. 따라서 '고'는 전제, 특히 소전제의 단안(斷案)인 Conclusion과 비슷한 것이다. 묵자도 '설(說)로써 고(故)를 드러낸다.'(「小取篇」)고 하였다.

(8) 유(類) : 논리학에 있어서의 중명사(中名辭), 곧 Middle Term과 같다. 삼단논법에 있어서 '한국인은 아시아 사람이다' '그러므로 나는 아시아 사람이다' '나는 한국인이다'라고 한다면 '한국인'이 '유'인 것이다. 묵자도 '유(類)로써 뜻을 취하고, 유(類)로써 결단을 내려준다.'(「小取篇」)라고 하였다.

(9) 혹(或) : 논리학에서 특수명제(特殊命題), 곧 Particular Proposition에 해당한다. 묵자도 '혹(或)이란 것은 다 그렇다는 게 아니다'(「小取篇」)라고 하였다.

(10) 가(假) : 논리학에서의 가설명제(假說命題), 곧 Hypothetical Proposition에 해당된다. 묵자도 '가(假)라는 것은 지금은 그렇지도 않다는 것이다.'(「小取篇」)고 하였다.

(11) 효(効) : 법식, 곧 Form Law의 뜻을 지니고 있으며 삼단논법의 격(格), 곧 Figure에 해당한다. 격에 들어맞지 않으면 논법이 영원히 성립되지 않는데, 묵자도 '효(効)란 법식을 따르는 것이다. 법식에 들어맞으면 옳고 법식에 맞지 않으면 그른 것이다.'(「小取篇」)고 하였다.

(12) 비(譬) : 비유를 드는 것, 논리학에 있어서의 입증(立證), 곧 Verification이 이에 해당한다. 묵자도 '비(譬)란 것은 사물을 들어서 밝히는 것이다.'(「小取篇」)라고 하였다.

(13) 모(侔) : …은 …과 같다는 비교(比較), 곧 Comparison이다. 묵자도 '모(?)란 것은 비교하는 말을 함께 진행시키는 것이다'(「小取篇」)라고 설명하였다. 이러한 비교 없이 논리학은 성립될 수 없다.

(14) 원(援) : 인용한다는 뜻, 곧 귀납법(歸納法)적인 연쇄론법(連鎖論法)적인 논법을 뜻한다. 묵자도 '원(援)이란 것은 당신에게

있어서 그러한데 내게만 어찌 그렇지 않을 수 있겠느냐는 것이다.' 라고 설명하고 있다.

(15) 추(推) : 논리학에서의 추론(推論), 곧 Inference이다. 이 추가 묵자의 논리학에 있어서도 첫째 요건이 됨은 말할 것도 없다.

묵자의 논리학은 물론 서양의 논리학처럼 완전한 체계가 서 있는 것은 아니다. 그러나 묵자는 부단한 논리의 연구를 통하여 그의 논설은 물론 남과의 문답에 있어서도 삼단논법이나 귀납법, 또는 추리의 방식을 이용하여 올바른 결론을 유도하고 있다. 그밖에도 「소취편(小取篇)」에서와 같이 자칫하면 궤변(詭辯)으로 빠지기 쉬운 논리의 특징을 하나하나 추구하고 있는 것은 옛 중국에서는 보기 드문 업적이라 할 것이다. 아무리 체계가 엉성하다 하더라도 묵자의 논리학은 중국 고대 논리학의 정화라 할 수 있는 것임에는 틀림없다.

논리학 이외에도 「묵경(墨經)」 중에는 기하학(幾何學)·물리학(物理學)·광학(光學)·경제학(經濟學) 등에 관한 단편적인 기록들이 무수히 보인다. 이것들이 현대과학처럼 완전히 체계를 이룬 독립된 학문의 분야를 이룩하고 있지는 못하지만 묵자의 현실적이고 과학적인 학문 태도를 이해하기에는 충분한 자료들이다. 전국시대 묵가의 세력이 유가를 압도할 만했던 것도 묵자의 실천적이고 과학적인 학문 태도가 크게 작용했을 것이다.

(7) 묵가의 활동과 쇠망

맹자도 '양주(楊朱)와 묵적(墨翟)의 이론이 천하에 가득 차서 천하의 이론은 양주에게로 돌아가지 않으면 묵적에게로 돌아갔다.'(「滕文公 上」)라 하였고(양주는 묵자와 반대로 극단적인 이기주의를 주장한 사람임), 한비자(韓非子)는 '세상에 뚜렷한 학문이란 유가와 묵가이다.'(「顯學篇」)고 하였으며, 『여씨춘추(呂氏春秋)』에는 '공자와 묵자를 따르는 자들은 더욱

많아지고 제자들도 더욱 늘어나 천하에 가득하게 되었다.'(「尊師篇」)고
하였다.

이로 보아 한(漢)나라 이전까지 묵가는 세상에서 가장 두드러진 학파
의 하나였음을 알 것이다. 묵자가 죽은 뒤로도 묵자의 학문은 거의 2세
기를 두고 세상을 크게 지배하였던 것이다. 묵자의 귀족들이 행하는
부패정치나 세습제(世襲制)에 대한 비판과 형식적인 예악(禮樂)을 존중
하는 유가의 비행동성(非行動性)에 대한 비판이 서민들의 지지를 얻어
큰 세력을 형성하였던 것이다.

묵자가 죽은 뒤로 묵가는 '거자(鉅子)'라 불리는 최고 지도자의 통솔
아래 엄격한 규율과 독자적인 법칙을 지켜 왔다. '거자'는 절대적인 권
한을 가지고 묵가 집단에 대하여 통제를 가하고 있었던 것 같다. 그리
고 그들은 묵자의 적극적인 실천주의를 계승하여 자기희생적이고 의
협적(義俠的)인 성격을 짙게 유지하였었다.

그러나 전국시대 말엽 논리학파로 발전한 묵가들은 상리씨(相里氏)·
상부씨(相夫氏)·등릉씨(鄧陵氏)의 3파로 분열하고(『韓非子』顯學篇), 다
시 묵자의 스토익적인 근로와 절용의 가르침은 이들을 실천하는 사람
들의 태도에 따라 수많은 분열을 가져오게 하였다. 그 결과 한(漢)나라
에 이르기도 전에 묵가는 유가에 완전히 눌리어 자취를 찾아보기도 어
렵게 되었다.

특히 진시황(秦始皇)이 천하를 통일한 뒤 실시한 '분서갱유(焚書坑儒)'
의 반문화정책에 의하여 묵가는 중국의 사상계로부터 완전히 제외당
하게 되었다. 한대에 이르러는 유교가 거의 국교로 받들어졌기 때문에
유가의 경전들은 한나라 황제들의 문화정책에 의하여 즉시 복구되었
지만 묵가의 서적들은 되살아날 길이 없었다. 거기에다 묵자는 유가
사상에 대한 비판에 초점을 모으고 있으므로 이단시(異端視)되어 청(淸)
나라에 이르러 고증학(考證學)의 성행으로 다시 발굴되기 전까지 2천여
년간 아무도 돌보는 이가 없었다. 그리하여 묵학의 전수계통(傳授系統)
이나 그의 제자들의 활동에 관해서는 거의 알 길조차도 없게 되었다.

지금 여러 전적에 보이는 묵가에 속하는 사람들 이름을 들면 대체로 다음과 같은 사람들이 있다.

금골희(禽滑釐), 그의 재전(再傳) 제자 허범(許犯)·색노삼(索盧參), 다시 그의 삼전(三傳) 제자 전계(田繫)·고석자(高石子)·고하(高何)·현자석(縣子碩)·공상과(公尚過)·경주자(耕柱子)·위월(魏越)·수소자(隨巢子 : 저서 6편이 있다)·호비자(胡非子 : 저서 3편이 있다), 그의 제자 굴장자(屈將子)·관금오(管黔傲)·고손자(高孫子)·치도오(治徒娛)·질비(跌鼻)·조공자(曹公子)·승작(勝綽)·팽경생자(彭輕生子)·맹산(孟山)·현당자(弦唐子).

이상은 묵자의 제자들이다. 전수(傳授) 계통은 알 수 없으나 묵가에 속하는 사람들로는 다음과 같은 사람들이 있다.

전구(田俅 : 저서 3편), 상리권(相里勸 : 남방의 묵자로 三俅 중의 한 사람), 상부씨(相夫氏 : 三墨 중의 한 사람), 등릉씨(鄧陵氏 : 남방의 묵자로 三墨 중의 한 사람), 고획(苦獲 : 남방의 묵자), 이치(已齒 : 남방의 묵자), 아자(我子 : 저서 2편이 있다), 전자(纏子 : 저서 1권이 있다), 맹승(孟勝 : 묵가의 거자 중의 한 사람), 그의 제자 서약(徐弱), 전양자(田襄子 : 묵가의 거자 중의 한 사람), 복돈(腹䵍 : 묵가의 거자 중의 한 사람), 이지(夷之)·사자(謝子)·당고과(唐姑果)·정인적(鄭人翟).

그리고 묵자의 학문을 계승하여 자기 나름의 학문 체계를 이루었던 사람으로는 다음과 같은 학자들이 있다.

(1) 송형(宋銒) - 『맹자(孟子)』에서는 송경(宋牼), 『장자(莊子)』에서는 송영자(宋榮子)라 부르고 있다. 맹자가 그를 '선생(先生)', 순자는 '자송자(子宋子)'라 부른 것으로 보아 그 시대의 존경받던 학자였

던 것 같다. 단편적이나마 여러 책에 인용된 그의 학설을 보면 절용과 실리 및 비공(非攻)을 주장한 묵자의 이론과 부합되는 점이 많다.

(2) 윤문(尹文)－『장자』·『공손룡자(公孫龍子)』·『여씨춘추』에 그의 이름이 보이며 송형과 비슷한 학설을 주장한 학자였던 것 같다. 지금 『윤문자(尹文子)』 두 편이 전해지고 있으나 내용은 모두 유가와 묵가를 공격하는 것이며 명가(名家)와 법가(法家)에 가까운 내용이다. 묵가로부터 방향을 약간 바꾼 탓이라 여겨진다.

(3) 허행(許行)－『맹자』에 보이는데 묵자의 '근로' 사상과 비슷한 주장을 하였던 학자이다.

(4) 혜시(惠施)－명가(名家)에 속하는 학자지만 실은 묵가에서 그의 학문은 출발하였다.

(5) 공손룡(公孫龍)－역시 명가에 속하지만 묵가로부터 출발한 학자이다.

(6) 위모(魏牟)－공손룡과 같은 학파에 속하나 역시 묵가로부터 그의 학문은 출발한 듯하다.

옛날에는 흔히 묵가를 유가와 대칭으로 썼다. 그러나 진(秦)나라 이후 묵가의 전통이 끊이어 그 실상(實狀)을 파악하기가 어렵게 되었다. 대체로 묵자의 후학들을 분류하면 다음과 같이 될 것이다.

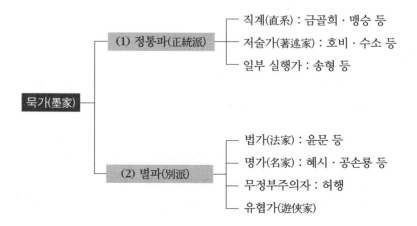

맨 끝에 '유협가'를 넣은 것은 한대(漢代)에 들어와서 묵가들이 유협적(遊俠的)인 인물로 많이 변했기 때문이다. 육가(陸賈)의 『신어(新語)』에서 '묵자의 문하에는 용사가 많다'고 한 것처럼 전국시대 말년부터 한나라 초기에 이르기까지는 묵자의 실천주의가 의협적(義俠的)인 경향으로 발전하였던 것 같다.

墨子

1. 친사편 親士篇

어진 선비들과 친근히 하여야만 한다는 게 '친사(親士)'의 뜻이다. 따라서 인재를 아끼어 중히 써야만 한다고 역설하는 것이 이 편의 중심을 이루는 내용이다. 임금이나 나라를 번영시키려면 훌륭한 인재들을 등용할 줄 알아야 한다고 주장하면서 몇 가지 그 실례를 들고 있다. 그리고 어진 선비들을 쓰는 방법에 대하여도 설명을 덧붙이고 있다. 그러나 전체적으로 볼 때 이 편은 한 부분이 빠져 달아난 듯한 느낌을 주며 따라서 전체 문장의 줄거리도 뚜렷하지 못한 곳이 있다.

뒤의 「상현편(尙賢篇)」상·중·하 세 편에서도 비슷한 내용을 논하고 있지만 이 「친사편」보다는 훨씬 논리가 정연하다. 그래서 이 편뿐만 아니라 『묵자』의 앞 7편에 대하여는 어떤 학자들은 묵가의 초기 사상을 서술한 것들이라 하고 또 어떤 학자들은 후세에 보충한 것이거나 묵가의 여론(餘論)이라 보는 이가 있다. 이 편들 중에는 유가에 가까운 주장이 많고 또 도가 사상이 섞여 있는 곳도 있다는 점도, 그러한 주장을 하는 중요한 이유가 된다.

1-1 어느 나라든 들어가 보아 그 나라에서 선비(士)들을 아껴주지 않는다면 곧 망할 나라인 것이다. 어진 이를 보고도 쓰는 데 다급하지 않다면 곧 소홀한 임금인 것이다. 어진 이가 아니라면 쓰는 데 다급할 게 없고 선비가 아니라면 함께 나라를 걱정할 상대가 못된다. 어진 이를 소홀히 하고 선비들을 잊고도 그의 나라를 보전할 수 있는 임금은 절대로 있을 수가 없다.

入國而不存¹其士, 則亡國矣. 見賢而不急, 則緩君矣.
입 국 이 부 존　기 사　　즉 망 국 의　　견 현 이 불 급　　즉 완 군 의

非賢無急, 非士無與慮國². 緩賢忘士, 而能以其國存者,
비 현 무 급　비 사 무 여 려 국　　완 현 망 사　　이 능 이 기 국 존 자

未曾有也.
미 증 유 야

1 存(존)-아껴주는 것.　**2** 慮國(려국)-나랏일을 걱정하는 것.

1-2 옛날에 진(晉)나라 문공(文公)은 외국으로 망명한 일이 있으나 천하를 바로잡았다. 제(齊)나라 환공(桓公)도 나라를 떠난 일이 있었으나 제후들을 제패하였다. 월(越)나라 임금 구천(勾踐)은 오(吳)나라 임금에게 치욕을 당하였으나 위로 중국의 어진 임금들이 위협을 느끼는 존재가 되었다. 이 세 사람들이 명성을 얻고 천하에 공로를 이룩할 수 있었던 것은 모두가 그의 나라에서 오히려 큰 치욕을 당하였기 때문이다.

가장 좋은 일은 실패가 없는 것이지만 그 다음은 실패를 하기는 하지만 그로써 이루는 게 있는 것이다. 이것을 두고 백성을 잘 등용한다고 하는 것이다.

昔者, 文公³出走 而正天下. 桓公⁴去國 而覇諸侯. 越王
석자　문공출주　이정천하　환공거국　이패제후　월왕

勾踐⁵ 遇吳王之醜⁶, 而上懾⁷ 中國之賢君. 三子之能達名,
구천　우오왕지추　이상섭　중국지현군　삼자지능달명

成功於天下也, 皆於其國, 抑而大醜也.
성공어천하야　개어기국　억이대추야

太上無敗, 其次敗而有以成. 此之謂用民.
태상무패　기차패이유이성　차지위용민

3 文公(문공)─춘추시대 진(晋)나라 제후. 이름은 중이(重耳). 헌공(獻公)의 아들로서 헌공의 애첩 이희(驪姬)의 모함으로 말미암아 외국으로 망명하였다가 뒤에 어진 신하들의 도움으로 임금이 되어 패자(覇者)의 지위에까지 올랐다. **4** 桓公(환공)─춘추시대 오패(五覇) 중의 한 사람. 전에 그의 형 양공(襄公)이 노(魯)나라 환공을 죽이고 그의 부인과 밀통을 하며 함부로 사람을 죽이자, 그는 재난을 피하여 거(筥)나라로 망명하였다. 뒤에 제나라로 돌아와 임금이 되어 관중(管仲) 같은 어진 신하들의 도움으로 패자의 지위에 올랐었다. **5** 越王勾踐(월왕구천)─월왕 구천은 오(吳)나라 부차(夫差)와 회계산(會稽山)에서 싸워 패하여 처자들과 재물을 잃었다. 그러나 범려(范蠡)·문종(文種) 같은 어진 신하들의 도움으로 목숨을 건진 뒤 '와신상담(臥薪嘗膽)'한 끝에 다시 일어나 오나라를 쳐부쉈다. **6** 醜(추)─치욕. 굴욕. **7** 懾(섭)─두려워함. 무서워함.

어진 이들을 잘 쓸 줄 알아야만 나라가 잘 다스려진다. 임금 밑에 어진 이들이 있다면 비록 나라가 망하는 어려움을 당한다 하더라도 그 어려움을 결국은 극복할 수 있게 된다는 것이다.

2-1 내가 듣건대 '편안한 집이 없어서 편치 않은 게 아니라 내게 편안한 마음이 없기 때문이며, 충분한 재물이 없

어서 만족치 못하는 게 아니라 내게 만족하는 마음이 없기 때문이다.' 라고 하였다.

그러므로 군자는 자신은 어려운 일을 맡고 남은 쉬운 일을 하게 하지만, 보통 사람들은 자신은 쉬운 일을 맡고 남은 어려운 일을 하게 한다. 군자는 나아감에 있어 그의 뜻을 굽히지 않고 물러나서는 그의 감정을 상케 하지 않으며 비록 낮은 백성들과 섞여 있다 하더라도 끝내 원망하는 마음을 갖지 않는다. 그것은 그에게는 자신이 있기 때문인 것이다.

그러므로 그가 어렵게 여기는 일을 해나가는 사람은 반드시 그가 바라는 것을 얻게 된다. 자기의 욕심대로 하면서도 그가 싫어하는 결과를 면하였다는 얘기는 들어본 일이 없다. 그러므로 간사한 신하는 임금을 해치고 아첨하는 부하는 윗사람을 해친다.

吾聞之, 曰 : 非無安居也, 我無安心也. 非無足財也, 我
오 문 지 왈　　 비 무 안 거 야　 아 무 안 심 야　 비 무 족 재 야　 아
無足心也.
무 족 심 야

是故君子自難而易彼, 衆人自易而難彼. 君子進不敗其
시 고 군 자 자 난 이 이 피　　 중 인 자 이 이 난 피　　 군 자 진 불 패 기
志, 衲¹不疚²其情, 雖雜庸民³, 終無怨心. 彼有自信者也.
지　 내 불 구 기 정　　 수 잡 용 민　　 종 무 원 심　　 피 유 자 신 자 야

是故爲其所難者, 必得其所欲焉. 未聞爲其所欲, 而免
시 고 위 기 소 난 자　　 필 득 기 소 욕 언　　 미 문 위 기 소 욕　　 이 면
其所惡者也. 是故偪⁴臣傷君, 諂下傷上.
기 소 오 자 야　 시 고 핍 신 상 군　　 첨 하 상 상

1 衲(내)−물러나는 것. 2 疚(구)−병들음. 상함. 보통 판본은 '내불구(衲內不疚)' 가 '내구(內疚)' 로 되어 있으나 『묵자한고(墨子閒詁)』에 의거하여 본문을 고쳤다. 3 庸民(용민)−낮은 일반 백성. 4 偪(핍)−녕(佞)자의 잘못으로 '간사한 것' (『墨子閒詁』). 보통은 '권력을 가지고 임금을 핍박하는 것' 으로 풀이한다.

2-2 임금에게 반드시 뜻을 거스리는 신하가 있고 윗사람에게 반드시 따지고 바른말을 하는 부하가 있어서 논쟁이 진지하게 벌어지고 서로 훈계하며 따지고 바른말을 하게 된다면 그 임금은 오래도록 살면서 나라를 보전하게 될 것이다. 신하가 그의 작위를 소중히 여기어 말하지 않아서 가까운 신하들은 벙어리가 되고, 먼 신하들은 입을 다문다면 백성은 마음속에 원한이 맺히게 될 것이다. 아첨하는 자들이 곁에 있어 좋은 논의를 하는 길이 막혀 버린다면 곧 나라는 위태로워질 것이다. 걸(桀)왕과 주(紂)왕은 천하의 어진 선비가 없었기 때문에 천하를 잃고 죽지 않았는가! 나라에 바치는 보물로는 어진 이를 추천하고 선비를 천거하는 것보다 더 좋은 게 없는 것이다.

君必有弗弗⁵之臣, 上必有詻詻⁶之下, 分議者延延⁷, 而
군 필 유 불 불 지 신　상 필 유 액 액 지 하　분 의 자 연 연　이

交儆⁸者詻詻焉, 可以長生保國. 臣下重其爵位而不言, 近
교 경 자 액 액 언　가 이 장 생 보 국　신 하 중 기 작 위 이 불 언　근

臣則喑⁹, 遠臣則唫¹⁰, 怨結於民心. 諂諛在側, 善議障塞,
신 즉 암　원 신 즉 금　원 결 어 민 심　첨 유 재 측　선 의 장 색

則國危矣. 桀¹¹紂¹²不以其無天下之士邪, 殺其身而喪天
즉 국 위 의　걸 주 불 이 기 무 천 하 지 사 야　살 기 신 이 상 천

下. 故曰：歸¹³國寶, 不若獻賢而進士.
하　고 왈　귀 국 보　불 약 헌 현 이 진 시

5 弗弗(불불) – 임금의 뜻을 어기며 올바른 도리를 주장하는 것. 6 詻詻(액액) – 따지고 바른말을 하는 것. 정정당당히 의론을 펴는 것. 7 延延(연연) – 논쟁이 진지하게 벌어지는 것. 8 交儆(교경) – 서로 훈계함. 보통 판본엔 '지구(支苟)'로 되어 있으나 『묵자한고』에 따라 고쳤다. 9 喑(암) – 목병이나 벙어리가 되는 것. 10 唫(금) – 입을 다물고 있는 것. 11 桀(걸) – 하(夏)나라 마지막 임금. 무도한 정치를 하다가 상(商)나라 탕(湯)임금에게 멸망 당하였다. 12 紂(주) – 은(殷)나라 마지막 임금. 포학한 정치를 하다가 주(周)나라 무왕

(武王)에게 멸망 당하였다. 걸(桀)과 함께 폭군의 대표자로 꼽힌다. **13 歸**
(귀)-보내주는 것.

♋

여기에선 훌륭한 선비인 '군자' 들의 뛰어난 자질을 설명하면
서, 그러한 자질 때문에 훌륭한 선비는 나라를 다스리는 임금에게
무엇보다도 소중한 것임을 강조하고 있다. 여기에서의 군자는 유
가들이 말하는 군자와 별로 다를 게 없다.

3-1 지금 다섯 개의 송곳이 있다면 이들 중 가장 뾰족한 것이
반드시 먼저 무디어질 것이며, 다섯 개의 칼이 있다면
이들 중 가장 날카로운 것이 반드시 먼저 닳을 것이다. 그래서 맛있
는 샘물이 먼저 마르고, 쭉 뻗은 나무가 먼저 잘리며, 신령스러운 거
북이 먼저 불에 지져지고, 신령스런 뱀이 먼저 햇빛에 말려진다.

그러므로 비간(比干)이 죽음을 당한 것은 그가 고상하였기 때문
이며, 맹분(孟賁)이 죽음을 당한 것은 그가 용감하였기 때문이며,
서시(西施)가 물에 빠져 죽은 것은 그가 아름다웠기 때문이며, 오기
(吳起)가 몸을 찢긴 것은 그가 일을 잘하였기 때문이었다. 그러므로
그러한 사람들이란 그의 장점(長點) 때문에 죽은 사람들이다. 그러
므로 '너무 성(盛)한 것은 지키기 어렵다' 고 하는 것이다.

今有五錐¹, 此其銛銛²者必先挫, 有五刀, 此其錯錯³者必
금유오추　차기섬섬　자필선좌　유오도　차기착착　자필

先靡⁴. 是以甘井先竭, 招木⁵先伐, 靈龜⁶先灼⁷, 神蛇⁸先暴.
선마　시이감정선갈　초목선벌　영귀선작　신사선폭

是故比干⁹之殪¹⁰, 其抗¹¹也, 孟賁¹²之殺, 其勇也, 西施¹³
시고비간 지에   기항 야 맹분 지살 기용야 서시

之沈, 其美也, 吳起¹⁴之裂, 其事也. 故彼人者寡不死其所
지심 기미야 오기 지렬 기사야 고피인자과불사기소

長. 故曰 : 太盛難守也.
장 고왈   태성난수야

1 錐(추) - 송곳. 2 銛銛(섬섬) - 뾰족한 것, 끝이 날카로운 모양. 3 錯錯(착
착) - 칼날이 잘 선 모양. 4 礦(마) - 칼날이 닳아 무디어지는 것. 5 招木(초
목) - 곧게 높이 자란 나무. 6 靈龜(영귀) - 신령스런 거북. 껍질을 불로 지져
서 그 균열(龜裂)을 보고 길흉(吉凶)을 점쳤는데 오래 묵은 큰 거북 껍질일수
록 신령스럽다고 생각하였다. 7 灼(작) - 불로 지지는 것. 8 神蛇(신사) - 깊
은 연못 속에 살며 비와 구름을 일으킨다는 신령스런 뱀. 가뭄이 들면 옛사
람들은 이 뱀을 잡아다 햇볕 아래 내놓고 비가 내리기를 빌었다. 9 比干(비
간) - 은(殷)나라 주(紂)왕의 숙부. 주왕이 포학한 정치를 하자 비간은 올바른
정치를 하도록 임금에게 여러 번 간하였다. 그러자 주왕은 화를 내며 성인
(聖人)의 심장엔 구멍이 일곱 개 있다는데 정말인가 보자면서 비간의 심장을
도려내었다 한다. 10 殪(에) - 죽는 것. 죽음을 당하는 것. 11 抗(항) - 항(亢)
과 통하여, '높음'. '고상함'. 12 孟賁(맹분) - 전국시대의 용사. 살아 있는
소의 뿔을 뽑는 힘을 지니고 있었다 한다. 13 西施(서시) - 춘추시대 월(越)나
라의 미녀. 오(吳)나라 임금에게 패한 월나라 임금 구천(勾踐)은 오나라 임금
부차(夫差)가 여자를 좋아함을 알고 서시를 바쳤다. 부차는 과연 서시의 아름
다움에 혹한 나머지 정치를 소홀히 하여 마침내는 월나라에 멸망 당하였다.
그 뒤 서시는 월나라로 되돌아왔으나 마침내는 장강(長江)에 몸을 던져 죽었
다 한다. 14 吳起(오기) - 전국시대 위(衛)나라 사람. 노(魯)나라와 위(魏)나리
에서 장수로서 공을 세웠으나 모함을 받아 초(楚)나라로 가서 재상이 되었
다. 그는 초나라에서 혁신적인 정치를 행하였으나 그를 아끼던 도왕(悼王)이
죽자 반대파에 몰리어 수레에 몸이 매여 찢겨 죽었다 한다.

3-2 그런데 비록 현명한 임금이라 하더라도 공로가 없는 신
하는 사랑하지 않을 것이며, 비록 자애로운 아버지라

하더라도 소용없는 자식은 사랑하지 않을 것이다. 그러므로 그의 책임을 감당하지 못하면서도 그러한 지위에 있는 것은 그 지위에 있을 사람이 못되는 것이다. 그의 벼슬을 감당하지도 못하면서 그러한 봉급을 받고 있는 것은 그 봉급을 받을 사람이 못되는 것이다.

故雖有賢君, 不愛無功之臣, 雖有慈父, 不愛無益之子.
고 수 유 현 군　　불 애 무 공 지 신　　수 유 자 부　　부 애 무 익 지 자

是故不勝^{15}其任而處其位, 非此位之人也. 不勝其爵, 而處
시 고 불 승　　기 임 이 처 기 위　　비 차 위 지 인 야　　불 승 기 작　　이 처

其祿^{16}, 非此祿之主也.
기 록　　비 차 록 지 주 야

15 勝(승)-이기다, 감당하다, 잘하다. **16** 祿(록)-옛날 벼슬아치들이 받던 보수, 곧 봉급.

3-3 좋은 활은 잡아당기기는 어렵지만 화살을 높이 날아가게 할 수 있고 깊이 들어가게 할 수 있다. 좋은 말은 타기는 어렵지만 무거운 것을 싣고 멀리 갈 수 있다. 훌륭한 인재는 부리기 어렵지만 임금을 이끌어 존귀함을 드러내 줄 수 있다. 그런 까닭에 장강(長江)이나 황하(黃河)는 작은 시냇물이 자기에게 가득 차도록 흘러드는 것을 싫어하지 않아서 커질 수가 있는 것이다. 성인(聖人)은 일을 함에 사양함이 없고 물건에 대하여 어긋나는 것이 없으므로 천하의 그릇이 될 수가 있는 것이다. 그러므로 장강이나 황하 물은 한 근원에서 나온 물이 아니며, 수천 냥의 갖옷은 한 마리 여우의 흰 털가죽으로 만들어지는 것이 아니다. 그러니 어찌 자기와 방식이 같은 사람은 취하여 쓰지 않고 자기와 뜻

이 같은 자만을 취하여 쓰겠는가? 이것은 세상을 다스리는 임금의 도(道)가 아닌 것이다.

良弓難張, 然可以及高入深. 良馬難乘, 然可以任重致
양궁난장　　연가이급고입심　　양마난승　　연가이임중치

遠. 良才難令, 然可以致君見尊. 是故江河不惡, 小谷[17]之
원　　양재난령　　연가이치군현존　　시고강하불오　　소곡　　지

滿己也, 故能大. 聖人者事無辭也, 物無違也, 故能爲天
만기야　　고능대　　성인자사무사야　　물무위야　　고능위천

下器. 是故江河之水, 非一源之水也, 千鎰[18]之裘, 非一孤
하기　　시고강하지수　　비일원지수야　　천일　　지구　　비일호

之白[19]也. 夫惡有同方[20]不取, 而取同己[21]者乎? 蓋非兼王
지백　　야　　부오유동방　　불취　　이취동기　　자호　　　개비겸왕

之道也.
지도야

17 小谷(소곡)－조그만 골짜기의 시냇물. 18 鎰(일)－무게의 단위. 24냥이 1
일. 19 狐之白(호지백)－여우의 흰 털가죽. 갖옷 중에서도 가장 고급의 것은
여우 겨드랑이 부근의 흰털 가죽을 모아 만든 부드러운 갖옷이었다. 20 同方
(동방)－일하는 방식이 같은 사람. 21 同己(동기)－마음이 자기와 같은 사람.

3-4 그런 까닭에 하늘과 땅은 환하기만 하지 않으며, 큰 물은 맑기만 하지 않으며, 큰 불은 밝게 타기만 하지 않으며, 임금의 덕은 높이 빼어나기만 하는 것이 아니다. 곧 천 사람의 우두머리가 될 사람은 곧기가 화살 같고 평평하기가 숫돌과 같지만 만물을 덮기에는 부족한 것이다. 그러므로 좁은 골짜기의 물은 마르기 쉽고, 낮은 흐름은 바닥나기 쉬우며, 돌이 많은 땅엔 식물이 자라지 않고, 왕자의 은택도 궁중을 벗어나지 못할 정도라면 온 나라에 흐를 수가 없을 것이다.

是故天地不昭昭[22], 大水不潦潦[23], 大火不燎燎[24], 王德
시 고 천 지 불 소 소　　　대 수 불 로 로　　　대 화 불 료 료　　　왕 덕

不堯堯[25]. 若乃千人之長也, 其直如矢, 其平如砥[26], 不足
불 요 요　　　약 내 천 인 지 장 야　　기 직 여 시　　기 평 여 지　　　부 족

以覆萬物. 是故谿陜者速涸, 游淺者速竭, 磽确者, 其地
이 복 만 물　　시 고 계 협 자 속 학　　유 천 자 속 갈　　　교 학 자　　　기 지

不育, 王者淳澤, 不出宮中, 則不能流國矣.
불 육　　왕 자 순 택　　불 출 궁 중　　　즉 불 능 류 국 의

22 昭昭(소소)—환한 모양. 23 潦潦(로로)—물이 맑은 모양. 24 燎燎(료료)—
불이 환하게 타오르는 모양. 25 堯堯(요요)—높다랗게 빼어난 모양. 26 砥
(지)—숫돌.

이 대목은 앞 단원의 어진 이를 존중하여야 한다는 내용의 얘기와 직접적인 연결이 잘 되지 않는다. 그러나 어진 사람과 관계 있는 얘기인 것만은 틀림없다. 사람이 너무 뛰어나면 오히려 그 때문에 해를 입기 쉽다. 그렇지만 능력 없는 자는 아무 쓸 데도 없다. 다루기는 어렵지만 능력이 뛰어난 사람이라야 큰일을 해낼 수 있다. 또 임금은 널리 큰 강물처럼 포용력이 있어야 한다. 임금이 포용력이 없다면 훌륭한 임금이 되기 어렵다는 것이다. 이 포용력이란 여러 가지 재능을 지닌 여러 사람들을 받아들여 함께 일하는 능력을 뜻할 것이다.

2. 수신편 修身篇

개인의 수양에 관한 기본적인 얘기가 씌어 있는 편이
다. 누구나 자기 신변의 일들을 잘 처리하고 자기를 반성할 줄
알아야 한다는 것이 중요한 내용이다. 이 편은 길이가 매우 짧
다는 게 특징이다.

1-1 군자는 전쟁을 함에 있어서 진을 잘 친다고 하더라도
용기로써 근본을 삼는다. 장례를 지낼 적에는 예의가
있다고는 하지만 슬픔을 근본으로 삼는다. 선비에게는 학문이 있
다고는 하지만 실천을 근본으로 삼는다.

그러므로 자리 잡고 있는 근본이 안정되지 않은 사람은 말단적
인 결과를 풍성히 이루려 하여서는 안된다. 가까운 사람들과 친하
지 않은 사람은 먼 사람들과 가까이 하려 애써서는 안된다. 친척
들이 따르지 않는 사람은 밖의 사람들과 사귀려고 애써서는 안된

2.
수신편 修身篇

67

다. 하는 일이 밑도 끝도 없이 정리가 안되어 있다면 많은 일을 하려고 애써서는 안된다. 앞의 사물에 대하여 알지 못한다면 많은 것을 알려고 애써서는 안된다. 그러므로 옛 임금들은 천하를 다스림에 있어서 반드시 가까운 것을 잘 살핀 다음 먼 것을 가까이했던 것이다.

君子, 戰雖有陳, 而勇爲本焉. 喪雖有禮, 而哀爲本焉.
군자 전수유진 이용위본언 상수유례 이애위본언

士雖有學, 而行爲本焉.
사수유학 이행위본언

是故置本不安者, 無務豐末. 近者不親, 無務來遠¹. 親
시고치본불안자 무무풍말 근자불친 무무래원 친

戚不附, 無務外交. 事無終始, 無務多業. 擧物而闇², 無
척불부 무무외교 사무종시 무무다업 거물이암 무

務博聞. 是故先王之治天下也, 必察邇來遠.
무박문 시고선왕지치천하야 필찰이래원

1 來遠(내원) ─ 먼 사람들이 좋아하며 찾아오는 것. **2** 闇(암) ─ 어두움. 잘 모름.

1-2 군자란 가까운 것을 잘 살피어 가까운 것부터 닦아나가는 사람이며, 수양이 되지 않은 행동을 보거나 비난을 받는 것을 보고서는 자신에 대하여 그것을 반성하는 사람인 것이다. 그리하여 남의 원망을 받지 않고 행실을 닦게 되는 것이다. 남을 해치려는 간악한 말은 귀에 담지 아니하고, 남을 공격하는 말은 입에서 내지 아니하며, 남을 죽이거나 상케 할 뜻은 마음에 두지 않는다. 그래서 비록 남을 헐뜯으려는 백성이라 하더라도 빌붙을 데가 없는 것이다.

君子, 察邇而邇修者也. 見不修行, 見毀[3], 而反之身者
군자　　찰이이이수자야　　견불수행　　견훼　　　이반지신자

也. 此以怨省而行修矣. 譖慝[4]之言, 無入之耳, 批扞[5]之
야　차이원성이행수의　　참특　지언　　무입지이　　비한　지

聲, 無出之口, 殺傷人之孩[6], 無存之心. 雖有詆訐[7]之民,
성　　무출지구　　살상인지해　　무존지심　　수유저알　지민

無所依矣.
무소의의

3 毀(훼)－훼방. 비방.　4 譖慝(참특)－남을 모함하려는 간악함.　5 批扞(비
한)－남을 공격하는 것.　6 孩(해)－荄(해)와 통하여, 본시는 '풀뿌리'. 뜻이
바뀌어 '저의(底意)' 또는 '뜻'.　7 詆訐(저알)－개인적인 잘못을 들추어 내며
헐뜯고 욕하는 것.

1-3 그러므로 군자는 힘써 일하며 날로 분발하고 항상 욕
망을 억제하며 몸차림은 항상 정제히 한다. 군자의 도
란 가난할 적에는 청렴함을 보여주고, 부할 적에는 의로움을 보여
주며, 삶에는 사랑을 보여주고, 죽음에는 슬픔을 보여주는 것이
다. 이 네 가지 행동은 함부로 할 수가 없는 것이며, 자신에 대하
여 그것을 반성함으로써 되는 것이다.

故君子力事日彊, 願欲日逾[8], 設壯[9]日盛. 君子之道也,
고 군 자 력 사 일 강　　원 욕 일 유　　설 장 일 성　　군 자 지 도 야

貧則見廉, 富則見義, 生則見愛, 死則見哀. 四行者, 不可
빈 즉 견 렴　　부 즉 견 의　　생 즉 견 애　　사 즉 견 애　　사 행 자　　불 가

虛假, 反之身者也.
허 가　반 지 신 자 야

8 逾(유)－偸(투)와 통하여, '구차한 것'. '억눌러 두는 것'.　9 設壯(설장)－식
장(飾莊)의 뜻으로 '몸차림'.

몸을 닦으려면 무엇보다도 근본적인 일에 힘써야 한다. 근본이 튼튼하지 않으면 말단적인 결과는 불안할 수밖에 없다. 그래서 군자는 먼저 자신을 반성하여 자기의 몸을 닦고 가까운 일부터 올바로 처리해 나간다는 것이다. 군자의 도에는 '가난함에 대한 청렴, 부함에 대한 의로움, 삶에 대한 사랑, 죽음에 대한 슬픔' 같은 것이 있으나 모두가 자기 자신에 대한 반성에서 출발하여 이루어진다는 것이다.

2-1 마음에 두고 있는 것만으로는 사랑을 다할 수 없으며, 몸을 움직이기만 하는 것으로는 공경함을 다할 수 없고, 입으로 이야기하는 것만으로는 훌륭함을 다할 수 없다. 그것들이 팔다리에까지 두루 뻗쳐지고 그것들이 살갗에까지도 가득 차서 머리가 희어지고 머리가 빠질 때까지도 그것들을 버리지 않아야만 하는데 그것은 성인(聖人)만이 할 수 있는 일일 것이다.

藏於心者, 無以竭愛, 動於身者, 無以竭恭, 出於口者,
장 어 심 자　　무 이 갈 애　　동 어 신 자　　무 이 갈 공　　출 어 구 자

無以竭馴[1]. 暢之[2]四支[3], 接之肌膚, 華髮[4]隳顚[5], 而猶弗舍
무 이 갈 순　　창 지 사 지　　접 지 기 부　　화 발 타 전　　이 유 불 사

者, 其唯聖人乎.
자　　기 유 성 인 호

1 馴(순)-선(善)과 통하여, 훌륭한 것. 2 暢之(창지)-그것을 뻗쳐지게 한다. 여기서 '그것'이란 앞에 나온 사랑·공경·점잖음이 마음으로부터 온 몸에

가득 차 피부로 넘쳐흐를만큼 언제나 지니고 있는 것. **3** 四支(사지)−지(支)는 지(肢)와 통하여, 사지(四肢)란 뜻. 즉 팔다리. **4** 華髮(화발)−흰 머리. 노인을 가리킴. **5** 墮顚(타전)−머리가 빠지는 것. 화발(華髮)처럼 노인을 가리킴.

2-2 뜻이 강하지 않은 자는 지혜로워지지 못한다. 말을 믿을 수 없는 자는 행동을 제대로 하지 못한다. 재물을 가지고도 남에게 나누어 주지 못하는 자는 더불어 벗으로 사귈 자가 못된다. 올바른 도리를 성실히 지키지 않고, 사물을 널리 분별하지 못하며, 옳고 그름을 살피어 분간하지 못하는 자는 함께 할만한 자가 못된다.

志不彊⁶者, 智不達. 言不信者, 行不果. 據財不能以分
지 불 강 자 지 부 달 언 불 신 자 행 불 과 거 재 불 능 이 분

人者, 不足與友. 守道不篤, 徧物⁷不博, 辯是非不察者,
인 자 부 족 여 우 수 도 부 독 편 물 불 박 변 시 비 불 찰 자

不足與游.
부 족 여 유

6 彊(강)−강한 것. 굳은 것. 강(強)과 뜻이 같음. **7** 徧物(편물)−편(徧)은 변(辯)과 통하여, '사물(事物)을 분별하는 것'.

2-3 근본이 견고하지 못한 자는 끝에 가서는 반드시 위태로워질 것이다. 힘이 세면서도 몸을 닦지 않은 자는 뒤에 가서는 반드시 태만해질 것이다. 근원이 흐리면 그 흐름은 맑지 않다. 행동에 신의가 없는 자는 명성이 좋지 않을 것이다. 명성

이란 우연히 생기는 게 아니고, 명예란 스스로 자라나는 게 아니며, 공을 이룩하여야만 명성이 이룩된다. 명예는 함부로 이루어지는 것이 아니고 자신을 돌이켜봄으로써 얻어지는 것이다.

本不固者, 末必幾[8]. 雄[9]而不修者, 其後必惰. 原濁者,
본불고자　말필기　웅이불수자　기후필타　원탁자

流不淸. 行不信者, 名必耗[10]. 名不徒生, 而譽不自長, 功
유불청　행불신자　명필모　명불도생　이예부자장　공

成名遂. 名譽不可虛假, 反之身者也.
성명수　명예불가허가　반지신자야

8 幾(기) ─ 위태로워짐. 희미해짐.　9 雄(웅) ─ 힘이 셈. 영웅다움.　10 耗(모) ─
축이 남. 나빠짐.

사람이 몸을 닦자면 군자의 도를 알고만 있어도 안된다. 사랑·공경·점잖음 같은 덕목(德目)을 언제나 마음에 지니고 또 그것을 실천해야 한다. 따라서 사람은 뜻이 굳어야 되고, 말에는 믿음이 있어야 되며, 행동은 성실해야만 된다. 이러한 근본적인 문제들이 해결되면 자연히 그 사람은 많은 공을 이루어 명성을 떨치게 될 것이라는 것이다.

3-1 말하는 데에는 힘쓰면서 실행하는 데에는 소홀하다면, 비록 말을 잘한다 하더라도 반드시 들어줄 사람이 없게 될 것이다. 능력이 많다 해도 자기 공로를 자랑하면 비록 수고를 많이 한다 하더라도 반드시 함께 일하려는 사람이 없게 될 것

이다. 지혜로운 사람은 마음속으로는 말을 잘하더라도 번거로이 얘기하지 아니하고, 능력이 많다 하더라도 공로를 자랑하지 않는다. 이 때문에 명예가 천하에 드날리게 되는 것이다.

　말은 많이 하려고 힘쓰지 말고 실행하는 데 힘써야 하며, 지혜는 자기를 드러내는 데 힘쓰지 말고 잘 살피는 데 힘써야 한다. 그러므로 지혜롭지 않은 사람은 잘 살피지 아니하기 때문에 자기 자신에 대하여 태만해지는데 그것은 그가 힘써야 할 일에 반대되는 짓이다.

務言而緩言, 雖辯¹必不聽². 多力而伐³功, 雖勞必不圖⁴.
무 언 이 완 언　수 변 필 불 청　다 력 이 벌 공　수 로 필 불 도

慧者, 心辯而不繁說, 多力而不伐功, 此以名譽揚天下.
혜 자　심 변 이 불 번 설　다 력 이 불 벌 공　차 이 명 예 양 천 하

言無務爲多, 而務爲, 智無務爲文⁵, 而務爲察. 故彼⁶智
언 무 무 위 다　이 무 위　지 무 무 위 문　이 무 무 위 찰　고 피 지

無察, 在身爲情⁷, 反其路⁸者也.
무 찰　재 신 위 정　반 기 로 자 야

1 辯(변)—말을 잘하는 것. 말재주가 좋은 것. 2 聽(청)—말을 들어주다. 말을 듣고 믿는 것. 3 伐(벌)—자랑하다. 뽐내다. 4 圖(도)—일을 도모하다. 함께 일을 하는 것. 5 文(문)—문(紋)과 통하여, 자기 자신을 남에게 자랑하여 잘 뵈려드는 것. 6 彼(피)—비(非)의 잘못(『墨子閒詁』). 7 情(정) 타(惰)의 잘못으로, 태만 또는 게으름(『墨子閒詁』). 8 路(로)—무(務)의 잘못으로(『墨子閒詁』), 힘써야만 할 일.

3-2 착한 마음이 그 중심을 이루지 못하고 있는 사람은 이름을 남기지 못하고, 실행이 자신의 말과 합치되지 않는 사람은 명예를 이룩하지 못한다. 명성은 아무렇게나 하여도 이

룩되는 것이 아니고, 명예는 꾀를 부리어 이룩할 수는 없는 것이다. 군자란 몸소 실천하는 사람을 가리키는 말이다. 이익만을 생각하고 함부로 행동하거나 명예를 잊고 경솔히 행동하면서, 천하에서 올바른 선비 노릇을 할 수 있는 사람은 있을 수가 없는 것이다.

善無主於心者, 不留, 行莫辯於身者, 不立. 名不可簡而
선무주어심자　불류　행막변어신자　불립　명불가간이

成也, 譽不可巧而立也. 君子以身戴行⁹者也. 思利尋¹⁰焉,
성야　예불가교이립야　군자이신대행　자야　사리심　언

忘名忽焉, 可以爲士於天下者, 未嘗有也.
망명홀언　가이위사어천하자　미상유야

9 戴行(대행)—대(戴)는 재(載)와 통하여, 몸소 실천하는 것. 10 尋(심)—심(潯)이 생략된 글자로서 어지러워지는 것(劉載廥『續墨子閒詁』).

여기서는 수신(修身)의 요점으로서 말보다도 실천을 중시하라는 주장을 중심으로 하여 사람의 명성과 명예에 관한 문제까지 언급하고 있다. 묵자의 사상에 있어서 이 편의 끝머리에서 '군자란 몸소 실천하는 사람을 뜻한다.'고 말한 것은 결국 그의 사상 전개의 기초가 되는 것이다. 이러한 개인의 실천 없이는 '모든 사람이 서로 사랑해야 한다.'는 주장이나 '누구나 부지런히 일하고 쓰는 물건은 절약해야 한다.'는 주장은 이룩될 수가 없는 것이다.

3. 소염편 所染篇

실은 물감 색깔에 따라 여러 가지로 물든다. 그처럼 사람도 사귀는 사람의 영향에 의하여 크게 달라진다. 그러므로 자기를 물들게 하는 사람을 사귀는 일에 신중하지 않으면 안 된다는 것이 이 편의 주요 내용이다. 그러나 『여씨춘추(呂氏春秋)』에도 이와 내용이 비슷한 「당염편(當染篇)」이 있고, 또 글 중엔 묵자보다 후세의 일로 보이는 사건이나 금자(禽子) 같은 묵자의 제자가 나오는 것으로 보아 이 편은 묵자가 직접 쓴 것이 아닐 거라고 여러 학자들이 주장하고 있다. 그러나 묵자의 학설에서 벗어나는 내용은 아니다.

1-1 묵자가 실을 물들이는 사람을 보고 탄식하여 말하였다.
"파란 물감으로 물들이면 파래지고, 노란 물감으로 물들이면 노래지며, 넣는 물감이 변하면 그 색깔도 변한다. 다섯 가지 물감을 각각 넣기만 하면 곧 각각 다섯 가지 빛깔의 것이 되어

버린다!" 그러니 물드는 것에는 삼가지 않을 수가 없는 것이다.

子墨子¹見染絲者而歎曰：染於蒼則蒼，染於黃則黃，所
자묵자　견염사자이탄왈　　염어창즉창　　염어황즉황　소

入者變，其色亦變．五入而已，則爲五色矣．故染不可不
입자변　기색역변　　오입이이　　즉위오색의　　고염불가불

愼也．
신　야

1 子墨子(자묵자) – 묵적(墨翟). 자기의 스승으로서 존경함을 뚜렷이 하기 위하여 성 위에도 '자(子)'를 하나 더 붙여 '자묵자(子墨子)'라 한 것이다. '자열자(子列子)', '자공양자(子公羊子)' 등 다른 예도 있으나 특히 묵자에게 많이 쓰이고 있다.

1-2 실을 물들이는 것만이 그런 것이 아니라 나라에도 물들임이 있는 것이다. 순(舜)임금은 허유(許由)와 백양(伯陽)에게 물들었고, 우(禹)임금은 고요(皐陶)와 백익(伯益)에게 물들었고, 탕(湯)임금은 이윤(伊尹)과 중훼(仲虺)에게 물들었고, 무왕(武王)은 태공(太公)과 주공(周公)에게 물들었다. 이 네 분의 임금들은 물든 것이 합당하므로 천하를 다스리게 되었고, 천자가 되어 하늘과 땅을 뒤덮을 만한 공로와 명성을 이룩하였다. 천하의 어진 사람이나 훌륭한 사람을 들라면 반드시 이 네 분의 임금을 들게 되었다.

非獨染絲然也，國亦有染．舜²染於許由³伯陽⁴，禹⁵染於
비독염사연야　국역유염　　순　염어허유　백양　　우　염어

皐陶⁶伯益⁷，湯⁸染於伊尹⁹仲虺¹⁰，武王¹¹染於太公¹²周公¹³．
고요　백익　　탕　염어이윤　중훼　　무왕　염어태공　주공

此四王者, 所染當, 故王天下, 立爲天子, 功名蔽天地. 擧
차 사 왕 자   소 염 당   고 왕 천 하   입 위 천 자   공 명 폐 천 지   거

天下之仁人顯人, 必稱此四王者.
천 하 지 인 인 현 인   필 칭 차 사 왕 자

2 舜(순)－요(堯)임금으로부터 나라를 물려받은 성군(聖君). 3 許由(허유)－요
임금으로부터 천자의 자리를 물려받아 달라는 부탁을 받았으나 이를 거절한
것으로 유명한 어진 사람. 4 伯陽(백양)－순임금 시대의 어진 사람이었으나
사적(事蹟)은 알려져 있지 않다. 노자(老子)의 자(字)가 백양이지만 노자는 아
닐 것이다. 5 禹(우)－하(夏)나라를 세운 임금. 나라의 물을 다스린 공로로
순임금에게서 천자 자리를 물려받은 어진 임금. 6 皐陶(고요)－순임금의 신
하로서 법을 관장하던 사(士)의 벼슬을 지낸 어진 사람. 7 伯益(백익)－흔히
익(益)이라 부르며, 순임금 밑에서 산과 숲을 관장하는 우(虞)란 벼슬을 지낸
어진 사람. 8 湯(탕)－하(夏)나라 걸(桀)왕을 쳐부수고 상(商)나라를 세운 어
진 임금. 9 伊尹(이윤)－상나라 탕임금에게 발탁되어 재상으로서 걸왕을 치
고 상나라를 세우는 데 크게 공헌을 한 어진 사람. 10 仲虺(중훼)－탕임금의
좌상(左相)을 지낸 어진 사람. 11 武王(무왕)－주(周)나라 문왕(文王)의 아들.
무도한 은(殷)나라 주(紂)왕을 쳐부수고 주나라를 세운 임금. 12 太公(태
공)－태공망(太公望) 여상(呂尙). 문왕에게 등용되어 재상으로서 무왕이 주왕
을 쳐부수는 데도 크게 공헌한 사람. 13 周公(주공)－무왕의 아우인 주공 단
(旦). 무왕이 죽은 뒤엔 어린 성왕(成王)을 도와 주나라의 터전을 굳건히 만든
어진 사람.

1-3 하(夏)나라 걸(桀)왕은 간신(干辛)과 추치(推哆)에게 물들
었고, 은(殷)나라 주(紂)왕은 숭후(崇侯)와 악래(惡來)에게
물들었고, 여왕(厲王)은 괵공장보(虢公長父)와 영이종(榮夷終)에게 물
들었고, 유왕(幽王)은 부공이(傅公夷)와 채공곡(祭公穀)에게 물들었다.
이 네 사람의 임금은 물든 것이 합당치 않았음으로 나라를 망치고
자신은 죽음을 당했으며 천하의 죄인이 되었다. 천하의 의롭지 못

한 사람과 욕된 사람을 들라면 반드시 이 네 사람의 임금을 들게
되었다.

夏桀[14]染於干辛[15]推哆[16], 殷紂[17]染於崇侯[18]惡來[19], 厲王[20]
하걸　염어간신　추치　　　은주　염어숭후　악래　　　여왕

染於虢公長父[21]榮夷終[22], 幽王[23]染於傅公夷[24]祭公穀[25]. 此
염어괵공장보　영이종　　　유왕　염어부공이　채공곡　　차

四王者, 所染不當, 故國殘身死, 爲天下僇. 擧天下不義
사왕자　소염부당　고국잔신사　위천하륙　거천하불의

辱人, 必稱此四王者.
욕인　필칭차사왕자

14 夏桀(하걸)－하나라의 마지막 임금인 걸. 폭군으로 유명하다. **15** 干辛(간
신)－양신(羊辛)이라고도 쓰며 걸왕에 아첨하여 포악한 정치를 도운 간신.
16 推哆(추치)－추치(推侈), 아치(雅侈)로도 쓰며, 힘이 장사였고 걸왕의 포악
한 정치를 도운 간신. **17** 殷紂(은주)－은나라 마지막 임금인 주. 역시 폭군
으로 유명하다. **18** 崇侯(숭후)－숭나라 제후로서 주왕의 폭정을 도운 간신.
19 惡來(악래)－비렴(飛廉)의 아들로 힘이 센 주왕의 간신. **20** 厲王(여왕)－무
왕으로부터 10대째의 주(周)나라 임금. 이름은 호(胡). 포학한 정치를 하다 기
원전 841년 임금 자리에서 쫓겨나 주공(周公)과 소공(召公)이 대신 공화정치
(共和政治)를 행하였다. **21** 虢公長父(괵공장보)－괵나라 제후 장보. 자세한
행적은 알 수 없다. 괵(虢)은 흔히 '려(厲)'로 되어 있으나 잘못이다(『墨子閒
詁』). **22** 榮夷終(영이종)－영나라 이공(夷公). 사마천(司馬遷)의 『사기(史記)』
주본기(周本紀)에 여왕이 영나라 이공을 가까이하였다는 정도의 기록이 보일
뿐이다. **23** 幽王(유왕)－주나라 여왕의 손자. 포사(褒姒)라는 여인에게 혹하
여 정치를 돌보지 않다가 오랑캐 견융(犬戎)족의 침입으로 죽음을 당한다. 그
뒤 유왕의 아들 평왕(平王)이 도읍을 낙읍(洛邑)으로 옮기어 나라를 다시 부
흥시켰으므로 그 이전을 서주(西周), 평왕 이후를 동주(東周)라 구분하여 부
른다. **24** 傅公夷(부공이)－부나라의 제후 이(夷). 자세한 사적은 알려져 있지
않다. **25** 祭公穀(채공곡)－채나라 제후 곡. 자세한 사적은 알려지지 않았다.
채(祭)는 보통 채(蔡)로 되어 있으나, 잘못임(『墨子閒詁』).

실이 여러 가지 물감에 따라 여러 가지 다른 색깔로 물드는 것을 보고 묵자는 그 진리를 확대시켜 생각하였다. 먼저 나라를 다스리는 천자도 신하들에게 물든다. 올바른 신하들에게 물들면 훌륭한 임금이 되고, 간사한 신하들에게 물들면 폭군이 되고 만다는 것이다. 이에 이어 다음 절(2-1, 2-2, 2-3)에서는 훌륭한 신하들에게 물들어 가장 강한 나라의 제후인 패자(覇者)가 되었던 제(齊)나라 환공(桓公), 진(晋)나라 문공(文公), 초(楚)나라 장왕(莊王), 오(吳)나라 합려(闔閭), 월(越)나라 구천(勾踐) 같은 제후들과 나쁜 신하들에게 물들어 나라를 망쳤던 제후와 그 밑의 귀족들의 보기를 들고 있다.

2-1 제(齊)나라 환공(桓公)은 관중(管仲)과 포숙(鮑叔)에게 물들었고, 진(晋)나라 문공(文公)은 구범(舅犯)과 고언(高偃)에게 물들었고, 초(楚)나라 장왕(莊王)은 손숙(孫叔)과 심윤(沈尹)에게 물들었고, 오(吳)나라 합려(闔閭)는 오원(伍員)과 문의(文義)에게 물들었고, 월(越)나라 구천(勾踐)은 범려(范蠡)와 대부종(大夫種)에게 물들었다. 이 다섯 임금들은 물든 것이 합당하였으므로 제후들 중에서 가장 강하게 되어 공로와 명성을 후세에까지 전하게 되었던 것이다.

齊桓[1]染於管仲[2]鮑叔[3], 晋文[4]染於舅犯[5]高偃[6], 楚莊[7]染於
제환 염어관중 포숙　　　진문 염어구범 고언　　　초장 염어

孫叔[8]沈尹[9], 吳闔閭[10]染於伍員[11]文義[12], 越勾踐[13]染於范蠡[14]
손숙심윤　　오합려 염어오원　문의　　월구천 염어범려

大夫種[15]. 此五君者, 所染當, 故霸諸侯, 功名傳於後世.
대부종　　　차오군자　소염당　고패제후　공명전어후세

1 齊桓(제환)－제(齊)나라 환공(桓公). 이름은 소백(小白). 양공(襄公)의 아우이며, 뒤에 보이는 진(晋)나라 문공(文公), 초(楚)나라 장왕(莊王), 오(吳)나라 합려(闔閭), 월(越)나라 구천(勾踐)과 함께 보통 '춘추오패(春秋五覇)'라 일컬어진다. **2** 管仲(관중)－춘추시대 제나라 사람. 이름은 이오(夷吾), 자는 중(仲)이며, 시(諡)를 경(敬)이라 하여 경중(敬仲)이라 부르기도 한다. 환공의 재상으로서 부국강병으로 하여금 패업을 이루게 한 사람. 친구 포숙(鮑叔)과의 우의가 유명하다. **3** 鮑叔(포숙)－포숙아(鮑叔牙)라고도 부르며, 제나라 대부로서 관중의 친구. 관중은 젊었을 때의 교분으로 포숙의 추천과 도움으로 제나라 재상이 되어 큰일을 이룰 수가 있었다 한다. **4** 晋文(진문)－진(晋)나라 문공(文公). 이름은 중이(重耳)이며 헌공(獻公)의 차자로, 태자 신생(申生)의 아우. 처음엔 국외로 쫓겨난 일도 있었으나 뒤에 귀국하여 왕위에 올라 패업(覇業)을 이루었다. **5** 舅犯(구범)－진(晋)나라 대부. 본 이름은 호언(狐偃), 자는 자범(子犯). 문공을 도와 패업을 이루게 한 사람. 문공의 외삼촌[舅] 뻘이 되므로 뒤에 흔히 구범이라 부르게 되었다. **6** 高偃(고언)－고(高)는 곽(郭)의 잘못. 진(晋)나라 대부 곽언(郭偃)(『國語』 晋語」), 혹은 복언(卜偃)이라고도 부르며, 문공의 신하. **7** 楚莊(초장)－초(楚)나라 장왕(莊王). 이름은 려(侶). 목왕(穆王)의 아들로 웅재(雄才)를 발휘하여 초나라 세력을 크게 발전시켰던 임금. **8** 孫叔(손숙)－이름은 손숙오(孫叔敖). 위가(蔿賈)의 아들로서 위오(蔿敖)라고도 부르며, 자가 손숙(孫叔). 뒤에 공부하고 노력하여 초나라 재상이 되어 초나라를 잘 다스렸으며, 후손도 크게 번성하였다. **9** 沈尹(심윤)－초나라 장왕 때의 영윤(令尹)이었던 듯하나 확실한 것은 알 수 없다. **10** 吳闔閭(오합려)－오(吳)나라 임금 합려(闔閭). 합려(闔廬)로도 쓰며, 이름은 광(光). 처음은 오원(伍員)의 보좌로 국위를 크게 떨쳤으나 마지막에는 월(越)나라 구천(勾踐)에게 패하여 재위(在位) 19년 만에 죽었다. **11** 伍員(오원)－춘추(春秋)시대 초(楚)나라 사람. 자는 자서(子胥). 아버지와 형이 초나라 평왕(平王)에게 죽음을 당한 뒤 오(吳)나라로 도망하여 합려왕을 보좌하였고 마침내는 초나라까지 쳐부수어 원수를 갚았다. 합려가 죽은 뒤 다시 그의 아들 부차(夫差)를 도와 월(越)나라 구천을 쳐부수었으나 태재비(太宰嚭)의 모함으로 뒤에 자결하고 말았다. **12** 文義(문의)－문지의(文之儀)라고도 부르며, 오원과 함께 오나라 합려를 도와 오나라를 부흥시켰던 현신 이름. **13** 越勾踐(월구천)－월(越)나라 임금 구천(勾踐). 처음엔 오나라 합려를 무찔렀으나 뒤에 합려에게 패배하였다. 그렇지만 와신상담(臥薪嘗膽) 끝에 다시 오나라 부차를 쳐부수고, 국세

를 크게 떨치었다. **14** 范蠡(범려)-춘추시대 초나라 사람. 자는 소백(小伯). 월왕 구천을 20여 년 섬기며 마침내는 오나라를 쳐부수는 원동력이 되었던 사람. 그러나 월나라가 오나라를 쳐부순 뒤에는 이름을 갈고 세상을 피해 숨어 살았다 한다. **15** 大夫種(대부종)-본래는 초나라 사람. 이름은 문종(文種). 범려와 함께 월나라 구천을 섬기어 마침내 오나라를 쳐부수는 데 공로를 세운 사람.

2-2 진(晉)나라 범길석(范吉射)은 장류삭(長柳朔)과 왕성(王胜)에게 물들었고, 진(晋)나라 중항인(中行寅)은 적진(籍秦)과 고강(高彊)에게 물들었고, 오(吳)나라 부차(夫差)는 왕손락(王孫雒)과 태재비(太宰嚭)에게 물들었고, 진(晋)나라 지백요(知伯搖)는 지국(智國)과 장무(張武)에게 물들었고, 위(魏)나라 중산상(中山尙)은 위의(魏義)와 언장(偃長)에게 물들었고, 송(宋)나라 강왕(康王)은 당앙(唐鞅)과 전불례(佃不禮)에게 물들었다. 이 여섯 임금들은 물든 것이 합당하지 않아서 나라를 망치고 자신도 처형당하였고, 종묘를 무너뜨리고 후손이 끊이게 되었으며, 임금과 신하가 흩어지고 백성들은 살던 곳을 떠나 떠다니도록 만들었다. 천하의 탐욕스럽고 포악하여 가혹하고 어지러운 정치를 한 자를 들 적에는 반드시 이 여섯 임금을 일컫게 되는 것이다.

范吉射[16]染於長柳朔[17]王胜[18], 中行寅[19]染於籍秦[20]高彊,
범길석　염어장류삭　왕성　　　중항인　염어적진　고강

吳夫差[21]染於王孫雒[22]太宰嚭[23], 知伯搖[24]染於智國[25]張武,
오부차　염어왕손락　태재비　　　지백요　염어지국　장무

中山尙[26]染於魏義[27]偃長, 宋康[28]染於唐鞅[29]佃不禮[30]. 此六
중산상　염어위의　언장　송강　염어당앙　전불례　　　차륙

君者, 所染不當, 故國家殘亡, 身爲刑戮, 宗廟破滅, 絕無
군자 소염부당 고국가잔망 신위형륙 종묘파멸 절무
後類³¹, 君臣離散, 民人流亡. 擧天下之貪暴苛擾者, 必稱
후류 군신리산 민인류망 거천하지빈폭가요자 필칭
此六君也.
차륙군야

16 范吉射(범길석) - 진(晉)나라 귀족 이름. **17** 長柳朔(장류삭) - 장(長)은 장(張)
으로도 쓰며, 장류가 성, 삭은 이름. 범길석의 가신(家臣). **18** 王胜(왕성) - 성
(胜)은 생(生)으로도 쓰며, 범길석의 가신(家臣) 이름. **19** 中行寅(중항인) - 중
항이 성이고, 인이 이름. 진(晉)나라 귀족. **20** 籍秦(적진) - 고강(高彊)과 함께
중항인의 가신(家臣) 이름. **21** 吳夫差(오부차) - 오나라 임금 합려(闔閭)의 아
들. 뒤에는 월왕 구천(勾踐)에게 멸망 당하고 만다. **22** 王孫雒(왕손락) - 왕손
락(王孫駱)·공손락(公孫雒) 또는 왕손웅(王孫雄)·공손웅(公孫雄) 등 여러 가지
로 다른 이름이 보이며, 오나라의 대부였다. **23** 太宰嚭(태재비) - 백비(伯嚭)
가 본 이름. 본시 초나라 사람인데 오왕 부차를 섬기어 태재가 되었으므로
태재비라고 부르게 되었다. **24** 知伯搖(지백요) - 진(晉)나라의 귀족 이름. **25**
智國(지국) - 장무(張武)와 함께 지백요의 가신(家臣). 지백국(知伯國), 장무자
(長武子)로도 각각 불리었다. **26** 中山尙(중산상) - 위(魏)나라의 귀족 이름. **27**
魏義(위의) - 언장(偃長)과 함께 중산상의 가신(家臣) 이름. **28** 宋康(송강) - 춘
추시대 송(宋)나라 강왕(康王), 제나라 민왕(湣王)에게 멸망 당하였다. **29** 唐
鞅(당앙) - 욕심과 권력을 추구하다 죽음을 당한 송나라 대부. **30** 佃不禮(전불
례) - 전(佃)은 전(田)으로도 쓰며, 송나라뿐만 아니라 뒤에 조(趙)나라에서도
벼슬한 일이 있는 듯하다(『史記』趙世家). **31** 後類(후류) - 후손.

2-3 일반적으로 임금이 편안할 수 있는 근거는 무엇이겠는
가? 올바른 도리를 행하는 것이다. 올바른 도리를 행하
는 일은 합당하게 물드는 것에서부터 출발한다. 그러므로 임금 노
릇을 잘하는 사람은 사람을 가려 쓰는 데 수고를 많이 하지만 관
리들을 다스리는 일은 손쉽게 하게 된다. 임금 노릇을 잘하지 못

하는 사람은 몸을 축내고 정신을 피로케 하고 마음을 근심으로 채우고 뜻을 수고롭히지만 나라는 더욱 위태롭게만 되고 자신은 더욱 욕되게 되는 것이다. 이 여섯 임금들은 자기 나라를 소중히 하지 않은 것도 아니요, 자기 몸을 사랑하지 않았던 것도 아니었다. 그들은 중요한 일이 무엇인가를 알지 못하였기 때문이었다. 중요한 일을 알지 못하는 사람은 물드는 것이 합당하지 않게 되는 것이다.

凡君之所以安者, 何也? 以其行理也. 行理生於染當. 故
범군지소이안자　하야　이기행리야　행리생어염당　고

善爲君者, 勞於論人[32], 而佚於治官. 不能爲君者, 傷形費
선위군자　노어론인　이일어치관　불능위군자　상형비

神, 愁心勞意, 然國逾[33]危, 身逾辱. 此六君者, 非不重其
신　수심로의　연국유　위　신유욕　차육군자　비부중기

國愛其身也. 以不知要故也. 不知要者, 所染不當也.
국애기신야　이부지요고야　부지요자　소염부당야

32 論人(논인) – 사람을 잘 따져 가려 쓰는 것.　**33** 逾(유) – 더욱.

　　여기에서는 제후와 귀족의 경우를 에로 들면서 임금이나 귀족이 어떻게 밑의 사람들의 영향을 받아 흥하기도 하고 망하기도 하였나를 설명하고 있다. 사람이란 이처럼 주위 사람들의 영향을 많이 받게 마련이기 때문에 윗사람은 무엇보다도 사람을 잘 가려 써야 한다는 것이다. 숯장수는 자기도 모르는 사이에 옷과 몸이 모두 검어지게 마련인 것이다.

3-1 나라에만 물듦이 있는 것이 아니라 선비들에게도 역시 물듦이 있다. 그의 벗들이 모두 어짊과 의로움을 좋아하고 순박하고 삼가며 법령을 두려워하면, 곧 집안은 날로 흥성하고 자신은 날로 편안해지며 이름은 날로 영광스럽게 되고 벼슬자리에 있어도 이치에 맞게 일할 수 있게 된다. 곧 단간목(段干木)·금자(禽子)·부열(傅說) 같은 사람들이 그런 이들이다.

非獨國有染也, 士亦有染. 其友皆好仁義, 淳謹[1]畏令,
비 독 국 유 염 야   사 역 유 염   기 우 개 호 인 의   순 근 외 령

則家日益, 身日安, 名日榮, 處官得其理矣. 則段干木[2]禽
즉 가 일 익   신 일 안   명 일 영   처 관 득 기 리 의   즉 단 간 목 금

子[3]傅說[4]之徒, 是也.
자 부 열 지 도   시 야

1 淳謹(순근) – 순박하고 삼가는 것. **2** 段干木(단간목) – 성이 단간, 이름이 목임. 공자의 제자인 자하(子夏)에게서 배웠고 위(魏)나라 문후(文侯)가 초빙하였으나 가지 않았다는 어진 사람. **3** 禽子(금자) – 묵자의 제자 금골희(禽滑釐). 그의 사적은 「공수편(公輸篇)」에 자세하고 「비성문편(備城門篇)」·「비제편(備梯篇)」에도 보인다. 다만 여기에서 그의 성 밑에 '자(子)' 자를 붙여 존경의 뜻을 표시하고 있는 것을 보면 이 편은 묵자의 말을 근거로 하여 그의 후인이 썼음을 알 수 있다. **4** 傅說(부열) – 은(殷)나라 고종(高宗)이 어진 이, 즉 이 부열을 꿈에 보고 그를 찾아내어 재상 자리에 앉혔다. 그는 은나라에 많은 공헌을 한 어진 사람이다.

3-2 그의 벗들이 모두 오만하게 뽐내기를 좋아하고 멋대로 어울리어 패거리를 이루면, 집안은 날로 쇠퇴하고 자신은 날로 위태로워지며 이름은 날로 욕되게 되고 벼슬자리에 있어도 이치에 맞게 일할 수 없게 된다. 곧 자서(子西)·역아(易牙)·

수조(豎刁) 같은 무리들이 그런 자들이다.

『시경(詩經)』에 이르기를,

"반드시 자기 몸 적실 곳을 가리고, 반드시 자기 몸 적실 곳을 삼가야 한다."

라고 한 것은 이를 두고 한 말이다.

其友皆好矜奮[5], 創作[6]比周[7], 則家日損, 身日危, 名日
기 우 개 호 긍 분　　　창 작　비 주　　　즉 가 일 손　 신 일 위　　 명 일

辱, 處官失其理矣. 則子西[8]易牙[9]豎刁之徒, 是也.
욕　 처 관 실 기 리 의　　즉 자 서 역 아 수 조 지 도　 시 야

詩[10]曰 : 必擇所堪[11], 必謹所堪者, 此之謂也.
시　 왈　　필 택 소 감　　 필 근 소 감 자　 차 지 위 야

5 矜奮(긍분) ― 오만하게 뽐내는 것.　6 創作(창작) ― 법이나 습속을 무시하고 자기 뜻대로 행동하는 것.　7 比周(비주) ― 친하게 어울리어 개인적인 붕당(朋黨)을 이루는 것.　8 子西(자서) ― 춘추시대 초(楚)나라 평왕(平王)의 첩의 몸에서 난 맏아들. 초나라 재상인 영윤(令尹) 벼슬을 하였으나 자기가 초나라로 불러들인 백공승(白公勝)에게 죽음을 당하였다.　9 易牙(역아) ― 수조(豎刁)와 함께 춘추시대 제(齊)나라 환공(桓公)의 신하. 역아는 환공의 환심을 사려고 자식을 죽여 요리를 만들어 바친 간신이며, 수조는 환공을 가까이하기 위하여 스스로 거세(去勢)하여 환관(宦官)이 된 자이다. 후에 이들은 결탁하여 반란을 일으켜 환공을 비롯하여 수많은 사람들을 죽이고 제나라를 큰 혼란에 빠뜨렸다.　10 詩(시) ― 『시경(詩經)』. 그러나 여기에 인용된 시는 지금의 『시경』에는 보이지 않는 일시(逸詩)이다.　11 堪(감) ― 담(湛)과 통하여, 자기 몸을 '적시는 것'(王念孫 說).

천자나 제후들뿐만 아니라 개개인도 접촉하는 벗에 따라 여러 가지로 물든다. 훌륭한 벗을 많이 사귀는 사람은 자연히 훌륭한 사

람이 되고, 나쁜 친구들만을 사귀는 자는 자신도 나빠져서 종말에
는 집안도 망하고 자신도 망하고 만다는 것이다.

墨子

4.
법의편 法儀篇

'법의'는 '법도'와 같은 말. 세상의 모든 일을 올바로 하자면 일정한 법도를 따라야 한다. 특히 나라를 다스리는 임금에게 법도가 되는 것은 만물을 공평히 아껴주고 길러주는 하늘이라는 것이다. 이 편은 '하늘의 뜻을 규범으로 삼아야 한다'고 주장하는 「천지편(天志篇)」의 주지(主旨)와 비슷하다. 그래서 『묵자한고』에서는 이 편은 「천지편」의 여의(餘義)라 말하고 있다.

1 묵자가 말하였다.
"천하에서 일하는 사람은 법도가 없어서는 안되는 것이니, 법도가 없으면서도 그의 일을 이룩할 수 있는 사람은 없다."
비록 선비로서 장수나 재상이 되려는 사람이라 하더라도 모두 법도가 있어야 한다. 비록 여러 공인(工人)이 일을 한다 하더라도 역시 모두 법도가 있어야 한다. 여러 공인들은 굽은 자(矩)로써 네모꼴을 만들고 그림쇠[規]로써 동그라미를 만들며, 먹줄로써 곧게 만들고, 추가 달린 줄로써 바르게 만들고, 수평으로써 평평하게 만든다. 기술 있는 공인이나 기술 없는 공인을 막론하고 모두가 이 다섯 가지 것으로써 법도를 삼는다. 기술 있는 사람은 그것을 정확하게 할 수 있을 것이며, 기술 없는 사람도 비록 그것을 정확하게 할 수는 없다 하더라도 이에 따라 일을 하면 그래도 더 잘될 것이다. 그러므로 여러 공인들이 일을 하는 데에는 모두 법도가 있다고 하는 것이다. 지금 큰 사람은 천하를 다스리고 있고, 그 다음 사람은 큰 나라를 다스리고 있는데 그들이 법도가 없다면 이것은 여러 공인들의 분별력만도 못하게 된다.

子墨子曰 : 天下從事者, 不可以無法儀. 無法儀而其事
자묵자왈　천하종사자　불가이무법의　무법의이기사

能成者, 無有也.
능성자　무유야

雖至士之爲將相者, 皆有法. 雖至百工[1]從事者, 亦皆有
수지사지위장상자　개유법　수지백공종사자　역개유

法. 百工爲方以矩[2], 爲圓以規[3], 直以繩[4], 正以縣[5], 平以
법　백공위방이구　위원이규　직이승　정이현　평이

水[6]. 無巧工不巧工, 皆以此五者爲法. 巧者能中之, 不巧
수　무교공불교공　개이차오자위법　교자능중지　불교

者雖不能中, 放依[7]以從事, 猶逾已. 故百工從事, 皆有法
자수불능중　방의이종사　유유이　고백공종사　개유법

度. 今大者治天下, 其次治大國, 而無法度, 此不若百工
도　금대자치천하　기차치대국　이무법도　차불약백공

辯[8]也.
변　야

1 百工(백공)—여러 공인. 목수나 토목(土木) 관계 기술자들. 2 矩(구)—굽은 자. 90도 각도를 바로잡는 데 쓰인다. 3 規(규)—그림쇠. 원을 그리는 컴퍼스 같은 것. 4 繩(승)—먹줄. 5 縣(현)—추가 달린 줄. 6 平以水(평이수)—수평

(水平)으로 평평하게 함. 이 세 자는 보통 판본엔 빠져 있으나 『묵자한고』의 설에 따라 보충하였다. 그래야 뒤의 '다섯 가지'란 수와도 맞는다. **7** 放依 (방의)—본떠 따르는 것. **8**辯(변)—분별, 또는 하는 짓.

　세상의 모든 일에는 기준이 되는 일정한 법도가 있다. 심지어 공인들까지도 법도를 따라 일을 하여야만 물건을 올바로 만들어 낼 수 있으니, 천하나 나라를 다스리는 큰일에 있어서 법도가 중요하다는 것은 말할 나위도 없다는 것이다.

2 그렇다면 무엇으로써 다스리는 법도를 삼으면 좋을까? 만약 모두가 그의 부모님을 본뜬다면 어떨까? 천하에 부모 노릇을 하는 사람은 많지만 어진 사람은 적다. 만약 모두가 그의 부모를 본뜬다면 이것은 어질지 않음을 본뜨는 것이 된다. 어질지 않음을 본뜨는 것은 법도로 삼을 수가 없는 것이다.

　만약 모두가 그의 스승을 본뜨면 어떨까? 천하에 스승 노릇을 하는 사람은 많지만 어진 사람은 적다. 만약 모두가 그의 스승을 본뜬다면 이것은 어질지 않음을 본뜨는 것이다. 어질지 않음을 본뜨는 것은 법도로 삼을 수가 없는 것이다.

　만약 모두가 그의 임금을 본뜬다면 어떨까? 천하에 임금 노릇을 하는 사람은 많지만 어진 사람은 적다. 만약 모두가 그의 임금을 본뜬다면 이것은 어질지 않음을 본뜨는 것이다. 어질지 않음을 본뜨는 것은 법도로 삼을 수가 없는 것이다. 그러므로 부모와 스승과 임금 등 세 종류의 사람들을 다스리는 법도로 삼아서는 안되는 것이다.

然則奚[1]以爲治法而可? 當[2]皆法其父母, 奚若? 天下之爲
연 즉 해 이 위 치 법 이 가　당 개 법 기 부 모　해 약　천 하 지 위

父母者衆, 而仁者寡. 若皆法其父母, 此法不仁也. 法不
부 모 자 중　이 인 자 과　약 개 법 기 부 모　차 법 불 인 야　법 불

仁, 不可以爲法.
인　불 가 이 위 법

當皆法其學[3], 奚若? 天下之爲學者衆, 而仁者寡. 若皆
당 개 법 기 학　해 약　천 하 지 위 학 자 중　이 인 자 과　약 개

法其學, 此法不仁也. 法不仁, 不可以爲法.
법 기 학　차 법 불 인 야　법 불 인　불 가 이 위 법

當皆法其君, 奚若? 天下之爲君者衆, 而仁者寡. 若皆法
당 개 법 기 군　해 약　천 하 지 위 군 자 중　이 인 자 과　약 개 법

其君, 此法不仁也. 法不仁, 不可以爲法. 故父母學君三
기 군　차 법 불 인 야　법 불 인　불 가 이 위 법　고 부 모 학 군 삼

者, 莫可以爲治法.
자　막 가 이 위 치 법

1 奚(해)─하(何)와 같은 뜻. 무엇. 어찌. **2** 當(당)─당(儻)과 통하여, '만약'.
'정말로'(王引之 說). **3** 學(학)─여기선 배우는 '스승'.

　일반적으로 사람들은 부모와 스승과 임금을 가장 높이어 왔으
니 이들을 본따서 법도로 삼으면 될 것이라고 생각하기 쉽다. 그러
나 세상의 부모나 스승이나 임금은 반드시 어진 사람만이 되는 것
은 아니니 법도로 삼을 수 없다는 것이다.

3-1 그렇다면 무엇으로써 다스리는 법도를 삼으면 좋을까? 그러기에 말하기를, '하늘을 법도로 삼는 것보다 더 좋은 것은 없다'고 하는 것이다. 하늘의 움직임은 광대하면서도 사사로움이 없고, 그 베푸는 은택은 두터우면서도 은덕으로 내세우지 않고, 그 밝음은 오래가면서도 쇠하여지지 않는다. 그러므로 성왕(聖王)께서는 이것을 법도로 삼았던 것이다.

이미 하늘을 법도로 삼았다면 그의 행동과 하는 일은 반드시 하늘을 기준 삼게 될 것이다. 하늘이 바라는 것이면 행하고, 하늘이 바라지 않는 것이면 그만둔다.

然則奚以爲治法而可? 故曰：莫若法天. 天之行廣而無
연 즉 해 이 위 치 법 이 가　고 왈　막 약 법 천　천 지 행 광 이 무

私¹, 其施厚而不德², 其明久而不衰. 故聖王法之.
사　기 시 후 이 부 덕　기 명 구 이 불 쇠　고 성 왕 법 지

旣以天爲法, 動作有爲³ 必度於天. 天之所欲則爲之, 天
기 이 천 위 법　동 작 유 위　필 도 어 천　천 지 소 욕 즉 위 지　천

所不欲則止.
소 불 욕 즉 지

1 無私(무사)-사사로움이 없는 것. 2 不德(부덕)-은덕(恩德)으로 내세우지 않다. 덕이라 하지 않다. 3 有爲(유위)-하는 일. 이루어 놓은 것.

3-2 그렇지만 하늘은 무엇을 바라고 무엇을 싫어하는 것인가? 결코 하늘은 사람들이 서로 사랑하며 서로 이롭게 할 것을 바라지, 사람들이 서로 미워하며 서로 해칠 것을 바라지 않는다.

무엇으로써 하늘이 사람들이 서로 사랑하며 서로 이롭게 하는

것을 바라고, 사람들이 서로 미워하며 서로 해치는 것을 바라지 않는다는 것을 아는가? 하늘은 모든 것을 아울러 사랑하고 모든 것을 아울러 이롭게 하는 것으로써 알 수 있다. 무엇으로써 하늘이 모든 것을 아울러 사랑하고 모든 것을 아울러 이롭게 함을 알 수 있는가? 하늘이 모든 것을 아울러 보전하고 모든 것을 아울러 먹여 살리는 것으로써 알 수 있다.

然而天何欲何惡者也? 天必欲人之相愛相利, 而不欲人
연 이 천 하 욕 하 오 자 야　천 필 욕 인 지 상 애 상 리　이 불 욕 인

之相惡相賊⁴也.
지 상 오 상 적 야

奚以知天之欲人之相愛相利, 而不欲人之相惡相賊也?
해 이 지 천 지 욕 인 지 상 애 상 리　이 불 욕 인 지 상 오 상 적 야

以其兼而愛之, 兼而利之也. 奚以知天兼而愛之, 兼而利
이 기 겸 이 애 지　겸 이 리 지 야　해 이 지 천 겸 이 애 지　겸 이 리

之也? 以其兼而有⁵之, 兼而食之⁶也.
지 야　이 기 겸 이 유 지　겸 이 사 지 야

4 賊(적)-해침. **5** 有(유)-보유(保有). 보전(保全)의 뜻. **6** 食之(사지)-그들을 먹여 살게 해주는 것.

≈≈

묵자는 사람들의 최고 법도로써 '하늘'을 내세우고 있다. 여기서 '하늘'이란 종교가들이 말하는 '하나님'과 같은 것이다. 하늘은 만물을 사랑하고 보호해 주며 한없이 넓고 크다. 이러한 하늘에 대한 신앙을 바탕으로 하여 유명한 모든 사람들이 서로 사랑해야 한다는 묵자의 '겸애주의(兼愛主義)'가 싹트는 것이다. '겸애'란 하늘이 만물을 공평하게 한없이 사랑하듯 모든 사람들이 온 인류를 공

평하게 사랑해야 한다는 것이다. 이처럼 '겸애'가 하늘에 대한 신앙을 바탕으로 하고 모든 인류에 대한 무한한 사랑을 주장하는 것이라는 점에서는 기독교의 '박애(博愛)' 사상과도 그 나타내는 뜻이 통하는 것이다.

4 지금 천하의 크고 작은 나라를 막론하고 모두가 하늘의 땅인 것이다. 사람은 어리고 나이 많고 귀하고 천한 구별 없이 모두가 하늘의 신하인 것이다. 이 때문에 모두가 양과 소를 기르고 개와 돼지를 기르며 깨끗한 술과 단술과 젯밥을 담아놓고 하늘을 공경히 섬기는 것이다. 이것은 모든 것을 아울러 보전해 주고, 모든 것을 아울러 먹여 살려 주기 때문이 아니겠는가?

하늘은 진실로 모든 것을 아울러 보전해 주고 먹여 살려 주고 있다. 무슨 말로 사람들이 서로 사랑하고 서로 이롭게 하기를 바라지 않는다고 주장하겠는가? 그러므로 남을 사랑하고 남을 이롭게 하는 사람에게는 하늘이 반드시 복을 내리고, 남을 미워하고 남을 해치는 자에게는 하늘은 반드시 재앙을 내리는 것이다. 그래서

"죄 없는 사람을 죽인 자는 큰 벌을 받는다."
고 말하는 것이다.

今天下, 無大小國, 皆天之邑也. 人無幼長貴賤, 皆天之
금천하   무대소국   개천지읍야   인무유장귀천   개천지

臣也. 此以莫不犓[1]羊牛, 豢[2]犬豬, 絜[3]爲酒醴[4]粢[5]盛[6], 以
신야   차이막불추 양우   환 견저   결 위주례 자 성   이

敬事天. 此不爲兼而食之, 兼而食之邪?
경사천   차불위겸이사지   겸이사지야

天苟兼而有食之. 夫奚說以不欲人之相愛相利也? 故愛
천 구 겸 이 유 사 지   부 해 설 이 불 욕 인 지 상 애 상 리 야   고 애

人利人者, 天必福之, 惡人賊人者, 天必禍之. 曰, 殺不辜
인 리 인 자   천 필 복 지   오 인 적 인 자   천 필 화 지   왈   살 불 고

者, 得不祥⁷焉.
자   득 불 상 언

1 芻(추)－제물로 쓰려고 '꼴을 먹여 기르는 것'. 2 豢(환)－가축을 기르는
것. 3 絜(결)－결(潔)과 통하여, '정결히'. '깨끗이'. 4 醴(례)－단술〔甘酒〕.
5 粢(자)－젯밥. 6 盛(성)－젯밥을 제기에 담는 것. 7 不祥(불상)－상서롭지
않은 결과. 큰 벌.

　　여기서도 사람들의 법도가 되는 하늘에 대한 설명을 하고 있
다. 사람은 물론 세상 만물은 모두가 하늘이 보호하고 길러주는 것
이다. 따라서 하늘이 바라지 않는 것, 곧 남을 미워하며 남을 해치
는 짓을 하는 자는 벌을 받고, 하늘이 바라는 것, 곧 남을 사랑하고
남을 이롭게 하는 사람은 복을 받는다. 따라서 하늘은 사람들의 최
고 법도가 될 수 있다는 것이다.

5-1 사람들이 서로 죽이는 짓을 하면 하늘이 화(禍)를 내려
준다는 것은 도대체 무엇을 말하는가? 이것으로써 하
늘은 사람들이 서로 사랑하고 서로 이롭게 하기를 바라지, 사람들
이 서로 미워하고 서로 해치는 것을 바라지 않는다는 것을 알 수
있다.
　　옛날의 성왕(聖王)인 우(禹)임금 · 탕(湯)임금 · 문왕(文王) · 무왕(武
王) 같은 분들은 천하의 백성들을 아울러 사랑하셨고, 그들을 거느

리고 하늘을 높이며 귀신들을 섬기어 사람들을 이롭게 하는 일이 많았다. 그러므로 하늘은 그들에게 복을 내리어 그들로 하여금 천자 자리에 오르게 하고, 천하의 제후들은 모두 그들을 공경히 섬기게 되었다.

夫奚說人爲其相殺而天與禍乎? 是以知天欲人相愛相利,
부 해 설 인 위 기 상 살 이 천 여 화 호   시 이 지 천 욕 인 상 애 상 리

而不欲人相惡相賊也.
이 불 욕 인 상 오 상 적 야

昔之聖王禹[1]湯[2]文[3]武[4], 兼愛天下之百姓, 率以尊天事鬼,
석 지 성 왕 우 탕 문 무   겸 애 천 하 지 백 성   솔 이 존 천 사 귀

其利人多. 故天福之, 使立爲天子, 天下諸侯皆賓事之.
기 리 인 다   고 천 복 지   사 립 위 천 자   천 하 제 후 개 빈 사 지

1 禹(우)―하(夏)나라의 첫 임금. 세상의 물을 다스린 공로로 순(舜)임금에게서 나라를 물려받음. **2** 湯(탕)―포악한 하나라의 걸왕(桀王)을 쳐부수고 상(商)나라를 세운 어진 임금. **3** 文王(문왕)―주(周)나라의 임금. 천명(天命)을 받았으나 천하를 통일하지 못하고 죽은 어진 임금. **4** 武王(무왕)―문왕의 아들. 하(夏)나라 주(紂)왕을 쳐부수고 주(周)나라를 세운 어진 임금.

5-2 폭군(暴君)인 걸왕(桀王)·주왕(紂王)·유왕(幽王)·여왕(厲王) 같은 이들은 천하의 백성들을 아울러 미워하였고, 그들을 거느리고 하늘을 욕되게 하며 귀신들을 업신여기어 사람들을 해치는 일이 많았다. 그러므로 하늘은 그들에게 화를 내리어 마침내는 그들로 하여금 그들의 나라를 잃게 하고, 몸은 천하에서 큰 형벌을 받아 죽음을 당하게 하였다. 후세에는 자손들까지도 그들을 비난하게 되었는데 지금까지도 끊임없이 그러하다.

그러므로 착하지 않은 짓을 하여 화를 입은 사람으로는 걸왕·
주왕·유왕·여왕이 있고, 사람들을 사랑하고 사람들을 이롭게
함으로써 복을 받았던 사람으로는 우임금·탕임금·문왕·무왕
이 있다고 하는 것이다. 사람들을 사랑하고 사람들을 이롭게 함으
로써 복을 받았던 사람도 있었지만, 사람들을 미워하고 사람들을
해침으로써 화를 입었던 사람도 있었던 것이다.

暴王桀⁵紂幽⁶厲⁷, 兼惡天下之百姓, 率以詬⁸天侮鬼, 其
폭 왕 걸 주 유 려　　겸 오 천 하 지 백 성　　솔 이 구 천 모 귀　　기

賊人多. 故天禍之, 使遂失其國家, 身死爲僇⁹於天下. 後
적 인 다　故 천 화 지　　사 수 실 기 국 가　　신 사 위 륙 어 천 하　　후

世子孫毀之, 至今不息.
세 자 손 훼 지　지 금 불 식

故爲不善而得禍者, 桀紂幽厲是也, 愛人利人以得福者,
고 위 불 선 이 득 화 자　걸 주 유 려 시 야　　애 인 리 인 이 득 복 자

禹湯文武是也. 愛人利人以得福者有矣, 惡人賊人以得禍
우 탕 문 무 시 야　　애 인 리 인 이 득 복 자 유 의　　오 인 적 인 이 득 화

者亦有矣.
자 역 유 의

5 桀(걸)—하나라의 끝 임금. 은(殷)나라의 끝 임금인 주(紂)와 함께 대표적인
폭군으로 알려져 있다. 6 幽(유)—유왕(幽王). 서주(西周)의 맨 끝 임금. 포사
(褒姒)란 여인에게 빠져 나라의 정사를 그르쳤던 임금. 7 厲(려)—여왕(厲王).
유왕(幽王)의 할아버지. 정치를 잘못하여 서주(西周)가 망하는 원인이 되었었
다. 8 詬(구)—욕되게 하다, 욕하다. 9 僇(륙)—륙(戮)과 같은 자로, 처형(處
刑)당하는 것.

묵자는 하늘을 인용하며 사람들은 모두가 서로 사랑해야만 한
다는 겸애(兼愛)의 이론을 종교적인 단계로 승화시키고 있다. 사람

들이 사사로운 마음 없이 서로 남을 사랑하고 남을 이롭게 하는 것은 논리를 넘어선 하늘의 섭리에 합치하는 일이라는 것이다.

墨 子

5.
칠환편 七患篇

나라를 다스리는 사람에게 있는 '일곱 가지 커다란 환난'에 대한 설명이다. '일곱 가지 환난'의 내용은 본문으로 설명을 미루지만 절약을 강조하고 있는 게 큰 특징이라 할 것이다. 따라서 이 편의 뒷부분은 뒤에 나오는 「절용편(節用篇)」과 관계가 깊지만 묵가 사상으로써 특징을 이루는 '쓰는 것을 절약한다'는 주장을 뚜렷이 밝히고 있다고는 말할 수 없다. 이런 점 때문에 앞의 7편을 묵가의 초기 사상을 쓴 것이라고 주장하는 학자들이 있다.

1 묵자가 말하기를, '나라에는 일곱 가지 환난이 있다'고 하였다. 일곱 가지 환난이란 무엇일까?

성곽(城郭)이나 해자(溝池)를 지키지도 못하면서 궁실을 크게 세우는 게 첫째 환난이다.

적국이 국경에 이르렀건만 사방의 이웃 나라에서 구해주지 않는 것이 둘째 환난이다.

먼저 백성들의 힘을 쓸데없는 일에 다 써버리고 능력 없는 사람에게 상을 주며, 백성들의 힘은 쓸데없는 일에 다 써버린 뒤 재물은 손님들 대접하느라고 다 비어 버리는 것이 셋째 환난이다.

벼슬하는 자들은 녹(祿)을 유지하려고만 들고, 노는 자들은 패거리를 이루기만 하고, 임금은 법을 닦아 신하를 함부로 쳐도 신하들은 겁이 나서 감히 거스리지 않는 것이 넷째 환난이다.

임금이 스스로 성인답고 지혜롭다 여기고는 일에 대하여 물어보는 일이 없고, 스스로 편안하고 강하다고 여기고는 방비를 하지 않으며, 사방의 이웃 나라들이 침략할 계획만을 짜고 있는데도 경계할 줄 모르는 것이 다섯째 환난이다.

신임하는 자들은 충성스럽지 않고 충성스런 사람을 신임하지 않는 것이 여섯째 환난이다.

생산하는 식량은 국민이 먹기에 부족하고, 대신들은 임금을 섬기기에 부족한 자들이며, 상을 내려서 기쁘게 할 수 없고, 처벌해서도 위압을 할 수 없는 것이 일곱째 환난이다.

나라에 이 일곱 가지 환난이 있다면 반드시 나라는 멸망할 것이며, 일곱 가지 환난을 가지고 성을 지켜 보았자 적이 쳐들어오면 나라는 기울어지고 말 것이다. 일곱 가지 환난이 있다면 나라는 반드시 재앙을 당하게 될 것이다.

子墨子曰 : 國有七患. 七患者, 何?
자 묵 자 왈   국 유 칠 환   칠 환 자   하

城郭溝池[1]不可守, 而治宮室, 一患也.
성 곽 구 지   불 가 수   이 치 궁 실   일 환 야

敵國至境, 四隣莫救, 二患也.
적 국 지 경   사 린 막 구   이 환 야

先盡民力無用之功, 賞賜無能之人, 民力盡於無用, 財
선 진 민 력 무 용 지 공　　상 사 무 능 지 인　　민 력 진 어 무 용　　재

寶虛於待客, 三患也.
보 허 어 대 객　 삼 환 야

仕者持祿, 游者養交[2], 君修法討臣, 臣懾[3]而不敢拂[4], 四
사 자 지 록　유 자 양 교　　군 수 법 토 신　 신 섭　이 불 감 불　　사

患也.
환 야

君自以爲聖智, 而不問事, 自以爲安彊, 而無守備, 四隣
군 자 이 위 성 지　 이 불 문 사　 자 이 위 안 강　이 무 수 비　사 린

謀之不知戒. 五患也.
모 지 부 지 계　 오 환 야

所信者不忠, 所忠者不信, 六患也.
소 신 자 불 충　 소 충 자 불 신　 육 환 야

畜種[5]菽粟[6]不足以食之, 大臣不足以事之, 賞賜不能喜,
축 종 숙 속　부 족 이 식 지　 대 신 부 족 이 사 지　 상 사 불 능 희

誅罰不能威, 七患也.
주 벌 불 능 위　 칠 환 야

以七患居國, 必無社稷, 以七患守城, 敵至國傾. 七患之
이 칠 환 거 국　 필 무 사 직　 이 칠 환 수 성　 적 지 국 경　 칠 환 지

所當, 國必有殃.
소 당　 국 필 유 앙

---

1 溝池(구지)─해자. 성을 지키기 위하여 성 둘레에 파놓은 도랑이나 연못.
2 養交(양교)─보통 판본엔 '애교(愛校)'로 되어 있으나 잘못임(『墨子閒詁』).
'사귐을 기른다'는 것은 자기의 패거리를 만드는 것을 뜻한다. 3 懾(섭)─두
려워함. 무서워함. 4 拂(불)─거스름. 임금의 뜻을 어기며 간하는 것. 5 畜
種(축종)─가축이나 곡식. 축(畜)이 축(蓄)으로 된 판본도 있으니 '축적된 곡
식'으로 보아도 좋다. 6 菽粟(숙속)─콩과 조. 곡식.

나라의 환난이 되는 일곱 가지 조목들을 보면 묵자로서 별로
두드러진 면은 보이지 않는다. 오히려 유가와 법가의 특징 등이 뒤
섞인 이 시대의 일반적인 주장을 대변하는 듯한 인상을 준다.

2-1 무릇 다섯 가지 곡식이란 백성들이 존중하는 것이며, 임금이 백성들을 먹여 살리는 근거가 되는 것이다. 그러므로 백성들이 존중하는 것이 없으면 임금은 먹여 살려 줄 게 없게 되며, 백성들이 먹을 게 없다면 섬길 수가 없게 되는 것이다. 그러므로 먹을 것에 대하여는 힘쓰지 아니할 수가 없고, 땅에 대하여는 힘들여 경작하지 않을 수가 없고, 쓰는 것에 대하여는 절약을 하지 않을 수가 없는 것이다.

凡五穀¹者, 民之所仰也, 君之所以爲養也. 故民無仰則
범 오 곡 자   민 지 소 앙 야   군 지 소 이 위 양 야   고 민 무 앙 즉

君無養, 民無食則不可事. 故食不可不務也, 地不可不力
군 무 양   민 무 식 즉 불 가 사   고 시 불 가 불 무 야   지 불 가 불 력

也, 用不可不節也.
야   용 불 가 부 절 야

1 五穀(오곡) – 다섯 가지 곡식. 벼·메기장·찰기장·보리·콩(『孟子』注) 등 옛날의 대표적인 다섯 가지 곡식.

2-2 다섯 가지 곡식이 모두 잘 걷히면 곧 임금에겐 여러 가지 음식을 올리게 되지만, 다 잘 걷혀지지 않으면 여러 가지 것을 다 올리지 못하게 된다. 한 가지 곡식이 걷히지 않는 것을 '근(饉)'이라 말한다. 두 가지 곡식이 걷히지 않는 것을 '한(旱)'이라 말한다. 세 가지 곡식이 걷히지 않는 것을 '흉(凶)'이라 말한다. 네 가지 곡식이 걷히지 않는 것을 '궤(匱)'라 말한다. 다섯 가지 곡식이 다 걷히지 않는 것을 '기(饑)'라 말한다.

'근'이 든 해는 대부(大夫) 이하 벼슬아치는 모두 그의 봉급을 5

분의 1을 줄인다. '한'이 들면 5분의 2를 줄인다. '흉'이 들면 5분의 3을 줄인다. '궤'가 들면 5분의 4를 줄인다. '기'가 들면 봉급을 없애고 관에서 먹여주기만 한다.

五穀盡收, 則五味²盡御³於主, 不盡收則不盡御. 一穀不
오 곡 진 수 즉 오 미 진 어 어 주 부 진 수 즉 부 진 어 일 곡 불

收, 謂之饉. 二穀不收, 謂之旱⁴. 三穀不收, 謂之凶. 四穀
수 위 지 근 이 곡 불 수 위 지 한 삼 곡 불 수 위 지 흉 사 곡

不收, 謂之匱. 五穀不收, 謂之饑.
불 수 위 지 궤 오 곡 불 수 위 지 기

歲饉則仕者大夫以下, 皆損祿五分之一, 旱則損五分之
세 근 즉 사 자 대 부 이 하 개 손 록 오 분 지 일 한 즉 손 오 분 지

二. 凶則損五分之三. 匱則損五分之四. 饑則盡無祿, 稟
이 흉 즉 손 오 분 지 삼 궤 즉 손 오 분 지 사 기 즉 진 무 록 늠

食⁵而已矣.
식 이 이 의

2 五味(오미)—달고, 짜고, 시고, 맵고, 쓴, 다섯 가지 맛. 여기에선 갖가지 맛 있는 요리를 뜻한다. 3 御(어)—바치는 것. 드리는 것. 4 旱(한)—수확이 적은 것. 보통 한(早)으로 되어 있으나 잘못임(俞樾 說). 5 稟食(늠식)—관에서 먹여주는 것.

2-3 그러므로 나라에 흉년이 들면 임금은 먹던 요리의 5분지 3을 치우고, 대부들은 악기를 치우고, 선비들은 학교에 들어가지 않으며, 임금이 조회할 때의 옷들을 고쳐 만들지 아니하며, 제후들의 손님이나 사방 이웃 나라의 사신들도 식사만을 대접하고 성대한 잔치를 베풀어 주지 않으며, 수레를 끄는 네 마리 말을 두 마리로 줄이며, 길의 풀을 뽑지 아니하고 말에게 곡식을 먹이지 않으며, 궁녀들은 비단옷을 입지 않는다. 이것은 식

량이 부족함을 철저히 인식시키려는 것이다.

故凶饑⁶存乎國, 人君徹⁷鼎食⁸五分之三, 大夫徹縣⁹, 士
고 흉 기 존 호 국　 인 군 철 정 식 오 분 지 삼　 대 부 철 현　 사

不入學, 君朝之衣不革制, 諸侯之客, 四隣之使, 饔飱¹⁰而
불 입 학　 군 조 지 의 불 혁 제　 제 후 지 객　 사 린 지 사　 옹 손 이

不盛, 徹驂騑¹¹, 塗不芸¹², 馬不食粟, 婢妾不衣帛. 此告
불 성　 철 참 비　 도 불 운　 마 불 사 속　 비 첩 불 의 백　 차 고

不足之至也.
부 족 지 지 야

6 凶饑(흉기)－흉년으로 말미암은 기근(饑饉). 7 徹(철)－지움. 없앰. 8 鼎食
(정식)－큰 상에 늘어놓은 요리(料理). 9 縣(현)－아악(雅樂)에 쓰이는 악기들
을 가리킴. 10 饔飱(옹손)－아침·점심·저녁의 식사. 11 驂騑(참비)－참마
(驂馬). 옛날 수레는 두 마리의 복마(服馬)와 두 마리의 참마로 된 네 마리가
끌었다. 12 芸(운)－풀을 뽑는 것.

2-4 지금 자기 아들을 업고서 물을 긷다가 그의 아들을 물 속에 떨어뜨렸다면, 그 어머니는 반드시 바로 그를 건져낼 것이다. 지금 흉년이 들어 백성들이 굶주리어 길거리에 쓰러져 있다면 이 병폐는 자기 자식을 물에 떨어뜨린 것보다 더 무거울 것이니, 어찌 살피지 않을 수가 있겠는가?

今有負其子而汲者, 墜其子於井中, 其母必從而導之¹³.
금 유 부 기 자 이 급 자　 추 기 자 어 정 중　 기 모 필 종 이 도 지

今歲凶民饑道餓, 此疢¹⁴重於墜其子, 其可無察邪?
금 세 흉 민 기 도 아　 차 구 중 어 추 기 자　 기 가 무 찰 야

13 導之(도지)-그를 이끌어내다. 그를 구해 내다. 14 疚(구)-병. 마음이 아픔.

＊＊＊

나라를 다스리는 데 있어서 '일곱 가지 환난'이 있다고 하였
지만 가장 중요한 것은 먹을 것이 모자라는 것이다. 백성들에게 먹
을 것이 부족하다면 아무리 훌륭한 임금이라 하더라도 나라를 잘
다스리지 못할 것이다. 그런데 이 중요한 식량은 생산을 늘이는 것
과 함께 소비를 절약하여야만 언제나 수요에 충족시킬 수 있다는
것이다. 특히 흉년으로 말미암아 식량의 부족이 심각해지는데, 흉
년의 정도에 따라 절약도 적절히 조절하여야 한다는 것이다. 여기
에서 '노동'과 함께 '절약'을 중히 여기는 묵가의 사상적인 경향이
엿보이기 시작한다.

3-1 그러므로 풍년이 든 때에는 백성들은 어질고도 착하지
만, 흉년이 든 때에는 백성들은 인색하고도 악해지는
것이다. 백성들이 어찌 일정한 성격을 지니고 있을 수 있겠는가?

생산하는 사람이 부지런하고 먹는 자들은 적으면 흉년이 없게
된다. 생산하는 사람은 게으르고 먹는 자들이 많으면 풍년이 없게
된다. 그러므로 '재물이 부족하면 철에 대하여 반성하고, 식량이
부족하면 곧 쓰는 데 대하여 반성한다.'고 하는 것이다. 따라서 옛
백성들은 철에 알맞도록 재물을 생산하여 근본을 굳건히 해놓고
재물을 썼기 때문에 재물이 풍족하였던 것이다.

故時年歲善, 則民仁且良, 時年歲凶, 則民吝¹且惡. 夫
고 시 년 세 선   즉 민 인 차 량   시 년 세 흉   즉 민 린 차 악   부

民何常此之有?
민 하 상 차 지 유

爲者²疾³, 食者寡, 則歲無凶. 爲者緩, 食者衆, 則歲無
위 자 질   식 자 과   즉 세 무 흉   위 자 완   식 자 중   즉 세 무

豊. 故曰 : 財不足則反之時, 食不足則反之用. 故先民以
풍   고 왈   재 부 족 즉 반 지 시   식 부 족 즉 반 지 용   고 선 민 이

時生財, 固本而用財則財足.
시 생 재   고 본 이 용 재 즉 재 족

---

1 吝(인) - 인색함. **2** 爲者(위자) - 일하는 사람. 생산하는 사람. **3** 疾(질) - 빠름. 부지런함. 본문의 "위자질(爲者疾)" 이하 네 구절은 『묵자한고』의 교정을 따른 것이다.

3-2 비록 옛날 시대의 성왕(聖王)이라 하더라도 어찌 다섯 가지 곡식을 언제나 풍성히 거둬들이고 가뭄과 홍수가 오지 않도록 할 수야 있었겠는가! 그런데도 헐벗고 굶주린 백성들이 없었던 것은 어째서일까? 그들이 철에 따라 힘써 일은 많이 하면서도 스스로 먹고 사는 데에는 검소하였기 때문인 것이다.

그러므로 『서경(書經)』의 하서(夏書)에 말하기를, '우(禹)임금 때에는 7년 동안 홍수가 졌다.' 하였고, 『서경』 상서(商書)에는 '탕(湯)임금 때에는 5년 동안 가뭄이 들었다'고 하였다. 이토록 그들은 흉년과 기근(饑饉)을 겪었지만 백성들에 헐벗고 굶주린 자들이 없었음은 어째서일까? 그들은 재물의 생산에는 빈틈없는 노력을 하였으나 그것을 쓰는 데에는 절약을 하였기 때문인 것이다.

故雖上世之聖王, 豈能使五穀常收而旱水不至哉! 然而
고 수 상 세 지 성 왕   기 능 사 오 곡 상 수 이 한 수 부 지 재   연 이

無凍餓之民者, 何也? 其力時急, 而自養儉也.
무 동 아 지 민 자   하 야   기 력 시 급   이 자 양 검 야

故夏書⁴曰 : 禹七年水. 殷書⁵曰 : 湯五年旱. 此其離⁶凶
고 하 서 왈   우 칠 년 수   은 서 왈   탕 오 년 한   차 기 리 흉

饑甚矣, 然而民不凍餓者, 何也? 其生財密⁷, 其用之節也.
기 심 의   연 이 민 부 동 아 자   하 야   기 생 재 밀   기 용 지 절 야

4 夏書(하서) - 『서경(書經)』은 「우서(虞書)」·「하서」·「상서(商書)」·「주서(周書)」의 네 부분으로 나뉘어져 있다. **5** 殷書(은서) - 곧 『서경』인 「상서」, 탕(湯)임금이 세운 상(商)나라는 뒤에 반경(盤庚)임금이 도읍을 은(殷)으로 옮기어 후에는 나라 이름을 은(殷)이라고 흔히 불렀으므로 「상서」를 「은서」라고 부른 것이다. **6** 離(리) - 걸림. 당함. **7** 密(밀) - 주밀(周密). 빈틈없음.

3-3

그러므로 창고에 준비되어 있는 곡식이 없다면 흉년이나 기근에 대비할 수가 없다. 창고에 준비된 무기가 없다면 비록 의로운 목적이 있다 하더라도 의롭지 않은 자를 칠 수가 없다. 성곽이 완전하게 갖추어 있지 않으면 스스로를 지킬 수가 없다. 마음속에 걱정스런 일에 대한 대비가 되어 있지 않으면 갑자기 일어난 일에 대처할 수가 없다. 그래서 만약 힘이 센 경기(慶忌)가 대비를 소홀히 하는 마음이 없었다면 아무도 가벼이 그를 처치하려고 나설 수 없었을 것이다.

故倉無備粟, 不可以待凶饑. 庫無備兵, 雖有義, 不能征
고 창 무 비 속   불 가 이 대 흉 기   고 무 비 병   수 유 의   불 능 정

無義. 城郭不備全, 不可以自守. 心無備慮⁸, 不可以應卒⁹.
무 의   성 곽 불 비 전   불 가 이 자 수   심 무 비 려   불 가 이 응 졸

是若慶忌¹⁰, 無去備之心, 不能輕出.
시 약 경 기   무 거 비 지 심   불 능 경 출

8 慮(려)－걱정. 근심. **9** 應卒(응졸)－갑자기 일어난 일에 대처함. **10** 慶忌(경기)－춘추시대 오(吳)왕 요(僚)의 아들. 용기와 힘이 아무도 당해낼 수 없을 정도였다 한다. 그러나 공자광(公子光)이 틈을 엿보아 사람을 시켜 그를 죽였다.

역시 절약을 함으로써 만일을 위하여 언제나 대비가 되어 있어야만 흉년이 들어도 걱정이 없다는 것이다. 그뿐만 아니라 무슨 일이나 준비가 되어 있어야만 자기가 바라는 일을 할 수 있다는 것이다. 앞에 '일곱 가지 환난'을 들고서 이처럼 맨 끝의 '식량의 부족' 문제만을 가지고 얘기하고 있는 것은 묵가다운 면모를 보여주는 것이라 하겠다.

4-1 걸(桀)왕은 탕(湯)임금을 대처할 준비가 없었기 때문에 쫓겨났고, 주(紂)왕은 무왕(武王)을 대처할 준비가 없었기 때문에 죽음을 당하였다. 걸왕과 주왕은 천자란 귀한 몸으로 천하의 부(富)를 차지하고 있었다. 그러나 모두 백 리 사방의 임금에게 멸망 당했던 것은 어째서인가? 부귀는 지니고 있었지만 대비는 하지 않고 있었기 때문이다. 그러므로 대비라는 것은 나라의 중대한 일인 것이다.

양식은 나라의 보배이고, 병력은 나라의 발톱이며, 성(城)이란 스스로를 지키는 수단이다. 이 세 가지는 나라의 연모이다.

夫桀¹無待湯²之備, 故放, 紂³無待武⁴之備, 故殺. 桀紂
부걸 무대탕 지비 고방 주 무대무 지비 고살 걸주

貴爲天子, 富有天下, 然而皆滅亡於百里之君者, 何也?
귀 위 천 자   부 유 천 하   연 이 개 멸 망 어 백 리 지 군 자   하 야

有富貴而不爲備也. 故備者, 國之重也.
유 부 귀 이 불 위 비 야   고 비 자   국 지 중 야

食者, 國之寶也, 兵者, 國之爪⁵也, 城者, 所以自守也.
식 자   국 지 보 야   병 자   국 지 조 야   성 자   소 이 자 수 야

此三者, 國之具也.
차 삼 자   국 지 구 야

1 桀(걸)-하(夏)나라 마지막 임금. 폭군이었음. 2 湯(탕)-상(商)나라를 세운
임금. 3 紂(주)-상나라 마지막 임금. 4 武(무)-상나라 주왕을 쳐부순 주(周)
나라 무왕(武王). 5 爪(조)-발톱. 손톱.

4-2 그러므로 '지나친 상(賞)을 공로도 없는 자에게 내리고
나라의 창고를 텅 비게 하면서 수레와 말을 갖추고 옷
과 갖옷을 이상하게 차리며, 그들이 부리는 자들을 괴롭히면서 궁
실을 짓고 즐기며, 죽으면 또 두터이 관(棺)과 겉관을 장만하고 많
은 옷과 갖옷을 마련한다. 살아서는 누각(樓閣)과 정자를 짓고, 죽
어서는 또 무덤을 치장한다. 그러므로 백성들은 밖에서 고생하고,
창고는 안으로 바닥나게 되는 것이다. 위에서는 즐김에 싫증을 낼
줄 모르고, 아래서는 그들의 괴로움을 감당하지 못하게 된다. 그
러므로 나라는 적국을 만나기만 하면 피해를 입고, 백성들은 흉년
과 기근을 당하면 죽게 되는데, 이것은 모두 제대로 그 일에 대비
하지 않은 죄이다.' 라고 하는 것이다.

故曰：以其極賞, 以賜無功, 虛其府庫, 以備車馬, 衣裘⁶
고 왈   이 기 극 상   이 사 무 공   허 기 부 고   이 비 차 마   의 구

奇怪, 苦其役徒, 以治宮室觀樂, 死又厚爲棺槨[7], 多爲衣
기 괴　고 기 역 도　이 치 궁 실 관 락　사 우 후 위 관 곽　다 위 의

裘. 生時治臺樹[8], 死又脩墳墓. 故民苦於外, 府庫單[9]於
구　생 시 치 대 사　사 우 수 분 묘　고 민 고 어 외　부 고 단 어

內. 上不厭其樂, 下不堪其苦. 故國離[10]寇敵則傷, 民見凶
내　상 불 염 기 락　하 불 감 기 고　고 국 리 구 적 즉 상　민 견 흉

饑則亡, 此皆備不具之罪也.
기 즉 망　차 개 비 불 구 지 죄 야

6 裘(구) — 가죽으로 만든 겉옷. 갖옷.　7 槨(곽) — 밖의 덧관. 곽(槨)으로 쓴다.
8 臺樹(대사) — 높은 누대(樓臺)와 정자(亭子).　9 單(단) — 탄(殫)과 통하여, 다하
다. 바닥이 나다.　10 離(리) — 리(罹)와 통하여, 만나다. 맞닥치다.

4-3 또한 양식이라는 것은 성인들께서도 보배로 여기셨던 것이다. 그러므로 『주서(周書)』에 말하기를, '나라에 3년의 양식이 없다면 나라라 하더라도 그의 나라는 아니다. 집안에 3년의 양식이 없다면 자식이 있다 해도 그의 자식이 아니다.' 라고 한 것이다. 이것을 두고 '나라의 대비(國備)' 라고 말하는 것이다.

且夫食者, 聖人之所寶也. 故周書[11]曰: 國無三年之食
차 부 식 사　성 인 지 소 보 야　고 주 서　왈　국 무 삼 년 지 식

者, 國非其國也. 家無三年之食者, 子非其子也. 此之謂國
자　국 비 기 국 야　가 무 삼 년 지 식 자　자 비 기 자 야　차 지 위 국

備.
비

11 周書(주서) — 주나라의 역사가 쓰인 책 이름. 한대(漢代) 이전의 옛 책으로 『일주서(逸周書)』 또는 『급총주서(汲冢周書)』라고도 부른다.

계속 모든 일에는 대비를 잘하여야 할 것을 주장했다. 특히 나라에 있어서는 양식과 병력 및 성(城)에 관한 대비가 중요함을 역설했다. 다만 이러한 대비들을 제대로 하자면 다스리는 사람들이 백성들은 생각하지 않고 오직 놀고 즐겨서는 절대로 안된다는 것이다. 이러한 이론은 묵자의 중심사상의 하나인 모두가 '부지런히 일하고 절약하여 검소하게 산다〔勤儉〕.'는 생각의 바탕을 이루는 것이다.

墨子

6.
사과편
辭過篇

　　'사과'란 '지나침을 사양한다', 곧 지나친 사치나 허식을 물리쳐야 한다는 뜻이다. 옛날의 성왕(聖王)들은 사람들이 사는 집이나 입는 옷, 먹는 음식, 타는 배나 수레 같은 것을 모두 실용을 위하여 만들었다. 그러나 지금은 실용과는 거리가 먼 사치스런 장식과 낭비가 많으며, 이러한 사치와 낭비를 위하여 백성들을 착취하고 나라의 재물을 허비한다. 그리고 큰 나라 임금은 첩을 천 명, 작은 나라 임금은 백 명씩이나 두고 있어 낮은 백성들은 장가들기조차도 어려워지고 따라서 인구가 줄고 있다. 임금이 나라를 잘 다스리려면 이러한 낭비를 없애고 모든 면에 절약을 하여야 한다는 것이다. 이 편의 내용은 앞 「칠환편」의 뒷부분에 이어 절약을 강조하는 내용이어서 없어진 「절용편(節用篇)」의 하편(下篇)이 아닌가 의심하는 학자들도 있다.

1-1 묵자가 말하였다.

"집을 지을 줄 몰랐을 때의 옛날 백성들은 언덕에 굴을 파고 살았으므로 낮았기 때문에 습기가 백성들을 해쳤다. 그래서 성왕이 나와 집을 지었던 것이다. 집을 짓는 방법은 다음과 같았다. 집의 높이는 습기를 피하기에 알맞았고, 가장자리의 벽은 바람과 추위를 막기에 알맞았으며, 위 지붕은 눈·서리와 비·이슬을 막기에 알맞았고, 집 담의 높이는 남녀의 예의를 가리기에 알맞았다. 삼가 이렇게 하면 그만이었다. 모든 재물과 노력을 소비하고도 이익이 되지 않는 짓은 하지를 않았다."

子墨子曰 : 古之民, 未知爲宮室[1]時, 就陵阜[2]而居穴而
자묵자왈 고지민 미지위궁실 시 취릉부 이거혈이

處, 下潤濕[3]傷民. 故聖王作爲宮室. 爲宮室之法. 曰室高
처 하윤습상민 고성왕작위궁실 위궁실지법 왈실고

足以辟潤濕, 邊[4]足以圉[5]風寒, 上足以待雪霜雨露, 宮牆之
족이벽윤습 변 족이어 풍한 상족이대설상우로 궁장지

高, 足以別男女之禮. 謹此則止. 凡費財勞力, 不加利者,
고 족이별남녀지례 근차즉지 범비재로력 불가리자

不爲也.
부위야

1 宮室(궁실)―궁전뿐만 아니라 여기서는 모든 집을 가리킨다. 2 陵阜(릉부)―언덕. 3 潤濕(윤습)―젖음. 습기가 참. 4 邊(변)―가장자리의 벽. 5 圉(어)―막아냄.

1-2 백성들을 일정하게 부리어 나라의 성곽을 수리한다면 백성들이 수고를 한다 해도 해를 입지는 않는다. 백성들에게서 일정한 기준으로 세금을 거둔다면 백성들은 돈을 쓴다

해도 폐해가 되지는 않는다. 백성들이 괴로워하는 것은 이런 때문이 아니다. 분에 넘치는 공사를 하기 위하여 백성들에게서 거둬들이기 때문에 괴로운 것이다. 그러므로 성왕은 집을 짓는 데는 삶을 편리하게 할 뿐 겉치레로 즐기기 위한 것이 아니었다. 의복이나 허리띠와 신을 만드는 것도 몸에 편리하게 할 뿐이지 괴벽한 꾸밈을 위한 것이 아니었다. 그러므로 자신이 절약을 하며 백성들을 교화하여 그로써 천하의 백성들을 다스릴 수가 있었고, 쓰는 재물이 충분할 수가 있었던 것이다.

以其常役[6], 脩其城郭, 則民勞而不傷, 以其常正[7], 收其
이기상역　　수기성곽　　즉민로이불상　　이기상정　　수기

租稅, 則民費而不病. 民所苦者, 非此也, 苦於厚作[8], 斂
조세　　즉민비이불병　　민소고자　　비차야　　고어후작　　염

於百姓. 是故聖王作爲宮室, 便於生, 不以爲觀樂也. 作
어백성　　시고성왕작위궁실　　편어생　　불이위관락야　　작

爲衣服帶履, 便於身, 不以爲辟怪[9]也. 故節於身, 誨於民,
위의복대리　　편어신　　불이위벽괴야　　고절어신　　회어민

是以天下之民可得而治, 財用可得而足也.
시이천하지민가득이치　　재용가득이족야

6 以其常役(이기상역) ― '백성들의 일정한 부역으로써'. 보통 판본엔 이기상(以其常) 세 자가 없으나 『묵자한고(墨子閒詁)』에 의거 보충했다.　7 常正(상정) ― 정(正)은 정(征)과 통하여, '일정한 과세 기준'.　8 厚作(후작) ― 분에 넘친 호화로운 공사를 하는 것.　9 辟怪(벽괴) ― 괴벽스런 수식(修飾)을 하는 것.

1-3 지금의 임금들이 집을 짓는 것은 이와 다르다. 반드시 분에 넘치는 공사를 하여 백성들에게서 거둬들이며, 백성들이 먹고 입을 재물을 함부로 뺏어다가 궁실과 누각을 이리

저리 모양을 내어 지으며 여러 가지 색칠과 조각으로 장식을 한다. 집을 이와 같이 지으니 신하들도 모두 임금을 본뜨게 된다. 그리하여 나라의 재물은 흉년과 기근에 대비하거나 고아나 과부 같은 이들을 구제하기엔 불충분하게 된다. 그러므로 나라는 가난해지고 백성들을 다스리기 어렵게 되는 것이다. 임금이 정말로 천하가 다스려지기를 바라고 어지러워지는 것을 싫어한다면, 마땅히 궁실을 지음에 절제하지 않을 수가 없을 것이다.

當今之主, 其爲宮室, 則與此異矣. 必厚作, 斂於百姓,
당금지주 기위궁실   즉여차이의   필후작 염어백성

暴奪民衣食之財, 以爲宮室臺榭[10]曲直之望[11], 靑黃刻鏤之
폭탈민의식지재 이위궁실대사 곡직지망   청황각루지

飾. 爲宮室若此, 故左右[12]皆法象之. 是以其財不足以待凶
식 위궁실약차 고좌우 개법상지 시이기재부족이대흉

饑, 振[13]孤寡. 故國貧而民難治也. 君實欲天下之治而惡其
기 진 고과 고국빈이민난치야   군실욕천하지치이오기

亂也, 當爲宮室不可不節.
난야 당위궁실불가부절

10 臺榭(대사) ─ 높은 누대(樓臺). **11** 曲直之望(곡직지망) ─ 요리조리 겉모양에 변화를 일으키며 아름답게 만드는 것. **12** 左右(좌우) ─ 임금의 신하들. **13** 振(진) ─ 진제(振濟). 구제.

옛날 임금은 집이나 옷을 모두 실용 위주로 만들었으나 지금 와서는 쓸데없는 꾸밈이 많아졌다. 이것은 쓸데없는 낭비며 나라를 가난하게 만들 따름이라는 것이다. 나라가 가난하면 백성들은 다스려지지 않는다. 따라서 임금은 재물을 아껴 쓰며 실용적인 궁전을 짓도록 하여야 한다는 것이다.

옛날 백성들이 옷을 만들 줄 몰랐을 때에는 짐승 가죽을 옷 대신 입고 마른 꼴풀로 띠를 둘러, 겨울에는 가벼우나 따뜻하지 않고 여름에는 가벼우나 시원하지 않았다. 성왕(聖王)께서는 그것이 사람들의 뜻에 맞지 않는다고 생각했다. 그래서 일어나 부인들에게 삼실을 다스리고 무명과 비단을 짜는 법을 가르치어 사람들의 옷을 만들게 하고 의복의 법도를 마련하였다. 겨울에는 비단으로 만든 속옷을 입어 충분히 가볍고도 따스하게 하였고, 여름이면 굵고 가는 베옷으로 만든 속옷을 입어 충분히 가볍고도 시원하게 하였다. 삼가 이렇게 하면 그만이었다. 그러므로 성인께서 옷을 마련하실 적에는 몸에 쾌적(快適)하고 살갗에 조화되기만 하면 만족하였지, 눈과 귀에 화려하게 보이게 하고 어리석은 백성들에게 뽐내려던 것이 아니었다.

古之民, 未知爲衣服時, 衣皮帶茭[1], 冬則不輕而溫, 夏
고 지 민　　미 지 위 의 복 시　　의 피 대 교　　동 즉 불 경 이 온　　하

則不輕而淸. 聖王以爲不中人之情[2]. 故作誨[3]婦人, 治絲
즉 불 경 이 청　　성 왕 이 위 부 중 인 지 정　　고 작 회 부 인　　치 사

麻, 梱[4]布絹, 以爲民衣, 爲衣服之法. 冬則練帛[5]之中, 足
마　　곤 포 견　　이 위 민 의　　위 의 복 지 법　　동 즉 련 백 지 중　　족

以爲輕且煖, 夏則絺綌[6]之中, 足以爲輕且淸. 謹此則止.
이 위 경 차 난　　하 즉 치 격 지 중　　족 이 위 경 차 청　　근 차 즉 지

故聖人之爲衣服, 適身體和肌膚而足矣, 非榮耳目而觀愚
고 성 인 지 위 의 복　　적 신 체 화 기 부 이 족 의　　비 영 이 목 이 관 우

民也.
민 야

1 茭(교)－마른 꼴풀.　**2** 情(정)－인정(人情), 또는 실정(實情).　**3** 誨(회)－깨우치다. 가르치다.　**4** 梱(곤)－곤(綑)과 통하여, 옷감을 짜는 것(孫詒讓 說 참조).　**5** 練帛(연백)－연(練)은 증(繒)과 통하여, 비단의 총칭.　**6** 絺綌(치격)－치(絺)는 가는 갈포(葛布), 격(綌)은 굵은 갈포.

2-2 그러한 시대에는 튼튼한 수레나 좋은 말도 귀중한 것인 줄 알지 못하였고, 무늬를 조각하고 채색을 수놓은 것도 좋은 것인 줄 알지 못하였다. 왜냐하면 그것을 만드는 도리가 그러하였기 때문이다. 백성들의 입고 먹는 재물이 각기 집안에서 가뭄과 장마 또는 흉년이나 굶주림에 대처하기에 충분하였던 것은 어째서인가? 그들이 스스로 먹고 사는 뜻에 맞는 것만을 취하고 그 밖의 것에 대하여는 무감각하였기 때문이었다. 그래서 그 백성들은 검소하여 다스리기 쉬웠고, 그 임금은 쓰는 재물을 절약하여 풍부해지기 쉬웠다. 나라의 창고에는 물건이 가득 차서 불의의 변고에 대비하기에 족하였고, 무기와 갑옷을 깨뜨리지 않고 백성들을 수고롭히지 않아도 복종하지 않는 자들을 정복하기에 충분하였다. 그러므로 가장 세상에서 강한 임금이라는 위업을 천하에 이룰 수가 있었다.

當是之時, 堅車良馬不知貴也, 刻鏤文采不知喜也. 何則
당시지시　견차량마부지귀야　각루문채부지희야　하즉

所道之然故. 民衣食之財, 家足以待旱水凶饑者, 何也? 得
소도지연고　민의식지재　가족이대한수흉기자　하야　득

其所以自養之情, 而不感於外也. 是以其民儉而易治, 其君
기소이자양지정　이불감어외야　시이기민검이이치　기군

用財節而易贍⁷也. 府庫實滿, 足以待不然⁸, 兵革不頓⁹, 士
용재절이이섬야　부고실만　족이대불연　병혁부돈　사

民不勞, 足以征不服. 故覇王之業, 可行於天下矣.
민불로　족이정불복　고패왕지업　가행어천하의

7 贍(섬)-풍부. 풍족. **8** 不然(불연)-불의의 사고. 변고(變故). **9** 頓(돈)-무너지다. 깨지다.

2-3 지금의 임금을 보면 옷을 만드는 방법이 이것과 달라졌다. 겨울이면 가볍고 따스하고, 여름에는 가볍고 시원한 조건이 모두 갖추어져 있다. 반드시 백성들에게서 많은 재물을 거둬들여 백성들이 입고 먹을 재물을 함부로 빼앗아가지고 무늬와 채색으로 수놓은 비단으로 화려한 옷을 짓고 금을 녹여 부어 띠의 고리를 만들고 구슬과 옥으로 패옥(珮玉)을 만들어 장식한다. 여자 공인들은 무늬와 채색을 수놓고, 남자 공인들은 무늬를 조각하여 몸에 걸칠 옷을 마련한다. 이것은 더욱 따스하게 하는 실속이 있는 것도 아니다. 재물을 소비하고 힘을 수고롭히나 모두 쓸데없는 짓으로 귀결되고 만다. 이렇게 본다면 그들의 옷을 만드는 목적은 몸을 위한 것이 아니라 모두 보기 좋게 하기 위한 것이다.

當今之主, 其爲衣服則與此異矣. 冬則輕煖, 夏則輕淸,
당 금 지 주   기 위 의 복 즉 여 차 이 의   동 즉 경 난   하 즉 경 청

皆已具矣. 必厚作斂於百姓, 暴奪民衣食之財, 以爲錦繡文
개 이 구 의   필 후 작 렴 어 백 성   폭 탈 민 의 식 지 재   이 위 금 수 문

采靡曼[10]之衣, 鑄金以爲鉤[11], 珠玉以爲珮[12]. 女工作文采,
채 미 만 지 의   주 금 이 위 구   주 옥 이 위 패   여 공 작 문 채

男工作刻鏤, 以爲身服. 此非云益煖之情[13]也. 單[14]財勞力,
남 공 작 각 루   이 위 신 복   차 비 운 익 난 지 정 야   단 재 로 력

畢歸之於無用也. 以此觀之, 其爲衣服, 非爲身體, 皆爲觀
필 귀 지 어 무 용 야   이 차 관 지   기 위 의 복   비 위 신 체   개 위 관

好.
호

---

10 靡曼(미만)―화려한 것. 하늘하늘한 것. 부드러운 것. **11** 鉤(구)―현대의 고리. **12** 珮(패)―허리에 차는 구슬. **13** 情(정)―실속. **14** 單(단)―탄(殫)과 통하여, 허비하다. 다하다.

2-4 때문에 그 백성들은 지나치게 간사해져서 다스리기 어렵게 되고, 그 임금은 사치해져서 올바른 말을 하기 어렵게 된 것이다. 사치스런 임금이 지나치게 간사한 백성들을 다스리게 되었으니, 나라가 어지럽지 않으려 해도 그렇게 될 수가 없는 것이다. 임금이 정말로 천하가 다스려지기를 바라고 그 혼란을 싫어한다면, 마땅히 옷을 지어 입는 데 절제하지 않을 수가 없을 것이다.

是以其民淫僻[15]而難治, 其君奢侈而難諫也. 夫以奢侈之
시이기민음벽   이난치   기군사치이난간야   부이사치지

君御好淫僻之民, 欲國無亂, 不可得也. 君實欲天下之治而
군어호음벽지민   욕국무란   불가득야   군실욕천하지치이

惡其亂, 當爲衣服不可不節.
오기란   당위의복불가부절

15 淫僻(음벽) - 지나치게 간사하다. 음탕하고 간사하다.

여기서는 실용의 단계를 넘어선 사치스런 옷을 경계하고 있다. 묵자는 무엇보다도 절약하고 검소할 것을 언제나 주장한다.

3-1 옛날의 백성들이 음식을 요리할 줄 몰랐을 적에는 날것을 그대로 먹고 제각기 나뉘어져 살았다. 그러므로 성인이 나와 남자들에게 밭 갈고 씨 뿌리고 심고 가꾸는 법을 가르치어 백성들이 양식을 마련하게 하였다. 그분들은 음식으로 기

운을 늘이고 허기를 채우며 몸을 튼튼히 하고 배를 만족하게 하면 그만이었다. 그러므로 그것을 위한 재물의 사용이 절약되었고, 그것을 먹고 살아가는 것이 검소하여 백성들은 부유하고 나라는 잘 다스려졌다.

古之民未知爲飮食時, 素食¹而分處². 故聖人作誨男耕稼
고 지 민 미 지 위 음 식 시   소 식   이 분 처   고 성 인 작 회 남 경 가

樹藝, 以爲民食. 其爲食也, 足以增氣充虛, 彊體適腹而
수 예   이 위 민 식   기 위 식 야   족 이 증 기 충 허   강 체 적 복 이

已矣. 故皆用財節, 其自養儉, 民富國治.
이 의   고 개 용 재 절   기 자 양 검   민 부 국 치

1 素食(소식) – 어떤 방법으로도 요리를 하지 않고 날것을 그대로 먹는 것. **2** 分處(분처) – 나누어져 사는 것.

3-2 지금은 그렇지 않다. 백성들에게서 많은 것을 거둬들여가지고서 소와 양이나 개와 돼지의 고기를 찌고 굽고 하며, 물고기나 자라까지 사용하여 아름다운 음식을 장만한다. 큰 나라는 백 개의 그릇을 쌓아놓고, 작은 나라는 열 개의 그릇을 쌓아놓으며, 먹는 사람 앞에 한 발 넓이로 음식이 벌여진다. 눈은 이것을 다 볼 수가 없고, 손은 이것을 다 잡을 수가 없으며, 입은 이것을 다 맛볼 수가 없다. 겨울이면 남은 음식이 얼어붙고, 여름이면 쉬어빠진다. 임금이 음식을 이처럼 같이 먹기 때문에 신하들도 이것을 본받는다. 그래서 부귀한 사람들은 사치하고, 고아나 과부 같은 사람들은 헐벗고 굶주리게 된다.

비록 혼란하지 않기를 바란다 하더라도 그렇게 될 수가 없는 일이

다. 임금이 정말로 천하가 다스려지기를 바라고 혼란을 싫어한다면 마땅히 음식을 먹는 데 있어서 절제하지 않아서는 안될 것이다.

今則不然. 厚作斂於百姓, 以爲美食, 芻豢³蒸炙魚鼈⁴.
금 즉 불 연   후 작 렴 어 백 성   이 위 미 식   추 환 증 자 어 별

大國累百器, 小國累十器, 前方丈. 目不能徧視, 手不能
대 국 루 백 기   소 국 루 십 기   전 방 장   목 불 능 편 시   수 불 능

徧操, 口不能徧味. 冬則凍冰, 夏則飾饐⁵. 人君爲飮食如
편 조   구 불 능 편 미   동 즉 동 빙   하 즉 식 애   인 군 위 음 식 여

此, 故左右象⁶之. 是以富貴者奢侈, 孤寡者凍餒⁷.
차   고 좌 우 상 지   시 이 부 귀 자 사 치   고 과 자 동 뇌

雖欲無亂, 不可得也. 君實欲天下治而惡其亂, 當爲食
수 욕 무 란   불 가 득 야   군 실 욕 천 하 치 이 오 기 란   당 위 식

飮, 不可不節.
음   불 가 부 절

3 芻豢(추환)−추(芻)는 풀을 먹는 소와 양 같은 짐승, 환(豢)은 곡식을 먹는 개와 돼지 같은 짐승. 여기서는 그런 여러 가지 짐승들의 고기를 가리킨다.
4 魚鼈(어별)−고기와 자라. 아무래도 이 두 자는 잘못 붙었거나 몇 자가 빠졌거나 한 듯하다. 5 飾饐(식애)−식(飾)은 애(餲)의 잘못으로(『墨子閒詁』), 음식이 '쉬는 것'. 6 象(상)−본뜨다. 본받다. 7 餒(뇌)−굶주리다.

이 대목에서는 음식 먹는 것을 절제할 것을 역설하면서 사치와 낭비를 경계하고 있다. 의식주(衣食住)는 인간생활의 가장 중요한 일들이기 때문에 묵자는 거듭 이런 것들을 절약하고 검소하게 살 것을 강조하고 있는 것이다.

4-1 옛날의 백성들이 배와 수레를 만들 줄 몰랐을 적에는 무거운 짐을 실어 옮기지 못하고 먼 곳에 가지를 못하였다. 그러므로 성인(聖人)이 나와 배와 수레를 만들어 백성들의 일을 편케 해주었다. 그때에 만든 배와 수레는 온전하고 튼튼하며 가볍고 편리하여 무거운 짐을 싣고 먼 곳에 갈 수가 있었다. 그것은 재물을 적게 사용했지만 이익은 많은 것이었다. 그래서 백성들은 그것을 즐기면서 이롭게 여겼기 때문에 족치지 않아도 법령은 제대로 행하여졌고, 백성들은 수고롭지 않고 임금은 쓰기에 풍족하였다. 그러므로 백성들은 임금을 의지하게 되었던 것이다.

古之民未知 爲舟車時, 重任¹不移, 遠道不至. 故聖王作
고 지 민 미 지 위 주 거 시   중 임 불 이   원 도 부 지   고 성 왕 작

爲舟車, 以便民之事. 其爲舟車也, 全固²輕利, 可以任重
위 주 거   이 편 민 지 사   기 위 주 거 야   전 고 경 리   가 이 임 중

致遠. 其爲用財少而爲利多. 是以民樂而利之, 法令不急
치 원   기 위 용 재 소 이 위 리 다   시 이 민 락 이 리 지   법 령 불 급

而行, 民不勞而上足用. 故民歸之.
이 행   민 불 로 이 상 족 용   고 민 귀 지

1 重任(중임)-무거운 짐. 2 全固(전고)-온전하고 튼튼한 것.

4-2 지금의 임금들이 만드는 배와 수레는 이것과 다르다. 온전하고 튼튼하며 가볍고 편리하다는 조건은 모두 이미 갖추어져 있다. 그러나 반드시 백성들에게서 많은 것을 거두어 들여 가지고 배와 수레를 장식한다. 수레는 무늬와 채색으로 장식하고, 배는 여러 가지 조각으로 장식한다. 여자들은 그들의 길쌈하는 일을 저버리고 무늬와 채색의 장식을 하여야만 하므로 백성

들은 헐벗게 된다. 남자들은 밭 갈고 씨 뿌리는 일을 떠나 여러 가지 조각을 하여야만 하므로 백성들은 굶주리게 된다. 임금들이 만드는 배와 수레가 이와 같기 때문에 신하들도 이를 본받게 된다. 그래서 백성들은 굶주림과 헐벗음을 아울러 겪게 된다. 그리고 그들은 간사하게 된다. 간사함이 많아지면 곧 형벌이 일반화하고, 형벌이 일반화하면 곧 나라가 어지러워진다. 임금이 정말로 천하가 다스려지기를 바라고 혼란을 싫어한다면, 마땅히 배와 수레를 만듦에 있어서 절제하지 않을 수가 없을 것이다.

當今之主, 其爲舟車, 與此異矣. 全固輕利, 皆已具. 必
당 금 지 주 　 기 위 주 거 　 여 차 이 의 　 전 고 경 리 　 개 이 구 　 필

厚作斂於百姓, 以飾舟車. 飾車以文采, 飾舟以刻鏤. 女
후 작 렴 어 백 성 　 이 식 주 거 　 식 거 이 문 채 　 식 주 이 각 루 　 여

子廢其紡織而脩文采, 故民寒. 男子離其耕稼而脩刻鏤,
자 폐 기 방 직 이 수 문 채 　 고 민 한 　 남 자 리 기 경 가 이 수 각 루

故民饑. 人君爲舟車若此, 故左右象之. 是以民饑寒並至.
고 민 기 　 인 군 위 주 거 약 차 　 고 좌 우 상 지 　 시 이 민 기 한 병 지

故爲姦邪. 姦邪多則刑罰深³, 刑罰深則國亂. 君實欲天下
고 위 간 사 　 간 사 다 즉 형 벌 심 　 형 벌 심 즉 국 란 　 군 실 욕 천 하

之治而惡其亂, 當爲舟車, 不可不節.
지 치 이 오 기 란 　 당 위 주 거 　 불 가 부 절

3 深(심) − 심각해지다. 여기서는 형벌의 사용이 더욱 일반화함을 뜻한다.

이 대목에서는 배와 수레의 제도를 통하여 쓸데없는 사치와 낭비를 금하면서 검약을 강조하고 있다.

5-1 두루 하늘과 땅 사이나 널리 이 세상 안에는 하늘과 땅의 뜻과 음양(陰陽)의 조화가 작용하지 않는 곳이란 없다. 비록 지극한 성인이라 하더라도 그것을 변경시킬 수는 없는 것이다. 어떻게 그러함을 아는가? 성인께서 하늘과 땅에 관하여 가르쳐 주셨다. 곧 하늘과 땅과 사철에 대하여 말씀하셨고, 음양과 인정에 대하여 말씀하셨고, 남자와 여자 및 새와 짐승에 대하여 말씀하셨고, 암컷과 수컷에 대하여 말씀하셨는데 이것은 참된 하늘과 땅의 실정인 것이다. 비록 옛날의 훌륭한 임금이라 하더라도 이를 변경시킬 수는 없는 것이다.

凡回^{1}於天地之間, 包於四海之內, 天壤之情^2, 陰陽之
범 회 어 천 지 지 간　포 어 사 해 지 내　천 양 지 정　음 양 지

和, 莫不有也. 雖至聖, 不能更也. 何以知其然? 聖人有傳
화　막 불 유 야　수 지 성　불 능 경 야　하 이 지 기 연　성 인 유 전

天地也. 則曰上下四時也, 則曰陰陽人情也, 則曰男女禽
천 지 야　즉 왈 상 하 사 시 야　즉 왈 음 양 인 정 야　즉 왈 남 녀 금

獸也, 則曰牡牝^{3}雄雌也, 眞天壤之情. 雖有先王, 不能更
수 야　즉 왈 모 빈 웅 자 야　진 천 양 지 정　수 유 선 왕　불 능 경

也.
야

1 回(회)−동(同)으로 씀이 옳다고 보는 이도 있는데(『墨子閒詁』), 어떻든 '두루', '널리'의 뜻. **2** 情(정)−실정. 진실. **3** 牡牝(모빈)−뒤의 웅자(雄雌)나 마찬가지로 암수컷. 꼭 구별하면 모빈(牡牝)은 짐승의 암수컷, 웅자는 새들의 암수컷.

5-2 비록 옛날의 지극한 성인들도 반드시 사사로이 부리는 사람이 있었으나 그들로 말미암아 행실을 그르치지는

않았다. 그러므로 백성들은 원망하는 일이 없었다. 궁중에는 잡혀 있는 여인들이 없었다. 그러므로 천하에는 홀아비가 없었다. 안으로는 잡혀 있는 여인들이 없고 밖으로는 홀아비가 없었기 때문에 천하의 백성 수가 많았다.

雖上世至聖必蓄私⁴, 不以傷行. 故民無怨. 宮無拘女⁵.
수 상 세 지 성 필 축 사 불 이 상 행 고 민 무 원 궁 무 구 녀

故天下無寡夫⁶. 內無拘女, 外無寡夫, 故天下之民衆.
고 천 하 무 과 부 내 무 구 녀 외 무 과 부 고 천 하 지 민 중

4 蓄私(축사)—사사로운 사람을 두다. 사사로운 사람이란 하녀나 첩을 뜻한다. **5** 拘女(구녀)—구금(拘禁)된 여자. 여기서는 갇혀있는 것 같은 '궁녀(宮女)'들을 가리킨다. **6** 寡夫(과부)—홀아비.

5-3 지금의 임금들이 사사로이 부리는 사람을 보면, 큰 나라라면 잡혀 있는 여인들이 수천 명에 이르고 작은 나라라도 수백 명에 이른다. 그래서 천하의 남자들은 홀아비로 처가 없는 사람이 많아지고 여자들은 잡히어 가서 남편이 없는 사람이 많아졌다. 남자와 여자들이 결혼할 때를 잃기 때문에 백성들이 적어진다. 임금이 정말로 백성들이 많아지기를 바라고 적어지는 것을 싫어한다면 마땅히 사사로이 부리는 사람을 둠에 있어서 절제하지 않아서는 안될 것이다.

當今之君, 其蓄私也, 大國拘女累千, 小國累百. 是以天
당 금 지 군 기 축 사 야 대 국 구 녀 루 천 소 국 루 백 시 이 천

下之男多寡無妻, 女多拘無夫. 男女失時, 故民少. 君實
하 지 남 다 과 무 처　　여 다 구 무 부　　남 녀 실 시　　고 민 소　　군 실

欲民之衆而惡其寡, 當蓄私不可不節.
욕 민 지 중 이 오 기 과　　당 축 사 불 가 부 절

5-4 이상 다섯 가지 것들은 성인들은 절약하고 낭비하지 않지만 소인들이 지나치게 즐기는 것이다. 절약하고 낭비하지 않으면 번영하고, 지나치게 즐기면 멸망한다. 이 다섯 가지 것들은 절제하지 않아서는 안 되는 것이다. 부부가 절제하면 하늘과 땅이 조화있게 되고, 바람과 비가 절제되면 다섯 가지 곡식들이 잘 익고, 의복을 절제하면 살갗이 조화롭게 되는 것이다.

凡此五者[7], 聖人之所儉節也, 小人之所淫佚也. 儉節則
범 차 오 자　　성 인 지 소 검 절 야　　소 인 지 소 음 일 야　　검 절 즉

昌, 淫佚則亡. 此五者, 不可不節. 夫婦節而天地和, 風雨
창　　음 일 즉 망　　차 오 자　　불 가 부 절　　부 부 절 이 천 지 화　　풍 우

節而五穀孰[8], 衣服節而肌膚和.
절 이 오 곡 숙　　의 복 절 이 기 부 화

7 五者(오자) − 다섯 가지 것. 이 편에서 얘기한 '궁전', '의복', '음식', '배와 수레' 및 '사사로이 부리는 사람'의 다섯 가지. **8** 孰(숙) − 숙(熟)과 통하여, 제대로 곡식이 잘 '익는 것'.

이 대목에서는 끝으로 궁녀나 하녀를 중심으로 한 개인적으로 부리는 사람들을 너무 많이 두지 말 것을 강조하고 있다. 하녀나 궁녀를 많이 둔다는 것은 인력의 낭비이며, 자연의 조화에 위배되

는 것이라는 이유에서이다. 이 대목의 첫머리에서 이것을 설명하기 위하여 '하늘과 땅' 및 '음양의 조화' 같은 것을 인용하고 있는 것은 역시 묵자가 자기의 이론 전개의 근거를 종교적인 차원으로 끌어올리려 한 노력의 일단으로 보여진다. 여자들만을 많이 끌어다 궁중에 궁녀로 두는 것은 인력의 낭비일 뿐만 아니라 암수컷을 마련한 음양의 조화에도 어긋나는 행위라는 것이다.

墨子

7.
삼변편 三辯篇

　'삼변'이란 '요(堯)임금과 순(舜)임금 및 탕(湯)임금과 주(周)나라 무왕(武王)의 다스림과 음악의 관계를 논한다.'는 뜻. 따라서 '삼'이란 요임금과 순임금 및 탕임금과 무왕을 가리킨다. 이 편에선 정번(程繁)이란 인물과 묵자의 문답을 통하여 화려한 음악을 배척하는 것이 그 내용이다. 뒤에 다시 「비악편(非樂篇)」에서 음악을 부정하는 묵자의 입장이 잘 밝혀지고 있지만, 이 편은 「비악편」처럼 논리가 뚜렷하지 못하다. 그래서 손이양(孫詒讓) 같은 사람은 이 편을 「비악편」의 여론(餘論)이라 하였다.

1-1　정번(程繁)이 묵자에게 물었다.
　"선생님께서 말씀하시길, 성왕(聖王)은 음악을 즐기지 않았다고 하셨습니다. 그러나 옛날 제후들은 정치를 하다가 권태로우면 아악(雅樂)을 들으며 쉬었습니다. 사대부들도 정치를 하다가 권태로우면 우(竽)와 슬(瑟) 같은 음악을 들으며 쉬었습니다. 농부들도 봄엔 밭 갈고, 여름엔 김매며, 가을엔 거둬들이고, 겨울엔 저장해 놓고서 노래를 부르며 쉬었습니다. 지금 선생님께서 말씀하시기를, 성왕들은 음악을 즐기지 않았다고 하셨는데, 그것을 비유를 들면 마치 말을 수레에 매놓기만 하고 풀어주지는 않는 것과 또 활줄을 잡아당기기만 하고 놓지 않는 것과 같은 일입니다. 혈기(血氣)를 지닌 사람으로서는 될 수가 없는 일이 아닌지요?"

程繁[1]問於子墨子曰 : 夫子曰, 聖王不爲樂. 昔諸侯倦於
정 번 문 어 자 묵 자 왈   부 자 왈   성 왕 불 위 악   석 제 후 권 어

聽[2]治, 息於鐘鼓[3]之樂. 士大夫倦於聽治, 息於竽[4]瑟[5]之樂.
청 치   식 어 종 고 지 악   사 대 부 권 어 청 치   식 어 우 슬 지 악

農夫春耕夏耘, 秋斂冬藏, 息於聆缶[6]之樂. 今夫子曰, 聖
농 부 춘 경 하 운   추 렴 동 장   식 어 령 부 지 악   금 부 자 왈   성

王不爲樂. 此譬之, 猶馬駕而不稅[7], 弓張而不弛. 無乃有
왕 불 위 악   차 비 지   유 마 가 이 불 탈   궁 장 이 불 이   무 내 유

血氣[8]者之所不能至邪?
혈 기 자 지 소 불 능 지 야

1 程繁(정번) - 전국시대의 학자로서 유가와 묵가의 학문을 아울러 닦았던 사람임. **2 聽(청)** - 청정(聽政). 정사를 처리하는 것. **3 鐘鼓(종고)** - 종과 북. 종과 북은 아악(雅樂)을 대표하는 중요한 악기이다. **4 竽(우)** - 큰 생황(笙簧)처럼 생긴 취주(吹奏) 악기. 둥근 통에 서른여섯 개의 길고 짧은 파이프가 박혀 있어 각기 다른 소리를 낸다. **5 瑟(슬)** - 현악기(絃樂器)의 일종. 금(琴)과 함께 대표적인 중국의 실내 악기로서 19현, 25현의 여러 종류가 있었다. **6 聆缶(령부)** - 질그릇의 일종. 이 질그릇을 두드리며 노래하는 것. 『태평어람(太平御覽)』엔 '음요(吟謠)'로 인용되어 있으니 그대로 '노래 부르는 것'이라 보아도 된다. **7 稅(탈)** - 수레로부터 말을 푸는 것. 탈(脫)과 통함(『墨子閒詁』). **8 有血氣(유혈기)** - 보통 판본엔 위에 '비(非)'자가 붙어있으나 『묵자한고』에 의거하여 뺐다.

묵자가 대답하였다.

1-2

"옛날 요임금과 순임금은 궁전이 초가집이었으나 그 래도 예의를 차리고 즐기기도 하였습니다. 탕(湯)임금은 하(夏)나라 걸(桀)을 대수(大水)로 내치고 천하를 통일하여 스스로 천자가 된 다음 왕자(王者)로서의 일을 이룩하고 공을 세웠으니 큰 후환이 없을 것이라 생각했습니다. 그래서 옛 임금들의 음악을 쓰면서 또 스스로 음악을 작곡하여 호(濩)라 불렀고, 또 우(禹)의 음악인 구초(九招)도 손질하였습니다.

무왕(武王)은 은(殷)나라를 쳐부수고 주(紂)왕을 죽이고는 천하를 통일하여 스스로 천자가 된 다음, 왕자로서의 일을 이룩하고 공을 세웠으니 큰 후환이 없을 것이라 생각했습니다. 그래서 옛 임금들의 음악을 쓰면서 또 스스로 음악을 작곡하여 상(象)이라 불렀습니다. 주(周)나라 성왕(成王)은 옛 임금들의 음악을 쓰면서 또 스스로 음악을 작곡하여 추우(騶虞)라 불렀습니다.

子墨子曰 : 昔者, 堯舜有茅茨[9]者, 且以爲禮, 以爲樂.
자묵자왈　석자　요순유모자　자　차이위례　이위락

湯放桀於大水[10], 環[11]天下自立, 以爲王事成功立, 無大後
탕방걸어대수　환천하자립　이위왕사성공립　무대후

患. 因先王之樂, 又自作樂, 命曰護[12], 又脩九招[13].
환　인선왕지악　우자작악　명왈호　우수구초

武王勝殷殺紂, 環天下自立, 以爲王事成功立, 無大後
무왕승은살주　환천하자립　이위왕사성공립　무대후

患. 因先王之樂, 又自作樂, 命曰象[14]. 周成王, 因先王之
환　인선왕지악　우자작악　명왈상　주성왕　인선왕지

樂, 又自作樂, 命曰騶虞[15].
악　우자작악　명왈추우

9 茅茨(모자) - 풀로 지붕을 잇는 것. 10 大水(대수) - 큰 강물. 『서경』 중훼지고

(仲虺之誥)에 "탕임금이 걸을 남소(南巢)로 내치셨다.(成湯放桀於南巢.)"라 하였는데, 남소는 지금의 안휘성(安徽省) 소현(巢縣) 지역으로 장강(長江) 가까이 있는 곳이다. '큰 강물 가까이 있는곳' 이라 하여 '대수' 라 불렀다. **11** 環(환)－둘레를 아울러 통일하는 것. **12** 護(호)－호(濩) 또는 대호(大濩)라고도 부르며 탕(湯)임금의 음악 이름. **13** 九招(구초)－우(禹)임금의 음악(『史記』).제곡(帝嚳)의 음악(『呂氏春秋』) 또는 하(夏)나라 계(啓)임금의 음악(『山海經』)이라고도 한다. **14** 象(상)－무왕(武王)이 주(紂)왕을 치던 일을 상징한 악무(樂舞)의 이름으로 무왕이 지었다 한다(『詩經』周頌 및 『禮記』文王世子 鄭玄 注). **15** 騶虞(추우)－『시경』소남(召南)에 「추우」편이 있는데 성왕 때의 작품이란 설이 있다.

1-3 그러나 주나라 성왕이 천하를 다스린 것은 무왕만 못하였고, 무왕은 탕임금만 못하였으며, 탕임금은 요임금과 순임금만 못하였습니다. 그러니 그들의 음악이 번거로워질수록 그들의 정치는 더욱 시원찮았습니다. 이로써 본다면 음악은 천하를 다스리는 근거가 되지 않음을 알 것입니다."

周成王之治天下也, 不若武王, 武王之治天下也, 不若
주 성 왕 지 치 천 하 야　　불 약 무 왕　　무 왕 지 치 천 하 야　　불 약

成湯, 成湯之治天下也, 不若堯舜. 故其樂逾繁者, 其治
성 탕　　성 탕 지 치 천 하 야　　불 약 요 순　　고 기 악 유 번 자　　기 치

逾寡. 自此觀之, 樂非所以治天下也.
유 과　　자 차 관 지　　악 비 소 이 치 천 하 야

유가에서는 '예'로써 사람의 겉모양이나 행동을 다스리는 한편 '악' 으로써 사람의 마음과 감정을 올바로 다스리려 하였다. 그래서 음악은 옛날부터 무엇보다도 중요시되어 '예악(禮樂)'이란 말

은 언제나 붙어다니게끔 되었다.

묵자는 이러한 유가들의 음악에 대한 태도를 부정한 것이다. 음악은 사람들의 마음을 들뜨게 할 뿐 나라를 다스리는 데에 아무런 도움도 되지 못한다는 것이다.

2 정번이 말하였다.

"선생님께서 말씀하시기를, 성왕(聖王)에게는 음악이 없었다고 하셨는데, 이것들도 역시 음악입니다. 어찌해서 성왕들에게는 음악이 없었다고 말씀하신 겁니까?"

묵자가 말하였다.

"성왕들께서는 명령을 내리심에 있어서 많은 사람들의 것을 적게 해주도록 하였습니다. 음식의 유익한 점은 굶주리는 것을 알고서 그를 먹여주는 것인데, 그것은 지혜로운 일이지만 본시 지혜가 없어도 되는 것입니다. 지금 성왕들에게 음악이 있기는 하지만, 적기 때문에 그래서 또 없었다고 말하는 것입니다."

程繁曰 : 子曰聖王無樂, 此亦樂已, 若之何其謂聖王無
정번왈　자왈성왕무악　차역악이　약지하기위성왕무

樂也? 子墨子曰 : 聖王之命也, 多寡之¹. 食之利也, 以知
악야　자묵자왈　성왕지명야　다과지　식지리야　이지

饑而食之者, 智也, 固爲無智矣. 今聖有樂而少², 此亦無
기이사지자　지야　고위무지의　금성유악이소　차역무

也.
야

1 多寡之(다과지)－많은 것은 적게 해준다. 이 구절 앞뒤로는 빠진 글귀들이 있는 것 같다. **2** 少(소)－이 글자 뒤로도 빠진 글귀가 있는 듯하다. 뜻이 잘

통하지 않는다.

※

이 대목에서는 묵자가 '옛날 성왕들에게는 음악이 없었다'고 하면서 앞에서는 또 성왕들의 음악을 설명하였으므로 정번이 그 이유를 물은 것이다. 여기서 한 묵자의 대답에는 많은 글귀들이 빠져 정확한 문맥을 잡기는 곤란하다. 묵자의 대답은 대체로 다음과 같은 논리로 이루어져 있었을 것이다.

"백성들이 굶주리는 것을 보고 이들을 먹여주는 사람을 보고 사람들은 보통 지혜롭다고 한다. 그러나 이것은 지혜가 없어도 하게 되는 일이다.

음악에 있어서도 성왕들의 음악은 자연스런 정치의 한 표현에 불과했다. 후세 임금들처럼 즐기고 자극받기 위하여 음악을 지었던 것은 아니다. 그리고 성왕들의 음악은 정치를 하는 데 있어서 아주 작은 일이었고, 또 적은 분량이었기 때문에 없었다고 말할 수 있는 것이다. 현대적인 개념의 음악이란 해롭기만 한 것이어서 없는 편이 훨씬 더 좋은 것이다."

墨子

8. 상현편 尚賢篇(上)

　　'상현'이란 '현명한 사람을 존중한다'는 뜻. 올바른 정치를 행하자면 사람들의 능력을 제대로 평가하여 유능한 사람들을 등용하고 그들을 존중해야 한다는 것이다. 특히 사람들의 가문에 관계없이 능력만을 기준으로 해야 한다는 주장은 귀족제도에 대한 반기(反旗)라 할 수 있을 것이다. 상현편은 상·중·하 세 편으로 나뉘어져 있으나 내용상의 큰 구별은 없다.

1-1　묵자가 말하였다.
　　"지금 임금이나 대신들 같은 나라의 정치를 맡고 있는 사람들은 모두가 나라가 부유해지고 백성이 많아지고 법과 행정이 잘 다스려지기를 바란다. 그러나 부유하지 못하고 가난하고 많지 못하고 적으며 다스려지지는 않고 어지러워지는 게 보통이니, 곧 이것은 근본적으로 그가 바라는 일은 실패하고 그가 싫어하는 결과를 얻는 것이다. 이렇게 되고 있는 까닭은 무엇일까?"

子墨子言曰：今者, 王公大人 爲政於國家者, 皆欲國家
자 묵 자 언 왈　금 자　왕 공 대 인　위 정 어 국 가 자　개 욕 국 가

之富, 人民之衆, 刑政¹之治. 然而不得富而得貧, 不得衆
지 부　인 민 지 중　형 정 지 치　연 이 부 득 부 이 득 빈　부 득 중

而得寡, 不得治而得亂, 則是本失其所欲, 得其所惡. 是
이 득 과　부 득 치 이 득 란　즉 시 본 실 기 소 욕　득 기 소 오　시

其故何也?
기 고 하 야

1 刑政(형정) — 사법(司法)과 행정.

1-2 묵자가 말하였다.

　　"그것은 임금이나 대신들 같은 나라의 정치를 맡고 있는 사람들이 현명한 사람들을 존중하고 능력 있는 사람들을 등용하여 정치를 하지 못하기 때문이다. 그러므로 나라에 현명하고 훌륭한 선비들이 많으면 곧 그 나라의 정치는 착실해지며, 현명하고 훌륭한 선비들이 적으면 곧 그 나라의 정치는 각박해진다. 그러므로 정치하는 사람들이 힘쓸 일은 반드시 현명한 사람들을 많게 하는 일이다. 그렇다면 현명한 사람들을 많게 하는 술법이란 어떻게 하면 되는 건가?"

子墨子言曰：是在王公大人爲政於國家者, 不能以尙賢,
자 묵 자 언 왈　시 재 왕 공 대 인 위 정 어 국 가 자　불 능 이 상 현

事能²爲政也. 是故國有賢良之士衆, 則國家之治厚, 賢良
사 능 위 정 야　시 고 국 유 현 량 지 사 중　즉 국 가 지 치 후　현 량

之士寡, 則國家之治薄. 故大人之務, 將在於衆賢而己.
지 사 과   즉 국 가 지 치 박   고 대 인 지 무   장 재 어 중 현 이 기

曰 : 然則衆賢之術, 將奈何哉?
왈   연 즉 중 현 지 술   장 내 하 재

2 事能(사능)－사(事)는 사(使)와 통하여, '능력 있는 사람들로 하여금'.

1-3 묵자가 말하였다.

"비유를 들면, 만약 그 나라에 활 잘 쏘고 수레 잘 모는 사람들이 많아지기를 바란다면 반드시 그들을 부하게 해주고 귀하게 해주며 그들을 공경해 주고 명예롭게 해주어야 한다. 그러한 뒤에야 나라에 활 잘 쏘고 수레 잘 모는 사람들이 많아질 수가 있을 것이다. 하물며 현명하고 훌륭한 선비들은 덕이 두텁고 변론을 잘하며 올바로 일을 처리하는 방법을 널리 익히고 있는데 그렇게 대우하지 않아도 되겠는가! 이런 사람들은 본시부터 나라의 보배요, 정부를 도와주는 사람인 것이다. 그러니 반드시 그들을 공경하고 영예롭게 해주어야만, 나라의 훌륭한 선비들이 많아질 수가 있는 것이다."

子墨子言曰 : 譬若欲衆其國之善射御[3]之士者, 必將富之
자 묵 자 언 왈   비 약 욕 중 기 국 지 선 사 어 지 사 자   필 장 부 지

貴之, 敬之譽之. 然后國之善射御之士, 將可得而衆也.
귀 지   경 지 예 지   연 후 국 지 선 사 어 지 사   장 가 득 이 중 야

況又有賢良之士, 厚乎德行, 辯乎言談, 博乎道術[4]者乎!
황 우 유 현 량 지 사   후 호 덕 행   변 호 언 담   박 호 도 술 자 호

此固國家之珍[5]而社稷[6]之佐[7]也. 亦必且富之貴之, 敬之譽
차 고 국 가 지 진 이 사 직 지 좌 야   역 필 차 부 지 귀 지   경 지 예

之, 然后國之良士, 亦將可得而衆也.
지   연 후 국 지 량 사   역 장 가 득 이 중 야

3 射御(사어) - 활쏘기와 수레 몰기. 4 道術(도술) - 여기서는 올바로 일을 처리하는 방법을 가리킨다. 5 珍(진) - 보배. 보물. 6 社稷(사직) - 사(社)는 나라의 토신(土神), 직(稷)은 나라의 곡신(穀神). 옛 임금들은 반드시 토신과 곡신인 사직에 제사지냈으므로 후에는 사직이 '국가' 또는 '왕조'를 대표하는 말로 쓰이게 되었다. 7 佐(좌) - 돕는 사람. 보좌하는 사람.

나라를 잘 다스리려면 현명한 신하들이 많아야 하는데, 나라에 현명한 신하들을 많게 하려면 이들을 존중하고 잘 대우해 주어야만 한다는 것이다.

2-1 그러므로 옛날에 성왕(聖王)이 정치를 할 적에 다음과 같은 말을 하였다.

"의롭지 않은 자는 부하게 해주지 않고, 의롭지 않은 자는 귀하게 해주지 않고, 의롭지 않은 자는 친하게 지내지 않고, 의롭지 않은 자는 가까이하지 않아야 한다."

그래서 나라의 부유하고 높은 자리에 있는 사람들은 이 말을 듣고서 모두 물러가 의논하였다.

'처음 우리가 믿고 있었던 것은 부유하고 높은 자리에 있는 것이었다. 지금 임금님께서는 의로운 사람이라면 가난하고 천한 것도 가리지 않고 등용하고 계시다. 그러니 우리도 의로움을 행하지 않을 수가 없다.'

친한 사람들은 임금의 말을 듣고 역시 물러가 의논하여 말하였다.

'처음 우리가 믿고 있었던 것은 친하다는 것이었다. 지금 임금님께서는 의로운 사람이라면 신분이 먼 것도 가리지 않고 등용하고 계시다. 그러니 우리도 의로움을 행하지 않을 수가 없다.'

가까운 사람들도 임금의 말을 듣고 역시 물러가 의논하여 말하였다.

'처음 우리가 믿고 있었던 것은 가깝다는 것이었다. 지금 임금님께서는 의로운 사람이라면 관계가 먼 것도 가리지 않고 등용하고 계시다. 그러니 우리도 의로움을 행하지 않을 수가 없다.'

멀었던 사람들은 임금의 말을 듣고서 역시 물러가 의논하여 말하였다.

'우리는 처음에는 관계가 멀어 믿을 게 없다고 여기고 있었다. 지금 임금님께서는 의로운 사람이라면 관계가 먼 것도 가리지 않고 등용하신다. 그러니 우리도 의로움을 행하지 않을 수가 없다.'

임금의 말을 듣고는 도읍으로부터 멀리 떨어진 지방의 신하들이나, 궁전을 지키는 여러 관리들이나, 도성 안의 백성들이나 사방 먼 곳의 백성들에 이르기까지도 모두가 다투어 의로움을 행한다.

是故, 古者聖王之爲政也, 言曰：不義不富, 不義不貴,
시 고　고 자 성 왕 지 위 정 야　언 왈　불 의 불 부　불 의 불 귀

不義不親, 不義不近.
불 의 불 친　불 의 불 근

是以國之富貴人聞之, 皆退而謀曰：始我所恃者, 富貴
시 이 국 지 부 귀 인 문 지　개 퇴 이 모 왈　시 아 소 시 자　부 귀

也. 今上擧義, 不辟[1]貧賤. 然則我不可不爲義.
야　금 상 거 의　불 피 빈 천　연 즉 아 불 가 불 위 의

親者聞之, 亦退而謀曰：始我所恃者, 親也. 今上擧義,
친 자 문 지　역 퇴 이 모 왈　시 아 소 시 자　친 야　금 상 거 의

不辟疏. 然則我不可不爲義.
불 피 소　연 즉 아 불 가 불 위 의

近者聞之, 亦退而謀曰：始我所恃者, 近也. 今上擧義,
근 자 문 지　역 퇴 이 모 왈　시 아 소 시 자　근 야　금 상 거 의

不辟遠. 然則我不可不爲義.
불 피 원   연 즉 아 불 가 불 위 의

遠者聞之, 亦退而謀曰 : 始我以遠爲無恃. 今上擧義,
원 자 문 지   역 퇴 이 모 왈   시 아 이 원 위 무 시   금 상 거 의

不辟遠. 然則我不可不爲義.
불 피 원   연 즉 아 불 가 불 위 의

逮至²遠鄙郊外³之臣, 門庭庶子⁴, 國中⁵之衆, 四鄙之萌
체 지 원 비 교 외 지 신   문 정 서 자   국 중 지 중   사 비 지 맹

人⁶, 聞之皆競爲義.
인   문 지 개 경 위 의

---

1 辟(피)―피함. 피(避)자와 통하는 글자. 2 逮至(체지)―…에 이르기까지. 3
遠鄙郊外(원비교외)―도읍으로부터 멀리 떨어진 지방. 4 門庭庶子(문정서
자)―궁전 안의 여러 시설들을 지키는 사람들. 5 國中(국중)―도성(都城) 안
(『周禮』鄕大夫 鄭 注). 6 萌人(맹인)―낮은 백성들, 또는 농사짓는 사람들.

2-2 그렇게 되는 까닭은 무엇일까?

그것은 위에 있는 임금이 아래에 있는 백성들을 부리
는 방법은 한 가지 조건뿐이고, 아래에 있는 백성들이 위에 있는
임금을 섬기는 방법도 한 가지 수단뿐이기 때문이다.

비유를 들면, 부잣집은 높은 담에 깊숙한 집을 지니고 있는데
집의 담을 세운 다음엔 다만 문 하나를 터놓을 따름이다. 어떤 도
적이 들어왔다면 그 문을 닫고서 도적을 찾으면 도적은 나갈 수가
없게 된다. 이렇게 되는 까닭은 무엇인가? 곧 위에서 요점(要點)을
파악하고 있기 때문인 것이다.

是其故何也?
시 기 고 하 야

曰 : 上之所以使下者, 一物[7]也, 下之所以事上者, 一術也.
왈   상 지 소 이 사 하 자   일 물   야   하 지 소 이 사 상 자   일 술 야

譬之, 富者有高牆深宮, 宮牆旣立[8], 謹止[9]爲鑿一門. 有
비 지   부 자 유 고 장 심 궁   궁 장 기 립   근 지 위 착 일 문   유

盜人入, 闔[10]其自入[11]而求之, 盜其無自出. 是其故何也?
도 인 입   합   기 자 입   이 구 지   도 기 무 자 출   시 기 고 하 야

則上得要也.
즉 상 득 요 야

7 一物(일물)−한 가지 물건. 뒤의 '일술(一術)'과 함께 모두 '의로움' 또는 '정의를 행함'을 가리킨다. **8** 宮牆旣立(궁장기입)−집의 담을 세우고는. 보통 판본은 '장입기(牆立旣)'로 되어 있으나 뜻이 통하지 않아 고쳤다(『墨子開詁』). **9** 止(지)−단지, 다만. 보통 판본엔 '상(上)'으로 되어 있으나 고쳤다(『墨子開詁』). **10** 闔(합)−문을 닫는 것. **11** 其自入(기자입)−도적이 들어온 곳. 곧 문을 가리킴.

현명한 사람은 무엇보다도 의로운 것이 특징이다. 그래서 옛날의 성왕들은 무엇보다도 의로움을 내세워 온 나라 백성들이 의로움을 행하도록 하였다는 것이다.

3-1 그러므로 옛날에 성왕들이 정치를 할 적에는 덕 있는 분들을 벼슬자리에 앉히고 현명한 사람들을 존중하였다. 비록 농업이나 상공업에 종사하는 사람이라 하더라도 능력만 있으면 그를 등용하여 그에게 높은 벼슬을 주고 많은 봉급을 주며 나랏일을 맡기어 그가 결단하여 명령할 권한을 주었다. 그러기에 '벼슬자리가 높지 않으면 곧 백성들이 존경치 아니하고, 받는 봉급이 두둑하지 않으면 곧 백성들이 신임하지 아니하며, 정치명령

을 내리지 못하면 곧 백성들이 두려워하지 않는다.' 고 말하는 것이다. 이 세 가지 것들을 현명한 사람에게 맡겨 주는 것은 현명함 그 자체 때문에 주는 것이 아니라 나랏일을 잘 이룩하고자 하기 때문인 것이다.

故古者, 聖王之爲政, 列¹德而尙賢. 雖在農與工肆²之
고고자　성왕지위정　열덕이상현　수재농여공사지

人, 有能則擧之, 高子之爵, 重子之祿, 任之以事, 斷³子
인　유능즉거지　고여지작　중여지록　임지이사　단여

之令. 曰：爵位不高, 則民弗敬, 蓄祿不厚, 則民不信, 政
지령　왈　작위불고　즉민불경　축록불후　즉민불신　정

令不斷, 則民不畏. 擧三者, 授之賢者, 非爲賢賜也, 欲其
령부단　즉민불외　거삼자　수지현자　비위현사야　욕기

事之成.
사지성

1 列(열) - 계급에 따라 벼슬자리에 앉히는 것.　**2** 肆(사) - 점포. 여기서는 '상업(商業)'을 가리킴.　**3** 斷(단) - 결단.

3-2 따라서 이 성왕의 시대에는 덕으로써 벼슬자리에 나아가고 관직으로써 일을 맡아 하며 수고함으로써 상이 내려졌고, 공로를 헤아리어 봉급이 나누어졌다. 그러므로 벼슬자리를 얻었다 해도 언제까지나 귀하기만 하지 않았고, 얕은 백성이라 하더라도 끝까지 천하지 않았다. 능력이 있으면 곧 등용되었고, 능력이 없으면 곧 내쳐졌다. 공정한 의로움에 의하여 등용하되 사사로운 원한은 피하였다. 이것은 앞에 한 말대로 하였기 때문이다.

故當是時, 以德就列, 以官服事, 以勞殿[4]賞, 量功而分
고 당 시 시 이 덕 취 렬 이 관 복 사 이 로 전 상 양 공 이 분

祿. 故官無常貴, 而民無終賤. 有能則舉之, 無能則下之.
록 고 관 무 상 귀 이 민 무 종 천 유 능 즉 거 지 무 능 즉 하 지

舉公義, 辟[5]私怨. 此若[6]言之謂也.
거 공 의 피 사 원 차 약 언 지 위 야

4 殿(전) ─ 정(定)해짐. 5 辟(피) ─ 피(避)와 통함. 6 此若(차약) ─ 약(若)도 차(此)
와 합쳐 '이러한 것', '이것'의 뜻(『墨子閒詁』).

3-3 그러므로 옛날에 요(堯)임금은 순(舜)을 복택(服澤)의 북쪽에서 찾아 등용하여 그에게 정사를 맡기니 천하가 평화로워졌었다. 우(禹)임금은 익(益)을 음방(陰方) 가운데에서 찾아 등용하여 그에게 정사를 맡기니 중국에 아홉 주(州)가 이룩되었다. 탕(湯)임금은 이윤(伊尹)을 부엌 속에서 찾아 등용하여 그에게 정사를 맡기니 그의 계책이 이룩되었다. 문왕(文王)은 굉요(閎夭)와 태전(泰顚)을 고기 그물로 고기잡이하는 가운데에서 찾아 등용하여 그에게 정사를 맡기니 서쪽 땅 나라들이 복종하게 되었다. 그러므로 이러한 옛날에는 비록 두터운 봉급을 받는 자리의 높은 신하라 하더라도 공경하고 조심하며 두려워하지 않는 이가 없었고, 비록 농업이나 상공업에 종사하는 사람들이라 하더라도 서로 다투어 권면하면서 덕을 숭상하지 않는 사람이 없었다.

故古者, 堯舉舜於服澤[7]之陽[8], 授之政, 天下平. 禹舉益
고 고 자 요 거 순 어 복 택 지 양 수 지 정 천 하 평 우 거 익

於陰方[9]之中, 授之政, 九州[10]成. 湯舉伊尹[11]於庖廚[12]之
어 음 방 지 중 수 지 정 구 주 성 탕 거 이 윤 어 포 주 지

中, 授之政, 其謀得. 文王[13]擧閎夭泰顚於罝罔[14]之中, 授
중 수지정 기모득 문왕 거굉요태전어저망 지중 수

之政, 西土服. 故當是時, 雖在於厚祿尊位之臣, 莫不敬
지정 서토복 고당시시 수재어후록존위지신 막불경

懼而施[15], 雖在農與工肆之人, 莫不競勸而尙德.
구이시 수재농여공사지인 막불경권이상덕

7 服澤(복택)−호수 이름인 듯하나, 어느 곳인지 불명하다. **8** 陽(양)−산인 경우엔 남쪽 기슭, 강이나 호수인 경우엔 북쪽 기슭을 가리킨다. **9** 陰方(음방)−지방. 어느 곳인지 확실치 않다. **10** 九州(구주)−우(禹)는 중국의 물을 다스린 뒤 전국을 아홉 주로 구분하였다. 곧 기주(冀州)·연주(兗州)·청주(青州)·서주(徐州)·양주(揚州)·형주(荊州)·예주(豫州)·옹주(雍州)·양주(梁州)가 그것이다. **11** 伊尹(이윤)−탕임금의 재상. 재상이 되기 전에 요리사(料理師) 노릇을 하였다 한다. **12** 庖廚(포주)−요리장(料理場). 부엌. **13** 文王(문왕)−주(周)나라 무왕(武王)의 아버지. 굉요(閎夭)와 태전(泰顚)은 그의 어진 신하임엔 틀림없겠으나 자세한 사적은 전하여지지 않는다. **14** 罝罔(저망)−저(罝)는 짐승잡는 그물, 망(罔)은 고기잡는 그물. 따라서 '저망지중(罝罔之中)'이란 그물로 짐승이나 고기를 잡는 사람들 가운데를 가리킨다. **15** 施(시)−척(惕)과 통하여, '두려워하는 것'(『墨子閒詁』).

3-4 본시 선비란 임금을 도와 나랏일을 받들어 행하는 사람이다. 그러므로 선비들을 얻으면 곧 계책이 빗나가지 아니하고 몸도 수고롭지 않게 된다. 명성을 세우고 공로를 이룩하여 아름다움이 드러나고 악함이 생기지 않는 것은 곧 선비를 얻는 데서 말미암는 것이다.

그러므로 묵자는 다음과 같은 말을 하였다. '뜻을 얻었을 적에는 현명한 선비를 등용하지 않을 수가 없거니와, 뜻을 얻지 못하였을 적에도 현명한 선비는 등용하지 않을 수가 없는 것이다. 만약 요·순·우·탕 같은 성군들의 도를 받들어 따르려 한다면 반드시 현명한 사람을 숭상하지 않고는 되지 않는 것이다. 무릇 현명한 사람을 숭상한다는 것은 정치의 근본이 되는 것이다.'

故士者, 所以爲輔相承嗣[16]也. 故得士則謀不困, 體不
고 사 자   소 이 위 보 상 승 사   야   고 득 사 즉 모 불 곤   체 불

勞. 名立而功成, 美章而惡不生, 則由得士也.
로   명 립 이 공 성   미 장 이 악 불 생   즉 유 득 사 야

是故子墨子言日 : 得意, 賢士不可不擧, 不得意, 賢士
시 고 자 묵 자 언 왈   득 의   현 사 불 가 불 거   부 득 의   현 사

不可不擧. 尙欲祖述堯舜禹湯之道, 將不可以不尙賢. 夫
불 가 불 거   상 욕 조 술 요 순 우 탕 지 도   장 불 가 이 불 상 현   부

尙賢者, 政之本也.
상 현 자   정 지 본 야

16 承嗣(승사) - 승사(丞司)와 같은 말로, 나라의 정사를 맡아 처리하는 높은 지위를 가리킴.

어진 사람을 존중하여야 한다는 주장은 다른 제자백가들의 글에서도 흔히 발견되는 말이지만 '농업이나 상공업에 종사하는 사람들이라 하더라도 능력이 있으면 곧 이들을 등용한다······' 는 얘기는 사회의 기존 계급제도를 부정하는 혁명적인 선언이라 할 것이다. '벼슬자리를 얻었다고 해서 언제까지나 귀하기만 하지 않고 낮은 백성이라도 끝내 천하기만 하지 않다' 고 선언한 것은 그 시대의 귀족들에게만 독점되어 있던 벼슬자리를 능력 본위로 온 백성들에게 해방하라는 주장이다. 그래서 성인인 요임금이 순에게 임금 자리를 물려주었고, 순임금은 공을 많이 세운 우(禹)에게 임금 자리를 물려주었다는 유가의 유명한 '선양설(禪讓說)' 도 본시는 묵

가에게서 나온 것이라 한다. 묵가에선 임금 자리조차도 능력 있는 사람이 차지해야 한다고 했다.

墨子

9.
상현편 尚賢篇（中）

중편도 상편에 이어 현명한 사람들을 존중하여야만 나
라가 잘 다스려짐을 강조하고 있다.

1-1 묵자가 말하였다.
"지금 임금이나 대신들이 백성들을 거느리고 조정을
주관하며 나라를 다스리는 데 있어서 나라를 잘 닦아 보전함으로
써 실패가 없도록 하려 한다면, 어찌하여 현명한 사람들을 숭상하
는 것이 정치의 근본이 된다는 것을 깨닫지 못하는가?"

무엇으로써 현명한 사람들을 숭상하는 것이 정치의 근본이 됨
을 알겠는가? 귀하고 지혜 있는 사람들을 써서 어리석고 천한 사
람들을 다스리도록 하면 곧 잘 다스려지고, 어리석고도 천한 사람
들을 써서 귀하고 지혜 있는 사람들을 다스리게 하면 곧 어지러워
진다고 한다. 이것으로써 현명한 사람들을 숭상하는 것이 정치의

근본이 됨을 알 수 있다.

子墨子言曰 : 今王公大人之君人民, 主社稷, 治國家,
자 묵 자 언 왈　　금 왕 공 대 인 지 군 인 민　　주 사 직　　치 국 가

欲脩保而勿失, 胡¹不察尙賢爲政之本也?
욕 수 보 이 물 실　　호　불 찰 상 현 위 정 지 본 야

何以知尙賢爲政之本也? 曰 : 自²貴且智者爲政乎愚且
하 이 지 상 현 위 정 지 본 야　　왈　　자 귀 차 지 자 위 정 호 우 차

賤者, 則治, 自愚且賤者爲政乎貴且智者, 則亂. 是以知
천 자　　즉 치　　자 우 차 천 자 위 정 호 귀 차 지 자　　즉 란　　시 이 지

尙賢之爲政本也.
상 현 지 위 정 본 야

1 胡(호) — 어찌. 보통 판본엔 '고(故)'로 되어 있으나, 뜻이 통하지 않으므로
『묵자한고(墨子閒詁)』를 참조하여 고쳤다. **2** 自(자) — 유(由). 용(用)과 통함.

1-2 그러므로 옛날의 성왕들은 현명한 이들을 숭상하는 일
을 매우 존중하여, 능력에 따라 뽑아 씀에 있어서 아버
지와 형들 말도 따르지 아니하였고, 부유하고 지위가 높은 사람들
에게도 치우치지 않았으며, 얼굴 생김새를 따라 좋아하는 일도 없
었다. 현명한 사람이라면 그를 등용하여 높여 주고 부하고 귀하게
해주며 그 관청의 우두머리로 삼았다. 못난 자는 억누르고 파면시
켜 가난하고 천하게 하여 막일꾼으로 만들었다.
　그리하여 백성들은 모두가 그의 상을 받으려고 힘쓰고 그의 형
벌을 두려워하면서 다 같이 현명한 사람이 되려고 하였다. 그리하
여 현명한 사람이 많고 못난 자가 적었다.

故古者, 聖王甚尊尙賢, 而任使能, 不黨³父兄, 不偏富
고 고 자　성 왕 심 존 상 현　이 임 사 능　부 당 부 형　불 편 부

貴, 不嬖⁴顔色⁵. 賢者擧而上之, 富而貴之, 以爲官長. 不
귀　불 폐 안 색　현 자 거 이 상 지　부 이 귀 지　이 위 관 장　불

肖者抑而廢之, 貧而賤之, 以爲徒役.
초 자 억 이 폐 지　빈 이 천 지　이 위 도 역

是以民皆勸其賞, 畏其罰, 相率而爲賢者. 以賢者衆而
시 이 민 개 권 기 상　외 기 벌　상 솔 이 위 현 자　이 현 자 중 이

不肖者寡.
불 초 자 과

3 黨(당)－편드는 것. 능력이 없는데도 혈연에 따라 벼슬을 주는 것.　4 嬖
(폐)－편애(偏愛)하는 것.　5 顔色(안색)－간사하게 아첨하는 것을 가리킴.

1-3 성인(聖人)은 그렇게 된 뒤에야 그들의 말을 듣고 그들
의 행동을 좇아서 그들의 능력을 살피어 신중히 벼슬
을 주었는데, 이것을 능력 있는 사람들을 부린다고 말하는 것이
다. 그러므로 나라를 다스리는 사람은 나라를 다스릴 수 있게 하
고, 관청의 우두머리는 관청의 우두머리 노릇을 할 수 있게 하며,
고을을 다스리는 사람은 고을을 다스리게 할 수 있었다. 그가 나
라와 관청과 고을이나 마을을 다스리도록 한 사람들은 모두가 나
라이 현명한 사람들이었던 것이다.

然後聖人聽其言, 迹其行, 察其所能而愼予官, 此謂事
연 후 성 인 청 기 언　적 기 행　찰 기 소 능 이 신 여 관　차 위 사

能⁶. 故可使治國者使治國, 可使長官者使長官, 可使治邑
능　고 가 사 치 국 자 사 치 국　가 사 장 관 자 사 장 관　가 사 치 읍

者使治邑. 凡所使治國家官府邑里, 此皆國之賢者也.
자 사 치 읍　범 소 사 치 국 가 관 부 읍 리　차 개 국 지 현 자 야

1-4 현명한 사람들은 나라를 다스림에 있어서 일찍이 조정에 나아가고 늦게 퇴근하며 옥사를 다스리고 정사를 처리한다. 그래서 나라는 다스려지고 형벌과 법령은 바로잡히게 되는 것이다. 현명한 사람들은 관청의 우두머리 노릇을 함에 있어서 밤늦게 자고 아침 일찍 일어나면서 관소(關所)와 시장 및 산림과 호수나 다리에서 얻어지는 이익을 거두어들여서 관청을 충실케 한다. 그래서 관청은 충실해지고 재물은 흩어져 없어지지 않는다. 현명한 사람들은 고을을 다스림에 있어서 일찍 출근하고 늦게 퇴근하면서 밭 갈고 씨 뿌리며 농사짓게 하여 곡식을 거두도록 한다. 그래서 곡식은 풍부해지고 백성들은 식량이 넉넉하게 된다. 그러므로 국가가 다스려지면 곧 형벌과 법령이 바로잡히고, 관청이 충실해지면 곧 만백성들이 부유하게 되는 것이다.

賢者之治國也, 蚤朝[7]晏退[8], 聽獄治政. 是以國家治而刑
현 자 지 치 국 야　조 조 안 퇴　청 옥 치 정　시 이 국 가 치 이 형

法正. 賢者之長官也, 夜寢夙[9]興, 收斂關市山林澤梁之
법 정　현 자 지 장 관 야　야 침 숙 흥　수 렴 관 시 산 림 택 량 지

利, 以實官府. 是以官府實而財不散. 賢者之治邑也, 蚤
리　이 실 관 부　시 이 관 부 실 이 재 불 산　현 자 지 치 읍 야　조

出莫入[10], 耕稼樹藝聚菽粟[11]. 是以菽粟多而民足乎食. 故
출 모 입　경 가 수 예 취 숙 속　시 이 숙 속 다 이 민 족 호 식　고

國家治則刑法正, 官府實則萬民富.
국 가 치 즉 형 법 정　관 부 실 즉 만 민 부

근하는 것. **9** 夙(숙)−아침 일찍이. **10** 莫入(모입)−모(莫)는 모(暮)의 본 글
자로 '해진 뒤 늦게 집으로 돌아가는 것'. **11** 菽粟(숙속)−콩과 조. 곡식을
대표하고 있음.

현명한 사람은 정치의 근본이 된다. 그것은 현명한 사람일수
록 충실히 맡은 일을 수행해 나아가기 때문이다. 따라서 현명한 사
람들로 하여금 나라나 관청이나 고을을 다스리게 하면 어김없이
그 나라는 잘 다스려지고 부해진다는 것이다.

2 위로는 정결히 술과 단술과 젯밥과 제물을 마련해 가지고
하늘과 귀신을 제사지내고, 밖으로는 선물을 마련해 가지
고 사방 이웃의 제후들과 사귀며, 안으로는 굶주리는 사람들을 먹
여주고 수고로운 사람들을 쉬게 해줌으로써 만백성을 먹여 살려
주고 천하의 현명한 사람들을 따르게 한다. 그렇기 때문에 위에서
는 하늘과 귀신이 그를 부하게 해주고, 밖에서는 제후들이 그의
편을 들어주며, 안에서는 만백성들이 그와 친하게 되고, 현명한
사람들이 그를 따르게 된다.

이렇게 함으로써 일을 꾀하면 곧 뜻대로 되고, 일을 시작하면
곧 성공을 거두며, 나라 안으로 들어와 지킬 적에는 튼튼해지고,
나아가 칠 적에는 강해진다. 그러므로 옛날 삼대(三代)의 성왕이신
요(堯)·순(舜)·우(禹)·탕(湯)·문(文)·무(武) 같은 임금들이 천하를
다스리고 제후들을 바로잡았던 방법이란 바로 이런 방법이었던
것이다.

上有以絜[1]爲酒醴[2]粢盛[3]以祭祀天鬼, 外有以爲皮幣[4]與四
상유이결 위주례 자성 이제사천귀   외유이위피폐여사

隣諸侯交接, 內有以食飢息勞, 將養[5]萬民, 外有以[6]懷天下
린제후교접   내유이식기식로   장양 만민   외유이 회천하

之賢人. 是故上者天鬼富之, 外者諸侯與之, 內者萬民親
지 현인   시고상자천귀부지   외자제후여지   내자만민친

之, 賢人歸之.
지 현인귀지

以此謀事則得, 擧事則成, 入守則固, 出誅則彊[7]. 故唯
이차모사즉득   거사즉성   입수즉고   출주즉강   고유

昔三代[8]聖王堯舜禹湯文武之所以王天下正諸侯者, 此亦
석삼대 성왕요순우탕문무지소이왕천하정제후자   차역

其法已.
기 법 이

1 絜(결) ─ 결(潔)과 통하여, 정결히 하다. 2 醴(례) ─ 단술. 3 粢盛(자성) ─ 자(粢)는 기장으로 지은 젯밥, 성(盛)은 쌀로 지은 젯밥(『孟子』 趙歧 注), 또는 자(粢)는 곡식으로 지은 젯밥, 성(盛)은 그릇에 담은 제물. 4 皮幣(피폐) ─ 피(皮)는 짐승 가죽으로 만든 갖옷, 폐(幣)는 비단. 제후들 사이에 선물로 주고받던 물건을 가리킴. 5 將養(장양) ─ 부양(扶養)과 같은 말. 6 外有以(외유이) ─ 이 세 글자는 잘못임. 앞 구절의 영향으로 더 붙은 것. 없는 게 옳다(『墨子閒詁』). 7 彊(강) ─ 강(强)과 같은 글자. 강한 것. 8 三代(삼대) ─ 보통 하(夏)·은(殷)·주(周)의 세 왕조를 가리키나, 여기에서는 요(堯)임금과 순(舜)임금 시대까지 포함시키고 있다.

이 대목은 앞의 대목에 연결되는 것이나 특히 하늘과 귀신을 끌어다 대면서 종교적인 차원에서 현명한 사람들을 등용할 것을 강조하고 있어 따로 분류하였다.

3-1 이미 이러한 방법이 있다고는 하지만 그것을 실행하는 술법을 알지 못하면 일은 여전히 성공시킬 수가 없는 것이다. 그래서 반드시 세 가지 근본을 잘 다루어야만 한다.

세 가지 근본이란 무엇을 말하는가? 그것은 벼슬자리가 높지 않으면 백성들이 존경하지 않는다는 것과, 받는 봉급이 많지 않으면 백성들이 믿지 않는다는 것과, 정치명령이 분명하지 않으면 백성들이 두려워하지 않는다는 것, 이 세 가지이다. 그러므로 옛날의 성왕들은 벼슬자리를 높혀 주었고, 봉급을 많이 주었고, 그들에게 일을 맡기면서 분명히 법령을 내려주었다. 어찌하여 그의 신하들에게 그런 것들을 내려주었는가? 그의 일이 이룩되기를 바랐기 때문이었다.

既曰若法[1], 未知所以行之術, 則事猶若未成. 是以必爲
기 왈 약 법　　　미 지 소 이 행 지 술　　즉 사 유 약 미 성　　시 이 필 위
置三本.
치 삼 본

何謂三本? 曰爵位不高, 則民不敬也, 蓄祿不厚, 則民不
하 위 삼 본　　왈 작 위 불 고　　즉 민 불 경 야　　축 록 불 후　　즉 민 불
信也. 政令不斷[2], 則民不畏也. 故古聖王, 高予之爵, 重
신 야　　정 령 부 단　　즉 민 불 외 야　　고 고 성 왕　　고 여 지 작　　중
予之祿, 任之以事, 斷予之令. 夫豈爲其臣賜哉? 欲其事
여 지 록　　임 시 이 사　　단 여 지 령　　부 기 위 기 신 사 재　　욕 기 사
之成也.
지 성 야

1 既曰若法(기왈약법) – 약(若)은 차(此)의 뜻. '이미 이러한 방법이 있다고 하더라도'. **2** 斷(단) – 엄한 것. 분명한 것.

3-2 『시경(詩經)』에

'그대에게 걱정 근심 알려주고

그대에게 벼슬자리 주는 법 깨우쳐 주네.

누가 뜨거운 것을 잡은 뒤에

물에 손을 담그지 않겠는가?'

라고 읊은 것은 이것을 두고 한 말이다. 옛날에도 임금과 제후들은 자손들이나 신하들과 친밀하게 지내지 않아서는 안 되었다. 비유를 들면, 마치 뜨거운 것을 잡은 다음에는 물에 손을 담그는 것과 같은 것이니, 이것은 그의 손을 편안하게 하려는 것이었다.

詩曰[3] :
시 왈

告女[4]憂卹[5], 誨女予爵[6].
고 여 우 휼　회 여 여 작

孰能執熱, 鮮不用濯[7]?
숙 능 집 열　선 불 용 탁

則此語. 古者國君諸侯之不可以不執善[8]承嗣[9]輔佐[10]也.
즉 차 어　고 자 국 군 제 후 지 불 가 이 부 집 선 승 사 보 좌　야

譬之猶執熱之有濯也, 將休其手焉.
비 지 유 집 열 지 유 탁 야　장 휴 기 수 언

---

3 詩曰(시왈)─『시경(詩經)』「대아(大雅)」상유(桑柔)편에 보이는 구절.　**4** 女(여)─너. 그대. 『시경』에는 보통 이(爾)로 쓰여 있음.　**5** 憂卹(우휼)─근심과 걱정.　**6** 予爵(여작)─작위를 주다. 『시경』에는 '서작(序爵)'으로 되어 있어 작위를 질서있게 올바로 내린다는 뜻.　**7** 鮮不用濯(선불용탁)─물에 손을 담그지 않겠는가? 『시경』에는 '서불이탁(逝不以濯)'으로 되어 있는데, 서(逝)는 조사임. '선(鮮)'도 조사로 봄이 좋다.　**8** 執善(집선)─친선(親善)과 같은 말.　**9** 承嗣(승사)─맏아들. 여기서는 자손들을 가리키는 것으로 본다.　**10** 輔佐(보좌)─보좌하는 '신하'.

3-3 옛날의 성왕들은 오직 현명한 사람들을 등용하여 부리면서, 그들에게 벼슬을 주어 귀하게 해주었고, 땅을 쪼개어 그에게 내려 주어 평생토록 싫증나지 않게 하였다. 현명한 사람들은 오직 밝은 임금들을 가리어 섬기면서, 온 몸의 힘을 다하여 임금의 일을 맡으면서도 평생토록 게으름을 피우지 아니하였다. 만약 아름답고 훌륭한 일이 있으면 곧 그것을 임금에게 돌렸다. 그래서 아름답고 훌륭한 일은 위 임금에게로 돌리게 되고 원망과 비난을 받을 일은 아래 신하들이 맡았다. 편안함과 즐거움은 임금의 것이 되고, 근심과 걱정은 신하의 것이 되었다. 본시 옛날의 성왕들의 정치는 이와 같이 하였던 것이다.

古者聖王, 唯毋¹¹得賢人而使之, 般¹²爵以貴之, 裂地以
고 자 성 왕   유 무   득 현 인 이 사 지   반 작 이 귀 지   열 지 이

封之, 終身不厭. 賢人唯毋得明君而事之, 竭四肢之力以
봉 지   종 신 불 염   현 인 유 무 득 명 군 이 사 지   갈 사 지 지 력 이

任君之事, 終身不倦. 若有美善則歸之上. 是以美善在上,
임 군 지 사   종 신 불 권   약 유 미 선 즉 귀 지 상   시 이 미 선 재 상

而所怨謗¹³在下. 寧樂在君, 憂慼¹⁴在臣. 故古者, 聖王之
이 소 원 방   재 하   녕 락 재 군   우 척   재 신   고 고 자   성 왕 지

爲政若此.
위 정 약 차

11 毋(무)―조사로 뜻이 없음. **12** 般(반)―반(頒)과 통하여, 나누어 주는 것.
13 謗(방)―비방. 비난. **14** 慼(척)―근심. 걱정.

여기서는 현명한 사람을 부리는 방법으로, 벼슬자리를 높여주고 많은 봉급을 주며 정치명령을 분명히 해야 한다는 '세 가지 근

본'을 설명하고 있다. 이 세 가지만 올바로 행하면 현명한 사람들은 몸과 마음을 다 바쳐 임금을 섬기게 된다. 따라서 임금이 바라는 일은 모두 손쉽게 성공할 수 있다는 것이다.

4-1 지금의 임금과 귀족들도 역시 옛사람들을 본받아 현명한 사람들을 숭상하고 능력 있는 사람을 부리어 정치를 하려고 하면서도, 높은 벼슬은 주되 봉급이 이에 따르지를 못하고 있다. 벼슬은 높으면서도 봉급이 없으면 백성들이 믿지를 않는다. 그들은 말하기를, 이것은 진심으로 우리를 사랑하는 것이 아니라 우리를 빌려서 쓰는 것이라 하게 된다. 빌려 쓰는 백성들이 어찌 그들의 임금과 친할 수가 있겠는가?

그러므로 옛 훌륭한 임금들의 말씀에 이르기를, '정치에 탐을 내는 사람은 남에게 일을 나누어 맡기지 못하고, 재물을 중히 여기는 사람은 남에게 봉급을 나누어 주지 못한다.'고 한 것이다. 일을 맡기지 아니하고 봉급을 나누어 주지 않는다면, 묻건대 천하의 현명한 사람들이 어떻게 임금과 귀족들의 곁으로 모여들 수가 있겠는가? 만약에 정말로 현명한 사람들이 임금과 귀족들의 곁으로 모여들지 않는다면 여기에는 못난 자들만이 좌우에 있게 될 것이다.

今王公大人, 亦效人以尙賢使能爲政, 高子[1]之爵而祿不
금 왕 공 대 인   역 효 인 이 상 현 사 능 위 정   고 여   지 작 이 록 부

從也. 夫高爵而無祿, 民不信也. 曰 : 此非中實[2]愛我也,
종 야   부 고 작 이 무 록   민 불 신 야   왈   차 비 중 실 애 아 야

假藉[3]而用我也. 夫假藉之民, 將豈能親其上哉?
가 자 이 용 아 야   부 가 자 지 민   장 기 능 친 기 상 재

故先王言曰 : 貪於政者, 不能分人以事, 厚於貨者, 不
고 선 왕 언 왈   탐 어 정 자   불 능 분 인 이 사   후 어 화 자   불

能分人以祿, 事則不與, 祿則不分, 請問天下之賢人, 將
능 분 인 이 록　　사 즉 불 여　　록 즉 불 분　　청 문 천 하 지 현 인　　장

何自至乎王公大人之側哉? 若苟賢者不至乎王公大人之
하 자 지 호 왕 공 대 인 지 측 재　　약 구 현 자 불 지 호 왕 공 대 인 지

側, 則此不肖⁴者在左右也.
측　　즉 차 불 초 자 재 좌 우 야

1 予(여)－주다. 2 中實(중실)－충심(衷心)으로. 정말로. 3 假藉(가자)－가차
(假借). 임시로 쓰려고 '빌리는 것'. 4 不肖(불초)－부모를 닮지 않은 것. 못
난 것.

4-2 못난 자들이 좌우에 있게 되면 그가 주는 영예는 현명
한 사람에게로 돌아가지 않고, 그가 내리는 형벌은 포
악한 자들이 받게 되지 않는다. 임금과 귀족들이 이 못난 자들을
소중히 여기며 국가의 정치를 해나간다면 곧 상 주는 것도 반드시
현명한 사람에게로 돌아가지 않고, 처벌도 반드시 포악한 자들이
받지 않게 된다. 만약 정말로 상을 현명한 사람들이 받지 못하고
처벌을 포악한 자들이 받지 않게 된다면 곧 현명한 사람들을 밀어
주지 못하고 포악한 자들을 막지 못하게 될 것이다. 그래서 들어
와서는 부모를 사랑하고 효도하지 못하게 되며, 나가서는 고을에
서 윗사람을 몰라보게 될 것이다.

　사는 고장에 예절이 없게 되고, 출입하는 데 법도가 없게 되며,
남녀의 분별이 없게 된다. 그들로 하여금 관청 일을 다스리게 하
면 곧 도둑질이나 하고, 성을 지키게 하면 배반이나 하며, 임금에
게 어려움이 있어도 죽음으로써 섬기지 않고, 임금이 국외로 도망
을 하면 따라가지 않게 된다. 그들로 하여금 재판 일을 처리하게
하면 제대로 하지 못하고, 재물을 나눠 주도록 하면 고루 나누지

못한다. 그들과 일을 함께하면 뜻대로 되지 않고 일을 시작하면 이루지 못하며, 성으로 들어와 지키게 하면 튼튼히 지키지 못하고, 나가서 싸우게 하면 강하지 못하다.

그러므로 오직 옛날의 폭군으로 알려진 걸(桀)·주(紂)·유왕(幽王)·여왕(厲王) 같은 이들이 나라를 잘못 다스리어 그들의 나라를 멸망시켰던 것도 이 때문이었다. 왜냐하면 모두 작은 일에는 밝으면서도 큰일에는 밝지 못하였기 때문이다.

不肖者在左右, 則其所譽不當賢, 而所罰不當暴. 王公
불초자재좌우　　즉기소예불당현　　이소벌불당포　　왕공

大人尊此以爲政乎國家, 則賞亦必不當賢, 而罰亦必不當
대인존차이위정호국가　　즉상역필불당현　　이벌역필불당

暴. 若苟賞不當賢, 而罰不當暴, 則是爲賢者不勸, 而爲
포　약구상불당현　　이벌불당폭　　즉시위현자불권　　이위

暴者不沮⁵矣. 是以入則不慈孝父母, 出則不長弟⁶鄕里.
포자불저의　시이입즉불자효부모　　출즉불장제향리

居處無節, 出入無度, 男女無別. 使治官府則盜竊, 守城
거처무절　　출입무도　　남녀무별　　사치관부즉도절　　수성

則倍畔⁷, 君有難則不死, 出亡則不從. 使斷獄則不中, 分
즉배반　　군유난즉불사　　출망즉부종　　사단옥즉불중　　분

財則不均. 與謀事不得, 擧事不成, 入守不固, 出誅⁸不彊.
재즉불균　　여모사부득　　거사불성　　입수불고　　출주불강

故雖昔者三代暴王, 桀紂幽厲之所以失措⁹其國家, 傾覆
고수석자삼대폭왕　　걸주유려지소이실조기국가　　경복

其社稷者, 已此¹⁰故也. 何則, 皆以明小物, 而不明大物也.
기사직자　　이차　고야　　하즉　　개이명소물　　이불명대물야

5 沮(저)－막다. 그치다. 무너뜨리다. 6 長弟(장제)－윗분을 존경하고, 아랫사람을 아껴주는 것. 나이 많고 적은 사람들 사이의 올바른 예의. 7 倍畔(배반)－배반(背叛). 8 出誅(출주)－나가서 주벌(誅伐)하다. 뜻이 안맞는 밖의 나라를 정벌하는 것. 9 失措(실조)－조치를 잘 못하다. 정치를 잘못하다. 10 已此(이차)－이차(以此)와 같은 말.

여기서는 현명한 사람들을 높여 쓰는 방법으로 높은 벼슬자리와 함께 거기에 어울리는 봉급을 주어야 함을 역설하고 있다. 흔히 정치를 하는 사람들은 높은 벼슬은 주면서 이에 어울리는 많은 봉급을 주기는 꺼려한다. 그러나 이 조그만 일을 제대로 안하기 때문에 결국은 백성들의 신용을 잃게 되며 나라를 망치는 결과에까지 이르게 된다는 것이다.

5-1 지금의 임금과 귀족들은 한 가지 옷을 만들 수가 없어서 반드시 훌륭한 재단사의 힘을 빌리고, 한 마리의 소나 양을 잡지 못하여 반드시 훌륭한 백정의 손을 빌리고 있다. 그러므로 이와 같은 두 가지 일에 있어서는 임금이나 귀족들도 현명한 사람을 숭상하고 능력 있는 사람을 부리어 정치할 줄 알고 있는 것이다.

그러나 그의 국가의 혼란이나 나라의 위험에 이르러서는 능력 있는 사람을 부리어 그것을 다스릴 줄을 알지 못하고 있다. 그들은 친척들을 부리고, 공로도 없이 부귀해지고 아첨하는 얼굴을 지닌 사람이나 부린다. 공로도 없이 부귀해지고 아첨하는 얼굴을 지닌 사람들이나 부린다면, 어찌 그들이 반드시 지혜롭고 현명한 사람들이겠는가? 만약 그들로 하여금 나라를 다스리게 한다면 곧 이것은 지혜도 없는 자들로 하여금 나라를 다스리게 하는 것이 된다. 나라의 혼란은 이미 알 수가 있는 일이다.

今王公大人, 有一衣裳, 不能制也, 必藉¹良工. 有一牛
금 왕 공 대 인   유 일 의 상   불 능 제 야   필 자 량 공   유 일 우

羊, 不能殺也, 必藉良宰². 故當若之二物者, 王公大人知
양   불 능 살 야   필 자 량 재   고 당 약 지 이 물 자   왕 공 대 인 지

以尙賢使能爲政也.
이 상 현 사 능 위 정 야

逮至其國家之亂, 社稷之危, 則不知使能以治之. 親戚
체 지 기 국 가 지 란   사 직 지 위   즉 불 지 사 능 이 치 지   친 척

則使之, 無故³富貴, 面目佼好⁴則使之. 夫無故富貴, 面目
즉 사 지   무 고 부 귀   면 목 교 호 즉 사 지   부 무 고 부 귀   면 목

佼好則使之, 豈必智且有慧哉? 若使之治國家, 則此使不
교 호 즉 사 지   기 필 지 차 유 혜 재   약 사 지 치 국 가   즉 차 사 불

智慧者治國家也. 國家之亂, 旣可得而知已.
지 혜 자 치 국 가 야   국 가 지 란   기 가 득 이 지 이

1 藉(자)-힘을 빌리다. 2 宰(재)-백정. 요리사. 3 無故(무고)-공이 없는
것. 아무 근거도 없는 것. 고(故)를 공(功)의 잘못으로 보는 이도 있다(『墨子閒
詁』). 4 佼好(교호)-보기좋은 것. 예쁜 것. 여기서는 아첨하기 위하여 잘 보
이는 것을 뜻한다.

5-2 또한 임금과 귀족들은 그들의 얼굴빛을 보고 그를 사
랑하며 부리게 된다. 따라서 마음속으로 그들의 지혜
는 살피지 아니하고 그가 사랑하는 것만을 중시하는 것이다. 그러
므로 백 명도 다스릴 수 없는 사람을 천 명을 다스리는 벼슬자리
에 앉게 하고, 천 명도 다스리지 못하는 사람을 만 명을 다스리는
벼슬자리에 앉게 한다. 이렇게 하게 되는 까닭은 무엇인가? 그러
한 벼슬에 앉힌다는 것은 벼슬자리가 높아지고 봉급이 많아지는
것을 뜻하기 때문에 그의 얼굴빛을 보고 사랑하는 사람을 거기에
앉혀야 한다고 생각하기 때문인 것이다.

且夫王公大人, 有所愛其色而使. 其心不察其知, 而與
차 부 왕 공 대 인　유 소 애 기 색 이 사　기 심 불 찰 기 지　이 여

其愛. 是故不能治百人者, 使處乎千人之官, 不能治千人
기 애　시 고 불 능 치 백 인 자　사 처 호 천 인 지 관　불 능 치 천 인

者, 使處乎萬人之官. 此其故何也? 曰：處若官者, 爵高
자　사 처 호 만 인 지 관　차 기 고 하 야　왈　처 약 관 자　작 고

而祿厚, 故愛其色而使之焉.
이 록 후　고 애 기 색 이 사 지 언

5-3 백 명도 다스리지 못하는 사람을 천 명을 다스리는 벼슬자리에 앉히고, 천 명도 다스리지 못하는 사람을 만명을 다스리는 벼슬자리에 앉히면 곧 벼슬이 능력의 10배가 된다. 대체로 다스리는 방법이란 하루하루 알게 되는 것이다. 하루하루 안 것으로서 다스리는 것인데, 하루에 10배로 능력이 자랄 수는 없는 것이다. 그의 지혜로서 다스리는 것인데 지혜는 10배로 늘어날 수가 없는 것이다. 그런데도 능력의 10배의 벼슬자리를 준다면 그는 하나만을 다스리고 나머지 아홉은 버리게 된다. 비록 밤낮을 연이어 그의 벼슬을 다스린다 하더라도 관청일은 여전히 다스려지지 않을 것이다.

이렇게 되는 까닭은 어디에 있는가? 그것은 곧 임금과 귀족들이 현명한 사람을 숭상하고 능력 있는 사람을 부리어 정치를 해야 하는 것을 잘 알지 못하고 있기 때문이다. 그러므로 현명한 사람을 숭상하고 능력 있는 사람을 부리어 정사를 잘 다스리는 것은, 위에서 한 말을 잘 따르는 것을 뜻하는 것이다. 현명한 사람을 무시하고 정치를 하여 혼란을 일으키는 것은, 내가 말한 것과 같은 사람들을 뜻하는 것이다.

夫不能治百人者, 使處乎千人之官, 不能治千人者, 使
부불능치백인자 사처호천인지관 불능치천인자 사

處乎萬人之官, 則此官什倍[5]也. 夫治之法, 將日至者也.
처호만인지관 즉차관십배 야 부치지법 장일지자야

日以治之, 日不什脩[6], 知以治之, 知不什益. 而予官什倍,
일이치지 일불십수 지이치지 지불십익 이여관십배

則此治一而棄其九矣. 雖日夜相接以治若官, 官猶若不治.
즉차치일이기기구의 수일야상접이치약관 관유약불치

此其故何也? 則王公大人不明乎以尙賢使能爲政也. 故
차기고하야 즉왕공대인불명호이상현사능위정야 고

以尙賢使能, 爲政而治者, 夫若言之謂也. 以下賢爲政而
이상현사능 위정이치자 부약언지위야 이하현위정이

亂者, 若吾言之謂也.
란자 약오언지위야

5 官什倍(관십배)-벼슬이 그의 능력에 비하여 10배나 높다. **6** 脩(수)-자라
다. 길어지다.

여기서는 앞 대목에서 임금들은 모두 '작은 일에 대하여는 밝
으면서도 큰일에 대하여는 밝지 못하다'고 한 말을 설명하고 있다.
옷을 짓거나 소·양을 잡을 적에는 가장 기술이 뛰어난 사람을 불
러 일을 시키면서도, 중요한 정치를 하는 데 있어서는 능력 있는
사람을 제대로 골라서 쓰지 못한다. 그래서 나라를 망치게 된다는
것이다.

6-1 지금 임금과 귀족들이 진심으로 그들의 나라를 다스리
려 하고 잘 보전하여 잃지 않으려 한다면, 어찌하여 현
명한 사람을 숭상하는 것이 정치를 하는 근본임을 살피지 아니하

는가? 또한 현명한 사람을 숭상하는 것이 정치를 하는 근본이 된다는 것은 또 어찌 묵자 한 사람만의 말이겠는가? 이것은 성왕의 도이며, 옛 훌륭한 임금들의 책에 오랜 옛날부터 쓰여진 말인 것이다.

옛글에 말하였다.

'성군과 똑똑한 사람을 구하여 그대 자신을 돕게 하라.'

『서경(書經)』 탕서(湯誓)에도 말하였다.

'마침내 위대한 성인을 구하여 그와 함께 힘을 다하고 마음을 함께함으로써 천하를 다스렸다.'

곧 이것은 성인을 잃어서는 안 되며, 현명한 사람을 숭상하고 능력 있는 사람을 부리어 정치를 할 것을 말한 것이다. 그러므로 옛날의 성왕들은 오로지 잘 살피어 현명한 사람을 숭상하고 능력 있는 사람을 부리어 정치를 하였으며, 다른 조건은 더 섞인 게 없어 천하가 모두 그 이익을 얻었던 것이다.

今王公大人, 中實將欲治其國家, 欲脩保而勿失, 胡不
금 왕 공 대 인　중 실 장 욕 치 기 국 가　　욕 수 보 이 물 실　　호 불

察尙賢爲政之本也? 且以尙賢爲政之本者, 亦豈獨子墨子
찰 상 현 위 정 지 본 야　　차 이 상 현 위 정 지 본 자　　역 기 독 자 묵 자

之言哉? 此聖王之道, 先王之書, 距年[1]之言也.
지 언 재　차 성 왕 지 도　선 왕 지 서　거 년　지 언 야

傳[2]曰：求聖君哲人, 以裨補[3]而身.
전 왈　구 성 군 철 인　이 비 보　이 신

湯誓[4]曰：聿[5]求元聖[6], 與之戮力[7]同心, 以治天下.
탕 서 왈　율 구 원 성　여 지 륙 력 동 심　이 치 천 하

則此言聖之不失以尙賢使能爲政也. 故古者聖王, 唯能
즉 차 언 성 지 불 실 이 상 현 사 능 위 정 야　고 고 자 성 왕　　유 능

審以尙賢使能爲政, 無異物雜焉, 天下皆得其利.
심 이 상 현 사 능 위 정　무 이 물 잡 언　천 하 개 득 기 리

1 距年(거년)-원년(遠年)과 같은 뜻으로, 오랜 옛날. **2** 傳(전)-옛날의 전적 (典籍). 지금 전하는 책에는 이런 말이 없다. **3** 裨輔(비보)-보좌 또는 보필의 뜻. **4** 湯誓(탕서)-지금의 『서경』. 『상서(商書)』의 탕서편에는 이 글이 들어 있지 않다. 『위고문상서(僞古文尙書)』의 탕고(湯誥)편에 이 중 앞 여덟 자가 보이는데, 『위고문』이 이 묵자의 인용문을 끌어다 지금의 「탕고편」을 위작한 듯하다. **5** 聿(율)-마침내. 드디어. **6** 元聖(원성)-위대한 성인. **7** 戮力 (육력)-힘을 합치다. 함께 힘을 가하다.

6-2

옛날 순(舜)은 역산(歷山)에서 밭을 갈고, 황하(黃河) 가에 서 질그릇을 굽고, 뇌택(雷澤)에서 고기잡이를 하고 있었다. 요(堯)임금이 그를 복택(服澤)의 북쪽 기슭에서 발견하여, 그를 모시어 천자로 삼고 천하의 정치를 맡겨주어 천하의 백성들을 다스리게 하였다.

이윤(伊尹)은 유신씨(有莘氏) 딸의 개인적인 신하로서 친히 백정 노릇까지 하였다. 탕(湯)임금이 그를 발견하여 그를 자기의 재상으로 모시어 천하의 정치를 떠맡기고 천하의 백성들을 다스리게 하였다.

부열(傅說)은 베옷을 입고 새끼줄로 허리띠를 매고서 부암(傅巖)에서 품팔이로 담 쌓는 일을 하고 있었다. 무정(武丁)임금이 그를 발견하고 그를 삼공(三公)으로 삼은 뒤에 천하의 정치를 내맡기고 천하의 백성들을 다스리게 하였다.

이들은 어찌하여 처음에는 천한 신분이었는데 갑자기 귀해졌고, 처음에는 가난하였는데 갑자기 부해졌던가? 곧 임금과 귀족들이 현명한 사람을 숭상하고 능력 있는 사람을 부리어 정치를 할 줄 알았기 때문이었다. 그래서 백성들은 굶주리면서도 양식을 구하지 못하거나, 헐벗으면서도 옷을 구하지 못하거나, 수고를 하면

서도 쉬지를 못하거나, 어지러우면서도 다스려지지 못하는 일이
없었다.

古者舜耕歷山[8], 陶河瀕[9], 漁雷澤[10]. 堯得之服澤之陽,
고 자 순 경 력 산   도 하 빈   어 뢰 택   요 득 지 복 택 지 양

擧以爲天子, 與接天下之政, 治天下之民.
거 이 위 천 자   여 접 천 하 지 정   치 천 하 지 민

伊摯[11]有莘氏[12]女之私臣, 親爲庖人[13]. 湯得之, 擧以爲
이 지 유 신 씨 녀 지 사 신   친 위 포 인   탕 득 지   거 이 위

己相, 與接天下之政, 治天下之民.
기 상   여 접 천 하 지 정   치 천 하 지 민

傅說[14]被褐帶索[15], 庸[16]築[17]乎傅巖[18]. 武丁得之, 擧以爲
부 열 피 갈 대 색   용 축 호 부 암   무 정 득 지   거 이 위

三公[19], 與接天下之政, 治天下之民.
삼 공   여 접 천 하 지 정   치 천 하 지 민

此何故始賤卒而貴, 始貧卒而富? 則王公大人明乎以尙
차 하 고 시 천 졸 이 귀   시 빈 졸 이 부   즉 왕 공 대 인 명 호 이 상

賢使能爲政. 是以民無飢而不得食, 寒而不得衣, 勞而不
현 사 능 위 정   시 이 민 무 기 이 불 득 식   한 이 부 득 의   노 이 부

得息, 亂而不得治者.
득 식   난 이 부 득 치 자

8 歷山(역산) - 지금의 산동성(山東省) 제남(濟南)시 남쪽에 있는 산 이름. 천불산(千佛山), 순경산(舜耕山)이라고도 부른다. **9** 瀕(빈) - 물가. **10** 雷澤(뇌택) - 지금의 산서성(山西省) 영제현(永濟縣) 남쪽에 있는 강물 이름. **11** 伊摯(이지) - 이윤(伊尹). 이름이 지(摯). 유신씨(有莘氏)의 들판에서 밭을 갈고 있었는데, 탕(湯)임금에게 발견되어 그의 재상으로서 걸(桀)을 치고 상(商)나라를 세우는 데 큰 공로를 세웠다. 그 뒤 탕임금의 손자 태갑(太甲) 및 증손 옥정(沃丁)에 이르기까지 백 세를 살며 재상 노릇을 하였다. **12** 有莘氏(유신씨) - 옛날의 제후 중의 한 사람. **13** 庖人(포인) - 백정. 푸줏간쟁이. **14** 傅說(부열) - 은(殷)나라 고종(高宗)인 무정(武丁) 때의 재상 이름. 나라를 잘 다스렸다. **15** 索(색) - 새끼줄. **16** 庸(용) - 용(傭)과 통하여, 일꾼으로 고용되는 것. **17** 築(축) - 담을 쌓기 위하여 담틀 안에 흙을 넣고 다지는 것. **18** 傅巖(부암) - 땅 이름. **19** 三公(삼공) - 재상급의 벼슬 이름.

6-3 그러므로 옛날의 성왕들은 잘 살피어 현명한 사람을 숭상하고 능력 있는 사람을 부리어 정치를 하였는데, 그것은 하늘에서 법도를 딴 것이었다. 비록 하늘도 가난과 부함, 귀하고 천한 것, 멀고 가까운 것, 친하고 먼 관계를 분별하지는 못하지만, 현명한 사람은 드러내어 숭상하고 못난 자들은 억눌러 멸망시키는 것이다.

그렇다면 부귀하면서도 현명함으로써 상을 받았던 사람으로는 누가 있는가? 그것은 옛날 삼대(三代)의 성왕이신 요(堯)·순(舜)·우(禹)·탕(湯)·문왕(文王)·무왕(武王) 같은 분들이다. 그들이 상을 받았던 까닭은 무엇이었는가? 그것은 그들이 천하의 정치를 함에 있어서 아울러 모든 사람들을 사랑하고 그에 따라 모두를 이롭게 해주었으며, 또 천하의 만백성들을 거느리고서 더욱 하늘을 존경하고 귀신을 섬기었으며, 만백성들을 사랑하고 이롭게 해주었기 때문이다. 그런 까닭에 하늘과 귀신이 그들에게 상을 내리어 그들을 세워 천자로 삼아 백성들의 부모가 되게 해주었다. 만백성들은 그들을 좇아 기리어 부르기를 성왕이라 하였는데 지금까지도 끊이지 않고 그러하다. 이분들이 부귀하면서도 현명함으로써 그 상을 받은 분들이다.

故古聖王, 以審以尙賢使能爲政, 而取法於天. 雖天亦
고 고 성 왕 이 심 이 상 현 사 능 위 정 이 취 법 어 천 수 천 역

不辯貧富貴賤遠邇親疏, 賢者擧而尙之, 不肖者抑而廢之.
불 변 빈 부 귀 천 원 이 친 소 현 자 거 이 상 지 불 초 자 억 이 폐 지

然則富貴爲賢以得其賞者, 誰也? 曰：若昔者三代聖王,
연 즉 부 귀 위 현 이 득 기 상 자 수 야 왈 약 석 자 삼 대 성 왕

堯舜禹湯文武者是也. 所以得其賞, 何也? 曰：其爲政乎
요 순 우 탕 문 무 자 시 야 소 이 득 기 상 하 야 왈 기 위 정 호

天下也,　兼而愛之,　從而利之,　又率天下之萬民,　以尙尊
천 하 야　　겸 이 애 지　　종 이 리 지　　우 솔 천 하 지 만 민　　이 상 존

天事鬼,　愛利萬民.　是故天鬼賞之,　立爲天子,　以爲民父
천 사 귀　　애 리 만 민　　시 고 천 귀 상 지　　입 위 천 자　　이 위 민 부

母.　萬民從而譽之日 :　聖王,　至今不已.　則此富貴爲賢,
모　　만 민 종 이 예 지 왈　　　성 왕　　지 금 불 이　　즉 차 부 귀 위 현

以得其賞者也.
이 득 기 상 자 야

6-4 그렇다면 부귀하면서도 포악함으로써 그 벌을 받았던 사람으로는 누가 있는가? 그것은 옛날 삼대의 폭군(暴君)인 걸(桀)·주(紂)·유왕(幽王)·여왕(厲王) 같은 사람들이다. 어떻게 그러함을 아는가? 그것은 그들이 천하의 정치를 함에 있어서 모든 사람들을 아울러 미워하고 그에 따라 그들을 해쳤고, 또 천하의 백성들을 거느리고서 하늘을 욕하고 귀신들을 모욕하였으며 만백성들을 해치고 죽였기 때문이다. 이런 까닭으로 하늘과 귀신이 그들에게 벌을 내리어 그들의 몸은 사형을 당하고, 자손들은 사방으로 흩어지고, 집안은 멸망하며 후손은 끊이도록 하였다. 만백성들은 이를 좇아 비난하여 일컫기를 폭군이라 하였는데, 지금까지도 끊이지 않고 그러하다. 이것이 부귀하면서도 포악함으로써 그 벌을 받았던 사람들인 것이다.

그렇다면 친하면서도 착하지 않음으로써 그 벌을 받았던 사람으로는 누가 있는가? 그것은 옛날의 곤(鯀) 같은 사람이다. 임금의 맏아들이었지만 임금의 덕을 저버렸기 때문에 마침내는 우산(羽山)의 들판에서 형벌을 받게 되었다. 그곳은 더위도 햇빛도 미치는 일이 없는 곳이었으며, 임금님도 역시 그를 사랑하지 않았다. 곧 이것이 친하면서도 착하지 않음으로써 그 벌을 받았던 사람인 것이다.

然則富貴爲暴以得其罰者, 誰也? 曰：若昔者三代暴王,
연즉부귀위폭이득기벌자　수야　왈　약석자삼대폭왕,

桀紂幽厲者是也. 何以知其然也? 曰：其爲政乎天下也,
걸주유려자시야　하이지기연야　왈　기위정호천하야,

兼而憎之, 從而賊之, 又牽天下之民, 以詬天侮鬼, 賊傲[20]
겸이증지　종이적지　우솔천하지민　이구천모귀　적오

萬民. 是故天鬼罰之, 使身死而爲刑戮, 子孫離散, 室家
만민　시고천귀벌지　사신사이위형륙　자손리산　실가

喪滅, 絶無後嗣. 萬民從而非之曰：暴王, 至今不已. 則
상멸　절무후사　만민종이비지왈　폭왕　지금불이　즉

此富貴爲暴, 而以得其罰者也.
차부귀위폭　이이득기벌자야

然則親而不善以得其罰者, 誰也? 曰：若昔者伯鯀[21]. 帝
연즉친이불선이득기벌자　수야　왈　약석자백곤　제

之元子, 廢帝之德, 庸[22]旣乃刑之于羽[23]之郊. 乃熱照[24]無
지원자　폐제지덕　용　기내형지우우　지교　내열조　무

有及也, 帝亦不愛. 則此親而不善, 以得其罰者也.
유급야　제역불애　즉차친이불선　이득기벌자야

20 賊傲(적오)―해치고 죽이는 것. 21 伯鯀(백곤)―우(禹)임금의 아버지이며,
전욱(顓頊)의 아들이라 한다. 순(舜)임금이 숭백(崇伯)에 봉하여 백곤이라 한
것이며, 세상의 물을 다스리도록 하였으나 실패하여 마침내 처형당하였다.
22 庸(용)―용(用)과 통하여, 조사로 쓰임. 23 羽(우)―산 이름. 우산(羽山).
산동성(山東省) 염성현(剡城縣) 동북쪽에 있다. 24 熱照(열조)―따스한 기운
과 햇빛.

❧

　　여기서도 현명한 사람을 숭상할 것을 강조하고 있지만, 특히
요(堯)임금이 순(舜)을 등용하고, 탕(湯)임금이 이윤(伊尹)을 등용하
고, 무정(武丁)이 부열(傅說)을 등용하여 나라를 흥성시켰던 보기를
들고 있다. 그리고 이처럼 현명한 사람을 숭상하는 것은 하늘의 법
도라 하면서 역시 자기의 주장을 종교적인 차원으로 승화시키고
있다. 현명한 사람을 숭상하는 사람은 하늘과 귀신의 뜻에 맞으므

로 곧 흥성해지며, 그렇지 못한 사람은 멸망당하게 된다는 것이다.

7-1 그렇다면, 하늘이 부리도록 하신 능력 있는 사람이란 누구였던가? 그것은 옛날의 우(禹) · 직(稷) · 고요(皐陶) 같은 사람들이다. 어떻게 그러함을 아는가?

옛 훌륭한 임금의 글인 『서경』의 여형(呂刑)은 그것에 대하여 말하였다.

'황제께서 아래의 백성들에게 밝게 물어보시니, 묘(苗)나라에 대하여 불평이 많았다. 말하기를, 제후로서 백성들을 돌보아야 할 사람이 덕이 밝은 이를 밝히는 데 일정한 법도가 없고, 홀아비와 과부도 감싸주는 일이 없다는 것이었다. 이에 덕으로 위압하니 두려워하게 되었고, 덕을 밝히니 밝게 되었다. 이에 세 분들에게 명하시어 백성들을 위하여 걱정하고 일하게 하니, 백이(伯夷)는 법을 펴 백성들을 형벌로써 다스리었고, 우(禹)는 물과 땅을 다스리어 산과 냇물의 이름을 지어놓았고, 직(稷)은 씨 뿌리는 법을 널리 펴서 아름다운 곡식을 농사지어 생산케 하였다. 세 분들이 공을 이루어 백성들이 풍성해졌던 것이다.'

곧 이것은 세 분의 성인들이 그들의 말을 삼가고 행동을 신중히 하며, 그들의 생각을 빈틈없이 하여 천하에 숨겨진 일들을 찾아내고 이익을 끼쳐줌으로써, 위로 하늘을 섬기어 곧 하늘이 그분들의 덕을 받아들이게 되었고 아래로 그것을 만백성들에게 베풀어 만백성들은 그 이익을 입음이 평생토록 그침이 없음을 얘기한 것이다.

然則, 天之所使能者, 誰也? 曰若昔者, 禹稷[1]皐陶[2]是也.
연 즉 천 지 소 사 능 자 수 야 왈 약 석 자 우 직 고 요 시 야

何以知其然也?
하 이 지 기 연 야

先王之書呂刑[3]道之曰 : 皇帝淸問[4]下民, 有辭[5]有苗[6].
선 왕 지 서 여 형 도 지 왈 황 제 청 문 하 민 유 사 유 묘

曰 : 羣后[7]之肆[8]在下, 明[9]明不常[10], 鰥[11]寡不蓋. 德威[12]維
왈 군 후 지 사 재 하 명 명 불 상 환 과 불 개 덕 위 유

威, 德明維明. 乃名三后[13], 恤功於民, 伯夷降[14]典, 哲[15]民
위 덕 명 유 명 내 명 삼 후 휼 공 어 민 백 이 강 전 철 민

維刑, 禹平水土, 主名山川. 稷隆[16]播種, 農殖[17]嘉穀. 三
유 형 우 평 수 토 주 명 산 천 직 륭 파 종 농 식 가 곡 삼

后成功, 維假[18]於民.
후 성 공 유 가 어 민

則此言, 三聖人者, 謹其言, 愼其行, 精其思慮, 索天下
즉 차 언 삼 성 인 자 근 기 언 신 기 행 정 기 사 려 색 천 하

之隱事, 遺利以上事天, 則天鄕其德, 下施之萬民, 萬民
지 은 사 유 리 이 상 사 천 즉 천 향 기 덕 하 시 지 만 민 만 민

被其利, 終身無已.
피 기 리 종 신 무 이

1 稷(직)-순(舜)임금의 신하 이름. 2 皐陶(고요)-순임금의 신하 이름. 3 呂刑(여형)-『서경(書經)』 주서(周書)의 편명. 다만 여기에 인용한 글귀는 말의 순서와 몇 개의 글자가 현행본과 약간 다른 곳이 있다. 4 淸問(청문)-밝게 묻다. 5 有辭(유사)-불평하는 말이 있는 것. 6 有苗(유묘)-변방의 묘나라 제후. 7 羣后(군후)-제후(諸侯)를 가리킴. 8 肆(사)-현행본엔 '체(逮)'로 쓰여 있는데, 은혜가 미치도록 돌봐주는 것. 9 明(명)-위의 명(明)은 동사, 아래 명(明)은 밝은 덕을 지닌 사람. 10 不常(불상)-일정한 법도가 없는 것. 11 鰥(환)-홀아비. 12 威(위)-위의 글자는 '위압하다', 아래 글자는 외(畏)와 통하여, 두려워하며 굴복하는 것. 13 三后(삼후)-백이·우·직의 세 사람. 14 降(강)-펴는 것. 15 哲(철)-현행본에 절(折)로 되어 있으며, 제어(制御)하는 것. 16 隆(륭)-현행본의 강(降)으로 되어 있으며, 널리 보급시키는 것. 17 殖(식)-불리다. 생산하다. 18 假(가)-커지다. 풍성해지다.

7-2 그러므로 옛 훌륭한 임금님의 말씀에 이르기를,

　　　 '이 방법은 천하에 크게 쓰면 여유가 있게 되고, 작게
써도 곤란해지지 않으며, 길이 쓰면 만백성들이 그 이익을 입음이
평생토록 그치지 않는다.'
라고 하였다. 또 『시경』 주송(周頌)에 말하였다.

　 '성인의 덕은

　　 하늘이 높은 것과도 같고

　　 땅이 넓은 것과도 같아서

　　 천하에 밝게 비친다.

　　 땅이 굳건한 것과도 같고

　　 산이 솟아있는 것과도 같아서

　　 갈라지지도 않고 무너지지도 않는다.

　　 해가 비추는 것과도 같고

　　 달이 밝은 것과도 같아서

　　 하늘과 땅과 더불어 영원하다.'

　 곧 이것은 성인의 덕은 밝고도 넓고 크며 탄탄하고 굳어서 영원
하다는 것이다. 그러므로 성인의 덕은 하늘과 땅을 전부 뒤덮고
있는 것이다.

故先王之言曰：此道也，大用之天下則不窕，小用之則
고 선 왕 지 언 왈　　차 도 야　　대 용 지 천 하 즉 불 조　　소 용 지 즉

不困，脩用之則萬民被其利，終身無已.
불 곤　수 용 지 즉 만 민 피 기 리　 종 신 무 이

周頌[19]道之曰：
주 송　도 지 왈

聖人之德，若天之高，若地之普，
성 인 지 덕　 약 천 지 고　 약 지 지 보

其有昭於天下也.
기 유 소 어 천 하 야

若地之高, 若山之承²⁰, 不坼²¹不崩.
약 지 지 고　약 산 지 승　　불 탁　불 붕

若日之光, 若月之明, 與天地同常.
약 일 지 광　약 월 지 명　　여 천 지 동 상

則此言, 聖人之德章明博大, 埴²²固以脩久也. 故聖人之
즉 차 언　성 인 지 덕 장 명 박 대　　식　고 이 수 구 야　　고 성 인 지

德, 蓋總乎天地者也.
덕　개 총 호 천 지 자 야

19 周頌(주송)—지금의 『시경』주송에는 이런 시가 보이지 않는다.　**20** 承 (승)—승(丞)과 통하여, 높이 솟아 있는 것.　**21** 坼(탁)—갈라지다. 쪼개지다. **22** 埴(식)—진흙덩이처럼 굳은 것.

　　여기서도 옛날 현명했던 사람들의 공로를 강조하고 있다. '하늘이 부리었던 능력있던 사람'으로서 앞에서는 우(禹)·직(稷)·고요(皐陶)의 세 사람이 있다고 해놓고서, 이를 증명하는 대목에선 백이(伯夷)와 우·직의 얘기를 끌어대고 있으니 앞뒤가 잘 맞지 않는다. 전해 내려오는 동안에 생겨난 착오일 것이다. 그리고 이 대목 끝머리에서는 또 현명한 사람을 넘어서서 '성인의 덕'을 찬양하고 있으니 문장의 연결이 자연스럽게 느껴지지 않는다.

8 지금의 임금과 귀족들은 천하를 다스리고 제후들을 바로잡으려 하고 있는데, 덕과 의로움이 없다면 무엇으로써 할 수가 있겠는가? 꼭 위세와 강한 힘으로 위협하여 그렇게 하겠다고 말하겠는가? 지금의 임금과 귀족들은 어디에서 위협할 위세와 강한

힘을 얻겠는가? 백성들을 죽음으로 떨어지게 만들고 말 것이다.

백성들이란 사는 것은 매우 바라지만 죽는 것은 몹시 싫어한다. 바라는 것은 얻지 못하고 싫어하는 것만이 거듭 닥쳐오게 된다면, 옛날부터 지금에 이르기까지 그래가지고도 천하를 다스리고 제후를 바로잡을 수 있었던 경우란 일찍이 있어 본 일도 없는 것이다.

지금의 위대한 사람으로서 천하를 다스리고 제후를 바로잡으려 하며 천하에서 뜻을 얻어 후세에까지도 명성을 이룩하게 하고자 한다면, 어찌하여 현명한 사람을 숭상하는 것이 정치의 근본이 된다는 점을 살피지 아니 하는가? 이것은 성인들께서도 성실히 행하신 일인 것이다.

今王公大人, 欲王天下, 正¹諸侯, 夫無德義, 將何以哉?
금 왕 공 대 인 욕 왕 천 하   정 제 후   부 무 덕 의   장 하 이 재

其說將必挾震²威彊? 今王公大人將焉取挾震威彊哉? 傾
기 설 장 필 협 진 위 강   금 왕 공 대 인 장 언 취 협 진 위 강 재   경

者³民之死也.
자 민 지 사 야

民生爲甚欲, 死爲甚憎. 所欲不得而所憎屢至, 自古及
민 생 위 심 욕 사 위 심 증   소 욕 부 득 이 소 증 루 지   자 고 급

今, 未有嘗能有以此王天下, 正諸侯者也.
금   미 유 상 능 유 이 차 왕 천 하   정 제 후 자 야

今大人欲王天下, 正諸侯, 將欲使意得乎天下, 名成乎
금 대 인 욕 왕 천 하   정 제 후   장 욕 사 의 득 호 천 하   명 성 호

後也, 故⁴不察尙賢爲政之本也? 此聖人之厚行也.
후 야 고 불 찰 상 현 위 정 지 본 야   차 성 인 지 후 행 야

1 正(정)―바로잡다. 장(長)의 뜻으로 보아 우두머리 노릇하다로 새겨도 좋다. 2 挾震(협진)―위협하여 떨게 하는 것. 3 傾者(경자)―자(者)는 제(諸)와 같은 뜻의 조사. 4 故(고)―호(胡)와 통하여, '어찌'.

천하를 다스리고 제후들을 거느리려면 반드시 현명한 사람을 숭상할 줄 알아야 한다. 힘으로 나라를 다스리다가는 백성들의 불평을 사서 오히려 멸망을 당하게 된다는 것이다. 따라서 현명한 사람을 숭상하는 것이 정치의 근본이 된다는 말로 이 편을 결론 맺고 있는 것이다.

墨子

10.
상현편 尚賢篇(下)

앞 상편·중편에 이어 현명한 사람을 등용하여야 함을
강조하는 글이다.

1-1 묵자가 말하였다.
"천하의 임금과 대신들은 모두 그의 국가가 부유해지
고 백성이 많아지며 형벌과 법령이 잘 다스려지기를 바란다. 그러
니 현명한 사람들을 숭상함으로써 그의 국가와 백성들을 나스릴
줄 모르고 있으니, 임금과 대신들은 정치의 근본이 되는 현명한
사람들을 숭상해야 하는 근본을 잊고 있는 것이다. 만약 진실로
임금과 신하들이 근본적으로 현명한 사람들을 숭상하는 정치의
근본이 되는 일을 잊고 있다면 그 증거를 들어 보여주지 않을 수
없을 것이다."

子墨子言曰：天下之王公大人，皆欲其國家之富也，人
민지중야　형법지치야　연이불식이상현위정기국가백성

民之衆也，刑法之治也．然而不識以尙賢爲政其國家百姓，
민지중야　형법지치야　연이불식이상현위정기국가백성

王公大人，本失尙賢爲政之本也．若苟王公大人，本失尙
왕공대인　본실상현위정지본야　약구왕공대인　본실상

賢爲政之本也，則不能毋舉物¹示之乎．
현위정지본야　즉불능무거물　시지호

1 舉物(거물)−증거가 될 사물(事物)을 드는 것.

1-2 지금 만약 한 제후가 여기에 있는데, 그의 나라를 다스리면서 말하기를,

'나는 우리나라의 활 잘 쏘고 수레 잘 모는 사람에게 상을 주고 그들을 귀하게 만들어 줄 것이다. 활 못 쏘고 수레 못 모는 사람들에게는 죄를 물어 천하게 만들어 줄 것이다.'

라고 하였다 하자. 이 나라의 선비들에게, 그러면 어떤 사람이 기뻐하고 어떤 사람이 두려워하겠는가고 묻는다면, 내 생각으로는 반드시 활 잘 쏘고 수레 잘 모는 사람들은 기뻐하나 활 쏠 줄 모르고 수레 몰 줄 모르는 사람들은 두려워할 것이라고 대답할 것이다.

나는 이것을 근거로 하여 논리를 이끌어 내겠다. 임금이,

'나는 우리나라의 충성되고 믿음이 있는 모든 선비들에게 상을 주어 귀하게 해주겠다. 충성되지 못하고 믿음이 없는 사람들에게는 죄를 물어 천하게 만들겠다.'

라고 말하였다 하자. 이 나라의 선비들에게 어떤 사람이 기뻐하고 어떤 사람이 두려워하겠는가고 묻는다면, 내 생각으론 반드시 충

성되고 믿음 있는 선비들은 기뻐하나 충성되지 못하고 믿음이 없는 사람들은 두려워한다고 대답할 것이다. 지금 오직 현명한 사람들을 숭상하면서 그의 나라와 백성들을 다스리어, 나라의 착한 행동을 하는 사람들은 밀어 주고 포악한 짓을 하는 자들은 막으면서 크게 천하를 다스려 나간다면, 천하의 착한 행동을 하는 사람들은 신이 나게 되고 포악한 짓을 하는 자들은 기가 죽게 될 것이다.

今若有一諸侯於此, 爲政其國家也, 曰：凡我國能射御
금 약 유 일 제 후 어 차   위 정 기 국 가 야   왈   범 아 국 능 사 어

之士, 我將賞貴之. 不能射御²之士, 我將罪賤之. 問於若
지 사   아 장 상 귀 지   불 능 사 어 지 사   아 장 죄 천 지   문 어 약

國之士, 孰喜孰懼, 我以爲必能射御之士喜, 不能射御之
국 지 사   숙 희 숙 구   아 이 위 필 능 사 어 지 사 희   불 능 사 어 지

士懼.
사 구

我當因而誘之矣. 曰：凡我國之忠信之士, 我將賞貴之.
아 당 인 이 유 지 의   왈   범 아 국 지 충 신 지 사   아 장 상 귀 지

不忠信之士, 我將罪賤之. 問於若國³之士, 孰喜孰懼, 我
불 충 신 지 사   아 장 죄 천 지   문 어 약 국 지 사   숙 희 숙 구   아

以爲必忠信之士喜, 不忠不信之士懼. 今惟毋⁴以尙賢爲政
이 위 필 충 신 지 사 희   불 충 불 신 지 사 구   금 유 무 이 상 현 위 정

其國家百姓, 使國爲善者勸, 爲暴者沮, 大以爲政於天下,
기 국 가 백 성   사 국 위 선 자 권   위 포 자 저   대 이 위 정 어 천 하

使天下之爲善者勸, 爲暴者沮.
사 천 하 지 위 선 자 권   위 포 자 저

2 射御(사어)―활쏘기와 수레 몰이. 3 若國(약국)―이 나라. 그 나라. 4 惟毋
(유무)―무(毋)도 어조사. '다만', '오직'.

1-3 그러면 옛날 우리의 요임금·순임금·우임금·탕임금·문왕·무왕 같은 성군들의 도가 귀중한 까닭은 무

엇 때문인가? 그것은 오직 백성들에게 정치명령을 내리고 백성들을 다스림에 있어 천하의 착한 행동을 하는 사람들은 밀어주고, 포악한 짓을 하는 사람들은 없애기 때문인 것이다. 그러니 이 현명한 사람을 숭상한다는 일은 요임금 · 순임금 · 우임금 · 탕임금 · 문왕 · 무왕 같은 성왕들의 도와 같은 것이다.

然昔吾所以貴堯舜禹湯文武之道者, 何故以哉? 以其唯
연석오소이귀요순우탕문무지도자   하고이재   이기유

毋[5]臨衆發政而治民, 使天下之爲善者可勸也, 爲暴者可以
무 림중발정이치민   사천하지위선자가권야   위포자가이

沮也. 然則此尙賢者也, 與堯舜禹湯文武之道, 同矣.
저 야   연즉차상현자야   여요순우탕문무지도   동의

5 唯毋(유무)-앞의 '유무(惟毋)'와 같은 말.

　　많은 임금이나 대신들은 나라를 올바로 다스리려는 생각은 하고 있으면서도 제대로 나라를 다스리지 못한다. 그것은 그들이 현명한 사람들을 중히 여겨 등용할 줄 모르기 때문이다. '현명한 사람을 숭상한다'는 일은 앞에서 정치의 근본이 된다고 하였지만, 한편으로는 이상적인 정치를 한 요임금과 순임금의 도와도 통하는 일이라고 강조한다.

2-1 그런데 지금의 군자들은 평소 얘기를 할 적에는 모두 현명한 사람들을 숭상한다고 하나, 그들이 백성들에게

정치명령을 내리며 백성을 다스릴 적에는 현명한 사람을 숭상하고 능력 있는 사람을 부릴 줄 모른다. 나는 이것으로써 천하의 군자들은 작은 일에는 밝으면서도 큰일에는 밝지 않다는 것을 알고 있다. 무엇을 가지고 그들이 그러함을 아는가?

지금의 임금이나 대신들이 한 마리의 소나 양 같은 물건을 갖고 있을 적에 이것을 잡을 줄 모른다면 반드시 솜씨 좋은 백정을 찾을 것이다. 한 벌의 옷감을 갖고 있는데, 옷을 지을 줄 모른다면 반드시 훌륭한 재단사를 찾을 것이다. 임금이나 대신들이 이런 일을 함에 있어서는 비록 핏줄이 이어진 친한 사람이 있거나, 연고 있는 부귀한 사람이 있거나, 얼굴이 아름다운 사람이 있다 하더라도 정말 그들은 할 수 없다는 것을 안다면 그들에게 일을 시키지 않을 것이다. 그것은 무엇 때문인가? 그의 물건들만 버리게 될까 두려워서이다. 임금이나 대신들도 이런 일을 함에 있어서는 곧 현명한 사람을 숭상하고 능력 있는 사람을 부려야 한다는 것을 잊지 않고 있는 것이다.

而今天下之士君子[1], 居處[2]言語皆尙賢, 逮至其臨衆發政
이 금 천 하 지 사 군 자　　거 처　언 어 개 상 현　　체 지 기 림 중 발 정

以治民, 莫知尙賢而使能. 我以此知天下之士君子, 明於
이 치 민　　막 지 상 현 이 사 능　　아 이 차 지 천 하 지 사 군 자　　명 어

小而不明於大也. 何以知其然乎?
소 이 불 명 어 대 야　　하 이 지 기 연 호

今王公大人有一牛羊之財[3], 不能殺, 必索良宰[4]. 有一衣
금 왕 공 대 인 유 일 우 양 지 재　　불 능 살　　필 색 량 재　　유 일 의

裳之材, 不能制, 必索良工. 當王公大人之於此也, 雖有
상 지 재　　불 능 제　　필 색 량 공　　당 왕 공 대 인 지 어 차 야　　수 유

骨肉之親, 冊故[5]富貴, 面目美好者, 實知其不能也, 不使
골 육 지 친　　관 고 부 귀　　면 목 미 호 자　　실 지 기 불 능 야　　불 사

之也. 是何故? 恐其敗財也. 當王公大人之於此也, 則不
지 야　　시 하 고　　공 기 패 재 야　　당 왕 공 대 인 지 어 차 야　　즉 불

失尙賢而使能.
실 상 현 이 사 능

1 士君子(사군자) - 벼슬하는 사람들. 2 居處(거처) - 평소 살아감. 3 財(재) - 재(材)와 통하여, 재료(材料). 물건. 4 宰(재) - 짐승 잡는 백정. 5 冊故(관고) - 연고 관계가 있는 것. 관(冊)은 관(貫)과 통함. 보통 판본엔 관(冊)이 '무(無)'로 되어 있어 '무고(無故)'는 뜻이 통하지 않으므로 '고(故)'는 '공(功)'의 잘못이며, 공(攻)은 공(功)의 뜻이라 보는 학자도 있다(『墨子閒詁』 참조). 뒤에도 '무고'로 된 구절이 보일 것임.

2-2 임금이나 대신들에게 한 마리의 병든 말이 있는데 그 병을 고칠 줄을 모른다면 반드시 훌륭한 의사를 찾을 것이다. 한 개의 위태로운 활이 있어서 활줄을 잡아당길 수 없다면 반드시 훌륭한 기술자를 찾을 것이다. 임금이나 대신들이 이러한 일을 함에 있어서 비록 핏줄이 이어진 친한 사람이 있거나 얼굴이 아름다운 사람이 있다 하더라도 정말 그들은 할 수 없다는 것을 안다면 반드시 그들에게 일을 시키지 않을 것이다. 그것은 무엇 때문인가? 그의 물건들만 버리게 될까 두려워서이다. 임금이나 대신들이 이런 일을 함에 있어서는 곧 현명한 사람을 숭상하고 능력 있는 사람을 부려야 한다는 것을 잊지 않고 있는 것이다.

王公大人有一疲馬⁶不能治, 必索良醫. 有一危弓⁷不能
왕공대인유일피마 불능치 필색량의 유일위궁 불능

張, 必索良工. 當王公大人之於此也, 雖有骨肉之親, 故
장 필색량공 당왕공대인지어차야 수유골육지친 고

富貴, 面目美好者, 實知其不能也, 必不使. 是何故? 恐其
부귀 면목미호자 실지기불능야 필불사 시하고 공기

敗財也. 當王公大人之於此也, 則不失尙賢而使能.
패 재 야　　당 왕 공 대 인 지 어 차 야　　즉 불 실 상 현 이 사 능

6 疲馬(피마) - 지친 말. 병든 말.　**7** 危弓(위궁) - 위태롭도록 되어 있어 쓰기 어렵게 된 활.

2-3 그들이 나라를 다스리는 일에 있어서는 그렇지 않다. 임금이나 대신들의 핏줄이 이어진 친한 사람이나, 연고 있는 부귀한 사람들이나, 얼굴이 아름다운 사람이면 곧 그들을 등용한다. 그러니 임금이나 대신들이 그들의 나라를 보기를 한 개의 위태로운 활이나 병든 말이나 옷감이나 소나 양 같은 물건만도 못하게 보는 것이다. 나는 이것으로써 천하의 군자들은 모두 작은 일에는 밝지만 큰일에는 밝지 못하다는 것을 알고 있다. 이것을 비유로 말하면, 마치 벙어리를 사신으로 부리고 귀머거리를 악사로 삼는 것과 같다. 그러므로 옛날 성왕들이 천하를 다스림에 있어서 그들이 부하게 해준 사람이나 귀하게 해준 사람들은 반드시 임금이나, 대신들의 핏줄이 이어진 친한 사람이나, 연고 있는 부귀한 사람들이나, 얼굴이 아름다운 사람들은 아니었다.

逮至其國家則不然. 王公大人骨肉之親, 毌故富貴, 面
체 지 기 국 가 즉 불 연　　왕 공 대 인 골 육 지 친　　관 고 부 귀　　면

目美好者則舉之. 則王公大人之視其國家也, 不若視其一
목 미 호 자 즉 거 지　　즉 왕 공 대 인 지 시 기 국 가 야　　불 약 시 기 일

危弓疲馬 衣裳牛羊之財與. 我以此知天下之士君子, 皆明
위 궁 피 마　의 상 우 양 지 재 여　　아 이 차 지 천 하 지 사 군 자　　개 명

於小而不明於大也. 此譬猶瘖瘂者[8]而使爲行人, 聾者[9]而使
어 소 이 불 명 어 대 야　　차 비 유 음 자 이 사 위 행 인　　농 자 이 사

爲樂師. 是故古之聖王之治天下也, 其所富, 其所貴, 未
위악사　시고고지성왕지치천하야　기소부　기소귀　미

必王公大人骨肉之親, 毋故富貴, 面目美好者也.
필왕공대인골육지친　관고부귀　면목미호자야

8 瘖者(음자) ─ 벙어리. 말 못하는 사람.　9 聾者(농자) ─ 귀머거리.

　　옷을 짓거나 물건을 수리하려면 반드시 기술자를 찾아 일을 맡기면서도, 임금들은 더 중요한 나랏일을 맡김에 있어서는 자기와 혈연이나 친분이 있는 사람이나 마음에 드는 사람들을 골라서 쓴다. 그래서 정치는 올바로 되지 못한다. 능력 본위로 현명한 사람들을 등용하여야만 나라가 잘 다스려질 수 있다는 것이다.

3-1 그러므로 옛날에 순(舜)은 역산(歷山)에서 밭을 갈고, 황하(黃河) 가에서 질그릇을 굽고, 뇌택(雷澤)에서 고기잡이를 하고, 항산(恒山) 남쪽 기슭에서 장사를 하고 있었는데, 요(堯)임금이 그를 복택(服澤)의 북쪽 기슭에서 발견하여 천자 자리에 세우고, 그로 하여금 천하의 정치를 맡아 천하의 백성들을 다스리게 하였다.

　　옛날 이윤(伊尹)은 유신씨(有莘氏) 딸의 개인적인 신하여서, 푸줏간쟁이 노릇까지 하였으나, 탕(湯)임금이 그를 발견, 등용하여 삼공(三公)으로 삼아서 천하의 정치를 맡아 백성들을 다스리게 하였다.

　　옛날 부열(傅說)은 북해(北海)의 고을 감옥(監獄) 곁에 살면서 베옷에 새끼띠를 두르고, 인부로서 부암(傅巖)의 성을 쌓는 흙을 다지고 있었으나 무정(武丁)임금이 그를 발견, 등용하여 삼공(三公)으로 삼아서 그로 하여금 천하의 정치를 맡아 백성들을 다스리게 하였다.

그러므로 옛날 요임금이 순을 등용했던 일이나, 탕임금이 이윤을 등용했던 일이나, 무정임금이 부열을 등용했던 일들이, 어찌 핏줄이 이어진 친한 사람이거나, 연고 있는 부귀한 사람이거나, 얼굴이 아름다운 사람들이었기 때문이겠는가? 오직 그들의 말을 법도로 삼고 그들의 꾀를 받아들이고 그들의 방법을 실행함으로써 위로는 하늘을 이롭게 할 수 있고, 가운데로는 귀신을 이롭게 할 수 있으며, 아래로는 사람들을 이롭게 할 수가 있었기 때문이다. 그래서 그들을 높이 떠받들었던 것이다.

是故昔者舜耕於歷山, 陶於河瀕, 漁於雷澤, 灰^{1}於常^2
시 고 석 자 순 경 어 력 산   도 어 하 빈   어 어 뢰 택   회 어 상

陽, 堯得之服澤之陽, 立爲天子, 使接天下之政, 而治天
양   요 득 지 복 택 지 양   입 위 천 자   사 접 천 하 지 정   이 치 천

下之民.
하 지 민

昔伊尹爲莘氏女師僕^3, 使爲庖人, 湯得而擧之, 立爲三
석 이 윤 위 신 씨 녀 사 복   사 위 포 인   탕 득 이 거 지   입 위 삼

公, 使接天下之政, 治天下之民.
공   사 접 천 하 지 정   치 천 하 지 민

昔者傅說, 居北海^{4}之洲^5, 圜土^{6}之上, 衣褐帶索, 庸築於
석 자 부 열   거 북 해 지 주   환 토 지 상   의 갈 대 색   용 축 어

傅巖之城, 武丁得而擧之, 立爲三公, 使之接天下之政,
부 암 지 성   무 정 득 이 거 지   입 위 삼 공   사 지 접 천 하 지 정

而治天下之民.
이 치 천 하 지 민

是故昔者堯之擧舜也, 湯之擧伊尹也, 武丁之擧傅說也,
시 고 석 자 요 지 거 순 야   탕 지 거 이 윤 야   무 정 지 거 부 열 야

豈以爲骨肉之親, 卌故富貴, 面目美好者哉? 惟法其言,
기 이 위 골 육 지 친   관 고 부 귀   면 목 미 호 자 재   유 법 기 언

用其謀, 行其道, 上可而利天, 中可而利鬼, 下可而利人.
용 기 모   행 기 도   상 가 이 리 천   중 가 이 리 귀   하 가 이 리 인

是故推而上之.
시 고 추 이 상 지

1 灰(회)－반(反)자를 잘못 베낀 것으로, 반(反)은 판(販)과 통하여, '장사하다'. '물건을 팔다'(『墨子閒詁』). 2 常(상)－곧 항산(恒山), 북악(北嶽)이라고도 부르며, 주봉(主峯)이 지금의 하북성(河北省) 곡양현(曲陽縣) 서북쪽에 있다. 3 師僕(사복)－사(師)는 사(私)와 음이 같아 잘못 쓴 것, 복(僕)은 신(臣)과 같은 뜻(『墨子閒詁』). 4 北海(북해)－어느 곳을 가리키는지 불확실하다. 5 洲(주)－주(州)의 잘못인 듯. 부암(傅巖)이 있던 고을. 6 圜土(환토)－옛날 감옥(監獄)의 별명.

3-2 옛날의 성왕들은 이미 현명한 사람들을 숭상하여 정치를 할 줄 알았으므로, 그것을 책에다 써놓았고 쟁반이나 대야 같은 데 새겨놓아 후세 자손들에게 전하여 남겨주었다. 옛날 훌륭한 임금의 문서인 『서경』 여형(呂刑)이 바로 그러한 보기이다.

'임금님께서 말씀하셨다.

아아! 오시오, 나라를 다스리고 땅을 다스리는 이들이여! 당신들에게 좋은 형벌을 알려주겠소. 지금 당신들이 백성들을 편히 다스려 줌에 있어서 당신들은 무엇을 가려 쓰고 있소? 훌륭한 사람이 아니겠소? 무엇을 공경하오? 형벌이 아니겠소? 무엇을 헤아리고 있소? 훌륭한 도에 미치지 못할까 하는 걱정이 아니겠소?'

훌륭한 사람을 가려 쓸 수 있고 공경히 형벌을 사용하면 요임금·순임금·우임금·탕임금·문왕·무왕들의 도에도 미칠 수가 있게 되는 것이다. 그것은 어째서인가? 곧 현명한 사람을 숭상하는 것이 되기 때문이다.

또한 옛 훌륭한 임금들의 문서의 오랜 옛날 말에도 그렇게 말하고 있다.

　'저 성스럽고 무예에 뛰어나고 지혜 있는 사람을 찾아서, 그대 자신을 감싸주고 보필하게 하라.'

　이것은 옛날 훌륭한 임금들이 천하를 다스림에 있어서는 반드시 현명한 사람을 선택하여 그의 아래의 여러 신하들을 임명하였음을 말한 것이다.

古者聖王, 旣審尙賢, 欲以爲政. 故書之竹帛[7], 琢之槃
고 자 성 왕　기 심 상 현　욕 이 위 정　고 서 지 죽 백　　탁 지 반

盂[8], 傳以遺後世子孫. 於先王之書, 呂刑之書然.
우　전 이 유 후 세 자 손　오 선 왕 지 서　여 형 지 서 연

曰 : 於[9], 來有國有土, 告女訟刑[10]. 在今而安百姓, 女何
왈　오　내 유 국 유 토　고 여 송 형　재 금 이 안 백 성　여 하

擇? 言人[11]? 何敬? 不刑? 何度? 不及?
택　언 인　하 경　불 형　하 탁　불 급

能擇人, 而敬爲刑, 堯舜禹湯文武之道, 可及也. 是何
능 택 인　이 경 위 형　요 순 우 탕 문 무 지 도　가 급 야　시 하

也? 則以尙賢.
야　즉 이 상 현

及之於先王之書, 豎年[12]之言然.
급 지 어 선 왕 지 서　수 년　지 언 연

曰 : 晞[13]夫聖武知人, 以屛輔[14]而身.
왈　희　부 성 무 지 인　이 병 보　이 신

此言先王之治天下也, 必選擇賢者, 以爲羣屬[15]輔佐.
차 언 선 왕 지 치 천 하 야　필 선 택 현 자　이 위 군 속　보 좌

7 竹帛(죽백)－대쪽과 비단. 옛날에는 종이가 없어 대쪽이나 비단에 글을 써서 책을 만들었다. **8** 槃盂(반우)－반(槃)은 반(盤)과 통하여, 쟁반과 대야. 옛 사람들은 평소에 늘 쓰는 그릇에 교훈이 될 만한 글을 새겨놓는 습관이 있었다. **9** 於(오)－감탄사. **10** 訟刑(송형)－현재의 『서경』에는 '상형(詳刑)'으로 되어 있으니, 송(訟)은 상(詳)의 잘못인 듯. '좋은 형벌'. **11** 言人(언인)－언(言)은 부(否)의 잘못. 사람을 가려 쓰는 게 아닌가의 뜻. **12** 豎年(수년)－수(豎)는 거(距)와 통하여, 여러 해 전. 오랜 옛날. **13** 晞(희)－희(晞)의 잘못으

로, 살피는 것. **14** 屛輔(병보) – 감싸주고 보좌하는 것. **15** 羣屬(군속) – 여러 신하들.

이 대목과 비슷한 글귀는 앞의 「상현」 중편에도 나왔다. 역시 현명한 사람들을 숭상하여 등용할 줄 알아야만 올바로 세상을 다스릴 수 있음을 역설하고 있다.

4 지금 천하의 군자들은 모두가 부귀해지기를 바라면서 빈천함을 싫어한다. 그런데 그대는 어떻게 함으로써 부귀를 얻고 빈천해짐을 피할 수 있겠는가? 현명해지는 것보다 더 좋은 방법은 없다. 그러면 현명해지는 길은 어떻게 하면 되는 건가? 그것은 힘이 있는 사람은 잽싸게 남을 돕고, 재물이 있는 사람은 힘써 남에게 그것을 나누어 주고, 올바른 도를 지닌 사람은 힘을 내어 남을 가르치면 되는 것이다. 이와 같이 되면 굶주리는 사람들은 먹을 것을 얻게 되고, 헐벗는 사람들은 옷을 얻게 되며, 어지러운 사람들은 다스려지게 될 것이다. 만약 굶주리게 되면 곧 먹을 것이 얻어지고, 헐벗게 되면 곧 옷을 얻게 되며, 어지러우면 곧 다스려지게 된다면 곧 모두가 편안히 삶을 누릴 수 있게 될 것이다.

지금 임금이나 대신들이 부하게 하여 주고 귀하게 하여 주는 사람들은 모두가 임금이나 대신들의 핏줄이 이어진 친한 사람이거나, 연고 있는 부귀한 사람이거나, 얼굴이 아름다운 사람들이다. 지금 임금이나 대신들의 핏줄이 이어진 친한 사람이나, 연고 있는 부귀한 사람이나, 얼굴이 아름다운 사람이라 하더라도 어찌 반드시 지혜가 있을 수가 있겠는가? 만약 그의 국가를 다스려지게 할 줄 모른다면 곧 그 국가가 혼란할 것임은 뻔히 알 수 있는 일이다.

曰：今也天下之士君子, 皆欲富貴而惡貧賤. 曰：然女
왈　금야천하지사군자　　개욕부귀이오빈천　　왈　연여

何爲而得富貴而辟¹貧賤? 莫若爲賢. 爲賢之道, 將奈何?
하위이득부귀이피　빈천　막약위현　위현지도　장내하

曰：有力者疾以助人, 有財者勉以分人, 有道者勸以敎人.
왈　유력자질이조인　유재자면이분인　유도자권이교인

若此則飢者得食, 寒者得衣, 亂者得治. 若飢則得食, 寒
약차즉기자득식　한자득의　난자득치　약기즉득식　한

則得衣, 亂則得治, 此安²生生³.
즉득의　난즉득치　차안　생생

今王公大人, 其所富, 其所貴, 皆王公大人骨肉之親, 毌
금왕공대인　기소부　기소귀　개왕공대인골육지친　관

故富貴, 面目美好者也. 今王公大人骨肉之親, 毌故富貴,
고부귀　면목미호자야　금왕공대인골육지친　관고부귀

面目美好者, 焉故⁴必知⁵哉? 若不知使治其國家, 則其國
면목미호자　언고　필지재　약부지사치기국가　즉기국

家之亂, 可得而知也.
가지란　가득이지야

1 辟(피)−피(避)와 통함. 피하다. **2** 安(안)−내(乃), 곧 '곧', '이에'의 뜻(王引之 說). **3** 生生(생생)−생업(生業)에 종사하며 제대로 살아가는 것. **4** 焉故(언고)−하고(何故)의 뜻. '무엇 때문에', '어째서'. **5** 知(지)−지(智)와 통하여, '지혜 있는 것'.

　올바로 부귀를 누리는 길은 사람이 현명하여지는 것이다. 그리고 현명하다는 것은 자기 능력을 다하여 남을 돕고 남을 이끌어줌을 말한다. 남을 돕고 남을 이끌어주는 현명한 사람들이 나라의 정치를 할 때 그 나라가 잘 다스려질 것임은 말할 나위도 없을 것이다.

5-1 지금 천하의 군자들은 모두 부귀해지길 바라면서 빈천함을 싫어한다. 그런데 그대는 어떻게 함으로써 부귀를 얻고 빈천함을 피할 수가 있겠는가? 말하기를, 임금이나 대신들의 핏줄이 이어진 친한 사람이나, 연고가 있는 부귀한 사람이나, 얼굴이 아름다운 사람이 되는 것보다 더 좋은 게 없다고들 한다. 임금이나 대신의 핏줄이 이어진 친한 사람이나, 연고가 있는 부귀한 사람이나, 얼굴이 아름다운 사람이 된다는 것은 배워서 될 수가 없는 것이다. 만약 지혜도 분별도 없다면 덕행의 두터움이 우임금·탕임금·문왕·무왕 같은 성군과 같다 하더라도 더 많은 대우를 받지 못할 것이다. 임금이나 대신들의 핏줄이 이어진 친한 사람이라면 앉은뱅이·벙어리·귀머거리·장님에다가 포악하기 걸(桀)왕이나 주(紂)왕과 같다 하더라도 받는 대우를 잃지 않을 것이다. 그러므로 내리는 상은 현명한 사람에게 돌아가지 아니하고 형벌은 포악한 자에게 내려지지 않게 된다. 그들이 상 주는 사람들이 이미 공 없는 사람이요, 그들이 벌 주는 사람들도 역시 죄 없는 사람들인 것이다.

그리하여 백성들로 하여금 모두가 마음을 놓고 몸을 풀고 착한 짓을 하기를 꺼리게 하여, 그들의 팔과 다리의 힘을 놓아두고도 서로 돕고 위로하지 않을 것이며, 남는 재물이 썩어 냄새가 나더라도 서로 재물을 나누어 갖지 않을 것이며, 훌륭한 도리는 숨기어 두고서 서로 가르치고 깨우쳐주지 아니할 것이다. 이와 같이 되면 굶주리는 사람들은 먹을 것을 얻지 못하고 헐벗는 사람들은 옷을 얻지 못하며, 어지러운 사람들은 다스려질 수가 없게 된다.

今天下之士君子, 皆欲富貴而惡貧賤. 然女何爲而得富
금 천 하 지 사 군 자   개 욕 부 귀 이 오 빈 천   연 여 하 위 이 득 부

貴, 而辟貧賤哉? 曰：莫若爲王公大人骨肉之親, 毋故富
귀   이 피 빈 천 재   왈   막 약 위 왕 공 대 인 골 륙 지 친   관 고 부

貴, 面目美好者. 王公大人骨肉之親, 毋故富貴, 面目美
귀   면 목 미 호 자   왕 공 대 인 골 륙 지 친   무 고 부 귀   면 목 미

好者, 此非可學而能者也. 使不知辯[1], 德行之厚, 若禹湯
호 자   차 비 가 학 이 능 자 야   사 부 지 변   덕 행 지 후   약 우 탕

文武, 不加得[2]也. 王公大人, 骨肉之親, 躄[3]瘖[4]聾[5]瞽[6], 暴
문 무   불 가 득 야   왕 공 대 인   골 륙 지 친   벽 음 롱 고   포

爲桀紂, 不加失[7]也. 是故以賞不當賢, 罰不當暴. 其所賞
위 걸 주   불 가 실 야   시 고 이 상 부 당 현   벌 부 당 포   기 소 상

者已無功矣, 其所罰者亦無罪.
자 이 무 공 의   기 소 벌 자 역 무 죄

是以使百姓, 皆放心解體, 沮[8]以爲善, 舍其股肱[9]之力, 而
시 이 사 백 성   개 방 심 해 체   저 이 위 선   사 기 고 굉 지 력   이

不相勞來[10]也, 腐臭餘財, 而不相分資也, 隱匿[11]良道, 而不
불 상 로 래 야   부 취 여 재   이 불 상 분 자 야   은 닉 량 도   이 불

相敎誨也. 若此則飢者不得食, 寒者不得衣, 亂者不得治.
상 교 회 야   약 차 즉 기 자 부 득 식   한 자 부 득 의   난 자 부 득 치

1 知辯(지변)－지혜와 분별. 지혜와 분별이 없다는 것은 현명한 사람의 능력
을 전혀 알아보지 못함을 뜻한다. 2 加得(가득)－남보다 더 많은 부귀를 얻
는 깃. 3 躄(벽)－앉은뱅이. 4 瘖(음)－벙어리. 5 聾(롱)－귀머거리. 6 瞽
(고)－장님. 7 加失(가실)－남보다 부귀를 더 잃어 빈천하게 되는 것. 8 沮
(저)－막다. 막히다. 9 股肱(고굉)－넓적다리와 팔뚝. 10 勞來(노래)－남을
돕고 위로하는 것. 11 隱匿(은닉)－숨겨두는 것.

5-2 그러므로 옛날 요임금에게는 순이 있었고, 순임금에게
는 우가 있었고, 우임금에게는 고요(皐陶)가 있었고, 탕

임금에게는 이윤(伊尹)이 있었고, 무왕에게는 굉요(閎夭)·태전(泰顚)·남궁괄(南宮括)·산의생(散宜生)이 있어서 천하가 평화로웠고 백성들이 풍부하였던 것이다. 그리하여 가까운 사람들은 편안함을 누렸고 먼 곳의 사람들은 그를 따르게 되었다. 해와 달이 비치는 곳과, 배와 수레가 닿는 곳과, 비와 이슬이 내리는 곳과, 곡식을 먹고 사는 고장이라면 그러한 사람들을 얻으면 모두가 그를 밀어주고 기리게 될 것이다.

그런데 지금 천하의 임금이나 대신이나 군자들은 진심으로 어짊과 의로움을 행하려 하며 훌륭한 선비들을 구하여 정치를 함으로써 위로는 성왕들의 도에 들어맞고 아래로는 나라와 백성들의 이익과 부합되기를 바라고 있다. 그러므로 현명한 사람을 숭상해야 한다는 말은 잘 살피지 않으면 안 되는 것이다. 현명한 사람을 숭상한다는 것은 하늘과 귀신과 백성들의 이익이 되는 것이며 정치하는 일의 근본이 되는 것이다.

是故昔者堯有舜, 舜有禹, 禹有皋陶[12], 湯有小臣[13], 武
시 고 석 자 요 유 순   순 유 우   우 유 고 요   탕 유 소 신   무

王有閎夭[14]泰顚南宮括散宜生, 而天下和, 庶民阜[15]. 是以
왕 유 굉 요 태 전 남 궁 괄 산 의 생   이 천 하 화   서 민 부   시 이

近者安之, 遠者歸之. 日月之所照, 舟車之所及, 雨露之
근 자 안 지   원 자 귀 지   일 월 지 소 조   주 거 지 소 급   우 로 지

所漸, 粒食之所養, 得此莫不勸譽.
소 점   입 식 지 소 양   득 차 막 불 권 예

且今天下之王公大人士君子, 中實[16]將欲爲人義. 求爲
차 금 천 하 지 왕 공 대 인 사 군 자   중 실 장 욕 위 인 의   구 위

上士[17], 上欲中聖王之道, 下欲中國家百姓之利. 故尙賢
상 사   상 욕 중 성 왕 지 도   하 욕 중 국 가 백 성 지 리   고 상 현

之爲說, 而不可不察也. 尙賢者, 天鬼百姓之利, 而政事
지 위 설   이 불 가 불 찰 야   상 현 자   천 귀 백 성 지 리   이 정 사

之本也.
지 본 야

12 皐陶(고요)—순임금의 어진 신하 중의 한 사람. **13** 小臣(소신)—이윤(伊尹)을 가리킴(『呂氏春秋』 高誘 注). **14** 閎夭(굉요)—이하 네 사람 모두 주(周)나라 초기의 어진 신하들. 그들의 사적은 모두 분명치 않다. **15** 阜(부)—풍성하여 짐. 흥성함. **16** 中實(중실)—마음속으로 정말. 진심으로. **17** 上士(상사)—상급의 선비. 훌륭한 선비.

결론적으로 정실인사(情實人事)를 배척하면서 능력 본위로 현명한 사람을 뽑아 쓸 것을 주장한다. 현명한 사람을 뽑아 쓰는 것이 하늘이나 귀신 또는 백성을 위하여도 이로운 일이라는 얘기는 중편에서 설명을 자세히 하였다. 이 「상현편」에서는 불평등과 계급의 차별을 배척하는 현대적인 평등사상과 무차별주의가 느껴진다. 그리고 이러한 평등·무차별은 묵자의 사상을 대표하는 '겸애주의(兼愛主義)'와도 통하는 것이다.

墨子

11.
상동편 尙同篇（上）

'상동'이란 '위와 화동(和同)한다' 또는 '윗사람을 받들고 뜻을 같이 한다.'·'높이 받들며 따른다.'·'위와 함께한다.'는 뜻. 세상의 평화로운 질서를 위하여는 천자를 정점(頂點)으로 하는 정치적인 계급과 제도를 확립하여 만백성들이 그들의 통치자를 따라 천자와 하늘의 명령에 한결같이 따라야 한다는 게 이 편의 중심사상이다. 이 편도 상·중·하 3편으로 이루어져 있으나 내용상의 뚜렷한 구별은 없다.

1-1 묵자는 다음과 같은 말을 하였다.

옛날 백성이 처음으로 생겨나 법과 정치가 있지 않았을 적에는 대개 그들의 말은 사람마다 뜻이 달랐다. 그래서 한 사람이면 곧 한 가지 뜻이 있었고, 두 사람이면 곧 두 가지 뜻이 있었으며, 열 사람이면 곧 열 가지 뜻이 있었고, 그 사람들이 많아지면 그들이 말하는 뜻도 역시 많았다. 그리하여 사람들은 자기의 뜻은 옳다고 하면서 남의 뜻은 비난하였으니 사람들은 서로 비난하게 되었다. 그래서 안으로는 부자나 형제들이 서로 원망하고 미워하게 되어 흩어지고 떨어져나가 서로 화합하지 못하였다. 천하의 백성들은 모두가 물과 불과 독약으로 서로 해치며, 남는 힘이 있다 하더라도 서로 도와주지 못하고, 남아돌아 썩어빠지는 재물이 있어도 서로 나누어 갖지 않으며, 훌륭한 도리는 숨겨놓고 서로 가르쳐 주지 않게 된다. 따라서 천하의 혼란은 마치 새나 짐승들 같았다.

子墨子言曰, 古者民始生, 未有刑政之時, 蓋其語人異
자묵자언왈   고자민시생   미유형정지시   개기어인이

義. 是以一人則一義, 二人則二義, 十人則十義, 其人茲
의   시이일인즉일의   이인즉이의   십인즉십의   기인자

衆, 其所謂義者亦茲衆[1]. 是以人是其義, 以非人之義, 故
중   기소위의자역자중   시이인시기의   이비인지의   고

交相非也. 是以內者, 父子兄弟作怨惡, 離散不能相和合.
교상비야   시이내자   부자형제작원오   이산불능상화합

天下之百姓, 皆以水火毒藥相虧[2]害, 至有餘力, 不能以相
천하지백성   개이수화독약상휴해   지유여력   불능이상

勞, 腐朽[3]餘財, 不以相分, 隱匿良道, 不以相敎. 天下之
로   부후여재   불이상분   은특량도   불이상교   천하지

亂, 若禽獸然.
란   약금수연

1 茲衆(자중) - 자(茲)는 자(滋)와 통하여, '더욱 많아짐', '불어남'. 2 虧(휴) -
해치다. 손상시키다. 3 腐朽(부후) - 썩는 것.

1-2 천하가 혼란해지는 까닭을 밝혀 보면 그것은 지도자가 없는 데서 생겨나는 것이다. 그러므로 천하의 현명하

고 훌륭한 사람을 골라 세워 천자로 삼게 되었다. 천자가 있어도 그의 능력만으로는 불충분하므로 또 천하의 현명하고 훌륭한 사람들을 선택하고 들어 세워서 삼공(三公)으로 삼게 되었다. 천자와 삼공이 있은 뒤에도 천하는 넓고도 크기 때문에 먼 나라의 다른 고장의 백성들이나, 옳고 그른 것과 이롭고 해로운 것에 대한 분별을 하나하나 분명히 알 수가 없었다. 그러므로 여러 나라로 나누어 놓고 제후와 임금을 세우게 되었다. 제후와 나라의 임금이 선 다음에도 그들의 힘만으로는 불충분하기 때문에 또 그 나라의 현명하고 훌륭한 사람들을 가려내어 그들을 관청의 우두머리로 삼게 되었다.

夫明虖[4]天下之所以亂者, 生於無正長[5]. 是故選天下之
부 명 호 천 하 지 소 이 란 자　생 어 무 정 장　시 고 선 천 하 지

賢可者, 立以爲天子. 天子立, 以其力爲未足, 又選擇天
현 가 자　입 이 위 천 자　천 자 립　이 기 력 위 미 족　우 선 택 천

下之賢可者, 置立之以爲三公[6]. 天子三公旣以[7]立, 以天下
하 지 현 가 자　치 립 지 이 위 삼 공　천 자 삼 공 기 이 립　이 천 하

爲博大, 遠國異土之民, 是非利害之辯, 不可一二而明知.
위 박 대　원 국 이 토 지 민　시 비 리 해 지 변　불 가 일 이 이 명 지

故畫[8]分萬國, 立諸侯國君. 諸侯國君旣以立, 以其力爲未
고 획 분 만 국　입 제 후 국 군　제 후 국 군 기 이 립　이 기 력 위 미

足, 又選擇其國之賢可者, 置立之以爲正長.
족　우 선 택 기 국 지 현 가 자　치 립 지 이 위 정 장

4 虖(호)-호(乎)와 같은 조사. 5 正長(정장)-우두머리, 지도자. 정(正)은 정(政)으로 된 판본도 있으나 서로 통하는 글자임. 6 三公(삼공)-천자를 보좌하는 가장 높은 대신 세 사람. 주(周)나라 관제(官制)에서는 태사(太師)·태부(太傅)·태보(太保)의 세 사람. 7 旣以(기이)-이(以)는 이(已)와 통하여, '이미'. 8 畫(획)-구획(區劃).

사람들은 제각기 이해관계가 다르므로 현명한 지도자의 다스림이 필요하다. 여기서는 일반 백성들의 지도자로부터 제후들 및 나라의 삼공과 천자에 이르는 정치적인 질서를 설명하고 있다. 지도자나 제후들 및 삼공·천자 같은 정치적인 계층은 세상을 잘 다스리기 위하여 필연적으로 생겨난 합리적인 것이라는 것이다. 이것은 「상동편」의 서론이며 사람들이 정치를 하며 살아가는 사회가 이루어진 근원을 논한 것이라 보아도 좋을 것이다.

2-1 지도자들이 이미 갖추어진 다음에 천자가 천하의 백성들에게 정치명령을 내리어 말하였다.

'착한 것과 착하지 않은 것을 들으면 모두 그것을 그의 윗사람에게 고하라. 윗사람이 옳다고 여기는 것은 반드시 모두가 그것을 옳다고 여기며, 그르다고 여기는 것은 반드시 모두가 그것을 그르다고 여겨야 한다. 윗사람에게 허물이 있으면 바로 거기에 대하여 올바르게 알려 주고, 아래에 훌륭한 사람이 있으면 곧 그를 찾아 추천한다. 윗사람과 함께하면서 아랫사람끼리 패거리를 이루지 않는 사람은 곧 윗사람이 상줄 사람이며 아랫사람들이 칭찬할 사람인 것이다. 만약 착한 것과 착하지 않은 것에 대하여 들어 알고도 그것을 그의 윗사람에게 알리지 않으며, 윗사람이 옳다고 여기는 것을 옳게 여기지 않고, 윗사람이 그르다고 여기는 것을 그르다고 여기지 않으며, 윗사람에게 허물이 있어도 올바른 것을 알려 주지 못하고, 아랫사람 중에 훌륭한 이가 있어도 찾아 추천하지 못하며, 아랫사람들끼리 패거리를 이루면서 윗사람과 함께하지

못하는 사람은 곧 윗사람이 처벌할 대상이며, 백성들이 비난해야
할 사람인 것이다.'

　윗사람은 이렇게 함으로써 상과 벌을 주는 일을 매우 밝게 살피
어 빈틈없고 확실해야만 한다.

正長旣已具, 天子發政於天下之百姓, 言曰, 聞善而不
정 장 기 이 구　　천 자 발 정 어 천 하 지 백 성　　언 왈　　문 선 이 불

善¹, 皆以故其上. 上之所是, 必皆是之, 所非, 必皆非之.
선　개 이 고 기 상　　상 지 소 시　　필 개 시 지　　소 비　　필 개 비 지

上有過則規諫²之, 下有善則傍薦³之. 上同⁴而不下比⁵者,
상 유 과 즉 규 간 지　　하 유 선 즉 방 천 지　　　상 동 이 불 하 비 자

此上之所賞而下之所譽也. 意若聞善而不善, 不以告其上,
차 상 지 소 상 이 하 지 소 예 야　　의 약 문 선 이 불 선　　불 이 고 기 상

上之所是, 弗能是, 上之所非, 弗能非, 上有過, 弗規諫,
상 지 소 시　　불 능 시　　상 지 소 비　　불 능 비　　상 유 과　　불 규 간

下有善, 弗傍薦, 下比不能上同者, 此上之所罰, 而百姓
하 유 선　　불 방 천　　하 비 불 능 상 동 자　　차 상 지 소 벌　　이 백 성

所毀也.
소 훼 야

上以此爲賞罰, 甚明察以審信⁶.
상 이 차 위 상 벌　　심 명 찰 이 심 신

1 聞善而不善(문선이불선)―이곳의 이(而)는 여(與)의 뜻(王引之 說), 곧 '…
과…'. 2 規諫(규간)―올바로 간하는 것. 3 傍薦(방천)―방(傍)은 방(訪)과 통
하여(孫詒讓 說), '찾아내어 추천하는 것'. 4 上同(상동)―윗사람과 한마음 한
뜻으로 함께 행동하는 것. 5 下比(하비)―아랫사람끼리 친하게 어울리어 붕
당(朋黨)을 이루는 것. 6 審信(심신)―자세히 빈틈없게 하고 신용 있게 확실
히 하는 것.

2-2 그러므로 이장(里長)이 된 사람은 마을에서 가장 어진
사람이어야 한다. 이장은 마을의 백성들에게 다스리는

명령을 이렇게 내린다.

'착한 것과 착하지 않은 것을 들으면 반드시 그것을 향장에게 고하라. 향장이 옳다고 여기는 것은 반드시 모두가 그것을 옳다고 여기며, 향장이 그르다고 여기는 것은 반드시 모두가 그것을 그르다고 여겨야 한다. 그대의 착하지 않은 말을 버리고 향장의 착한 말을 본뜰 것이며, 그대의 착하지 못한 행동을 버리고 향장의 착한 행동을 본떠야 한다.'

그러면 고을을 무슨 이유로 어지럽게 할 수 있겠는가? 고을이 다스려지는 까닭을 살펴보면 무엇이 있는가? 향장이 오직 고을 전체의 뜻을 통일할 수 있기 때문에, 그래서 고을이 다스려지는 것이다.

是故里⁷長者, 里之仁人也. 里長 發政里之百姓, 言曰,
시 고 리 장 자   이 지 인 인 야   이 장   발 정 리 지 백 성   언 왈

聞善而不善, 必以告其鄉長. 鄉長之所是, 必皆是之, 鄉
문 선 이 불 선   필 이 고 기 향 장   향 장 지 소 시   필 개 시 지   향

長之所非, 必皆非之. 去若不善言, 學鄉長之善言, 去若
장 지 소 비   필 개 비 지   거 약 불 선 언   학 향 장 지 선 언   거 약

不善行, 學鄉長之善行.
불 선 행   학 향 장 지 선 행

則鄉何說以亂哉? 察鄉之所治者, 何也? 鄉長唯能壹同
즉 향 하 설 이 난 재   찰 향 지 소 치 자   하 야   향 장 유 능 일 동

鄉之義, 是以鄉治也.
향 지 의   시 이 향 치 야

7 里(리)-마을. 동리.

2-3 향장이 된 사람은 고을에서 가장 어진 사람이어야 한다. 향장은 고을의 백성들에게 다스리는 명령을 이렇

게 내린다.

　'착한 것과 착하지 못한 것을 들은 사람은 반드시 그것을 임금에게 알리어라. 임금이 옳다고 여기는 것은 반드시 모두가 그것을 옳다고 여기고, 임금이 그르다고 하는 것은 반드시 모두가 그것을 그르다고 해야 한다. 그대의 착하지 못한 말을 버리고 임금의 착한 말을 본뜰 것이며, 그대의 착하지 못한 행동을 버리고 임금의 착한 행동을 본떠야 한다.'

　그러면 나라는 무슨 이유로 어지럽힐 수가 있겠는가? 나라가 다스려지는 까닭을 살펴보면 무엇이 있는가? 임금이 오직 나라 전체의 뜻을 통일할 수 있기 때문에 그래서 나라가 다스려지는 것이다.

鄉[8]長者, 鄉之仁人也. 鄉長發政鄉之百姓, 言曰, 聞善
향 장 자　향 지 인 인 야　향 장 발 정 향 지 백 성　언 왈　문 선

而不善者, 必以告國君. 國君之所是. 必皆是之, 國君之
이 불 선 자　필 이 고 국 군　국 군 지 소 시　필 개 시 지　국 군 지

所非, 必皆非之. 去若不善言, 學國君之善言, 去若[9]不善
소 비　필 개 비 지　거 약 불 선 언　학 국 군 지 선 언　거 약 불 선

行, 學國君之善行.
행　학 국 군 지 선 행

則國何說以亂哉? 察國之所以治者, 何也? 國君唯能壹
즉 국 하 설 이 란 재　찰 국 지 소 이 치 자　하 야　국 군 유 능 일

同國之義, 是以國治也.
동 국 지 의　시 이 국 치 야

8 鄉(향) – 고을. 여러 개의 마을이 모여 한 고을을 이룬다. 9 若(약) – 너. 그대.

2-4 나라의 임금이 된 사람은 나라에서 가장 어진 사람이어야 한다. 임금이 나라의 백성들에게 다스리는 명령

을 이렇게 내린다.

'착한 것과 착하지 않은 것을 들으면 반드시 그것을 천자에게 고한다. 천자가 옳다고 여기는 것은 모두가 그것을 옳다고 여기고, 천자가 그르다고 여기는 것은 모두가 그것을 그르다고 여겨야 한다. 그대의 착하지 않은 말을 버리고 천자의 착한 말을 본뜨며, 그대의 착하지 않은 행동을 버리고 천자의 착한 행동을 본떠야 한다.'

그러면 천하는 무슨 이유로 어지럽힐 수가 있겠는가? 천하가 다스려지는 까닭을 살펴보면, 어째서인가? 천자가 오직 온 천하의 뜻을 통일할 수 있기 때문에 그래서 천하가 다스려지는 것이다.

國君者, 國之仁人也. 國君發政國之百姓, 言曰, 聞善而
국 군 자 국 지 인 인 야 국 군 발 정 국 지 백 성 언 왈 문 선 이

不善. 必以告天子. 天子之所是, 皆是之, 天子之所非, 皆
불 선 필 이 고 천 자 천 자 지 소 시 개 시 지 천 자 지 소 비 개

非之. 去若不善言, 學天子之善言, 去若不善行, 學天子
비 지 거 약 불 선 언 학 천 자 지 선 언 거 약 불 선 행 학 천 자

之善行.
지 선 행

則天下何說以亂哉? 察天下之所以治者, 何也? 天子唯
즉 천 하 하 설 이 란 재 찰 천 하 지 소 이 치 자 하 야 천 자 유

能壹同¹⁰ 天下之義, 是以天下治也.
능 일 동 천 하 지 의 시 이 천 하 치 야

10 壹同(일동)－통일. 모두 같게 하는 것.

🐚

「상동편」은 천자를 정점으로 한 정치의 계층을 인정하는 한편, 대단히 전제적인 절대적 통일을 주장한다. 그러나 지배자들이

현명한 사람들로 채워지기 때문에 그 전제적인 통일은 백성들과 나라를 위하는 방향으로 이루어진다는 것이다.

3 천하의 백성들은 모두 천자는 높이 받들며 따르지만 하늘은 높이 받들며 따르지 아니하므로 재난이 아직도 없어지지 않고 있는 것이다. 지금도 폭풍이나 심한 비가 자주 불어오고 있는 것은 백성들이 하늘을 높이고 따르지 않는 것을 하늘이 벌하려는 때문인 것이다. 그러므로 묵자는 다음과 같은 말을 하였다.

'옛날에 성왕들은 다섯 가지 형벌을 제정하여 그의 백성들을 다스렸다. 비유를 들면, 실타래에 실마리가 있고, 그물에 줄이 있는 것과 같은 것이다. 천하의 윗사람을 높이 받들며 따르려 하지 않는 백성들을 아울러 단속하기 위한 것이었다.'

天下之百姓, 皆上同^{1}於天子, 而不上同於天, 則菑^{2}猶未
천하지백성 개상동어천자 이불상동어천 즉재유미

去也. 今若夫飄風^{3}苦雨^4, 溱溱^{5}而至者, 此天之所以罰. 百
거야 금약부표풍 고우 진진 이지자 차천지소이벌 백

姓之不上同於天者也.
성지불상동어천자야

是故子墨子言曰 : 古者聖王, 爲五刑^{6}以治其民. 譬若絲
시고자묵자언왈 고자성왕 위오형 이치기민 비약사

縷之有紀, 罔罟^{7}之有網. 所以連收天下之百姓不尙同其上
루지유기 망고 지유망 소이련수천하지백성불상동기상

者也.
자야

---

1 上同(상동) — 제목인 상동(尙同)과 같은 말. '높이며 함께 따르는 것'. 2 菑(재) — 재(災)와 통하여, '재난', '재해'. 3 飄風(표풍) — 폭풍, 태풍. 4 苦雨(고

우)-오래 오는 심한 비. **5** 潒潒(진진)-자주 닥치는 모양. **6** 五刑(오형)-옛날 중국의 대표적인 다섯 가지 체형(體刑), 곧 문신을 하는 묵형(墨刑). 코 베는 형벌[劓], 다리 자르는 형벌[剕], 불알 까는 형벌[宮], 사형[大辟]. **7** 罔罟(망고)-그물.

묵자의 하늘에 대한 신앙은 뒤의 「천지편(天志篇)」에 자세하다. 하늘의 뜻을 받들어 천자가 천하를 다스린다는 것은 유가들의 천명사상(天命思想)과 흡사하다. 그리고 천재(天災)나 이변(異變)을 하늘이 사람들의 그릇된 행동에 대하여 내리는 천벌이라 생각한 점도, 사람의 도와 하늘의 도는 통하는 것이라고 주장한 유가의 기본사상과 어느 정도 비슷하다. 그러나 이러한 천벌을 바탕으로 하여 통치자들의 형벌을 합리화시키고 있는 점은 묵자의 하늘에 대한 신앙이 옛날의 미신적인 입장을 벗어나지 못하고 있는 듯한 느낌을 준다. 『순자(荀子)』의 천론편(天論篇)에서 사람과 하늘, 또는 자연의 분계(分界)를 명확히 긋고 있는 것을 아울러 생각할 때 묵자의 이러한 사상은 「천지편(天志篇)」과 함께 현대인의 공명을 얻기 어려운 약점이라고 하겠다.

12.

상동편 尚同篇(中)

앞 상편의 내용을 대체적으로 부연하고 있다.

1-1 묵자가 말하였다.

"지금 백성들이 처음 생겨나서 우두머리가 없었던 옛날로 되돌아갔다고 하자. 그러면 다음과 같이 될 것이다.

세상 사람들은 모두 뜻이 달라서 한 사람이 한 가지 뜻을 가지고 있어, 열 명이면 열 가지 뜻, 백 명이면 백 가지 뜻이 있게 되고, 사람들의 수가 많이 불어날수록 이른바 뜻이라는 것도 많이 불어나게 된다. 그래서 사람들은 자기의 뜻은 옳다고 여기고, 남의 뜻은 그르다고 하여 서로가 상대방을 비난하게 될 것이다. 안으로는 아버지와 아들이나 형제들까지도 서로 원수가 되어 모두 떨어져나가려는 마음을 갖게 될 것이니 서로 화합할 수가 없을 것이다. 심지어는 남는 힘이 있어도 버려두고 서로 돕지 않을 것이며,

좋은 길을 숨겨 두고 서로 가르쳐 주지 않을 것이며, 남는 재물이 썩어빠져도 서로 나누어 주지를 않을 것이다. 세상은 어지럽게 되어 심지어는 새나 짐승들의 세상같이 될 것이다. 임금과 신하, 윗사람과 아랫사람, 나이 많은 이와 적은 이의 예절과 부자와 형제의 예의가 없어지게 될 것이니, 그래서 세상은 어지러워지는 것이다."

子墨子曰 : 方今之時, 復¹古之民始生, 未有正長之時,
자 묵 자 왈　방 금 지 시　복 고 지 민 시 생　미 유 정 장 지 시

蓋其語曰 :
개 기 어 왈

天下之人異義, 是以一人一義, 十人十義, 百人百義, 其
천 하 지 인 이 의　시 이 일 인 일 의　십 인 십 의　백 인 백 의　기

人數玆衆², 其所謂義者亦玆衆. 是以人是其義, 而非人之
인 수 자 중　기 소 위 의 자 역 자 중　시 이 인 시 기 의　이 비 인 지

義, 故相交非也. 內之父子兄弟作怨讐, 皆有離散之心,
의　고 상 교 비 야　내 지 부 자 형 제 작 원 수　개 유 리 산 지 심

不能相和合. 至乎有餘力, 不以相勞, 隱匿良道, 不以相
불 능 상 화 합　지 호 유 여 력　불 이 상 로　은 특 량 도　불 이 상

敎, 腐朽³餘財, 不以相分. 天下之亂也. 至如禽獸然, 無
교　부 후 여 재　불 이 상 분　천 하 지 란 야　지 여 금 수 연　무

君臣上下長幼之節, 父子兄弟之禮, 是以天下亂焉.
군 신 상 하 장 유 지 절　부 자 형 제 지 례　시 이 천 하 란 언

1 復(복)-옛 시절로 '되돌아가는 것'. **2** 玆衆(자중)-자(玆)는 자(滋)와 통하여, 많이 불어나는 것. **3** 腐朽(부후)-썩는 것.

백성들에게 우두머리가 없어서 천하의 뜻을 하나로 같아지게 할 수 없음으로 천하가 어지러워진다는 것이 밝혀졌다. 그래서 천하의 현명하고 훌륭하고 덕이 많고 지식 있고

분별 있고 지혜 있는 사람을 골라서 천자로 세워 천하의 뜻이 하나가 되도록 하는 일에 종사하도록 하였다.

천자가 이미 섰으나 오직 그의 귀와 눈이 실지로 보고 듣는 데 한계가 있어서 홀로는 천하의 뜻을 하나가 되도록 하지 못한다. 그러므로 천하에서 뛰어나고 반듯하고 현명하고 훌륭하고 덕이 많고 지식 있고 분별 있고 지혜 있는 사람을 두루 골라 그를 삼공(三公)의 자리에 앉히고, 함께 천하의 뜻을 하나가 되도록 하는 일에 종사한다.

천자와 삼공이 이미 자리에 앉았으나, 천하는 넓고 커서 산림 속이나 먼 고장에 있는 백성들까지도 하나가 되도록 하는 수가 없다. 그러므로 천하를 여러 개로 나누어 여러 제후와 임금을 두어 그 나라의 뜻을 하나가 되도록 하는 일에 종사하게 한다.

제후들이 이미 섰으나 또 그들의 귀와 눈이 실지로 듣고 보는 데에 한계가 있으므로 그 나라의 뜻을 하나가 되도록 하지 못한다. 그러므로 그 나라의 현명한 사람들을 골라서 공(公)·경(卿)·대부(大夫) 자리에 앉히고 멀리는 시골 마을에 이르기까지도 우두머리를 두어 그들과 함께 그 나라의 뜻을 하나가 되도록 하는 일에 종사하게 한다.

明乎民之無正長, 以一同天下之義, 而天下亂也. 是故
명호민지무정장   이일동천하지의   이천하란야   시고

選擇天下賢良聖知辯慧之人, 立以爲天子, 使從事乎一同
선택천하현량성지변혜지인   입이위천자   사종사호일동

天下之義.
천하지의

天子旣以立矣, 以爲唯其耳目之請[4], 不能獨一同天下之
천자기이립의   이위유기이목지청   불능독일동천하지

義. 是故選擇天下贊閱⁵賢良聖知辯慧之人, 置以爲三公,
의　시 고 선 택 천 하 찬 열　현 량 성 지 변 혜 지 인　　치 이 위 삼 공

與從事乎一同天下之義.
여 종 사 호 일 동 천 하 지 의

天子三公旣立矣, 以爲天下博大, 山林遠土之民, 不可
천 자 삼 공 기 립 의　　이 위 천 하 박 대　　산 림 원 토 지 민　　불 가

得而一也. 是故靡分⁶天下, 設以爲萬諸侯國君, 使從事乎
득 이 일 야　시 고 미 분　천 하　설 이 위 만 제 후 국 군　　사 종 사 호

一同其國之義.
일 동 기 국 지 의

國君旣已立矣, 又以爲唯其耳目之請, 不能一同其國之
국 군 기 이 립 의　우 이 위 유 기 이 목 지 청　　불 능 일 동 기 국 지

義. 是故擇其國之賢者, 置以爲左右將軍⁷大夫, 以遠至乎
의　시 고 택 기 국 지 현 자　치 이 위 좌 우 장 군　대 부　　이 원 지 호

鄕里之長, 與從事乎一同其國之義.
향 리 지 장　여 종 사 호 일 동 기 국 지 의

4 請(청)－정(情)의 잘못으로(『墨子閒詁』), 실정. 귀와 눈이 실지로 보고 들을
수 있는 한계를 가리킴. **5** 贊閱(찬열)－찬(贊)은 진(進), 열(閱)은 간(簡)과 뜻
이 통하여, 남보다 뛰어난 사람과 몸가짐이 반듯한 사람. **6** 靡分(미분)－여
러 개로 나누는 것. **7** 將軍(장군)－경(卿)의 지위를 가리킴(『墨子閒詁』).

1-3 천하의 제후라는 임금과 백성들의 우두머리가 이미 결
정된 다음에는 천자는 정책을 발표하고 가르침을 펴게
된다.

그것은 착한 것을 보고 들은 것은 반드시 모두 그것을 임금에게
보고하며, 착하지 않은 것을 보고 들은 것도 역시 모두 임금에게
보고하라. 임금이 옳다고 하는 것은 반드시 따라서 옳다고 하고,
임금이 비난하는 것은 반드시 따라서 그것을 비난해야 한다. 자기
에게 착한 것이 있으면 널리 그것을 알리고, 임금에게 잘못이 있
으면 올바른 것을 알려 주어야 한다. 그의 임금을 잘 받들고 뜻을

같이하되 아랫사람들과 패거리를 이루려는 마음을 지녀서는 안
된다는 것이다. 임금이 그렇게 하는 이를 알면 그에게 상을 주고,
만백성들은 그에 대하여 들으면 칭송하게 되어야 한다.

　만약 착한 것을 보고 듣고도 그것을 임금에게 보고하지 않거나,
착하지 않은 것을 보고 듣고도 역시 그것을 임금에게 보고하지 않
으며, 임금이 옳다고 하는 것을 옳다고 하지 않거나 임금이 비난
하는 것을 비난하지 않으며, 자기에게 착한 것이 있어도 널리 알
리지 못하거나 임금에게 잘못이 있는데도 올바른 것을 알리지 못
하며, 아랫사람들과 패거리를 이루어가지고 그의 임금을 비난하
는 자가 있다 하자. 임금은 그러한 자를 알면 곧 그를 처벌하고,
만백성들은 그러한 자의 행동을 들으면 그를 비난하고 공격하게
될 것이다.

　그러므로 옛날 성왕들은 형벌을 시행하고 상과 명예를 내려주
는 데 있어서는 매우 밝게 살피고 잘 믿을 수 있도록 하였다. 그래
서 천하의 사람들은 모두 임금의 상과 영예를 받으려 하고 임금의
형벌을 두려워하게 되는 것이다.

天下諸侯之君, 民之正長旣已定矣, 天子爲發政施敎.
천하제후지군　민지정장기이정의　천자위발정시교

曰：凡聞見善者, 必以告其上, 聞見不善者, 亦必以告
왈　범문견선자　필이고기상　문견불선자　역필이고

其上. 上之所是, 必亦是之, 上之所非, 必亦非之. 己有
기상　상지소시　필역시지　상지소비　필역비지　기유

善, 傍薦[8]之, 上有過, 規諫之. 尙同義[9]其上, 而毋有下比[10]
선　방천지　상유과　규간지　상동의기상　이무유하비

之心. 上得則賞之, 萬民聞則譽之.
지심　상득즉상지　만민문즉예지

意若聞見善, 不以告其上, 聞見不善, 亦不以告其上, 上
의약문견선　불이고기상　문견불선　역불이고기상　상

之所是，不能是，上之所非，不能非. 己有善，不能傍薦
지 소 시　불 능 시　상 지 소 비　불 능 비　기 유 선　불 능 방 천

之，上有過，不能規諫之. 下比而非其上者，上得則誅罰
지　상 유 과　불 능 규 간 지　하 비 이 비 기 상 자　상 득 즉 주 벌

之，萬民聞則非毀11之.
지　만 민 문 즉 비 훼　지

故古者聖王之爲刑政賞譽也，甚明察以審信. 是以舉天
고 고 자 성 왕 지 위 형 정 상 예 야　심 명 찰 이 심 신　시 이 거 천

下之人，皆欲得上之賞譽，而畏上之毀罰.
하 지 인　개 욕 득 상 지 상 예　이 외 상 지 훼 벌

8 傍薦(방천) – 널리 알려 모두가 따르게 하는 것.　**9** 義(의) – 호(乎)의 잘못(『墨子閒詁』).　**10** 下比(하비) – 아랫사람들과 사사로이 친하게 지내는 것.　**11** 毀(훼) – 비난하다. 공격하다.

여기서는 사람들이 천자를 세우고, 천자는 다시 대신과 제후를 비롯하여 마을의 이장(里長)에 이르는 여러 우두머리들을 임명하게 되는 이유를 설명하고, 또 그들과 같이 어떻게 정치를 할 것인가를 설명하고 있다. 묵자에 의하면, 온 천하가 우두머리들을 존경하면서 하나가 되어야만 한다는 것이다. 사람들이 임금이나 윗사람들과 뜻이 맞지 않으면 나라의 혼란이 생긴다는 것이다.

2-1 그러므로 이장(里長)은 천자의 정책을 따라서 그 마을의 뜻을 하나가 되게 한다. 이장이 그의 마을의 뜻을 하나가 되게 한 뒤에는, 그 마을의 백성을 거느리고서 향장(鄕長)을 높이 받들며 뜻이 하나가 된다.

그래서 마을의 백성들은 모두 향장을 높이 받들고 뜻이 하나가

되어 감히 아랫사람들끼리 패거리를 이루지 않는다는 것이다. 향장이 옳다고 하는 것은 반드시 그들도 그것을 옳다 하고, 향장이 그르다고 하는 것은 반드시 그들도 그것을 그르다고 한다. 그들의 착하지 않은 점을 버리고, 말은 향장의 착한 말을 배우며, 그들의 착하지 않은 점을 버리고, 행실은 향장의 착한 행실을 배우게 된다. 향장은 본시가 그 고장의 현명한 사람이다. 온 고장의 사람들이 향장을 본뜬다면, 그 고장이 어찌 다스려지지 않을 수 있겠는가? 향장이 그 고장을 다스리는 방법을 살펴보면 무엇을 사용하고 있는가? 그것은 오직 그가 그의 고장의 뜻을 하나로 만드는 것뿐이다. 그래서 그 고장은 다스려지는 것이다.

是故里長, 順天子政, 而一同其里之義. 里長旣同其里
시고리장 순천자정 이일동기리지의 이장기동기리

之義, 率其里之萬民, 以尙同乎鄕長.
지의 솔기리지만민 이상동호향장

日 : 凡里之萬民, 皆尙同乎鄕長, 而不敢下比. 鄕長之
왈 범리지만민 개상동호향장 이불감하비 향장지

所是, 必亦是之, 鄕長之所非, 必亦非之. 去而不善, 言學
소시 필역시지 향장지소비 필역비지 거이불선 언학

鄕長之善言, 去而不善, 行學鄕長之善行. 鄕長固鄕之賢
향장지선언 거이불선 행학향장지선행 향장고향지현

者也. 擧鄕人以法鄕長, 夫鄕何說而不治哉? 察鄕長之所
자야 거향인이법향장 부향하설이불치재 찰향장지소

以治鄕者, 何故之以也? 日 : 唯以其能一同其鄕之義. 是
이치향자 하고지이야 왈 유이기능일동기향지의 시

以鄕治.
이향치

2-2 향장은 그의 고장을 다스리는데, 그 고장을 잘 다스리게 된 뒤에는 또 그 고장의 만백성들을 거느리고 임금

을 잘 받들고 뜻이 하나가 되게 한다.

곧 모든 고장의 백성들이 모두 임금을 숭상하고 뜻이 하나가 되며 감히 아랫사람들과 패거리를 이루지 않게 된다. 임금이 옳다고 하는 것은 그들도 그것을 옳다 하고, 임금이 그르다고 하는 것은 그들도 그것을 그르다고 한다. 그들의 착하지 않은 점은 버리고 말은 임금의 착한 말을 배우며, 그들의 착하지 않은 점은 버리고 행실은 임금의 착한 행실을 배운다. 임금이란 본시가 나라의 현명한 사람이다. 온 나라 사람들이 임금을 본뜬다면 그 나라가 어찌 다스려지지 않을 수 있겠는가? 임금이 정치를 하여 나라를 잘 다스리는 방법을 살펴보면 무엇이 있는가? 그것은 다만 그 나라의 뜻을 하나가 되게 하는 것뿐이다. 그래서 나라는 다스려지게 되는 것이다.

鄉長治其鄉, 而鄉既已治矣, 有率其鄉萬民, 以向同乎
향 장 치 기 향　　이 향 기 이 치 의　　유 솔 기 향 만 민　　이 상 동 호

國君. 曰：凡鄉之萬民, 皆上同乎國君, 而不敢下比. 國
국 군　　왈　　범 향 지 만 민,　개 상 동 호 국 군,　이 불 감 하 비.　　국

君之所是, 必亦是之. 國君之所非, 必亦非之. 去而不善,
군 지 소 시,　필 역 시 지.　국 군 지 소 비,　필 역 비 지.　거 이 불 선,

言學國君之善言, 去而不善, 行學國君之善行. 國君固國
언 학 국 군 지 선 언,　거 이 불 선,　행 학 국 군 지 선 행.　국 군 고 국

之賢者也. 擧國人以法國君, 夫國何說而不治哉？ 察國君
지 현 자 야.　거 국 인 이 법 국 군,　부 국 하 설 이 불 치 재？　찰 국 군

之所以治國而國治者, 何故之以也？ 曰：唯以其能一同其
지 소 이 치 국 이 국 치 자,　하 고 지 이 야？　왈　유 이 기 능 일 동 기

國之義. 是以國治.
국 지 의　　시 이 국 치

2-3 임금이 그의 나라를 다스리어 나라가 잘 다스려지게 된 뒤에는 그 나라의 만백성들을 거느리고서 천자를

잘 받들고 뜻이 하나가 되게 한다.

　곧 모든 나라의 만백성들이 천자를 잘 받들고 뜻이 하나가 되어 감히 아랫사람들과 패거리를 이루는 일이 없게 된다. 천자가 옳다고 하는 것은 반드시 그들도 그것을 옳다고 하고, 천자가 그르다고 하는 것은 반드시 그들도 그것을 그르다고 한다. 착하지 않은 점은 버리고 말은 천자의 착한 말을 배우며, 착하지 않은 점은 버리고 행실은 천자의 착한 행실을 배운다. 천자란 본시가 천하의 어진 사람이다. 온 천하의 만백성들이 천자를 본뜨게 된다면 천하가 어찌 다스려지지 않을 수 있겠는가? 천자가 천하를 다스리는 방법을 살펴보면 무엇을 사용하고 있는가? 다만 그것은 천하의 뜻을 하나로 만드는 것뿐이다. 그래서 천하가 다스려지는 것이다.

國君治其國, 而國既已治矣, 有率其國之萬民, 以尙同
국 군 치 기 국　이 국 기 이 치 의　유 솔 기 국 지 만 민　이 상 동

乎天子. 曰 : 凡國之萬民, 上同乎天子, 而不敢下比. 天
호 천 자　왈　범 국 지 만 민　상 동 호 천 자　이 불 감 하 비　천

子之所是, 必亦是之, 天子之所非, 必亦非之. 去而不善,
자 지 소 시　필 역 시 지　천 자 지 소 비　필 역 비 지　거 이 불 선

言學天子之善言, 去而不善, 行學天子之善行. 天子者固
언 학 천 자 지 선 언　거 이 불 선　행 학 천 자 지 선 행　천 자 자 고

天下之仁人也. 擧天下之萬民, 以法天子, 夫天下何說而
천 하 지 인 인 야　거 천 하 지 만 민　이 법 천 자　부 천 하 하 설 이

不治哉? 察天子之所以治天下者, 何故之以也? 曰 : 唯以
불 치 재　찰 천 자 지 소 이 치 천 하 자　하 고 지 이 야　왈　유 이

其能一同天下之義. 是以天下治.
기 능 일 동 천 하 지 의　시 이 천 하 치

2-4　그러나 천자에 대하여는 잘 받들고 뜻을 하나로 하면서도 하늘에 대하여는 잘 받들고 뜻을 하나로 하지 못

하면 곧 하늘의 재앙이 끊이지 않게 될 것이다. 그러므로 하늘이 추위와 더위를 계절에 맞지 않게 하고, 눈과 서리, 비와 이슬이 제철에 맞지 않게 내리게 하며, 오곡이 제대로 익지 않고, 가축들이 제대로 자라지 않으며, 질병과 전염병이 만연하고, 회오리바람과 소나기가 심하게 내리도록 만드는 것은 하늘이 내리는 벌인 것이다. 아랫사람들이 하늘에 대하여 숭상하고 뜻을 하나로 하지 않는 것을 벌 주려는 것이다.

夫旣尙同乎天子, 而未上同乎天者, 則天菑¹將猶未止
부 기 상 동 호 천 자   이 미 상 동 호 천 자   즉 천 재   장 유 미 지

也. 故當若天降寒熱不節, 雪霜雨露不時, 五穀不孰, 六
야   고 당 약 천 강 한 열 부 절   설 상 우 로 불 시   오 곡 불 숙   육

畜²不遂³, 疾菑戾疫⁴, 飄風苦雨荐臻⁵而至者, 此天之降罰
축 불 수   질 재 려 역   표 풍 고 우 천 진 이 지 자   차 천 지 강 벌

也. 將以罰下人之不尙同乎天者也.
야   장 이 벌 하 인 지 불 상 동 호 천 자 야

1 菑(재)-재(災)와 같은 자로, 재난. 재앙. 2 六畜(육축)-여러 가지 가축. 3
遂(수)-자라는 것. 4 戾疫(려역)-심한 역병. 5 荐臻(천진)-중한 것. 심한 것.

2-5 그러므로 옛날의 성왕들은 하늘과 귀신이 바라는 것을 밝혀주고, 하늘과 귀신이 미워하는 것을 피함으로써 천하의 재해를 없애려 하였다. 그래서 천하의 만백성들을 거느리고 목욕재계한 다음 정결히 술과 단술과 젯밥과 제물을 장만한 후 하늘과 귀신에게 제사를 지냈다. 그들은 귀신을 섬김에 있어서 술과 단술과 젯밥과 제물은 감히 깨끗하지 않은 것이 없도록 하였고, 제물로 쓰는 소와 양은 감히 살찌지 않은 것을 사용하지 않았

으며, 제물로 바치는 구슬과 비단은 감히 규격에 맞지 않는 것이 없었다. 봄과 가을의 제사는 감히 시기를 놓치는 일이 없었고, 재판을 하는 일은 감히 적절히 처리되지 않는 게 없었고, 재물을 나누어 줌에 있어서는 감히 고르게 나누어 주지 않는 일이 없었고, 생활하는 곳에 대하여도 감히 태만히 하는 일이 없었다. 모두가 나라를 다스리는 우두머리 노릇을 그와 같이 하였다는 것이다.

故古者聖王, 明天鬼之所欲, 而避天鬼之所憎, 以求興
고 고 자 성 왕   명 천 귀 지 소 욕   이 피 천 귀 지 소 증   이 구 흥

天下之害. 是以率天下之萬民, 齊戒⁶沐浴, 潔爲酒醴粢
천 하 지 해   시 이 솔 천 하 지 만 민   재 계 목 욕   결 위 주 례 자

盛, 以祭祀天鬼. 其事鬼神也, 酒醴粢盛不敢不蠲潔⁷, 犧
성   이 제 사 천 귀   기 사 귀 신 야   주 례 자 성 불 감 불 견 결   희

牲不敢不腯肥⁸, 珪璧幣帛不敢不中度量. 春秋祭祀不敢失
생 불 감 불 둔 비   규 벽 폐 백 불 감 불 중 도 량   춘 추 제 사 불 감 실

時幾⁹, 聽獄不敢不中, 分財不敢不均, 居處不敢怠慢. 日
시 기   청 옥 불 감 부 중   분 재 불 감 불 균   거 처 불 감 태 만   왈

其爲政長若此.
기 위 정 장 약 차

6 齊戒(재계)—제(齊)는 재(齋)와 통용됨. 7 蠲潔(견결)—두 자 모두 '깨끗한 것', '정결한 것'. 8 腯肥(둔비)—살진 것. 9 時幾(시기)—기(幾)는 기(期)와 통함.

2-6 그러므로 위로는 하늘과 귀신이 그 나라를 다스리는 우두머리에게 매우 후하게 도와주고, 아래에서는 만백성들이 그 나라를 다스리는 우두머리를 편하고 이롭게 해주게 된다. 하늘과 귀신이 매우 후하게 도와주어 강력히 나라 다스리는

일을 처리하게 되면, 곧 하늘과 귀신이 내리는 복을 받을 수 있게 될 것이다. 만백성들이 편하고 이롭게 도와서 강력히 정사를 처리하게 되면, 곧 만백성들의 친애함을 받을 수 있게 될 것이다. 그들은 나라 다스리기를 이와 같이 하였던 것이다. 그리하여 꾀하는 일이 뜻대로 되고, 일을 시작하면 이루어지며, 성 안으로 들어와 지키면 튼튼하고, 나아가 정벌을 하면 승리하게 되는 것은 무슨 까닭이겠는가? 그것은 오직 윗사람을 받들고 뜻을 하나로 하여 나라를 다스렸기 때문인 것이다. 본시 옛날 성왕들의 정치는 이와 같았던 것이다.

是故上者天鬼有厚乎其爲政長也, 下者萬民有便利乎其
시 고 상 자 천 귀 유 후 호 기 위 정 장 야　　하 자 만 민 유 편 리 호 기

爲政長也. 天鬼之所深厚, 而能彊從事焉, 則天鬼之福可
위 정 장 야　　천 귀 지 소 심 후　　이 능 강 종 사 언　　즉 천 귀 지 복 가

得也. 萬民之所便利, 而能彊從事焉, 則萬民之親可得也.
득 야　　만 민 지 소 편 리　　이 능 강 종 사 언　　즉 만 민 지 친 가 득 야

其爲政若此. 是以謀事得, 舉事成, 入守固, 出誅勝者,
기 위 정 약 차　　시 이 모 사 득　　거 사 성　　입 수 고　　출 주 승 자

何故之以也? 曰 : 唯以尙同爲政者也. 故古者聖王之爲政
하 고 지 이 야　　왈　　유 이 상 동 위 정 자 야　　고 고 자 성 왕 지 위 정

若此.
약 차

　　여기서는 이장으로부터 천자에 이르는 우두머리들이 백성들의 뜻을 하나가 되게 하는 순서를 단계적으로 서술하고 있다. 그리고 끝으로 하늘과 귀신을 섬기는 일을 강조하고 있는 것은 묵자 사상의 종교적인 차원을 설명해 주는 것이다. 하늘과 귀신까지도 올바로 섬길 줄 알아야만 온 천하의 뜻을 하나가 되게 하는 일이 완

전하게 이루어진다는 것이다.

3-1 지금 천하의 사람들이 말한다.

'오늘날의 시대에도 천하의 우두머리들이 그대로 천하에서 없어지지 않고 있는데도 천하가 어지러운 까닭은 무엇 때문일까?'

묵자가 말하였다.

"오늘날의 시대에도 우두머리가 있지만 근본적으로 옛날과는 다르다. 비유를 들면, 마치 묘(苗)나라 임금에게 다섯 가지 형벌이 있는 것과 같다. 옛날에 성왕들은 다섯 가지 형벌을 제정하여 놓고서 천하를 다스렸다. 묘나라 임금이 다섯 가지 형벌을 제정하게 되자 천하가 어지러워졌다. 그러니 이것은 어찌 다섯 가지 형벌이 훌륭하지 않기 때문이겠는가? 형벌의 사용이 곧 좋지 못했기 때문인 것이다."

今天下之人曰：方今之時，天下之正長，猶未廢乎天下
금 천 하 지 인 왈　　방 금 지 시　　천 하 지 정 장　유 미 폐 호 천 하

也，而天下之所以亂者，何故之以也?
야　이 천 하 지 소 이 란 자　하 고 지 이 야

子墨子曰：方今之時之以正長，則本與古者異矣．譬之
자 묵 자 왈　　방 금 지 시 지 이 정 장　　즉 본 여 고 자 이 의　비 지

若有苗[1]之以五刑然．昔者，聖王制爲五刑，以治天下．逮
약 유 묘　지 이 오 형 연　석 자　　성 왕 제 위 오 형　　이 치 천 하　체

至有苗之制五刑，以亂天下，則此豈五刑不善哉? 用刑則
지 유 묘 지 제 오 형　이 란 천 하　즉 차 기 오 형 불 선 재　용 형 즉

不善也．
불 선 야

1 有苗(유묘)―묘나라를 다스리는 사람. 묘나라는 지금의 호북성(湖北省)과 호남성(湖南省) 근처에 있었으며, 순임금 때부터 명령에 따르지 않아 늘 골칫거리였다(『書經』 참조).

3-2 그리하여 옛 임금들의 책 『서경(書經)』의 여형(呂刑)에서는 말하기를,

'묘(苗)나라 백성은 착함을 따르지 않아 형벌로써 제재하였는데, 오직 다섯 가지 무서운 형벌을 만들어 놓고서 법이라고 말하였다.'

라고 하였다. 곧 이것은 형벌을 잘 사용하는 사람은 그것으로써 백성을 다스리고, 형벌을 잘 사용하지 못하는 사람은 그것으로써 다섯 가지 무서운 짓을 함을 말하는 것이다. 그러니 이것은 어찌 형벌이 좋지 않은 것이겠는가? 형벌의 사용이 좋지 못하여 그 때문에 마침내 다섯 가지 무서운 짓을 하게 된 것이다.

그리하여 옛 임금들의 책인 『서경』의 술령(術令)에서는 말하기를,

'오직 입은 좋은 결과를 내기도 하지만 전쟁을 일으키기도 한다.'

라고 하였다. 곧 이것은 입을 잘 사용하는 사람은 좋은 결과를 내지만, 입을 잘 사용하지 못하는 사람은 남을 모함하여 해치거나 내란이나 전쟁을 일으킴을 말하는 것이다. 그러니 이것은 어찌 입이 좋지 않은 것이겠는가? 입의 쓰임이 좋지 못하여 그 때문에 마침내 남을 모함하여 해치거나 내란이나 전쟁을 일으키게 되는 것이다.

그러므로 옛날에 우두머리를 둘 적에는 그들로서 백성들을 다스리기 위한 것이었다. 비유를 들면, 마치 실타래에 실마리가 있고

그물에 줄이 있는 거나 같아서, 그것으로써 천하의 난폭한 자들을
모두 거두어 가지고 천하의 뜻을 하나로 같게 만드는 것이다.

是以先王之書^2, 呂刑^{3}之道曰 : 苗民否用練^4, 折則刑,
시 이 선 왕 지 서　　려 형 지 도 왈　　묘 민 부 용 련　　절 즉 형

唯作五殺^{5}之刑曰法. 則此言, 善用刑者, 以治民, 不善用
유 작 오 살 지 형 왈 법　　즉 차 언　　선 용 형 자　　이 치 민　　불 선 용

刑者, 以爲五殺. 則此豈刑不善哉? 用刑則不善, 故遂以
형 자　　이 위 오 살　　즉 차 기 형 불 선 재　　용 형 즉 불 선　　고 수 이

爲五殺.
위 오 살

是以先王之書, 術令^{6}之道曰 : 唯口出好, 興戎^7. 則此
시 이 선 왕 지 서　　술 령 지 도 왈　　유 구 출 호　　흥 융　　즉 차

言, 善用口者出好, 不善用口者, 以爲讒賊^{8}寇^{9}戎. 則此豈
언　　선 용 구 자 출 호　　불 선 용 구 자　　이 위 참 적 구 융　　즉 차 기

口不善哉? 用口則不善也, 故遂以爲讒賊寇戎.
구 불 선 재　　용 구 즉 불 선 야　　고 수 이 위 참 적 구 용

故古者之置正長也, 將以治民也. 譬之若絲縷之有紀,
고 고 자 지 치 정 장 야　　장 이 치 민 야　　비 지 약 사 루 지 유 기

而罔罟之有網也, 將以運役^{10}天下淫暴而一同其義也.
이 망 고 지 유 망 야　　장 이 운 역　　천 하 음 폭 이 일 동 기 의 야

2 書(서)―『서경』. 3 呂刑(여형)―『서경』「주서(周書)」의 편명. 4 否用練(부용
련), 折則刑(절즉형)―『서경』을 보면 '부용련, 제이형(不用練, 制以刑)'으로 되
어 있는데, 부(否)와 불(不), 련(練)과 령(令), 절(折)과 제(制)는 음도 비슷하거
니와 뜻도 서로 통용되던 글자인 것 같다. 령(令)은 영(靈), 선(善)과 뜻이 통
하여 '선함', '착함'의 뜻. 5 五殺(오살)―『서경』에는 '오학(五虐)'으로 되어
있다. 오형(五刑)의 내용을 보면, 묘족의 것도 순임금의 오형과 같은데 '오학
지형(五虐之刑)'이라 한 것은 그것을 잘못 써서 포학한 형벌이 되었기 때문일
것이다. 6 術令(술령)―『서경』에는 '술령'이란 편명이 없으며, 이 구절은 대
우모(大禹謨)에 보이지만, 이는 『위고문(僞古文)』을 지을 때 「열명편(說命篇)」
의 글을 빌어다 쓴 것인 듯하다. 설(說)과 술(術)은 옛 음이 같았고, 명(命)과
령(令)은 뜻이 같으므로, 이는 '열명'을 달리 쓴 것인 듯하다(孫詒讓 說). 7

戎(융)-전쟁. **8** 讒賊(참적)-참해(讒害). 남을 모함하여 해치는 것. **9** 寇(구)-도적. 반란자. **10** 運役(운역)-이 말은 통하지 않는다. 이와 같은 구절이 상편 끝머리에도 나왔는데 운역(運役)이 연수(連收)로 되어 있다. '연수'는 모두 거두어 가두는 것.

ꕔ

여기에서는 형벌이나 우두머리 같은 제도는 쓰기를 잘해야 함을 설명한 것이다. 아무리 좋은 제도라도 잘못 쓰면 일을 그르치고 잘 쓰면 성공한다는 것이다. 따라서 훌륭한 우두머리를 둔다는 것은 형벌을 비롯한 여러 가지 제도를 올바로 운용하여 백성들을 잘 다스리려는 데 목적이 있다는 것이다.

4-1 그래서 옛날 훌륭한 임금의 문서인 오래된 글에 말하였다.

'나라를 세우고 도읍을 마련하고서 제후들을 임명하는 것은 교만하게 지내라는 것이 아니며, 경대부(卿大夫)와 우두머리들을 임명하는 것은 편안히 놀라는 것이 아니다. 오로지 직책을 나누어 맡아 세상을 고르게 다스리도록 하려는 것이었다.'

곧 이 말은 옛날 하나님과 귀신이 나라와 도읍을 건설하고 우두머리들을 세웠던 것은 그들에게 높은 벼슬을 주고 많은 봉급을 주어 부귀하게 놀며 편히 지내라는 조치가 아니라, 그렇게 함으로써 만백성들에게 유익하게 해주고 재해를 없애주며, 가난하고 외로운 사람들을 부귀하게 해주고 위태로운 것을 편안하게 하며, 어지러운 것을 다스려 주라는 것이었다. 본시 옛날 성왕들의 정치는 그렇게 하였던 것이다.

是以先王之書, 相年¹之道曰 : 夫建國設都, 乃作后王君公,
시 이 선 왕 지 서　상 년 지 도 왈　부 건 국 설 도　내 작 후 왕 군 공

否²用泰³也, 輕大夫⁴師長, 否用佚⁵也. 維辯⁶使治天下均.
비 용 태 야　경 대 부 사 장　비 용 일 야　유 변 사 치 천 하 균

則此語, 古者上帝鬼神之建設國都, 立正長也, 非高其
즉 차 어　고 자 상 제 귀 신 지 건 설 국 도　입 정 장 야　비 고 기

爵, 厚其祿, 富貴佚而錯⁷之也, 將以爲萬民興利除害, 富
작　후 기 록　부 귀 일 이 착 지 야　장 이 위 만 민 흥 리 제 해　부

貴貧寡, 安危治亂也. 故古者聖王之爲若此.
귀 빈 과　안 위 치 란 야　고 고 자 성 왕 지 위 약 차

---

1 相年(상년)－거년(拒年)으로 씀이 옳으며, 여러 해 된 옛날.　2 否(비)－비
(非)와 통하여, …이 아니다.　3 泰(태)－교만한 것.　4 輕大夫(경대부)－경(輕)
은 경(卿)의 잘못(『墨子閒詁』).　5 佚(일)－안일(安逸). 편안한 것.　6 辯(변)－분
(分)과 뜻이 통하여, 직책을 나누어 주는 것(『墨子閒詁』).　7 錯(착)－조(措)와
통하여, 조치하다.

4-2 지금 임금과 귀족들의 정치는 이와 반대이다. 정치를
아첨하는 자들과 종족과 부형과 친구들을 신하로 삼고
그들을 우두머리로 앉혀놓고 한다.

백성들은 임금이 우두머리를 임명하여 올바르지 않게 백성들을
다스림을 안다. 그래서 모두 자기네끼리만 패거리를 이루어 사실
을 숨기고 그 임금을 숭상하고 뜻을 같이 하려 들지 않는다. 그러
므로 위아래가 뜻이 같지 않게 된다.

만약 진실로 위아래의 뜻이 같지 않는다면 상과 명예로도 착한
일에 힘쓰게 하지 못하고 형벌로도 포악한 짓을 막을 수가 없게
된다. 무엇으로서 그러함을 아는가?

임금이 나서서 나라를 다스릴 때 백성들의 우두머리가 되어 상
줄 만한 사람이 있다면 내가 그에게 상을 주겠노라고 말할 것이다.

그러나 만약 정말로 위아래의 뜻이 같지 않다면 임금이 상 주는 사람에 대하여 민중들은 그를 비난하게 될 것이다. 그 사람은 민중들과 함께 살면서 민중들의 비난을 받는 것이니, 비록 임금의 상을 받게 된다 하더라도 그를 일에 힘쓰게 할 수가 없게 될 것이다.

今王公大人之爲政, 則反此. 政以爲便譬⁸宗於⁹父兄故舊,
금 왕 공 대 인 지 위 정   즉 반 차   정 이 위 편 비 종 어 부 형 고 구

以爲左右, 置以爲正長.
이 위 좌 우   치 이 위 정 장

民知上置正長之非正以治民也. 是以皆比周¹⁰隱匿¹¹, 而
민 지 상 치 정 장 지 비 정 이 치 민 야   시 이 개 비 주   은 닉   이

莫肯尙同其上. 是故上下不同義.
막 긍 상 동 기 상   시 고 상 하 부 동 의

若苟上下不同義, 賞譽不足以勸善, 而刑罰不足以沮暴.
약 구 상 하 부 동 의   상 예 부 족 이 권 선   이 형 벌 부 족 이 저 폭

何以知其然也?
하 이 지 기 연 야

曰 : 上唯毋¹²立而爲政乎國家, 爲民正長, 曰人可賞, 吾
왈   상 유 무   립 이 위 정 호 국 가   위 민 정 장   왈 인 가 상   오

將賞之. 若苟上下不同義, 上之所賞, 則衆之所非. 曰人
장 상 지   약 구 상 하 부 동 의   상 지 소 상   즉 중 지 소 비   왈 인

衆與處於衆得非, 則是雖使得上之賞, 未足以勸乎.
중 여 처 어 중 득 비   즉 시 수 사 득 상 지 상   미 족 이 권 호

8 便譬(편비)－비(譬)는 폐(嬖)와 통하여, 교묘히 잘 보이며 아첨하는 것. 9 宗於(종어)－종족(宗族)의 잘못인 듯(『墨子閒詁』). 10 比周(비주)－나쁜 자들끼리 서로 친하게 어울리는 것. 11 隱匿(은닉)－나쁜 짓을 감추는 것. 12 唯毋(유무)－모두 뜻이 별로 없는 조사임.

4-3 임금이 나서서 나라를 다스릴 때 백성들의 우두머리가 되어 벌을 줄 만한 사람이 있다면 내가 그에게 벌을 주

겠노라고 말할 것이다. 그러나 만약 진실로 위아래의 뜻이 같지 않다면 임금이 벌 주는 사람에 대하여 민중들은 칭찬을 하게 될 것이다. 그 사람은 민중들과 함께 살면서 민중의 칭찬을 받는 것이니 비록 임금의 벌을 받게 된다 하더라도 그의 행동을 막을 수가 없을 것이다.

만약 나서서 나라의 정치를 맡아 백성들의 우두머리가 되어가지고도, 상을 주면서 사람들을 착한 일에 힘쓰도록 하지 못하고 형벌을 가지고도 포악한 행동을 막지 못한다면 곧 전에 내가 말한 백성들이 처음 생겨나서 우두머리가 아직 없었을 적이나 같은 것이 아니겠는가? 만약 우두머리가 있을 때나 우두머리가 없을 때나 똑같다면, 곧 이것은 백성들을 다스리어 민중을 하나로 이끄는 방도가 아닌 것이다.

上唯毋立而爲政乎國家, 爲民正長, 曰人可罰, 吾將罰
상유무립이위정호국가 위민정장 왈인가벌 오장벌

之. 若苟上下不同義, 上之所罰, 則衆之所譽. 曰人衆與
지 약구상하부동의 상지소벌 즉중지소예 왈인중여

處於衆得譽, 則是雖使得上之罰, 未足以沮乎.
처어중득예 즉시수사득상지벌 미족이저호

若立而爲政乎國家, 爲民正長, 賞譽不足以勸善, 而刑
약립이위정호국가 위민정장 상예부족이권선 이형

罰不沮暴, 則是不與鄉[13]吾本言民始生, 未有正長之時, 同
벌부저폭 즉시불여향 오본언민시생 미유정장지시 동

乎? 若有正長與無正長之時同, 則此非所以治民一衆之
호 약유정장여무정장지시동 즉차비소이치민일중지

道.
도

13 鄉(향) - 향(向)과 통하여, 전에. 앞에서.

여기서는 현명한 사람을 올바로 등용하여야만 위아래가 모두 하나로 뜻이 합쳐질 수 있음을 강조하고 있다. 백성들이 임금과 뜻이 합쳐지지 못하면 임금이 아무리 후한 상을 주고 엄한 형벌을 내려도 백성들을 올바른 길로 이끌 수가 없게 된다는 것이다.

5-1 그러므로 옛날 성왕은 오직 잘 살피어 위를 숭상하고 뜻이 같아지게 함으로써 우두머리 노릇을 하였다. 그러므로 위아래의 감정이 서로 통하였다. 위에서는 일을 감추고도 이익을 끼쳐주어 아래서는 그것을 받고서 이익이 됨을 안다. 백성들에게 쌓인 원한이나 오래 이어지는 재해가 있으면 위에서는 그것을 알아차리고 해결해 준다.

그래서 수천만 리 밖에서 착한 일을 행한 사람이 있다면, 그 집안사람들도 모두 알지 못하고 그 고을 사람들도 모두 듣지 못했을 적에 천자는 그것을 알고서 그에게 상을 내린다. 수천만 리 밖에서 착하지 않은 짓을 한 사람이 있다면, 그 집안사람들도 모두 알지 못하고 그 고을 사람들도 모두 듣지 못했어도 천자는 그것을 알고서 그를 벌준다. 그래서 온 천하의 사람들이 모두 두려워서 벌벌 떨며 지나치게 포악한 짓을 감히 못하고, 천자의 보고 들으심이 신령스럽다 할 것이다.

故古者聖王, 唯而審以尙同, 以爲正長. 是故上下情請[1]
고 고 자 성 왕   유 이 심 이 상 동   이 위 정 장   시 고 상 하 정 청

爲通. 上有隱事遺利, 下得而利之. 下有蓄怨積害, 上得
위통   상유은사유리   하득이리지   하유축원적해   상득

而除之.
이제지

是以數千萬里之外, 有爲善者, 其室人未徧知, 鄕里未
시이수천만리지외   유위선자   기실인미편지   향리미

徧聞, 天子得而賞之. 數千萬里之外, 有爲不善者, 其室
편문   천자득이상지   수천만리지외   유위불선자   기실

人未徧知, 鄕里未徧聞, 天子得而罰之. 是以擧天下之人,
인미편지   향리미편문   천자득이벌지   시이거천하지인

皆恐懼振動惕慄², 不敢爲淫暴, 曰 : 天子之視聽也神.
개공구진동척률   불감위음폭   왈   천자지시청야신

1 請(청)－잘못 끼어든 글자인 듯하다(『墨子閒詁』).   2 惕慄(척률)－두려워서
몸을 떠는 것.

5-2 옛 훌륭한 임금님 말씀에 이르기를,
'그것은 신령스러운 게 아니다. 다만 사람들의 귀와
눈을 잘 부리어 자기가 보고 듣는 것을 돕게 하며, 사람들의 입을
부리어 자기의 말을 돕게 하고, 사람들의 마음을 부리어 자기의
생각을 돕게 하며, 사람들의 팔다리를 부리어 자기의 움직임을 돕
도록 하기 때문이다.'
라고 하였다. 그가 보고 듣는 것을 돕는 사람이 많으면 곧 그가 듣
고 보는 거리가 멀어지게 된다. 그의 말을 돕는 사람이 많으면 곧
그의 어루만져 주는 덕 있는 목소리가 널리 펴지게 된다. 그의 생
각을 돕는 사람이 많으면 그가 일을 꾀하고 헤아리는 것이 더욱
빨라진다. 그의 움직임을 돕는 사람이 많으면 곧 그가 하는 일이
빠르게 이루어진다.
그러므로 옛날 성인들이 일을 완성시키고 공을 이룩하여 후세

에까지 이름을 남기게 되는 까닭은 바로 다른 까닭이나 다른 조건들 때문이 아니었다. 오직 윗사람을 받들고 뜻을 같이함으로써 정치를 할 수 있었기 때문이었다.

先王之言曰：非神也. 夫唯能使人之耳目, 助己視聽, 使
선 왕 지 언 왈　비 신 야　부 유 능 사 인 지 이 목　조 기 시 청　사

人之吻³, 助己言談, 使人之心, 助己思慮, 使人之股肱⁴,
인 지 문　조 기 언 담　사 인 지 심　조 기 사 려　사 인 지 고 굉

助己動作. 助之視聽者衆, 則其所聞見者遠矣. 助之言談
조 기 동 작　조 지 시 청 자 중　즉 기 소 문 견 자 원 의　조 지 언 담

者衆, 則其德音⁵之所撫循⁶者博矣. 助之思慮者衆, 則其談⁷
자 중　즉 기 덕 음 지 소 무 순 자 박 의　조 지 사 려 자 중　즉 기 담

謀度速得矣. 助之動作者衆, 卽其擧事速成矣.
모 도 속 득 의　조 지 동 작 자 중　즉 기 거 사 속 성 의

故古者聖人之所以濟事成功, 垂名於後世者, 無他故異
고 고 자 성 인 지 소 이 제 사 성 공　수 명 어 후 세 자　무 타 고 이

物焉. 曰唯能以尙同爲政者也.
물 언　왈 유 능 이 상 동 위 정 자 야

3 吻(문)―본시는 입술의 뜻. 4 股肱(고굉)―다리와 팔. 5 德音(덕음)―덕 있는 말. 6 撫循(무순)―어루만지며 위로하여 주는 것. 7 談(담)―잘못 끼어든 글자인 듯하다(『墨子閒詁』).

5-3 그래서 옛 훌륭한 임금의 문서인 『시경(詩經)』 주송(周頌)에 말하기를,

'처음으로 천자님을 뵙고

그분의 법도 요청하네.'

라고 한 것은 바로 그것을 말한다.

　옛날 여러 나라 제후들은 봄가을로 천자의 궁전으로 찾아가서

천자의 엄한 가르침을 받고서 물러나 나라를 다스렸는데, 정치를 행함에 있어서 감히 복종치 않는 일이 없었다. 이러한 시대에는 본시 감히 천자님의 가르침을 어지럽히는 자가 있을 수가 없었다. 『시경』에 읊기를,

　　'내 말은 갈기 검은 흰말,

　　이를 모는 여섯 고삐 윤기 나네.

　　달리고 달려와서

　　일 두루 묻고 헤아리네.'

라 했고 또 읊기를,

　　'내 말은 검푸른 색

　　이를 모는 여섯 고삐 가지런하네.

　　달리고 달려와서

　　일 두루 묻고 꾀하네.'

라고 한 것은 곧 이것을 노래한 것이다.

　옛날 여러 나라 제후들은 착한 것과 착하지 않은 것을 듣고 보면 모두 달려와서 천자에게 아뢰었다. 그래서 상은 현명한 사람에게 돌아가고 벌은 포악한 자가 받게 되며, 죄 없는 사람을 죽이지 않고 죄 있는 사람을 놓치지 않게 되는 것이다. 곧 이것이 윗사람을 받들고 뜻을 같이한 결과인 것이다.

是以先王之書, 周頌[8]之道之曰 :
시 이 선 왕 지 서　주 송　지 도 지 왈

載[9]來見彼王, 聿[10]求厥章[11].
재 래 견 피 왕　율　구 궐 장

則此語.
즉 차 어

古者國君諸侯之以春秋來朝聘天子之廷, 受天子之嚴敎,
고 자 국 군 제 후 지 이 춘 추 래 조 빙 천 자 지 정　수 천 자 지 엄 교

退而治國, 政之所加, 莫敢不賓[12]. 當此之時, 本無有敢紛[13]
퇴 이 치 국　정 지 소 가　막 감 불 빈　당 차 지 시　본 무 유 감 분

天子之敎者. 詩曰[14]:
천 자 지 교 자　시 왈

我馬維駱[15], 六轡[16]沃若[17].
아 마 유 락　육 비　옥 약

載馳載[18]驅, 周爰[19]咨度[20].
재 치 재 구　주 원　자 탁

又曰[21]:
우 왈

我馬維騏[22], 六轡若絲[23].
아 마 유 기　육 비 약 사

載馳載驅, 周爰咨謀.
재 치 재 구　주 원 자 모

卽此語也.
즉 차 어 야

古者國君諸侯之聞見善與不善也, 皆馳驅以告天子. 是以
고 자 국 군 제 후 지 문 견 선 여 불 선 야　개 치 구 이 고 천 자　시 이

賞當賢, 罰當暴, 不殺不辜[24], 不失有罪. 則此尙同之功也.
상 당 현　벌 당 폭　불 살 불 고　부 실 유 죄　즉 차 상 동 지 공 야

8 周頌(주송) —『시경(詩經)』 주송(周頌) 재현(載見)편에 보이는 구절. 9 載 (재) — 처음. 비로소. 10 聿(율) — 조사. 曰(왈)로 된 판본도 있으나 같음. 11 章(장) — 법도. 예의제도. 12 賓(빈) — 복종하는 것. 13 紛(분) — 어지럽히다. 14 詩曰(시왈) —『시경』소아(小雅) 황황자화(皇皇者華)편에 보이는 구절. 15 駱(락) — 검은 말갈기를 지닌 흰말. 16 六轡(육비) — 사마(四馬)가 이끄는 수레 를 모는 여섯 줄의 고삐. 17 沃若(옥약) — 윤기가 나는 모양. 18 載(재) — 조 사. 19 爰(원) — 조사. 20 咨度(자탁) — 정사에 대하여 묻고 헤아리는 것. 21 又曰(우왈) — 역시 황황자화편에 보이는 구절. 22 騏(기) — 검푸른 털빛을 지 닌 말. 23 若絲(약사) — 길쌈할 때 베틀의 실처럼 가지런하다는 뜻. 24 不辜 (불고) — 죄 없는 사람.

5-4 그래서 묵자가 말하였다.

"지금 천하의 임금과 귀족과 군자들이 진실로 그들의

나라를 부유하게 하고, 그들의 인민을 불어나게 하고, 정치와 형벌을 옳게 다스리며, 그들의 나라를 안정시키려고 한다면 마땅히 윗사람을 받들고 뜻을 같이 하는 일에 대하여 살피지 않아서는 안될 것이다. 이것이 정치의 근본이 되는 것이다."

是故子墨子曰 : 今天下之王公大人士君子, 請²⁵將欲富其
시고자묵자왈　금천하지왕공대인사군자　청　장욕부기

國家, 衆其人民, 治其刑政, 定其社稷, 當若尙同之不可不
국가　중기인민　치기형정　정기사직　당약상동지불가불

察. 此爲政之本²⁶也.
찰　차위정지본　야

25 請(청)—성(誠)과 통하여, '진실로'. **26** 此爲政之本(차위정지본)—본시 '위정(爲政)' 두 자가 들어 있지 않았으나, 청(淸)나라 필원(畢沅)의 교정에 따라 고쳐 놓았다.

온 나라의 위아래가 뜻이 하나가 되어야 하는데, 그러기 위해서는 윗자리에 있는 임금이 올바로 처신하여 아랫사람들의 본보기가 되어야 한다는 것이다. '뜻을 같이 한다'는 말에 '윗사람을 받든다.'는 말을 하나 더 편명으로 붙여놓은 것도 그 때문일 것이다.

墨 子

13.
상동편 尚同篇(下)

여기서도 앞 상편·중편에 이어 통치자를 중심으로
백성들의 뜻을 하나가 되게 하여 나라를 잘 다스리는 법을 해
설하고 있다.

1 묵자가 말하였다.
"지혜 있는 사람이 일을 함에 있어서는 반드시 나라와 백
성들이 다스려지는 까닭을 헤아리어 일을 하고, 반드시 나라와 백
성들이 어지러워지는 까닭을 헤아리어 그것을 피하여야 한다.

그러면 나라와 백성들이 다스려지는 까닭을 헤아린다는 것은
무엇을 말하는가? 윗사람이 정치를 할 적에 아랫사람들의 사정을
잘 알고 있으면 다스려지고, 아랫사람들의 사정을 잘 알지 못하면
곧 어지러워진다. 무엇으로써 그러한 것을 알 수 있는가?

윗사람이 정치를 할 적에 아랫사람들의 실정을 잘 안다는 것은

곧 백성들이 착하고 착하지 않음에 밝은 것을 뜻한다. 만약 진실로 백성들의 착하고 착하지 않음에 밝다면 곧 착한 사람을 찾아내어 그에게 상을 주고 포악한 자들을 찾아내어 그에게 벌을 주게 된다. 착한 사람들이 상을 받고 포악한 자들이 벌을 받으면 곧 나라는 반드시 다스려질 것이다."

윗사람이 정치를 함에 있어서 아랫사람들의 실정을 잘 알지 못한다는 것은 곧 백성들의 착하고 착하지 않음에 밝지 못함을 뜻한다. 만약 진실로 백성들의 착하고 착하지 않음에 밝지 못하다면 곧 착한 사람을 찾아내어 그에게 상을 주지 못하고 포악한 자들을 찾아내어 그에게 벌을 주지 못하게 된다. 착한 사람이 상을 받지 못하고 포악한 자들이 벌을 받지 않는다면 그런 정치를 하여 보았자 나라의 백성들은 반드시 어지러워질 것이다.

그러므로 상과 벌을 줌에 있어서 아랫사람들의 실정을 잘 알지 않아서는 안되는 것이니 이것은 잘 살피지 않을 수가 없는 것이다. 그런데 아랫사람들의 실정을 헤아리어 잘 알자면 어떻게 하면 되겠는가? 거기에 대하여 묵자가 말하였다.

"오직 윗사람을 받들고 뜻을 같이하며 한 가지 뜻으로 정치를 하면 되는 것이다."

子墨子言曰 : 知者之事, 必計國家百姓所以治者而爲之,
자 묵 자 언 왈   지 자 지 사   필 계 국 가 백 성 소 이 치 자 이 위 지

必計國家百姓之所以亂者而辟[1]之. 然計國家百姓之所以
필 계 국 가 백 성 지 소 이 란 자 이 피 지   연 계 국 가 백 성 지 소 이

治者, 何也? 上之爲政, 得下之情則治, 不得下之情則亂.
치 자   하 야   상 지 위 정   득 하 지 정 즉 치   부 득 하 지 정 즉 란

何以知其然也?
하 이 지 기 연 야

上之爲政, 得下之情², 則是明於民之善非也. 若苟明於
상 지 위 정　　득 하 지 정　　즉 시 명 어 민 지 선 비 야　　약 구 명 어

民之善非也, 則得善人而賞之, 得暴人而罰之也. 善人賞
민 지 선 비 야　　즉 득 선 인 이 상 지　　득 포 인 이 벌 지 야　　선 인 상

而暴人罰, 則國必治.
이 포 인 벌　　즉 국 필 치

上之爲政也, 不得下之情, 則是不明於民之善非也. 若
상 지 위 정 야　　부 득 하 지 정　　즉 시 불 명 어 민 지 선 비 야　　약

苟不明於民之善非, 則是不得善人而賞之, 不得暴人而罰
구 불 명 어 민 지 선 비　　즉 시 부 득 선 인 이 상 지　　부 득 포 인 이 벌

之. 善人不賞, 而暴人不罰, 爲政若此, 國衆必亂.
지　　선 인 불 상　　이 포 인 불 벌　　위 정 약 차　　국 중 필 란

故賞罰³不得下之情, 不可而不察者也. 然計得下之情, 將
고 상 벌 부 득 하 지 정　　불 가 이 불 찰 자 야　　연 계 득 하 지 정　　장

奈何可? 故子墨子曰 : 唯能以尙同, 一義爲政, 然後可矣.
내 하 가　　고 자 묵 자 왈　　유 능 이 상 동　　일 의 위 정　　연 후 가 의

1 辟(피) – 피(避)하는 것. 2 情(정) – 사정. 3 故賞罰(고상벌) – 보통 판본에는
벌(罰)자가 들어 있지 않으나 『묵자한고(墨子閒詁)』를 참조하여 고쳤다.

　　정치란 나라와 백성들의 이익을 따져 해나가야 한다. 나라와
백성들의 이익을 따지자면 백성들의 실정을 잘 알아서 상과 벌을
올바로 주어야 한다. 그리고 이러한 시상과 형벌이 올바로 행해지
기 위하여는 훌륭한 동지자를 받들며 따라야 한다는 것이다.

2-1 무엇으로써 윗사람을 받들고 뜻을 같이 하여 한 뜻을
이루면 천하의 정치를 잘할 수 있게 된다는 것을 아는
가? 그런데 어째서 옛날의 정치를 잘 살피고 참고하여 정치를 하
는 이론으로 삼지 않는가?

옛날 하늘이 처음으로 백성들을 생겨나게 하여 아직도 우두머리가 없었을 적에는 백성들은 모두 자기만을 위하였다. 만약 정말로 백성들이 모두 자기만을 위한다면 어떻게 되겠는가? 곧 한 사람이 있다면 한 가지 뜻, 열 사람이 있다면 열 가지 뜻, 백 명이 있다면 백 가지 뜻, 천 명이 있다면 천 가지 뜻이 있게 될 것이며, 사람의 수가 이루 헤아릴 수도 없을 만큼 되면 곧 그 이른바 뜻이라는 것도 역시 이루 다 헤아릴 수가 없게 될 것이다. 그래서 모두 자기의 뜻은 옳다 하고 남의 뜻은 그르다고 하게 된다. 그러므로 심한 자는 목숨을 걸고 싸우고, 심하지 않은 자도 다투는 일이 흔하게 된다. 따라서 천하에서는 천하의 뜻을 하나가 되게 하려는 것이다. 그래서 현명한 사람을 골라 세워 천자로 삼은 것이다.

何以知尙同一義之可而爲政於天下也? 然⁴胡不審稽古
하 이 지 상 동 일 의 지 가 이 위 정 어 천 하 야   연   호 불 심 계 고

之治爲政之說乎?
지 치 위 정 지 설 호

古者天之始生民, 未有正長也, 百姓爲人⁵. 若苟百姓爲
고 자 천 지 시 생 민   미 유 정 장 야   백 성 위 인   약 구 백 성 위

人? 是一人一義, 十人十義, 百人百義, 千人千義. 逮至人
인   시 일 인 일 의   십 인 십 의   백 인 백 의   천 인 천 의   체 지 인

之衆, 不可勝計也, 則其所謂義者, 亦不可勝計. 此皆是
지 중   불 가 승 계 야   즉 기 소 위 의 자   역 불 가 승 계   차 개 시

其義, 而非人之義. 是以厚者有鬪, 而薄者有爭. 是故天
기 의   이 비 인 지 의   시 이 후 자 유 투   이 박 자 유 쟁   시 고 천

下之欲同一天下之義也. 是故選擇賢者, 立爲天子.
하 지 욕 동 일 천 하 지 의 야   시 고 선 택 현 자   입 위 천 자

4 然(연)—즉(則)과 비슷한 뜻으로 쓰이고 있다. 5 爲人(위인)—사람으로서의 자기 욕구만을 위하는 것.

2-2 천자는 그의 지혜와 힘이 홀로 천하를 다스리기에 충분하지 못하다. 그래서 그 다음 가는 사람을 골라서 삼공(三公)으로 세운 것이다. 삼공은 또 그의 지혜와 힘이 홀로 천자를 보좌하기에는 충분치 못하다. 그래서 여러 나라를 나누어 놓고 제후를 세운 것이다. 제후는 또 그의 지혜와 힘이 홀로 그의 나라 사방 안을 다스리기에 충분치 못하다. 그래서 그의 다음 가는 사람을 골라 세워 경(卿)과 재상을 삼은 것이다. 경과 재상은 또 그의 지혜와 힘이 홀로 그의 임금을 보좌하기에 충분하지 못하다. 그래서 그 다음 가는 사람을 골라 세워 향장(鄕長)과 집안 어른으로 삼은 것이다.

그러므로 천자가 삼공과 제후와 경과 재상과 향장과 집안 어른을 세웠던 것은, 특히 부귀를 누리며 편히 놀며 먹으라고 그들을 택하였던 것이 아니라 어지러움을 다스리고 나라와 법을 다스리는 일을 도우라는 뜻에서였다. 따라서 옛날에 나라를 세우고 도읍을 마련한 후 여러 제후들을 세우고 경사(卿士)와 우두머리들로 하여금 그를 받들게 하였는데, 이것은 그렇게 함으로써 그들을 편안히 지내게 해주려는 것이 아니었다. 오직 일을 나누어 맡기어 천하를 밝게 다스리는 데 도움을 주도록 하기 위해서였다.

天子以其力爲未足獨治天下. 是以選擇其次, 立爲三公.
천자이기력위미족독치천하　　　시이선택기차,　입위삼공

三公又以其知力爲未足獨左右⁶天子也, 是以分國建諸侯.
삼공우이기지력위미족독좌우　천자야　　시이분국건제후

諸侯又以其知力爲未足獨治其四境之內也. 是以選擇其
제후우이기지력위미족독치기사경지내야　　시이선택기

次, 立爲卿之宰. 卿之宰⁷又以其知力爲未足獨左右其君
차,　입위경지재.　경지재　우이기지력위미족독좌우기군

也. 是以選擇其次, 立而爲鄕長家君.
야.　시이선택기차,　입이위향장가군

是故古者天子之立三公諸侯卿之宰鄉長家君, 非特富貴
시고고자천자지립삼공제후경지재향장가군　비특부귀

游佚而擇之也, 將使助治亂⁸刑政也. 故古者建國設都, 乃
유일이택지야　장사조치란　형정야　고고자건국설도　내

立后王君公, 奉以卿士師長, 此非欲用說⁹也. 唯辯¹⁰而使
립후왕군공　봉이경사사장　차비욕용설야　유변　이사

助治天明也.
조치천명야

6 左右(좌우) – 보좌하다. 돕다. 좌우(佐佑)와 같은 뜻으로 보아도 좋다. **7** 卿
之宰(경지재) – 지(之)는 여(與)와 같은 뜻으로(『墨子閒詁』), 경(卿)과 재상. **8** 治
亂(치란) – 억지로 번역은 하였으나 이 란(亂)자는 잘못 끼어든 듯하다(『墨子閒
詁』). **9** 用說(용설) – 설(說)은 일(逸)의 잘못인 듯하다(『墨子閒詁』). 편히 지내
게 해주는 것. **10** 辯(변) – 분(分)과 통하여, 직책을 나누어 맡기는 것.

2-3 지금에 이르러서는 어째서 사람들의 윗자리에 앉아 있
으면서도 그 아랫사람들을 다스리지 못하고, 남의 아
랫자리에 있으면서도 그의 윗사람을 섬기지 못하게 되었는가? 곧
그것은 위아래 사람들이 서로 해치려 하기 때문이다. 무슨 까닭으
로 그렇게 되었는가? 곧 뜻이 같지 않기 때문이다.

만약 진실로 뜻이 같지 않은 자들이 무리를 이루면, 임금이 그
러한 사람을 착하다 하여 상을 주려 하면 비록 그 사람으로 하여
금 임금의 상을 받게 할 수는 있어도 그는 백성들의 비난을 피하
려 할 것이다. 그래서 착한 일을 한사람도 더 착한 일에 힘쓰게 하
지 못하고 상만 공연히 주어지게 될 것이다. 임금이 그런 사람을
포악하다고 해서 그에게 벌을 줄 때 그 사람이 비록 임금의 벌을
받는다 하더라도 그는 백성들의 칭찬을 생각할 것이다. 그래서 포
악한 행동을 하는 것도 반드시 막을 수가 없게 될 것이며 벌만 공

연히 주어지게 될 것이다. 그러므로 임금이 상을 준다고 해도 착한 일을 힘쓰게 하기엔 부족하고, 처벌을 한다 하더라도 포악한 짓을 막기엔 부족하게 된다. 이것은 무슨 까닭으로 그렇게 되는 것인가? 곧 뜻이 같지 않기 때문이다.

今此何爲人上而不能治其下，爲人下而不能事其上？則
금 차 하 위 인 상 이 불 능 치 기 하　위 인 하 이 불 능 사 기 상　즉

是上下相賊也. 何故以然？則義不同也.
시 상 하 상 적 야　하 고 이 연　즉 의 불 동 야

若苟義不同者有黨，上以若人爲善，將賞之，若人唯使[11]
약 구 의 불 동 자 유 당　상 이 약 인 위 선　장 상 지　약 인 유 사

得上之賞，而辟[12]百姓之毁. 是以爲善者，未必可使勸，見
득 상 지 상　이 피 백 성 지 훼　시 이 위 선 자　미 필 가 사 권　견

有賞也. 上以若人爲暴，將罰之，若人唯使得上之罰，而
유 상 야　상 이 약 인 위 폭　장 벌 지　약 인 유 사 득 상 지 벌　이

懷百姓之譽. 是以爲暴者，必未可使沮，見有罰也. 故計
회 백 성 지 예　시 이 위 폭 자　필 미 가 사 저　견 유 벌 야　고 계

上之賞譽，不足以勸善. 計其毁罰，不足以沮暴. 此何故
상 지 상 예　부 족 이 권 선　계 기 훼 벌　부 족 이 저 폭　차 하 고

以然？則義不同也.
이 연　즉 의 불 동 야

11 唯使(유사)－유(唯)는 수(雖)자와 통하여(『墨子閒詁』), '비록 …을 하게 해도'의 뜻. **12** 辟(피)－피(避)와 통함.

여기서도 윗사람을 받들고 뜻을 같이하여 온 천하가 같은 뜻을 갖게 되어야 함을 강조하고 있다. 다만 이 대목의 글귀들은 이미 앞 중편에 비슷한 말이 보였다.

3-1 그렇다면 천하의 뜻을 하나로 같게 하려면 어떻게 하여야 되는가?

묵자가 말하였다.

"그러면 어째서 집안의 우두머리에게 다음과 같은 법과 명령을 내리도록 하여 보지 않는가? 곧,

'만약 집안을 사랑하고 이롭게 하는 사람을 보면 반드시 그것을 알려주고, 만약 집안을 미워하고 해치는 사람을 보더라도 역시 반드시 그것을 알리도록 하라.'

는 것이다. 만약 집안을 사랑하고 이롭게 벌 하는 사람을 보고서 그것을 알려 준다면, 그것은 또한 집안을 사랑하고 이롭게 하는 사람이나 같은 것이다. 위에서는 그것을 알게 되면 그에게 상을 주고, 여러 사람들은 그것을 들으면 칭찬해 준다. 만약 그 집안을 미워하고 해치는 것을 보고도 그것을 알리지 않는다면 그것은 또한 집안을 미워하고 해치는 자나 같은 것이다. 위에서는 그것을 알면 그에게 벌을 주고, 여러 사람들은 그것을 들으면 비난을 한다."

그래서 모든 그 집안사람들은 누구나 그들 윗어른의 상을 받으려 하고 형벌은 피하게 된다. 그래서 착한 것도 알려주고, 착하지 않은 것도 알려주게 된다. 집안의 우두머리는 착한 사람이 있으면 그에게 상을 주고, 포악한 사람이 있으면 그에게 벌을 준다. 착한 사람은 상을 받고 포악한 사람은 벌을 받는다면, 곧 그 집안은 반드시 다스려질 것이다. 그러니 그 집안이 다스려지는 까닭을 헤아려 보면 무엇 때문이겠는가? 오직 윗사람을 받들고 뜻을 같이 하여 뜻을 하나로 하여 다스리기 때문인 것이다.

然則欲同一天下之義, 將奈何可? 故子墨子言曰：然胡
연즉 욕동 일천하지 의   장 내하가   고자묵자언왈   연호

不賞[1]使家君[2], 試用家君發憲布令其家?
불 상 사 가 군　시 용 가 군 발 헌 포 령 기 가

曰：若見愛利家者, 必以告, 若見惡賊家者, 亦必以告.
왈　약 견 애 리 가 자　필 이 고　약 견 오 적 가 자　역 필 이 고

若見愛利家以告, 亦猶愛利家者也. 上得且賞之, 衆聞則
약 견 애 리 가 이 고　역 유 애 리 가 자 야　상 득 차 상 지　중 문 즉

譽之. 若見惡賊家不以告, 亦猶惡賊家者也. 上得且罰之,
예 지　약 견 오 적 가 불 이 고　역 유 오 적 가 자 야　상 득 차 벌 지

衆聞則非之.
중 문 즉 비 지

是以徧若家之人, 皆欲得其長上之賞譽, 辟其毀罰. 是
시 이 편 약 가 지 인　개 욕 득 기 장 상 지 상 예　피 기 훼 벌　시

以善言之, 不善言之. 家君得善人而賞之, 得暴人而罰之.
이 선 언 지　불 선 언 지　가 군 득 선 인 이 상 지　득 폭 인 이 벌 지

善人之賞, 而暴人之罰, 則家必治矣. 然計若家之所以治
선 인 지 상　이 폭 인 지 벌　즉 가 필 치 의　연 계 약 가 지 소 이 치

者, 何也? 唯以尙同一義爲政故也.
자　하 야　유 이 상 동 일 의 위 정 고 야

---

1 不賞(불상)－상(賞)은 상(譽)으로 씀이 옳으며(『墨子閒詁』), '일찍이 … 하지 않다'의 뜻. **2** 使家君(사가군)－뒤에 다시 '가군(家君)'이란 말이 겹쳐 나오는 것으로 보아 이 세 글자는 잘못 끼어든 것인 듯하다(『墨子閒詁』).

3-2 집안이 이미 다스려졌다면, 나라 다스리는 법도 여기에 다 드러나 있는 것인가? 그것으로는 불충분하다. 나라에는 집안의 수가 매우 많다. 그래서 그의 집안은 옳다 하고 남의 집안은 비난할 수도 있는 것이다. 따라서 심한 자는 혼란을 일으키고, 덜 심한 자라도 남과 다투게 된다. 그러므로 또 집안의 우두머리로 하여금 그의 집안의 뜻을 모두 모아서 임금을 받들고 뜻을 같이하게 하는 것이다.

임금도 역시 나라의 백성들에게 다음과 같은 법령을 반포한다.

'만약 나라를 사랑하고 이롭게 하는 사람을 보거든 반드시 그 것을 알려주고, 만약 나라를 미워하고 해치는 자를 보아도 역시 반드시 그것을 알려주어라.' 만약 나라를 사랑하고 이롭게 하는 것을 보고서 그것을 알려준다면, 그것도 역시 나라를 사랑하고 이롭게 하는 것과 같은 것이다. 임금이 그것을 알면 그에게 상을 내리고, 여러 사람들은 듣고서 그를 칭찬한다. 만약 나라를 미워하고 해치는 것을 보고서도 그것을 고하지 않는다면, 그것도 역시 나라를 미워하고 해치는 것과 같은 것이다. 임금은 그것을 알면 그에게 벌을 내리고, 여러 사람들은 듣고서 그를 비난한다.

그래서 모든 그 나라 사람들은 누구나 그들 윗어른의 상을 받고 싶어하고 형벌은 피하게 된다. 그래서 백성들은 착한 것을 보면 그것을 알려주고, 착하지 않은 것을 보아도 그것을 알려주게 된다. 임금은 착한 사람을 알게 되면 그에게 상을 주고, 포악한 사람을 알게 되면 그에게 벌을 내린다. 착한 사람은 상을 받고 포악한 사람은 벌을 받게 된다면 그 나라는 반드시 다스려질 것이다. 그러니 그 나라가 다스려지는 까닭을 헤아려보면 어째서인가? 오직 윗사람을 받들고 뜻을 같이하여 한 가지 뜻이 되어 가지고 정치를 하기 때문이다.

家旣已治, 國之道盡此已邪? 則未也. 國之爲家, 數也甚
가 기 이 치 국 지 도 진 차 이 야 즉 미 야 국 지 위 가 수 야 심

多. 此皆是其家, 而非人之家. 是以厚者有亂, 而薄者有
다 차 개 시 기 가 이 비 인 지 가 시 이 후 자 유 란 이 박 자 유

爭. 故又使家君, 總其家之義, 以尙同於國君.
쟁 고 우 사 가 군 총 기 가 지 의 이 상 동 어 국 군

國君亦爲發憲布令於國之衆曰：若見愛利國者, 必以告,
국 군 역 위 발 헌 포 령 어 국 지 중 왈 약 견 애 리 국 자 필 이 고

若見惡賊國者, 亦必以告. 若見愛利國以告者, 亦猶愛利
약 견 오 적 국 자 역 필 이 고 약 견 애 리 국 이 고 자 역 유 애 리

國者也. 上得且賞之, 衆聞則譽之. 若見惡賊國, 不以告
국 자 야　　상 득 차 상 지　　중 문 즉 예 지　　약 견 오 적 국　　불 이 고

者, 亦猶惡賊國者也. 上得且罰之, 衆聞則非之.
자　　역 유 오 적 국 자 야　　상 득 차 벌 지　　중 문 즉 비 지

是以徧若國之人, 皆欲得其長上之賞譽, 避其毁罰. 是
시 이 편 약 국 지 인　　개 욕 득 기 장 상 지 상 예　　피 기 훼 벌　　시

以民見善者言之, 見不善者言之. 國君得善人而賞之, 得
이 민 견 선 자 언 지　　견 불 선 자 언 지　　국 군 득 선 인 이 상 지　　득

暴人而罰之. 善人賞而暴人罰, 則國必治矣. 然計若國之
폭 인 이 벌 지　　선 인 상 이 폭 인 벌　　즉 국 필 치 의　　연 계 약 국 지

所以治者, 何也? 唯能以尙同一義爲政故也.
소 이 치 자　　하 야　　유 능 이 상 동 일 의 위 정 고 야

3-3 나라가 이미 다스려졌다면, 천하 다스리는 법도 여기에 다 포함되어 있는가? 그것으로는 불충분하다. 천하에는 나라의 수가 매우 많다. 그래서 나라마다 자기 나라를 옳다 하고, 남의 나라는 그르다고 할 수도 있다. 그래서 심한 자는 전쟁을 하게 되고, 덜 심한 자는 서로 다투게 된다.

그러므로 또 임금으로 하여금 그 나라의 뜻을 한결 같이 해가지고서 천자를 받들고 뜻을 같이 하게 하는 것이다. 천자도 역시 천하의 백성들에게 다음과 같은 법령을 반포한다.

'만약 천하를 사랑하고 이롭게 하는 사람을 보거든 반드시 그것을 아뢰고, 만약 천하를 미워하고 해치는 자를 보면 역시 그것을 아뢰어라.' 만약 천하를 사랑하고 이롭게 하는 것을 보고서 그것을 아뢰는 사람이 있다면 그도 천하를 사랑하고 이롭게 하는 것이다. 윗사람은 그것을 알면 그에게 상을 주고, 여러 사람들은 그것을 들으면 그를 칭찬한다. 만약 천하를 미워하고 해치는 것을 보고도 그것을 아뢰지 않는 자라면 그도 천하를 미워하고 해치는 자나 같은 것이다. 윗사람은 그것을 알면 그에게 곧 벌을 내리고,

여러 사람들은 그것을 들으면 그를 비난한다.

그래서 온 천하의 사람들은 모두 그들 윗어른의 상을 받고 싶어하고 형벌은 피하려 든다. 그래서 착한 것을 보거나 착하지 않은 것을 보면 그것을 아뢰게 된다. 천자는 착한 사람을 발견하면 그에게 상을 주고, 포악한 사람을 발견하면 그에게 벌을 내린다. 착한 사람은 상을 받고 포악한 사람은 벌을 받게 된다면 천하는 반드시 잘 다스려질 것이다. 그러니 천하가 잘 다스려지는 까닭을 헤아려보면 무엇 때문인가? 오직 윗사람을 받들고 뜻을 같이하여 한 가지 뜻으로서 정치를 하기 때문이다.

國旣已治矣, 天下之道盡此已邪? 則未也. 天下之爲國,
국 기 이 치 의　　천 하 지 도 진 차 이 야　　즉 미 야　　천 하 지 위 국

數也甚多. 此皆是其國, 而非人之國. 是以厚者有戰, 而
수 야 심 다　　차 개 시 기 국　　이 비 인 지 국　　시 이 후 자 유 전　　이

薄者有爭.
박 자 유 쟁

故又使國君, 選³其國之義, 以尙同於天子. 天子亦發憲
고 우 사 국 군　　선 기 국 지 의　　이 상 동 어 천 자　　천 자 역 발 헌

布令, 於天下之衆曰 : 若見愛利天下者, 必以告, 若見惡
포 령　　어 천 하 지 중 왈　　약 견 애 리 천 하 자　　필 이 고　　약 견 오

賊天下者, 亦以告. 若見愛利天下以告者, 亦猶愛利天下
적 천 하 자　　역 이 고　　약 견 애 리 천 하 이 고 자　　역 유 애 리 천 하

者也. 上得則賞之, 衆聞則譽之. 若見惡賊天下不以告者,
자 야　　상 득 즉 상 지　　중 문 즉 예 지　　약 견 오 적 천 하 불 이 고 자

亦猶惡賊天下者也. 上得且⁴罰之, 衆聞則非之.
역 유 오 적 천 하 자 야　　상 득 차 벌 지　　중 문 즉 비 지

是以徧天下之人, 皆欲得其長上之賞譽, 避其毁罰. 是
시 이 편 천 하 지 인　　개 욕 득 기 장 상 지 상 예　　피 기 훼 벌　　시

以見善不善者告之. 天子得善人而賞之, 得惡人而罰之.
이 견 선 불 선 자 고 지　　천 자 득 선 인 이 상 지　　득 악 인 이 벌 지

善人賞而暴人罰, 天下必治矣. 然計天下之所以治者, 何
선 인 상 이 폭 인 벌　　천 하 필 치 의　　연 계 천 하 지 소 이 치 자　　하

也? 唯而以尙同一義爲政故也.
야　유이이상동일의위정고야

3 選(선)－제(齊)와 뜻이 통하여, '정제히 하다'의 뜻.　4 且(차)－즉(則)으로
된 판본도 있으며, 뜻은 같다.

3-4

천하가 이미 다스려졌다면, 천자는 또 천하의 뜻을 모두 모아 하늘을 숭상하고 화동해야 한다.

그러므로 윗사람을 받들고 뜻을 같이한다는 이론을 가져다가 위로 천자에게 적용시키면 천하를 다스릴 수 있게 되고, 가운데로 제후들에게 적용하면 그들의 나라를 다스릴 수 있게 되며, 작게는 집안 어른에게 그것을 적용하면 그들의 집안을 다스릴 수 있게 된다. 그러므로 천하를 다스리는 데 그 방법을 크게 써도 다 차지 않고 여유가 있게 되고, 한 나라나 한 집안을 다스리는 데 그것을 작게 써도 막히는 일이 없는 것은, 그러한 도리를 두고 말한 것이다.

天下旣已治, 天子又總天下之義, 以尙同於天.
천 하 기 이 치　천 자 우 총 천 하 지 의　이 상 동 어 천

故當尙同之爲說也, 尙用之⁵天子, 可以治天下矣. 中用
고 당 상 동 지 위 설 야　상 용 지 천 자　가 이 치 천 하 의　중 용

之諸侯, 可而治其國矣, 小用之家君, 可而治其家矣. 是
지 제 후　가 이 치 기 국 의　소 용 지 가 군　가 이 치 기 가 의　시

故大用之治天下不窕⁶, 小用之治一國一家, 而不橫⁷者, 若
고 대 용 지 치 천 하 부 조　소 용 지 치 일 국 일 가　이 불 횡 자　약

道之謂也.
도 지 위 야

5 尙用之(상용지)－상(尙)은 상(上)과 통하여, '위로 그것을 적용하면'의 뜻.

6 不窕(부조)─다 차지 않고 여유가 남아 있는 것. **7** 不橫(불횡)─막히지 아니하는 것.

여기서는 집안으로부터 천하에 이르기까지 우두머리를 두어 모든 사람들의 뜻을 하나같이 하여야 함을 단계적으로 설명하고 있다. 모든 사람들의 뜻을 하나로 같게 하는 것은 작게는 집안을 다스리는 데서 시작하여 크게는 천하를 다스리는 데 이르기까지 모든 다스림의 근본 원칙이 된다는 것이다.

4-1 그러므로 말하기를, 천하의 나라를 다스리는 것은 한집안을 다스리는 것과 같고, 천하의 온 백성을 부리는 것은 한 남자를 부리는 것과 같다고 하는 것이다. 그러면 오직 묵자만이 그러한 주장을 하고 옛날의 훌륭한 임금들에게는 그러한 주장이 없었을까? 옛날의 훌륭한 임금들도 역시 그렇게 주장하였다.

성왕들은 모두 윗사람을 받들고 뜻을 같이하여 정치를 하였기 때문에 천하가 잘 다스려졌다. 무엇으로 그러함을 아는가? 옛날의 훌륭한 임금의 문서인 『서경(書經)』 태서(太誓)에 다음과 같이 쓰여 있다.

'백성들이 간사한 짓을 하는 것을 보거든 곧 알려야 한다. 알리지 않는 자는 그 죄가 똑같다고 볼 것이다.'

이것은 사악한 짓을 보고도 그것을 알리지 않는 자는 그 죄가 사악한 짓을 한 자나 같음을 말한 것이다. 그러므로 옛날의 성왕들은 천하를 다스림에 있어서 사람을 잘 가리어 자기의 신하로 썼으므로 도와주는 사람들은 모두 훌륭한 사람이었고, 그가 보고 듣는 것을 돕는 사람들이 많았다. 그러므로 사람들과 일을 꾀하면 남보다 앞서 뜻을 이루고, 사람들과 일을 시작하면 남보다 앞서 성공하였고, 영광과 명성은 남보다 앞서 펴졌다. 오직 진실한 몸가짐으로 일에 종사하였기 때문에 이와 같이 유리하였던 것이다.

옛날 말에 이르기를,

'한 눈으로 보는 것은 두 눈으로 보는 것만 못하고, 한 귀로 듣는 것은 두 귀로 듣는 것만 못하며, 한 손으로 잡는 것은 두 손만큼 강하지 못하다.'

라고 하였다. 그분들은 오직 진실한 몸가짐으로 일에 종사했으므로 이와 같이 유리하였던 것이다.

故曰 : 治天下之國, 若治一家, 使天下之民, 若使一夫.
고 왈 치천하지국 약치일가 사천하지민 약사일부

意獨子墨子有此, 而先王無此, 其有邪? 則亦然也.
의 독 자 묵 자 유 차 이 선 왕 무 차 기 유 야 즉 역 연 야

聖王皆以尙同爲政, 故天下治. 何以知其然也? 於先王
성 왕 개 이 상 동 위 정 고 천 하 치 하 이 지 기 연 야 어 선 왕

之書也, 大誓[1]之言然.
지 서 야 태 서 지 언 연

曰 : 小人[2]見姦巧, 乃聞, 不言也, 發罪鈞[3].
왈 소 인 견 간 교 내 문 불 언 야 발 죄 균

此言見淫辟[4], 不以告者, 其罪亦猶淫辟者也. 故古之聖
차 언 견 음 벽 불 이 고 자 기 죄 역 유 음 벽 자 야 고 고 지 성

王治天下也, 其所差論[5]以自左右, 羽翼[6]者皆良, 外爲[7]之
왕 치 천 하 야 기 소 차 론 이 자 좌 우 우 익 자 개 량 외 위 지

人. 助之視聽者衆, 故與人謀事, 先人得之, 與人擧事, 先
인 조 지 시 청 자 중 고 여 인 모 사 선 인 득 지 여 인 거 사 선

人成之, 光譽[8]令聞[9], 先人發之. 唯信身而從事, 故利若此.
인 성 지 광 예 령 문 선 인 발 지 유 신 신 이 종 사 고 리 약 차

古者有語焉, 曰 : 一目之視也, 不若二目之視也, 一耳
고 자 유 어 언 왈 일 목 지 시 야 불 약 이 목 지 시 야 일 이

之聽也, 不若二耳之聽也, 一手之操也, 不若二手之彊也.
지 청 야   불 약 이 이 지 청 야   일 수 지 조 야   불 약 이 수 지 강 야

夫唯能信身而從事, 故利若此.
부 유 능 신 신 이 종 사   고 리 약 차

1 大誓(태서)－『서경』주서(周書) 태서(泰誓)편. 태서(太誓)로도 씀. 단, 지금의 『서경』에는 이와 같은 구절이 보이지 않는다. 2 小人(소인)－본시는 다스림을 받는 '백성들'을 가리킴. 뒤에 덕이 없는 사람을 가리키는 말로 전용되었다. 3 鈞(균)－고르다. 같다. 4 淫辟(음벽)－간사한 것, 간악한 것. 5 差論(차론)－잘 가리는 것. 선택. 6 羽翼(우익)－본시는 '나래'. 여기서는 '좌우(左右)'나 같이, '보좌하다' 또는 '보좌하는 사람'의 뜻. 7 外爲(외위)－이 두 자는 잘못 끼어든 듯하다(『墨子閒詁』). 8 光譽(광예)－광(光)은 광(廣)과 통하여, 널리 퍼진 영예. 여기서는 간단히 '영광'이라 번역했다. 9 令聞(령문)－령(令)은 선(善)과 통하여, 훌륭한 명성.

4-2 그러므로 옛날 성왕이 천하를 다스릴 적에는 천 리 밖에 한 현명한 사람이 있어서 그가 사는 마을 사람들도 모두 그에 관한 얘기를 듣거나 보지 못했다 하더라도, 성왕은 그에 관한 일을 알고 상을 주었다. 천 리 안에 한 포악한 사람이 있어서 그가 사는 마을에서도 모두 그에 관한 얘기를 듣거나 보지를 못했다 하더라도, 성왕은 그에 관한 일을 알고 벌을 내렸다. 그런데 비록 성왕이 귀가 밝고 눈이 밝다 하더라도 어찌 한 눈으로 천 리 밖을 내다볼 수가 있겠으며, 한 귀로 천 리 밖의 일을 들을 수가 있겠는가? 성왕은 직접 가서 보는 것도 아니며, 직접 가서 듣는 것도 아니다. 그러나 천하의 혼란을 일으키고 도둑질하는 자들로 하여금 온 천하를 두루 돌아다녀 보아도 두 번 거듭 발들여 놓을 곳이 없도록 만드는 것은 어째서인가? 그것은 윗사람을 받들고 뜻

을 같이하여 정치를 잘하기 때문이다.

是故古之聖王之治天下也, 千里之外有賢人焉, 其鄕里
시 고 고 지 성 왕 지 치 천 하 야   천 리 지 외 유 현 인 언   기 향 리

之人, 皆未之均聞見也, 聖王得而賞之. 千里之內有暴人
지 인   개 미 지 균 문 견 야   성 왕 득 이 상 지   천 리 지 내 유 포 인

焉, 其鄕里未之均聞見也, 聖王得而罰之. 故唯毋[10]以聖王
언   기 향 리 미 지 균 문 견 야   성 왕 득 이 벌 지   고 유 무   이 성 왕

爲總耳明目與, 豈能一視而通見, 千里之外哉, 一聽而通
위 총 이 명 목 여   기 능 일 시 이 통 견   천 리 지 외 재   일 청 이 통

聞, 千里之外哉? 聖王不往而視也, 不就而聽也. 然而使
문   천 리 지 외 재   성 왕 불 왕 이 시 야   불 취 이 청 야   연 이 사

天下之爲寇亂盜賊者, 周流天下無所重足[11]者, 何也? 其
천 하 지 위 구 란 도 적 자   주 류 천 하 무 소 중 족   자   하 야   기

以尙同爲政善也.
이 상 동 위 정 선 야

10 唯毋(유무)-유(唯)는 수(雖)로 된 판본도 있으며, '비록'. 무(毋)는 조사.
11 重足(중족)-발을 거듭 들여놓는 것.

4-3 그래서 묵자가 말하였다.
　　"백성들로 하여금 윗사람을 받들고 뜻을 같이하게 하
는 사람은 백성을 사랑하는 데 힘써야만 한다. 백성들은 다른 방
법으로는 부릴 수가 없다. 반드시 힘써 사랑함으로써 그들을 부려
야만 하고, 믿게 함으로써 그들을 지탱해 주어야만 한다. 부귀로
써 그들을 앞에서 이끌어 주어야 하고, 형벌을 분명히 함으로써
그들을 뒤에서 밀어줘야 한다."
　　이와 같이 정치를 한다면 비록 나와 뜻을 같이하지 않기를 바
란다 하더라도 그렇게 될 수가 없을 것이다.

그래서 묵자가 말하였다.

"지금 천하의 임금 귀족과 군자들이 진심으로 어짊과 의로움을 실천하고자 한다면 훌륭한 선비를 구하여, 위로는 성왕의 도에 들어맞고, 아래로는 나라와 백성들의 이익에 들어맞도록 노력해야 한다."

그러므로 윗사람을 받들고 뜻을 같이한다는 이론에 대하여는 잘 살피지 않아서는 안 되는 것이다. 윗사람을 받들고 뜻을 같이 하는 것은 정치의 근본이며 다스림의 요점인 것이다.

是故子墨子曰 : 凡使民尙同者, 愛民不疾¹². 民無可使.
시 고 자 묵 자 왈   범 사 민 상 동 자   애 민 부 질   민 무 가 사

曰必疾愛而使之, 致信而持之. 富貴以道其前, 明罰以率
왈 필 질 애 이 사 지   치 신 이 지 지   부 귀 이 도 기 전   명 벌 이 솔

其後.
기 후

爲政若此, 唯欲¹³毋與我同, 將不可得也.
위 정 약 차   유 욕   무 여 아 동   장 불 가 득 야

是以子墨子曰 : 今天下王公, 大人士君子, 中情¹⁴將欲
시 이 자 묵 자 왈   금 천 하 왕 공   대 인 사 군 자   중 정 장 욕

爲仁義, 求爲上士¹⁵, 上欲中聖王之道, 下欲中國家百姓
위 인 의   구 위 상 사   상 욕 중 성 왕 지 도   하 욕 중 국 가 백 성

之利. 故當尙同之說, 而不可不察. 尙同爲政之本, 而治
지 리   고 당 상 동 지 설   이 불 가 불 찰   상 동 위 정 지 본   이 치

要也.
요 야

12 不疾(부질) ─ 필질(必疾), 또는 불가부질(不可不疾)의 잘못인 듯하다(『墨子開詁』). 질(疾)은 힘쓰는 것. 13 唯欲(유욕) ─ 유(唯)는 수(雖)로 된 판본도 있으며, '비록……하려 해도'의 뜻. 14 中情(중정) ─ 정(情)은 성(誠)과 통하여, 진실한 마음으로 또는 충심으로. 15 上士(상사) ─ 상급의 선비. 훌륭한 선비.

임금은 백성들과 뜻을 같이할 수 있어야만 나라의 모든 사정을 올바로 파악할 수 있게 된다. 따라서 현명한 사람을 등용하여 백성들로 하여금 윗사람을 받들게 하고, 윗사람들은 백성들과 뜻을 같이하는 것이 정치의 기본 방법이라는 것이다.

14.
겸애편 兼愛篇(上)

'겸애'란 모든 사람이 모두를 똑같이 서로 사랑한다는 뜻이다. 이 묵자의 박애주의(博愛主義)야말로 묵자 사상의 값을 높여준 그의 중심사상이다. 모든 사람을 모두 똑같이 사랑할 수는 없다는 현실적인 여건을 떠나, 이러한 적극적인 그의 사랑 정신은 사람들에게 무엇보다도 소중한 것이기 때문이다.

1 　성인이란 천하를 다스리는 일에 종사하는 사람이다. 반드시 혼란이 일어나는 까닭을 알아야만 천하를 다스릴 수 있게 되고, 혼란이 일어나는 까닭을 알지 못하면은 곧 다스릴 수가 없는 것이다. 비유를 들면, 마치 의사가 사람의 병을 고치는 것과 같다. 반드시 병이 생겨난 까닭을 알아야만 병을 고칠 수 있을 것이며, 병이 생겨난 까닭을 알지 못하면 고칠 수가 없는 것이다. 다스림과 혼란도 어찌 그렇지 않을 수가 있겠는가? 반드시 혼란이 일어난 까닭을 알아야만 천하를 다스릴 수가 있게 되고, 혼란이

일어난 까닭을 알지 못하면 다스릴 수가 없게 되는 것이다.

성인이란, 천하를 다스리는 일에 종사하는 사람이니 혼란이 일어나는 까닭을 잘 살피지 않으면 안 되는 것이다.

聖人, 以治天下爲事者也. 必知亂之所自起, 焉[1]能治之,
성 인　이 치 천 하 위 사 자 야　필 지 란 지 소 자 기　언 능 치 지

不知亂之所自起, 則不能治. 譬之, 如醫之攻人之疾者然.
부 지 란 지 소 자 기　즉 불 능 치　비 지　여 의 지 공 인 지 질 자 연

必知疾之所自起, 焉能攻[2]之, 不知疾之所自起, 則弗能
필 지 질 지 소 자 기　언 능 공 지　부 지 질 지 소 자 기　즉 불 능

攻. 治亂者, 何獨不然? 必知亂之自起, 焉能治之, 不知亂
공　치 란 자　하 독 불 연　필 지 란 지 자 기　언 능 치 지　부 지 란

之所自起, 則弗能治.
지 소 자 기　즉 불 능 치

聖人, 以治天下爲事者也, 不可不察亂之所自起.
성 인　이 치 천 하 위 사 자 야　불 가 불 찰 란 지 소 자 기

1 焉(언)－내(乃)와 같은 뜻으로, '이에'(王引之 說). **2** 攻(공)－병을 고침.

천하를 올바로 다스리자면 잘 다스려지지 않는 원인을 알아야 한다는 것이다. 이 말은 '겸애'의 중요성에 대하여 논리를 유도(誘導)해 나가기 위한 서설(序說)이나 같은 것이다.

2-1

혼란은 어디에서 일어나고 있는가 살펴보았을 때, 서로 사랑하지 않는 데에서 일어나고 있다. 신하와 자식이 그의 임금이나 아버지에게 도리에 어긋나는 짓을 하는 것이 이

른바 혼란이다. 자식은 자신은 사랑하면서도 그의 아버지는 사랑하지 않는다. 그래서 아버지를 해치면서 자신을 이롭게 하는 것이다. 아우는 자신은 사랑하면서도 형은 사랑하지 않는다. 그래서 형을 해치면서 자신을 이롭게 하는 것이다. 신하는 자신은 사랑하면서도 임금은 사랑하지 않는다. 그래서 임금을 해치면서 자신을 이롭게 하는 것이다. 이것이 이른바 혼란인 것이다.

그리고 아버지가 자식에 자애롭지 않고, 형이 아우에게 자애롭지 않고, 임금이 신하에게 자애롭지 않다 해도 이것도 역시 천하의 이른바 혼란인 것이다. 아버지는 자신은 사랑하면서도 자식은 사랑하지 않는다. 그래서 자식을 해치면서 자신을 이롭게 하는 것이다. 형은 자신은 사랑하면서도 아우는 사랑하지 않는다. 그래서 아우를 해치면서 자신을 이롭게 하는 것이다. 임금은 자신은 사랑하면서도 신하는 사랑하지 않는다. 그래서 신하를 해치면서 자신을 이롭게 하는 것이다. 이것은 무엇 때문인가? 모두가 서로 사랑하지 않는 데서 일어나는 것이다.

當¹察亂何自起, 起不相愛. 臣子之不孝²君父, 所謂亂
당 찰 란 하 자 기　　기 불 상 애　　신 자 지 불 효 군 부　　소 위 란

也. 子自愛不愛父, 故虧父而自利. 弟自愛不愛兄, 故虧³
야　 자 자 애 불 애 부　　고 휴 부 이 자 리　　제 자 애 불 애 형　　고 휴

兄而自利. 臣自愛不愛君. 故虧君而自利. 此所謂亂也.
형 이 자 리　　신 자 애 불 애 군　　고 휴 군 이 자 리　　차 소 위 란 야

雖父之不慈子, 兄之不慈⁴弟, 君之不慈臣, 此亦天下之
수 부 지 부 자 자　　형 지 부 자 제　　군 지 부 자 신　　차 역 천 하 지

所謂亂也. 父自愛也不愛子. 故虧子而自利. 兄自愛也不
소 위 란 야　　부 자 애 야 불 애 자　　고 휴 자 이 자 리　　형 자 애 야 불

愛弟. 故虧弟而自利. 君自愛也不愛臣. 故虧臣而自利.
애 제　　고 휴 제 이 자 리　　군 자 애 야 불 애 신　　고 휴 신 이 자 리

是何也? 皆起不相愛.
시 하 야　　개 기 불 상 애

2-2 심지어 천하의 도둑들에 이르기까지도 역시 그러하다. 도둑은 그의 집은 사랑하면서도 그와 다른 집은 사랑하지 않는다. 그래서 다른 집의 것을 훔치어 그의 집을 이롭게 하는 것이다. 도둑은 또 그 자신은 사랑하면서도 남은 사랑하지 않는다. 그래서 남을 해침으로써 그 자신을 이롭게 하는 것이다. 이것은 어째서인가? 모두가 서로 사랑하지 않는 데서 일어나는 것이다.

심지어 대부(大夫)들이 서로 남의 집안을 어지럽히고 제후들이 서로 남의 나라를 공격하는 일도 역시 그러하다. 대부들은 각기 그의 집안은 사랑하면서도 다른 집안은 사랑하지 않는다. 그래서 다른 집안을 어지럽힘으로써 그의 집안을 이롭게 하는 것이다. 제후들은 각기 그의 나라는 사랑하면서도 다른 나라는 사랑하지 않는다. 그래서 다른 나라를 공격함으로써 그의 나라를 이롭게 하는 것이다. 천하가 어지럽게 되는 것은 여기에 전부 원인이 있는 것이다. 이것이 어디에서 일어나는가를 살펴보면 모두가 서로 사랑하지 않는 데서 일어나고 있다.

雖至天下之爲盜賊⁵者, 亦然. 盜愛其室, 不愛其異室.
수 지 천 하 지 위 도 적 자　역 연　도 애 기 실　불 애 기 이 실

故竊⁶異室以利其室. 賊愛其身, 不愛人. 故賊人以利其
고 절 이 실 이 리 기 실　적 애 기 신　불 애 인　고 적 인 이 리 기

身. 此何也? 皆起不相愛.
신　차 하 야　개 기 불 상 애

雖至大夫相亂家, 諸侯之相攻國者, 亦然. 大夫各愛其
수 지 대 부 상 란 가　제 후 지 상 공 국 자　역 연　대 부 각 애 기

家, 不愛異家, 故亂異家以利其家. 諸侯各愛其國, 不愛
가 　 불 애 이 가 　 고 란 이 가 이 리 기 가 　 제 후 각 애 기 국 　 불 애

異國, 故攻異國以利其國. 天下之亂物, 具此而已矣. 察
이 국 　 고 공 이 국 이 리 기 국 　 천 하 지 란 물 　 구 차 이 이 의 　 찰

此何自起, 皆起不相愛.
차 하 자 기 　 개 기 불 상 애

5 賊(적) ─ 남의 몸을 해침. **6** 竊(절) ─ 물건을 훔침.

　　나라를 올바로 다스리려면 혼란의 원인을 알아야 한다. 그런
데 사회의 모든 혼란은 사람들이 서로 사랑하지 않는 데서 일어난
다는 것이다. 따라서 말을 바꾸면 사람들이 모두 남을 자신처럼 사
랑하기만 하면 세상은 평화로워질 수 있다는 말이 된다.

3-1 만약 온 천하로 하여금 모두가 아울러 서로 사랑하게
하여 남을 사랑하기를 그의 몸을 사랑하듯 한다면, 그
래도 도리에 어긋나는 짓을 하는 자가 있겠는가? 아버지와 형이나
임금 보기를 자기 자신과 같이한다면, 어찌 도리에 어긋나는 짓을
하겠는가? 그런데도 자애롭지 않은 사람이 있겠는가? 자식과 아
우와 신하들 보기를 그 자신과 같이한다면, 어찌 자애롭지 않게
행동하겠는가? 그러므로 도리에 어긋나는 짓이나 자애롭지 않음
이 있지 않게 될 것이다.

　　그런데도 도둑이 있겠는가? 남의 집을 보기를 그의 집과 같이
하는 데 누가 훔치겠는가? 남의 몸 보기를 그의 몸과 같이하는 데
누가 해치겠는가? 그러므로 도둑은 없어질 것이다.

그런데도 서로 남의 집안을 어지럽히는 대부와 남의 나라를 공격하는 제후가 있겠는가? 남의 집안을 보기를 그의 집안과 같이한다면, 누가 어지럽힐 것인가? 남의 나라 보기를 그의 나라와 같이한다면, 누가 공격하겠는가? 그러므로 대부들이 서로 남의 집안을 어지럽히고 제후들이 서로 남의 나라를 공격하는 일이 없게 될 것이다.

若使天下兼相愛¹, 愛人若愛其身, 猶有不孝²者乎? 視父
약 사 천 하 겸 상 애   애 인 약 애 기 신   유 유 불 효 자 호   시 부

兄與君, 若其身, 惡施不孝? 猶有不慈者乎? 視弟子與臣,
형 여 군   약 기 신   오 시 불 효   유 유 부 자 자 호   시 제 자 여 신

若其身, 惡³施不慈? 故不孝不慈, 亡有⁴.
약 기 신   오 시 부 자   고 불 효 부 자   무 유

猶有盜賊乎? 視人之室若其室, 誰竊? 視人身若其身,
유 유 도 적 호   시 인 지 실 약 기 실   수 절   시 인 신 약 기 신

誰賊? 故盜賊亡有.
수 적   고 도 적 무 유

猶有大夫之相亂家, 諸侯之相攻國者乎? 視人家, 若其
유 유 대 부 지 상 란 가   제 후 지 상 공 국 자 호   시 인 가   약 기

家, 誰亂? 視人國, 若其國, 誰攻? 故大夫之相亂家, 諸侯
가   수 란   시 인 국   약 기 국   수 공   고 대 부 지 상 란 가   제 후

之相攻國者, 亡有.
지 상 공 국 자   무 유

1 兼相愛(겸상애)―모두가 아울러 서로 사랑하는 것. 2 不孝(불효)―여기서는 아버지뿐만이 아니라 형과 임금도 관계되는 말이어서 "도리에 어긋나는 것"이라 옮겼다. 3 惡(오)―어찌. 4 亡有(무유)―있지 않게 됨. 없어짐.

3-2 만약 온 천하로 하여금 모두가 아울러 서로 사랑하게 한다면 나라와 나라는 서로 공격하지 않을 것이며, 집안과 집안은 서로 어지럽히지 않을 것이고, 도둑들은 없어지고 임

금과 신하와 아버지와 자식들은 모두가 효도를 하고 자애로울 수 있을 것이다. 이와 같이 된다면 곧 천하가 다스려질 것이다. 그러므로 천하를 다스리는 일에 종사하는 성인이라면, 어찌 악을 금하고 사랑을 권장하지 않을 수가 있겠는가?

그러므로 온 천하가 모두 아울러 서로 사랑하게 되면 잘 다스려지고, 모두가 서로 미워하면 어지러워지는 것이다. 그러므로 묵자가 말하기를,

"남을 사랑하라고 권하지 않을 수가 없다."

고 한 것은 이 때문이다.

若使天下兼相愛, 國與國不相攻, 家與家不相亂, 盜賊
약사천하겸상애　국여국불상공　가여가불상란　도적

無有, 君臣父子皆能孝慈. 若此則天下治. 故聖人以治天
무유　군신부자개능효자　약차즉천하치　고성인이치천

下爲事者, 惡得不禁惡而勸愛?
하위사자　오득부금악이권애

故天下兼相愛則治, 交相惡則亂.
고천하겸상애즉치　교상오즉란

故子墨子曰 : 不可以不勸愛人者, 此也.
고자묵자왈　불가이불권애인자　차야

사람들이 모두가 서로 사랑한다면 세상이 평화로워짐을 또 한 번 강조한 글이다. 묵자의 '사랑'이란 아끼고 위해 준다는 뜻까지도 전부 포함하는 말이다.

墨子

15.
겸애편 兼愛篇(中)

상편에 이어 사람들이 서로 사랑해야만 세상이 잘 다스려짐을 부연한 것이다.

1-1 묵자가 말하였다.

"어진 사람들이 일을 하는 목표는 반드시 천하의 이익을 늘이고 천하의 폐해를 없애는 것이니 이 때문에 일을 하는 것이다."

그렇다면 천하의 이익이란 무엇이며, 천하의 폐해란 무엇인가?

묵자가 말하였다.

"지금 나라와 나라들이 서로 공격하고 있고 집안과 집안들이 서로 빼앗고 있으며 사람과 사람들이 서로 해치며, 임금과 신하들이 서로 은혜롭고 충성되지 않고, 아버지와 자식들은 서로 자애롭고 효도하지 않으며, 형제들은 서로 우애를 다하지 않고 있는데 이것이 곧 천하의 폐해이다."

그렇다면 이 폐해를 살펴볼 때 그것은 무엇으로 말미암아 생겨나고 있는가? 서로 사랑하는 데서 생겨나고 있을까?

묵자가 말하였다.

"서로 사랑하지 않는 데서 생겨나는 것이다. 지금 제후들은 다만 자기 나라를 사랑할 줄만 알지, 남의 나라는 사랑하지 않는다. 그래서 그의 나라를 동원하여 남의 나라를 공격하는 데 거리낌이 없다. 지금 집안의 우두머리는 다만 자기 집안만을 사랑할 줄 알고 남의 집안은 사랑하지 않는다. 그래서 그의 집안을 동원하여 남의 집안을 빼앗는 데 거리낌이 없는 것이다. 지금 사람들은 다만 자기 몸만을 사랑할 줄만 알고 남의 몸은 사랑하지 않는다. 그래서 그의 몸을 써서 남의 몸을 해치는 데 거리낌이 없는 것이다."

子墨子言曰 : 仁人之所以爲事者, 必興天下之利, 除去
자묵자언왈　　인인지소이위사자　　필흥천하지리　　제거

天下之害, 以此爲事者也. 然則天下之利, 何也, 天下之
천하지해　　이차위사자야　　연즉천하지리　　하야　　천하지

害, 何也?
해　　하야

子墨子言曰, 今若國之與國之相攻, 家之與家之相篡[1],
자묵자언왈　　금약국지여국지상공　　가지여가지상찬

人之與人之相賊, 君臣不惠忠, 父子不慈孝, 兄弟不和調,
인지여인지상적　　군신불혜충　　부자불자효　　형제불화조

此則天下之害也. 然則察此害[2], 亦何用[3]生哉? 以相愛生
차즉천하지해야　　연즉찰차해　　역하용생재　　이상애생

邪?
야

子墨子言, 以不相愛生. 今諸侯獨知愛其國, 不愛人之
자묵자언　　이불상애생　　금제후독지애기국　　불애인지

國. 是以不憚擧其國以攻人之國. 今家主獨知愛其家, 而
국　　시이불탄거기국이공인지국　　금가주독지애기가　　이

不愛人之家. 是以不憚⁴舉其家, 以簒人之家. 今人獨知愛
불 애 인 지 가　시 이 불 탄 거 기 가　이 찬 인 지 가　금 인 독 지 애

其身, 不愛人之身. 是以不憚舉其身, 以賊人之身.
기 신　불 애 인 지 신　시 이 불 탄 거 기 신　이 적 인 지 신

1 簒(찬) − 빼앗음. 찬탈(簒奪)함.　**2** 察害(찰해) − 찰(察)은 보통 판본엔 '숭(崇)'
으로 되어 있으나, 뜻이 통하지 않으므로 『묵자한고(墨子閒詁)』를 참조하여
고쳤다.　**3** 何用(하용) − 하이(何以), 하유(何由). 무엇으로 말미암아, 어찌하
여.　**4** 憚(탄) − 꺼림.

1-2 그러므로 제후들이 서로 사랑하지 않으면 곧 반드시
들에서 전쟁을 하게 되고, 집안의 우두머리들이 서로
사랑하지 않으면 곧 반드시 서로 빼앗게 되며, 사람과 사람이 서
로 사랑하지 않으면 곧 반드시 서로 해치게 되고, 임금과 신하가
서로 사랑하지 않으면 곧 은혜롭거나 충성스럽지 않게 되며, 아버
지와 자식이 서로 사랑하지 않으면 곧 자애롭거나 효도를 않게 되
며, 형과 아우가 서로 사랑하지 않으면 곧 우애를 다하지 못하게
된다."

천하의 사람들이 모두 서로 사랑하지 않는다면 강한 자가 반드
시 약한 자를 잡아 누르고, 부유한 자가 반드시 가난한 사람들을
업신여기며, 귀한 사람들은 반드시 천한 사람들에게 오만하고, 사
기꾼은 반드시 어리석은 사람들을 속이게 될 것이다. 모든 천하의
재난과 남의 것을 빼앗는 짓과 원한이 일어나는 까닭은 서로 사랑
하지 않는 데에서 생겨나는 것이다. 그래서 어진 사람들은 그것을
비난한다. 그것을 비난한다면 무엇으로써 이를 대신해야 하는가?
묵자는 말하였다.

"모두가 아울러 서로 사랑하고 모두가 서로 이롭게 하는 방법으로써 이에 대신해야 한다."

是故諸侯不相愛, 則必野戰, 家主不相愛, 則必相簒, 人
시고제후불상애   즉필야전   가주불상애   즉필상찬   인

與人不相愛, 則必相賊, 君臣不相愛, 則不惠忠, 父子不
여인불상애   즉필상적   군신불상애   즉불혜충   부자불

相愛, 則不慈孝, 兄弟不相愛, 則不和調.
상애   즉부자효   형제불상애   즉불화조

天下之人皆不相愛, 强必執弱, 富必侮貧, 貴必敖賤, 詐
천하지인개부상애   강필집약   부필모빈   귀필오천   사

必欺愚. 凡天下禍簒怨恨, 其所以起者, 以不相愛生也.
필기우   범천하화찬원한   기소이기자   이불상애생야

是以仁者非之. 旣以非之, 何以易之[5]? 子墨子言曰 : 以兼
시이인자비지   기이비지   하이역지   자묵자언왈   이겸

相愛, 交相利之法易之.
상애   교상리지법역지

5 易之(역지) — 그것을 바꿈. 그것에 대신함.

사람들이 서로 사랑하고 서로 이롭게 하는 것이 잘사는 길임을 자세히 해설한 글이다.

2-1 그러니 아울러 서로 사랑하고 모두가 서로 이롭게 하는 방법이란 어떻게 하는 것인가? 묵자가 말하였다.

"남의 나라 보기를 자기 나라 보듯 하고, 남의 집 보기를 자기 집 보듯 하며, 남의 몸을 보기를 자기 몸 보듯 하는 것이다. 그래

서 제후들이 서로 사랑하게 되면 들판에서 전쟁하는 일이 없게 되고, 집안 우두머리들이 서로 사랑하게 되면 서로 빼앗는 일이 없게 되며, 사람과 사람이 서로 사랑하면 서로 해치지 않게 된다. 임금과 신하가 서로 사랑하면 은혜롭고 충성되게 될 것이며, 부자가 서로 사랑하면 자애롭고 효성스럽게 될 것이고, 형제들이 서로 사랑하면 우애를 이루게 될 것이다. 천하의 사람들이 모두가 서로 사랑한다면 강한 자가 약한 자에게 못살게 굴지 않게 되고, 많은 사람들이 적은 사람들의 것을 빼앗지 않게 되며, 부유한 사람들이 가난한 사람들을 업신여기지 않게 되고, 귀한 사람들이 천한 사람들에게 오만하지 않게 되고, 간사한 자들이 어리석은 자들을 속이지 않게 될 것이다."

모든 천하의 재난과 원한이 일어나지 않도록 하는 일은 서로 사랑하여야만 가능한 것이다. 그래서 어진 사람들은 그것을 칭송하는 것이다.

그러나 지금 세상의 군자들은 이런 말을 하고 있다.

"그처럼 모두가 아우른다는 것은 훌륭한 일이지만 그것은 세상에서 가장 어려운 조건이요 힘든 일이다."

然則兼相愛交相利之法, 將柰何哉?
연즉겸상애교상리지법 장내하재

子墨子言, 視人之國, 若視其國, 視人之家, 若視其家,
자묵자언 시인지국 약시기국 시인지가 약시기가

視人之身, 若視其身. 是故諸侯相愛則不野戰, 家主相愛
시인지신 약시기신 시고제후상애즉불야전 가주상애

則不相簒, 人與人相愛則不相賊. 君臣相愛則惠忠, 父子
즉불상찬 인여인상애즉불상적 군신상애즉혜충 부자

相愛則慈孝, 兄弟相愛則和調. 天下之人兼相愛, 强不執
상애즉자효 형제상애즉화조 천하지인겸상애 강부집

弱, 衆不劫寡, 富不侮貧, 貴不敖賤, 詐不欺愚.
약 중불겁과 부불모빈 귀불오천 사불기우

凡天下禍篡怨恨可使毋起者, 以相愛生也. 是以仁者譽
범천하화찬원한가사무기자 이상애생야 시이인자예

之.
지

然而今天下之士君子曰 : 然乃若兼則善矣, 雖然天下之
연이금천하지사군자왈 연내약겸즉선의 수연천하지

難物于故[1]也.
난물우고 야

---

1 于故(우고) — 우(于)는 우(迂)와 통하고, 고(故)는 일[事]의 뜻. 우원(迂遠)한 일. 힘드는 일.

2-2

묵자가 말하였다.

"세상의 군자들은 특히 그 유익함을 알지 못하고 그 까닭을 분별하지 못하고 있다. 지금 성을 공격하고 들판에서 전쟁할 때 자기 몸을 죽이면서 명성을 이룩하는 일은 천하의 백성들이 모두 어렵게 생각하고 있는 것이다. 그러나 진실로 임금이 그것을 좋아하기 때문에 민중들은 그러한 짓을 하게 되는 것이다. 하물며 아울러 서로 사랑하고 모두가 서로 이롭게 하는 일이야 이것과 다를 바가 있겠는가?

남을 사랑하는 사람은 남도 반드시 따라서 그를 사랑하게 되며, 남을 이롭게 하는 사람은 남도 반드시 따라서 그를 이롭게 해줄 것이다. 남을 미워하는 사람은 남도 반드시 따라서 그를 미워할 것이며, 남을 해치는 사람은 남도 반드시 따라서 그를 해치게 될 것이다. 여기에 무엇이 어려운 게 있는가? 특히 임금은 그런 방법으로 정치를 하지 않고 선비들은 그것을 행하지 않기 때문인 것이다."

옛날 진(晉)나라 문공(文公)은 선비들이 나쁜 옷을 입고 있는 것을 좋아하였다. 그러므로 문공의 신하들은 모두 암양의 갖옷을 입고, 장식없이 대린 가죽으로 칼을 묶어 찼으며, 거친 비단의 관을 쓰고 임금을 뵙고 나가서는 조정 모임에 참석하기도 하였다. 이러한 까닭은 무엇인가? 임금이 그런 것을 좋아하였기 때문에 신하들은 그렇게 하였던 것이다.

옛날 초(楚)나라 영왕(靈王)은 선비들의 가는 허리를 좋아하였다. 그래서 영왕의 신하들은 모두 하루 한 끼의 밥으로 절제를 하고, 가슴으로 숨을 들이쉰 다음에야 띠를 매었고, 벽을 의지한 연후에야 일어설 수 있었다. 1년이 되자, 조정의 대신들은 깡마른 얼굴빛을 모두가 지니게 되었다. 이러한 까닭은 무엇인가? 임금이 그런 것을 좋아했기 때문에 신하들이 그렇게 할 수 있었던 것이다.

옛날 월왕(越王) 구천(勾踐)은 선비들의 용감함을 좋아하였다. 그는 신하들을 가르치고 길들이기 위하여 그들을 모아 놓고 배에다 불을 질러 불이 나게 하고는 그의 신하들을 시험하기 위하여 말하였다. "월나라의 보물은 모두 이 속에 있다." 월왕은 친히 북을 치면서 그의 신하들에게 배 안으로 들어가도록 하였다. 신하들은 북소리를 듣자, 대오(隊伍)를 무너뜨리면서 어지러이 달려가 불에 뛰어들어 죽는 자가 좌우로 백 명이 넘었다. 월왕은 그제야 징을 쳐 그들을 물러나게 하였다.

子墨子言曰 : 天下之士君子, 特不識其利辯其故也. 今
자묵자언왈   천하지사군자   특불식기리변기고야   금

若夫攻城野戰, 殺身爲名, 此天下百姓之所皆難也. 苟君
약부공성야전   살신위명   차천하백성지소개난야   구군

說之, 則士衆能爲之. 況於兼相愛交相利, 則與此異?
열지   즉사중능위지   황어겸상애교상리   즉여차이

夫愛人者, 人必從而愛之, 利人者, 人必從而利之. 惡人
부애인자　인필종이애지　이인자　인필종이리지　오인

者, 人必從而惡之, 害人者, 人必從而害之. 此何難之有?
자　인필종이오지　해인자　인필종이해지　차하난지유

特上弗以爲政, 士不爲行故也.
특상불이위정　사불위행고야

昔者, 晋文公好士之惡衣. 故文公之臣, 皆牂羊²之裘,
석자　진문공호사지악의　고문공지신　개장양지구

韋³以帶劍, 練帛⁴之冠, 入以見於君, 出以踐於朝. 是其故
위이대검　연백지관　입이현어군　출이천어조　시기고

何也? 君說之, 故臣爲之也.
하야　군열지　고신위지야

昔者, 楚靈王好士細要⁵. 故靈王之臣, 皆以一飯爲節,
석자　초령왕호사세요　고령왕지신　개이일반위절

脇息⁶然後帶, 扶牆然後起. 比期年⁷, 朝有黧黑⁸之色. 是
협식연후대　부장연후기　비기년　조유리흑지색　시

其故何也? 君說之, 故臣能之也.
기고하야　군열지　고신능지야

昔越王勾踐好士之勇. 敎馴⁹其臣, 和合之¹⁰, 焚舟失火.
석월왕구천호사지용　교순기신　화합지　분주실화

試其士曰 : 越國之寶, 盡在此. 越王親自鼓¹¹其士而進之.
시기사왈　월국지보　진재차　월왕친자고　기사이진지

士聞鼓音, 破碎¹²亂行, 蹈火而死者, 左右百人有餘. 越王
사문고음　파쇄란행　도화이사자　좌우백인유여　월왕

擊金¹³而退之.
격금이퇴지

---

2 牂羊(장양)－암양. **3** 韋(위)－대린 가죽. **4** 練帛(연백)－대백(大帛)이라고도
하며, 거친 비단의 일종. **5** 要(요)－요(腰)와 통하여, 허리. **6** 脇息(협식)－갈
비뼈로 숨을 쉬다. 가슴으로 호흡을 하며 허리를 최대한으로 가늘게 줄이는
것. **7** 期年(기년)－돌. 만 1년. **8** 黧黑(리흑)－영양실조로 몸이 말라 얼굴빛
이 검게 되는 것. **9** 敎馴(교순)－교훈(敎訓)과 같은 말. **10** 和合之(화합지)－
뜻이 전혀 통하지 않는다. '사령인(私令人)', 곧 '사사로이 사람에게 명하여'
란 뜻의 말이 잘못 기록된 것인 듯하다(『墨子閒詁』). **11** 鼓(고)－북. 옛날 중
국 군대에서는 전진의 신호로 북을 울렸다. **12** 破碎(파쇄)－쇄(碎)는 췌(萃)
와 통하여, 대오(隊伍) 또는 대열(隊列). 따라서 '대오를 무너뜨리는 것'. **13**
金(금)－징. 옛날 중국 군대에서는 후퇴의 신호로 징을 쳤다.

그러므로 묵자가 말하였다.

"적게 먹고 나쁜 옷을 입고 자신을 죽이어 명성을 얻는 것과 같은 일은 천하의 백성들이 모두 어렵게 여기는 일이다. 그러나 만약 임금이 정말로 그것을 좋아한다면 민중들은 그 일을 할 수 있는 것이다. 하물며 아울러 서로 사랑하고 모두가 서로 이롭게 해주는 일이, 이와 다를 수가 있겠는가? 남을 사랑하는 사람은 남들도 역시 따라서 그를 사랑하게 되고, 남을 이롭게 하는 사람은 남들도 역시 따라서 그를 이롭게 해준다. 남을 미워하는 사람은 남들도 역시 따라서 그를 미워하고, 남을 해치는 사람은 남들도 역시 따라서 그를 해치게 된다. 이것이 무엇이 어려울 게 있겠는가? 특히 윗사람들이 그것으로서 정치를 하지 않고 선비들은 그것을 행하지 않기 때문인 것이다."

是故子墨子言曰 : 乃若夫少食惡衣殺身而名, 此天下百
시 고 자 묵 자 언 왈　　 내 약 부 소 식 악 의 살 신 이 명　　 차 천 하 백

姓之所皆難也. 若苟君說之, 則衆能爲之. 況兼相愛交相
성 지 소 개 난 야　　 약 구 군 열 지　　 즉 중 능 위 지　　 황 겸 상 애 교 상

利, 與此異矣? 夫愛人者, 人亦從而愛之, 利人者, 人亦而
리　　 여 차 이 의　　 부 애 인 자　　 인 역 종 이 애 지　　 이 인 자　　 인 역 이

從利之. 惡人者, 人亦從而惡之, 害人者, 人亦從而害之.
종 리 지　　 오 인 자　　 인 역 종 이 오 지　　 해 인 자　　 인 역 종 이 해 지

此何難之有焉? 特上不以爲政, 而士不以爲行故也.
차 하 난 지 유 언　　 특 상 불 이 위 정　　 이 사 불 이 위 행 고 야

～

사람들은 모두가 아울러 서로 사랑하고 서로 이롭게 하는 것을 지극히 어려운 일이라 생각하고 있다. 그러나 사람들은 실제로 자기 자신을 희생하는 일까지도 임금을 위하여는 과감히 하고 있

다. 따라서 '아울러 서로 사랑하고 모두 서로 이롭게 하는 일'은 임금이 좋아하기만 하면 백성들은 문제없이 그것을 실천할 거라는 것이다.

3-1 그러나 지금 세상의 군자들은 이렇게 말하고 있다.

"그렇다, 모두가 아우른다는 것은 훌륭한 일이기도 하다. 그러나 실행할 수는 없는 조건이니, 비유를 들면 마치 태산(泰山)을 끼고 황하(黃河)나 제수(濟水)를 뛰어 건너는 일이나 같다."

이에 대하여 묵자가 말하였다.

"그것은 적절한 비유가 못된다. 태산을 끼고서 황하나 제수 물을 뛰어 건너자면 날래고도 힘이 세어야만 되는 것이다. 옛부터 지금에 이르기까지 그런 일을 할 수 있는 사람은 아무도 없었다. 더욱이 아울러 서로 사랑하고 모두가 서로 이롭게 하는 것은 이것과는 다른 것이다. 그것은 옛날 성왕들이 이미 행하시었던 일이다."

무엇으로써 그러함을 아는가?

옛날 우(禹)임금이 천하를 다스릴 적에, 서쪽으로는 서하(西河)와 어두(漁竇)를 다스리어 거손황(渠孫皇)의 물을 흘러내리게 하였다. 북쪽으로는 원수(原水)와 유수(泒水) 물을 뚝으로 막아 후지저(后之邸)로 흘러들게 하였고, 호지(嘑池)에 도랑을 파서 저주산(底柱山)을 둘러싸고 갈라져 흐르게 하고, 용문산(龍門山)에 이르기까지 강물을 파서 인도하였다. 그럼으로써 연(燕)나라·대(代)나라와 서호(西胡)·맥(貊)과 서하(西河) 지방의 백성들에게 이익을 주었다.

동쪽으로는 대륙(大陸)의 물을 빼고, 맹저(孟諸)의 못물을 둑을 쌓아 막고 구회(九澮)의 물을 갈라져 흐르게 한 뒤 동쪽 땅의 물을 한 곳에 가두어 놓았다. 그럼으로써 기주(冀州)의 백성들을 이롭게 해 주었다.

　남쪽으로는 강수(江水)·한수(漢水)·회수(淮水)·여수(汝水)를 다스리어 동쪽으로 흘러 오호(五湖) 지방으로 모여들게 하였다. 그럼으로써 형초(荊楚)와 간월(干越) 지방과 남이(南夷)의 백성들을 이롭게 해주었다. 이것은 우(禹)임금의 일로서 내가 말한 아우른다는 일을 행한 보기이다.

然而今天下之士君子曰 : 然, 乃若兼則善矣. 雖然不可
연 이 금 천 하 지 사 군 자 왈　연　　내 약 겸 즉 선 의　　수 연 불 가

行之物也, 譬若挈¹太山²越河濟³也.
행 지 물 야　비 약 설 태 산 월 하 제 야

子墨子言, 是非其譬也. 夫挈太山而越河濟, 可謂畢劫⁴
자 묵 자 언　시 비 기 비 야　부 설 태 산 이 월 하 제　가 위 필 겁

有力矣. 自古及今, 未有能行之者也. 況乎兼相愛交相利
유 력 의　자 고 급 금　미 유 능 행 지 자 야　황 호 겸 상 애 교 상 리

則與此異. 古者聖王行之. 何以知其然?
즉 여 차 이　고 자 성 왕 행 지　하 이 지 기 연

古者禹治天下, 西爲西河⁵漁竇⁶, 以泄⁷渠孫皇⁸之水. 北
고 자 우 치 천 하　서 위 서 하 어 두　이 설 거 손 황 지 수　북

爲防⁹原泒¹⁰, 注后之邸¹¹, 嘑池¹²之竇¹³, 洒¹⁴爲底柱¹⁵, 鑿¹⁶
위 방 원 류　주 후 지 저　호 지 지 두　선 위 저 주　착

爲龍門¹⁷. 以利燕代¹⁸胡貉¹⁹與西河之民.
위 룡 문　이 리 연 대 호 맥 어 서 히 지 민

東方²⁰漏²¹之陸²², 防孟諸²³之澤, 灑²⁴爲九澮²⁵, 以楗²⁶東
동 방 루 지 륙　방 맹 저 지 택　쇄 위 구 회　이 건 동

土之水. 以利冀州²⁷之民.
토 지 수　이 리 기 주 지 민

南爲江漢淮汝²⁸, 東流之注五湖²⁹之處. 以利荊楚干越³⁰
남 위 강 한 회 여　동 류 지 주 오 호 지 처　이 리 형 초 간 월

與南夷之民.
여 남 이 지 민

此言禹之事, 吾今行兼矣.
차 언 우 지 사　오 금 행 겸 의

1 挈(설)-들다. 끌어당기다. **2** 太山(태산)-보통 태산(泰山)으로도 쓰며, 지금의 산동성(山東省)에 있는 큰 산 이름. **3** 河濟(하제)-황하(黃河)와 제수(濟水). **4** 畢劫(필겁)-필(畢)은 질(疾)과 뜻이 통하여(『淮南子』高誘 注), '잽싸고 날랜 것'. 겁(劫)은 할(劫)이나 경(勁)의 잘못인 듯(『墨子閒詁』). '힘이 센 것'. **5** 西河(서하)-황하의 상류. 지금의 섬서성(陝西省)과 산서성(山西省) 경계를 흐르는 부분. **6** 漁竇(어두)-강물 이름. 이곳의 기록은 『서경』우공(禹貢)편의 강물 이름과도 달라 어떤 강물 이름인지 분명치 않다. 청(淸)대 손이양(孫詒讓)은 어(漁)는 위(渭)의 잘못인 듯하다고 하였다. **7** 泄(설)-물을 빼는 것. **8** 渠孫皇(거손황)-호수 이름인 듯하나 불확실하다. **9** 防(방)-방축을 쌓아 물을 막는 것. **10** 原泒(원류)-원수(原水)와 유수(泒水). 지금의 어떤 강물인지 알 수 없다. **11** 后之邸(후지저)-호수 이름인 듯하나 불확실하다. **12** 嘑池(호지)-산서성(山西省) 번치현(繁時縣)에 흐르는 강물 이름. **13** 竇(두)-독(瀆)으로 씀이 옳으며(『墨子閒詁』), 강바닥을 파내어 물이 잘 흐르도록 하는 것. **14** 洒(선)-물이 갈라져 흐르다 다시 합치는 것. 저주산(底柱山)은 섬이 되어 있다. **15** 底柱(저주)-산 이름. 하남성(河南省) 섬현(陝縣) 동북쪽에 있다. **16** 鑿(착)-땅을 파서 물길을 트는 것. **17** 龍門(용문)-산 이름. 산서성 하진(河津)과 섬서성 한성(韓城) 사이에 있다. **18** 燕代(연대)-둘 모두 서북쪽 나라 이름. **19** 貉(맥)-맥(貊)으로도 쓰며, 동북쪽에는 살던 삼한(三韓)의 한 종족이라 한다(『漢書』高帝紀 顔師古 註). **20** 東方(동방)-다른 곳의 예로 미루어, 방(方)은 위(爲)로 씀이 옳을 듯하다. **21** 漏(루)-물을 빼내어 습지를 건조시키는 것. **22** 之陸(지륙)-대륙(大陸)으로 씀이 옳을 듯하며(『墨子閒詁』), 『서경』우공(禹貢)편에도 보이는 옛 호수 이름. 하북성(河北省) 평향현(平鄕縣)에 있었다. **23** 孟諸(맹저)-맹저(孟豬)로도 쓰며, 지금의 산동성(山東省) 우성현(虞城縣)에 있던 호수 이름. **24** 灑(쇄)-앞의 주(洒)와 같은 글자. **25** 九澮(구회)-강물 이름. 어느 것인지 확실치 않다. **26** 楗(건)-막다. 제한하다. 물을 막아 동쪽 땅의 습지를 건조하게 만든 것을 뜻함. **27** 冀州(기주)-옛 아홉 주(州)의 하나로 중원(中原) 땅의 중심부였음. **28** 江漢淮汝(강한회여)-모두 중국 남부에 흐르고 있는 강물 이름. **29** 五湖(오호)-호수 이름. 지금의 태호(太湖)인 듯(『墨子閒詁』). **30** 荊楚干越(형초간월)-중국 남부에 있던 나라 이름들임.

3-2 옛날 문왕(文王)이 서쪽 땅을 다스릴 적에는 해와도 같고 달과도 같이 사방에 빛을 발하시어, 서쪽 땅에 있어서는 큰 나라라고 해서 작은 나라를 업신여기지 않았고, 여러 사람들이라 하더라도 외로운 홀아비나 과부를 업신여기지 않았고, 포악한 권세로서 농사짓는 사람들의 곡식이나 가축을 뺏는 일이 없었다. 하늘이 밝게 내려다보시고 문왕께서는 자애로우셨다. 그래서 늙도록 자식이 없는 사람도 그의 목숨대로 다 살 수가 있었고, 외로이 형제가 없는 사람이라 하더라도 일반 사람들과 함께 잘살 수가 있었고, 어려서 부모를 여읜 사람이라 하더라도 의지하여 살아갈 데가 있었다.

이것은 문왕의 일로서, 내가 말한 아우른다는 것을 행한 보기이다.

옛날 무왕(武王)이 태산(泰山)에 제사를 지내러 갔는데, 옛글에 다음과 같이 빌었다고 전하여지고 있다.

'태산이여! 올바른 도를 지키신 분의 증손(曾孫)인 주(周)나라 왕에게 큰일이 있었습니다. 큰일은 이미 이루었으나 어진 사람이 나와 중원 땅과 여러 오랑캐들을 구해 주어야겠습니다. 비록 지극히 친한 사람이 있다 해도 어진 사람만은 못합니다. 이 세상에 죄가 있다면 오직 저 한사람에게 책임이 있습니다.'

이것은 무왕의 일을 얘기한 것인데, 내가 말한 아우른다는 것을 행한 보기이다.

昔者文王之治西土, 若日若月, 乍光于四方, 于西土, 不
석자문왕지치서토　약일약월　사광우사방　우서토　불

爲大國侮小國, 不爲衆庶侮鰥寡, 不爲暴勢奪穡人³¹稷稷³²
위대국모소국　불위중서모환과　불위폭세탈색인　서직

狗彘³³. 天屑³⁴臨, 文王慈. 是以老而無子者, 有所得終其
구체　천설임　문왕자　시이노이무자자　유소득종기

壽, 連獨³⁵無兄弟者, 有所雜於生人之間, 少失其父母者,
수　연독　무형제자　유소잡어생인지간　소실기부모자

有所放依³⁶而長.
유소방의　이장

此文王之事, 則吾今行兼矣.
차문왕지사　즉오금행겸의

昔者武王將事泰山隧³⁷, 傳曰：泰山, 有道曾孫周王有
석자무왕장사태산수　　전왈　태산　유도증손주왕유

事³⁸. 大事既獲, 仁人尚作, 以祇³⁹商夏蠻夷醜⁴⁰貉. 雖有
사　　대사기획　인인상작　이지　상하만이추　맥　수유

周親⁴¹, 不若仁人. 萬方有罪, 維子一人.
주친　　불약인인　만방유죄　유여일인

此言武王之事, 吾今行兼矣.
차언무왕지사　오금행겸의

31 穡人(색인)－농사짓는 사람. 32 黍稷(서직)－본시는 메기장과 찰기장. 여기서는 곡식을 대표함. 33 狗彘(구체)－개와 돼지. 여기서는 가축을 대표함. 34 屑(설)－돌아보는 것, 또는 밝은 것(『墨子閒詁』). 35 連獨(연독)－연(連)은 환(鰥)과 통하여, 홀아비와 외아들. 곧 외로운 것. 36 放依(방의)－의지하는 것. 37 隧(수)－땅을 파고 뚫은 길. 38 有事(유사)－주(紂)를 쳤던 일을 가리킴. 39 祇(지)－진(振)과 통하여, 구해 주는 것(『墨子閒詁』). 40 醜(추)－여러. 많은. 41 周親(주친)－주(周)는 지(至)와 통하여, 지극히 친한 사람.

3-3 그러므로 묵자가 말하였다.

"지금 천하의 군자들이 진심으로 천하가 부유해지기를 바라고 가난해지는 것을 싫어하며, 천하가 다스려지는 것을 바라고 어지러워지는 것을 싫어한다면, 의당 아울러 서로 사랑하고 모두가 서로 이롭게 하여야만 한다. 이것은 성왕의 법도요 천하를 다스리는 도리이니 힘써 실행하지 않으면 안되는 것이다."

是故子墨子言曰：今天下之君子，忠實欲天下之富，而
시 고 자 묵 자 언 왈　　금 천 하 지 군 자　　충 실 욕 천 하 지 부　　이

惡其貧，欲天下之治，而惡其亂，當兼相愛交相利. 此聖
오 기 빈　　욕 천 하 지 치　　이 오 기 란　　당 겸 상 애 교 상 리　　차 성

王之法，天下之治道也，不可不務爲也.
왕 지 법　　천 하 지 치 도 야　　불 가 부 무 위 야

　　보통 아울러 모두가 서로를 사랑하고 이롭게 한다는 것은 사
람으로서는 실행이 불가능한 일이라 생각하고 있다. 그러나 이미
우·문왕·무왕이 그것을 실천하였으니 불가능한 일은 아니다. 따
라서 위정자는 그것을 꼭 실행하여야만 올바른 정치를 행할 수 있
을 거라는 것이다.

墨子

16.
겸애편 兼愛篇(下)

여기에서도 상편·중편에 이어 '겸애'와 관계 있는 여러 가지 일들을 한 가지 한 가지씩 풀어나가면서 '겸애사상'을 밝히고 있다.

1-1 묵자가 말하였다.

"어진 사람의 하는 일은 반드시 천하의 이익을 일으키고 천하의 해를 없애는 일에 힘쓰는 것이다. 그러나 지금 천하의 해는 무엇이 가장 큰가? 그것은 큰 나라가 작은 나라를 공격하는 것과, 큰 집안이 작은 집안을 어지럽히는 것과, 강한 자가 약한 자를 위협하는 것과, 많은 사람들이 적은 사람들에게 못된 짓을 하는 것과, 사기꾼이 어리석은 사람을 속이는 것과, 귀한 사람이 천한 사람에게 오만한 것 같은 것들이다. 이것이 천하의 해인 것이다.

또 임금이 된 사람이 은혜롭지 않은 것과, 신하 된 사람이 충성되지 않은 것과, 아비 된 사람이 자애롭지 않은 것과, 자식 된 사람이 효도를 다하지 않는 것 같은 것들이 있다. 이것 또한 천하의 해인 것이다. 또 지금 남을 해치는 사람들은 그의 무기나 칼 또는 독약이나 불을 가지고서 서로 남을 해치고 있다. 이것 또한 천하의 해인 것이다."

子墨子言曰：仁人之事者, 必務求興天下之利, 除天下
자 묵 자 언 왈　인 인 지 사 자　필 무 구 흥 천 하 지 리　제 천 하

之害. 然當今之時, 天下之害, 孰爲大? 曰：若大國之攻
지 해　연 당 금 지 시　천 하 지 해　숙 위 대　왈　약 대 국 지 공

小國也, 大家之亂小家也, 强之劫¹弱, 衆之暴寡, 詐之謀
소 국 야　대 가 지 란 소 가 야　강 지 겁 약　중 지 폭 과　사 지 모

愚, 貴之敖賤. 此天下之害也.
우　귀 지 오 천　차 천 하 지 해 야

又與爲人君者之不惠也, 臣者之不忠也, 父者之不慈也,
우 여 위 인 군 자 지 불 혜 야　신 자 지 불 충 야　부 자 지 부 자 야

子者之不孝也. 此又天下之害也. 又與²今之賊人, 執其兵
자 자 지 불 효 야　차 우 천 하 지 해 야　우 여　금 지 적 인　집 기 병

刃毒藥水火, 以交相虧賊. 此又天下之害也.
인 독 약 수 화　이 교 상 휴 적　차 우 천 하 지 해 야

1 劫(겁) - 겁탈함. 위협함.　2 又與(우여) - 여(與)는 여(如)와 통하여(『廣雅』), '또… 같은 것'.

1-2 잠시 이러한 여러 해들이 생겨나는 근본을 따져보기로 하자. 이런 것은 어디에서 생겨나고 있는가? 이것들은 남을 사랑하고 남을 이롭게 하는 데서부터 생겨나는 것일까? 그러면 반드시 그렇지 않다고 할 것이다. 반드시 남을 미워하고 남을 해치는 데서 생겨난다고 말할 것이다. 천하에서 남을 미워하고 남

을 해치는 자들에 대해서 따져본다면, 그들은 모든 사람들과 아우른다고 할 것인가? 사람들에게 차별을 둔다고 할 것인가? 그러면 반드시 차별을 둔다고 말할 것이다. 그러니 이러한 차별을 두는 자들은 결과적으로 천하의 큰 해를 생기게 하는 자들일 것이다. 그러므로 묵자는 말하기를,

"차별을 두는 것은 그릇된 짓이다."

고 하였다.

姑³嘗⁴本原若衆害之所自生. 此胡自生? 此自愛人利人
고 상 본 원 약 중 해 지 소 자 생   차 호 자 생   차 자 애 인 리 인

生與? 卽必日, 非然也. 必日, 從惡人賊人生. 分名⁵乎天
생 여   즉 필 왈   비 연 야   필 왈   종 오 인 적 인 생   분 명 호 천

下惡人而賊人者, 兼與, 別與? 卽必日：別也. 然卽之交
하 오 인 이 적 인 자   겸 여   별 여   즉 필 왈   별 야   연 즉 지 교

別者, 果生天下之大害者與! 是故子墨子日：別非也.
별 자   과 생 천 하 지 대 해 자 여   시 고 자 묵 자 왈   별 비 야

3 姑(고) – 잠시. 또한. **4** 嘗(상) – 시험 삼아 …을 해봄. **5** 分名(분명) – 말하는 것을 분별하여 따져보다. 분별하여 특징을 말하다.

여기에서도 천하를 다스리는 데 있어서 '겸애'가 그 바탕이 됨을 강조하고 있다. 다만 여기서 남을 사랑하고 남을 이롭게 하는 사람들을 '모두를 아우르는 것〔兼〕'이라 하고, 남을 미워하고 남을 해치는 자들을 '남에게 차별을 두는 것〔別〕'이라 나누어 말한 것이 중요한 특징이라 하겠다.

2-1 남을 그르다고 하는 사람은 반드시 그것에 대신할 것
이 있어야 한다. 만약 남을 그르다고 하면서 그것에 대
신할 것이 없다면 비유로서 말한다면 마치 그것은 물로써 장마 물
을 막고 불로써 불을 끄려 하는 것과 같은 것이다. 그러한 이론은
반드시 옳게 받아들여지지 않을 것이다.

그러므로 묵자는 말하기를,

"아우르는 것으로서 차별하는 것에 대신한다."

고 말한 것이다.

그러면 아우르는 것으로서 차별하는 것을 대신할 수 있는 까닭
은 무엇인가? 말하자면, 만약 남의 나라를 위하기를 그의 나라를
위하는 것처럼 하면 그 누가 유독 그의 나라를 동원하여 남의 나
라를 공격하겠는가? 그를 위하는 것이 마치 자기를 위하는 것과
같기 때문이다. 남의 도읍을 위하기를 그의 도읍을 위하는 것처럼
하면, 그 누가 유독 그의 도읍을 동원하여 남의 도읍을 정벌하겠
는가? 그를 위하는 것이 자기를 위하는 것과 같기 때문이다. 남의
집안을 위하기를 그의 집안을 위하는 것과 같이한다면, 그 누가
유독 그의 집안을 동원하여 남의 집안을 어지럽히겠는가? 그를 위
하는 것이 마치 자기를 위하는 것과 같기 때문이다.

非人者, 必有以易之¹. 若非人而無以易之, 譬之猶以水
비 인 자　　　필 유 이 역 지　　　　약 비 인 이 무 이 역 지　　　비 지 유 이 수

救水², 以火救火也. 其說將必無可焉. 是故子墨子曰 : 兼
구 수　　　이 화 구 화 야　　　기 설 장 필 무 가 언　　　시 고 자 묵 자 왈　　겸

以易別.
이 역 별

然卽兼之可以易別之故, 何也? 曰 : 藉³爲人之國若爲其
연 즉 겸 지 가 이 역 별 지 고　　　하 야　　　왈　　자 위 인 지 국 약 위 기

國, 夫誰獨擧其國, 以攻人之國者哉? 爲彼者, 由爲己⁴也.
국　부수독거기국　이공인지국자재　위피자　유위기야

爲人之都, 若爲其都, 夫誰獨擧其都, 以伐人之都者哉?
위인지도　약위기도　부수독거기도　이벌인지도자재

爲彼猶爲己也. 爲人之家, 若爲其家, 夫誰獨擧其家, 以
위피유위기야　위인지가　약위기가　부수독거기가　이

亂人之家者哉? 爲彼猶爲己也.
란인지가자재　위피유위기야

1 易之(역지)—그것을 바꾸는 것. 그것에 대신하는 것.　**2** 以水救水(이수구수)—보통 판본엔 '이수구화(以水救火 : 물로써 불을 끈다)'로 되어 있으나, 논리가 들어맞지 않는다. 『묵자한고(墨子閒詁)』에 의하여 이 한 구절을 '이수구수(以水救水), 이화구화(以火救火)'로 고쳤다.　**3** 藉(자)—가령, 만약.　**4** 由爲己(유위기)—유(由)는 유(猶)와 통하여, 마치 자기를 위하는 것과 같다는 뜻.

2-2　그러니 나라와 도읍이 서로 공격하거나 정벌하지 않고 사람과 집안이 서로 어지럽히거나 해치지 않는다면 이것은 천하의 해가 되겠는가, 천하의 이익이 되겠는가? 반드시 천하의 이익이 된다고 말할 것이다. 잠시 그러한 여러 이익이 생겨나는 근원을 따져본다면 그것은 어디서 생겨나는가? 그것은 남을 미워하고 남을 해치는 데서 생겨나는가? 곧 반드시 그렇지 않다고 할 것이다. 반드시 남을 사랑하고 남을 이롭히는 데서 생겨난다고 할 것이다.

천하에서 남을 사랑하고, 남을 이롭게 하는 사람들에 대하여 하는 말을 따져본다면, 그들을 차별을 두는 사람들이라 할 것인가? 모두를 아우르는 사람이라 할 것인가? 곧 반드시 모두를 아우르는 사람들이라 할 것이다. 그러니 서로 아우르는 사람들은 결과적으로 천하의 큰 이익이 생기도록 하는 사람들인 것이다. 그러므로

묵자는 말하기를,

　"모두가 아우르는 것이 옳다."

고 하였다.

然卽國都不相攻伐，　人家不相亂賊，　此天下之害與，　天
연 즉 국 도 불 상 공 벌　　인 가 불 상 란 적　　차 천 하 지 해 여　　천

下之利與? 卽必曰：天下之利也. 故嘗本原若衆利之所自
하 지 리 여　　즉 필 왈　　천 하 지 리 야　　고 상 본 원 약 중 리 지 소 자

生，此胡自生? 此自惡人賊人生與? 卽必曰，非然也. 必
생　　차 호 자 생　　차 자 오 인 적 인 생 여　　즉 필 왈　　비 연 야　　필

曰，從愛人利人生.
왈　　종 애 인 리 인 생

分名乎天下愛人而利人者，別與，兼與? 卽必曰，兼也.
분 명 호 천 하 애 인 이 리 인 자　　별 여　　겸 여　　즉 필 왈　　겸 야

然卽之交兼者，果生天下之大利者與! 是故子墨子曰：兼
연 즉 지 교 겸 자　　과 생 천 하 지 대 리 자 여　　시 고 자 묵 자 왈　　겸

是也.
시 야

　앞 대목에서는 주로 천하의 해가 되는 남을 미워하고 해치는
'차별하는 자'를 드러내었으나, 여기서는 이에 대신하는 남을 사랑
하고 이롭게 하는 '모두와 아우르는 사람'을 드러내어 설명하고 있
다. '아우른다'는 것은, 곧 '겸애'를 뜻한다.

3-1 또한 조금 전에 내가 본시 말하기를,

　"어진 사람의 하는 일은 반드시 천하의 이익을 늘이고
천하의 해를 없애는 일에 힘쓰는 것이다."

하였다. 지금 내가 근본적인 것으로 듣고 있는 '아우르는 것'이
낳는 결과는 천하의 큰 이익이 되는 것이다.

　내가 근본적인 것으로 듣고 있는 '차별을 두는 것'이 낳는 결과
는 천하의 큰 해가 되는 것이다. 그러므로 묵자가 '차별하는 것은
그릇된 것이고 아우르는 것이 옳은 것이다.'라고 한 것은 그러한
도리에서 나온 말이다.

　　　　且鄉¹吾本言曰：仁人之事者，必務求興天下之利，除天
　　　　차 향 오 본 언 왈　　인 인 지 사 자　　필 무 구 흥 천 하 지 리　　제 천

　　　　下之害．今吾本原兼之所生，天下之大利者也．吾本原別
　　　　하 지 해　　금 오 본 원 겸 지 소 생　　천 하 지 대 리 자 야　　오 본 원 별

　　　　之所生，天下之大害者也．是故子墨子曰：別非而兼是者，
　　　　지 소 생　　천 하 지 대 해 자 야　　시 고 자 묵 자 왈　　별 비 이 겸 시 자

　　　　出乎若方²也．
　　　　출 호 약 방 야

　1鄕(향)―조금 전. 앞에서. 2若方(약방)―방(方)은 도(道)와 통하여, 그러한 도리.

3-2　　지금 나는 바로 천하의 이익을 늘이는 일을 추구하기
　　　　위하여 그런 이론을 가지고 '아우르는 것'이 옳다고
하는 것이다. 그래서 귀 밝은 사람과 눈 밝은 사람이 서로 더불어
보고 들어주게 되는 것이다. 그래서 팔다리가 잽싸고 강한 사람들
이 함께 움직이고 일하게 되는 것이다. 그리고 도를 터득한 사람
은 부지런히 서로 가르쳐 주게 되는 것이다. 그래서 늙도록 처자
가 없는 사람도 시중하고 부양해 주는 이가 있어서 그의 목숨이
다할 때까지 살 수 있게 된다. 어리고 약한 부모 없는 고아들도 의
지할 곳이 있어서 그의 몸이 성장할 수가 있게 된다. 지금 오직

'아우르는 것'이 옳다고 한 것은 바로 그와 같은 이익 때문이다. 세상의 선비들이 모두 '아우르는 것'에 대하여 듣고는 그것을 그른 짓이라고 하는 데 그 까닭이 무엇인지 알지 못하겠다.

今吾將正求興天下之利而取之, 以兼爲正. 是以聰耳明
금 오 장 정 구 흥 천 하 지 리 이 취 지　이 겸 위 정　시 이 총 이 명

目, 相與視聽乎. 是以股肱畢[3]强, 相爲動宰[4]乎. 而有道,
목　상 여 시 청 호　시 이 고 굉 필 강　상 위 동 재 호　이 유 도

肆[5]相敎誨. 是以老而無妻子者, 有所侍養以終其壽. 幼弱
사 상 교 회　시 이 노 이 무 처 자 자　유 소 시 양 이 종 기 수　유 약

孤童之無父母者, 有所放依以長其身. 今唯毋以兼爲正, 卽
고 동 지 무 부 모 자　유 소 방 의 이 장 기 신　금 유 무 이 겸 위 정　즉

若其利也. 不識天下之士, 所以皆聞兼而非者, 其故何也.
약 기 리 야　불 식 천 하 지 사　소 이 개 문 겸 이 비 자　기 고 하 야

3 畢(필)—잽싼 것. 힘이 센 것. **4** 動宰(동재)—재(宰)는 거(擧)로 씀이 옳을 듯하며(孫詒讓 說), 동작(動作)과 같은 말로 '움직이고 일하는 것.' **5** 肆(사)—힘써. 부지런히.

　여기서도 '아우르는 것'이 세상을 위하여 유익하고, '차별하는 것'은 해가 되는 것임을 증명하려 애쓰고 있다.

4-1 그처럼 세상의 선비들 중에는 아우르는 것을 비난하는 말이 아직도 끊이지 않고 있다. 말하기를,

"훌륭하기는 하지만 그러나 어찌 실용할 수가 있겠는가?"

라고 한다. 묵자가 말하였다.

"실용할 수 없는 것이라면 나도 역시 그것을 비난할 것이다. 그러나 어찌 훌륭하면서도 실용할 수 없는 것이 있겠는가?"

잠시 두 가지를 함께 내놓고 보기로 한다. 두 선비가 있는데 그 중의 한 선비는 차별하는 것을 주장하고, 다른 한 선비는 아우르는 것을 주장한다고 하자. 그러면 차별을 주장하는 선비는 이렇게 말할 것이다.

"내가 어찌 나의 친구의 몸을 위하기를, 나의 몸을 위하는 것같이 하고, 나의 친구의 어버이를 위하기를, 나의 어버이를 위하는 것같이 할 수가 있겠는가?"

그러므로 물러나 그의 친구를 만났을 때 굶주리고 있어도 먹여주지 아니하고, 헐벗고 있어도 옷을 입혀주지 아니하며, 병이 들어 있어도 시중들고 간호해 주지 아니하고, 죽는다고 해도 장사를 지내주지 않는다. 차별을 하는 선비의 말은 이러하거니와 그 행동도 이러하다.

아우르는 선비의 말은 그렇지 아니하고 행동 역시 그렇지 않다.

"내가 듣건대, 천하에서 높은 선비가 된 사람은 반드시 그의 친구의 몸을 위하기를 자기 몸을 위하는 것같이 하고, 그의 친구의 어버이를 위하기를 자기 어버이를 위하는 것같이 해야 한다. 그래야만 천하의 높은 선비가 될 수 있는 것이다."

그러므로 물러나 그의 친구를 만났을 적에 굶주리고 있으면 먹여주고, 헐벗고 있으면 옷을 입혀주며, 병을 앓고 있으면 시중하고 간호해 주며, 죽으면 장사를 지내준다. 아우르는 선비의 말은 이러하거니와 행동도 이러하다.

然而天下之士, 非兼者之言, 猶未止也. 曰 : 卽善矣, 雖
연 이 천 하 지 사 비 겸 자 지 언 유 미 지 야   왈   즉 선 의 수

然豈可用¹哉? 子墨子曰：用而不可, 雖我亦將非之. 且焉
연 기 가 용 재　 자 묵 자 왈　　 용 이 불 가　　 수 아 역 장 비 지　 차 언

有善而不可用者?
유 선 이 불 가 용 자

故嘗兩而進之. 設²以爲二士, 使其一士者執別, 使其一
고 상 양 이 진 지　 설 이 위 이 사,　 사 기 일 사 자 집 별,　 사 기 일

士者執兼. 是故別士之言曰：吾豈能爲吾友之身, 若爲吾
사 자 집 겸.　 시 고 별 사 지 언 왈：　 오 기 능 위 오 우 지 신,　 약 위 오

身, 爲吾友之親, 若爲吾親? 是故退睹³其友, 飢卽不食⁴,
신,　 위 오 우 지 친,　 약 위 오 친?　 시 고 퇴 도 기 우,　 기 즉 불 사,

寒卽不衣, 疾病不侍養, 死喪不葬埋. 別士之言若此, 行
한 즉 불 의,　 질 병 불 시 양,　 사 상 부 장 매.　 별 사 지 언 약 차,　 행

若此.
약 차.

兼士之言不然, 行亦不然. 曰：吾聞爲高士於天下者,
겸 사 지 언 불 연,　 행 역 불 연.　 왈：　 오 문 위 고 사 어 천 하 자,

必爲其友之身, 若爲其身, 爲其友之親, 若爲其親. 然後
필 위 기 우 지 신,　 약 위 기 신,　 위 기 우 지 친,　 약 위 기 친.　 연 후

可以爲高士於天下.
가 이 위 고 사 어 천 하.

是故退睹其友, 飢卽食之, 寒則衣之, 疾病侍養之, 死喪
시 고 퇴 도 기 우,　 기 즉 사 지,　 한 즉 의 지,　 질 병 시 양 지,　 사 상

葬埋之. 兼士之言若此, 行若此.
장 매 지.　 겸 사 지 언 약 차,　 행 약 차.

---

1 可用(가용)－실용할 수 있음. 실천할 수 있음. **2** 設(설)－설정(設定)함. 보통
판본엔 수(誰)로 되어 있으나, 왕인지(王引之)에 의거하여 고쳤음. **3** 睹(도)－
보다. 만나다. **4** 食(사)－먹여주다.

4-2 이와 같은 두 선비는 말은 서로를 비난하고 행동은 서
로 반대할 것이 아니겠는가? 시험 삼아 이 두 선비들
이 말에는 언제나 신의가 있고 행동은 반드시 실천으로 옮기어 그
들의 말과 행동이 들어맞기를 마치 부절(符節)이 들어맞는 것 같아

서 실천하지 않는 말이 없다고 하자. 그러면 감히 물어보겠다. 지금 평평한 들과 넓은 들판이 여기에 펼쳐 있고 갑옷을 입고 투구를 쓰고 전쟁을 하러 가려고 하는데 죽을지 살게 될지 결말은 알수조차 없다. 또 임금의 대부가 멀리 파(巴)나라나 월(越)나라 또는 제(齊)나라나 초(楚)나라에 사신으로 가게 되었는데 갔다 올 적에 무사할지 어떨지 알 수가 없다. 그러면 감히 물어본다 하더라도 장차 어떤 쪽을 따라야 할지 알지 못하겠다고 할 것이다. 집안의 부모님을 모시고 처자들을 데려다가 그들을 맡기려 할 때, 아우르는 친구에게 맡기어야 할지, 차별하는 친구에게 맡기어야 할지 알지 못하겠다고 할 것인가? 내 생각으로는 이러할 때에는 천하의 어리석은 남자나 어리석은 여자 할 것 없이 비록 아우르는 것을 비난하는 사람이라 할지라도 반드시 그들을 아우르는 친구에게 맡길 것이다.

이렇게 보면 말로는 아우르는 것을 비난하면서도 선택을 할 적에는 아우르는 사람을 취하는 것이니, 이것은 곧 말과 행동이 어긋나는 것이다. 세상의 선비들이 모두 아우르는 것에 대하여 듣고서도 이를 비난하고 있는 것은 그 까닭이 무엇인지 알지 못하겠다.

若之二士者, 言相非而行相反與? 嘗使若二士者, 言必
약 지 이 사 자   언 상 비 이 행 상 반 여   상 사 약 이 사 자   언 필

信, 行必果, 使言行之合, 猶合符節⁵也, 無言而不行也.
신   행 필 과   사 언 행 지 합   유 합 부 절 야   무 언 이 불 행 야

然卽敢問. 今有平原廣野於此, 被甲嬰⁶冑⁷, 將往戰, 死生
연 즉 감 문   금 유 평 원 광 야 어 차   피 갑 영 주   장 왕 전   사 생

之機⁸, 未可識也. 又有君大夫之遠使於巴越齊荊, 往來及
지 기   미 가 식 야   우 유 군 대 부 지 원 사 어 파 월 제 형   왕 래 급

否, 未可識也. 然卽敢問, 不識將惡從也. 家室奉承親戚⁹,
부   미 가 식 야   연 즉 감 문   불 식 장 오 종 야   가 실 봉 승 친 척

提挈妻子, 而寄託之, 不識於兼之友是乎, 於別之友是乎?
제 설 처 자　이 기 탁 지　부 식 어 겸 지 우 시 호　어 별 지 우 시 호

我以爲當其於此也, 天下無愚夫愚婦, 雖非兼之人, 必寄
아 이 위 당 기 어 차 야　천 하 무 우 부 우 부　수 비 겸 지 인　필 기

託之於兼之友是也.
탁 지 어 겸 지 우 시 야

此言而非兼, 擇即取兼, 即此言行拂[10]也. 不識天下之
차 언 이 비 겸　택 즉 취 겸　즉 차 언 행 불　야　불 식 천 하 지

士, 所以皆聞兼而非之者, 其故何也.
사　소 이 개 문 겸 이 비 지 자　기 고 하 야

5 符節(부절) — 부신(符信). 옛날 사신으로 가는 사람들이 증표로 지녔던 물건.
대나무 같은 것을 쪼개어 한쪽은 보관하고, 한쪽은 그 사람에게 준다. 필요
할 때 이 대쪽을 맞추어 보면 그의 사실 여부를 알 수 있게 된다. 6 嬰(영) —
가하다(『漢書』 顏注). 여기서는 쓰다. 7 冑(주) — 투구. 8 機(기) — 보통 판본은
권(權)으로 되어 있으나 고쳤음(『墨子閒詁』). 9 親戚(친척) — 옛날엔 부모님을
가리키는 말로 쓰였다(錢大昕 說). 10 拂(불) — 어긋나는 것.

　세상에선 일반적으로 '겸애설'은 실행하기 곤란한 것이라 하
여 반대한다. 그러나 친구들을 보기로 놓고 볼 때 사람들은 남을
사랑하고 남을 돕는 친구를 믿고 의지하게 된다. 이것은 사람들이
행동으로써 '모두가 아울러 서로 사랑해야 한다.'는 주장을 지지하
는 것이다. 따라서 '겸애'를 반대하는 사람도 말로는 반대하면서도
행동으로는 '겸애'를 지지한다는 것이다.

5-1 그러나 천하의 선비들 중에는 아우르는 것을 비난하는
말이 그치지 않고 있다. 그들은
'생각해 보건대, 선비를 선택하여 말할 수 있다면 임금을 선택

해서 말하면은 안 되겠는가?'

라고 말할 수 있다. 그러니 잠시 두 임금을 함께 내놓고 보기로 한다. 두 임금이 있는데, 그중 한 임금은 아우르는 방법을 따르게 하고, 그중 다른 한 임금은 차별하는 방법을 따르게 해보자.

그러면 차별하는 임금은 이렇게 말할 것이다.

'내 어찌 내 만백성들의 몸을 내 몸과 같이 여길 수가 있겠는가? 그것은 너무나 세상의 실정에 어긋나는 것이다. 인생이란 땅 위에 잠시 동안 살아 있는 것이어서, 비유를 들면 마치 벽 틈이 난 앞을 네 마리의 말이 끄는 수레가 달려 지나가는 것과 같은 것이다.'

그러므로 물러나 그의 백성들을 둘러보면, 굶주리는 자는 먹지를 못하고, 헐벗는 자는 옷을 구하지 못하며, 병이 난 사람은 시중들고 부양해 주는 사람이 없고, 사람이 죽어도 제대로 장사지내지 못하는 실정이다. 차별하는 임금의 말은 이러하고 행동도 이러하다.

아우르는 임금의 말은 그렇지 아니하고, 행동도 역시 그렇지 아니하다. 그는 이렇게 말할 것이다.

"내가 듣건대, 천하의 밝은 임금이 되려면 반드시 만백성들의 몸을 먼저 생각하고 뒤에 자기 몸을 생각해야 한다 하였다. 그래야만 천하의 밝은 임금이 될 수가 있는 것이다."

그러므로 물러나 그의 백성들을 둘러보면, 굶주리는 자는 먹여주고, 헐벗는 자에게는 옷을 입혀주고, 병든 사람들은 돌보아 주고, 사람이 죽으면 장사지내 주고 있다. 아우르는 임금의 말은 이러하고 행동도 이러하다.

然而天下之士, 非兼者之言, 猶未止也. 曰：意可以擇
연이천하지사　비겸자지언　유미지야　왈　의가이택

士, 而不可以擇君乎?
사　이불가이택군호

姑嘗兩而進之. 設以爲二君, 使其一君者執¹兼, 使其一
고 상 양 이 진 지   설 이 위 이 군   사 기 일 군 자 집 겸   사 기 일

君者執別.
군 자 집 별

是故別君之言曰：吾惡能爲吾萬民之身, 若爲吾身？ 此
시 고 별 군 지 언 왈   오 오 능 위 오 만 민 지 신   약 위 오 신   차

泰²非天下之情也. 人之生乎地上之無幾何也, 譬之猶駟³
태 비 천 하 지 정 야   인 지 생 호 지 상 지 무 기 하 야   비 지 유 사

馳而過隙⁴也.
치 이 과 극 야

是故退睹⁵其萬民, 飢卽不食, 寒卽不衣, 疾病不侍養,
시 고 퇴 도 기 만 민   기 즉 불 사   한 즉 불 의   질 병 부 시 양

死喪不葬埋. 別君之言若此, 行若此.
사 상 불 장 매   별 군 지 언 약 차   행 약 차

兼君之言不然, 行亦不然. 曰：吾聞爲明君於天下者,
겸 군 지 언 불 연   행 역 불 연   왈   오 문 위 명 군 어 천 하 자

必先萬民之身, 後爲其身. 然後可以爲明君於天下.
필 선 만 민 지 신   후 위 기 신   연 후 가 이 위 명 군 어 천 하

是故退睹其萬民, 飢卽食之, 寒卽衣之, 疾病侍養之, 死
시 고 퇴 도 기 만 민   기 즉 사 지   한 즉 의 지   질 병 시 양 지   사

喪葬埋之. 兼君之言若此, 行若此.
상 장 매 지   겸 군 지 언 약 차   행 약 차

1 執(집)─잡다. 주장하다. 2 泰(태)─너무. 3 駟(사)─옛날 네 마리의 말이
끄는 수레. 4 隙(극)─틈. 벽틈. 5 睹(도)─보다.

5-2 그러니 이러한 두 임금을 본다면 말로는 서로 비난하
고 행동은 서로 반대로 할 것이다. 만약 이들 두 임금
들이 말에는 신의가 있고 행동으로 반드시 실천하여 말과 행동이
들어맞기를 마치 부절(符節)이 들어맞듯 된다면 실천하지 않는 말
이란 없게 될 것이다.

그런데 감히 묻노니, 금년에 전염병이 유행하고 만백성들은 노
고를 다하면서도 헐벗고 굶주리다가 도랑 가운데로 굴러 떨어져

죽게 되는 자들이 많아졌다면 두 임금 중에서 하나를 선택하라고 할 때 어느 편을 따를지 알지 못하겠는가? 내 생각으로는 이렇게 되면 의당히 천하의 어리석은 남자나 어리석은 여자를 가릴 것 없이 비록 아우르는 것을 비난하던 사람들이라 하더라도 반드시 아우르는 임금을 따르게 될 것이 분명하다. 말로는 아우르는 것을 비난하면서도 선택하라면 아우르는 편을 취하니, 이것은 말과 행동이 어긋나는 것이다. 온 천하가 모두 아우르는 것을 비난하는 까닭은 무슨 이유인지 알지를 못하겠다.

然卽交[6]若之二君者, 言相非而行相反. 與常[7]使若二君
연 즉 교 약 지 이 군 자　　언 상 비 이 행 상 반　　여 상 사 약 이 군

者, 言必信, 行必果, 使言行之合, 猶合符節[8]也, 無言而
자 　언 필 신 　행 필 과 　사 언 행 지 합 　유 합 부 절 야 　무 언 이

不行也.
불 행 야

然卽敢問今歲有癘疫[9], 萬民多有勤苦凍餒[10], 轉死溝壑[11]
연 즉 감 문 금 세 유 려 역　　만 민 다 유 근 고 동 뇌　　전 사 구 학

中者, 旣已衆矣, 不識將擇之二君者, 將何從也? 我以爲
중 자 　기 이 중 의 　불 식 장 택 지 이 군 자 　장 하 종 야 　아 이 위

當其於此也, 天下無愚夫愚婦, 雖非兼者, 必從兼君是也.
당 기 어 차 야 　천 하 무 우 부 우 부 　수 비 겸 자 　필 종 겸 군 시 야

言而非兼, 擇卽取兼, 此言行拂[12]也. 不識天下所以皆聞兼
언 이 비 겸 　택 즉 취 겸 　차 언 행 불 야 　불 식 천 하 소 이 개 문 겸

而非之者, 其故何也.
이 비 지 자 　기 고 하 야

6 交(교)－교(校)와 통하여, 견주어 보다. 바로잡다.　7 常(상)－당(當)으로 씀이 옳을 듯(『墨子閒詁』). 마땅히.　8 符節(부절)－부신(符信). 옛날 신분이나 지위 같은 것을 증명하기 위하여, 대쪽 같은 데 글을 쓴 뒤 그것을 쪼개어 양편에서 보관했다. 뒤에 상대를 확인할 필요가 생기면 그 쪼갠 부절을 맞추어 서로 확인했다.　9 癘疫(려역)－염병. 전염병.　10 凍餒(동뇌)－헐벗고 굶주림.　11 溝壑(구학)－도랑.　12 拂(불)－어긋나다. 어기다.

이 대목에서는 아우르는 임금과 차별하는 임금의 두 가지 보기를 놓고 어느 편이 백성들을 위하여 유익한가 설명하면서 '겸애'를 주장하고 있다.

6-1 그러나 세상의 선비들 중에는 아우르는 것을 비난하는 발언이 아직도 끊이지 않고 있다. 그들은 이렇게 말하고 있다.

"아우른다는 것은 어질고 의로운 것이기는 하다. 그러나 어찌 행할 수 있는 것인가? 내가 아우르는 것은 행할 수가 없는 것임을 비유로 들면 마치 태산을 끼고서 장강(長江)이나 황하(黃河)를 뛰어 건너는 거나 같다. 그러므로 다만 바라는 것이기는 할지언정 어찌 실행할 수야 있겠는가?"

묵자가 말하였다.

"태산을 끼고서 장강이나 황하를 뛰어 건너는 것은 옛부터 지금에 이르기까지 사람이 살아온 이래로 실지로 한 사람이 없는 일이다. 지금의 아울러 서로 사랑하고 모두가 서로 이롭게 하는 일은 옛날의 성인이신 네 임금님들께서 친히 행하셨던 일이다."

"어떻게 옛날의 성인이신 네 임금님께서 그것을 친히 행하신 것을 아는가?"

묵자가 말하였다.

"나는 그분들과 같은 세상 같은 때에 살면서 직접 그분들의 소리를 듣고 그분들의 얼굴빛을 보았던 것은 아니다. 그분들에 관하여 책에 쓰여져 있는 것과 쟁반이나 대야에 새겨져 있는 것을 통하여 후세 자손들에게 전하여진 기록으로 그것을 아는 것이다."

然而天下之士, 非兼者之言也, 猶未止也. 日：兼卽仁
연 이 천 하 지 사   비 겸 자 지 언 야   유 미 지 야   왈   겸 즉 인

矣義矣. 雖然豈可爲哉? 吾譬兼之不可爲也, 猶挈[1]泰山以
의 의 의   수 연 기 가 위 재   오 비 겸 지 불 가 위 야   유 설 태 산 이

超江河也. 故兼者直[2]願之也, 夫豈可爲之物哉?
초 강 하 야   고 겸 자 직 원 지 야   부 기 가 위 지 물 재

子墨子日：夫挈泰山而超江河, 自古之及今, 生民而來
자 묵 자 왈   부 설 태 산 이 초 강 하   자 고 지 급 금   생 민 이 래

未嘗有也. 今若夫兼相愛交相利, 此自先聖六王者親行之.
미 상 유 야   금 약 부 겸 상 애 교 상 리   차 자 선 성 륙 왕 자 친 행 지

何知先聖六王[3]之親行之也?
하 지 선 성 륙 왕 지 친 행 지 야

子墨子日：吾非與之兼也同時, 親聞其聲, 見其色也.
자 묵 자 왈   오 비 여 지 겸 야 동 시   친 문 기 성   견 기 색 야

以其所書於竹帛, 鏤[4]於金石[5], 琢於槃盂[6], 傳遺後世子孫
이 기 소 서 어 죽 백   누 어 금 석   탁 어 반 우   전 유 후 세 자 손

者知之.
자 지 지

1 挈(설)-잡다. 들다. 2 直(직)-지(只)와 통하여, 다만. 3 六王(육왕)-뒤에 나오는 글로 보아 육(六)은 사(四)의 잘못인 듯. 네 임금. 4 鏤(누)-새기다. 5 金石(금석)-금(金)은 종(鍾)이나 정(鼎) 같은 옛 기물, 석(石)은 바위나 비석. 6 槃盂(반우)-쟁반과 대야.

6-2 『서경』태서(泰誓)편에 이런 말이 있다.
'문왕(文王)께서는 해와도 같고 달과도 같이 사방에 빛을 발하고 서쪽 땅에도 빛을 발하였다.'
곧 이것은 문왕의 천하를 아울러 사랑하심이 넓고도 커서, 비유

를 들면 해와 달이 세상을 사사로움 없이 아울러 두루 비춤과 같음을 말한 것이다. 곧 이것은 문왕의 아우르심이다. 묵자의 이른바 아우른다는 것도 문왕에게서 법도를 취한 것이다.

또한 태서편 뿐만이 아니라, 『서경』 우서(禹誓)편에도 이와 같이 말하고 있다.

"여러 민중들이여! 모두 나의 말을 들으라. 나 같은 작은 사람이 감히 난을 일으키려는 것은 아니다. 불손한 묘(苗)족의 임금에게 하늘의 벌을 내리려는 것이다. 이에 나는 그대들 여러 나라의 제후들을 이끌고서 묘나라를 정벌하려는 것이다."

우가 묘족의 왕을 정벌한 것은 많은 부귀를 얻기 위해서나, 복을 받고 벼슬을 얻기 위해서나, 귀와 눈을 즐겁게 하기 위해서가 아니라, 천하의 이익을 늘이고 천하의 해를 없애려는 것이었다. 곧 이것은 우임금의 아우르심이다. 묵자의 이른바 아우른다는 것도 우임금에게서 법도를 얻은 것이다.

泰誓曰：文王若日若月, 乍照光于四方, 于西土.
태 서 왈　문 왕 약 일 약 월　사 조 광 우 사 방　우 서 토

卽此言文王之兼愛天下之博大也, 譬之日月兼照天下之
즉 차 언 문 왕 지 겸 애 천 하 지 박 대 야　비 지 일 월 겸 조 천 하 지

無私有也. 卽此文王之兼也. 雖子墨子之所謂兼者, 於文
무 사 유 야　즉 차 문 왕 지 겸 야　수 자 묵 자 지 소 위 겸 자　어 문

王取法焉.
왕 취 법 언

且不唯泰誓[7]爲然, 雖[8]禹誓[9], 卽亦猶是也. 禹曰：濟濟[10]
차 불 유 태 서 위 연　수 우 서　즉 역 유 시 야　우 왈　제 제

有衆, 咸[11]聽朕言. 非惟小子, 敢行稱亂[12]. 蠢[13]玆有苗, 用
유 중 함 청 짐 언　비 유 소 자　감 행 칭 란　준 자 유 묘　용

天之罰. 若予旣率爾羣對[14]諸君, 以征有苗.
천 지 벌　약 여 기 솔 이 군 대 제 군　이 정 유 묘

禹之征有苗也, 非以求以重富貴, 干[15]福祿, 樂耳目也,
우 지 정 유 묘 야　비 이 구 이 중 부 귀　간 복 록　낙 이 목 야

以求興天下之利, 除天下之害. 卽此禹兼也. 雖子墨子之
이 구 흥 천 하 지 리　　제 천 하 지 해　　즉 차 우 겸 야　　수 자 묵 자 지

所謂兼者, 於禹求焉.
소 위 겸 자　어 우 구 언

7 泰誓(태서)―『서경』「주서(周書)」의 편명.　**8** 雖(수)―유(唯)와 통하여, 조사.
9 禹誓(우서)―현재의 『서경』에는 「우서」란 편명이 없다. 『위고문(僞古文)』의
대우모(大禹謨)가 이곳에 보이는 글들을 바탕으로 만들어진 듯하다.　**10** 濟濟
(제제)―많은 모양.　**11** 咸(함)―다. 모두.　**12** 稱亂(칭란)―칭(稱)은 거(擧)와 통
하여, 난을 일으키는 것.　**13** 蠢(준)―불손(不遜)한 것(爾雅 釋訓).　**14** 對(대)―
봉(封)의 잘못인 듯함(『墨子閒詁』). 천자가 봉한 나라.　**15** 干(간)―구하다.

6-3 또한 우서에만 그러할 뿐 아니라 『서경』 탕세(湯說)편에
도 역시 그와 같은 게 씌어있다.

탕(湯)임금이 말씀하시었다.

"나 같은 소자 이(履)가 감히 검은 황소를 제물로 써서 하나님께
고합니다. 지금 하늘에서는 큰 가뭄을 내리시고 계신데, 곧 제 자
신 이(履)가 책임지겠습니다. 하늘과 땅에 지은 죄를 알지는 못하
오나, 착한 일을 한 것이 있어도 감히 가려두지 못하고 죄가 있어
도 감히 용서받지 못하는 것이니, 하나님께서 마음을 써서 살펴보
고 계시기 때문입니다. 온 세상에 죄가 있다면 곧 제 자신에 책임
을 지우시고, 제 자신에게 죄가 있다 해도 온 세상에 벌이 미치지
않게 해주십시오."

곧 이것은 탕임금이 천자란 존귀한 몸으로서 천하의 부를 차지
하고 있으면서도, 자신이 희생되는 것은 꺼리지 않고 하나님과 귀
신께 기도를 드렸음을 말한 것이다. 곧 이것이 탕임금의 아우르심
인 것이다. 묵자의 이른바 아우른다는 것도 탕임금에게서 법도를
취한 것이다.

且不唯禹誓爲然, 雖湯說¹⁶卽亦猶是也. 湯曰 : 惟予小子
차 불 유 우 서 위 연　수 탕 세　즉 역 유 시 야　탕 왈　유 여 소 자

履¹⁷, 敢用玄牡¹⁸. 告於上天后¹⁹, 曰 : 今天大旱, 卽當脫
리　감 용 현 무　고 어 상 천 후　왈　금 천 대 한　즉 당 짐

身履. 未知得罪于上下, 有善不敢蔽, 有罪不敢赦, 簡²⁰在
신 리　미 지 득 죄 우 상 하　유 선 불 감 폐　유 죄 불 감 사　간 재

帝心. 萬方有罪, 卽當脫身. 脫身有罪, 無及萬方.
제 심　만 방 유 죄　즉 당 짐 신　짐 신 유 죄　무 급 만 방

卽此言湯貴爲天子, 富有天下, 然且不憚²¹以身爲犧牲,
즉 차 언 탕 귀 위 천 자　부 유 천 하　연 차 불 탄　이 신 위 희 생

以祠說于上帝鬼神. 卽此湯兼也. 雖子墨子之所謂兼者,
이 사 설 우 상 제 귀 신　즉 차 탕 겸 야　수 자 묵 자 지 소 위 겸 자

於湯取法焉.
어 탕 취 법 언

16 湯說(탕세) - 이곳의 글귀는 『서경』 상서(商書) 탕서(湯誓)편의 글과 비슷하
나, 같은 편명이나 내용은 전하지 않는다. 17 履(리) - 탕(湯)임금의 이름.
18 玄牡(현무) - 검은 황소. 은나라 때에는 검은 황소를 가장 큰 제물로 썼다.
19 上天后(상천후) - 상제(上帝). 하나님. 20 簡(간) - 살피는 것. 21 憚(탄) -
꺼리다.

또한 서명(誓命)과 탕세(湯說)에만 그러할 뿐만 아니라,
『주시(周詩)』에도 역시 이와 같은 게 기록되어 있다.

『주시』에 이렇게 읊고 있다.

'임금의 길은 넓은데

삐뚤지도 않고 기울지도 않고,

임금의 길은 평평한데

기울어지지도 않고 삐뚤지도 않네.

곧기는 화살 같으며

평평하기 숫돌바닥 같네.

군자들이 밟고 다녀야 할 것이오.

소인들이 보고 따라야 할 것일세.'

이것은 우리가 말하는 보통 길을 얘기한 것은 아니다. 옛날 문왕(文王)과 무왕(武王)의 정치는 고르게 하여 현명한 사람에게는 상을 주고 포악한 자에게는 벌을 주었으며, 친척이나 형제들이라 해도 개인적인 차별이 없었다. 곧 이것이 문왕과 무왕의 아우르심이다. 묵자의 이른바 아우른다는 것도 문왕과 무왕에게서 법도를 취한 것이다. 천하 사람들이 모두 아우르는 것에 대하여 듣고도 그것을 비난하는 까닭이 무엇인지 알지 못하겠다.

且不惟誓命[22]與湯說爲然, 周詩[23]亦猶是也. 周詩曰：王
차 불 유 서 명　여 탕 세 위 연　주 시　역 유 시 야　주 시 왈　왕

道蕩蕩[24], 不偏不黨[25], 王道平平, 不黨不偏. 其直若矢,
도 탕 탕　불 편 부 당　왕 도 평 평　부 당 불 편　기 직 약 시

其易若底[26]. 君子之所履, 小人之所視.
기 이 약 저　군 자 지 소 리　소 인 지 소 시

若吾言非語道[27]之謂也. 古者文武爲正[28], 均分賞賢罰
약 오 언 비 어 도　지 위 야　고 자 문 무 위 정　균 분 상 현 벌

暴, 勿有親戚弟兄之所阿[29]. 卽此文武兼也. 雖子墨子之所
폭　물 유 친 척 제 형 지 소 아　즉 차 문 무 겸 야　수 자 묵 자 지 소

謂兼者, 於文武取法焉. 不識天下之人, 所以皆聞兼而非
위 겸 자　어 문 무 취 법 언　불 식 천 하 지 인　소 이 개 문 겸 이 비

之者, 其故何也.
지 자　기 고 하 야

22 誓命(서명)－앞의 글에 의하면, 당연히 「우서(禹誓)」로 써야만 할 것이다. **23** 周詩(주시)－이곳의 앞부분의 글귀와 비슷한 시는 『서경』 주서(周書) 홍범(洪範)편에 보인다. **24** 蕩蕩(탕탕)－넓다란 모양. **25** 不黨(부당)－한편으로 치우치지 않는 것. **26** 底(저)－지(砥)와 통하여, 숫돌. **27** 吾言非語道(오언비어도)－언비오어도(言非吾語道)로 순서가 바뀜이 옳을 듯하다. **28** 正(정)－정(政)과 통하여, 정치. **29** 阿(아)－사사로움. 개인적으로 잘 봐주는 것.

여기의 글과 비슷한 내용이 앞에 이미 보였다. 옛 성왕들의 정치를 인용하면서 옛날에 이미 '아울러 서로 사랑한다.'는 자기의 이론은 성왕들에 의하여 실천되었던 것임을 증명하고 있다.

7-1 그러나 천하의 아우르는 것을 비난하는 자들의 발언은 여전히 끊이지 않고 있다. 그들은 '생각컨대 어버이에게 이익을 드리지 못하고 해를 끼치게 되는데 효도라 할 수가 있느냐?'고 말한다.

묵자가 말하였다.

"잠시 근본적인 문제로 효자로서 어버이를 위해 드리려는 이에 대하여 알아보자. 나는 효자로서 어버이를 위해 드리려는 사람이 남이 그의 어버이를 사랑하고 이롭게 해주기를 바라겠는가, 그렇지 않으면 남이 그의 어버이를 미워하고 해치기를 바라겠는가 알지 못하겠다. 그러나 논리적으로 따져보면 남이 그의 어버이를 사랑하고 이롭게 해주기를 바랄 것이다."

그렇다면 우리가 어디서부터 먼저 일을 착수해야만 그렇게 될 수가 있겠는가? 내가 먼저 남의 어버이를 사랑하고 이롭게 해주는 일에 착수한 다음, 남이 나의 어버이를 사랑하고 이롭게 해주는 일로 나에게 보답하도록 하여야 하겠는가? 그렇지 않으면 내가 먼저 남의 어버이를 미워하고 해치는 일에 착수한 다음에, 남이 나의 어버이를 사랑하고 이롭게 해주는 일로 나에게 보답하도록 하여야 하겠는가? 그것은 반드시 내가 먼저 남의 어버이를 사랑하고 이롭게 하는 일에 착수하고 난 다음에 남도 나의 어버이를 사랑하고 이롭게 해주는 일로 보답하도록 하여야 할 것이다. 그러니 이 서로가 효자노릇을 하려는 사람들은 과연 어찌 할 수 없어서 그렇게 하는 건가? 먼저 남의 어버이를 사랑하고 이롭게 해주려는 것이 아니겠는가? 그렇지 않으면 천하의 효자들은 어리석어서 일반적인 표준이 되기에는 부족하다고 할 것인가?

然而天下之非兼者之言, 猶未止. 曰:意不忠[1]親之利而
연 이 천 하 지 비 겸 자 지 언   유 미 지   왈   의 불 충   친 지 리 이

害, 爲孝乎?
해   위 효 호

子墨子曰:姑嘗本原之, 孝子之爲親度[2]者. 吾不識孝子
자 묵 자 왈   고 상 본 원 지   효 자 지 위 친 탁 자   오 불 식 효 자

之爲親度者, 亦欲人愛利其親與, 意[3]欲人之惡賊其親與.
지 위 친 탁 자   역 욕 인 애 리 기 친 여   의 욕 인 지 오 적 기 친 여

以說觀之, 卽欲人之愛利其親也.
이 설 관 지   즉 욕 인 지 애 리 기 친 야

然卽吾惡先從事卽得此? 若我先從事乎愛利人之親, 然
연 즉 오 오 선 종 사 즉 득 차   약 아 선 종 사 호 애 리 인 지 친   연

後人報我愛利吾親乎, 意我先從事乎惡人之親, 然後人報
후 인 보 아 애 리 오 친 호   의 아 선 종 사 호 오 인 지 친   연 후 인 보

我以愛利吾親乎? 卽必吾先從事乎愛利人之親, 然後人報
아 이 애 리 오 친 호   즉 필 오 선 종 사 호 애 리 인 지 친   연 후 인 보

我以愛利吾親也. 然卽之交[4]孝子者, 果不得已乎? 毋先[5]
아 이 애 리 오 친 야   연 즉 지 교 효 자 자   과 불 득 이 호   무 선

從事愛利人之親者與? 意以天下之孝子爲遇[6], 而不足以
종 사 애 리 인 지 친 자 여   의 이 천 하 지 효 자 위 우   이 부 족 이

爲正[7]乎?
위 정 호

1 不忠(불충)—충(忠)은 중(中)으로 씀이 옳은 듯하며(『墨子閒詁』), 부중(不中)은 '부득(不得)'의 뜻. 2 度(탁)—헤아리다. 3 意(의)—억(抑)과 통하여, '그렇지 않으면', '생각컨대'. 4 交(교)—서로 하다. 서로 효자노릇을 함을 가리킴.

7-2 잠시 근본적인 것을 따져보면, 옛 훌륭한 임금들의 문서인 『시경』 대아(大雅)에 이렇게 말하고 있다.

'어떤 말이든 응답이 없는 것은 없고

덕에는 응보가 없는 것이 없다.

내게 복숭아를 던져주면

그에게 오얏으로 갚게 된다.'

곧 이것은 남을 사랑하는 사람은 반드시 사랑을 받게 되고, 남을 미워하는 자는 반드시 미움을 받게 됨을 말한 것이다. 천하의 선비들이 모두 아우르는 것에 대하여 듣고서도 그것을 비난하는 까닭은 그 이유가 무엇인지 알지 못하겠다.”

姑嘗本原之, 先王之書, 大雅[8]之所道曰 :
고 상 본 원 지　선 왕 지 서　대 아　지 소 도 왈

無言而不讐[9], 無德而不報.
무 언 이 불 수　무 덕 이 불 보

投我以桃, 報之以李.
투 아 이 도　보 지 이 리

卽此言, 愛人者必見愛也, 而惡人者必見惡也. 不識天
즉 차 언　애 인 자 필 견 애 야　이 오 인 자 필 견 오 야　불 식 천

下之士所以皆聞兼而非之者, 其故何也.
하 지 사 소 이 개 문 겸 이 비 지 자　기 고 하 야

자기와 남과 아무런 구별 없이 모두가 아울러 사랑하고 서로 이롭게 한다는 묵자의 이론은 얼핏 생각하기에 자기 부모에게 올바른 효도를 하기가 어렵게 될 것 같기도 하다. 여기에서는 이 아울러 사랑한다는 이론이 자기 부모에게도 올바른 효도를 할 수 있는 길임을 묵자가 설명하고 있다. 남의 부모를 사랑하고 이롭게 해주면 남들도 자기 부모를 사랑하고 이롭게 해줄 것이기 때문에 오히려 올바른 효도를 할 수 있게 된다는 것이다.

8-1 모두가 아우르는 일을 어려워서 행할 수가 없다는 말인가? 일찍이 어려움이 있어도 행할 수 있었던 실례가 있다.

옛날 초(楚)나라 영왕(靈王)은 허리가 가는 사람을 좋아하였다. 영왕 시대의 초나라 선비들은 하루 한 끼 이상 밥을 먹지 않아 단단히 물건을 잡은 뒤에야 일어날 수 있었고 담에 의지하여야만 길을 다닐 수 있었다. 본시 먹을 것을 줄인다는 것은 매우 하기 어려운 일이지만, 여러 사람들이 그렇게 하여 영왕은 그것을 기뻐하였다. 세상을 바꾸지도 않고 백성을 변화시킬 수가 있었다. 그것은 곧 그들이 그들의 임금의 마음에 들기를 바랐기 때문이다.

옛날 월(越)나라 임금 구천(勾踐)은 용감한 것을 좋아하였다. 그의 신하들을 3년 동안 가르쳤으나, 그의 지혜로는 그들을 알도록 가르치기에 불충분하다고 생각하였다. 궁전 안에 불을 지르고 북을 치면서 그들을 안으로 들어가게 하였다. 그의 신하들은 앞줄로 나가 넘어지며 물과 불 위에 쓰러져 죽는 자가 이루 헤아릴 수도 없이 많았다. 이렇게 된 다음에는 북을 치지 않아도 물러서지를 않았다. 월나라 선비들도 두려웠을 것이다. 본시 자기 몸을 불태우는 짓은 하기 어려운 일이지만 많은 사람들이 그렇게 하여 월왕은 그것을 기뻐하였다. 세상을 바꾸지도 않고 백성들을 변화시킬 수가 있었던 것이다. 곧 그들은 그들 임금의 마음에 들기를 바랐기 때문인 것이다.

意以爲難而不可爲邪? 嘗有難此而可爲者. 昔荊¹靈王好
의 이 위 난 이 불 가 위 야   상 유 난 차 이 가 위 자   석 형 령 왕 호

小要². 當靈王之時, 荊國之士, 飯不踰³乎一, 固據⁴而後
소 요   당 령 왕 지 시   형 국 지 사   반 불 유 호 일   고 거 이 후

興, 扶垣⁵而後行. 故約食爲甚難爲也, 然衆爲而靈王說
흥   부 원 이 후 행   고 약 식 위 심 난 위 야   연 중 위 이 령 왕 열

之. 未渝⁶於世而民可移⁷也. 卽求以鄕⁸其上也.
지   미 유 어 세 이 민 가 이 야   즉 구 이 향 기 상 야

昔者越王勾踐好勇. 敎其士臣三年, 以其知⁹爲未足以知
석 자 월 왕 구 천 호 용   교 기 사 신 삼 년   이 기 지 위 미 족 이 지

之也. 焚內¹⁰失火, 鼓¹¹而進之. 其士偃¹²前列, 伏水火而
지 야   분 내 실 화   고 이 진 지   기 사 언 전 렬   복 수 화 이

死者不可勝數. 當此之時, 不鼓而不退也. 越國之士. 可
사 자 불 가 승 수   당 차 지 시   불 고 이 불 퇴 야   월 국 지 사   가

謂顚¹³矣. 故焚身爲甚難爲也, 然衆爲而越王說之. 未渝於
위 전 의   고 분 신 위 심 난 위 야   연 중 위 이 월 왕 열 지   미 유 어

世而民可移也. 卽求以鄕上也.
세 이 민 가 이 야   즉 구 이 향 상 야

1 荊(형)―초(楚)나라의 별명. 2 小腰(소요)―작은 허리. 허리가 가는 여자나 소년. 3 踰(유)―넘다. 4 固據(고거)―굳게 물건에 의지하는 것. 5 垣(원)―길가의 담. 6 渝(유)―바뀌어짐. 변함. 보통 유(踰)로 되어 있으나, 잘못임(『墨子閒詁』). 7 移(이)―옮김. 좋게 변화시킴. 8 鄕(향)―향(向)과 통하여, 임금의 '마음을 좇음'. '영합(迎合)함'. 9 其知(기지)―그들이 얼마나 용감한지 알고 있는 것. 10 焚內(분내)―궁전 안에 불을 지르는 것. 내(內)는 보통 주

(舟)로 되어 있으나 잘못임(『墨子閒詁』). **11** 鼓(고)−북을 침. 옛날 군대에선 진격의 신호로 북을 울렸다. **12** 偃(언)−자빠짐. **13** 顫(전)−떨다. 꺼리다. 두려워하다.

옛날 진(晉)나라 문공은 거친 옷을 즐겨 입었다. 문공시대의 진나라 선비들은 거친 천으로 지은 옷과 암양 털 가죽 옷과 흰 비단으로 만든 관과 거친 신을 신고 들어가 문공을 뵙고 나와서는 조정의 모임에도 참석하였다. 본시 거친 옷은 입고 있기가 매우 어려운 것이지만, 여러 사람들이 그것을 입어 문공은 그것을 기뻐하였다. 세상을 바꾸지도 않고 백성들을 변화시킬 수가 있었던 것이다. 곧 그들은 그들 임금의 마음에 들기를 바랐기 때문인 것이다.

그러므로 먹을 것을 줄이고 자기 몸을 불태우고 거친 옷을 입는다는 것은 세상에서 지극히 행하기 어려운 일들이다. 그러나 여러 사람들은 행하였고, 임금은 그것을 기뻐하였던 것이다. 어째서인가? 곧 그들의 임금의 마음에 들기를 바랐기 때문이었다.

昔者晉文公好苴服¹⁴. 當文公之時, 晉國之士, 大布¹⁵之
석자진문공호저복 당문공지시 진국지사 대포 지

衣, 牂¹⁶羊之裘¹⁷, 練帛¹⁸之冠, 且苴¹⁹之屨²⁰, 入見文公,
의 장 양지구 연백 지관 저저 지구 입현문공

出以踐之朝²¹. 故苴服爲甚難爲也, 然衆爲而文公說之. 未
출이천지조 고저복위심난위야 연중위이문공열지 미

渝於世而民可移也. 卽求以鄉其上也.
유어세이민가이야 즉구이향기상야

是故約食焚身苴服, 此天下之至難爲也. 然衆爲而上說
시고약식분신저복 차천하지지난위야 연중위이상열

之, 未渝於世而民可移也. 何故也? 卽求以鄉其上也.
지 미유어세이민가이야 하고야 즉구이향기상야

14 苴服(저복)—저(苴)는 조(粗)와 통하여, '거칠고 흉한 옷'. **15** 大布(대포)—거친 천(『左傳』閔公 二年 杜注). **16** 牂(장)—암양. **17** 裘(구)—갖옷. 털가죽옷. **18** 練帛(연백)—비단을 삶아 말린 흰 것. **19** 且苴(저저)—거친 것. 조악(粗惡)한 것. **20** 屨(구)—신. **21** 踐之朝(천지조)—조정을 밟다. 따라서 조회(朝會)에 참석함을 뜻한다.

8-3 지금 모두가 아울러 서로 사랑하고 서로 이롭게 하는 것은 유익하고, 또 하기도 쉬운 일이라는 것은 일일이 말할 필요도 없는 것이다. 내 생각으로는 다만 그것을 기뻐하는 임금이 있지 않을 따름인 것이다. 진실로 임금 중에 그것을 기뻐하는 사람이 있어서 그것을 상을 주면서 권장하고 형벌을 쓰면서 위압한다면 내 생각으로는 사람들이 아울러 서로 사랑하고 서로 이롭게 하는 길로 나가는 것은, 비유를 들면 마치 불이 타오르고 물이 흘러내리는 것처럼 천하에는 그것을 막을 방법이 없을 것이다.

今若夫兼相愛, 交相利, 此其有利且易爲也, 不可勝計
금 약 부 겸 상 애　　교 상 리　　차 기 유 리 차 이 위 야　　불 가 승 계

也. 我以爲則無有上說之者而已矣. 苟有上說之者, 勸之
야　　아 이 위 즉 무 유 상 열 지 자 이 이 의　　구 유 상 열 지 자　　권 지

以賞譽, 威之以刑罰, 我以爲人之於就兼相愛, 交相利也,
이 상 예　　위 지 이 형 벌　　아 이 위 인 지 어 취 겸 상 애　　교 상 리 야

譬之猶火之就上, 水之就下也, 不可防止於天下.
비 지 유 화 지 취 상　　수 지 취 하 야　　불 가 방 지 어 천 하

8-4 그러므로 아우른다는 것은 성왕의 도이며, 임금이나 대신들이 편안할 수 있는 방법이며, 만백성들을 풍족

하게 입고 먹을 수 있게 하는 방법이 되는 것이다. 그러므로 군자는 아우르는 것을 잘 살피어 힘써 그것을 행하도록 하여야만 할 것이다. 임금 된 사람은 반드시 은혜롭고, 신하된 사람은 반드시 충성되며, 아비 된 사람은 반드시 자애롭고, 자식 된 사람은 반드시 효성스러우며, 형이 된 사람은 반드시 우애를 다하고, 아우가 된 사람은 반드시 공순해야 된다. 그러므로 군자가 만약 은혜로운 임금이나, 충성된 신하나, 자애로운 아비나, 효성스런 자식이나, 우애 있는 형이나, 공순한 아우가 되고자 한다면, 응당 모두가 아우르는 일을 실천하지 않으면 안 될 것이다. 이것이 성왕의 도이며, 만백성들의 큰 이익인 것이다.

故兼者, 聖王之道也, 王公大人之所以安也, 萬民衣食
고 겸 자　　성 왕 지 도 야　　왕 공 대 인 지 소 이 안 야　　만 민 의 식

之所以足也. 故君子莫若審兼而務行之. 爲人君必惠, 爲
지 소 이 족 야　　고 군 자 막 약 심 겸 이 무 행 지　　위 인 군 필 혜　　위

人臣必忠, 爲人父必慈, 爲人子必孝, 爲人兄必友²², 爲人
인 신 필 충　　위 인 부 필 자　　위 인 자 필 효　　위 인 형 필 우　　위 인

弟必悌. 故君子若欲爲惠君忠臣慈父孝子友兄悌²³弟, 當
제 필 제　　고 군 자 약 욕 위 혜 군 충 신 자 부 효 자 우 형 제 제　　당

若兼之說, 不可不行也. 此聖王之道, 而萬民之大利也.
약 겸 지 설　　불 가 불 행 야　　차 성 왕 지 도　　이 만 민 지 대 리 야

22 友(우) – 우애(友愛).　**23** 悌(제) – 개제(愷悌)함. 공손함.

'겸애'는 실행하기 어렵다는 사람이 많지만 사실은 그렇게 어려운 게 아니다. 만약 임금이 상과 벌로써 모든 사람들이 아울러 사랑하는 겸애의 실행을 힘쓰도록 한다면 쉽사리 온 천하에 행하

여질 거라는 것이다. 그리고 결론적으로 겸애야말로 성왕의 도(道)이며 만백성의 이익이 되는 것이라고 강조하고 있다.

얼핏 보기에 '겸애'는 기독교의 '박애(博愛)'와 같은 것으로 느껴지기도 하지만 '박애'처럼 현실을 아름답게 하려는 이상뿐만 아니라, 만민에게 이익을 주려는 실리적인 생각도 분명하다. 묵자는 신분이나 계급의 차별 없이 모든 인류가 서로 사랑하고, 서로 돕는 사회를 꿈꾸었던 것이다.

러시아의 문호인 톨스토이도 「겸애편」을 읽고 중국사회가 묵자의 가르침을 따르지 않고 공자와 맹자의 가르침을 따랐던 것을 애석히 여겼다고 한다.

17.
비공편 非攻篇(上)

'비공'이란 남의 나라를 공격하는 것을 반대한다는 뜻이다. 곧 이것은 누구나 서로 사랑해야 한다는 '겸애'의 주장을 바탕으로 한 전쟁 부정론인 것이다. 그 시대 사람들이 조그만 악에 대하여는 반대를 하면서도 많은 사람들을 죽음으로 몰아넣는 전쟁에 대하여는 뚜렷한 인식이 없었던 맹점을 파헤친 것이다.

1 지금 한 사람이 있어, 남의 과수원에 들어가 그곳의 복숭아나 오얏을 훔치면 여러 사람들은 그 얘기를 듣고서 그를 비난하고, 위에서 정치를 하는 사람들이 그를 잡으면 처벌을 할 것이다. 그것은 어째서인가? 남을 해치면서 자신을 이롭게 하였기 때문이다. 남의 개나 닭이나 돼지를 훔친 자는 그 의롭지 않은 정도가 남의 과수원에 들어가 복숭아나 오얏을 훔친 것보다 더욱 심하다. 그것은 무슨 까닭인가? 남을 해친 게 더욱 많기 때문이다.

진실로 남을 해친 게 더욱 많을수록 그의 어질지 못함도 더욱 심해지고 그의 죄도 더욱 많아진다. 남의 마구간에 들어가 남의 말이나 소를 훔친 자에 이르러는 그 의롭지 않은 정도가 남의 개나 닭이나 돼지를 훔친 것보다 더욱 심하다. 이것은 무슨 까닭인가? 남을 해친 것이 더욱 많기 때문인 것이다.

진실로 남을 해친 게 더욱 많을수록 그의 어질지 못함도 더욱 심하고 그의 죄도 더욱 많아진다. 죄 없는 사람을 죽이고 그의 옷을 벗기고 그의 창이나 칼을 훔친 자에 이르러는 그 의롭지 않은 정도가 남의 마구간에 들어가 남의 말이나 소를 훔친 것보다 더욱 심하다. 이것은 무슨 까닭인가? 그가 남을 해친 것이 더욱 많기 때문이다. 진실로 남을 해친 것이 더욱 많을수록 그의 어질지 못함도 더욱 심해지고 그의 죄도 더욱 많아진다.

今有一人, 入人園圃[1], 竊其桃李, 衆聞則非之, 上爲政
금유일인　입인원포　절기도리　중문즉비지　상위정

者得則罰之. 此何也? 以虧人自利也. 至攘[2]人犬豕鷄豚
자득즉벌지　차하야　이휴인자리야　지양　인견시계돈

者, 其不義又甚入人園圃竊桃李. 是何故也? 以虧人愈多.
자　기불의우심입인원포절도리　시하고야　이휴인유다

苟虧[3]人愈多, 其不仁慈甚, 罪益厚. 至入人欄廐[4], 取人
구휴인유다　기불인자심　죄익후　지입인란구　취인

馬牛者, 其不義又甚攘人犬豕[5]鷄豚. 此何故也? 以其虧人
마우자　기불의우심양인견시　계돈　차하고야　이기휴인

愈多.
유다

苟虧人愈多, 其不仁慈甚[6], 罪益厚. 至殺不辜人[7]也, 扡[8]
구휴인유다　기불인자심　죄익후　지살불고인야　타

其衣裘, 取戈[9]劍者, 其不義又甚入人欄廐, 取人馬牛. 此
기의구　취과검자　기불의우심입인란구　취인마우　차

何故也? 以其虧人愈多. 苟虧人愈多, 其不仁慈甚矣, 罪
하고야　이기휴인유다　구휴인유다　기불인자심의　죄

益厚.
익 후

1 園圃(원포) — 채소밭 또는 과수원. 2 攘(양) — 훔침. 3 虧(휴) — 해침. 손상시킴. 4 欄廐(란구) — 마구간. 5 豕(시) — 돼지. 돈(豚)도 돼지. '시(豕)'와 '돈(豚)'은 크고 작은 차이가 있다고 하나 뚜렷하지는 않다. 6 玆甚(자심) — 자(玆)는 자(滋)와 통하여, 더욱 심해지는 것. 7 不辜人(불고인) — 죄 없는 사람. 무고한 사람. 8 扡(타) — 벗겨감. 9 戈(과) — 창.

❦

세상 사람들은 조금이라도 남을 해치면 그 사람을 비난하고 정치하는 사람은 그를 잡아 벌을 준다. 그가 남을 해친 것이 심할수록 그의 죄도 커진다. 여기선 일반적인 사회의 죄악을 들어 설명하면서, 이 이론을 전쟁으로 확대시킬 준비를 하고 있다.

2 이와 같은 일은 천하의 군자들은 모두 알고서 그것을 비난하며 의롭지 않은 짓이라고 말한다. 지금 크게 의롭지 않은 짓을 위하여 남의 나라를 공격하는 짓에 이르러서는 곧 비난할 줄도 모르고 이를 좇아 칭송을 하면서 의로운 일이라 말한다. 이것을 의로운 일과 의롭지 않은 짓의 분별을 안다고 말할 수가 있겠는가?

한 사람을 죽이면 그것을 의롭지 않은 짓이라 말하며 반드시 한 사람에 대한 죽을죄를 지게 된다. 만약 이렇게 말해 나간다면 열 사람을 죽이면 열 배의 의롭지 않은 짓이 되고 반드시 열 사람에 대한 죽을죄를 지게 된다. 백 사람을 죽이면 백 배의 의롭지 않은 짓이 되고 반드시 백 사람에 대한 죽을죄를 지게 된다.

이와 같은 것을 천하의 군자들은 모두 알고서 그것을 비난하며 의롭지 않은 짓이라고 말한다. 지금 크게 의롭지 않은 짓을 행하며 남의 나라를 공격하는 데 이르러서는 곧 비난할 줄 모르고 그를 좇아서 칭송을 하며 의로운 짓이라 말한다. 이것은 진실로 그의 의롭지 않은 짓을 알지 못하는 것이다. 그러므로 그의 말을 적어서 후세에 전하기까지 한다. 만약 그의 의롭지 않은 짓을 알았다면, 도대체 무슨 말로 그의 의롭지 않은 짓을 적어 후세에 전하겠는가?

當此[1], 天下之君子, 皆知而非之, 謂之不義. 今至大爲
당 차　　천 하 지 군 자　　개 지 이 비 지　　위 지 불 의　　금 지 대 위

不義攻國, 則弗知非, 從而譽之, 謂之義. 此可謂知義與
불 의 공 국　　즉 불 지 비　　종 이 예 지　　위 지 의　　차 가 위 지 의 여

不義之別乎?
불 의 지 별 호

殺一人謂之不義, 必有一死罪矣. 若以此往, 殺十人,
살 일 인 위 지 불 의　　필 유 일 사 죄 의　　약 이 차 왕　　살 십 인

十重不義, 必有十死罪矣. 殺百人, 百重不義, 必有百死
십 중 불 의　　필 유 십 사 죄 의　　살 백 인　　백 중 불 의　　필 유 백 사

罪矣.
죄 의

當此, 天下之君子, 皆知而非之, 謂之不義. 今至大爲不
당 차　　천 하 지 군 자　　개 지 이 비 지　　위 지 불 의　　금 지 대 위 불

義攻國, 則弗知非, 從而譽之, 謂之義. 情不知其不義也.
의 공 국　　즉 불 지 비　　종 이 예 지　　위 지 의　　정 불 지 기 불 의 야

故書其言, 以遺後世. 若知其不義也, 夫奚說書其不義,
고 서 기 언　　이 유 후 세　　약 지 기 불 의 야　　부 해 설 서 기 불 의

以遺後世哉?
이 유 후 세 재

1 當此(당차)－이와 같은 일(王引之 說).

사람들은 조그만 의롭지 않은 짓은 알면서도 오히려 큰 의롭지 않은 짓은 모른다. 한 사람을 죽여도 그 죄는 사형에 해당하는데, 전쟁을 일으키어 수많은 사람들을 죽이는 것은 죄로 여기지 않는다. 오히려 수천 명, 수만 명을 죽음으로 몰아넣은 전쟁을 일으킨 자는 어떤 경우에는 영웅으로 존경까지도 받는다. 그리고 어떤 자는 이러한 자의 생애를 글로 써서 후세에 전하기도 한다. 이것은 모두 의로운 짓과 의롭지 않은 짓의 분별을 모르는 것이라는 것이다.

3 지금 여기에 한 사람이 있는데 검은 것을 조금 보고는 검다고 말하다가, 검은 것을 많이 보고는 희다고 말한다면, 이 사람은 흰 것과 검은 것을 구별하지 못한다고 할 것이다. 쓴 것을 약간 맛보고서는 쓰다고 말하다가, 쓴 것을 많이 맛보고는 달다고 말한다면, 반드시 이 사람은 단 것과 쓴 것의 분별을 못한다고 할 것이다.

지금 조그만 그릇된 짓을 하면 곧 그것을 알고서 비난하다가 남의 나라를 공격하는 커다란 그릇된 짓에 대하여는 그 그릇됨을 알지 못하고 칭송하면서 그를 따르며 의로운 짓이라 말하고 있다. 이것을 의로운 짓과 의롭지 않은 짓의 분별을 안다고 말할 수 있겠는가? 이로써 천하의 군자들이 의로운 짓과 의롭지 않은 짓의 분별에 혼란을 일으키고 있다는 것을 알 수 있다.

今有人於此, 少見黑曰黑, 多見黑曰白, 則以此人不知
금 유 인 어 차   소 견 흑 왈 흑   다 견 흑 왈 백   즉 이 차 인 부 지

白黑之辯[1]矣. 少嘗苦曰苦, 多嘗[2]苦曰甘, 則必以此人爲不
백 흑 지 변 의   소 상 고 왈 고   다 상 고 왈 감   즉 필 이 차 인 위 부

知甘苦之辯矣.
지 감 고 지 변 의

今小爲非, 則知而非之, 大爲非攻國, 則不知非, 從而譽
금 소 위 비   즉 지 이 비 지   대 위 비 공 국   즉 불 지 비   종 이 예

之, 謂之義. 此可謂知義與不義之辯乎? 是以知天下之君
지   위 지 의   차 가 위 지 의 여 불 의 지 변 호   시 이 지 천 하 지 군

子也, 辯義與不義之亂也.
자 야   변 의 여 불 의 지 란 야

1 辯(변)―분별. 2 嘗(상)―맛을 보다.

　여기서도 사람들이 조그만 의롭지 않은 짓은 알면서도 큰 의
롭지 않은 짓은 알지 못하는 것을 지적하고 있다. 물론 묵자가 말
하는 큰 의롭지 않은 짓이란 수천 수만의 사람들을 죽음과 불행으
로 몰아넣는 전쟁을 뜻한다.

18.
비공편 非攻篇(中)

여기서는 전편에 이어 전쟁의 폐해를 논하고 있다. 전쟁이 얼마나 백성들에게 큰 해를 끼치는 의롭지 못한 짓인 가를 논한 것이 주된 내용이다.

1-1 묵자가 말하였다.
"옛날 임금이나 대신들이 국가의 정치를 할 적에는 정말로 잘 살피어 꾸짖기도 하고 칭찬을 하기도 하며, 상과 벌을 올바르게 주며, 법을 집행하고 정치를 하는 데에 잘못이 없도록 하려 하였다."

그러므로 묵자는 또 말하였다.

"옛날 속담에 '일을 꾀하다 되지 않으면 곧 지난 일을 살피어 그렇게 된 까닭을 알고, 드러난 일을 살피어 숨겨진 일을 알아야 한다' 고 하였다. 일을 이렇게 한다면 일에 대하여 잘 알아 잘 하게 될 것이다."

지금 군사를 일으키려 하는데 겨울에 동원하자니 추위가 두렵고, 여름에 동원하자니 더위가 두렵다. 그래서 겨울이나 여름에는 군사를 일으킬 수가 없는 것이다. 봄에 일으키면 백성들의 밭 갈고 씨 뿌리는 농사일을 망치게 되고, 가을에 일으키면 백성들의 가을걷이를 망치게 된다. 지금 오직 한 철을 망치기만 해도 백성들이 굶주리고 헐벗어 얼어 죽거나 굶어 죽는 자가 얼마나 많을지 이루 다 헤아릴 수가 없다.

子墨子言曰：古者王公大人爲政於國家者, 情欲毀譽[1]之
자묵자언왈　　고자왕공대인위정어국가자　　정욕훼예　지

審, 賞罰之當, 刑政之不過失. 是故子墨子曰：古者有語,
심　상벌지당　형정지불과실　시고자묵자왈　　고자유어

謀而不得, 則以往知來, 以見知隱. 謀若此, 可得而知矣.
모이부득　즉이왕지래　이견지은　모약차　가득이지의

今師徒[2]唯毋[3]興起, 冬行[4]恐寒, 夏行恐暑. 此不可以冬
금사도유무흥기　동행공한　하행공서　차불가이동

夏爲者也. 春則廢民耕稼樹藝, 秋則廢民穫斂[5]. 今唯毋廢
하위자야　춘즉폐민경가수예　추즉폐민확렴　금유무폐

一時, 則百姓飢寒凍餒而死者, 不可勝數.
일시　즉백성기한동뇌이사자　불가승수

1 毀譽(훼예) – 비난과 칭송. 꾸중과 칭찬. 보통 판본엔 훼(毀)사가 빠져 있으나 왕인지(王引之)의 설(說)에 의거하여 보충했다.　2 師徒(사도) – 군사. 군대. 3 毋(무) – 유(唯)와 함께 어조사.　4 行(행) – 정벌을 나감. 출동. 5 穫斂(확렴) – 추수. 곡식을 거두어들이는 것.

1-2 지금 시험 삼아 군대를 움직일 때의 비용을 계산하여 보자. 화살·깃발·장막과 갑옷·방패·큰 방패·칼

집이 전쟁에 나가서 부서지고 썩어서 되 갖고 돌아오지 못할 것이 얼마나 많을지 이루 다 헤아릴 수가 없다.

또 소나 말도 살찐 놈이 나갔다가 말라서 돌아오거나 죽어서 돌아오지 못하게 될 것이 얼마나 많을지 이루 다 헤아릴 수가 없다.

또한 갈 길이 멀어 양식의 운반이 끊겨서 공급이 안 되어 백성들이 죽는 자가 얼마나 많을지 이루 다 헤아릴 수가 없다. 또 사는 곳이 불안하고 밥을 아무 때나 먹게 되고 굶주림과 배부름이 조절되지 않아서 백성들이 길에서 병이 나 죽는 자가 얼마나 많을지 이루 다 헤아릴 수가 없다. 싸우다 죽는 많은 군사들도 이루 다 헤아릴 수가 없을 지경이 된다. 싸우다 죽어 버리는 군사가 모두 얼마나 되는지 이루 다 헤아릴 수가 없는 정도이니, 이미 죽어서 귀신이 된 사람들 중에 그들을 제사지내 줄 사람을 잃는 경우도 역시 이루 다 헤아릴 수 없도록 많을 것이다.

나라에서 정치력을 발휘하여 백성들이 쓸 것을 빼앗고 백성들의 이익을 망치는 게 이와 같이 매우 많다. 그런데도 무엇 때문에 전쟁을 하는가? 대답은 '나는 전쟁에 승리하였다는 명예와 전쟁에서 얻어지는 이익을 탐내기 때문에 전쟁을 한다.'는 것일 게다.

묵자는 이에 말하였다.

"그의 승리를 계산하여 보면 쓸데없는 짓이다. 그가 얻은 것을 계산하여 보면 오히려 그가 잃은 것보다 많지 않다."

今嘗計軍出⁶, 竹箭⁷羽旄⁸幄幕⁹. 甲¹⁰盾¹¹撥¹²劫¹³, 往¹⁴而
금 상 계 군 출   죽 전 우 모 악 막   갑 순 발 겁   왕 이

靡弊腑冷¹⁵不反者, 不可勝數. 又與矛¹⁶戟¹⁷戈¹⁸劒乘車, 其
미 폐 부 랭 불 반 자   불 가 승 수   우 여 모 극 과 검 승 거   기

往則碎折靡弊¹⁹而不反者, 不可勝數.
왕 즉 쇄 절 미 폐   이 불 반 자   불 가 승 수

與其牛馬, 肥而往, 瘠²⁰而反, 死亡而不反者, 不可勝數.
여기우마 비이왕 척 이반 사망이불반자 불가승수

與其涂²¹道之脩遠, 粮食輟絕²²而不繼, 百姓死者, 不可勝
여기도 도지수원 양식철절 이불계 백성사자 불가승

數也. 與其居處之不安, 食飯之不時, 飢飽之不節, 百姓
수야 여기거처지불안 식반지불시 기포지부절 백성

之道疾病而死者, 不可勝數. 喪師多, 不可勝數. 喪師盡,
지도질병이사자 불가승수 상사다 불가승수 상사진

不可勝計. 則是鬼神之喪其主后²³, 亦不可勝數.
불가승계 즉시귀신지상기주후 역불가승수

國家發政, 奪民之用, 廢民之利, 若此甚衆, 然而何爲爲
국가발정 탈민지용 폐민지리 약차심중 연이하위위

之. 曰 : 我貪伐勝之名及得之利, 故爲之. 子墨子言曰 :
지 왈 아탐벌승지명급득지리 고위지 자묵자언왈

計其所自勝, 無所可用也. 計其所得, 反不如所喪者之多.
계기소자승 무소가용야 계기소득 반불여소상자지다

6 軍出(군출)─군대의 출동. 출(出)은 보통 상(上)자로 씌어 있으나 잘못이다
(『墨子閒詁』). 7 箭(전)─화살. 8 羽旄(우모)─새깃과 모우(旄牛)의 꼬리. 이것
들을 깃발 위에 꽂았으므로 여기에선 군대에서 쓰던 여러 가지 깃발을 뜻한
다. 9 幄幕(악막)─장막. 군용 텐트. 10 甲(갑)─갑옷. 11 盾(순)─방패. 12
撥(발)─큰 방패. 13 刧(겁)─칼자루(『說文』). 보통 판본엔 겁(刧)으로 되어 있
으나 잘못인 듯하다(『墨子閒詁』). 14 往(왕)─전쟁에 군대들이 나감을 뜻한
다. 15 腑冷(부랭)─부(腑)는 부(腐)와, 랭(冷)은 난(爛)과 통하여 썩어 버리는
것(畢沅 說). 16 矛(모)─세모진 창. 17 戟(극)─갈래가 난 창. 18 戈(과)─보
통 긴 창. 19 靡幣(미폐)─부숴져 버리는 것. 20 瘠(척)─야위다. 파리해짐.
21 涂(도)─길. 도(塗)와 통함. 22 輟絕(철절)─공급이 끊어지는 것. 23 主后
(주후)─자손이 없는 죽은 이를 대신 제사지내주는 제주(祭主). 후(后)는 후
(後)와 통함(『禮記』 王制 鄭注).

전쟁은 비참한 것이다. 아무리 위대한 승리라 하더라도 백성들
에게는 얻어지는 것보다 잃는 게 훨씬 많다. 따라서 훌륭한 임금이

라면 이처럼 백성들을 해치는 전쟁을 일으키지 않는다는 것이다.

뒤에는 성을 공격하여 빼앗았을 때를 보기로 들며 잃는 것과 얻는 것을 비교하고 다시 전쟁 때문에 망했던 수많은 나라들의 보기를 들고 있다.

2-1 지금 3리(里) 넓이의 성에다 7리 넓이의 둘레 성이 있는 도시를 공격한다 하자. 이것을 공격함에 있어 정예부대를 동원하지 않고, 또 사람들을 죽이고 상처 입히지 않고는 이것을 점령할 수 없다. 그렇게 하자면 죽이는 사람 수가 많으면 만 단위로 헤아려야 하는 수에 이르고 적어도 천 단위로 헤아려야 하는 수에 이르게 된다. 그런 한 뒤에야 3리 넓이의 성과, 7리 넓이의 둘레 성이 있는 도시를 점령할 수 있게 된다.

지금 만대의 전차를 갖고 있는 나라라면 비어 있는 성의 수가 천으로 헤아려야 하는 정도가 됨으로 이루 다 들어가 차지할 수가 없을 정도이고, 땅은 넓이가 만으로 헤아려야 하는 넓이가 됨으로 이루 다 일구어서 쓸 수가 없을 정도이다. 그러니 땅은 남는데, 백성들은 부족한 것이다. 지금 백성들을 모두 죽이고 아래 위 사람들의 걱정을 심하게 하도록 하면서 비어 있는 성을 다툰다는 것은, 곧 부족한 것은 버려둔 채 남음이 있는 것을 중히 여기는 짓이다. 이와 같은 일은 나라에서 힘쓸 일이 아닌 것이다.

今攻三里之城, 七里之郭. 攻此不用銳且無殺, 而徒[1]得
금공삼리지성　칠리지곽　공차불용예차무살　이도득

此. 然也殺人多必數於萬, 寡必數於千. 然後三里之城,
차　연야살인다필수어만　과필수어천　연후삼리지성

七里之郭, 且可得也.
칠 리 지 곽   차 가 득 야

今萬乘之國, 虛城數於千, 不勝而入, 廣衍數於萬, 不勝
금 만 승 지 국   허 성 수 어 천   불 승 이 입   광 연 수 어 만   불 승

而辟². 然則土地者, 所有餘也. 王民³者, 所不足也. 今盡
이 벽   연 즉 토 지 자   소 유 여 야   왕 민 자   소 부 족 야   금 진

王民之死, 嚴下上之患, 以爭虛城, 則是棄所不足, 而重
왕 민 지 사   엄 하 상 지 환   이 쟁 허 성   즉 시 기 소 부 족   이 중

所有餘也. 爲政若此, 非國之務者也.
소 유 여 야   위 정 약 차   비 국 지 무 자 야

1 徒(도)−불능(不能), 또는 불가(不可)와 비슷한 뜻으로 보아야만 한다.　2
辟(벽)−벽(闢)과 통하여, 땅을 개척하여 농업생산에 이용하는 것.　3 王民(왕
민)−왕(王)은 사(士)의 잘못인 듯도 하며, 백성들.

2-2　다른 나라를 공격하고 전쟁하는 짓을 감싸는 사람들은
다음과 같이 말한다.

'남쪽으로는 초(楚)나라와 오(吳)나라의 임금, 북쪽으로는 제(齊)
나라와 진(晉)나라의 임금을 보면, 처음 천하에 나라를 내려 받았
을 때는 그 땅의 넓이는 수백 리가 되지 못하였고, 백성의 수는 수
십만이 되지 못하였다. 그러나 다른 나라를 공격하고 전쟁한 덕분
에 토지의 넓이는 수천 리에 이르게 되었고, 백성의 수는 수백만
명에 이르게 되었다. 그러므로 공격하고 전쟁하는 일은 안할 수가
없는 것이다.'

묵자가 말하였다.

"비록 네댓 나라들이 이득을 보았다 해도 올바른 도를 행하는
것은 아니라고 생각한다. 비유를 들면 의사가 병든 사람을 약으로
치료하는 것과 같다. 지금 여기 의사가 있어서 바르는 약을 조제

해 가지고서 세상의 병든 사람들에게 약으로 쓴다 하자. 만 명이
이것을 먹고서 네댓 명이 효과를 보았다 하더라도 약을 옳게 쓴
것이 아니라고 해야 한다. 그러므로 효자는 그것을 그의 어버이에
게 잡숫게 하지 아니하고, 충신은 그것을 그의 임금에게 잡숫게
하지 아니한다."

飾攻戰者言曰 : 南則荊[4]吳之王, 北則齊晉之君, 始封於
식 공 전 자 언 왈　　남 즉 형 오 지 왕,　북 즉 제 진 지 군,　시 봉 어

天下之時, 其土地之方, 未至有數百里也, 人徒之衆, 未
천 하 지 시,　기 토 지 지 방,　미 지 유 수 백 리 야,　인 도 지 중,　미

至有數十萬人也. 以攻戰之, 故土地之博, 至有數千里也,
지 유 수 십 만 인 야.　이 공 전 지,　고 토 지 지 박,　지 유 수 천 리 야,

人徒之衆, 至有數百萬人. 故當攻戰而不可不爲也.
인 도 지 중,　지 유 수 백 만 인.　고 당 공 전 이 불 가 불 위 야.

子墨子言曰 : 雖四五國則得利焉, 猶謂之非行道也. 譬
자 묵 자 언 왈　　수 사 오 국 즉 득 리 언,　유 위 지 비 행 도 야.　비

若醫之藥人之有病者然. 今有醫於此, 和合其祝藥[5]之于天
약 의 지 약 인 지 유 병 자 연.　금 유 의 어 차,　화 합 기 축 약 지 우 천

下之有病者而藥之. 萬人食此, 若醫四五人得利焉, 猶謂
하 지 유 병 자 이 약 지.　만 인 식 차,　약 의 사 오 인 득 리 언,　유 위

之非行藥也. 故孝子不以食其親, 忠臣不以食其君.
지 비 행 약 야.　고 효 자 불 이 식 기 친,　충 신 불 이 식 기 군.

4 荊(형)—초(楚)나라의 별명. 5 祝藥(축약)—외상(外傷)에 바르거나 붙이는 약.

2-3 옛날에 천하에는 많은 나라들이 있었는데, 위로는 귀
로 듣고 근자에는 눈으로 본 것으로 말하더라도 공격
하고 전쟁하다가 망한 나라들이 이루 다 헤아릴 수 없을 정도로
많다. 무엇으로 그러한 실상을 아는가?

동쪽에 거(莒)라는 나라가 있었는데 그 나라는 아주 작았고 큰 나라들 사이에 끼어있었다. 그러나 큰 나라를 공경하고 섬기지 않으니 큰 나라들도 역시 그를 따라 사랑하고 이롭게 해주지 않았다. 그래서 동쪽에서는 월(越)나라 사람들이 그 나라 땅을 깎아먹었고, 서쪽에서는 제(齊)나라 사람들이 그 나라 땅을 차지해갔다. 거나라가 제나라와 월나라 사이에서 망한 까닭을 따져보면 공격하고 전쟁하는 일 때문이었다.

남쪽으로는 진(陳)나라와 채(蔡)나라가 오(吳)나라와 월(越)나라 사이에서 망했던 까닭도 역시 공격하고 전쟁하는 일 때문이었다. 북쪽으로는 사(柤)나라와 부저하(不著何)나라가 연(燕)나라와 대(代)나라 및 호맥(胡貊)나라 사이에서 망했던 까닭도 역시 공격하고 전쟁하는 것 때문이었다."

그러므로 묵자가 다시 말하였다.

"옛날 임금과 귀족들은 진정으로 얻는 것은 바라면서 잃는 것은 싫어하고 안녕은 바라면서 위험은 싫어하였으니, 공격하고 전쟁하는 짓은 비난하지 않을 수가 없는 일이다."

古者封國於天下, 尙[6]者以耳之所聞, 近者以目之所見,
고 자 봉 국 어 천 하   상   자 이 이 기 소 문   근 지 이 목 지 소 견

以攻戰亡者, 不可勝數. 何以知其然也?
이 공 전 망 자   불 가 승 수   하 이 지 기 연 야

東方有莒之國者, 其爲國甚小, 閒於大國之閒, 不敬事
동 방 유 거 지 국 자   기 위 국 심 소   간 어 대 국 지 간   불 경 사

於大. 大國亦弗之從而愛利. 是以東者越人來削其壤地,
어 대   대 국 역 불 지 종 이 애 리   시 이 동 자 월 인 래 삭 기 양 지

西者齊人兼而有之. 計莒之所以亡於齊越之閒者, 以是攻
서 자 제 인 겸 이 유 지   계 거 지 소 이 망 어 제 월 지 간 자   이 시 공

戰也.
전 야

雖南者陳蔡, 其所以亡於吳越之閒者, 亦以攻戰. 雖北
수 남 자 진 채   기 소 이 망 어 오 월 지 간 자   역 이 공 전   수 북

者且⁷不著何⁸, 亡於燕代胡貊之閒者, 亦以攻戰也.
자 저 부 저 하   망 어 연 대 호 맥 지 간 자   역 이 공 전 야

是故子墨子言曰：古者王公大人情欲得而惡失, 欲安而
시 고 자 묵 자 언 왈   고 자 왕 공 대 인 정 욕 득 이 오 실   욕 안 이

惡危. 故當攻戰而不可不非.
오 위   고 당 공 전 이 불 가 불 비

6 尙(상)－위. 옛날. 7 且(저)－사(租)나라를 잘못 쓴 것(『墨子閒詁』). 8 不著
何(부저하)－부도하(不屠何)라고도 부르는 동북쪽의 오랑캐 나라 이름(『墨子閒
詁』).

　전쟁에는 엄청난 백성들의 희생이 뒤따른다. 나라의 토지를 넓히고 나라를 부강하게 하지만, 결국 세계적인 안목에서 볼 때 전쟁이란 일종의 죄악이 되는 수밖에 없다. 묵자는 그러한 견지에서 계속 전쟁을 반대하는 이론을 전개하고 있는 것이다.

3-1 공격하고 전쟁하는 것을 비호하는 사람들은 또 말한다. '그는 자기의 백성을 다스리고 이용하지 못하기 때문에 망하는 것이다. 나는 나의 백성을 잘 다스리고 이용하고 있다. 그렇게 하면서 세상에서 공격하고 전쟁한다면 누가 감히 굴복하지 않겠는가?'

　묵자가 말하였다.

　"당신이 비록 당신의 백성을 다스리고 이용할 수 있다 하더라도, 어찌 옛날의 오(吳)왕 합려(闔閭)만이야 하겠느냐?

옛날에 오왕 합려는 7년 동안 군사를 훈련시킨 다음 갑옷을 두르고 무기를 들고서 3백 리를 달려가 야영(野營)을 하였다. 그는 그 군사들을 이끌고 주림(注林)에 머물다가 명애(冥隘)의 험한 길을 지나 백거(柏擧)에서 싸워 초(楚)나라를 무찌르고 송(宋)나라와 노(魯)나라를 굴복시켰다.

부차(夫差)의 시대에 이르러는 북으로 제(齊)나라를 공격하였는데, 문수(汶水) 가에 진영을 치고 있다가 애릉(艾陵)에서 싸움을 하여, 제나라 사람들을 크게 무찔러 태산(泰山)으로 도망가 목숨을 보전케 하였다. 동쪽으로는 월(越)나라를 공격하여 삼강(三江)과 오호(五湖)를 건너가 회계산(會稽山)으로 도망가서 목숨을 보전케 하니, 구이(九夷)의 나라들이 모두가 복종하게 되었다. 그런 뒤에 전쟁 고아들을 위로하고 백성들에게 은덕을 베풀지는 못하고, 스스로 자기 힘을 믿고 그의 공로를 뽑내고 그의 지혜를 자랑하면서 백성을 이끄는 일을 태만히 하였다. 그리고는 마침내 고소대(姑蘇臺)를 짓기 시작하였는데 7년이 되도록 완성시키지 못하였다. 이렇게 되자, 오나라의 민심은 떨어져나가고 지치게 되었다.

월(越)왕 구천(勾踐)은 오나라의 위아래 사람들이 서로 화합하지 못하는 것을 보고서, 그의 백성을 거느리고 원수를 갚았다. 북쪽 둘레 성 안으로 쳐들어가 큰 배들을 빼앗고 임금의 궁전을 포위하자 오나라는 멸망하게 되었다."

飾[1]攻戰者之言曰 : 彼不能收用彼衆, 是故亡. 我能收用
식 공전자지언왈   피불능수용피중   시고망   아능수용
我衆. 以此攻戰於天下, 誰敢不賓服[2]哉?
아중   이차공전어천하   수감불빈복 재
子墨子言曰 : 子雖能收用子之衆, 子豈若古者吳闔閭哉?
시묵자언왈   자수능수용자지중   자기약고자오합려재

古者吳闔閭, 敎七年, 奉甲執兵, 奔三百里而舍³焉. 次⁴注
고자오합려 교칠년 봉갑집병 분삼백리이사언 차주

林⁵, 出於冥隘⁶之徑, 戰於柏擧⁷, 中⁸楚國而朝⁹宋與魯.
림 출어명애지경 전어백거 중초국이조 송여로

及至夫差之身, 北而攻齊, 舍於汶¹⁰上, 戰於艾陵¹¹, 大
급지부차지신 북이공제 사어문 상 전어애릉 대

敗齊人, 而葆¹²之大山¹³. 東而攻越, 濟三江¹⁴五湖¹⁵, 而葆
패제인 이보 지태산 동이공월 제삼강 오호 이보

之會稽¹⁶, 九夷¹⁷之國, 莫不賓服. 於是退不能賞孤¹⁸, 施
지회계 구이 지국 막불빈복 어시퇴불능상고 시

舍¹⁹羣萌²⁰, 自恃力, 伐其功, 譽其智, 怠於敎. 遂築姑蘇
사 군맹 자시력 벌기공 예기지 태어교 수축고소

之臺²¹, 七年不成. 及若此, 則吳有離罷²²之心.
지대 칠년불성 급약차 즉오유리피 지심

越王勾踐, 視吳上下不相得, 收其衆以復其讎. 入北郭,
월왕구천 시오상하불상득 수기중이복기수 입북곽

徙²³大舟, 圍王宮, 而吳國以亡.
사 대주 위왕궁 이오국이망

1 飾(식)—꾸며주다. 비호하다. 2 賓服(빈복)—복종하다. 굴복하다. 3 舍
(사)—군대가 행군하다. 야영(野營)하는 것. 4 次(차)—머물다. 여기서는 군대
가 진을 치고 있는 것. 5 注林(주림)—땅 이름. 어느 곳인지 불명하다. 6 冥
隘(명애)—『좌전(左傳)』에 보이는 명액(冥阨)과 같은 곳으로, 한수(漢水) 동쪽
에 있는 좁고 험한 길이 있는 고장. 7 柏擧(백거)—옛 초(楚)나라에 있던 땅
이름. 지금의 호북성(湖北省) 마성현(麻城縣) 동남쪽에 있었다. 8 中(중)—쳐
부수는 것. 9 朝(조)—굴복하는 뜻으로 경의를 표하기 위하여 내조(來朝)하는
것. 10 汶(문)—강물 이름. 문수(汶水). 11 艾陵(애릉)—지금의 산동성(山東
省) 태안현(泰安縣) 동남쪽에 있는 지명. 12 葆(보)—보(保)와 통해, 목숨을 보
전하려 도망하는 것. 13 大山(태산)—대(大)는 태(泰)와 통함. 14 三江(삼
강)—여러 설이 있으나 송강(松江)·절강(浙江)·포양강(浦陽江)의 세강(『國語』
越語 韋昭 注). 15 五湖(오호)—월(越)나라에 있던 호수 이름. 16 會稽(회계)—
산 이름. 지금의 절강성(浙江省) 산음현(山陰縣)에 있다. 17 九夷(구이)—동이
(東夷)의 아홉 종족. 18 孤(고)—전쟁에서 공을 세운 용사들의 고아. 19 施
舍(시사)—사(舍)는 여(子)와 통하여, 임금의 은덕을 '베풀어 주는 것'. 20 羣
萌(군맹)—맹(萌)은 맹(氓)과 통하여, 여러 백성들. 21 姑蘇臺(고소대)—오왕

부차가 세운 지금의 소주(蘇州)에 있는 누대(樓臺) 이름. **22** 離罷(리피) — 피(罷)는 피(疲)와 통하여, 민심이 그에게서 떨어져나가고 지치는 것. **23** 徙(사) — 취(取)하는 것(『國語』 吳語 韋昭 注).

3-2 옛날 진(晉)나라에는 여섯 명의 장군이 있었는데, 지백(智伯)이 가장 강하였다. 그는 땅이 넓고 백성이 많은 것을 계산에 넣고, 제후들과 다투어 공격하고 싸우는 데 재빠름으로써 명성을 날리고자 하였다. 그러므로 그의 용맹스런 군사들을 가리어 뽑고, 많은 배와 수레를 벌여놓고, 중항씨(中行氏)를 공격하여 그의 땅을 차지하였다. 그의 계책과 실력은 충분한 것으로 증명되었다. 또 범씨(范氏)를 공격하여 그를 크게 쳐부수고, 세 나라를 한 나라로 합치고도 그만두지 않고 다시 조양자(趙襄子)를 진양(晉陽)에서 포위하였다. 이와 같이 되자, 한(韓)나라와 위(魏)나라는 만나서 계책을 의논하였다.

'옛날부터 말하기를, 입술이 없어지면 이빨이 시려진다 하였다. 조씨(趙氏)가 아침에 망하면, 우리는 저녁에 그를 뒤따르게 될 것이고, 조씨가 저녁에 망하면, 우리는 아침에 그를 뒤쫓게 될 것이다. 옛 시에 읊기를, 고기가 물에서 헤엄치지 못한다면 땅에서야 어찌하겠는가고 하였다.'

그래서 세 나라의 임금은 한마음이 되어 힘을 다하여 성문을 열어젖히고 길을 튼 다음 무장을 갖추어 군사를 일으켰다. 한나라와 위나라는 밖으로부터, 조씨는 안으로부터 지백을 공격하여 그를 크게 무찔렀다."

그러므로 묵자가 또 말하였다.

"옛날 말에 이르기를, 군자는 물을 거울로 삼지 않고 사람을 거울로 삼는다. 물을 거울로 삼으면 얼굴 모습이나 보게 되지만, 사람을 거울로 삼으면 앞 일이 길할지 흉할지 알게 된다고 하였다. 지금 공격하고 전쟁하는 것을 유익한 일이라 생각한다면, 어찌하여 지백의 일을 거울로 삼지 아니하는가? 그가 이미 길하지 못하고 흉하였다면 이미 거기에 대하여 알 수가 있었을 것이다."

昔者晉有六將軍[24], 而智伯莫爲强焉. 計其土之博, 人徒
석 자 진 유 륙 장 군   이 지 백 막 위 강 언   계 기 토 지 박   인 도

之衆, 欲以抗諸侯以爲英名攻戰之速. 故差論[25]其爪牙[26]之
지 중   욕 이 항 제 후 이 위 영 명 공 전 지 속   고 차 론   기 조 아   지

士, 皆列其舟車之衆, 以攻中行氏而有之. 以其謀爲旣已
사   개 렬 기 주 거 지 중   이 공 중 항 씨 이 유 지   이 기 모 위 기 이

足矣. 又攻茲范氏而大敗之, 并三家以爲一家而不止, 又
족 의   우 공 자 범 씨 이 대 패 지   병 삼 가 이 위 일 가 이 부 지   우

圍趙襄子於晉陽. 及若此, 則韓魏亦相從而謀曰: 古者有
위 조 양 자 어 진 양   급 약 차   즉 한 위 역 상 종 이 모 왈   고 자 유

語, 脣亡則齒寒. 趙氏朝亡, 我夕從之, 趙氏夕亡, 我朝從
어   순 망 즉 치 한   조 씨 조 망   아 석 종 지   조 씨 석 망   아 조 종

之. 詩曰[27]: 魚水不務[28], 陸將何及乎?
지   시 왈   어 수 불 무   육 장 하 급 호

是以三主之君, 一心戮力[29], 奉甲興士. 韓魏自外, 趙氏
시 이 삼 주 지 군   일 심 륙 력   봉 갑 흥 사   한 위 자 외   조 씨

自內, 擊智伯大敗之.
자 내   격 지 백 대 패 지

是故子墨子言曰: 古者有語曰: 君子不鏡於水而鏡於
시 고 자 묵 자 언 왈   고 자 유 어 왈   군 자 불 경 어 수 이 경 어

人. 鏡於水, 見面之容, 鏡於人, 則知吉與凶. 今以攻戰爲
인   경 어 수   견 면 지 용   경 어 인   즉 지 길 여 흉   금 이 공 전 위

利, 則盍[30]嘗鑒之於智伯之事乎? 此其爲不吉而凶, 旣可
리   즉 합   상 감 지 어 지 백 지 사 호   차 기 위 불 길 이 흉   기 가

得而知矣.
득 이 지 의

---

24 六將軍(육장군)-진(晋)나라의 육경(六卿). 한(韓)·조(趙)·위(魏)·범(范).

중항(中行) · 지백(智伯)의 여섯 명으로, 모두가 장군이기도 하였다. **25** 差論(차론)－가리어 뽑는 것. **26** 爪牙(조아)－발톱과 이빨. 용감한 군사에 비유한 말임. **27** 詩曰(시왈)－지금의 『시경』에는 들어있지 않은 일시(逸詩)임. **28** 騖(무)－무(騖)와 통하여, 헤엄쳐 달리는 것. 또는 유(斿)의 잘못으로, 헤엄치는 것. **29** 戮力(육력)－힘을 다하는 것. **30** 盍(합)－어찌 …하지 않는가? 곧 하불(何不)과 같은 말.

여기서는 옛날 전쟁하기를 좋아하여 일시적으로 나라의 세력을 높이는데 성공한 듯하다가 결국은 망해 버린 임금들을 보기로 들고 있다. 남을 공격하여 망치기 좋아하는 자는 결국 자신도 남에게 공격을 받아 멸망하고 만다는 것이다. 그러니 전쟁처럼 사리에 어긋나고 인정에도 반하는 짓은 없다는 것이다.

19.

비공편 非攻篇(下)

상편 · 중편에 이어 여기서도 남의 나라를 공격하는 전
쟁을 반대하는 이론을 계속 전개하고 있다.

1-1 묵자가 말하였다.

"지금 세상에서 훌륭하다고 칭송하는 것들은 그 이론
적인 근거가 어디 있는가? 그가 위로는 하늘의 이익과 부합되고,
가운데로는 귀신의 이익과 부합되며, 아래로는 사람들의 이익과
부합되기 때문에 그래서 칭송하는 건가? 그렇지 않으면 그가 위로
는 하늘의 이익과 부합되지 않고, 가운데로는 귀신의 이익과 부합
되지 않으며, 아래로는 사람들의 이익과 부합되지 않기 때문에 그
래서 칭송하는 건가? 비록 가장 어리석은 사람이라 하더라도 반드
시 그가 위로는 하늘의 이익과 부합되었고, 가운데로는 귀신의 이
익과 부합되었으며, 아래로는 사람들의 이익과 부합되었기 때문

에 그래서 그를 칭송한다고 대답할 것이다."

지금 세상에서 모두가 의로운 것이라고 하는 것은 성왕의 법도이다. 지금 천하의 제후들은 아직도 모두가 남을 공격하고 정벌하여 남의 땅을 빼앗으려 하고 있으니, 곧 이것은 칭송과 의로움이란 말만 있는 것이지, 그 내용은 살피지 않은 것이다. 이것을 비유로 들면 마치 장님이 사람들과 함께 검다, 희다는 말을 하면서도 그 물건은 분별하지 못하는 것과 같다. 그러니 어찌 분별이 있다고 하겠는가?

子墨子言曰：今天下之所譽善者, 其說將何哉?　爲其上
자묵자언왈　　금천하지소예선자　　기설장하재　　　위기상

中天之利, 而中中鬼之利, 而下中人之利, 故譽之與?　意¹
중천지리　이중중귀지리　이하중인지리　고예지여　　　의

亡²非爲其上中天之利, 而中中鬼之利, 而下中人之利, 故
무 비위기상중천지리　이중중귀지리　이하중인지리　고

譽之與?　雖使下愚之人, 必曰將爲其上中天之利, 而中中
예지여　수사하우지인　필왈장위기상중천지리　이중중

鬼之利, 而下中人之利, 故譽之.
귀지리　이하중인지리　고예지

今天下之所同義者, 聖王之法也.　今天下之諸侯, 將猶多
금천하지소동의자　성왕지법야　금천하지제후　장유다

皆攻伐幷兼, 則是有譽義之名, 而不察其實也.　此譬猶盲
개공벌병겸　즉시유예의지명　이불찰기실야　　차비유맹

者之與人同命白黑之名, 而不能分其物也.　則豈謂有別哉?
자지여인동명백흑지명　이불능분기물야　　즉기위유별재

1 意(의)－억(抑)과 통하여, '그렇지 않으면'의 뜻(王引之 說).　**2** 亡(무)－무(無)와 통하여, 어조사.

1-2 그러므로 옛날의 지혜 있는 사람이 천하를 위하여 헤아릴 적에는 반드시 의로움을 좇아서 생각하고 그러한

뒤에야 그것을 위하여 행동하였다. 그리하여 행동할 적에 의심이 없었고 멀고 가까운 사람들이 모두 그가 바라는 것을 얻었으며, 하늘과 귀신과 백성들의 이익을 따랐다. 곧 이것이 지혜 있는 사람의 도리인 것이다.

그러므로 옛날의 천하를 다스렸던 어진 사람들은 반드시 큰 나라와 서로 즐겁게 지내면서 천하를 통일하여 조화를 이룩하고 온 세계를 아울렀다. 그리고는 천하의 백성을 거느리고 농사짓는 신하들로 하여금 하나님과 산천의 귀신들을 섬기게 하였으니 사람들을 이롭게 한 것도 많고 공로도 컸다. 그리하여 하늘은 그에게 상을 내리고, 귀신은 그를 부유하게 해주고, 사람들은 그를 칭송하여 그로 하여금 천자의 귀한 몸이 되게 하고, 천하의 부를 다 차지하게 하였으며, 명성은 하늘과 땅에 어울리어 지금까지 없어지지 않고 있다. 이것이 곧 지혜 있는 사람의 도리이며 옛 임금들이 천하를 다스렸던 근거인 것이다."

是故古之知者之爲天下度也, 必順慮其義, 而後爲之行.
시 고 고 지 지 자 지 위 천 하 도 야　필 순 려 기 의　이 후 위 지 행

是以動則不疑, 遠邇咸³得其所欲, 而順天鬼百姓之利, 則
시 이 동 즉 불 의　원 이 함 득 기 소 욕　이 순 천 귀 백 성 지 리　즉

知者之道也.
지 자 지 도 야

是故古之仁人, 有天下者, 必交⁴大國之說⁵. 一天下之
시 고 고 지 인 인　유 천 하 자　필 교 대 국 지 열　일 천 하 지

和, 總四海之內. 焉⁶率天下之百姓, 以農臣事上帝山川鬼
화　총 사 해 지 내　언 율 천 하 지 백 성　이 농 신 사 상 제 산 천 귀

神, 利人多, 功又大. 是以天賞之, 鬼富之, 人譽之, 使貴
신　이 인 다　공 우 대　시 이 천 상 지　귀 부 지　인 예 지　사 귀

爲天子, 富有天下, 名參乎天地, 至今不廢. 此則知者之
위 천 자　부 유 천 하　명 참 호 천 지　지 금 불 폐　차 즉 지 자 지

道也, 先王之所以有天下者也.
도 야　선 왕 지 소 이 유 천 하 자 야

遠邇咸(원이함) ― 먼 곳, 가까운 곳의 사람들 모두가. 보통 판본엔 '속통성 (速通成)'으로 되어 있으나 뜻이 통하지 않으므로 손이양(孫詒讓)의 설을 따라 고쳤다. **4** 交(교) ― 서로. 보통 책엔 '반(反)'으로 되어 있으나 손이양의 설을 따라 고쳤다. **5** 交大國之說(교대국지열) ― '여대국교상열(與大國交相說)', 곧 '큰 나라와 함께 서로 기쁘게 지낸다'는 뜻(『墨子閒詁』). **6** 焉(언) ― 이에의 뜻. 내(乃)와 같음.

여기서는 옛 어진 임금들이 하던 정치를 설명하고 있다. 옛 임금들은 하늘과 귀신과 사람들 모두에게 이로운 정치를 하여 온 세상을 평화롭게 다스렸다. 그런 훌륭한 정치 아래에선 나라와 백성들에게 막대한 피해를 가져오는 전쟁 같은 것은 있을 수가 없을 것이다.

2-1 지금의 임금이나 대신 또는 천하의 제후들은 그렇지 않다. 반드시 그들은 모두 그의 군사들을 정리하고 군함과 전차를 타는 부대를 정돈한 다음, 튼튼한 갑옷과 예리한 무기를 준비해 가지고 죄 없는 나라를 치러 간다. 그 나라의 변경을 넘어 들어가서는 그들이 농사지은 곡식을 베어 버리고, 그곳의 나무를 잘라 버리며, 그들의 성곽을 부수고, 그들의 해자를 묻어 버리며, 그들의 가축을 함부로 죽이고 그들의 종묘(宗廟)를 불 질러 없애며, 그 나라 백성들을 찔러 죽이고, 그 나라의 늙은이와 약한 사람들을 죽여 없애며, 그 나라의 소중한 그릇들을 가져간다. 갑자기 진격하여 전투를 벌이고 말하기를, 자기 목숨을 바치는 게 가장 잘하는 짓이고, 적을 많이 죽이는 게 그 다음이며, 몸에 부상을 입는 것은 시

원찮은 짓이라 한다. 그리고는 대열을 잃고 돌아서 도망치는 자들은 용서 없이 사형에 처할 자들이라 하며 그의 군사들을 위협한다.

今王公大人, 天下之諸侯, 則不然. 將必皆差論¹其爪牙
금 왕 공 대 인 천 하 지 제 후 즉 불 연 장 필 개 차 론 기 조 아

之士², 比列其舟車之卒伍, 於此爲堅甲利兵, 以往攻伐無
지 사 비 렬 기 주 거 지 졸 오 어 차 위 견 갑 리 병 이 왕 공 벌 무

罪之國. 入其國家邊境, 芟刈³其禾稼⁴, 斬其樹木, 墮其城
죄 지 국 입 기 국 가 변 경 삼 예 기 화 가 참 기 수 목 타 기 성

郭, 以湮⁵其溝池⁶, 攘殺其牲牷⁷, 燔潰⁸其祖廟, 勁⁹殺其萬
곽 이 인 기 구 지 양 살 기 생 전 번 궤 기 조 묘 경 살 기 만

民, 覆¹⁰其老弱, 遷其重器¹¹. 卒進而極乎鬪, 曰 : 死命爲
민 복 기 로 약 천 기 중 기 졸 진 이 극 호 투 왈 사 명 위

上, 多殺次之, 身傷者爲下. 又況失列北撓¹²乎哉, 罪死無
상 다 살 차 지 신 상 자 위 하 우 황 실 렬 배 요 호 재 죄 사 무

赦, 以憚¹³其衆.
사 이 탄 기 중

1 差論(차론)─등급을 따지어 정리하는 것. 2 爪牙之士(조아지사)─발톱과 이가 되는 군사들. 3 芟刈(삼예)─풀 같은 것을 베는 것. 4 禾稼(화가)─농사지은 곡식. 5 湮(인)─메움. 묻음. 6 溝池(구지)─해자. 성을 지키기 위하여 성 둘레에 파놓은 도랑과 못. 7 牲牷(생전)─생(牲)은 소·말·양·돼지·개·닭 같은 제물로 쓸 수 있는 짐승, 전(牷)은 사지를 다 갖춘 짐승(『周禮』鄭玄 注), 또는 순색(純色)의 짐승(鄭衆 說). 8 燔潰(번궤)─태워 없애는 것. 9 勁(경)─목을 치는 것(『左傳』定公四年 杜注. 郭璞 說). 10 覆(복)─멸함(『逸周書』周祝篇 孔注). 죽여 없앰. 11 重器(중기)─보배가 되는 그릇들. 12 北撓(배요)─뒤로 돌아서 달아나는 것. 13 憚(탄)─두려워하게 하다. 협박하다.

2-2 그들은 남의 나라를 빼앗고 군인들을 죽이며 백성들을 해치고 학대하여 성인이 끼치신 일을 어지럽힌다. 그

렇지만 그렇게 하여 하늘에 이롭게 하고 있는가? 하늘의 사람들을 가지고서 하늘의 고을을 공격하니, 이것은 하늘의 백성들을 찔러 죽이고 신을 모시는 곳을 박살내며 나라를 뒤엎고 제물로 쓸 짐승들을 함부로 죽이는 짓이다. 그러니 이것은 위로 하늘의 이익에 부합되지 않는다.

또 그렇게 함으로써 귀신을 이롭게 해주는가? 하늘의 사람들을 죽이고 귀신을 제사지낼 사람들을 없애며 옛 임금들을 부정하고 백성을 해치고 학대하여 백성들을 흩어지게 하는 것이다. 곧 이것은 가운데로는 귀신들의 이익에도 부합되지 않는다.

또 그렇게 함으로써 사람들을 이롭게 해주는가? 사람을 죽인다는 것은 사람들의 이익도 망치는 짓이다. 또 그 비용을 셈하여 본다면 이것은 삶의 근본을 해치는 것이며, 천하 백성들이 사용할 재물을 얼마나 많이 말리게 되는 것인지 이루 다 헤아릴 수도 없다. 그러니 이것은 아래로 사람들의 이익에도 부합되지 않는다.

夫無[14]兼國覆軍, 賊虐萬民, 以亂聖人之緖[15]. 意將以爲
부무 겸국복군 적학만민 이란성인지서 의장이위

利天乎? 夫取天之人, 以攻天之邑, 此刺殺天民, 剝振[16]神
리천호 부취천지인 이공천지읍 차척살천민 박진 신

位, 傾覆社稷, 攘殺犧牲. 則此上不中天之利矣.
위 경복사직 양살희생 즉차상부중천지리의

意將以爲利鬼乎? 夫殺天之人, 滅鬼神之主, 廢滅先王,
의장이위리귀호 부살천지인 멸귀신지주 폐멸선왕

賊虐萬民, 百姓離散. 則此中不中鬼之利矣.
적학만민 백성리산 즉차중불중귀지리의

意將以爲利人乎? 夫殺人之爲利也薄矣. 又計其費, 此
의장이위리인호 부살인지위리야박의 우계기비 차

爲害生之本, 竭天下百姓之財用, 不可勝數也. 則此下不
위해생지본 갈천하백성지재용 불가승수야 즉차하부

中人之利矣.
중인지리의

14 夫無(부무)—두 글자 모두 조사임. **15** 緒(서)—유업(遺業). 유서(遺緒). **16** 剝振(박진)—찢다. 부수다.

여기에서는 전쟁이란 하늘에게도 이롭지 않고 귀신이나 사람에게도 이롭지 않은 잔인한 것임을 논하고 있다. 이처럼 전쟁을 반대하는 데에 하늘과 귀신까지 동원하는 것은 그의 「천지편」의 사상과 통하는 것이다. 묵자가 사람은 서로 사랑해야만 한다는 '겸애'의 이론을 바탕으로 하여 이처럼 철저한 전쟁 반대의 주장을 펴고 있다는 점은 현대 우리에게도 많은 가르침을 주는 것이다.

3-1 지금의 군대라는 것은 서로에게 이롭지 않은 것이다. 장수가 용감하지 않고, 군사들에게 사기가 없고 무기가 예리하지 않고, 훈련을 제대로 익히지 아니하고, 군대의 수가 많지 아니하고, 장교들이 불화하고, 위세가 강하지 아니하면, 그들은 포위를 해도 오래가지 않고, 그들의 싸우는 동작은 재빠르지 아니하며, 백성을 튼튼하게 거느리지 못하고, 지니고 있는 마음이 굳지 아니하여 자기편의 나라 제후들이 의혹을 품게 된다.

자기편의 나라 제후들이 의혹을 품으면 곧 적이 되지 않을까 걱정하게 되고 의지가 약해진다. 이러한 조건들을 모두 지닌 채 전쟁을 하게 되면 곧 나라는 일꾼을 잃게 되고, 백성은 하던 일을 바꾸게 된다.

今夫師者之相爲不利者也. 曰：將不勇, 士不分[1], 兵不
금부사자지상위불리자야　왈　장불용　사불분　병불

利, 敎不習, 師不衆, 率[2]不利[3], 威不圉[4], 害[5]之不久, 爭之
리　교불습　사불중　솔　불이　위불어　해　지불구　쟁지

不疾, 孫[6]之不强, 植心不堅, 與國諸侯疑.
부질　손　지불강　식심불견　여국제후의

與國諸侯疑, 則敵生慮, 而意贏[7]矣. 偏[8]具此物, 而致從
여국제후의　즉적생려　이의리의　편　구차물　이치종

事焉, 則是國家失卒, 而百姓易務也.
사언　즉시국가실졸　이백성역무야

1 分(분) − 분(忿), 또는 분(奮)과 통하여(『墨子閒詁』), 사기(士氣)를 떨치는 것.
2 率(솔) − 장솔(將率). 지금의 장교(將校). 3 利(이) − 화(和)의 잘못(『墨子閒詁』).
4 圉(어) − 강한 것. 튼튼한 것. 5 害(해) − 위(圍)의 잘못인 듯(『墨子閒詁』). 포
위하는 것. 6 孫(손) − 계(係)의 잘못인 듯(『墨子閒詁』). 백성을 거느리는 것.
7 贏(리) − 여위다. 약해지다. 8 偏(편) − 편(徧)과 통하여, 두루. 모두.

3-2 지금 공격하고 정벌하기를 좋아하는 나라에 대한 설명을 듣지 않았는가? 만약 군사를 일으키려 한다면 지휘관급 수백 명에 사관급은 반드시 수천 명이 있어야 하고, 병졸은 수십만이 있어야만 군사행동을 할 수가 있을 것이다. 그리고 오래 갈 적에는 수년, 빨라도 수개월은 걸리는데, 이 사이 임금은 정치를 할 겨를이 없고 관리들은 그의 벼슬직책을 수행할 겨를이 없고, 농부는 농사지을 겨를이 없고, 부인은 실 뽑고 길쌈할 겨를이 없을 것이다. 곧 이것이 나라는 일꾼을 잃게 되고, 백성들은 하던 일을 바꾸게 되는 원인이 되는 것이다.

그리고 그들의 수레와 말은 해지고 지치게 될 것이고, 장막과 포장 같은 전군의 용품과 갑옷이나 무기 같은 군수품들은 5분의 1 정도만 남게 된다 해도 많이 남았다고 할 수가 있을 것이다. 그리

고 길에서 흩어져 없어지는 것도 있다. 가는 길은 아득히 먼데 양
식이 공급되지 않아 음식을 제때에 먹지 못하게 되면, 노무자들은
이 때문에 굶주리고 헐벗어 병에 걸려 도랑 가운데로 굴러 떨어져
죽는 자가 이루 헤아릴 수도 없이 많을 것이다.

今不嘗觀其說好攻伐之國? 若使中興師, 君子數百, 庶
금불상관기열호공벌지국　약사중흥사　군자수백　서

人也必且數千, 徒倍十⁹萬, 然後足以師而動矣. 久者數歲,
인야필차수천　도배십만　연후족이사이동의　구자수세

速者數月, 是上不暇聽治, 士不暇治其官府, 農夫不暇稼
속자수월　시상불가청치　사불가치기관부　농부불가가

穡¹⁰, 婦人不暇紡績織. 則是國家失卒, 而百姓易務也.
색　부인불가방적직　즉시국가실졸　이백성역무야

然而又與其車馬之罷弊¹¹也, 幔幕¹²帷蓋¹³, 三軍之用,
연이우여기거마지피폐　야　만막　유개　삼군지용

甲兵之備, 五分而得其一, 則猶爲序疏¹⁴矣. 然而又與其散
갑병지비　오분이득기일　즉유위서소　의　연이우여기산

亡道路. 道路遼遠, 粮食不繼傺, 食飮不時, 厠役¹⁵以此飢
망도로　도로료원　양식불계제　식음불시　측역　이차기

寒, 凍餒疾病而轉死溝壑中者, 不可勝計也.
한　동뇌질병이전사구학중자　불가승계야

9 倍十(배십)─수십.　10 稼穡(가색)─씨뿌리고 거두는 것, 곧 농사짓는 것.
11 罷弊(피폐)─지치고 해지는 것.　12 幔幕(만막)─장막.　13 帷蓋(유개)─포
장.　14 序疏(서소)─후여(厚餘)의 잘못인 듯(『墨子閒詁』). 많은 남음이 있는
것.　15 厠役(측역)─측(厠)은 시(廝)의 잘못이며(王闓運 說), 시역(廝役)은 노무
자(勞務者).

3-3 이래서 그것이 사람들에게 이롭지 못하며, 천하에 끼
치는 해가 대단하다는 것이다. 그런데도 임금과 귀족

들이 그것을 즐겨 행한다면, 곧 이것은 천하의 백성들을 해치고 멸망시키기를 즐기는 짓이 된다. 어찌 도리에 어긋나는 것이 아니겠는가?

지금 천하에 전쟁을 좋아하는 나라로 제(齊)나라·진(晉)나라·초(楚)나라·월(越)나라가 있다. 만약 이 네 나라들이 천하에서 자기네 뜻대로 할 수 있게 된다면 모두 그 나라의 백성이 10배로 늘겠지만 자기 나라 땅을 경작하여 먹고 살 수가 없게 될 것이다. 그것은 사람은 모자라고 땅은 남음이 있게 될 것이기 때문이다. 그런데도 지금 또 그들은 땅을 다투게 될 것이므로 도리어 서로 해치게 되는 것이다. 그러니 이것은 모자라는 것을 축내면서 남음이 있는 것을 더욱 중히 하는 짓이 된다.

此其爲不利於人也, 天下之害厚矣. 而王公大人樂而行
차 기 위 불 리 어 인 야　천 하 지 해 후 의　이 왕 공 대 인 락 이 행

之, 則此樂賊滅天下之萬民也. 豈不悖¹⁶哉?
지　즉 차 락 적 멸 천 하 지 만 민 야　기 불 패 재

今天下好戰之國, 齊晉楚越. 若使此四國者, 得意於天
금 천 하 호 전 지 국　제 진 초 월　약 사 차 사 국 자　득 의 어 천

下, 此皆十倍其國之衆, 而未能食¹⁷其地也. 是人足而地有
하　차 개 십 배 기 국 지 중　이 미 능 식 기 지 야　시 인 족 이 지 유

餘也. 今又以爭地之故而反相賊也. 然則是虧不足, 而重
여 야　금 우 이 쟁 지 지 고 이 반 상 적 야　연 즉 시 유 부 족　이 중

有餘也.
유 여 야

16 悖(패)─도리에 어긋나는 것.　17 食(식)─농사를 지어 먹고 사는 것.

여기서도 전쟁이 얼마나 큰 피해를 주는가. 군비가 시원찮은

나라와 군비가 잘되어 있는 나라들의 경우를 들면서 설명하고 있다. 군비가 잘된 나라나 못된 나라나 전쟁은 어떻든 큰 손실임에 틀림이 없다.

4-1 지금 공격과 정벌을 좋아하는 임금들은 또 그들의 이론을 꾸며가지고 묵자를 비난한다.

"공격하고 정벌하는 것을 의롭지 않다고 하는 것은 엉뚱한 것을 이롭게 하려는 것이 아닐까? 옛날에 우(禹)임금은 묘(苗)족을 정벌하였고, 탕(湯)임금은 걸(桀)을 정벌하였고, 무왕(武王)은 주(紂)를 정벌하였는데, 이들은 모두 성왕이 되었다. 이것은 무엇 때문인가?"

묵자가 말하였다.

"당신은 내 말의 내용을 잘 살피지 않아 그 뜻을 잘 알지 못하고 있다. 그들이 한 것은 이른바 공격이 아니라 잘못하는 자를 치는 것이다.

옛날 묘족들이 크게 세상을 어지럽히자, 하늘이 명하시어 그들을 처벌케 하였다. 요괴가 밤이면 나타났고, 사흘이나 피비가 내렸고, 용(龍)이 묘당(廟堂)에 나타났고, 개가 시장에서 곡을 하였고, 여름에 얼음이 얼고, 땅이 갈라져 샘물이 솟아났고, 다섯 가지 곡식이 이상하게 자라서 백성들이 크게 떨며 두려워하였다. 순임금이 이에 현궁(玄宮)에서 명을 내리니, 우임금은 친히 하늘의 명령을 받들고 묘나라를 정벌하였다. 그러자 번개와 벼락이 번득이며 진동하고 사람의 얼굴에 새의 몸을 가진 신(神)이 옥홀(玉笏)을 받들고 시종하였다. 묘족은 그들의 근거를 완전히 잃게 되었다. 묘족의 무리들은 크게 어지러워져서 마침내는 후손들까지도 끊게 되었다."

우임금은 묘족을 정복하고 나자, 이에 산과 냇물을 따로 분별하고 하늘과 땅의 물건을 구별하였으며, 사방의 먼 나라들까지도 분명히 정리하여 신과 백성이 서로 어기지 않게 되니 천하가 이에 안정되었다. 곧 이것이 우임금이 묘족을 정벌했던 경과이다.

今遝[1]夫好攻伐之君, 又飾其說, 以非子墨子曰：以攻伐
금답부호공벌지군　우식기설　이비자묵자왈　　이공벌

之爲不義, 非利物與? 昔者禹征有苗, 湯伐桀, 武王伐紂,
지위불의　비리물여　석자우정유묘　탕벌걸　무왕벌주

此皆立爲聖王. 是何故也?
차개립위성왕　시하고야

子墨子曰：子未察吾言之類[2], 未明其故者也. 彼非所謂
자묵자왈　자미찰오언지류　미명기고자야　피비소위

攻, 謂誅也.
공　위주야

昔者三苗大亂, 天命殛[3]之. 日[4]妖宵[5]出, 雨血三朝, 龍
석자삼묘대란　천명극지　일요소출　우혈삼조　용

生於廟, 犬哭乎市, 夏冰, 地坼[6]及泉, 五穀變化, 民乃大
생어묘　견곡호시　하빙　지탁급천　오곡변화　민내대

振[7]. 高陽[8]乃命玄宮[9], 禹親把天之瑞[10]令, 以征有苗, 四電
진　고양내명현궁　우친파천지서령　이정유묘　사전

誘祇[11], 有神人面鳥身, 若瑾[12]以侍. 搤[13]失有苗之祚[14]. 苗
유지　유신인면조신　약근이시　액실유묘지조　묘

師大亂, 後乃遂幾[15].
사대란　후내수기

禹旣已克有三苗, 焉磨[16]爲山川, 別物上下, 卿[17]制大極[18],
우기이극유삼묘　언마위산천　별물상하　경제대극

而神民不違, 天下乃靜. 則此禹之所以征有苗也.
이신민불위　천하내정　즉차우지소이정유묘야

1 遝(답)—이르다. 미치다. 2 類(류)—내용. 종류. 3 殛(극)—죽이다. 처형하다. 4 日(일)—유(有)의 잘못인 듯(『墨子閒詁』). 5 宵(소)—밤. 6 坼(탁)—갈라지다. 쪼개지다. 7 振(진)—크게 놀라 떠는 것. 8 高陽(고양)—순(舜)임금은

고양씨의 후손이다. 다만 이것이 누구를 가리키는지는 불확실하다. **9** 玄宮
(현궁)-궁전 이름. **10** 瑞(서)-옥으로 된 부서(符瑞), 또는 부신(符信). **11** 四
電誘祗(사전유지)-뜻이 통하지 않음. 뇌전발진(雷電誇振)의 잘못인 듯(『墨子
閒詁』). 곧 '우레와 번개가 번쩍이고 진동하는 것'. **12** 若瑾(약근)-봉규(奉
珪)의 잘못인 듯(『墨子閒詁』). '옥홀(玉笏)을 받들고'의 뜻. **13** 搤(액)-꼭 잡
다. 완전히 처리하다. **14** 祚(조)-자리. 지위. 근거. **15** 幾(기)-희미해지
다. 쇠퇴하다. **16** 磨(마)-역(歷)의 잘못(『墨子閒詁』). 가려내다. 분별하다.
17 卿(경)-밝히다. **18** 大極(대극)-위대한 법도. 대(大)를 사(四)의 잘못으로
보고, 사방의 먼 나라로 풀이하기도 한다(孫詒讓 說).

4-2 하(夏)나라 임금 걸(桀)에게도 하늘의 엄한 명령이 내려
졌다. 해와 달이 제때에 뜨고 지고 하지 않고, 추위와
더위가 엇갈려 닥치고, 다섯 가지 곡식이 말라죽고, 귀신들이 나
라 안에서 울부짖고, 학이 10여 일 밤이나 울었다. 하늘이 이에 표
궁(鑣宮)에서 탕임금에게 명하시어, 하나라가 지닌 하늘의 명을 물
려받도록 하시었다.

탕임금은 이에 그의 무리들을 거느리고 하나라 접경으로 향하
였다. 그러자 하나님은 벼락을 내리시어 하나라 성을 무너뜨렸다.
조금 있으려니 한 신(神)이 와서 이렇게 알려주었다.

'하나라 덕이 크게 어지러워졌으니 가서 그들을 공격하시오.
나는 반드시 당신으로 하여금 그들을 크게 무찌르도록 하겠소.
나는 이미 하늘에게서 명을 받았거니와, 하늘은 또 축융(祝融)에게
명하시어 하나라의 성 사이 서북쪽 성 모퉁이에 불을 내리게 하시
었소.'

탕임금은 걸왕의 백성들을 거느리고 하나라를 쳐부수었다. 그
리고 박(薄) 땅에 제후들을 모아놓고서 하늘의 명을 밝혀주어 사방

으로 퍼지게 하니, 천하의 제후들은 감히 복종하지 않는 사람이
없게 되었다. 곧 이것이 탕임금이 걸을 정벌했던 경과이다.

逮至乎夏王桀, 天有酷[19]命. 日月不時, 寒暑雜至, 五穀
답 지 호 하 왕 걸　천 유 곡 명　일 월 불 시　한 서 잡 지　오 곡

焦死, 鬼呼國, 鶴[20]鳴十夕餘. 天乃命湯於鑣宮[21], 用受夏
초 사　귀 호 국　학 명 십 석 여　천 내 명 탕 어 표 궁　　용 수 하

之大命[22].
지 대 명

湯焉敢奉率其衆, 是以鄕[23]有夏之境. 帝乃使陰暴[24], 毁
탕 언 감 봉 솔 기 중　시 이 향　유 하 지 경　제 내 사 음 폭　　훼

有夏之城. 少少有神來告曰：夏德大亂, 往攻之. 予必使
유 하 지 성　소 소 유 신 래 고 왈　하 덕 대 란　왕 공 지　여 필 사

汝大堪[25]之. 予旣受命於天, 天命融[26]隆火, 于夏之城閒西
여 대 감　지　여 기 수 명 어 천　천 명 용 륭 화　우 하 지 성 간 서

北之隅.
북 지 우

湯奉桀衆以克有夏. 屬[27]諸侯於薄[28], 薦章天命, 通于四
탕 봉 걸 중 이 극 유 하　촉 제 후 어 박　천 장 천 명　통 우 사

方, 而天下諸侯莫敢不賓服. 則此湯之所以誅桀也.
방　이 천 하 제 후 막 감 불 빈 복　즉 차 탕 지 소 이 주 걸 야

19 酷(곡)-혹(酷), 또는 곡(嚳)의 잘못으로, 엄한 것. 심한 것(孫詒讓 說). 20
鶴(학)-학(鶴)과 같은 글자. 21 鑣宮(표궁)-궁전 이름. 22 用受夏之大命(용
수하지대명)-이 구절 아래 '하덕대란(夏德大亂), 여기졸기명어천의(予旣卒其
命於天矣), 왕이주지(往而誅之), 필사여감지(必使汝堪之).'란 말이 더 들어 있으
나, 이것은 분명히 바로 뒤의 신(神)이 고하는 말이 여기에 잘못 끼어든 것인
듯하여 빼버렸다. 23 鄕(향)-향(向)과 통하여, 향하여 가다. 24 陰暴(음
폭)-음(陰)은 강(降)의 잘못인 듯(『墨子閒詁』). 따라서 '사나운 벼락을 내리는
것'. 25 堪(감)-승(勝)과 뜻이 통하여, 이기다. 승리하다. 26 融(융)-축융
(祝融). 불의 신. 27 屬(촉)-모으다. 28 薄(박)-박(亳)으로도 쓰며, 탕임금
의 도읍지. 지금의 하남성(河南省), 언사현(偃師縣) 근처였다.

4-3 상(商)나라 임금 주(紂)에게 이르러서는 하늘이 그 임금의 덕과 그들이 모든 제사를 제때에 지내지 않는 것을 못마땅하게 보셨다. 이에 밤낮으로 열흘 동안 박(薄) 땅에 흙비가 내렸고, 나라의 보배인 구정(九鼎)이 자리를 옮겨 앉았고, 여자 요괴가 밤에 나타났고, 귀신이 밤에 울었으며, 여자가 남자로 변하기도 했고, 하늘에선 피비가 내렸으며, 나라의 한길에 가시덤불이 자라났고, 임금은 더욱 멋대로 방종하였다.

이에 붉은 새가 부적을 물고 주(周)나라 기(岐)의 땅의 신을 모신 사(社)로 내려와 말하였다.

'하늘이 주나라 문왕에게 명하시어 은나라를 치고 천하를 다스리게 하셨다.'

그러자 태전(泰顚)이 주나라로 섬기기 위하여 찾아왔고, 황하(黃河)에서는 녹도(綠圖)가 나왔고, 땅에서는 승황(乘黃)이 나왔다.

무왕이 천자의 자리에 오르자, 꿈에 세 신이 나타나 말하였다.

'나는 이미 은나라 주왕이 술 마시는 일에 푹 빠져있음을 알고 있습니다. 가서 그를 공격하면, 나는 반드시 당신으로 하여금 크게 승리를 거두도록 하겠습니다.'

무왕은 이에 가서 그를 공격하려고 주나라를 떠나 상나라로 갔다. 하늘은 무왕에게 황조(黃鳥)의 깃발을 내렸다. 무왕은 은나라를 쳐부수어 하나님이 내리신 명을 이룩하고 나서는, 여러 신들을 분별하여 제후들에게 제사지내도록 하고, 주(紂)의 선조 임금들도 제사지내게 하여 사방 오랑캐에게까지도 위세가 통하게 되니, 천하에 복종하지 않는 자가 없게 되었다. 이에 탕임금이 하시던 일이 무왕에 의하여 다시 계승되었던 것이다. 이것이 곧 무왕이 주를 정벌하였던 경과이다.

이와 같은 세 성왕들의 경우를 볼 것 같으면 그것은 이른바 공격이 아니라 이른바 잘못하는 자를 치는 것인 것이다."

遝至乎商王紂, 天不序[29]其德. 祀用失時. 兼夜中十日雨
답 지 호 상 왕 주　천 불 서　기 덕　사 용 실 시　겸 야 중 십 일 우

土于薄, 九鼎[30]遷止, 婦妖宵出, 有鬼宵吟, 有女爲男, 天
토 우 박　구 정　천 지　부 요 소 출　유 귀 소 음　유 녀 위 남　천

雨肉[31], 棘[32]生乎國道, 王兄[33]自縱也.
우 육　극　생 호 국 도　왕 황　자 종 야

赤鳥銜珪, 降周之岐社[34]曰：天命周文王, 伐殷有國.
적 조 함 규　강 주 지 기 사　왈　천 명 주 문 왕　벌 은 유 국

泰顚[35]來賓, 河出綠圖[36], 地出乘黃[37].
태 전 래 빈　하 출 록 도　지 출 승 황

武王踐功[38], 夢見三神曰：予旣沈漬[39]殷紂于酒德矣. 往
무 왕 천 공　몽 견 삼 신 왈　여 기 침 지 은 주 우 주 덕 의　왕

攻之. 予必使汝大堪之.
공 지　여 필 사 여 대 감 지

武王乃攻狂[40]夫, 反商之周. 天賜武王黃鳥之旗. 王旣已
무 왕 내 공 광 부　반 상 지 주　천 사 무 왕 황 조 지 기　왕 기 이

克殷, 成帝之來[41], 分主諸神, 祀紂先王, 通維四夷, 而天
극 은　성 제 지 래　분 주 제 신　사 주 선 왕　통 유 사 이　이 천

下莫不賓. 焉襲湯之緒[42]. 此卽武王之所以誅紂也.
하 막 불 빈　언 습 탕 지 서　차 즉 무 왕 지 소 이 주 주 야

若以此三聖王者觀之, 則非所謂攻也, 所謂誅也.
약 이 차 삼 성 왕 자 관 지　즉 비 소 위 공 야　소 위 주 야

29 序(서) – 순응(順應)하다. **30** 九鼎(구정) – 우(禹)가 구주(九州)를 상징하는 뜻으로 만든 아홉 개의 솥. 천자의 다스림을 상징하는 것으로 후세에까지 전해지다가 진(秦)나라 때 없어졌다. **31** 雨肉(우육) – 생 살점이 비에 섞여 내리는 것. 곧 피비와 비슷하다. **32** 棘(극) – 가시. 가시덤불. **33** 兄(황) – 황(況)과 통하여, 더욱. **34** 社(사) – 임금이 땅의 신을 제사지내던 곳. **35** 泰顚(태전) – 현명한 신하 이름. 앞 「상현 상편」에도 보였으나 어떤 사람이었는지는 확실치 않다. **36** 綠圖(록도) – 상서로운 표시. 그 그림이 실제로 어떤 모양이었는지는 알 수 없다. **37** 乘黃(승황) – 성왕이 다스리는 태평성대에 나타난다는 상서로운 동물의 이름. **38** 踐功(천공) – 공(功)은 조(阼)의 잘못으로, 천

자의 자리에 오르는 것. **39** 沈漬(침지)－폭 빠져 있는 것. **40** 乃攻往(내공왕)－왕공지(往攻之)의 잘못인 듯(『墨子閒詁』). 다만 그 아래 다섯 자의 뜻도 분명치는 않다. **41** 來(래)－뢰(賚)와 통하여, 내려준 것. 곧 천명(天命)을 가리킴. **42** 緖(서)－서업(緖業). 유업(遺業).

전쟁을 좋아하는 자들은 옛날 우·탕·무왕 같은 성인들도 묘족과 걸·주를 각기 정벌하지 않았는가? 그러니 전쟁과 정벌은 필요한 것이라 주장한다. 그러나 묵자의 이론에 의하면, 극악무도한 자를 치는 것을 잘못하는 자를 치는 것, 곧 하늘의 벌을 대신 내리는 것이지, 남의 나라를 공격하고 치는 것이 아니라는 것이다.

5-1 다시 남을 공격하고 정벌하기 좋아하는 임금은, 또 그의 이론을 꾸며가지고 묵자를 비난한다.

"당신이 공격하고 정벌하는 것을 의롭지 않은 짓이라 하는 것은 엉뚱한 것을 이롭게 하는 것이 아닐까? 옛날 초(楚)나라 웅려(雄麗)는 저산(雎山) 사이에 처음으로 봉(封)해졌고, 월(越)나라 왕 예휴(繄虧)는 유거(有遽)로부터 나와 처음으로 월(越) 땅에 나라를 세웠고, 당숙(唐叔)과 여상(呂尙)은 제(齊)나라와 진(晉)나라에 봉해졌었다. 이들은 모두 넓이 수백 리 평방의 땅이었는데, 지금은 다른 나라들을 병합시켰기 때문에 천하를 넷으로 나누어 이들이 차지하게 되었다. 이 까닭은 무엇인가?"

묵자가 말하였다.

"당신은 내 말의 내용을 잘 살피지 못하여 그 뜻을 잘 알지 못하기 때문이다. 옛날 천자께서 제후로 처음 봉해 주었던 사람들은 만여 명이나 된다. 지금은 다른 나라들을 병합시켰기 때문에 만여의 나라들이 모두 멸망하고 다만 네 나라만이 존재하게 된 것이다. 이것을 비유로 들면 마치 만여 명에게 약을 주어 병을 고치도록 했는데 네 명만이 병이 나았다는 것과 같다. 이런 의사는 훌륭한 의사라 할 수가 없을 것이다."

則夫好攻伐之君, 又飾其說以非子墨子曰:
즉 부 호 공 벌 지 군   우 식 기 설 이 비 자 묵 자 왈

子以攻伐爲不義, 非利物與? 昔者楚熊麗[1], 始封此雎山[2]
자 이 공 벌 위 불 의   비 리 물 여   석 자 초 웅 려   시 봉 차 저 산

之閒. 越王繄虧[3], 出自有遽[4], 始邦於越, 唐叔[5]與呂尙[6],
지 간   월 왕 예 휴   출 자 유 거   시 방 어 월   당 숙 여 려 상

邦齊晉. 此皆地方數百里, 今以幷國之, 故四分天下而有
방 제 진   차 개 지 방 수 백 리   금 이 병 국 지   고 사 분 천 하 이 유

之. 是故何也?
지   시 고 하 야

子墨子曰: 子未察吾之類, 未明其故者也. 古者天子之
자 묵 자 왈   자 미 찰 오 지 류   미 명 기 고 자 야   고 자 천 자 지

始封諸侯也, 萬有餘. 今以幷國之故, 萬國有餘皆滅, 而
시 봉 제 후 야   만 유 여   금 이 병 국 지 고   만 국 유 여 개 멸   이

四國獨立. 此譬猶醫之藥萬有餘人, 而四人愈也. 則不可
사 국 독 립   차 비 유 의 지 약 만 유 여 인   이 사 인 유 야   즉 불 가

謂良醫矣.
위 량 의 의

1 熊麗(웅려)―초나라 왕실의 조상 이름. 『사기』 초세가(楚世家)에는 웅려의 손자 웅역(熊繹)이 주(周)나라 성왕(成王) 때 처음으로 초나라에 봉함을 받았다 하였다. 2 雎山(저산)―초나라 땅의 산 이름. 3 繄虧(예휴)―월나라 왕실의 조상. 『사기』 월세가(越世家)에는 구천(勾踐)이 처음으로 월나라 왕이 되었다 하였다. 따라서 예휴는 구천의 아버지 윤상(允常)이라고도 하고, 그 조상 무여(無餘) 또는 집자(執疵)라는 등 설이 구구하다(『墨子閒詁』). 4 有遽(유거)―월나라 왕실의 조상 이름. 웅거(熊渠)를 가리키는 듯하다(孫詒讓 說). 5 唐叔(당숙)―주나라 성왕(成王)의 아우. 숙우(叔虞). 처음엔 당(唐)나라에 봉했으나 그의 아들 섭보

(變父)가 진(晉)으로 도읍을 옮기어 진후(晉侯)로 고쳐 부르게 되었다. **6 呂尙(려상)**—곧 태공망(太公望). 주나라 무왕(武王)이 그를 제나라에 봉했었다.

5-2 그러자 공격과 정벌을 좋아하는 임금이 또 그의 이론을 꾸며가지고 말하였다.

"나는 금이나 옥 또는 자녀들이나 땅이 모자라기 때문에 그러는 것은 아니다. 나는 천하에 의로운 이름을 떨치어 덕으로써 제후들을 굴복시키고자 하기 때문이다."

묵자가 말하였다.

"지금 만약 천하에 의로운 이름을 떨치어 덕으로 제후들을 굴복시키는 이가 있다면, 온 천하가 복종하는 것을 그대로 서서 기다리기만 해도 될 것이다.

천하에 공격과 정벌이 있어온 지 오래되었는데, 그것은 비유를 들면 마치 어린아이가 말을 기르는 거나 같다. 지금 서로 믿음으로써 사귀고 천하를 먼저 이롭게 할 수 있는 제후들이라면, 큰 나라가 의롭지 않을 적에는 함께 그것을 걱정하고, 큰 나라가 작은 나라를 공격하면 곧 함께 그를 구해 주고, 작은 나라의 성곽이 온전치 않으면 반드시 그것을 수리해줄 것이며, 옷감이나 곡식이 모자라면 그것을 보내주고, 돈이나 비단이 모자란다면 그것을 공급해 줄 것이다. 이런 방법으로 큰 나라가 일을 처리한다면 작은 나라 임금들은 기뻐할 것이다. 남은 노고를 많이 하는데 나는 평안히 지낸다면 곧 우리의 군사들이 강해질 것이며, 너그럽고도 은혜롭고 위급한 것을 구제해 준다면 백성들이 반드시 그를 따르게 될 것이다.

방법을 바꾸어 공격과 정벌로써 자기 나라를 다스린다면 노력이 반드시 몇 배 더 들 것이다. 내가 군사를 일으키는 비용을 셈하고 나서 다른 제후들을 멸망시키려고 싸울 것을 생각해 본다면 반드시 큰 이익을 얻게 될 것이다."

則夫好攻伐之君, 又飾其說曰：我非以金玉子女壤地爲
즉 부 호 공 벌 지 군　우 식 기 설 왈　아 비 이 금 옥 자 녀 양 지 위

不足也. 我欲以義名立於天下, 以德求諸侯也.
부 족 야　아 욕 이 의 명 립 어 천 하　이 덕 구 제 후 야

子墨子曰：今若有能以義名立於天下, 以德求諸侯者,
자 묵 자 왈　금 약 유 능 이 의 명 립 어 천 하　이 덕 구 제 후 자

天下之服, 可立而待也.
천 하 지 복　가 립 이 대 야

夫天下處攻伐久矣, 譬若僮子[7]之爲馬然. 今若有能信效[8]
부 천 하 처 공 벌 구 의　비 약 동 자 지 위 마 연　금 약 유 능 신 효

先利天下諸侯者, 大國之不義也則同憂之, 大國之攻小國
선 리 천 하 제 후 자　대 국 지 불 의 야 즉 동 우 지　대 국 지 공 소 국

也則同救之, 小國城郭之不全也必使修之, 布粟之絶[9]則
야 즉 동 구 지　소 국 성 곽 지 불 전 야 필 사 수 지　포 속 지 절 즉

委[10]之, 幣帛不足則共[11]之. 以此效大國則小國之君說. 人
위 지　폐 백 부 족 즉 공 지　이 차 효 대 국 즉 소 국 지 군 열　인

勞我逸則我甲兵强, 寬以惠, 緩易急, 民必移[12].
로 아 일 즉 아 갑 병 강　관 이 혜　완 이 급　민 필 이

易攻[13]伐以治我國, 攻必培. 量我師舉之費, 以爭諸侯之
역 공 벌 이 치 아 국　공 필 배　양 아 사 거 지 비　이 쟁 제 후 지

斃[14], 則必可得而序[15]利焉.
폐　즉 필 가 득 이 서 리 언

7 僮子(동자)―아이. 8 信效(신효)―효(效)는 교(交)와 통하여, 믿음으로써 서로 사귀는 것(『墨子閒詁』). 9 之絶(지절)―지(之)는 핍(乏)의 잘못인 듯. 부족하고 끊는 것. 10 委(위)―대어주는 것. 11 共(공)―공(供)과 통하여, 공급해 주는 것. 12 移(이)―귀의(歸依)하는 것. 13 攻(공)―공(功)의 잘못인 듯(『墨子閒詁』). 14 斃(폐)―죽는 것. 멸망하는 것. 15 序(서)―후(厚)의 잘못으로(王引之說), 두터운. 많은.

5-3 "올바름으로써 살피고, 그의 이름을 의롭게 하며, 반드시 내 백성들에게 관대히 하고, 나의 백성들에게 신임을 받도록 힘써야만 한다. 이렇게 함으로써 다른 제후들의 백성을 끌어들인다고 하면 곧 천하에 적이 없게 될 것이며, 그가 천하에 끼쳐주는 이익은 이루 다 헤아릴 수 없게 되는 것이다.

이것이 천하의 이익이다. 그러나 임금과 귀족들은 그 방법을 사용할 줄 모르고 있다. 그러니 이것은 천하를 이롭게 하는 큰일을 알지 못하는 것이라고 말할 수 있을 것이다."

그래서 묵자는 또 말하였다.

"지금 천하의 임금과 귀족 및 군자들이 진심으로 천하의 이익을 일으키고자 한다면 천하의 해를 제거하여야 한다. 마땅히 번거로이 공격하고 정벌하는 일 같은 것은 실로 천하의 큰 해인 것이다. 지금 어짊과 의로움을 행하고 훌륭한 선비들을 구하여, 위로는 성왕의 도에 들어맞게 하고, 아래로는 나라와 백성들의 이익에 들어맞게 하려고 한다면, 마땅히 공격을 반대하는 이론에 대하여 잘 살피지 않으면 안 된다는 것은 이 때문이다."

督[16]以正, 義其名, 必務寬吾衆, 信吾師. 以此授[17]諸侯
독 이정 의기명 필무관오중 신오사 이차수 제후

之師, 則天下無敵矣, 其爲利天下, 不可勝數也.
지사 즉천하무적의 기위리천하 불가승수야

此天下之利. 而王公大人不知而用, 則此可謂不知利天
차천하지리 이왕공대인부지이용 즉차가위불지리천

下之巨務矣.
하지거무의

是故子墨子曰 : 今且天下之王公大人士君子, 中情將欲
시고자묵자왈 금차천하지왕공대인사군자 중정장욕

求興天下之利, 除天下之害. 當若繁爲攻伐, 此實天下之
구흥천하지리 제천하지해 당약번위공벌 차실천하지

巨害也. 今欲爲仁義, 求爲上士, 尙欲中聖王之道, 下欲中
거 해 야   금 욕 위 인 의   구 위 상 사   상 욕 중 성 왕 지 도   하 욕 중

國家百姓之利, 故當若非攻之爲說而將不可不察者, 此也.
국 가 백 성 지 리   고 당 약 비 공 지 위 설 이 장 불 가 불 찰 자   차 야

16 督(독) – 살피는 것(『說文』).   **17** 授(수) – 원(援)의 잘못인 듯(『墨子閒詁』). 이
끌다. 취하다.

여기서도 묵자의 전쟁 반대의 주장이 계속 전개되고 있다. 전
쟁으로 크게 된 나라가 있기는 하지만 그것은 만의 하나 정도이다.
계속 전쟁을 좋아하다가는 그도 결국 남의 손에 멸하고 말 것이라
는 것이다. 따라서 세상이 평화롭자면 서로 사랑하고, 서로 남을
이롭게 해주어야 한다. 그러면 나라도 자연스럽게 발전하고 백성
들도 그를 따르게 된다. 그러니 전쟁을 반대하는 그의 이론에 누구
나 귀를 기울여야만 한다는 말로 이 편을 끝맺고 있다.

20.
절용편 節用篇(上)

　　'절용'이란 쓰는 것을 절약한다는 뜻. 사치를 금하고 절약을 함으로써 나라를 부하게 하고 백성들의 삶을 안정시켜 인구를 늘인다는 것은 묵자 사상 중에서도 대표적인 것의 하나이다. 이러한 사상은 그 시대 많은 사람들의 공감을 얻었다.
　　그리고 이 '절용'은 주로 나라를 다스리는 왕공대인(王公大人)들에게 권장되고 있다는 것도 그의 사상의 특징을 드러내는 것이다.

1　성인이 한 나라의 정치를 하면 그 나라의 부를 배로 늘릴 수 있다. 그것을 확대하여 천하의 정치를 맡으면 천하의 부를 배로 늘릴 수 있다. 그가 부를 배로 늘리는 것은 밖에서 땅을 빼앗아다가 늘리는 것이 아니다. 그 나라의 사정에 따라 쓸데없는 비용을 없애 가지고 두 배로 부를 늘리는 것이다. 성왕이 정치를 할 때 그가 정치명령을 내리고 일을 처리함에 있어서 백성들을 부

리고 재물을 쓰기는 하지만 남보다 더 많이 부리고 써서 그렇게 하는 것은 아니다. 그러므로 재물의 쓰임에 낭비가 없고, 백성들의 생활엔 수고로움이 없으며, 생겨나는 이익이 많아지는 것이다.

聖人爲政一國, 一國可倍^{1}也. 大之爲政天下, 天下可倍
성인위정일국　일국가배　야　　대지위정천하　　천하가배

也. 其倍之, 非外取地也. 因其國家, 去其無用之費, 足以
야　기배지　비외취지야　인기국가　거기무용지비　족이

倍之. 聖王爲政, 其發令興事, 使民用財也, 無不加用^{2}而
배지　성왕위정　기발령흥사　사민용재야　무불가용　이

爲者. 是故用財不費, 民德^{3}不勞, 其興利多矣.
위자　시고용재불비　민덕　불로　기흥리다의

1 可倍(가배)—이익이나 부를 두 배로 늘일 수 있다는 뜻. **2** 加用(가용)—백성들을 부리고 재물을 쓰는 것을 '더 많이 늘이는 것'. **3** 德(덕)—득(得)과 통하여(『墨子閒詁』), 백성들의 생활 활동을 가리킨다.

성인은 정치를 하면 그 나라의 부를 보통 사람이 다스릴 때보다 두 배 이상으로 늘인다. 성인이라고 이익을 밖으로부터 가져오는 것은 아니다. 무슨 일을 하거나 적게 들이고 일을 이루어 놓기 때문에, 곧 재물을 낭비하는 일이 없으므로 부가 쌓인다는 것이다.

2 그들이 옷이나 갖옷을 지을 때는 어떻게 하는가? 그것으로써 겨울에는 추위를 막고, 여름에는 더위를 막는다. 모든 옷을 만드는 원리는 겨울에는 더 따스해지도록 하고, 여름에는 더욱 시원해지게 하는 것이다. 화려하기만 하고 더 좋지 않은 것은

없애 버린다.

　그들이 집을 지을 적에는 어떻게 하는가? 그것으로써 겨울에는 바람과 추위를 막고, 여름에는 더위와 비를 막으며, 도적이 있어서 더욱 튼튼히 만든다. 화려하기만 하고 더 좋지 않은 것은 없애 버린다.

　그들이 갑옷과 방패와 다섯 가지 무기를 만들 적에는 어떻게 하는가? 그것은 전란(戰亂)과 도적을 막기 위한 것이다. 만약 전란이 일어나고 도적이 있다면 갑옷과 방패와 다섯 가지 무기를 가진 자가 싸워 이길 것이고, 갖지 않은 자는 질 것이다. 그러므로 성인이 나와 갑옷과 방패와 다섯 가지 무기를 만들었던 것이다. 갑옷과 방패와 다섯 가지 무기를 만드는 데에는 더욱 가볍고 편리하도록 하고 튼튼하고도 잘 부러지지 않도록 한다. 화려하기만 하고 더 좋지 않은 것은 없애 버린다.

　그들이 배와 수레를 만들 적에는 어떻게 하는가? 수레는 언덕과 땅 위를 타고 다니고, 배는 강물이나 골짜기를 타고 다니어 사방으로 편리하게 통하도록 한 것이다. 모든 배와 수레를 만드는 원리는 더욱 가볍고도 편리하기만 하면 된다. 화려하기만 하고 더 좋지 않은 것은 없애 버린다.

　그들이 이러한 물건들을 만들 적에는 더욱 쓰기에 편리하도록 만들지 않은 게 없다. 그러므로 재물을 쓰는 데에 낭비가 없고 백성들의 생활은 수고롭지 않으며 그러한 이익이 더욱 많아지는 것이다.

其爲衣裘, 何? 以爲冬以圉¹寒, 夏以圉暑. 凡爲衣裳之
기 위 의 구　하　이 위 동 이 어 한　하 이 어 서　범 위 의 상 지

道, 冬加溫, 夏加淸者. 鮮且²不加者³, 去之.
도 동가온 하가청자 선저불가자 거지

其爲宮室, 何? 以爲冬以圉風寒, 夏以圉暑雨, 有盜賊加
기위궁실 하 이위동이어풍한 하이어서우 유도적가

固者. 鮮且不加者, 去之.
고자 선차불가자 거지

其爲甲盾五兵, 何? 以爲以圉寇亂盜賊. 若有寇亂盜賊,
기위갑순오병 하 이위이어구란도적 약유구란도적

有甲盾五兵者勝, 無者不勝. 是故聖人作爲甲盾五兵⁴. 凡
유갑순오병자승 무자불승 시고성인작위갑순오병 범

爲甲盾五兵, 加輕以利, 堅而難折者. 鮮且不加者, 去之.
위갑순오병 가경이리 견이난절자 선차불가자 거지

其爲舟車, 何? 以爲車以行陵陸, 舟以行川谷, 以通四方
기위주거 하 이위거이행릉륙 주이행천곡 이통사방

之利. 凡爲舟車之道, 加輕以利者則止. 鮮且不加者, 去之.
지리 범위주거지도 가경이리자즉지 선차불가자 거지

凡其爲此物也, 無不加用而爲者. 是故用財不費, 民德
범기위차물야 무불가용이위사 시고용재불비 민덕

不勞, 其興利多矣.
불노 기흥리다의

1 圉(어)-어(禦)와 통하여, '막는다' 는 뜻. 2 鮮且(선저)-화려한 것(『墨子閒
詁』). 보통 책에는 천저(芊組)로 되어 있으나 뜻이 통하지 않는다. 3 不加者
(불가자)-쓰기에 편리하지 않은 것. 소용이 없는 것. 4 五兵(오병)-다섯 가
지 병기, 곧 긴 창·모난 창·갈래 창·길이 2장(丈) 창·길이 2장(丈) 4척(尺)
의 창(鄭衆 說). 정현(鄭玄)은 길이 2장 4척의 창 대신 활과 화살을 넣고 있다.

여기서는 묵자의 실리주의(實利主義)적인 입장을 밝히고 있다.
묵자는 실리와 실용을 벗어난 모든 형식적인 것을 부정하고 있다.
실리와 실용을 위주로 하여 지배자들에게 재물을 쓰는 것을 절약
하라고 호소하고 있는 점이 특히 주목을 끈다.

3 귀족들이 구슬·옥·새·짐승·개·말 같은 것을 모으기 좋아하는 버릇을 버리고, 그것으로 옷·집·갑옷·방패·다섯 가지 무기·배·수레 같은 물건의 수를 늘린다면 그러한 것들의 숫자는 두 배로 늘 것이다. 이것은 어렵지 않은 일이다! 그러면 무엇이 두 배로 늘리기 어려운 것인가? 오직 사람만은 두 배로 늘리기 어려운 것이다.

그러나 사람도 두 배로 늘릴 수가 있다. 옛날 성왕들의 방법은 다음과 같았다.

'남자는 스무 살이 되면 감히 장가들지 않는 이가 없고, 여자는 나이 열다섯이 되면 감히 시집가지 않는 이가 없어야 한다.'

이것이 성왕의 방법인 것이다.

성왕들이 돌아가신 뒤로 백성들은 멋대로 행동하고 있다. 일찍이 장가들고자 하는 사람은 어떤 때는 스무 살에 장가를 가지만, 늦게 장가들고자 하는 사람은 어떤 때는 마흔 살에야 장가를 든다. 그러한 이른 것과 늦은 것을 평균을 해보면 성왕의 법보다 10년이 뒤지게 된다. 만약 모두가 3년 만에 아이를 낳아 기른다면 그 동안에 모두 2, 3명의 자식을 낳을 수 있을 것이다. 이것은 백성들로 하여금 일찍 장가들도록 하였을 뿐만 아니라 그렇게 하여 인구를 두 배로 늘렸던 것이다.

有¹去大人之好聚珠玉鳥獸犬馬, 以益衣裳宮室甲盾五兵
유 거 대 인 지 호 취 주 옥 조 수 견 마　이 익 의 상 궁 실 갑 순 오 병

舟車之數, 於數倍乎! 若則不難. 故孰爲難倍? 唯人爲難
주 거 지 수　어 수 배 호　약 즉 불 난　고 숙 위 난 배　유 인 위 난

倍.
배

然人有可倍也. 昔者聖王爲法曰:丈夫年二十, 毋敢不
연 인 유 가 배 야　석 자 성 왕 위 법 왈　장 부 년 이 십　무 감 불

處家² , 女子年十五, 毋敢不事人³ . 此聖王之法也.
처 가　여 자 년 십 오　무 감 불 사 인　차 성 왕 지 법 야

　聖王旣沒, 于民次⁴也. 其欲蚤⁵處家者, 有所⁶二十年處
　성 왕 기 몰　우 민 차 야　기 욕 조 처 가 자　유 소　이 십 년 처

家, 其欲晚處家者, 有所四十年處家. 以其蚤與晚相嬲⁷ ,
가　기 욕 만 처 가 자　유 소 사 십 년 처 가　이 기 조 여 만 상 전

後聖王之法十年. 若純⁸三年而字⁹ , 子生可以二三人矣. 此
후 성 왕 지 법 십 년　약 순 삼 년 이 자　자 생 가 이 이 삼 인 의　차

不惟使民蚤處家, 而可以倍與.
불 유 사 민 조 처 가　이 가 이 배 여

1 有(유)－又(우)와 통하여, '또' 의 뜻. 2 處家(처가)－성가(成家)함. 장가들
다. 3 事人(사인)－사람을 섬기다. 시집가다. 4 次(차)－恣(자)와 통하여, 멋
대로 행동하는 것. 5 蚤(조)－일찍이. 빨리. 6 有所(유소)－所(소)는 時(시)와
통하여, '어떤 때' (王引之 說). 7 相嬲(상전)－평균치(平均値)를 내는 것. 전
(嬲)은 보통 천(踐)으로 되어 있으나 잘못임(『禮記』 玉藻 鄭注). 8 純(순)－모두
다(『周禮』 玉人 注). 9 字(자)－아이를 젖 먹여 기름(『說文』).

❧

　인구 증가방법으로 독특한 견해라 할 수 있다. 지금은 세계 인
구가 너무 많아 아이 낳는 것을 제한하는 일이 문제가 되고 있지만
옛날에는 인구가 많고 적은 것은 바로 그 나라의 국력과 비례하였
다. 따라서 인구의 증가는 국력의 증가 및 나라의 생산력의 증가를
뜻하는 것이었다.

4 그러나 그렇게만 되지는 않는다. 지금 천하의 정치를 하는
자들은 인구를 적게 하는 길을 따르고 있는 경우가 많다.
그들은 백성을 지나치게 부리고 세금을 많이 거두어들이어, 백성
들은 재물이 부족하여 얼거나 굶어서 죽는 사람들이 이루 다 헤아

릴 수도 없이 많다. 또한 지배자들은 오직 군사를 일으키어 이웃 나라를 공격하여 빼앗는 짓을 일삼아서 오래 걸리면 1년이 넘고 짧다 해도 몇 달이 걸리기 때문에 남자와 여자들이 오랫동안 서로 만나지도 못한다. 이것이 인구가 주는 까닭인 것이다.

또 사는 곳이 불안하고 먹고 마시기를 제때에 하지 못하여 병이 생겨서 죽는 자들과 무기를 갖고서 성을 공격하거나 들에서 싸우다가 죽는 자들도 이루 다 헤아릴 수 없이 많다. 이처럼 지금의 정치하는 자들이 인구를 줄이게 되는 까닭은, 그들이 하는 짓이 만들어 내는 것이 아니겠는가? 성인들은 정치를 함에 있어서 절대로 그런 일이 없다. 성인들이 정치를 함에 있어서 인구를 늘리게 되는 까닭은, 역시 그들이 하는 방법 때문에 그렇게 되는 것이 아니겠는가? 그리하여 묵자가 말하였다.

"쓸데없는 비용을 없애는 것이 성왕의 도이며, 천하의 큰 이익인 것이다."

且不然已. 今天下爲政者, 其所以寡人之道多. 其使民
차불연이　　금천하위정자　　기소이과인지도다　　기사민

勞, 其籍斂[1]厚, 民財不足, 凍餓死者, 不可勝數也. 且大
로　기적렴후　민재부족　동아사자　불가승수야　차대

人惟毋[2]興師, 以攻伐鄰國, 久者終年, 速者數月, 男女久
인유무흥사　이공벌린국　구자종년　속자수월　남녀구

不相見. 比所以寡人之道也.
불상견　비소이과인지도야

與居處不安, 飮食不時, 作疾病死者, 有與侵就㟃橐[3],
여거처불안　음식불시　작질병사자　유여침취원탁

攻城野戰死者, 不[4]可勝數. 此不今爲政者, 所以寡人之
공성야전사자　불　가승수　차불금위정자　소이과인지

道, 數術[5]而起與? 聖人爲政, 特無此. 不聖人爲政, 其所
도　수술이기여　　성인위정　특무차　불성인위정　기소

以衆人之道, 亦數術而起與? 故子墨子曰：去無用之費,
이중인지도　역수술이기여　　고자묵자왈　거무용지비

聖王之道, 天下之大利也.
성 왕 지 도　　천 하 지 대 리 야

1 籍斂(적렴)─적(籍)은 세(稅)의 뜻(『詩經』 大雅韓奕篇 鄭箋)이어서 '세금을 거두어들이는 것'.　**2** 毋(무)─뜻이 없는 어조사.　**3** 侵就俇橐(침취원탁)─뜻을 알 수 없다. 원(俇)은 복(伏)의 잘못이며, 탁(橐)은 성을 불로 공격하는 기구여서(『墨子閒詁』), '무기를 갖고 침입해 나아가' 정도의 뜻인 듯하다.　**4** 不(불)─비(非)와 통함.　**5** 數術(수술)─술수. 일정한 시책(施策).

　지금의 정치를 하는 자들은 전쟁을 비롯한 쓸데없는 낭비를 많이 하여 나라의 인구도 줄어들게 만들고, 나라의 재물도 모자라게 하고 있다. 천하를 올바로 다스리는 성왕의 도란, 바로 쓰는 것을 절약하는 것이라는 것이다. 묵자는 거듭 위정자들에게 백성들의 실질적인 이익이 되는 절약을 강조하고 있다.

墨**子**

21.

절
용
편 節用篇（中）

이 중편에선 옛날 성왕들이 쓰는 것을 절약하는 보기를
들어 설명하고 있다. 옷과 무기, 수레와 배를 만들 때와 장사
지낼 때에 실용에 입각해서 옛사람들은 어떻게 절약하였는가
하는 것을 설명하고 있다.

1-1 묵자가 말하였다.

"옛날의 현명한 임금이나 성인들이 천하를 다스리고
제후들을 바로잡은 방법은 그들의 백성을 사랑하여 삼가 충성되
게 만들고 백성을 이롭게 하여 삼가 착실하게 만듦으로써 충성과
믿음이 서로 이어지게 하고, 또 그들에게 이익이 되는 것을 보여
주는 것이었다. 그리하여 평생토록 싫어하는 자가 없었고, 후세에
도 싫증을 내는 사람이 없었다. 옛날에 현명한 임금이나 성인들이
천하를 다스리고 제후들을 바로잡은 방법은 바로 이것이었다."

子墨子言曰 : 古者明王聖人, 所以王天下, 正諸侯者,
자묵자언왈　고자명왕성인　소이왕천하　정제후자

彼其愛民謹[1]忠, 利民謹厚, 忠信相連, 又示之以利. 是以
피기애민근충　이민근후　충신상련　우시지이리　시이

終身不壓[2], 歿世[3]而不卷[4]. 古者明王聖人, 其所以王天下,
종신불염　몰세　이불권　고자명왕성인　기소이왕천하

正諸侯者, 此也.
정제후자　차야

1 謹(근) - 삼가다. 여기선 삼가 신용있게 했다는 뜻. 2 壓(염) - 싫증나다. 3 歿世(몰세) - 몰세(沒世)로도 쓰며, '평생'을 가리킴. 4 卷(권) - 권(倦)과 통하여, '싫증남'. '권태'.

1-2 그러므로 옛날 성왕들은 쓰는 것을 질약하는 방법을 마련하여 알려주었다.

" '천하의 여러 공인(工人)들은, 수레를 만들거나 가죽으로 물건을 만들거나 질그릇을 만들거나 쇠연장을 만들거나 가구를 만들거나 각기 그의 능력대로 일에 종사하도록 한다. 그리고 모두 백성들의 쓰임에 충분한 정도에서 그친다.'

성왕은 모든 비용만 많이 들고 백성들의 이익엔 보탬이 되지 않는 일은 하지 않았다.

옛날에 성왕들은 먹고 마시는 방법을 마련하여 알려주었다.

'배고픔을 채우고 기운을 차리며 팔다리를 강하게 하고 귀와 눈을 분명하고 밝게 하기에 충분한 정도에서 그친다. 다섯 가지 맛의 조화와 향기로움의 조화를 추구하지 않고 먼 나라의 진귀하고 특이한 물건을 가져와 쓰지 않는다.' "

是故古者聖王, 制爲節用之法, 曰：凡天下羣百工, 輪
시 고 고 자 성 왕　　제 위 절 용 지 법　　왈　　범 천 하 군 백 공　　륜

車鞼匏[5], 陶[6]冶[7]梓匠[8], 使各從事所能. 曰：凡足以奉給民
거 궤 포　　도 야 재 장　　사 각 종 사 소 능　　왈　　범 족 이 봉 급 민

用則止.
용 즉 지

諸加費不加于民利者, 聖王弗爲.
제 가 비 불 가 우 민 리 자　　성 왕 불 위

古者聖王, 制爲飮食之法曰：足以充虛繼氣, 强股肱,
고 자 성 왕　　제 위 음 식 지 법 왈　　족 이 충 허 계 기　　강 고 굉

耳目聰明則止. 不極五味[9]之調, 芬香之和, 不致遠國珍怪
이 목 총 명 즉 지　　불 극 오 미 지 조　　분 향 지 화　　불 치 원 국 진 괴

異物.
이 물

---

5 鞼匏(궤포) − '궤'는 운(韗)의 잘못이며, '운(韗)'은 가죽에 수놓은 것(『說文』),
또는 운(韗)과 통하여, 갖옷 같은 것을 만드는 공인(王引之 說). 포(匏)는 포(鞄)
와 통하여, 가죽을 다리는 공인. **6** 陶(도) − 질그릇 공인. **7** 冶(야) − 쇠로 그릇
이나 기구를 만드는 공인. **8** 梓匠(재장) − 가래나무 같은 고급 목재로 가구를
만드는 공인. **9** 五味(오미) − 달고, 짜고, 시고, 쓰고, 매운 여러 가지 맛.

여기서는 옛 성왕들이 쓰는 것을 실리에 맞게 절제하던 보기
를 들고 있다. 성왕들은 이처럼 실리에 벗어나는 짓을 하지 않았기
때문에 천하를 평화롭게 다스릴 수 있었다는 것이다.

2-1 무엇으로써 그러함을 아는가? 옛날 요(堯)임금이 천하
를 다스릴 때에는 남쪽으로는 교지(交阯)에 닿고, 북쪽
으로는 유도(幽都)에 이르며, 동서쪽으로는 해가 뜨고 지는 곳까지
이르도록 복종하지 않는 자가 없었다. 그러나 곡식을 매우 아끼어

한 끼에 두 가지 국을 먹지 않고 두 가지 고기반찬을 먹지 않았다. 토기(土器) 밥그릇에 밥을 담았고, 토기 국그릇에 국을 담아 마셨으며, 국자로 술 같은 것을 퍼마셨다. 몸을 굽혔다 폈다 하면서 남들과 어울리는 형식적인 몸가짐을 위한 예의도 성왕들은 정하지 않았다.

옛날에 성왕들은 의복에 관한 법을 마련하여 알려주었다.

'겨울옷은 짙은 보랏빛과 잿빛 옷으로 하고 가볍고도 따스하게 하며, 여름옷은 굵고 가는 칡베 옷으로 하고 가볍고도 시원하게 하는 정도에서 그친다.'

여러 가지 낭비는 백성들의 이익에 보탬이 되지 않음으로 성왕들은 하지 않으셨다.

옛날 성인께서는 사나운 새와 억센 짐승과 포악한 자들이 백성을 해치고 있었음으로 이에 백성들에게 무기를 쓰는 법을 가르쳤다. 곧 허리에 차는 칼은 무엇이나 찌르면 들어가고 치면 끊어지지만 옆으로 쳐도 부러지지 않는 데, 이것이 칼의 이점이다. 갑옷은 입으면 가볍고도 편리하여 몸을 움직여 싸우게 되면 무기도 들고 쓸 수 있는데, 이것이 갑옷의 이점이다.

何以知其然? 古者堯治天下, 南撫[1]交阯[2], 北降[3]幽都[4],
하 이 지 기 연　　고 자 요 치 천 하　　남 무 교 지　　북 강 유 도

東西至日所出入, 莫不賓服. 逮至其厚愛黍稷, 不二羹[5],
동 서 지 일 소 출 입　　막 불 빈 복　　체 지 기 후 애 서 직　　불 이 갱

臧[6]不重. 飯於塯[7], 啜於土形[8], 斗[9]以酌[10]. 俛仰[11]周旋[12]威
자 부 중　　반 어 류　　철 어 토 형　　두 이 작　　면 앙 주 선 위

儀之禮, 聖王弗爲.
의 지 례　　성 왕 불 위

古者聖王制爲衣服之法曰 : 冬服紺[13]緅[14]之衣, 輕且暖,
고 자 성 왕 제 위 의 복 지 법 왈　　동 복 감 추 지 의　　경 차 난

夏服絺綌之衣, 輕血淸則止.
하 복 치 격 지 의 경 혈 청 즉 지

諸加費, 不加於民利者, 聖王弗爲.
제 가 비 불 가 어 민 리 자 성 왕 불 위

古者聖人爲猛禽狡[15]獸暴人害民, 於是敎民以兵行. 曰 :
고 자 성 인 위 맹 금 교 수 폭 인 해 민 어 시 교 민 이 병 행 왈

帶劍爲刺[16]則入, 擊則斷, 旁擊而不折, 此劍之利也. 甲爲
대 검 위 척 즉 입 격 즉 단 방 격 이 불 절 차 검 지 리 야 갑 위

衣則輕且利, 動則兵且從[17], 此甲之利也.
의 즉 경 차 리 동 즉 병 차 종 차 갑 지 리 야

1 撫(무)－어루만지다. 닿다. **2** 交阯(교지)－지금의 월남(越南). **3** 降(강)－제
(際)의 잘못일 것이며, 제(際)는 서로 연결되는 것(王闓運 說). **4** 幽都(유도)－중
국의 북쪽에 있던 땅 이름. 유주(幽州)를 뜻한다고도 한다. **5** 羹(갱)－국. **6**
胾(자)－크게 썬 고기. 여기서는 고기반찬. **7** 㽅(류)－질그릇으로 된 밥그릇.
8 形(형)－형(鉶)과 통하여, 질그릇으로 된 국그릇. **9** 枓(두)－국자. **10** 酌
(작)－술이나 장 같은 것을 떠서 마시는 것. **11** 俛仰(면앙)－몸을 굽혔다 폈다
하는 것. 곧 남과 만나 예를 차리면서 인사하는 것. **12** 周旋(주선)－남들과
점잖이 어울리는 것. **13** 紺(감)－짙은 보랏빛. **14** 緅(추)－보랏빛. 단 옛날에
는 이 글자가 없었으니, 삼(纔)으로 씀이 옳으며(孫詒讓 說), 잿빛. **15** 狡(교)－
억센 것(『廣雅』). **16** 刺(척)－찌르다. **17** 兵且從(병차종)－병(兵)은 변(弁)의 잘
못으로, 사람의 몸에 따라 편리하게 잘 변하고 움직이는 것(孫詒讓 說).

2-2 수레는 무거운 것을 싣고 멀리 갈 수 있으며, 그것을
타면 편안하고 그것을 끌면 편리하다. 그 편안함이란
사람들을 지치게 하지 않고, 이로움이란 빨리 목적지에 이르게 하
는 것인데, 이것이 수레의 이점이다.

옛날에 성왕께서는 큰 강물과 넓은 골짜기의 물을 그대로 건널
수가 없었으므로 이에 배와 노를 만드셨는데, 그것은 물을 건너기
에 충분한 정도에서 그쳤다. 비록 높은 삼공(三公)이나 제후들이 와

도 배와 노를 바꾸지 않았고 뱃사공은 아무런 장식도 하지 않았다. 이것이 배의 이점이다.

옛날 성왕께서는 장사지내는 방법을 마련하여 알려주었다.

'수의는 세 벌로 하여 살이 잘 썩게 하고, 관은 세 치[三寸] 두께로 만들어 뼈가 잘 썩게 하며, 무덤을 팔 적에는 깊이 파되 지하수가 솟지 않도록 하고, 냄새가 밖으로 새어나오지 않을 정도에서 그친다. 죽은 사람을 장사지낸 뒤에는 산 사람이 오랫동안 상을 지키면서 슬퍼하지 않도록 해야 한다.'

車爲服重致遠, 乘之則安, 引之則利. 安以不傷人, 利以
거 위 복 중 치 원   승 지 즉 안   인 지 즉 리   안 이 불 상 인   리 이

速至, 此車之利也.
속 지   차 거 지 리 야

古者聖王爲大川廣谷之不可濟, 於是利爲舟楫[18], 足以將
고 자 성 왕 위 대 천 광 곡 지 불 가 제   어 시 리 위 주 집   족 이 장

之[19]則止. 雖上者三公諸侯至, 舟楫不易, 津人不飾. 此舟
지   즉 지   수 상 자 삼 공 제 후 지   주 즙 불 역   진 인 불 식   차 주

之利也.
지 리 야

古者聖王制爲節葬之法, 曰 : 衣三領[20], 足以朽肉, 棺三
고 자 성 왕 제 위 절 장 지 법   왈   의 삼 령   족 이 후 육   관 삼

寸, 足以朽骸, 堀穴深不通於泉[21], 流[22]不發洩則止. 死者
촌   족 이 후 해   굴 혈 심 불 통 어 천   유 불 발 설 즉 지   사 자

旣葬, 生者毋久喪用哀.
기 장   생 자 무 구 상 용 애

18 楫(집)―배의 노. 19 將之(장지)―그곳을 건너가는 것. 20 三領(삼령)―세 벌의 수의. 21 泉(천)―지하수(地下水). 22 流(유)―기(氣)의 잘못인 듯(畢沅說). 냄새.

옛날 사람들이 처음 생겨나서 집이 없었을 적에는 언덕 가에 굴을 파고 거기에 살았다. 성왕께서는 그것을 걱정하셨다. 굴속에 사는 것은 겨울에는 바람과 추위를 피할 수가 있지마는, 여름이 되면 아래에 습기가 차고 위로는 무더운 기가 차서 백성들의 기운이 상하게 될까 두려웠다. 이에 집을 만들어 편리를 도모하셨다. 그러면 집을 짓는 방법은 어떻게 하였겠는가? 묵자가 말하였다.

"옆으로 바람과 추위를 막을 수 있게 하고, 위로는 눈서리와 비이슬을 막을 수 있게 하며, 가운데는 깨끗이 하여 제사를 지낼 수 있게 하였다. 집의 담은 남자와 여자가 분별을 하는 데 충분한 정도에서 그쳤다. 모든 백성들의 이익에 보탬이 되지 않는 낭비는 성왕께서는 하시지 않았다."

古者人之始生, 未有宮室之時, 因陵丘堀穴而處焉. 聖王
고 자 인 지 시 생　미 유 궁 실 지 시　인 릉 구 굴 혈 이 처 언　성 왕

慮之以爲堀穴曰：冬可以辟²³風寒, 逮夏下潤溼上熏烝²⁴,
려 지 이 위 굴 혈 왈　동 가 이 피　풍 한　체 하 하 윤 습 상 훈 증

恐傷民之氣. 于是作爲宮室而利. 然則爲宮室之法, 將奈
공 상 민 지 기　우 시 작 위 궁 실 이 리　연 즉 위 궁 실 지 법　장 내

何哉?
하 재

子墨子言曰：其旁可以圉²⁵風寒, 上可以圉雪霜雨露, 其
자 묵 자 언 왈　기 방 가 이 어　풍 한　상 가 이 어 설 상 우 로　기

中蠲²⁶潔可以祭祀. 宮牆足以爲男女之別則止. 諸加費, 不
중 견　결 가 이 제 사　궁 장 족 이 위 남 녀 지 별 즉 지　제 가 비　불

加民利者, 聖王弗爲.
가 민 리 자　성 왕 불 위

23 辟(피)－피(避)와 통하여, 피하는 것.　**24** 熏烝(훈증)－증기. 뜨거운 김.
25 圉(어)－막다.　**26** 蠲(견)－밝은 것. 깨끗한 것.

옛날의 성왕들은 음식을 비롯하여 옷이나 집 또는 수레·배·
갑옷과 무기에 이르기까지 모두 실용 위주로 만들었지, 쓸데없는
낭비는 한 일이 없었다. 그러나 지금 사람들은 실용과는 관계없는
쓸데없는 낭비를 많이 하고 있다. 낭비는 백성들에게 아무런 이익
도 주지 못하는 것이다.

※ 이 뒤에 있어야 할 다음과 같은 세 편〔22. 절용편(節用篇)(下) /
23. 절장편(節葬篇)(上) / 24. 절장편(節葬篇)(中)〕은 목록에만 들어
있지 본문은 전하지 않는다. 중간에 빠져 없어졌을 것이다.

25.

절장편 節葬篇（下）

　　'절장'이란 장사지내는 의식을 간단히 줄이고 비용을 절약해야 한다는 뜻이다. 유가들의 주장에 의하여 중국에서는 장사지내는 데 있어 오랫동안 번거로운 의식과 오랜 기간의 상(喪)을 지켜 왔다. 이것은 나라의 부를 위하여, 백성들의 생활 또는 질서 유지를 위하여 이롭지 못한 것이니, 모두 적당히 절약하여 실정에 알맞도록 하여야 한다는 것이다. 물론 이것은 앞 절용편의 이론에 근거를 두고 있는 것이다.

1-1

　　묵자가 말하였다.

　　"어진 사람이 천하를 위하여 헤아리는 것은, 비유를 들면 효자가 어버이를 위하여 헤아리는 것과 다를 것이 없다."

　　지금 효자들이 어버이를 위하여 헤아림에 있어서 어떻게 해야만 하는가? 그것은 어버이가 가난하면 곧 부하게 해드리는 일에 종사하며, 집안사람이 적으면 많아지도록 하는 일에 종사하며, 집안사람들이 어지러우면 곧 그들을 다스리는 일에 종사하는 것이다.

그는 이러한 일을 할 적에는 힘을 다하고, 재물을 아끼지 않고, 지혜를 다하는 일에 끝까지 힘쓴다. 감히 힘을 남겨 두고 좋은 계책을 뒤로 미루며 이익이 되는 것을 버려두는 짓은, 어버이를 위하는 일이 되지 않는다. 이러한 세 가지 힘써야 할 일을 가지고 효자들은 어버이를 위하여 이와 같이 헤아리는 것이다.

子墨子言曰：仁者之爲天下度[1]也，辟[2]之無以異乎孝子
자묵자언왈　　인자지위천하탁　야　　비　지무이이호효자

之爲親度也. 今孝子之爲親度也，將奈何哉? 曰：親貧則
지위친탁야　　금효자지위친탁야　　장내하재　　왈　　친빈즉

從事乎富之，人寡則從事乎衆之，衆亂則從事乎治之.
종사호부지　　인과즉종사호중지　　중란즉종사호치지

當其於此也，亦有力不足[3]，財不贍[4]，智不智，然後已矣.
당기어차야　　역유역부족　　재불섬　　지부지　　연후이의

無敢舍餘力，隱謀[5]遺利，而不爲親爲之者矣. 若三務者，
무감사여력　　은모유리　　이불위친위지자의　　약삼무자

孝子之爲親度也，旣若此矣.
효자지위친탁야　　기약차의

1 度(탁)－헤아리다. 2 辟(비)－비(譬)와 통하여, 비유를 드는 것. 3 力不足(역부족)－힘을 다하여 부족하다고 여겨질 때까지 노력하는 것. 4 贍(섬)－넉넉함. 충분함. 5 隱謀(은모)－부모님을 위해 드릴 수 있는 생각이 있는데도 그것을 감춰두고 실행하지 않는 것.

1-2 어진 사람이 천하를 위하여 헤아리는 것도 역시 이와 같은 것이다. 곧 천하가 가난하면 부하게 해주는 일에 종사하고, 인민이 적으면 많아지도록 하는 일에 종사하며, 백성들이 어지러우면 다스리는 일에 종사하는 것이다.

그는 이러한 일을 할 적에는 또한 힘을 다하고 재물을 아끼지 않고 지혜를 다하는 일을 끝까지 힘쓴다. 감히 힘을 남겨 두고 좋은 계책을 뒤로 미루며 이익이 되는 것을 버려두는 짓은 천하를 위하는 일이 되지 않는다. 이러한 세 가지 힘써야 할 일을 가지고 이들 어진 사람들은 천하를 위하여 이와 같이 헤아리는 것이다."

雖仁者之爲天下度, 亦猶此也. 曰, 天下貧則從事乎富
수 인 자 지 위 천 하 탁   역 유 차 야   왈   천 하 빈 즉 종 사 호 부

之, 人民寡則從事乎衆之, 衆而亂則從事乎治之.
지   인 민 과 즉 종 사 호 중 지   중 이 란 즉 종 사 호 치 지

當其於此, 亦有力不足, 財不贍, 智不智, 然後已矣. 無
당 기 어 차   역 유 력 부 족   재 불 섬   지 부 지   연 후 이 의   무

敢舍餘力, 隱謀遺利, 而不爲天下爲之者矣. 若三務者,
감 사 여 력   은 모 유 리   이 불 위 천 하 위 지 자 의   약 삼 무 자

此仁者之爲天下度也, 既若此矣.
차 인 자 지 위 천 하 탁 야   기 약 차 의

여기서는 장사지내는 절차나 비용 같은 것을 절약해야 한다는 본론(本論)을 유도하기 위한 서론을 논하고 있다. 천하를 다스리는 사람은 자기의 힘과 재력과 지혜를 다하여 천하를 위하여 노력해야 한다는 것이다.

2-1 지금 옛날 하(夏)나라와 은(殷)나라 및 주(周)나라의 성왕들이 돌아가신 뒤 천하에 의로움이 없어지게 되자, 후세의 군자들 중의 어떤 이는 성대히 장사지내고 오랫동안 거상(居喪)하는 것이 어짊이며 의로움이며 효자의 일이라고 주장하고, 어

떤 이는 성대히 장사지내고 오랫동안 거상(居喪)하는 것은 어짊이
나 의로움이 아니며 효자로서 할 일도 아니라고 주장하고 있다.

　이러한 두 사람은 말로는 서로 비난하고, 행동은 서로 반대되는
데도 모두,

　'나야말로 위로 요임금·순임금·우임금·탕임금·문왕·무왕
의 도를 계승한 사람이다.'
라고 주장하고 있다. 그러나 말로는 서로 비난하고, 행동은 서로
반대가 된다. 이에 후세의 군자들은 모두 이 두 사람의 말에 대하
여 의혹을 지니게 된 것이다.

今逮至¹昔者三代聖王既沒, 天下失義, 後世之君子, 或
금체지 석자삼대성왕기몰　천하실의　후세지군자　혹

以厚葬久喪, 以爲仁也, 義也, 孝子之事也, 或以厚葬久
이후장구상　이위인야　의야　효자지사야　혹이후장구

喪, 以爲非仁義, 非孝子之事也.
상　이위비인의　비효자지사야

　曰二子者, 言則相非, 行則相反, 皆曰：吾上祖述堯舜
왈이자자　언즉상비　행즉상반　개왈　오상조술요순

禹湯文武之道者也. 而言卽相非, 行卽相反. 於此乎後世
우탕문무지도자야　이언즉상비　행즉상반　어차호후세

之君子, 皆疑惑乎二子者言也.
지군자　개의혹호이자자언야

1 今逮至(금체지) – 지금 …에 이르기까지. 아래 '천하실의(天下失義)'에까지
걸린다.

2-2　만약 정말로 이들 두 사람의 말에 의혹을 품고 있다
면, 그러면 잠시 시험 삼아 국가와 만백성을 다스리는

데로 말머리를 돌려 살펴보기로 하자.

성대히 장사지내고 오랫동안 거상하는 것을 계산해 볼 때, 어떤 것이 앞에서 말한 세 가지 이익에 해당하는가?

내 생각으로는 만약 그의 말을 따르고, 또 그의 계책을 써서 성대히 장사지내고 오랫동안 거상하게 하여 정말로 가난한 것을 부하게 해주고 적은 것을 많게 해주며, 위태로운 것을 안정시키고 어지러운 것을 다스리게 된다면, 이는 어짊이요 의로움이며 효자의 일이 될 것이다. 남을 위하여 꾀하는 사람이라면 이 방법을 권하지 않으면 안 될 것이다. 어진 사람이라면 그것을 천하에 성행토록 하고 제도로 정하여 백성들로 하여금 그것을 칭송하고 끝내 폐지하는 일이 없도록 하려 할 것이다.

그러나 또 그의 말을 본뜨고 그의 계책을 써서 성대히 장사지내고 오랫동안 거상하게 하여 정말로 가난한 것을 부하게 못하고 적은 것을 많아지게 못하며, 위태로운 것을 안정시키지 못하고 어지러움을 다스리지 못한다면, 이것은 어짊도 아니고 의로움도 아니며 효자의 일도 아닌 것이다. 남을 위하여 일하려는 사람이라면 그것을 막지 않으면 안될 것이다. 어진 사람이라면 그것을 천하에서 없애버리고 폐지시키어 사람들로 하여금 그것을 비난하며 평생 동안 그런 짓을 하는 일이 없도록 할 것이다. 그러므로 천하의 이익을 일으키고 천하의 해를 없애버리고도 나라와 백성들을 다스리지 못한다는 일은 옛날부터 지금까지 있을 수가 없는 일이다.

若苟疑惑乎之二子者言, 然則姑嘗傳[2]而爲政乎國家萬民
약 구 의 혹 호 지 이 자 자 언　　연 즉 고 상 전 이 위 정 호 국 가 만 민

而觀之.
이 관 지

計厚葬久喪, 奚當此三利者?
계 후 장 구 상　해 당 차 삼 리 자

我意若使法其言, 用其謀, 厚葬久喪, 實可以富貧, 衆
아 의 약 사 법 기 언　용 기 모　후 장 구 상　실 가 이 부 빈　중

寡, 定危, 治亂乎, 此仁也, 義也, 孝子之事也. 爲人謀者,
과　정 위　치 란 호　차 인 야　의 야　효 자 지 사 야　위 인 모 자

不可不勸也. 仁者將求興之天下, 設置³而使民譽之, 終勿
불 가 불 권 야　인 자 장 구 흥 지 천 하　설 치 이 사 민 예 지　종 물

廢也.
폐 야

意亦使法其言, 用其謀, 厚葬久喪, 實不可以富貧, 衆
의 역 사 법 기 언　용 기 모　후 장 구 상　실 불 가 이 부 빈　중

寡, 定危, 理亂乎, 此非仁非義, 非孝子之事也. 爲人謀
과　정 위　이 란 호　차 비 인 비 의　비 효 자 지 사 야　위 인 모

者, 不可不沮也. 仁者將求除之天下, 相廢而使人非之,
자　불 가 부 저 야　인 자 장 구 제 지 천 하　상 폐 이 사 인 비 지

終身勿爲. 是故興天下之利, 除天下之害, 令⁴國家百姓之
종 신 물 위　시 고 흥 천 하 지 리　제 천 하 지 해　영 국 가 백 성 지

不治也, 自古及今, 未嘗之有也.
불 치 야　자 고 급 금　미 상 지 유 야

---

2 傳(전)－전(轉)과 통하여, '말머리를 돌림'. '화제를 돌리다'.　3 設置(설치)－제도로서 정하는 것. 보통 판본엔 '수가(誰賈)'로 되어 있으나, 뜻이 통하지 않으므로『묵자한고(墨子閒詁)』에 의거하여 고쳤다.　4 令(영)－하여금. 사(使)와 통함.

한 발자국 한 발자국 논리를 본론으로 접근시켜가고 있다. 여기에선 성대히 장사지내고 오랫동안 상을 입어야 한다는 찬성파와 그것을 비난하는 부정파를 내세워 양편의 이론을 함께 소개하고 있다. 결정적인 결론을 위하여 한 발자국씩 조심스럽게 본론으로 몰고 가는 묵자의 논리가 빛난다.

3-1 무엇으로써 그러함을 아는가? 지금 천하의 군자들은 오히려 더욱 모두가 성대히 장사를 치르고 오랫동안 거상하는 것이 옳은 것인가 그른 것인가, 또는 이로운 것인가 해로운 것인가 잘 몰라 의문을 품고 있다.

그러므로 묵자가 말하였다.

"그러면 잠시 시험 삼아 생각을 해보자. 지금 오직 성대히 장사 지내고 오랫동안 거상하기를 주장하는 사람들의 말을 따라서 나라를 위하여 일을 한다고 하자.

이때 임금이나 대신 중에 상을 당한 사람이 생긴다면 그는 관과 덧관을 반드시 여러 겹으로 하고 장례는 반드시 성대히 지내며, 죽은 이의 옷과 이불도 반드시 많아야 하고, 무늬와 수도 반드시 화려해야 하며, 봉분(封墳)도 반드시 커야만 한다고 주장할 것이다.

보통 사람이나 천한 사람들이 상을 당하게 되면 집안 재물을 거의 다 써야 할 것이다. 제후 중에 죽은 이가 생기게 되면 창고를 다 털어 가지고 금과 옥과 여러 가지 구슬로 죽은 이의 몸을 두르며, 아름다운 실과 실로 짠 끈으로 잘 묶으며, 수레와 말도 무덤 속에 묻을 것이다. 그리고 반드시 장막과 포장·솥과 북·안석과 깔개·병과 쟁반·창과 칼·깃과 모우(旄牛) 꼬리·상아(象牙)와 가죽으로 만든 물건도 많이 만들어 그것들을 끼워 매장하여야만 만족할 것이다. 죽은 이를 장사지내는 게 마치 이사를 가는 것과 같다. 거기에 천자나 제후들의 시체와 함께 묻을 사람은 많으면 수백 명, 적어도 수십 명은 되어야 한다고 한다. 장군이나 대부들의 시체와 함께 묻을 사람도 많으면 수십 명, 적어도 수 명은 되어야 한다고 한다."

何以知其然也? 今天下之士君子, 將猶多皆疑惑厚葬久
하 이 지 기 연 야　금 천 하 지 사 군 자　장 유 다 개 의 혹 후 장 구

喪之爲中是非利害也.
상 지 위 중 시 비 리 해 야

故子墨子言曰 : 然則姑嘗稽[1]之. 今雖毋[2]法執[3]厚葬久喪
고 자 묵 자 언 왈　연 즉 고 상 계 지　금 수 무 법 집 후 장 구 상

者言, 以爲事乎國家.
자 언　이 위 사 호 국 가

此存乎王公大人有喪者, 曰棺椁[4]必重, 葬埋必厚, 衣衾
차 존 호 왕 공 대 인 유 상 자　왈 관 곽 필 중　장 매 필 후　의 금

必多, 文繡[5]必繁, 丘隴[6]必巨.
필 다　문 수 필 번　구 롱 필 거

存乎匹夫賤人死者, 殆竭家室[7]. 存乎諸侯死者, 虛庫府[8],
존 호 필 부 천 인 사 자　태 갈 가 실　존 호 제 후 사 자　허 고 부

然後金玉珠璣[9]比[10]乎身, 綸[11]組節約[12], 車馬藏乎壙[13]. 又必
연 후 금 옥 주 기 비 호 신　윤 조 절 약　거 마 장 호 광　우 필

多爲屋[14]幕, 鼎[15]鼓, 几[16]梴[17], 壺濫[18], 戈劍, 羽旄, 齒革[19],
다 위 옥 막　정 고　궤 천　호 람　과 검　우 모　치 혁

挾而埋之, 滿意. 送死若徙[20]. 曰天子諸侯殺殉. 衆者數百,
협 이 매 지　만 의　송 사 약 사　왈 천 자 제 후 살 순　중 자 수 백

寡者數十. 將軍大夫殺殉[21], 衆者數十, 寡者數人.
과 자 수 십　장 군 대 부 살 순　중 자 수 십　과 자 수 인

1 稽(계) – 생각하다. 상고하다. 2 雖毋(수무) – 수(雖)는 유(唯)의 잘못이며, 무(毋)와 함께 어조사. 3 執(집) – 주장함. 4 椁(곽) – 덧관. 『순자(荀子)』예론편(禮論篇)에선 '천자의 관과 덧관은 열 겹, 제후는 다섯 겹, 대부는 세 겹, 사(士)는 두 겹이다.' 라고 하였다. 『예기(禮記)』의 애기와는 차이가 많지만, 옛날엔 여러 겹의 관과 덧관을 쓴 이도 많았음을 알겠다. 5 文繡(문수) – 관에 장식하는 무늬와 수. 6 丘隴(구롱) – 무덤 위에 흙을 쌓아올린 봉분(封墳). 7 殆竭家室(태갈가실) – 거의 집안을 파산(破産)케 하다. 8 庫府(고부) – 나라의 창고. 보통 판본엔 고(庫)가 거(車)로 되어 있으나 잘못임(俞樾 說). 9 珠璣(주기) – 주(珠)는 둥근 구슬, 기(璣)는 모양이 일정치 않은 구슬. 10 比(비) – 두르다(『漢書』王尊傳 顏師古 注). 11 綸(윤) – 실끈. 12 節約(절약) – 죽은 이를 묶는 것. 13 壙(광) – 죽은 이를 매장하기 위하여 판 땅속의 무덤. 14 屋(옥) – 악(幄)과 통하여, 포장. 15 鼎(정) – 발이 셋, 귀가 둘 달린 동으로 만든 그릇. 부장품(副葬品)임. 16 几(궤) – 안석. 17 梴(천) – 연(筳)과 통하여, 자리 또는 깔

개. **18** 濫(람) – 얼음을 놓고 음식을 차게 만드는 데 쓰는 쟁반(『呂氏春秋』節喪篇 高誘 注). **19** 齒革(치혁) – 상아와 가죽. 상아와 가죽으로 만든 물건. **20** 送死若徙(송사약사) – '죽은 이를 장사지냄이 이사를 하는 것 같다.' 보통은 '약송종(若送從)'으로 되어 있으나 뜻이 통하지 않는다(『墨子閒詁』). **21** 殺殉(살순) – 죽은 천자나 제후와 함께 묻으려고 그의 신하들을 죽이는 것. 순장(殉葬).

3-2 "거상을 하는 방법은 어떻게 하는가? 곡을 할 적에 소리 내고 우는 방법이 보통과는 다르며, 거친 삼베옷과 거친 삼베 띠를 머리와 허리에 두르고 눈물을 흘리며 움막에 거처하면서 거적자리 위에서 흙덩이를 베고 잔다. 또 모두가 억지로 먹지 않고 굶주리며, 얇은 옷을 입고 추위를 견디어 얼굴이 앙상히 야위고, 얼굴빛은 검어지며 귀와 눈은 뚜렷이 들리거나 보이지 않게 되며, 손발은 힘이 다 빠져 쓸 수도 없게 된다.

그리고도 말하기를, 훌륭한 선비가 상을 입음에 있어서는 반드시 부축해 주어야만 일어설 수 있고 지팡이를 짚어야만 다닐 수 있어야 한다고 한다. 이렇게 함으로써 3년 동안을 공경히 지낸다는 것이다."

處喪之法, 將奈何哉? 曰：哭泣不秩²²聲翌²³, 縗絰²⁴垂
처 상 지 법　　장 내 하 재　　　왈　　곡 읍 부 질　성 익　　　　최 질　수

涕, 處倚廬²⁵, 寢苫²⁶枕凷²⁷. 又相率强不食而爲飢, 薄衣
체　　처 의 려　　침 점 　침 괴　　우 상 솔 강 불 식 이 위 기　　박 의

而爲寒, 使面目陷㾗²⁸, 顏色黧²⁹黑, 耳目不聰明, 手足不
이 위 한　　사 면 목 함 세　　안 색 여 　흑　　이 목 불 총 명　　수 족 불

勁强, 不可用也.
경 강　　불 가 용 야

又曰：上士之操喪也, 必扶而能起, 杖而能行. 以此共³⁰
우 왈　　상 사 지 조 상 야　　필 부 이 능 기　　장 이 능 행　　이 차 공

三年.
삼 년

22 秩(질)-보통. 상(常)과 같음. **23** 聲噫(성익)-울 때 소리내어 흐느끼고 하는 것. 익(噫)은 보통 옹(翁)으로 되어 있으나 잘못(孫詒讓 說). **24** 縗絰(최질)-최(縗)는 삼년상을 치를 때 입는 가장 거친 베로 만든 상복(喪服), 질(絰)은 삼으로 거칠게 꼬아 만든 머리와 허리에 두르는 띠. **25** 倚廬(의려)-상을 입기 위하여 무덤 가까이에 임시로 지어 놓은 움막. **26** 苫(점)-거친 거적자리. **27** 凷(괴)-괴(塊)와 통하는 글자로서 '흙덩이'. **28** 陷殿(함세)-얼굴이 병들어 야위어 빠진 것. 세(殿)는 보통 세(隱)로 되어 있으나 잘못임(『墨子閒詁』참조). **29** 驪(여)-검은 것. **30** 共(공)-공(恭)과 통하여, '공경히 지냄'.

⋙

여기서는 천자나 제후들로부터 낮은 백성들에 이르기까지 성대히 장사지내고 오랫동안 상을 입는 모습을 기술하고 있다.

아직은 아무런 비평도 없지만 이것이 국가 사회를 위하여나 개인의 생활이나 건강을 위하여 그 얼마나 큰 피해를 가져오고 있는지 바로 뒤에 뚜렷하게 나타날 것이다.

4 그러한 방법과 그러한 말을 따르고 그러한 원리대로 한다고 할 때, 임금이나 대신이 그렇게 행하면 반드시 일찍 조회(朝會)에 나가고 늦게 퇴근할 수 없게 될 것이다. 대부들이 그렇게 하면 반드시 여러 관청의 일이 다스려질 수 없고 풀과 나무를 뽑아내고 들을 개간하여 창고를 채우지 못하게 될 것이다. 농부들을 그렇게 하도록 하면 반드시 일찍 밭에 나가 밤늦게 들어오면서 밭 갈고 씨 뿌리며 농사를 지을 수 없을 것이다. 여러 공인(工人)들에게 그렇게 하도록 하면, 반드시 수레와 배를 수리하거나 그릇과 접시들을 만들 수 없게 될 것이다. 부인들에게 그렇게 하도록 하

면 반드시 일찍 일어나고 밤늦게 자면서 실을 뽑거나 길쌈을 하지 못하게 될 것이다.

　성대히 장사지내는 결과를 자세히 따져 보면 모은 재물들을 모두 묻어 버리는 게 된다. 오래 거상하는 결과를 따져 보면 오랫동안 일하는 것을 금하는 게 된다. 고생해 이룩해 놓은 재물들을 한꺼번에 땅에 묻어버리고 뒤에 살아남은 사람들은 오랫동안 하던 일을 금지당하는 것이다. 이렇게 함으로써 부하여지기를 바란다는 것은, 이것을 비유로 들면 농사짓기를 금하면서도 수확을 올리려 드는 거와 같은 짓이니 부하여진다는 말은 터무니없는 것이다. 그러므로 집안을 부하게 만들려는 일은 이미 될 수가 없는 게 분명하다.

若法若言[1], 行若道, 使王公大人行此, 則必不能蚤朝晏
약 법 약 언　　행 약 도　　사 왕 공 대 인 행 차　　즉 필 불 능 조 조 안

退[2]. 使大夫行此, 則必不能治[3]五官六府[4], 辟草木[5]實倉廩.
퇴　　사 대 부 행 차　　즉 필 불 능 치 오 관 육 부　　벽 초 목 실 창 름

使農夫行此, 則必不能蚤出夜入, 耕稼樹藝. 使百工行此,
사 농 부 행 차　　즉 필 불 능 조 출 야 입　　경 가 수 예　　사 백 공 행 차

則必不能修舟車, 爲器皿矣. 使婦人行此, 則必不能夙興
즉 필 불 능 수 주 거　　위 기 명 의　　사 부 인 행 차　　즉 필 불 능 숙 흥

夜寐, 紡績織絍[6].
야 매　　방 적 직 임

細計厚葬, 爲多埋賦財者也. 計[7]久喪, 爲久禁從事者也.
세 계 후 장　　위 다 매 부 재 자 야　　계 구 상　　위 구 금 종 사 자 야

財以成[8]者, 挾而埋之, 後得生者, 而久禁之. 以此求富,
재 이 성 자　　협 이 매 지　　후 득 생 자　　이 구 금 지　　이 차 구 부

此譬猶禁耕而求穫也, 富之說, 無可得焉. 是故求以富家,
차 비 유 금 경 이 구 확 야　　부 지 설　　무 가 득 언　　시 고 구 이 부 가

而旣已不可矣.
이 기 이 불 가 의

1 若言(약언)―이러한 말. **2** 晏退(안퇴)―늦게 퇴근함. 본래 이 두 자는 들어 있지 않으나 유월(俞樾)의 설(說)에 따라 보충한 것이며, 손이양(孫詒讓)은 더 많은 글이 빠진 것 같다고 하였다(『墨子閒詁』). **3** 使大夫行此, 則必不能治(사대부행차, 즉필불능치)―이 구절은 『묵자한고』에 의거하여 보충한 것임. **4** 五官六府(오관육부)―여러 가지 관청을 가리킴. 『예기(禮記)』 곡례편(曲禮篇)에 의하면, 오관(五官)이란 사도(司徒)·사마(司馬)·사공(司空)·사사(司士)·사구(司寇)의 다섯 가지이고, 육부(六府)는 사토(司土)·사목(司木)·사수(司水)·사초(司草)·사기(司器)·사화(司貨)의 여섯 가지를 말한다. **5** 辟草木(벽초목)―풀과 나무를 치운다. 곧 산야(山野)를 개간함을 가리킨다. **6** 紡績織紝(방적직임)―실을 뽑고 천을 짜는 것. **7** 計(계)―보통 위에 세(細)자가 붙어 있으나 잘못 끼어든 것임(『墨子閒詁』). **8** 以成(이성)―이(以)는 이(已)와 통하여, '이미 이루어진 것'.

여기서는 본론으로 들어와 성대히 장사지내고 오랫동안 상을 입는 게 심한 낭비일 뿐더러 백성들의 삶을 근본적으로 해치는 일이라 통렬히 비난하고 있다.

5-1 그런 방법으로 백성들을 많아지게 하려 한다면, 가능히다고 생각히는가? 그긴 말도 되지 않는다. 지금 성대히 장사지내고 오랫동안 거상을 할 것을 주장하는 자들에게 정치를 맡겨 보라. 임금이 죽으면 3년 동안 거상을 하고, 부모가 죽어도 3년 동안 거상을 하며, 처와 맏아들이 죽어도 3년 동안 거상을 하니, 이들 다섯 사람들에게 모두 3년 동안 거상을 해야 된다는 것이다.

그밖에 큰아버지와 작은아버지 및 형제들과 여러 자식들의 경우에는 1년 동안, 여러 친족들의 경우에는 5개월 동안, 고모·누이·생질·외삼촌 등은 모두 몇 달 동안 거상을 해야 한다.

그리고 몸을 망치고 여위게 하는 데에도 일정한 법도가 있다. 얼굴은 앙상히 여위고, 얼굴빛은 검어지고, 귀와 눈은 흐릿해지고, 손과 발은 힘이 없어 쓸 수 없도록 만들어야 한다.

그리고도 훌륭한 선비가 상을 지킬 적에는 반드시 부축해 주어야만 일어설 수 있고, 지팡이를 짚어야만 다닐 수 있어야 한다고 한다. 이렇게 3년 동안을 공경히 지낸다는 것이다.

欲以衆人民, 意者可邪? 其說又不可矣. 今唯無[1]以厚葬
욕 이 중 인 민   의 자 가 야   기 설 우 불 가 의   금 유 무 이 후 장

久喪者爲政. 君死, 喪之三年, 父母死, 喪之三年, 妻與後
구 상 자 위 정   군 사   상 지 삼 년   부 모 사   상 지 삼 년   처 여 후

者[2]死者, 五皆喪之三年.
자 사 자   오 개 상 지 삼 년

然后伯父叔父兄弟蘗子[3]其[4], 族人[5]五月, 姑姊甥舅[6]皆有
연 후 백 부 숙 부 형 제 얼 자 기   족 인 오 월   고 자 생 구 개 유

月數[7].
월 수

則毀瘠必有制矣. 使面目陷睒, 顔色黧黑, 耳目不聰明,
즉 훼 척 필 유 제 의   사 면 목 함 최   안 색 려 흑   이 목 불 총 명

手足不勁强, 不可用也.
수 족 불 경 강   불 가 용 야

又曰: 上士操喪也, 必扶而能起, 杖而能行. 以此共三年.
우 왈   상 사 조 상 야   필 부 이 능 기   장 이 능 행   이 차 공 삼 년

1 唯無(유무)-조사. '오직'. 분명한 뜻은 없음. 2 後子(후자)-아버지 뒤를 계승할 아들. 맏아들. 3 蘗子(얼자)-맏아들 이외의 여러 아들들. 4 其(기)-기(期)와 통하여, 만 1년, 한 돌. 5 族人(족인)-여러 친족(親族)들. 6 姑姊甥舅(고자생구)-'고'는 아버지의 여자 형제, 고모. '자'는 여자 형제들. '생'은 생질들. '구'는 어머니의 형제들, 외삼촌. 7 月數(월수)-수월(數月). 몇 달의 복상함을 뜻한다.

5-2 그러한 방법과 그러한 말을 따르고 그러한 법도대로 행한다면, 진실로 그들이 굶주리고 궁해지는 모습이 이와 같을 것이다. 그러므로 백성들은 겨울에는 추위를 견디지 못하고, 여름에는 더위를 견디지 못하며, 병이 들어 죽는 자들을 이루 헤아릴 수가 없게 될 것이다. 이렇게 되면 남녀가 만나지도 못하게 되는 경우가 대부분일 것이니, 이런 방법으로 사람들이 많아지기를 바란다는 것은 마치 사람들에게 칼날 위에 눕게 하면서 그들이 오래 살기를 바라는 것이나 같은 일이다. 인구가 많아진다는 것은 말도 되지 않는 일인 것이다. 그러므로 인민이 늘어나기를 바란다는 것은 근본적으로 불가능한 일인 것이다.

若法若言, 行若道, 苟其飢約[8]又若此矣. 是故百姓冬不
약 법 약 언   행 약 도   구 기 기 약   우 약 차 의   시 고 백 성 동 불

仞[9]寒, 夏不仞暑, 作疾病死者, 不可勝計也. 此其爲敗男
인 한   하 불 인 서   작 질 병 사 자   불 가 승 계 야   차 기 위 패 남

女之交多矣, 以此求衆, 譬猶使人負劍[10], 而求其壽也. 衆
녀 지 교 다 의   이 차 구 중   비 유 사 인 부 검   이 구 기 수 야   중

之說無可得焉. 是故求以衆人民, 而旣以不可矣.
지 설 무 가 득 언   시 고 구 이 중 인 민   이 기 이 부 가 의

8 飢約(기약) – 굶주리고 곤궁한 것.　9 仞(인) – 인(忍)과 같은 자. 참다.　10 負劍(부검) – 칼날 위에 눕게 하는 것.

❦

이 대목에서는 대체로 유가에서 주장하는 죽은 이를 위하여 거상을 하는 제도를 들면서, 그처럼 성대히 장사지내고 오랫동안 거상을 하는 짓은 나라를 망치고 백성들을 가난과 곤경에 빠트리는 것이라 비난하고 있다. 특히 옛날 생산의 주역인 백성들의 수,

곧 인구를 증가시킬 수 없음을 강조하고 있는 것이 특징이다.

6-1 그런 방법으로 법과 정치를 다스리려 할 때 된다고 생각하는가? 그건 말도 안 되는 짓이다. 지금 성대히 장사지내고 오랫동안 거상을 하는 것을 주장하는 자들이 정치를 한다면, 나라는 반드시 가난해지고, 인민은 반드시 줄어들고, 법과 정치는 반드시 어지러워질 것이다.

그러한 방법과 그러한 말을 따르고 그러한 법도대로 행하기 때문이다. 만약 윗사람들이 그렇게 행동한다면 정무를 처리하고 다스릴 수가 없게 될 것이다. 만약 아랫사람들이 그렇게 행동한다면 맡은 일을 처리할 수가 없게 될 것이다. 위에서 정무를 처리하고 다스리지 못한다면 법과 정치는 반드시 어지러워질 것이다. 아래에서 맡은 일을 처리하지 못한다면 입고 먹는 재물이 반드시 부족하게 될 것이다.

欲以治刑政¹, 意者可乎? 其說又不可矣. 今唯無以厚葬
욕 이 치 형 정　　　의 자 가 호　　　기 설 우 불 가 의　　　금 유 무 이 후 장

久喪者爲政, 國家必貧, 人民必寡, 刑政必亂.
구 상 자 위 정,　국 가 필 빈,　인 민 필 과,　형 정 필 란

若法若言, 行若道. 使爲上者行此, 則不能聽治. 使爲下
약 법 약 언,　행 약 도.　사 위 상 자 행 차,　즉 부 능 청 치.　사 위 하

者行此, 則不能從事. 上不聽治, 刑政必亂. 下不從事, 衣
자 행 차,　즉 부 능 종 사.　상 부 청 치,　형 정 필 란.　하 부 종 사,　의

食之財必不足.
식 지 재 필 부 족

1 刑政(형정) ― 법의 집행과 정치.

6-2 만약 정말로 그것들이 부족하게 된다면, 아우가 그의 형이라는 사람에게 물자를 얻고자 하여도 얻을 수가 없게 되어 아우 대접을 하지 못하게 된다. 아우는 반드시 그의 형을 원망하게 될 것이다. 아들이 그의 어버이라는 사람에게 물자를 얻고자 하여도 얻을 수가 없게 되어 효도를 하지 못하게 될 것이다. 자식은 반드시 그의 어버이를 원망하게 될 것이다. 신하가 그의 임금이라는 사람에게 물자를 얻고자 하여도 얻을 수가 없게 되어, 충성을 다하지 못하게 될 것이다. 신하는 반드시 그의 임금을 어지럽히게 될 것이다.

그리하여 비뚤어지고 어지럽고 사악한 행동을 하는 백성들이 외출할 적에는 옷이 없고, 집에 들어와서는 먹을 것이 없게 된다. 안으로 욕됨과 부끄러움이 쌓이어, 모두가 어지럽고 포악한 짓을 해도 전혀 막을 수가 없게 된다. 그러므로 도적은 많아지고 잘 다스려지는 곳은 적어진다. 도적은 많아지고 잘 다스려지는 곳은 적어진다면, 이런 방법으로 다스려지기를 바라는 것은 마치 어떤 사람을 세 번 자기 앞에서 몸을 돌리도록 하고는 자기에게 등은 보이지 말라고 하는 짓이나 같다. 나라가 다스려진다는 것은 말도 되지 않을 일이다. 그러므로 그런 방법으로 법과 정치를 다스리려고 하는 것은 본시 되지 않을 일이다.

若苟不足, 爲人弟者, 求其兄而不得, 不弟. 弟必將怨其
약구부족 위인제자 구기형이부득 부제 제필장원기

兄矣. 爲人子者, 求其親而不得, 不孝. 子必是怨其親矣.
형의 위인자자 구기친이부득 불효 자필시원기친의

爲人臣者, 求之君而不得, 不忠. 臣必且亂其上矣.
위인신자 구지군이부득 불충 신필차란기상의

是以僻淫邪行²之民, 出則無衣也, 入則無食也. 內續奚
시이벽음사행지민 출즉무의야 입즉무식야 내속해

吾³, 并爲淫暴, 而不可勝禁也. 是故盜賊衆而治者寡. 夫
오 병위음포 이불가승금야 시고도적중이치자과 부

衆盜賊而寡治者, 以此求治, 譬猶使人三睘⁴, 而毋負己⁵
중도적이과치자 이차구치 비유사인삼환 이무부기

也. 治之說無可得焉. 是故求以治刑政, 而旣已不可矣.
야 치지설무가득언 시고구이치형정 이기이불가의

2 僻淫邪行(벽음사행) - 편벽되고(비뚤어지고), 음란하고(어지럽고), 사악(邪惡)
한 행동을 하는 것. 3 奚吾(해오) - '오'는 후(后)의 잘못. 혜구(謑訽)와 같은
뜻으로, 욕되고 부끄러운 것. 치욕(恥辱). 4 三睘(삼환) - 자기 앞에서 몸을 세
번 빙글 돌리게 하는 것. 5 毋負己(무부기) - 자기에게 등을 보이지 말라고
하는 것.

　　장례를 성대히 지내고 거상을 오랫동안 하는 폐해를 연이어
논하고 있다. 이 대목은 그 폐해를 특히 경제적인 면에서 강조하면
서 법과 정치를 제대로 다스리지 못하게 된다는 것을 주장하고 있
는 점이 특징이라 할 것이다.

7 　그런 방법으로 큰 나라가 작은 나라를 공격하지 못하도록
　　하는 일이, 생각컨대 가능하겠는가? 그것은 말도 되지 않
는 것이다. 옛날의 성왕(聖王)들이 돌아가시고 나자, 천하는 의로움
을 잃게 되어 제후들은 무력으로 다른 나라들을 치게 되었으니,
그런 임금으로 남쪽에는 초(楚)나라와 월(越)나라의 왕이 있고, 북
쪽에는 제(齊)나라와 진(晉)나라의 임금이 있다. 이들은 모두 그들
의 군사들을 훈련시켜 다른 나라를 쳐서 빼앗는 일로 천하를 다스
리려 하였다.

본시 큰 나라가 작은 나라를 공격하지 않는 까닭은 작은 나라라 하더라도 쌓여 있는 물자가 많고 성곽이 잘 손질되어 있으며 위아래가 화합하고 있기 때문인 것이다. 그 때문에 큰 나라는 작은 나라를 공격하려 하지 않는 것이다. 쌓여 있는 재물도 없고 성곽도 잘 손질되어 있지 않으며, 위아래가 화합하지 못하고 있으면 큰 나라는 그런 나라를 공격하기 좋아하게 되는 것이다.

지금 오직 성대히 장사지내고 오랫동안 거상을 하는 것을 주장하는 자들이 정치를 하게 된다면, 나라는 반드시 가난해지고, 인민의 수는 반드시 적어지며, 법과 정치는 반드시 어지러워질 것이다. 만약 진실로 가난하다면 물자를 쌓아놓을 수가 없게 될 것이다. 만약 진실로 인민의 수가 적다면 성곽을 손질하고 해자를 팔 사람도 적게 될 것이다. 만약 진실로 법과 정치가 어지럽다면 나가 싸워도 이기지 못할 것이고, 들어와 지킨다 해도 견고하지 못할 것이다. 이런 방법으로 큰 나라들이 작은 나라를 공격하지 못하게 하려 한다는 것은 절대로 불가능한 일이다.

欲以禁止大國之攻小國也, 意者可邪? 其說又不可矣.
욕 이 금 지 대 국 지 공 소 국 야   의 자 가 야   기 설 우 부 가 의

是故昔者, 聖王旣沒, 天下失義, 諸侯力征, 南有楚越之
시 고 석 사   성 왕 기 몰   천 하 실 의   제 후 력 정   남 유 초 월 지

王, 而北有齊晉之君. 此皆砥礪[1]其卒伍, 以攻伐并兼, 爲
왕   이 배 유 제 진 지 군   차 개 지 려 기 졸 오   이 공 벌 병 겸   위

政於天下.
정 어 천 하

是故凡大國之所以不攻小國者, 積委[2]多, 城郭修, 上下
시 고 범 대 국 지 소 이 불 공 소 국 자   적 위 다   성 곽 수   상 하

調和. 是故大國不耆[3]攻之. 無積委, 城郭不修, 上下不調
조 화   시 고 대 국 불 기 공 지   무 적 위   성 곽 불 수   상 하 부 조

和, 是故大國耆攻之.
화   시 고 대 국 기 공 지

今唯無以厚葬久喪者爲政，國家必貧，人民必寡，刑政
금유무이후장구상자위정　　국가필빈　　인민필과　　형정

必亂. 若苟貧, 是無以爲積委也. 若苟寡, 是城郭溝渠⁴者
필란　약구빈　시무이위적위야　　약구과　　시성곽구거자

寡也. 若苟亂, 是出戰不克, 入守不固. 此求禁止大國之
과야　약구란　시출전불극　　입수불고　　차구금지대국지

攻小國也, 而旣已不可矣.
공소국야　이기이불가의

---

1 砥礪(지려)−숫돌에 갈다. 군사들을 조련(調練)시키는 것. **2** 積委(적위)−물
자가 쌓여 있는 것. **3** 耆(기)−좋아하다, 즐기다. **4** 溝渠(구거)−성 둘레의
해자를 파는 것.

　이 대목은 장례를 간단히 지내야 한다는 주장을 전쟁 반대의
이론과 연결시키고 있는 점이 두드러진 특징이다. 묵자는 상대방
을 얕보는 데서 남의 나라를 치고 공격하는 전쟁이 일어난다고 기
본적으로 생각하고 있었다.

8 그런 방법으로 하나님과 귀신에게 복을 빌려 한다면, 생각
컨대 가능하겠는가? 그건 말도 되지 않는 것이다.

　지금 성대히 장사지내고 오랫동안 거상을 하기를 주장하는 자
들에게 정치를 맡긴다면, 나라는 반드시 가난해지고, 인민의 수는
반드시 적어지고, 법과 정치는 반드시 어지러워질 것이다. 만약
진실로 가난하다면 젯밥과 제물과 술과 단술을 정결히 마련하지
못할 것이다. 만약 진실로 인민의 수가 적어진다면 하나님과 귀신
을 섬길 사람들도 적어질 것이다. 만약 법과 정치가 진실로 어지

러워진다면 제사지내는 시기와 법도가 없어지게 될 것이다.

지금 또 하나님과 귀신 섬기는 것도 금하게 되었다 하자. 그런 방법으로 정치를 하면 하나님과 귀신은 곧 위에서 죄를 물을 것이다.

'내게 이런 사람이 있는 것과 이런 사람이 없는 것, 어느 편이 낫겠는가?'

그리고 또 말할 것이다.

'내게 이런 사람이 있는 것과 이런 사람이 없는 것은 따질 것도 없다.'

그리고는 하나님과 귀신은 그들의 죄를 묻고 화를 내리고 벌을 가한 위에 그를 버릴 것이다. 이것이 어찌 당연한 일이 아니겠는가?

欲以干[1]上帝鬼神之福, 意者可邪? 其說又不可矣.
욕 이 간 상 제 귀 신 지 복　의 자 가 야　기 설 우 부 가 의

今唯無以厚葬久喪者爲政, 國家必貧, 人民必寡, 刑政
금 유 무 이 후 장 구 상 자 위 정　국 가 필 빈　인 민 필 과　형 정

必亂. 若苟貧, 是粢盛酒醴[2]不淨潔也. 若苟寡, 是事上帝
필 란　약 구 빈　시 자 성 주 례 부 정 결 야　약 구 과　시 사 상 제

鬼神者寡也. 若苟亂, 是祭祀不時度[3]也.
귀 신 자 과 야　약 구 란　시 제 사 불 시 도　야

今又禁止事上帝鬼神. 爲政若此, 上帝鬼神, 始得從上
금 우 금 지 사 상 제 귀 신　위 정 약 차　상 제 귀 신　시 득 종 상

撫[4]之日;
무 지 왈

我有是人也, 與無是人也, 孰愈[5]? 曰 : 我有是人也, 與
아 유 시 인 야　여 무 시 인 야　숙 유　왈　아 유 시 인 야　여

無是人也, 無擇[6]也.
무 시 인 야　무 택 야

則惟上帝鬼神, 降之罪厲[7]之禍罰[8]而棄之. 則豈不亦乃其
즉 유 상 제 귀 신　강 지 죄 려 지 화 벌 이 기 지　즉 개 부 역 내 기

所[9]哉?
소 재

1 干(간) – 구(求)하다, 빌려하다. 2 粢盛酒醴(자성주례) – 젯밥·제물·술·단술. 3 不時度(불시도) – 때와 법도가 없게 되다. 4 撫(무) – 안(按). 죄를 묻는 것. 5 孰愈(숙유) – 어느 편이 나은가? 6 無擇(무택) – 가릴 것이 없다. 따질 것도 없다. 7 罪厲(죄려) – 죄와 불행. 8 禍罰(화벌) – 재난과 벌. 9 其所(기소) – 당연한 일, 마땅한 일.

이 대목에서는 장례를 간단히 치러야 한다는 주장을 하늘과 귀신의 신앙에 연결시켜 풀이하고 있다. 성대히 장사지내고 오랫동안 복상을 한다면, 곧 하나님을 섬기고 귀신을 받들 여력이 없어져 하나님과 귀신으로부터 벌을 받게 된다는 것이다.

9 그러므로 옛날의 성왕들은 장사를 지내는 법을 이렇게 제정하였다.

'관은 두께가 세 치로서 충분히 몸을 썩힐 수 있어야 하며, 옷과 이불은 세 벌로서 충분히 보기에 흉한 것을 덮을 수 있으면 된다. 그것을 땅속에 묻을 적에는 아래로는 지하수가 솟도록 깊이 묻어서는 안 되며, 위로는 냄새가 샐 정도로 얕게 묻어서는 안 되고, 봉분은 세 번 간 밭이랑 정도로 만들면 그만이다.

죽어서 장사를 치른 뒤에 산 사람은 반드시 오랫동안 곡을 하지 말아야 하며 속히 하던 일에 종사하여 사람마다 그의 능력을 발휘하여 서로 모두가 이로운 일을 하여야 한다.'

이것이 성왕의 법인 것이다.

故古聖王, 制爲葬埋之法, 曰：棺三寸, 足以朽體, 衣衾
고 고 성 왕　제위장매지법　왈　관삼촌　족이후체　의금

三領, 足以覆惡. 以及其葬也, 下毋及泉[1], 上毋通臭, 壟[2]
삼 령　족이복악　이급기장야　하무급천　상무통취　농

若參耕之畝[3]. 則止矣.
약삼경지묘　즉지의

死則旣以葬矣, 生者必無久哭, 而疾而從事, 人爲其所
사즉기이장의　생자필무구곡　이질이종사　인위기소

能, 以交相利也. 此聖王之法也.
능　이교상리야　차성왕지법야

---

1 泉(천) − 샘물. 지하수(地下水).　2 壟(농) − 봉분(封墳).　3 參耕之畝(삼경지
묘) − 세 번 밭갈이한 밭이랑. 한 번 밭갈이할 적마다 이랑이 한 자씩 넓어져
세 번 갈면 석 자의 넓이에 높이 한 자 정도가 된다(孫詒讓 說). 곧 봉분은 폭
석 자에 높이 한 자 정도로 만들어야 한다는 것이다. 한 자의 길이는 22.5cm
정도였다.

여기엔 장사지낼 때의 표준이 되는 성왕들의 법을 소개하고
있다. 옛날 성왕들은 간소하게 장사지내고 간단히 상을 치뤘다.

이처럼 성대하게 장사지내고 오랫동안 상을 입는 습관을 비판
하는 것은 한편 예의를 높이 받드는 유가에 대한 비판이기도 하다.
후에 다른 학파의 사람들은 묵자는 너무나 간단히 죽은 이들을 장
사지내려 한다고 「절장」편의 내용을 극단적으로 풀이하여 공격하
고 있다.

10 지금 성대히 장사지내고 오랫동안 거상을 해야 한다는
자들은 이렇게 주장하고 있다.

"성대히 장사지내고 오랫동안 거상을 하는 것이 비록 가난한

사람을 부하게 해주고, 백성이 적은 것을 많게 해주고, 위태로운 나라를 안정시키고, 어지러운 나라를 다스리게 하지는 못한다 하더라도, 이것은 바로 성왕의 도인 것이다."

묵자가 말하였다.

"그렇지 않다. 옛날에 요(堯)임금은 북쪽으로 여덟 종족의 오랑캐들을 가르치고 이끌어주다가 도중에 죽어 공산(蛩山)의 북쪽 기슭에 장사지내었다. 그때 수의(壽衣)는 세 벌이었고, 닥나무 관을 칡덩굴로 묶었으며, 하관(下棺)을 한 뒤에야 곡을 하고, 묻는 구덩이를 흙으로 채우기만 했지 봉분(封墳)은 없어서 장례가 끝나자 소와 말이 그 무덤 위에서 놀았다.

순(舜)임금은 서쪽으로 일곱 오랑캐 종족들을 가르치고 이끌어주다가 도중에 죽어 남기(南己)의 저자에 장사지내었다. 그때 수의는 세 벌이었고, 닥나무 관을 칡덩굴로 묶었으며, 장례가 끝나자 저자 사람들은 그 무덤 위에서 놀았다.

우(禹)임금은 동쪽으로 아홉 종족의 오랑캐들을 가르치고 이끌어주다가 도중에 죽어 회계산(會稽山)에 묻히었다. 그때 수의는 세 벌이었고, 세 치[寸] 두께의 오동나무 관을 칡덩굴로 묶었는데, 관을 묶기만 했지 합치지는 않았으며, 관이 들어가게만 하였지 깊은 구덩이를 파지는 않았다. 판 땅의 깊이는 아래로는 지하수에 닿지 않고, 위로는 냄새가 나지 않을 정도였으며, 매장이 끝난 뒤에는 남은 흙을 그 위에 모아 봉분은 쟁기질한 세 이랑의 넓이 정도가 될 뿐이었다."

만약 이상의 세 성왕들을 놓고 본다면, 성대히 장사지내고 오래 거상하는 것이 정말로 성왕의 도가 아님이 분명하다. 본시 세 임금들은 모두 천자라는 고귀한 신분에 천하를 차지하는 부를 누렸는데, 어찌 쓰는 재물이 부족한 것을 걱정했겠는가? 그러함에도 이와 같은 장사지내는 법을 정했던 것이다.

今執[1]厚葬久喪者之言曰：厚葬久喪，雖使不可以富貧衆
금 집 후 장 구 상 자 지 언 왈　후 장 구 상　수 사 부 가 이 부 빈 중

寡定危治亂，然此聖王之道也．子墨子曰：不然．昔者，堯
과 정 위 치 란　연 차 성 왕 지 도 야　자 묵 자 왈　불 연　석 자　요

北教乎八狄[2]，道死，葬蛩山[3]之陰．衣衾[4]三領[5]，穀木[6]之棺，
북 교 호 팔 적　도 사　장 공 산 지 음　의 금 삼 령　곡 목 지 관

葛以緘[7]之．既汜[8]而后哭，滿埳[9]無封[10]，已葬而牛馬乘[11]之．
갈 이 함 지　기 범 이 후 곡　만 감 무 봉　이 장 이 우 마 승 지

舜西教乎七戎[12]，道死，葬南己[13]之市．衣衾三領，穀木
순 서 교 호 칠 융　도 사　장 남 기 지 시　의 금 삼 령　곡 목

之棺，葛以緘之，已葬而市人乘之．
지 관　갈 이 함 지　이 장 이 시 인 승 지

禹東教乎九夷[14]，道死，葬會稽之山[15]．衣衾三領，桐棺三
우 동 교 호 구 이　도 사　장 회 계 지 산　의 금 삼 령　동 관 삼

寸，葛以緘之，絞[16]之不合，通之[17]不埳[18]．土地之深，下毋
촌　갈 이 함 지　교 지 부 합　통 지 불 감　토 지 지 심　하 무

及泉[19]，上毋通臭．既葬，收餘壞其上，壟[20]若參耕之畝[21]
급 천　상 무 통 취　기 장　수 여 괴 기 상　농　약 삼 경 지 묘

則止矣．
즉 지 의

若以此，若三聖王者觀之，則厚葬久喪，果非聖王之道．
약 이 차　약 삼 성 왕 자 관 지　즉 후 장 구 상　과 비 성 왕 지 도

故三王者，皆貴爲天子，富有天下．豈憂財用之不足哉？
고 삼 왕 자　개 귀 위 천 자　부 유 천 하　개 우 재 용 지 부 족 재

以爲如此葬埋之法．
이 위 여 차 장 매 지 법

1 執(집)−고집하다, 주장하다. 2 八狄(팔적)−여덟 종족의 북쪽 오랑캐. 3
蛩山(공산)−공산(邛山)이라고도 쓰며, 어디에 있는 산인지 확실치 않다. 4
衣衾(의금)−수의(壽衣). 5 三領(삼령)−옷 세 벌. 6 穀木(곡목)−『설문(說文)』
에 저(楮), 곧 닥나무라 하였다. 그러나 닥나무로 관을 만들 수는 없을 것 같
다. 좋지 않은 나무임은 분명하다. 7 緘(함)−묶다. 8 汜(범)−폄(窆)과 통하
여, 하관(下棺)을 하는 것. 매장하는 것. 9 滿埳(만감)−구덩이를 흙으로 채우

다. **10** 封(봉)−봉분(封墳). **11** 乘(승)−그 위에 올라가다, 올라가 놀다. **12** 七戎(칠융)−일곱 종족의 서쪽 오랑캐. **13** 南己(남기)−지명. 어느 곳인지 알 수 없다. **14** 九夷(구이)−아홉 종족의 동쪽 오랑캐. **15** 會稽山(회계산)−지 금의 절강성(浙江省) 산음현(山陰縣)에 있는 산 이름. **16** 絞(교)−묶다. **17** 通 之(통지)−관이 들어갈 정도로만 땅을 파는 것. **18** 不堪(불감)−구덩이를 크 게 파지 않는 것. **19** 泉(천)−지하수, 샘물. **20** 壟(농)−무덤 봉분. **21** 參耕 之畝(삼경지묘)−세 번 쟁기질한 밭이랑의 넓이.

여기서는 특히 요(堯)·순(舜)·우(禹) 같은 옛 성왕들이 간소 하게 장사지내어진 실례를 들면서, 성대히 장사지내고 오랫동안 거상하는 것이 성왕(聖王)의 도가 아님을 역설하고 있다.

11 지금 임금과 귀족들의 장사지내는 법은 이와 다르다. 반 드시 겉관과 속관이 있고, 다시 가죽으로 만든 세 겹의 관이 있으며, 둥근 옥과 구슬을 갖추고, 창과 칼과 솥과 북과 병과 쟁반을 갖추며, 무늬에 수놓은 비단과 흰 비단과 큰 말 배띠와 만 벌의 수의와 함께 수레와 말 및 여악(女樂)까지도 모두 갖춘다.

그리고 "반드시 무덤 안의 수도(隧道)는 묘도(墓道)와 통해야 하 고, 봉분은 산언덕처럼 커야만 한다."고 주장한다.

이는 백성들의 할 일을 못하게 하고, 백성들의 재물을 낭비하는 것이 이루 헤아릴 수가 없는 정도인 것이다. 그것이 쓸데없는 일 임은 이와 같이 분명한 것이다.

今王公大人之爲葬埋, 則異于此. 必大棺中棺[1], 革闠[2]三
금 왕 공 대 인 지 위 장 매　　 즉 리 우 차 　 필 대 관 중 관 　　 혁 궤 삼

操[3], 璧玉[4]卽具, 戈劍鼎鼓壺濫, 文繡[5]素練[6], 大鞅[7]萬領[8]
조 　 벽 옥 즉 구 　　 과 검 정 고 호 람 　 문 수 소 련 　　 대 앙 만 령

輿馬女樂皆具. 曰：必捶埏[9]差通[10], 壟[11]雖[12]凡[13]山陵.
여 마 녀 악 개 구 　 왈 　 필 추 도 차 통 　 농 수 범 산 릉

此爲輟[14]民之事, 靡[15]民之財, 不可勝計也. 其爲毋用若
차 위 철 민 지 사 　 미 민 지 재 　 불 가 승 계 야 　 기 위 무 용 약

此矣.
차 의

1 大棺中棺(대관중관) ─ 큰 관과 중간 관, 곧 겉관[外棺]과 속관[內棺]. 2 革闠
(혁궤) ─ '궤'는 궤(匱)와 통하여, 가죽으로 만든 관. 3 三操(삼조) ─ '조'는 잡
(匝)과 통하여, 세 겹. 4 璧玉(벽옥) ─ '벽'은 얇고 둥글며 중간에 구멍이 있
는 옥. '옥'은 주옥(珠玉). 5 文繡(문수) ─ 무늬를 수놓은 비단. 6 素練(소
련) ─ 흰 비단. 7 鞅(앙) ─ 말의 배띠. 8 萬領(만령) ─ 만 벌의 수의(壽衣). 9 捶
埏(추도) ─ '추'는 수(隧), '도'는 도(涂)와 통하여, 수도(隧道). 10 差通(차
통) ─ '차'는 선(羡)과 통하여, 묘도(墓道), 따라서 묘도로 통하는 것. 11 壟
(농) ─ 무덤. 봉분. 12 雖(수) ─ 유(唯)와 같은 조사. 13 凡(범) ─ 대체로 크고
높은 것을 뜻하는 듯하다. 14 輟(철) ─ 막다, 못하게 하다. 15 靡(미) ─ 소비
하다, 낭비하다.

そその

그 시대의 임금과 귀족들의 장례가 지나친 사치와 낭비임을
역설한 대목이다.

12-1 그러므로 묵자가 말하였다.
　　　 "전에 나는 본시 말하기를, 생각컨대 그들의 말을
법도로 삼고 그들의 제도를 써서 성대히 장사지내고 오랫동안 거

상을 하는 것을 헤아려 볼 적에, 진실로 그렇게 하는 것이 가난한 사람들을 부하게 해주고 인구가 적은 것을 많게 해주며, 위태로운 나라를 안정시키고 어지러운 나라를 다스릴 수 있다면, 곧 그것은 어진 것이고 의로운 것이며 효자의 일이 된다. 사람들을 위하여 일하려는 사람이라면 그것을 권면하지 않을 수가 없는 것이다."

그러나 생각해 볼 때 그들의 말을 법도로 삼고 그들의 제도를 써서 사람들이 성대히 장사지내고 오랫동안 거상을 한다 해도 실로 가난한 사람들을 부하게 해주거나 인구가 적은 것을 많게 해주거나, 위태로운 나라를 안정시키고 어지러운 나라를 다스릴 수가 없다면은, 곧 그것은 어진 것이 아니고 의로운 것이 아니며, 효자의 일도 아닌 것이다. 사람들을 위하여 일하려는 사람이라면 그것을 막지 않을 수가 없는 것이다.

是故子墨子曰 : 鄉者[1], 吾本言[2]曰, 意亦使法其言, 用其
시 고 자 묵 자 왈   향 자   오 본 언 왈   의 역 사 법 기 언   용 기

謀, 計厚葬久喪, 請[3]可以富貧衆寡定危治亂乎, 則仁也義
모   계 후 장 구 상   청 가 이 부 빈 중 과 정 위 치 란 호   즉 인 야 의

也, 孝子之事也. 爲人謀者, 不可不勸也.
야   효 자 지 사 야   위 인 모 자   불 가 불 권 야

意亦使法其言, 用其謀, 若人厚葬久喪, 實不可以富貧
의 역 사 법 기 언   용 기 모   약 인 후 장 구 상   실 불 가 이 부 빈

衆寡定危治亂乎, 則非仁也, 非義也, 非孝子之事也. 爲
중 과 정 위 치 란 호   즉 비 인 야   비 의 야   비 효 자 지 사 야   위

人謀者, 不可不沮[4]也.
인 모 자   불 가 부 저   야

1 鄉者(향자)-전에, 앞에서. 2 本言(본언)-본시 말하다. 3 請(청)-정말, 진실로. 4 沮(저)-막다, 저지하다.

그러므로 그런 방법으로 나라를 부하게 하려 한다
해도 매우 가난해질 것이고, 그런 방법으로 인구를
늘이려 한다 해도 매우 적어질 것이며, 그런 방법으로 법과 정치
를 다스리려 한다 해도 매우 어지러워질 것이고, 그런 방법으로
큰 나라가 작은 나라를 공격하지 못하도록 하려 한다 해도 전혀
불가능한 일일 것이며, 그런 방법으로 하나님과 귀신에게 복을 얻
으려 한다 해도 오히려 재난을 당하게 될 것이다.

위로 요임금 · 순임금 · 우임금 · 탕왕 · 문왕 · 무왕의 도에 비추
어보더라도 정면으로 어긋나며, 아래로 걸왕 · 주왕 · 유왕 · 여왕
의 일에 비추어보면 딱 서로 들어맞는다. 이로써 본다면 성대히
장사지내고 오랫동안 거상을 한다는 것은 성왕(聖王)의 도가 아닌
것이다."

是故求以富國家, 甚得貧焉, 欲以衆人民, 甚得寡焉, 欲
시 고 구 이 부 국 가   심 득 빈 언   욕 이 중 인 민   심 득 과 언   욕

以治刑政, 甚得亂焉, 求以禁止大國之攻小國也, 而旣已
이 치 형 정   심 득 란 언   구 이 금 지 대 국 지 공 소 국 야   이 기 이

不可矣, 欲以干上帝鬼神之福, 又得禍焉.
불 가 의   욕 이 간 상 제 귀 신 지 복   우 득 화 언

上稽[5]之堯舜禹湯文武之道, 而政逆[6]之. 下稽之桀紂幽厲
상 계 지 요 순 우 탕 문 무 지 도   이 정 역 지   하 계 지 걸 주 유 려

之事, 猶合節也. 若以此觀, 則厚葬久喪, 其非聖王之道
지 사   유 합 절 야   약 이 차 관   즉 후 장 구 상   기 비 성 왕 지 도

也.
야

5 稽(계) - 참고하다, 비추어보다. **6** 政逆(정역) - '정'은 정(正)의 뜻으로, 정
면으로 어긋나다. 정반대가 되다.

묵자는 다시 한 번 성대히 장사지내고 오랫동안 거상을 하는 것이 성왕(聖王)의 도가 아니며, 나라를 망치는 짓임을 강조하고 있다.

13 지금 성대히 장사지내고 오랫동안 거상을 하기를 주장하는 사람들이 말하고 있다.

"성대히 장사지내고 오랫동안 거상을 하는 것이 정말로 성왕의 도가 아니라면, 무슨 이론으로 중국의 군자들은 그 짓을 끊임없이 하고 그 방법을 버리지 않고 지키고 있는가?"

이에 대하여 묵자가 말하였다.

"그것은 이른바 그들의 풍습을 편리하다고 여기고 그들의 습속이 바르다고 여기기 때문이다.

옛날 월(越)나라 동쪽에 해목(輆沐)이란 나라가 있었는데, 그들은 맏아들을 낳으면 곧 잡아먹었는데, 그것이 아우들에게 좋은 일이라 하였다. 그들 할아버지가 죽으면 그의 할머니는 업어다 버렸는데, 귀신 처와는 함께 살 수가 없다는 것이었다. 이렇게 위에서는 정치를 하고, 아래에서는 그것을 풍속이라 여기어 끊임없이 그렇게 하고 그 방법을 버리지 않고 지켰다. 그렇다고 이것이 어찌 실로 어짊과 의로움의 도이겠는가? 이것이 이른바 풍습을 편리하다 여기고 그들의 습속을 바르다고 여기는 것이다.

초(楚)나라의 남쪽에 염인국(炎人國)이란 나라가 있었는데, 그들의 부모가 죽으면 죽은이의 살은 썩혀서 버리고 나서 뼈만을 묻었다. 그래야만 효자라 하였다.

　진(秦)나라의 서쪽에 의거(儀渠)라는 나라가 있었는데, 그들의 부모가 죽으면 장작과 땔나무를 모아 시체를 태우고, 연기가 위쪽으로 올라가면 그것을 등하(登遐)라 하였다. 그런 뒤에야 효자가 될 수 있었다. 이렇게 위에서는 정치를 하고 아래에서는 그것을 풍속이라 여기어, 끊임없이 그렇게 하고 그 방법을 버리지 않고 지켰다. 그렇다고 이것이 어찌 실로 어짊과 의로움의 도이겠는가? 이것이 이른바 그들의 풍습을 편리하다 여기고 그들의 습속을 바르다고 여기는 것이다.

　만약 이와 같은 세 나라를 놓고 본다면, 이들은 가볍게 장사지내는 것이라 할 수 있다. 만약 중국의 군자들이 장사지내는 것을 놓고 볼 것 같으면 그들은 무겁게 장사지내는 것이라 할 수 있다. 이들처럼 하는 것은 지나치게 무겁게 장사지내는 것이고, 저들처럼 하는 것은 지나치게 가볍게 장사지내는 것이다. 그러니 장사지내는 데에는 절도가 있어야만 하는 것이다."

今執厚葬久喪者言曰：厚葬久喪，果非聖王之道，夫胡
　금집후장구상자언왈　후장구상　과비성왕지도　부호

說[1]中國之君子，爲而不已，操[2]而不擇[3]哉？
　설 중국지군자　위이부이　조이불택 재

子墨子曰：此所謂便其習，而義其俗者也.
　자묵자왈　차소위편기습　이의기속자야

昔者，越之東，有輆沐[4]之國者，其長子生，則解[5]而食之，
　석자　월지동　유해목 지국자　기장자생　즉해 이식지

謂之宜弟[6]. 其大父[7]死，負其大母而棄之，曰鬼妻不可與居
　위지의제　기대부 사　부기대모이기지　왈귀처부가여거

處. 此上以爲政，下以爲俗，爲而不已，操而不擇. 則此豈
　처　차상이위정　하이위속　위이부이　조이불택　즉차개

實仁義之道哉？此所謂便其習，而義其俗者也.
　실인의지도재　차소위편기습　이의기속자야

楚之南, 有炎人國[8]者. 其親戚[9]死, 朽其肉而棄之, 然后
초지남 유염인국 자 기친척사 후기육이기지 연후

埋其骨. 乃成爲孝子.
매기골 내성위효자

秦之西, 有儀渠[10]之國者, 其親戚死, 聚柴薪[11]而焚之,
진지서 유의거 지국자 기친척사 취시신 이분지

燻上[12]謂之登遐[13], 然后成爲孝子. 此上以爲政, 下以爲俗,
훈상 위지등하 연후성위효자 차상이위정 하이위속

爲而不已, 操而不擇. 則此豈實仁義之道哉? 此所謂便其
위이부이 조이부택 즉차기실인의지도재 차소위편기

習, 而義其俗者也.
습 이의기속자야

若以此若三國者觀之, 則亦猶薄[14]矣. 若以中國之君子觀
약이차약삼국자관지 즉역유박 의 약이중국지군자관

之, 則亦猶厚矣. 如彼則大厚, 如此則大薄. 然則葬埋之
지 즉역유후의 여피즉태후 여차즉태박 연즉장매지

有節矣.
유절의

1 胡說(호설)—무슨 이론으로.　2 操(조)—잡다, 지키다.　3 不擇(불택)—'택'은
석(釋)의 뜻으로, 놓지 않다. 버리지 않다.　4 輆沐(해목)—실지로 있었던 나라
인지도 알 수가 없다.　5 解(해)—해체(解體)하다.　6 宜弟(의제)—아우들에게
좋은 것.　7 大父(대부)—할아버지. 따라서 대모(大母)는 할머니. 그대로 부
(父)와 모(母)로 된 판본도 있다.　8 炎人國(염인국)—담인국(啖人國)으로 된 판
본도 있으며, 실지로 있었던 나라인지 알 수 없다.　9 親戚(친척)—부모.　10
儀渠(의거)—의거(義渠)로 된 판본도 있으며,『사기(史記)』진본기(秦本紀)에도
이 나라 이름이 보인다.　11 柴薪(시신)—장작과 땔나무.　12 燻上(훈상)—연
기와 불꽃이 올라가는 것.　13 登遐(등하)—선경(仙境)으로 올라가다, 또는 극
락(極樂)세계로 올라가다의 뜻일 것이다.　14 薄(박)—박장(薄葬). 간소하게
장사지내는 것. 따라서 후(厚)는 후장(厚葬)임.

중국의 군자들이 끊임없이 성대히 장사지내고 오랫동안 거상
을 하는 것은 오랜 풍습 때문이라는 것이다. 그것이 옳은 일이라

생각하고 그렇게 하는 것은 아니라는 것이다.

14 본시 옷을 입고 음식을 먹는다는 것은 살아가는 데 유리하기 때문인데, 거기에도 절도가 있다. 장례를 치르는 것은 죽은 이에게 유리하기 때문인데, 어찌 이 일에만 절도가 없을 수가 있겠는가?

묵자는 장례의 법도를 제정하여 말하였다.

"관은 세 치[寸]의 두께로 뼈를 썩게 하는 데 충분하고, 수의는 세 벌로 살을 썩게 하는 데 충분하면 된다. 땅을 파는 깊이는 아래로는 지하수에 젖지 않도록 하고, 위로는 냄새가 밖으로 새지 않도록 하며, 봉분은 그 자리를 알아볼 정도에서 그쳐야 한다. 곡을 하며 왔다가 곡을 하며 돌아가되, 돌아가서는 입고 먹을 재물을 생산하는 일에 종사하며, 제사를 제때에 지내어 부모에게 효성을 다해야 한다."

그러므로 묵자의 법도는 죽고 살아가는 이점을 잃지 않고 있다고 하는 것은 이 때문이다.

그래서 묵자는 또 말하였다.

"지금 천하의 선비와 군자들이 진실로 어짊과 이로움을 행하여 훌륭한 선비가 되고자 한다면, 위로는 성왕의 도에 들어맞게 행동하고, 아래로는 나라와 백성들의 이익이 되도록 행동해야 한다. 그러므로 장례를 절도 있게 하도록 하는 정치를 하여야 한다는 점에 대하여 잘 살피지 않으면 안된다는 것은 이 때문이다."

故衣食者, 人之生利也, 然且猶尙有節. 葬埋者, 人之死
고 의 식 자　인 지 생 리 야　연 차 유 상 유 절　장 매 자　인 지 사

利也, 夫何獨無節於此乎?
리 야　부 하 독 무 절 어 차 호

子墨子制爲葬埋之法, 曰：棺三寸, 足以朽骨, 衣三領,
자 묵 자 제 위 장 매 지 법　왈　관 삼 촌　족 이 후 골　의 삼 령

足以朽肉. 掘地之深, 下無菹漏¹, 氣無發洩於上, 壟足以
족 이 후 육　굴 지 지 심　하 무 저 루　기 무 발 설 어 상　농 족 이

期其所²則止矣. 哭往哭來, 反從事乎衣食之財, 佴³乎祭
기 기 기 소　즉 지 의　곡 왕 곡 래　반 종 사 호 의 식 지 재　이 호 제

祀, 以致孝於親.
사　이 치 효 어 친

故曰子墨子之法, 不失死生之利者, 此也.
고 왈 자 묵 자 지 법　부 실 사 생 지 리 자　차 야

故子墨子言曰：今天下之士君子, 中請⁴將欲爲仁義, 求
고 자 묵 자 언 왈　금 천 하 지 사 군 자　중 청 장 욕 위 인 의　구

爲上士, 上欲中聖王之道, 下欲中國家百姓之利. 故當若
위 상 사　상 욕 중 성 왕 지 도　하 욕 중 국 가 백 성 지 리　고 당 약

節喪之爲政, 而不可不察, 此者也.
절 상 지 위 정　이 불 가 부 찰　차 자 야

1 菹漏(저루) ─ '저'는 저(沮)와 통하여, 젖는 것. '루'는 지하수. 따라서 지하
수에 젖는 것.　2 期其所(기기소) ─ 그 자리를 알아볼 정도로 하는 것.　3 佴
(이) ─ 차(次)의 뜻. 차례에 따라 때를 지키는 것.　4 中請(중청) ─ '중'은 충(忠),
'청'은 성(誠)의 뜻으로, 진실로. 진정으로.

　　묵자는 결론으로 자신이 적절하다고 생각되는 장례의 법도를
제시하고 있다. 이처럼 지나치지 않게 장례를 치르는 것이 성왕의
도이며, 나라와 백성들을 위하는 길이라는 것이다.
　　묵자의 이 절장(節葬) 이론은 곧 앞에서 논한 겸애(兼愛) · 비공
(非攻) · 절용(節用)의 주장과 표리를 이루고 있는 것이다.

墨子

26.

천지편 天志篇(上)

'천지'란 하늘의 뜻을 말한다. 하늘은 온 세상의 최고 지배자이다. 따라서 하늘이 뜻하는 바는 바로 사람들이 살아 나가야 할 올바른 길이 되며 모든 사람이 본받고 따라야 할 규범이 된다는 것이다. 이러한 묵자의 태도는 종교적이고도 사상가다운 경건한 일면을 보여주기도 한다. 그는 하늘에 대한 믿음을 바탕으로 그의 사상을 발전시키고 있고, 그의 사상 전체를 종교적인 차원으로 끌어올리고 있는 것이다. 따라서 묵자는 다른 어떤 사상가보다도 신념에 투철하고, 그의 사상을 철저히 실천히고 있다.

1-1 묵자가 말하였다.

"지금 천하의 군자들은 작은 것은 알면서도 큰 것은 알지 못한다.

무엇으로써 그러함을 아는가? 그들이 집에서 생활하는 것을 보고 안다. 만약 집에 있으면서 집안 어른에게 죄를 지으면 그래도 이웃집으로 도피할 곳은 있다. 그러나 한편 부모나 형제들 및 그를 아는 사람들은 모두 서로 경계하며 말하기를, '경계하지 않으면 안 되고, 삼가지 않으면 안될 것이다. 어찌 집안에 살면서 집안 어른에게 죄를 짓고도 괜찮을 수가 있겠는가?' 라고 말할 것이다.

집에서 생활하는 것만 그러할 뿐 아니라 나라에서 살아가는 것도 역시 그러하다. 나라에 살다가 나라 임금에게 죄를 지으면 그래도 이웃 나라로 피하여 도망칠 곳은 있다. 그러나 부모나 형제들 및 그를 아는 사람들은 서로 경계하여 말하기를, '경계하지 않으면 안 되고, 삼가지 않으면 안될 것이다. 그 누가 나라에 살면서 나라 임금에게 죄를 짓고도 괜찮을 수가 있겠는가?' 라고 말할 것이다."

子墨子言曰 : 今天下之士君子, 知小而不知大.
자묵자언왈   금천하지사군자   지소이부지대

何以知之? 以其處家者知之. 若處家, 得罪於家長, 猶有
하 이 지 지   이 기 처 가 자 지 지   약 처 가   득 죄 어 가 장   유 유

鄰家所避逃之. 然且親戚兄弟所知識, 其相儆戒, 皆曰 :
린 가 소 피 도 지   연 차 친 척 형 제 소 지 식   기 상 경 계   개 왈

不可不戒矣, 不可不愼矣. 惡有處家而得罪於家長而可爲
불 가 불 계 의   불 가 불 신 의   오 유 처 가 이 득 죄 어 가 장 이 가 위

也?
야

非獨處家者爲然, 雖處國亦然. 處國得罪於國君, 猶有
비 독 처 가 자 위 연   수 처 국 역 연   처 국 득 죄 어 국 군   유 유

鄰國所避逃之. 然且親戚[1]兄弟所知識, 共相儆戒, 皆曰 :
린 국 소 피 도 지   연 차 친 척   형 제 소 지 식   공 상 경 계   개 왈

不可不戒矣, 不可不愼矣. 誰亦有處國得罪於國君而可爲
불 가 불 계 의   불 가 불 신 의   수 역 유 처 국 득 죄 어 국 군 이 가 위

也?
야

1-2 이것은 도피할 여지가 있는 것들인데도 서로 이와 같이 철저히 경계하고 있다. 하물며 도피할 여지도 없는 것들이라면 어찌 서로 경계함이 더욱 철저하여야 하지 않겠는가? 또한 속담에 말하기를, '이러한 밝은 날에 죄를 지으면 장차 어디로 피하여 도망칠 것인가? 피하여 도망칠 곳이 없는 것이다.'고 하였다.

하늘에게는 숲이나 골짜기 속의 으슥하고 아무도 없는 곳이라 하더라도 아무것도 몰래 할 수 없으니 밝게 반드시 보고 있는 것이다. 그러나 천하의 군자들은 하늘에 대하여는 갑자기 서로 경계할 줄을 모른다. 이것이 내가 천하의 군자들은 작은 것은 알면서도 큰 것은 알지 못함을 아는 까닭인 것이다.

此有所避逃之者也, 相儆戒猶若此其厚. 況無所逃避之
차 유 소 피 도 지 자 야   상 경 계 유 약 차 기 후   황 무 소 도 피 지

者, 相儆戒豈不愈厚, 然後可哉? 且語言²有之曰 : 焉而³
자   상 경 계 기 불 유 후   연 후 가 재   차 어 언 유 지 왈   언 이

晏⁴日焉而得罪, 將惡避逃之? 曰 : 無所避逃之.
안 일 언 이 득 죄   장 오 피 도 지   왈   무 소 피 도 지

夫天不可爲林谷幽閒無人, 明必見之. 然而天下之士君
부 천 불 가 위 림 곡 유 한 무 인   명 필 견 지   연 이 천 하 지 사 군

子之於天也, 忽然不知以相儆戒. 此我所以知天下士君子,
자 지 어 천 야   홀 연 부 지 이 상 경 계   차 아 소 이 지 천 하 사 군 자

知小而不知大也.
지 소 이 부 지 대 야

說). '우차(于此)', 곧 '이에'의 뜻(孫詒讓 說). **4** 晏(안) – 맑고 밝은 것(俞樾 說).

　　사람들은 집에서는 집안 어른의 명령을 두려워하고 나라에서는 임금의 뜻을 받들 줄 알면서도 절대적인 위치에서 온 세상을 지배하고 있는 하늘의 뜻은 소홀히 한다. 집안 어른이나 임금에게 죄를 지으면 피하여 도망칠 여지가 있지만, 하늘에 죄를 지으면 피하여 도망칠 여지조차도 없는 절대적인 존재라는 것이다.

2 그렇다면 하늘은 또한 무엇을 바라고 무엇을 싫어하는가? 하늘은 의로움을 바라고 불의를 싫어한다. 그러니 천하의 백성들을 거느리고 의로움에 종사한다는 것은, 곧 내가 바로 하늘이 바라는 일을 행하는 것이 된다. 내가 하늘이 바라는 일을 하면 하늘 역시 내가 바라는 일을 해준다. 그러면 나는 무엇을 바라고 무엇을 싫어하는가? 나는 복과 녹을 바라고 재난과 천벌을 싫어한다. 만약 내가 하늘이 바라는 일을 하지 않고 하늘이 바라지 않는 일을 한다는 것은 내가 천하의 백성들을 거느리고 재난과 천벌을 받기 위하여 일을 하는 것이 된다.

　　그렇다면 무엇으로써 하늘이 의로움을 바라고 불의를 싫어한다는 것을 알 수 있는가? 그것은 천하에 의로움이 있으면 살고, 의로움이 없으면 죽으며, 의로움이 있으면 부자가 되고, 의로움이 없으면 가난해지며, 의로움이 있으면 다스려지고, 의로움이 없으면 어지러워지기 때문이다. 그러니 하늘은 그들의 삶을 바라고 죽음을 싫어하며, 그들의 부유함을 바라고 가난을 싫어하며, 그들의 다스림을 바라고 어지러움을 싫어한다. 하늘은 의로움을 바라고 불의를 싫어함을 아는 근거인 것이다.

然則天亦何欲何惡? 天欲義而惡不義. 然則率天下之百
연 즉 천 역 하 욕 하 오　천 욕 의 이 오 불 의　연 즉 솔 천 하 지 백

姓以從事於義, 則我乃爲天之所欲也. 我爲天之所欲, 天
성 이 종 사 어 의　즉 아 내 위 천 지 소 욕 야　아 위 천 지 소 욕　천

亦爲我所欲. 然則我何欲何惡? 我欲福祿, 而惡禍崇. 若
역 위 아 소 욕　연 즉 아 하 욕 하 오　아 욕 복 록　이 오 화 수　약

我不爲天之所欲, 而爲天之所不欲, 然則我率天下之百姓
아 불 위 천 지 소 욕　이 위 천 지 소 불 욕　연 즉 아 솔 천 하 지 백 성

以從事於禍崇**1**中也.
이 종 사 어 화 수 중 야

然則何以知天之欲義而惡不義? 曰：天下有義則生, 無
연 즉 하 이 지 천 지 욕 의 이 오 불 의　왈　천 하 유 의 즉 생　무

義則死, 有義則富, 無義則貧, 有義則治, 無義則亂. 然則
의 즉 사　유 의 즉 부　무 의 즉 빈　유 의 즉 치　무 의 즉 란　연 즉

天欲其生而惡其死, 欲其富而惡其貧, 欲其治而惡其亂.
천 욕 기 생 이 오 기 사　욕 기 부 이 오 기 빈　욕 기 치 이 오 기 란

此我所以知天欲義以惡不義也.
차 아 소 이 지 천 욕 의 이 오 불 의 야

1 崇(수) – 천벌. 재앙.

여기서는 하늘이 의로움을 좋아하는 반면 불의를 싫어함을 설명하고 있다. 그래서 하늘은 자기 뜻을 따르는 의로운 사람에게는 사람들이 바라는 복과 녹을 내려주고, 의롭지 못한 사람에게는 불행과 재난을 내린다는 것이다.

3-1 일반적으로 '의로움이란 올바른 것이다'고 한다. 아랫사람을 따라 윗사람이 바로잡히는 일은 없고, 반드시 윗사람을 따라 아랫사람들이 바로잡히는 것이다. 그러므로 서민들은 힘을 다해 자기 일에 종사하기는 하지만 자기 마음대로 다스릴 수는 없는 일이며, 관리들이 있어 그들을 다스리는 것이다. 관리들은 힘을 다해 자기 일에 종사하기는 하지만 자기 마음대로 다스릴 수는 없는 일이며, 장군과 대부들이 있어 그들을 다스린다. 장군과 대부들도 힘을 다해 자기 일에 종사하기는 하지만 자기 마음대로 다스릴 수는 없는 일이며, 삼공(三公)과 제후들이 있어 그들을 다스린다. 삼공과 제후들도 힘을 다해 자기 일에 종사하기는 하지만 자기 마음대로 다스릴 수는 없는 일이며 천자가 있어 그들을 다스린다. 천자도 자기 마음대로 정치를 할 수는 없는 일이며 하늘이 있어 그를 다스린다.

천자가 삼공과 제후와 관리와 서민들을 다스리고 있다는 것은 천하의 군자들은 본시부터 분명히 알고 있으나, 하늘이 천자와 천하의 백성들을 다스리고 있다는 것은 아직 분명히 알지 못하고 있다.

曰：且夫義者政[1]也. 無從下之政上, 必從上之政下. 是
왈   차부의자정 야   무종하지정상   필종상지정하   시

故庶人竭力從事, 未得次[2]己而爲政, 有士[3]政之. 士竭力從
고서인갈력종사   미득차기이위정   유사정지   사갈력종

事, 未得次己而爲政, 有將軍大夫政之. 將軍大夫竭力從
사   미득차기이위정   유장군대부정지   장군대부갈력종

事, 未得次己而爲政, 有三公[4]諸侯政之. 三公諸侯竭力聽
사   미득차기이위정   유삼공제후정지   삼공제후갈력청

治, 未得次己而爲政, 有天子政之. 天子未得次己而爲政,
치   미득차기이위정   유천자정지   천자미득차기이위정

有天政之.
유 천 정 지

天子爲政於三公諸侯士庶人，天下之士君子固明知，天
천 자 위 정 어 삼 공 제 후 사 서 인　천 하 지 사 군 자 고 명 지　천

之爲政於天子天下百姓，未得之明知也.
지 위 정 어 천 자 천 하 백 성　미 득 지 명 지 야

1 政(정)－정(正)과 통하여(王引之 說), '바로잡는다', '다스린다', '정치를 한
다' 는 여러 가지 뜻을 지녔으며 경우에 따라 적절히 번역하였다. **2** 次(차)－
자(恣)와 통하여, '자기 멋대로 하는 것' (畢沅 說). **3** 士(사)－관리들 중의 낮
은 계급. **4** 三公(삼공)－주(周)나라 시대엔 태사(太師)·태부(太傅)·태보(太
保)를 가리켰으며, 대신 중에서도 가장 높은 지위의 사람들임.

3-2 그러므로 옛날 하(夏)·은(殷)·주(周) 세 왕조의 성왕인
우(禹)임금·탕(湯)임금·문왕(文王)·무왕(武王) 같은 임
금들은 하늘이 천자를 다스리고 있다는 것을 천하의 백성들에게
분명히 얘기하려 하였다. 그러므로 모두가 소와 양을 기르고 개와
돼지를 길러 깨끗이 젯밥과 제물과 술과 단술을 마련하여 가지고
서 하나님과 귀신들에게 제사를 지내어 하늘에 복을 빌고 구하였
던 것이다. 나는 아직도 하늘이 천자에게 복을 빌었다는 말은 들
어본 일이 없다. 나는 그래서 하늘이 천자를 다스리고 있는 것임
을 알고 있는 것이다.

본시 천자란 천하에서 최고로 귀한 사람이며, 천하에서 최고로
부유한 사람인 것이다. 그러므로 부유하고도 귀한 사람이라면 하
늘의 뜻을 따르지 않을 수가 없을 것이다. 하늘의 뜻을 따르는 사
람은 모두들 아울러 서로 사랑하고, 서로 이롭게 해주어 반드시
하늘의 상을 받을 것이다. 하늘의 뜻에 반하는 자는 사람을 차별

하여 서로 미워하며 서로 해쳐서 반드시 하늘의 벌을 받을 것이다.

故昔三代⁵聖王禹湯文武, 欲以天之爲政於天子, 明說天
고 석 삼 대 성 왕 우 탕 문 무 욕 이 천 지 위 정 어 천 자 명 설 천

下之百姓. 故莫不犓⁶牛羊, 豢⁷犬彘⁸, 潔爲粢盛⁹酒醴¹⁰,
하 지 백 성 고 막 불 추 우 양 환 견 체 결 위 자 성 주 례

以祭祀上帝鬼神, 而求祈福於天. 我未嘗聞天之祈福於天
이 제 사 상 제 귀 신 이 구 기 복 어 천 아 미 상 문 천 지 기 복 어 천

子也. 我所以知天之爲政於天子者也.
자 야 아 소 이 지 천 지 위 정 어 천 자 자 야

故天子者, 天下之窮貴也, 天下之窮¹¹富也. 故於富且貴
고 천 자 자 천 하 지 궁 귀 야 천 하 지 궁 부 야 고 어 부 차 귀

者, 當天意而不可不順. 順天意者, 兼相愛, 交相利, 必得
자 당 천 의 이 불 가 불 순 순 천 의 자 겸 상 애 교 상 리 필 득

賞. 反天意者, 別相惡, 交相賊, 必得罰.
상 반 천 의 자 별 상 오 교 상 적 필 득 벌

5 三代(삼대)－하(夏)·은(殷)·주(周)의 고대 삼왕조(三王朝). 6 犓(추)－꼴을
먹여 기름. 7 豢(환)－가축을 기름. 8 彘(체)－돼지. 이곳의 가축은 모두 제
물(祭物)을 가리킴. 9 粢盛(자성)－제삿밥[祭飯]과 제물. 10 醴(례)－단술.
11 窮(궁)－궁극(窮極). 최고(最高). 지극함.

　　백성·관리·경대부·삼공과 제후·천자로 올라가는 지배 질
서의 최고자로서의 하늘을 설명한 것이다. 하늘은 천자와 천하 백
성들의 절대적인 지배자이기 때문에 하늘의 뜻을 따르면 복을 받
고, 하늘의 뜻을 어기면 재난을 당하게 된다는 것이다.

4 그렇다면 어떤 사람이 하늘의 뜻을 좇아서 상을 받았으며, 어떤 사람이 하늘의 뜻을 반하여 벌을 받았는가? 묵자가 말하였다.

"옛날 삼대(三代)의 성왕인 우·탕·문왕·무왕이 하늘의 뜻을 좇아서 상을 받았고, 옛날 삼대의 폭군인 걸왕(桀王)·주왕(紂王)·유왕(幽王)·여왕(厲王)은 하늘의 뜻을 반하여 벌을 받은 사람이다."

그렇다면 우·탕·문왕·무왕 같은 이들이 상을 받은 것은 어째서였는가? 묵자가 말하였다.

"그들이 하는 일은 위로는 하늘을 높이고, 가운데로는 귀신을 섬기며, 아래로는 사람들을 사랑하는 것이었다. 그러므로 하늘의 뜻은 '이들은 내가 사랑하는 것은 모두 아울러 사랑해 주고, 내가 이롭게 하는 것은 모두 아울러 이롭게 해준다. 이들은 사람들을 사랑함이 굉장하고, 이들은 사람들을 이롭게 함이 대단하다'고 여기셨다. 그러므로 그들로 하여금 귀하기로는 천자가 되게 하고, 부유하기로 말하면 천하를 갖도록 하여 자손 만대토록 그의 훌륭함을 전하며 칭송하고 널리 천하에 알려지도록 하여, 지금까지도 그들은 칭송되며 성왕이라 불리고 있는 것이다."

그러면 걸왕·주왕·유왕·여왕이 하늘의 벌을 받은 것은 어째서인가? 묵자가 말하였다.

"그들이 하는 일은 위로 하늘을 욕되게 하고, 가운데로는 귀신들을 속이고, 아래로는 사람들을 해치는 것이었다. 그러므로 하늘의 뜻은 '이들은 내가 사랑하는 것을 차별을 두어 미워하고 내가 이롭게 하려는 것을 모두 해치고 있다. 이들은 사람을 미워함이 굉장하고 사람을 해침이 대단하다.'고 여기셨다. 그러므로 그들로 하여금 그들의 목숨을 다 누리지 못하고 그들의 후손을 끊게 하여, 지금까지도 그들은 비난을 받으며 폭군이라 불리고 있는 것이다."

然則是誰順天意而得賞者, 誰反天意而得罰者? 子墨子
연즉시수순천의이득상자　수반천의이득벌자　자묵자

言曰：昔三代聖王禹湯文武, 此順天意而得賞也, 昔三代
언왈　석삼대성왕우탕문무　차순천의이득상야　석삼대

之暴王桀[1]紂[2]幽[3]厲[4], 此反天意而得罰者也.
지폭왕걸　주유려　차반천의이득벌자야

然則禹湯文武, 其得賞何以也? 子墨子言曰：其事, 上
연즉우탕문무　기득상하이야　자묵자언왈　기사　상

尊天, 中事鬼神, 下愛人. 故天意曰：此之我所愛, 兼而
존천　중사귀신　하애인　고천의왈　차지아소애　겸이

愛之, 我所利, 兼而利之. 愛人者, 此爲博焉, 利人者, 此
애지　아소리　겸이리지　애인자　차위박언　리인자　차

爲厚焉. 故使貴爲天子, 富有天下, 葉萬子孫[5], 傳稱其善,
위후언　고사귀위천자　부유천하　엽만자손　전칭기선

方[6]施天下, 至今稱之, 謂之聖王.
방시천하　지금칭지　위지성왕

然則桀紂幽厲, 得其罰, 何以也? 子墨子言曰：其事, 上
연즉걸주유려　득기벌　하이야　자묵자언왈　기사　상

詬[7]天, 中誣[8]鬼神, 下賊人. 故天意曰：此之我所愛, 別而
구천　중무귀신　하적인　고천의왈　차지아소애　별이

惡之, 我所利, 交而賊之. 惡人者, 此爲之博也, 賊人者,
오지　아소리　교이적지　오인자　차위지박야　적인자

此爲之厚也. 故使不得終其壽, 不歿其世, 至今毁之, 謂
차위지후야　고사부득종기수　불몰기세　지금훼지　위

之暴王.
지폭왕

---

1 桀(걸)－하(夏)나라 마지막 임금. 포학한 정치를 일삼다 탕(湯)임금에게 멸
망 당하였다. **2** 紂(주)－은(殷)나라 마지막 임금. 정사를 돌보지 않고 나라를
어지럽히다 무왕(武王)에게 멸망 당하였다. **3** 幽(유)－서주(西周)의 마지막
임금. 포사(褒姒)란 여자에게 빠져 나라를 어지럽히다 견융(犬戎)의 침입으로
죽음을 당하여 주나라를 동편으로 옮겨가게 만들었다. **4** 厲(려)－유왕(幽王)
의 할아버지. 폭정으로 나라를 매우 어지럽혔다. **5** 葉萬子孫(엽만자손)－자
손 만세토록. 엽(葉)은 세(世)의 뜻. 보통은 '업만세자손(業萬世子孫)'으로 되
어 있으나 잘못이다(『墨子閒詁』). **6** 方(방)－방(旁)·부(溥)과 통하여, '널리'.
'두루'. **7** 詬(구)－욕함. **8** 誣(무)－속임.

여기에선 하늘의 뜻을 따름으로써 복을 받았던 성왕들과 하늘의 뜻을 어김으로써 천벌을 받았던 폭군들의 보기를 들고 있다. 하늘이 천하의 최고 지배자임을 밝히고 있는 것이다.

5 그러면 무엇으로써 하늘이 천하의 백성을 사랑한다는 것을 아는가? 하늘이 모두를 아울러 밝혀줌으로써이다. 무엇으로써 하늘이 모두를 아울러 밝혀줌을 아는가? 하늘이 모두를 아울러 보존시키고 있음으로써이다. 무엇으로써 하늘이 모두를 아울러 보존시키고 있음을 아는가? 하늘이 모두를 아울러 먹여 줌으로써이다. 무엇으로써 하늘이 모두를 아울러 먹여 줌을 아는가? 온 세상의 곡식을 먹는 백성들은 누구나 소와 양을 치고 개와 돼지를 길러서 정결히 젯밥과 제물과 술과 단술을 마련하여 가지고서 하나님과 귀신에게 제사를 지내는 것으로써이다.

然則何以知天之愛天下之百姓? 以其兼而明之. 何以知
연 즉 하 이 지 천 지 애 천 하 지 백 성   이 기 겸 이 명 지   하 이 지

其兼而明之? 以其兼而有之. 何以知其兼而有之? 以其兼
기 겸 이 명 지   이 기 겸 이 유 지   하 이 지 기 겸 이 유 지   이 기 겸

而食¹焉. 何以知其兼而食焉? 四海之內, 粒食之民, 莫不
이 사 언   하 이 지 기 겸 이 사 언   사 해 지 내   입 식 지 민   막 불

豢牛羊, 豢犬彘, 潔爲粢盛酒醴, 以祭祀於上帝鬼神.
추 우 양   환 견 체   결 위 자 성 주 례   이 제 사 어 상 제 귀 신

1 食(사) – 먹여 살리는 것.

여기서는 하늘이 백성을 사랑하고 있다는 사실을 증명하고 있다. 이 뒤로도 하늘이 백성을 사랑하고 있다는 증명을 계속하고 있다.

6-1 하늘이 고을과 사람을 다스리고 계신데, 어찌 사랑하지 않겠는가? 그래서 내가 한 사람의 무고한 사람을 죽이면 반드시 한 사람에 해당하는 불행을 겪게 된다 하였다. 무고한 사람을 죽이는 자는 누구인가? 곧 사람이다. 불행을 내려주는 사람은 누구인가? 곧 하늘이다. 만약 하늘이 천하의 백성들을 사랑하지 않는다면, 어째서 사람과 사람이 서로 죽인다고 해서 하늘이 그들에게 불행을 내려주겠는가? 이것으로써 나는 하늘이 천하의 백성들을 사랑하심을 아는 것이다.

天有邑人, 何用弗愛也? 且吾言殺一不辜者, 必有一不
천유읍인 하용불애야 차오언살일불고자 필유일불

祥. 殺不辜者, 誰也? 則人也. 予之不祥者, 誰也? 則天
상 살불고자 수야 즉인야 여지불상자 수야 즉천

也. 若以天爲不愛天下之百姓, 則何故以人與人相殺, 而
야 약이천위불애천하지백성 즉하고이인여인상살 이

天子之不祥? 此我所以知天之愛天下之百姓也.
천여지불상 차아소이지천지애천하지백성야

6-2 하늘의 뜻을 따르는 것을 의로움으로 세상을 다스리는 것이라 한다. 하늘의 뜻에 반하는 것을 폭력으로 세상

을 다스리는 것이라 한다. 그러면 의로움으로 세상을 다스리는 것이란 어떻게 하면 되는 것인가? 묵자가 말하였다.

"큰 나라가 작은 나라를 공격하지 않고, 큰 집안이 작은 집안을 뺏지 아니하며, 강한 자는 약한 자의 것을 약탈하지 아니하고, 귀한 자는 천한 자에게 오만하지 아니하며, 약은 꾀가 많은 자는 어리석은 자를 속이지 않는 것이다. 이렇게 하면 반드시 위로는 하늘에 이롭고, 가운데로는 귀신에 이롭고, 아래로는 사람들에게 이로울 것이다. 세 군데에 다 이롭게 되면, 이롭지 않은 것이 없게 될 것이다. 그러므로 천하에서 가장 아름다운 이름을 가져다가 그에게 붙여 성인다운 임금이라 부르는 것이다.

폭력으로 세상을 다스리는 자는 이것과 다르다. 말도 이들과 틀리고, 행동도 이들과는 반대되어, 마치 반대 방향으로 달려가는 것과 같다. 큰 나라라면 작은 나라를 공격하고, 큰 집안은 작은 집안을 뺏고, 강한 자는 약한 자의 것을 약탈하고, 귀한 자는 천한 자에게 오만하고, 약은 꾀가 많은 자는 어리석은 자를 속인다. 이것은 위로는 하늘에도 이롭지 아니하고, 가운데로는 귀신에게도 이롭지 아니하고, 아래로는 사람에게도 이롭지 아니한 것이다. 세 군데에 다 이롭지 않다면, 이로운 것이란 없게 될 것이다. 그러므로 세상에서는 천하의 악한 이름을 가져다가 그에게 붙이어 포악한 임금이라 부르게 되는 것이다."

順天意者, 義政也. 反天意者, 力政也. 然義政將奈何
순천의자   의정야   반천의자   역정야   연의정장내하

哉? 子墨子言曰:
재   자묵자언왈

處大國不攻小國, 處大家不簒小家, 强者不劫弱, 貴者
처대국불공소국   처대가불찬소가   강자불겁약   귀자

不傲賤, 多詐者不欺愚. 此必上利於天, 中利於鬼, 下利
불오천　다사자불기우　차필상리어천　중리어귀　하리

於人. 三利, 無所不利. 故擧天下美名加之, 謂之聖王.
어인　삼리　무소불리　고거천하미명가지　위지성왕

　力政者, 則與此異. 言非此[1], 行反此, 猶倖[2]馳也. 處大
역정자　즉여차이　언비차　행반차　유행치야　처대

國攻小國, 處大家篡小家, 强者劫弱, 貴者傲賤, 多詐欺
국공소국　처대가찬소가　강자겁약　귀자오천　다사기

愚. 此上不利於天, 中不利於鬼, 下不利於人. 三不利, 無
우　차상불리어천　중불리어귀　하불리어인　삼불리　무

所利. 故擧天下惡名加之, 謂之暴王.
소리　고거천하악명가지　위지폭왕

1 言非此(언비차) ─ 비(非)는 배(背)와 뜻이 통하여, 말은 이것과 틀린다는 뜻.
2 倖(행) ─ 배(偝)로 된 판본도 있으니, 등을 지는 것. 반대 방향.

　　하늘은 천하의 백성들을 사랑하신다. 따라서 하늘의 뜻을 따
라 사랑으로써 세상을 다스리는 것을 '의로움으로 세상을 다스리
는 것'이라 말하고, 그 반대의 것을 '폭력으로 세상을 다스리는
것'이라 말한다. 의로움으로 세상을 다리는 사람이 성인다운 임금
이고, 폭력으로 세상을 다스리는 자는 폭군이라는 것이다.

묵자가 말하였다.
　　"우리에게 하늘의 뜻이 있음은, 비유를 들면 마치 수레바
퀴 만드는 사람에게 그림쇠가 있고, 목수에게 굽은 자가 있는 것과
같다. 수레바퀴 만드는 사람과 목수들은 그들의 그림쇠와 굽은 자
를 가지고서 천하의 네모꼴과 원을 재면서 말하기를, '들어맞는
것은 바른 것이고, 들어맞지 않는 것은 그릇된 것이다.'라고 한다.

지금 천하의 군자들의 책은 이루 다 기록할 수 없을 만큼 많고, 그들의 이론은 이루 다 헤아릴 수 없을 만큼 많다. 위로는 제후들을 설복시키고, 아래로는 여러 선비들을 설복시키려 하지만 그들은 어짊과 의로움으로부터 크게 멀리 떨어져 있다. 무엇으로써 그러함을 아는가? 그것은 내가 천하의 밝은 법도로 재어봄으로써 아는 것이다."

子墨子言曰 : 我有天志, 譬若輪人¹之有規², 匠人之有
자묵자언왈   아유천지   비약륜인 지유규   장인지유

矩³. 輪匠執其規矩, 以度天下之方圓曰 : 中者是也, 不中
구   윤장집기규구   이탁천하지방원왈   중자시야   부중

者非也.
자비야

今天下之士君子之書⁴, 不可勝載, 言語⁵不可盡計. 上說⁶
금 천하지사군자지서   불가승재   언어 불가진계   상세

諸侯, 下說列士, 其於仁義, 則大相遠也. 何以知之? 曰 :
제후   하설열사   기어인의   즉대상원야   하이지지   왈

我得天下之明法⁷以度之.
아 득 천하지명법 이탁지

1 輪人(윤인)―수레바퀴를 만드는 사람. 2 規(규)―그림쇠. 원을 그릴 때 기준이 되는 자. 컴퍼스. 3 矩(구)―굽은 자. 90도 각도를 정확히 그릴 때 쓰는 자. 4 士君子之書(사군자지서)―군자들의 책. 이 시대엔 이른바 제자백가(諸子百家)들이 나와 앞을 다투어 자기의 경륜을 책으로 써 냈다. 5 言語(언어)―이론. 논설. 6 說(세)―달램. 설복시킴. 7 天下之明法(천하지명법)―천하의 밝은 법도. 그것은 바로 '하늘의 뜻'을 가리킨다.

하늘의 뜻은 바로 천하의 법도가 되는 것이다. 그 시대에 수많은 사상가들이 제각기 자기 사상을 글로 써 냈지만 그것은 모두가

어짊과 의로움에 맞지 않는 것들이었다. 그것은 그들이 천하의 뜻
에 어긋나는 이론을 주장하였기 때문인 것이다.

27.
천지편 天志篇（中）

여기서도 하늘의 뜻과 정치의 관계를 상편에 이어 설
명하고 있다. 하늘의 뜻은 의로운 것이니, 하늘의 뜻을 따라야
만 올바른 정치를 할 수 있다는 것이다.

1-1 묵자가 말하였다.

"지금 천하의 군자들이 어짊과 의로움을 행하려든다
면, 곧 의로움이 나오는 곳을 살피지 않아서는 안 된다."

이미 의로움이 나오는 곳을 살피지 않아서는 안 된다고 말했다
면, 의로움이란 어디에서부터 나오는가?

묵자가 말하였다.

"의로움이란 어리석고도 천한 자들로부터 나오지 아니하고, 반
드시 귀하고도 지혜 있는 사람들로부터 나온다."

무엇으로써 의로움은 어리석고도 천한 자들로부터 나오지 아니

하고 반드시 귀하고도 지혜 있는 사람들로부터 나옴을 아는가? 그것은 '의로움이란, 훌륭한 정치방법이기 때문이다.'

무엇으로써 의로움이 훌륭한 정치방법임을 아는가? 그것은 '천하에 의로움이 있으면 곧 다스려지고, 의로움이 없으면 곧 어지러워지니, 이것으로써 의로움이 훌륭한 정치방법임을 아는 것이다.'

'모든 어리석고도 천한 자들은 귀하고도 지혜 있는 사람들을 다스릴 수가 없다. 귀하고도 지혜 있는 사람이어야만 어리석고도 천한 자들을 다스릴 수가 있는 것이다. 이것이 내가 의로움은 어리석고도 천한 자들로부터 나오지 아니하고, 반드시 귀하고도 지혜 있는 사람들로부터 나옴을 아는 근거이다.'

그렇다면 누가 귀하고 누가 지혜로운가? 그것은 '하늘이 귀하고, 하늘이 지혜로울 따름이다. 그러니 의로움은 결과적으로 하늘로부터 나오는 것이다.'

子墨子言曰 : 今天下之君子之欲爲仁義者, 則不可不察
義之所從出. 旣曰 : 不可以不察義之所從出, 然則義何從
出?

子墨子曰 : 義不從愚且賤者出, 必自貴且知者出.

何以知義之不從愚且賤者出, 而必自貴且知者出也? 曰 :
義者, 善政也.

何以知義之爲善政也? 曰 : 天下有義則治, 無義則亂,
是以知義之爲善政也.

夫愚且賤者, 不得爲政乎貴且知者. 貴且知者, 然後得
부 우 차 천 자   불 득 위 정 호 귀 차 지 자   귀 차 지 자   연 후 득

爲政乎愚且賤者[1]. 此吾所以知義之不從愚且賤者出, 而必
위 정 호 우 차 천 자   차 오 소 이 지 의 지 부 종 우 차 천 자 출,   이 필

自貴且知者出也.
자 귀 차 지 자 출 야

然則孰爲貴, 孰爲知? 曰 : 天爲貴, 天爲知而已矣. 然則
연 즉 숙 위 귀,   숙 위 지?   왈 :   천 위 귀,   천 위 지 이 이 의.   연 즉

義果自天出矣.
의 과 자 천 출 의

1 貴且知者, 然後得爲政乎愚且賤者(귀차지자, 연후득위정호우차천자) ― 여기의
'귀차지자(貴且知者)' 네 자는 본시 빠져 있으나 필원(畢沅)의 설(說)에 의거하
여 보충하였다.

1-2 지금 천하의 사람들이 말한다.

'천자는 제후보다 귀하고, 제후는 대부들보다 귀한 것
같은 것은 확연하고 분명하게 알고 있다. 그러나 우리는 하늘이
천자보다 귀하고도 지혜롭다는 것은 알지 못하고 있다.'

묵자가 말하였다.

"내가 하늘이 천자보다 귀하고도 지혜롭다는 것을 아는 것은
근거가 있는 것이다. 그것은 천자가 선을 행하면 하늘은 상을 주
고, 천자가 포악한 짓을 하면 하늘은 벌을 주기 때문이다. 천자에
게 질병이나 재난 또는 불행이 생기면 반드시 재계목욕을 하고 정
결히 술과 단술과 젯밥과 제물을 마련해 가지고 하늘과 귀신에게
제사를 지낸다. 그러면 하늘은 그런 것을 없애줄 수가 있다. 그러
나 나는 하늘이 천자에게 복을 빌었다는 일은 알지 못하고 있다."

今天下之人曰：當若天子之貴諸侯, 諸侯之貴大夫, 碻²
금 천 하 지 인 왈　　　당 약 천 자 지 귀 제 후　　　제 후 지 귀 대 부　　　확

明知之. 然吾未知天之貴且知於天子也.
명 지 지　　　연 오 미 지 천 지 귀 차 지 어 천 자 야

子墨子曰：吾所以知天之貴且知於天子者有矣. 曰：天
자 묵 자 왈　　　오 소 이 지 천 지 귀 차 지 어 천 자 자 유 의　　　왈　　　천

子爲善, 天能賞之, 天子爲暴, 天能罰之. 天子有疾病禍
자 위 선　　　천 능 상 지　　　천 자 위 폭　　　천 능 벌 지　　　천 자 유 질 병 화

崇, 必齋戒沐浴, 潔爲酒醴粢盛, 以祭祀天鬼, 則天能除
수　　　필 재 계 목 욕　　　결 위 주 례 자 성　　　이 제 사 천 귀　　　즉 천 능 제

去之. 然吾未知天之祈福於天子也.
거 지　　　연 오 미 지 천 지 기 복 어 천 자 야

2 碻(확) ─ 확(確)과 통하여, '확연함'. '확실함'.

　나라를 다스리는 사람은 의로워야 올바른 정치를 하는데, 그 의로움은 하늘로부터 나온다. 하늘은 이 세상 무엇보다도 귀하고 지혜로워서 의로움의 표준이 된다는 것이다. 거듭 세계의 최고 지배자로서의 하늘의 위치를 강조했다. 사람들은 천자나 제후는 귀한 줄 알면서도 절대적인 하늘의 위치는 소홀히 여기기 일쑤이다.

2 이처럼 내가 하늘이 천자보다도 귀하고 지혜로운 것을 아는 것은 그러한 까닭만이 아니다. 또 옛 훌륭한 임금들의 책에서 하늘의 밝고 허술하지 않은 도리를 해설하고 있는 것을 가지고도 안다.
　거기에는 '밝고 분명한 것은 하늘이며, 아래 땅을 굽어 살피신다.'고 하였다. 곧 이 말은 하늘이 천자보다도 귀하고도 지혜로운 것을 뜻하는 것이다.

또 하늘보다도 귀하고 지혜로운 것이 있는지 모르겠다. 거기에는 '하늘이 귀하고, 하늘이 지혜로울 따름이다.'고 하였다. 그러므로 의로움은 정말로 하늘로부터 나오는 것이다.

그러므로 묵자가 말하였다.

"지금 천하의 군자들이 진실로 도를 따라 백성들을 이롭게 해주고 어짊과 의로움의 근본에 대하여 살피고자 한다면, 하늘의 뜻을 따르지 않으면 안 되는 것이다."

此吾所以知天之貴且知於天子者, 不止此而已矣. 又以
차 오 소 이 지 천 지 귀 차 지 어 천 자 자　　부 지 차 이 이 의　　우 이

先王之書, 馴[1]天明不解[2]之道也知之.
선 왕 지 서　순 천 명 불 해 지 도 야 지 지

曰：明哲[3]維天, 臨君下土. 則此語天之貴且知於天子.
왈　명 철 유 천　임 군 하 토　즉 차 어 천 지 귀 차 지 어 천 자

不知亦有貴知夫天者乎. 曰：天爲貴, 天爲知而已矣.
부 지 역 유 귀 지 부 천 자 호　왈　천 위 귀　천 위 지 이 이 의

然則義果自天出矣.
연 즉 의 과 자 천 출 의

是故子墨子曰：今天下之君子, 中實[4]將欲遵道[5]利民, 本
시 고 자 묵 자 왈　금 천 하 지 군 자　중 실 장 욕 준 도 리 민　본

察[6]仁義之本, 天之意, 不可不愼[7]也.
찰 인 의 지 본　천 지 의　불 가 불 신 야

1 馴(순)－훈(訓)과 통하여, 해설하다.　2 不解(불해)－'해'는 해(懈)와 통하여, 게을리하지 않다. 허술하지 않다.　3 明哲(명철)－지혜가 밝은 것.　4 中實(중실)－진실로.　5 遵道(준도)－올바른 도를 따르다.　6 本察(본찰)－근본적으로 살피어 알다.　7 愼(신)－순(順)과 통하여, 따르는 것.

❦

여기서는 옛날 책의 기록을 인용하여, 하늘이 이 세상의 주재

자임을 밝히고 있다. 그리고 의로움, 곧 정의라는 것도 하늘에게서 나온 속성임을 강조하고 있다.

3-1 하늘의 뜻을 따르지 않으면 안 되는 것이라면, 곧 하늘의 뜻은 무엇을 바라고 무엇을 싫어하는가?

묵자가 말하였다.

"하늘의 뜻은, 큰 나라가 작은 나라를 공격하는 것과, 큰 집안이 작은 집안을 어지럽히는 것과, 강한 자가 수가 적은 자들에게 포악한 짓을 하는 것과, 사기꾼이 어리석은 사람을 속이는 것과, 귀한 사람이 천한 사람에게 오만히 구는 것을 바라지 않는다.

하늘이 바라는 일은 여기에만 그치지 않는다. 사람들이 힘이 있으면 서로 도와주고, 도리를 알고 있으면 서로 가르쳐 주고, 재물이 있으면 서로 나누어 갖기를 바란다. 또 윗사람은 힘써 다스리고, 아랫사람은 힘써 맡은 일에 종사하기를 바란다."

既以天之意以爲不可不愼已矣, 然則天之將何欲何憎?
기 이 천 지 의 이 위 불 가 불 신 이 의   연 즉 천 지 장 하 욕 하 중

子墨子曰 : 天之意, 不欲大國之攻小國也, 大家之亂小
자 묵 자 왈   천 지 의   불 욕 대 국 지 공 소 국 야   대 가 지 란 소

家也. 强之暴寡, 詐¹之謀愚, 貴之傲賤, 此天之所不欲也.
가 야   강 지 포 과   사 지 모 우   귀 지 오 천   차 천 지 소 불 욕 야

不止此而已. 欲人之有力相營², 有道相敎, 有財相分也.
부 지 차 이 이   욕 인 지 유 력 상 영   유 도 상 교   유 재 상 분 야

又欲上之强聽治也, 下之强從事也.
우 욕 상 지 강 청 치 야   하 지 강 종 사 야

1 詐(사) ─ 속이다. 사기꾼. 2 相營(상영) ─ 함께 일하며 돕는 것.

3-2 윗사람이 힘써 다스린다면, 곧 나라는 잘 다스려질 것이다. 아랫사람이 힘써 맡은 일에 종사하면, 곧 쓸 재물이 충분하게 될 것이다. 만약 나라가 잘 다스려지고 쓸 재물이 충분하다면, 곧 안으로는 술과 단술과 젯밥과 제물을 정결히 마련하여 하늘과 귀신들에게 제사를 지내게 될 것이며, 밖으로는 여러 가지 구슬과 옥으로 예물을 갖추어 사방의 이웃나라들과 교류를 하게 될 것이다. 그러면 제후들 사이에 원한이 생기지 아니하고, 변경에 전쟁이 일어나지 않을 것이다. 안으로는 굶주리는 사람을 먹여주고 수고로운 사람은 쉬게 해주며, 그들의 만백성을 잘 보호하고 먹여살려주게 될 것이다. 그러면 임금과 신하 및 윗사람과 아랫사람들이 서로 사랑하고 충성을 다하게 되고, 아버지와 자식들 및 형제들이 서로 사랑하고 효성스럽게 될 것이다.

그러므로 오직 하늘의 뜻을 따라야 함을 분명히 알고, 그 뜻을 받들어 온 천하에 밝게 베푼다면, 곧 법과 정치는 잘 다스려지고, 만백성들은 서로 화합하고, 나라는 부하게 되어 쓸 재물이 충분하게 될 것이다. 백성들 모두가 따스하게 옷을 입고 배부르게 음식을 먹으며 편안하고 걱정없이 지내게 된다.

그러므로 묵자가 말하였다.

"지금 천하의 선비와 군자들이 진실로 도를 따라서 백성들을 이롭게 하고자 한다면, 어짊과 의로움의 근본에 대하여 근본적으로 살피어 하늘의 뜻을 따르지 않으면 안될 것이다."

上强聽治, 則國家治矣. 下强從事, 則財用足矣. 若國家
상 강 청 치　즉 국 가 치 의　　하 강 종 사　즉 재 용 족 의　약 국 가

治, 財用足, 則內有以潔爲酒醴粢盛, 以祭祀天鬼, 外有
치　재 용 족　즉 내 유 이 결 위 주 례 자 성　이 제 사 천 귀　　외 유

以爲環璧珠玉[3], 以聘撓[4]四鄰. 諸侯之冤[5]不興矣, 邊境兵
이 위 환 벽 주 옥　　이 빙 요 사 린　제 후 지 원 부 흥 의　　변 경 병

甲[6]不作矣. 內有以食飢息勞, 持養其萬民. 則君臣上下惠
갑 부 작 의　　내 유 이 사 기 식 로　지 양 기 만 민　즉 군 신 상 하 혜

忠, 父子弟兄慈孝.
충　부 자 제 형 자 효

故唯毋[7]明乎順天之意, 奉而光施[8]之天下, 則刑政治, 萬
고 유 무 명 호 순 천 지 의　봉 이 광 시 지 천 하　즉 형 정 치　만

民和, 國家富, 財用足. 百姓皆得煖衣飽食, 便寧[9]無憂.
민 화　국 가 부　재 용 족　백 성 개 득 난 의 포 식　편 녕 무 우

是故子墨子曰 : 今天下之君子, 中實將欲遵道利民, 本
시 고 자 묵 자 왈　　금 천 하 지 군 자　중 실 장 욕 준 도 리 민　본

察仁義之本, 天之意不可不愼也.
찰 인 의 지 본　천 지 의 불 가 불 신 야

3 環璧珠玉(환벽주옥) – '환벽'은 모두 납작하고 가운데 둥근 구멍이 뚫린 서옥(瑞玉). 여기서는 나라의 사절들이 다른 나라에 사신으로 갈 적에 예물로 갖고 갔던 여러 가지 주옥(珠玉)들을 말한다. **4** 聘撓(빙요) – '요'는 교(交)의 뜻으로, 예물을 들고 사신이 찾아가 나라 사이의 친교(親交)를 맺는 것. **5** 冤(원) – 원한. **6** 兵甲(병갑) – 갑옷과 무기. 전쟁을 뜻함. **7** 唯毋(유무) – 조사. 오직. **8** 光施(광시) – 하늘의 뜻을 세상에 빛나게 하고 널리 베푸는 것. **9** 便寧(편녕) – 편안한 것.

　여기서는 하늘의 뜻이 바라지 않는 일이 무엇인가를 밝히며, 사람들은 언제나 하늘의 뜻을 따라야 함을 강조하고 있다.

4-1 또한 하늘이 천하를 차지하고 있는 것은, 비유를 들면 임금이나 제후들이 사방 국경 안의 땅을 차지하고 있는 것과 다를 바가 없다. 지금 임금이나 제후들이 사방 국경 안의

땅을 차지하고 있으면서, 어찌 그 나라의 신하와 백성들이 서로 이롭지 않은 짓을 하기 바라겠는가? 지금 큰 나라라 한다면 곧 작은 나라를 공격하고, 큰 집안이라면 곧 작은 집안을 어지럽히고 있는데, 그래가지고는 상이 주어지기를 바란다 하더라도 끝내 상은 받지 못하고 처벌을 반드시 받게 될 것이다.

하늘이 천하를 차지하고 있는 것도 이것과 다를 바가 없는 것이다. 지금 만약 큰 나라라 하여 곧 작은 나라를 공격하고, 큰 고을 사람이라 하여 곧 작은 고을을 정벌하면서 그런 방법으로 하늘의 복과 혜택이 내려지기를 바란다면, 복과 혜택은 끝내 받지 못하고 재난을 반드시 당하게 될 것이다.

그런데 하늘이 바라는 일은 하지 않으면서 하늘이 바라지 않는 일은 한다면, 곧 하늘도 그 사람이 바라는 일은 해주지 않고 그가 바라지 않는 일을 해주게 될 것이다. 사람들이 바라지 않는 일이란 무엇인가? 그것은 질병과 재난이다.

만약 자신이 하늘이 바라는 일은 하지 않고 하늘이 바라지 않는 일을 한다면, 그것은 천하의 만백성들을 이끌고 재난이 닥치도록 하는 일에 종사하는 것이 된다.

且夫天子之有天下也, 辟之[1]無以異乎國君諸侯之有四境
차 부 천 자 지 유 천 하 야   비 지 무 이 리 호 국 군 제 후 지 유 사 경

之內[2]也. 今國君諸侯之有四境之內也, 夫豈欲其臣國萬民
지 내 야   금 국 군 제 후 지 유 사 경 지 내 야   부 기 욕 기 신 국 만 민

之相爲不利哉? 今若處大國則攻小國, 處大家則亂小家,
지 상 위 부 리 재   금 약 처 대 국 즉 공 소 국   처 대 가 즉 란 소 가

欲以此求賞譽, 終不可得, 誅罰必至矣.
욕 이 차 구 상 예   종 불 가 득   주 벌 필 지 의

夫天之有天下也, 將無已[3]異此. 今若處大國則攻小國,
부 천 지 유 천 하 야   장 무 이 이 차   금 약 처 대 국 즉 공 소 국

處大都⁴則伐小都, 欲以此求福祿於天, 福祿終不得, 而禍
처 대 도   즉 벌 소 도   욕 이 차 구 복 록 어 천   복 록 종 부 득   이 화

崇必至矣.
수 필 지 의

然有所不爲天之所欲, 而爲天之所不欲, 則夫天亦且不
연 유 소 부 위 천 지 소 욕   이 위 천 지 소 불 욕   즉 부 천 역 차 불

爲人之所欲, 而爲人之所不欲矣. 人之所不欲者何也?
위 인 지 소 욕   이 위 인 지 소 불 욕 의   인 지 소 불 욕 자 하 야

曰：疾病禍崇也.
왈   질 병 화 수 야

若己不爲天之所欲, 而爲天之所不欲, 是牽天下之萬民,
약 기 불 위 천 지 소 욕   이 위 천 지 소 불 욕   시 률 천 하 지 만 민

以從事乎禍崇之中也.
이 종 사 호 화 수 지 중 야

1 辟之(비지) - '비'는 비(譬)와 통하여, 비유를 들면. 2 四境之內(사경지내) -
사방 경계 안, 사방 국경 안의 땅. 3 無已(무이) - 무이(無以). …하는 일이 없
다. 4 大都(대도) - 큰 고을. 대부(大夫)들 중 채읍(采邑)이 큰 사람. 소도(小都)
는 그 반대.

4-2 그러므로 옛날 성인다운 임금들은 하늘과 귀신이 복을
내려주는 까닭을 분명히 알고, 하늘과 귀신의 미움을
피하여 천하의 이익을 증진시키고, 천하의 해를 없애려 하였다.
그래서 하늘은 추위와 더위를 절기에 맞도록 해주고, 사철이 조화
되도록 해주며, 날씨와 비와 이슬이 때에 알맞도록 해주고, 오곡
이 잘 익도록 해주며, 여러 가축들이 잘 자라게 해주고, 질병과 전
염병 및 흉년과 굶주림이 닥치지 않도록 해주었다.
　그러므로 묵자가 말하였다.
　"지금 천하의 군자들이 진실로 도를 따라 백성들을 이롭게 해
주려 한다면, 어짊과 의로움의 근본에 대하여 근본적으로 살피어

하늘의 뜻을 따르지 않으면 안 되는 것이다."

故古者聖王, 明知天鬼之所福, 而辟⁵天鬼之所憎, 以求
고 고 자 성 왕　명 지 천 귀 지 소 복　이 피　천 귀 지 소 증　이 구

興天下之利, 而除天下之害. 是以天之爲寒熱也, 節四時,
흥 천 하 지 리　이 제 천 하 지 해　시 이 천 지 위 한 열 야　절 사 시

調陰陽雨露也, 時五穀孰, 六畜遂⁶, 疾菑⁷戾疫凶飢則不
조 음 양 우 로 야　시 오 곡 숙　육 축 수　질 재 려 역 흉 기 즉 부

至.
지

是故子墨子曰 : 今天下之君子, 中實將欲遵道利民, 本
시 고 자 묵 자 왈　금 천 하 지 군 자　중 실 장 욕 준 도 리 민　본

察仁義之本, 天之意不可不慎也.
찰 인 의 지 본　천 지 의 부 가 부 신 야

5 辟(피) — 피(避)하다.　**6** 遂(수) — 잘 자라는 것.　**7** 疾菑(질재) — 질병. 질병과
재난.　**8** 戾疫(려역) — 전염병.

　하늘의 뜻에 따라 백성들을 이롭게 해주어야 함을 강조하고
있다. 하늘의 뜻을 따르면 복을 받고, 하늘의 뜻을 어기면 벌을 받
게 된다는 것이다.

5-1 또한 천하에는 어질지도 않고 상서롭지도 않은 자들이
있다. 그런 자들은 모두 자식이 되어 아비를 섬기지 아
니하고, 아우가 되어 형을 섬기지 아니하고, 신하가 되어 임금을
섬기지 않는다. 그러므로 천하의 군자들은 그들을 두고 상서롭지
않은 자라 하는 것이다.

지금 하늘은 온 천하를 아울러 다 같이 사랑해 주고, 만물을 모두 길러주며 이롭게 해주고 있다. 가는 터럭 끝 같은 작은 것이라 하더라도 모두 하늘에 의하여 이루어진 것이며, 백성들이 그런 것들을 통하여 이익을 얻는 것은 막대하다고 할 수 있다. 그런데도 전혀 하늘에 보답하지는 않고, 그들이 하는 짓이 어질지도 않고 상서롭지도 않은 일임을 알지 못하고 있다.

이 때문에 나는 군자들은 자질구레한 일은 알면서도 큰일은 알지 못한다고 말하는 것이다. 또한 내가 하늘이 백성들을 사랑하심이 대단하다는 것을 아는 까닭인 것이다.

곧 해와 달과 별들을 분별하여 마련해 줌으로써 사람들을 밝게 이끌어주고, 사철을 마련해 줌으로써 봄, 여름, 가을, 겨울을 질서 있게 다스려 주고, 눈, 서리, 비, 이슬을 내려줌으로써 오곡과 삼베가 잘 자라게 해주어 백성들로 하여금 이를 통해서 재물과 이익을 얻게 하였다.

산과 냇물과 계곡들을 벌여놓아 온갖 일을 하도록 널리 마련해 놓고 백성들이 잘하는지 못하는지 내려 보고 있는 것이다. 임금과 제후들을 마련해 주고서 그들로 하여금 현명한 사람에게는 상을 주고 포악한 자들은 벌하도록 하고 있는 것이다. 쇠와 나무 및 새와 짐승들을 마련해 주고, 오곡과 삼베를 기르는 일에 종사하게 함으로써 백성들이 입고 먹는 재물을 마련하도록 하였다. 옛날부터 지금에 이르기까지 이런 것들은 있지 않은 적이 없었다.

且夫天下蓋有不仁不祥者. 日當若[1]子之不事父, 弟之不
차 부 천 하 개 유 불 인 불 상 자   왈 당 약   자 지 불 사 부   제 지 불

事兄, 臣之不事君也. 故天下之君子, 與謂之不詳者.
사 형   신 지 불 사 군 야   고 천 하 지 군 자   여 위 지 불 상 자

今夫天兼天下而愛之, 撽遂²萬物以利之. 若豪³之末, 非⁴
금 부 천 겸 천 하 이 애 지　　고 수 만 물 이 리 지　　약 호 지 말　　비

天之所爲也, 而民得而利之, 則可謂否矣⁵. 然獨無報夫
천 지 소 위 야　　이 민 득 이 리 지　　칙 가 위 부 의　　연 독 무 보 부

天, 而不知其爲不仁不祥也.
천　　이 부 지 기 위 불 인 불 상 야

此吾所謂君子明細而不明大也. 且吾所以知天之愛民之
차 오 소 위 군 자 명 세 이 불 명 대 야　　차 오 소 이 지 천 지 애 민 지

厚者有矣.
후 자 유 의

日以磨⁶爲日月星辰, 以昭道之, 制爲四時春秋冬夏, 以
왈 이 마 위 일 월 성 신　　이 소 도 지　　제 위 사 시 춘 추 동 하　　이

紀綱之, 雷降雪霜雨露, 以長遂⁷五穀麻絲, 使民得而財利
기 강 지　　뇌 강 설 상 우 로　　이 장 수 오 곡 마 사　　사 민 득 이 재 리

之.
지

列爲山川溪谷, 播賦⁸百事, 以臨司⁹民之善否. 爲王公侯
열 위 산 천 계 곡　　파 부 백 사　　이 림 사 민 지 선 부　　위 왕 공 후

伯, 使之賞賢而罰暴. 賊¹⁰金木鳥獸, 從事乎五穀麻絲, 以
백　　사 지 상 현 이 벌 포　　적 금 목 조 수　　종 사 호 오 곡 마 사　　이

爲民衣食之財. 自古及今, 未嘗不有此也.
위 민 의 식 지 재　　자 고 급 금　　미 상 부 유 차 야

---

1 當若(당약) − …한 자들은.　2 撽遂(고수) − '고'는 요(邀)·교(交)와 통하여, 모두의 뜻. 따라서 모두를 자라게 하는 것.　3 豪(호) − 호(毫). 가는 터럭.　4 非(비) − 비(匪)와 통하여, 피(彼)의 뜻. 비천(非天)은 '저 하늘'의 뜻임.　5 否矣(부의) − '부'는 후(后)의 잘못. 후(厚)와 통하여, 두텁다. 막대하다.　6 磨(마) − 력(歷)의 잘못. 역(歷)과 통하여, 분별하는 것. 역위(歷爲)는 분별히어 미런히 는 것.　7 長遂(장수) − 자라는 것.　8 播賦(파부) − 널리 마련해 놓는 것.　9 臨司(림사) − '사'는 사(伺)와 통하여, 내려다보는 것.　10 賊(적) − 부(賦)의 잘못. 마련하는 것.

5-2　지금 여기에 한 사람이 있는데, 기쁜 중에 그의 아들을
사랑하여 힘을 다하고 온갖 방법을 써서 그를 이롭게

해주었다 하자. 그 아들놈이 자라서 자기 아버지에게 보답하지 않는다면 곧 천하의 군자들은 모두 어질지도 않고 상서롭지도 않은 자라고 할 것이다.

지금 하늘은 온 천하를 아울러 사랑하고 만물이 모두 자라도록 하여 그들을 이롭게 해주고 있다. 가는 터럭 끝 같은 것까지도 모두가 하늘이 마련해준 것이며, 백성들은 그것을 통하여 이익을 얻는 것이 막대하다고 할 수 있다. 그런데도 전혀 하늘에 보답하지 않는 것은 그 자신이 어질지도 않고 상서롭지도 않은 자임을 알지 못하기 때문이다. 이런 까닭에 나는 군자들은 자질구레한 일은 알면서도 큰일은 알지 못한다고 말하는 것이다.

今有人于此, 驩若[11]愛其子, 竭力單務[12]以利之. 其子長,
금유인우차 환약 애기자 갈력단무 이리지 기자장

而無報子求[13]父, 故天下之君子, 與[14]謂之不仁不祥.
이무보자구 부 고천하지군자 여 위지불인불상

今夫天兼天下而愛之, 遂萬物以利之. 若豪之末, 非天
금부천겸천하이애지 수만물이리지 약호지말 비천

之所爲. 而民得而利之, 則可謂否矣. 然獨無報夫天, 而
지소위 이민득이리지 즉가위부의 연독무보부천 이

不知其爲不仁不祥也. 此吾所謂君子明細而不明大也.
부지기위불인줄상야 차오소위군자명세이불명대야

11 驩若(환약)-기뻐하는 것. '환'은 환(歡)의 뜻. 12 單務(단무)-'단'은 탄(殫)과 통하여, 노력을 다하다. 방법을 다하다. 13 子求(자구)-조사 호(乎)의 잘못. 14 與(여)-거(擧). 모두.

하늘의 뜻을 따르지 않는 자들은 어질지도 않고 상서롭지도 않은 자임을 강조하고 있다. 어질지도 않고 상서롭지도 않은 자라면 곧 재난을 당하게 될 것임을 강조하고 있다.

6 또한 내가 하늘이 사람들을 대단히 사랑한다는 것을 아는 까닭은 여기에서 그치는 것이 아니다. 곧 무고한 사람을 죽이는 자는 하늘이 그에게 불행을 내려준다. 무고한 사람을 죽인 자는 누구인가? 그는 사람이다. 그에게 불행을 내려주는 이는 누구인가? 곧 하늘이다. 만약 하늘이 사람들을 대단히 사랑하지 않는다면, 사람이 무고한 사람을 죽였을 적에 하늘이 그에게 불행을 내려준다는 사실을 어떻게 설명할 것인가? 이것이 내가 하늘이 사람들을 대단히 사랑한다는 것을 아는 까닭인 것이다.

그런데 내가 하늘이 사람들을 대단히 사랑한다는 것을 아는 까닭은 여기에서 그치는 것이 아니다. 곧 사람들을 사랑하고, 사람들을 이롭게 해주며, 하늘의 뜻을 따르면 하늘이 내리는 상을 받게 되고, 사람들을 미워하고 사람들을 해치면서 하늘의 뜻을 어기면 하늘의 벌을 받게 된다는 것으로도 알게 된다.

且吾所以知天愛民之厚者, 不止此而足矣. 曰：殺不辜[1]
者, 天予不祥[2]. 不辜者誰也? 曰人也. 予之不祥者誰也?
曰天也. 若天不愛民之厚, 夫胡說[3]人殺不辜, 而天予之不
祥哉? 此吾之所以知天之愛民之厚也.

且吾所以知天之愛民之厚者, 不止此而已矣. 曰愛人利

人, 順天之意, 得天之賞者有之, 憎人賊人, 反天之意, 得
인　순천지의　　득천지상자유지　　증인적인　반천지의　득

天之罰者亦有矣.
천 지 벌 자 역 유 의

1 不辜(불고) - 죄가 없는 것.　2 不祥(불상) - 상서롭지 않은 것. 불행, 재난.
3 胡說(호설) - 어떻게 설명하나?

　　무고한 사람을 죽인 자에게는 하늘이 그에 해당하는 불행을
그에게 내려준다. 이를 통해서 하늘이 사람들을 매우 사랑함을 알
게 된다는 것이다. 따라서 사람들은 하늘의 뜻을 따라야만 한다는
것이다.

7-1

사람들을 사랑하고 사람들을 이롭게 해주어 하늘의 뜻
을 따름으로써 하늘의 상을 받은 사람은 어떤 이들이
었는가? 그것은 옛날 삼대(三代)의 성인다운 임금이신 요(堯)임금·
순(舜)임금·우(禹)임금·탕(湯)임금·문왕(文王)·무왕(武王) 같은 분
들이다.

　　요임금·순임금·우임금·탕임금·문왕·무왕 같은 분들은 어
떤 일을 하셨는가? 그분들은 모든 사람을 아울러 사랑하는 일을
하셨지, 사람들을 분별하여 대하는 일을 하지 않았다.

　　모든 사람을 아울러 사랑하는 사람은, 큰 나라라 하더라도 작은
나라를 공격하지 아니하고, 큰 집안이라 하더라도 작은 집안을 어
지럽히지 아니하며, 강하다 하더라도 약한 자의 것을 약탈하지 아
니하고, 인원수가 많다 하더라도 수가 적은 사람들에게 포악한 짓

을 아니하며, 꾀가 있다 하더라도 어리석은 자들을 속이지 아니하고, 신분이 귀하다 해도 천한 사람들에게 오만하지 아니하다. 그들의 하는 일을 볼 것 같으면, 위로는 하늘에 이롭고, 가운데로는 귀신에게 이로우며, 아래로는 사람들에게 이롭다. 이렇게 세 가지로 이롭다면 이롭지 않은 것이 없게 된다.

이것을 하늘의 덕이라 한다. 천하의 아름다운 이름을 다 모아 그에게 붙여주게 된다. 곧 이것이 어짊이며 의로움인 것이다.

夫愛人利人, 順天之意, 得天之賞者, 誰也? 日 : 若昔
부애인리인 순천지의 득천지상자 수야 왈 약석

三代[1]聖王, 堯舜禹湯文武者是也.
삼대 성왕 요순우탕문무자시야

堯舜禹湯文武, 焉所[2]從事? 日 : 從事兼, 不從事別.
요순우탕문무 언소종사 왈 종사겸 부종사별

兼者, 處大國不攻小國, 處大家不亂小家, 强不劫弱, 衆
겸자 처대국불공소국 처대가불란소가 강불겁약 중

不暴寡, 詐不謀愚, 貴不傲賤. 觀其事, 上利乎天, 中利乎
불포과 사불모우 귀불오천 관기사 상리호천 중리호

鬼, 下利乎人. 三利無所不利.
귀 하리호인 삼리무소불리

是謂天德. 聚斂[3]天下之美名, 而加之焉. 日此仁也義也.
시위천덕 취렴 천하지미명 이가지언 왈차인야의야

1 三代(삼대) - 하(夏)·은(殷)·주(周)의 삼왕조. 실제로 요(堯)·순(舜)은 '삼대'의 임금이 아니다. 뒤의 '삼대폭왕(三代暴王)'과 대비시키기 위하여 '삼대'라는 말을 그대로 쓴 듯하다. 2 焉所(언소) - 어떠한 곳, 어떠한 일. 3 聚斂(취렴) - 모으다.

7-2 사람들을 사랑하고, 사람들을 이롭게 해주어 하늘의 뜻을 따름으로써 하늘의 상을 받은 사람은 이 정도에 그치지 않는다. 그 일을 대쪽과 비단에 쓰고, 쇠와 돌에 새기며, 쟁반과 대야에도 새겨서 후세 자손들에게도 전하여 주었던 것이다.

그것은 무엇 때문이었는가? 사람들을 사랑하고 사람들을 이롭게 해주어 하늘의 뜻을 따름으로써 하늘의 상을 받은 사람들을 알리려는 것이다. 『시경』황의(皇矣)편에 이렇게 말하고 있다.

하나님이 문왕께 이르셨네.
'나는 밝은 덕 지닌 이를 좋아하나
별로 소리와 빛으로 크게 나타내지는 않으며,
언제나 매와 회초리로 치지도 않으니,
알건 모르건 간에
하나님의 법도만을 따르라.'

하나님께서는 그분의 법도를 잘 따르는 것을 훌륭하게 여기신 것이다. 그러므로 은나라를 통째로 문왕에게 상으로 주어 신분이 귀하기로는 천자가 되게 하고, 부유하기로는 천하를 차지하게 하여 그의 명성은 지금까지도 수그러들지 않고 있는 것이다. 그러므로 사람들을 사랑하고, 사람들을 이롭게 해주어 하늘의 뜻을 따름으로써 하늘의 상을 받은 이들에 대하여 잘 알 수가 있는 것이다.

愛人利人, 順天之意, 得天之賞者也, 不止此而已. 書于
에인리인 순천지의 득천지상자야 부지차이이 서우

竹帛[4], 鏤[5]之金石, 琢之槃盂[6], 傳遺後世子孫.
죽백   누 지금석   탁지반우   전유후세자손

曰將何以爲? 將以識, 夫愛人利人, 順天之意, 得天之賞
왈장하이위   장이식 부애인리인 순천지의   득천지상

者也. 皇矣[7]道之曰:
자 야   황 의 도 지 왈

帝謂文王. 予懷[8]明德,
제 위 문 왕   여 회 명 덕

不大聲以色[9], 不長夏以革[10].
부 대 성 이 색   부 장 하 이 혁

不識不知, 順帝之則.
불 식 부 지   순 제 지 칙

帝善其順法則也. 故舉殷以賞之, 使貴爲天子, 富有天
제 선 기 순 법 칙 야   고 거 은 이 상 지   사 귀 위 천 자   부 유 천

下, 名譽至今不息. 故夫愛人利人, 順天之意, 得天之賞
하   명 예 지 금 불 식   고 부 애 인 리 인   순 천 지 의   득 천 지 상

者, 旣可得而知而已.
자   기 가 득 이 지 이 이

4 竹帛(죽백) – 대쪽과 비단. 옛날 종이가 없었을 적엔 글을 대쪽 또는 나무쪽이나 비단에 썼다. 5 鏤(누) – 새기다. 6 槃盂(반우) – '반' 은 반(盤)과 통하여, 쟁반과 대야. 옛사람들은 평소에 늘 쓰는 그릇에 교훈이 될만한 글을 새겨 놓는 습관이 있었다. 7 皇矣(황의) – 『시경(詩經)』 대아(大雅)의 편명. 8 懷(회) – 생각하고 좋아하는 것. 9 聲以色(성이색) – 소리와 빛. 기뻐하고 노여워하는 것을 나타내는 소리와 빛. 10 夏以革(하이혁) – 회초리와 채찍. '하' 는 하초(夏楚)로 서당에서 아이들을 때리던 회초리 또는 매. '혁' 은 가죽으로 만든 채찍.

　이 대목에선 옛날에 하늘의 뜻을 잘 따름으로써 하늘로부터 큰 상을 받았던 보기로 요임금·순임금·우임금·탕임금·문왕·무왕을 들고 있다. 그들은 사람들을 사랑하고, 사람들을 이롭게 해주어 하늘의 뜻을 따름으로써 상으로 온 천하를 하늘로부터 받았다는 것이다. 세상에 이보다 더 큰 상은 있을 수가 없을 것이다.

8-1 사람들을 미워하고, 사람들을 해치어 하늘의 뜻을 어김으로써 하늘의 벌을 받았던 사람으로는 어떤 자들이 있는가? 그것은 옛날 삼대의 폭군이었던 걸(桀)임금 · 주(紂)임금 · 유왕(幽王) · 여왕(厲王) 같은 이들이다.

걸임금 · 주임금 · 유왕 · 여왕은 어떤 일을 하였는가? 그들은 사람들을 분별하여 대하는 일을 하고, 사람들을 아울러 사랑하는 일을 하지 않았다.

사람들을 분별하여 대하는 사람은, 큰 나라라면 작은 나라를 공격하고, 큰 집안이면 작은 집안을 어지럽히며, 강하면 약한 자들의 것을 약탈하고, 인원수가 많으면 수가 적은 사람들에게 포악한 짓을 하며, 꾀가 많으면 어리석은 자들을 속이고, 신분이 귀하면 천한 자들에게 오만하게 군다. 그들의 하는 일을 볼 것 같으면, 위로는 하늘에 이롭지 아니하고, 가운데로는 귀신에게 이롭지 아니하며, 아래로는 사람들에게 이롭지 아니하다. 이렇게 세 가지로 이롭지 않다면, 이로운 곳이란 없게 되는 것이다.

이것을 하늘을 해치는 자라 한다. 천하의 추악한 이름을 다 모아 그에게 붙여주게 된다. 곧 이것은 어질지도 않고, 의롭지도 않은 것이다.

夫憎人賊人, 反天之意, 得天之罰者, 誰也? 曰 : 若昔者
부 증 인 적 인   반 천 지 의   득 천 지 벌 자   수 야   왈   약 석 자

三代暴王, 桀紂幽厲者是也. 桀紂幽厲, 焉所從事? 曰 :
삼 대 폭 왕   걸 주 유 려 자 시 야   걸 주 유 려   언 소 종 사   왈

從事別, 不從事兼.
종 사 별   부 종 사 겸

別者, 處大國則攻小國, 處大家則亂小家, 强劫弱, 衆暴
별 자   처 대 국 즉 공 소 국   처 대 가 즉 란 소 가   강 겁 약   중 포

寡, 詐謀愚, 貴傲賤. 觀其事, 上不利乎天, 中不利乎鬼,
과   사 모 우   귀 오 천   관 기 사   상 부 리 호 천   중 부 리 호 귀

下不利乎人. 三不利, 無所利.
하 부 리 호 인   삼 부 리   무 소 리

是謂天賊. 聚斂天下之醜名, 而加之焉. 曰：此非仁也,
시 위 천 적   취 렴 천 하 지 추 명   이 가 지 언   왈   차 비 인 야

非義也.
비 의 야

8-2 사람들을 미워하고 사람들을 해치어 하늘의 뜻을 어김으로써 하늘의 벌을 받은 사람은 이 정도에 그치지 않는다. 또 그 일을 대쪽과 비단에 쓰고, 쇠와 돌에 새기며, 쟁반과 대야에 새겨서 후세 자손들에게 전하여 주었던 것이다.

그것은 무엇 때문이었는가? 사람들을 미워하고, 사람들을 해치어 하늘의 뜻을 어김으로써 하늘의 벌을 받은 자들을 알리려는 것이다. 「태서(太誓)」편에 이렇게 말하고 있다.

"주(紂)임금은 오만하고 무례하여 하나님을 섬기려 하지 않고, 그의 선조들의 신(神)도 버리고 제사지내지 않으면서 말하기를, '나는 하늘의 명을 받고 있다.'고 하면서, 그의 할 일에 힘쓰지 않았다. 이에 하늘도 주임금을 버리고 보호해 주지 않았다."

하늘이 주임금을 버리고 보호해 주지 않았던 까닭을 살펴보면, 그가 하늘의 뜻을 어기었기 때문이다. 그러므로 사람들을 미워하고 사람들을 해치어 하늘의 뜻을 어김으로써 하늘의 벌을 받았던 자들에 대하여도 잘 알 수가 있는 것이다.

憎人賊人, 反天之意, 得天之罰者也, 不止此而已. 又書
증 인 적 인   반 천 지 의   득 천 지 벌 자 야   부 지 차 이 이   우 서

其事於竹帛, 鏤之金石, 琢之槃盂, 傳遺后世子孫.
기 사 어 죽 백   누 지 금 석   탁 지 반 우   전 유 후 세 자 손

曰將何以爲? 將以識夫憎人賊人, 反天之意, 得天之罰
왈 장 하 이 위　　장 이 식 부 증 인 적 인　　반 천 지 의　　득 천 지 벌

者也. 大誓[1]之道之曰:
자 야　태 서 지 도 지 왈

紂越厥[2]夷居[3], 不肙[4]事上帝, 棄厥先神祇[5]不祀. 乃曰:
주 월 궐 이 거　　불 긍 사 상 제　　기 궐 선 신 기 불 사　　내 왈

吾有命, 無廖僇務[6]天下. 天亦縱棄紂而不葆.
오 유 명　무 료 비 무 천 하　　천 역 종 기 주 이 불 보

察天以縱棄紂而不葆[7]者也. 反天之意也. 故夫憎人賊人,
찰 천 이 종 기 주 이 불 보 자 야　　반 천 지 의 야　　고 부 증 인 적 인

反天之意, 得天之罰者, 旣可得而知也.
반 천 지 의　　득 천 지 벌 자　　기 가 득 이 지 야

1 大誓(태서)─『서경』의 편 이름. 태서(太誓)로도 씀. 앞 「상동」 하편에도 보임. 『서경』에는 주서(周書)에 태서(泰誓)편이 있으나, 이는 위고문(僞古文)에 속하는 것이다. **2** 越厥(월궐)─'월'은 조사. '궐'은 기(其)와 같은 글자. **3** 夷居(이거)─거만(倨嫚). 오만하고 무례한 것. **4** 肙(긍)─긍(肯)과 같은 자. …하려 하다. **5** 厥先神祇(궐선신기)─그의 선조의 신(神). **6** 無廖僇務(무료비무)─'료'는 륙(勠)과 통하여, 힘쓰는 것. '비'는 기(其)의 잘못. 따라서 그가 해야만 할 일에 힘쓰지 않는 것. **7** 葆(보)─보(保)와 통하여, 보호하다.

여기에서는 앞 7절과 정반대로 하늘의 뜻을 어김으로써 하늘로부터 큰 벌을 받았던 보기로 걸임금·주임금·유왕·여왕을 들고 있다. 그들은 사람들을 미워하고 해친 결과 하늘로부터 더없이 무거운 형벌을 받았다는 것이다.

9-1

그러므로 묵자는 하늘의 뜻이 있는 것은 비유로 든다면 수레바퀴 만드는 사람이 그림쇠를 갖고 있고, 목수가 굽은 자를 갖고 있는 거나 다를 바가 없다고 하였다.

지금 수레바퀴 만드는 사람은 그의 그림쇠를 들고서 천하의 둥근 것과 둥글지 않은 것을 재고 있다. 그들은 '내 그림쇠에 들어맞는 것을 둥글다고 말하고, 내 그림쇠에 들어맞지 않는 것을 둥글지 않다고 한다. 그래서 둥글고 둥글지 않은 것을 모두 알 수가 있게 되는 것이다.'고 말한다. 이러한 까닭은 무엇인가? 그것은 둥근 것에 대한 법도가 분명하기 때문이다.

　　목수도 역시 그의 굽은 자를 들고서 천하의 직각(直角)과 직각이 못되는 것을 잰다. 그들은 '나의 굽은 자에 들어맞는 것을 직각이라 말하고, 나의 굽은 자에 들어맞지 않는 것을 직각이 못된다고 말한다. 그래서 직각이 되고 직각이 못되는 것을 모두 알 수가 있게 되는 것이다.'고 말한다. 이러한 까닭은 무엇인가? 곧 직각에 관한 법도가 분명하기 때문이다.

　　是故子墨子之有天之, 辟之無以異乎輪人之有規[1], 匠人
　　시 고 자 묵 자 지 유 천 지　　벽 지 무 이 이 호 륜 인 지 유 규　　장 인
之有矩[2]也.
지 유 구 야

　　今夫輪人操其規, 將以量度天下之圜[3]與不圜也. 曰：中
　　금 부 륜 인 조 기 규　　장 이 량 도 천 하 지 환 여 불 환 야　　왈　　중
吾規者, 謂之圜, 不中吾規者, 謂之不圜. 是以圜與不圜,
오 규 자　　위 지 환　　부 중 오 규 자　　위 지 불 환　　시 이 환 여 불 환
皆可得而知也. 此其故何? 則圜法明也.
개 가 득 이 지 야　　차 기 고 하　　즉 환 법 명 야

　　匠人亦操其矩, 將以量度天下之方與不方也. 曰：中吾
　　장 인 역 조 기 구　　장 이 량 도 천 하 지 방 여 불 방 야　　왈　　중 오
矩者, 謂之方, 不中吾矩者, 謂之不方. 是以方與不方, 皆
구 자　　위 지 방　　부 중 오 구 자　　위 지 불 방　　시 이 방 여 불 방　　개
可得而知之. 此其故何? 則方法明也.
가 득 이 지 지　　차 기 고 하　　즉 방 법 명 야

1 規(규)—그림쇠. 옛날 목수들이 원을 그릴 때 쓰던 자. 2 矩(구)—굽은 자. 목수들이 직각을 잴 때 쓰던 자. 3 圜(환)—둥근 것. 원(圓).

9-2 그러므로 묵자는 하늘의 뜻이 있음으로써, 위로는 천하의 임금과 귀족들이 법과 정치를 펴는 법도로 삼고, 아래로는 천하의 만백성들이 공부를 하고 말을 하는 기준이 되는 것이라 하였다. 그의 행동을 보아 하늘의 뜻에 따르고 있으면 그것을 훌륭한 뜻을 지닌 행동이라 말하고, 하늘의 뜻에 반하고 있다면 그것을 훌륭하지 않은 뜻을 지닌 행동이라 말한다. 그의 말하는 것을 보아 그것이 하늘의 뜻에 따르고 있으면, 그것을 훌륭한 말이라 말하고, 하늘의 뜻에 반하고 있으면, 그것을 훌륭하지 않은 말이라 하는 것이다. 그의 법과 정치를 펴는 것을 보아 하늘의 뜻에 따르고 있으면 그것을 훌륭한 법과 정치를 펴는 것이라 말하고, 하늘의 뜻에 반하고 있으면, 그것을 훌륭하지 못한 법과 정치를 펴는 것이라 말하는 것이다.

그러므로 이것을 놓고 법도로 삼고 이것을 세워놓고 기준으로 삼아 천하의 임금 귀족과 여러 관리들의 어질고 어질지 않음을 재려는 것이다. 이것을 비유로 들면, 마치 검은 것과 흰 것을 구분하는 것이나 같다. 그러므로 묵자가 말하였다.

"지금 천하의 임금과 귀족과 관리들이 진실로 도를 따라 백성들을 이롭게 하고자 한다면, 근본적으로 어짊과 의로움의 근본을 살펴야 하며, 하늘의 뜻을 따르지 않을 수가 없을 것이다. 하늘의 뜻을 따르는 것이 의로움의 법도인 것이다."

故子墨子之有天之意也, 上將以度天下之王公大人爲刑
고 자 묵 자 지 유 천 지 의 야　　상 장 이 탁 천 하 지 왕 공 대 인 위 형

政也, 下將以量天下之萬民爲文學[4]出言談也. 觀其行, 順
정 야　　하 장 이 량 천 하 지 만 민 위 문 학 출 언 담 야　　관 기 행　순

天之意, 謂之善意行[5], 反天之意, 謂之不善意行. 觀其言
천 지 의　　위 지 선 의 행　　반 천 지 의　　위 지 불 선 의 행　　관 기 언

談, 順天之意, 謂之善言談, 反天之意, 謂之不善言談. 觀
담　순 천 지 의　　위 지 선 언 담　　반 천 지 의　　위 지 불 선 언 담　　관

其刑政, 順天之意, 謂之善刑政, 反天之意, 謂之不善刑
기 형 정　순 천 지 의　　위 지 선 형 정　　반 천 지 의　　위 지 불 선 형

政.
정

故置此以爲法, 立此以爲儀, 將以量度天下之王公大人
고 치 차 이 위 법　　입 차 이 위 의　　장 이 량 탁 천 하 지 왕 공 대 인

卿大夫之仁與不仁, 譬之猶分黑白也. 是故子墨子曰：今
경 대 부 지 인 여 불 인　　비 지 유 분 흑 백 야　　시 고 자 묵 자 왈　금

天下之王公大人士君子, 中實將欲遵道利民, 本察仁義之
천 하 지 왕 공 대 인 사 군 자　　중 실 장 욕 준 도 리 민　　본 찰 인 의 지

本, 天之意不可不順也. 順天之意者, 義之法也.
본　 천 지 의 불 가 불 순 야　　순 천 지 의 자　　의 지 법 야

4 文學(문학)－공부하는 것. 지금의 문학과는 뜻이 다름.　**5** 意行(의행)－의(意)
는 덕(悳)의 잘못으로, 덕(悳)은 덕(德)과 같은 자(『墨子閒詁』). 따라서 '덕행'.

　　　　　　　　　　　　　⊱⊰

　　하늘은 모든 인간행동의 법도와 기준이 된다　따라서 사람은
개인적인 행동이나 공적인 행동을 막론하고 하늘을 법도로 삼고
하늘의 뜻을 따라야 한다는 것이다. 이것은 한편 묵자의 '겸애'나
'근검(勤儉)' 또는 '비전(非戰)'의 사상들이 하늘에 대한 신앙을 바
탕으로 하고 있음을 밝히는 것도 된다.

상편과 중편의 뜻을 더욱 부연하고 있다.

1 묵자가 말하였다.

"천하에 혼란이 일어나는 까닭은 어떻게 설명해야 되겠는가? 곧 그것은 천하의 군자들이 모두 작은 것에 대하여는 밝으면서도 큰 것에 대하여는 밝지 않기 때문이다. 무엇으로써 그들이 작은 것에는 밝으면서도 큰 것에는 밝지 않다는 것을 아는가? 그것은 그들이 하늘의 뜻에 대하여 밝지 않은 것으로써 알 수 있다. 무엇으로써 그들이 하늘의 뜻에 밝지 않다는 것을 아는가? 사람들이 집안에서 살아가는 것으로써 그것을 알 수 있다."

지금 사람들이 그의 집안에 살아가다 죄를 지으면 그 죄로부터 도피할 수 있는 다른 집안들이 또 있다. 그러나 아버지는 아들에게 훈계하고, 형은 아우에게 훈계하여 말한다.

'경계하고 삼가라. 사람이 집안에서 살아가면서 경계하지 않고 삼가지 않는다면, 그러고서도 사람의 나라에 살아갈 수 있는 자가 있겠는가?'

지금 사람이 그의 나라에 살다가 죄를 지으면 그 죄로부터 도피할 수 있는 나라들이 있다. 그래도 아버지는 아들에게 훈계하고 형은, 아우에게 훈계하여 말한다.

'경계하고 삼가라. 사람이 나라에서 살아가면서 경계하고 삼가지 않으면 안 된다.'

지금 사람들은 모두 천하에 살고 있는데, 하늘을 섬기다가 하늘에 죄를 지으면 그것으로부터 도피할 곳이 다시는 없다. 그러나 아무도 서로 경계할 줄을 모르고 있다.

나는 이것으로써 큰일에 대하여는 알지 못함을 알고 있다.

子墨子言曰 : 天下之所以亂者, 其說將何哉? 則是天下
자묵자언왈　천하지소이란자　기설장하재　즉시천하

士君子皆明於小, 而不明於大. 何以知其明於小, 不明於
사군자개명어소　이불명어대　하이지기명어소　불명어

大也? 以其不明於天之意也. 何以知其不明於天之意也?
대야　이기불명어천지의야　하이지기불명어천지의야

以處人之家者知之.
이처인지가자지지

今人處若家得罪, 將猶有異家所以避逃之者. 然且父以
자인처약가득죄　장유유이가소이피도지자　연차부이

戒子, 兄以戒弟曰 : 戒之愼之. 處人之家, 不戒不愼之,
계자　형이계제왈　계지신지　처인지가　불계불신지

而有處人之國者乎?
이유처인지국자호

今人處若國得罪, 將猶有異國所以避逃之者矣. 然且父
금인처약국득죄　장유유이국소이피도지자의　연차부

以戒子, 兄以戒弟曰 : 戒之愼之. 處人之國者, 不可不戒
이계자　형이계제왈　계지신지　처인지국자　불가불계

慎也.
신 야

今人皆處天下而事天, 得罪於天, 將無所以避逃之者矣.
금 인 개 처 천 하 이 사 천　득 죄 어 천　장 무 소 이 피 도 지 자 의

然而莫知以相極戒¹也. 吾以此知大物則不知者也.
연 이 막 지 이 상 극 계 야　오 이 차 지 대 물 즉 불 지 자 야

1 極戒(극계) ― 극(極)은 경(儆)으로 씀이 옳으며(王引之 說), 공경하고 경계하
는 것.

　　사람들은 작은 일에 대하여는 알면서도 가장 큰 '하늘의 뜻'
에 대하여는 잘 알지 못하고 있음을 묵자는 한탄하고 있다.

2-1　그래서 묵자는 또 말하였다.
　　"경계하고 삼가라. 반드시 하늘이 바라는 일은 행하
고, 하늘이 싫어하는 것은 멀리해야 한다.

　　그러면 하늘이 바라는 것이란 무엇인가? 싫어하는 것이란 무엇
인가? 하늘은 의로움을 바라고 불의를 싫어한다. 무엇으로써 그러
함을 아는가? 그것은 의로움이란 올바른 것이기 때문이다. 무엇으
로써 의로움이 올바른 것임을 아는가? 천하에 의로움이 있으면 잘
다스려지고, 의로움이 없으면 어지러워진다. 나는 이것으로써 의
로움이 올바른 것임을 알고 있다.

　　그러나 올바름이라는 것은, 아래로부터 위를 올바르게 하는 일
이란 없고, 반드시 위로부터 아래를 올바르게 한다. 그러므로 백성
들은 자기 멋대로 올바르게 될 수가 없고, 반드시 사(士)가 그들을

올바르게 해주어야 한다. 사는 자기 멋대로 올바르게 될 수 없고, 대부(大夫)가 그들을 올바르게 해주어야 한다. 대부는 자기 멋대로 올바르게 될 수가 없고, 제후(諸侯)가 그들을 올바르게 해주어야 한다. 제후는 자기 멋대로 올바르게 될 수가 없고, 삼공(三公)이 그들을 올바르게 해주어야 한다. 삼공은 자기 멋대로 올바르게 될 수가 없고, 천자(天子)가 그들을 올바르게 해주어야 한다. 천자는 멋대로 올바르게 될 수 없고, 하늘이 그를 올바르게 해주어야 한다. 천하의 군자들은 천자가 천하를 올바르게 한다는 것은 잘 알고 있지만, 하늘이 천자를 올바르게 한다는 것은 잘 알지 못하고 있다.

是故子墨子言曰：戒之愼之. 必爲天之所欲, 而去天之
시 고 자 묵 자 언 왈　　계 지 신 지　　필 위 천 지 소 욕　　이 거 천 지

所惡. 曰：天之所欲者何? 所惡者何也? 天欲義而惡其不
소 오　　왈　　천 지 소 욕 자 하　　소 오 자 하 야　　천 욕 의 이 오 기 불

義者也. 何以知其然也? 曰：義者, 正也. 何以知義之爲
의 자 야　　하 이 지 기 연 야　　왈　　의 자　　정 야　　하 이 지 의 지 위

正也? 天下有義則治, 無義則亂. 我以此知義之爲正也.
정 야　　천 하 유 의 즉 치　　무 의 즉 란　　아 이 차 지 의 지 위 정 야

然而正者, 無自下正上者, 必自上正下. 是故庶人不得
연 이 정 자　　무 자 하 정 상 자　　필 자 상 정 하　　시 고 서 인 부 득

次己而爲正, 有士[1]正之. 士不得次己而爲正, 有大夫正
차 기 이 위 정　　유 사 정 지　　사 불 득 차 기 이 위 정　　유 대 부 정

之. 大夫不得次己而爲正, 有諸侯正之. 諸侯不得次己而
지　　대 부 불 득 차 기 이 위 정　　유 제 후 정 지　　제 후 부 득 차 기 이

爲正, 有三公正之. 三公不得次己而爲正, 有天子正之.
위 정　　유 삼 공 정 지　　삼 공 부 득 차 기 이 위 정　　유 천 자 정 지

天子不得次己[2]而爲正, 有天正之. 今天下之士君子, 皆明
천 자 부 득 차 기 이 위 정　　유 천 정 지　　금 천 하 지 사 군 자　　개 명

於天子之正天下也, 而不明於天之正天子也.
어 천 자 지 정 천 하 야　　이 불 명 어 천 지 정 천 자 야

1 士(사)－옛날 중국에서 벼슬할 수 있는 사람들 중 가장 낮은 신분의 사람

들. **2** 次己(차기) - 차(次)를 자(恣)로 쓴 판본도 있으며, 자기 멋대로 행동하는 것.

2-2 그러므로 옛날 성인께서 이것을 밝혀 사람들에게 설명하였다.

'천자에게 훌륭함이 있으면 하늘은 그에게 상을 주고, 천자에게 잘못이 있으면 하늘은 그에게 벌을 줄 것이다. 천자의 상과 벌이 합당하지 못하고 재판이 공정하지 못하면, 하늘은 질병과 재난을 내리고 서리와 이슬을 제때에 내리지 않도록 한다. 천자는 반드시 소·양과 개·돼지를 잘 기르고, 정결히 젯밥과 제물 및 술과 단술을 장만해 가지고서 제사와 기도를 드리며 하늘에 복을 빈다. 나는 일찍이 하늘이 천자에게 복을 달라고 기도했다는 말은 들어보지 못하였다.'

나는 이것으로써 하늘이 천자보다도 소중하고 귀한 것임을 알고 있다.

그러므로 의로움이라는 것은, 어리석고도 천한 자들로부터 나오는 게 아니라, 반드시 귀하고도 지혜있는 곳으로부터 나오는 것이다. 그러면 누가 귀한가? 하늘이 귀하다. 누가 지혜로운가? 하늘이 지혜롭다. 그러니 의로움이란 과연 하늘로부터 나오는 것이다.

是故古者聖人, 明以此說人曰 : 天子有善, 天能賞之. 天
시고고자성인 명이차설인왈 천자유선 천능상지 천

子有過, 天能罰之. 天子賞罰不當, 聽獄不中, 天下疾病
자유과 천능벌지 천자상벌부당 청옥부중 천하질병

禍崇[3], 霜露不時. 天子必且犓豢[4]其牛羊犬彘, 絜[5]爲粢盛[6]
화수 상로불시 천자필차추환 기우양견체 결 위자성

酒醴[7], 以禱祠祈福於天. 我未嘗聞天之禱祈福於天子也.
주례　　　이도사기복어천　　아미상문천지도기복어천자야

吾以此知天之重且貴於天子也.
오이차지천지중차귀어천자야

是故義者, 不自愚且賤者出, 必自貴且知者出. 曰：誰
시고의자　　부자우차천자출　　필자귀차지자출　　왈　　수

爲貴? 天爲貴. 誰爲知? 天爲知. 然則義果自天出也.
위귀　　천위귀　　수위지　　천위지　　연즉의과자천출야

3 祟(수) – 신이 내리는 재난. **4** 芻豢(추환) – 풀과 곡식을 먹이어 소나 돼지 같은 가축을 기르는 것. **5** 絜(결) – 결(潔)과 통하여, 정결한 것. **6** 粢盛(자성) – 자(粢)는 젯밥, 성(盛)은 그릇에 담긴 제물. **7** 醴(예) – 단술.

　　사람들은 작은 것만 알고 큰 것은 진작 알지 못한다. 그래서 세상의 법도가 되는 의로움이나 올바름 같은 것이 모두 하늘로부터 나오는 것임을 알지 못한다. 모든 근원적인 법도는 하늘로부터 나온다. 따라서 하늘의 뜻을 공경하고 따를 줄 알아야 한다.

3 지금 천하의 군자로서 의로움을 행하고자 하는 사람이라면 하늘의 뜻을 따르지 않아서는 안되는 것이다. 그러면 하늘의 뜻을 따르려면 어찌 해야 하는가? 그것은 천하 사람들을 아울러 다 같이 사랑해야 한다.

　　무엇으로써 천하의 사람들을 아울러 다 같이 사랑해야 함을 아는가? 하늘이 아울러 다 같이 사람들을 먹여주는 것으로써 안다. 무엇으로써 하늘이 아울러 다 같이 사람들을 먹여준다는 것을 아는가? 옛날부터 지금에 이르기까지 멀리 떨어진 외진 고장의 나라를 가릴 것 없이 모두 그들의 소와 양과 개와 돼지를 제물로 잘 기르고, 젯밥과 제물과 술과 단술을 깨끗이 마련하여 하나님과 산천의 귀신들에게 공경히 제사지내고 있으니, 이것으로써 하늘이 아울러 다 같이 사람들을 먹여준다는 것을 안다.

진실로 아울러 다 같이 사람들을 먹여준다면, 반드시 아울러 다 같이 사람들을 사랑할 것이다. 비유를 들면, 마치 초(楚)나라나 월(越)나라의 임금과 같다. 지금 초나라 임금은 초나라 사방 경계 안 사람들을 먹여주고 있다. 그러므로 초나라 사람들을 사랑하는 것이다. 월나라 임금은 월나라 사방 경계 안 사람들을 먹여주고 있다. 그러므로 월나라 사람들을 사랑하는 것이다.

지금 하늘은 천하 사람들을 다 같이 먹여주고 있다. 나는 이것으로써 하늘이 천하 사람들을 아울러 다 같이 사랑한다는 것을 안다.

今天下之士君子之欲爲義者, 則不可不順天之意矣. 曰
금 천 하 지 사 군 자 지 욕 위 의 자   즉 불 가 불 순 천 지 의 의   왈

順天之意何若? 曰兼愛天下之人.
순 천 지 의 하 약   왈 겸 애 천 하 지 인

何以知兼愛天下之人也? 以兼而食之也. 何以知其兼而
하 이 지 겸 애 천 하 지 인 야   이 겸 이 사 지 야   하 이 지 기 겸 이

食之也? 自古及今, 無有遠虛[1]孤夷[2]之國, 皆犓豢[3]其牛羊
사 지 야   자 고 급 금   무 유 원 허 고 이 지 국   개 추 환 기 우 양

犬彘, 潔爲粢盛酒醴, 以敬祭祀上帝山川鬼神. 以此知兼
견 체   결 위 자 성 주 례   이 경 제 사 상 제 산 천 귀 신   이 차 지 겸

而食之也.
이 사 지 야

苟兼而食焉, 必兼而愛之. 譬之若楚越之君. 今是楚王食
구 겸 이 사 언   필 겸 이 애 지   비 지 약 초 월 지 군   금 시 초 왕 사

於楚之四境之內[4], 故愛楚之人. 越王食於越, 故愛越之人.
어 초 지 사 경 지 내   고 애 초 지 인   월 왕 사 어 월   고 애 월 지 인

今天兼天下而食焉. 我以此知其兼愛天下之人也.
금 천 겸 천 하 이 사 언   아 이 차 지 기 겸 애 천 하 지 인 야

하늘의 뜻은 모든 사람들을 아울러 다 같이 사랑하는 것이다. 그것은 하늘이 모든 사람들을 아울러 다 같이 먹여 살려주고 있다는 점을 통해서도 알 수 있는 일이다. 우리는 이러한 하늘의 뜻을 따라야만 하는 것이다.

4 또한 하늘이 백성들을 사랑하는 것은 모든 것이 여기에 그치는 것이 아니다. 지금 천하의 나라들의 곡식을 먹고 사는 백성이라면, 한 사람의 죄 없는 사람을 죽였다면 반드시 그 한 사람에 해당하는 불행을 당하게 된다.

그런데 누가 죄 없는 사람을 죽였는가? 그건 사람이다. 누가 그에게 불행을 당하도록 하는가? 그건 하늘이다. 만약 하늘이 진실로 이 백성들을 사랑하지 않는다면, 어찌하여 죄 없는 사람을 죽인 사람이 있을 직에 하늘이 그에게 불행을 당하도록 하겠는가.

그러니 하늘의 백성들에 대한 사랑은 매우 두텁고, 하늘의 백성들에 대한 사랑은 광범한 것임을 잘 알 수가 있었을 것이다.

且天之愛百姓也, 不盡物而止矣. 今天下之國, 粒食之
차 천 지 애 백 성 야　 부 진 물 이 지 의　 금 천 하 지 국　 입 식 지

民, 殺不一辜者, 必有一不祥.
민　살불일고자　필유일불상

曰：誰殺不辜？ 曰：人也. 孰予之不辜？ 曰：天也. 若
왈　수살불고　왈　인야　숙여지불고　왈　천야　약

天之中實[1]不愛此民也, 何故而人有殺不辜, 而天予之不祥
천지중실　불애차민야　하고이인유살불고　이천여지불상

哉.
재

且天之愛百姓厚矣, 天之愛百姓別[2]矣, 旣可得而知也.
차천지애백성후의　천지애백성별의　기가득이지야

1 中實(중실)－진실로.　**2** 別(별)－편(徧)과 통하여(王引之說), 두루. 광범한 것.

　　하늘이 백성들을 다 같이 널리 사랑하고 있음을 강조하고 있다. 그것은 무고한 사람을 죽인 자에게는 하늘이 반드시 그 죄에 해당하는 재난을 그에게 내려주는 것으로써 알 수 있다는 것이다.

5-1　무엇으로써 하늘이 백성들을 사랑한다는 것을 아는가? 나는 현명한 사람들이 반드시 착한 사람들에게는 상을 주고 포악한 자들에게는 벌을 주는 것으로써 안다. 무엇으로써 현명한 사람들이 반드시 착한 사람들에게는 상을 주고 포악한 자들에게는 벌을 주는 것을 아는가? 나는 옛날 삼대(三代)의 성왕들을 통해서 그것을 안다.

　　본시 옛날 삼대의 성왕이신 요(堯)임금·순(舜)임금·우(禹)임금·탕(湯)임금·문왕(文王)·무왕(武王)은 천하 사람들을 다 같이 아울러 사랑하여, 그들을 모두 이롭게 해주어 백성들의 마음을 바꾸어 놓은 다음 그들을 이끌고 하나님과 산천의 귀신들을 공경하였다. 하늘은 그가 사랑하는 것을 따라 그들을 사랑하고, 그가 이롭게 하는 것을 따라 그들을 이롭게 해주게 된다. 이에 그에게 상을 내리어 그로 하여금 윗자리에 앉도록 하여 그를 천자로 세워준다. 그리하여 천하의 서민들은 다 같이 그분을 칭송하고 그들 만대의 자손들에 이르기까지 서로 이어받아 법도로 삼으며, 그분을 성인이라 부르게 된다. 이것이 그분이 착한 사람에게는 상을 내리는 증거임을 아는 것이다.

何以知天之愛百姓也? 吾以賢者之必賞善罰暴也. 何以
하 이 지 천 지 애 백 성 야　　오 이 현 자 지 필 상 선 벌 포 야　　하 이

知賢者之必賞善罰暴也? 吾以昔者三代之聖王知之.
지 현 자 지 필 상 선 벌 포 야　　오 이 석 자 삼 대 지 성 왕 지 지

故昔也三代¹之聖王, 堯舜禹湯文武之兼愛之天下也, 從
고 석 야 삼 대 지 성 왕　　요 순 우 탕 문 무 지 겸 애 지 천 하 야　　종

而利之, 移²其百姓之意焉, 率以敬上帝山川鬼神. 天以爲
이 리 지　이 기 백 성 지 의 언　솔 이 경 상 제 산 천 귀 신　천 이 위

從其所愛而愛之, 從其所利而利之. 於是加其賞焉, 使之處
종 기 소 애 이 애 지　종 기 소 리 이 리 지　어 시 가 기 상 언　사 지 처

上位, 立爲天子以法也, 名之曰聖人. 以此知其賞善之證.
상 위　입 위 천 자 이 법 야　명 지 왈 성 인　이 차 지 기 상 선 지 증

1 三代(삼대) – 하(夏)·은(殷)·주(周)의 세 왕조. 요(堯)임금·순(舜)임금은 삼대에 속하는 왕세가 아니나, 뒤에 들 '삼대의 폭군'과 대가 되도록 하기 위하여 쓴 말인 것 같다. 2 移(이) – 옮기다. 마음을 옮기는 것이므로, '감화하다', '악화시키다'로 번역하였다.

5-2 그러나 옛날 삼대의 폭군인 걸(桀)임금·주(紂)임금·유왕(幽王)·여왕(厲王)들이 천하 사람들을 다 같이 아울러 미워하여, 그들을 모두 해침으로써 백성들의 마음을 바꾸어 놓은

다음 그들을 이끌고 하나님과 산천의 귀신들을 욕보이고 모욕하였다. 하늘은 자기가 사랑하는 것을 따르지 않고 그들을 미워하며, 자기가 이롭게 해주는 것을 따르지 않고 그들을 해치고 있다여기고, 곧 그들에게 벌을 내리어 그들로 하여금 아버지와 아들이서로 헤어지고 나라가 멸망하여 모든 것을 잃어 걱정이 그 자신에게 미치도록 하였다. 그리하여 천하의 서민들은 다 같이 그를 비난하고 그들 만대의 자손들에 이르기까지 서로 이어받아 그를 비난하는 사람들이 끊이지 않도록 하고, 그를 실패한 왕이라 부르게되었다. 이것이 그분이 포악한 자들에게는 벌을 내리는 증거임을아는 것이다.

是故昔也三代之暴王, 桀紂幽厲之兼惡天下也, 從而賊
시 고 석 야 삼 대 지 포 왕   걸 주 유 려 지 겸 오 천 하 야   종 이 적

之, 移其百姓之意焉, 率以詬侮³上帝山川鬼神. 天以爲不
지   이 기 백 성 지 의 언   솔 이 구 모 상 제 산 천 귀 신   천 이 위 부

從其所愛而惡之, 不從其所利而賊之, 於是加其罰焉, 使
종 기 소 애 이 오 지   부 종 기 소 리 이 적 지   어 시 가 기 벌 언   사

之父子離散, 國家滅亡, 拕失⁴社稷, 憂以及其身. 是以天
지 부 자 리 산   국 가 멸 망   운 실 사 직   우 이 급 기 신   시 이 천

下之庶民, 屬⁵而毀之, 葉萬⁶世子孫, 繼嗣毀之賁⁷, 不之
하 지 서 민   속 이 훼 지   엽 만 세 자 손   계 사 훼 지 분   부 지

廢也, 名之曰失王. 以此知其罰暴之證.
폐 야   명 지 왈 실 왕   이 차 지 기 벌 포 지 증

3 詬侮(구모)―욕보이고 모욕하는 것. 4 拕失(운실)―잃다. 5 屬(속)―따라서, 다 같이. 6 葉萬(엽만)―만세(萬世). 만대. 7 賁(분)―자(者)의 잘못(王引之 說).

하늘이 백성을 사랑한다는 증거로 여기에서는 성왕인 요임

금·순임금·우임금·탕임금·문왕·무왕과 폭군인 걸임금·주임금·유왕·여왕을 보기로 들고 있다. 앞의 성왕들은 하늘의 뜻을 따라 백성들을 사랑하고 이롭게 해줌으로써 상을 받았고, 뒤의 폭군들은 하늘의 뜻을 어기어 백성들을 미워하고 해침으로써 벌을 받았다는 것이다.

6-1 지금 천하의 군자로서 의로움을 행하려 하는 사람이라면, 곧 하늘의 뜻을 따르지 않아서는 안 되는 것이다. 그런데 하늘의 뜻을 따른다는 것은 모두를 아울러 사랑하는 것이며, 하늘의 뜻에 반한다는 것은 차별을 두어 모두를 사랑하지 않는 것이다. 모두를 아울러 사랑하는 길은 '의로운 다스림'으로 가게 되고, 차별을 두어 모두를 사랑하지 않는 길은 '힘에 의한 다스림'으로 가게 된다.

그런데 '의로운 다스림'이라는 것은 어떤 것인가? 그것은 큰 자는 작은 자를 공격하지 않고, 강한 자는 약한 자를 업신여기지 않으며, 많은 자들은 적은 자들을 해치지 않고, 사기꾼은 어리석은 자를 속이지 않으며, 귀한 자는 천한 자에게 오만하지 않고, 부한 자는 가난한 자에게 교만하지 않으며, 장년(壯年)은 노인의 것을 뺏지 않는 것이다. 그리하여 천하의 여러 나라들은 물이나 불과 독약과 무기로써 서로를 해치는 일이 없게 되는 것이다.

만약 일을 함에 있어서 위로는 하늘을 이롭게 하고, 가운데로는 귀신을 이롭게 하며, 아래로는 사람들을 이롭게 한다면, 이 세 가지 이롭게 하는 일은 이롭지 않은 것이란 없게 하는 것이다. 이것을 '하늘의 덕'이라 말한다. 그러므로 이런 방법으로 여러 가지 일에 종사하는 사람은 성인답고 지혜 있는 사람이며, 자애롭고 효성스런 사람이며, 충성되고 은혜로운 사람이며, 어질고 의로운 사람인 것이다. 그러므로 천하의 좋은 명칭은 모두 주워 모아 그들에게 붙이게 되는 것이다. 그렇게 되는 까닭은 무엇인가? 곧 하늘의 뜻을 따르는 것이기 때문인 것이다.

今天下之士君子欲爲義者, 則不可不順天之意矣. 曰:
금 천 하 지 사 군 자 욕 위 의 자   즉 불 가 불 순 천 지 의 의   왈

順天之意者, 兼也, 反天之意者, 別也. 兼之爲道也, 義
순 천 지 의 자   겸 야   반 천 지 의 자   별 야   겸 지 위 도 야   의

正, 別之爲道也, 力正[1].
정   별 지 위 도 야   역 정

曰: 義正者何若? 曰: 大不攻小也, 强不侮弱也, 衆不
왈   의 정 자 하 약   왈   대 불 공 소 야   강 불 모 약 야   중 부

賊寡也, 詐不欺愚也, 貴不傲賤也, 富不驕貧也, 壯不奪
적 과 야   사 불 기 우 야   귀 불 오 천 야   부 불 교 빈 야   장 불 탈

老也. 是以天下之庶國, 莫以水火毒藥兵刃以相害也.
로 야   시 이 천 하 지 서 국   막 이 수 화 독 약 병 인 이 상 해 야

若事上利天, 中利鬼, 下利人, 三利而無所不利, 是謂天
약 사 상 리 천   중 리 귀   하 리 인   삼 리 이 무 소 불 리   시 위 천

德. 故凡從事此者, 聖知也, 仁義也, 忠惠也, 慈孝也. 是
덕   고 범 종 사 차 자   성 지 야   인 의 야   충 혜 야   자 효 야   시

故聚斂天下之善名而加之. 是其故何也? 則順天之意也.
고 취 렴 천 하 지 선 명 이 가 지   시 기 고 하 야   즉 순 천 지 의 야

1 正(정) – 정(政)과 통하여, '정치', '다스림'. 상편엔 정(政)으로 씌어 있다.

6-2 그러면 '힘에 의한 다스림' 이라는 것은 어떤 것인가?
그것은 크면 작은 자를 공격하고, 강하면 약한 자를 업신여기며, 수가 많으면 적은 자들을 해치고, 사기꾼은 어리석은 자들을 속이며, 귀하면 천한 자에게 오만하고, 부하면 가난한 자들에게 교만하며, 장년은 노인의 것을 뺏는 것이다. 그리하여 천

하의 여러 나라들은 널리 물이나 불과 독약과 무기로써 서로를 해치게 되는 것이다.

만약 일을 함에 위로는 하늘에 이롭지 못하고, 가운데로는 귀신에게 이롭지 못하며, 아래로는 사람들에게 이롭지 못하면, 이 세 가지 이롭지 못하게 하는 일은 이로운 것이란 없게 하는 것이다. 이것을 '하늘의 도적'이라 말한다. 그러므로 이런 방법으로 모든 일에 종사하는 자들은 반란과 혼란을 일삼는 자들이며, 도둑질과 남을 해치는 일을 하는 자들이며, 어질지 않고 의롭지 않은 자들이며, 충성되지 않고 은혜롭지 않은 자들이며, 자애롭지 않고 효성스럽지 않은 자들인 것이다. 그러므로 천하의 악한 명칭은 다 주워 모아 그들에게 붙이게 되는 것이다. 이것은 그 까닭이 무엇인가? 곧 하늘의 뜻에 반하는 것이기 때문이다.

曰：力正者何若? 曰：大則攻小也, 强則侮弱也, 衆則賊寡也, 詐則欺愚也, 貴則傲賤也, 富則驕貧也, 壯則奪老也. 是以天下之庶國, 方²以水火毒藥兵刃以相賊害也. 若事上不利天, 中不利鬼, 下不利人, 三不利而無所利. 是謂天賊³. 故凡從事此者, 寇亂也, 盜賊也, 不仁不義, 不忠不惠, 不慈不孝. 是故聚斂天下之惡名而加之. 是其故何也? 則反天之意也.

2 方(방)－방(旁)과 통하여, '널리'. 3 天賊(천적)－보통은 천(天)자가 지(之)로 되어 있으나 유월(俞樾)의 설(說)을 따라 고쳤다.

여기서도 하늘은 이 세상의 최고 규범이어서 하늘의 뜻을 따라야만 세상이 올바로 다스려짐을 강조하고 있다. 묵자는 하늘의 뜻을 모든 일의 최고의 법도로 내세우고 있다.

7 그러므로 묵자는 하늘의 뜻을 세워놓고서 법도로 삼았으니, 수레바퀴 공인에게 그림쇠가 있고, 목수에게 굽은 자가 있는 것과 같은 것이다.

지금 수레바퀴 공인은 그림쇠로써 기준을 삼고, 목수들은 굽은 자로 기준을 삼고 있다. 그것을 기준으로 삼아 직각과 원이 제 모양인가 분별을 하는 것이다.

그러므로 묵자는 하늘의 뜻을 세워놓고서 법도로 삼았던 것이다. 나는 이것을 근거로 하여 천하의 군자들이 의로움으로부터 멀리 떨어져 있다는 것을 알고 있다.

故子墨子置立天之[1], 以爲儀法. 若輪人之有規[2], 匠人之
고 자 묵 자 치 립 천 지   이 위 의 법   약 륜 인 지 유 규   장 인 지

有矩[3]也.
유 구 야

今輪人以規, 匠人以矩. 以此知方圜之別矣.
금 륜 인 이 규   장 인 이 구   이 차 지 방 환 지 별 의

是故子墨子置立天之, 以爲儀法. 吾以此知天下之士君
시 고 자 묵 자 치 립 천 지   이 위 의 법   오 이 차 지 천 하 지 사 군

子之去義遠也.
자 지 거 의 원 야

1 天之(천지) – '지'는 志(지)로 된 판본도 있으며, 하늘의 뜻. **2** 規(규) – 그림쇠. 옛날 원을 그릴 때 쓰던 기구. **3** 矩(구) – 굽은 자. 직각을 가늠할 때 쓰던 기구.

묵자는 하늘의 뜻을 천하의 법도로 삼고 있음을 밝힌 대목이다. 하늘의 뜻을 그림쇠와 굽은 자에 비긴 것은, 좀 모자라는 비유인 듯하다.

8-1 무엇으로써 천하의 군자들이 의로움으로부터 멀리 떨어져 있는 것을 아는가? 지금 큰 나라의 임금들이 자신의 행위를 너그러이 보면서 말하기를, "내가 큰 나라를 차지하고 있으면서도 작은 나라를 공격하지 않는다면, 나는 어떻게 더 커질 수가 있겠는가?"라고 한다. 그리고서는 용감한 군사들을 골라 모으고 배와 수레를 탈 병졸들을 벌여놓고 죄 없는 나라를 공격한다. 그 나라의 변경으로 들어가 그들의 벼와 농작물을 베고 그곳 나무를 자르며, 그들의 성곽을 부수고 그들의 해자를 메우며, 그들 조상의 사당(祠堂)을 불내우고 그들이 제물로 기르는 짐승과 가축을 뺏고 죽인다. 백성들 중에 대항하는 자는 찔러 죽이고, 대항하지 않는 자들은 묶어 끌고 돌아온다. 남자들은 하인이나 노예로 삼고, 여자들은 방아 찧고 술 빚는 일을 시킨다.

何以知天下之士君子之去義遠也? 今知氏¹大國之君, 寬
하 이 지 천 하 지 사 군 자 지 거 의 원 야　　금 지 씨 대 국 지 군　　관

者然²曰：吾處大國而不攻小國，吾何以爲大哉？是以差
자 연 왈 　오 처 대 국 이 불 공 소 국 　오 하 이 위 대 재 　시 이 차

論³蚤牙⁴之士，比列其舟車之卒，以攻罰無罪之國．入其溝
론 조 아 지 사 　비 렬 기 주 거 거 졸 　이 공 벌 무 죄 지 국 　입 기 구

境⁵，刈其禾稼⁶，斬其樹木，殘其城郭，以御⁷其溝池，焚燒
경 　예 기 화 가 　참 기 수 목 　잔 기 성 곽 　이 어 기 구 지 　분 소

其祖廟，攘殺⁸其犧牷⁹．民之格¹⁰者，則勁拔¹¹之．不格者，
기 조 묘 　양 살 기 희 전 　민 지 격 자 　즉 경 발 지 　불 격 자

則係操¹²而歸．丈夫以爲僕圉¹³胥靡¹⁴，婦人以爲舂酋¹⁵．
즉 계 조 이 귀 　장 부 이 위 복 어 　서 미 　부 인 이 위 용 추

1 知氏(지씨) – '지'는 잘못 끼어든 글자. '씨'는 시(是)에 통하는 글자(俞樾
說). 2 寬者然(관자연) – 자기의 잘못에 대하여만 너그러운 태도를 취하는 것.
3 差論(차론) – 골라내어 정비하다. 골라 모으다. 4 蚤牙(조아) – 조아(爪牙).
발톱과 이빨. 날래고 용감한 군인에 비긴 말. 5 溝境(구경) – 변경(邊境)의 잘
못. 6 禾稼(화가) – 벼와 농작물. 7 御(어) – 억(抑)의 잘못. 메우다. 8 攘殺(양
살) – 뺏고 죽이다. 9 犧牷(희전) – 제물로 쓰려고 기르는 짐승과 가축. 10 格
(격) – 격(挌)과 통하여, 치다. 대항하다. 11 勁拔(경발) – 찌르고 치다, 찔러
죽이다. 경불(剄刜)과 같은 말(畢沅 說). 12 係操(계조) – '조'는 류(纍)의 잘못
(畢沅 說). 줄로 묶는 것. 13 僕圉(복어) – 마구 부리는 하인. 14 胥靡(서미) –
노예. 15 舂酋(용추) – 방아를 찧고 술을 빚는 사람.

8-2 다른 나라를 공격하기 좋아하는 임금은, 그것이 어질
지도 않고 의롭지도 않은 일임을 알지 못하고, 사방 이
웃의 제후들에게 이렇게 말한다. "나는 어떤 나라를 공격하여 그
나라 군대를 멸망시키고, 그들의 장수 여러 명을 죽였다." 그 이웃
나라의 임금도 역시 그 일이 어질지도 않고 의롭지도 않은 일임을
알지 못하고, 그들의 가죽과 비단을 마련하고 그들의 병졸과 수레
를 내어 사신을 보내어 선물을 바치며 축하를 한다.
　그러면 공벌을 좋아하는 임금은 더욱 그것이 어질지도 않고 의

롭지도 않은 일임을 알지 못하고, 대쪽과 비단에다 그 일을 적어 창고에 저장하게 된다. 그 사람의 후손이 된 자들은 반드시 그들 선조들의 행위를 따르려 하며, "어찌하여 창고 문을 열어 우리 옛 임금들의 법도를 보지 않는가?"고 말할 것이다. 반드시 "문왕과 무왕의 하신 올바른 일들은 이와 같다."는 말은 하지 않고, "우리 조상들은 다른 나라를 공격하여 그 나라 군대를 멸망시키고, 그들의 장수 여러 명을 죽였다."고만 떠들게 될 것이다.

다른 나라를 공격하는 것을 좋아하는 임금은, 그것이 어질지도 않고 의롭지도 않은 일임을 알지 못한다. 그래서 공격 전쟁은 대대로 끊이지 않게 된다. 이래서 내가 천하의 군자들은 큰일에 대하여는 알지 못한다고 하는 것이다.

則夫好攻伐之君, 不知此爲不仁義, 以告四鄰諸侯曰 :
즉 부 호 공 벌 지 군　　 부 지 차 위 불 인 의　　 이 고 사 린 제 후 왈

吾攻國覆軍, 殺將若干人矣. 其鄰國之君, 亦不知此爲不
오 공 국 복 군　　 살 장 약 간 인 의　　 기 린 국 지 군　　 역 부 지 차 위 불

仁義也, 有具其皮幣[16], 發其徒遽[17], 使人饗賀[18]焉.
인 의 야　　 유 구 기 피 폐　　 발 기 도 거　　 사 인 향 하　 언

則夫好攻伐之君, 有重[19]不知此爲不仁不義也. 有書之竹
즉 부 호 공 벌 지 군　　 유 중　 부 지 차 위 불 인 불 의 야　　 유 서 지 죽

帛, 藏之府庫, 爲人後子者, 必且欲順其先君之行. 曰 :
백　 장 지 부 고　　 위 인 후 자 자　　 필 차 욕 순 기 선 군 지 행　　 왈

何不當發吾府庫, 視吾先君之法美? 必不曰 : 文武之爲正
하 부 당 발 오 부 고　　 시 오 선 군 지 법 미　　 필 불 왈　　 문 무 지 위 정

者, 若此矣, 曰 : 吾攻國覆軍, 殺將若干人矣.
자　 약 차 의　 왈　　 오 공 국 복 군　　 살 장 약 간 인 의

則夫好攻伐之君, 不知此爲不仁不義也. 其鄰國之君,
즉 부 호 공 벌 지 군　　 부 지 차 위 불 인 불 의 야　　 기 린 국 지 군

不知此爲不仁不義也. 是以攻伐世世而不已者. 此吾所謂
부 지 차 위 불 인 불 의 야　　 시 이 공 벌 세 세 이 불 이 자　　 차 오 소 위

大物則不知也.
대 물 즉 부 지 야

16 皮幣(피폐) – 가죽과 비단. **17** 徒遽(도거) – '도'는 보졸(步卒), '거'는 수레 (《墨子閒詁》). **18** 饗賀(향하) – '향'은 헌(獻)의 뜻으로, 선물을 바치는 것, '하'는 축하하는 것. 따라서 선물을 바치며 축하하는 것. **19** 有重(유중) – 거듭, 더욱.

천하의 군자들이 큰 나라가 작은 나라를 공격하는 것은 의로운 짓이 아니고, 하늘의 뜻에 어긋나는 짓임을 알지 못하고 있는 당시의 시대상을 비판한 것이다.

9-1 이른바 작은 일에 대하여는 잘 안다는 것은, 어떤 것인가? 지금 여기에 한 사람이 있는데, 남의 채소밭이나 과수원에 들어가 남의 복숭아와 살구 및 외와 생강을 훔친 자가 있다면, 윗사람은 그를 잡아 벌을 줄 것이며, 사람들은 그런 말을 들으면 그를 비난할 것이다. 그것은 어째서인가? 그것은 작물을 기르는 데 수고도 하지 않고 그것을 수확하였고, 자기의 것이 아닌데도 그것을 가져갔기 때문이다.

그런데 하물며 남의 집 담을 넘어가 남의 자녀들을 납치하고, 남의 창고 벽을 뚫고 남의 금과 옥과 삼베와 천 같은 것을 훔치며, 남의 집 외양간에 넘어 들어가 남의 소와 말을 훔친 자들이야 어떠하겠는가? 더욱이 한 죄 없는 사람을 죽인 자가 있다면 어떠하겠는가?

所謂小物¹則知之者, 何若? 今有人於此, 入人之場園²,
소 위 소 물 　 즉 지 지 자 　 하 약 　 금 유 인 어 차 　 입 인 지 장 원

取人之桃李瓜薑³者, 上得且罰之, 衆聞則非之. 是何也?
취 인 지 도 리 과 강 자   상 득 차 벌 지   중 문 즉 비 지   시 하 야

曰 : 不與其勞, 獲其實, 已非其有所⁴取之故.
왈   부 여 기 로   획 기 실   이 비 기 유 소   취 지 고

而況有踰⁵於人之牆垣, 拒格⁶人之子女者, 與角⁷人之府
이 황 유 유   어 인 지 장 원   저 격 인 지 자 녀 자   여 각 인 지 부

庫, 竊人之金玉蚤絭⁸者乎, 與踰人之欄牢⁹, 竊人之牛馬者
고   절 인 지 금 옥 조 루 자 호   여 유 인 지 란 로   절 인 지 우 마 자

乎? 而況有殺一不辜人乎?
호   이 황 유 살 일 불 고 인 호

1 小物(소물) − 작은 물건, 작은 일. 2 場園(장원) − '장'은 채소밭, 채전. '원'
은 과수원. 3 瓜薑(과강) − 외와 생강. 4 已非其有所(이비기유소) − 이비기소
유(以非其所有). 그의 소유가 아닌데도. 5 踰(유) − 넘어가다. 6 拒格(저격) −
납치하는 것. 7 角(각) − 혈(穴)의 잘못. 벽에 구멍을 뚫는 것. 8 蚤絭(조루) −
포조(布枲)의 잘못(王引之 說). '조'는 조(繰)와 통함. 삼베와 갈포(葛布). 9 欄
牢(란로) − 마구간과 소 외양간. 외양간.

9-2　지금 임금과 귀족들이 정치를 함에 있어서, 한 죄 없는
사람을 죽인 자와, 남의 집 담을 넘어가 남의 자녀들을
납치한 자와, 남의 창고 벽을 뚫고 남의 금과 옥과 삼베와 천 같은
것을 훔친 자와, 남의 집 외양간에 넘어 들어가 남의 소와 말을 훔
친 자와, 남의 채소밭이나 과수원에 들어가 남의 복숭아와 살구
및 외와 생강을 훔친 자들은, 지금의 임금과 귀족들이 그들에게
벌을 가할 것이다. 비록 옛날의 요임금·순임금·우임금·탕임
금·문왕·무왕의 정치라 하더라도 이에 대처하는 방법에는 다를
바가 없었을 것이다.

今王公大人之爲政也,　自殺一不辜人者,　踰人之牆垣,
금 왕 공 대 인 지 위 정 야　　자 살 일 불 고 인 자　　유 인 지 장 원

揟格人之子女者,　與角人之府庫,　竊人之金玉蚤絫者,　與
저 격 인 지 자 녀 자　　여 각 인 지 부 고　　절 인 지 금 옥 조 루 자　　여

踰人之欄牢,　竊人之牛馬者,　與入人之場園,　竊人之桃李
유 인 지 란 로　　절 인 지 우 마 자　　여 입 인 지 장 원　　절 인 지 도 리

瓜薑者,　今王公大人之加罰此也.　雖古之堯舜禹湯文武之
과 강 자　　금 왕 공 대 인 지 가 벌 차 야　　수 고 지 요 순 우 탕 문 무 지

爲政,　亦無以異此矣.
위 정　　역 무 이 리 차 의

온 세상 사람들은 위정자나 백성들을 막론하고 작은 잘못에
대하여는 모두 잘 알고 있다. 따라서 작은 일로 죄를 지으면 위정
자들은 그에게 벌을 가하고 백성들은 그를 비난한다. 그러면서도
정작 큰 잘못에 대하여는 잘 알지 못한다는 것이다. 하늘의 뜻을
어기는 큰 잘못에 대하여는 다음에 설명이 보일 것이다.

10-1 지금 천하의 제후들은 여전히 남의 나라를 침략하고
공격하여 남의 나라를 뺏고 있는데, 이는 죄 없는
한 사람을 죽인 것보다 수천만 배나 죽이는 것이다. 이것은 남의
집 담을 넘어가 남의 자녀들을 납치하고, 남의 창고 벽을 뚫고 남
의 금과 옥과 삼베와 천을 훔치는 것보다 수천만 배나 더 심한 짓
이다. 남의 집 외양간에 넘어 들어가 남의 소와 말을 훔치고, 남의
채소밭이나 과수원에 들어가 남의 복숭아와 살구 및 외와 생강을
훔치는 것보다 수천만 배나 더 심한 짓이다. 그런데도 스스로는
의로운 짓이라 말한다.

今天下之諸侯. 將猶皆侵凌[1]攻伐兼并, 此爲殺一不辜人
금 천 하 지 제 후　　장 유 개 침 릉　공 벌 겸 병　　차 위 살 일 불 고 인

者, 數千萬矣. 此爲踰人之牆垣, 格人之子女者, 與角人
자　　수 천 만 의　　차 위 유 인 지 장 원　　격 인 지 자 녀 자　　여 각 인

府庫, 竊人金玉蚤絫[2]者, 數千萬矣. 踰人之欄牢[3], 竊人之
부 고　　절 인 금 옥 조 루　자　　삭 천 만 의　　유 인 지 란 로　　절 인 지

牛馬者, 與入人之場園, 竊人之桃李瓜薑者, 數千萬矣.
우 마 자　　여 입 인 지 장 원　　절 인 지 도 리 과 강 자　　삭 천 만 의

而自曰義也.
이 자 왈 의 야

1 侵凌(침릉)-남의 나라를 침략하는 것. 2 蚤絫(조루)-삼베와 갈포. 3 欄牢
(란로)-우리. 외양간.

10-2 그러므로 묵자가 말하였다.

"이것은 의로움을 어지럽히는 것이다. 어찌 이것이
검은 것과 흰 것 및 단것과 쓴 것의 분별을 어지럽히는 것과 다를
바가 있겠는가?

지금 여기에 한 사람이 있는데, 검은 것을 그에게 조금 보였을
적에는 검다 하고, 검은 것을 많이 보였을 적에는 희다고 한다면,
반드시 이 사람의 눈은 어지러워서 검은 것과 흰 것의 분별을 알
지 못한다고 할 것이다.

지금 여기에 한 사람이 있는데, 단 것을 조금 맛보고는 달다 하
고 단 것을 많이 맛보고는 쓰다고 한다면, 반드시 이 사람의 입은
어지러워서 달고 쓴맛을 알지 못한다고 할 것이다.

지금 임금과 귀족들이 정치를 함에 있어서, 간혹 그의 나라 안
에서 사람을 죽인다면 이를 그처럼 재빨리 금지시키면서도, 그의
이웃 나라 사람들을 많이 죽일 경우에는 그것을 위대한 의로움이

라 말한다. 이것이 흰 것과 검은 것 및 단 것과 쓴 것을 분별 못하는 것과 무엇이 다른가?"

故子墨子言曰 : 是賁我[4]者. 則豈有以異是賁墨白甘苦之
고 자 묵 자 언 왈   시 분 아 자   즉 기 유 이 리 시 분 묵 백 감 고 지

辯者哉?
변 자 재

今有人於此, 少而示之黑, 謂之黑, 多示之黑, 謂白, 必
금 유 인 어 차   소 이 시 지 흑   위 지 흑   다 시 지 흑   위 백   필

曰 : 吾目亂, 不知黑白之別.
왈   오 목 란   부 지 흑 백 지 별

今有人於此, 能少嘗之甘謂甘, 多嘗謂苦. 必曰 : 吾口
금 유 인 어 차   능 소 상 지 감 위 감   다 상 위 고   필 왈   오 구

亂, 不知其甘苦之味.
란   부 지 기 감 고 지 미

今王公大人之政也, 或殺人其國家, 禁之此蚤越[5], 有能
금 왕 공 대 인 지 정 야   혹 살 인 기 국 가   금 지 차 조 월   유 능

多殺其鄰國之人, 因以爲文義[6]. 此豈有異賁白黑甘苦之別
다 살 기 린 국 지 인   인 이 위 문 의   차 기 유 이 분 백 흑 감 고 지 별

者哉?
자 재

4 賁我(분아) – '분'은 분(紛)과 통하여, 어지럽히는 것(『墨子閒詁』). '아'는 의(義)의 잘못. 5 蚤越(조월) – 재빨리 하다, 일찍이 하다. 6 文義(문의) – '문'은 대(大)의 잘못. 위대한 의로움.

앞 절을 이어받아 여기에서는 큰 잘못에 대하여 설명하고 있다. 큰 잘못이란 큰 나라가 작은 나라를 공격하는 행위이다. 묵자는 전쟁 반대의 사상이 철저하다.

11

그러므로 묵자는 하늘의 뜻을 놓고서 법도로 삼았다. 묵자만이 하늘의 뜻을 법도로 삼았던 것이 아니다. 옛 훌륭한 임금들의 책인 『시경』 대아(大雅)에도 그러한 것이 쓰여져 있다.

하나님이 문왕에게 말씀하시기를,
나는 밝은 덕을 지닌 사람을 좋아하나
큰 소리와 빛으로 나타내지는 않으며,
언제나 매와 회초리로 치지도 않으니,
알건 모르건 간에
하나님의 법도만을 따르라.

이것은 문왕이 하늘의 뜻을 법도로 삼고 하나님의 법도만을 따랐음을 뜻하는 것이다. 그러니 지금 천하의 군자들이 진실로 어짊과 의로움을 행하려 하고, 훌륭한 선비가 되기 바란다면, 위로는 옛 훌륭한 임금의 도에 들어맞도록 해야 하고, 아래로는 나라와 백성들의 이익에 부합하도록 해야 하며, 하늘의 뜻에 대하여 잘 살피지 않아서는 안 되는 것이다.

하늘의 뜻은 의로움의 기준인 것이다.

故子黑子置天之¹, 以爲儀法. 非獨子墨子, 以天之志爲
고 자 흑 자 치 천 지   이 위 의 법   비 독 자 묵 자   이 천 지 지 위

法也. 於先王之書, 大夏²之道之然:
법 야   어 선 왕 지 서   대 하   지 도 지 연

帝謂文王. 予懷明德.
제 위 문 왕   여 회 명 덕

毋大聲以色, 毋長夏以革³.
무 대 성 이 색   무 장 하 이 혁

不識不知. 順帝之則.
불 식 부 지   순 제 지 칙

此詬文王之以天志爲法也, 而順帝之則也. 且今天下之
차 고 문 왕 지 이 천 지 위 법 야   이 순 제 지 칙 야   차 금 천 하 지

士君子, 中實將欲焉仁義, 求爲上士, 上欲中聖王之道,
사 군 자   중 실 장 욕 언 인 의   구 위 상 사   상 욕 중 성 왕 지 도

下欲中國家百姓之利者, 當天之志, 而不可不察也.
하 욕 중 국 가 백 성 지 리 자   당 천 지 지   이 불 가 불 찰 야

天之志者. 義之經也.
천 지 지 자   의 지 경 야

1 天之(천지) — 천지(天志). 2 大夏(대하) — 대아(大雅)와 같은 말(俞樾 說). 지금의 『시경』 대아 황의(皇矣)편에 보이는 구절이며, 이미 앞의 「천지」 중편에도 보였음. 3 夏以革(하이혁) — '하'는 옛날 서당에서 쓰던 회초리. '혁'은 가죽으로 만든 채찍.

　마지막 결론으로 사람들은 언제나 하늘의 뜻을 법도로 삼아야 한다고 강조하고 있다. 묵자의 모든 사상은 하늘의 뜻에 바탕을 두고 있음에 유의해야 할 것이다.

※ 이 뒤에 있어야 할 다음과 같은 두 편[29. 명귀편(明鬼篇)(上) / 30. 명귀편(明鬼篇)(中)]도 없어져 버려서 지금 『묵자』에는 전하여지지 않는다. 다만 그 하편이라도 남아 있음은 다행이라 하겠다.

墨 子

31.
명귀편 明鬼篇(下)

'명귀'란 귀신의 존재를 밝힌다는 뜻이다. 앞의 「천지편」에서도 하늘 다음으로 귀신을 많이 들고 있었지만, 묵자는 이 귀신의 존재를 믿는 것이 천하의 이익과 합치되는 것이라 주장한다. 「천지편」의 사상을 근거로 하고는 있지만 묵자의 독특한 주장이라 할 것이다.

1-1 묵자가 말하였다.

"옛날 삼대의 성왕들이 돌아가신 뒤로는 천하는 의로움을 잃고 제후들은 힘으로 정치를 하게 되었다. 그리하여 임금과 신하와 윗사람과 아랫사람들이 은혜롭고 충성되지 않은 이가 있게 되었으며, 아버지와 자식과 형과 아우들이 자애롭고 효성스럽지 않으며, 공경하고 우애롭고 바르고 훌륭하지 않은 이가 있게 되었고, 지도자들은 정사를 처리하는 데 힘쓰지 않고 천한 사람들은 종사하는 일에 힘쓰지 않게 되었다. 백성들이 난폭하고 반란을 일삼고 도둑질을 하며, 무기와 독약과 물과 불로써 한길이나 골목 길에서 죄 없는 사람들을 가로막고, 남의 수레와 말과 옷가지를 약탈하여 자기의 이익으로 삼는 자들이 한꺼번에 생겨난 것은 이 로부터 비롯된다. 그리하여 천하는 어지러워졌다."

子墨子言曰：逮至昔三代聖王既沒，天下失義，諸侯力
고묵자언왈　체지석삼대성왕기몰　천하실의　제후력

正[1]. 是以存夫爲人君臣上下者之不惠忠也，父子弟兄之不
정　시이존부위인군신상하자지불혜충야　부자제형지불

慈孝弟長貞良[2]也，正長之不强於聽治，賤人之不强於從事
자효제장정량　야　정장지불강어청치　천인지불강어종사

也. 民之爲淫暴寇亂盜賊，以兵刃毒藥水火，迓[3]無罪人乎
야　민지위음폭구란도적　이병인독약수화　아　무죄인호

道路率徑[4]，奪人車馬衣裘以自利者，並作，由此始. 是以
도로솔경　탈인차마의구이자리자　병작　유차시　시이

天下亂.
천하란

1 力正(역정) ― 정(正)은 정(政)과 통하여, '폭력으로 정치를 하는 것'. **2** 弟長 貞良(제장정량) ― 장정(長貞)은 뒤 정장(正長)으로 말미암은 연문(衍文)인 듯하 며, 양(良)은 마땅히 우애(友愛)로 되어야 할 것이다. 그러나 확증이 없어 여 기엔 억지로 글자를 따라 번역해 두었다. **3** 迓(아) ― 가로막는 것. 보통은 퇴 (退)자로 되어 있으나 잘못임(孫詒讓 說). **4** 率徑(솔경) ― 솔(率)은 술(術)과 통 하여, '고을 가운데의 길'(『說文』), 또는 '큰길'(『漢書』刑法志 淳注). 경(徑)은 좁은 길.

1-2 이렇게 된 까닭은 어째서인가? 곧 모두가 귀신이 있고 없는 분별에 의혹을 지니어 귀신이 현명한 사람에겐 상을 주고, 난폭한 자에겐 벌을 줄 수 있음을 분명히 알지 못했기

때문이다. 지금 천하의 사람들에게 귀신이 현명한 사람들에겐 상을 주고, 난폭한 자에겐 벌을 줄 수 있음을 믿게 한다면, 천하가 어찌 어지러워지겠는가?

지금 귀신이 없다고 주장하는 사람들은 말하기를, "'귀신은 본시부터 없는 것이다.'고 한다. 어떤 이는 아침저녁으로 그런 말로 천하를 가르치고 깨우치어 천하 사람들을 의심케 하고, 천하 사람들로 하여금 모두가 귀신이 있고 없는 분별에 의혹을 지니도록 한다. 그리하여 천하가 어지러워지는 것이다."

그러므로 묵자가 말하였다.

"지금 천하의 임금과 대신과 군자들은 실로 천하의 이익을 일으키고 천하의 해를 없애기를 바라고 있다. 그러므로 귀신이 있고 없는 분별에 대하여 분명히 살펴보지 않아서는 안된다고 하는 것은 이 때문이다."

此其故何以然也? 則皆以疑惑鬼神之有與無之別, 不明
차 기 고 하 이 연 야   즉 개 이 의 혹 귀 신 지 유 여 무 지 별   불 명

乎鬼神之能賞賢而罰暴也. 今若使天下之人, 偕若信鬼神
호 귀 신 지 능 상 현 이 벌 폭 야   금 약 사 천 하 지 인   해 약 신 귀 신

之能賞賢而罰暴也, 則夫天下豈亂哉?
지 능 상 현 이 벌 폭 야   즉 부 천 하 기 란 재

今執無鬼者曰 : 鬼神者固無. 有旦暮以爲敎誨乎天下,
금 집 무 귀 자 왈   귀 신 자 고 무   유 단 모 이 위 교 회 호 천 하

疑天下之衆[5], 使天下之衆皆疑惑乎鬼神有無之別. 是以天
의 천 하 지 중   사 천 하 지 중 개 의 혹 호 귀 신 유 무 지 별   시 이 천

下亂.
하 란

是故子墨子曰 : 今天下之王公大人士君子, 實將欲求興
시 고 자 묵 자 왈   금 천 하 지 왕 공 대 인 사 군 자   실 장 욕 구 흥

天下之利, 除天下之害. 故當鬼神之有與無之別, 以爲將
천 하 지 리   제 천 하 지 해   고 당 귀 신 지 유 여 무 지 별   이 위 장

不可以不明察, 此者也.
불 가 이 불 명 찰   차 자 야

5 疑天下之衆(의천하지중) – 잘못 끼어든 구절 같으나 적당히 번역해 두었다.

천하가 어지러워진 원인은 사람들이 귀신의 존재를 의심하기 때문이라는 것이다. 귀신이 현명한 사람들에겐 상을 주고, 난폭한 자들에겐 벌을 준다는 것을 분명히 알고 있으면 세상이 어지러워질 리가 없다는 것이다.

여기서 묵자가 말하는 귀신이란, 사람이 죽은 뒤의 영혼(鬼)과 산과 냇물에 깃들어 있는 신(神)들을 아울러 말한다. 이 귀신들은 하나님과 사람들 사이에서 사람들의 착하고 악함에 따라 복을 주기도 하고 재난을 안겨주기도 한다는 것이다.

2 이미 귀신이 있고 없는 분별에 대하여는 잘 살피지 않으면 안 된다고 하였다. 그렇다면 우리가 여기에 대하여 분명히 살피기 위하여, 그 이론을 어떻게 전개해 나가야 좋을까?

묵자가 말하였다.

"그것은 천하에 있고 없는 것을 살피어 알게 되는 도리를 따르고, 반드시 여러 사람들의 귀와 눈이 듣고 본 실상을 근거로 하여, 그것이 있고 없는 것을 아는 법도로 삼아야 할 것이다. 정말로 누가 그것을 듣고 보았다면, 반드시 그것은 있는 것이라 여길 것이다. 아무도 듣지도 못하고 보지도 못한 것이라면, 반드시 그것은 없는 것이라 생각할 것이다.

그렇다면 어찌하여 한 고을이나 한 마을로 들어가 거기에 대하여 물어보지 않는가? 옛날부터 지금에 이르기까지 사람들이 생겨난 이래로, 귀신이라는 물건을 본 사람이 있고, 귀신이 내는 소리를 들은 사람이 있다면, 귀신이 없다고 어찌 말할 수 있겠는가? 만약 아무도 들은 사람이 없고, 아무도 본 사람이 없다면 귀신이 있다고 말할 수가 있겠는가?"

旣以鬼神有無之別, 以爲不可不察已. 然則吾爲明察,
기 이 귀 신 유 무 지 별   이 위 부 가 부 찰 이   연 즉 오 위 명 찰

此其說將奈何而可?
차 기 설 장 내 하 이 가

子墨子曰：是與天下之所以察知有與無之道者, 必以衆
자 묵 자 왈   시 여 천 하 지 소 이 찰 지 유 여 무 지 도 자   필 이 중

之耳目之實[1], 知有與亡爲儀[2]者也. 請惑聞之見之, 則必以
지 이 목 지 실   지 유 여 무 위 의 자 야   청 혹 문 지 견 지   즉 필 이

爲有. 莫聞莫見, 則必以爲無.
위 유   막 문 막 견   즉 필 이 위 무

若是, 何不嘗入一鄕一里而問之? 自古以及今, 生民以
약 시   하 불 상 입 일 향 일 리 이 문 지   자 고 이 급 금   생 민 이

來者, 亦有嘗見鬼神之物, 聞鬼神之聲, 則鬼神何謂無乎?
래 자   역 유 상 견 귀 신 지 물   문 귀 신 지 성   즉 귀 신 하 위 무 호

若莫聞莫見, 則鬼神可謂有乎?
약 막 문 막 견   즉 귀 신 가 위 유 호

1 耳目之實(이목지실) – 귀와 눈으로 듣고 본 사실. **2** 爲儀(위의) – 법도로 삼다. 표준으로 삼다.

　　귀신이 있고 없는 것을 증명할 방법을 논하고 있다. 묵자는 많은 사람들이 그것을 보고 그 소리를 들었다면, 그것은 있는 것이고, 아무도 그것을 보지도 듣지도 못했다면, 그것은 없는 것이라고 전제한다.

3 지금 귀신이 없다고 주장하는 자들은 말한다. "천하에는 귀신이라는 물건을 보고 들었다는 사람들이 헤아릴 수도 없이 많다고 한다. 그러나 귀신이 있고 없는 것에 대하여 듣고 본 사람으로 과연 어떤 사람이 있는가?"

묵자가 말하였다.

"여러 사람들이 함께 보고 여럿이서 함께 들은 사람으로는 옛날의 두백(杜伯) 같은 이가 있다. 주(周)나라 선왕(宣王)이 그의 신하두백을 아무 죄도 없이 죽이려 하였다. 그때 두백이 말하였다. '임금님께서 나를 죽이려 하시는데, 저는 아무 죄도 없습니다. 만약죽은 사람에게 아무런 지각(知覺)도 없다면 그만이지만, 만약 죽은다음 지각이 있다면 3년이 지나기 전에 반드시 임금님께 사실을알리도록 하겠습니다.'

3년 뒤에, 주나라 선왕이 제후들을 불러 모아 포전(圃田)에서 사냥을 하였다. 수레 수백 대와 졸개들 수천 명이 들판에 가득하였다. 해가 한낮인데, 두백이 흰말이 끄는 흰 수레 위에 붉은 옷과관을 쓰고, 붉은 활에 붉은 화살을 메워 들고 나타나 주나라 선왕을 뒤쫓아가 수레 위에 있는 임금을 쏘았다. 화살은 임금 가슴에맞고 등뼈를 분질러 임금은 수레 안에 넘어지며 활집 위에 엎어져죽었다.

그때 주나라 사람으로 따라갔던 사람들 모두가 보았고, 멀리 있는 사람도 그 얘기를 듣지 못한 사람이 없으며, 주나라 역사인 『춘추(春秋)』에 기록되어 있다.

임금된 사람은 이 사실로써 그의 신하들에게 교훈을 하고, 아비된 사람은 이 사실로써 그의 아들에게 훈계하여 말하게 되었다. '조심하고 신중하여야 한다. 죄 없는 사람을 죽이면 불행하게 되고, 귀신의 처벌을 받게 되는 것이 이처럼 재빠른 것이다.'

이와 같은 책의 기록을 통하여 볼 것 같으면, 귀신이 존재한다는 것을 어찌 의심할 수가 있겠는가?"

今執無鬼者言曰：夫天下之爲聞見鬼神之物者，不可勝
금 집 무 귀 자 언 왈　　부 천 하 지 위 문 견 귀 신 지 물 자　　부 가 승

計也. 亦執爲聞見鬼神有無之物哉?
계 야　　역 숙 위 문 견 귀 신 유 무 지 물 재

子墨子言曰：若以衆之所同見，與衆之所同聞，則若昔
자 묵 자 언 왈　　약 이 중 지 소 동 견　　여 중 지 소 동 문　　즉 약 석

者杜伯[1]是也. 周宣王[2]殺其臣杜伯而不辜. 杜伯曰：吾君
자 두 백 시 야　　주 선 왕 살 기 신 두 백 이 부 고　　두 백 왈　　오 군

殺我而不辜. 若以死者爲無知，則止矣，若死而有知，不
살 아 이 부 고　　약 이 사 자 위 무 지　　즉 지 의　　약 사 이 유 지　　부

出三年，必使吾君知之.
출 삼 년　　필 사 오 군 지 지

其三年，周宣王合諸侯，而田于圃田[3]. 車數百乘，從數千
기 삼 년　　주 선 왕 합 제 후　　이 전 우 포 전　　거 수 백 승　　종 수 천

人滿野. 日中[4]，杜伯乘白馬素車，朱衣冠，執朱弓，挾[5]朱
인 만 야　　일 중　　두 백 승 백 마 소 거　　주 의 관　　집 주 궁　　협 주

矢，追周宣王，射之車上. 中心[6]折脊，殪[7]車中，伏弢[8]而死.
시　　추 주 선 왕　　사 지 거 상　　중 심 절 척　　에 거 중　　복 도 이 사

當是之時，周人從者，莫不見，遠者莫不聞，著在周之春
당 시 지 시　　주 인 종 자　　막 불 견　　원 자 막 불 문　　저 재 주 지 춘

秋[9].
추

爲君者以敎其臣，爲父者以譥[10]其子. 曰：戒之愼之. 凡
위 군 사 이 교 기 신　　위 부 차 이 경　　기 자　　왈　　계 지 신 지　　범

殺不辜者，其得不詳，鬼神之誅，若此之憯遫[11]也.
살 부 고 자　　기 득 불 상　　귀 신 지 주　　약 차 지 참 속　　야

以若書之說觀之，則鬼神之有，豈可疑哉?
이 약 서 지 설 관 지　　즉 귀 신 지 유　　기 가 의 재

1 杜伯(두백)－두(杜)나라의 제후. 작위가 백작(伯爵)임. 2 周宣王(주선왕)－주나라 11대의 임금. 기원전 827~기원전 782 재위. 3 圃田(포전)－지명. 『시경』 소아(小雅) 거공(車攻)편의 정현(鄭玄)의 『전(箋)』에 보이는 보전(甫田)과

같은 곳인 듯. **4** 日中(일중) - 한낮. 해가 중천에 있을 때. **5** 挾(협) - 활에 화살을 메우는 것. **6** 中心(중심) - 심장에 명중하다. 가슴에 맞다. **7** 殪(에) - 죽다. 넘어지다. **8** 弢(도) - 활집. 활을 넣어두는 주머니. **9** 春秋(춘추) - 역사를 기록한 책 이름. 지금은 전하지 않는다. **10** 誡(경) - 훈계하다. 경계(警戒)시키다. **11** 憯遫(참속) - 빠른 것. 참속(僭速).

주(周)나라 선왕(宣王) 때 두백(杜伯)에 관한 역사 기록을 가지고 귀신이 존재한다는 것을 증명한 대목이다.

4 주(周)나라의 역사기록에만 그러할 뿐만이 아니다. 옛날의 진(秦)나라 목공(穆公)은 어느 날 한낮에 묘(廟) 안에 있었다. 그때 귀신이 문 안으로 들어왔는데, 사람 얼굴에 새의 몸이었고, 흰옷에 검은 섶이 달린 것을 입었으며, 얼굴이 네모진 모습이었다.

진나라 목공은 그를 보자 두려워서 도망치려 하였다. 그러자 귀신이 말하였다. "두려워하지 마시오.! 하나님이 당신의 밝은 덕을 좋게 보시고, 나를 보내어 당신에게 19년의 수를 보태어 주도록 하고, 당신의 나라를 번창케 하며, 자손들이 번성하고 나라를 잃는 일이 없도록 하라고 하셨습니다."

진나라 목공이 두 번 절하고 머리를 조아리며 말하였다. "감히 신령님의 성함을 여쭙겠습니다." "나는 구망(句芒)이라 합니다."

만약 진나라 목공이 친히 경험한 일을 근거로 살펴본다면, 귀신이 있다는 것을 어찌 의심할 수가 있겠는가?

非惟若書之說爲然也. 昔者秦穆公[1], 當晝日中處乎廟.
비유약서지설위연야　석자진목공　당주일중처호묘

有神入門, 而左[2]鳥身, 素服三絕[3], 面狀正方.
유신입문　이좌조신　소복삼절　면상정방

秦穆公見之, 乃恐懼犇[4]. 神曰 : 無懼. 帝享[5]女明德, 使
진목공견지　내공구분　신왈　무구　제향여명덕　사

子錫[6]女壽, 十年有九, 使若國家蕃昌, 子孫茂, 毋失[7].
여석여수　십년유구　사약국가번창　자손무　무실

秦穆公再拜稽首曰 : 敢問神名. 曰 : 子爲句芒[8].
진목공재배계수왈　감문신명　왈　여위구망

若以秦穆公之所身見爲儀, 則鬼神之有, 豈可疑哉?
약이진목공지소신견위의　즉귀신지유　개가의재

---

1 秦穆公(진목공) - 진나라 제후. 기원전 659~기원전 621 재위. 보통 판본엔 모두 '정목공(鄭穆公)'으로 되어 있으나, '정'은 '진'의 잘못이다. **2** 左(좌) - 인면(人面)의 잘못(畢沅 說). **3** 三絕(삼절) - 현준(玄純)의 잘못(『墨子閒詁』). 검은 옷 섶. **4** 懼犇(구분) - 두려워 달아나는 것. **5** 享(향) - 받아들이다. 좋게 보다. **6** 錫(석) - 사(賜)와 통하여, 주다. **7** 毋失(무실) - 나라를 잃지 않게 하는 것. **8** 句芒(구망) - 나무의 신 이름. 봄에 나무에 싹을 틔워 자라게 하는 신임.

이 절에서는 진나라 목공에 관한 역사기록을 근거로 귀신이 실제로 있다는 것을 증명하고 있다.

5 진(秦)나라 역사기록에만 그러할 뿐이 아니다. 옛날 연(燕)나라 간공(簡公)은 그의 신하 장자의(莊子儀)를 죽였는데, 그는 아무런 죄도 없었다.

그때 장자의가 말하였다. "임금님은 아무런 죄도 없는 나를 죽이십니다. 죽은 사람에게 지각이 없다면 그뿐이지만, 죽은 사람에게 지각이 있다면 3년이 지나기 전에 반드시 임금님께 사실을 알도록 해드리겠습니다."

1년이 지났을 때, 연나라 임금은 조(祖)에 가서 제사를 지내려고 마차를 몰고 떠났다. 연나라에서 조에 가서 제사를 지내는 것은 제(齊)나라에서 사직(社稷)에 가서 제사를 지내고, 송(宋)나라에서 상림(桑林)에 가서 제사를 지내고, 초(楚)나라에서 운몽(雲夢)에 가서 제사를 지내는 것과 같았다. 그것은 남자와 여자들이 모두 모여서 구경하는 일이었다.

한낮에, 연나라 간공이 막 조로 가는 길 위를 마차로 달리고 있었다. 장자의가 붉은 막대기를 들고 나타나 간공을 쳐서 수레 위에서 간공을 죽여 버렸다.

이때에, 연나라 사람으로 간공을 따르던 사람들은 모두가 보았고, 멀리 있는 사람들도 그 얘기를 듣지 못한 사람이 없으며, 연나라 역사인 『춘추』에도 기록되어 있다.

제후들은 이것을 전하면서 이에 대하여 말하였다. "죄 없는 사람을 죽인 사람은 반드시 불행해지고, 귀신의 처벌을 받게 되는 것이 이처럼 빠르다."

이와 같은 책의 기록을 통하여 볼 것 같으면, 귀신이 있다는 사실을 어찌 의심할 수가 있겠는가?

非惟若書之說爲然也. 昔者燕簡公[1], 殺其臣莊子儀[2]而不
비유약서지설위연야 석자연간공 살기신장자의 이불

辜. 莊子儀曰：吾君王殺我而不辜. 死人毋知亦已, 死人
고 장자의왈 오군왕살아이불고 사인무지역이 사인

有知, 不出三年, 必使吾君知之.
유지 부출삼년 필사오군지지

期年³, 燕將馳祖⁴. 燕之有祖, 當齊之社稷, 宋之有桑林,
기년　연장치조　연지유조　당제지사직　송지유상림

楚之有雲夢也. 此男女之所屬⁵而觀也.
초지유운몽야　차남녀지소속　이관야

日中, 燕簡公方將馳於祖塗. 莊子儀荷⁶朱杖而擊之, 殪⁷
일중　연간공방장치어조도　장자의하　주장이격지　에

之車上.
지거상

當是時, 燕人從者莫不見, 遠者莫不聞, 著在燕之春秋.
당시시　연인종자막불견　원자막불문　저재연지춘추

諸侯傳而語之曰 : 凡殺不辜者, 其得不祥, 鬼神之誅,
제후전이어지왈　범살불고자　기득불상　귀신지주

若此其憯遬⁸也.
약차기참속야

以若書之說觀之, 則鬼神之有, 豈可疑哉?
이약서지설관지　즉귀신지유　기가의재

---

1 燕簡公(연간공) ─ 연나라 간공. 기원전 504~기원전 493 재위. 2 莊子儀(장자의) ─ 한(漢)나라 왕충(王充)의 『논형(論衡)』 서허(書虛) 사위(死僞)편 등에선, 장자의(莊子義)라 쓰고 있다. 3 期年(기년) ─ 만 1년. 4 馳祖(치조) ─ 조로 제사 지내기 위하여 수레로 달려가다. '조'는 호수 이름이라 조택(祖澤)이라고도 하였다(畢沅 說). 뒤의 사직(社稷) · 상림(桑林) · 운몽(雲夢) 등과 함께 각 나라의 제사가 행해지던 곳 이름. 5 屬(속) ─ 다 같이 모이는 것. 6 荷(하) ─ 둘러 메다. 지니다. 7 殪(에) ─ 죽다. 8 憯遬(참속) ─ 빠른 것.

여기에서는 연나라 간공의 역사기록을 들어 귀신이 있다는 것을 증명하고 있다.

 연(燕)나라 역사기록에만 그러할 뿐이 아니다. 옛날 송(宋)나라 문군(文君) 포(鮑) 때에 신하 중에 축(祝) 관고(觀辜)라는 사람이 있었다. 본시 여(厲)에서 제사 지내는 일을 맡고 있었는데, 어느 날 신이 내린 무당이 지팡이를 들고 나와서 그에게 말하였다.

"관고야! 어쩌면 이렇게 옥돌은 규격에 맞지 않고, 술과 단술과 젯밥과 제물은 정결하지 못하며, 제물로 쓰는 짐승은 색깔과 살찐 정도가 형편없고, 봄 가을과 겨울, 여름의 제사는 차리는 것이 때를 잃고 있느냐? 어찌 네가 이렇게 하는 것이냐? 그렇지 않으면 포(鮑)가 그렇게 하는 것이냐?"

관고가 말하였다. "임금 포는 어리어 포대기 속에 쌓여 있습니다. 포야 무얼 알겠습니까? 벼슬을 하고 있는 신하인 이 관고가 그렇게 하는 것이지요."

신이 내린 무당은 지팡이를 들어 올려 그를 쳐서 제단 위에서 그를 죽이었다.

그때에 송나라 사람으로 그를 따르던 사람들은 모두가 보았고, 멀리 있는 사람들도 그 얘기를 듣지 않은 사람이 없으며, 송나라 역사인 『춘추』에도 기록되어 있다.

제후들은 이 얘기를 전하면서 말하였다. "누구든 제사를 공경스럽게 신중히 지내지 않으면, 귀신이 벌을 내리는 것이 이와 같이 빠른 것이다."

이와 같은 책의 기록을 통하여 볼 것 같으면, 귀신이 있다는 사실을 어찌 의심할 수가 있겠는가?

非惟若書之說爲然也. 昔者, 宋文君鮑[1]之時, 有臣曰祝
비 유 약 서 지 설 위 연 야   석 자   송 문 군 포 지 시   유 신 왈 축

觀辜[2]. 固嘗從事於厲[3], 袾子[4]杖揖[5]出與言曰 : 觀辜! 是何
관 고   고 상 종 사 어 려   주 자 장 읍 출 여 언 왈   관 고   시 하

圭璧[6]之不滿度量, 酒醴粢盛之不淨潔也, 犧牲之不全肥[7],
규 벽 지 불 만 도 량   주 례 자 성 지 부 정 결 야   희 생 지 부 전 비

春秋冬夏選[8]失時. 豈女爲之與? 意鮑爲之與?
춘 추 동 하 선 실 시　기 여 위 지 여　　의 포 위 지 여

辜曰：鮑幼弱, 在荷繈[9]之中. 鮑何與識焉? 官臣觀辜特
고 왈　포 유 약　재 하 강 지 중　포 하 여 식 언　　관 신 관 고 특

爲之.
위 지

袾子擧杖而橐[10]之, 殪之壇上.
주 자 거 장 이 고 지　에 지 단 상

當是時, 宋人從者莫不見, 遠者莫不聞, 著在宋之春秋.
당 시 시　송 인 종 자 막 불 견　원 자 막 불 문　저 재 송 지 춘 추

諸侯傳而語之日：諸不敬愼祭祀者, 鬼神之誅至, 若此
제 후 전 이 어 지 왈　제 불 경 신 제 사 자　귀 신 지 주 지　약 차

其憯速也.
기 참 속 야

以若書之說觀之, 鬼神之有, 豈可疑哉?
이 약 서 지 설 관 지　귀 신 지 유　개 가 의 재

1 宋文君鮑(송문군포)－송나라의 임금. '문군'은 시호(諡號), '포'는 이름. 기원전 610~기원전 589 재위. 2 祝觀辜(축관고)－'축'은 제사를 관장하는 벼슬 이름. '관고'가 그의 이름임. 3 厲(려)－신을 제사지내는 사당(祠堂) 이름. 4 袾子(주자)－신이 내린 무당(畢沅 說). 5 杖揖(장읍)－지팡이를 들다. 6 珪璧(규벽)－'규'는 위쪽은 삐죽하고, 아래쪽은 네모로 된 얇고 긴 옥. '벽'은 얇고 둥글며 중간에 구멍이 난 서옥(瑞玉). 7 全肥(전비)－'전'은 색깔이 잘 갖추어진 것. '비'는 알맞게 살이 찐 것. 8 選(선)－찬(饌)과 통하여, 제사를 차리는 것. 9 荷繈(하강)－어린아이를 안고 업을 때 쓰는 포대기. 10 橐(고)－고(敲)와 통하여, 때리다. 치다.

여기에서는 송나라 문군 때의 축(祝) 관고(觀辜)에 관한 역사 기록을 통하여 귀신이 있다는 것을 증명하고 있다.

7 송(宋)나라의 역사 기록에만 그러할 뿐이 아니다. 옛날 제(齊)나라 장군(莊君)의 신하에 왕리국(王里國)과 중리요(中里徼)라는 자가 있었다.

이들 두 사람은 3년 동안이나 소송을 하였으나 판결이 나지 않고 있었다. 제나라 임금은 이들을 아울러 죽여 버리자니, 죄 없는 사람을 죽이게 될까 두려웠고, 이들을 아울러 풀어주자니 죄가 있는 자를 놓치게 될까 두려웠다.

이에 두 사람에게 한 마리의 양을 바치며 제나라의 신사(神社)에 가서 맹세를 하게 하였다. 두 사람은 이를 허락하고, 이에 피를 마시며 맹세를 하기 위하여 양의 목을 자르고 피를 흐르게 하였다.

왕리국이 맹세하는 글을 다 읽고 나서, 중리요가 맹세하는 글을 읽었는데, 그가 반도 못 읽었을 즈음에 양이 일어나 그를 뿔로 받아 그의 다리가 부러졌다. 다시 사당의 신이 그를 쳐서 맹세하던 곳에서 죽여 버렸다.

그때에 제나라 사람으로 함께 있던 사람들은 모두가 보았고, 멀리 있는 사람들도 그 얘기를 듣지 않은 사람이 없으며, 제나라 역사인 『춘추』에도 기록되어 있다.

제후들은 이 얘기를 전하면서 말하였다. "모든 맹세를 하는 사람으로 진실성이 결여된 사람에게는 귀신의 벌이 내려지는 것이 이와 같이 빠르다."

이와 같은 책의 기록을 통하여 볼 것 같으면, 귀신이 존재한다는 것을 어찌 의심할 수가 있겠는가?

그러므로 묵자가 말하였다.

"비록 깊은 계곡이나 넓은 숲 속의 으슥하고 사람이 없는 곳이라 하더라도 행동은 삼가서 하지 않으면 안된다. 지금도 귀신이 그를 보고 있기 때문이다."

非惟若書之說爲然也. 昔者, 齊莊君[1]之臣, 有所謂王里
비유약서지설위연야　석자　제장군지신，유소위왕리

國[2]中里徼者.
국중리요자

此二子者, 訟三年, 而獄不斷[3]. 齊君由謙[4]殺之, 恐不辜,
차이자자　송삼년　이옥부단　제군유겸살지　공불고，

猶謙釋之, 恐失有罪.
유겸석지　공실유죄

乃使之人共[5]一羊, 盟齊之神社. 二子許諾, 於是泄泄[6],
내사지인공　일양　맹제지신사　이자허락　어시출혁，

撎[7]羊而漉[8]其血.
악　양이록기혈

讀王里國之辭[9], 既已終矣, 讀中里徼之辭, 未半也, 羊
독왕리국지사　기이종의　독중리요지사　미반야　양

起而觸[10]之, 折其脚. 祧神[11]之, 而槀[12]之, 殪之盟所.
기이촉　지　절기각　조신　지　이고　지　에지맹소

當是時, 齊人從者莫不見, 遠者莫不聞, 著在齊之春秋.
당시시　제인종자막불견　원자막불문　저재제지춘추

諸侯傳而語之曰：請品[13]先[14]不以其請[15]者, 鬼神之誅至,
제후전이어지왈　청품　선　부이기청　자　귀신지주지

若此其憯速也.
약차기참속야

以若書之說觀之, 鬼神之有, 豈可疑哉?
이약서지설관지　귀신지유　개가의재

是故子墨子言曰：雖有深溪博林, 幽澗[16]毋人之所, 施
시고자묵자언왈　수유심계박림　유간　무인지소　시

行[17]不可以不董[18]. 見[19]有鬼神視之.
행　불가이부동　　현　유귀신시지

---

1 齊莊君(제장군)—제나라 임금. 보통은 장공(莊公)이라 부르며, 기원전 553~
기원전 548 재위. 2 王里國(왕리국)—중리요(中里徼)와 함께 제나라 사람 이
름. 3 獄不斷(옥부단)—재판의 판결이 나지 않는 것. 4 由謙(유겸)—'유'는
유(猶)와 '겸'은 겸(兼)과 통하여, 그대로 아울러. 그대로 함께. 5 共(공)—공
(供). 바치다. 6 泄泄(출혁)—삽혈(歃血)의 잘못인 듯(孫詒讓 說). 짐승의 피를
함께 마시거나 입가에 피를 바르며 신 앞에서 맹세하는 것. 7 撎(악)—아
(剄)와 같은 자로(王引之 說), 목을 자르는 것. 8 漉(록)—새(灑)의 잘못으로(王
引之 說), 피를 쏟다. 흘리다. 9 辭(사)—세사(誓辭). 맹세하는 글. 10 觸(촉)—

뿔로 받는 것. **11** 祧神(조신)—사당의 신. **12** 槀(고)—고(敲)와 통하여, 치다. 때리다. **13** 請品(청품)—'청'은 제(諸)의 잘못(王引之 說), '품'은 맹(盟)의 잘못(畢沅 說). **14** 先(선)—실(失)의 잘못(王引之 說). **15** 其請(기청)—그의 진정. 성실, 진실. **16** 幽澗(유간)—유한(幽開), 그윽한 것, 으슥한 것. **17** 施行(시행)—행실, 행동. **18** 董(동)—근(謹)의 잘못(俞樾 說). 근(謹). 삼가는 것. **19** 見(현)—현(現). 현재.

제나라 장공(莊公) 때의 일로 귀신이 존재한다는 것을 증명하고 있다. 묵자가 이처럼 쉬운 논리로도 거듭하여 얘기하고 있는 것이 바로 문장의 서민적인 성격을 뜻한다고도 할 수 있다.

8 지금 귀신이 없다고 주장하는 자들은 이렇게 주장하고 있다. "여러 사람들이 귀와 눈으로 보고 들었다는 사실로 어찌 의심을 풀 수가 있겠는가? 어찌하여 천하의 고상한 선비와 군자가 되려 하면서 여러 사람들이 듣고 보았다는 사실을 그대로 믿으려 하는가?"

묵자가 말하였다.

"만약 여러 사람들이 귀와 눈으로 보고들은 것을 믿을 만한 것도 못되고, 의심을 풀어 줄만한 것도 못된다고 여긴다면, 옛날 삼대(三代)의 성왕이신 요임금·순임금·우임금·탕임금·문왕·무왕 같은 이들은 법도로 삼을 만한지 모르겠소.

본시 이 문제에 있어서는 중류(中流) 이상의 사람들이라면 모두 말하기를, '옛날 삼대의 성왕 같은 분들이라면 법도로 삼을 만하다.'고 할 것이오. 만약 진실로 옛날 삼대의 성왕들을 법도로 삼을 만하다면, 곧 위로 성왕들의 일에 관하여 살펴보기로 하십시다.

옛날에 무왕이 은(殷)나라를 공격하여 주(紂)를 징벌했을 적에, 제후들로 하여금 제각기 그들의 제사를 지내도록 하시었소. 곧 주나라 왕실과 핏줄이 가까운 이들은 궁전 안의 사당 제사를 받들고, 핏줄이 먼 사람들은 궁전 밖의 제사를 받들라는 것이었소. 그러니 무왕은 반드시 귀신은 존재하는 것이라 여겼던 것이오. 그렇기 때문에 은나라를 공격하여 주왕을 징벌했을 적에 제후들로 하여금 제각기 그들의 제사를 지내도록 했던 것이오. 만약 귀신이 없는 것이라면 무왕이 무엇 때문에 제사를 제각기 지내도록 했겠소?"

今執無鬼者曰：夫衆人耳目之請, 豈足以斷疑哉? 奈何
금 집 무 귀 자 왈　　부 중 인 이 목 지 청　　개 족 이 단 의 재　　　내 하

其欲爲高君子於天下, 而有復信衆之耳目之請哉?
기 욕 위 고 군 자 어 천 하　　이 유 복 신 중 지 이 목 지 청 재

子墨子曰：若以衆之耳目之請[1], 以爲不足信也, 不以斷
자 묵 자 왈　　약 이 중 지 이 목 지 청　　이 위 부 족 신 야　　불 이 단

疑[2], 不識若昔者三代聖王, 堯舜禹湯文武者, 足以爲法
의　　불 식 약 석 자 삼 대 성 왕　　요 순 우 탕 문 무 자　　족 이 위 법

乎.
호

故於此乎, 自中人[3]以上, 皆曰：若昔者三代聖王, 足以
고 어 차 호　　자 중 인 이 상　　개 왈　　약 석 자 삼 대 성 왕　　족 이

爲法矣. 若苟昔者三代聖王, 足以爲法, 然則姑嘗[4]上觀聖
위 법 의　　약 구 석 자 삼 대 성 왕　　족 이 위 법　　연 즉 고 상　　상 관 성

王之事.
왕 지 사

昔者武王之攻殷誅紂也. 使諸侯分其祭[5]. 曰：使親者受
석 자 무 왕 지 공 은 주 주 야　　사 제 후 분 기 제　　왈　　사 친 자 수

內祀[6], 疏者受外祀[7]. 故武王必以鬼神爲有. 是故攻殷伐
내 사　　소 자 수 외 사　　고 무 왕 필 이 귀 신 위 유　　시 고 공 은 벌

紂, 使諸侯分其祭. 若鬼神無有, 則武王何祭分哉?
주　　사 제 후 분 기 제　　약 귀 신 무 유　　즉 무 왕 하 제 분 재

1 請(청)-정(情). 진실, 사실. 2 斷疑(단의)-의심을 풀다. 의심스런 일을 해결하다. 3 中人(중인)-중류층의 사람. 중간 정도의 사람. 4 姑嘗(고상)-잠시 해보다. 해보기로 하다. 5 分其祭(분기제)-나누어져 그들의 제사를 지내다. 제각기 제사를 지내다. 6 內祀(내사)-천자와 성(姓)이 같은 제후들은 그들 조상들의 묘당(廟堂)을 세우고 제사지낼 수가 있었다. 이것이 '내사'이다. 7 外祀(외사)-천자와 성이 다른 제후들이 사방의 산천(山川)에 망제(望祭)를 지냄을 뜻한다(『墨子閒詁』).

여기에서는 다시 옛 성왕이신 주(周)나라 무왕(武王)의 일을 들어 귀신이 존재한다는 것을 증명하고 있다.

9 다만 무왕의 하신 일만이 그러한 것이 아니다. 옛날의 성왕들은 공이 있는 사람들에게 상을 줄 적에는 반드시 조상의 묘당에서 하였고, 죄 있는 자를 처형할 적에는 반드시 사(社)에서 하였다.

조상의 묘당에서 상을 준 것은 무엇 때문이었는가? 상을 주는 것이 공평함을 알리기 위해서였다. 사에서 처형을 한 것은 무엇 때문이었는가? 재판이 공정했음을 알리기 위해서였다.

다만 이 책에 쓰여 있는 것만이 그러한 것이 아니다. 또한 옛날 우(虞)나라 · 하(夏)나라 · 상(商)나라 · 주(周)나라의 임금들은 처음에 나라를 세우고 도읍을 만들 적에는, 반드시 나라의 반듯한 단(壇)을 골라 거기에 종묘(宗廟)를 세웠고, 반드시 나무들이 길고 무성하게 자라는 곳을 골라 거기에 땅의 신을 모시는 사(社)를 세웠으며, 반드시 나라의 부형(父兄) 중에서 효성스럽고 자애로우며 바르고도 홀륭한 이를 골라 축(祝)과 종(宗)을 삼았고, 반드시 육축(六畜) 중에서 잘 살찌고 털빛이 순수한 것을 골라 제물로 삼았으며, 제사 때 바치는 서옥(瑞玉)들은 재정형편에 맞도록 법도에 따라 마련하였고, 반드시 오곡 중에서 향기롭고 누렇게 잘 여문 것을 골라서 술과 단술과 젯밥과 제물을 마련하였다. 그러므로 술과 단술과 젯밥과 제물은 그 해의 수확 정도에 따라 조절하였다.

그러므로 옛날의 성왕이 천하를 다스림에 있어서 반드시 귀신들을 먼저 위하고 사람들은 뒤에 생각한 것은 이 때문이다. 그러므로 나라의 관청에서 갖추는 물건은 반드시 먼저 제기(祭器)와 제복(祭服) 같은 것이었으며, 이런 것들을 모두 창고에 잘 저장해 두었다. 축(祝)과 종(宗) 같은 제사를 맡은 관리들이 모두 조정에 있었으며, 제물로 바치는 가축은 일반 가축들과 함께 기르지 않았다.

본시 옛날 성왕들의 정치 방법은 이와 같았던 것이다.

非惟武王之事爲然也. 故聖王, 其賞也必於祖[1], 其僇[2]也
비 유 무 왕 지 사 위 연 야　　고 성 왕　　기 상 야 필 어 조　　기 륙 야

必於社[3].
필 어 사

賞於祖者, 何也? 告分之均也. 僇於社者, 何也? 告聽[4]
상 어 조 자　　하 야　　고 분 지 균 야　　육 어 사 자　　하 야　　고 청

之中也.
지 중 야

非惟若書之說爲然也. 且惟昔者虞[5]夏商周, 三代之聖
비 유 약 서 지 설 위 연 야　　차 유 석 자 우　　하 상 주　　삼 대 지 성

王, 其始建國營都日, 必擇國之正壇[6], 置以爲宗廟, 必擇
왕　　기 시 건 국 영 도 일　　필 택 국 지 정 단　　치 이 위 종 묘　　필 택

木之修茂[7]者, 立以爲叢位[8], 必擇國之父兄慈孝貞良[9]者,
목 지 수 무 자　　입 이 위 총 위　　필 택 국 지 부 형 자 효 정 량 자

以爲祝宗[10], 必擇六畜[11]之勝腯肥倅毛[12], 以爲犧牲, 圭璧
이 위 축 종　　필 택 륙 축　　지 승 둔 비 쉬 모　　이 위 희 생　　규 벽

琮璜[13], 稱財爲度, 必擇五穀之芳黃[14], 以爲酒醴粢盛. 故
종 황　칭 재 위 도　필 택 오 곡 지 방 황　　이 위 주 례 자 성　고

酒醴粢盛, 與歲上下[15]也.
주 례 자 성　여 세 상 하　야

故古聖王治天下也, 故必先鬼神而後人者, 此也. 故曰:
고 고 성 왕 치 천 하 야　고 필 선 귀 신 이 후 인 자　차 야　고 왈

官府選效[16], 必先祭器祭服, 畢藏於府. 祝宗有司, 畢立於
관 부 선 효　필 선 제 기 제 복　필 장 어 부　축 종 유 사　필 립 어

朝, 犧牲不與昔聚羣[17].
조　희 생 부 여 석 취 군

故古者聖王之爲政若此.
고 고 자 성 왕 지 위 정 약 차

1 祖(조) ― 선조의 묘(廟). 조묘(祖廟). 2 戮(륙) ― 륙(戮). 죽이다, 처형하다. 3
社(사) ― 땅의 신을 제사지내는 사당. 4 聽(청) ― 청옥(聽獄). 재판. 5 虞(우) ―
순(舜)임금의 나라 이름. 삼대에 속하지 않으나 앞에서 계속 요 · 순을 '삼대
의 성왕' 속에 넣어 얘기했기 때문에, 여기에서도 그대로 넣은 것이다. 6 正
壇(정단) ― 반듯한 단. 도읍 중앙에 위치한 단. 7 脩茂(수무) ― 길고 무성하게
자라는 것. 8 叢位(총위) ― 총사(叢社)와 같은 말(王念孫 說). 나무들이 무성한
속에 있는 땅의 신의 사당. 9 慈孝貞良(자효정량) ― 자애스럽고, 효성이 있고,
바르고, 훌륭한 사람. 10 祝宗(축종) ― 축(祝)과 종(宗). 태축(太祝)과 종백(宗
伯). 제사를 관장하는 벼슬. 11 六畜(육축) ― 말 · 소 · 양 · 돼지 · 개 · 닭. 12
勝腯肥倅毛(승둔비쉬모) ― '승'은 성(盛). 대단히. '둔비'는 살이 찐 것. '쉬'
는 수(粹), '수모'는 털빛이 순수한 것. 13 珪璧琮璜(규벽종황) ― 네 가지 서로
다른 종류의 서옥(瑞玉). 신에게 제사지낼 때 바친다. 14 芳黃(방황) ― 향기롭
고 누렇게 잘 여문 것. 15 上下(상하) ― 위아래로 조절하는 것. 16 選效(선
효) ― 필요한 물건을 갖추어 놓는 것. 17 昔聚羣(석취군) ― 일반적인 가축과
함께 모여 무리를 이루다. 보통 가축과는 따로 기르는 것.

여기서는 다시 옛날 성왕들의 여러 가지 제도를 들어 귀신이
존재한다는 것을 증명하고 있다.

10 옛날 성왕들은 반드시 귀신이 있다고 하였고, 귀신을 위하여 성실히 힘썼다. 또 후세 자손들이 알 수 없게 될까 두려워해서 대쪽과 비단 책에 그것을 써서 후세 자손들에게 전하여 주었다. 어떤 이는 그것이 썩거나 좀먹어 없어져서 후세 자손들이 알 수 없게 될까 두려워하여 쟁반이나 그릇 같은 데 새기거나 쇠나 돌에 새김으로써 그것을 소중히 하였다. 그리고도 후세 자손들이 공경하고 두려워하지 않아서 그 복을 받지 못할까 두려워하였다. 그러므로 옛임금의 책이나 성인들의 말을 보면, 한 자 길이의 비단이나 한 편의 책을 펼쳐 보아도 귀신이 있다는 말이 자주 나오며, 그것을 소중히 또 소중히 하고 있는 것이다.

이러한 까닭은 무엇인가? 곧 성왕들이 거기에 힘썼기 때문이다. 지금 귀신이 없다고 주장하는 자들은 말하기를, '귀신은 본시부터 있지 않은 것이다.'고 한다. 곧 이것은 성왕들이 힘쓰던 일에 반하는 것이다. 성왕들이 힘쓰던 일에 반하는 것은 군자의 도가 될 수 없다.

古者聖王, 必以鬼神爲有[1], 其務鬼神厚矣. 又恐後世子
고 자 성 왕　　　필 이 귀 신 위 유　　　기 무 귀 신 후 의　　　우 공 후 세 자

孫不能知也, 故書之竹帛[2], 傳遺後世子孫. 或[3]恐其腐蠹[4]
손 불 능 시 야　　　고 서 지 죽 백　　　전 유 후 세 자 손　　　혹 공 기 부 두

絕滅, 後世子孫不得而記, 故琢之盤[5]盂[6], 鏤之金石以重
절 멸　　　후 세 자 손 부 득 이 기　　　고 탁 지 반 우　　　누 지 금 석 이 중

之. 有恐後世子孫, 不能敬若[7]以取羊[8]. 故先王之書, 聖人
지　　　유 공 후 세 자 손　　　불 능 경 군 이 취 양　　　고 선 왕 지 서　　　성 인

之言, 一尺之帛, 一篇之書, 語數鬼神之有也, 重有重之.
지 언　　　일 척 지 백　　　일 편 지 서　　　어 삭 귀 신 지 유 야　　　중 유 중 지

此其故何? 則聖王務之. 今執無鬼者曰, 鬼神者固無有.
차 기 고 하　　　즉 성 왕 무 지　　　금 집 무 귀 자 왈　　　귀 신 자 고 무 유

則此反聖王之務. 反聖王之務, 則非所以爲君子之道也.
즉 차 반 성 왕 지 무　　　반 성 왕 지 무　　　즉 비 소 이 위 군 자 지 도 야

1 爲有(위유)─유(有)자는 왕인지(王引之) 설에 따라 보충하였음. **2** 竹帛(죽백)─대나무와 비단. 옛날 종이가 발명되기 전에는 중국에선 대쪽과 비단에 글을 써서 책을 엮었었다. **3** 或(혹)─보통 함(咸)으로 되어 있으나, 뜻이 통하지 않아 왕인지 설을 따라 고쳤음. **4** 蠹(두)─좀벌레. **5** 盤(반)─쟁반. 음식을 담는 것과 목욕대야의 두 가지가 있다. **6** 盂(우)─밥그릇. 물그릇. **7** 菩(군)─두려워함(『說文』). **8** 羊(상)─상(祥)과 통하여, '상서로움'. '귀신이 주는 복'.

여기서는 옛 성왕들이 얼마나 열심히 귀신을 섬기었나 설명한 뒤, 성인들의 책을 통하여 귀신의 존재를 증명하고 있다.

11 지금 귀신이 없다고 주장하는 자들은 말할 것이다.

'선왕의 책이나 성인들의 한 자 길이의 비단 또는 한 편의 책에는 귀신이 있다는 말이 자주 나오고, 그것을 소중히 또 소중히 하고 있다고 하는데, 무슨 책에 있다는 것인가?'

묵자가 말하였다.

"『시경(詩經)』 대아(大雅)에 있다. 대아 문왕(文王)편에 이렇게 읊고 있다.

'문왕께선 백성들 위에 계시는데

아아, 하늘에 드러나 계시도다.

주나라는 비록 오래된 나라지만

받은 하늘의 명은 새롭기만 하네.

주나라 덕 크게 빛나고

하나님의 명은 매우 바르시네.

문왕께선 하늘 땅 오르내리시는데

하나님 곁에 계시네.

부지런한 문왕에겐

아름다운 명성 끊임 없네.'

만약 귀신이 있지 않다면, 곧 문왕께서 돌아가신 뒤 어떻게 하나님 곁에 계실 수가 있겠는가? 이것이 내가 주(周)나라 글에 귀신이 있다고 하는 것을 아는 까닭인 것이다."

今執無鬼者之言曰：先王之書, 聖人一尺之帛, 一篇之
금 집 무 귀 자 지 언 왈　　선 왕 지 서　성 인 일 척 지 백　　일 편 지

書, 語數鬼神之有, 重有重之, 亦何書之有哉?
서　어 삭 귀 신 지 유　중 유 중 지　역 하 서 지 유 재

子墨子曰：周書[1]大雅有之. 大雅[2]曰：
자 묵 자 왈　　주 서 대 아 유 지　대 아 왈

文王在上, 於[3]昭[4]于天.
문 왕 재 상　오 소 우 천

周雖舊邦, 其命維新.
주 수 구 방　기 명 유 신

有周丕顯[5], 帝命不時[6].
유 주 비 현　제 명 불 시

文王陟降[7], 在帝左右.
문 왕 척 강　재 제 좌 우

穆穆[8]文王, 令聞[9]不已.
목 목 문 왕　영 문 블 이

若鬼神無有, 則文王既死, 彼豈能在帝之左右哉? 此吾
약 귀 신 무 유　즉 문 왕 기 사　피 기 능 재 제 지 좌 우 재　　차 오

所以知周書之有鬼也.
소 이 지 주 서 지 유 귀 야

1 周書(주서) ─ 옛날엔 시(詩)·서(書)가 흔히 혼칭(混稱)되었다. 여기에선 『시경(詩經)』을 가리킴. 2 大雅(대아) ─ 이곳에 인용된 시는 『시경』 대아 문왕(文王)편의 글임. 3 於(오) ─ 감탄사. 아아! 4 昭(소) ─ 밝음. 밝게 드러남. 5 丕顯(비현) ─ 불(不)은 비(丕)자와 통하여, '크게'(屈萬里 『詩經釋義』). 현(顯)은 덕

이 빛나는 것(鄭箋). **6** 時(시) - 시(是)와 통하여, '옳은 것'. '바른 것' (毛傳).
7 陟降(척강) - 하늘에 올라갔다 땅 위로 내려왔다 하는 것. **8** 穆穆(목목) -
『시경』엔 미미(亹亹)로 되어 있으며, 부지런히 힘쓰는 모양(鄭箋). **9** 令聞(영
문) - 영(令)은 선(善)과 통하여, '훌륭한 명성'. '아름다운 명성'.

여기에서는 다시 『시경』 대아(大雅) 문왕(文王)편의 글을 인용
하여 귀신이 존재한다는 것을 증명하고 있다.

12 주나라 글에만 귀신이 있다 하고, 상(商)나라 글에는 귀신
이 있다고 하지 않았으면, 그 또한 법도로 삼을 수가 없
을 것이다. 그러니 위로 상나라 글을 살펴보기로 하자.

거기에 말하고 있다. "아아! 옛날 하(夏)나라 시대에 아직도 재
난이 없던 때에는, 기어 다니는 여러 짐승들과 날아다니는 새들에
이르기까지도 올바른 도리를 따르지 않는 것이란 없었다. 하물며
사람의 얼굴을 지녔다면, 어찌 감히 다른 마음을 갖겠는가? 산천의
귀신들도 전혀 편치 않은 일이란 없었다. 만약에 공손하고 성실하
기만 하다면 온 천하가 통합되고 온 세상이 잘 보전될 것이다."

산천의 귀신들이 편치 않은 일이 없는 까닭을 살펴보면, 귀신들
도 우(禹)임금의 일을 도우려 했기 때문이다. 이것이 내가 상나라
글에도 귀신이 있다고 한 것을 아는 근거이다.

且周書獨鬼, 而商書不鬼, 則未足以爲法也. 然則姑嘗
차 주 서 독 귀　　이 상 서 부 귀　　즉 미 족 이 위 법 야　　연 즉 고 상

上觀乎商書.
상 관 호 상 서

曰：嗚呼！古者有夏[1]，方未有禍之時，百獸貞蟲[2]，允[3]及
왈 오 호 고 자 유 하　방 미 유 화 지 시　백 수 정 충　윤 급

飛鳥，莫不比方[4]．矧佳[5]人面，胡敢異心？山川鬼神，亦莫
비 조 막 불 비 방　신 추 인 면　호 감 이 심　산 천 귀 신　역 막

敢不寧．若能共允[6]，佳天下之合，下土之葆[7]．
감 불 녕 약 능 공 윤　추 천 하 지 합　하 토 지 보

察山川鬼神之所以莫敢不寧者，以佐謀禹也．此吾所以
찰 산 천 귀 신 지 소 이 막 감 불 녕 자　이 좌 모 우 야　차 오 소 이

知商書之鬼也.
지 상 서 지 귀 야

---

1 有夏(유하)－하(夏)나라. 하나라 왕조.　2 貞蟲(정충)－'정'은 정(征)과 통하고, '충'은 동물. 따라서 기어다니는 동물.　3 允(윤)－이(以).　4 比方(비방)－'비'는 따르는 것, '방'은 도. 올바른 도리를 따르는 것.　5 矧佳(신추)－'신'은 하물며, '추'는 유(惟)와 같은 조사.　6 共允(공윤)－'공'은 공(恭), '윤'은 성(誠). 공손하고 성실한 것.　7 葆(보)－보(保)와 통하여, 보호. 보전.

여기서는 상나라 때의 글을 통하여 귀신의 존재를 증명하고 있다. 여기에 『상서』라 하며 인용한 글은 지금의 『서경(書經)』 상서(商書) 이훈(伊訓)에 비슷한 글이 있으나, 이훈은 가짜 고문(古文)이다.

13 또한 상나라 글에만 귀신이 있다 하고, 하나라 글에는 귀신이 있다고 하지 않았으면, 그 또한 법도로 삼을 수가 없을 것이다. 그러니 위로 하나라 글을 살펴보기로 하자.

우서(禹誓)에 이런 말이 있다. "감(甘)에서 큰 싸움이 벌어졌는데, 임금은 곧 좌우의 여섯 장군에게 명하여 수레에서 내려 중군(中軍)

으로 모여 훈시를 듣도록 하라고 하였다. '유호씨는 오행(五行)을 모멸하고 하늘과 땅과 사람의 바른길을 게을리하고 무시했다. 하늘은 그래서 그들의 명(命)을 끊어버리려는 것이다.'

그리고는 또 말하였다. '오늘 하루 동안 나와 유호씨는 하루의 명(命)을 다투게 된 것이다. 그대들 경대부(卿大夫)와 서민들이여! 나는 그들의 땅과 들판 및 보옥(寶玉)을 탐내는 것이 아니다. 나는 삼가 하늘의 벌을 행하려는 것이다. 왼편에서 왼편 적을 공격하지 않고, 오른편에서 오른편 적을 공격하지 않는다면, 그대들이 하늘의 명을 따르지 않는 것이다. 수레몰이가 그의 말을 바르게 다루지 못한다면, 그것도 하늘의 명을 따르지 않는 것이다.'

이 말을 따라 조상의 묘당에서 상을 받기도 하고, 사(社)에서 처형당하기도 할 것이다.''

조상의 묘당에서 상을 받는다는 것은 어째서인가? 하늘의 명을 따라 상을 내리는 것이 공평함을 뜻하는 것이다. 사에서 처형을 하는 것은 어째서인가? 재판을 공정하게 하였음을 뜻하는 것이다. 본시 옛날의 성왕들은 반드시 귀신이 현명한 사람에게는 상을 주고, 포악한 자에게는 벌을 내린다고 생각하여, 그 때문에 상은 반드시 조상의 묘당에서 내리고 처형은 반드시 사에서 행하였던 것이다.

이것이 내가 하나라 글에도 귀신이 있다고 한 것을 아는 근거이다.

그러므로 옛날의 하나라 글, 그 다음으로 상나라와 주나라의 글에도 귀신이 있다는 말이 자주 보이고 거듭 거듭하여 나오고 있는 것이다.

그것은 어째서인가? 곧 성왕들이 귀신이 있다는 것을 알리기에 힘썼기 때문이다. 이러한 책들의 기록을 통해서 볼 것 같으면, 귀신이 존재한다는 사실을 어찌 의심할 수가 있겠는가?

且商書獨鬼而夏書¹不鬼, 則未足以爲法也. 然則姑嘗上
차 상서독귀이하서 부귀　즉미족이위법야　연즉고상상

觀乎夏書.
관호하서

禹誓²曰：大戰于甘³, 王乃命左右六人⁴, 下聽誓于中軍⁵.
우서왈　대전우감　왕내명좌우륙인　하청서우중군

曰：有扈氏⁶, 威侮⁷五行⁸, 怠棄三正⁹. 天用勦絕¹⁰其命.
왈　유호씨　위모 오행　태기삼정　천용초절 기명

有曰：日中, 今予與有扈氏, 爭一日之命. 且爾卿大夫
유왈　일중　금여여유호씨　쟁일일지명　차이경대부

庶人! 予非爾田野葆士¹¹之欲也. 予共行¹²天之罰也. 左不
서인　여비이전야보사　지욕야　여공행 천지벌야　좌불

共于左¹³, 右不共于右, 若不共命. 御非爾馬之政¹⁴, 若不
공우좌　우불공우우　약불공명　어비이마지정　약불

共命.
공명

是以賞于祖, 而僇于社.
시이상우조 이륙우사

賞于祖者, 何也? 言分命之均也. 僇于社者何也? 言聽
상우조자　하야　언분명지균야　육우사자하야　언청

獄¹⁵之事也. 故古聖王, 必以鬼神爲賞賢而罰暴, 是故賞
옥 지사야　고고성왕　필이귀신위상현이벌포　시고상

必於祖, 而僇必於社.
필어조 이륙필어사

此吾所以知夏書之鬼也.
차오소이지하서지귀야

故尚者¹⁶夏書, 其次商周之書, 語數鬼神之有也, 重有重
고상자 하서　기차상주지서　어삭귀신지유야　중유중

之.
지

此其故何也? 則聖王務之. 以若書之說觀之, 則鬼神之
차기고하야　즉성왕무지　이약서지설관지　즉귀신지

有, 豈可疑哉?
유　기가의재

1 夏書(하서)—지금의 『서경』에는 하서 감서(甘誓)편에 이와 비슷한 글이 들어 있다. **2** 禹誓(우서)—'서'는 전쟁을 앞두고 임금이나 장군이 군인들에게 하는 훈시. 우임금이 감(甘)나라와의 전쟁을 앞두고 한 훈시. **3** 甘(감)—땅이름. 주(周)나라와 정(鄭)나라 사이가 되는 지역에 있었다(王國維說). **4** 六人(육인)—육군(六軍)의 장수. 옛날 천자에게는 휘하에 육군의 군대가 있었다. **5** 中軍(중군)—천자가 직접 싸움에 나가면 3군씩 좌우로 나뉘고 가운데 천자가 있는 곳에 '중군'이 있었다(孫星衍 說). **6** 有扈氏(유호씨)—하(夏)나라와 같은 성의 나라인데, 무도하여 하나라가 친 것이다. **7** 威侮(위모)—'위'는 멸(威)의 잘못으로, 멸(蔑)과 통하여, 모멸(侮蔑). 무시하고 업신여기는 것. **8** 五行(오행)—금(金)·목(木)·수(水)·화(火)·토(土)의 변화. **9** 三正(삼정)—하늘·땅·사람의 올바른 도(道). **10** 剿絕(초절)—끊어버리다. **11** 葆士(보사)—'보'는 보(寶)와 통하고, '사'는 옥(玉)의 잘못(俞樾 說). **12** 共行(공행)—'공'은 공(恭)과 통하여, 삼가 행하다. **13** 共于左(공우좌)—'공'은 공(攻)과 통하여, 왼편의 적을 공격하는 것. **14** 馬之政(마지정)—'정'은 정(正)과 통하여, 말을 올바로 다루는 것. **15** 聽獄(청옥)—재판을 하는 것. **16** 尚者(상자)—옛날의.

　　여기에서는 하나라의 글, 곧 『서경』 하서(夏書)를 근거로 귀신의 존재를 증명하고 있다. 이처럼 귀신의 존재를 증명하기 위하여 여러 가지 방법을 동원하여 거듭거듭 강조하고 있는 것은, 오히려 묵자조차도 귀신의 존재를 증명하는 것이 쉽다고 여겨지지 않았기 때문일 것이다.

14 옛날에 말하기를, "길(吉)한 날인 정(丁)과 묘(卯)날에 토지의 신과 사방의 신에게 번갈아가며 제사를 지내고, 돌아가신 할아버지와 아버지에게 해마다 때에 따라 제사를 지내어 목

숨을 연장시킨다."고 하였다. 만약 귀신이 없다면, 그런다고 어찌 목숨이 연장될 수가 있겠는가?

於古曰 : 吉日丁卯¹, 周²代祝³社方⁴, 歲於社者考⁵, 以延
어 고 왈　길 일 정 묘　주 대 축 사 방　세 어 사 자 고　이 연
年壽. 若無鬼神, 彼豈有所延年壽哉?
년 수　약 무 귀 신　피 기 유 소 연 년 수 재

1 丁卯(정묘)－정일과 묘일. 이 날들을 길한 날이라 여긴 것이다. 2 周(주)－
용(用)의 잘못. 이(以)의 뜻. 3 祝(축)－사(祀)의 잘못. 제사지내다(『墨子閒詁』).
4 社方(사방)－토지신과 사방의 신. 5 社者考(사자고)－조약고(祖若考)의 잘못
(孫詒讓 說). 선조(先祖)와 선고(先考). 돌아가신 할아버지와 아버지.

여기에서는 간단한 옛말을 인용하여 귀신이 존재한다는 사실을 증명하고 있다.

15-1

그러므로 묵자가 말하였다.
"귀신이 현명한 사람에겐 상을 내리고, 포악한 자에겐 벌을 내리는 것 같은 사실은, 본질적으로 그런 원리를 나라를 다스리는 데 응용하고 만백성들을 다스리는 데 응용하여야 할 것이니, 실로 그것이 나라를 다스리고 만백성들을 이롭게 하는 방법이 되기 때문이다.
만약 그렇게 하지 않는다고 하자. 그러면 관리가 관청 일을 깨끗이 다스리지 않고, 남녀 사이에 분별이 없게 되는데, 귀신이 그

들을 보고 있는 것이다. 백성들 중에 난폭한 짓을 하고 반역을 일삼으며 도적질을 하고, 무기와 독약과 물과 불을 가지고 한길에서 죄도 없는 사람들을 가로막고 그들의 수레와 말과 옷가지를 약탈하여 자기만을 이롭게 하려는 자들이 있게 되는데, 귀신이 그들을 보고 있는 것이다."

是故子墨子曰 : 嘗若¹鬼神之能賞如罰暴也, 蓋本施之國
시 고 자 묵 자 왈   상 약 귀 신 지 능 상 여 벌 포 야   개 본 시 지 국

家, 施之²萬民, 實所以治國家, 利萬民之道也.
가   시 지 만 민   실 소 이 치 국 가   이 만 민 지 도 야

若以爲不然. 是以吏治官府之不潔廉³, 男女之爲無別
약 이 위 불 연   시 이 리 치 관 부 지 불 결 렴   남 녀 지 위 무 별

者, 鬼神見之. 民之爲淫暴寇亂盜賊, 以兵刃毒藥水火,
자   귀 신 견 지   민 지 위 음 포 구 란 도 적   이 병 인 독 약 수 화

退無罪人乎道路, 奪人車馬衣裘以自利者, 有鬼神見之.
퇴 무 죄 인 호 도 로   탈 인 거 마 의 구 이 자 리 자   유 귀 신 견 지

1 嘗若(상약) - 當若(당약)으로 되어 있어야 한다(앞에 이미 여러번 보임). **2** 施之(시지) - 그것을 베풀다, 그것을 응용하다. **3** 潔廉(결렴) - 깨끗한 것.

15-2 그러므로 관리가 관청 일을 다스림에 있어서 감히 깨끗이 하지 않을 수가 없고, 착한 이를 보면 상을 주지 않을 수가 없고, 포악한 자를 보면 벌을 내리지 않을 수가 없게 된다. 그리하여 백성들 중에 난폭하고 반역을 일삼으며 도적질을 하고, 무기와 독약과 물과 불을 가지고 한길에서 죄도 없는 사람들을 가로막고, 그들의 수레와 말과 옷가지를 약탈하여 자기만을 이롭게 하려는 자들이 이에 없어지게 된다. 그래서 천하는 다

스려지게 되는 것이다.

그러므로 귀신이 밝게 보는 것은 으슥한 곳이나 넓은 호수나 산의 숲이나 깊은 골짜기라 하더라도 가려질 수가 없다. 귀신은 밝게 보고 반드시 모든 일을 알게 된다.

是以吏治官府, 不敢不潔廉, 見善不敢不賞, 見暴不敢
시 이 리 치 관 부　불 감 불 결 렴　견 선 불 감 불 상　견 폭 불 감

不罪. 民之爲淫暴寇亂⁴盜賊, 以兵刃毒藥水火, 退⁵無罪人
부 죄　민 지 위 음 폭 구 란　도 적　이 병 인 독 약 수 화　퇴 무 죄 인

乎道路, 奪車馬衣裘以自利者, 由此止. 是以莫放幽閒⁶,
호 도 로　탈 거 마 의 구 이 자 리 자　유 차 지　시 이 막 방 유 간

擬乎鬼神之明顯, 明有一人畏上誅罰. 是以天下治.
의 호 귀 신 지 명 현　명 유 일 인 외 상 주 벌　시 이 천 하 치

故鬼神之明, 不可爲幽閒廣澤, 山林深谷. 鬼神之明必
고 귀 신 지 명　불 가 위 유 간 광 택　산 림 심 곡　귀 신 지 명 필

知之.
지 지

4 淫暴寇亂(음폭구란) – 난폭한 짓을 하고 반역을 일삼는 것. **5** 退(퇴) – 迓(아)의 잘못. 가로막는 것. **6** 幽閒(유간) – 그윽한 곳, 으슥한 곳.

귀신이 존재한다는 것과 귀신이 나쁜 짓을 한 자에게는 벌을 주고, 착한 일을 한 사람에게는 상을 내린다는 사실을 받아들여야 한다. 그래야만 온 세상이 제대로 잘 다스려질 것이라는 것이다.

16 귀신의 벌은 부귀하고 사람이 많거나 힘 있고 용맹스런 힘과 뛰어난 무술이나 튼튼한 갑옷과 편리한 무기가 있

다 해도 막을 수가 없다. 귀신의 벌은 반드시 이들을 이겨낸다.

그대는 그렇지 않다고 생각하는가? 옛날 하나라 임금 걸(桀)은 신분이 귀하기론 천자였고, 부하기론 천하를 갖고 있었으나 위로는 하늘을 욕되게 하고 귀신을 업신여겼으며, 아래로는 천하의 만백성들을 해치고 죽이면서 하나님 뜻을 어기고, 하나님의 행동을 대신하는 듯이 행동하였다. 그러므로 하늘은 탕(湯)임금에게 분명한 벌을 내리게 하셨다. 탕임금은 90량(輛)의 전차(戰車)를 새가 나는 형태의 진형(陣形)으로 벌이고 기러기 나는 모양으로 대열을 펴고 갔다. 탕임금은 대찬산(大贊山)에 올라가 하나라 군사들을 공격하여 몰아내고 하나라 도읍 근교까지 들어가 탕임금이 손수 추치(推哆)와 태희(太戱)를 사로잡았다.

그러므로 옛날 하나라 임금 걸은 귀하기론 천자였고 부하기로는 천하를 갖고 있었고, 용감하고 힘 있던 추치와 태희 같은 사람은 산 외뿔소와 호랑이의 몸을 찢고 손가락질로서 사람들을 죽일 수 있었으며, 인민들은 많기가 억조(億兆)에 달하여 그 나라 호숫가와 언덕 위에 가득하였다. 그러나 그런 것을 갖고도 귀신의 처벌을 막을 수는 없었던 것이다. 여기에서 내가 귀신의 벌은 부귀와 수많은 사람들이나 힘센 것과 용맹스런 힘과 뛰어난 무술이나 튼튼한 갑옷과 편리한 무기로도 막아낼 수 없다고 말한 까닭은 이 때문이다.

鬼神之罰, 不可爲富貴衆强, 勇力强武, 堅甲利兵. 鬼神
귀신지벌 불가위부귀중강 용력강무 견갑리병 귀신

之罰, 必勝之.
지벌 필승지

若以爲不然? 昔者夏王桀, 貴爲天子, 富有天下, 上詬[1]
약이위불연 석자하왕걸 귀위천자 부유천하 상구

天侮鬼, 下殃殺[2]天下之萬民, 祥[3]上帝, 伐元山帝行[4]. 故於
천모귀 하앙살 천하지만민 상 상제 벌원산제행 고어

此乎天乃使湯, 至明罰焉. 湯以車九兩[5], 鳥陳[6]鴈行[7]. 湯
차 호 천 내 사 탕　지 명 벌 언　탕 이 차 구 량　조 진 안 행　탕

乘[8]大贊[9], 犯逐[10]夏衆[11], 入之郊遂[12], 王手禽[13]推哆[14]大戲.
승 대 찬　범 축 하 중　입 지 교 수　왕 수 금 추 치 태 희

故昔夏王桀, 貴爲天子, 富有天下, 有勇力之人推哆大
고 석 하 왕 걸　귀 위 천 자　부 유 천 하　유 용 력 지 인 추 치 대

戲, 生列[15]兕[16]虎, 指畫[17]殺人, 人民之衆兆億, 侯[18]盈厥澤
희　생 렬 시 호　지 획 살 인　인 민 지 중 조 억　후 영 궐 택

陵, 然不能以此圉[19]鬼神之誅[20]. 此吾所謂鬼神之罰, 不可
릉　연 불 능 이 차 어　귀 신 지 주　차 오 소 위 귀 신 지 벌　불 가

爲富貴衆强, 勇力强武, 堅甲利兵者, 此也.
위 부 귀 중 강　용 력 강 무　견 갑 리 병 자　차 야

1 詬(구)－욕하다. 2 殃殺(앙살)－해치고 죽이다. 살(殺)은 보통 오(傲)로 되어 있으나 뜻이 통하지 않으므로 왕인지(王引之)의 설(說)을 따라 고쳤다. 3 祥(상)－양(佯)과 통하여, '거짓으로 속임'. '어김'. 4 伐元山帝行(벌원산제행)－'벌'은 대(代)의 잘못. '산제'는 상제(上帝)의 잘못. 하나님의 행동을 대신하듯 오만하게 구는 것. 5 九兩(구량)－양(兩)은 량(輛)과 통하며, 90량(輛)의 잘못인 듯하다(孫詒讓 說). 6 鳥陳(조진)－새가 나는 형태의 진을 치는 것. 변화가 많은 게 특색이라 한다. 7 雁行(안행)－기러기 떼가 날으듯 줄지어 나아가는 것. 8 乘(승)－승(升)·등(登)과 통하여, 오르는 것. 9 大贊(대찬)－산 이름. 10 犯逐(범축)－공격하여 쫓아냄. 축(逐)은 보통 수(遂)로 되어 있으나 잘못임(孫詒讓 說). 11 夏衆(하중)－하나라 군사들. 하(夏)는 보통 하(下)로 되어 있으나 잘못임(孫詒讓 說). 12 郊遂(교수)－하나라 도읍의 근교(近郊)를 가리킴. 13 禽(금)－손으로 직접 사로잡음. 14 推哆(추치)·大戲(태희)－걸왕의 신하로 나쁜 짓을 많이 한 힘이 센 자들임. 15 列(열)－열(裂)과 통하여, '몸을 찢어 버리는 것'. 16 兕(시)－외뿔이 달린 들소. 17 指畫(지획)－손가락질을 하는 것. 18 侯(후)－유(維)와 같은 어조사(『詩經』周頌 下武 毛傳). 19 圉(어)－막는 것. 20 誅(주)－주벌(誅罰). 처벌.

여기서는 귀신들이란 모든 사람들의 일을 파악하고 또 절대적인 위치에서 사람들에게 화나 복을 내려줌을 논하고 있다.

17

또한 그러할 뿐만이 아니다. 옛날 은(殷)나라의 임금 주(紂)는 신분이 귀하기로는 천자였고, 부하기로는 천하를 차지하고 있었다. 그러나 위로는 하늘을 욕보이고 귀신을 업신여겼으며, 아래로는 천하의 만백성들을 재난에 빠지게 하고 죽이었다. 노인들을 내버리고 어린아이들을 해치고 죽였으며, 죄 없는 사람들을 불에 태워 죽이고, 아이 밴 부인의 배를 갈라보기도 했으며, 여러 늙은이들과 홀아비 과부들은 의지할 곳도 없어 울부짖으며 지내도록 하였다.

그러므로 이에 하늘은 무왕으로 하여금 벌을 분명히 내리도록 하셨다. 무왕은 전차 백 량과 용감한 군사 4백 명을 골라 여러 나라 군대의 앞장에 세워 세력을 과시한 다음, 은나라 군대와 목야(牧野)에서 싸우게 되었다. 무왕이 비중(費中)과 악래(惡來)를 사로잡자, 은나라 군사들은 돌아서서 모두가 달아났다.

무왕은 도망가는 자들을 추격하여 은나라 궁전으로 들어가 만년자주(萬年梓株)로 주임금의 목을 쳐 분지르고, 붉은 수레바퀴에 목을 매어 달고 흰 깃발을 꽂아 천하 제후들 앞에 치욕을 보이었다.

그러므로 옛날에 은나라 임금 주는 신분이 귀하기로는 천자였고, 부하기로는 천하를 차지하고 있었으며, 용기와 힘이 센 사람으로 비중·악래·숭후호(崇侯虎)가 있어서 손가락 짓만 하면 사람을 죽였다. 인민들은 억조(億兆)에 달하여 호수와 산언덕에 가득 찰 정도였다. 그러나 이것들로서도 귀신의 처벌을 막는 수가 없었다. 내가 귀신이 내리는 벌은 부귀와 인민의 수가 많고 강한 것과, 용기와 힘이 있고 뛰어난 무술이 있는 것과, 튼튼한 갑옷과 날카로운 무기로도 막을 수가 없다고 하는 까닭이 여기에 있는 것이다.

且不惟此爲然. 昔者殷王紂, 貴爲天子, 富有天下. 上詬[1]
차 부 유 차 위 연　석 자 은 왕 주　귀 위 천 자　부 유 천 하　상 구

天侮鬼, 下殃傲[2]天下之萬民. 播棄黎老[3], 賊誅[4]孩子, 楚
천 모 귀　하 앙 오 천 하 지 만 민　파 기 려 로　적 주 해 자　초

毒[5]無罪, 剖剔[6]孕婦, 庶舊[7]鰥寡, 號咷[8]無告[9]也.
독 무 죄　고 척 잉 부　서 구 환 과　호 도 무 고 야

故於此乎天乃使武王, 至明罰焉. 武王以擇車百兩, 虎
고 어 차 호 천 내 사 무 왕　지 명 벌 언　무 왕 이 택 거 백 량　호

賁[10]之卒四百人, 先庶國節[11]窺戎[12], 與殷人戰乎牧之野[13].
분 지 졸 사 백 인　선 서 국 절 규 융　여 은 인 전 호 목 지 야

王乎禽[14]費中[15]惡來, 衆畔[16]百走[17].
왕 호 금 비 중 악 래　중 반 백 주

武王逐奔入宮, 萬年梓株[18], 折紂[19]而擊之赤環[20], 載之
무 왕 축 분 입 궁　만 년 자 주　절 주 이 격 지 적 환　재 지

白旗, 以爲天下諸侯僇[21].
백 기　이 위 천 하 제 후 륙

故昔者殷王紂, 貴爲天子, 富有天下, 有勇力之人, 費中
고 석 자 은 왕 주　귀 위 천 자　부 유 천 하　유 용 력 지 인　비 중

惡來, 崇侯虎, 指寡[22]殺人. 人民之衆兆億, 侯[23]盈厥澤陵.
악 래　숭 후 호　지 과 살 인　인 민 지 중 조 억　후 영 궐 택 릉

然不能以此圉鬼神之誅. 此吾所謂鬼神之罰, 不可爲富貴
연 불 능 이 차 어 귀 신 지 주　차 오 소 위 귀 신 지 벌　불 가 위 부 귀

衆强, 勇力强武, 堅甲利兵者, 此也.
중 강　용 력 강 무　견 갑 리 병 자　차 야

1 詬(구)-욕하다. 2 殃傲(앙오)-'오'는 살(殺)의 잘못(王念孫 說). 재난에 빠지게 하고 죽이는 것. 3 黎老(려로)-노인들. 4 賊誅(적주)-해치고 죽이다. 5 楚毒(초독)-분자(焚炙)의 잘못(王念孫 說). 불에 태우는 것. 6 剖剔(고척)-칼로 베어 쪼개다. 가르다. 7 庶舊(서구)-여러 노인들. 8 號咷(호도)-울부짖다. 9 無告(무고)-의지할 곳이 없는 것, 호소할 곳이 없는 것. 10 虎賁(호분)-용감한 병사. 11 先庶國節(선서국절)-'서국'은 제국(諸國), '절'은 부절(符節)을 받은 중요한 직책을 맡은 사람들. 여기서는 군대를 가리킴. 따라서 여러 나라 군대의 앞장에 세우는 것. 12 窺戎(규융)-열병(閱兵)을 하다. 세력을 과시하다. 13 牧之野(목지야)-목야(牧野). 땅 이름. 14 禽(금)-금(擒)의 뜻. 사로잡다. 15 費中(비중)-악래(惡來)·숭후호(崇侯虎)와 함께 주(紂)의 신하. 포악한 짓을 일삼았다. 앞 「소염(所染)」편에 이미 보임. 16 畔(반)-반

(反), 반(叛)과 통하여, 되돌아서다. 반역하다. **17** 百走(백주)-모두 달아나다.
18 萬年梓株(만년자주)-『묵자한고』에서도 "잘 모르겠다."고 하였다. '자'는
가래나무로 만든 막대기 종류의 물건인 듯. 앞에 '만년'이란 말이 붙어 있으
니, 주(紂)가 오래 살고 싶어서 만든 물건인 듯. **19** 折紂(절주)-주의 목을 분
지르다. **20** 赤環(적환)-'환'은 환(轒)과 통하여, 붉은 수레바퀴. **21** 僇
(육)-육(戮). 욕을 보다. **22** 指寡(지과)-'과'는 획(畫)의 잘못. 손가락 짓을
하는 것. **23** 侯(후)-유(惟)와 같은 조사.

    귀신이 내리는 상과 벌은 어떤 사람도 피할 수 없다. 여기에서
는 그 사실을 증명하기 위하여 옛날의 폭군 주왕(紂王)의 일을 보기
로 들고 있다.

18 또한 「금애(禽艾)」에 말하였다. "덕(德)에 대하여는 아무리
작아도 상이 내려지고, 종족(宗族)은 잘못하면 아무리 크
다고 해도 멸망시킨다." 곧 이것은 귀신이 상을 내릴 때에는 아무
리 작은 일이라 하더라도 반드시 거기에 대한 상을 내리고, 귀신
이 벌을 줄 때에는 아무리 큰 상대라 하더라도 반드시 벌을 준다
는 말이다.

且禽艾¹之道之曰：得璣²無小³, 滅宗⁴無大. 則此言鬼神
차 금 애 지 도 지 왈   득 기 무 소   멸 종 무 대   즉 차 언 귀 신

之所賞, 無小必賞之, 鬼神之所罰, 無大必罰之.
지 소 상   무 소 필 상 지   귀 신 지 소 벌   무 대 필 벌 지

1 禽艾(금애)-없어진 옛날 책의 편명(蘇時學 說). **2** 得璣(득기)-'득'은 덕(德)

과 통하고, '기'는 기(幾)와 통함. '덕에 대하여는 언제나'의 뜻. **3** 無小(무소)—작다고 무시되지 않다. 작은 덕에 대하여도 반드시 상이 내린다는 뜻. **4** 滅宗(멸종)—종족(宗族)을 멸망시킨다.

귀신의 상벌은 빈틈이 없다는 것을 다시 한 번 강조하는 대목이다.

19-1 지금 귀신은 없다고 주장하는 자들이 말하고 있다. "제사를 지내는 것은 생각컨대 부모의 이익에 들어 맞지 못하고 해가 되는 일인데, 효자라 할 수 있겠는가?"

묵자가 말하였다.

"옛날이나 지금이나 귀신이라는 것은 별다른 것이 아니다. 하늘에는 귀신이 있고, 산과 물에도 귀신이 있고, 또 사람이 죽어서 된 귀신도 있다. 지금 그의 아비에 앞서서 죽는 자식도 있고, 그의 형보다 앞서서 죽는 아우도 있다.

그렇기는 하지만, 천하의 오래 전해 내려오는 말에 '먼저 출생한 자가 먼저 죽는다.'고 말하고 있다. 만약 그렇다면, 먼저 죽은 사람은 아버지가 아니면 어머니일 것이고, 형이 아니면 형수일 것이다. 지금 정결히 술과 단술과 젯밥과 제물을 마련하여 공경히 제사를 지내는데, 만약 귀신이 진실로 존재한다면 그것은 그의 부모와 형수 형님에게 음식을 들도록 올리는 것이다. 어찌 두터운 이익을 드리는 게 아니겠는가?"

今執無鬼者曰 : 意不忠¹親之利而害, 爲孝子乎?
금집무귀자왈　의불충　친지리이해　위효자호

子墨子曰 : 古之今之爲鬼, 非他也. 有天鬼, 亦有山水
자묵자왈　고지금지위귀　비타야　유천귀　역유산수

鬼神者, 亦有人死而爲鬼者. 今有子先其父死, 弟先其兄
귀신자　역유인사이위귀자　금유자선기부사　제선기형

死者矣.
사자의

意雖使然, 然而天下之陳物², 曰先生者先死. 若是, 則
의수사연　연이천하지진물　왈선생자선사　약시　즉

先死者, 非父則母, 非兄而姒³也. 今潔爲酒醴粢盛, 以敬
선사자　비부즉모　비형이사　야　금결위주례자성　이경

愼祭祀, 若使鬼神請有, 是得其父母姒兄而飮食之也. 豈
신제사　약사귀신청유　시득기부모사형이음식지야　기

非厚利哉?
비후리재

1 不忠(불충) – '충'은 중(中)의 잘못. 부합하지 않다, 들어맞지 않다. 2 陳物
(진물) – '진'은 오래된 것, '물'은 고사(故事). 오래 전에 내려오는 말. 3 姒
(사) – 형수(兄嫂).

19-2 만약 귀신이 정말로 존재하지 않는다면, 그것은 곧 술과 단술과 젯밥 같은 제물을 낭비하는 것이 된다. 그것이 낭비하는 것이라고는 하지만, 그것을 바로 도랑이나 구렁에 쏟아버리는 것과는 다르다. 안으로는 온 집안사람들, 밖으로는 마을 사람들이 모두가 함께 그것을 먹고 마시게 되기 때문이다. 비록 귀신이 정말로 존재하지 않는다 하더라도 이것은 여러 사람들이 모여서 함께 즐기고 마을 사람들과 친하게 되는 것이다.

若使鬼神請⁴亡⁵, 是乃費其所爲酒醴粢盛之財耳. 自⁶夫
약사귀신청무　시내비기소위주례자성지재이　자부

費之, 非特注之汚壑⁷而棄之也. 內者宗族, 外者鄉里, 皆
비 지　　비 특 주 지 오 학 이 기 지 야　　내 자 종 족　　외 자 향 리　　개

得如具⁸飲食之. 雖使鬼神請亡, 此猶可以合驩聚衆, 取親
득 여 구 음 식 지　　수 사 귀 신 청 무　　차 유 가 이 합 환 취 중　　취 친

於鄉里.
어 향 리

4 請(청) — 誠(성). 진실로. **5** 亡(무) — 無(무). **6** 自(자) — 且(차)의 잘못. **7** 汚壑
(오학) — 도랑과 구렁. **8** 如具(여구) — 而俱(이구). '이'는 조사. 모두가, 다 함
께.

귀신이 존재하지 않는다 해도 귀신들에게 제사지내는 일은 온
집안사람들과 마을 사람들이 모여 함께 즐기게 만든다. 그러니 적
어도 귀신이 있다고 믿는 게 좋은 일이 아니겠느냐는 뜻이다.

20-1 지금 귀신이 존재하지 않는다고 주장하는 자들이 말
하고 있다. "귀신이란 본시 정말로 존재하지 않는
것이다. 그래서 술과 단술과 젯밥과 제물과 짐승고기 같은 재물을
차려 올리지 않아야 한다. 자기는 그 술과 단술과 젯밥과 제물과
짐승고기 같은 재물을 아끼지 않는다고 하지만, 그가 얻는 것이
도대체 무엇이란 말인가? 이것은 위로는 성왕들의 책의 내용과 어
긋나는 짓이고, 안으로는 사람들과 효자의 행실과도 어긋나는 짓
이다. 그러면서도 천하의 훌륭한 선비가 되려 하는데, 이것은 훌
륭한 선비가 되는 방법이 아닌 것이다."

今執無鬼者言曰 ： 鬼神者固請無有. 是以不共[1]其酒醴粢
금 집 무 귀 자 언 왈　　귀 신 자 고 청 무 유　　시 이 불 공 기 주 례 자

盛犧牲之財. 吾非乃今愛其酒醴粢盛犧牲之財乎, 其所得
성 희 생 지 재　　오 비 내 금 애 기 주 례 자 성 희 생 지 재 호　　기 소 득

者臣將[2]何哉? 此上逆聖王之書, 內逆民人孝子之行. 而爲
자 신 장 하 재　　차 상 역 성 왕 지 서　　내 역 민 인 효 자 지 행　　이 위

上士於天下, 此非所以爲上士之道也.
상 사 어 천 하　　차 비 소 이 위 상 사 지 도 야

1 不共(불공) – 불공(不供). 차려 올리지 않다. **2** 臣將(신장) – '신'은 거(巨)의
잘못. 거(詎)와 통하여, '거장(詎將)'은 '어찌 ……이 되겠느냐?', '도대체 무
엇인가?'의 뜻.

이에 대하여 묵자가 말하였다.

"지금 우리가 제사를 지내는 것은 바로 도랑이나
구렁에 그것들을 쏟아버리는 것과는 다른 것이다. 위로는 귀신에
게 복을 빌고, 아래로는 여러 사람들이 모여서 함께 즐기고 마을
사람들과 친하게 되는 것이다.

만약 귀신이 존재한다면, 그것은 곧 우리 부모와 형과 형수가
제물을 먹게 되는 것이니, 이것이 어찌 천하의 이로운 일이 되지
않겠는가?"

그러므로 묵자가 말하였다. "지금 천하의 임금과 귀족 및 지식
인들이 진실로 천하의 이익이 많아지도록 꾀하고 천하의 해를 없
애고자 한다면, 귀신이 존재한다는 사실은 존중하고 밝히지 않으
면 안 되는 것이다. 그것이 성왕의 도이다."

是故子墨子曰 ： 今吾爲祭祀也, 非直注之汚壑而棄之也.
시 고 자 묵 자 왈　　금 오 위 제 사 야　　비 직 주 지 오 학 이 기 지 야

上以交³鬼之福, 下以合驩聚衆, 取親乎鄕里.
　상 이 교　귀 지 복　하 이 합 환 취 중　취 친 호 향 리

若神有, 則是得吾父母弟兄而食之也. 則此豈非天下利
　약 신 유　즉 시 득 오 부 모 제 형 이 식 지 야　즉 차 기 비 천 하 리

事也哉?
사 야 재

是故子墨子曰 : 今天下之王公大人士君子, 中實將欲求
시 고 자 묵 자 왈　금 천 하 지 왕 공 대 인 사 군 자　중 실 장 욕 구

興天下之利, 除天下之害, 當若鬼神之有也, 將不可不尊
흥 천 하 지 리　제 천 하 지 해　당 약 귀 신 지 유 야　장 불 가 부 존

明也. 聖王之道也.
명 야　성 왕 지 도 야

3 交(교)－교(僥)와 통하여, 바라다. 빌다.

꽃

　귀신을 믿고 받드는 것이 성왕의 도라고 결론을 내리고 있다.
　그러나 이 「명귀편」의 주장은 미신적인 색채를 띠고 있기 때문에 그것을 어떻게 해석하느냐 하는 문제는 『묵자』 전체의 평가와 관련된 매우 중요한 문제이다. 꿔머러(郭沫若) 같은 사람은 공산주의자의 입장에서 이 편을 중심으로 하여 묵자의 사상은 신비주의적(神秘主義的)이며 반동적(反動的)이라 비판하고 있으나(「十批判書」), 허우와이루(侯外廬) 같은 사람은 『중국사상통사(中國思想通史)』에서 묵자가 귀신의 존재를 주장하고 있는 것은 자기의 학설을 확대시키고 평화롭고 살기 좋은 사회를 이룩하기 위한 수단이지 묵자의 사상의 본질과는 관계가 없다고 하였다.
　오히려 후자와 같은 견해가 적절하지 않을까 생각된다. 묵자는 사람들로 하여금 서로 사랑하고 서로 이롭게 하며, 부지런히 일하고 쓰는 것을 절약하여 풍부하고도 평화로운 사회를 건설하는 데 있어서 하느님과 귀신의 존재로서 일정한 정신적인 가치기준을 삼으려 하였던 것이라 보아야 할 것이다.

32.

비악편 非樂篇(上)

'비악'이란 '음악을 부정한다.' 또는 '음악을 비난한다.'는 뜻이다. 묵자는 모든 사람이 다 같이 부지런히 일하고 물자를 아껴 써야 한다는 입장에서 공연히 마음만을 흔들어 놓는 음악은 해로운 것이라 주장한다. 이것은 물론 음악을 숭상하는 유가의 입장과 정반대가 되는 것이다.

1 묵자가 말하였다.

"어진 사람이 하는 일은 반드시 천하의 이익을 일으키고 천하의 해를 없애기에 힘쓰는 것이다. 이렇게 하는 것을 천하의 법도로 삼아서 사람들에게 이익이 되지 않으면 곧 그만두는 것이다.

또한 어진 사람이 천하를 위하여 헤아릴 적에는 그의 눈에 아름다운 것이나, 귀에 즐거운 것이나, 입에 단 것이나, 몸에 편안한 것을 위하여 일하지 않는다. 이런 것으로써 백성들이 입고 먹을 재물을 축내고 뺏게 되기 때문에 어진 사람은 하지 않는 것이다.

그러므로 묵자가 음악을 비난하는 까닭은 큰 종이나 울리는 북 또는 금(琴)과 슬(瑟)과 우(竽)와 생(笙) 같은 악기의 소리가 즐겁지 않다고 여기기 때문이 아니다. 조각한 무늬와 색깔이 아름답지 않다고 여기기 때문이 아니다. 짐승고기를 볶고 군 맛이 달지 않다고 여기기 때문이 아니다. 높은 누대나 큰 별장이나 넓은 집에서 사는 것이 편안하지 않다고 여기기 때문이 아니다. 비록 몸은 그 편안함을 알고, 입은 그 단것을 알고, 눈은 그 아름다운 것을 알고, 귀는 그 즐거운 것을 알지만, 그러나 위로 생각하여 볼 때 성왕들의 일과 부합되지 아니하고, 아래로 헤아려 볼 때 만백성들의 이익과 부합되지 않기 때문이다."

그러므로 묵자는 말하기를, '음악을 즐기는 것은 잘못이다.'고 하는 것이다.

子墨子言曰：仁人之事者，必務求興天下之利，除天下
자묵자언왈　　　인인지사자　　필무구흥천하지리　　제천하

之害. 將以爲法乎天下，利人乎卽爲，不利人乎卽止.
지해　장이위법호천하　　이인호즉위　　불리인호즉지

且夫仁者之爲天下度也，非爲其目之所美，耳之所樂，口
차부인자지위천하탁야　　비위기목지소미　　이지소락　구

之所甘，身體之所安. 以此虧奪[1]民衣食之財，仁者弗爲也.
지소감　신체지소안　이차휴탈민의식지재　　인자불위야

是故子墨子之所以非樂者，非以大鐘鳴鼓，琴瑟竽笙之
시고자묵자지소이비악자　　비이대종명고　　금슬우생지

聲，以爲不樂也. 非以刻鏤文章之色，以爲不美也. 非以
성　이위불락야　　비이각루문장지색　　이위불미야　　비이

犓豢[2]煎炙[3]之味，以爲不甘也. 非以高臺厚榭[4]邃宇[5]之居，
추환　전적　지미　이위불감야　　비이고대후사　수우　지거

以爲不安也. 雖身知其安也，口知其甘也，目知其美也，
이위불안야　　수신지기안야　　구지기감야　　목지기미야

耳知其樂也，然上考之不中聖王之事，下度之不中萬民之
이지기락야　　연상고지부중성왕지사　　하탁지부중만민지

利. 是故子墨子曰 : 爲樂非也.
리 시 고 자 묵 자 왈　위 악 비 야

1 虧奪(휴탈)―해치고 뺏는 것.　**2** 犓豢(추환)―사람이 먹여 기른 소 · 양 ·
개 · 돼지 같은 동물.　**3** 煎炙(전적)―볶고 굽고 하는 것.　**4** 厚榭(후사)―큰 별
장 같은 집.　**5** 邃宇(수우)―넓고 깊숙한 집. 우(宇)는 보통 야(野)로 되어 있으
나 왕인지(王引之)의 설(說)을 따라 고쳤다.

　　묵자는 음악의 즐거움 자체를 모르고 비난하는 것은 아니다.
묵자도 편안한 생활, 아름다운 무늬, 즐거운 음악, 맛있는 음식이
좋은 줄 안다. 그러나 이러한 것들이 군자로서 일을 하는 데 방해
가 되기 때문에 부정한다는 것이다. 묵자의 철저한 실리주의적인
태도가 엿보인다.

2　지금 임금과 대신들은 오직 악기를 만들어서 나라 안에서
　　음악 연주를 일삼게 하고 있다. 그것은 다만 괴어있는 물을
푸거나 흙을 긁어모으는 것과는 다른 일이다. 반드시 많은 세금을
만백성들에게서 거두어서 큰 종이나 울리는 북이나 금과 슬과 우
와 생 같은 악기를 만들어야 하는 것이다.

　옛날 성왕들도 역시 일찍이 많은 세금을 만백성들로부터 거두
어 배와 수레를 만들었다. 이미 다 이룩된 다음에는 "나는 이것을
어디다 쓸 것인가?" 하고 물어 보았다. 그리고는 다시 말하였다.

　"배는 물에서 쓰고, 수레는 육지에서 쓴다. 그러면 군자들은 그
의 발을 쉬게 할 수 있고, 낮은 백성들은 그들의 어깨와 등을 쉬게
할 수 있을 것이다."

그러므로 만백성들은 재물을 내어 그에게 주면서도 전혀 원망스럽고 한스럽게 여기지 않았는데 어째서인가? 그것이 도리어 백성들의 이익에 부합되었기 때문이다.

그러니 악기도 도리어 백성들의 이익에 부합됨이 이와 같다면, 곧 나는 감히 비난하지 않을 것이다. 그러니 만약 악기를 사용하는 것의 비유를 들 적에 그것이 마치 성왕들이 수레나 배를 만드는 것과 같다면, 곧 나는 감히 비난하지 않을 것이다.

今王公大人, 雖無¹造爲樂器, 以爲事乎國家. 非直捄²潦
금 왕 공 대 인   수 무   조 위 악 기   이 위 사 호 국 가   비 직 부 노

水³, 折⁴壤坦⁵而爲之也. 將必厚籍斂⁶乎萬民, 以爲大鐘鳴
수   절 양 탄 이 위 지 야   장 필 후 적 렴 호 만 민   이 위 대 종 명

鼓, 琴瑟竽笙之聲.
고   금 슬 우 생 지 성

古者聖王亦嘗厚籍斂乎萬民, 以爲舟車. 旣已成矣, 曰,
고 자 성 왕 역 상 후 적 렴 호 만 민   이 위 주 거   기 이 성 의   왈

吾將惡許⁷用之? 曰, 舟用之水, 車用之陸. 君子息其足焉,
오 장 오 허 용 지   왈   주 용 지 수   거 용 지 륙   군 자 식 기 족 언

小人休其肩背焉. 故萬民出財齎⁸而與之, 不敢以爲慼恨⁹
소 인 휴 기 견 배 언   고 만 민 출 재 재   이 여 지   불 감 이 위 척 한

者, 何也? 以其反中民之利也.
자   하 야   이 기 반 중 민 지 리 야

然則樂器反中民之利, 亦若此, 卽我弗敢非也. 然則若
연 즉 악 기 반 중 민 지 리   역 약 차   즉 아 불 감 비 야   연 즉 약

用樂器, 譬之若聖王之爲舟車也, 卽我弗敢非也.
용 악 기   비 지 약 성 왕 지 위 주 거 야   즉 아 불 감 비 야

1 雖無(수무)─유무(唯毋)와 같은 말로, '오직'의 뜻. 어조사임. 2 捄(부)─푸는 것. 취(取)하는 것. 3 潦水(노수)─빗물. 땅에 괸 물. 4 折(절)─적(摘)과 통하여, 긁어모으는 것. 5 壤坦(양탄)─땅의 흙. 6 籍斂(적렴)─세금을 거두는 것. 7 惡許(오허)─어디다. 어디에. 8 財齎(재재)─재물. 남에게 주는 물건을 재(齎)라 한다(『周禮』鄭注). 9 慼恨(척한)─유감으로 여기고 한하는 것.

임금이나 귀족들은 백성들로부터 거둬들인 많은 재물로 악기를 만든다. 그러나 그것은 수레나 배를 만드는 것처럼 백성들의 이익이 되는 것이 아니다. 악기의 제작이나 연주는 실리적인 면에서 따질 때 쓸데없는 낭비이므로 묵자는 그것을 배척한다는 것이다.

3 백성들에게 세 가지 걱정이 있다. 굶주리는 자가 먹을 것을 얻지 못하고, 헐벗은 자가 옷을 얻지 못하며, 수고하는 자가 쉬지 못하는 것, 이 세 가지가 백성들의 큰 걱정인 것이다. 그런데 만약 큰 종을 두드리고 울리는 북을 치며 금과 슬을 뜯으며, 우와 생을 불면서 방패나 도끼를 들고 춤을 춘다면 백성들이 입고 먹을 재물이 어디에서 얻어질 수가 있겠는가? 곧 나는 반드시 그런 일이 제대로 되지 않을 것이라 생각한다. 잠시 이 얘기는 버려두자.

지금 큰 나라가 있으면 곧 작은 나라를 공격하고, 큰 집안이 있으면 곧 작은 집안을 해치고 있으며, 강한 자는 약한 자를 협박하고, 수가 많은 자들은 적은 자들에게 난폭한 짓을 하며, 사기꾼은 어리석은 자를 속이고, 귀한 자들은 천한 자들에게 오만하며, 반란과 도둑질을 하는 자들이 한꺼번에 일어나고 있어 막을 수도 없다. 그런데 만약 큰 종을 두드리고 울리는 북을 치며 금과 슬을 뜯고, 우와 생을 불면서 방패와 도끼를 들고 춤을 춘다 하더라도 천하의 어지러움이 어떻게 다스려질 수가 있겠는가? 나는 반드시 그런 일이 제대로 되지 않을 것이라 생각한다.

그러므로 묵자는 말하였다.

"시험 삼아 많은 세금을 만백성들로부터 거두어 큰 종과 울리

는 북과 금과 슬과 우와 생 같은 악기를 만들어 가지고서 천하의
이익을 일으키고 천하의 해를 없애 버리려 한다 하더라도 아무 소
용도 없을 것이다."

그러므로 묵자는 말하기를 '음악을 연주하는 것은 그릇된 일이
다'고 한 것이다.

民有三患. 飢者不得食, 寒者不得衣, 勞者不得息, 三
민 유 삼 환　　기 자 부 득 식　　한 자 부 득 의　　노 자 부 득 식　　삼

者, 民之巨患也. 然卽當[1]爲之撞[2]巨鐘, 擊鳴鼓, 彈琴瑟,
자　 민 지 거 환 야　 연 즉 당 위 지 당 거 종　 격 명 고　　탄 금 슬

吹竽笙, 而揚干戚[3], 民衣食之財, 將安可得乎? 卽我以爲
취 우 생　 이 양 간 척　 민 의 식 지 재　 장 안 가 득 호　 즉 아 이 위

未必然也. 意舍此[4].
미 필 연 야　 의 사 차

今有大國卽攻小國, 有大家卽伐小家, 强劫弱, 衆暴寡,
금 유 대 국 즉 공 소 국　 유 대 가 즉 벌 소 가　　강 겁 약　　중 폭 과

詐欺愚, 貴傲賤, 寇亂盜賊並興, 不可禁止也. 然卽當爲
사 기 우　 귀 오 천　 구 란 도 적 병 흥　　불 가 금 지 야　　연 즉 당 위

之撞巨鐘, 擊鳴鼓, 彈琴瑟, 吹竽笙, 而揚干戚, 天下之亂
지 당 거 종　 격 명 고　 탄 금 슬　 취 우 생　 이 양 간 척　 천 하 지 란

也, 將安可得而治與? 卽我以爲未必然也.
야　 장 안 가 득 이 치 여　 즉 아 이 위 미 필 연 야

是故子墨子曰: 姑嘗[5]厚籍斂乎萬民, 以爲大鐘鳴鼓, 琴
시 고 자 묵 자 왈　 고 상 후 적 렴 호 만 민　 이 위 대 종 명 고　　금

瑟竽笙之聲, 以求興天下之利, 除天下之害, 而無補也.
슬 우 생 지 성　 이 구 흥 천 하 지 리　　제 천 하 지 해　 이 무 보 야

是故子墨子曰: 爲樂非也.
시 고 자 묵 자 왈　 위 악 비 야

1 當(당)—당(儻)과 통하여, '만약'. 2 撞(당)—두드림. 침. 3 揚干戚(양간
척)—옛날 춤에는 문무(文舞)와 무무(武舞)가 있었는데, 무무에서는 도끼나 방
패를 들고 춤을 추었다. 4 意舍此(의사차)—의(意)는 억(抑)과 통하여, '잠시
이 얘기는 덮어놓고 딴 얘기로 말머리를 돌려보자'는 뜻임. 5 姑嘗(고상)—
잠시 시험삼아.

음악이 백성들의 생활이나 나라의 정치를 위하여 아무런 도움도 되지 않음을 강조하고 있다. 여기에 이어 음악이 있음으로써 노동력과 노동시간이 낭비되고 있으니 음악을 즐기는 것은 좋지 않다는 주장이 계속된다.

4 지금 임금과 귀족들이 오직 높은 누대나 큰 별장에 살면서 바라보기만 한다면, 종(鐘) 같은 악기는 엎어놓은 솥이나 같은 것이 되고 만다. 종 같은 악기를 두드리지 않는다면 음악을 어디에서 얻을 수가 있겠는가? 그러한 이론에 따른다면 반드시 종은 두드려야만 할 것이다.

다만 종을 두드리는 때에는 절대로 노인과 아이들은 쓰지 않을 것이다. 노인과 아이들은 귀와 눈이 밝게 들리거나 보이지 않고, 팔다리는 빠르고 강하지 않으며, 소리를 조화시키지 못하고, 눈동자는 잽싸게 돌지 못한다. 반드시 장년을 쓸 것이다. 그것은 귀와 눈이 밝게 들리고 잘 보이며, 팔다리가 잽싸고 강하며, 소리를 잘 조화시키고, 눈동자는 잽싸게 돌기 때문이다.

그 일을 남자들에게 시키면, 남자들은 밭 갈고 씨 뿌리며 심고 가꾸는 때를 잃게 되고, 여자들에게 그 일을 시키면 여자들은 실 뽑고 길쌈하는 일을 못하게 될 것이다. 지금 왕공과 귀족들이 오직 즐김을 위하여 백성들의 입고 먹는 재물을 손상시키고 빼앗으면서, 이처럼 많은 음악 연주를 하고 있는 것이다.

그러므로 묵자가 말하기를, "음악을 연주하는 것은 잘못이다."고 한 것이다.

今王公大人, 唯毋處高台厚榭之上而視之, 鍾猶是延鼎[1]
금 왕 공 대 인   유 무 처 고 태 후 사 지 상 이 시 지   종 유 시 연 정

也. 弗撞擊[2], 將何樂得焉哉? 其說將必撞擊之.
야   불 당 격   장 하 악 득 언 재   기 설 장 필 당 격 지

惟勿[3]撞擊將必不使老與遲[4]者. 老與遲者, 耳目不聞明,
유 물   당 격 장 필 불 사 로 여 지 자   노 여 지 자   이 목 불 문 명

股肱不畢强[5], 聲不和調, 明[6]不轉朴[7]. 將必使當年[8]. 因其
고 굉 불 필 강   성 불 화 조   명 부 전 박   장 필 사 당 년   인 기

耳目之聰明, 股肱之畢强, 聲之和調, 眉之轉朴.
이 목 지 총 명   고 굉 지 필 강   성 지 화 조   미 지 전 박

使丈夫爲之, 廢丈夫耕稼樹藝[9]之時, 使婦人爲之, 廢婦
사 장 부 위 지   폐 장 부 경 가 수 예   지 시   사 부 인 위 지   폐 부

人紡績織絍[10]之事. 今王公大人, 唯毋爲樂, 虧奪民衣食之
인 방 적 직 임 지 사   금 왕 공 대 인   유 무 위 락   휴 탈 민 의 식 지

財, 以拊樂[11]如此多也.
재   이 부 악   여 차 다 야

是故子墨子曰: 爲樂非也.
시 고 지 묵 자 왈   위 악 비 야

1 延鼎(연정)－엎어놓은 솥. '연'은 복(覆)의 뜻이 있음. 2 撞擊(당격)－타악
기를 치고 두드리면서 연주하는 것. 3 惟勿(유물)－유무(惟毋)와 같은 어조
사. 4 遲(지)－치(穉)와 통하여, 어린 것. 아이들. 5 畢强(필강)－잽싸고 강한
것. '필'은 질(疾)의 뜻. 6 明(명)－다음에 보이는 미(眉)와 같은 뜻. 눈동자.
7 轉朴(전박)－'박'은 변(抃)의 잘못. 잽싸게 돌아가는 것(俞樾 說). 8 當年(당
년)－장년(壯年). 9 耕稼樹藝(경가수예)－밭 갈고, 씨뿌리고, 곡식 심고, 가꾸
는 것. 10 紡績織絍(방적직임)－실 뽑고 천을 짜는 것. 길쌈하는 것. 11 拊
樂(부악)－악기를 두드리다. 음악을 연주하다.

음악의 연주는 백성들이 먹고 사는 일을 하는 것을 방해하는
유익하지 못한 일이라는 것이다. 묵자의 독특한 음악관의 일단을
보여준다.

5 지금 큰 종(鐘)과 울리는 북과 금슬(琴瑟)과 우생(竽笙)의 음악은 이미 다 갖추어져 있다. 높은 사람이 숙연히 음악을 연주하며 홀로 그것을 듣는다면, 무슨 즐거움이 얻어질 것인가? 그들의 이론에 의하면, 반드시 천한 사람들이 아니라면 군자들과 함께 들어야 할 것이다.

그런데 군자와 더불어 음악을 듣는다면 군자들이 일하는 것을 방해하게 될 것이고, 천한 사람들과 더불어 음악을 듣는다면 천한 사람들이 하는 일을 못하게 할 것이다. 지금 임금과 귀족들이 오직 즐김을 위하여 백성들의 입고 먹는 재물을 손상시키고 빼앗으면서, 이처럼 많은 음악 연주를 하고 있는 것이다.

그러므로 묵자가 말하기를, "음악을 연주하는 것은 잘못이다." 라고 한 것이다.

今大鍾鳴鼓琴瑟竽笙之聲, 旣已具矣. 大人鏞然[1]奏而獨
금 대 종 명 고 금 슬 우 생 지 성　기 이 구 의　　대 인 수 연　주 이 독

聽之, 將何樂得焉哉? 其說將必與賤人, 不與君子.
청 지　장 하 락 득 언 재　기 설 장 필 여 천 인　불 여 군 자

與君子[2]聽之, 廢君子聽治[3], 與賤人聽之, 廢賤人之從
여 군 자 청 지　폐 군 자 청 치　　여 천 인 청 지　폐 천 인 지 종

事. 今王公大人, 惟毋爲樂, 虧奪民之衣食之財, 以拊樂
사　금 왕 공 대 인　유 무 위 악　휴 탈 민 지 의 식 지 재　이 부 악

如此多也.
여 차 다 야

是故子墨子曰 : 爲樂非也.
시 고 자 묵 자 왈　　위 악 비 야

1 鏞然(수연) ─ '수'는 숙(肅)과 통하여, 숙연히.　2 君子(군자) ─ 본시는 '벼슬하는 사람'을 뜻하는 말. 따라서 그와 대로 쓰인 '천인(賤人)'은 벼슬을 하지 않는 천한 지위의 사람들, 곧 서민들을 가리킨다.　3 聽治(청치) ─ 벼슬하는 사람으로서 공사(公事)를 처리하는 것을 가리킴. 따라서 '천인'의 '종사(從

事’는 농(農)·공(工)·상(商)의 천한 일들을 가리킴.

　여기에서는 군자들이 음악을 들으면 그들이 맡은 나랏일을 처리하지 못하게 방해하는 셈이 되고, 천한 서민들이 음악을 들으면 농사를 짓거나 물건을 만드는 일 등을 못하도록 방해하는 셈이 된다는 것이다. 따라서 음악은 누구에게나 해로운 것이 된다는 것이다.

　6 옛날 제(齊)나라 강공(康公)은 음악과 춤을 장려하여 악공들은 험한 옷을 입어서는 안 되고, 험한 음식을 먹어서도 안 된다고 하였다. 그리고 말하기를, ‘먹고 마시는 것이 훌륭하지 않으면 얼굴과 안색이 볼 만하지 않게 된다. 의복이 아름답지 않으면 신체와 거동이 볼 만하지 않게 된다.’고 하였다. 그래서 음식은 반드시 기장과 고기여야 하고, 옷은 반드시 무늬와 수를 놓은 것이라야 하였다. 이들은 언제나 옷과 음식이 될 재물을 버는 일은 하지 않고 남에게 기대어 먹고 사는 자들인 것이다.

　그러므로 묵자는 말하였다.

　“지금 임금과 대신들은 오직 즐김을 위하여 백성들이 입고 먹을 재물을 축내고 빼앗으면서 이처럼 많은 음악을 연주하고 있는 것이다.”

　그러므로 묵자는 말하기를, ‘음악을 연주하는 것은 그릇된 일이다’고 한 것이다.

昔者齊康公, 興樂萬, 萬[1]人不可衣短褐[2], 不可食糠糟[3].
석자제강공　홍악만　만　인불가의단갈　　불가식강조

曰：食飮不美, 面目顏色, 不足視也. 衣服不美, 身體從
왈　식음불미　면목안색　부족시야　　의복불미　신체종

容[4], 不足觀也. 是以食必粱肉[5], 衣必文繡. 此掌[6]不從事
용　부족관야　시이식필량육　　의필문수　차장　부종사

乎衣食之財, 而掌食乎人者也.
호의식지재　이장식호인자야

是故子墨子曰：今王公大人, 惟毋[7]爲樂, 虧奪民衣食之
시고자묵자왈　금왕공대인　유무　위락　휴탈민의식지

財, 以拊[8]樂如此多也. 是故子墨子曰：爲樂非也.
재　이부　악여차다야　시고자묵자왈　위악비야

1 萬(만)－춤의 총칭. 『시경』에 보이는 만무(萬舞)와 같은 뜻. 따라서 '만인(萬
人)'은 무인(舞人). 악공(樂工). 2 短褐(단갈)－길이가 짧은 조악(粗惡)한 천으
로 만든 옷을 말한다. 3 糠糟(강조)－술지게미와 겨 같은 조악한 음식. 4 從
容(종용)－거동(擧動)의 뜻(『廣雅』). 5 粱肉(량육)－기장밥과 고기 같은 좋은
음식. 6 掌(장)－상(常)과 통하여, '언제나'. '늘'. 7 惟毋(유무)－'오직'. 무
(毋)는 어조사임. 8 拊(부)－치는 것. 연주하는 것.

임금이 음악을 즐기느라고 백성들이 먹고 입을 재물을 낭비하
였던 보기로 제(齊)나라 강공(康公)을 들고 있다. 그는 음악을 즐기
기 위하여 백성들로부터 긁어모은 막대한 재물을 낭비했던 것이다.

7-1 지금 사람은 본시부터 새와 짐승들인 고라니와 사슴이
나 나는 새나 기어다니는 벌레와 다른 것이다. 지금의
새와 짐승들인 고라니와 사슴이나 나는 새나 기어다니는 벌레들
은 그들의 깃과 털로 옷을 삼고 있고, 그들의 발꿈치와 발톱으로

행전과 신을 삼고 있고, 그들이 먹는 물과 풀로 음식을 삼고 있다. 그러므로 숫놈은 밭 갈고 씨 뿌리며 농사짓지 않아도 되고 암놈 역시 실뽑기와 길쌈을 하지 않아도 되니, 입고 먹을 재물들이 본시부터 이미 갖추어져 있기 때문이다.

지금 사람들은 이와는 다르다. 그들의 힘을 빌면 살게 되고, 그들의 힘을 빌지 않으면 살지 못하게 된다. 군자들은 나라를 다스리는 데 힘쓰지 아니하면 곧 법과 정치가 어지러워지며, 천한 사람들이 일에 종사하지 않으면 곧 쓸 재물이 부족하게 된다.

今人固與禽獸麋鹿蜚鳥¹貞蟲², 異者也. 今之禽獸麋鹿蜚
금 인 고 여 금 수 미 록 비 조 정 충   이 자 야   금 지 금 수 미 록 비

鳥貞蟲, 因其羽毛以爲衣裘, 因其蹄³蚤⁴以爲絝屨⁵, 因其
조 정 충   인 기 우 모 이 위 의 구   인 기 제 조 이 위 고 구   인 기

水草以爲飮食, 故唯使雄不耕稼樹藝, 雌亦不紡績織紝,
수 초 이 위 음 식   고 유 사 웅 불 경 가 수 예   자 역 불 방 적 직 임

衣食之財, 固已具矣.
의 식 지 재   고 이 구 의

今人與此異者也. 賴其力者生, 不賴其力者不生. 君子
금 인 여 차 이 자 야   뇌 기 력 자 생   불 뢰 기 력 자 불 생   군 자

不强聽治, 卽刑政亂, 賤人不强從事, 卽財用不足.
불 강 청 치   즉 형 정 란   천 인 불 강 종 사   즉 재 용 부 족

1 蜚鳥(비조)-비(蜚)는 비(飛)와 통하여, '나는 새'. 2 貞蟲(정충)-정(貞)은 정(征)과 통하여, 기어다니는 벌레(또는 짐승)들. 3 蹄(제)-발꿈치. 4 蚤(조)-조(爪)와 통하여, '발톱'. 5 絝屨(고구)-고(絝)는 고(袴)와 통하여, 정강이에 감는 천. 구(屨)는 신.

7-2 지금 천하의 군자들이 내 말을 그렇지 않다고 여긴다면, 그러면 곧 시험 삼아 천하의 나누어진 직책을 헤아

려 보고 또 음악의 해를 살펴보기로 하자.

임금이나 대신들은 일찍 조회에 나가고 늦게 퇴근하면서 옥사를 다스리고 정사를 처리하는데 이것이 나누어진 직책인 것이다. 관리들은 그들의 팔다리의 힘을 다하고, 그들이 생각하는 지혜를 다하여 안으로는 관청을 다스리고, 밖으로는 관소(關所)나 시장이나 산림이나 택지에서 나는 이익을 거둬들이어 나라의 창고와 곳간을 채우는데, 이것이 그들에게 나누어진 직책인 것이다. 농부들은 농사를 지어 콩과 조를 많이 수확하는데, 이것이 그들에게 나누어진 직책인 것이다. 부인들은 일찍 일어나고 밤늦게 자면서 실을 뽑고 길쌈을 하며 많은 삼과 누에실과 칡과 모시를 다스리어 천이나 비단을 짜는데, 이것이 그들에게 나누어진 직책인 것이다.

今天下之士君子, 以吾言不然, 然卽姑嘗數天下分事[6],
금 천 하 지 사 군 자   이 오 언 불 연   연 즉 고 상 수 천 하 분 사

而觀樂之害.
이 관 악 지 해

王公大人, 蚤朝晏退, 聽獄治政, 此其分事也. 士君子竭
왕 공 대 인   조 조 안 퇴   청 옥 치 정   차 기 분 사 야   사 군 자 갈

股肱之力, 亶[7]其思慮之智, 內治官府, 外收斂關市山林澤
고 굉 지 력   단 기 사 려 지 지   내 치 관 부   외 수 렴 관 시 산 림 택

梁[8]之利, 以實倉廩[9]府庫, 此其分事也. 農夫蚤出暮入, 耕
량 지 리   이 실 창 름 부 고   차 기 분 사 야   농 부 조 출 모 입   경

稼樹藝, 多聚叔粟[10], 此其分事也. 婦人夙興夜寐, 紡績織
가 수 예   다 취 숙 속   차 기 분 사 야   부 인 숙 흥 야 매   방 적 직

絍[11], 多治麻絲[12]葛緒[13], 綑[14]布繰[15], 此其分事也.
임   다 치 마 사 갈 서   곤 포 조   차 기 분 사 야

6 分事(분사)-각기 나뉘어진 직책. 7 亶(단)-탄(殫)과 통하여, '다하는 것'.
8 梁(량)-물을 막고 가운데를 틔워 발을 쳐 고기를 잡는 '어살'. 9 倉廩(창름)-창고. 곡식 창고. 10 叔粟(숙속)-숙(叔)은 숙(菽)과 통하여, '콩과 조'.

11 紡績織紙(방적직임)—실을 뽑고 옷감을 짜는 것. 12 絲(사)—명주실. 누에 고치 실. 13 葛緒(갈서)—서(緒)는 저(紵)와 통하여, '칡과 모시'. 14 絪(곤)— 짜는 것. 15 布繰(포조)—무명이나 베 천과 비단. 조(繰)는 보통 삼(繅)으로 되어 있으나 잘못임(王引之 說).

7-3

지금 임금이나 대신이 된 사람들이 음악을 좋아하여 듣기만 한다면, 곧 반드시 일찍 조회에 나가고 늦게 퇴근하면서 옥사를 다스리고 정사를 처리할 수 없게 될 것이다. 그러므로 국가는 어지러워지고 나라는 위태로워진다. 지금 관리로 있는 사람들이 음악을 좋아하여 듣기만 한다면, 곧 반드시 그들의 팔다리의 힘을 다하고, 그들이 생각하는 지혜를 다하여 안으로는 관청을 다스리고, 밖으로는 관소와 시장과 산림과 택지에서 나는 이익을 거둬들이어 나라의 창고와 곳간을 채울 수 없게 될 것이다. 그래서 나라의 창고와 곳간은 부실하게 될 것이다. 지금 오직 농부된 사람이 음악을 좋아하여 듣기만 한다면, 곧 반드시 일찍 나가고 늦게 들어오면서 밭 갈고 씨 뿌리며 농사를 지어 콩과 조를 많이 수확할 수 없게 될 것이다. 그래서 콩과 조가 부족하게 될 것이다. 지금 오직 부인된 사람들이 음악을 좋아하며 듣기만 한다면, 곧 반드시 일찍 일어나고 밤늦게 자면서 낳은 삼과 누에고치와 칡과 모시를 다스리어 천과 비단을 짤 수 없게 될 것이다. 그래서 천과 비단은 많아지지 않을 것이다.

그러면 누가 대신들이 나라를 다스리지 못하게 하고, 천한 사람들이 일에 종사하는 것을 막는 것인가? 그것은 음악이다.

그러므로 묵자가 말하기를, '음악을 연주하는 것은 그릇된 일이다.'라고 한 것이다.

今惟毋在乎王公大人, 說樂而聽之, 卽必不能蚤朝晏退,
금유무재호왕공대인　열악이청지　즉필불능조조안퇴

聽獄治政. 是故國家亂而社稷危矣. 今惟毋在乎士君子,
청옥치정　시고국가란이사직위의　금유무재호사군자

說樂而聽之, 卽必不能竭股肱之力, 亶其思慮之智, 內治
열악이청지　즉필불능갈고굉지력　단기사려지지　내치

官府, 外收斂關市山林澤梁之利, 以實倉廩府庫. 是故倉
관부　외수렴관시산림택량지리　이실창름부고　시고창

廩府庫不實. 今惟毋在乎農夫, 說樂而聽之, 卽必不能蚤
름부고부실　금유무재호농부　열악이청지　즉필불능조

出暮入, 耕稼樹藝, 多聚叔粟. 是故叔粟不足. 今惟毋在
출모입　경가수예　다취숙속　시고숙속부족　금유무재

乎婦人, 說樂而聽之, 卽必不能夙興夜寐, 多治麻絲葛緒,
호부인　열악이청지　즉필불능숙흥야매　다치마사갈서

絪布繰. 是故布繰不興.
곤포조　시고포조불흥

曰 : 孰爲而廢大人之聽治[16], 賤人[17]之從事? 曰 : 樂也.
왈　숙위이폐대인지청치　천인　지종사　왈　악야

是故子墨子曰 : 爲樂非也.
시고자묵자왈　위악비야

16 孰爲而廢大人之聽治(숙위이폐대인지청치) ― 보통은 '숙위대인지청치이폐 (孰爲大人之聽治而廢)'로 되어 있으나 잘못 바뀌어진 것임(兪樾 說). **17** 賤人 (천인) ― 국가(國家)로 잘못되어 있으나 고쳤음(兪樾 說).

　여기서는 구체적으로 임금이나 대신 또는 관리들이나 농부들, 또는 부인들이 음악을 즐길 때 어떤 폐해가 생기는가를 논하고 있 다. 여기에서 사람과 짐승의 차이를 생산을 위한 노동이 있고 없는 것으로 파악하고 있는 점은 재미있는 착상이라 하겠다.

8-1 무엇으로써 음악을 연주하는 것이 잘못된 일이라는 것을 아는가? 옛 훌륭한 임금의 책인 탕(湯)임금의 관형(官刑)에 이런 기록이 있다.

"늘 집안에서 춤을 추는 것을 바로 무풍(巫風)이라 한다. 거기에 대한 형벌은 벼슬하는 자라면 명주실 두 타래를 내게 하고, 서민이라면 그 두 배를 내거나 누런 실 2백 줄을 내게 한다."

그리고 또 말하였다.

"춤을 너울너울 추고 생황(笙簧) 소리 크게 울리면, 하나님도 도와주지 않아 온 세상의 나라들이 망할 것이고, 하나님도 그를 좋지 않게 보시고 그에게 온갖 재앙을 내리어 그의 집안은 반드시 망할 것이다."

何以知其然也? 曰:先王之書, 湯之官刑¹有之.

曰恒舞于宮², 是謂巫風³. 其刑, 君子出絲二衛⁴, 小人否⁵, 似二伯黃徑⁶.

乃言曰:嗚乎! 舞佯佯⁷, 黃言⁸孔章, 上帝弗常⁹, 九有¹⁰以亡, 上帝不順, 降之百殃¹¹, 其家必壞喪.

1 湯之官刑(탕지관형)—탕임금의 관형(官刑). 지금의 『서경(書經)』 이훈(伊訓)에 첫머리 구절과 같은 글이 보인다. 2 宮(궁)—집. 3 巫風(무풍)—무당의 풍조. 춤추고 노래하는 풍조를 말한 것이다. 4 二衛(이위)—'위'는 술(術)의 잘못. 실을 묶어놓은 수량을 나타내는 단위(『墨子開詁』). 편의상 '두 타래'라 번역하였다. 5 否(부)—배(倍)의 뜻(『墨子開詁』). 두 배. 6 似二百黃徑(사이백황경)—'사'는 이(以), '경'은 경(經)과 통하여(于省吾 說), 2백 줄의 황사(黃絲)를 내도록 하였다는 뜻. 7 佯佯(양양)—양양(洋洋). 춤을 너울너울 추는 모양. 8

黃言(황언) – '황'은 황(簧), '언'은 음(音)과 통하여(于省吾 說), 생황 소리. **9**
弗常(불상) – '상'은 상(尙)과 통하여, 돕지 않는 것. **10** 九有(구유) – 구주(九
州)의 나라들. 중원(中原)의 나라들. **11** 百殃(백상) – 여러 가지 재앙.

8-2 온 세상의 나라들이 망하는 까닭을 살펴보면, 부질없
이 음악을 아름답게 연주하기에 힘썼기 때문이다. 무
관(武觀)에는 이렇게 말하고 있다.

"계(啓)는 지나치게 편안히 즐기고 들에 나가 먹고 마시며, 피리
와 경(磬) 소리를 덩그렁덩그렁 울리기에 힘을 쓰고 술에 빠져 들판
에 나가 멋대로 음식을 먹었으며, 너울너울 춤을 추어 하늘에까지
밝게 알려지니, 하늘은 그것은 법도에 어긋나는 일이라 하셨다."

그처럼 위에서는 하늘과 귀신이 법도에 어긋난다 하였고, 아래
로는 백성들에게 이롭지 못한 일이 된다. 그러므로 묵자가 말하
였다.

"지금 천하의 선비와 군자들이 진실로 천하의 이익을 일으키고
천하의 해를 없애고자 한다면, 마땅히 음악 같은 물건은 금하여
연주하지 않도록 해야만 하는 것이다."

察九有之所以亡者, 徒從飾樂也. 於武觀¹²曰 :
찰 구 유 지 소 이 망 자   도 종 식 악 야   어 무 관   왈

啓¹³乃淫溢¹⁴康樂, 野于飮食, 將將¹⁵銘莧磬¹⁶以力, 湛濁¹⁷
계   내 음 일   강 락   야 우 음 식   장 장   명 한 경   이 력   심 탁

于酒, 渝¹⁸食于野, 萬舞¹⁹翼翼²⁰. 章聞于大²¹, 天用弗式²².
우 주   유   식 우 야   만 무   익 익   장 문 우 대   천 용 불 식

故上者天鬼弗戒²³, 下者萬民弗利. 是故子墨子曰 :
고 상 자 천 귀 불 계   하 자 만 민 불 리   시 고 자 묵 자 왈

今天下士君子, 請將欲求興天下之利, 除天下之害, 當
금 천 하 사 군 자   청 장 욕 구 흥 천 하 지 리   제 천 하 지 해   당

在樂之爲物, 將不可不禁而止也.
재 악 지 위 물　　장 부 가 부 금 이 지 야

12 武觀(무관)－하(夏)나라의 역사 기록.　**13** 啓(계)－하(夏)나라를 세운 우(禹)
의 아들.　**14** 淫溢(음일)－지나친 것.　**15** 將將(장장)－악기가 울리는 소리.
16 銘莧磬(명한경)－'명'은 명(鳴), '한'은 관(管)과 통하여(于省吾 說), 관악기
과 경 소리를 울리는 것.　**17** 湛濁(심탁)－침탁(沈濁). 빠지는 것.　**18** 渝(유)－
투(偸)와 통하여, 구차히. 멋대로.　**19** 萬舞(만무)－춤의 총명(總名). 문무(文
舞)와 무무(武舞) 등을 다 합쳐 부르는 말.　**20** 翼翼(익익)－춤추는 모양.　**21**
大(대)－천(天). 하늘.　**22** 弗式(불식)－법도가 아니라고 하다, 법도에 어긋나
는 것.　**23** 弗戒(불계)－불식(弗式).

　　음악을 즐기는 행위는 결국 나라를 망치게 됨을 강조하면서
이 편의 결론을 내리고 있다. 음악의 부정이 인정에 어긋나는 일이
라 판단하기 쉬우나, 봉건전제 체제 아래에서 어려움을 당하던 아
래 서민들의 입장을 대변하는 이가 묵자임을 명심해야 할 것이다.

※ 이 뒤에 있어야 할 다음과 같은 두 편[33. 비악편(非樂篇)(中) /
34. 비악편(非樂篇)(下)]도 없어져 지금의 '묵자'에는 제목만 남
아 있고 내용은 전하여지지 않는다.

墨子

35.
비명편 非命篇(上)

'비명'이란 운명론(運命論)이나 숙명론(宿命論)을 부정한다는 뜻이다. 묵자는 사람이 부지런히 일하고 노력하는 것을 존중하는 입장에서 운명론이나 숙명론에 대하여 반기를 들고 있는 것이다. 곧 누구나 부지런히 일하면 잘살 수 있게 되고, 나아가서는 살기 좋은 세상을 이룩할 수 있다는 것이다. 그 시대의 대표적인 학파인 유가(儒家)와 도가(道家)가 모두 숙명(宿命)을 중시하는 경향이 있었음에도 주의해야 한다.

1-1 묵자가 말하였다.

"옛날 임금이나 대신들이나 나라를 다스리던 사람들은 모두 나라를 부하게 하고, 인민을 많게 하고 법과 정치가 잘 다스려지기를 바랐다.

그런데도 부하여지지는 못하고 가난해지고, 많아지지는 못하고 적어지고, 다스려지지는 못하고 어지러워졌으니, 곧 이것은 근본적으로 그가 바라던 것은 잃고 그가 싫어하는 것을 얻은 것이다. 이렇게 된 까닭은 무엇인가?"

묵자가 말하였다.

"인간들 사이에 운명이 있다고 주장하는 자들이 많기 때문인 것이다."

운명이 있다고 주장하는 자들은 이렇게 말한다.

"운명이 부하게 되어 있으면 부하게 되고, 운명이 가난하게 되어 있으면 가난하며, 운명이 많아지게 되어 있으면 많아지고, 운명이 적어지게 되어 있으면 적어지며, 운명이 다스려지게 되어 있으면 다스려지고, 운명이 어지러워지게 되어 있으면 어지러워지며, 운명이 오래 살게 되어 있으면 오래 살고, 운명이 일찍 죽게 되어 있으면 일찍 죽는다. 힘이 비록 세다 한들, 무슨 도움이 되겠는가?"

그런 말로써 위로는 임금과 대신들을 설복시키고, 아래로는 백성들이 일에 종사하는 것을 방해한다. 그러므로 운명이 있다고 주장하는 자들은 어질지 못한 자들이다. 그러므로 운명이 있다고 주장하는 자들의 말에 대하여 분명히 판단하지 않으면 안 될 것이다.

子墨子曰 : 古者王公大人, 爲政國家者, 皆欲國家之富,
자묵자왈   고자왕공대인   위정국가자   개욕국가지부

人民之衆, 刑政之治.
인민지중   형정지치

然而不得富而得貧, 不得衆而得寡, 不得治而得亂, 則
연이부득부이득빈   부득중이득과   부득치이득란   즉

是本失其所欲, 得其所惡. 是故何也?
시본실기소욕   득기소오   시고하야

子墨子言曰 : 執[1]有命者, 以襍[2]於民間者衆. 執有命者之
자묵자언왈   집유명자   이잡어민간자중   집유명자지

言曰 : 命富則富, 命貧則貧, 命衆則衆, 命寡則寡, 命治則
언왈   명부즉부   명빈즉빈   명중즉중   명과즉과   명치즉

治, 命亂則亂, 命壽則壽, 命夭³則夭. 力雖强勁, 何益哉?
치 명란즉란 명수즉수 명요 즉요 역수강경 하익재

以上說王公大人, 下以阻⁴百姓之從事. 故執有命者, 不
이상설왕공대인 하이조백성지종사 고집유명자 불

仁. 故當執有命者之言, 不可不明辨.
인 고당집유명자지언 불가불명변

1 執(집)－고집하다, 주장하다. 2 襍(잡)－잡(雜)과 같은 자로, '섞이는 것'.
3 夭(요)－일찍 죽는 것. 4 阻(조)－막다. 방해하다.

1-2 그러면 이러한 이론에 대하여 분명한 판단을 내리자면 어떻게 해야 하는가? 묵자가 말하기를, '반드시 법도를 세워야 한다.'고 하였다. 말을 하면서도 법도가 없다면 마치 돌림대 위에 서서 동쪽과 서쪽을 판단하려는 거와 같은 것이다. 그것이 옳은지 그른지, 이로운지 해로운지를 분명히 분별을 할 수가 없을 것이다. 그러므로 반드시 세 가지 기준이 있어야 한다고 말하는 것이다.

무엇을 세 가지 기준이라 하는가?

묵자가 말하였다.

"근본이 있어야 하고, 근원이 있어야 하며, 쓰여지는 데가 있어야 한다. 어디에 근본을 두어야 하는가? 위로 옛날 성왕들의 일에 근본을 두어야 한다. 어디에 근원을 두어야 하는가? 아래로 백성들의 귀와 눈으로 듣고 본 사실에 근원을 두어야 한다. 어디에서 쓰임을 찾아야 하는가? 그것을 써서 법과 정치를 다스리고 나라와 백성과 인민의 이익에 부합하도록 할 수 있어야 하는 것이다. 이 것이 이른바 세 가지 기준이 있다고 하는 것이다."

然則明辨此之說, 將奈何哉? 子墨子言曰 : 必立儀. 言
연즉명변차지설　장내하재　자묵자언왈　필립의　언

而毋儀[5], 譬猶運[6]鈞[7]之上而立朝夕[8]者也. 是非利害之辨,
이무의　비유운균지상이립조석자야　시비리해지변

不可得而明知也. 故言必有三表.
불가득이명지야　고언필유삼표

何謂三表[9]? 子墨子曰 : 有本之者, 有原之者, 有用之者.
하위삼표　자묵자왈　유본지자　유원지자　유용지자

於何本之? 上本之於古者聖王之事. 於何原之? 下原察百
어하본지　상본지어고자성왕지사　어하원지　하원찰백

姓耳目之實. 於何用之? 廢[10]以爲刑政, 觀其中國家百姓
성이목지실　어하용지　폐　이위형정　관기중국가백성

人民之利. 此所謂言有三表也.
인민지리　차소위언유삼표야

5 儀(의) — 법도. 규범.　**6** 運(운) — 전(轉)의 뜻으로, '돌아가는 것'.　**7** 鈞(균) —
돌림대. 흙으로 그릇을 만드는 사람이 빙빙 돌리는 기구.　**8** 立朝夕(입조석) —
아침에 해가 뜨는 동쪽과, 저녁에 해가 지는 서쪽을 따져 가리키는 것.　**9** 表
(표) — 기준, '표준'.　**10** 廢(폐) — 발(發)과 통하여, '발휘하는 것'(王引之說).

묵자는 숙명론(宿命論)이 옳고 그른가, 또는 이가 되는가 해가
되는가를 따지기 위하여는 첫째, 역사적으로 근본을 찾으며, 둘째,
사실에 입각하여 근원을 따지며, 셋째, 실제로 그것을 적용할 때
어떻게 되는가의 세 가지 기준을 세워야 한다고 주장한다. 이것은
숙명론을 부정하기 위한 논리의 준비인 것이다.

묵자는 이 세 가지 기준을 바탕으로 하여 숙명론을 비판한 것
이다. 하기는 묵자는 숙명론뿐만 아니라 모든 사실을 증명할 때,
이 실증적인 방법을 사용하였다. 묵자의 이러한 기준에 의한 실증
은 유추적(類推的)인 논법과 함께(「공수편」 참조) 논리학적으로 높이
평가되고 있다.

2 그러나 지금 천하의 군자들 중에는 간혹 운명이 있다고 주
장하는 이가 있다. 그러나 시험 삼아 위로 성왕들의 일을
살펴보기로 하자. 옛날 걸(桀)임금이 어지럽힌 세상을 탕(湯)임금이
물려받아 다스렸고, 주(紂)임금이 어지럽힌 세상을 무왕(武王)이 물
려받아 다스렸다. 이것은 세계가 바뀌지도 않고 백성들이 달라지
지도 않았는데 걸임금과 주임금에게 맡겼을 적에는 천하가 어지
러웠고, 탕임금과 무왕에게 맡겼을 적에는 천하가 다스려졌던 것
이다. 어찌 숙명(宿命)이 있다고 할 수가 있겠는가?

然而今天下之士君子, 或以命爲有. 蓋嘗¹尙²觀於聖王之
연 이 금 천 하 지 사 군 자   혹 이 명 위 유   개 상 상 관 어 성 왕 지

事. 古者桀之所亂, 湯受以治之, 紂之所亂, 武王受而治
사   고 자 걸 지 소 란   탕 수 이 치 지   주 지 소 란   무 왕 수 이 치

之. 此世未易, 民未渝³, 在於桀紂則天下亂, 在於湯武則
지   차 세 미 역   민 미 유   재 어 걸 주 즉 천 하 란   재 어 탕 무 즉

天下治. 豈可謂有命哉?
천 하 치   기 가 위 유 명 재

1 嘗(상) ― 시험 삼아. 2 尙(상) ― 상(上)과 통하여, '위로'. 3 渝(유) ― 변하다.

똑같은 세상, 똑같은 백성들인데도 폭군에게 맡기면 어지럽
고, 바르고 성실한 임금에게 맡기면 다스려진다. 그러니 숙명이란
없다는 것이다. 이것은 '역사에 근본을 둔다.'는 세 가지 표준 중
의 첫째에 해당한다.

이 뒤로도 '옛 임금들의 책'에 숙명론이 없음을 논술하면서
숙명론을 부정한다. 그리고는 숙명론이란 천하의 정의(正義)에도

위배되고 백성들의 이익에도 반하는 것이라 하면서 탕왕과 무왕의 보기를 들어 그것을 증명한다. 그것이 '둘째, 백성들에게 근원을 두며', '셋째, 실제로 나라와 백성들을 위하여 잘 쓰이는가?'를 논한 것이다.

3 그러나 지금의 군자들 중에는 간혹 운명이 있다고 주장하는 이가 있다. 그러나 시험 삼아 위로 옛 훌륭한 임금들의 책을 살펴보기로 하자. 옛 훌륭한 임금들의 책을 보면 나라에 널리 펴서 백성들에게 알리어 행하도록 하고 있는 것은 법이다. 옛 훌륭한 임금들의 법에 일찍이 '복은 불러올 수가 없고, 화는 피할 수가 없으며, 공경스러움도 유익하지 않고, 난폭한 짓도 나쁘지 않다.'고 쓰여 있던가?

소송문제를 재판하고 죄를 결정하는 근거가 형법이다. 옛 훌륭한 임금들의 형법에 일찍이 '복은 불러올 수가 없고, 화는 피할 수가 없으며, 공경스러움도 유익하지 않고, 난폭한 짓도 나쁘지 않다.'고 쓰여 있던가?

군대를 정비하고 부대를 나아가고 물러나도록 하는 근거가 훈시이다. 옛 훌륭한 임금들의 훈시에 일찍이 '복은 불러올 수가 없고, 화는 피할 수가 없으며, 공경스러움도 유익하지 않고, 난폭한 짓도 나쁘지 않다.'고 한 일이 있던가?

그러므로 묵자가 말하였다.

"나는 다 헤아려보지는 못하였지만, 천하의 좋은 책은 다 헤아릴 수가 없다. 대강 숫자를 따진다면 앞에 든 다섯 가지일 것이다. 지금 운명이 있다고 주장하는 이론을 거기에서 찾아보았지만 찾을 수가 없었다. 그러니 그 주장은 버려야만 할 것이 아니겠는가?"

然而今天下之士君子, 或以命爲有. 蓋嘗尙¹觀於先王之
연이금천하지사군자 혹이명위유 개상상관어선왕지

書. 先王之書, 所以出²國家, 布施³百姓者, 憲也. 先王之
서 선왕지서 소이출국가 포시백성자 헌야 선왕지

憲, 亦嘗有日: 福不可請⁴, 而禍不可諱⁵, 敬無益, 暴無傷⁶
헌 역상유왈 복불가청 이화불가휘 경무익 폭무상

者乎?
자호

所以聽獄制罪者, 刑也. 先王之刑, 亦嘗有日: 福不可
소이청옥제죄자 형야 선왕지형 역상유왈 복불가

請, 禍不可諱, 敬無益, 暴無傷者乎?
청 화불가휘 경무익 폭무상자호

所以整設師旅⁷, 進退師徒⁸者, 誓⁹也. 先王之誓, 亦嘗有
소이정설사려 진퇴사도자 서야 선왕지서 역상유

日: 福不可請, 禍不可諱, 敬無益, 暴無傷者乎?
왈 복불가청 화불가휘 경무익 폭무상자호

是故子墨子言日: 吾當¹⁰未鹽數¹¹, 天下之良書, 不可盡
시고자묵자언왈 오당 미염수 천하지량서 불가진

計數. 大方¹²論數, 而五者¹³是也. 今雖毋求執有命者之言.
계수 대방론수 이오자 시야 금수무구집유명자지언

不必得, 不亦可錯¹⁴乎?
불필득 불역가착 호

---

1 尙(상)－상(上)과 통함. **2** 出(출)－내놓다, 공포(公布)하다. **3** 布施(포시)－
공포하여 시행케 하는 것. **4** 請(청)－청하다, 불러오다. **5** 諱(휘)－위(違)와
통하여, 피하다. **6** 暴無傷(폭무상)－난폭해도 손해가 없다. **7** 師旅(사려)－군
대. **8** 師徒(사도)－군인. 부대. **9** 誓(서)－전쟁에 앞서 임금이나 장수가 군인
들에게 하는 훈시. 거기에서 전쟁의 이유·목표·군령 등을 하달한다. 『서
경(書經)』에 감서(甘誓)·탕서(湯誓)·태서(泰誓) 등의 글이 있다. **10** 吾當(오
당)－'당'은 상(尙)의 잘못(『墨子閒詁』). **11** 鹽數(염수)－'염'은 진(盡)의 잘못.
다 헤아리다. **12** 大方(대방)－대략, 대강. **13** 五者(오자)－'오'는 삼(三)의
잘못. **14** 錯(착)－폐(廢). 버리다.

여기서는 '옛 훌륭한 임금들의 책(또는 옛 훌륭한 임금들의 법)'·

'옛 훌륭한 임금들의 형법'·'옛 훌륭한 임금들의 훈시'를 근거로, 숙명론을 부정하고 있다. 이 이론은 '세 가지 기준'의 '근원이 되는 것'에 해당한다.

4-1 지금 운명이 있다고 주장하는 사람들의 이론을 따른다면, 그것은 천하의 의로움을 뒤엎는 것이 된다. 천하의 의로움을 뒤엎는 자들이란, 바로 운명을 내세우는 자들이며, 백성들의 걱정을 만드는 자들이다. 백성들이 걱정하는 것을 기뻐하는 자란 바로 천하 사람들을 멸망시키는 자들이다.

그런데 의로운 사람이 윗자리에 있게 되기를 바라는 까닭은 무엇이겠는가? 그것은 의로운 사람이 윗자리에 있으면 천하가 반드시 잘 다스려지고, 하나님과 산천의 귀신들에게도 반드시 제사를 주관할 사람이 있게 되어 만백성들이 큰 이익을 받게 될 것이기 때문이다.

무엇으로 그러함을 아는가?

묵자가 말하였다.

"옛날 탕(湯)임금은 박(亳)에 봉해졌는데, 땅의 긴 곳을 잘라 짧은 곳에 이어 네모꼴로 만들어 놓고 보면 사방 백 리 넓이의 땅이었다. 탕임금은 그곳 백성들과 다 같이 서로 사랑하고, 서로 이롭게 해주며, 남는 것이 있으면 서로 나누어 주었다.

그리고 그의 백성들을 이끌고 하늘을 높이며 귀신을 섬기었다. 그리하여 하늘과 귀신은 그를 부하게 해주고, 제후들은 그의 편이 되며, 백성들은 그와 친하게 되고, 현명한 사람들이 그를 따르게 되었다. 그리하여 그가 죽지 않고 세상에 살고 있는 동안에 천하의 왕자가 되고 제후들의 우두머리가 되었다."

今用執有命者之言, 是覆¹天下之義. 覆天下之義者, 是
금 용 집 유 명 자 지 언　시 복 천 하 지 의　복 천 하 지 의 자　시

立命者也, 百姓之誶²也. 說³百姓之誶者, 是滅天下之人也.
립 명 자 야　백 성 지 수 야　열 백 성 지 수 자　시 멸 천 하 지 인 야

然則所爲欲義在上者, 何也? 曰 : 義人在上, 天下必治.
연 즉 소 위 욕 의 재 상 자　하 야　왈　의 인 재 상　천 하 필 치

上帝山川鬼神, 必有幹主⁴, 萬民被其大利.
상 제 산 천 귀 신　필 유 간 주　만 민 피 기 대 리

何以知之? 子墨子曰 : 古者湯封於亳⁵, 方地百里. 與其
하 이 지 지　자 묵 자 왈　고 자 탕 봉 어 박　방 지 백 리　여 기

百姓, 兼相愛, 交相利, 移⁶則分.
백 성　겸 상 애　교 상 리　이 즉 분

率其百姓, 以上尊天事鬼. 是以天鬼富之, 諸侯與之, 百
솔 기 백 성　이 상 존 천 사 귀　시 이 천 귀 부 지　제 후 여 지　백

姓親之, 賢士歸之. 未歿其世, 而王天下, 政⁷諸侯.
성 친 지　현 사 귀 지　미 몰 기 세　이 왕 천 하　정 제 후

1 覆(복)－뒤엎다. 망치는 것. 2 誶(수)－체(悴)와 통하여(俞樾 說), 걱정하다,
근심하다. 3 說(열)－기뻐하다. 4 幹主(간주)－종주(宗主). 제사를 주관하여
지내는 사람. 5 亳(박)－상(商)나라의 도읍. 지금의 하남성(河南省) 낙양(洛陽)
동쪽의 언사현(偃師縣). 6 移(이)－여분(餘分). 7 政(정)－정(正)·장(長). 우두
머리.

4-2 "옛날 문왕은 기주(岐周)에 봉해졌는데, 땅의 긴 곳을
잘라 짧은 곳에 이어 네모꼴로 만들어 놓고 보면 사방
백 리 넓이의 땅이었다. 문왕은 그곳 백성들과 다 같이 서로 사랑
하고 서로 이롭게 해주며, 남는 것이 있으면 서로 나누어 주었다.

그래서 가까이 있는 사람들은 그의 정치에 편안히 지내고, 멀리
있는 사람들은 그의 덕을 따르게 되었다. 문왕에 대하여 들은 사
람들은 모두 일어나 그에게로 달려갔다. 약하고 못나고 팔다리가
불편한 사람들이 그들 사는 곳에서 소원을 빌기를 "어떻게 해서든

지 문왕의 영토가 우리 사는 곳까지 미쳤으면 좋겠다. 우리가 그를 본뜨면 우리는 이롭게 될 것이니, 어찌 문왕의 백성들과 같게 되지 않겠는가?"고 하였다.

그래서 하늘과 귀신이 그를 부하게 해주고, 제후들은 그의 편이 되며, 백성들은 그와 친하게 되고, 현명한 사람들은 그를 따르게 되었다. 그리하여 그가 죽지 않고 세상에 살고 있는 동안에 천하의 왕자가 되고, 제후들의 우두머리가 되었다.

전에 내가 말하기를, 의로운 사람이 윗자리에 있으면 천하가 반드시 다스려지고, 하나님과 산천의 귀신들에게도 반드시 제사를 주관할 사람이 있게 되어 만백성들이 큰 이익을 보게 된다고 하였다. 나는 이상과 같은 사실로써 그러한 것을 알게 된 것이다."

昔者文王封於岐周[8]. 絶長繼短, 方地百里. 與其百姓,
석 자 문 왕 봉 어 기 주   절 장 계 단   방 지 백 리   여 기 백 성

兼相愛, 交相利則[9].
겸 상 애   교 상 리 즉

是以近者安其政, 遠者歸[10]其德. 聞文王者, 皆起而趨
시 이 근 자 안 기 정   원 자 귀   기 덕   문 문 왕 자   개 기 이 추

之. 罷不肖[11]股肱不利[12]者, 處[13]而願之, 曰 : 奈何乎使文
지   피 불 초   고 굉 불 리   자   처   이 원 지   왈   내 하 호 사 문

王之地及我. 吾則吾利[14], 豈不亦猶文王之民也哉?
왕 지 지 급 아   오 칙 오 리   기 부 역 유 문 왕 지 민 야 재

是以天鬼富之, 諸侯與之, 百姓親之, 賢士歸之. 未歿其
시 이 천 귀 부 지   제 후 여 지   백 성 친 지   현 사 귀 지   미 몰 기

世, 而王天下, 政諸侯.
세   이 왕 천 하   정 제 후

鄕者言曰 : 義人在上, 天下必治, 上帝山川鬼神, 必有
향 자 언 왈   의 인 재 상   천 하 필 치   상 제 산 천 귀 신   필 유

幹主, 萬民被其大利. 吾用此[15]知之.
간 주   만 민 피 기 대 리   오 용 차   지 지

8 岐周(기주) - 기산(岐山) 아래 주(周)나라의 옛 도읍. 지금의 섬서성(陝西省) 기산현(岐山縣). 9 交相利則(교상리즉) - '즉' 자 위에 '이(移)' 자가 빠지고, 다시 '즉' 자 아래에 '분(分)' 자가 빠져버린 듯(俞樾 說). 10 歸(귀) - 귀복(歸服)하다. 따르다. 11 罷不肖(피불초) - '피'는 피(疲)와 통하여, 지치고 약한 사람. '불초'는 못난 사람. 12 股肱不利(고굉불리) - 팔다리가 불편한 것. 13 處(처) - 그의 고장에 살고 있는 것. 14 吾則吾利(오칙오리) - 우리가 그를 본받아 우리가 이익을 보게 된다. 15 用此(용차) - 이차(以此). 이러한 사실로써.

◈◈◈

여기서는 탕(湯)임금과 문왕(文王)이 숙명론을 믿지 않고 의롭게 세상을 다스림으로써 천하의 왕자가 되었던 사실을 들어 운명이 있다고 주장하거나 숙명(宿命)을 믿는 것은 잘못된 일임을 증명하고 있다. 이 이론은 '세 가지 기준'의 '쓰여지는 것'에 해당한다.

5-1 그러므로 옛날의 성왕들이 법령을 반포하고 명령을 내리며 상과 벌을 주는 제도를 마련하여 현명한 짓은 권장하고 포악한 짓은 막았다. 그리하여 들어가서는 부모에게 자식은 효도를, 부모는 자식들에게 자애로움을 다하고, 나아가서는 마을의 어른들에게는 공경을 다하고, 어른은 아랫사람들을 위해주며, 들어앉아 있어도 법도가 있고, 나들이함에는 절도가 있으며, 남자와 여자는 분별이 있는 것이다. 그러므로 이들에게 관청을 다스리게 하면 도둑질을 하지 않고, 성을 지키게 하면 배반하지 않으며, 임금에게 어려움이 있으면 목숨을 바치고, 임금이 망명을 하게 되면 행동을 같이하는 것이다. 이것은 윗사람으로서 상을 주

어야 할 일이며 백성들이 칭찬하는 일인 것이다.

是故古之聖王, 發憲出令, 設以爲賞罰, 以勸賢沮暴[1].
시 고 고 지 성 왕　　발 헌 출 령　　설 이 위 상 벌　　이 권 현 저 폭

是以入則孝慈於親戚[2], 出則弟長於鄕里, 坐處有度, 出入
시 이 입 즉 효 자 어 친 척　　출 즉 제 장 어 향 리　　좌 처 유 도　　출 입

有節, 男女有辨. 是故使治官府則不盜竊, 守城則不崩叛[3],
유 절　　남 녀 유 변　　시 고 사 치 관 부 즉 부 도 절　　수 성 즉 불 붕 반

君有難則死, 出亡則送[4]. 此上之所賞, 而百姓之所譽也.
군 유 난 즉 사　　출 망 즉 송　　차 상 지 소 상　　이 백 성 지 소 예 야

1 沮暴(저폭) – 포악한 짓을 막다. 본시는 들어 있지 않으나 왕인지(王引之) 설(說)을 따라 보충하였다.　**2** 親戚(친척) – 옛날엔 부모를 가리킴.　**3** 崩叛(붕반) – 붕(崩)은 배(背)와 통하여, '배반'의 뜻.　**4** 送(송) – 외국으로 도망하는 임금을 따라 행동을 같이하는 것.

5-2 운명이 있다고 주장하는 사람들은 말한다.

"윗사람이 상을 주는 것은 운명이 본시 상을 타게 되어 있기 때문이지, 현명하기 때문에 상을 받는 것은 아니다."

그러므로 들어가서는 부모는 자식들에게 자애롭지 않고 자식들은 효도하지 않고, 나아가서는 마을 어른들에게 공경하지 않고 어른은 아랫사람들을 위해주지 않으며, 들어앉아 있어도 법도에 맞지 않고, 나들이 할 적에도 절도가 없으며, 남자와 여자들은 분별이 없게 된다. 그러므로 관청을 다스리게 되면 도둑질을 하고, 성을 지키게 되면 배반을 하게 되며, 임금에게 어려움이 있어도 목숨 바쳐 위하지 아니하고 임금이 망명하게 되면 행동을 같이하지 않는다. 이것은 윗사람으로서는 벌해야 할 일이며 백성들이 비난

하고 욕하는 일인 것이다.

執有命者之言曰：上之所賞, 命固且賞, 非賢故賞也.
집 유 명 자 지 언 왈   상 지 소 상   명 고 차 상   비 현 고 상 야

是故入則不慈孝於親戚, 出則不弟長於鄕里, 坐處不度,
시 고 입 즉 불 자 효 어 친 척   출 즉 불 제 장 어 향 리   좌 처 부 도

出入無節, 男女無辨. 是故治官府則盜竊, 守城則崩叛, 君
출 입 무 절   남 녀 무 변   시 고 치 관 부 즉 도 절   수 성 즉 붕 반   군

有難則不死, 出亡則不送. 此上之所罰, 百姓之所非毀也.
유 난 즉 불 사   출 망 즉 불 송   차 상 지 소 벌   백 성 지 소 비 훼 야

5-3 운명이 있다고 주장하는 자들은 말한다.

"윗사람이 벌을 주는 것은 운명에 본시부터 벌을 받도록 되어 있기 때문에 벌을 받는 것이지, 포악하기 때문에 벌을 받는 것은 아니다."

이런 생각으로 임금 노릇을 하게 되면 의롭지 않을 것이고, 신하 노릇을 하게 되면 충성스럽지 않을 것이며, 아비 노릇을 하게 되면 자애롭지 않을 것이고, 자식 노릇을 하게 되면 효성스럽지 않을 것이며, 형 노릇을 하게 되면 윗사람답지 못할 것이고, 아우 노릇을 하게 되면 공경하지 않을 것이다. 그런데도 힘 주어 운명을 주장하는 것은 특히 흉악한 이론이 생겨나는 원인이 되며, 난폭한 사람의 법도가 되는 것이다.

執有命者言曰：上之所罰, 命固且罰, 不暴故罰也.
집 유 명 자 언 왈   상 지 소 벌   명 고 차 벌   불 포 고 벌 야

以此爲君則不義, 爲臣則不忠, 爲父則不慈, 爲子則不
이 차 위 군 즉 불 의   위 신 즉 불 충   위 부 즉 불 자   위 자 즉 불

孝, 爲兄則不長, 爲弟則不弟. 而强執此者, 此特凶言之
효   위형즉불장   위제즉부제   이강집차자   차특흉언지

所自生, 而暴人之道也.
소자생   이폭인지도야

　사람들은 자기 자신의 성실한 노력에 의하여 생활 주변을 개
선해 나가지 않으면 안된다. 무슨 일이나 숙명이라 생각하고 되는
대로 내버려두는 것을 묵자는 가장 경계하고 있다. 우리는 언제나
사회적인 또는 인간적인 책임을 자각하고 반성할 줄 알아야 한다.

　6-1　그렇다면 무엇으로써 운명이 있다고 하는 것은 포악한
사람의 법도임을 아는가? 옛날 고대의 궁한 사람들은
먹고 마시기만을 탐하고 하는 일은 게을리하였다. 그래서 입고 먹
을 재물이 부족해서 굶고 헐벗는 걱정을 겪어야 했다. 그러나 "내
가 약하고 못나서 하는 일에 부지런하지 않기 때문이다."라고 말
할 줄은 모르고, 반드시 "내 운명이 본시 그렇게 되어 있어 가난하
다."고 말하였다.

　옛날 고대의 포악한 임금은 그의 귀와 눈의 지나친 욕망과 마음
이 끌리는 것을 참지 못하여, 그의 부모의 가르침을 따르지 않아
마침내는 나라를 망치고 왕조를 무너뜨리었다. 그러나 "내가 약하
고 못나서 정치를 잘 하지 못하였기 때문이다."라고 말할 줄은 모
르고, 반드시 "내 운명이 본시 그렇게 되어 있어 나라를 잃었다."
고 말하였다.

然則何以知命之爲暴人之道? 昔上世之窮民, 貪于飮食,
연 즉 하 이 지 명 지 위 폭 인 지 도   석 상 세 지 궁 민   탐 우 음 식

惰于從事. 是以衣食之財不足, 而飢寒凍餒¹之憂至. 不知
타 우 종 사   시 이 의 식 지 재 부 족   이 기 한 동 뇌 지 우 지   부 지

曰：我罷不肖, 衆事不疾. 必曰：我命固且貧.
왈   아 피 불 초   중 사 부 질   필 왈   아 명 고 차 빈

昔上世暴王, 不忍其耳目之淫², 心涂³志之辟, 不順其親
석 상 세 폭 왕   불 인 기 이 목 지 음   심 도   지 지 벽   불 순 기 친

戚, 遂以亡失國家, 傾覆社稷. 不知曰：我罷不肖, 爲政
척   수 이 망 실 국 가   경 복 사 직   부 지 왈   아 피 불 초   위 정

不善. 必曰：吾命固失之.
불 선   필 왈   오 명 고 실 지

---

1 飢寒凍餒(기한동뇌) – 굶주리고 헐벗고, 얼고 굶는 것. **2** 淫(음) – 지나친 욕심. 탐욕. **3** 心涂(심도) – '도'는 지(志)의 잘못(王引之 說).

6-2 중훼지고(仲虺之告)에 말하였다. "내가 듣건대, 하(夏)나라 사람들은 하늘의 명(命)을 속이고, 백성들에게 운명이 있다는 이론을 널리 알렸다. 하나님은 그것을 나쁘다고 보시고, 그들의 백성들을 잃게 하셨다." 이것은 걸(桀)임금이 운명이 있다고 믿는 것을 탕임금이 부당하다고 여겼음을 말해주는 것이다.

태서(太誓)에 말하였다. "주(紂)임금은 오만하게 지내면서 하나님과 귀신을 섬기려들지 않고, 그의 선조들의 신을 버려두고 제사지내지 않았다. 그리고는 말하기를 '우리 백성들은 운명이 있어 그런 것이다.'고 하면서, 하늘을 모욕하기에만 힘썼다. 하늘도 그를 버리고 보호해주지 않게 되었다." 이것은 주(紂)임금이 운명이 있다고 믿는 것을 주(周) 무왕(武王)이 부당하다고 여겼음을 말해주는 것이다.

於仲虺之告[4]曰：我聞, 于夏人矯[5]天命, 布命于下. 帝伐
어 중 훼 지 고 왈　아 문　우 하 인 교　천 명　포 명 우 하　제 벌

之惡[6], 龔[7]喪厥師[8]. 此言湯之所以非桀之執有命也.
지 악　공 상 궐 사　차 언 탕 지 소 이 비 걸 지 집 유 명 야

於太誓[9]曰：紂夷處, 不肯事上帝鬼神, 禍[10]厥先神禔[11]不
어 태 서 왈　주 이 처　불 긍 사 상 제 귀 신　화 궐 선 신 제 불

祀. 乃曰：吾民有命, 無廖[12]排漏[13]. 天亦縱棄之而弗葆[14].
사　내 왈　오 민 유 명　무 료 배 루　천 역 종 기 지 이 불 보

此言武王所以非紂執有命也.
차 언 무 왕 소 이 비 주 집 유 명 야

4 仲虺之告(중훼지고)―『서경』 상서(商書)의 편명. '중훼'는 탕(湯)임금의 좌
상(左相). '고'는 고(誥)로도 쓰며, 고한다는 뜻. 탕임금이 걸(桀)을 내치고 돌
아오는 길에, 중훼가 탕임금에게 아뢴 말이라 하나, 지금 우리에게 전하는
것은 위고문(僞古文)이다. **5** 矯(교)―속이다. **6** 伐之惡(벌지악)―'식시악(式是
惡)'으로 씀이 옳으며(非命 中), '식'은 이(以)의 뜻. **7** 龔(공)―용(用)과 통하
여, 이(以)의 뜻. **8** 厥師(궐사)―그의 백성들. **9** 太誓(태서)―『서경』 주서(周
書)의 편명. 지금 우리에게 전하는 것은 위고문(僞古文)이다. 본시 주(周) 무왕
이 주(紂)를 칠 때 전 군사들에게 한 훈시라 한다. **10** 禍(화)―기(棄)의 잘못
(天志 中). 버리다. **11** 禔(제)―기(祇)의 잘못(天志 中). **12** 無廖(무료)―모욕하
는 것. 모륙(侮僇). **13** 排漏(배루)―기무(其務)의 잘못(天志 中 참조). **14** 葆
(보)―보호하다. 보(保).

　여기에서는 『서경』 두 편의 기록을 인용하여 숙명론이 그릇되
었음을 설파하고 있다. 묵자가 중요한 자기 이론을 뒷받침하기 위
하여 『시경』과 『서경』을 자주 인용하고 있는 점은 주의를 필요로
한다.

7 지금 운명이 있다고 주장하는 자들의 말을 따른다면, 곧 위에서는 나라를 다스리지 않고, 아래서는 일에 종사하지 않게 될 것이다. 위에서 나라를 다스리지 않으면, 곧 법과 정치가 어지러워질 것이며, 아래에서 일에 종사하지 않으면 곧 쓸 재물이 부족하게 될 것이다. 위로는 젯밥과 술과 단술을 올리며 하나님과 귀신께 제사지낼 물자가 없게 될 것이고, 아래로는 천하의 현명하고 훌륭한 선비를 길러 편안하게 해줄 길이 없게 될 것이며, 밖으로는 제후들이 손님들을 대접할 물건이 없게 될 것이고, 안으로는 굶주리는 사람들을 먹이고 헐벗는 사람들에게 옷을 입혀 주며 늙은이와 약한 자들을 돕고 길러 줄 물자가 없게 될 것이다. 그러므로 운명론이란 위로는 하늘에 이롭지 못하고, 가운데로는 귀신에게 이롭지 않으며, 아래로는 사람들에게 이롭지 않은 것이다. 그런데도 굳이 운명을 주장하는 것은 특히 흉학한 말이 생기는 근원이 되고 포악한 자들의 도리인 것이다.

그러므로 묵자는 말하였다.

"지금 천하의 군자들이 진실로 천하가 부유하기를 바라고 가난한 것을 싫어하며, 천하가 다스려지기를 바라고 어지러워지는 것을 싫어한다면, 운명이 있다고 주장하는 자들의 말은 비난하지 않을 수가 없는 것이다. 그것은 천하의 커다란 해가 되는 것이다."

今用執有命者之言, 則上不聽治, 下不從事. 上不聽治
금 용 집 유 명 자 지 언   즉 상 불 청 치   하 불 종 사   상 불 청 치

則刑政亂, 下不從事則財用不足. 上無以供粢盛酒醴祭祀
즉 형 정 란   하 불 종 사 즉 재 용 부 족   상 무 이 공 자 성 주 례 제 사

上帝鬼神, 下無以降綏[1]天下賢可之士, 外無以應待諸侯之
상 제 귀 신   하 무 이 강 수 천 하 현 가 지 사   외 무 이 응 대 제 후 지

賓客, 內無以食飢衣寒, 持養老弱. 故命上不利於天, 中
빈 객   내 무 이 사 기 의 한   지 양 로 약   고 명 상 불 리 어 천   중

不利於鬼, 下不利於人. 而强執此者, 此特凶言之所自生,
불리어귀　하불리어인　이강집차자　차특흉언지소자생

而暴人之道也.
이폭인지도야

　是故子墨子言曰：今天下之士君子, 忠實欲天下之富,
시고자묵자언왈　금천하지사군자　충실욕천하지부

而惡其貧, 欲天下之治, 而惡其亂, 執有命者之言, 不可
이오기빈　욕천하지치　이오기란　집유명자지언　불가

不非. 此天下之大害也.
불비　차천하지대해야

---

1 降綏(강수) – 길러주고 편안하게 해주는 것.

《◞◟》

　묵자는 거듭 인간의 숙명을 부정한다. 이 시대의 귀족들은 '귀족은 귀족으로서, 천한 사람들은 천한 사람들로서의 숙명이 있는 것이어서 사람의 힘으로는 어찌할 수 없다.'고 주장하며 자기들의 지위를 지탱하려는 숙명론을 많이 지지하였다. 묵자는 감연히 이러한 운명의 긍정은 '난폭한 자들의 도리'이며, '천하의 커다란 해'라고 비난한다. 이것은 자기의 노력과 절약을 중시해 온 묵자의 태도와 부합되는 것이다.

墨子

36.
비명편 非命篇(中)

상편에 이어 운명의 부정론이 계속된다.

1 묵자가 말하였다.

"모든 주장을 하고 공부를 하는 방법에 있어서는 먼저 기준과 법도를 세우지 않으면 안 된다. 만약 말은 하면서도 기준이 없다면 마치 하루 종일 돌림판 위에 물건을 세워둔 거나 같다. 비록 기술이 뛰어난 공인(工人)이 있다 하더라도 반드시 그 올바른 방향을 알 수는 없을 것이다.

그런데 지금 천하의 실정에 대하여는 아는 수가 없게 되어 있다. 그러므로 이론에는 세 가지 법도가 있어야 한다. 세 가지 법도란 무엇인가? 그 근본이 되는 것, 그 근원이 되는 것, 그 쓰임이 되는 것이다.

그 근본에 대하여는 하늘과 귀신의 뜻 및 성왕들의 일을 상고하여야 한다. 그 근원에 대하여는 옛 훌륭한 임금들의 문서를 이용하여 증명하여야 한다. 그 쓰임은 어떻게 하는 것인가? 그것을 가지고 법과 정치를 다스리는 것이다. 이것이 이론의 세 가지 법도이다."

子墨子言曰：凡出言談由文學之爲道也，則不可而不先
자묵자언왈　　범출언담유문학지위도야　　즉불가이불선

立義法¹. 若言而無義，譬猶立朝夕於員鈞²之上也. 則雖有
립의법　약언이무의　비유립조석어원균지상야　즉수유

巧工，必不能得正焉.
교공　필불능득정언

然今天下之情僞³，未可得而識也. 故使言有三法. 三法
연금천하지정위　미가득이식야　고사언유삼법　삼법

者何也? 有本之者，有原之者，有用之者.
자하야　유본지자　유원지자　유용지자

於其本之也，考之天鬼之志，聖王之事. 於其原之也，徵
어기본지야　고지천귀지지　성왕지사　어기원지야　징

以先王之書. 用之奈何? 發而爲刑政. 此言之三法也.
이선왕지서　용지내하　발이위형정　차언지삼법야

1 義法(의법) - 의(義)는 의(儀)와 통하여, 기준과 법도. **2** 員鈞(원균) - 돌림판. 흙으로 도자기 같은 것을 만들 때 흙을 올려놓고 돌리는 틀. **3** 情僞(정위) - 실정. 진실.

이 대목은 직접 이 편의 주제인 비명론(非命論)과 관계가 있는 것은 아니다. 운명을 부정하는 논리를 정비하기 위하여 여기에서는 논증(論證)의 세 가지 기본요소를 설명한 것이다. 상편에서는 '세 가지 기준(三表)'이라 하였다.

2-1 지금 천하의 군자들은 어떤 이는 운명이 있다고 하고, 어떤 이는 운명이 없다고 한다. 우리가 운명이 있고 없는 것을 아는 근거로 여러 사람들의 귀와 눈의 감각을 이용하여 있는 것과 없는 것을 아는 데 의존할 수 있다. 그것을 들은 일이 있고, 그것을 본 일이 있다면, 그것이 있다고 말할 것이고, 아무도 그것을 듣지 못하였고, 아무도 그것을 보지 못하였다면, 그것이 없다고 말할 것이다.

그렇다면 어찌하여 백성들의 실제 경험을 고찰해 보지 않는가? 옛날부터 지금에 이르기까지 백성들이 생겨난 이래로 운명이란 물건을 보았거나 운명의 소리를 들어 본 자가 있었던가? 전혀 그런 일이 없다. 만약 백성들은 어리석고 못났으니 그들의 귀와 눈의 실제 경험은 그것을 근거로 법도를 삼을 만한 게 못된다고 생각한다면, 그러면 어찌하여 제후들의 전하는 말이나 유행하는 얘기들을 고찰해 보지 않는가? 옛날부터 지금에 이르기까지 사람들이 생겨난 이래로 운명의 소리를 들었거나, 운명의 실체(實體)를 보았다는 이가 있는가? 전혀 그런 일이 없다.

今天下之士君子, 或以命爲有, 或以命爲亡. 我所以知
금 천 하 지 사 군 자   혹 이 명 위 유   혹 이 명 위 무   아 소 이 지

命之有與亡者, 以衆人耳目之情[1]知有與無. 有聞之, 有見
명 지 유 여 무 자   이 중 인 이 목 지 정 지 유 여 무   유 문 지   유 견

之, 謂之有, 莫之聞, 莫之見, 謂之亡.
지   위 지 유   막 지 문   막 지 견   위 지 무

然則胡不嘗考之百姓之情? 自古以及今生民以來者, 亦
연 즉 호 불 상 고 지 백 성 지 정   자 고 이 급 금 생 민 이 래 자   역

嘗見命之物, 聞命之聲者乎? 則未嘗有也. 若以百姓爲愚
상 견 명 지 물   문 명 지 성 자 호   즉 미 상 유 야   약 이 백 성 위 우

不肖, 耳目之情不足因而爲法, 然則胡不嘗考之諸侯之傳
불 초   이 목 지 정 부 족 인 이 위 법   연 즉 호 불 상 고 지 제 후 지 전

言流語乎? 自古以及今生民以來者, 亦嘗有聞命之聲, 見
언 류 어 호   자 고 이 급 금 생 민 이 래 자   역 상 유 문 명 지 성   견

命之體者乎? 則未嘗有也.
명 지 체 자 호   즉 미 상 유 야

1 情(정) − 실정. 실제 경험.

2-2 그렇다면 어찌하여 성왕들의 일로써 그것을 고찰해 보지 않는가? 옛날의 성왕들은 효자를 드러내어 백성들에게 어버이를 섬기기를 권하였고, 현명하고 훌륭한 이들을 높이어 백성들에게 착한 일을 하기를 권하였으며, 법령을 반포함으로써 백성들을 가르치고 깨우쳤고, 상과 벌을 분명히 함으로써 백성들에게 권장하고 금하고 하였다. 이렇게 하면 곧 어지러운 것은 다스려지게 할 수 있고, 위태로운 것을 편안하게 할 수 있는 것이다.

그대는 그렇지 않다고 생각하는가? 옛날 걸(桀)임금이 어지럽히던 것을 탕(湯)임금이 다스렸고, 주(紂)임금이 어지럽히던 것을 무왕(武王)이 다스렸다. 이것은 세상이 바뀌지 않고 백성들이 달라지지 않았는데도 위의 정치가 바뀌어지고 백성들을 가르치는 것이 달라진 것이다. 탕임금과 무왕에게 맡기면 곧 다스려지고, 걸임금과 주임금에게 맡겨놓으면 어지러워졌다. 편안함과 위태로움 및 다스려짐과 어지러움은 위의 통치자가 정치를 하기에 달려 있으니, 곧 어찌 운명이 있다고 말할 수가 있겠는가? 운명이 있다고 말하는 자들이 있으나 전혀 그렇지 않은 것이다.

然則胡不嘗考之聖王之事? 古之聖王, 舉孝子而勸之事
연 즉 호 불 상 고 지 성 왕 지 사   고 지 성 왕   거 효 자 이 권 지 사

親, 尊賢良而勸之爲善, 發憲布令以敎誨, 明賞罰以勸沮[2].
친 존현량이권지위선　　발헌포령이교회　　명상벌이권저

若此則亂者可使治, 而危者可使安矣.
약차즉란자가사치　　이위자가사안의

若以爲不然? 昔者桀之所亂, 湯治之, 紂之所亂, 武王治
약이위불연　석자걸지소란　탕치지　주지소란　무왕치

之. 此世不渝[3]而民不易, 上變政而民易敎. 其在湯武則
지　차세불유이민불역　　상변정이민역교　　기재탕무즉

治, 其在桀紂則亂. 安危治亂, 在上之發政也, 則豈可謂
치　기재걸주즉란　　안위치란　재상지발정야　　즉기가위

有命哉? 夫曰, 有命云者, 亦不然矣.
유명재　부왈　유명운자　역불연의

2 沮(저) – 조(阻)와 통하여, '막다', '저지하다'.　3 渝(유) – 변하는 것.

　　운명 또는 숙명이 존재치 않음을 증명하는 대목이다. 그러나
추상적인 운명이나 숙명을 부정하는 근거로서 사람들의 눈과 귀의
감각을 이용하고 있다는 것은 별로 명쾌한 논증이 되지 못하는 것
같다. 역시 묵자의 비명론(非命論)은 상편에서 할 말을 다하고 있는
듯하다. 따라서 중편과 하편은 거기에 딸린 잡설(雜說) 같은 인상을
준다.

3-1 지금 운명이 있다고 주장하는 사람들이 이렇게 말한
다. "우리는 이 이론을 후세에 만든 것이 아니다. 옛날
하나라와 상나라와 주나라 때부터 이러한 이론이 있어서 전해져
온 것이다. 지금 어찌하여 선생은 이것을 부정하는가?"
　　"그것은 운명이 있다는 주장이 옛날의 뛰어난 훌륭한 사람들로

부터 나온 이론인지, 그렇지 않으면 옛날 하나라와 상나라와 주나라의 포악하고 못난 사람들로부터 나온 이론인지 알지 못하기 때문이다."

무엇으로써 그러함을 아는가? 옛날의 지조가 있는 사(士)나 뛰어난 대부(大夫)들은 말은 신중히 하고 해야 할 일들을 알고 있었다. 그리하여 위로는 임금이나 윗사람들에게 올바른 말을 해주고, 아래로는 그의 백성들을 가르쳐 따르게 하였다. 그러므로 위로는 임금이나 윗사람들로부터 상을 받고, 아래로는 그의 백성들의 칭송을 받았으며, 지조가 있는 사요, 뛰어난 대부라는 명성은 없어지지 않고 지금까지 전해지게 되었다.

그런데 천하 사람들은 모두가 그렇게 된 것은 그들의 노력 때문이라고 한다. 절대로 우리는 운명대로 된 것이라고 말하지는 못할 것이다.

今夫有命者言曰：我非作之後世也. 自昔三代有若言[1],
금 부 유 명 자 언 왈　　아 비 작 지 후 세 야　　자 석 삼 대 유 약 언

以傳流矣. 今故先生對之[2]?
이 전 류 의　　금 고 선 생 대 지

曰：夫有命者, 不志[3]昔也三代之聖善人與, 意亡[4]昔三代
왈　　부 유 명 자　　부 지 석 야 삼 대 지 성 선 인 여　　의 무 석 삼 대

之暴不肖人也.
지 포 부 초 인 야

何以知之? 初之[5]列士桀大夫[6], 愼言知行. 此上有以規諫
하 이 지 지　　초 지 열 사 걸 대 부　　신 언 지 행　　차 상 유 이 규 간

其君長, 下有以敎順其百姓. 故上得其君長之賞, 下得其
기 군 장　　하 유 이 교 순 기 백 성　　고 상 득 기 군 장 지 상　　하 득 기

百姓之譽, 列士桀大夫, 聲聞不廢, 流傳至今.
백 성 지 예　　렬 사 걸 대 부　　성 문 불 폐　　유 전 지 금

而天下皆曰其力也. 必不能曰我見命[7]焉.
이 천 하 개 왈 기 력 야　　필 부 능 왈 아 견 명 언

1 若言(약언) — 그러한 말, 그러한 이론. **2** 今故先生對之(금고선생대지) — "금호선생비지(今胡先生非之)", 곧 "지금 어찌하여 선생은 그것을 비난하는가?"의 잘못(『墨子閒詁』). **3** 不志(부지) — 불식(不識). 알지 못하다. **4** 意亡(의무) — '의'는 억(抑), '무'는 무(無)와 통하여, 그렇지 않으면. **5** 初之(초지) — 고지(古之). 옛날의. **6** 列士桀大夫(열사걸대부) — '열'은 열(烈), '걸'은 걸(傑)과 통하여, 지조가 있는 사와 뛰어난 대부. **7** 我見命(아견명) — 나는 운명대로 되는 것을 보았다.

3-2 본시 옛날 하나라와 상나라와 주나라의 포악한 임금들은 그들의 귀와 눈의 지나친 욕망을 바로잡지 않고, 그들 마음이 끌리는 일을 삼가지 않으며, 밖으로는 말 달리며 사냥하여 새와 짐승을 잡고, 안으로는 술 마시고 즐기는 일에 빠져서, 그의 나라와 백성들을 다스리는 일은 거들떠보지도 않았다. 쓸데없는 일만을 많이 하고 백성들에게 포악한 짓만을 하여 아랫사람들로 하여금 그의 윗사람들과 친해지지 않도록 하였다.

그러므로 나라는 망하여 텅 비게 되고, 그 자신은 처형을 당하게 된다. 그런데도 "내가 무력하고 못나서 정치를 잘하지 못하였기 때문"이라고는 말하지 않고, 언제나 "내 운명이 그렇게 되어 있기 때문에 망한다."고 말하였다.

또 옛날 하나라와 상나라와 주나라의 그릇된 백성들도 역시 그러한 생각을 하였다. 안으로는 그의 부모님을 잘 모시지 못하고, 밖으로는 그의 임금과 윗사람을 잘 섬기지 못하였다. 공경스럽고 검소한 것은 싫어하고, 간단히 아무렇게나 행동하기를 좋아하며, 먹고 마시는 일은 탐하면서도 그가 해야 할 일은 게을리하였다.

그래서 입고 먹을 재물이 부족하여 자신이 굶주리고 헐벗는 것을 걱정할 지경에 이르렀다. 그런데도 결코 "내가 무능하고 못나서

내가 해야만 할 일에 힘쓰지 않았기 때문이다."고는 말하지 못하
고, 언제나 "내 운명이 본시부터 궁하게 되어 있다."고 말하였다.

옛날 하나라와 상나라와 주나라의 거짓을 일삼는 백성들도 역
시 그러한 생각을 하였다. 운명이 있다는 말을 번거로이 꾸며내
가지고 여러 어리석고 순박한 사람들에게 가르쳐 온 지 오래된 것
이다.

是故昔者三代之暴王, 不繆⁸其耳目之淫⁹, 不愼其心志之
시 고 석 자 삼 대 지 포 왕　불 규　기 이 목 지 음　　불 신 기 심 지 지

辟¹⁰, 外之歐騁田獵畢弋¹¹, 內沈於酒樂, 而不顧其國家百
벽　　외 지 구 빙 전 저 필 익　내 침 어 주 락　이 불 고 기 국 가 백

姓之政. 繁爲無用, 暴逆百姓, 使下不親其上.
성 지 정　번 위 무 용　포 역 백 성　사 하 불 친 기 상

是故國爲虛厲¹², 身在刑僇之中. 不㤼¹³曰：我罷不肖¹⁴,
시 고 국 위 허 려　신 재 형 륙 지 중　불 궁 왈　아 피 불 초

我爲刑政不善. 必曰：我命故且亡.
아 위 형 정 불 선　필 왈　아 명 고 차 망

雖昔也三代之窮民, 亦由此也. 內之不能善事其親戚¹⁵
수 석 야 삼 대 지 궁 민　역 유 차 야　내 지 불 능 선 사 기 친 척

外不能善事其君長. 惡恭儉, 而好簡易, 貪飲食, 而惰從
외 불 능 선 사 기 군 장　오 공 검　이 호 간 이　탐 음 식　이 타 종

事.
사

衣食之財不足, 使身至有飢寒凍餒之憂. 必不能曰：我
의 식 지 재 부 족　사 신 지 유 기 한 동 뇌 지 우　필 불 능 왈　아

罷不肖, 我從事不疾. 必曰：我命固且窮.
파 불 초　아 종 사 부 질　필 왈　아 명 고 차 궁

雖昔也三代之僞民¹⁶, 亦猶此也. 繁飾有命, 以敎衆愚樸
수 석 야 삼 대 지 위 민　역 유 차 야　번 식 유 명　이 교 중 우 박

人, 久矣.
인　구 의

8 不繆(불규) — '규'는 규(糾)와 통하여, 바로잡지 않다. 단속하지 않다. 9 淫
(음) — 지나친 욕망. 10 辟(벽) — 편벽됨. 비뚤어짐. 11 畢弋(필익) — '필'은 토

끼 같은 작은 짐승을 잡는 그물, '익'은 새를 잡는 주살. 곧 짐승과 새를 잡는 것. **12** 虛厲(허려)—텅 비고 망하여 폐허가 되는 것. **13** 不肎(불긍)—불긍(不肯). …하려들지 않다. **14** 罷不肖(피불초)—'피'는 피(疲)와 통하여, 지치고 무능력하여 못난 것. **15** 親戚(친척)—부모. **16** 僞民(위민)—거짓을 일삼는 백성. 사기성이 많은 사람.

여기서는 운명이 있다고 주장하는 숙명론이 옛날의 폭군들이나 나쁜 짓을 일삼는 자들로부터 나와 지금까지도 많은 사람들을 따르게 하고 있음을 역설하고 있다. 묵자는 사람들의 성실한 노력을 가장 중시한다. 세상일은 모두 사람들의 노력 여하에 따라 좌우된다고 믿고 있는 것이다.

4-1 성왕들께서는 이것을 걱정하였다. 그러므로 운명이란 없다는 사실을 책으로 써놓기도 하고, 쇠나 돌에 새겨놓기도 하였다.

옛 훌륭한 임금의 책인 중훼지고(仲虺之告)에 말하기를, "내가 듣건대, 하나라 임금은 하늘의 명이라 속이고, 백성들에게 숙명론을 퍼뜨리었다. 하나님은 그것을 싫어하시어 그들의 백성을 잃게 하였다."고 하였다. 이것은 하나라 임금 걸(桀)이 운명이 있다고 주장했던 것을 탕(湯)임금과 중훼(仲虺)가 함께 비난하였음을 보인 것이다.

옛 훌륭한 임금의 책인 태서(太誓)에도 이렇게 말하고 있다.

"주(紂)임금은 오만하여 하나님을 섬기려 하지 않고 그의 조상들의 신을 버려둔 채 제사지내지 않았다. 그리고 우리 백성들에게는 운명이 있다고 말하면서, 하늘에 모욕을 가하기에만 힘썼다. 하늘은 역시 그들을 버려둔 채 보호해 주지 않았다."

이것은 주(紂)임금이 운명이 있다고 주장하는 것에 대하여, 무왕이 태서(太誓)로써 비난하였음을 보인 것이다.

하나라와 상나라와 주나라시대의 백국(百國)에도 이런 말이 있다.

"너희들은 하늘에 운명이 있다고 믿지 말아라." 지금 하나라와 상나라와 주나라시대의 백국에도 운명이란 없는 것이라 말하고 있다.

聖王之患此也. 故書之竹帛, 琢之金石.
성 왕 지 환 차 야   고 서 지 죽 백   탁 지 금 석

於先王之書, 仲虺之告[1]曰 : 我聞, 有夏人矯[2]天命, 布命
어 선 왕 지 서   중 훼 지 고 왈   아 문   유 하 인 교 천 명   포 명

于下. 帝式是[3]惡, 用闕師[4]. 此語夏王桀之執有命也, 湯與
우 하   제 식 시 오   용 궐 사   차 어 하 왕 걸 지 집 유 명 야   탕 여

仲虺共非之.
중 훼 공 비 지

先王之書, 太誓[5]之言然. 曰 : 紂夷之居[6], 而不肯事上
선 왕 지 서   태 서 지 언 연   왈   주 이 지 거   이 불 긍 사 상

帝, 棄闕其先神而不祀也. 曰我民有命, 毋僇[7]其務. 天不
제   기 궐 기 선 신 이 불 사 야   왈 아 민 유 명   무 륙 기 무   천 불

亦[8]棄縱而不葆[9]. 此言紂之執有命也, 武王以太誓非之.
역 기 종 이 불 보   차 언 주 지 집 유 명 야   무 왕 이 태 서 비 지

有於三代不國[10]有之曰 : 女毋崇天之有命也. 命三[11]不
유 어 삼 대 불 국 유 지 왈   녀 무 숭 천 지 유 명 야   명 삼 불

國, 亦言命之無也.
국   역 언 명 지 무 야

1 仲虺之告(중훼지고) ─ 『서경』 편명. 비명(非命) 상편에 보임. 2 矯(교) ─ 거짓. 속이다. 3 式是(식시) ─ 이시(以是). 이것 때문에, 이것을. 4 闕師(궐사) ─ '상궐사(喪厥師)'의 잘못(畢沅 說). 그들의 백성을 잃게 하다. 5 太誓(태서) ─ 『서

경」의 편명. 역시 앞 「비명」 상편에 보임. **6** 夷之居(이지거) ― '이거(夷居)'. 오만한 것. **7** 毋僇(무륙) ― 모욕(侮辱)하는 것. **8** 不亦(불역) ― '역(亦)'을 강조한 것. **9** 葆(보) ― 보호해 주다. **10** 不國(불국) ― '백국(百國)'의 잘못(『墨子閒詁』). 옛 역사 기록의 이름. 『백국춘추(百國春秋)』라는 책도 있었다(『隋書』 李德林傳 引墨子語). **11** 命三(명삼) ― '금삼대(今三代)'의 잘못(『墨子閒詁』).

4-2 소공(召公)이 운명이 있다는 주장을 비난한 글도 역시 그러하다. "공경하라! 하늘이 정해준 운명이란 없는 것이다. 우리 두 사람은 헛된 말을 만들어내지 않는다."고 하였다. 하늘로부터 운명이 내려지는 것이 아니라 모든 결과는 자신이 만드는 거라는 뜻이다.

하(夏)나라와 상(商)나라의 시서(詩書)에도 "운명이란 것은 포악한 임금이 만들어 낸 것이다."고 하였다.

지금 천하의 선비와 군자들은 옳고 그른 것과, 이롭고 해로운 근거를 가려내려 한다면, 하늘이 정해준 운명이 있다는 주장을 부정하기에 힘쓰지 않으면 안될 것이다. 운명이 있다고 주장하는 것은 바로 천하의 큰 해인 것이다. 그래서 묵자는 그것을 비난하고 있는 것이다.

於召公之執令[12], 於然. 且敬哉! 無天命. 惟子二人, 而
어 소 공 지 집 령   어 연   차 경 재   무 천 명   유 여 이 인   이

無造言[13]. 不自降天之哉, 得之[14].
무 조 언   부 자 강 천 지 재   득 지

在於商夏之詩書曰 : 命者, 暴王作之.
재 어 상 하 지 시 서 왈   명 자   폭 왕 작 지

且今天下之士君子, 將欲辯[15]是非利害之故[16], 當天有命
차 금 천 하 지 사 군 자   장 욕 변   시 비 리 해 지 고   당 천 유 명

者, 不可不疾非也. 執有命者, 此天下之厚害也. 是故子
자　　　불 가 부 질 비 야　　　　집 유 명 자　　　차 천 하 지 후 해 야　　　시 고 자

墨子非也.
묵 자 비 야

12 執令(집령)－'비집령(非執令)'의 잘못(『墨子閒詁』). 운명이 있다고 주장하는
것을 비난하는 것.　**13** 造言(조언)－허튼 말을 만들어내는 것.　**14** 不自降天
之哉得之(부자강천지재득지)－'부자천강, 자아득지(不自天降, 自我得之)'의 잘
못(『墨子閒詁』).　**15** 辯(변)－변(辨). 분별하다.　**16** 故(고)－원리, 도리.

꙳

　여기에서도 옛 선왕들의 기록을 근거로 운명은 존재하지 않는
다는 것을 증명하고 있다. 그리고 끝머리에선 전편의 결론으로 운
명이 있다고 믿는 것은 잘못이라고 다시 한 번 강조하고 있다.

墨子

37.

비명편 非命篇(下)

상편 · 중편에 이어 하편에서도 되풀이하여 논리의 세 가지 법칙을 맨 앞에서 내세우면서 숙명론을 부정하고 있다. 그리고 그 내용까지도 전부 앞의 상편 · 중편과 중복이 된다.

1

묵자가 말하였다.

"자기의 주장을 내세우려 한다면, 먼저 법도를 세워놓고 말하지 않으면 안 된다. 만약 먼저 법도를 세워놓지 않고 말한다면, 그것은 마치 돌아가는 돌림대 위에 서서 동서를 분별하려는 거나 같은 것이다. 내 생각으로는 비록 동서에 관한 분별을 하려고 한다 하더라도 반드시 끝내 확실한 방향을 결정하지는 못할 것이다.

그러므로 이론에는 세 가지 법칙이 있어야 하는 것이다. 무엇을 이론의 세 가지 법칙이라 하는가? 그것은 그것을 고증할 것이 있어야 하고, 그 근원이 있어야 하고, 그것이 쓰여지는 데가 있어야 한다.

무엇으로 고증을 하여야 하는가? 옛 성인과 위대한 임금의 일로 고증을 하여야 한다. 어디에 근원을 두어야 하는가? 여러 사람들이 듣고 본 사실에 두어야 한다. 어디에 쓰여져야 하는가? 그것을 이용하여 나라의 정치를 하고 만백성들을 돌보고 보살펴 주어야 한다. 이것을 세 가지 법칙이라고 하는 것이다."

子墨子言曰 : 凡出言談, 則必可[1]而不先立儀[2]而言. 若不
자 묵 자 언 왈　범 출 언 담　즉 필 가　이 불 선 립 의 이 언　약 불

先立儀而言, 譬之猶運鈞[3]之上, 而立朝夕[4]焉也. 我以爲雖
선 립 의 이 언　비 지 유 운 균 지 상　이 립 조 석 언 야　아 이 위 수

有朝夕之辯[5], 必將終未可得而從定[6]也.
유 조 석 지 변　필 장 종 미 가 득 이 종 정 야

是故言有三法. 何謂三法? 曰 : 有考之者, 有原之者, 有
시 고 언 유 삼 법　하 위 삼 법　왈　유 고 지 자　유 원 지 자　유

用之者.
용 지 자

惡乎考之? 考先聖大王之事. 惡乎原之? 察衆之耳目之
오 호 고 지　고 선 성 대 왕 지 사　오 호 원 지　찰 중 지 이 목 지

請[7]. 惡乎用之? 發而爲政乎國, 察萬民而觀之. 此謂三法
청　오 호 용 지　발 이 위 정 호 국　찰 만 민 이 관 지　차 위 삼 법

也.
야

1 必可(필가)―불가(不可)의 잘못(蘇時學 說). 2 立儀(입의)―법도를 세우다. 법칙을 정하다. 3 運鈞(운균)―돌아가는 돌림대. 4 立朝夕(입조석)―동서 방향을 가리키다. 5 辯(변)―변(辨). 분별. 6 從定(종정)―확실한 방향을 결정하는 것. 7 請(청)―정(情). 실정, 사실.

「비명」 상편과 중편에 이미 이와 비슷한 말이 보였다.

2-1

그러므로 옛날 삼대(三代)의 성왕인 우(禹)임금·탕(湯)임금·문왕(文王)·무왕(武王) 같은 임금들은, 천하를 다스릴 적에 반드시 효자를 드러내기에 힘써 백성들에게 부모를 섬길 것을 권하였고, 현명하고 훌륭한 사람을 높여 주어 백성들에게 착한 일을 하라고 가르쳤다.

그러므로 정치를 하고 가르침을 펴는 데 있어서, 착한 사람에게는 상을 주고 포악한 자들에게는 벌을 내렸다. 그러니 이와 같이 하면 곧 천하의 어지러움은 틀림없이 다스려지고, 나라의 위태로움은 반드시 안정될 것으로 생각한다.

그대는 그렇지 않다고 생각하는가? 옛날 걸(桀)왕이 어지럽혀 놓은 천하를 탕(湯)임금이 다스렸고, 주(紂)왕이 어지럽혀 놓은 천하를 무왕(武王)이 다스렸다. 그때에 세상도 변하지 않고 백성도 바뀌어지지 않았으나, 위의 정치가 변하자 백성들의 풍속도 바꾸어졌던 것이다. 걸왕과 주왕에게 천하가 맡기어져 있을 적엔 어지러웠고, 탕임금과 무왕에게 맡기어지자 천하가 다스려졌다.

故昔者三代聖王, 禹湯文武, 方爲政乎天下之時, 曰:
고 석 자 삼 대 성 왕　　우 탕 문 무　　방 위 정 호 천 하 지 시　　왈

必務擧孝子, 而勸之事親. 尊賢良之人, 而敎之爲善.
필 무 거 효 자　　이 권 지 사 친　　존 현 량 지 인　　이 교 지 위 선

是故出政施敎, 賞善罰暴. 且以爲若此, 則天下之亂也,
시 고 출 정 시 교　　상 선 벌 포　　차 이 위 약 차　　즉 천 하 지 란 야

將屬[1]可得而治也. 社稷之危也, 將屬可得而定也.
장 촉 가 득 이 치 야　　사 직 지 위 야　　장 촉 가 득 이 정 야

若以爲不然? 昔桀之所亂, 湯治之, 紂之所亂, 武王治
약 이 위 불 연　　석 걸 지 소 란　　탕 치 지　　주 지 소 란　　무 왕 치

之. 當此之時, 世不渝[2]而民不易, 上變政而民改俗. 存乎
지　　당 차 지 시　　세 불 유 이 민 불 역　　상 변 정 이 민 개 속　　존 호

桀紂, 而天下亂, 存[3]乎湯武, 而天下治.
걸 주　　이 천 하 란　　존 호 탕 무　　이 천 하 치

2-2 천하가 다스려진 것은 탕임금과 무왕의 능력이었고, 천하가 어지러웠던 것은 걸왕과 주왕의 죄였던 것이다. 만약 이것을 근거로 본다면 천하가 안정되고 위태로워지는 것과, 다스려지고 어지러워지는 것은 위의 정치 여하에 달려있는 것이다. 그런데 어찌 운명이 있다고 말할 수가 있겠는가?

옛날의 우임금 · 탕임금 · 문왕 · 무왕 같은 임금들이 천하의 정치를 할 적에는 반드시 굶주리는 사람들은 먹여 주고, 헐벗은 자들은 입혀주었으며, 수고로운 사람들은 쉬도록 해주고, 어지러운 자들은 다스려 주었다. 그리하여 마침내 천하의 영예와 칭송을 받게 되었던 것이다. 그런데 어찌 그것을 운명이라 할 수가 있겠는가? 본시 그분들의 능력 덕분이었던 것이다.

지금 현명하고 훌륭한 사람들은 현명한 사람을 높여주고 좋은 일과 올바른 일을 좋아한다. 그러므로 위로는 그의 임금이나 장관의 상을 받고, 아래로는 만백성들의 칭송을 받아 마침내 천하의 영예와 칭송을 받게 된다. 그런데 또 어찌 그것을 운명이라 하겠는가? 역시 그분들의 능력 덕분인 것이다.

天下之治也, 湯武之力也. 天下之亂也, 桀紂之罪也. 若以
천 하 지 치 야 탕 무 지 력 야 천 하 지 난 야 걸 주 지 죄 야 약 이

此觀之, 夫安危治亂, 存乎上之爲政也. 則夫豈可謂有命哉?
차 관 지 부 안 위 치 난 존 호 상 지 위 정 야 칙 부 개 가 위 유 명 재

故昔者禹湯文武, 方爲政乎天下之時, 曰：必使飢者得
고 석 자 우 탕 문 무 방 위 정 호 천 하 지 시 왈 필 사 기 자 득

食, 寒者得衣, 勞者得息, 亂者得治. 遂得光譽令問[4]於天
식 한자득의 노자득식 난자득치 수득광예령문어천

下. 夫豈可以爲命哉? 故以爲其力也.
하 부기가이위명재 고이위기력야

今賢良之人, 尊賢而好功道術[5]. 故上得其王公大人之賞,
금현량지인 존현이호공도술 고상득기왕공대인지상

下得其萬民之譽, 遂得光譽令問於天下. 亦豈以爲其命哉?
하득기만민지예 수득광예령문어천하 역기이위기명재

又以爲力也.
우이위력야

4 光譽令問(광예영문) – '영문' 은 영문(令聞)과 같은 말. 영예와 칭송. 5 好功
道術(호공도술) – '도술' 은 학술(學術) 또는 올바른 일, '공' 은 공로. 좋은 일.
좋은 일과 올바른 일을 좋아하다.

이 대목은 옛날 삼대(三代)의 성왕들이 훌륭한 정치를 한 것은
그들 노력의 결과이지 운명에 의하여 그렇게 된 것은 아님을 강조하
고 있다. 윗사람들의 노력 여하에 따라 세상이 다스려지기도 하고
어지럽게도 되는 것임을 역설하면서 운명을 부정하고 있는 것이다.

3-1 그러니 지금 운명이 존재한다고 주장하는 사람은 옛날
삼대(三代)의 성인이나 훌륭한 분들이겠는가, 그렇지 않
으면 옛날 삼대의 포악하고 못난 자들이겠는가? 위와 같은 이론을
근거로 볼 것 같으면, 그것은 절대로 옛 삼대의 성인이나 훌륭한
분들이 아니고, 틀림없이 포악하고 못난 자들이다.
그런데 지금 운명이 존재한다고 주장하는 자들인 옛날 삼대의
폭군인 걸(桀)임금·주(紂)임금·유왕(幽王)·여왕(厲王) 같은 사람들

은 신분이 귀하기로는 천자였고, 부유하기로는 천하를 차지하고
있었다.

그런데도 그의 귀와 눈의 욕망을 바로잡지 못하고, 그의 마음이
기울어지는 대로 멋대로 행동하였다. 밖으로는 말 달리며 사냥하
여 짐승과 새를 잡고, 안으로는 술과 음악에 빠져서 그의 나라와
백성들을 다스리는 일은 거들떠보지도 않고 쓸데없는 짓만 번거
로이 하며, 백성들에게 포악한 짓을 하여 마침내는 그의 나라를
잃고 말았다.

그러고도 그들은 "내가 무능하고 못나서 나라와 백성을 다스리
는 일에 힘을 다하지 못하였다."고는 말하지 않고, 반드시 "내 운
명이 본시 그런 것들을 잃도록 되어 있다."고 말할 것이다.

然今夫有命者, 不識昔也三代之聖善人與, 意亡[1]昔三代
연금부유명자　불식석야삼대지성선인여　의무 석삼대

之暴不肖人與? 若以說觀之, 則必非昔三代聖善人也, 必
지포불초인여　약이설관지　즉필비석삼대성선인야　필

暴不肖人也.
포불초인야

然今以命爲有者, 昔三代暴王, 桀紂幽厲[2], 貴爲天子,
연금이명위유자　석삼대폭왕　걸주유려　귀위천자

富有天下.
부유천하

於此乎, 不而矯[3]其耳目之欲, 而從[4]其心意之辟[5]. 外之
어차호　불이교기이목지욕　이종기심의지벽　외지

聘田豬畢弋[6], 內湛于酒樂[7], 而不顧其國家百姓之政. 繁爲
빙전저필익　내담우주악　이불고기국가백성지정　번위

無用, 暴逆百姓, 遂失其宗廟.
무용　포역백성　수실기종묘

其言不曰 : 吾罷不肖, 吾聽治不强. 必曰 : 吾命固將失
기언불왈　오피불초　오청치불강　필왈　오명고장실

之.
지

3-2 옛날 삼대의 무능하고 못난 백성들도 역시 이와 같을 것이다. 부모와 임금과 윗사람을 잘 섬기지 못하고, 공손하고 검소한 것을 매우 싫어하며, 간편하고 쉬운 것만 좋아하고, 먹고 마시는 일은 탐하면서도 해야 할 일은 게을리 한다. 입고 먹을 재물이 부족하게 되어, 그 결과 그 자신이 굶주리고 헐벗는 걱정을 할 처지에 빠지게 된다.

그러고도 그들은 "내가 무능하고 못나서 해야 할 일에 힘쓰지 않기 때문이다."고는 말하지 않고, 반드시 "내 운명이 본시부터 궁해지도록 되어 있기 때문이다."고 말한다.

옛날 삼대의 거짓을 일삼던 백성들도 역시 이들과 같다. 옛날에 포악한 임금들이 운명론을 만들었고, 궁한 사람들이 그것을 계승했던 것이다. 이것들은 모두가 많은 어리석고 소박한 사람들을 의혹케 하는 것이다.

雖昔也三代罷不肖⁸之民, 亦猶此也. 不能善事親戚⁹君
長, 甚惡恭儉, 而好簡易, 貪飮食, 而惰從事. 衣食之財不
足, 是以身有陷乎飢寒凍餒之憂.

其言不曰：吾罷不肖, 吾從事不强. 又曰：吾命固將窮.
기 언 불 왈   오 피 불 초   오 종 사 불 강   우 왈   오 명 고 장 궁

昔三代僞民, 亦猶此也. 昔暴王作之, 窮人術之[10]. 此皆
석 삼 대 위 민   역 유 차 야   석 폭 왕 작 지   궁 인 술 지   차 개

疑衆遲樸[11].
의 중 지 박

8 罷不肖(피불초) — ‘피’는 피(被)와 통하여, 무력하고 못난 것. 9 親戚(친
척) — 부모. 10 術之(술지) — ‘술’은 술(述)과 통하여, 계승 발전시키는 것. 11
遲樸(지박) — ‘지’는 치(穉)와 통하여, 유치한 것, 어리석은 것. ‘박’은 소박한
것, 질박(質朴)한 것.

운명론은 옛날의 포악한 임금들이 만들어 내고, 궁한 백성과
거짓을 일삼는 백성들이 이를 계승 발전시켰다는 것이다. 그 때문
에 어리석고 순진한 사람들이 이 운명론으로 말미암아 적지않게
미혹당하고 있다는 것이다. 앞 「비명」상편과 중편에도 비슷한 대
목이 있었다.

4-1 옛 성왕들이 운명론을 걱정한 것은 본시 오래 전 일이
다. 그러므로 그 일을 책으로 써놓고, 쇠와 돌에 새겨
놓기도 하고, 놋쇠 쟁반과 밥그릇에 새겨놓음으로써 후세 자손들
에게 전하여 주었다.

그러면 무슨 책에 그런 것이 쓰여 있는가? 우(禹)임금의『총덕(總
德)』에 있다. 거기에 말하였다. “진실로 하늘은 뚜렷하지 않은가?
사람들이 자신을 잘 보전하지 않고 흉악한 마음을 지닌다면, 하늘
은 그에게 재앙을 가할 것이다. 그의 행실을 신중히 하지 않는다

면, 하늘의 명을 어찌 보전할 수 있겠는가?"

「중훼지고(仲虺之告)」에도 말하였다. "내가 듣건대, 하(夏)나라를 다스리던 사람(桀)은 하늘의 명을 속이고, 운명이 있다는 이론을 세상에 퍼뜨렸다. 하나님은 그 때문에 미워하여 그의 백성들을 잃게 하였다."

그(桀)는 없는 것을 있다고 하였으므로 속였다는 것이다. 만약 있는 것을 있다고 하였다면, 어찌 속이는 게 되겠는가? 옛날에 걸(桀)이 운명이 있다고 주장하면서 그에 따라 행동하여 탕(湯)임금이 「중훼지고」를 지어 그것을 비난했던 것이다.

先聖王之患之也, 固在前矣. 是以書之竹帛, 鏤之金石,
선 성 왕 지 환 지 야　고 재 전 의　시 이 서 지 죽 백　누 지 금 석

琢之盤盂[1], 傳遺後世子孫.
탁 지 반 우　전 유 후 세 자 손

日：何書焉存[2]? 禹之總德[3]有之. 日：允不著惟天? 民不
왈　하 서 언 존　우 지 총 덕 유 지　왈　윤 부 저 유 천　민 불

而葆[4], 旣防[5]凶心, 天加之咎. 不愼厥德, 天命焉葆[6]?
이 보　기 방 흉 심　천 가 지 구　불 신 궐 덕　천 명 언 보

仲虺之告[7]日：我聞, 有夏人矯[8]天命, 于下[9]. 帝式是增,
중 훼 지 고 왈　아 문　유 하 인 교 천 명　우 하　제 식 시 증

用爽厥師[10].
용 상 궐 사

彼用無爲有, 故謂矯. 若有而謂有, 夫豈爲矯哉? 昔者桀
피 용 무 위 유　고 위 교　약 유 이 위 유　부 기 위 교 재　석 자 걸

執有命而行, 湯爲仲虺之告以非之.
집 유 명 이 행　탕 위 중 훼 지 고 이 비 지

1 盤盂(반우)－놋쇠로 만든 쟁반과 놋쇠 밥그릇. 2 焉存(언존)－'언'은 어(於)의 뜻. 그런 것이 있는가? 3 總德(총덕)－일서(逸書)의 편명(蘇時學 說). 4 葆(보)－보(保). 보전하다. 5 防(방)－방(方). 가까이하다. 지니다. 6 焉葆(언보)－어찌 보전하겠는가? 7 仲虺之告(중훼지고)－『서경』의 편명. 앞에 보임.

8 矯(교) – 속이다.　**9** 于下(우하) – 「비명」 상편·중편의 글을 따라, 위에 '포명(布命)' 두 글자가 있어야만 한다.　**10** 喪厥師(상궐사) – '상'은 상(喪)과 통하여, 그의 백성들을 잃다.

4-2　「태서(太誓)」의 태자발(太子發)편에 말하였다. "아아! 군자들이여! 하늘은 밝은 덕이 있는 사람들을 돕고, 그 하시는 일은 매우 분명하다. 그 거울은 멀리 있지 않고, 바로 저 은나라 임금(紂)에게 있다. 그는 사람에게는 운명이 있다 하고, 공경스런 행동은 할 필요도 없다 하고, 제사는 아무런 이익도 없는 짓이라 하고, 포악한 짓을 해도 해로울 것이 없다고 하였다.

하나님이 그를 돕지 않자, 그의 온 나라는 멸망하였다. 하나님은 그를 옳게 여기지 않으시어 단호히 그에게 멸망의 벌을 내렸던 것이다. 그리하여 우리 주(周)나라 임금이 큰 상(商)나라를 물려받게 되었다."

옛날에 주(紂)임금이 운명이 있다고 주장하면서 그에 따라 행동하여, 무왕이 「태서(太誓)」의 태자발(太子發)편을 지어 그것을 비난했던 것이다.

그런데도 그대는 어찌하여 상(商)나라·주(周)나라와 우(虞)나라·하(夏)나라 때의 기록을 참고하지 않는가? 이상 여러 편의 글에는 모두 운명이 있다는 기록이 없다. 그것을 어찌하겠는가?

太誓[11]之言也, 於去發[12]曰 : 惡乎君子! 天有[13]顯德, 其
태 서　 지 언 야　 어 거 발 왈　 오 호 군 자　 천 유 현 덕　 기

行甚章. 爲鑒[14]不遠, 在彼殷王. 謂人有命, 謂敬不可行,
행 심 장　 위 감 불 원　 재 피 은 왕　 위 인 유 명　 위 경 불 가 행

謂祭無益, 謂暴無傷.
위 제 무 익   위 포 무 상

上帝不常[15], 九有[16]以亡. 上帝不順, 祝降[17]其喪. 惟我有
상 제 불 상   구 유   이 망   상 제 불 순   축 강   기 상   유 아 유

周, 受之大帝[18].
주   수 지 대 제

昔紂執有命而行, 武王爲太誓去發以非之.
석 주 집 유 명 이 행   무 왕 위 태 서 거 발 이 비 지

曰子胡不尙考之乎商周虞夏之記? 從十簡之篇[19], 以尙[20],
왈 자 호 불 상 고 지 호 상 주 우 하 지 기   종 십 간 지 편   이 상

皆無之. 將何若者也?
개 무 지   장 하 약 자 야

11 太誓(태서) — 『서경』의 편명. 앞에 보임. **12** 去發(거발) — 태자발(太子發)의 잘못. '발'은 무왕(武王)의 이름(莊述祖 說). 본시 「태서」는 3편인데, 상편(上篇)이 태자발인 듯하다(兪樾 說). **13** 有(유) — 우(右). 돕는 것(莊述祖 說). **14** 鑑(감) — 거울. 표본. **15** 不常(불상) — '상'은 상(尙)과 통하여(孫詒讓 說), 돕지 않는 것. **16** 九有(구유) — 구주(九州). 온 세상. 온 중국. **17** 祝降(축강) — '축'은 단(斷)의 뜻(蘇時學 說). 단호히 내리다. **18** 大帝(대제) — '제'는 상(商)의 잘못(莊述祖 說). 큰 상나라. **19** 十簡之篇(십간지편) — 여러 편의 글을 뜻함. **20** 以尙(이상) — 이상(以上).

여기서는 옛날의 성왕들이 운명론으로 말미암아 사람들이 미혹 당할까 걱정하여, 여러 가지로 글을 써서 후세 사람들에게 전해 주고 있음을 역설하고 있다. 따라서 운명을 믿는 행위는 성왕의 도(道)에 어긋나는 것이 되는 것이다.

 그러므로 묵자가 말하였다.
"지금 천하의 군자들이 공부를 하여 이론을 펴는 것은

그의 목구멍과 혀를 수고롭히고 그의 입술을 날카롭게 하려는 것이 아니다. 진실로 그의 나라와 고을과 만백성들을 위하여 나라의 법과 정치를 올바로 다스리고자 하기 때문이다.

지금 임금과 대신들이 일찍 조정에 나가 늦게 퇴근하면서 소송을 처리하고 정사를 다스리며 아침 일찍부터 직분을 다하고 감히 게을리 하지 않는 것은 어째서인가? 그것은 그들이 부지런하면 반드시 잘 다스려지고, 부지런하지 않으면 반드시 어지러워지며, 부지런하면 반드시 편안하게 되고, 부지런하지 않으면 반드시 위태로워진다고 생각하고 있기 때문이다. 그래서 감히 게을리하지 못하는 것이다.

지금 높은 관리들이 팔다리의 힘을 다하고 그의 생각하는 지혜를 다하여 안으로는 관청을 다스리고, 밖으로는 시장의 세금과 산이나 숲과 호수와 다리 등에서 생기는 이익을 거둬들이어 관청의 창고를 충실케 하면서 감히 게을리하지 않는 까닭은 무엇이겠는가? 그것은 그들이 부지런하면 반드시 귀해지고, 부지런하지 않으면 반드시 천해지며, 부지런하면 반드시 영화롭게 되고, 부지런하지 않으면 반드시 욕되게 된다고 생각하고 있기 때문에 감히 게을리 하지 못하는 것이다."

是故子墨子曰 : 今天下之君子之爲文學[1]出言談也, 非將
시 고 자 묵 자 왈　　금 천 하 지 군 자 지 위 문 학　출 언 담 야　　비 장

勤勞其惟舌[2], 而利其脣呡[3]也. 中實將欲其國家邑里萬民
근 로 기 유 설　　이 리 기 순 문 야　　중 실 장 욕 기 국 가 읍 리 만 민

刑政者也.
형 정 자 야

今也王公大人之所以蚤朝晏退[4], 聽獄治政, 終朝[5]均分[6],
금 야 왕 공 대 인 지 소 이 조 조 안 퇴　　청 옥 치 정　　종 조 균 분

而不敢怠倦者, 何也? 曰 : 彼以爲强必治, 不强必亂, 强
이불감태권자　하야　왈　피이위강필치　불강필란　강

必寧, 不强必危. 故不敢怠倦.
필녕　불강필위　고불감태권

今也卿大夫之所以竭股肱之力, 殫其思慮之知, 內治官
금야경대부지소이갈고굉지력　탄기사려지지　내치관

府, 外斂關市山林澤梁之利, 以實官府, 而不敢怠倦者,
부　외렴관불산림택량지리　이실관부　이불감태권자

何也? 曰 : 彼以爲强必貴, 不强必賤, 强必榮, 不强必辱,
하야　왈　피이위강필귀　불강필천　강필영　불강필욕

故不敢怠倦.
고불감태권

1 文學(문학) ─ 글공부를 하는 것. 학문을 하는 것. 2 惟舌(유설) ─ 후설(喉舌)의 잘못(王念孫 說). 목구멍과 혀. 3 脣吻(순문) ─ 입술. '문'은 문(吻)과 같은 자. 4 蚤朝晏退(조조안퇴) ─ 이른 아침 조정에 나갔다가 저녁 늦게 퇴근하는 것. 5 終朝(종조) ─ 이른 아침 동안. 조반을 먹기 전의 이른 아침. 6 均分(균분) ─ 직분을 다하는 것.

5-2 지금 농부들이 아침 일찍 나갔다가 저녁 늦게 들어오며, 부지런히 밭 갈고 곡식 심고, 씨 뿌리고 가꾸어 콩과 조를 많이 거둬들이려 하면서 감히 게을리하지 않는 까닭은 무엇이겠는가? "그것은 그들이 부지런하면 반드시 부유해지지만, 부지런하지 않으면 반드시 가난해지고, 부지런하면 반드시 배불리 먹고 살지만, 부지런하지 않으면 반드시 굶주리게 된다고 여기고 있기 때문에 감히 게을리하지 않고 있는 것이다."

지금 부인들이 새벽 일찍 일어나고, 밤늦게 잠자며, 부지런히 실 뽑고 길쌈하며 많은 삼베실과 칡 실을 마련하여 천을 짜내면서 감히 게을리하지 아니하는 까닭은 무엇이겠는가? "그것은 그들이 부지런하면 반드시 부해지지만, 부지런하지 못하면 반드시 가난

해지고, 부지런하면 반드시 따뜻하게 지내게 되지만 부지런하지
못하면 반드시 헐벗게 된다고 여기기 때문에 감히 게을리하지 못
하는 것이다.”

今也農夫之所以蚤出暮入, 强乎耕稼樹藝, 多聚叔粟, 而
금 야 농 부 지 소 이 조 출 모 입　강 호 경 가 수 예　다 취 숙 속　　이

不敢怠倦者, 何也? 曰 : 彼以爲强必富, 不强必貧, 强必
불 감 태 권 자　하 야　　왈　피 이 위 강 필 부　　불 강 필 빈　　강 필

飽, 不强必飢, 故不敢怠倦.
포　불 강 필 기　고 불 감 태 권

今也婦人之所以夙興夜寐, 强乎紡績織絍[7], 多治麻統葛
금 야 부 인 지 소 이 숙 흥 야 매　강 호 방 적 직 임　　다 치 마 류 갈

緒[8], 捆布緣[9], 而不敢怠倦者, 何也? 曰 : 彼以爲强必富,
서　　곤 포 삼　　이 불 감 태 권 자　하 야　　왈　피 이 위 강 필 부

不强必貧, 强必煖, 不强必寒, 故不敢怠倦.
불 강 필 빈　강 필 난　불 강 필 한　고 불 감 태 권

7 紡績織絍(방적직임) — 실을 뽑고 길쌈을 하는 것. 8 麻統葛緒(마류갈서) — 삼
베 실과 칡베 실. ‘류’는 사(絲)의 잘못(王念孫 說). 9 捆布緣(곤포삼) — 천을 짜
다. ‘삼’은 조(繰)의 잘못(王念孫 說).

　여기시는 특히 공부를 하고 이론을 진개하는 깃은 나라와 백
성들을 위하려는 것임을 강조하면서 운명론을 부정하고 있다. 임
금으로부터 낮은 백성들에 이르기까지 모두 운명이 아닌 자신의
노력을 통하여 잘 살려고 노력해야 한다는 것이다.

6 지금 임금이나 장관 자리에 있는 사람들이 만약 운명이 있다고 믿고서 행동하게 된다면 반드시 소송을 처리하고 정사를 다스리는 일을 게을리하게 될 것이다. 높은 관리들은 반드시 관청 일을 다스리는 일을 게을리하게 될 것이다. 농부들은 반드시 밭 갈고, 씨 뿌리고, 심고, 가꾸는 일을 게을리하게 될 것이다. 부인들은 반드시 실 뽑고 길쌈하는 일을 게을리하게 될 것이다.

임금과 장관들이 소송을 처리하고 정사를 다스리는 일을 게을리 하게 되고, 높은 관리들이 관청 일을 다스리는 일을 게을리하게 된다면, 우리는 천하가 반드시 어지러워진다고 생각할 것이다. 농부들이 밭 갈고, 씨 뿌리고, 심고, 가꾸는 일을 게을리하게 되고, 부인들이 실 뽑고 길쌈하는 일을 게을리하게 된다면, 우리는 천하의 입고 먹을 재물이 반드시 부족하게 될 거라고 생각할 것이다.

만약 그렇게 천하의 정치를 해나간다면, 위로 하늘과 귀신을 섬긴다 해도 하늘과 귀신이 따르지 않을 것이며, 아래로 백성들을 먹여 살게 해준다 하더라도 백성들에게 이롭지 못하여 반드시 흩어져서 그들을 이용할 수가 없게 될 것이다. 그래서 들어와 나라를 지킨다 해도 견고하지 못하고, 나아가 전쟁을 한다 해도 이기지 못하게 될 것이다.

그러므로 옛날 삼대의 폭군인 걸(桀)임금·주(紂)임금과 유왕(幽王)·여왕(厲王)이 그들의 나라를 잃어버리고 그들 왕실을 망쳐 버리게 되었던 것도 이 때문이었던 것이다.

今雖毋¹在乎王公大人, 蕢若²信有命, 而致行之, 則必怠
금 수 무 재 호 왕 공 대 인 궤 약 신 유 명 이 치 행 지 즉 필 태

乎聽獄治政矣. 卿大夫必怠乎治官府矣. 農夫必怠乎耕稼
호 청 옥 치 정 의 경 대 부 필 태 호 치 관 부 의 농 부 필 태 호 경 가

樹藝矣. 婦人必怠乎紡績織絍矣.
수 예 의　부인필태호방적직임의

王公大人怠乎聽獄治政, 卿大夫怠乎治官府, 則我以爲
왕 공 대 인 태 호 청 옥 치 정　경 대 부 태 호 치 관 부　즉 아 이 위

天下必亂矣. 農夫怠乎耕稼樹藝, 婦人怠乎紡績織絍, 則
천 하 필 란 의　농 부 태 호 경 가 수 예　부 인 태 호 방 적 직 임　즉

我以爲天下衣食之財, 將必不足矣.
아 이 위 천 하 의 식 지 재　장 필 부 족 의

若以爲政乎天下, 上以事天鬼, 天鬼不使[3], 下以持養百
약 이 위 정 호 천 하　상 이 사 천 귀　천 귀 불 사　하 이 지 양 백

姓, 百姓不利, 必離散, 不可得用也. 是以入守則不固, 出
성　백 성 부 리　필 리 산　불 가 득 용 야　시 이 입 수 즉 불 고　출

誅則不勝.
주 즉 불 승

故雖昔者三代暴王, 桀紂幽厲之所以共扞[4]其國家, 傾覆
고 수 석 자 삼 대 폭 왕　걸 주 유 려 지 소 이 공 운 기 국 가　경 복

其社稷者, 此也.
기 사 직 자　차 야

---

1 雖毋(수무) – 모두 조사. '수'는 유(惟), '무'는 무(無)와 같은 자임. 2 蕢若
(궤약) – '궤'는 자(藉)의 잘못. '자약(藉若)'은 만약의 뜻(俞樾 說). 3 不使(불
사) – '사'는 종(從)의 뜻(王念孫 說). 따르지 않다. 4 共扞(공운) – '공'은 실
(失)의 잘못(王念孫 說). '운'도 잃는 것.

　임금으로부터 백성들에 이르기까지 모두가 운명만을 믿고 태
만히 지내다가 모두 나라와 집안을 망치게 된다는 것이다. 하(夏)나
라와 은(殷)나라와 주(周)나라 삼대의 포악한 임금들이 나라를 망친
것도 그 때문이라는 것이다.

7 그러므로 묵자가 말하였다.

"지금 천하의 군자들이 진실로 천하의 이익을 일으키고 천하의 폐해를 없애 버리려고 한다면 운명이 있다고 주장하는 자들의 말 같은 것은 힘써 부정하지 않으면 안될 것이다."

또 말하였다.

"숙명론이란 폭군이 만들어 낸 것이며, 궁한 사람들이 얘기한 것이지 어진 사람의 말이 아니다."

지금의 어짊과 의로움을 행하는 사람들이 잘 살피어 힘써 부정하지 않으면 안되는 것은 이 때문이다.

是故子墨子言曰：今天下之士君子, 中實將欲求興天下
시 고 자 묵 자 언 왈　금 천 하 지 사 군 자　중 실 장 욕 구 흥 천 하

之利, 除天下之害, 當若有命者之言, 不可不强非也.
지 리　제 천 하 지 해　당 약 유 명 자 지 언　불 가 불 강 비 야

曰：命者, 暴王所作, 窮人所術[1], 非仁者之言也.
왈　명 자　폭 왕 소 작　궁 인 소 술　비 인 자 지 언 야

今之爲仁義者, 將不可不察而强[2]非者, 此也.
금 지 위 인 의 자　장 불 가 불 찰 이 강　비 자　차 야

1 術(술) – 술(述)과 통하여, '논한 것'. '얘기한 것'.   2 强(강) – 힘써, 애써서.

모든 일을 숙명이라고 돌리면 아무도 열심히 일하거나 노력하지 않을 것이다. 그러나 하늘은 스스로 돕는 자를 돕는다는게 묵자의 태도이다. 열심히 살고 자기 일을 추구하는 데서 훌륭한 사회가 건설된다는 것이다. 이러한 묵자의 비명론은 그의 겸애사상이나 전쟁을 반대하는 철학과도 밀접한 관계를 지닌다.

墨子

39.
비유편 非儒篇(下)

　　'비유'란 유가(儒家)를 비판한다는 뜻. 이 편에서 묵자는 유가를 맹렬히 공격하는데, 특히 유가의 형식적인 면과 비생산적인 성격이 묵자의 비위를 크게 건드렸던 것 같다. 중국 사회의 윤리를 지배해 오다시피 한 유가에 대한 날카로운 비판이란 점에서 이 편은 옛날부터 많은 학자들의 주목을 받아 왔다.

　　※「비유편」은 상·하 두 편으로 나뉘어져 있으나 이 앞에 있어야 할 상편〔38. 비유편(非儒篇)(上)〕은 없어지고 지금은 하편만 전한다.

 유가들은 말하기를, '친척들과 친하게 지내는 데도 차등(差 等)이 있고, 현명한 이를 높이는 데도 등급이 있다.'고 한 다. 그것은 친하고 먼 사람과 높고 낮은 사람이 달라야 함을 말하는 것이다. 그들의 예에 의하면, '죽은 이의 상을 입을 때 부모에게는 3년, 처와 뒤를 이을 맏아들에게도 3년, 백부와 숙부와 형제와 서자들에게는 1년, 친척이나 일가들에게는 다섯 달 동안이다.'고 규정되어 있다. 만약 친하고 먼 관계로서 세월의 숫자를 정하였다면 친한 사람들에게는 많은 기간, 먼 사람들에게는 적은 기간이 돌아갈 것이다. 그런데 여기에서 처와 맏아들은 부모와 같다. 만약 높고 낮은 관계로서 세월의 숫자를 정하였다면, 곧 그들은 그의 처와 자신을 부모와 같게 높이면서 백부와 집안의 형들을 서자(庶子)와 같이 보는 것이다. 거꾸로 됨이 이보다 더 클 수가 있겠는가?

 그들의 어버이가 죽으면, 시체를 염하지도 않고, 뉘어 두고 지붕엘 올라갔다 우물을 들여다보았다 하기도 하고, 쥐구멍을 쑤시고 손 씻는 그릇을 뒤지고 하면서 죽은 이를 찾는다. 정말로 존재한다고 생각한다면 곧 어리석기 짝이 없는 짓이다. 없다는 것을 알면서도 반드시 찾아보는 거라면 거짓 또한 굉장한 것이다.

儒者日 : 親親有術[1], 尊賢有等. 言親疏尊卑之異也. 其
유자왈   친친유술   존현유등   언친소존비지이야   기

禮日 : 喪父母三年, 妻後子[2]三年, 伯父叔父弟兄庶子期,
례왈   상부모삼년   처후자삼년   백부숙부제형서자기

戚族人五月. 若以親疏爲歲月之數, 則親者多而疏者少矣.
척족인오월   약이친소위세월지수   즉친자다이소자소의

是妻後子與父同也. 若以尊卑爲歲月數, 則是尊其妻子,
시처후자여부동야   약이존비위세월수   즉시존기처자

與父母同, 而親伯父宗兄如卑子也. 逆孰大焉?
여부모동   이친백부종형여비자야   역숙대언

其親死, 列尸³弗斂⁴, 登屋⁵窺井⁶, 挑鼠穴, 探滌器⁷, 而
기 친 사　열 시 불 염　등 옥 규 정　도 서 혈　탐 척 기　이

求其人矣. 以爲實在, 則贛⁸愚甚矣. 知其亡也, 必求焉,
구 기 인 의　이 위 실 재　즉 장 우 심 의　지 기 망 야　필 구 언

僞亦大矣.
위 역 대 의

1 術(술)ー쇄(殺)와 통하여(王引之說), 차등(差等)의 뜻. 2 後子(후자)ー뒤를 이
을 아들. 맏아들. 3 列尸(열시)ー시체를 그대로 뉘어놓는 것. 4 斂(염)ー죽은
이에게 시의(尸衣)를 입히고 묶는 것. 유가들은 죽은 지 사흘이 되어야 염을
하였다. 5 登屋(등옥)ー'의례(儀禮)'「사상례(士喪禮)」편에 보이는 죽은 이의
영혼을 불러들이는 '복(復)'을 가리킨다. 6 窺井(규정)ー우물을 들여다보는
것. 유가의 예에는 이하와 같은 기록이 없다. 7 滌器(척기)ー대야와 비슷한
그릇. 8 贛(장)ー어리석은 것(『說文』).

묵자는 유가의 예의제도를 비판하면서 상제(喪制)의 모순을 지
적하고 있다. 죽은 이에 따라 상복을 입고 거상(居喪)하는 기간이
다른 것을 비롯하여 여러 가지 잘못된 풍습을 꼬집고 있다.

2 장가를 들 적에는 신랑이 신부를 친히 마중하러 가는데 검
은 옷을 입고 수레몰이가 되어 말고삐를 잡고 수레에 오르
는 신부에게 손잡이를 친히 쥐어 주며 마치 친부모를 마중하듯 한
다. 혼례의 위엄 있는 의식은 마치 제사를 모시는 것 같다. 위아래
가 뒤집히고 부모를 거스르는 짓이다. 부모는 아래로 처자들을 따
르고, 처자들은 위로 부모를 섬기는 일을 그릇친다. 이와 같은 것
을 가히 효도라 말할 수가 있겠는가?

유가들은 말하기를, '처를 마중하는 것은 그와 더불어 제사를 받들 것이기 때문이며, 자신은 종묘를 지키게 될 것이므로 그들을 소중히 하는 것이다.'고 한다.

여기에 답하겠다.

'그것은 거짓말이다. 그의 집안 형은 그들 선조의 종묘를 수십 년이나 지켰는데도 죽으면 1년의 상을 입는다. 형제의 처는 그 조상의 제사를 받드는데도 복을 입지 않는다. 처자가 죽으면 3년의 복을 입으니, 반드시 종묘의 제사를 지키고 받들기 때문은 아닌 것이다. 처자를 아끼는 게 이미 큰 잘못을 저지르고 있는 것인데도 또 말하기를, 부모를 소중히 하기 때문이라고 한다. 지극히 사사로운 것을 소중히 하고자 하여 지극히 중한 것을 가벼이 하는 것이니, 어찌 매우 간사한 짓이 아니겠는가?'

娶妻親迎, 袨褍[1]爲僕, 秉轡[2]授綏[3], 如迎嚴親. 昏禮威
취처친영   현단위복   병비수수   여영엄친   혼례위

儀, 如承祭祀. 顚覆上下, 悖逆父母. 父母下則妻子, 妻子
의   여승제사   전복상하   패역부모   부모하칙처자   처자

上侵事親. 若此可謂孝乎?
상침사친   약차가위효호

儒者曰：迎妻與之奉祭祀, 子將守宗廟, 故重之.
유자왈   영처여지봉제사   자장수종묘   고중지

應之曰：此誣言[4]也. 其宗兄守其先宗廟數十年, 死, 喪
응지왈   차무언야   기종형수기선종묘수십년   사   상

之期. 兄弟之妻, 奉其先之祭祀, 弗服. 則喪妻子三年, 必
지기   형제지처   봉기선지제사   불복   즉상처자삼년   필

非以守奉宗廟祭祀也. 夫憂[5]妻子以[6]大負絫[7], 有[8]曰：所以
비이수봉종묘제사야   부우처자이대부루   유왈   소이

重親也. 爲欲厚所至私, 輕所至重, 豈非大姦也哉?
중친야   위욕후소지사   경소지중   기비대간야재

1 袨襜(현단)－검은 예복. 보통은 '저단(祗襜)'으로 되어 있으나 잘못(『墨子閒
詁』). **2** 轡(비)－수레를 끄는 말고삐. 신랑이 신부의 수레를 모는 것이다. **3**
綏(수)－수레 탈 때 잡는 가죽으로 만든 손잡이. **4** 誣言(무언)－속이는 말.
거짓말. **5** 憂(우)－애(愛)와 통하여, '아끼는 것'. '사랑하는 것'. **6** 以(이)－
이(已)와 통하여, '이미'. **7** 纍(루)－누(累)와 통하여, '잘못'. **8** 有(유)－우
(又)와 통하여, '또'.

＆～

　우선 묵자는 유가의 예의의 형식이 무의미함을 공격하고 나섰
다. 유가들은 사람들의 감정을 조절하는 한편, 또 그 감정을 겉으
로 꾸민다는 뜻에서 예를 숭상하였다. 그러나 묵자는 이러한 유가
들의 예가 자기 본위의 무가치한 것이라고 그 불합리성을 들어 논
하고 있다. 특히 『의례(儀禮)』에 보이는 유가들의 상례(喪禮)와 혼례
를 공격의 대상으로 삼고 있는 것은 그것이 일반 사회의 대표적인
예였기 때문일 것이다.

3 　또 힘써 운명이 있다고 주장하며 이론을 편다.
　　'오래 살고, 일찍 죽고, 가난하고, 부하고, 편하고, 위태롭
고, 다스려지고, 어지러운 것은 본시 하늘의 운명에 달린 것이어
서 덜거나 더할 수가 없는 것이다. 궁하거나 출세를 하고 상을 받
거나 벌을 받고 행복하거나 불행한 것도 정해진 것이어서 사람의
지혜나 힘으로는 어찌할 수 없는 것이다.'
　여러 관리들은 이것을 믿으면 곧 그의 직분에 태만하게 되고,
서민들은 이것을 믿으면 곧 종사하는 일에 태만하여진다. 관리들
이 다스리지 않으면 곧 어지러워지고, 농사에 힘쓰지 않으면 곧

가난해질 것이다. 가난하고도 어지러운 것은 정치의 근본에 위배되는 것이다. 그런데도 유가들은 그것을 올바른 도리라고 가르치고 있으니 이것은 천하의 사람들을 해치는 것이다.

有¹强執有命以說議曰 : 壽夭貧富, 安危治亂, 固有天命,
유 강집유명이설의왈　수요빈부　안위치란　고유천명

不可損益. 窮達賞罰幸否, 有極², 人之知力, 不能爲焉.
불가손익　궁달상벌행부　유극　인지지력　불능위언

羣吏信之, 則怠於分職, 庶人信之, 則怠於從事. 吏不治
군리신지　즉태어분직　서인신지　즉태어종사　이불치

則亂, 農事緩則貧. 貧且亂, 倍³政之本. 而儒者以爲道敎,
즉란　농사완즉빈　빈차란　배정지본　이유자이위도교

是賊天下之人者也.
시적천하지인자야

1 有(유)－又(우)와 통하여, '또'. 2 極(극)－정해진 법도. 여기서는 운명을 가리킨다. 3 倍(배)－背(배)와 통하여, '배반하는 것'. 보통은 이 글자가 들어 있지 않으나 손이양(孫詒讓)의 설(說)을 따라 보충하였다.

여기서는 유가들의 숙명론(宿命論)을 공격하고 있다. 숙명론의 비판은 앞의 비명편에 자세하다.

4 또한 그들은 예의와 음악을 번거롭게 꾸미어 사람들을 어지럽히고, 오랫동안 상옷을 입고 거짓 슬퍼함으로써 부모님을 속인다. 운명에 입각하여 가난에 빠져 있으면서도 고상한 체 버티고 있으며, 근본을 어기고 할 일은 버리고서 태만하게 편안히

지내며, 먹고 마시기를 탐하면서 일을 하는 데에는 게으르다. 그래서 굶주림과 헐벗음에 빠져 얼어 죽거나 굶어 죽을 위험에 놓여 있으면서도 이를 벗어나는 수가 없다. 이것은 마치 거지와도 같다. 두더지처럼 음식을 저장하고 숫양처럼 먹을 것을 찾다가 발견되면 멧돼지처럼 튀어나온다. 군자들이 이것을 비웃으면 성을 내면서 말하기를, '형편없는 자들이 어찌 훌륭한 선비를 알겠는가?'고 말한다.

여름에는 보리나 벼를 동냥하다가 모든 곡식이 다 거둬들여지면 큰 장사 집만을 쫓아다니는데 자식과 식구들도 모두 거느리고 가서 음식을 실컷 먹는다. 몇 집 초상만 치르고 나면 충분히 살아갈 수 있게 된다. 남의 집을 근거로 하여 살찌고, 남의 들을 의지하여 부를 쌓는다. 부잣집에 초상이 나면 곧 크게 기뻐하면서 '이것이야말로 입고 먹는 꼬투리이다.' 라고 말한다.

且夫繁飾禮樂以淫人, 久喪僞哀以謾[1]親, 立命緩貧而高
차 부 번 식 례 악 이 음 인　구 상 위 애 이 만 친　입 명 완 빈 이 고

浩居[2], 倍本[3]棄事而安怠傲, 貪於飮食, 惰於作務, 陷於飢
호 거　배 본 기 사 이 안 태 오　탐 어 음 식　타 어 작 무　함 어 기

寒, 危於凍餒, 無以違之. 是若乞人[4]. 飄鼠[5]藏[6], 而羝羊[7]
한　위 어 동 뇌　무 이 위 지　시 약 걸 인　함 서 장　이 저 양

視[8], 賁彘[9]起. 君子笑之, 怒曰 : 散人[10], 焉知良儒?
시　분 체 기　군 자 소 지　노 왈　산 인　언 지 량 유

夫夏乞麥禾, 五穀旣收, 大喪是隨, 子姓[11]皆從, 得厭飮
부 하 걸 맥 화　오 곡 기 수　대 상 시 수　자 성 개 종　득 염 음

食. 畢治數喪, 足以至矣. 因人之家, 以爲翠[12], 恃人之野,
식　필 치 수 상　족 이 지 의　인 인 지 가　이 위 취　시 인 지 야

以爲尊. 富人有喪, 乃大說喜曰 : 此衣食之端也.
이 위 존　부 인 유 상　내 대 열 희 왈　차 의 식 지 단 야

1 謾(만) — 속이는 것.　2 浩居(호거) — 오거(傲倨)와 같은 말로(畢沅 說), '잘난

체 버티고 있는 것'. **3** 倍本(배본)-근본을 배반한다. 여기서는 주로 근본이
되는 농사일을 버림을 뜻한다. **4** 乞人(걸인)-거지. 보통 인기(人氣)로 되어
있으나 손이양(孫詒讓)의 설(說)을 따라 고쳤다. **5** 𪘂鼠(함서)-두더지. **6** 藏
(장)-음식을 찾아다 저장하는 것. **7** 羝羊(저양)-숫양. **8** 視(시)-먹을 것을
찾느라 둘러보는 것. **9** 賁彘(분체)-분시(獖豕)와 같은 말로 멧돼지. **10** 散人
(산인)-시원찮은 사람. **11** 子姓(자성)-집안사람들(『國語』楚語 韋昭 注). **12**
以爲翠(이위취)-본시는 취이위(翠以爲)로 된 것을 고쳤으며(孫詒讓 說), 취(翠)
는 살찌는 것(『廣雅』).

　　여기서는 여러 가지 유가들의 비합리적인 행동을 공격하고 있
다. 유가들이 남의 상가를 찾아다니며 자기 가족까지 얻어먹고 다
녔다는 공격은 신랄하다. 후스(胡適)의 『설유(說儒)』란 논문에 의하
면, 유가들은 본시 예의 전문가들이어서 상가나 잔칫집에 가서 예
를 맡아 의식을 진행시켜 주고 먹을 것을 빌었다 한다. 공자 이후
로는 한편 교육도 그들의 생활 수단이기도 하였지만 어떻든 비생산
적(非生産的)인 계급이어서 특히 묵자의 공격 대상이 되었을 것이다.

5　유가들은 '군자는 반드시 옛날 옷을 입고 옛날 말을 하여야
　　만 어질다.'고 말한다.

　여기에 대답한다.

　'이른바 옛날의 말이나 옷이라는 것은 모두 그 전에는 새로운
것이었다. 그러니 옛사람들이 그것을 말하고 그것을 입었다면 곧
군자가 못될 것이다. 그렇다면 반드시 군자의 옷이 아닌 것을 입
고 군자의 말이 아닌 것을 말해야만 어질다는 것인가?'

또 말하기를, '군자는 옛것을 따르기만 했지 만들지는 않는다.'
고 했다. 여기에 대답하겠다.

'옛날 예(羿)는 활을 만들었고, 여(仔)는 갑옷을 만들었으며, 해중은 수레를 만들고, 교수는 배를 만들었다. 그렇다면 지금의 가죽 공인(工人)과 갑옷 공인이나 수레 공인과 배 공인은 모두가 군자이고, 예와 여와 해중과 교수는 모두 소인인가? 또한 그들이 따르는 것은 반드시 어떤 사람이 만든 것일 것이다. 그러니 그들이 따르는 것은 모두 소인의 도리가 된다.'

儒者曰 : 君子必古服古言[1], 然後仁. 應之曰 : 所謂古之
유 자 왈   군 자 필 복 고 언   연 후 인   응 지 왈   소 위 고 지

言服者, 皆嘗新矣. 而古人言之服之, 則非君子也. 然則
언 복 자   개 상 신 의   이 고 인 언 지 복 지   즉 비 군 자 야   연 즉

必服非君子之服, 言非君子之言, 而後仁乎?
필 복 비 군 자 지 복   언 비 군 자 지 언   이 후 인 호

又曰 : 君子循而不作[2]. 應之曰 : 古者羿[3]作弓, 仔[4]作甲,
우 왈   군 자 순 이 부 작   응 지 왈   고 자 예 작 궁   여 작 갑

奚仲[5]作車, 巧垂[6]作舟. 然則今之鮑函車匠[7], 皆君子也,
해 중 작 거   교 수 작 주   연 즉 금 지 포 함 거 장   개 군 자 야

而羿仔奚仲巧垂, 皆小人邪? 且其所循, 人必或作之. 然
이 예 여 해 중 교 수   개 소 인 야   차 기 소 순   인 필 혹 작 지   연

則其所循, 皆小人道也.
즉 기 소 순   개 소 인 도 야

1 古服古言(고복고언) - 옛사람들의 옷과 옛사람들의 말. 보통은 앞의 고(古)
자가 없으나 유월(俞樾)의 설(說)에 따라 보충하였다. 2 君子循而不作(군자순
이부작) - '군자는 옛것을 따르기만 하지 새로 만들지는 않는다.', 『논어(論
語)』의 '옛것을 배워 전하기는 하되 새로 만들지는 않는다.(述而不作)'고 한
공자의 말뜻을 좀 더 확대시킨 것이다. 3 羿(예) - 활의 명인. 요임금 때엔 해
가 열 개 있었는데 아홉 개를 활로 쏘아 떨어뜨렸다 한다. 뒤로 그의 자손은
모두 활을 익히어 대대로 예(羿)란 이름을 세상에 떨쳤다. 4 仔(여) - 하(夏)나

라 소강(小康)의 아들로 갑옷을 만들었다. 또 수레를 만들었다고도 한다. **5** 奚仲(해중) – 하나라 때 말이 끄는 수레를 만들었다 한다. **6** 巧垂(교수) – 요임 금 때의 유명한 공인. **7** 鮑函車匠(포함거장) – 포(鮑)는 가죽 공인, 함(函)은 갑 옷 공인, 거장(車匠)은 앞의 문맥으로 보아 수레와 배의 공인.

여기에선 주로 유가들의 복고주의(復古主義)를 공격하고 있다. 묵자의 근로주의는 자연히 창작을 수반(隨伴)하게 될 것이므로 유가의 복고사상과 어긋난다. 특히 옷이나 물건 또는 제도에 있어 무조건 옛것을 숭상하려던 유가의 경향은 비판을 받아 마땅할 것이다.

이 뒤로도 전쟁할 때 '군자는 도망가는 자를 추격하지 않는다.'는 것 같은 값싼 덕(德)이나 '군자는 종과 같아서 치면 소리가 나지만 치지 않으면 소리가 나지 않는다.'는 군자론의 비판에서 시작하여 끝으로는 많은 지면을 공자에 대한 공격에 충당하고 있다.

6 또 말하기를, "군자는 싸움에 이겼을 적에는 도망치는 적을 추격하지 않고, 어렵고 급박한 상태의 적은 활로 쏘지 않으며, 적군이 패하여 물러날 적에는 무거운 수레 끄는 것을 도와준다."고 한다.

거기에 대답하겠다. "만약 모두가 어진 사람들이라면 서로 적대할 이유가 없다. 어진 사람들은 그들의 취하고 버리는 것과 옳고 그르게 여기는 이유를 서로 알려주며, 까닭을 모르는 사람은 까닭을 아는 사람을 따르고, 알지 못하는 사람은 아는 사람을 따르며, 할 말이 없으면 반드시 복종하고, 훌륭한 것을 보면 반드시 그 편으로 간다. 어찌하여 서로 적대하겠는가?

만약 두 포악한 자들이 서로 다툰다면, 그들 중 이긴 자가 도망치는 적을 추격하지 않고, 어렵고 급박한 상태의 적을 활로 쏘지 않으며, 적이 패하여 물러날 적에 무거운 수레를 끄는 것을 도와주는 일에, 비록 자기 능력을 다한다 하더라도 여전히 군자는 될 수가 없는 것이다.

그렇지 않고 포악하고 잔혹한 나라가 있어서, 성인이 세상을 위하여 해로운 것을 없애고자 군사를 일으키어 토벌을 한다고 하자. 승리를 하고는 장수가 유가의 방법을 따라서 병졸들에게 명령을 내리기를, '도망치는 자들은 추격하지 말고, 어렵고 급박한 상태의 적은 활로 쏘지 말며, 적군이 패하여 물러날 적에는 무거운 수레 끄는 것을 도와주어라.'고 했다고 하자. 그러면 포악하고 혼란을 일삼는 사람은 살아갈 수 있게 되어 천하의 해는 없어지지 않는다. 그것은 부모님들을 무리지어 손상시키고 세상을 심각하게 해치는 짓이다. 불의가 이보다 더 클 수는 없는 것이다."

又曰: 君子勝不逐奔, 揜函[1]弗射, 施[2]則助之胥車[3].
우왈　군자승불축분　엄함불사　시　즉조지서거

應之曰: 若皆仁人也, 則無說[4]而相與[5]. 仁人以其取舍是
응지왈　약개인인야　즉무설　이상여　인인이기취사시

非之理相告, 無故從有故也, 弗知從有知也, 無辭[6]必服,
비지리상고　무고종유고야　불지종유지야　무사　필복

見善必遷. 何故相[7]與?
견선필천　하고상여

若兩暴交爭, 其勝者欲不逐奔, 揜函弗射, 施則助之胥
약량포교쟁　기승자욕불축분　엄함불사　시즉조지서

車, 雖盡能, 猶且不得爲君子也.
거　수진능　유차부득위군자야

意暴殘之國也, 聖將爲世除害, 興師誅罰. 勝將因用儒
의포잔지국야　성장위세제해　흥사주벌　승장인용유

術, 令士卒曰: 毋逐奔, 揜函勿射, 施則助之胥車. 暴亂
술　영사졸왈　무축분　엄함물사　시즉조지서거　포란

之人也得活, 天下害不除. 是爲群殘[8]父母, 而深賤[9]世也.
지 인 야 득 활　　천 하 해 부 제　　시 위 군 잔 부 모　　이 심 천 세 야

不義莫大焉.
불 의 막 대 연

1 揜函(엄함) ― '엄'은 매우 처지가 어려운 것. '함'은 극(函)의 잘못으로, 급
박해지는 것. '함'을 함(舀)의 잘못으로 보고, 어려운 처지에 빠지는 것으로
볼 수도 있다(이상 『墨子閒詁』). 2 施(시) ― 군사들이 패하여 달아나는 것.
'이'로 읽고, 이(移)의 뜻으로 보아도 된다. 3 胥車(서거) ― 무거운 수레를 끄
는 것(『墨子閒詁』). 4 無說(무설) ― 이유가 없다. 5 相與(상여) ― 서로 적대(敵
對)하는 것. 6 無辭(무사) ― 할 말이 없는 것. 7 相(상) ― 아래. '여(與)'자가 빠
져버린 듯하다. 8 群殘(군잔) ― 무리지어 손상시키다. 9 賤(천) ― 적(賊)의 잘
못(戴望 說).

　전쟁하다가 승리를 하게 되면 '도망치는 적을 추격하지 않는
다.'는 이론은 아무래도 묵자가 유가의 어짊(仁)의 사상을 과장 해
석하고 있는 듯하다.

7-1 또 말하기를, "군자는 종과 같은 것이니, 치면 울리지
만 치지 않으면 울리지 않는다."고 한다.

　거기에 대답하겠다. "어진 사람이란 임금을 섬김에 있어서는
충성을 다하고, 어버이를 섬김에 있어서는 효도에 힘쓰며, 일을
훌륭하게 하면 칭송하고, 잘못이 있으면 충고를 한다. 이것이 신
하된 사람으로서의 도리인 것이다.

　지금 치면 울리지만 치지 않으면 울리지 않는다면, 아는 것을
숨기고 능력을 버려두고서 조용히 묻기를 기다린 다음에야 대답

을 하게 될 것이다. 비록 임금이나 어버이에게 큰 이익이 되는 일이라 하더라도 묻지 않으면 말하지 않는다는 것이다.

又曰：君子若鍾. 擊之則鳴, 弗擊不鳴.
우 왈　군 자 약 종　격 지 즉 명　불 격 불 명

應之曰：夫仁人事上竭忠, 事親得孝[1], 務善則美, 有過
응 지 왈　부 인 인 사 상 갈 충　사 친 득 효　무 선 즉 미　유 과

則諫. 此爲人臣之道也.
즉 간　차 위 인 신 지 도 야

今擊之則鳴, 弗擊不鳴, 隱知豫力[2], 恬漠[3]待問而後對.
금 격 지 즉 명　불 격 불 명　은 지 예 력　염 막 대 문 이 후 대

有君親之大利, 弗問不言.
유 군 친 지 대 리　불 문 불 언

1 得孝(득효) - '득' 자는 바로 뒤 무선(務善)의 '무' 자와 서로 바뀌었다(兪樾說).　**2** 豫力(예력) - '예'는 사(舍)의 가차자(假借字). 능력을 버려두다(『墨子閒詁』).　**3** 恬漠(염막) - 조용한 것, 고요한 것.

7-2　장차 크게 반란이 일거나 도적이 생겨나 마치 쇠뇌의 시위가 튕겨지려는 것과 같은 형편인데, 다른 사람들은 알지 못하고 자기 홀로 그 사실을 알고 있다고 하자. 임금이나 부모가 모두 계신데도 묻지 않으면 말하지 않는다면, 그것은 바로 큰 혼란을 일으키는 도적이라 할 것이다.

그런 사람은 신하된 신분으로는 충성치 못하고, 자식 된 도리에 있어서는 불효이며, 형을 섬기는 데 있어서는 우애를 다하지 못하는 것이고, 남을 대하는 데 있어서는 올바르지 못한 것이다.

대체로 조정에서는 뒤로 물러나 말하지 않아야 한다고 하는 자들이 이익이 되는 사물을 만나면 자기가 남보다 말하는 게 뒤질까

두려워하기만 한다. 임금이 만약 말한다 해도 이익이 되지 않는다면, 곧 높이 팔짱을 끼고 내려다 보며 깊이 목구멍이 막힌 것처럼 하고 있다가 겨우 '거기에 대하여는 배우지 못하였습니다.' 하고 말한다. 실정이 다급하다 하더라도 멀리 달아나 버리는 것이다."

若將有大寇亂, 盜賊將作, 若機辟⁴將發也. 他人不知,
약 장 유 대 구 란 도 적 장 작 약 기 벽 장 발 야 타 인 부 지

已獨知之. 雖其君親皆在, 不問不言, 是夫大亂之賊也.
이 독 지 지 수 기 군 친 개 재 불 문 불 언 시 부 대 란 지 적 야

以是爲人臣不忠, 爲子不孝, 事兄不弟, 交⁵遇人⁶不貞
이 시 위 인 신 불 충 위 자 불 효 사 형 부 제 교 우 인 부 정

良.
량

夫執後⁷不言之朝, 物見利使⁸, 已雖恐⁹後言. 君若言而
부 집 후 불 언 지 조 물 견 리 사 기 수 공 후 언 군 약 언 이

未有利焉, 則高拱¹⁰下視, 會噎¹¹爲深, 曰 : 唯其未之學也.
미 유 리 언 즉 고 공 하 시 회 열 위 심 왈 유 기 미 지 학 야

用誰急¹², 遺行遠矣.
용 수 급 유 행 원 의

4 機辟(기벽)—쇠뇌의 시위(王念孫 說), 또는 그물과 덫. 5 弟交(제교)—'교'는 우(友)의 잘못(『墨子閒詁』). 아우로서의 우애. 6 遇人(우인)—남을 대하는 것. 7 執後(집후)—뒤에 있기를 주장하는 것. 8 物見利使(물견리사)—사물(事物)에서 이익이 있다는 것을 알고 움직이는 것. 9 雖恐(수공)—'수'는 유(惟)의 뜻. 오직 두려워하기만 하다. 10 拱(공)—팔짱을 끼는 것. 11 會噎(쾌열)—'쾌'는 쾌(噲)의 뜻으로, 음식으로 목구멍이 막히는 것. 목이 메어 말을 못하는 것. 12 誰急(수급)—'수'는 수(雖)의 뜻.

사람은 종과 같아야 한다는 말은 『예기(禮記)』 학기(學記)편에 보인다. '군자는 종과 같아야 한다.'는 말은 전국시대의 유가의 말

로 유행하고 있었던 것 같다.

8-1 올바른 도리의 추구와 학업과 어짊과 의로움을 한결
같이 받드는 사람은 모두 크게는 남을 다스리고 작게는
벼슬자리에 나아가며, 멀리는 두루 여러 사람에게 베풀고 가까이
는 자기 몸을 닦는다. 의롭지 않은 곳에 처신하지 않고 이치에 어
긋나는 행동을 않으며, 천하의 이익을 일으키기에 힘쓰고 빈틈없
는 노력을 다하되 이롭지 않으면 그만둔다. 이것이 군자의 도이다.
그런데 내가 들은 공자의 행동은 근본적으로 이것과 서로 어긋
난다.

夫一道術學業仁義者, 皆大以治人, 小以任官, 遠施周
부 일 도 술 학 업 인 의 자   개 대 이 치 인   소 이 임 관   원 시 주

偏¹, 近以脩身. 不義不處, 非理不行, 務興天下之利, 曲
편   근 이 수 신   불 의 불 처   비 리 불 행   무 흥 천 하 지 리   곡

直²周旋, 不利則止. 此君子之道也.
직 주 선   불 리 즉 지   차 군 자 지 도 야

以所聞孔某³之行, 則本與此相反謬也.
이 소 문 공 모 지 행   즉 본 여 차 상 반 류 야

1 周偏(주편) – 두루 널리. 널리 여러 사람에게. 2 曲直(곡직) – 이리저리 노력
하는 것. 3 孔某(공모) – 공자(孔子). 본시 공자로 되어 있던 것을 유가들이 휘
(諱)하는 뜻에서 공모라 바꾼 것이다.

8-2 제(齊)나라 경공(景公)이 안영(晏嬰)에게 물은 일이 있었다.
"공자의 사람됨은 어떻소?"

안영은 대답하지 않았다. 공은 또다시 물었으나, 대답하지 않았다. 경공이 말하였다.

"공자에 관하여 내게 얘기하는 사람들이 많은데 모두 그를 현명한 사람이라 합디다. 지금 나는 그에 관하여 물었는데, 그대는 대답하지를 않으니 어찌된 일이오?"

안영이 대답하였다.

"저는 못나서 현명한 사람을 알아보지 못합니다. 그렇지만 제가 들은 이른바 현명한 사람이란 남의 나라에 들어가서는 반드시 그 나라 임금과 신하의 친한 사람들과 화합하도록 힘써서 그 나라 위아래의 원한을 없앤다 하였습니다. 공자는 초(楚)나라에 갔을 때 백공(白公)의 모의(謀議)를 알고는 그에게 석걸(石乞)을 바치어 임금의 몸은 거의 죽을 뻔하고 백공은 죽음을 당하는 결과를 가져왔습니다.

제가 듣건대, 현명한 사람은 윗사람을 대함에 헛된 일을 하지 않고 아랫사람을 다룸에 위험에 빠뜨리지 않는다고 했습니다. 말은 임금을 따라서 반드시 사람들을 이롭게 하고 아랫사람들을 가르치고 이끌어 반드시 임금을 이롭게 한다 하였습니다. 그리하여 말은 분명하고도 알아듣기 쉽고, 행동은 분명하고도 따르기가 쉽습니다. 의로움을 행하여 백성들에게 밝혀 주고, 꾀와 생각은 임금과 신하들에게 통하게 됩니다. 지금 공자는 깊은 생각과 빈틈없는 꾀로 역적을 돕고 생각을 수고롭히고 지혜를 다하여 사악한 짓을 행하고 있습니다. 아랫사람들에게 위를 어지럽힐 것을 권하고, 신하로 하여금 임금을 죽이게 하였으니 현명한 사람의 행동이 아닙니다. 남의 나라에 들어가 그 나라의 역적과 함께 하였으니 의로움에 속하는 사람이 못됩니다. 그 사람이 충성스럽지 않다는 것을 알면서도 어지러운 짓을 하도록 하였으니 어진 행동이 못됩니다. 사람들로부터 도망쳐서 뒤에서 모의를 하고 사람들을 피하여 뒤에서 말하며, 의로움을 행하여 백성들에게 밝히지 못하고, 생각과 꾀는 임금과 신하들에게 통하지 못합니다. 저는 공자가 백공과 다르다는 것을 알지 못하겠습니다. 그래서 대답하지 않은 것입니다."

경공이 대답하였다.

"아아! 내게 깨우쳐 준 것이 참으로 많소! 선생이 아니었더라면 나는 평생토록 공자가 백공과 같다는 것을 알지 못하였을 것이오!"

齊景公問晏子[4]曰 : 孔子爲人何如? 晏子不對. 公又復
제경공문안자 왈 공자위인하여 안자부대 공우복

問, 不對. 景公曰 : 以孔某語寡人者衆矣, 俱以賢人也.
문 부대 경공왈 이공모어과인자중의 구이현인야

今寡人問之, 而子不對, 何也? 晏子對曰 : 嬰不肖, 不足
금과인문지 이자부대 하야 안자대왈 영불초 부족

以知賢人. 雖然嬰聞所謂賢人者, 入人之國, 必務合其君
이지현인 수연영문소위현인자 입인지국 필무합기군

臣之親, 而弭[5]其上下之怨. 孔某之荊, 知白公[6]之謀, 而奉
신지친 이미 기상하지원 공모지형 지백공 지모 이봉

之以石乞, 君身幾滅而白公僇.
지이석걸 군신기멸이백공륙

嬰聞, 賢人得上不虛, 得下不危. 言聽於君, 必利人, 敎
영문 현인득상불허 득하불위 언청어군 필리인 교

行於下, 必利上[7]. 是以言明而易知也, 行明而易從也. 行
행어하 필리상 시이언명이이지야 행명이이종야 행

義可明乎民, 謀慮可通乎君臣. 今孔某深慮周謀以奉賊,
의가명호민 모려가통호군신 금공모심려주모이봉적

勞思盡知以行邪. 勸下亂上, 敎臣殺君, 非賢人之行也.
노사진지이행사 권하란상 교신살군 비현인지행야

入人之國, 而與人之賊, 非義之類也. 知人不忠, 趣[8]之爲
입인지국 이여인지적 비의지류야 지인불충 취 지위

亂, 非仁之儀也. 逃人而後謀, 避人而後言, 行義不可明
란 비인지의야 도인이후모 피인이후언 행의불가명

於民, 謀慮不可通於君臣. 嬰不知孔某之有異於白公也.
어민 모려불가통어군신 영부지공모지유이어백공야

是以不對.
시 이 부 대

景公曰：嗚乎! 旣⁹寡人者衆矣! 非夫子則吾終身不知孔
경공왈 오호 황 과인자중의 비부자칙오종신부지공

某之與白公同也.
모 지 여 백 공 동 야

4 晏子(안자)―안영(晏嬰). 춘추시대 제(齊)나라 대부. 제나라 영공(靈公)·장
공(莊公)·경공(景公)의 삼대를 섬기어 많은 치적을 올렸다. 5 弭(미)―그침.
중지시킴. 없앰. 6 白公(백공)―이름은 승(勝). 초(楚)나라 평왕(平王)의 손자.
그는 석걸(石乞)과 함께 혜왕(惠王) 때 난을 일으켰다(魯哀公 16년, 기원전 478년
7월) 실패하여 모두 죽음을 당하였다. 그러나 이 '백공지란(白公之亂)'은 『춘
추좌전』의 기록에 의하면, 공자가 죽은(기원전 478년 4월) 뒤의 일이며, 경공
(景公)과 안영(晏嬰)의 죽음도 이에 앞서므로 묵자의 기록은 잘못이라 한다(畢
沅 說). 『열자(列子)』「설부편(說符篇)」, 『여씨춘추(呂氏春秋)』「정통편(精通篇)」,
『회남자(淮南子)』「도응훈(道應訓)」 등엔 모두 백공과 공자의 문답이 실려 있
는데, 이 기록들 때문에 잘못 전해진 얘기를 묵자가 적은 듯하다는 것이다
(孫詒讓 說). 7 利上(이상)―보통 이(利)는 어(於)로 되어 있으나 잘못임(俞樾
說). 8 趣(취)―촉(促)과 통하여(畢沅 說), '재촉함'. '촉진시킴'. 9 旣(황)―주
다, 깨우쳐 주다.

　　여기서부터 묵자는 화살을 공자에게로 돌리어 공자는 성인이
아니라 세상을 어지럽힌 사람이라 공격한다. 묵자는 그 보기로 공
자가 초나라 반란에 가담하였던 일을 들고 있다. 묵자가 든 얘기가
사실(史實)과 부합되지 않는다는 흠이 있으나, 다만 묵자가 공자의
가르침을 여러 모로 옳지 않게 생각하고 있었던 사실만은 분명하
다.

9-1 공자가 제(齊)나라로 가서 경공(景公)을 만났다. 경공은 기뻐서 이계(尼谿)의 땅을 공자에서 봉(封)해 주고자 하여, 그 일을 안자(晏子)에게 상의하였다.

안자가 말하였다.

"안됩니다. 유자란 오만하고 자기 멋대로 행동하는 자들입니다. 백성들을 가르치고 이끌 수가 없습니다. 음악을 좋아하며 사람들을 타락시키니, 백성들을 직접 다스리게 해서는 안 됩니다. 운명이 있다는 말을 내세워 할 일을 태만히 하니, 직책을 맡겨서는 안 됩니다. 장사지내는 일을 존중하여 슬픔을 멈추지 아니하니, 백성들을 돌보게 하는 수가 없습니다. 기이한 옷을 입고 겉모습 치장에만 힘쓰니, 백성들을 이끌도록 하는 수가 없습니다.

공자는 겉모습을 굉장히 차리어 세상 사람들을 미혹케 하고, 금(琴)을 타며 노래하고 북치며 춤을 추면서 무리를 모으고, 오르내리는 예법을 번거로이 정하여 겉치레나 하려 하며, 행동은 일정한 절도에 힘씀으로써 사람들에게 뽐내고 있습니다.

공부를 널리 하기는 하지만 세상의 법도가 될 수는 없는 것이고, 생각은 수고로이 하지만 백성들에게 도움이 될 수는 없는 것입니다. 목숨을 연장시켜 준다 해도 그들의 학문은 다 터득할 수가 없는 것이고, 나이 많은 사람들도 그들의 예의는 실천할 수가 없는 것이며, 재물이 쌓여있다 하더라도 그들의 음악을 충분히 연주하게 할 수가 없습니다.

사악한 술법을 요란하게 꾸미어 세상의 임금들을 미혹시키고, 노래와 음악을 성대히 연주함으로써 어리석은 백성들을 그르치고 있습니다. 그들의 도는 세상을 올바로 이끌 수가 없고, 그들의 학문은 백성들을 깨우쳐 줄 수가 없는 것입니다.

지금 임금님께서는 그에게 땅을 봉하여 주어 제(齊)나라의 풍속

을 바로잡으려 하시지만, 그는 나라를 바로잡고 백성들을 이끌어
줄 수가 없습니다."

경공이 말하였다.

"잘 알았소!"

이에 공자에게 예우(禮遇)는 두터이하되 그에게 땅을 봉해 주는
일은 보류하였고, 공경히 그를 만나기는 하였으나 공자의 도에 대
하여는 물어보지도 않았다.

孔某之齊, 見景公. 景公說[1], 欲封之以尼溪[2], 以告晏子.
공 모 지 제　견 경 공　경 공 열　욕 봉 지 이 니 계　이 고 안 자

晏子曰 :
안 자 왈

不可. 夫儒浩居[3]而自順[4]者也. 不可以敎下. 好樂而淫人[5],
불 가　부 유 호 거 이 자 순 자 야　불 가 이 교 하　호 악 이 음 인

不可使親治. 立命而怠事, 不可使守職. 宗喪[6]循哀[7], 不可
부 가 사 친 치　입 명 이 태 사　불 가 사 수 직　종 상 순 애　불 가

使慈民. 機服[8]勉容[9], 不可使導衆.
사 자 민　기 복 면 용　불 가 사 도 중

孔某盛容修飾以蠱世[10], 弦歌鼓舞以聚徒, 繁登降之禮以
공 모 성 용 수 식 이 고 세　현 가 고 무 이 취 도　번 등 강 지 례 이

示儀, 務趨翔[11]之節以觀衆[12].
시 의　무 추 상 지 절 이 관 중

博學不可使議世[13], 勞思不可以補民. 絫壽[14]不能盡其
박 학 불 가 사 의 세　노 사 불 가 이 보 민　누 수　불 능 진 기

學, 當年[15]不能行其禮, 積財不能贍[16]其樂.
학　당 년　불 능 행 기 례　적 재 불 능 섬　기 악

繁飾邪術, 以營世[17]君, 盛爲聲樂, 以淫遇民[18]. 其道不
번 식 사 술　이 영 세 군　성 위 성 악　이 음 우 민　기 도 불

可以期世[19], 其學不可以導衆.
가 이 기 세　기 학 불 가 이 도 중

今君封之, 以利[20]齊俗, 非所以導國先衆[21].
금 군 봉 지　이 리　제 속　비 소 이 도 국 선 중

公曰 : 善!
공 왈　선

於是厚其禮, 留其封, 敬見而不問其道.
어 시 후 기 례   유 기 봉   경 견 이 불 문 기 도

1 說(열) – 열(悅). 기뻐하다. **2** 尼谿(이계) – 제나라의 땅 이름. **3** 浩居(호거) –
오거(傲倨). 오만한 것. **4** 自順(자순) – 자기 마음대로 행동하는 것. **5** 淫人(음
인) – '음'은 도가 지나치는 것. 사람들을 그르치는 것. **6** 宗喪(종상) – '종'은
숭(崇)의 뜻. 상사(喪事)를 존중하는 것. **7** 循哀(순애) – '순'은 수(遂)와 통하
여, 슬퍼함을 그치지 않는 것. **8** 機服(기복) – '기'는 이(異)의 가차자(假借字,
于省吾『墨子新証』). 기이한 옷을 입는 것. **9** 勉容(면용) – 겉모습 치장하기에
힘쓰는 것. **10** 蠱世(고세) – 세상 사람들을 미혹시키다. **11** 趨翔(추상) – 여러
가지 행동. **12** 觀衆(관중) – 여러 사람들에게 보이다. 백성들에게 뽐내다.
13 議世(의세) – '의'는 의(儀)의 잘못으로, 세상의 법도가 되는 것. **14** 絫壽
(누수) – 수명을 거듭 연장시키는 것. **15** 當年(당년) – '당'은 장(壯)의 잘못
(『墨子閒詁』). **16** 贍(섬) – 넉넉히 하다, 충분히 하다. **17** 營世(영세) – 세상 사
람들을 미혹시키다. **18** 淫遇民(음우민) – '우'는 우(愚)와 통하여, 어리석은
백성들을 그르치게 하다. **19** 期世(기세) – '기'는 시(示)의 잘못(俞樾 說). 세
상에 보이다, 세상 사람들에게 모범이 되다. **20** 利(리) – 이(移)의 잘못(畢沅
說). 옮겨 놓다. 교도(教導)하다. **21** 先衆(선중) – 백성들의 모범이 되는 것.

9-2 공자는 경공과 안자에게 노여움을 느끼고, 치이자피(鴟
夷子皮)를 전상(田常)의 집에 머물도록 하고는, 남곽혜자
(南郭惠子)에게 자기가 하고자 하던 일을 알려주고 노(魯)나라로 돌
아갔다.

한참 뒤에 제나라가 노나라를 정벌하려 한다는 말을 듣고는 자
공(子貢)에게 말하였다.

"사(賜)야! 큰일을 할 기회는 바로 지금이다!"

그리고 자공을 제나라로 보내어 남곽혜자를 통하여 전상을 만
나서 그에게 오(吳)나라를 정벌할 것을 권하도록 하였다. 그리고

고씨(高氏)·국씨(國氏)·포자(鮑子)·안자(晏子)의 네 사람들에게 전상의 반란을 방해하지 않도록 하였다. 다시 월(越)나라에게도 권하여 오나라를 정벌토록 하였다.

그래서 3년 동안, 제나라와 오나라는 나라가 망할 정도의 고난을 당하였고, 그때 죽은 시체는 10만으로 헤아릴 만한 수였다. 이것 모두 공자의 계략이었다.

孔某乃羞怒[22]於景公與晏子, 乃樹鴟夷子皮[23]於田常[24]之
공모내규노 어경공여안자 내수치이자피 어전상 지

門, 告南郭惠子[25]以所欲爲, 歸于魯.
문 고남곽혜자 이소욕위 귀우로

有頃[26], 間[27]齊將伐魯, 告子貢曰：賜乎! 擧大事, 於今
유경 간 제장벌로 고자공왈 사호 거대사 어금

之時矣!
지시의

乃遣子貢之齊, 因南郭惠子, 以見田常, 勸之伐吳. 以敎
내견자공지제 인남곽혜자 이견전상 권지벌오 이교

高國鮑晏[28], 使毋得害田常之亂. 勸越伐吳.
고국포안 사무득해전상지란 권월벌오

三年之內, 齊吳破國之難, 伏尸以言術數[29]. 孔某之誅[30]
삼년지내 제오파국지난 복시이언술수 공모지주

也.
야

22 羞怒(규노) - '규'는 지(志)로 된 판본도 있으며, 노여움을 품다. 23 鴟夷子皮(치이자피) - 사람 이름. 범려(范蠡)라고도 하나, 알 수 없다. 24 田常(전상) - 제나라 대부(大夫) 진항(陳恒). 『춘추(春秋)』의 애공(哀公) 14년에는 그가 임금을 시해(弑害)한 기록이 있다. 그 뒤로 제나라는 진씨(陳氏)의 나라로 변한다. 25 南郭惠子(남곽혜자) - 사람 이름. 『순자(荀子)』법행(法行)편에도 자공(子貢)과의 대화가 보이나 어떤 사람인지 알 수 없다. 26 有頃(유경) - 한동안, 한참 뒤에. 27 間(간) - 문(聞)의 잘못(蘇時學 說). 28 高國鮑晏(고국포안) - 네 집안 모두 제(齊)나라의 세경(世卿). 29 以言術數(이언술수) - '언'은

의(意)의 잘못으로, 억(億)의 생략된 모양. '술'은 솔(率)과 통하여, 헤아리는 것. 따라서 '10만으로 헤아릴 만한 수였다'는 뜻. **30** 誅(주) - 모(謀)의 뜻(蘇時學 說). 계책, 계략.

❧

　제(齊)나라 경공(景公)과 안영(晏嬰)과의 대화를 이용하여 공자를 공격하고 있다. 그러나 그 진실 여부가 의심스러운 것이 문제이다.

10

　공자는 노(魯)나라 사구(司寇)가 되어 노나라 공실(公室)을 버리고서 계손(季孫)을 받들었다. 계손은 노나라 재상노릇을 하다가 도망을 치게 되었는데, 계손이 고을 사람들과 관문(關門)의 통과를 가지고 다투게 되었을 때 공자는 관문 기둥을 들어올려 그를 도망치게 해 주었다.

　공자는 채(蔡)나라와 진(陳)나라 사이에서 궁지에 빠져 명아주국만으로 싸라기도 없이 열흘을 지낸 일이 있다. 제자인 자로(子路)가 돼지고기를 구하여 갖고 와 삶아주자, 공자는 고기가 어디서 났는가를 물어보지도 않고 먹었다. 남의 옷을 벗기어 가지고 팔아서 술을 사다주자, 공자는 술이 어디서 났는가를 물어보지도 않고 마셨다.

　노(魯)나라 애공(哀公)이 공자를 맞아들이니 그는 방석이 반듯하지 않아도 앉지 않았고, 고기가 바르게 썰어져 있지 않으면 먹지 않았다. 자로가 나아가 물었다.

　"어찌 그토록 진(陳)나라와 채(蔡)나라 사이에 있었을 때와 다르십니까?"

공자가 대답하였다.

"이리 오너라. 내 네게 얘기해 주마. 전에는 그대와 함께 구차
히 살아가기에도 바빴지만, 지금은 그대와 함께 구차히 의로움을
행하려 하고 있다. 굶주리고 곤궁할 적에는 눈치 볼 것 없이 아무
것이나 구하여 자신을 살려야 하는 것이며, 풍부하고 배부르면 곧
거짓된 행동으로라도 스스로를 꾸며야 하는 것이다."

더럽고 사악하며 거짓되기 이보다 더 큰 게 있겠는가?

孔某爲魯司寇[1], 舍公家而奉季孫[2]. 季孫相魯君而走, 季
공 모 위 로 사 구　　사 공 가 이 봉 계 손　　계 손 상 로 군 이 주　　계

孫與邑人爭門關, 決植[3].
손 여 읍 인 쟁 문 관　　결 식

孔某窮於蔡陳之閒[4], 藜羹[5]不糂[6]十日. 子路[7]爲亨[8]豚, 孔
공 모 궁 어 채 진 지 간　　여 갱 불 삼 십 일　　자 로 위 형 돈　　공

某不問肉之所由來而食. 褫[9]人衣以酤[10]酒, 孔某不問酒之
모 불 문 육 지 소 유 래 이 식　　치 인 의 이 고 주　　공 모 불 문 주 지

所由來而飮.
소 유 래 이 음

哀公迎孔子, 席不端, 弗坐, 割不正, 弗食, 子路進請
애 공 영 공 자　　석 부 단　　불 좌　　할 부 정　　불 식　　자 로 진 청

曰 : 何其與陳蔡反也?
왈　　하 기 여 진 채 반 야

孔某曰 : 來, 吾語女. 曩與女爲苟生, 今與女爲苟義. 夫
공 모 왈　　내　　오 어 여　　낭 여 여 위 구 생　　금 여 여 위 구 의　　부

飢約[11]則不辭妄取以活身, 嬴[12]飽則僞行以自飾.
기 약　　즉 불 사 망 취 이 활 신　　영 포 즉 위 행 이 자 식

汚邪詐僞, 孰大於此?
오 사 사 위　　숙 대 어 차

1 司寇(사구)—법을 다스리는 대신. 2 季孫(계손)—춘추시대 노(魯)나라의 권
세가(權勢家). 3 決植(결식)—식(植)은 문 옆의 기둥('一切經音義'). 문옆 기둥

을 들어 계손씨를 그 틈으로 도망치게 하는 것. 『열자(列子)』, 『여씨춘추(呂氏春秋)』 등에 '공자는 나라의 관문을 들어올릴만큼 힘이 세었으나 힘센 것으로 이름을 날리려 들지 않았다' 는 기록이 있다. **4** 窮於蔡陳之間(궁어채진지간) ─ 채나라와 진나라 사이에서 궁지에 빠졌다. 이 기록은 『논어』, 『사기』 등에도 보인다. **5** 藜羹(여갱) ─ 명아주국. **6** 糝(삼) ─ 삼(糝)으로도 쓰며 '싸라기'. **7** 子路(자로) ─ 공자의 제자. 성은 중(仲), 이름은 유(由). 용감하고 곧기로 이름이 났었다. **8** 亨(형) ─ 팽(烹)의 속자. '삶다'. **9** 褫(치) ─ 옷을 빼앗는 것. 보통 호(號)로 되어 있으나 잘못임(孫詒讓 說). **10** 酤(고) ─ 술을 사는 것. **11** 飢約(기약) ─ 굶주리고 곤궁한 것. **12** 嬴(영) ─ 여유가 있는 것. 풍부한 것.

여기서도 공자의 추악하고 그릇된 면만을 들추어내며 공자를 공격하고 있다. 공자의 비판은 바로 유가에 대한 비판으로 통하기 때문이다.

11 공자가 그의 밑의 제자들과 한가히 앉아 있다가 말하였다.

"순(舜)임금은 자기 아버지 고수(瞽叟)를 만나면 불안하였다. 이 때의 천하는 그 때문에 위태로웠다. 주공단(周公旦)은 올바른 사람이 못되지 않을까? 무엇 때문에 그의 가족들을 버리고 다른 곳에 머물러 살았는가?"

공자의 행동은 이러한 마음씨에서 나온 것이었다. 그를 따르던 제자들은 모두 공자를 본떴다. 자공(子貢)과 계로(季路)는 공회(孔悝)를 도와 위(衛)나라를 어지럽혔고, 양화(陽貨)는 노(魯)나라에서 반란을 일으켰고, 필힐(佛肸)은 중모(中牟)지방에서 반란을 일으켰고, 칠조개(漆雕開)는 사형을 당하였으니 어지러움은 이보다 더 클 수가 없다. 제자가 된 학생은 스승을 모범으로 삼고, 반드시 그의 말을 따르고 그의 행동을 본받으며, 힘이 모자라고 지혜가 미치지 않을 정도가 되어야만 그만둔다. 지금 공자의 행동이 이러하니 유가 사람들 모두가 의심스러운 것이다.

孔某與其門弟子閒坐, 曰：夫舜見瞽叟¹蹙然². 此時天下
공모여기문제자한좌　왈　부순견고수축연　차시천하

坆乎³. 周公旦⁴非其人也邪? 何爲舍其家室而託寓⁵也?
급호　주공단비기인야야　하위사기가실이탁우야

孔某所行, 心術所至也. 其徒屬弟子, 皆效孔某. 子貢⁶
공모소행　심술소지야　기도속제자　개효공모　자공

季路⁷, 輔孔悝亂乎衛, 陽貨⁸亂乎魯, 佛肸⁹以中牟¹⁰叛, 漆
계로　보공회란호위　양화란호로　필힐이중모반　칠

雕¹¹刑殘, 亂莫大焉. 夫爲弟子後生, 期師必脩其言, 法其
조형잔　난막대언　부위제자후생　기사필수기언　법기

行, 力不足, 知弗及, 而後已. 今孔某之行如此, 儒士則可
행　역부족　지불급　이후이　금공모지행여차　유사즉가

以疑矣.
이의의

1 瞽叟(고수) – 순임금의 아버지. 고수란 '눈먼 영감'의 뜻. 실지로 장님이었다고도 하고, 소견이 장님처럼 좁다는 뜻에서 고수라 불렀다고도 한다. 2 蹙然(축연) – 불안해하는 모양. 축(蹙)은 보통 숙(孰)으로 되어 있으나 잘못(孫詒讓 說). 순은 자기 아버지가 신하인 것을 보고 불안을 느낄 게 아니라 꿋꿋이 천하를 다스려야만 했을 거라는 뜻이다. 3 坆乎(급호) – 급(坆)은 급(岌)과 통하여, 위태로운 모양. 4 周公旦(주공단) – 주(周)나라 무왕(武王)의 아우. 무왕이 죽은 뒤 어린 성왕(成王)을 도와 주나라 터전을 이룩한 훌륭한 사람. 5 託寓(탁우) – 주공단은 자기 형제들의 모함을 받고 한동안 혼자 동부지방에 피해 가 있었다. 공자의 뜻은 그럴 게 아니라 자기 자신이 임금자리를 차지하여 천하를 올바로 다스려야 했을 게 아니냐는 것이다. 6 子貢(자공) – 공자의 제자. 성은 단목(端木), 이름은 사(賜). 말을 잘했고 치재(治財)의 재능이 있었다. 7 季路(계로) – 자로(子路)의 별자(別子). 위(衛)나라 대부 공회(孔悝)의

읍재(邑宰)로 있다가 반란을 일으키어 사형을 당하였다. 자공이 이때 자로와 행동을 같이했다는 기록은 없다. **8** 陽貨(양화) ─ 양호(陽虎)라고도 부르며, 노 (魯)나라의 권세가 계손(季孫)의 가신(家臣)이었는데 반란을 일으켰다 실패하 여 제(齊)나라를 거쳐 진(晉)나라로 도망했었다. 『논어』에 양화편(陽貨篇)이 있기는 하나 그가 공자의 제자라는 증거는 없다. **9** 佛肸(필힐) ─ 진(晉)나라 범씨(范氏)네 가신(家臣). 진나라의 혼란을 틈타 반란을 일으켰다. 『논어』 양 화편(陽貨篇)을 보면, 필힐이 스승 공자를 찾아와 도움을 청하는 얘기가 실려 있다. **10** 中牟(중모) ─ 필힐이 지키고 있던 진나라 땅 이름. **11** 漆雕(칠조) ─ 이름은 개(開). 『한비자(韓非子)』 현학편(顯學篇)을 보면, 유가의 한 파벌로 '칠조씨의 유(漆雕氏之儒)'를 들고 있는데, 그들은 권위를 경시하며 용기를 숭상했다 한다.

　끝으로 공자와 함께 공자의 제자들까지도 공격의 대상으로 삼 고 있다. 이 「비유편」에는 후세 묵가들의 손이 많이 가하여졌다고 여러 학자들이 주장하고 있다. 그래서 그런지 논리에 맞지 않는 유 가에 대한 욕이나 근거가 희박한 증거를 든 곳이 적지 않아, 묵자 의 본래의 의도가 많이 흐려진 듯한 느낌이 있다. 「비유편」 상편이 없어지지 않았다면 좀 더 본격적인 묵자의 유가비판을 읽을 수 있 었으리라 믿는다.

墨子

40.
경편 經篇(上)

이 「경편」과 「경설편」은 흔히 묵자가 직접 쓴 것이라고
하면서 묵경(墨經)이라 부르기도 한다. 그러나 글의 내용을 읽
고 이해하기가 어렵고, 전하여 오면서 혼란이 많이 생긴 곳이
있는 것 같다.

이하의 네 편은 모두 묵가(墨家)의 논리학(論理學)과 관계되
는 기록을 모아놓은 것으로 본다. 특히 「경편」과 「경설편」은
짧으면서도 미묘하고 깊은 뜻이 담긴 것도 같은 글로, 논리학
상의 간단한 정의(定義) 이외에도 윤리(倫理)·계산술(計算術)·
광학(光學)·물리(物理)·도량형(度量衡) 등에 관한 말들이 섞여
있어 많은 사람들의 관심을 끌기도 하였다. 다만 이런 학문에
대한 구체적인 이론을 발견하기는 어렵다.

특히 본문이 뒤섞이고 혼란이 많아 문맥이 제대로 이어지
지 않는 곳이 있어 애석하다. 본시 글들이 짧은 말을 모아놓은
것인데, 이것들은 위아래 두 칸으로 나누어 기록한 것이어서
방행독법(旁行讀法)으로 읽어야 함을 청대의 학자 필원(畢沅)이
발견하였다. 따라서 여기에서는 방행독법으로 읽는 순서에 따

라 본문을 다시 정렬하여 읽기에 편하도록 하였다.

　　그리고 「경설편」은 「경편」에 대한 해설이다. 따라서 이 두 편을 대조하며 읽기에 편하도록 하기 위하여 「경편」의 매 구절마다 일련번호를 매기고, 「경설편」의 해설부분에도 같은 일련번호를 매기었다. 두 편의 글을 대조하면서 읽으면 좋을 것이다.

1 원인이란, 아는 것이 있은 뒤에야 이루어지는 것이다.

故¹, 所得²以後成也.
고　　소 득　이 후 성 야

1 故(고) − 연고. 사물이 이루어진 원인.　**2** 所得(소득) − 사물이 손에 잡히다, 사물에 대하여 잘 파악하다.

사물 성립의 원인 또는 그 근본을 밝힌 것이다.

2 개체(個體)란, 전체(全體)로부터 나뉘어진 것이다.

體¹, 分於兼²也.
체　　분 어 겸　야

1 體(체)-한 가지 형체, 개체. **2** 兼(겸)-전체.

세상에 존재하는 형체란 어떤 것인가 구명해본 말이다.

3 안다는 것은, 재주이다.

知¹, 材²也.
지　재 야

1 知(지)-지식, 안다는 것. 지혜. **2** 材(재)-재주, 재능.

지식, 또는 '안다' 는 것이 무엇인가를 추구한 말이다.

4 생각이란, 추구하는 것이다.

慮¹, 求也.
여　구 야

1 慮(여)-생각, 사려(思慮).

사람이 생각한다는 것은 앞에서 거론한 '앎' 또는 지능(知能)
으로서 어떤 일을 추구함을 뜻한다는 것이다.

 앎이란, 사물을 접하는 것이다.

　知, 接¹也.
　지　접　야

1 接(접) — 사물을 접하는 것, 사물을 경험하는 것.

　앎이란 사물을 접함으로써 얻어진다.

 지혜란, 밝은 것이다.

　恕¹, 明也.
　지　　명 야

1 恕(지) — 지(智)와 같은 글자. 지혜.

밝다는 것은 사고능력이나 사물에 대한 인식이 분명함을 말
한다.

7 어짊은, 사랑이 본체(本體)가 된다.

仁, 體¹愛也.
인 체 애 야

1 體(체)－본체가 되다, 본체로 삼다. 체득(體得)하다.

공자 사상의 중심을 이루는 '어짊'이란 사랑을 본체로 하여
이루어진다. 사랑 없이는 '어짊'도 없다.

8 의로움이란, 이롭게 하는 것이다.

義, 利也.
의 리 야

이익을 바탕으로 하여 의로움 또는 정의를 이해하고 있는 것

이 묵자 사상의 특징 중의 하나이다. 유가에서는 반드시 이롭게 해 주는 것이 의로움이라고까지는 생각하지 않았다.

9 예는, 공경하는 것이다.

禮, 敬也.
예   경 야

예의의 근본이 공경스런 몸가짐에 있다는 것이다.

10 행한다는 것은, 하는 것이다.

行, 爲也.
행   위 야

한다는 것(爲)은 실천을 의미한다. 실천을 중시하는 묵가 사상의 일면을 엿볼 수 있다.

11 실질적인 것은, 꽃과 같은 것이다.

實, 榮¹也.
실　영　야

1 榮(영)—꽃. 영광, 영화(榮華).

어떤 일의 실질은 빛나는 노력에 의하여 이룩된 것임을 말한다. 묵자의 실천주의를 알려주는 말이다.

12 충성이란, 이로운 일이라 여겨지면 임금에게도 강요하는 것이다.

忠, 以爲利而强¹低²也.
충　이 위 리 이 강　저　야

1 强(강)—세게 나가다. 강요하다.　**2** 低(저)—군(君)의 잘못(『墨子閒詁』). 임금.

임금들 앞에서도 소신을 굽히지 않는 묵자의 충성 개념이 두드러진다.

13 효도란, 어버이를 이롭게 하는 것이다.

孝, 利親也.
효　　이 친 야

❦

역시 이익을 중시하는 묵자의 실질적인 경향이 엿보인다.

14 믿음이란, 말이 뜻과 합치되는 것이다.

信, 言合於意也.
선　　언 합 어 의 야

❦

언행일치(言行一致)를 강조하는 말이다.

15 돕는다는 것은, 스스로 하는 것이다.

佴¹, 自作也.
이　　자 작 야

1 佴(이) — 차(佽)의 뜻. 남을 돕는 것(『說文』).

❦

이런 남에 대한 배려는 겸애(兼愛)사상에서 나온 것이다. 누구나 먼저 스스로 남을 도울 줄 알아야 한다는 것이다.

16 고집이 있다는 것은, 마음이 흡족하여 그런 것이다.

訓¹, 作嗛²也.
견　　작 겸 야

1 訓(견)-견(狷 또는 獧)과 같은 글자. 자기 고집이 강한 것, 소신을 굽히지
않는 것. 2 嗛(겸)-겸(慊)과 같은 자. 마음이 깨끗하며 흡족하게 여기는 것.

공자도 "견자(狷者)는 하지 않는 바가 있다."(『論語』子路)고 하
면서, 마음이 깨끗하여 고집이 센 사람을 괜찮게 보고 있다.

17 깨끗한 사람은, 그릇됨을 부끄러워한다.

廉¹, 作²非也.
염　　작 비 야

1 廉(염)-결렴. 깨끗하고 바른 마음을 지닌 것. 2 作(작)-작(怍)의 잘못(高亨
『墨經校詮』). 부끄러워하는 것.

명령이란, 자기가 할 일을 하지 않는 것이다.

令, 不爲所作¹也.
영   불 위 소 작 야

1 所作(소작) — 자기가 할 일, 자신이 할 바.

✺

윗사람이 내리는 명령에 대하여도 별로 좋지 않은 것으로 여겼던 듯하다.

19 책임을 진다는 것은, 선비가 자기 손해를 보면서도 옳은 일에 이익을 주는 것이다.

任¹, 士損己而益所爲²也.
임   사 손 기 이 익 소 위 야

1 任(임) — 책임을 지는 것. 의협(義俠)스럽게 행동하는 것. **2** 所爲(소위) — 하고자 하는 일, 옳다고 여기는 일.

✺

책임지는 행동도 묵자가 중시하는 덕목의 하나이다.

20 용기란, 뜻에 따라 행동하는 바탕이다.

勇, 志之所以¹敢²也.
용   지지소이 감 야

1 所以(소이) – 근거, 바탕. 원천, 원동력.   **2** 敢(감) – 감행하다, 감히 실천하다.

용기란 어떤 것인가 정의해 본 것이다.

21 힘이란, 형체를 움직이게 하는 원동력이다.

力, 刑¹之所以奮²也.
역   형 지소이분 야

1 刑(형) – 형(形)과 같은 말(畢沅 說). 형체, 물체.   **2** 奮(분) – 떨치다, 움직이다.

힘이란 무엇인가 추구해본 것이다.

22 삶이란, 육체와 지각(知覺)이 함께 있는 것이다.

生, 刑¹與知處²也.
생 형 여 지 처 야

1 刑(형) - 형체. 신체, 육체. 2 處(처) - 함께 있는 것, 거처를 함께하는 것.

삶을 논리적으로 추구해본 말이다.

23 누워 잠잔다는 것은, 지각의 아는 기능이 없는 상태이다.

臥¹, 知無知也.
와   지 무 지 야

1 臥(와) - 눕다, 누워 잠자다.

24 꿈이란, 누워 잠자면서 정말 그러한 것처럼 생각하는 것이다.

夢, 臥而以爲¹然²也.
몽   와 이 이 위 연 야

1 以爲(이위) - 생각하다, …이라 여기다. 2 然(연) - 그러한 것, 정말 그러한 것.

이상 두 대목은 잠자는 것과 잠잘 때의 꿈이 무엇인가 추구해 본 것이다.

25 공평하다는 것은, 지각에 욕심과 악함이 없는 것이다.

平¹, 知無欲惡²也.
평　지무욕악야

1 平(평)−공평(公平), 평정(平正). 바른 것.　**2** 欲惡(욕악)−욕심과 악한 마음. '악을 행하려는 마음'으로 보아도 된다.

공평하다는 것은 곧 그의 마음속에 자기만을 위하려는 욕심과 남에게 해를 끼치려는 뜻이 없는 것을 뜻한다는 것이다.

26 이익이란, 얻으면 기쁜 것이다.

利, 所得而喜也.
이　소득이희야

묵자는 이익을 중시한다. 사랑의 개념도 바로 이 ‘이’를 바탕
으로 하고 있는 것이 특징이라 할 수 있다.

27 해로움이란, 얻으면 싫은 것이다.

害, 所得而惡也.
해   소 득 이 오 야

이상 두 대목은 ‘이해(利害)’가 무엇인가 추구한 말이다. 묵자
는 실천적이고 실질적인 학자이기 때문에 이해를 중시한다.

28 다스림이란, 이득을 추구하는 것이다.

治, 求得[1]也.
치   구 득 야

1 求得(구득) - 이득을 추구하다. ‘추구하여 바라는 것을 얻는 것’으로 풀이
해도 될 것이다.

정치관에 있어서도 묵자는 매우 실질적인 사고를 하고 있음을 알 수가 있다.

29 칭찬이란, 아름다운 것을 밝히는 것이다.

譽[1], 明美也.
예　　명 미 야

1 譽(예) — 칭찬, 영예.

칭찬이란 영예(榮譽)와도 통하는 것이다.

31 비난이란, 악한 것을 밝히는 것이다.

誹[1], 明惡也.
비　　명 악 야

1 誹(비) — 헐뜯다, 비난하다.

이상 두 대목은 칭찬과 비난의 뜻을 추구한 말이다. 묵자는 늘 사람들에게 정의(正義)를 강조하면서, 칭찬과 비난의 작용을 중시하고 있다.

31 드러낸다는 것은, 진실을 따르는 것이다.

擧^1, 擬實^{2}也.
거　의실　야

1 擧(거)－드러내다. 사실을 밝히다.　**2** 擬實(의실)－진실을 본떠서 말하다, 사실을 따라 밝히다.

32 말이란, 드러내려는 것을 내놓는 것이다.

言, 出^{1}擧也.
언　출 거 야

1 出(출)－내놓다. 표현하다.

33 아직이라는 것은, 그렇게 될 것임을 말하는 것이다.

且, 言然也.
차　언　연　야

묵자는 언행일치(言行一致)를 강조한다. 따라서 이상 세 대목은
말과 관계되는 개념들을 정리해본 것이다.

34 임금이란, 신하와 백성들에게 통하도록 약속된 것이다.

君, 臣萌[1]通約[2]也.
군　신　맹　통　약　야

1 萌(맹)－맹(氓)과 통하여, 백성들.　2 通約(통약)－통하는 약속. 서로가 다
좋도록 약속한 것.

임금과 신하는 모두 백성들과의 약속을 통하여 각자의 임무가
다르게 주어진 사람들이라는 것이다. 이것은 「상동(尙同)」편에도
보이는 묵자의 사상이다.

35 공이란, 백성들을 이롭게 하는 것이다.

功, 利民也.
공　이　민　야

상이란, 윗사람의 아랫사람의 공로에 대한 보답이다.

賞, 上報下之功也.
상　상 보 하 지 공 야

죄란, 금하는 것을 범한 것이다.

罪, 犯禁也.
죄　범 금 야

죄를 정치적인 면에서 정의한 것이다.

벌이란, 윗사람이 아랫사람의 죄에 대하여 갚아주는 것
이다.

罰, 上報下之罪也.
벌　상 보 하 지 죄 야

이상 네 대목은 정치 사회에 있어서의 공로와 죄악과 상벌은
무엇인가를 추구한 것이다. 묵자는 공로와 범죄에 대한 엄격한 상

벌을 주장하고 있다.

39

같다는 것은, 다른 것들이 모두가 한가지라는 것이다.

同, 異而俱於^{1}之一^{2}也.
동　이 이 구 어　지 일 야

1 俱於(구어) ─ 모두가 …에 있어서. 다같이 …에. **2** 之一(지일) ─ 하나로 나아
가다, 하나가 되다. '지' 를 지시사로 보아도 통한다.

같고 다른 것을 아는 것은 판단의 기본이 된다.

40

오랫동안이란, 다른 때까지 걸치는 것이다.

久, 彌^{1}異時也.
구　미 이 시 야

1 彌(미) ─ 그치다. 오래 가다. 걸치다.

오랫동안이란 시간의 흐름을 뜻한다.

41 공간이란, 다른 곳에까지 걸쳐있는 것이다.

宇¹, 彌異所也.
우　미 이 소 야

1 宇(우) − 우주(宇宙). 공간(空間).

이상 두 대목은 시간과 공간의 개념을 정리해본 말이다.

42 궁하다는 것은, 혹 앞이 있다 하더라도 한 자의 것도 받아들여지지 않는 것이다.

窮, 或有前, 不容尺也.
궁　혹 유 전　불 용 척 야

물건을 잴 경우를 두고 한 말인 듯하다.

43 모두라는 것은, 그렇지 않은 것이 없다는 것이다.

盡, 莫不然也.
진　막 불 연 야

44 시작이란, 바로 그때인 것이다.

始, 當時¹也.
시　당 시　야

1 當時(당시) - 바로 그때.

45 변화란, 상태가 바뀌는 것이다.

化, 徵¹易²也.
화　징　역　야

1 徵(징) - 징표(徵表). 드러나는 상태. **2** 易(역) - 바뀌다.

　이상 네 대목도 시간과 공간에 관련되는 개념을 정리한 것이다. 43번의 '진(盡)'도 공간 속의 존재들을 생각하며 정리한 개념이라 보아야 한다.

46 떨어진다는 것은, 한 편이 없어지는 것이다.

損, 偏¹去也.
손 편 거 야

1 偏(편) – 한 편. 일부분.

47 커진다는 것은, 더해진다는 것이다.

大, 益.
대 익

이상 두 대목은 작아지는 것과 커지는 것의 서로 반대되는 개념을 정리한 것이다.

48 돌아가는 것은, 어디든 모두가 기점이 된다.

儇¹, 稇²秪³
현 구 저

1 儇(현) – 환(環)의 잘못(『墨子閒詁』), 돌아가는 것.   **2** 稇(구) – 구(俱)의 잘못. 모두, 다같이.   **3** 秪(저) – 저(柢)의 잘못. 기점, 시작되는 곳.

돌아가는 것은 끝이 없다. 따라서 어느 때고, 어느 지점이고 바로 그곳이 시작되는 기점이 된다.

 창고에, 있다 하더라도 변한다.

庫, 易也.
고　　역 야

이 대목의 해설은 학자들에 따라 구구하다. '고'를 장(障), 곧 막는 것, 가리는 것의 뜻으로 보기도 하고(盧文弨·孫詒讓 등), '역'을 물(物)의 잘못(洪頤煊)으로 보기도 한다. 그러나 이들 글자의 일반적인 뜻을 따라, '고'는 창고 또는 저장하는 것으로 보고, '역'은 창고 안의 물건이 세월의 흐름을 따라 '변하는 것' 또는 '바뀌는 것'으로 봄이 좋겠다. 그것은 '천지(天地)는 만물(萬物)의 큰 창고'라는 사상을 밝힌 것이라 볼 수 있다. 글의 대의도 그럴싸하고, 「경설」편의 해설과도 연관이 제대로 된다.

 움직인다는 것은, 옮아가는 것이다.

動, 或從¹也.
동　흑종 야

1 從(종)－사(徙)의 잘못(『墨子閒詁』). 옮겨가다.

51
멈춘다는 것은, 그대로 오래 있는 것이다.

止, 以¹久也.
지　이　구　야

1 以(이)—이(已)의 뜻(畢沅 說). 이미, 그대로.

　위 두 대목은 사물의 움직임의 개념을 정리해본 것이다. 일반적인 묵자 판본에서는 이 대목이 맨 앞의 "1 원인이란 아는 것이 있은 뒤에야 이루어지는 것이다.(故. 所得而後成也.)" 아래 바로 나오고 있다. 그러나 이는 '방행독법'에 따르면, 밑의 난(欄)의 글이므로 다시 이 하란(下欄)으로 돌아와 읽게 된 것이다.

52
반드시란, 그만두지 않는 것이다.

必, 不已¹也.
필　불 이　야

1 已(이)—그치다, 그만두다.

53
평평하다는 것은, 높이가 같은 것이다.

平, 同高也.
평　동고야

54 같다는 것은, 길이가 바르게 서로 끝나고 있는 것이다.

同, 長以千舌¹相盡²也.
동　장이천장　상진야

1 舌(정)－정(正)의 옛 글자. '이정(以正)'은 바름으로써, 더하고 덜한 것 없이 바른 것. 2 相盡(상진)－서로 다하다, 곧 모든 것이 끝나고 있는 것. '길이가 바르게 끝나고 있다.'는 것은 여러 가지 물건의 길이가 끝나는 곳이 모두 같다는 말이다.

55 중간이란, 길이가 같은 것이다.

中, 同長也.
중　동장야

56 두텁다는 것은, 크기가 있다는 것이다.

厚, 有所大也.
후　유소대야

이상 네 대목은 물건의 모양에 대한 여러 가지 개념을 정리한 것이다.

57 해가 한낮이라는 것은, 해가 정남쪽에 있는 것이다.

日中, 正南也.
일 중　정 남 야

58 곧다는 것은, 세로가 된다는 것이다.

直, 參[1]也.
직　참　야

1 參(참) － 세로. 縱(종)의 뜻.

59 둥글다는 것은, 한 중심으로부터의 길이가 같은 것이다.

圜[1], 一中同長也.
환　일 중 동 장 야

1 圜(환) — 원(圓)과 같은 뜻의 글자.

60 네모라는 것은, 기둥의 모퉁이 사방 길이가 같은 것이다.

方, 柱隅¹四讙²也.
방　주우　사환　야

1 柱隅(주우) — 기둥의 네 모퉁이.　**2** 讙(환) — 합(合)의 뜻(張惠言 說). '사환'은 사방의 길이가 같은 것.

61 배라는 것은, 둘을 포개놓은 것이다.

倍, 爲二也.
배　위 이 야

62 끝머리란, 형체를 차례 없이 볼 적에 맨 앞의 것이다.

端¹, 體²之無序³而最前者也.
단　체 지무서 이최전자야

1 端(단) — 끝머리. 가.　**2** 體(체) — 형체, 물체.　**3** 無序(무서) — 차례가 없는 것. 멋대로 아무렇게나 택하는 것.

사이가 있다는 것은, 가운데가 있다는 것이다.

有閒[1], 中也.
유 간　중 야

1 閒(간) ― 사이, 공간.

64 사이라는 것은, 양편에 미치지 못하고 있는 것이다.

閒[1], 不及旁[2]也.
간　부 급 방　야

1 閒(간) ― 사이, 중간.　**2** 旁(방) ― 가, 편. 양편, 양쪽 가.

65 공간이란, 중간이 비어있는 것이다.

纑[1], 閒虛也.
노　간 허 야

1 纑(노) ― 노(櫨)의 가차자(王引之 說)로, 나무와 나무 사이에 나무가 없이 비어있다는 것이 본뜻. 여기서는 '공간(空間)'을 뜻함.

이상 13 조목은 대체로 기하학적(幾何學的)인 개념을 정리한

것이라 볼 수 있다.

66 가득 찼다는 것은, 있지 않은 곳이 없는 것이다.

盈, 莫不有也.
영 막 불 유 야

67 굳다는 것과 희다는 것은, 서로 어긋나는 것이 아니다.

堅白, 不相外¹也.
견 백 불 상 외 야

1 不相外(불상외) – 서로 어긋나는 것이 아니다, 곧 한 가지 것일 수가 있다는
말이다.

명가(名家)인 공손룡(公孫龍)이 '굳은 돌'과 '흰 돌'은 다른 것
이다라고 한 궤변(詭辯)을 반박한 것이다.

68 마주친다는 것은, 서로가 합쳐진다는 것이다.

攖¹, 相得²也.
영　상 득 야

1 攖(영)－마주치다, 부딪치다, 접촉하다.　**2** 相得(상득)－서로가 얻게 되다,
서로가 하나로 합쳐짐을 뜻한다.

이 대목의 「경설」을 보면, 선(線)과 점(點) 및 굳은 것 흰 것과
그러한 물체의 마주침을 얘기하고 있다. 기하학적인 개념을 정리
하면서, 그것으로 궤변을 반박하는 근거로도 써본 것 같다. 그러나
여기에서는 기본적으로 기하학적인 접촉을 뜻할 것이다.

69 견줄 적에는, 두 가지를 서로 대어볼 적이 있고, 대어보
지 않을 적이 있다.

似¹, 有以相攖², 有不相攖也.
사　유 이 상 영　　유 불 상 영 야

1 似(사)－「경설」을 근거로, 이는 비(仳)의 잘못임을 알 수 있다. '비'는 비
(比)와 같은 자로, 견주다, 비교하다의 뜻.　**2** 相攖(상영)－서로 접촉시키는
것, 곧 견주어 보기 위하여 직접 대어 보는 것. 따라서 불상영(不相攖)은 직접
대어보지는 않고 나란히 놓고서 견주어 보는 것.

다른 두 물건을 견주는 방법을 말한 것이다.

70 들러붙는 것은, 사이가 없게 되는 것이며 서로 닿는 것이 아니다.

次¹, 無閒²而不攖攖³也.
차　무간 이부영영 야

1 次(차)-들러붙는 것. **2** 無閒(무간)-둘 사이에 틈이 없는 것. **3** 攖攖(영영)-상영(相攖)의 잘못(『墨子閒詁』). 서로 닿는 것.

들러붙는 것과 닿는 것의 개념 차이를 정리해본 것이다.

71 법도란, 따르는 것이며, 그래야만 하는 것이다.

法, 所若¹而然²也.
법　소 약　이 연　야

1 若(약)-따르는 것. 순(順). **2** 然(연)-그러하다, 당연하다.

앞 「법의」 편 첫머리의 '천하에서 일을 하려는 사람은 법도가 없어서는 안된다. …'고 한 대목을 참조 바란다.

72 순종이란, 그대로 하는 것이다.

佴¹, 所然也.
이　　소 연 야

1 佴(이) － 버금간다는 것이 본뜻이나, 여기서는 순(順)과 같은 뜻으로 쓰임(畢沅 說). 순종하는 것.

73 이론이란, 밝히는 수단인 것이다.

說, 所以¹明也.
설　소 이 명 야

1 所以(소이) － 근거. 수단, 방법.

74 그것은, 안 된다 하더라도 양편이 다 안 되어서는 안 된다.

攸¹, 不可, 兩不可也.
유　 불 가　양 불 가 야

1 攸(유) － 「경설」을 참고하면, 피(彼)의 잘못. 저것, 그것.

∽

'그것'이란 논쟁을 하는 논제(論題)를 가리키는 듯하다. 다음 대목이 이 사실을 증명해 준다. 논쟁이 붙었을 때, 그 논제에 대한 주장은 어느 한 편은 옳다는 것이다.

75 논변(論辯)이란, 그것을 다투는 것이다. 논변에 이기는 것은 합당했기 때문이다.

辯, 爭彼¹也. 辯勝, 當也.
변   쟁 피 야   변 승   당 야

1 彼(피)－그것. 여기에서도 논제(論題)를 가리킨다.

이상 두 대목은 논쟁(論爭)과 관계되는 개념을 정리해 본 것이다.

76 한다는 것은, 지혜를 다하면서도 욕심에 끌리는 것이다.

爲, 窮知¹而儇²於欲也.
위   궁 지 이 현 어 욕 야

1 窮知(궁지)－지혜를 다하다. 2 儇(현)－현(懸). 매달리다, 걸리다, 끌리다.

인간 행위의 기본 성격을 추구해본 말이다.

77 이미는, 이루어진 것과 없어진 것이다.

已, 成亡.
이　성 무

78 부린다는 것은, 하라고 말하는 것과 하도록 하는 것이다.

使, 謂¹故².
사　위 고

1 謂(위)－어떤 일을 하라고 말하는 것(『廣雅』; 謂, 指也, 指而告之也.).　2 故 (고)－하도록 시키는 것(『說文』; 故, 使爲之也.).

79 이름에는, 모든 것을 이르는 이름과 한 종류의 이름과 한 가지만의 이름이 있다.

名, 達¹類²私³.
명　달 류 사

1 達(달)－달명(達名). 모든 것에 적용되는 명사. 『순자(荀子)』 정명(正名)편의 대공명(大共名)과 같은 것으로, '물건(物)'과 같은 명사이다.　2 類(류)－유명 (類名). 같은 종류의 것들에 통용되는 명사. 『순자』의 대별명(大別名)과 같은 말로, '새(鳥)'·'짐승(獸)' 같은 명사이다.　3 私(사)－사명(私名). 어느 한 가 지만을 가리키는 명사.

명사를 보통명사와 고유명사로 구분해 본 것이라 할 수 있다.

80 말을 할 적에는, 이름을 붙여주는 경우와 드러내주는 경우와 더 보태주는 경우가 있다.

謂, 移¹舉²加³.
위　이　거　가

1 移(이) − 「경설」을 근거로 하면, 명(命)의 잘못이다. 명명(命名)하는 것, 이름을 붙이는 것.　2 舉(거) − 어떤 사실을 드러내는 것. 앞 '31' 참조.　3 加(가) − 가하다, 더 보태다.

말하는 것이란 무엇인가. 그 기본 성격을 추구해본 것이다.

81 안다는 것은, 들어서 아는 것, 살펴봄으로써 아는 것, 친히 경험해서 아는 것이 있는데, 이름과 실물이 합하여 이루어진다.

知, 聞說¹親², 名實合爲.
지　문열　친　　명실합위

1 說(열) − 열(閱)과 통하여, 살펴보는 것.　2 親(친) − 친히 경험하는 것.

사람이 안다는 것은 어떤 것인가 추구해본 것이다.

82 듣는 것에는, 전하여 듣는 것이 있고, 친히 듣는 것이 있다.

聞, 傳親.
문　전　친

83 보는 것에는, 형체의 일부를 보는 것이 있고, 전체를 다 보는 것이 있다.

見, 體¹盡².
견　체　진

1 體(체)−「경설」을 참고로 할 때 형체의 특수한 일부분이다.　**2** 盡(진)−모두, 전체.

이상 두 대목은 사람이 듣고 보는 문제를 정리한 것이다.

84 합치되는 데에는, 바르게 합치되는 것이 있고, 적절하게 합치되는 것이 있고, 반드시 합치되는 것이 있다.

合, 舌¹宜²必.
　　　합　정　의　필

1 舌(정) − 정(正). **2** 宜(의) − 적절한 것, 합당한 것.

　　도리(道理) 또는 원리(原理)에 맞는다는 것은 어떤 것인가를 추구한 말인 듯하다.

85 헤아린다는 것은, 바라는 것은 올바르게 이익을 헤아리고, 또한 싫어하는 것은 바르게 해로움을 헤아리는 것이다.

權¹, 欲舌²權利, 且惡舌權害.
권　욕 정 권 리　차 오 정 권 해

1 權(권) − 요량하다, 헤아리다. **2** 舌(정) − 정(正).

　　사람들이 일에 대하여 헤아리는 행위가 무엇 때문인가 정리해 본 것이다.

86 행위란, 있도록 하는 것과 없애는 것과 바꾸는 것과 소비하는 것과 다스리는 것과 변화시키는 것이다.

爲, 存亡易蕩[1]治化.
위　존무역탕　치화

1 蕩(탕)−탕진(蕩盡). 소비, 써버리는 것.

87 같은 것에는, 중복되는 것과 전체적인 것과 같이 합쳐져 있는 것과 종류가 같은 것이 있다.

同, 重體合類.
동　중체합류

「경설」에 의하면, '중'이란 실지는 같은 것인데 이름만이 다른 것이다. '체'란 함께 동물이나 생물 속에 속하는 것 같은 경우이고, '유'란 보다 작은 종류에 함께 속하는 것이다. 그리고 '합'은 집의 방안에 같이 합쳐져 있는 것 같은 것이라 하고 있다.

88 다르다는 것은, 두 가지인 것과 개체(個體)가 같지 않은 것과 서로 합치되지 않은 것과 종류가 같지 않은 것이다.

異, 二, 不體, 不合[1], 不類.
이　이　불체　불합　불류

1 合(합)−합치되다, 들어맞다.

89

같은 것과 다른 것을 모두 터득해야 있고 없는 것을 알게
된다.

同異交得¹, 放²有無.
동 이 교 득　　방 유 무

1 交得(교득)－서로 터득하다, 모두 터득하다.　**2** 放(방)－지(知)의 잘못(『墨子
閒詁』). 알다.

90

듣는 것은, 귀가 밝은 것이다.

聞, 耳之聰也.
문　 이 지 총 야

91

들은 것을 따라서 그 뜻을 터득하는 것은 마음이 살펴서
아는 것이다.

循¹所聞而得其意, 心之察也.
순 소 문 이 득 기 의　 심 지 찰 야

1 循(순)－따르다, 좇다.

장순일(張純一)은 『묵자한고전(墨子閒詁箋)』에서 이 대목은 앞

대목의 「경설」인데, 「경」 속에 잘못 끼어든 것이라 하였다.

92 말한다는 것은, 입이 잽싼 것이다.

言, 口之利也.
언　구 지 리 야

93 말하는 것을 근거로 하여 뜻을 드러내게 되는 것은 마음
의 분별 때문이다.

執[1]所言而意得見[2], 心之辯也.
집　소 언 이 의 득 현　　심 지 변 야

1 執(집)－잡다, 근거로 하다. 2 見(현)－드러내다, 나타내다.

　　장순일은 이 대목도 앞 대목의 「경설」이 잘못 여기에 끼어든
것이라 하였다. 문맥으로 보아 그럴싸하다.

94 응낙(應諾)은, 한결같아서는 안되며 유리하게 사용해야
한다.

諾, 不一, 利用.
낙　불일　이용

95 설복시키려면, 상대방이 숨기고 있는 것을 파악해야 한
다.

服[1], 執[2]說[3].
복　집　나

1 服(복)−설복(說服), 굴복(屈服).　**2** 執(집)−잡다, 파악하다.　**3** 說(나)−상대
방이 숨기고 있는 마음속의 뜻.

96 교묘하다는 것은, 전하여지는 법도를 따라 일하는 원칙
을 추구하는 것이다. 법도가 같을 경우에는 그 같은 점을
살펴야 하고, 법도가 다를 경우에는 그 합당한 점을 살펴야 한다.

巧, 轉則[1]求其故[2]. 法同則觀其同, 法異則觀其宜.
교　전칙　구기고　법동즉관기동　법이즉관기의

1 轉則(전칙)−'전'은 전(傳)의 잘못(『墨子閒詁』). 전하여지는 법도, 전수된 방
법.　**2** 故(고)−일을 해결하거나 물건을 만드는 원칙.

　사람들의 행위가 교묘하다는 것은 무엇을 뜻하는가 추구해본
것이다.

97

금지한다는 것은, 다른 도리를 근거로 하는 것이다.

止, 因以別道.
지　인 이 별 도

98

바른 것에는, 그릇됨이 없다.

岳, 無非
정　무 비

99

이 글은 읽을 적에 방행(旁行)으로 읽어라.

讀此書旁行.
독 차 서 방 행

　본시 이 대목은 "바른 것에는 그릇됨이 없다.(岳, 無非.)"의 윗
란에 있던 것이며, 손이양(孫詒讓)에 의하면, 이 대목은 "후세 사람
이 이 책을 교정하면서 이 편 끝에 써 붙여 써놓았던 것인데, 이
글을 베끼는 사람이 잘못하여 본문에 집어넣은 것이다."고 설명하
고 있다. 그리고 손이양은 이 구절을 근거로 하여 앞에서 이미 설
명한 바와 같은 방행독법(旁行讀法)을 발견한 것이다.

41.

경편 經篇(下)

1 시비를 멈추게 하려면 같은 종류의 것으로 사람들을 설복
하여야 한다. 이유는 이치가 같다는 데 있다.

止¹, 類以行人². 說³在同.
지　유이행인　설재동

1 止(지) — 「경설」편을 참조하면, 이는 시비나 논쟁을 멈추게 하는 것임을 알
수 있다. **2** 行人(행인) — 사람들에게 행하다, 사람들에게 말하다, 사람들을
설복하다. **3** 說(설) — 이론, 이유.

'설재동'은 같은 종류의 것을 들어 상대방에게 말하면, 사리
(事理)나 이치 또는 말하는 기준이 같기 때문에 상대방도 그의 말에
동의하여 논쟁을 더 이상 하지 않게 된다는 뜻이다.

2 네 발 짐승과 소와 말은 이론을 달리하여야 하니, 같은 성격의 이론으로 밀고 나가기는 어렵다. 이유는 그 크고 작은 차이 때문이다.

駟[1]異說, 推類之難. 說在之大小.
사 이 설   추 류 지 난   설 재 지 대 소

1 駟(사)-「경설」편을 참고할 때, 이는 '사족우마(四足牛馬)'의 네 글자가 잘못 한 글자로 합쳐진 것인 듯하다(楊葆彝 說).

앞에서 논쟁을 중지시키기 위해서는 같은 종류의 것을 들어 상대방을 설복하여야 한다 하였다. 그러나 실제로 같은 종류의 것을 든다는 것은 그리 쉬운 일이 아니라는 뜻이다.

3 사물은 모두 다르지만 이름은 같다. 그것은 둘과 싸우는 것, 좋아하는 것, 먹는 것과 부르는 것, 흰 것과 보는 것, 고운 것과 흉악한 것, 발과 신 따위이다.

物盡同名, 二與鬪, 愛食與招[1], 白與視[2], 麗與暴[3], 夫[4]與
물 진 동 명   이 여 투   애 식 여 초   백 여 시   여 여 포   부 여
履[5].
리

1 招(초)-부르다, 초청하다. 「경설」을 참고하면 초신(招神), 곧 신을 내리게 한다는 뜻이다. 2 視(시)-묘(眇)의 뜻으로, 애꾸눈. 3 暴(포)-본시는 빠져 있는 글자이다. 「경설」을 참고하여 여기에 넣었다. '포'는 포악한 것, 흉악

한 것. '고운 것'과 반대되는 것이다. **4** 夫(부)−부(趺)와 통하여, 발. **5** 履(리)−신.「경설」에는 구(屨)로 되어 있으나 같은 뜻임.

  실지로는 다른 물건인데도 이름은 서로 같은 것들이 많다. 첫째, 두 사람이 함께 하는 것과 싸우는 것은 모두 두 사람이 하는 것이지만 실지에 있어서는 서로 전혀 다른 것이다. 둘째, 좋아하는 것도 여러 가지가 있지만 실지로 그 물건들은 서로 다른 것들이다. 셋째, 귤과 띠풀은 먹기도 하고 신을 내리게 하는 제사에도 쓰이지만 실은 서로 전혀 다른 것이다. 넷째, 흰말과 애꾸눈의 말은 다 같이 말이기는 하나 실지에 있어서는 크게 차이가 난다. 흰말은 흔하고 애꾸눈의 말은 드물다. 다섯째, 고운 물건이나 미인과 포악한 물건이나 추악한 사람은 다 같은 물건이고 사람이지만 실지로는 크게 서로 다르다. 이밖에도 비슷한 세 가지 보기를 더 들고 있다. 이상 대체로「경설」편의 해설을 따라 설명한 것이다.

4 하나에서 그 일부를 버리고도 본시 그러하다고 말해도 된다. 이유는 근거가 있기 때문이다.

  一, 偏棄之¹, 謂而固是²也. 說在因.
  일 편 기 지   위 이 고 시 야   설 재 인

1 偏棄之(편기지)−그 일부를 버리는 것. **2** 固是(고시)−본시 그러하다. 변화가 없는 것을 말함.

5 일부분을 떼어내어 둘이라 하면 안 된다. 이유는 이미 본 것과 함께하는 성질 때문이다. 하나와 둘은 너비와 길이가 같은 것이다.

不可偏去而二. 說在見與俱. 一與二, 廣與脩.
부 가 편 거 이 이   설 재 견 여 구   일 여 이   광 여 수

이상 다섯 대목은 학자에 따라 해석이 구구하다. 대체로 사물에 대한 우리 언어의 표현 문제를 여러 각도에서 추구해 본 것인 듯하다.

6 할 수 없다고 하더라도 해가 되지는 않는다. 이유는 해 자체에 있다.

不能而不害. 說在害.
불 능 이 불 해   설 재 해

7 다른 종류의 것은 비교하지 않아야 한다. 이유는 그 양 때문이다.

異類不吡¹. 說在量².
이 류 불 비   설 재 량

1 吡(비)－비(比). 비교하는 것.   **2** 量(량)－부피뿐만이 아니라 무게 · 길이 ·

다소 등을 다 포함하는 말임.

8 일부분을 떼어내도 더 적어지지 않는 수도 있다. 이유는 그
본래대로이기 때문이다.

偏去莫加少. 說在故[1].
편 거 막 가 소   설 재 고

1 故(고) — 옛것. 본디 모습.

바다나 강물 또는 흙과 모래 따위를 두고 한 말일 것이다.

9 가짜는 반드시 어긋나게 된다. 이유는 그렇지 않다는 데 있
다.

假必誖[1]. 說在不然.
가 필 패   설 재 불 연

1 誖(패) — 어지럽다, 어긋나다. 진실로부터 어긋나는 것.

10 사물이 그러한 까닭과, 그 까닭을 아는 것과, 그 까닭을
사람들에게 알도록 하는 것은 반드시 같지 않다. 그 이유

는 병을 통해서 안다.

物之所以然, 與所以知之, 與所以使人知之, 不必同. 說
물 지 소 이 연　 여 소 이 지 지　 여 소 이 사 인 지 지　 불 필 동　 설

在病.
재 병

11 의심을 하게 되는 경우는 어떤 일을 하는 사람을 만났을 때, 어떤 일을 순조롭게 잘 하는 사람을 보았을 때, 어떤 일을 우연히 만났을 때 과거의 일에 부딪쳤을 때이다.

疑, 說¹在逢, 循, 遇, 過².
의　 설　재 봉　 순　 우　 과

1 說(설) – 이 대목에선 '이유'가 아니라 '경우'로 번역하였다.　**2** 逢循遇過 (봉순우과) – 의심을 하게 되는 네 가지 경우이다. 뜻이 분명치 않으나 대체로 「경설」편의 해설을 참조하여 번역하였다.

12 두 가지를 합하여 하나로 만들었을 적에 어떤 것은 제 모습으로 잘 되돌아오지만 어떤 것은 되돌아오지 않는다. 이유는 서로 거부하는 데 있다.

合與一, 或復否. 說在拒¹.
합 여 일　 혹 복 부　 설 재 거

1 拒(거) – 거부하는 것. 두 가지 사물의 성격이 합쳐지기를 거부하느냐, 거부하지 않느냐에 따라 제 모습으로 잘 되돌아오느냐, 잘 되돌아오지 않느냐가 결

정된다는 것이다.

13 구분을 한다 해도 물건은 일체이다. 이유는 모두를 하나로 볼 수도 있고, 하나하나 따로 볼 수도 있기 때문이다.

歐^1, 物一體也. 說在俱一^2, 惟是^3.
구　　물 일 체 야　　설 재 구 일　　유 시

1 歐(구)-구(區)와 통하여, 구분하다, 구별하다. **2** 俱一(구일)-여러 가지 것들을 하나로 취급하는 것. 소와 말을 가축이나 동물이라 하는 경우이다. **3** 惟是(유시)-하나하나 그 존재를 따로 인정하는 것이다. 곧 소는 소로, 말은 말로 달리 취급하는 경우이다.

14 공간은 옮겨다닐 수도 있다. 이유는 공간이 멀리에도 뻗어있고 오랫동안 존재하기도 하기 때문이다.

宇^{1}或徙^2. 說在長宇^{3}久^4.
우　혹 사　　설 재 장 우 구

1 宇(우)-공간. **2** 徙(사)-옮겨가다, 이동하다. **3** 長宇(장우)-공간에 긴 거리가 있는 것. **4** 久(구)-시간상으로 오래 가는 것.

15 두 사람이 거울 앞에 서면 모습이 비추어지지만, 많은데도 적은 듯이 보일 적이 있다. 이유는 거울면이 모자라기

때문이다.

二, 臨鑑¹而立, 景到², 多而若少. 說在寡區³.
이　임감이립　경도　다이약소　설재과구

1 鑑(감) − 거울.　**2** 景到(경도) − 사람 모습이 거울에 비치는 것.　**3** 寡區(과구) − 장혜언(張惠言)은 ‘구’ 는 소(所)의 뜻이라 하였다. 거울면으로 ‘과구’ 는 거울면이 모자라는 것을 뜻하는 듯하다.

16
거울 앞에 섰을 적에 영상이 하나는 작으면서도 비뚤어지고, 하나는 크면서도 반듯하다. 이유는 거울 가운데로부터 바깥쪽에 비추는가 안쪽에 비추는가이다.

鑑位¹, 景²一小而易³, 一大而正. 說在中之外內⁴.
감위　경　일소이이　일대이정　설재중지외내

1 鑑位(감위) − 거울 앞에 서다. 임감립(臨鑑立)의 잘못으로 본 이도 있다(王念孫).　**2** 景(경) − 거울에 비치는 영상.　**3** 易(이) − 비뚤어지는 것.　**4** 中之外內(중지외내) − 모습이 거울의 중앙에 비치고 있는가, 그 바깥쪽에 비치고 있는가를 뜻한다.

17
거울은 둥글고 영상은 하나이다.

鑑團景一.
감단경일

이런 글들을 놓고 일부 학자들은 광학(光學)이라 크게 내세우고 있지만 정확한 뜻도 알기 어렵다.

18 굳은 것과 흰 것은 다르지 않다. 이유는 시간과 공간을 무시한 때문이다. 굳은 것은 흰 것이기도 한데, 이유는 그 근거가 되는 것에 있다.

不堅白¹. 說在無久與宇². 堅白, 說在因³.
불 견 백   설 재 무 구 여 우   견 백   설 재 인

1 堅白(견백)-굳은 것과 흰 것. 이 글은 명가(名家)에서 돌이 흰 것과 굳은 것은 서로 다른 것이라고 주장하는 궤변을 반박하고 있는 것이다. 굳은 것은 손으로 만져보아 알게 되고, 흰 것은 눈으로 보고 알게 되는 것이기 때문에 서로 다른 것이라는 것이다. **2** 久與宇(구여우)- '구'는 오래 가는 시간, '우'는 집 같은 공간을 뜻한다. 묵자는 명가가 시간과 공간을 무시하여 돌이 한 물건임을 부정하게 된다는 주장이다. **3** 因(인)-굳다, 또는 희다는 판단을 내리게되는 원인 또는 근거가 같은 돌임에 변함이 없다는 것이다. 시간이나 공간을달리하여 같은 것을 '굳은 것', 또는 '흰 것'이라 달리 말한다는 것이다.

명가(名家)에서 같은 돌을 놓고 굳은 것과 흰 것을 다르다고 주장하는 궤변을 반박한 것이다. 일부 학자들은 앞의 "不堅白, 說在."와 뒤에 "無久與宇堅白, 說在因."을 두 조목으로 떼어놓은 일부 글귀가 떨어져 나가 뜻을 알 수 없는 글이 되어 있다고 주장하

고 있다. 특히 "久與宇"와 "因"의 뜻 같은 것도 그들은 알 수 없다고 말하고 있다.

19 살핀다는 것은, 여러 가지 그러한 것과 그러하지 못한 것을 보는 것이다. 이유는 바로 당시의 사정에 대하여 살피고 미루어 나아가야 하기 때문이다.

在[1], 諸其所然[2], 未者然[3]. 說在於是[4]推之.
재　제 기 소 연　미 자 연　설 재 어 시 추 지

1 在(재)—살피다, 잘 살피다.　**2** 所然(소연)—그러한 것, 그렇게 된 것.　**3** 未者然(미자연)—그렇게 되지 못한 것.　**4** 是(시)—이것. 바로 그 당시의 조건이나 사정.

어떤 일이든 잘된 것은 잘되지 못한 것과 함께 살펴야 한다. 그때그때의 사정이나 여건이 모두 같지 않기 때문이다.

20 그림자는 이동하지 않는다. 이유는 언제나 다시 비추어지는 것이기 때문이다.

景[1]不徙. 說在改爲.
영　부 사　설 재 개 위

1 景(영)—그림자. 영(影).

21 멈추어 있는 그림자는 두 가지가 있다. 이유는 겹쳐지는 데 있다.

住¹景, 二². 說在重.
주 영 이 설 재 중

1 住(주)─멈추어 있는 것. 위(位)의 잘못으로 립(立)의 뜻이라 보기도 한다(墨子閒詁). **2** 二(이)─본영(本影)과 부영(副影)의 두 가지를 말하는 듯.

22 그림자가 거꾸로 비치는 것은 한 점이 있는 곳에서 광선이 교차하고 다시 그림자를 길게 가서 비추기 때문이다. 이유는 점에 있다.

景到¹, 在午²有端, 與景長. 說在端³.
영 도 재 오 유 단 여 영 장 설 재 단

1 到(도)─거꾸로 비치는 것. 도(倒). **2** 午(오)─교차(交叉)하는 것. **3** 端(단)─점(點). 작은 구멍을 뜻한다.

밀실 같은 곳에서 작은 구멍을 통하여 빛을 비추면 반드시 그림자가 거꾸로 비추어진다.

23 그림자가 해를 마중하는 수도 있다. 이유는 되돌아 비치기 때문이다.

景迎日¹. 說在搏².
영 영 일　　설 재 단

1 迎日(영일)-해를 마중한다. 곧 그림자가 해가 있는 쪽으로 뻗는 것.　**2** 搏
(단)-빛이 되돌아 비치다. 곧 빛이 반사(反射)하는 것을 가리킨다.

24 그림자에는 작은 경우와 큰 경우가 있다. 이유는 물건이
비뚤어지고 바르고 한 것과, 멀리 있고 가까이 있고 한
데 있다.

景之小大. 說在地¹㱏²遠近.
영 지 소 대　　설 재 지 정 원 근

1 地(지)-이(柂)의 잘못(『墨子閒詁』). 이(迤)와 통하여, 비뚤어진 것.　**2** 㱏
(정)-정(正).

25 크면 반드시 바르게 비추어진다. 이유는 받아들이는 데
있다.

天¹而必㱏. 說在得².
천 이 필 정　　설 재 득

1 天(천)-대(大)의 잘못. 거울에 영상이 크게 비치는 것.　**2** 得(득)-얻다, 받
아들이다. 빛을 제대로 받아들이는 것.

이상 여섯 대목도 모두 광학(光學)에 관한 말들이어서 흥미를 끈다.

26 엎어놓아도 구부러지지 않는 수가 있다. 이유는 견디어 내기 때문이다.

貞¹而不撓². 說在勝³.
정 이 불 요   설 재 승

1 貞(정)−「경설」편을 참고할 때, 부(負)의 잘못. 물건을 엎어놓는 것. **2** 撓 (요)−구부러지다. **3** 勝(승)−이겨내다, 견디어내다.

막대기 같은 것을 걸쳐놓고 그 위에 무거운 물건을 엎어놓아 도 구부러지지 않는 수가 있다. 그것은 막대기가 물건의 무게를 잘 이겨내기 때문이다.

27 들어 올리는 것과 내려놓는 것은 정반대이다. 이유는 가 해지는 힘 때문이다.

契¹與枝²板³. 說在薄⁴.
계 여 지 판   설 재 박

1 契(계)―결(挈)의 잘못(張惠言 說). 들어올리는 것. **2** 枝(지)―수(收)의 잘못 (張惠言 說). 내려놓는 것. **3** 板(판)―반(仮)의 잘못(『墨子閒詁』). 반(反)의 뜻. **4** 薄(박)―권(權) 또는 박(迫)의 뜻으로 힘을 가하는 것.

28

비뚤게 되면 바로잡을 수가 없다. 이유는 삐딱하기 때문 이다.

倚¹者不可正. 說在剃².
의 자불가정　설재체

1 倚(의)―비뚤은 것, 기울어진 것. **2** 剃(체)―제(梯)의 잘못. 한 모퉁이가 없 는 것. 삐딱한 것.

삐딱하다는 것은 결국 균형이 맞지 않는 것을 뜻한다. 균형이 맞지 않는 것은 바로잡을 수가 없다.

29

기둥은 반드시 안정되게 세워진다. 이유는 초석(礎石)을 잘 놓기 때문이다.

推¹之必往². 說在廢³材⁴.
추 지필왕　설재폐 재

1 推(추)―「경설」편을 참고하면, 주(柱)의 잘못. 기둥. **2** 往(왕)―주(住)의 잘 못(『墨子閒詁』). 안정되는 것, 꿈적 않게 하는 것. **3** 廢(폐)―치(置)의 뜻. 잘

놓는 것. **4** 材(재)―「경설」의 '방석(方石)', 곧 초석(礎石)을 뜻한다.

이상 네 대목은 물리학적인 문제들을 추구해본 말인 듯하다.

30 사는 것에는 비싼 것이란 없다. 이유는 그 값이 변하기 때문이다.

買無貴. 說在仮¹其賈².
매 무 귀　설 재 반 기 가

1 仮(반)―반(反)과 통하는 자. '반'은 변(變)의 뜻. **2** 賈(가)―가(價)와 통하여, 값.

31 값이 적절하면 곧 팔린다. 이유는 잘되었기 때문이다.

賈¹宜則讐². 說在盡³.
가 의 즉 수　설 재 진

1 賈(가)―가(價). 값. **2** 讐(수)―수(售)와 통하여, 팔리는 것. **3** 盡(진)―다하다. 「경설」에 의하면, 안 팔릴 조건이 다 없어지는 것.

32 이유 없이 두려워하게도 된다. 이유는 확실성이 없기 때문이다.

無說¹而懼². 說在弗心³.
무 설 이 구 　 설 재 불 심

1 說(설)－이유, 까닭. **2** 懼(구)－두려워하다. **3** 弗心(불심)－자신이 없는 것 (張惠言 說). 그러나 '심'을 필(必)의 잘못으로 보고, 확실성이 없는 것으로 본 손이양(孫詒讓)의 해석이 좋은 듯하다.

33

의혹은, 이름에 착오를 일으키기 때문이다. 이유는 실질 때문이다.

或¹, 過名也. 說在實.
혹 　 과 명 야 　 설 재 실

1 或(혹)－혹(惑)과 통하여, 의혹(疑惑).

34

그것이 아니라는 것을 아는 것으로 쓰기에 충분하다고 하 는 것은 잘못이다. 이유는 어찌할 수가 없다는 데 있다.

知之否¹之, 足用²也, 諄³. 說在無以⁴也.
지 지 부 지 　 족 용 야 　 순 　 설 재 무 이 야

1 否(부)－아닌 것, 잘못된 것. **2** 足用(족용)－쓰기에 충분한 것, 그대로 일하 기에 족한 것. **3** 諄(순)－패(誖)의 잘못(張惠言 說). 어긋나다, 잘못되다. **4** 無 以(무이)－어찌할 수가 없다, 까닭을 모르다.

이상 다섯 대목은 물건을 매매할 적을 비롯하여 여러 경우의
심리학적인 문제를 추구해본 말인 듯하다.

35 말을 하여 이론으로 이기지 못한다면 반드시 합당하지
못한 것이다. 이유는 이론의 성격에 있다.

謂, 辯無勝, 必不當. 說在辯.
위　변무승　　필부당　　설재변

36 사양하지 않는 일이 없는 것은 안 될 일이다. 이유는 위
태로워지는 데 있다.

無不讓也, 不可. 說在始[1].
무불양야　　불가　　설재시

1 始(시) ─ 「경설」을 참조하면, 태(殆)의 잘못인 듯(『墨子閒詁』). 위태로워지다.

37 한 가지 일에 대하여 아는 경우가 있고 알지 못하는 경우
가 있다. 이유는 존재 성격 때문이다.

於一, 有知焉, 有不知焉. 說在存.
어일　　유지언　　유부지언　　설재존

38 둘이서 손가락으로 가리키면 도망칠 수가 없다. 이유는 둘이 겹쳐지기 때문이다.

有指¹於二, 而不可逃. 說在以二絫².
유 지 어 이　이 불 가 도　설 재 이 이 류

1 指(지)－손가락질하다. 가리키다, 지시하다.　**2** 絫(류)－포개다, 겹치다.

39 알고 있으면서도 손가락으로 가리키지 못하는 경우가 있다. 이유는 마음이 산란하기 때문이니, 도망친 신하, 개, 잃어버린 물건 같은 경우이다.

所知而弗能指. 說在春¹也, 逃臣, 狗犬, 貴者².
소 지 이 불 능 지　설 재 춘 야　도 신　구 견　귀 자

1 春(춘)－준(惷)과 통하여, 마음이 산란한 것. 마음이 어수선한 것.　**2** 貴者(귀자)－'귀'는 「경설」을 참고할 적에 유(遺)의 잘못(楊葆彝 說). 따라서 잃어버린 물건. 유실물(遺失物).

40 개는 알면서도 스스로 멍멍이는 알지 못한다고 한다면 잘못이다. 이유는 중복되는 데에 있다.

知狗¹, 而自謂不知犬, 過也. 說在重.
지 구　이 자 위 부 지 견　과 야　설 재 중

1 狗(구)－견(犬)과 같은 '개'의 뜻이다. 번역은 '개'와 '멍멍이'로 다르게 하였다.

41 상대방 뜻에 통한 뒤에야 대답해야 한다. 이유는 그것을 누구에게 말하는지도 알지 못할 것이기 때문이다.

通¹意後對. 說在不知其誰謂也.
통 의 후 대 　 설 재 부 지 기 수 위 야

1 通(통)－통달하다. 상대방의 뜻을 잘 파악하는 것.

42 존재하는 곳과 존재하는 사람은 존재란 점에 있어서 누가 존재하는 것일까?

所存¹與者², 於存與孰存?
소 존 여 자 　 어 존 여 숙 존

1 所存(소존)－있는 곳. 존재하는 장소.　2 與者(여자)－중간에 존(存) 자가 빠져 있다(張惠言 說). …과 있는 사람. 존재하는 사람.

이상 여덟 대목은 논쟁할 때의 논리 문제를 추구하여 정리한 말이다.

43 오행은 언제나 이기는 것은 아니다. 이유는 적절함에 있다.

五行¹毋常勝². 說在宜.
오 행 무 상 승 　 설 재 의

1 五行(오행)―금(金)·수(水)·토(土)·화(火)·목(木)의 다섯 가지. **2** 勝(승)―
오행상승설(五行相勝說)의 '승'이다. 물은 불을 이기고, 불은 쇠를 이기고, 쇠
는 나무를 이기고, 나무는 흙을 이기고, 흙은 물을 이긴다는 것이다.

　오행은 서로 이긴다고 하지만 언제나 이기는 것이 아니다. 적
절한 조건이 갖추어지지 않으면 이기지 못할 적도 많다는 것이다.
보기로, 불이 쇠를 이긴다고 하지만 작은 불로 큰 쇠를 이길 수 있
는 것은 아니다.

44　악한 짓을 하려는 생각이 없다면 이익과 손실에 잘 대처
　　　할 수가 있다. 이유는 적절함에 있다.

　無欲惡¹之爲盆損²也. 說在宜.
　무 욕 악 　지 위 익 손 　야 　설 재 의

1 無欲惡(무욕악)―악한 짓을 하려는 생각이 없는 것. 악한 생각을 버리는
것. **2** 爲盆損(위익손)―이익과 손실에 잘 대처하다.

　이 대목은 학자들의 해석이 여러 가지이나, 장혜언(張惠言)의
의견이 가장 적절하게 여겨져 대체로 따랐다.

　덜어도 해가 되지 않는 수가 있다. 이유는 여유에 있다.

損而不害. 說在餘.
손 이 불 해　 설 재 여

46 앎이 오관(五官)에 의하지 않는 경우가 있다. 이유는 시간 같은 것이 있기 때문이다.

知而不以五路¹. 說在久².
지 이 불 이 오 로　　설 재 구

1 五路(오로) – 지각의 다섯 가지 경로, 곧 오관(五官).　**2** 久(구) – 오래 가는 것. 시간. 시간은 오관으로 아는 것이 아니다.

47 불이 뜨겁지 않은 수도 있다. 이유는 보고 있기 때문이다.

必熱¹. 說在頓².
필 열　 설 재 돈

1 必熱(필열) – 「경설」을 참고하면, '화불열(火不熱)'이어야 옳다(『墨子閒詁』). 불이 뜨겁지 않은 것.　**2** 頓(돈) – 도(覩)의 잘못인 듯(『墨子閒詁』). 눈으로 보는 것.

48 그가 알지 못하던 것도 아는 수가 있다. 이유는 이름으로 취하여 알기 때문이다.

知其所以不知. 說在以名取¹.
지 기 소 이 부 지　 설 재 이 명 취

1 以名取(이명취) – 알고 있는 이름 또는 명사를 취하여 알게 되다.

※

자신이 알고 있는 지식을 바탕으로 하여 올바른 판단을 할 수 있음을 뜻하는 말일 것이다.

49 무란 반드시 유를 근거로 하는 것이 아니다. 이유는 말하는 방법에 달려있기 때문이다.

無, 不必待有. 說在所謂.
무　불필대유　설재소위

※

있고 없는 것은 상대적인 개념이지만, 없다는 개념은 있다는 개념 없이도 말하는 방법에 따라서는 성립될 수가 있다는 것이다. 「경설」에서는 하늘이 무너지는 것을 보기로 들고 있다. 하늘은 무너진 일이 없었지만, 그것은 없는 것이라는 것이다.

50 대체적인 생각은 의심하지 않아야 한다. 이유는 있을 수도 있고, 없을 수도 있는 것이기 때문이다.

擢¹慮不疑. 說在有無.
탁　려불의　설재유무

1 擢(탁)－각(摧)의 잘못(『墨子閒詁』). 대범(大凡), 대강, 대체적.

51

막 그렇게 되려 할 적에는 바로잡을 수가 없으나, 일을
하는 데에는 해가 되지 않는다. 이유는 적절함에 있다.

且然¹, 不可正, 而不害用工². 說在宜.
차 연　불 가 정　이 불 해 용 공　설 재 의

1 且然(차연)－막 그렇게 되고 있다. 지금 그러한 상태가 되고 있다.　2 用工
(용공)－일을 하다. 종사(從事)와 같은 말.

막 그렇게 되고 있는 순간에는 그것이 잘못되었다 하더라도
바로잡을 수는 없다는 것이다. 그러나 바로잡아 보려는 노력은 아
무런 해도 되지 않는다는 것이다. 그 이유는 바로잡으려는 시기가
적절하지 못한 때문에 바로잡을 수가 없는 것이고, 사람의 노력은
적절함을 조금도 손상시키지는 않을 것이기 때문이다.

52

물건을 달 때, 저울 끈이 끊어질까 끊어지지 않을까? 그
원인은 다는 물건에 달려 있다.

均¹之絶不²? 說在所均.
균 지 절 부　　설 재 소 균

1 均(균)－물건의 무게를 다는 것.　2 絶不(절부)－저울의 줄이 끊어지는 경우

와 끊어지지 않는 경우.

53 요임금의 뜻은 지금까지도 살아있지만 옛날에 행해진 것이어서 시대에 따라 다르다. 이유는 뜻하는 바에 달려있기 때문이다.

堯之義也, 生於今而處於古, 而異時. 說在所義.
요 지 의 야　생 어 금 이 처 어 고　이 이 시　설 재 소 의

같은 말이라 하더라도 말의 뜻이 시대에 따라 달라졌음을 지적한 말이다.

54 개는 멍멍이이다. 그러니 개를 죽인 것은 멍멍이를 죽인 것이 아니라고 하는 것은 안 된다. 이유는 중복되는 데 있다.

狗, 犬也. 而殺狗非殺犬, 也可¹. 說在重.
구　견 야　이 살 구 비 살 견　야 가　설 재 중

1 也可(야가) ─ 고형(高亨)의 『묵자교전(墨子校詮)』을 따라 '불가(不可)'의 잘못으로 보았다.

명가(名家)의 '개〔狗〕는 멍멍이〔犬〕가 아니다'라는 궤변을 반박

한 대목이다. 그것을 강조하기 위하여 '구비견(狗非犬)'의 '구견' 앞에 각각 '살(殺)'자를 하나 덧보탠 것이다.

使殷美. 說在使.
사 은 미　설 재 사

'사은미'가 무슨 뜻인지 알 수가 없다. 장혜언(張惠言)이 억지 해설을 하고 있으나 타당치 않은 듯하고, 거의 모든 학자들이 잘 모르겠다고 말하고 있다.

56 초(楚)나라는 커서 그곳의 호수는 얕다. 존재하고 있는 규 모 때문이다.

荊¹之大, 其沈²淺也. 說在具³.
형 지 대　기 침 천 야　설 재 구

1 荊(형)─초(楚)나라의 별칭.　2 沈(침)─항(沆)의 잘못(『墨子閒詁』). 택(澤). 못. 호수.　3 具(구)─「경설」에는 패(貝)로 되어 있으나 모두 유(有)의 잘못. 존재 하고 있는 규모.

초나라 땅은 매우 넓어서 그 나라의 호수는 나라 땅에 비하여 얕다고 표현할 수 있다. 2m 깊이의 연못이라도 좁은 공간에 있다면 그것은 깊은 것이지만, 넓은 들판에 있다면 깊다고 할 수 없는 것이다.

57 기둥을 가지고 단(摶)을 만든다면 그것을 두고 무지하다고 할 것이다. 이유는 뜻으로 헤아리는 데 달려있기 때문이다.

以檻¹爲摶², 於以爲無知也. 說在意.
이 함 위 단   어 이 위 무 지 야   설 재 의

1 檻(함)－「경설」을 참고하면, 영(楹)의 잘못. 기둥. 2 摶(단)－뒤의 「비성문(備城門)」편에 보이는 가는 나무를 다발로 묶어놓은 것. 불을 붙이는 데 썼다.

58 뜻은 알 수가 없다. 이유는 쓸 수 있는 경우가 반대될 수도 있기 때문이다.

意未可知. 說在可用過仵¹.
의 미 가 지   설 재 가 용 과 오

1 過仵(과오)－'과'는 우(遇)의 잘못. 만나는 것. 경우. 조우(遭遇). '오'는 오(忤). 거슬리는 것. 어긋나는 것. 반대가 되는 것.

59

하나는 둘보다 적지만 다섯보다 많을 수도 있다. 이유는 자리를 매기는 데 있다.

一少於二, 而多於五. 說在建[1].
일 소 어 이   이 다 어 오   설 재 건

1 建(건)–자리를 매기다. 열하나, 스물하나가 되면 하나가 다섯보다 많다.

60

반을 계속 잘라나간다면 곧 움직일 수 없게 된다. 이유는 가 때문이다.

非半弗斲[1], 則不動. 說在端.
비 반 불 작   즉 부 동   설 재 단

1 斲(작)–작(斫)·작(斷)과 같은 자. 쪼개다, 자르다.

'어떤 물건이든 반을 자른다면 영원히 계속해서 반을 잘라도 없어지지 않는다'고 한 명가(名家)의 궤변을 반박하기 위한 말인 듯하다. 물건이란 가가 모두 있기 때문에 가는 다시 자를 수가 없는 것이라는 뜻일 것이다.

61

없을 수가 있지만, 그것이 있었기 때문에 부정할 수가 없는 게 있다. 이유는 일찍이 그러한 것이 있었기 때문이다.

可無也, 有之而不可去¹. 說在嘗然².
가 무 야　유 지 이 불 가 거　　설 재 상 연

1 去(거)—버리다. 부정하다.　**2** 嘗然(상연)—일찍이 그러하다. 과거에 그러한
일이 있다.

　　과거의 일은 부정할 수가 없다, 곧 역사는 부정할 수가 없다는
뜻이다.

62 반듯하다면 흔들리게 할 수가 없다. 이유는 둥글기 때문
이다.

正不可擔¹. 說在摶².
정 불 가 담　　　설 재 단

1 擔(담)—요(搖)의 잘못(『墨子閒詁』). 흔들다.　**2** 摶(단)—원. 둥근 것.

　　정원(正圓)의 물건은 어떤 위치에 있어도 기울어지지 않는다.
언제나 동그랗다. 따라서 흔들리지 않는다고 할 수가 있다.

63 우주(宇宙)는 나아가는 데에 가까움이란 없다. 이유는 어
디나 이를 수가 있기 때문이다.

宇進無近. 說在敷[1].
우 진 무 근　　설 재 부

1 敷(부) – 이르다. 지(至)의 뜻(張惠言 說).

이 세상에는 가까운 곳이라고 특별히 있는 게 아니다. 먼 곳이라 하더라도 모두 가까운 곳으로부터 이르게 되기 때문이다. 결국 절대적인 멀고 가까운 것은 없다는 말이다.

64 길을 멀리 간다는 것은 오래 감으로써 이루어진다. 이유는 앞뒤가 있기 때문이다.

行循[1]以久. 說在先後.
행 순 이 구　　설 재 선 후

1 循(순) – 「경설」을 참고하면, 수(脩)의 잘못(楊葆彝 說). 긴 것. 거리가 먼 것.

「경설」에서는 ‘수(脩)’는 원근(遠近)을 가리키고, ‘구(久)’는 선후(先後), 곧 시간을 가리킨다 하였다.

65 법도가 한 가지인 것들이 함께 있으면 모두 종류가 같아서 마치 네모꼴이 서로 들어맞는 것과 같다. 이유는 네모

꼴이라는 데 있다.

> 一法¹者之相與也, 盡², 若方³之相合也. 說在方.
> 일 법 자 지 상 여 야　　진　　약 방 지 상 합 야　　설 재 방

1 一法(일법)-법도를 하나로 하다. 법식(法式)이 같은 것.　**2** 盡(진)-「경설」을 참고하면, 아래에 류(類)자가 하나 빠져 있다(『墨子閒詁』). 모두가 한 종류인 것.　**3** 方(방)-방형(方形). 네모꼴.

66 함부로 사물을 들어 얘기하면 다른 것을 알 수가 없다. 이유는 그럴 수가 없는 것이 있는 데 있다.

> 狂擧¹, 不可以知異. 說在有不可.
> 광 거　　불 가 이 지 이　　설 재 유 불 가

1 狂擧(광거)-'광'은 광망(狂妄). 함부로. '거'는 드러내놓고 얘기하는 것. 따라서 함부로 어떤 사물에 대하여 말하는 것이다.

67 마소(牛馬)는 소가 아니지만 그것을 소라고 긍정하는 것과 같다. 이유는 다 아우르고 있는 데 있다.

> 牛馬之非牛, 與可之¹, 同. 說在兼².
> 우 마 지 비 우　　여 가 지　　동　　설 재 겸

1 可之(가지)-그것을 가하다고 하다. 그것을 소라고 긍정하다.　**2** 兼(겸)-아우르다, 모두 아우르다.

마소(牛馬)라는 말은 소라는 말이 아니라 할 수도 있고, 소를 가리킨다 할 수도 있다는 것이다. 그것은 '마소'라는 말은 소와 말을 다 아우르고 있는 말이기 때문이라는 것이다.

68 이것의 이것과 저것의 이것은 같다. 그 이유는 서로 다른 데 있다.

循此循此[1], 與彼此, 同. 說在異[2].
순 차 순 차　　여 피 차　 동　 설 재 이

1 循此循此(순차순차)−두 개의 '순'자 모두 잘못 끼어든 것(張惠言 說). 따라서 이것의 이것. **2** 異(이)−이것저것하고 표현하는 말만이 다르다는 것이다.

69 노래하는 것과 거기에 화하는 일은 걱정이 같다. 이유는 그 효과 때문이다.

唱和[1]同患[2]. 說在功[3].
창 화 동 환　 설 재 공

1 唱和(창화)−한 사람이 노래하고, 다른 한 사람이 거기에 화창(和唱)하는 것. **2** 患(환)−환난, 걱정. **3** 功(공)−공효(功效). 효과.

노래를 하는 데 화창(和唱)을 제대로 못하는 것이나, 화창을 하는 데 노래를 잘 못하는 것은 합창의 효과면에 있어 결국은 같다는 것이다.

70 알지 못하는 것을 들었을 때 알고 있는 것과 같은 것이라면, 곧 양편을 다 알게 되는 것이다. 이유는 고하여 주었기 때문이다.

聞所不知, 若所知, 則兩知之. 說在告.
문 소 부 지　　약 소 지　　즉 량 지 지　　설 재 고

지금까지 알지 못하는 것이라 생각하는 것에 대하여 다른 사람으로부터 설명을 듣고, 그것이 이미 자신이 알고 있던 것과 같음이 확인되었다면 결국은 두 가지를 알게 되는 거라는 것이다. 그것은 곧 알지 못한다고 생각하던 것을 알게 되었고, 또 이미 알고 있는 것을 모르는 것이라 잘못 알고 있었음도 알게 되었기 때문이다. 그것은 다른 사람이 고하여 준 덕분이다.

71 하는 말을 모두 잘못되었다고 하는 것은 잘못된 일이다. 이유는 그 말 때문이다.

以言爲盡誖[1], 誖. 說在其言.
이 언 위 진 패　　패　　설 재 기 언

1 誖(패)－패(悖). 어긋나다, 잘못되다.

모든 말이 도리에 어긋날 수는 없다는 것이다. 말을 한다는 것
은 이미 어떤 뜻을 표현하고 있기 때문이다.

72

내가 말하는 것을 인정케 하려 할 때, 명칭이 잘못되면
안된다. 이유는 사실에 반할 것이기 때문이다.

唯¹吾謂, 非名也, 則不可. 說在仮².
유 오 위　비 명 야　즉 불 가　설 재 반

1 唯(유)―응낙하다. 승인하다. 인정하다. 동의하다.　2 仮(반)―반(反). 반대.
어긋나는 것.

73

끝이 없는 것은 아우르는 것을 방해하지 못한다. 이유는
가득 차는가, 차지 않는가에 있다.

無窮, 不害兼¹. 說在盈否².
무 궁　부 해 겸　설 재 영 부

1 兼(겸)―여러 가지 아우르는 것. 묵자의 겸애(兼愛)사상의 바탕이 되는 것이
다.　2 盈否(영부)―가득 차는 것과 그렇지 않은 것. 수가 넘치도록 많은 것과
그렇지 않은 것으로 볼 수 있다. 모두 한계가 있는 것임.

사람이나 세상이 끝없이 많고 넓다 하더라도 모두를 아우를

수가 있다는 것이다. 모든 것에는 한계가 있기 때문이다. 따라서 모든 사람들이 아울러 서로 사랑할 수 있는 것이다.

74

그 수를 알지 못하면서도 그것이 다한 것을 알게 된다. 이유는 묻는 데 있다.

不知其數, 而知其盡也. 說在明者[1].
부 지 기 수　　이 지 기 진 야　　설 재 명 자

1 明者(명자)－「경설」을 참고하면, '명'은 문(問)의 잘못(『墨子閒詁』). 묻는 것.

75

그가 있는 곳을 알지 못한다 하더라도 그가 사랑하는 데에는 방해가 되지 않는다. 이유는 자식을 잃은 경우 같은 데 있다.

不知其所處, 不害愛之. 說在喪子[1]者.
부 지 기 소 처　　불 해 애 지　　설 재 상 자 자

1 喪子(상자)－자식을 잃다, 자식이 죽다.

76

어짊과 의로움이 안팎을 이룬다고 하는 것은 잘못이다. 이유는 크게 어긋나는 데 있다.

仁義之爲內外也, 內[1]. 說在仵顏[2].
인 의 지 위 내 외 야　　내　　설 재 오 안

1 內(내) – 비(非)의 잘못(『墨子閒詁』). 잘못된 것.　**2** 仵顏(오안) – '안'은 기(齮)의 잘못인 듯(『墨子閒詁』). 크게 어긋나는 것.

　『맹자(孟子)』의 고자(告子) 상편에, 고자의 '어짊은 사람 안의 것이고, 의로움은 사람 밖의 것이라는 주장'(仁內義外說)이 보인다. '어짊'은 사람들 마음속에 있는 것이고, '의로움'은 그것을 밖으로 발휘하는 것이기 때문에 그렇다는 것이다. 묵자는 특히 사랑(愛)과 이익(利)은 모두 자기 자신에게 속하는 것이어서, 안팎의 관계로 풀어서는 안 된다는 입장을 분명히 하기 위하여 고자가 내세우는 이 이론을 반박하고 있는 것이다.

77 배우는 것이 무익하다고 한다. 이유는 잘못되었기 때문이다.

學之益¹也. 說在誹²者.
학 지 익 야　설 재 비 자

1 益(익) – 앞에 무(無)자가 있는 게 옳으며(『墨子閒詁』), 이익이 없는 것. 무익한 것.　**2** 誹(비) – 패(誖)의 잘못. 어긋난 것, 잘못된 것.

78 비방하는 것이 옳은가, 옳지 않은가는 비방하는 사람이 많고 적음에 달린 것이 아니다. 이유는 그를 비방해도 괜찮은가, 안 되는가에 달린 때문이다.

誹¹之可否, 不以衆寡. 說在可非.
비 지 가 부　불 이 중 과　설 재 가 비

1 誹(비) — 비방(誹謗)하다. 헐뜯다.

 비방하는 것을 잘못이라 하는 것은 그릇된 일이다. 이유
는 잘못을 부정하지 않는 것이기 때문이다.

非誹者諄¹. 說在弗非².
비 비 자 순　설 재 불 비

1 諄(순) — 패(誖)의 잘못(張惠言 說). 그릇되다.　**2** 弗非(불비) — 잘못을 잘못이
라 하지 않다. 잘못을 부정하지 않다.

 사물에는 심한 것이 있고, 심하지 않은 것이 있다. 이유
는 이와 같은 데에 있다.

物甚不甚. 說在若是.
물 심 불 심　설 재 약 시

"이와 같다"는 것은 여기에 세워놓은 기준을 말한다. 이곳의
기준에 따라 너무 긴 물건이 있고, 너무 짧은 물건도 있을 수가 있
는 것이다.

81

하급의 것을 취하고도 상급의 것을 추구하게 된다. 이유
는 호수에 있다.

取下以求上也. 說在澤.
취 하 이 구 상 야   설 재 택

하급의 것이란 잘하고 못하는 것을 기준으로 한 것이다. 능력
은 시원찮지만 언제나 상급의 훌륭한 가치를 추구할 수 있다는 것
이다. 그것은 호수가 낮은 위치에 있으면서도 사람들에게 혜택을
주는 것과 같은 것이라는 것이다.

82

옳은 것을 옳다고 하는 것과 옳지 않다고 하는 것은 같
다. 이유는 서로 다른 데 있다.

是是與是^{1}同. 說在不州^2.
시 시 여 시   동   설 재 부 주

1 與是(여시)─중간에 불(不)자가 빠져 있다(高亨 『墨子校詮』). **2** 州(주)─다른
것. 긍정하고 부정할 적의 여건이나 시대가 다른 것을 뜻한다.

『장자(莊子)』 우언(寓言)편에 "공자(孔子)는 60년 동안에 60번이
나 달라져, 처음에 옳다고 하던 것을 뒤에는 옳지 않다고 하게 된
것들이 많다."는 말을 하고 있다. 같은 뜻인 듯하다.

墨子

42.
경설편 經說篇(上)

위의 「경」편의 글에 대한 해설이다. 참고의 편의를 위하여 「경」편의 해당 대목과 똑같은 일련번호를 매기기로 한다. 간혹 「경」의 글에 대한 해설이 없는 경우도 있는데, 그럴 경우에는 번호를 건너뛰게 될 것이다.

1 원인이란, 작은 원인은 그것이 있어도 반드시 그렇게 되지 않고, 그것이 없어도 반드시 그렇게 되지 않는다고 할 수 없다. 큰 원인은 그것이 있으면 반드시 그렇게 되어, 마치 그것을 보아야만 보는 것이 이루어지는 것과 같다.

故, 小故, 有之不必然, 無之必不然. 體也若有端[1]. 大
고　소고　유지불필연　　무지필불연　　체야약유단　　대

故, 有之必無然[2], 若見之成見也.
고　유지필무연　　약견지성견야

1 體也若有端(체야약유단) - 이 구절은 앞뒤로 문맥이 통하지 않는다. 장혜언 (張惠言)은 다음 대목 '체(體)' 자 위에 있던 것이 잘못 여기로 옮겨와 있는 것이며, '물건에 개체(個體)가 있는 것은 거기에 가가 있는 거와 같다'는 뜻이라 하였다. **2** 必無然(필무연) - '무' 자가 잘못 끼어든 것. 반드시 그렇게 된다는 뜻이어야 문맥이 통한다. 아마도 소고(小故)의 설명과는 정반대로 '유지필연(有之必然), 무지필불연(無之必不然)'으로 되어있던 것이(『墨子閒詁』), 이렇게 혼란을 일으킨 것 같다.

2 개체란, 둘로 나누었을 적의 하나와 같은 것이며, 한 자 길이의 물건을 나누었을 적의 일단이다.

　　　體, 若二之一, 尺之端[1]也.
　　　체　약이지일　척지단　야

1 端(단) - 가. 일단(一端).

3 안다는 것이 재주라는 것은, 안다는 것은 그것을 근거로 사물에 대하여 안다는 것이다. 그리하여 반드시 알게 되는 것은 눈으로 밝게 보는 거나 같은 것이다.

　　　知材, 知也者所以知[1]也. 而必知, 若明.
　　　지재　지야자소이지야　이필지　약명

1 所以知(소이지) - 알게 되는 근거. 그것을 근거로 알게 되는 것.

4 생각. 생각한다는 것은, 그의 지능으로 추구하는 것이나, 반드시 얻게 되지 않는다는 것은 마치 흘겨보는 거나 같다.

慮. 慮也者, 以其知有求也, 而不必得¹之, 若睨².
려　려야자　이기지유구야　이불필득　지　약예

1 得(득)－터득하다. 앎을 얻다.　**2** 睨(예)－흘겨보다. 사시(斜視). 똑바로 보지 않는 것.

5 앎. 안다는 것은, 그의 지능으로 사물에 접촉하여 그 모양을 알게 되는 것으로, 마치 보는 것과 같다.

知. 知也者, 以其知過物¹而能貌之², 若見.
지　지야자　이기지과물　이능모지　　약견

1 過物(과물)－사물에 접촉하다.　**2** 貌之(모지)－그 모양을 알게 되는 것.

6 지혜. 지혜라는 것은, 그의 지능으로 사물을 따져서 그가 알고 있는 것을 분명히 하는 것이어서, 마치 밝게 보는 것과 같다.

恕¹. 恕也者, 以其知論²物, 而其知之也著³, 若明.
지　지야자　이기지논물　이기지지야저　약명

1 恕(지)－지(智). 지혜.　**2** 論(논)－논하다. 따지다.　**3** 著(저)－밝히다. 분명히 하다.

7 어짊에 있어서, 자기를 사랑하는 것은 자기를 이용하기 위한 것이 아니니, 말을 사랑하는 것과는 같지 않다.

仁, 愛己者, 非爲用己也, 不若愛馬著[1]. 若明[2].
인　애기자　　비위용기야　　불약애마저　　약명

1 著(저)－者(자)의 잘못(『墨子閒詁』). **2** 若明(약명)－'밝게 보는 것과 같다'는 이 말은 뜻이 연결되지 않는다. 앞 대목 영향으로 잘못 끼어든 듯.

8 의로움이란, 천하를 위하는 것으로 본분(本分)을 삼겠다는 뜻을 두고 남을 이롭게 해줄 수 있도록 할 수 있어야 하는데, 반드시 중용(重用)되지는 않는다.

義, 志以天下爲芬[1], 而能能利之, 不必用[2].
의　지이천하위분　　이능능리지　　부필용

1 芬(분)－분(分)과 통하여, 본분(本分). 직분(職分). **2** 用(용)－남이 그의 의로움을 인정하고 중용(重用)하다, 또는 등용(登用)하다.

9 예의란, 귀한 사람은 공(公)이라 부르고, 천한 사람은 이름을 부르면서도, 모두 공경하는 뜻과 함부로 대하는 뜻이 있게 되는 것이며, 서로 다른 서열에 차등을 매기는 것이다.

禮, 貴者公, 賤者名, 而俱有敬僈[1]焉, 等異論[2]也.
례　귀자공　천자명　이구유경만언　등이론　야

1 敬慢(경만)-공경하는 것과 얕보는 것. 공경히 대하는 것과 함부로 대하는 것. 2 等異論(등이론)- '론'은 륜(倫)의 뜻. 서열. 신분상의 구별. 따라서 '서로 다른 서열에 차등을 매기는 것'임.

10 행한다는 것은, 하는 일이 좋은 명성을 바라지 않아야 행하는 것이 된다. 하는 일이 좋은 명성을 바란다면 기교를 부리는 것이어서 도둑질을 하는 것과 같다.

行, 所爲[1]不善名, 行也. 所爲善名[2], 巧[3]也, 若爲盜.
행 소 위 불 선 명 행 야 소 위 선 명 교 야 약 위 도

1 所爲(소위)-하는 바, 하는 일. 2 善名(선명)-좋은 명성을 추구하다, 좋은 명성을 바라다. 3 巧(교)-기교(技巧). 재주를 피우는 것.

11 실질이란, 그의 뜻과 기운을 드러내서 남으로 하여금 자기처럼 되게 하는 것이다. 종소리나 옥 장식과는 같지 않은 것이다.

實, 其志氣之見也, 使人如己. 不若金聲玉服[1].
실 기 지 기 지 현 야 사 인 여 기 불 약 금 성 옥 복

1 金聲玉服(금성옥복)- '금성'은 쇳소리, 징소리나 종소리. '옥복'은 입는 옷에 옥으로 장식하는 것. 두 가지 모두 실질적인 것에 대가 되는 허식적(虛飾的)인 것들을 뜻한다.

12 충성이란, 약하고 어린 임금에게 불리한 듯한 짓은 하지만, 발을 조정에 들여놓을 적에는 용모를 바로잡는 것이다.

忠, 不利弱子亥[1], 足將入止容[2].
충　　불 리 약 자 해　　족 장 입 지 용

1 弱子亥(약자해) ― '해'는 해(孩)와 통하여, 약하고 어린 임금.　2 止容(지용) ― '지'는 정(正)의 잘못(『墨子閒詁』). 용모를 바로잡는 것. 예모(禮貌)를 갖추는 것.

13 효도란, 어버이를 위하는 것을 본분(本分)으로 하고, 어버이를 이롭게 할 수 있도록 할 수 있게 하는 것이며, 반드시 어버이의 환심을 얻는 것은 아니다.

孝, 以親爲芬[1], 而能能利親, 不必得[2].
효　　이 친 위 분　　이 능 능 리 친　　불 필 득

1 芬(분) ― 분(分). 직분(職分), 본분.　2 得(득) ― 부모의 환심(歡心)이나 동의를 얻는 것. 부모님을 이롭도록 위하다 보면, 부모님의 바람과는 다른 행동도 하게 된다는 것이다.

14 믿음이란, 그의 말이 합당함으로써 이루어지는 것은 아니다. 사람으로 하여금 성을 보면 금을 얻는다고 말하여 성을 바라보고 금을 얻게 하는 것이다.

信, 不以其言之當也. 使人視城得金.
신　불이기언지당야　사인시성득금

15 돕는다는 것은, 사람들과 함께하고 사람들과 만났을 적에 여러 사람들이 서로 어루만져 주는 것이다.

俋¹, 與人遇人, 衆㨊².
이　여인우인　중순

1 俋(이)－돕는 것. **2** 㨊(순)－순(揗)의 잘못(『墨子閒詁』). 서로 어루만져 주는 것. 쓰다듬는 것.

16 고집이 있다는 것은, 올바른 일을 하는 것이며, 올바른 일을 하더라도 상대방을 속이는 일이라면 하지 않는 것이다.

誢¹, 爲是, 爲是之台²彼也, 弗爲也.
견　위시　위시지태 피야　불위야

1 誢(견)－견(狷)과 통하여, 소신이 강한 것. 옳다고 여기는 일에 고집이 센 것. **2** 台(태)－태(詒)와 통하여(『墨子閒詁』), 남을 속이는 것.

17 깨끗하다는 것은, 자기가 하는 행동이라 하더라도 그것에 대하여 두려워할 줄 아는 것이다.

廉, 己惟爲之, 知其颺[1]也.
렴 기 유 위 지 지 기 사 야

1 颺(사) – 사(諰)의 잘못(墨子閒詁). 두려워하는 것. 혹 그래도 부정한 면이 있
지 않을까 두려워하는 것이다.

18

명령을 하는 것이란, 자신이 행하는 것이 아닌 것이다.

所令, 非身弗行[1].
소 령 비 신 불 행

1 弗行(불행) – 「경편」을 참고할 때, '불'은 소(所)의 잘못(『墨子閒詁』). 행하는
바, 행하는 것.

19

책임을 진다는 것은, 자신이 싫어하는 일이라도 행하여
남의 다급한 일을 해결해 주는 것이다.

任[1], 爲身之所惡, 以成[2]人之所急.
임 위 신 지 소 오 이 성 인 지 소 급

1 任(임) – 책임을 지는 것. 의협(義俠)스럽게 행동하는 것. 2 成(성) – 이룩하
다. 다급함을 해결해 주는 것.

20

용기란, 해야만 할 일에 과감하여 이름붙여진 것이다. 하
지 않아도 될 일에 과감하지 않다고 해서 손상이 되는 것

은 아니다.

勇, 以其敢於是也¹命²之. 不以其不敢於彼也害³之.
용　이기감어시야　명　지　불이기불감어피야해　지

1 是也(시야)－이편 일. 해야만 할 일. 따라서 뒤의 '피야(彼也)'는 그 반대로 '해서는 안될 일'.　**2** 命(명)－명명(命名). 이름 붙여진 것.　**3** 害(해)－용기에 해가 되다. 용감한 것을 손상시키다.

21 힘이란, 무거운 것을 아래로 내려놓는 것인데, 그 무거운 것을 들어서 움직이는 것이다.

力, 重之謂下¹, 與²重奮³也.
력　중지위하　　여　중 분 야

1 謂下(위하)－내려간다고 말하다, 내려놓는 것이라고 한다.　**2** 與(여)－거(擧)의 잘못(『墨子閒詁』). 들어올리다.　**3** 奮(분)－떨치다. 움직이다.

22 삶이란, 육체에 시각이 가득 차 있으면 살아있는 것이니, 반드시 일정할 수는 없는 것이다.

生, 楹¹之生, 商²不可必也.
생　영 지 생　상 불 가 필 야

1 楹(영)－영(盈)과 통하여, 「경편」을 참고하면 육체에 지각이 충만한 것.　**2** 商(상)－상(常)의 뜻으로(『墨子閒詁』), 언제나 일정한 것. 언제까지나 있는 것.

23 누워 자는 것.

臥.
와

24 꿈을 꾸는 것.

夢.
몽

이상 두 대목은 해설이 없음. 글이 없어진 것으로 보인다.

25 공평하면, 편안하다.

平¹, 惔²然.
평   담 연

1 平(평)－공평(公平), 평정(平正). 바른 것.   2 惔(담)－담(憺)의 잘못(張惠言說). 편안한 것.

26 이익이란, 그것을 얻으면 기뻐하는데, 그것은 이익이 되었기 때문이다. 그것이 해가 되었다면 그렇지 않을 것이다.

利, 得是而喜, 則是利也. 其害也, 非是也.
리　득시이희　즉시리야　기해야　비시야

27 해로움이란, 그것을 얻으면 싫어하게 되는데, 그것은 손해가 되었기 때문이다. 그것이 이익이 되었다면 그렇지 않을 것이다.

害, 得是而惡, 則是害也. 其利也, 非是也.
해　득시이오　즉시해야　기리야　비시야

28 다스림이란, 나도 다스리는 일에 종사하고, 남도 남쪽 북쪽에 이르기까지 다스리게 되는 것이다.

治, 吾事^{1}治矣, 人有^{2}治南北.
치　오사　치의　인유　치남북

1 事(사) - 일하다, 종사하다.　**2** 有(유) - 우(又)의 뜻. …도.

29 칭찬한다는 것은, 반드시 그가 행한 것에 대하여 그것을 말해줌으로써 기쁘게 하여 사람들로 하여금 그 일에 힘쓰도록 하는 것이다.

譽^{1}之, 必其行也, 其言之忻^2, 使人督^{3}之.
예　지　필기행야　기언지흔　사인독　지

1 譽(예)—칭찬, 칭송. **2** 忻(흔)—흔(欣)과 통하여, 기뻐하는 것. **3** 督(독)—독려(督勵). 힘쓰도록 하는 것.

30

비난이란, 반드시 그가 행한 것에 대하여 그것을 말해줌으로써 기쁘게 해주어야 한다.

誹, 必其行也, 其言之忻.
비　　필기행야　　기언지흔

대부분의 학자들이 이 대목에는 잘못되었거나 빠진 글자가 있다고 하여 해석을 하지 않고 있다. 그러나 비난이란 상대방에게 잘못을 올바로 알도록 하여 그가 반성하고 기뻐하도록 하여야 한다는 뜻이라 생각하고 번역하였다.

31

드러낸다는 것은, 우아한 표현으로 말해주어 그의 진실을 드러내는 것이다.

舉, 告以文名[1], 舉彼實也.
거　　고이문명　　　거피실야

1 文名(문명)—수식적인 표현. 우아한 표현.

32 그러므로 말을 한다는 것은 여러 사람의 입이 이름을 잘 드러내놓는 것이다. 이름이란 호랑이 그림과 같은 것이다. 말한다는 것은 말로 이름을 써서 표현함을 말하는 것이다.

故言也者, 諸口能之出民¹者也. 民若畫俿²也. 言也, 謂
고 언 야 자　　제 구 능 지 출 민 자 야　　민 약 화 호 야　　언 야　　위

言猶³石致⁴也.
언 유 석 치 야

1 民(민) — 두 글자 모두 명(名)의 잘못(『墨子閒詁』). 이름. 명사. 표현.　**2** 俿 (호) — 호(虎)와 같은 자. 호랑이.　**3** 猶(유) — 유(由)의 뜻.　**4** 石致(석치) — '석'은 명(名)의 잘못(『墨子閒詁』). 이름을 통해서 이르게 하는 것, 이름을 써서 표현하는 것.

33 아직이란, 사전에 말할 적에는 아직이고, 사후에 말할 적에는 '이미'이지만, 막 그렇게 되려 하는 것도 아직이다.

且, 自前曰且, 自後曰已, 方然亦且.
차　　자 전 왈 차　　자 후 왈 이　　방 연 역 차

34 임금이란, 약속을 통해서 이름 붙여진 것이다.

若石者也¹. 君以若²名者也.
약 석 자 야　　군 이 약 명 자 야

1 若石者也(약석자야) — 아래 '약명자야(若名者也)'가 잘못 중복되고, '명(名)'

자가 '석(石)' 자로 잘못 적히게 된 것이라 봄이 좋을 듯하다(俞樾 說). **2** 若(약)―「경편」을 참고할 때, 약(約)의 잘못인 듯하다.

35 공이란, 때를 기다릴 것 없이, 여름에는 칡베 옷을 입히고, 겨울에는 갖옷을 입히듯 하는 것이다.

功, 不待時, 若衣裘[1].
공　부대시　약의구

1 衣裘(의구)―여름에는 칡베 옷(葛衣)을 입게 하고, 겨울에는 갖옷(裘)을 입게 하는 것. 「경편」에서 '공이란 백성들을 이롭게 하는 것' 이라 한 말을 보충 설명한 것이다.

36 상이란, 윗사람의 아랫사람의 공로에 대한 보답이다.

賞, 上報下之功也.
상　상보하지공야

「경편」의 글과 똑같다. 어디엔가 잘못이 있을 것이다.

37 죄는, 금령(禁令)에 속하는 것이 아니라면, 해를 끼친다 하더라도 죄가 없는 것이다. 거짓말을 하는 것 같은 것이다.

罪, 不在禁, 惟害無罪. 殆姑[1].
죄　부재금　유해무죄　태고

1 殆姑(태고) ─ '약태(若殆)'의 잘못. '태'는 태(詒)와 통하여, 속이다. 거짓말을 하다(高亨『墨經校詮』).

38 벌이란, 윗사람이 아랫사람의 죄에 대하여 갚아주는 것이다.

罰, 上報下之罪也.
벌　상 보 하 지 죄 야

이 대목도「경편」의 글과 똑같다. 어디엔가 잘못이 있을 것이다.

39 같다는 것은, 두 사람이 함께 보고 그것을 기둥이라 하는 것이다. 임금을 섬기는 것과 같다.

侗[1], 二人而俱見是楹[2]也. 若事君.
동　이 인 이 구 견 시 영 야　약 사 군

1 侗(동) ─ 동(同)과 뜻이 같은 자. 2 楹(영) ─ 기둥.

40 오랫동안이란, 옛부터 지금까지와 아침부터 저녁까지이다.

久, 古今旦莫[1].
구　고 금 단 모

1 莫(모) – 모(暮). 저녁.

41 공간이란, 동쪽부터 서쪽까지와 남쪽부터 북쪽까지이다.

宇, 東西家[1]南北.
우　동 서 가 남 배

1 家(가) – 잘못 끼어든 글자임(顧千里 說).

42 궁하다는 것은, 혹 한 자의 것도 받아들여지지 않아 궁하게 되는 것이나, 한 자의 물건이 받아들여지지 않는 적이 없다면 궁함이 없는 것이다.

窮, 或不容尺, 有窮. 莫不容尺, 無窮也.
궁　혹 불 용 척　유 궁　막 불 용 척　무 궁 야

43 모두라는 것은, 멈추고 움직이는 것을 함께하는 것이다.

盡, 但¹止動.
진　　단　지동

1 但(단)－구(俱)의 잘못인 듯(『墨子閒詁』).

시작이란, 시간의 경과에는 오랜 경우가 있기도 하고 오
래지 않은 경우가 있기도 하나, 시작이란 오래지 않은 경
우에 해당한다.

始, 時或有久, 或無久, 始當無久.
시　시혹유구　혹무구　시당무구

변화란, 개구리가 메추라기가 되는 것과 같은 것이다.

化, 若蠅¹爲鶉².
화　약와 위순

1 蠅(와)－와(蛙). 개구리.　2 鶉(순)－메추라기.

떨어진다는 것은, 한 편이 없어지는 것인데, 전체에 대하
여 개체(個體)를 말한 것이다. 그 개체는 혹은 없어지기도
하고, 혹은 존재하기도 하는데, 그 존재하던 것이 없어지는 것을
말하는 것이다.

損, 偏去也¹者, 兼²之體也. 其體或去或存, 謂其存者損.
손 편 거 야 자 겸 지 체 야 기 체 혹 거 혹 존 위 기 존 자 손

1 損偏去也(손편거야)－"손상이란 한 편이 없어지는 것이다". 이는 「경편」의
글이다. **2** 兼(겸)－전체. 체(體)는 개체(앞의 2번 대목 참조).

※ 47. 「경설」 없어졌음

48 돌아간다는 것은, 구심점을 함께하고 있는 것이다.

儇¹, 昫²民³也.
현 구 민 야

1 儇(현)－환(環). 돌아가는 것. **2** 昫(구)－구(俱)의 잘못(『墨子閒詁』). 모두, 다
같이. **3** 民(민)－저(氐)의 잘못(『墨子閒詁』). 근본. 구심점(求心點).

49 창고란, 굴 같은 공간인데, 언제나 이와 같은 모습으로
있는 것이다.

庫, 區穴¹, 若斯貌常².
고 구 혈 약 사 모 상

1 區穴(구혈)－굴 같은 구역, 굴 같은 공간. **2** 斯貌常(사모상)－이 모양대로
언제나 있다.

'고역야(庫易也)', 곧 '창고에 있다 하더라도 변한다'는 경문(經文)에 대한 해설이다. 창고에 넣어둔 물건은 변하지만 창고는 언제나 같은 모습이라는 뜻으로 풀이하였다. 그러나 이 「경」의 글과 「경설」의 글은 모두 뜻이 분명치 않아 학자들에 따라 여러 가지 서로 다른 해석을 하고 있다.

50 움직인다는 것은, 전체 또는 일부가 옮아가는 것이다. 문지도리와 벌레 누에 같은 것이다.

動, 偏祭[1]從[2]者. 戶樞[3]免瑟[4].
동　편제　종자　　호추면슬

1 偏祭(편제)―'편'은 편(偏), '제'는 제(際)와 통하여, 전체와 일부.　2 從(종)―사(徙)의 잘못. 옮겨가는 것.　3 戶樞(호추)―문지도리.　4 免瑟(면슬)―타잠(它蠶)의 잘못(『墨子閒詁』). '타'는 사(蛇)·충(虫)의 뜻. 벌레.

'움직인다는 것은 옮아가는 것'이라는 경문을 보충 해설한 것이다. 곧 움직이는 데에는 일부가 움직이는 것이 있고 전체가 움직이는 것이 있다. 문지도리 같은 경우에는 일부는 옮아가지만 중심은 옮아가지 않으며, 벌레나 누에는 전체가 옮아간다는 것이다.

51 멈춘다고 하는데, 오래 가도 멈추지 않는 것은 없다고 하는 것은 마치 소가 말이 아닌 것과, 화살이 기둥 사이를 지나가는 것처럼 확실하다. 오래 가더라도 멈추지 않는 것이 있다는 것은 마치 말을 놓고 말이 아니라고 하는 것과, 사람이 다리 위를 지나가는 것처럼 확실치 않다.

止, 無久之不止, 當牛非馬, 若矢過楹[1]. 有久之不止, 當
지　무구지부지　당우비마　약시과영　유구지부지　당

馬非馬, 若人過梁[2].
마비마　약인과량

1 矢過楹(시과영) - 『의례(儀禮)』 향사례(鄉射禮)에 '기둥 사이로부터 활을 쏜다(射自楹間)'라 하였으니, '화살이 기둥 사이를 지나간다'는 뜻. 틀림이 없고 확실함을 비유로 든 것이다. 2 人過梁(인과량) - '사람이 다리 위를 지나가다', 사람들이 다리 위를 건너갈 적에는 걷다 섰다 하여 진행이 불확실하다. 따라서 불확실함을 비유로 든 것인 듯하다.

52 반드시란, 꼭 그렇게 되는 것을 말한다. 만약 형제가 있는데, 한 사람은 그렇게 된다 하고, 한 사람은 그렇게 되지 않는다고 한다면, 반드시 꼭 그렇게 되는 것이 아니며, 그것은 반드시가 아니다.

必, 謂臺執[1]者也. 若弟兄, 一然者, 一不然者, 必不必
필　위대집자야　약제형　일연자　일불연자　필불필

也, 是非必也.
야　시비필야

1 臺執(대집) - '대'는 악(握)과 통하여(畢沅 說), 고집하는 것. 꼭 그렇게 되는 것.

54 같다는 것은, 문의 가로 댄 나무와 문기둥의 두 길이가 같은 것 같은 것이다.

同, 捷[1]與狂[2]之同長也.
동　첩　여광　지동장야

1 捷(첩)－건(楗)으로 된 판본도 있으며(畢沅 說), '건'은 문지방과 문 위에 가로 댄 나무.　**2** 狂(광)－광(框). 문 테(高亨 『墨經校詮』). '건'이 문의 위아래의 가로 댄 나무이기 때문에, '광'은 양 옆 기둥으로 번역하였다.

55 중간이란, 원심(圓心)으로부터 가까지 가는 거리가 모두 같은 것 같은 것이다.

中, 心[1]自是往, 相若也.
중　심　자시왕　상약야

1 中心(중심)－보통 판본은 '심중(心中)'으로 되어 있으나, 고형(高亨)의 『묵경교전(墨經校詮)』, 담계보(譚戒甫)의 『묵변발미(墨辯發微)』 등을 따라 「경편」의 '중, 동장야(中, 同長也.)'를 해설한 말로 보고, 두 글자가 엇바뀌어진 것이라 여기고 바로잡았다.

56 두텁다는 것은, 크게 할 수가 없다는 것이다.

厚, 惟無所大.
후　유 무 소 대

　　해설을 한 「경문」 "후, 유소대야(厚, 有所大也.)"와는 정반대의 표현이어서 학자들의 해석이 구구하다. 필원(畢沅)은 "큰 것으로는 여기에 더할 것이란 없다. 이른바 크다는 뜻이다."고 하였고, 손이양(孫詒讓)은 "무(無)가 쌓이어 유(有)가 이루어질 때, 그 두꺼움에는 한이 없다는 뜻이다. 「경」의 글과 상반(相反)되지만 실은 서로 뜻을 보충해 주는 것이다."고 하였다.

※ 57~58. 「경설」이 없어졌음.

59 둥근 것은, 그림쇠를 마주쳐지게 돌려 그으면 되는 것이다.

圜[1], 規[2]寫攴[3]也.
환　규 사 복 야

1 圜(환) - 원. 둥근 것. 2 規(규) - 그림쇠. 옛날 목수가 원의 직경을 재거나 원을 그릴 적에 쓰던 물건. 3 寫攴(사복) - '복'은 교(交)의 잘못(『墨子閒詁』). 그림쇠를 '마주쳐지도록 돌려 그리는 것'.

60 네모는, 굽은 자를 마주치도록 하면서 그리는 것이다.

方, 矩¹見攴²也.
방　구　견　복　야

1 矩(구)－목수들이 직각이나 네모꼴을 겨냥 낼 적에 쓰던 자.　2 見攴(견
복)－사교(寫交)의 잘못(『墨子閒詁』). 굽은 자를 마주치도록 하면서 그리는 것.
그림쇠를 마주쳐 놓으면 네모꼴이 된다.

61

배라는 것은, 한 자에 대한 두 자이며, 다만 한 자가 빠진
것이다.

倍, 二尺與尺, 但去一.
배　이 척 여 척　단 거 일

'단거일(但去一)'의 해석이 문제이다. '한 자'를 기준으로 배를
설명하고 있는 말이므로, '두 자'는 한 자의 배이고, 한 자는 두 자
에 비하여 '한 자가 빠진 것'이라는 뜻으로 보았다.

62

끝머리란, 같은 것이 또 없다.

端, 是無同也.
단　시 무 동 야

63

사이가 있다는 것은, 무엇을 끼고 있는 것을 말한다.

有閒, 謂夾之者也.
유 간　위 협 지 자 야

64 사이라는 것은, 끼어있는 것을 말한다. 한 자 물건이라면 앞쪽에 공간이 있고 뒤쪽에 가가 있는데, 가와 공간 사이에 끼어있는 것이 아니고 연속되어 있는 것이다. 연속되어 있지만 가지런히 연속되어 있는 것은 아니다.

閒, 謂夾者也. 尺[1], 前於區穴[2], 而後於端, 不夾於端與
간　위 협 자 야　척　　전 어 구 혈　　이 후 어 단　　부 협 어 단 여

區內[3], 及[4]. 及, 非齊之[5]及也.
구 내　급　급　비 제 지 급 야

1 尺(척)—한 자. 한 자 길이의 물건. **2** 區穴(구혈)—구멍 같은 공간. 공간. **3** 區內(구내)—공간 안, 공간 사이. **4** 及(급)—이어지다, 연속되다. **5** 齊之(제지)—가지런하게. 계속 똑같이.

‘사이’란 말의 해설치고는 알기 어려운 말이어서 학자들에 따라 해설이 구구하다. 여기서는 『묵자한고』의 해설을 중심으로 삼아 가장 적절한 번역이 되도록 힘썼다.

65 ‘공간이란, 중간이 비어있는 것’이란 두 나무 사이에 다른 나무가 없는 것을 말한다.

纑, 閒虛也者, 兩木之間, 謂其無木者也.
노   간 허 야 자   양 목 지 간   위 기 무 목 자 야

66 가득 찬다는 것은, 가득 차지 않으면 두꺼움도 없는 것이다.

盈, 無盈無厚.
영   무 영 무 후

67 돌에 있어서는 어디를 가나 얻지 못할 것이란 없으니, 굳고 희다는 두 가지를 다 얻는 것이다. 굳다는 것과 흰 것을 따로 떼어놓으면 서로 감싸지 않고 서로 부정할 것이니, 그것은 서로 밀어내는 것이다.

於尺[1]無所往而不得, 得[2]二. 堅異處[3], 不相盈[4], 相非, 是
어 척 무 소 왕 이 부 득   득 이   견 이 처   불 상 영   상 비   시

相外也.
상 외 야

1 尺(척) − 石(석)자의 잘못(『墨子閒詁』) 돌   **2** 得(득) − 명가(名家)의 견백석(堅白石)의 궤변을 다룬 「경」의 글 '견백, 불상외야(堅白, 不相外也.)'에 대한 「경설」이므로 굳고 희다는 두 가지 개념을 얻는 것이다.   **3** 堅異處(견이처) − '견' 자 아래 '백(白)' 자가 들어있어야 옳다(『墨子閒詁』). 굳은 것과 흰 것이 따로 떨어져 있는 것.   **4** 相盈(상영) − 서로를 포함한다, 서로 감싸다.

필원(畢沅)을 비롯하여 많은 학자들이 첫 구절 '돌에 있어서는

어디를 가나 얻지 못할 곳이란 없다'는 말을 앞 66번 대목에 연결되는 것으로 보고 있다. 그러나 문맥상 이곳으로 붙이는 편이 더 합리적이라 생각된다.

68 마주친다는 것에 있어서, 한 자의 물건과 한 자의 물건이 마주칠 적에는 완전히 합쳐지지 못하지만, 가와 가가 마주칠 적에는 모두 완전히 합쳐진다. 한 자의 물건과 가가 마주칠 적에는 혹 완전히 합쳐지기도 하나, 혹 합쳐지는 것이 완전치 못할 적도 있다. 굳다는 것과 희다는 것이 마주치면 서로 완전하게 합쳐지지만, 개체(個體)가 마주칠 적에는 서로 합쳐지는 것이 완전치 못하다.

攖¹, 尺²與尺俱不盡³, 端與端俱盡. 尺與⁴, 或盡或不盡.
영　척　여척구부진　　단여단구진　　척여　　혹진혹부진

堅白之攖相盡, 體攖不相盡. 端⁵.
견 백 지 영 상 진　체 영 부 상 진　단

1 攖(영) — 마주치다, 부딪치다.　**2** 尺(척) — 한 자 길이의 물건.　**3** 盡(진) — 완전히 잘 합쳐지는 것.　**4** 尺與(척여) — 뒤에 '단(端)' 한 자가 빠져 있다(『墨子閒詁』).　**5** 端(단) — 앞의 '척여' 뒤에 있어야 할 글자가 이곳으로 빠져나온 것인 듯하다. 이 글자는 앞뒤로 잘 연결이 되지 않는다(『墨子閒詁』).

69 견준다는 것은, 두 가지 것이 각각 가를 갖고 있는 다음에야 가능하다.

仳, 兩有端而后可.
비　양 유 단 이 후 가

70 들러붙는다는 것은, 두께가 없게 된 다음에야 가능하다.

次, 無厚而后可.
차　무 후 이 후 가

'두께가 없다'는 것은 달라붙는 두 물건 사이에 아무런 틈도 없게 되는 것을 뜻한다.

71 법도란, 의도(意圖)·그림쇠·동그라미 세 가지가 갖추어져야 법도가 될 수가 있는 것이다.

法, 意規¹員²三也俱, 可以爲法.
법　의 규 원 삼 야 구　가 이 위 법

1 規(규)─그림쇠. 원을 그리는 기구.　2 員(원)─원(圓). 의도에 따라 그림쇠로 그려놓은 '동그라미'.

72 순종이란, 그러해야 한다는 것은 백성들이 법을 따르는 것과 같은 것이다.

佴, 然也¹者, 民若²法也.
이　연 야 자　민 약 법 야

1佴, 然也(이, 연야)-순종이란 그러해야 한다. 대체로「경」의 글을 옮긴 것이다. **2**若(약)-따르다. 순(順).

※ 73.「경설」이 없어진 듯.

74 그것이란, 모든 우추(牛樞)는 소가 아니어서 두 가지임은 부정할 수가 없는 것 같은 것이다.

彼, 凡牛樞¹非牛, 兩也, 無以非也.
피　범우추비우　양야　무이비야

1牛樞(우추)-나무 이름인 듯(『墨子閒詁』).

75 논변(論辯)이란 어떤 이는 그것을 소라 하고, 어떤 이는 소가 아니라 하여 이것과 저것을 다투는 것이나, 그것은 모두 합당하다고 서로 받아들여지지 않는다. 모두 서로 합당하지 않다고 하는데, 반드시 어떤 쪽이거나 합당치 않은 게 있을 것이다. 이는 소를 개라고 하는 것보다도 합당치 않을 것이다.

辯, 或謂之牛, 謂之非牛, 是爭彼¹也, 是不俱當². 不俱
변　혹위지우　위지비우　시쟁피야　시불구당　불구

當, 必或不當. 不若當犬³.
당　필혹부당　불약당견

1是爭彼(시쟁피)-이것과 저것이 다투다. **2**俱當(구당)-양편 모두가 합당하다고 받아들이다. **3**不若當犬(불약당견)-잘못된 쪽은 '소를 개라고 하는 것

보다도 합당치 않다'는 뜻.

76 한다는 경우에 있어서, 그의 손가락을 자르려 하면서도 그의 지혜가 그 해를 알지 못한다면 그것은 지혜의 죄가 되는 것이다. 만약 지혜가 그것에 대하여 신중함으로써 그 해에 대하여 빠짐없이 아는데도 그대로 손가락을 자르려 한다면 곧 해를 당하게 될 것이다.

그것은 마치 육포를 먹는 것과 같아서, 그 누린내가 이로운 것인지 해로운 것인지를 알지 못하면서 누린내 나는 것을 먹으려 한다면, 그것은 의심스러운 것으로 그의 욕심을 막지 못하는 것이다. 담 밖의 일이 이로운지 해로운지를 알지 못하는 경우에 그곳으로 가면 돈을 얻는데도 가지 않았다면 그것은 의심스러운 것으로 그의 욕심을 막은 것이다.

'한다'는 것은 지혜를 다하여야 하고 욕심에도 관계된다는 이치를 볼 것 같으면, 육포를 잘라먹었다고 해서 지혜로운 것이 못되고, 손가락을 잘랐다고 해서 어리석은 것이 되지 않는 것이다. 하여야 할 것과 해서는 안될 것을 의심스럽게 여기고 있는 것은 좋은 계책이 못되는 것이다.

爲, 欲齧¹其指, 智不知其害, 是智之罪也. 若智之愼文²
위 욕양 기지 지부지기해 시지지죄야 약지지신문

也, 無遺於其害也, 而猶欲齧之, 則離³之.
야 무유어기해야 이유욕양지 즉리지

是猶食脯⁴也, 騷⁵之利害, 未可知也, 欲而騷, 是不以所
시유식포야 소 지리해 미가지야 욕이소 시불이소

疑止所欲也. 廧⁶外之利害, 未可知也, 趨⁷之而得力⁸, 則
의지소욕야 장외지리해 미가지야 추 지이득력 즉

弗趨也, 是以所疑止所欲也.
불 추 야   시 이 소 의 지 소 욕 야

觀爲窮知而縣[9]於欲之理, 斷脯而非恕[10]也, 斷指而非愚
관 위 궁 지 이 현   어 욕 지 리   양 포 이 비 지   야   양 지 이 비 우

也. 所爲與不所與爲, 相疑也, 非謀[11]也.
야   소 위 여 불 소 여 위   상 의 야   비 모   야

1 斷(양)－작(斲)의 잘못인 듯(『墨子閒詁』). 자르는 것. 2 愼文(신문)－'문'은
지(之)의 잘못(『墨子閒詁』). 그것에 대하여 신중히 하는 것. 3 離(리)－걸리다.
해를 당하다. 4 脯(포)－육포(肉脯). 저미어 말린 짐승고기. 5 騷(소)－조(臊)
의 가차자(假借字). 짐승고기의 누린내(畢沅 說). 6 廧(장)－장(墻). 집의 담. 7
趨(추)－나아가다. 담 밖으로 가는 것. 8 力(력)－도(刀)의 잘못(『墨子閒詁』).
돈. 옛날 돈 중에는 칼 모양의 것들이 있었다. 9 縣(현)－현(懸). 걸려있다.
관계가 되다. 10 恕(지)－지(智). 지혜. 11 謀(모)－좋은 계책, 계략.

77 이미란, 옷을 만들었다는 것이 이루어진 경우이고, 병을
고쳤다는 것이 없어진 경우이다.

已, 爲衣成也, 治病, 亡也.
이   위 의 성 야   치 병   무 야

이 대목은 「경」의 글 '이미는 이루어진 것과 없어진 것이다(已.
成亡.)'를 설명한 말이다.

78 부린다는 것은 하라고 명령했다고 해서, 하라고 말한 대
로 반드시 성공하거나 실패하는 것은 아니다. 하도록 하

는 것이란 반드시 하는 행위에 따라 이루어지도록 하는 것이다.

使, 令謂¹, 謂也, 不必成濕². 故³也, 必待所爲之成也.
사 영위 위야 불필성습 고 야 필대소위지성야

1 謂(위)-어떤 일을 하라고 말하는 것(「경편」 참조). 2 濕(습)-뢰(儡)의 잘못
(『墨子閒詁』). 실패. 무너지는 것. 3 故(고)-하도록 시키는 것(「경편」 참조).

ᏇᏗᎦ

「경」의 글 '부린다는 것은 하라고 말하는 것과 하도록 시키는
것이다(使. 謂故.)'의 '하라고 말하는 것〔謂〕'과 '하도록 시키는 것
〔故〕'을 특히 설명한 것이다.

79 이름은 물건의 모든 것을 이르는 것이니, 실물이 있으면
반드시 형용하는 이름으로 이름을 붙이게 된다. 말이란
한 종류의 이름이니, 실물이 있는 경우에는 반드시 그 이름으로
이름을 붙이게 된다. 하인은 한 가지 만을 가리키는 이름이다. 이
이름은 오직 이 실물에만 한정된다. 소리가 입에서 나올 적에는
언제나 이름이 있게 되는데, 사람에게 성과 이름이 붙게 되는 것
과 같다.

名, 物, 達¹也, 有實必待文多²也命³之. 馬, 類⁴也, 若實
명 물 달 야 유실필대문다 야명지 마 류야 약실

也者, 必以是名也命之. 臧⁵, 私⁶也. 是名也, 止於是實也.
야자 필이시명야명지 장 사야 시명야 지어시실야

聲出口, 俱有名, 若姓字⁷灑⁸.
성출구 구유명 약성자 쇄

1 達(달)―달명(達名). 2 文多(문다)―'다'는 명(名)의 잘못(『墨子閒詁』). 수식하는 이름. 형용하는 이름. 3 命(명)―명명(命名). 이름을 붙이다. 4 類(류)―유명(類名). 5 臧(장)―하인, 노예(奴隸). 6 私(사)―사명(私名). 7 姓字(성자)―성명. 8 灑(쇄)―리(麗)의 잘못이며, 보통 다음 대목에 이 글자를 옮겨 붙이기도 하나, 이곳에 있는 것이 옳다고 여긴다(高亨 『墨經校詮』).

「경」의 글 '이름에는 모든 것을 이르는 이름과, 한 종류의 이름과 한 가지 만을 가리키는 이름이 있다(名. 達類私.)'를 해설한 대목이다.

80 멍멍이 또는 개라고 말하는 것은 이름을 붙여주는 경우이고, 멍멍이도 개라고 하는 것은 드러내주는 경우이며, 개를 꾸짖는 것은 더 보태주는 경우이다.

謂狗犬, 命¹也 ; 狗, 犬, 擧²也 ; 叱³狗, 加⁴也.
위 구 견　명 야　　구　견　거 야　　질 구　가 야

1 命(명)―명명(命名). 이름을 붙여주는 것. 2 擧(거)―어떤 물건을 드러내어 보이는 것. 지적해 주는 것. 3 叱(질)―꾸짖다. 4 加(가)―무엇인가 설명을 '더 보태 주는 것'.

81 안다는 데 있어서, 그것을 전하여 받는 것이 듣는 것이며, 모든 방면에 막힘이 없게 되는 것이 살펴보는 것이며, 몸소 보는 것이 친히 경험하는 것이다. 말을 하는 근거가 이름

이며, 말하는 바가 실물이며, 이름과 실물이 만나는 것이 합해지
는 것이며, 뜻으로 행하는 것이 이루어지는 것이다.

知, 傳受之, 聞也 ; 方^{1}不廧^2, 說^{3}也 ; 身觀焉, 親也. 所
지　전수지　문야　방부장　열야　신관언　친야　소
以^{4}謂, 名也 ; 所謂, 實也 ; 名實耦^5, 合也 ; 志行, 爲也.
이　위　명야　소위　실야　명실우　합야　지행　위야

1 方(방) ― 방면. 지방. **2** 廧(장) ― 장(障)과 통하여, 장애를 받다. 막히다. **3**
說(열) ― 열(閱)과 통하여, 살펴보는 것. **4** 所以(소이) ― 근거, 까닭. **5** 耦(우) ―
짝을 이루다, 만나다.

❧

「경」의 '지, 문열친, 명실합위(知, 聞說親, 名實合爲.)'라는 대목
의 '지'를 설명한 말들을 한 자 한 자씩 설명한 것이다.

82 듣는다는 것은, 어떤 사람이 그에게 말해주어 전해지는
것이며, 몸소 겪는 것이 친히 듣는 것이다.

聞, 或告之傳也 ; 身觀焉, 親也.
문　혹고지전야　신관언　친야

❧

여기서는 듣는 것을 설명하는 말이므로, '친(親)'자의 해석이
앞 대목의 경우와 다름에 주의하여야 한다.

83

본다는 것이, 특수한 부분일 경우에는 형체의 일부이고, 특수한 것과 나머지 전부일 경우에는 전체이다.

見, 時¹者體²也, 二者³盡⁴也.
견 시 자체야 이자 진 야

1 時(시) - 特(특)의 잘못(『墨子閒詁』). 특수한 부분, 특별한 일부. 2 體(체) - 개체(個體). 형체의 일부. 3 二者(이자) - 두 가지. 여기서는 특수한 부분과 나머지 전부. 4 盡(진) - 모두, 전체.

84

합치되는 데에는, 바르게 합치되는 것이 있고, 적절하게 합치되는 것이 있고, 반드시 합치되는 것이 있다 하였다. 뜻하는 바와 결과가 들어맞는 것이 바른 것이고, 훌륭하게 하는 것이 적절한 것이며, 저것이 아니면 반드시 있을 수가 없는 것이 반드시라는 것이다. 훌륭한 사람은 이것들을 쓰되 반드시 하겠다고는 하지 않으니, 반드시 하겠다는 것은 그렇게 되지 않을까 의심스럽기도 하기 때문이다.

古¹, 兵立反². 中志工³, 正也 ; 臧⁴之爲, 宜也 ; 非彼必
고 병립반 중지공 정야 장 지위 의야 비피필

不有, 必也. 聖者⁵用而勿必, 必也者可勿疑⁶.
불유 필야 성자 용이물필 필야자가물의

1 古(고) - 「경」의 글을 참고하면, 合(합)의 잘못. 2 兵立反(병립반) - 학자들이 여러 가지 해석을 시도하고 있으나 모두 잘 통하지 않는다. 잘못 끼어든 글자이거나, 「경」의 '정의필(正宜必)'이 잘못 전해진 것이라 봄이 옳을 것이다. 이 대목은 「경」의 글인 이 세 글자를 해설하고 있기 때문이다. 3 志工(지공) - '공'은 공(功)과 통하여, 뜻하는 바와 결과. 4 臧(장) - 착한 것, 훌륭한

것. **5** 聖者(성자)─훌륭한 사람. 올바른 사람. **6** 可勿疑(가물의)─'의심치 않는 것이 좋다'고 번역하면 뜻이 통하지 않는다. '가물'과 '의'를 따로 떼어, '그렇게 되지 않을 수도 있어서' '의심스럽다'는 뜻으로 풀어야 문맥이 잘 통한다. 『논어(論語)』를 보면, 공자(孔子)도 '반드시 무엇을 하려고 하지 않았다(毋必)'하였다.

85 헤아린다는 것은, 두 가지가 있어도 한 편으로 치우치지 않는 것이다.

仗¹者, 兩而勿偏.
장 자 양 이 물 편

1 仗(장)─권(權)의 잘못(『墨子閒詁』). 요량(料量)하다. 저울질하다.

86 행위에 있어서, 갑옷이나 누대(樓臺)는 있도록 한 것이고, 병을 치료하는 것이 없애는 것이며, 사고 팔고 하는 것이 바꾸는 것이고, 사라지고 없어지도록 하는 것이 소비하는 것이며, 어른을 따르게 하는 것이 다스리는 것이고, 개구리와 쥐가 메추라기가 되게 하는 것이 변화시키는 것이다.

爲, 早臺¹, 存也；病, 亡也；買鬻², 易也；霄盡³, 蕩⁴
위 조대 존야 병 무야 매륙 역야 소진 탕

也；順長, 治也；鼃買⁵, 化也.
야 순장 치야 와매 화야

1 早臺(조대)─'조'는 갑(甲)의 잘못(『墨子閒詁』). 갑옷과 누대(樓臺). **2** 買鬻

(매륙)−물건을 사고 파는 것. 장사하는 것. **3** 霄盡(소진)−'소'는 소(消)와 통하여(畢沅 說), 사라지고 없어지게 하는 것. **4** 蕩(탕)−소비하다, 다 써버리다, **5** 鼃買(와매)−'매'는 서(鼠)의 잘못(『墨子閒詁』). 개구리와 쥐. 옛날에 개구리와 쥐가 메추라기로 변한다고 믿었었다.

이는 「경」에서 '행위'란 '존망역탕치화(存亡易蕩治化)'라고 한 말을 한 글자씩 해설한 대목이다.

87

같다는 데 있어서, 이름은 둘인데 실물은 하나인 경우가 중복되게 같은 것이다. 전체로부터 벗어나지 않는 것이 전체적으로 같은 것이다. 함께 한 방에 있는 것이 같이 합쳐져 있는 것이다. 같은 점이 있는 것이 종류가 같은 것이다.

同, 二名一實, 重同也. 不外於兼, 體同也. 俱處於室,
동   이 명 일 실   중 동 야   불 외 어 겸   체 동 야   구 처 어 실

合同也. 有以同, 類同也.
합 동 야   유 이 동   유 동 야

「경」의 '같은 것'에는 '중체합류(重體合類)'가 있다고 한 말을 놓고 한 자 한 자씩 해설한 대목이다.

88

다르다는 데 있어서, 두 가지가 반드시 다르다면 두 가지이다. 이어져 있지 않은 것이 개체(個體)가 같지 않은 것

이다. 있는 장소가 같지 않은 것이 합치되지 않는 것이다. 같은 점
이 없는 것이 종류가 같지 않은 것이다.

異, 二必異, 二也. 不連屬[1], 不體[2]也. 不同所, 不合也.
이   이필이   이야   불련속   불체야   부동소   불합야

不有同, 不類也.
불유동   불류야

1 連屬(연속) – 물건이 이어져 있는 것.   2 體(체) – 개체(個體).

89 같은 것과 다른 것을 모두 터득해야 한다는 것은, 부잣집
의 잘 지내는 것을 보고 있고 없는 것을 알게 되는 것 같
은 것이다. 비교하여 헤아림으로써 많고 적은 것을 아는 것이다.
뱀과 지렁이가 꿈틀꿈틀 가는 것을 보고 가려는 곳을 아는 것이
다. 나무 인형을 오동나무로 만들면 굳고 부드러운 것을 알게 되
는 것이다. 칼과 창과 갑옷은 죽음과 삶에 대하여 알게 하는 것이
다. 처녀와 그의 어머니는 나이 많은 것과 젊은 것을 알게 하는 것
이다. 두 가지가 절대적으로 다투는 것으로 흰색과 검은색이 있는
것이다. 중앙과 사방은 위치를 알게 하는 것이다. 사람의 이론과
행농 및 배운 것과 실상은 옳고 그름을 알게 하는 것이다. 어렵고
쉬운 것은 이루어질까 못 이루어질까를 알게 하는 것이다. 형제는
한편이 되기도 하나 상대가 되기도 하는 것이다. 몸은 여기에 있
는데 뜻은 저쪽으로 가는 데서 존재하는 것과 없어지는 것을 알게
되는 것이다. 호랑이를 개라고 한다면 곧 가짜임을 알게 되는 것
이다. 값이 적절함으로써 비싸고 싼 것을 알게 되는 것이다.

同異交得¹, 於福家²良³, 恕⁴有無也. 比度⁵, 多少也. 免
동이교득　어복가량　서유무야　비탁　다소야　면

蚓⁶還園⁷, 去就也. 鳥折⁸用桐, 堅柔也. 劍尤早⁹, 死生也.
인환원　거취야　조절용동　견유야　검우조　사생야

處室子¹⁰子母¹¹, 長少也. 兩絕勝¹², 白黑也. 中央, 旁¹³也.
처실자자모　장소야　양절승　백흑야　중앙　방야

論行行行學實¹⁴, 是非也. 難宿¹⁵, 成未¹⁶也. 兄弟, 俱適¹⁷
논행행행학실　시비야　난숙　성미야　형제　구적

也. 身處志往, 存亡也. 霍爲姓¹⁸, 故¹⁹也. 賈²⁰宜, 貴賤也.
야　신처지왕　존망야　곽위성　고야　가의　귀천야

1 同異交得(동이교득)－같은 것과 다른 것을 모두 터득하다.「경」의 한 구절이다. **2** 福家(복가)－부잣집. **3** 良(량)－잘 지내는 것. **4** 恕(서)－恕(지)의 잘못(『墨子閒詁』). 아는 것. **5** 比度(비탁)－비교하고 헤아리다. 견주고 재보다. **6** 免蚓(면인)－'면'은 사(它)의 잘못(『墨子閒詁』). 사(蛇)는 뱀. '인'은 인(蚓), 지렁이. **7** 還園(환원)－꿈틀꿈틀 기어가는 것. **8** 鳥折(조절)－나무로 만든 인형. 목우인(木偶人) (『墨子閒詁』). **9** 劍尤早(검우조)－'우'는 과(戈), '조'는 갑(甲)의 잘못(『墨子閒詁』). 칼과 창과 갑옷. **10** 處室子(처실자)－시집 안간 딸. 처녀. **11** 子母(자모)－처녀의 어머니. **12** 兩絕勝(양절승)－두 가지가 절대적으로 다투는 것. 둘이 분명히 겨루다. **13** 旁(방)－곁. 사방. **14** 論行行行學實(논행행행학실)－중간의 두 '행' 자는 잘못 끼어든 것(『墨子閒詁』). 이론과 행동 및 배운 것과 실상. **15** 難宿(난숙)－'숙'은 이(易)의 잘못인 듯. 어려운 것과 쉬운 것. **16** 成未(성미)－이루어질 것과 이루어지지 못할 것. **17** 俱適(구적)－'적'은 적(敵)의 뜻. 함께 있기도 하고 적이 되기도 하다. 한편이 되기도 하고 상대편이 되기도 하다. **18** 霍爲姓(곽위성)－'곽'은 호(虎). 호랑이. '성'은 성(性)의 뜻인 듯하나, '호랑이를 개라고 하다'로 번역해야 문맥이 통한다. **19** 故(고)－가(假)의 잘못(『墨子閒詁』). 가짜. **20** 賈(가)－값. 가(價).

❧

　　「경」의 "동이교득, 지유무(同異交得, 知有無.)"를 해설한 글임은 분명한데 글뜻은 이해하기 어려운 곳이 많다. 중국학자들도 이 대목의 몇 구절은 해석을 포기한 이들이 많다.

94 응낙하면, 따라가게 되고 함께 행동하게 된다. 먼저 알아
야만 되는 것은 다섯 가지 색깔과, 길고 짧은 것과, 앞뒤
와, 가볍고 무거운 것과, 남의 말을 인용하는 것과, 자기 생각을
고집하는 것 등이다.

諾, 超城員止也¹, 相從, 相去². 先知, 是可, 五色, 長
낙 초 성 원 지 야   상 종   상 거   선 지   시 가   오 색   장

短, 前後, 輕重, 援執³.
단   전 후   경 중   원 집

1 超城員止也(초성원지야) － 억지 해석을 하는 이들도 있으나 뜻이 전혀 통하
지 않는다. 잘못 끼어든 구절임이 분명하다. **2** 相去(상거) － 함께 가다, 함께
행동하다. **3** 援執(원집) － 남의 말이나 의견을 인용하는 것(援)과 자기 생각
을 고집하는 것.

95 설복은 성공하기가 어렵다. 말한 것은 이루도록 힘쓰되,
뜻을 숨기고 있을 경우에는 그것을 피악히도록 힘써야
한다.

服¹, 難成. 言務成之, 九²則求執之.
복   난 성   언 무 성 지   구 즉 구 집 지

1 服(복) － 설복(說服). **2** 九(구) － 「경」의 글의 나(說)자가 잘못된 것인 듯(『墨子
開詁』). 상대방이 숨기고 있는 뜻.

96 법에 있어서, 법이 같은 것은 취하고, 교묘함을 살피어 법을 전하여야 하며, 이것을 취하고 저것을 버릴 적에는 그 근거를 따지고 합당함을 살펴야 한다.

法, 法取同, 觀巧傳法, 取此擇[1]彼, 問故觀宜.
법 법취동 관교전법 취차택피 문고관의

1 擇(택) - 석(釋)의 뜻으로(『墨子閒詁』). 버리는 것.

「경」의 글에서 '법이 같은 것(法同)', '교묘함(巧)', '근거(故)', '합당함(宜)' 같은 표현들을 특히 해설한 것인 듯하다.

97 사람들 중에는 검은 사람이 있고, 검지 않은 사람도 있는데, 검은 사람에게만 금지시키거나, 또 사람들에게 사랑을 받는 사람이 있고, 사람들의 사랑을 받지 못하는 사람이 있는데, 사람들에게 사랑을 받는 사람만을 금지시킨다면, 그것을 누가 합당하게 금지시켰다고 하겠는가? 한 사람이 그러한 것을 드러내어놓고 이것이 그러한 것이라고 한다면, 곧 그렇지 않은 것을 드러내놓은 사람이 그에게 반문을 하게 될 것이다.

以人之有黑者, 有不黑者也, 止黑人 ; 與以有愛於人,
이인지유흑자 유불흑자야 지흑인 여이유애어인

有不愛於人, 心愛人, 是孰宜心[1]? 彼擧然者, 以爲此其然
유불애어인 심애인 시숙의심 피거연자 이위차기연

也, 則擧不然者, 而問之[2].
야 즉거불연자 이문지

1 心(심)―두 글자 모두 지(止)자의 잘못인 듯(張惠言 說). 금지하다. **2** 問之(문지)―그에 대하여 반문하다, 그에게 이론(異論)을 제기하다.

❦

「경」의 "금지한다는 것은, 다른 도리를 근거로 하는 것이다.(止, 因以別道.)"를 해설한 글이다.

98 성인 같은 분은 그릇됨이 있는 듯하지만 그릇됨이란 없다. 다섯 가지 응낙을 올바르게 하여 사람들은 모두 알고 기뻐한다. 다섯 가지 응낙이 틀렸다면 바르지 못하여 사람들이 알지도 못하고 기뻐하지도 않을 것이다. 다섯 가지 응낙을 사용하는 것은 자연을 따라야만 하는 것이다.

若聖人有非而不非. 正五諾[1], 皆人於知有說[2]. 過五諾,
약 성 인 유 비 이 불 비　　　정 오 락　　　개 인 어 지 유 열　　　　과 오 락

若負[3], 無直[4]無說. 用五諾, 若[5]自然矣.
약 부　　　무 직 무 열　　　용 오 락　　　약 자 연 의

1 五諾(오락)―앞 94번 조목에 보인 오색(五色)·장단(長短)·전후(前後)·경중(輕重)·원집(援執) 다섯 가지를 잘 살피고, 응낙하는 것. **2** 說(열)―기뻐하다. **3** 負(부)―정(正)의 반대. 바르지 못한 것. **4** 直(직)―지(知)의 잘못(『墨子閒詁』). **5** 若(약)―따르다. 순(順).

墨子

43.
경설편 經說篇(下)

이 편은「경」하편과 대조해 보더라도, 빠지고 뒤섞인 글이 많고, 「경」편을 제대로 풀이하지 못하고 있는 조목이 많음을 곧 알게 된다. 『묵자한고』를 근거로 번역을 하였지만 여전히 문제가 많다. 특히 중국학자들이 광학(光學)이나 물리학(物理學)의 이론이라 크게 내세우는 부분도 알기 어려운 곳이 많다.

1 시비를 멈추게 하는 것은, 저 사람은 이것이 그러함을 가지고 그것이 그러하다고 말하는데, 나는 이것이 그렇지 아니하다 하여 그것이 그러함을 의심하기 때문이다.

止, 彼以此其然也, 說是其然也, 我以此其不然也, 疑是
지 피이차기연야   설시기연야   아이차기불연야   의시

其然也.
기연야

네 발 짐승이라 말할 적이 다르고, 소나 말이라 말할 적이 다르며, 물건은 말하는 데 따라 모두 다르니, 크게 분류할 때와 작게 분류할 때가 있기 때문이다. 이처럼 그러한 것이 반드시 그러하다면 곧 한 말로 함께 불러도 된다.

謂四足獸¹與², 生鳥³與, 物盡與, 大小⁴也. 此然是必然
위 사 족 수 여   생 조 여   물 진 여   대 소 야   차 연 시 필 연

則俱⁵.
즉 구

1 四足獸(사족수) — 네 발 달린 짐승, 동물. 2 與(여) — 세 글자 모두 이(異)의 잘못(『墨子閒詁』). 다르다. 3 生鳥(생조) — 우마(牛馬)의 잘못(『墨子閒詁』). 4 大小(대소) — 물건을 크게 분류하여 말하는 경우와 작게 분류하여 말하는 경우, 곧 '네 발 짐승'이라 말하는 경우와 '소'나 '말'이라 말하는 경우. 5 俱(구) — 함께하다. 한 종류로 함께 같은 말로 부르다.

사물은 모두 다르지만 이름은 같다. 함께 어울려 싸울 때 둘이 함께하는 것이 아니다. 두 사람과 싸움은 별개이다. 색깔과 간과 허파와 자식은 사람들이 좋아하는 것이지만 모두 다르다. 귤과 띠풀은 먹기도 하고 제사지낼 때 신을 내리게 하는 것이어서 서로 다른 것이다. 말을 놓고 흰말이라 할 때 흰 놈들은 많지만 애꾸눈 말이라 할 때 애꾸눈은 많지 않으니, 흰 것과 애꾸눈의 차이이다. 곱다고 말할 적에 반드시 고운 것은 아니니, 반드시 곱지 않다면 추악한 것이다. 남을 근거로 비난한다면 비난하는 것이 되지 않는다. 만약 남편을 구하면서 용감하여야만 한다면 남편을 구하지 못할 것이다. 신을 장만하려 하면서 옷을 사고 신을 장

만하였다고 한다면, 옷과 신은 별개의 것임을 알아야 한다.

爲麋同名¹. 俱鬪², 不俱二. 二與鬪也. 包³肝肺子, 愛也.
위미동명　구투　불구이　이여투야　포간폐자　애야

橘茅⁻⁴, 食與招⁵也. 白馬多白, 視馬不多視⁶, 白與視也. 爲
귤모　식여초　야　백마다백　시마부다시　백여시야　위

麗不必麗, 不必麗與暴⁷也. 爲非以人, 是不爲非. 若爲夫⁸
려불필려　불필려여폭　야　위비이인　시불위비　약위부

勇, 不爲夫. 爲屨, 以買衣爲屨, 夫與屨也.
용　불위부　위구　이매의위구　부여구야

1 爲麋同名(위미동명) – ‘위’는 물(物)의 잘못, ‘미’는 미(麋)와 통하여 진(盡)의
뜻으로, 「경」문의 ‘물진동명(物盡同名)’과 같은 말이다(李漁叔『墨辯新注』). 2
俱鬪(구투) – 사람들이 함께 어울리어 싸우는 것. 3 包(포) – 색(色)의 잘못(『墨
子閒詁』). 4 橘茅(귤모) – 귤과 띠풀. 5 招(초) – 초신(招神). 신을 부르는 것.
옛날 신을 제사지낼 때 띠풀은 신을 내리게 할 적에 썼다(『周禮』司巫). 6 視
(시) – 반(盼)의 뜻(張惠言 說). 애꾸눈. 7 暴(폭) – 사나운 것, 여기서는 ‘여(麗)’
의 반대로 ‘추악한 것’. 8 夫(부) – 맨 끝의 이 글자는 의(衣)의 잘못으로 보
아야 한다.

이 대목의 해설은 학자들에 따라 의견이 여러 가지로 다르다.
가장 평이한 방법을 따라 옮겼다.

4 둘로 나누면 하나는 없어지고, 그 하나는 존재하지 않는다.
일부분이 떼어져 달아났기 때문이다. 이름과 실물이 있은
다음에야 거기에 대하여 말하는 것이다. 이름도 실물도 없다면,

곧 말할 것이 없는 것이다. 가짜와 아름다운 것에 대한 것과 같아서, 그렇다고 말할 적에는 그것은 본시부터 아름다운 것이고, 그렇지 않다고 말할 적에는 그것은 아름답지 않은 것이며, 말이 없을 적에는 가짜인 것이다.

二與一亡, 不與一在. 偏去¹未². 有文實³也, 而後謂之.
이 여 일 망　부 여 일 재　편 거 미　유 문 실 야　이 후 위 지

無文實也, 則無謂也. 不若⁴敷⁵與美, 謂是, 則是固美也,
무 문 실 야　즉 무 위 야　불 약 부 여 미　위 시　즉 시 고 미 야

謂也⁶, 則是非美, 無謂則報⁷也.
위 야　즉 시 비 미　무 위 즉 보 야

1 偏去(편거)－일부가 떨어져 달아나는 것. 2 未(미)－잘못 붙여진 글자인 듯
(『墨子閒詁』). 3 文實(문실)－명실(名實)과 같은 말(張惠言 說). 4 不若(불약)－
'불' 자는 잘못 붙은 글자(『墨子閒詁』). 5 敷(부)－가(假)의 잘못(『墨子閒詁』).
가짜. 6 謂也(위야)－'야' 는 불(不)의 잘못(李漁叔 『墨辯新注』). 7 報(보)－가
(假)의 잘못(『墨子閒詁』). 가짜.

5 보는 것과 보지 않는 것은 떨어져 있는 것이고, 하나와 둘은 서로를 품지 못하는데, 너비와 길이, 굳은 것과 흰 것도 그러하다.

見不見離, 一二不相盈¹, 廣脩²堅白.
견 불 견 리　일 이 불 상 영　광 수 견 백

1 相盈(상영)－서로 가득 채우다. 서로 품다. 2 廣脩(광수)－너비와 길이.

6 드는 데에 무거운 것이 상관없는 것과 바늘도 들지 못하는 것은 힘이 하는 일이 아니다. 손아귀에 쥐고 있는 것이 홀수인가 짝수인가를 알아맞히는 것은 지혜가 하는 일이 아니니, 귀로 듣고 눈으로 보는 것과는 다른 것이다.

舉不重¹, 不與²箴³, 非力之任⁴也. 爲握⁵者之觭倍⁶, 非智
거부중　　불여잠　　비력지임야　　위악자지기배　　비지

之任也, 若耳目異.
지임야　　약이목이

1 舉不重(거부중)－들어올리는 데에 무거운 것이 없다, 아무리 무거운 것이라도 다 들어올리는 것. **2** 與(여)－거(舉)의 잘못(畢沅 說). **3** 箴(잠)－침(鍼)과 통하여, 침(針). **4** 任(임)－소임. 맡아서 하는 일. **5** 握(악)－남이 손아귀 속에 쥐고 있는 것. **6** 觭倍(기배)－'기'는 기(觭)의 뜻으로(俞樾 說), 기수와 우수. 홀수인가 짝수인가를 알아맞히는 것.

　「경」 하편의 '할 수 없다고 하더라도 해가 되지 않는다'는 말을 해설한 것이다.

7 나무와 밤은 어느 것이 더 긴가? 지혜와 좁쌀은 어느 편이 많은가? 벼슬자리와 친척(親戚)과 행실(行實)과 물건값의 네 가지는 어느 것이 가장 귀중한가? 고라니와 호랑이는 어느 편이 키가 큰가? 지렁이 소리와 슬(瑟) 소리는 어느 편이 더 쓸쓸한가? 이런 것들은 비교할 수 없는 것이다.

木與夜孰長? 智與粟¹孰多? 爵親行賈², 四者孰貴? 麋³
목 여 야 숙 장　　지 여 속 숙 다　　작 친 행 가　　사 자 숙 귀　　미

與霍⁴孰高? 麋與霍孰霍⁵? 蚓⁶與瑟⁷孰瑟.
여 곽 숙 고　　미 여 곽 숙 곽　　인 여 슬 숙 슬

1 粟(속)－조, 좁쌀. **2** 賈(가)－가(價). 물건값. **3** 麋(미)－고라니. 사슴 종류.
4 霍(곽)－호랑이. 호(虎)의 잘못(『墨子閒詁』). **5** 麋與霍孰霍(미여곽숙곽)－앞
의 구절로 말미암아 잘못 끼어든 말. **6** 蚓(인)－인(蚓)과 같은 자로, 지렁이.
여기서는 지렁이 우는 소리. **7** 瑟(슬)－앞의 것은 현악기의 일종, 뒤의 것은
소슬(蕭瑟). 쓸쓸하다는 뜻.

종류가 다른 것들은 비교해서는 안 된다는 「경」의 글을 해설
한 것이다.

8 일부분도 하나로 함께 두면 변화가 없는 것이다.

偏, 俱一無變.
편　 구 일 무 변

9 가짜에 있어서, 가짜는 반드시 그릇된 것인 뒤에야 가짜가
되는 것이다. 개가 호랑이라고 가짜행세를 해보았자, 마치
자기 성이 호랑이라는 것이나 같다.

假, 假必非也, 而後假. 狗假霍¹也, 猶氏霍也.
가　 가 필 비 야　 이 후 가　 구 가 곽 야　 유 씨 곽 야

1 霍(곽) － 호(虎)의 잘못(앞 7. 조목 참조).

10 물건이 혹시 손상되었다면 그렇게 된 것이고, 그것을 본다면 알게 될 것이고, 그것을 알려준다면 알도록 해주는 것이다.

物或傷之, 然也 ; 見之, 智[1]也 ; 告之, 使智也.
물 혹 상 지　연 야　　견 지　　지 야　　고 지　　사 지 야

1 智(지) － 지(知). 알다.

11 의심을 하는 데 있어서, 일을 하는 사람을 만나면 관리인가 하고, 소 외양간을 수리하는 자를 만나게 되면 여름인데도 추운 시절인가 생각하게 되는데, 이것이 만남[逢]이다. 그것을 들어올릴 적에는 가볍고 그것을 놓을 적에는 무겁다면, 그것은 힘이 있기 때문이 아니며, 대팻밥이 나무를 깎는 데 따라 나오는 것은 기교가 아니고, 돌이 무겁고 깃털이 가벼운 것처럼 자연스럽고 순조로운 것[循]이다. 싸우고 있는 사람이 지쳐있을 때, 술을 마셨기 때문인가 혹은 시장에서 시비를 벌인 때문인가 그것은 알 수가 없는데, 이것은 우연히 일을 만난[遇] 경우이다. 알고는 있는데 이미 과거에도 그러했는가 생각할 때가 과거의 일에 부딪치는 [過] 경우이다.

疑, 逢爲務[1]則士, 爲牛廬[2]者夏寒, 逢也. 擧之則輕, 廢[3]
의　봉 위 무　즉 사　위 우 려　자 하 한　봉 야　거 지 즉 경　폐

之則重, 非有力也, 沛⁴從削, 非巧也, 若石羽⁵, 循也. 鬪
지 즉 중　비 유 력 야　패 종 삭　비 교 야　약 석 우　순 야　투

者之敝⁶也, 以飮酒, 若⁷以日中⁸, 是不可智也, 愚也. 智⁹
자 지 폐 야　이 음 주　약 이 일 중　시 불 가 지 야　우 야　지

與, 以已爲然也與, 愚¹⁰也.
여　이 이 위 연 야 여　우 야

1 爲務(위무)—힘을 쓰다. 일을 하다.　2 牛廬(우려)—소 외양간.　3 廢(폐)—놓는 것. 치(置)의 뜻.　4 沛(패)—폐(柿)의 잘못(張惠言 說). 대팻밥, 또는 자귀밥. 나무를 깎을 적에 깎여져 떨어지는 부스러기.　5 石羽(석우)—돌과 새깃. 돌은 무겁고 새깃은 가벼운 것.　6 敝(폐)—지치다.　7 若(약)—그렇지 않으면, 혹은.　8 日中(일중)—『역경(易經)』 계사전(繫辭傳)에 '해가 한낮일 때 시장이 열린다(日中爲市)' 하였으니, 시장을 뜻한다. 여기서는 '시장에서 시비를 벌인 것'.　9 智(지)—지(知)와 통함.　10 愚(우)—앞의 것은 우(遇), 뒤의 것은 과(過)의 잘못(앞 「經」 下 참조).

「경」에서 의심을 하게 되는 것은, 어떤 일을 하는 사람을 만났을 때(逢), 어떤 일을 순조롭게 잘 하는 사람을 보았을 때(循), 어떤 일을 우연히 만났을 때(遇), 과거의 일에 부딪쳤을 때(過)라 하였는데, 이 봉(逢)·순(循)·우(遇)·과(過)의 네 경우를 설명한 것이다.

※ 12. 「경설」이 없어졌음.

13 구분하는 데 있어서, 모두를 하나로 본다는 것은 소와 말을 네발짐승으로 보는 것 같은 것이다. 하나하나 따로 본다는 것은 소와 말에 대하여, 소를 따로 세고 말을 따로 세어서 곧 소와 말의 두 가지가 되는 경우이다. 소와 말을 함께 헤아리면 마

소는 하나가 된다. 마치 손가락을 헤아림에 있어서, 손가락은 다섯이지만 그 다섯은 하나의 손도 되는 것이다.

俱¹, 俱一, 若牛馬四足. 惟是², 當牛馬, 數牛數馬, 則牛
구　구일　약우마사족　유시　당우마　수우수마　즉우

馬二. 數牛馬, 則牛馬一. 若數指, 指五而五一.
마이　수우마　즉우마일　약수지　지오이오일

1 俱(구) - 첫 번째 '俱' 는 「경」의 글을 참고할 적에 구(歐) 또는 구(區)의 잘못으로 '구분한다' 는 뜻.　**2** 惟是(유시) - 하나하나 그 존재를 따로 구분하여 보는 것.

14 공간이 멀리까지 뻗어 있다는 것은 옮겨가서도 여유공간이 있다는 것이다. 공간은 남쪽으로도 있고 북쪽으로도 있으며, 아침에도 있고 또 저녁에도 있는 것이다. 공간은 오랜 시간을 두고 옮겨가고 있다.

長宇, 徙而有處宇¹. 宇南北, 在旦, 有²在莫³. 宇徙久.
장우　사이유처우　우남북　재단　유재모　우사구

1 處宇(처우) - 있을 공간, 곧 여유 공간.　**2** 有(유) - 우(又)의 뜻.　**3** 莫(모) - 모(暮). 저녁.

※ 15. 16. 두 조목은 뒤쪽에 가 있으니 주의 바람.

※ 17. 「경설」이 없어졌음.

18 굳은 것은 없는 듯하고 흰 것만이 보이더라도, 반드시 두 가지는 서로를 품고 있는 것이다.

無堅得白, 必相盈也.
무 견 득 백　　필 상 영 야

명가(名家)에서 같은 돌을 놓고 '굳다는 것과 희다는 것은 다르다.'고 하는 궤변의 반박을 보충한 것이다.

19 살핀다는 데 있어서, 요임금이 잘 다스렸다는 것은 지금의 입장에서 옛날을 살폈기 때문이다. 옛날의 입장으로부터 그것에 대하여 지금을 살펴본다면, 곧 요임금도 잘 다스릴 수가 없다고 하게 될 것이다.

在¹, 堯善治, 自今在諸²古也. 自古在之今, 則堯不能治
재　　요 선 치　　자 금 재 저 고 야　　자 고 재 지 금　　즉 요 불 능 치

也.
야

1 在(재)―살피다(張惠言 說). 2 諸(저)―어(於)나 같은 말.

20 그림자는, 빛이 비치면 그림자가 없어진다. 만약 그대로 존재한다면 언제까지나 머물러 있을 것이다.

景¹, 光至景亡. 若在, 盡古²息³.
영　광지경망　약재　진고　식

1 景(영)-그림자. 영(影). **2** 盡古(진고)-종고(終古)의 뜻(兪樾 說). 언제까지나. **3** 息(식)-쉬다, 머물다.

21 그림자란, 두 빛이 한 빛을 끼고 있는 것인데, 한 빛이 그림자인 것이다. 그림자는 빛이 사람에게로 가서 비치어 이루어지는 것인데, 활을 쏘는 것 같다.

景, 二光夾一光, 一光者, 景也. 景, 光之人煦¹, 若射.
영　이광협일광　일광자　영야　영　광지인후　약사

1 煦(후)-빛을 비추는 것.

15 아래쪽에 있는 빛이 사람에게 비치면 높게 되고, 높은 곳에 있는 빛이 사람에게 비치면 낮아진다. 발로 아래 있는 빛을 가리면 곧 그림자가 위에 이루어지고, 머리로 위에 있는 빛을 가리면 곧 그림자가 아래쪽에 이루어진다.

下者¹之人也高, 高者之人也下. 足蔽²下光, 故成景於
하자　지인야고　고자지인야하　족폐　하광　고성영어

上；首蔽上光, 故成景於下.
상　수폐상광　고성영어하

1 下者(하자)-고자(高者)와 함께 빛이 낮은 곳 또는 높은 곳에 있는 것으로 보았다. 그래야 문맥이 통한다. **2** 蔽(폐)-폐(蔽). 가리다.

「경설」의 순서가 「경」의 순서와 같지 않음에 유의해야 한다. 앞머리의 번호를 따라 대조하면 편리할 것이다.

22 멀고 가까운 것에 따라 가가 있고 빛을 받음으로, 그림자는 안쪽에서 바뀌어지는 것이다.

在遠近有端與於光¹, 故景障²內也.
재 원 근 유 단 여 어 광   고 영 장 내 야

1 與於光(여어광)−빛이 비치게 되는 것, 빛을 받는 것. **2** 障(장)−경(庚)의 잘못(高亨『墨辯校詮』). 바뀌는 것. 이 구절은 그림자가 거꾸로 비치게 되는 이유를 설명한 것이다.

23 그림자에 있어서, 해의 빛이 반사되어 사람을 비치면, 곧 그림자가 해와 사람의 중간에 있게 된다.

景, 日之光反燭人, 則景在日與人之閒.
영   일 지 광 반 촉 인   즉 영 재 일 여 인 지 한

24 그림자에 있어서, 나무가 비뚤어지면 그림자는 짧고 크며, 나무가 반듯하면 그림자는 길고 작다. 빛이 나무보다 작으면 곧 그림자는 나무보다 커진다. 오직 빛이 작을 때뿐만이

아니라 멀고 가까운 데 따라서도 달라진다. 거울을 대하여 앞에 설 적에, 그림자가 많고 적은 것, 모습이 희고 검은 것, 멀고 가까운 것과 비뚤어지고 바른 것에 따라서 거울에 비치는 모습이 달라진다.

景, 木柂¹, 景短大；木正, 景長小. 大小²於木, 則景大
영　목이　　영단대　　목정　영장소　　대소 어목　즉영대

於木. 非獨小也, 遠近. 臨正鑒³, 景寡⁴, 貌能⁵白黑, 遠近
어목　비독소야　원근　임정감　영과　　모능백흑　원근

柂正, 異於光鑒⁶.
이정　이어광감

1 柂(이)─비뚤어진 것. 반듯하지 않은 것.　**2** 大小(대소)─'대'는 광(光)의 잘못(『墨子閒詁』). 빛이 작은 것.　**3** 臨正鑒(임정감)─임감립전(臨鑑立前)이 잘못된 것인 듯(『墨子閒詁』). 거울을 대하고 앞에 서다.　**4** 景寡(영과)─영다과(景多寡)의 잘못(『墨子閒詁』). 그림자가 많고 적은 것.　**5** 貌能(모능)─모태(貌態)의 잘못(張惠言 說). 모습, 자태.　**6** 光鑒(광감)─거울에 비추어지는 모습.

16 영상이 거울 가까이로 나아가면 함께 작게 비쳐지고, 멀리 가도 함께 크게 비쳐지는데, 함께한다는 것은 나란히 하는 것과 같은 뜻이다. 거울을 대하는 모든 것은 거울에 비치지 않는 것이 없다. 영상으로 비쳐지는 것들은 무수하지만 반드시 모두 올바르게 비쳐진다. 그러므로 같은 곳에 있고 그 형체도 함께 있다 하더라도 거울은 분별하게 된다. 거울 가운데의 안에서 거울에 비치는 것이 가운데에 가까우면, 곧 비쳐지는 부분도 크고 영상도 크게 된다. 가운데로부터 멀어지면, 곧 비쳐지는 부분도 작아지고 영상도 작아진다. 그런데 반드시 바르게 반영되는 것은 가

운데에서 시작되어 바르고 또 길게 똑바르게 비치게 되기 때문이다. 거울 가운데의 바깥쪽도 거울에 비치는 것이 가운데에 가까우면, 곧 비쳐지는 부분도 크고 영상도 크게 된다. 가운데로부터 멀어지면, 곧 비쳐지는 부분도 작고 영상도 작아진다. 그런데 반드시 비뚤게 반영되는 것은 가운데로 영상이 모이어 길고 똑바르게 비치게 되기 때문이다.

景當俱就[1], 去尒[2]當俱, 俱用北[3]. 鑒者之臭[4], 於鑒無所
경 당 구 취　거 이 당 구　구 용 북　감 자 지 취　어 감 무 소

不鑒. 景之臭無數, 而必過正[5]. 故同處, 其體俱, 然鑒分[6]
불 감　경 지 취 무 수　이 필 과 정　고 동 처　기 체 구　연 감 분

鑒中之內, 鑒者近中, 則所鑒大, 景亦大. 遠中, 則所鑒
감 중 지 내　감 자 근 중　즉 소 감 대　영 역 대　원 중　즉 소 감

小, 景亦小. 而必正, 起於中, 緣[7]正而長其直也. 中之外,
소　영 역 소　이 필 정　기 어 중　연　정 이 장 기 직 야　중 지 외

鑒者近中, 則所鑒大, 景亦大. 遠中, 則所鑒小, 景亦小.
감 자 근 중　즉 소 감 대　영 역 대　원 중　즉 소 감 소　경 역 소

而必易[8], 合於中, 而長其直也.
이 필 이　합 어 중　이 장 기 직 야

1 景當俱就(경당구취)−경취당구(景就當俱)로 되어야 옳으며(『墨子閒詁』), 영상이 가까이로 나아가면 함께 모두 작게 비쳐지는 것. 2 尒(이)−亦(역)의 잘못(畢沅 說). 3 用北(용북)−유비(由比)의 잘못. '유'는 유(猶)의 뜻(『墨子閒詁』). 나란히 하는 것과 같은 것 4 臭(취)−具(구)의 잘못(『墨子閒詁』). 구(俱)와도 통하여, 모든 것들. 5 過正(과정)−바르게 비쳐지는 것. 6 鑒分(감분)−거울이 분별하여 비쳐준다는 뜻. 7 緣(연)−연유(緣由), 까닭. 8 易(이)−비뚤어지는 것.

25　거울은, 거울에 비치는 것이 가까우면 곧 비쳐지는 부분도 크고 영상도 크다. 그것이 먼 경우에는 비쳐지는 부분도 작고 영상도 작다. 그런데 반드시 바르게 반영되는 것은 영상

이 바르게 비쳐지기 때문이다.

鑒, 鑒者近, 則所鑒大, 景亦大. 亓¹遠, 所鑒小, 景亦
　감　감자근　즉소감대　경역대　기원　소감소　경역

小. 而必正, 景過正.
　소　이필정　경과정

1 亓(기)-기(其)의 뜻.

26 물건을 얹어놓는 데 있어서, 옆으로 나무때기를 걸쳐놓고 무거운 것을 올려놓아도 굽혀지지 않는 것은 매우 무게를 잘 이기기 때문이다. 또 세워놓은 나무에 줄을 매어놓으면 무게가 가해지지 않더라도 굽혀지게 되는데 매우 무게를 이기지 못하는 것이기 때문이다. 저울의 그 한 편에 무거운 것을 올려놓으면 다른 한 편은 반드시 쳐지게 된다. 저울 추와 물건의 무게는 서로 같아야 하니, 저울을 보면 곧 저울 판 대는 짧고 저울대는 길어서, 양쪽에 무게가 가해질 적에 무게가 서로 같게 되려면, 곧 저울대가 반드시 내려가서 저울대가 저울추와 균형을 이루게 되는 것이다.

故招¹, 負², 衡³木加重焉, 而不撓⁴, 極⁵勝重也. 右校交
고초　부　형목가중언　이불요　극승중야　우교교

繩⁶, 無加焉, 而撓, 極不勝重也. 衡加重於其一旁, 必捶⁷
승　무가언　이요　극불승중야　형가중어기일방　필추

權, 重⁸相若也, 相衡⁹則本¹⁰短標¹¹長, 兩加焉, 重相若, 則
권　중상약야　상형즉본　단표　장　양가언　중상약　즉

標必下, 標得權¹²也.
표필하　표득권　야

1 故招(고초) – 잘못 붙은 글자인 듯. 앞 대목에 붙여서 해석을 시도한 이(高亨)도 있지만, 역시 뜻이 잘 통하지 않는다. 2 負(부) – 등에 지다. 물건을 올려놓다. 3 衡(형) – 저울. 4 撓(요) – 굽다, 휘어지다. 5 極(극) – 지극히, 매우. 6 右校交繩(우교교승) – '우'는 뜻이 분명치 않다. 우(又)의 뜻일까? '교(校)'는 연목(連木)(張惠言 說). 나란히 세워놓은 두 개의 나무. '교승(交繩)'은 새끼줄을 매어놓는 것. 7 捶(추) – 수(垂)와 통하여, 아래로 쳐지는 것. 8 權重(권중) – 저울의 무게를 다는 추와 물건의 무게. 9 相衡(상형) – 저울을 살펴보다. 10 本(본) – 무게를 달 물건을 올려놓는 저울판이 달린 대. 11 標(표) – 저울추가 왔다갔다하는 저울대. 12 得權(득권) – 저울추와 물건의 무게가 균형을 이루어 정확한 무게를 표시하는 것.

이 대목에서는 「경」의 글에서 얘기한 역학(力學)의 원리를 해설하면서, 무게를 다는 저울의 원리도 해설하고 있다.

27 들어 올리는 것은, 힘이 있어야 한다. 끌려가는 것은 힘이 없어도 된다. 바르지 못한 것은 끌려 올라가던 것이 삐딱하게 멈춰졌기 때문이다. 줄을 매어 물건을 들어 올리는 것은 마치 송곳으로 찌르는 것 같은 모양이다. 들어 올릴 때, 긴 쪽에 있는 무거운 것은 내려가고, 짧은 쪽에 있는 가벼운 것은 올라간다. 위로 올라가게 할수록 상대편은 더욱 무게가 나가고, 아래로 내려가게 할수록 상대편은 더욱 무게가 없는 것이다. 줄이 똑바르고 저울추와 물건의 무게가 서로 같아야만 올바른 것이다. 끌어내리려 할 때, 올라가는 것은 더욱 무게가 없는 것이고, 내려가는 것은 더욱 무게가 있는 것이다. 올라가는 것은, 저울추나 물건의 무게가 다하여서 마침내 들어 올려지는 것이다.

수레의 두 바퀴는 높고 다른 두 바퀴는 낮게 만든 것이 사다리꼴 수레이다. 무게를 그 앞쪽에 두었고, 수레채가 그 앞쪽에 있다. 곧 그 앞쪽에 수레채를 달고, 또 그 앞쪽에 호(胡)를 달아서, 무게가 그 앞쪽으로 쏠리도록 함으로써 사다리꼴이 들어 올려지고, 또 들어 올려지고 하여 곧 굴러가게 되는 것이다. 모든 무거운 것들은 위에 있는 것은 들어 올릴 수가 없고, 아래에 있는 것은 끌어내릴 수가 없으며, 곁에서 잡아끌지 않으면 곧장 아래로 내려가는데, 삐딱한 것은 무엇인가가 그것을 방해하기 때문이다. 그래서 아래쪽으로 밀려 내려갈 사다리꼴의 수레가 곧바로 밀려 내려가지 못하게 된다. 지금 평평한 땅에 돌을 놓았을 적에 무거운데도 내려가지 않는 것은 경사가 없기 때문이다. 만약 줄을 호(胡)에 매어 끈다면 그것은 마치 배 가운데의 가로 댄 나무에 줄을 걸어 끄는 것과 같다.

挈[1], 有力也. 引, 無力也. 不正, 所挈之止於施[2]也. 繩制
挈之也, 若以錐刺[3]之. 挈, 長重者下, 短輕者上. 上者愈
得, 下下者[4]愈亡. 繩直權重[5]相若, 則正矣. 收[6], 上者愈
喪[7], 下者愈得. 上者權重盡, 則逐挈.

兩輪高, 兩輪爲輲[8], 車梯[9]也. 重其前, 弦[10]其前. 載弦其
前, 載弦其軲[11], 而縣重於其前, 是梯挈且挈則行. 凡重,
上弗挈, 下弗收, 旁弗劫[12], 則下直, 杝或害之也. 泝[13]梯
者不得, 泝直也. 今也廢尺[14]於平地, 重不下, 無蹢[15]也.
若夫繩之引軲也, 是猶自舟中引橫也.

1 挈(설)─들어올리는 것. 2 㐌(이)─이(柂)와 통하여, 삐딱한 것, 비뚤어진 것. 3 以錐刺(이추척)─송곳으로 찌르다. 뜻이 분명치 않으나 끌어올리는 줄이 똑바른 것을 형용한 말인 듯하다. 4 下下者(하하자)─'하' 한 글자는 잘못 들어간 것. 5 權重(권중)─저울추와 다는 물건의 무게. 6 收(수)─끌어내리는 것. 7 喪(상)─무게를 잃는 것, 무게가 없는 것. 8 輇(천)─전(軽)과 통하여, 수레바퀴가 낮은 것(張惠言 說). 9 車梯(거제)─사다리꼴 수레. 10 弦(현)─수레채, 곧 원(轅)인 듯. 11 軲(고)─호(胡). 수레채 앞쪽에 수레가 정거해 있을 적에 안정되도록 땅에 닿게 만들어 달아놓은 물건. 12 劫(겁)─겁(扗)과 통하여(『墨子閒詁』), 잡아끌다, 들다. 13 沞(류)─류(流). 아래로 흐르다, 아래로 미끄러지다. 14 廢尺(폐척)─'폐'는 치(置), '척'은 석(石)의 잘못(『墨子閒詁』). 돌을 놓다. 15 跨(방)─기(踦)의 잘못(『墨子閒詁』). 경사진 것.

28 비뚤어지는 것은 서로 등지고 밀어내고 잡아끌고 굽히기 때문이다. 비뚤어지면 곧 바르지 않다. 돌을 나란히 하는 것과 돌을 쌓는 것도 그러하다.

倚¹, 倍², 拒³, 堅⁴, 軵⁵. 倚焉則不正. 誰⁶竝⁷石絫⁸石耳.
의　배　거　견　친　의언즉부정　수 병 석 류 석 이

1 倚(의)─비뚤은 것. 2 倍(배)─배(背). 서로 등지다. 반대 방향으로 움직이는 것. 3 拒(거)─밀어내는 것. 4 堅(견)─겨(撃)의 잘못(『墨子閒詁』). 잡아끄는 것. 5 軵(친)─국(鞠)의 잘못인 듯. 굽히는 것. 6 誰(수)─유(唯)와 통함. 7 竝(병)─병(竝)의 이체자(異體字). 나란히 놓는 것. 8 絫(류)─포개다, 쌓다.

29 침실을 끼고 있는 것은 기둥이다. 주춧돌은 땅으로부터 한 자 높이인데, 아래쪽에 주춧돌을 놓고 그 위쪽에 줄로 기둥을 매어 달아 주춧돌에 정확하게 놓아 기둥이 떨어지지 않게

된다. 줄이 돌 쪽으로 가서 걸리어 들어올리게 되면 줄이 끊어지는데, 잡아끌었기 때문이다.

夾帠[1]者, 法[2]也. 方石[3]去地尺, 關[4]石於其下, 縣絲[5]於其
협 침 자　법 야　방 석 거 지 척　관 석 어 기 하　현 사 어 기
上, 使適至方石, 不下柱也. 膠絲[6]去石, 挈[7]也, 絲絕, 引也.
상　사 적 지 방 석　불 하 주 야　교 사 거 석　설 야　사 절　인 야

1 夾帠(협침)−'침'은 침(寢)과 같은 자로(『墨子閒詁』), 침실을 끼고 있는 것.
2 法(법)−주(柱)의 잘못. 기둥. **3** 方石(방석)−네모진 주춧돌. **4** 關(관)−놓는
것. **5** 縣絲(현사)−줄로 기둥을 매어 다는 것. **6** 膠絲(교사)−줄이 돌에 걸려
붙는 것. **7** 挈(설)−들어올리다.

30 실물은 변하지 않는데, 이름이 바뀌어지는 것이 달라지는 것이다. 물건을 살 적에 돈과 사려는 곡식의 값을 서로 따져볼 때, 내주는 돈의 값이 가벼우면 곧 사는 곡식값도 비싸지 않으며, 내주는 돈의 값이 무거우면 곧 사는 곡식값도 싸지 않게 된다. 나라의 돈은 변하지 않아도 살 곡식값은 변한다. 해마다 살 곡식값이 변한다면 곧 해마다 돈의 값어치도 변하는 것이다.

未變[1]而名易, 收[2]也. 買, 刀糴[3]相爲賈[4], 刀輕則糴不貴,
미 변 이 명 역　수 야　매　도 적 상 위 가　도 경 즉 적 불 귀
刀重則糴不易[5]. 王刀[6]無變, 糴有變. 歲變糴, 則歲變刀.
도 중 즉 적 부 이　왕 도 무 변　적 유 변　세 변 적　즉 세 변 도

1 未變(미변)−실물이 변하지 않는 것. **2** 收(수)−반(仮)의 잘못(『墨子閒詁』).
변하다, 바뀌어지다. **3** 刀糴(도적)−돈과 사려는 곡식. **4** 相爲賈(상위가)−서
로 값을 따지는 것. **5** 易(이)−경(輕)의 뜻(張惠言 說). 가볍다, 싸다. **6** 王刀
(왕도)−왕의 돈, 나라의 돈.

31 물건을 파는 사람처럼, 값을 잘 따져 팔면 그것이 팔리지 않던 까닭을 다 없애는 것이다. 그것이 팔리지 않던 까닭이 없어지면 곧 팔리게 되는데, 값이 정당하기 때문이다. 합당한가 합당하지 않은가는 바라는 것과 바라지 않는 것을 바로잡아 준다. 마치 전쟁에 진 나라에서 집을 팔려 하는 경우나, 시집간 여자가 아들이 없는 경우와 같은 것이다.

若鬻子¹, 賈盡也²者, 盡去其以³不讐⁴也. 其所以不讐去,
약 육 자　가 진 야　자　진 거 기 이 불 수 야　기 소 이 불 수 거

則讐, 舌賈也. 宜不宜, 舌欲不欲. 若敗邦⁵, 鬻室 ; 嫁子⁶,
즉 수　정 가 야　의 불 의　정 욕 불 욕　약 패 방　육 실　가 자

無子.
무 자

1 鬻子(육자)－육자(鬻者). 물건을 파는 사람.　**2** 盡也(진야)－잘 따져서 파는 것.　**3** 以(이)－소이(所以). 까닭, 원인.　**4** 讐(수)－수(售). 팔리는 것.　**5** 敗邦(패방)－전쟁에 패한 나라.　**6** 嫁子(가자)－시집간 여자.

32 군대에 가 있다 해도, 그가 반드시 죽었는지 살았는지 알 수 없다. 전쟁이 일어났다는 말을 듣더라도 역시 반드시 그가 살아있는지 알 수 없다. 그러나 앞의 경우에는 두려워하지 않지만, 뒤의 경우에는 두려워한다.

在軍, 不必其死生. 聞戰, 亦不必其生. 前也¹不懼, 今
재 군　불 필 기 사 생　문 전　역 불 필 기 생　전 야 불 구　금

也²懼.
야 구

33 의혹은 이것이 이런 것이 아님을 알기 때문이고, 이것이
여기에 있지 않다는 것을 알고 있기 때문이다. 그러나 이
곳을 남쪽 또는 북쪽이라 말할 때, 잘못되었다 하더라도 그렇다고
여기게 된다. 처음에 이곳을 남쪽이라 하였기 때문에 그래서 지금
도 이곳을 남쪽이라 말하는 경우이다.

或¹, 知是之非此也, 有知是之不在此也. 然而謂此南北,
　혹　　지시시지비차야　　　유지시지부재차야　　　연이위차남북
過²而以已³爲然. 始也謂此南方, 故今也謂此南方.
　과 이 이 이 위 연　　시 야 위 차 남 방　　고 금 야 위 차 남 방

1 或(혹) - 惑(혹), 의혹. 2 過(과) - 잘못된 것. 3 已(이) - 잘못 끼어든 글자.

34 알고서 그것을 논하여야만 할 것이니, 앎이 아니라면 어
찌할 수가 없는 것이다.

智¹, 論之, 非智無以²也.
　지　논지　비지무이야

1 智(지) - 「경」의 지(知)와 같은 뜻. 2 無以(무이) - 어찌할 수가 없다.

35 말한다는 것은, 말한 것이 같지 않다면 곧 다른 것이다. 같다는 것은 곧 어떤 이는 그것을 개라 말하고, 또 다른 이는 그것을 멍멍이라 말하는 경우이다. 다르다는 것은 곧 어떤 이는 그것을 소라고 말하고, 소를 놓고 어떤 이는 말이라고 말하는 경우이다. 다 같이 이기지 못한다면 그것은 이론이 아니다. 이론이란 것은 어떤 사람은 그것을 옳다고 말하고, 어떤 사람은 그것을 그르다고 말할 적에 합당한 사람이 이기게 되는 것이다.

謂¹, 所謂, 非同也, 則異也. 同則或謂之狗, 其或謂之犬
위　소위　비동야　즉이야　동즉혹위지구　기혹위지견
也. 異則或謂之牛, 牛或謂之馬也. 俱無勝, 是不辯²也.
야　이즉혹위지우　우혹위지마야　구무승　시불변야
辯也者, 或謂之是, 或謂之非, 當者勝也.
변야자　혹위지시　혹위지비　당자승야

1 謂(위) — 말하는 것.　2 辯(변) — 논변(論辯).

36 사양하지 않는 것은 주례(酒禮)에 있어서의 술이다. 사양하지 않으면 위태로워지는 경우가 있다 하더라도 사양할 수가 없는 것이다.

無讓者, 酒. 未讓, 始¹也, 不可讓也.
무양자　주　미양　시야　불가양야

1 始(시) — 태(殆)의 잘못.

37 돌이라는 한 가지 물건에 있어서, 굳다는 것과 희다는 것은 두 가지인데, 모두 돌에 속해있는 것이다. 그러므로 한 물건에 아는 것도 있지만 알지 못하는 것도 있다고 해도 괜찮다.

於石一也, 堅白二也, 而在石. 故有智焉, 有不智焉, 可.
어 석 일 야   견 백 이 야   이 재 석   고 유 지 언   유 부 지 언   가

38 손가락으로 가리키는 데 있어서, 당신이 이것을 알고 또 이것은 내가 먼저 드러내 말한 것임을 안다면, 앎이 중복되는 것이다. 그러니 당신이 이것을 알고 또 내가 먼저 드러내 말한 것임을 알지 못한다면 그것은 한 쪽만을 아는 것이다. 아는 것도 있지만 알지 못하는 것도 있다고 해도 괜찮다. 만약 안다면 곧 당연히 그것을 손가락으로 가리켜서 내게 알도록 일러주어야 할 것이니, 그러면 나도 그것을 알게 될 것이며, 아울러 그것을 손가락으로 가리키어 앎이 둘이 될 것이다. 옆에서 그것을 손가락질해주는 이가 있다면 셋이서 그것을 손가락질하는 것이 된다.

만약 반드시 내가 먼저 드러내어 말한 것만을 손가락으로 가리키고 내가 드러내어 말하지 않은 것은 드러내지 말라고 한다면, 곧 손가락은 진실로 그것만을 가리키지 못할 것이며, 바라는 대로 상대방에게 전하여지지 않아서 뜻이 만족할 수 없게 될 것이다. 또한 그가 아는 것도 이것이고 알지 못하는 것도 이것이라 한다면, 곧 이 아는 것과 이 알지 못하는 것이 어찌 하나가 될 수가 있겠는가? 말하는 데 있어서는 아는 것도 있고, 알지 못하는 것도 있는 것이다.

有指, 子[1]智是, 有智是吾所先擧[2], 重. 則子智是, 而不
유 지 　 자 지 시 　 유 지 시 오 소 선 거 　 중 　 즉 자 지 시 　 이 부

智吾所先擧也, 是一. 謂有智焉, 有不智焉, 可. 若智之,
지 오 소 선 거 야 　 시 일 　 위 유 지 언 　 유 부 지 언 　 가 　 약 지 지

則當指之, 智告我[3], 則我智之, 兼指之, 以二也. 衡指之,
즉 당 지 지 　 지 고 아 　 즉 아 지 지 　 겸 지 지 　 이 이 야 　 형 지 지

參直之[4]也.
삼 직 지 야

若曰 : 必獨指吾所擧, 毋擧吾所不擧, 則者[5]固不能獨
약 왈 　 필 독 지 오 소 거 　 무 거 오 소 불 거 　 즉 자 고 불 능 독

指, 所欲相不傳, 意若未校[6]. 且其所智是也, 所不智是,
지 　 소 욕 상 부 전 　 의 약 미 교 　 차 기 소 지 시 야 　 소 부 지 시

則是智, 是之不智也, 惡[7]得爲一? 謂而有智焉, 有不智焉.
즉 시 지 　 시 지 부 지 야 　 오 득 위 일 　 위 이 유 지 언 　 유 부 지 언

1 子(자)―그대, 당신. 2 先擧(선거)―먼저 드러내어 말한 것. 3 智告我(지고
아)―아는 것을 나에게 고하다, 나에게 말하여 알게 하다. 4 參直之(삼직
지)―셋이 곧장 그것을 가리키는 것. 5 則者(즉자)―중간에 지(指)자가 빠진
듯(『墨子閒詁』). 6 未校(미교)―'교'는 열(悅)의 잘못(張惠言 說). 기뻐하다, 만
족하다. 7 惡(오)―어찌.

39 마음이 산란한 바가 있으면, 그 형세가 본시 손가락으로
가리킬 수가 없는 것이다. 망명 중인 신하는 그가 있는
곳을 알 수가 없고, 개와 멍멍이는 그의 이름을 알지 못한다. 잃어
버린 것은 재주가 뛰어난 사람이라도 그물질하듯이 다시 찾을 수
는 없다.

所春[1]也, 其執[2]固不可指也. 逃臣[3]不智其處, 狗犬不智
소 춘 야 　 기 집 고 불 가 지 야 　 도 신 부 지 기 처 　 구 견 부 지

其名也. 遺者, 巧[4]弗能兩[5]也.
기 명 야 　 유 자 　 교 불 능 량 야

1 春(춘)-준(惷). 마음이 산란한 것. 2 執(집)-세(勢), 형세. 3 逃臣(도신)-
나라로부터 도망친 신하, 망명중인 신하. 4 巧(교)-교묘한 것, 재주가 많은
것. 5 兩(량)-망(网)의 잘못. 그물, 그물질하다.

40 안다는 데 있어서, 개에 대하여 안다는 것은 멍멍이에 대
하여 안다는 것과 중복됨으로 곧 잘못인 것이다. 중복되
지만 않는다면 잘못이 되지 않는다.

智, 智狗, 重智犬, 則過. 不重則不過.
지　지구　중지견　즉과　부중즉부과

41 상대방 뜻에 통한다는 것은, 묻는 사람이 "당신은 노새를
아시오?" 하고 물었을 때, 거기에 "노새란 무엇을 말하
오?" 하고 반문하여, 그가 "노새를 말하오." 하고 말하여, 곧 그것
을 아는 경우이다. 만약 노새란 무엇을 말하오 하고 묻지 않고 바
로 알지 못한다고 대답한다면 잘못인 것이다. 또한 물음에는 반드
시 대답을 하게 된다. 질문을 하였을 적에 그처럼 대답을 하게 되
지만, 그 대답에는 깊고 얕은 차이가 있는 것이다.

通, 問者曰：子知騾[1]乎？應之曰：騾, 何謂也？彼曰：
통　문자왈：자지라호　응지왈：라　하위야　피왈：

騾施[2], 則智之. 若不問騾何謂, 徑應[3]以弗智, 則過. 且應[4]
라시　즉지지　약불문라하위　경응　이불지　즉과　차응

必應. 問之時若應, 長[5]應有深淺.
필응　문지시약응　장응유심천

1 羸(라)－라(贏)의 별자(別字). 노새(『墨子閒詁』).　2 施(시)－야(也)의 잘못(『墨子閒詁』).　3 徑應(경응)－곧장 대답하다, 바로 응답하다.　4 且應(차응)－이 '응' 자는 문(問)의 잘못(『墨子閒詁』).　5 長(장)－기(其)자의 잘못(『墨子閒詁』).

42 　한 사람이 방안에 있을 적에, 그 사람과 그 장소에 대하여 말한다면, 방도 존재하고 있는 것이고, 그 사람도 존재하고 있는 것이다. 있는 것에 의거하여 방이 어디에 존재하고 있는가 하고 묻고, 방을 위주로 하여 존재하는 것은 어떤 사람이 존재하는 것인가 하고 묻는다면, 그것은 하나는 존재하는 사람을 위주로 하여 존재하고 있는 곳을 물은 것이고, 다른 하나는 존재하는 곳을 위주로 하여 존재하고 있는 사람에 대하여 물은 것이다.

大^1, 常^{2}中在, 兵人長所^3, 室堂所存也, 其子^{4}存者也. 據
대　상중재　병인장소　　실당소존야　기자존자야　거

在者, 而問室堂, 惡可存也^5；主室堂, 而問存者, 孰存^6
재자　이문실당　오가존야　　주실당　이문존자　숙존

也；是一主存者, 以問所存；一主所存, 以問存者.
야　시일주존자　이문소존　일주소존　이문존자

1 大(대)－인(人)의 잘못인 듯(『墨子閒詁』).　2 常(상)－당(堂)의 잘못(畢沅 說). 방.　3 兵人長所(병인상소)－'병'과 '상'은 모두 기(其)의 잘못(『墨子閒詁』). 그 사람과 그 장소.　4 其子(기자)－문맥으로 보아 '자'는 인(人)의 잘못.　5 惡可存也(오가존야)－오소존야(惡所存也)로 되어야 옳으며, 어디에 존재하고 있는가?　6 孰存(숙존)－누가 존재하는가? 어떤 사람이 존재하는가?

43 　오행(五行)은 쇠·물·흙·불·나무이다. 불이 붙으면 타는 불이 쇠를 녹이는 것은 불이 많기 때문이다. 쇠가 숯

불을 끄는 것은 쇠가 많기 때문이다. 쇠는 물을 낳게 된다. 물은 나무를 낳게 한다.

五金[1], 水土火木. 火離[2], 然火鑠[3]金, 火多也. 金靡炭[4],
오금　수토화목　화리　연화삭금　화다야　금미탄

金多也. 金之府水[5]. 木離木[6].
금다야　금지부수　목리목

1 五金(오금) — 오행(五行). **2** 離(리) — 붙다. 리(麗). 붙이다. **3** 鑠(삭) — 녹이다. **4** 靡炭(미탄) — 숯불을 끄다. **5** 府水(부수) — '부'는 부(附)의 뜻. 오행상생(五行相生)의 이론에 따르면 '쇠가 물을 낳는다.'고 하는데, 이것을 설명한 것이다. **6** 木離木(목리목) — 앞의 '목' 자는 수(水)의 잘못. '물은 나무에 붙어 생겨난다.' 오행상생의 이론에서 '물이 나무를 낳는다.'고 하는 것을 설명한 말이다.

44 고라니와 물고기의 수를 아는 것과 같이, 오직 이롭다는 것만을 알지 싫어하는 마음은 없다. 삶을 손상시키고 수명을 단축시킨다면 설사 약간의 좋은 점이 있다 하더라도 그것을 누가 좋아하겠는가? 많은 곡식을 먹는 것이, 어떤 이는 그것이 손상을 주는 일이 없다고 생각할 것이나, 그것은 사람에 대한 술의 관계나 같이 사람을 병들게도 하고 사람을 이롭게도 하는 것이다. 좋아한다 해도 그 병들게 하는 점만은 다스릴 수가 없는 것이다.

若識麋與魚之數, 惟所利無欲惡[1]. 傷生損壽, 說[2]以少連[3],
약식미여어지삭　유소리무욕오　상생손수　설이소련

是誰愛也? 嘗[4]多粟, 或者欲不有能傷也, 若酒之於人也,
시수애야　상다속　혹자욕불유능상야　약주지어인야

且智人[5]利人. 愛也, 則唯智弗治也.
차지인리인　애야　즉유지불치야

1 無欲惡(무욕오) — 싫어하는 마음은 없다.   **2** 說(설) — 설사(設使), 설령(設令).
3 連(련) — 적(適)의 잘못인 듯(『墨子閒詁』). 적합한 것. 좋은 점.   **4** 甞(상) — 맛
보다, 먹다.   **5** 恕人(지인) — '지'는 치(痴)의 본자(本字)로, 사람을 병나게 하
는 것.

이 대목은 특히 뜻이 명확하지 않다. 오히려 「경」의 뜻이 더
알기 쉽고 분명하다.

45 너무 배부른 것을 덜어 남는 것을 제거하면 딱 알맞게 되
어 해가 되지 않는다. 해를 끼칠 수 있는 것은 너무 배부
른 것이니, 마치 죽을 많이 먹었는데 비장(脾臟)이 없어 소화를 못
시키어 병이 되는 거와 같다. 또한 덜어낸 뒤에 이익이 되는 것은
마치 학질을 앓는 사람과 학질의 관계나 같다.

損飽者¹去餘, 適足不害. 能害飽, 若傷䕩²之無脾³也. 且
손 포 자 거 여　　　적 족 불 해　　　능 해 포　　　약 상 미 지 무 비 야　　　차

有損而后益智者⁴, 若病之之⁵於瘧⁶也.
유 손 이 후 익 지 자　　　약 병 지 지 어 학 야

1 飽者(포자) — 배부른 사람. 너무 많이 먹는 사람.   **2** 䕩(미) — 미(糜)의 잘못(高
亨『墨辯校詮』). 죽.   **3** 脾(비) — 비장(脾臟). 위장 밑에 달린 지라.   **4** 益智者(익
지자) — '지'는 잘못 끼어든 글자(『墨子閒詁』). 이익이 되는 것.   **5** 病之之(병지
지) — 끝의 '지'자는 인(人)의 잘못(『墨子閒詁』). 병을 앓는 사람.   **6** 瘧(학) — 학
(瘧)과 같은 자. 학질(瘧疾).

46 앎은, 눈으로 보는 데서 얻어지는데, 눈은 불을 통해서 보게 되나 불은 보지 않는 것이다. 오직 오관을 통해서 알려고 해도, 오랜 시간 눈만 통해서 보아서는 안되고 불을 통해서 보아야 하기 때문이다.

智, 以目見, 而目以火見, 而火不見. 惟以五路[1]智, 久不
지 이목견 이목이화견 이화불견 유이오로지 구부

當以目見, 若以火見.
당이목견 약이화견

1 五路(오로) – 오관(五官).

47 불은, 불이 뜨겁다고 말하는데, 불이 뜨거운 것을 보았기 때문이 아니다.

火, 謂火熱也, 非以火之熱.
화 위화열야 비이화지열

48 내가 만약 무엇을 보고서 안다고 하는 것이 있을 때, 알고 있다는 것과 알지 못하는 것을 섞어놓고 그에 대하여 묻는다면, 틀림없이 말하기를 이것은 아는 것이고, 이것은 알지 못하는 것이라 할 것이다. 취하고 버리는 것을 모두 잘할 줄 아는 것이니, 그것은 그 양편을 다 알게 된 것이다.

我有若視日智, 雜所智與所不智, 而問之, 則必曰, 是所
아 유약시왈지 잡소지여소부지 이문지 즉필왈 시소

智也, 是所不智也. 取去俱能之, 是兩智之也.
지야　시소부지야　취거구능지　시량지지야

없다고 할 때, 만약 말이 없다고 한다면 곧 그것이 있은
연후에 없게 된 것이다. 하늘이 무너지는 일이 없다고 한
다면 곧 그런 일이 없어서 없다는 것이다.

無, 若無焉[1], 則有之而後無. 無天陷[2], 則無之而無.
무　약무언　즉유지이후무　무천함　즉무지이무

1 焉(언) – 마(馬)의 잘못(『墨子閒詁』).　2 天陷(천함) – 하늘이 무너져 내리는 것.

대체적인 것을 의심하는 것은 무의미하다. 노예가 지금 죽
었고, 그리고 하인도 구했으나 또 죽었다고 해도 괜찮다.

擢[1], 疑, 無謂[2]也. 臧[3]也今死, 而春[4]也得文[5], 文死[6]也可.
탁　의　무위야　장야금사　이춘야득문　문사야가

1 擢(탁) – 대체적, 대강.　2 無謂(무위) – 말할 게 없다, 무의미하다.　3 臧
(장) – 노예.　4 春(춘) – 시양(厮養, 곧 하인)의 '양(養)'의 잘못(『墨子閒詁』). 하
인.　5 得文(득문) – '문'은 지(之)의 잘못(『墨子閒詁』).　6 文死(문사) – '문'은
우(又)의 잘못.

'막'이라는 말은, 바로 이러한 것이다. 막 그렇게 되려
하는 것은 반드시 그렇게 된다. 막 그치려는 것은 반드시

그치게 된다. 막 일을 한 뒤에 그치려는 것은 반드시 일을 한 뒤에 그치게 된다.

且¹, 猶是²也. 且然, 必然. 且已, 必已. 且用工³而後已
차   유시야   차연   필연   차이   필이   차용공 이후이
者, 必用工而後已.
자   필용공이후이

1 且(차)─막. 막 …되려 하다. **2** 猶是(유시)─이러한 것과 같다, 바로 이러한 것이다. **3** 用工(용공)─일을 하는 것. 종사(從事)나 같은 말.

52 물건을 달 때, 머리카락으로 매어 달고 단다고 하자. 가볍고 무거운 차이에 따라 머리카락이 끊어지는데, 균형이 잡히지 않았기 때문이다. 균형이 잡혔다면, 그것은 끊어질래야 끊어질 수가 없다.

均¹, 髮均縣². 輕重而髮絕, 不均也. 均, 其絕也, 莫絕.
균   발균현   경중이발절   불균야   균   기절야   막절

1 均(균)─물건의 무게를 달다. 균형(均衡). **2** 縣(현)─현(懸). 매어 달다.

53 요임금은 학 같은 분이시다. 혹은 이름을 통해서 사람을 보고, 혹은 실물을 통해서 사람을 본다. 친구를 드러낼 적에 부자 상인이라 한다면 그것은 이름을 통해서 사람을 본 것이다. 학을 가리키면서 이런 분이라 한다면 그것은 실물로 사람을 보는 것이다. 요임금의 뜻은 지금에 있어서는 명성이고, 뜻이 드

러나는 실질은 옛날에 있었다. (위태롭기가 성문과 노예 같다)

堯, 霍[1]. 或以名視人, 或以實視人. 舉友, 富商也, 是以
요 곽 　 혹 이 명 시 인 　 혹 이 실 시 인 　 거 우 　 부 상 야 　 시 이

名視人也. 指是臛也, 是以實視人也. 堯之義也, 是聲也
명 시 인 야 　 지 시 확 야 　 시 이 실 시 인 야 　 요 지 의 야 　 시 성 야

於今, 所義[2]之實, 處於古. 若殆於城門與於臧也[3].
어 금 　 소 의 지 실 　 처 어 고 　 약 태 어 성 문 여 어 장 야

1 霍(곽) — 뒤에 보이는 것과 같은 '학(臛)'의 잘못(畢沅·張惠言 說). 학(鶴). **2** 所義(소의) — 뜻으로 나타낸 바, 뜻이 드러나는 것. **3** 若殆於城門與於臧也(약 태어성문여어장야) — 앞뒤로 뜻이 전혀 통하지 않는다. 다른 곳에 있어야 할 구절이 여기에 잘못 와 있는 것임이 분명하다.

54 개란 개와 멍멍이이다. 개를 죽인 것을 멍멍이를 죽였다
고 해도 괜찮으니, 양편 넓적다리뼈나 같은 것이기 때문
이다.

狗, 狗犬也. 謂之殺犬可, 若兩胇[1].
구 　 구 견 야 　 위 지 살 견 가 　 약 량 비

1 兩胇(양비) — '비'는 비(髀)와 같은 자. 넓적다리, 넓적다리뼈.

　개와 멍멍이를 바꿔 써도 되는 것은, 넓적다리뼈가 부러졌을
경우에, 좌우를 가리지 않고 넓적다리뼈가 부러졌다고 해도 잘못
이 없는 거나 같다는 뜻이다.

55 부린다는 것은, 명령하여 부리는 것이다. (「경」의 글도 알 수 없다 하였지만, 이하의 글도 역시 알 수가 없다.)

使, 令使也. 我使我, 我不使亦使我, 殿戈亦使, 殿不美
사 영사야　아사아　아불사역사아　전과역사　전불미

亦使, 殿.
역사 전

56 초(楚)나라의 호수는 초나라에 있는 것이니, 그곳의 호수가 얕다는 것은 초나라가 얕다는 것은 아니다.

荊¹沈, 荊之貝²也, 則沈淺, 非荊淺也.
형 침　형지패야　즉침천　비형천야

1 荊(형)－초(楚)의 별명.　2 貝(패)－유(有)의 잘못(「경」 참조).

57 다섯을 가지고 하나와 바꾸는 것 같은 것이 기둥과 단(摶)의 관계이다. 그것에 대하여 볼 적에, 그렇게 하는 뜻은 먼저 알기가 쉽지 않다. 뜻으로 볼 때, 기둥이 갈대보다도 가볍다고 생각한다면, 그 뜻에 있어서는 만족스러울 것이다.

若易五之一, 以楹¹之摶²也. 見之, 其於意也, 不易先智.
약역오지일　이영지단야　견지　기어의야　불역선지

意相³也, 若楹輕於秋⁴, 其於意也洋然⁵.
의상야　약영경어추　기어의야양연

1 楹(영)－기둥.　2 摶(단)－나무를 다발로 묶어 불을 붙이는 데 쓰던 것.　3

相(상)-보다. **4** 秋(추)-적(荻)의 뜻. 갈대(『墨子閒詁』). **5** 洋然(양연)-양양
(洋洋)한 모양. 만족스러운 모양. 가득 찬 모양. 넓다란 모양.

58 신틀과 망치와 송곳은 모두 신을 만들 적에 쓸 수 있는
것이다. 신발 끈을 꿴 뒤에 망치질을 하는 것과, 망치질
을 한 뒤에 신발 끈을 꿰는 것은 같다. 반대로 한 것이다.

段¹, 椎², 錐, 俱事於履³, 可用也. 成繪⁴履過⁵椎, 與成椎
단　추　추　구사어리　　가용야　　성회구과추　　여성추

過繪履, 同. 過仵⁶也.
과회구　동　　과오야

1 段(단)-단(碫). 신틀의 대석(臺石)인 듯하나, 신틀이라 번역하였다. **2** 椎
(추)-망치. **3** 履(리)-신. 신발. **4** 繪(회)-괴(襘)의 잘못. 신발에 구멍을 뚫
고 끈을 꿰는 것. **5** 過(과)-모두 우(遇)의 잘못. 만나다, 당하다. **6** 過仵(과
오)-반대를 만나는 것. 어긋나는 것.

59 하나는, 다섯 속에 하나가 있고, 하나가 다섯 있기도 하
다. 열에는 (다섯이) 둘이 있다.

一, 五有一焉, 一有五焉. 十二焉.
일　오유일언　일유오언　십이언

60 반을 계속 자르는 것이 안 된다는 것은 가로부터 앞으로
나아가면서 잘려지기 때문이다. 앞으로 나아가면서 잘라

진다면 중간에서도 반이 되는 일이 없고 그대로 가이다. 앞뒤에서 잘라나간다면 곧 가도 중간이다. 자르는 것을 반드시 반으로 계속 잘라나간다면 반이 되지 않는 경우란 없을 것이나 계속 자를 수는 없는 것이다.

非斲¹半, 進前取也. 前則中無爲半, 猶端也. 前後取, 則
비 착 반　진 전 취 야　전 즉 중 무 위 반　유 단 야　전 후 취　즉

端中也. 斲必半, 毋與非半², 不可斲也.
단 중 야　착 필 반　무 여 비 반　불 가 착 야

1 斲(착)-작(斫). 쪼개다, 자르다.　2 毋與非半(무여비반)-반이 되지 않는 경우란 없다.

61 없을 수가 있다지만, 이미 그러했던 것은 곧 당연히 그러할 것이니 없을 수가 없는 것이다. 오랜 시간이란 끝이 있을 것 같지만 끝이 없는 것이다.

可無也, 已給¹則當給, 不可無也. 久有窮², 無窮.
가 무 야　이 급 즉 당 급　부 가 무 야　구 유 궁　무 궁

1 給(급)-연(然)의 잘못(『墨子閒詁』). 그러한 것.　2 窮(궁)-끝. 결말.

62 정확히 동그란 공은 어떤 곳에 매어달아 놓아도 중심이 맞지 않는 경우란 없다. 둥글기 때문이다.

正九¹, 無所處而不中縣². 摶³也.
정 구　무 소 처 이 부 중 현　단 야

1 九(구)－환(丸)의 잘못(『墨子閒詁』). 둥근 공. 2 中縣(중현)－'현'은 현(懸)과 통하여, 중간에 균형이 잡히게 매어 달려 있는 것. 3 摶(단)－둥근 것.

63 우주의 넓이란, 이루 다 들 수도 없는 것이 우주이다. 나아간다는 것은 먼저 가까운 곳에 이르고, 뒤에 먼 곳에 이르게 되는 것이다. 간다는 것은 반드시 먼저 가까운 데로부터 시작하여 먼 곳에 이르게 되는 것이다.

偏[1]宇, 不可偏擧, 宇也. 進行者, 先敷[2]近, 後敷遠. 行
구 우　부 가 편 거　우 야　진 행 자　선 부 근　후 부 원　행

者[3]行者, 必先近而後遠.
자 행 자　필 선 근 이 후 원

1 偏(구)－구(區)의 뜻. 구역. 넓이. 2 敷(부)－이르다. 3 行者(행자)－잘못되어 중복된 것이다(張惠言 說).

64 멀고 가까운 것은 거리이고, 앞서고 뒤지는 것은 시간이다. 사람이 멀리 가려면 반드시 오랜 시간이 걸려야 한다.

遠近脩[1]也, 先後久[2]也. 民[3]行脩, 必以久也.
원 근 수 야　선 후 구 야　민 행 수　필 이 구 야

1 脩(수)－길이, 거리. 2 久(구)－오래 걸리는 것. 시간. 3 民(민)－인(人). 사람.

65 한 가지 네모꼴이라면 모두가 한 종류이며, 모두 법도가 있으나 달라서 어떤 것은 나무이고 어떤 것은 돌이라 하더라도 그것들이 네모꼴로 서로 들어맞는 데에는 방해가 되지 않는다. 모두가 한 종류가 되는 것은 네모꼴이라는 것 때문이며, 모든 물건이 다 그러하다.

　　　一方盡類, 俱有法而異, 或木或石, 不害其方之相合也.
　　　일 방 진 류　　구 유 법 이 이　　혹 목 혹 석　　불 해 기 방 지 상 합 야

　　盡類猶¹方也, 物俱然.
　　진 류 유　방 야　　물 구 연

1 猶(유)－유(由). …으로 말미암다, …때문이다.

66 소에 대하여 함부로 말하여, 말과는 다른 것이라 하면서 소에게는 이빨이 있고, 말은 꼬리가 있다고 하면서 소와 말은 다른 것이라고 한다면 잘못된 것이다. 그것은 모두가 갖고 있고 한 편에만 있는 것이 아니며, 한 편에만 갖고 있지 않은 것도 아니다. 소가 말과 한 종류가 아니라고 말하면서, 소에는 뿔이 있고 말은 뿔이 없다는 것을 근거로 한다면 이들은 종류가 같지 않기 때문이다. 만약 소에는 뿔이 있고, 말에는 뿔이 없다는 것을 들면서 이들은 종류가 같지 않은 것이라 한다면 그것은 함부로 보기를 든 것이다. 마치 소에게는 이빨이 있고, 말에게는 꼬리가 있다고 말하는 거나 같은 것이다.

　　　牛狂¹, 與馬惟異, 以牛有齒, 馬有尾, 說牛之非馬也, 不
　　　우 광　　여 마 유 이　　이 우 유 치　　마 유 미　　설 우 지 비 마 야　　불

묵자墨子
742

可. 是俱有, 不偏有, 偏無有. 日之²與馬不類, 用牛有角,
가 시구유 불편유 편무유 왈지 여마불류 용우유각

馬無角, 是類不同也. 若擧牛有角, 馬無角, 以是爲類之
마무각 시류부동야 약거우유각 마무각 이시위류지

不同也, 是狂擧也. 猶牛有齒, 馬有尾.
부동야 시광거야 유우유치 마유미

1 狂(광)－함부로 하다. **2** 日之(왈지)－중간에 우(牛)자가 빠졌음(『墨子閒詁』).

67 간혹 소가 아니라고 할 수 없으나, 소가 아닌 경우가 있
으니, 곧 간혹 소가 아닌 것을 소라고 하여도 괜찮다. 그
러므로 마소를 소가 아니라 하는 것도 괜찮다고 할 수 없고, 마소
를 소라고 하는 것도 괜찮다고 할 수 없다. 그러니 혹은 괜찮고,
혹은 괜찮지 않은 것이다. 그러니 마소를 소라고 말하는 것은 괜
찮지 않다고 해도 안된다. 또한 소는 둘이 아니고, 말도 둘이 아니
나 말과 소가 둘이라 한다면, 곧 소는 소가 아닌 것일 수가 없고,
말은 말이 아닌 것일 수가 없다. 그러니 마소는 소도 아니고, 말도
아니라고 하는 것이 무난한 것이다.

或不非牛, 而非牛也, 則或非牛或牛¹而牛也可. 故日牛
혹불비우 이비우야 즉혹비우혹우 이우야가 고왈우

馬, 非牛也, 未可 ; 牛馬, 牛也, 未可 ; 則或可或不可. 而
마 비우야 미가 우마 우야 미가 즉혹가혹부가 이

日牛馬牛也未可, 亦不可. 且牛不二, 馬不二, 而牛馬二,
왈우마우야미가 역불가 차우불이 마불이 이우마이

則牛不非牛, 馬不非馬. 而牛馬非牛非馬, 無難².
즉우불비우 마불비마 이우마비우비마 무난

1 或非牛或牛(혹비우혹우)－뒤의 ‘혹우’ 두 자는 잘못 끼어든 것임(『墨子閒
詁』). **2** 無難(무난)－무난하다. 어려움이 없다.

68 저것에 대하여, 이름을 올바르게 하는 것은 저것과 이것의 구별이다. 저것과 이것의 구별이 괜찮은 것은 저것이란 저것이 저것에 머물러 있고, 이것이란 이것이 이것에 머물러 있는 경우이다. 저것과 이것의 구별이 불가한 것은 저것이 또한 이것이기도 할 경우이다. 저것과 이것의 구별을 해도 괜찮은 것은 저것과 이것이, 저것과 이것에 머무는 경우이다. 이와 같이 저것과 이것을 구별한다 해도 곧 저것도 이것이 되고, 이것 또한 저것이 되는 것이다.

彼, 正名者彼此¹. 彼此可, 彼彼止於彼, 此此止於此. 彼
피　　정명자피차　　피차가　　피피지어피　　차차지어차　　피

此不可, 彼且此也. 彼此亦可, 彼此止於彼此. 若是而彼
차불가　　피차차야　　피차역가　　피차지어피차　　약시이피

此也², 則彼亦且此, 此也.
차야　　즉피역차차　　차야

1 彼此(피차)－저것과 이것을 구별하는 것.　**2** 此也(차야)－맨 끝 구절은 '차 역차피야(此亦且彼也)'의 잘못. 중간의 세 글자가 빠진 듯하다(『墨子閒詁』).

이것과 저것이란 개념을 분명히 하기 위한 것이다. '저것과 이것'의 구별을 위하여 '이름을 바로잡겠다〔正名〕'고 하면서, '저것과 이것의 구별'이 가(可)한 경우, 불가(不可)한 경우, '역가(亦可)'한 경우로 나누어 해설하고 있다.

69 노래를 하는데도 화하는 짝이 없다면 쓸데없음이 피(稗)와 같다. 화하려 해도 노래하는 짝이 없다면 그렇게 만드

는 것이니 어찌하는 수가 없다. 노래를 하는데도 화하지 않는다면 그것은 배우지 못한 것이다. 지혜는 적은데도 배우지 않는다면 이루는 것이 반드시 적을 것이다. 화하려 하는데도 노래부르지 않는다면 그것은 가르치지 않은 때문이다. 지혜가 있다 해도 가르치지 않는다면 이루는 것이 정말 없을 것이다. 사람으로 하여금 남의 옷을 탈취하도록 한다면, 죄는 가볍기도 하고 무겁기도 할 것이나 벌은 꼭 받을 것이다. 사람으로 하여금 남에게 술을 대접하도록 한다면 두텁고 얇은 차이는 있다 해도 은혜를 끼치게 될 것이다.

唱無過¹, 無所周², 若粺³. 和無過, 使也⁴, 不得已. 唱而
창 무 과　　무 소 주　　약 패　　화 무 과　　사 야　　부 득 이　　창 이

不和, 是不學也. 智少而不學, 必寡⁵. 和而不唱, 是不敎
불 화　　시 불 학 야　　지 소 이 불 학　　필 과　　화 이 불 창　　시 불 교

也. 智而不敎, 功適息⁶. 使人奪人衣, 罪或輕或重. 使人
야　　지 이 불 교　　공 적 식　　사 인 탈 인 의　　죄 혹 경 혹 중　　사 인

子人酒, 或厚或薄.
여 인 주　　혹 후 혹 박

1 過(과)－우(遇)의 잘못(『墨子閒詁』). 우(偶)와 통하여, 짝. 노래하거나 그 노래에 창화(唱和)하는 짝.　2 周(주)－용(用)의 잘못(『墨子閒詁』).　3 粺(패)－패(稗)와 통하여, 피. 논에 나는 잡초.　4 使也(사야)－그렇게 시키다, 그렇도록 만들다.　5 必寡(필과)－앞에 '공(功)' 자가 빠졌음(楊葆彝 說). 공이 반드시 적다, 이루어 놓은 성과가 반느시 석다.　6 適息(석식)－마침 없어지다, 징밀 없게 되다.

끝머리의 '남의 옷을 탈취하게 하는 것'과 '남에게 술대접을 하는 것'은 노래하는 사람과 그 노래에 화하는 사람의 관계를 비유로 표현한 말인 듯하나 적절한 비유라고 여겨지지는 않는다. 아무

래도 착오가 있는 것이 아닐까?

70 들은 것이, 밖에 있는 사람이 알지 못하는 것이었다 하자. 어떤 사람이 방안에 있는 것의 색깔에 대하여 그 색깔이 이와 같은 것이라고 하였다면 그것은 알지 못하던 것이었다. 만약 아는 것이어서 희다거나 검다고 하였다면, 누가 더 잘 아는 것이겠는가? 그 경우 그 색깔이 만약 흰 것이라 하였다면 반드시 흰 것일 것이다. 지금 그 색깔이 그처럼 희다는 것을 알고 있는 것은 전부터 그것이 흰 것을 알고 있던 것이다.

이름이란, 분명한 것으로 알지 못하고 있는 것을 바로잡아주는 것이다. 알지 못하는 것을 가지고 분명한 것을 의심케 하는 것이 아니다. 자를 가지고 알지 못하고 있는 물건의 길이를 재는 것과 같다. 밖에 있는 사람은 직접 보고 색깔을 알고 있고, 방 안의 사람은 그가 말하는 것을 듣고 아는 것이다.

聞, 在外者, 所不知也. 或曰 : 在室者之色, 若是其色,
문 재외자 소부지야 혹왈 재실자지색 약시기색

是所不智. 若所智也, 猶白若黑也, 誰勝? 是若其色也, 若
시 소부지 약소지야 유백약흑야 수승 시약기색야 약

白者必白. 今也智其色之若白也, 故智其白也.
백자필백 금야지기색지약백야 고지기백야

夫名, 以所明, 正所不智. 不以所不智, 疑所明. 若以尺
부명 이소명 정소부지 불이소부지 의소명 약이척

度所不知長. 外, 親智也, 室中, 說智也.
도소부지장 외 친지야 실중 설지야

71 하는 말이 모두 잘못되었다고 생각하는 것은 안된다. 그 사람의 말이 옳으면 그것은 잘못되지 않은 것이니, 곧 그

것은 옳은 것이다. 그 사람의 말이 옳지 않은데 합당하다고 생각
한다면 반드시 합당치 못할 것이다.

以¹誖², 不可也. 出入³之言可, 是不誖, 則是有可也. 之
이 패　　불가야　　출입 지언가　　시불패　　즉시유가야　　지

人之言不可, 以當, 必不審⁴.
인 지언 불가　　이당　　필부심

1 以(이)－이위(以爲). …이라 여기다, …이라 생각하다.　2 誖(패)－패(悖). 도
리에 어긋나다, 잘못되다.　3 出入(출입)－지인(之人)의 잘못(『墨子閒詁』). 그
사람, 이 사람.　4 審(심)－당(當)의 잘못(『墨子閒詁』). 합당한 것.

72 남의 말을 인정할 때, 이것이 호랑이라고 하는 것을 인정
해도 괜찮지만 그러나 그것은 호랑이가 아닐 수도 있다.
저것이 이것이고, 또 이것이라는 말은 말해서는 안되는 것이니,
그런 말은 인정하지 말아야 한다. 말한 것을 그가 인정했을 경우
에는 곧 내가 말한 대로 행해질 것이다. 말한 것을 그가 인정하지
않았을 경우에는, 곧 그것은 행해지지 않을 것이다.

惟¹, 謂是霍²可, 而猶之非夫霍也. 謂彼是是³也, 不可謂
유　　위시곽가　　이유지비부곽야　　위피시시야　　불가위

者, 毋惟⁴乎其謂. 彼猶惟乎其謂, 則吾謂不行⁵. 彼若不惟
자　　무유호기위　　피유유호기위　　즉오위불행　　피약불유

其謂, 則不行也.
기위　　즉부행야

1 惟(유)－유(唯). 인정하다, 동의하다.　2 霍(곽)－호(虎)의 잘못(『墨子閒詁』).
호랑이.　3 彼是是(피시시)－저것을 이것 또 이것이라 하는 것.　4 毋惟(무
유)－인정치 않다. 동의하지 말라.　5 吾謂不行(오위불행)－'불' 자가 잘못 끼
어든 것임(『墨子閒詁』).

끝이 없다는 데 있어서, 남쪽에 끝이 있으면 곧 다 추구할 수가 있고, 끝이 없다면 다 추구할 수가 없는 것이다. 끝이 있는지 끝이 없는지 알 수가 없다면, 곧 다 추구할 수가 있는지 다 추구할 수가 없는지도 알 수가 없는 것이다. 사람이 가득 차 있는지 차지 않고 있는지 알 수가 없다면, 곧 그곳의 사람의 수를 헤아릴 수가 있는지 다 헤아릴 수가 없는지도 역시 알 수가 없는 것이다. 그런데도 반드시 그곳의 사람들을 다 사랑할 수가 있다고 한다면 사리에 어긋나는 것이다. 사람이 만약 한없이 넓은 곳에 가득 차지 않았다면 곧 사람은 한계가 있기 때문이다. 한계가 있는 곳에 가득 채우는 것은 어려울 것이 없다. 끝이 없이 넓은 곳에 가득 차 있다면 곧 한없이 넓은 곳에도 가득 채울 수가 있을 것이니, 한계가 있는 곳에 가득 채우는 일은 어려울 것이 없는 것이다.

無, 南者有窮^{1}則可盡^2, 無窮則不可盡. 有窮無窮, 未可
무　남자유궁　즉가진　　　무궁즉불가진　　유궁무궁　미가

智^3, 則可盡不可盡^{4}不可盡, 未可智. 人之盈之否^5, 未可
지　즉가진불가진불가진　미가지　인지영지부　　미가

智, 而必人之可盡不可盡^4, 亦未可智. 而必人之可盡愛也
지　이필인지가진불가진　역미가지　이필인지가진애야

誖^6. 人若不盈先窮^7, 則人有窮也. 盡有窮, 無難. 盈無窮,
패　인약불영선궁　　즉인유궁야　진유궁　무난　영무궁

則無窮盡也, 盡有窮, 無難.
즉무궁진야　진유궁　무난

1 窮(궁)－끝. 한계. 2 盡(진)－다하다, 다 추구하다. 3 智(지)－지(知)와 같은 뜻. 4 不可盡(불가진)－같은 말이 겹쳐져 있으나 잘못. 세 자는 없는 게 옳다(畢沅 說). 5 盈之否(영지부)－가운데 '지' 자는 잘못 끼어든 것(『墨子閒詁』). 가득 차고 차지 않은 것. 6 誖(패)－사리에 어긋나다. 7 先窮(선궁)－무궁(無窮)의 잘못(『墨子閒詁』).

논리에 있어서 '끝이 없이 넓은 곳에 사람이 가득 차 있다'고 한다면, 그것도 한계가 있고 끝이 있는 것이 됨에 주의해야 한다.

74 하나하나 그 수를 알지 못하는데, 어찌 사람들을 다 사랑한다는 것을 알겠느냐? 간혹 그 사이에 빠트릴 수도 있을 것이다. 모든 사람에게 물어서 그가 물은 사람들이 모두 사랑한다고 대답했다면, 만약 그 수는 알지 못한다 하더라도 모든 사람들을 사랑한다는 것을 아는 것도 어려움이 없는 것이다.

不二^{1}智其數, 惡^{2}智愛民之盡文^{3}也? 或者遺^{4}乎其問^{5}也.
불 이 지 기 수 오 지 애 민 지 진 문 야 혹 자 유 호 기 문 야

盡問人, 則盡愛其所問, 若不智其數, 而智愛之盡文也,
진 문 인 즉 진 애 기 소 문 약 부 지 기 수 이 지 애 지 진 문 야

無難.
무 난

1 二(이) ― 일일(一一)의 잘못(『墨子閒詁』). 잘못 끼어든 것으로 보는 이도 있다 (張惠言). 2 惡(오) ― 어찌 3 文(문) ― 두 곳 모두 지(之)의 잘못(『墨子閒詁』). 4 遺(유) ― 잃다. 빠트리다. 5 其問(기문) ― '문'은 뒤의 글 때문에 간(間)자가 잘못된 것.

※ 75. 이 대목 「경설」은 없어졌음.

76 어짊에 대하여. 어짊이란 것은 사랑이요, 의로움이란 것은 이롭게 하는 것이다. 사랑하고 이롭게 하는 것은 이 편이고, 사랑을 받고 이익을 보는 것은 저 편이다. 사랑과 이익은 서로 안팎을 이루는 것이 아니며, 사랑을 받고 이익을 보는 것도 서로 밖과 안을 이루는 것이 아니다. 그런데도 어짊은 안의 것이고, 의로움은 밖의 것이라고 하는 것은 사랑하는 것과 이익을 보는 것을 드러내는 데 있어서 곧 함부로 드러낸 것이다. 마치 왼쪽 눈은 나오고, 오른쪽 눈은 들어갔다는 거와 같은 것이다.

仁. 仁, 愛也 ; 義, 利也. 愛利, 此也 ; 所愛所利, 彼也.
인 인 애야 의 리야 애리 차야 소애소리 피야

愛利不相爲內外, 所愛利亦不相爲外內. 其爲仁內也, 義
애리불상위내외 소애리역불상위외내 기위인내야 의

外也, 擧愛與所利也, 是狂擧[1]也. 若左目出, 右目入.
외야 거애여소리야 시광거야 약좌목출 우목입

1 狂擧(광거) ─ 함부로 들다. 아무렇게나 멋대로 드러내다.

77 배운다는 데 있어서, 배우는 것이 이익이 없는 것을 알지 못한다고 생각하기 때문에 그에게 이런 사실을 알려주었다면 그것은 옳은 일이다. 배우는 것이 아무런 이익도 없는 것을 알도록 하는 것은 곧 가르치는 것이다. 그런데 배우는 것이 이익이 없다고 생각하고 가르친다면 사리에 어긋나는 것이다.

學也, 以爲不知學之無益也, 故告之也是. 使智[1]學之無
학야 이위부지학지무익야 고고지야시 사지학지무

益也, 是敎也. 以學爲無益也, 敎誖[2].
익야 시교야 이학위무익야 교패

78 비방에 대하여 논함에 있어서, 비방하는 것이 옳은가 옳지 않은가를 따져보자. 이치를 근거로 하여 옳게 비방한다면 비록 많은 비방을 한다 해도 그 비방은 옳은 것이 된다. 그것을 이치로 볼 적에 비난해서는 안될 것이라면, 비록 적은 비방을 한다 해도 안될 일이다. 지금 많이 비방하는 것은 옳지 않다고 한다면, 그것은 마치 긴 것을 근거로 짧은 것을 논하는 거나 같은 일이다.

論誹, 誹¹之可不可. 以理之可誹, 雖多誹, 其誹是也. 其
논 비   비 지 가 불 가   이 리 지 가 비   수 다 비   기 비 시 야   기

理不可非, 雖少誹, 非也. 今也謂多誹者不可, 是猶以長
리 불 가 비   수 소 비   비 야   금 야 위 다 비 자 불 가   시 유 이 장

論短.
론 단

1 誹(비) – 비방하다.

79 비방하는 것을 비난하는 것은 자기를 비방하는 것을 비난하는 것이다. 비방하는 것을 비난하지 않는 것은 비난할 만한 것을 비난하기 때문이다. 그른 것을 옳지 않다고 하는 것이기 때문에 비방하는 것을 비난하지 않는 것이다.

不誹, 非己之誹¹也. 不非誹, 非可非也. 不可非也, 是不
불 비   비 기 지 비 야   불 비 비   비 가 비 야   불 가 비 야   시 불

非誹也.
비 비 야

1 己之誹(기지비) – 보통은 '자기의 비방'으로 풀 것이나, 여기에서는 '자기를 비방하는 것'으로 풀어야 한다.

80 물건이 심히 길 수도 있고 심히 짧을 수도 있다. 이보다 더 긴 것이 없다고 할 수도 있고, 이보다 짧은 것이 없다고 할 수도 있다. 이런 것들을 이렇다고 하는 것은 진실로 이러하기 때문이 아니니, 이보다 심한 잘못은 없다.

物甚長甚短. 莫長於是, 莫短於是. 是之是也, 非是也
물 심 장 심 단   막 장 어 시   막 단 어 시   시 지 시 야   비 시 야

者, 莫甚於是.
자   막 심 어 시

길고 짧다는 판단은 비교적인 기준에서 이루어지는 것임을 밝힌 것이다. 진실로 긴 물건이나 진실로 짧은 물건이란 있을 수가 없다는 것이다.

81 높은 것과 낮은 것을 취함에 있어서는 좋은 것과 좋지 않은 것을 법도로 삼는데, 산과 호수만한 경우는 없다. 아래쪽에 위치하는 것이 위 편에 위치하는 것보다 좋아서 아래편이 이른바 상급이 된다.

取高下, 以善不善爲度, 不若山澤. 處下善於處上, 下所
취 고 하　이 선 불 선 위 도　　불 약 산 택　처 하 선 어 처 상　　하 소

請上也.
청 상 야

82

不是是, 則是且是焉. 今是文於是, 而不於是, 故是不文
불 시 시　즉 시 차 시 언　금 시 문 어 시　이 불 어 시　고 시 불 문

是, 不文則是而不文焉. 今是不文於是, 而文與是. 故文
시　불 문 즉 시 이 부 문 언　금 시 불 문 어 시　이 문 여 시　고 문

與是不文, 同說也.
여 시 불 문　동 설 야

이 대목은 뜻이 통하지 않는다. 손이양(孫詒讓)도 "이 절(節)의
글에는 잘못된 것과 빠진 글자가 많아 뜻이 통하지 않는다. 대의(大
意)를 미루어 교정해 보면 '시(是)'와 '불(不)'을 대를 이루며 들고
있고, '시문(是文)'과 '불문(不文)'을 대를 이루며 들고 있는데, 모든
'불(不)'자는 다 '부(否)'로 읽고, '문(文)'자는 모두 '지(之)'자의 잘
못인 듯한데, 그 나머지는 모두 잘 알 수가 없다"고 말하고 있다.
그러나 모든 학자 들이 「경」의 '83. 시시여시동(是是與是同), 설재부
주(說在不州)'를 해설한 것이라는 데에는 의견을 같이하고 있다.

墨子

44.
대취편 大取篇

'취(取)'는 비유를 취한다는 뜻이다. 그리고 본문 중에 '이(利)로운 것 중에서 큰 것(大)을 취(取)한다'는 말이 있으니 거기에서 제목을 따온 듯도 하다. 어떻든 이 편은 앞 「묵경(墨經)」의 여론(餘論)으로(孫詒讓 說), 여러 가지 이론들을 잡다(雜多)하게 늘어놓은 것이다.

뒤의 「소취편(小取篇)」과 비교할 때 '대'와 '소'로 구별할 성격상의 차이는 발견하기 힘들다. 다만 이 「대취편」에는 문맥이 잘 연결되지 않는 여러 가지 일들이 기록되어 있으니, 적지 않은 뒤섞인 글과 떨어져나간 글들이 있는 듯하다.

1 하늘이 사람을 사랑하는 것은 성인들이 사람을 사랑하는 것보다 더 크고 넓으니, 사람을 이롭게 하는 것도 성인이 사람을 이롭게 하는 것보다 두텁다. 위대한 사람들이 소인(小人)들을 사랑하는 것은 소인들이 위대한 사람들을 사랑하는 것보다 더

크고 넓으니, 소인들을 이롭게 하는 것도 소인들이 위대한 사람들을 이롭게 하는 것보다 두텁다.

하인이 그의 어버이를 사랑해 주려고 하여 그를 사랑하지만 그것은 그의 어버이를 사랑하는 게 못된다. 하인이 그의 어버이를 이롭게 해 주려고 하여 그를 이롭게 하지만, 그것은 그의 어버이를 이롭게 하는 게 못된다. 음악으로써 그의 자식을 사랑하려고 그의 자식을 위하여 음악을 연주하려 하지만, 그것은 그의 자식을 사랑하는 게 못된다. 음악으로써 그의 자식을 이롭게 하려고 그의 자식을 위하여 음악연주를 하려 하지만 그의 자식을 이롭게 하는 게 못된다.

天之愛人也, 薄[1]於聖人之愛人也, 其利人也, 厚於聖人
천 지 애 인 야   부 어 성 인 지 애 인 야   기 리 인 야   후 어 성 인

之利人也. 大人之愛小人也, 薄於小人之愛大人也, 其利
지 리 인 야   대 인 지 애 소 인 야   부 어 소 인 지 애 대 인 야   기 리

小人也, 厚於小人之利大人也.
소 인 야   후 어 소 인 지 리 대 인 야

以臧[2]爲其親也而愛之, 非愛其親也. 以臧爲其親也而利
이 장 위 기 친 야 이 애 지   비 애 기 친 야   이 장 위 기 친 야 이 리

之, 非利其親也. 以樂爲愛[3]其子而爲其子欲之, 非愛其子[4]
지   비 리 기 친 야   이 악 위 애 기 자 이 위 기 자 욕 지   비 애 기 자

也, 以樂爲利其子, 而爲其子求之, 非利其子也.
야   이 악 위 리 기 지   이 위 기 자 구 지   비 리 기 자 야

1 薄(부)－부(溥)의 뜻으로 썼다. 크다, 넓다 라는 뜻. 2 臧(장)－하인, 종. 3 以樂爲愛(이악위애)－본시 애(愛)는 이(利)로 되어 있으나, 애(愛)의 잘못일 것이다(譯者). 4 非愛其子(비애기자)－본시 비(非)자가 붙어 있지 않으나 빠져 달아난 것으로 보고 넣었다(譯者).

여기에서는 먼저 하늘과 성인, 위대한 사람과 소인이 사람들

을 사랑하고 이롭게 해주는 차이를 설명하고 있다. 하인의 사랑과 이익을 논한 대목을 보면, 묵자도 역시 계급의식에서 완전히 벗어나지 못하고 있는 것 같다. 끝 대목은 음악 부정론을 바탕으로 한 말이다. 그리고 묵자는 실리주의적인 입장에서 언제나 사랑과 이익을 결부시켜 얘기하여 왔다.

2 형체를 갖고 있는 것들 가운데에서 가볍고 무거운 것을 헤아리는 것을 저울질한다고 말한다. 저울질은 올바른 것을 가리기 위해서도 아니고, 잘못된 것을 그르다고 하기 위해서 하는 것도 아니다. 저울질은 공정한 것이다.

손가락을 자름으로써 팔을 남게 한다는 것은 이익 가운데서도 큰 것을 취하는 것이고, 해 가운데서도 작은 것을 취하는 것이다. 해 가운데서 작은 것을 취하는 것은 해를 취하는 것이 아니라 이익을 취하는 것이다. 그가 취한 것은 사람이 갖고 있는 권리인 것이다. 도적을 만나서 손가락을 잘림으로써 자기 몸의 해를 면하였다면 그것은 이익이나, 그가 도적을 만났다는 것은 해이다.

손가락을 자르는 것과 팔을 자르는 것이 천하에 주는 이익이 같다면 선택의 여지도 없다. 죽고 사는 것의 이익이 똑같다면 선택할 여지가 없는 것은 아니다. 한 사람을 죽임으로써 천하를 보전시키게 된다면 그것은 살인을 하여 천하를 이롭게 하는 것이 아니다. 자기를 죽이어 천하를 보전시킨다면 그것은 자기를 죽이어 천하를 이롭게 하는 것이다.

於所體[1]之中, 而權輕重之謂權[2]. 權非爲是也, 非非爲非
어 소 체 지 중   이 권 경 중 지 위 권   권 비 위 시 야   비 비 위 비

也. 權, 正也.
야　권　정야

斷指以存擊[3], 利之中取大, 害之中取小也. 害之中取小
단지이존완　이지중취대　해지중취소야　해지중취소

也, 非取害也, 取利也. 其所取者, 人之所執[4]也. 遇盜人
야　비취해야　취리야　기소취자　인지소집야　우도인

而斷指以免身, 利也, 其遇盜人, 害也.
이단지이면신　이야　기우도인　해야

斷指與斷腕, 利於天下相若, 無擇也. 死生利若一, 非無
단지여단완　이어천하상약　무택야　사생리약일　비무

擇[5]也. 殺一人以以存天下, 非殺人[6]以利天下也. 殺己以存
택야　살일인이이존천하　비살인이리천하야　살기이존

天下, 是殺己以利天下.
천하　시살기이리천하

1 所體(소체)―형체를 갖고 있는 것들. 2 權(권)―헤아리다. 저울질하다. 3 擊(완)―완(腕)과 통하여, '팔'. '팔뚝'. 4 所執(소집)―갖고 있는 권한. 갖고 있는 권리. 5 非無擇(비무택)―비(非)자는 손이양(孫詒讓)의 설(說)에 따라 첨가하였다. 6 殺人(살인)―본시는 중간에 일(一)자가 들어 있으나 손이양의 설을 따라 빼었다.

여기선 이롭고 해로운 것의 가벼움과 무거움을 논하고 있다. 실제로 여러 사람들이 사는 사회에 있어서의 이해관계는 그렇게 단순한 것이 아니다. 따라서 세상을 나스리사면 이익과 해를 올바로 저울질하여 의롭고도 이익이 되는 방법을 택하여야 한다는 것이다. 실리주의의 입장도 그토록 단순하기만 한 것은 아님을 알겠다.

3 일을 하는 가운데에서 가볍고 무거운 것을 헤아리는 것을 추구한다고 말한다. 추구한다는 것은, 그것을 행하는 것이

아니다. 해로운 것 가운데에서 작은 것을 취하는 것은, 의롭게 하려고 추구하는 것이지 의로움을 행하는 것은 아니다.

포악한 사람에게 하늘이 이런 일을 하는 것은 본성(本性)이라 말해주는 것은 포악한 자에게 하늘이 그릇된 일을 한다는 것을 강조하는 셈이다.

여러 가지 오래된 주장들이 이미 행하여진 바가 있는데, 내가 그것을 오래 두고 주장을 하고 그 주장을 실행하였다면 그것은 내가 행한 것이 된다. 만약 오래된 주장이 아직 행하여진 적이 없는데, 내가 그것을 오래 두고 주장을 한다면, 그 오래 두고 하는 주장은 내가 실행할 수 있는 것이 아니다.

포악한 사람이 자기를 위하여, 하늘이 사람들의 그릇됨을 옳다고 하는 것이 본성이라 한다면, 바르다고 해서는 안되는 것을 바르다고 하는 것이 된다.

於事爲¹之中, 而權²輕重之謂求. 求, 爲之³非也. 害之中
어 사 위 지 중   이 권 경 중 지 위 구   구   위 지 비 야   해 지 중

取小, 求爲義, 非爲義也.
취 소   구 위 의   비 위 의 야

爲暴人語天之爲是也而性, 爲暴人歌⁴天之爲非也.
위 폭 인 어 천 지 위 시 야 이 성   위 폭 인 가   천 지 위 비 야

諸陳執⁵, 旣有所爲, 而我爲之陳執, 執之所爲, 因吾所
제 진 집   기 유 소 위   이 아 위 지 진 집   집 지 소 위   인 오 소

爲也. 若陳執未有所爲, 而我爲之陳執, 陳執因吾所爲⁶也.
위 야   약 진 집 미 유 소 위   이 아 위 지 진 집   진 집 인 오 소 위 야

暴人爲我⁷, 爲天之以人非爲是也而性, 不可正而正之.
폭 인 위 아   위 천 지 이 인 비 위 시 야 이 성   불 가 정 이 정 지

1 事爲(사위)-일을 하는 것. 2 權(권)-헤아리다. 저울질하다. 3 爲之(위지)-그것을 행하는 것. 4 歌(가)-노래하다, 송가(頌歌)하다. 강조하다. 5 陳執(진집)-오래 두고 고집하는 것, 오래 두고 주장하는 것. 6 陳執因吾所

爲(진집인오소위) – '인'은 비(非)의 잘못인 듯. 오래 두고 하는 주장은 내가 행할 수 있는 것이 아니다. **7** 爲我(위아) – 나를 위하여, 자기를 위하여.

✣

첫 대목은 사람들이 '추구하는 것'과 실지로 '행하는 것'의 차이, 둘째 대목과 넷째 대목은 '난폭한 자'가 '하늘'에 대하여 말할 적의 주의할 사항, 셋째는 '오래 두고 주장해온 자기 생각'을 실천해야 할 것과 실천해서는 안 될 것을 구분하는 방법을 논한 내용이다.

4 이익 가운데에서도 큰 것을 취하는 것은 부득이해서 그렇게 하는 것이 아니다. 해로운 가운데에서 작은 것을 취하는 것은 부득이해서 하는 일이다. 있지도 않았던 것을 취하는 것은 곧 이익 가운데에서 큰 것을 취하는 것이다. 이미 당하고 있는 것을 버리는 것은, 곧 해로운 가운데에서 작은 것을 취하는 것이다.

利之中取大, 非不得已也. 害之中取小, 不得已也. 所未
이 지 중 취 대   비 부 득 이 야   해 지 중 취 소   부 득 이 야   소 미

有而取焉, 是利之中取大也. 於所旣有而棄焉, 是害之中
유 이 취 언   시 리 지 중 취 대 야   어 소 기 유 이 기 언   시 해 지 중

取小也.
취 소 야

✣

이 대목에서는 우리가 살아가면서 따져서 대처해야 할 이해관계(利害關係)를 논하면서, 그것을 "큰 것을 취하는 것"과 "작은 것을

취하는 것"의 두 경우로 나누어 설명하고 있다.

5 의로움에 비추어 후하게 대하여야 할 것은 후하게 대하고, 의로움에 비추어 박하게 대하여야 할 것에는 박하게 대하는 것을 원칙을 따라 덕을 행한다고 하는 것이다.

임금과 윗분, 노인과 어른, 부모에게는 두텁게 해드려야 한다. 어른이라 하여 두텁게 대하고, 어린이라 하여 박하게 대하지는 않는다. 친함이 두터우면 두텁게 대하고, 친함이 박하면 박하게 대하는 것이다. 친한 데에는 지극히 하지만, 박한 데에는 지극히 하지 않는 것이다. 의로움에 따라 친한 이들에게 두텁게 대하는 것은 덕행이라 할 수는 없지만 덕행 비슷한 것이다.

천하를 위하여 우(禹)임금을 두텁게 대하는 것은 우임금을 위하는 것이 된다. 천하를 위하여 두터이 우임금을 사랑하는 것은 바로 우임금이 사람들을 사랑하였기 때문이다. 우임금을 두터이 대하는 것은 천하에 그 영향이 가해지기 때문인데, 우임금을 두터이 대하면서도 그 영향이 천하에 가해지지 않는다고 여긴다면, 마치 도적을 미워하는 것이 천하에 영향을 끼치게 하려는 것인데도, 도적을 미워하는 행위가 천하에 영향을 끼치지 않는다고 생각하는 것이나 같다.

사람을 사랑한다는 것은 자기를 사랑하는 것에서 벗어나지 않는다. 자기도 사랑하는 사람들 속에 있게 되기 때문이다. 자기가 사랑하는 사람들 속에 있기 때문에 사랑이 자기에게도 가해지게 되는 것이다. 그것을 원칙을 따라 행동하는 것은, 자기를 사랑하는 것도 되고 사람들을 사랑하는 것도 된다.

義可厚厚之, 義可薄薄之, 謂倫列[1]德行.
의 가 후 후 지　의 가 박 박 지　위 윤 렬 덕 행

君上, 老長, 親戚[2], 此皆所厚也. 爲長厚, 不爲幼薄. 親
군 상　노 장　친 척　차 개 소 후 야　위 장 후　불 위 유 박　친

厚厚. 親薄薄, 親至, 薄不至. 義厚親, 不稱行[3]而顧行[4].
후 후　친 박 박　친 지　박 부 지　의 후 친　불 칭 행 이 고 행

爲天下厚禹, 爲禹也. 爲天下厚愛禹, 乃爲禹之人愛[5]也.
위 천 하 후 우　위 우 야　위 천 하 후 애 우　내 위 우 지 인 애 야

厚禹之加[6]於天下, 而厚禹, 不加於天下, 若惡盜之爲加於
후 우 지 가 어 천 하　이 후 우　불 가 어 천 하　약 오 도 지 위 가 어

天下, 而惡盜不加於天下.
천 하　이 오 도 불 가 어 천 하

愛人不外己. 己在所愛之中. 己在所愛, 愛加於己, 倫列
애 인 불 외 기　기 재 소 애 지 중　기 재 소 애　애 가 어 기　윤 렬

之愛己愛人也.
지 애 기 애 인 야

1 倫列(윤렬) — 원리에 따라 정렬시키다. 원칙대로 행하다.　2 親戚(친척) — 부모.　3 稱行(칭행) — 덕행이라 일컫다, 덕행이라 하다.　4 顧行(고행) — '고'는 유(類)의 잘못(『墨子閒詁』). 덕행에 가깝다.　5 人愛(인애) — 애인(愛人)의 잘못(『墨子閒詁』). 사람들을 사랑하는 것.　6 加(가) — 영향이 가해지는 것.

※

　　사람들을 두터이 대하여야 할 경우와 박하게 대하여야 할 경우의 문제를 논한 뒤, 사람들을 사랑하는 것은 곧 자신을 사랑하는 것임을 논리적으로 증명하려 하고 있다.

6　성인은 질병은 싫어하지만 위험과 어려움은 싫어하지 않고, 몸을 올바로 지니고 흔들리지 않는다. 사람들의 이익을 바라는 것은 사람들의 피해를 싫어해서가 아니다.

성인은 그의 집안을 위하여 종들을 두지 않는다. 그러므로 종들에게도 관심을 둔다.

성인은 자식을 위한 일은 하지 않는다. 성인의 법에 있어서는, 부모가 돌아가시면 곧 부모를 잊고 천하를 위해 일한다. 부모에게 두터이 대하는 것은 본분이나, 죽으면 그분들을 잊고, 온몸의 힘을 다하여 이로운 일을 한다. 두텁게 대하지 박하게 대하지는 않으며, 원칙에 따라 행동하는 것은 이익을 가져오고 자기를 위하는 일이 된다.

聖人惡疾病, 不惡危難, 正體不動. 欲人之利也, 非惡人
성인오질병　불오위난　정체부동　욕인지리야　비오인
之害也.
지해야

聖人不爲其室臧¹之. 故在²於臧.
성인불위기실장지　고재어장

聖人不得爲子之事. 聖人之法, 死亡³親, 爲天下也. 厚
성인부득위자지사　성인지법　사망친　위천하야　후

親, 分也, 以死亡之, 體渴⁴興利. 有厚而毋薄, 倫列之興
친　분야　이사망지　체갈흥리　유후이무박　윤렬지흥

利爲己.
리위기

1 臧(장)－종. 하인을 두다. 2 在(재)－관심을 기울이는 것. 3 亡(망)－잊다. 망(忘). 4 體渴(체갈)－체력을 다하다. 온몸을 다 기울이다.

성인으로서의 몸가짐에 대하여 정리해본 대목이다.

7 말이 올바른 도리에 맞는 것은 올바른 도리를 말하기 때문이다. '흰말은 말이 아니다' 라고 하든가, '외톨 망아지에게

는 어미가 없다'고 하는 주장이 있다. 이론을 근거로 그런 주장을
해야 하는데, 이론이 없다면 그릇된 것이다. 개를 죽이고도 개가
없었다고 한다면 그릇된 것이다. 까닭과 이치와 종류의 세 가지가
다 갖추어진 다음에야 바른말이 이루어질 수 있는 것이다.

語經¹, 語經也. 非白馬²焉, 執駒³焉. 說⁴求之, 舞⁵說, 非
어 경　어 경 야　비 백 마 언　집 구 언　설 구 지　무 설 비

也. 漁大之舞大⁶, 非也. 三物⁷必具, 然后足以生.
야　어 대 지 무 대　비 야　삼 물 필 구　연 후 족 이 생

1 經(경)—올바른 도리.　2 非白馬(비백마)—'흰말은 말이 아니다'고 하는 공
손룡(公孫龍)의 궤변(『墨子閒詁』).　3 執駒(집구)—망아지에 대한 주장, 곧 '외
로운 망아지에게는 어미가 없다'는 명가(名家)의 궤변(畢沅 說).　4 說(설)—이
론, 주장.　5 舞(무)—무(無)의 잘못(畢沅 說).　6 漁大之舞大(어대지무대)—'살
견지무견(殺犬之無犬)'의 잘못(『墨子閒詁』). '개를 죽이고도 개가 없었다'고
하는 궤변.　7 三物(삼물)—까닭〔故〕·이치〔理〕·종류〔類〕의 세 가지(『墨子閒
詁』). 이 밑에 뒤(24 조목)에 나오는 '이고생, 이리장, 이류행야자.(以故生, 以
理長, 以類行也者.)'라는 구절이 이어져야 옳을 것 같다고 하였다.

　　말을 올바로 하여 올바른 이론을 내세우는 방법을 정리한 대
목이다.

8 하인이 자기를 사랑한다 해도 자기를 사랑하는 사람이 되
지 못한다. 남에게 두터이 대하는 것은 자기를 소외(疏外)하
는 것이 아니다. 사랑에는 두터움과 엷음이 없다. 자기를 드러내
려 하는 것은 현명한 짓이 못된다. 의로움은 이로운 것이고, 불의

는 해로운 것이다. 본뜻과 결과를 근거로 논해야 한다.

臧¹之愛己, 非爲愛己之人也. 厚, 不外己. 愛, 無厚薄.
장 지 애 기　비 위 애 기 지 인 야　후　불 외 기　애　무 후 박

舉己, 非賢也. 義利, 不義害. 志功²爲辯.
거 기　비 현 야　　의 리　불 의 해　지 공 위 변

1 臧(장)─하인, 종. 2 志功(지공)─뜻과 공로. 본뜻과 일의 결과.

　　남을 사랑하는 문제와 두터이 대해주는 문제 및 이롭게 해주
는 문제들을 추구해본 말인 듯하다.

9 有有於秦馬, 有有於馬, 也智來者之馬也.
유 유 어 진 마　유 유 어 마　　야 지 래 자 지 마 야

　　이 대목은 제대로 해석하는 학자가 없다.

10 세상의 많은 사람들을 사랑하는 것과 세상의 적은 사람
들을 사랑하는 것은 같은 일이니, 그들을 다 같이 모두
사랑하면 다 같아지는 것이다. 옛 세상을 사랑하는 것과 뒤의 세
상을 사랑하는 것은 지금 세상 사람들을 사랑하는 것과 똑같은 것
이다.

愛衆衆¹與愛寡世, 相若, 兼愛之, 有²相若. 愛尙世³與愛
애 중 중 여 애 과 세　상 약　겸 애 지　유　상 약　애 상 세 여 애

後世, 一若⁴今之世人也.
후 세　일 약　금 지 세 인 야

1 衆衆(중중)―중세(衆世)의 잘못(『墨子閒詁』). 세상의 많은 사람들. 2 有(유)―
우(又)의 뜻. 3 尙世(상세)―옛날 세상. 4 一若(일약)―똑같다.

자기의 중심사상인 겸애(兼愛)의 개념을 정리해본 말이다.

11　귀신은 사람이 아니지만, 형의 귀신은 형이다.

鬼, 非人也. 兄之鬼, 兄也.
귀　비 인 야　형 지 귀　형 야

귀신과 사람의 관계를 정리해본 말이다.

12　천하 사람들은 이롭게 해주면 기뻐한다. 성인은 사랑이
있을 뿐 이롭게 하는 일은 없다고 하는 것은 유가(儒家)의
말이며, 바로 객쩍은 말이다. 천하에는 남이란 없다는 것이 묵자
의 말이며, 그대로 모두가 믿고 있는 것이다.

44.
대
취
편
大
取
篇
―

765

天下之利, 驩[1]. 聖人有愛而無利, 俔日[2]之言也, 乃客之[3]
천 하 지 리 환   성 인 유 애 이 무 리   현 일 지 언 야   내 객 지

言也. 天下無人[4], 子墨子之言也, 猶在.
언 야 천 하 무 인   자 묵 자 지 언 야   유 재

1 驩(환)－기뻐하다. **2** 俔日(현일)－유자(儒者)의 잘못인 듯(『墨子閒詁』). **3** 客
之(객지)－객쩍은 것. **4** 無人(무인)－남이 없다, 곧 묵자의 '겸애(兼愛)' 사상
을 가리킨다.

　겸애는 사람들을 이롭게 해주는 것이라는 개념을 정리한 말
이다.

13 부득이하여 바라는 것은 그것을 바라는 것이 아니다. 하
인은 죽이지 않고 오로지 도적만을 죽이는 것은 도적을
죽이는 것이 아니다.

不得已而欲之, 非欲之也. 非殺臧也, 專殺盜, 非殺盜也.
부 득 이 이 욕 지   비 욕 지 야   비 살 장 야   전 살 도   비 살 도 야

　어떤 일을 할 적에, 부득이하여 했을 경우와 마음을 오로지하
여 했을 경우의 문제를 추구한 말이다.

14 사람들을 사랑하는 일을 배우는 데 있어서는, 조그만 원의 둥글기와 큰 원의 둥글기는 같고, 한 자 거리를 다다르지 못한 것과 천 리를 다다르지 못한 것은 다다르지 못한 점에선 다를 게 없음을 알아야 한다. 그 다다르지 못한 점에 있어서는 같지만 멀고 가까운 데 있어서는 차이가 난다. 그것은 황(璜)과 옥돌의 차이 같은 것이다.

凡學愛人, 小圓¹之圓, 與大圓之圓, 同. 方²至尺之不至
범 학 애 인　소 환 지 환　여 대 환 지 환　동　방 지 척 지 부 지
也, 與不至鍾³之不至, 不異. 其不至同者, 遠近之謂也.
야　여 부 지 종 지 부 지　불 이　기 부 지 동 자　원 근 지 위 야
是璜⁴也, 是玉也.
시 황 야　시 옥 야

1 圓(환)－원(圓)과 통하여, '원', '둥글기'. 2 方(방)－불(不)의 잘못(『墨子閒
詁』). 3 鍾(종)－천리(千里)의 잘못임(『墨子閒詁』). 4 璜(황)－반벽(半璧). 반달
모양의 벽옥(璧玉).

❧

묵자의 겸애(兼愛)사상을 추구해본 대목이다. 겸애에는 작고 큰 것과 멀고 가까운 차별이 있을 수가 없다. 이런 것들 모두가 묵가의 논리학파로서의 여론(餘論)이라 보면 될 것이다.

15 기둥을 생각하는 것은 나무를 생각하는 것이 아니라, 기둥이 될 나무를 생각하는 것이다. 손가락질하는 사람을 생각하는 것은 사람 전체를 생각하는 것이 아니다. 그러나 사냥을

하여 잡을 것을 생각하는 것은 곧 새나 짐승을 생각하는 것이다.
뜻한 바와 결과는 서로 같기만 한 것은 아니다.

意¹楹², 非意木也, 意是楹之木也. 意指之人也, 非意人
의 영　비 의 목 야　의 시 영 지 목 야　의 지 지 인 야　비 의 인

也. 意獲³也, 乃意禽⁴也. 志功⁵, 不可以相從⁶也.
야　의 획 야　내 의 금 야　지 공　불 가 이 상 종 야

1 意(의) — 뜻하다, 생각하다. **2** 楹(영) — 기둥. **3** 獲(획) — 사냥을 하여 잡는 물
건. **4** 禽(금) — 새. 여기서는 새뿐만이 아니라 짐승까지도 포함된 말이다. **5**
志功(지공) — '지'는 일에 대한 본뜻, '공'은 일의 결과. **6** 相從(상종) — 서로
따르다, 곧 서로 같아지는 것을 말한다.

일에 대한 본시의 의도와 일을 한 뒤의 결과의 관계를 추구해
본 대목이다.

16 남을 이롭게 하는 것은 그 사람을 위하는 것이다. 남을
부하게 하는 것은 그 사람을 위하는 것이 아니라, 뜻있는
일을 하였기 때문에 그를 부하게 해주는 것이다. 남을 부하게 해
주면, 사람들을 다스리는 한편 귀신도 위하는 것이 된다.

利人也, 爲其人也. 富人, 非爲其人也, 有爲¹也, 以富
이 인 야　위 기 인 야　부 인　비 위 기 인 야　유 위 야　이 부

人. 富人也, 治人, 有爲鬼²焉.
인　부 인 야　치 인　유 위 귀 언

1 有爲(유위) — 뜻있는 일을 하다. 겸애(兼愛)를 실천하는 것을 가리킴. **2** 有 爲鬼(유위귀) — '유'는 우(又)의 뜻이어서, 또 귀신을 위하는 것이 된다는 뜻.

✺

겸애란 사람들을 이롭게 해주고 또 부하게 해주는 것이란 전 제 아래 겸애의 효과를 추구해본 대목이다. 겸애를 실천하면 결국 사람들도 잘 다스리게 되고 귀신도 올바로 위하게 된다는 것이다.

17 한 사람에게 상을 주어 그를 이롭게 하는 것은, 모든 사 람들에게 상을 주어 그들 모두를 이롭게 하는 것은 아니 지만, 그렇다고 사람들이 그것을 귀중히 여기지 않아서는 안 되는 것이다.

어버이에게 한 가지 이익을 주는 것은 효도가 되지 않음을 알고 있다. 그렇지만 자기가 어버이에게 이익이 되는 데도 그것을 하지 않는다는 것은 알지 못하고 있다.

爲賞譽[1], 利一人, 非爲賞譽利人也, 亦不至無貴於人.
위 상 예　　이 일 인　　비 위 상 예 리 인 야　　역 부 지 무 귀 어 인

智[2]親之一利, 未爲孝也. 亦不至於智不爲己之利於親也.
지　친 지 일 리　　미 위 효 야　　역 부 지 어 지 불 위 기 지 리 어 친 야

1 賞譽(상예) — 시상을 하는 것. **2** 智(지) — 지(知)와 통하여, 아는 것.

✺

이해관계의 실례를 들고 있다. 한 사람에게만 주는 상이라 해

서 상을 없앨 수 없다. 또 사람들은 조그만 일 한 가지가 효도가 되지 못함만을 알았지, 그 조그만 일 한 가지가 그만큼 부모에게 이익이 된다는 것은 소홀히 여긴다는 것이다.

18 이 세상에 도적이 있는 것을 알고 있으면서도 사람들은 모두 이 세상을 사랑한다. 이 집안에 도적이 있는 것을 알면서도 사람들은 모두가 이 집을 미워하지 않는다. 그 중 한 사람이 도적임을 알면서도 사람들은 그곳 사람들 모두를 미워하지 않는다.

비록 어떤 한 사람이 도적이라 하더라도 정말로 그가 누구인가를 알지 못한다면 그 주위 친구들을 모두 미워한다.

智是之世之有盜也, 盡愛是世. 智是室之有盜也, 不盡
지 시 지 세 지 유 도 야　　진 애 시 세　　지 시 실 지 유 도 야　　부 진

是室¹也. 智其一人之盜也, 不盡是二人².
시 실 야　　지 기 일 인 지 도 야　　부 진 시 이 인

雖其一人之盜, 苟不智其所在, 盡惡其弱³也.
수 기 일 인 지 도　　구 부 지 기 소 재　　진 오 기 약　　야

1 不盡是室(부진시실) - '진' 자 아래 오(惡)자가 빠졌다(『墨子閒詁』). 곧 모두가 이 집을 미워하지 않는다는 뜻. **2** 是二人(시이인) - 오시인(惡是人)의 잘못(『墨子閒詁』), 곧 그곳 사람들 모두를 미워하다. **3** 弱(약) - 붕(朋)의 잘못(『墨子閒詁』). 친구들.

묵자는 겸애(兼愛)를 주장하면서, 사람들의 사랑의 속성이란 어떤 것인가 추구해보고 있다. 여기서는 시비(是非)와 사랑과 미움

이 일반사회에서 모순되고 있음을 지적한 것이다. 겸애주의는 이러한 모순의 극복을 전제로 하고 있는 것이다.

19 여러 성인들이 먼저 한 일은 사람들을 위하여 이름과 실질을 분명히 하는 것이었다. 실질은 반드시 이름과 같은 것은 아니다. 진실로 이 돌이 흴 때, 이 돌들을 집어들어 보면 모두 희다는 점에 있어서는 같다. 그러나 이 돌이 크다고 할 때, 그것들이 크다는 점에 있어서는 같지 않다. 그것은 그렇게 말하도록 되어있기 때문이다.

형태와 모양을 근거로 이름을 붙인 것은 반드시 그것이 무엇인가를 알게 되고, 그래서 그것에 대하여 알게 되는 것이다. 형태와 모양을 근거로 이름을 붙일 수 없는 것은 비록 그것이 무엇인가 알지 못한다 하더라도, 그것에 대하여 알 수는 있다.

여러 가지 가만히 있거나 옮겨가는 것을 근거로 이름을 붙였을 경우에, 진실로 그 안에 들어가는 것이라면 모두가 그러한 것이며, 거기에서 떨어진 것은 그러한 것이 아닌 것이다.

여러 가지 가만히 있거나 옮겨가는 것으로 이름을 붙인 것들은 고향이 제(齊)나라나 초(楚)나라인 경우처럼 모두가 그러하다. 여러 가지 형태와 모양을 근거로 이름을 붙인 것은 산과 언덕과 집과 묘당(廟堂) 같은 경우처럼 모두가 그러하다.

諸聖人所先, 爲人欲[1]名實. 名實不必名[2]. 苟是石也白,
제 성 인 소 선   위 인 욕   명 실   명 실 불 필 명   구 시 석 야 백

敗[3]是石也, 盡與白同. 是石也唯大[4], 不與大同. 是有便謂[5]
패 시 석 야   진 여 백 동   시 석 야 유 대   불 여 대 동   시 유 편 위

焉也.
언 야

以形貌命⁶者, 必智是之某也, 焉⁷智某也. 不可以形貌命
이 형 모 명 자　필 지 시 지 모 야　언 지 모 야　불 가 이 형 모 명

者, 唯不智⁸是之某也, 智某可也.
자　유 부 지 시 지 모 야　지 모 가 야

諸以居運⁹命者, 苟人¹⁰於其中者, 皆是也. 去之¹¹因非也.
제 이 거 운 명 자　구 인 어 기 중 자　개 시 야　거 지 인 비 야

諸以居運命者, 若鄕里齊荊¹²者, 皆是. 諸以形貌命者,
제 이 거 운 명 자　약 향 리 제 형 자　개 시　제 이 형 모 명 자

若山丘室廟者, 皆是也.
약 산 구 실 묘 자　개 시 야

1 欲(욕)－효(效)의 잘못(『墨子閒詁』). 분명히 하다, 드러내다.　2 名實不必名
(명실불필명)－앞의 ‘명’ 자는 잘못 붙은 것인 듯(『墨子閒詁』).　3 敗(패)－취(取)
자의 잘못(『墨子閒詁』).　4 唯大(유대)－‘유’는 수(雖)의 뜻. 비록.　5 便謂(변
위)－‘변’은 사(使)의 잘못(『墨子閒詁』). 그렇게 말하도록 만들다.　6 命(명)－
명명(命名). 이름을 붙이다.　7 焉(언)－내(乃). 이에, 곧.　8 唯不智(유부지)－
‘유’는 수(雖)의 뜻.　9 居運(거운)－거주(居住)하는 것과 옮아가는 것, 가만히
있는 것과 옮겨가는 것.　10 苟人(구인)－‘인’은 입(入)의 잘못(『墨子閒詁』).
11 去之(거지)－거기에서 떠난 것, 거기로부터 떠난 것.　12 荊(형)－초(楚)나
라의 별명.

　　명실(名實)의 문제, 곧 이름과 실질은 어떻게 다른가 추구해본
대목이다.

20 안다는 것과 뜻은 다르다. 중복되어 같은 것이 있고, 함
께 같은 것이 있고, 형체가 같은 것이 있다. 같은 종류라
같은 것이 있고, 이름이 같아서 같은 것이 있다. 구역이 같은 것이
있고, 있는 곳이 같은 것이 있다. 실지로 같은 것이 있고, 모양이

같은 것이 있고, 근원이 같아서 같은 것이 있다.

　서로 아니어서 다른 것이 있고, 모양이 그렇지 않아서 다른 것이 있다. 다른 것이 있는 것은 같은 것들이 있기 때문이며, 그 같은 것들 때문에 다른 것이 있게 된다.

　첫째로, 실지로 같고 모양도 같은 것이 있다. 둘째로, 실지로는 같지만 모양은 같지 않은 것이 있다. 셋째로는, 바뀌어지는 것이 있다. 넷째로는, 억지로 같게 보이는 것이 있다.

智與意異. 重同[1], 具同[2], 連同[3]. 同類之同, 同名之同.
지 여 의 이　중 동　구 동　연 동　동 류 지 동　동 명 지 동

丘同[4], 鮒同[5]. 是之[6]同, 然之[7]同, 同根之同.
구 동　부 동　시 지 동　연 지 동　동 근 지 동

有非之異, 有不然之異. 有其異也, 爲其同也, 爲其同
유 비 지 이　유 불 연 지 이　유 기 이 야　위 기 동 야　위 기 동

也異.
야 이

一曰乃是而然, 二曰乃是而不然, 三曰遷[8], 四曰强[9].
일 왈 내 시 이 연　이 왈 내 시 이 불 연　삼 왈 천　사 왈 강

1 重同(중동) ─ 이름이 두 가지이나 실지로는 하나인 것.　2 具同(구동) ─ '구'는 구(俱)와 통하여, 함께 같은 곳에 있어서 같은 것.　3 連同(연동) ─ 형체가 같은 것.　4 丘同(구동) ─ '구'는 구(區)와 통하여, 있는 구역이 같은 것.　5 鮒同(부동) ─ '부'는 부(附)와 통하여, 붙어 있는 곳이 같은 것.　6 是之(시지) ─ 실지로.　7 然之(연지) ─ 그러한 것. 모양.　8 遷(천) ─ 변화하는 것. 같다가도 달라지고, 다르다가도 같아진다.　9 强(강) ─ 억지로. 겉모양은 같은데 실지로는 다른 것을 말한다(『墨子閒詁』).

　이 대목은 같다는 것과 다르다는 문제를 여러 가지로 추구해 본 것이다.

21 그대는 깊은 것은 깊다고 인정하고, 얕은 것은 얕다고 인정하며, 보태줄 것은 보태주고 존중할 것은 존중해야 한다. 다음엔 그 유래(由來)와 비슷한 것들과 그 원인을 살펴보아야만 지극히 뛰어난 취지를 터득하게 될 것이며, 다음엔 성가(聲價)와 단서(端緒)와 명성과 원인을 살펴보아야만 실정을 터득하게 될 것이다.

보통 남자로서 언사가 고약한 자는 사람들이 그의 실상을 알게 될 것이다. 그러나 여러 죄를 짓고 잡히어 삶을 싫어하는 자라면 사람들이 반드시 그의 실상을 알 수는 없을 것이다.

子深其深, 淺其淺, 益其益, 尊其尊. 察次¹山比因², 至
자 심 기 심 천 기 천 익 기 익 존 기 존 찰 차 산 비 인 지

優³指復⁴, 次察聲端名因⁵, 請復⁶.
우 지 복 차 찰 성 단 명 인 청 복

正夫⁷辭惡者, 人右⁸以其請得焉. 諸所遭執⁹, 而欲惡生
정 부 사 악 자 인 우 이 기 청 득 언 제 소 조 집 이 욕 오 생

者, 人不必以其請得焉.
자 인 불 필 이 기 청 득 언

1 察次(찰차)－다음 글을 참고하면, '차찰(次察)'의 잘못임이 분명하다. '다음으로는 …을 살피라'는 뜻. 2 山比因(산비인)－'산'은 유(由)의 잘못(張純一『墨子集解』). 그 유래(由來)와 비슷한 것들과의 비교와 그렇게 된 원인. 3 至優(지우)－지극히 뛰어난 것. 4 指復(지복)－'복'은 득(得)의 잘못(『墨子閒詁』). 지귀(指歸)를 터득하다. 5 聲端名因(성단명인)－성가(聲價)와 단서(端緒)와 명성과 원인. 6 請復(청복)－정득(情得)의 잘못. 실정을 터득하다. 7 正夫(정부)－'정'은 필(匹)의 잘못(『墨子閒詁』). 필부(匹夫). 보통 남자. 8 右(우)－유(有)와 통함. 9 遭執(조집)－죄를 짓고 잡혀있는 죄수.

사실 또는 실상을 올바로 파악하는 방법을 추구한 대목. 많은

학자들이 묵자의 겸애사상을 이해하는 것으로 풀이하고 있으나 그러한 증거는 없다.

22 성인이 사람들을 보살펴줌에 있어서는 어질게 대하기는 하지만 이롭게 해주고 사랑하려는 뜻은 없다. 이롭게 하고 사랑하는 것은 생각해 주는 데서 생겨나는 것이다. 옛날 사람들이 생각해 주는 것은 지금 사람들이 생각해 주는 것과 다르다. 옛날 사람들이 사람들을 사랑하던 것은 지금 사람들이 사람을 사랑하는 것과 다르다. 하녀를 사랑하는 것이 사람을 사랑하는 것임은 하녀의 이익을 생각해 주는 데서 생겨나는 것이다. 하녀의 이익을 생각해 주는 것은 하인의 이익을 생각해 주는 것이 아니다. 그러나 하인을 사랑하는 것이 사람을 사랑하는 것임은 곧 하녀를 사랑하는 것이 사람을 사랑하는 것임과 같다. 그 사랑을 없애버리면 천하가 이롭게 된다고 해도 그것을 없애버릴 수는 없는 것이다.

옛날에 아낄 줄을 알던 것은 오늘날 아낄 줄 아는 것과는 다르다. 고귀한 천자라 하더라도 사람들을 이롭게 하는 데 있어서는 보통 남자만 못할 수도 있다. 두 아들이 부모를 섬김에 있어서, 혹 풍년이 오고 혹은 흉년이 오지만 그들이 부모를 대하는 것은 계속 같다. 그들의 행동이 더해지지도 않고 더 보태어지지도 않는다.

외부의 형세는 우리의 이익을 더 두터이 해줄 수가 없다. 만약 하인이 죽음으로써 천하에 해가 된다면 우리는 하인을 만배나 더 잘 돌보아줄 것이나, 우리의 하인에 대한 사랑은 더해지지 않을 것이다.

聖人之附漬¹也, 仁而無利愛. 利愛生於慮². 昔者之慮
성인지부가 야 인이무리애 이애생어려 석자지려

也, 非今日之慮也. 昔者之愛人也, 非今之愛人也. 愛獲³
야 비금일지려야 석자지애인야 비금지애인야 애획

之愛人也, 生於慮獲之利. 慮獲之利, 非慮臧⁴之利也. 而
지애인야 생어려획지리 려획지리 비려장지리야 이

愛臧之愛人也, 乃愛獲之愛人也. 去其愛, 而天下利, 弗
애장지애인야 내애획지애인야 거기애 이천하리 불

能去也.
능거야

昔之知牆⁵, 非今日之知牆也. 貴爲天子, 其利人不厚於
석지지장 비금일지지장야 귀위천자 기리인불후어

正夫⁶. 二子事親, 或遇孰⁷, 或遇凶, 其親也相若. 非彼其
정부 이자사친 혹우숙 혹우흉 기친야상약 비피기

行益⁸也, 非加也.
항익야 비가야

外執⁹無能厚吾利者. 藉¹⁰臧也死, 而天下害, 吾持養¹¹臧
외세 무능후오리자 자 장야사 이천하해 오지양 장

也萬倍, 吾愛臧也不加厚.
야만배 오애장야부가후

1 附漬(부가) – '부'는 부(拊)로 된 판본도 있으며, '가'는 뜻을 알 수 없는 글
자. 다만 문맥으로 보아 사람들을 무육(撫育)하는 것, 보살펴 길러주는 것인
듯. 2 慮(려) – 사려(思慮). 생각해 주는 것. 3 獲(획) – 하녀, 여자 종. 4 臧
(장) – 하인. 남자 종. 5 牆(장) – 색(嗇)과 뜻이 통하여(俞樾 說). 인색한 것, 아
끼는 것. 6 正夫(정부) – 필부(匹夫)의 잘못(앞에 보임). 7 孰(숙) – 숙(熟)과 통
하여, 풍년이 드는 것. 8 益(익) – 풍년이 들었다 하여 부모님께 '더 보태어
드리는 것'. 반대로 가(加)는 흉년이라 하여 부모님께 어떤 일을 더 하여 드
리는 것. 풍년과 흉년의 경우를 바꾸어 생각해도 된다. 9 外執(외세) – '세'
는 세(勢)와 같은 자, 곧 외세(外勢). 10 藉(자) – 만약, 설령. 11 持養(지양) –
돌보아 주는 것.

사랑과 이로움과 사람들과의 여러 가지 관계 등을 추구해본

대목이다.

23 키가 큰 사람과 키가 작은 사람이 같다는 것은 그 모습이 같기 때문에 같다고 하는 것이다. 사람의 손가락과 사람의 머리는 다른데, 사람의 몸은 한 가지 모습으로 이루어진 것이 아니기 때문에 다르다고 하는 것이다. 칼을 갖고 있다는 것과 칼을 뺀다는 것은 다른데, 칼이란 형태와 모습을 근거로 이름을 붙인 것인데, 그 상태가 한결같지 않기 때문에 다르다는 것이다.

버드나무의 나무라는 것과 복숭아나무의 나무라는 것은 같은데, 여러 가지 양이나 수를 들어 이름을 붙이는 경우가 아니기 때문에, 이것들을 들고 보면 모두가 같은 것이 된다. 그러므로 한 사람의 손가락은 한 사람이 아니지만, 이 한 사람의 손가락은 바로 한 사람의 것이다. 네모꼴의 일면은 네모꼴이 아니지만, 네모진 나무의 한 면은 네모진 나무인 것이다.

長人之異¹短人之同, 其貌同者也, 故同. 指之人²也, 與
장 인 지 이 단 인 지 동　기 모 동 자 야　고 동　지 지 인 야　여

首之人也異, 人之體非一貌者也, 故異. 將劍³與挺劍⁴異,
수 지 인 야 이　인 지 체 비 일 모 자 야　고 이　잠 검　여 젓 검 이

劍以形貌命者也, 其形不一, 故異.
검 이 형 모 명 자 야　기 형 부 일　고 이

楊木之木, 與桃木之木也同, 諸非以擧量數⁵命者, 敗⁶之
양 목 지 목　여 도 목 지 목 야 동　제 비 이 거 량 수 명 자　패 지

盡是也. 故一人指, 非一人也, 是一人之指, 乃是一人也.
진 시 야　고 일 인 지　비 일 인 야　시 일 인 지 지　내 시 일 인 야

方之一面, 非方也, 方木之面, 方木也.
방 지 일 면　비 방 야　방 목 지 면　방 목 야

1 之異(지이) - '이'는 여(與)의 잘못(俞樾 說). 2 指之人(지지인) - 사람에게 있

어서의 손가락, 사람의 손가락. **3** 將劍(장검)-칼을 들고 있다, 칼을 손에 들다. **4** 挺劍(정검)-칼을 빼다. 칼을 칼집에서 빼어드는 것. **5** 擧量數(거량수)-물건의 양과 수를 드러내다. **6** 敗(패)-취(取)의 잘못(『墨子閒詁』).

물건이 같고 다른 분별을 논리적으로 추구해본 대목이다.

24 이론은 까닭을 근거로 생겨나고, 도리를 근거로 자라나며, 종류의 분별을 따라 쓰이는 것이다. 이론을 전개하면서도 그 문제가 생겨난 까닭을 알지 못한다면 망령된 일이 된다. 지금 사람들은 도리가 아니라면 행동할 수가 없게 된다. 비록 강한 팔다리가 있다 하더라도 도리에 대하여 잘 알지 못하면 그가 곤경에 빠지게 되는 것은 뻔한 일이다.

이론이란 종류의 분별을 근거로 행하여지는 것이다. 이론을 전개하면서도 그 종류의 분별을 알지 못한다면 곧 반드시 곤경에 빠지게 될 것이다. 그러므로 지나치게 아첨하는 이론은 그 종류가 고률(鼓栗)에 속하게 된다. 성인은 천하를 위하는데, 그 종류가 추미(追迷)에 속하게 된다. 혹은 오래 살고, 혹은 일찍 죽기도 하지만 그들이 천하를 이롭게 하는 데 있어서 목표가 같았다면 그 종류가 예석(譽石)에 속하게 된다.

하루에 백만 명이 태어나도 사랑이 더 두터워지지 않는 것은 그 종류가 오해(惡害)에 속하게 된다. 두 세대의 사람을 사랑할 적에는 두텁고 엷은 차이는 있으나, 두 세대 사람을 다 같이 사랑하는 것은 그 종류가 사문(蛇文)에 속하게 된다. 그들을 똑같이 사랑하면서도 그들 중 한 사람을 골라 죽이는 것은 그 종류가 갱하지서(阬下之鼠)에 속하게 된다.

작게 어진 사람과 크게 어진 사람은 행동을 착실히 함에 있어서는 서로 같은데, 그 종류가 신(申)에 속하게 된다. 이로움을 일으켜 주고 해를 없애주는 것은 그 종류가 누옹(漏雍)에 속하게 된다. 부모에게 올바로 행동하지 않고 일의 종류를 따라 행동한다면 그 종류가 강상정(江上井)에 속하게 된다. 자기를 위하는 일을 하지 않는 것을 배워야 한다는 것은 그 종류가 엽주(獵走)에 속하게 된다. 사람들을 사랑하는 것이 명예를 위한 일이 아니라는 것은 그 종류가 역려(逆旅)에 속하게 된다. 남의 부모를 사랑하기를 자기 부모 사랑하듯 한다는 것은 그 종류가 관구(官荀)에 속하게 된다. 모든 사람들이 똑같이 서로 사랑하고 한 사람을 똑같이 사랑하는 것은 그 종류가 사(死)에 속하게 된다.

以故[1]生, 以理長, 以類行也者. 立辭而不明於其所生,
이고생 이리장 이류행야자 입사이불명어기소생,

忘[2]也. 今人非道, 無所行. 唯有强股肱[3], 而不明於道, 其
망야 금인비도 무소행 유유강고굉 이불명어도 기

困也, 可立而待[4]也.
곤야 가립이대야

夫辭以類行者也. 立辭而不明於其類, 則必困矣. 故浸
부사이류행자야 입사이불명어기류 즉필곤의 고침

淫[5]之辭, 其類在鼓栗[6]. 聖人也, 爲天下也, 其類在于追
음지사 기류재고률 성인야 위천하야 기류재우추

迷[7]. 或壽或卒, 其利天下也指若[8], 其類在譽石[9].
미 혹수혹졸 기리천하야지약 기류재예석

一日而百萬生, 愛不加厚, 其類在惡害[10]. 愛二世有厚
일일이백만생 애부가후 기류재오해 애이세유후

薄, 而愛二世相若, 其類在蛇文[11]. 愛之相若, 擇而殺其一
박 이애이세상약 기류재사문 애지상약 택이살기일

人, 其類在阬下之鼠[12].
인 기류재갱하지서

小仁與大仁, 行厚相若, 其類在申[13]. 凡興利除害也, 其
소인여대인 행후상약 기류재신   범흥리제해야 기

類在漏雍[14]. 厚親, 不稱行[15]而類行, 其類在江上井[16]. 不爲
류재루옹   후친 불칭행 이류행 기류재강상정   불위

已之可學也, 其類在獵走[17]. 愛人非爲譽也, 其類在逆旅[18].
이지가학야 기류재렵주   애인비위예야 기류재역려

愛人之親, 若愛其親, 其類在官苟[19]. 兼愛相若, 一愛相若,
애인지친 약애기친 기류재관구   겸애상약 일애상약

其類在死[20]也.
기류재사 야

1 以故(이고)─이 앞에 '부사(夫辭)' 두 자가 붙어있는 것이 옳다(『墨子閒詁』).
'이고'는 원인을 근거로 하다, 까닭을 근거로 삼다. 2 忘(망)─망(妄)의 잘못
(顧廣圻 說). 망령된 것. 3 強股肱(강고굉)─팔다리가 강하다. 몸이 튼튼한 것.
4 立而待(입이대)─서서 기다리다, 곧 닥쳐오게 됨을 듯함. 5 浸淫(침음)─점
점 가까워지는 것(『文選』李善 注). 지나치게 아부하는 것. 6 鼓栗(고률)─이
하 이론을 전개하는 여러 가지 종류의 보기로 13종류를 들고 있는데, 모두
무슨 뜻인지 분명치 않다. 글이 잘못 전해진 것인지도 모른다. 7 追迷(추
미)─미혹된 것을 바로잡아 주는 것이라 풀이하기도 하나(畢沅), 확실치 않
다. 8 指若(지약)─취지가 같다, 목표가 같다. 9 譽石(예석)─손이양(孫詒讓)
은 '예'는 여(礜)의 잘못이며, '여석'은 쥐가 먹으면 죽는 독한 풀의 일종이
라 하였다. 10 惡害(오해)─해를 싫어하다. 필원(畢沅)은 마음으로는 사랑하
려 하면서도 실제로 사랑하지 못하는 것은 어려운 일이 닥칠까 걱정하기 때
문임을 뜻한다 하였다. 11 蛇文(사문)─뱀 무늬. 무슨 뜻인지 알 수 없다.
12 阬下之鼠(갱하지서)─땅굴 아래 쥐. 쥐는 곡식을 해치기 때문에 보면 죽이
게 된다. 13 申(신)─뜻을 알 수 없음. 14 漏雍(누옹)─'옹'은 옹(甕)과 통하
여, 물이 새는 독. 15 稱行(칭행)─부모를 위하는 행실로써 어울리게 하는
것. 16 江上井(강상정)─뜻을 알 수 없음. 17 獵走(렵주)─뜻을 알 수 없음.
18 逆旅(역려)─여관, 단 문맥은 통하지 않음. 19 官苟(관구)─뜻을 알 수 없
음. 20 死(사)─죽음. 문맥이 통하지 않음.

이론을 전개하는 방법을 논리적으로 추구해본 대목이다. 특히

'종류의 분별을 근거로 논리를 진행시키는 방법'을 여러 가지로 분석 설명하고 있는데, 글을 제대로 읽을 수가 없게 되어있다.

45.
소취편 小取篇

소취편은 「대취편」에 비하여 훨씬 내용이 구체적이며 논리가 정연하다. 앞쪽에서는 논리의 형식과 적용 등 논리학의 총론(總論)이나 같은 문제들을 논하고 있고, 뒤쪽에서는 비슷한 논리적 판단의 결합을 분류하여 설명하고 있다. 이 편은 '묵자'의 논리학파로서의 면모를 밝혀주는 가장 대표적인 글이며 중국 고대의 논리학의 수준을 보여주는 좋은 자료가 된다.

1 모든 변론이란 그것으로서 옳고 그른 분별을 밝히고 다스려지고 어지러워지는 원리를 자세히 하며 같은 점과 다른 점을 분명히 하고 명칭과 사실의 이치를 살피며, 이롭고 해로운 것에 대처하고 의심나는 일에 결단을 내리는 것이다.

곧 만물이 그러한 이유를 모두 파악하고 여러 가지 말의 차이를 논하여 추구함으로써, 명칭으로서 사실을 드러내고 말로써 뜻을 서술하여 논설로서 이유를 표현하는 것이다. 한 종류의 것으로서 비유를 취하기도 한다. 자기가 이러한 변론법을 터득하고 있을 적에는 남이 터득 못한 것을 비난하지 않으며, 자기가 그것을 터득하지 못하고 있을 적에는 남이 터득한 것을 이용하려고 하지 않아야 한다.

夫辯者, 將以明是非之分, 審^{1}治亂之紀^2, 明同異之處,
부변자　장이명시비지분　심 치란지기　　명동이지처

察名實之理, 處利害決嫌疑.
찰명실지리　처리해결혐의

焉^{3}摹略^{4}萬物之然^5, 論求羣言之比^6, 以名擧實, 以辭抒^7
언 모략만물지연　논구군언지비　이명거실　이사서

意, 以說出故. 以類取, 以類予. 有諸己, 不非諸人^8, 無諸
의　이설출고　이류취　이류여　유저기　불비저인　무제

己, 不求諸人^9.
기　불구저인

1 審(심) — 잘 살피어 자세히 드러내는 것. 2 紀(기) — 강(綱)의 뜻으로 '요점', '원리'. 3 焉(언) — 어조사. 4 摹略(모략) — 대체를 총괄(總括)하여 표현하는 것. 5 然(연) — 그러한 것. 그러한 존재. 그러한 실태. 6 比(비) — 견주다. 견줄 때 나는 차이. 7 予(서) — 뜻을 부여하는 것. 결론을 유추(類推)하는 것. 8 不非諸人(불비저인) — 변론으로서 남을 비난하지 않고 올바른 방향으로 유도하는 것. 9 不求諸人(불구저인) — 변론은 남의 힘을 빌거나 남이 터득하고 있는 것을 이용하려고 하지 않아야 한다는 것이다.

이 대목은 변론의 목적과 기술을 논한 논리학의 서론에 해당하는 것이다. 묵자가 논리학을 얼마나 학문적 자료로서 중요시하고 있었는가를 알기에 충분할 것이다. 논리학은 남과의 논쟁에서 이기는 것이 목적이 아니라 올바른 진리를 찾아내어 표현하는 데 가장 큰 목적이 있는 것이다.

2 '혹시는' 하고 말하는 것은 다 그렇지는 않은 것이다. '가령' 하고 말하는 것은 지금은 그렇지 않은 것이다. '본뜬다'는 것은 그것을 법도로 삼는 것이다. 본뜨는 것이란 법도로 삼는 근거가 되는 것이다. 그러므로 본뜨는 것이 들어맞으면 옳은 것이고, 본뜨는 것이 들어맞지 않으면 그른 것이다. 이것이 본뜸인 것이다.

비유라는 것은 다른 물건을 들어 가지고서 어떤 일을 밝히는 것이다. 같다는 것은 말을 나란히 하여 함께 진행시키는 것이다. 인용한다는 것은 '그대가 그러한데, 내 어찌 홀로 그렇지 않을 수가 있겠느냐?'는 것 같은 것이다. 미루어 안다는 것은, 그가 보지 않고 있는 것을 그가 보고 있는 것과 같다고 보면서 그 결론을 미루어 내는 것이다. 이것이 말하는 것과 같다는 것은 같은 것이기 때문이다. 내가 어찌 그렇게 말하겠느냐고 하는 것은 다른 것이기 때문이다.

或也者, 不盡也. 假者, 今不然也. 效[1]者, 爲之法也. 所
혹 야 자　부 진 야　가 자　금 불 연 야　효 자　위 지 법 야　소

效者[2], 所以爲之法也. 故中效則是也, 不中效[3]則非也. 此
효 자　소 이 위 지 법 야　고 중 효 즉 시 야　부 중 효 즉 비 야　차

效也.
효 야

辟[4]也者, 擧也物而以明之也. 侔[5]也者, 比辭而俱行也.
비 야 자　거 야 물 이 이 명 지 야　모 야 자　비 사 이 구 행 야

援[6]也者, 曰子然, 我奚獨不可以然也? 推[7]也者, 以其所不
원 야 자　왈 자 연　아 해 독 불 가 이 연 야　추 야 자　이 기 소 불

取之, 同於其所取者, 予之也. 是猶謂也者, 同也. 吾豈謂
취 지　동 어 기 소 취 자　여 지 야　시 유 위 야 자　동 야　오 기 위

也者, 異也.
야 자　이 야

1 效(효)—말의 주부(主部)를 술부(述部)가 본뜨는 것. 예를 들면 '…(주부)는

…(술부)이다', 또는 '…(주부)는 …(술부)와 같다' 는 말에서 성립된다. **2** 所效者(소효자)—따라서 '본뜸을 받는 것' 이란 '주부' 를 말한다. **3** 中效(중효)—본뜨는 게 들어맞는 것, 곧 말의 주부와 술부의 말값이 딱 들어맞는 것. **4** 辟(비)—비(譬)와 통하여, '비유'. **5** 侔(모)—같다. …은 …과 같다는 것. **6** 援(원)—끌어다 인용(引用)하는 것. **7** 推(추)—미루어 나가는 것. 추리(推理)하는 것.

여기서는 변론에 있어서 말의 성격을 분류하여 설명한 것이다. 묵자는 문법적인 정리를 위하여 무척 애쓴 듯하다.

3 모든 물건은 같은 것이 있지만 그렇게 된 경로까지 같은 것은 아니다. 말로 같다고 할 적에는 어디에서인가 멈춰야만 할 곳이 있다. 그것이 그러할 적에는 그러한 까닭이 있는데, 그것의 그러한 게 같다고 해서 그것이 그렇게 된 까닭도 반드시 같은 것은 아니다. 그러한 비유를 취할 적에는 그런 비유를 취하는 까닭이 있는데, 그러한 비유를 취한 게 같다고 해서 그러한 비유를 취하게 된 까닭도 반드시 같은 것은 아니다.

그러므로 비유와 같다는 것과 인용과 추리하는 말들은 말을 진행시키면서 다르게 돌아가면 궤변이 되며 멀리 갈수록 목표를 잃게 되고 빗나갈수록 근본으로부터 이탈하는 것이니, 자세히 살피지 않을 수 없는 것이며 언제나 사용해서도 안되는 것이다. 그러므로 말에는 방법이 많고 종류가 다르고 까닭이 틀리는 것이니 곧 한편에 치우치게 보아서는 안되는 것이다.

夫物有以同, 而不率遂¹同. 辭之侔也, 有所至而止². 其
부물유이동 이불솔수동 사지모야 유소지이지 기

然也, 有所以然也, 其然也同, 其所以然不必同. 其取之
연야 유소이연야 기연야동 기소이연불필동 기취지

也, 有所以取之, 其取之也同, 其所以取之不必同.
야 유소이취지 기취지야동 기소이취지불필동

是故辟侔援推之辭, 行而異, 轉而危³, 遠而失, 流而離
시고비모원추지사 행이이 전이위 원이실 유이리

本, 則不可不審也, 不可常用也. 故言多方, 殊類異故, 則
본 즉불가불심야 불가상용야 고언다방 수류이고 즉

不可偏⁴觀也.
불가편 관야

1 率遂(솔수) - 솔(率)과 수(遂)는 모두 술(述)과 뜻이 통하며 '그렇게 된 경로'
의 뜻(孫詒讓 說 참고). 2 止(지) - 보통 정(正)으로 되어 있으나 잘못인 듯하다
(孫詒讓 說). 3 危(위) - 궤(詭)와 통하여, 궤변이 되는 것(俞樾 說). 4 偏(편) -
편벽된 것. 한편에 치우치는 것.

　앞 대목에서 말한 논리의 방법은 결국 현상과 그 원인을 뚜렷
이 구분하지 못하고 논리를 전개시킬 때 모두 궤변으로 흐를 위험
성을 지니고 있다는 것이다. 여기선 논리가 근본과 목표를 떠나 궤
변으로 흐르는 경향을 경계한 것이다.

4 모든 사물(事物)은, 혹은 곧 옳으면서도 그러한 게 있고, 혹
은 옳으면서도 그렇지 않은 게 있다. 혹은 한 경우에는 두
루 표현되지만 다른 한 경우에는 두루 표현되지 않는다. 혹은 한
경우에는 옳지만 다른 한 경우에는 그르므로 언제나 써서는 안 되
는 것이다. 그러므로 말에는 방법이 많고, 종류가 다르며 원인이

틀리는 것이니, 곧 한편으로 치우치게 보아서는 안 되는 것이다. 그것은 잘못이다.

흰말은 말이다. 흰말을 타는 것은 말을 타는 것이다. 검은 말은 말이다. 검은 말을 타는 것은 말을 타는 것이다. 여자 노예는 사람이다. 여자 노예를 사랑하는 것은 사람을 사랑하는 것이다. 노예는 사람이다. 노예를 사랑하는 것은 사람을 사랑하는 것이다. 이것들이 곧 옳으면서도 그러한 것이다.

여자 노예의 부모는 사람이다. 여자 노예가 그의 부모를 섬기는 것은 사람을 섬기는 것이 아니다. 그의 동생은 미인이다. 그가 동생을 사랑하는 것은 미인을 사랑하는 것이 아니다. 수레는 나무이다. 수레를 타는 것은 나무를 타는 것은 아니다. 배도 나무이다. 배 안으로 들어가는 것은 나무 안으로 들어가는 것이 아니다.

도적은 사람이다. 도적이 많은 것은 사람이 많은 것이 아니며 도적이 없는 것은 사람이 없는 것이 아니다. 무엇으로써 증명하겠는가? 도적이 많은 것을 싫어함은 사람이 많은 것을 싫어하는 게 아니며, 도적이 없기를 바라는 것은 사람이 없어지기를 바라는 것이 아니다. 세상 사람들이 모두 다 같이 그렇게 인정하고 있다. 만약 그렇다면 비록 도적도 사람이긴 하지만 도적을 사랑하는 것은 사람을 사랑하는 것이 아니며, 도적을 사랑하지 않는 것은 사람을 사랑하지 않는 것이 아니며, 도적을 죽이는 것은 살인을 하는 게 아니라 하여도 무난할 것이다.

이러한 판단과 앞의 판단은 같은 종류이다. 세상에서는 앞의 판단을 하면서 스스로 잘못이라 하지는 않으면서, 묵가(墨家)들이 이러한 판단을 하면 그것을 비난한다. 그것은 다른 까닭이 있는 게 아니다. 이른바 마음속이 들러붙어 밖으로 닫혀 있어서 마음에 생각하는 구멍이 없기 때문일 것이다. 마음속이 들러붙어 풀리지 않는 것이다. 이런 것이 곧 옳으면서도 그렇지 않은 것이다.

夫物, 或乃是而然[1], 或是而不然. 或一周[2], 而一不周.
부물 혹내시이연 혹시이불연 혹일주 이일불주

或一是, 而一非也, 不可常用也. 故言多方, 殊類異故, 則
혹일시 이일비야 불가상용야 고언다방 수류이고 즉

不可偏觀也. 非也.
불가편관야 비야

白馬, 馬也. 乘白馬, 乘馬也. 驪[3]馬, 馬也. 乘驪馬, 乘
백마 마야 승백마 승마야 이마 마야 승리마 승

馬也. 獲[4], 人也. 愛獲, 愛人也. 臧[5], 人也. 愛臧, 愛人
마야 획 인야 애획 애인야 장 인야 애장 애인

也. 此乃是而然者也.
야 차내시이연자야

獲之親, 人也. 獲事其親, 非事人也. 其弟, 美人也. 愛
획지친 인야 획사기친 비사인야 기제 미인야 애

弟, 非愛美人也. 車, 木也. 乘車, 非乘木也. 船, 木也.
제 비애미인야 차 목야 승차 비승목야 선 목야

入船, 非入木也.
입선 비입목야

盜人, 人也. 多盜, 非多人也, 無盜, 非無人也. 奚以明
도인 인야 다도 비다인야 무도 비무인야 해이명

之? 惡多盜, 非惡多人也, 欲無盜, 非欲無人也. 世相與共
지 오다도 비오다인야 욕무도 비욕무인야 세상여공

是之. 若若是則雖盜人, 人也. 愛盜, 非愛人也, 不愛盜,
시지 약약시즉수도인 인야 애도 비애인야 불애도

非不愛人也, 殺盜人, 非殺人也, 無難矣.
비불애인야 살도인 비살인야 무난의

此與彼同類. 世有彼而不自非也, 墨者有此而非之, 無
차여피동류 세유피이부자비야 묵자유차이비지 무

也故[6]焉. 所謂內膠[7]而外閉, 與心毋空[8]乎! 內膠而不解也.
야고 언 소위내교 이외폐 여심무공 호 내교이불해야

此乃是而不然者也.
차내시이불연자야

1 是而然(시이연) — 형식적인 논리상으로 '옳으면서 또 그러한 것'. 2 周
(주) — 두루 모두를 표현하는 것. 3 驪(이) — 검은 말. 4 獲(획) — 여자 노예. 5

臧(장)-남자 노예. **6** 也故(야고)-야(也)는 타(他)와 통하여, '다른 까닭'. **7** 膠(교)-들러붙다, 굳어지다. **8** 毋空(무공)-무(毋)는 무(無)와 통하여, '없는 것'. 공(空)은 공(孔)과 통하여, '구멍'. 옛날부터 중국 사람들은 보통 사람들은 심장에 여섯 개의 구멍이 있고 성인은 일곱 개의 구멍이 있는데 그것으로 생각한다고 믿었었다(『列子』「仲尼篇」).

여기에서도 계속하여 논리가 궤변으로 흐르는 경향을 경계하면서 올바른 논리의 방향을 제시하고 있다. 논리적으로 추리해 보면, 형식상 옳으면서 실제로 그러한 것도 있지만 논리적으로 옳으면서 실제로는 그렇지 않은 것도 많다는 것이다. A=B, B=C면 A=C가 될 것 같은데 그렇지 않은 경우도 많다는 것이다. 묵자는 그러한 예를 들면서 끝으로 슬쩍 자기 학파의 정당한 논리를 추켜세우고 있다.

5 책을 읽으려 하는 것은 책을 좋아하는 것이 아니다. 닭싸움을 시키려 하는 것은 닭이 아니다. 닭싸움을 좋아하는 것은 닭을 좋아하는 것이다. 우물에 들어가려 하는 것은 우물에 들어가는 것이 아니다. 우물에 들어가려 하는 것을 멈추게 하는 것은 우물에 들어가는 것을 멈추게 하는 것이다. 문을 나서려 하는 것은 문을 나서는 게 아니다. 문을 나서려 하는 것을 멈추게 하는 것은 문을 나서는 것을 멈추게 하는 것이다. 만약 이와 같다면 '일찍 죽으려 하는 것은 일찍 죽는 게 아니며 오래 사는 것은 일찍 죽는 게 아니다. 운명이 있다는 것은 운명이 있는 게 아니며 운명이 있다고 주장하는 것을 부정하는 것은 운명을 부정하는 것이다.'고 해도 무

난한 것이다.

　이것은 앞의 판단과 같은 종류의 것이다. 세상에서는 앞의 판단은 행하여도 스스로 그르다고 하지 않으면서, 묵가에서 이러한 판단을 내리면 여러 사람들이 그것을 비난한다. 그것은 다른 까닭이 아니다. 이른바 마음속이 들러붙어서 밖으로 닫히어 마음에 생각할 구멍이 없어진 것이다. 마음속이 들러붙어 풀리지 않는 것이다. 이것이 곧 옳지 않으면서도 그러한 것이다.

且夫讀書, 非好書也¹. 且鬪雞, 非雞也. 好鬪雞, 好雞
차 부 독 서 　비 호 서 야 　차 투 계 　비 계 야 　호 투 계 　호 계

也. 且入井, 非入井也. 止且入井, 止入井也. 且出門, 非
야 　차 입 정 　비 입 정 야 　지 차 입 정 　지 입 정 야 　차 출 문 　비

出門也. 止且出門, 止出門也. 若若是, 且夭, 非夭也. 壽,
출 문 야 　지 차 출 문 　지 출 문 야 　약 약 시 　차 요 　비 요 야 　수

非夭也², 有命, 非命也, 非執有命, 非命也, 無難矣.
비 요 야 　유 명 　비 명 야 　비 집 유 명 　비 명 야 　무 난 의

此與彼同類. 世有彼而不自非也, 墨者有此而衆非之,
차 여 피 동 류 　세 유 피 이 부 자 비 야 　묵 자 유 차 이 중 비 지

無也故焉. 所謂乃膠外閉, 與心無空乎! 內膠而不解也.
무 야 고 언 　소 위 내 교 외 폐 　여 심 무 공 호 　내 교 이 불 해 야

此乃不是而然者³也.
차 내 불 시 이 연 자 　야

1 且夫讀書(차부독서), 非好書也(비호서야)―앞뒤 문맥으로 보아 손이양(孫詒讓)은 '책을 읽으려 하는 것은 책을 읽는 게 아니다. 책 읽기를 좋아하는 것이 책을 좋아하는 것이다.(且夫讀書, 非好書也. 好讀書, 好書也.)'로 됨이 옳을 것 같다고 하였다. **2** 壽(수), 非夭也(비요야)―비(非)자는 담계보(譚戒甫)의 설(說)을 따라 보충하였다. **3** 不是而然者(불시이연자)―본시는 시이불연자(是而不然者)로 되어 있으나 문맥을 참조하여 고쳤다.

　논리상으로 옳지 않은 듯하면서도 사실은 그러한 일이 있다.

여기엔 그러한 보기를 들면서 올바른 논리를 정리하고 있는 것이다. 다만 몇 군데 글자를 바꾸기는 하였으나 아직도 문맥이 불안한 데가 있어 한스럽다.

6 사람을 사랑한다는 것은, 두루 모든 사람을 사랑한 다음에야 사람을 사랑하는 것이 된다. 사람을 사랑하지 않는다고 할 적에는, 두루 모든 사람을 사랑하지 않는 것을 기다리지 않는다. 두루 모든 사람을 사랑하지 않으면 그 때문에 사람을 사랑하지 않는 것이 된다.

말을 타는 것은, 두루 모든 말을 탄 뒤에야 말을 타는 게 되지 않는다. 말을 탄 일이 있으면 그 때문에 말을 탄 것이 된다. 말을 타지 않았다고 할 적에는 두루 모든 말을 타지 않은 뒤에야 말을 타지 않는 게 된다. 이것은 한 경우에는 두루 한 일에 적용되지만 다른 경우에는 두루 한 일에 적용되지 않는 것이다.

愛人, 待周愛人而後[1]爲愛人. 不愛人, 夫待周不愛人.
애인   대주애인이후 위애인   불애인   부대주불애인

不周愛, 因爲不愛人矣.
부주애   인위불애인의

乘馬, 不待周乘馬然後爲乘馬也. 有乘於馬, 因爲乘馬
승마   부대주승마연후위승마야   유승어마   인위승마

矣. 逮至不乘馬, 待周不乘馬而後爲不乘馬. 此一周而一
의   체지불승마   대주불승마이후위불승마   차일주이일

不周者也.
부주자야

1 待…而後(대…이후) ― 한 뒤에야.

이것은 앞 네 번째 대목에서 '한 경우에는 두루 한 일에 적용되지만, 다른 경우에는 두루 한 일에 적용되지 않는' 논리를 보기를 들어 설명한 것이다.

7 한 나라에 살고 있다면, 곧 그 나라에 사는 것이 된다. 한 나라에 한 집을 갖고 있다면 그 나라를 갖고 있는 게 되지 않는다. 복숭아나무 열매는 복숭아이다. 대추나무 열매는 가시가 아니다. 사람의 병을 위문하는 것은 사람을 위문하는 것이다. 사람의 병을 싫어하는 것은 사람을 싫어하는 것이 아니다. 사람의 귀신은 사람이 아니다. 형의 귀신은 형이다. 사람의 귀신을 제사지내는 것은 사람을 제사지내는 것이 아니다. 형의 귀신을 제사지내는 것은 곧 형을 제사지내는 것이다.

이 말[馬]의 눈이 애꾸라는 것은 곧 이 말이 애꾸라는 뜻이 된다. 이 말의 눈이 크다는 것을 이 말이 크다고 말하지 않는다. 이 소의 털이 누러면 곧 이 소는 누렇다고 말한다. 이 소의 털이 많은 것을 이 소가 많다고는 말하지 않는다. 한 마리의 말도 말이다. 두 마리의 말도 말이다. 말에 네 발이 있다는 것은, 한 마리의 말에 네 발이 있다는 것이지, 두 마리 말에 네 발이 있다는 것은 아니다. 흰 말은 말이다. 말이 간혹 흰 놈이 있다는 것은 두 마리 가운데 어떤 놈이 희다는 것이지 한 마리 가운데 어떤 놈이 희다는 것은 아니다. 이것이 곧 한 경우에는 표현이 옳으면서도 한 경우에는 표현이 옳지 않은 것이다.

居於國, 則爲居國. 有一宅於國, 而不爲有國. 桃之實,
거 어 국 즉 위 거 국   유 일 택 어 국   이 불 위 유 국   도 지 실

桃也. 棘¹之實, 非棘也. 問人之病, 問人也. 惡人之病, 非
도 야 극 지 실 비 극 야   문 인 지 병   문 인 야   오 인 지 병   비

惡人也. 人之鬼, 非人也. 兄之鬼, 兄也. 祭人之鬼, 非祭
악 인 야 인 지 귀 비 인 야   형 지 귀   형 야   제 인 지 귀   비 제

人也. 祭兄之鬼, 乃祭兄也.
인 야 제 형 지 귀   내 제 형 야

之馬之目眇², 則爲之馬眇. 之馬之目大, 而不謂之馬大.
지 마 지 목 묘   즉 위 지 마 묘   지 마 지 목 대   이 불 위 지 마 대

之牛之毛黃, 則謂之牛黃. 之牛之毛衆, 而不謂之牛衆.
지 우 지 모 황   즉 위 지 우 황   지 우 지 모 중   이 불 위 지 우 중

一馬, 馬也. 二馬, 馬也. 馬四足者, 一馬而四足也, 非兩
일 마 마 야 이 마 마 야   마 사 족 자   일 마 이 사 족 야   비 량

馬而四足也. 白馬³, 馬也. 馬或白者, 二馬而或白也, 非
마 이 사 족 야 백 마 마 야   마 혹 백 자   이 마 이 혹 백 야   비

一馬而或白. 此乃一是而一非者也.
일 마 이 혹 백   차 내 일 시 이 일 비 자 야

1 棘(극) — 대추나무와 비슷하나 크게 자라지 않는 관목(灌木)이며 열매도 대
추 비슷하다. 이 나무는 극(棘)이라 부르지만, 열매는 극(棘)이라 부르지 않는
다. 우리말로는 표현할 길이 없어 극(棘)은 '가시'의 뜻도 되므로, '대추나무
열매는 가시가 아니다.'라고 논리에 맞도록 번역해 두었다. 2 眇(묘) — 애꾸
눈. 3 白馬(백마) — 보통 일마(一馬)로 되어 있으나, 문맥으로 보아 일(一)은
백(白)의 잘못임이 확실하다.

&c∽

　여기서는 같은 논리로 말을 전개해 가면서 한 경우에는 표현
이 옳지만 한 경우에는 표현이 옳지 않은 보기를 들고 있다. 이러
한 논리의 성격을 올바로 파악치 못하고 논설을 전개할 때 결론은
크게 엉뚱해질 가능성이 있는 것이다. 『장자(莊子)』천하(天下)편을
보면, 묵가들은 뒤에 학파가 분열하여 그들은 서로 상대방을 '별묵
(別墨)'이라 공격하였다는데, 그들의 공격 무기는 이처럼 묵자에게

서 닦여진 변론술이었다. 묵자는 사상의 표현을 올바로 다져가기 위하여 논리학적인 사고(思考)를 중시하고 그것을 발전시켰지만, 그의 제자들이나 여러 유세가(遊說家)들은 자기의 주장을 합리화시키고 남을 공격하는 방법으로 이를 응용하였던 것이다. 아무튼 『묵자』의 경(經)편 이하의 자료들은 '묵변(墨辯)'이라 하여 중국고대 논리학의 중요한 자료라 일컬어지고 있다.

墨子

46.
경주편 耕柱篇

「경주」는 이 편 첫머리에 나오는 묵자의 제자 이름이
다. 이 편은 모두가 묵자와 그의 제자 또는 다른 학파의 사람들
과의 문답(問答)으로 이루어져 있다. 묵자와 묵자학파의 자연스
런 면모를 파악하는 데엔 무엇보다도 좋은 자료가 될 것이다.

1 묵자가 제자인 경주자(耕柱子)를 꾸짖었다. 경주자가 말하였
다.

"저는 남보다 아무것도 나은 게 없습니까?"

묵자가 말하였다.

"우리가 태항산(太行山)을 오르려 하는데 좋은 말과 소에게 수레
를 끌린다면 그대는 어느 편 것을 몰고 가겠는가?"

경주자가 대답하였다.

"좋은 말을 몰겠습니다."

묵자가 물었다.

"어째서 좋은 말을 모는가?"

경주자가 말하였다.

"좋은 말은 그 일을 수행할 만하기 때문입니다."

묵자가 말하였다.

"나도 역시 그대는 일을 수행할 만하다고 여기고 있는 것이다."

子墨子怒耕柱子, 耕柱子曰：我毋俞¹於人乎?
자묵자노경주자　경주자왈　　아무유 어인호

子墨子曰：我將上大行², 駕驥³與牛⁴, 子將誰敺⁵?
자묵자왈　　아장상태항　가기여우　자장수구

耕柱子曰：將敺驥也.
경주자왈　　장구기야

子墨子曰：何故敺驥也?
자묵자왈　　하고구기야

耕柱子曰：驥足以責⁶. 子墨子曰：我亦以子爲足以責.
경주자왈　기족이책　　자묵자왈　　아역이자위족이책

1 俞(유)─유(愈)와 통하여, '더 나은 것'. '더 훌륭한 것'. 2 大行(태항)─산이름. 태항(太行)으로도 쓰며, 산서성(山西省)과 하남성(河南省) 경계에 있다. 3 驥(기)─천리마. 좋은 말. 4 牛(우)─보통 양(羊)으로 되어 있으나 잘못인 듯하다(王引之 說). 5 敺(구)─구(驅)와도 통하여, '말을 몰다', '말을 달리게 하다'. 6 責(책)─할 일을 책임지고 수행하는 것.

　제자를 채찍질하는 스승의 심경이 잘 표현된 대화이다. 제자를 잘 달리는 좋은 말에 견주고 있는 것이다.

2 무마자가 묵자에게 말하였다.

"귀신과 성인은 어느 편이 더 밝고 지혜가 있습니까?"

묵자가 말하였다.

"귀신이 성인보다 더 밝고 지혜가 있음은 마치 귀가 잘 들리는 사람과 눈이 밝은 사람을 귀머거리와 장님에 견주는 거나 같소. 옛날 하(夏)나라 천자인 개(開)가 비렴(蜚廉)으로 하여금 산천에서 동을 채굴(採掘)하여 곤오(昆吾)에 가서 그것으로 솥을 만들도록 하였소. 그리고 백익(伯益)으로 하여금 꿩을 잡아 그 피를 백약(白若)에서 나는 거북에 바른 다음 점을 치도록 하였지요. 점을 치면서 '솥은 세 발이 달린 네모의 것으로 이루어지고, 불을 때지 않아도 스스로 안의 것이 삶아지며, 들어 올리지 않아도 스스로 창고에 저장되고, 옮겨놓지 않아도 스스로 필요한 곳으로 가는 그런 솥이 되게 하여 주십시오! 지금 곤오 땅의 신에게 제사 드리오니 제사를 흠향하여 주십시오!' 하고 빌었소. 그러자 점괘가 다음과 같이 드러났소. '제사를 흠향했노라. 뭉게뭉게 흰 구름이 한번은 남쪽에서, 한번은 북쪽에서, 한번은 서쪽에서, 한번은 동쪽에서 피어오른다. 아홉 개의 솥이 이루어진 다음에는 세 나라를 옮겨다니게 될 것이다.'

ㄱ 솥은 하(夏)나라 임금이 잃게 되자 은(殷)나라 사람들이 물려받았고, 은나라 사람들이 잃게 되자 주(周)나라 사람들이 물려받았소. 하나라 임금으로부터 은나라 주나라로 이어받게 되는 기간이 수백 년이었소. 비록 성인이 그의 훌륭한 신하와 뛰어난 재상들을 모아놓고 꾀해본다 한들 어찌 수백 년 뒤의 일을 알 수가 있겠소? 그러나 귀신은 알았던 것이오. 그러므로 귀신이 밝고 지혜로움을 성인과 비긴다면, 마치 그것은 귀가 잘 들리는 사람과 눈이 밝은 사람을 귀머거리와 장님에 견주는 거나 같다는 것이오."

巫馬子¹謂子墨子曰：鬼神孰與²聖人明智?
무 마 자 위 자 묵 자 왈　귀 신 숙 여　성 인 명 지

子墨子曰：鬼神之明智於聖人，猶聰耳明目之與聾瞽³
자 묵 자 왈　귀 신 지 명 지 어 성 인　유 총 이 명 목 지 여 롱 고

也. 昔者夏后開⁴，使蜚廉⁵折金⁶於山川，而陶鑄⁷之於昆吾⁸.
야　석 자 하 후 개　사 비 렴 절 금 어 산 천　이 도 주 지 어 곤 오

是使翁難雉乙⁹. 卜於白若¹⁰之龜. 曰：鼎成，三足而方，不
시 사 옹 난 치 을　복 어 백 약　지 귀　왈　정 성　삼 족 이 방　부

炊而自烹，不舉而自臧，不遷而自行，以祭於昆吾之虛¹¹，
취 이 자 팽　부 거 이 자 장　부 천 이 자 행　이 제 어 곤 오 지 허

上鄉¹². 乙又¹³言兆之由¹⁴，曰：饗¹⁵矣，逢逢¹⁶白雲，一南一
상 향　을 우　언 조 지 유　왈　향 의　봉 봉 백 운　일 남 일

北，一西一東. 九鼎¹⁷既成，適於三國.
북　일 서 일 동　구 정 기 성　적 어 삼 국

夏后氏失之，殷人受之，殷人失之，周人受之. 夏后殷周
하 후 씨 실 지　은 인 수 지　은 인 실 지　주 인 수 지　하 후 은 주

之相受也，數百歲矣. 使聖人聚其良臣與其桀相¹⁸而謀，豈
지 상 수 야　수 백 세 의　사 성 인 취 기 량 신 여 기 걸 상　이 모　기

能智數百歲之後哉? 而鬼神智之. 是故曰：鬼神之明智於
능 지 수 백 세 지 후 재　이 귀 신 지 지　시 고 왈　귀 신 지 명 지 어

聖人也，猶聰耳明目之與聾瞽也.
성 인 야　유 총 이 명 목 지 여 롱 고 야

1 巫馬子(무마자)－유가(儒家)에 속하는 사람 이름. 공자(孔子)의 제자인 무마기(巫馬期)이거나 그의 후손일 것이다.　2 孰與(숙여)－어느 편이 더 …한가?　3 聾瞽(농고)－귀머거리와 장님.　4 夏后開(하후개)－하나라 임금 개(開). '개'는 계(啓), 우(禹)의 아들. 한(漢)대에 피휘(避諱)하여 그렇게 썼다(蘇時學 說).　5 蜚廉(비렴)－하나라 신하. 은(殷)나라에도 같은 이름의 사람이 있었다.　6 折金(절금)－적금(擿金), 동(銅)을 채굴(採掘)하는 것.　7 陶鑄(도주)－주조(鑄造)하는 것.　8 昆吾(곤오)－지명. 지금의 산동성(山東省) 복양현(濮陽縣)이라 한다.　9 翁難雉乙(옹난치을)－'옹'은 사람 이름. 백익(伯益)의 자(字). '난'은 착(斲)의 잘못으로 죽이는 것. '치'는 꿩, '을'은 이(以)의 잘못(이상 『墨子閒詁』).　10 白若(백약)－땅 이름. 어느 곳인지 모른다.　11 昆吾之虛(곤오지허)－'허'는 허(墟)와 통하여, 옛 터. 고장의 신.　12 上鄉(상향)－상향(尙饗). 흠향하기 바랍니다.　13 乙又(을우)－'을'은 이(已)의 잘못(『墨子閒詁』). 그리고 나서 또.　14 兆之由(조지유)－'조'는 거북점을 칠 때 거북 껍질이 터진 모양, '유'는

주(繇)와 통하여 점사(占辭).　**15** 饗(향)―흠향하다.　**16** 逢逢(봉봉)―구름이 뭉게뭉게 떠오르는 모양.　**17** 九鼎(구정)―아홉 개의 솥, 또는 구목(九牧)의 동(銅)을 모아들여 주조하였다고 하여 '구정'이라 부른다고도 한다. 하(夏)·은(殷)·주(周)의 삼대(三代)를 두고 전해진 천자의 보배임. 『사기(史記)』봉선서(封禪書)에는 우(禹)임금이 만든 것으로 기록되어 있다.　**18** 桀相(걸상)―'걸'은 걸(傑)의 뜻으로, 걸출한 재상.

　명귀(明鬼)편의 보충이라 할 수 있다. 귀신은 성인보다도 사람들의 일에 대하여 더 분명히 듣고 뚜렷이 알고 있다는 것이다. 따라서 귀신은 사람들의 행동여하에 따라 복을 주기도 하고, 벌을 내리기도 한다는 것이다.

3　치도오(治徒娛)와 현자석(縣子碩)이 묵자에게 물었다.
　"의로움을 행함에 있어서 무엇이 가장 힘써야 할 일입니까?"
　묵자가 대답하였다.
　"비유를 들면, 담을 쌓는 것과 같소. 흙을 잘 다지는 사람은 흙을 다지고, 흙을 잘 나르는 사람은 흙을 날라다 담틀 속에 채우고, 담을 잘 바로잡는 사람은 담이 바르게 쌓이도록 바로 잡아 주어야 담이 이룩되는 것이오. 의로운 일을 하는 것도 그와 같소. 변론을 잘하는 사람은 변론을 하고, 책 해설을 잘하는 사람은 책을 해설하고, 일을 잘 처리하는 사람은 일을 잘 처리하는 거요. 그래야만 의로운 일들이 잘 이루어질 거요."

治徒娛縣子碩[1], 問於子墨子曰 : 爲義孰爲大務?
치 도 오 현 자 석　문 어 자 묵 자 왈　위 의 숙 위 대 무

子墨子曰 : 譬若築[2]牆然. 能築者築, 能實壤者實壤[3], 能
자 묵 자 왈　비 약 축 장 연　능 축 자 축　능 실 양 자 실 양　능

欣者欣[4], 然後牆成也. 爲義猶是也. 能談辯者談辯, 能說
흔 자 흔　연 후 장 성 야　위 의 유 시 야　능 담 변 자 담 변　능 설

書者說書, 能從事者從事. 然後義事成也.
서 자 설 서　능 종 사 자 종 사　연 후 의 사 성 야

1 治徒娛(치도오), 縣子碩(현자석)－둘 다 묵자의 제자임.　2 築(축)－담을 쌓
을 때 담틀 속에 흙을 넣고 다지는 것.　3 實壤(실양)－담틀 속에 흙을 날라다
넣는 것.　4 欣(흔)－희(睎)의 뜻으로서, 기구를 가지고 담이 올바로 쌓이는가
어떤가를 감독하는 것(王引之 說).

❧

　묵자가 현대적인 분업 정신을 지니고 있었다는 것은 놀라운
일이다. 묵자는 누구나가 자기의 적성에 맞는 일을 가려 부지런히
일해야만 한다고 생각했다. 그리고 직업에 있어선 귀하고 천한 차
이가 있을 수 없다고 생각하였다.

4　무마자(巫馬子)가 묵자에게 말하였다.
　"선생께서는 세상 사람들 모두가 아울러 서로 사랑해야 한
다고 하지만 아직 그 이로움이 보이지 않습니다. 저는 세상 사람
들을 사랑하지 않지만 아직 그 해로움이 보이지 않습니다. 결과가
모두 나타나지 않았는데 선생께선 어찌하여 홀로 스스로는 옳다
고 하면서 저를 그르다고 하십니까?"
　묵자가 말하였다.

"지금 여기에 불이 났다 합시다. 한 사람은 물을 들고서 그것을 끼얹으려 하고 있고, 한 사람은 불을 들고서 그것을 더 타오르게 하려 하고 있다고 합시다. 결과는 모두 나타나지 않았지만 당신은 두 사람 중에서 어느 사람을 귀하게 여기겠소?"

무마자가 말하였다.

"저는 저 물을 들고 있는 사람의 생각을 옳게 여기고, 불을 들고 있는 사람의 생각은 잘못이라 생각합니다."

묵자가 대답하였다.

"나도 역시 나의 뜻을 옳게 여기고, 당신의 뜻을 잘못이라 생각하는 것이오."

巫馬子¹謂子墨子曰：子兼愛天下, 未云利也. 我不愛天
무 마 자 위 자 묵 자 왈　　자 겸 애 천 하　　미 운 리 야　　아 불 애 천

下, 未云²賊也. 功皆未至, 子何獨自是, 而非我哉?
하　　미 운 적 야　　공 개 미 지　　자 하 독 자 시　　이 비 아 재

子墨子曰：今有燎³者於此. 一人奉水將灌⁴之, 一人摻火
자 묵 자 왈　　금 유 료 자 어 차　　일 인 봉 수 장 관 지　　일 인 섬 화

將益之, 功皆未至, 子何貴於二人?
장 익 지　　공 개 미 지　　자 하 귀 어 이 인

巫馬子曰：我是彼奉水者之意, 而非摻⁵火者之意.
무 마 자 왈　　아 시 피 봉 수 자 지 의　　이 비 삼 화 자 지 의

子墨子曰：吾亦是吾意, 而非子之意也.
자 묵 자 왈　　오 역 시 오 의　　이 비 자 지 의 야

1 巫馬子(무마자)-노(魯)나라 사람으로서 공자(孔子)의 제자인 무마기(巫馬期)의 자손인 듯하다. 묵자와 반대되는 입장에서 문답을 하고 있는 것을 보더라도 유가에 속하는 사람일 가능성이 많다. 2 云(운)-유(有)의 뜻(俞樾 說). 드러나는 것. 3 燎(료)-불을 놓아 타는 것, 불이 난 것. 4 灌(관)-물을 붓는 것. 5 摻(삼)-잡고 있는 것, 들고 있는 것.

'겸애설'을 놓고 반대되는 입장에 있는 무마자와 묵자가 주고 받은 대화이다. 무마자가 결과를 가지고 겸애주의를 부정하려 했지만 묵자는 비유로써 올바른 진리를 제시한다.

5 묵자는 경주자(耕柱子)를 초(楚)나라에 파견하였다. 두세 명의 친구들이 초나라에 갔다가 그에게 들르니, 그는 하루 석 되(三升)의 곡식으로 그들을 먹여 주며 손님으로 후한 대접을 하지 않았다. 두세 명의 친구들이 돌아와 묵자에게 보고하였다.

"경주자는 초나라에 있어 보았자, 아무 소용도 없습니다. 저희들이 가서 들르니 그는 하루 석 되의 곡식으로 우리를 먹여 주며 손님으로 후한 대접을 하지 않았습니다."

묵자가 말하였다.

"아직은 알 수 없어."

얼마 안 있다가 그가 묵자에게 10금(金)을 보내면서 편지에 이렇게 말하였다.

'후생은 감히 죽지 않고 잘 있습니다. 10금의 돈이 여기 있으니 바라건대 선생님께서 이것을 써 주십시오.'

묵자가 말하였다.

"과연 알 수가 없구나!"

子墨子游¹耕柱子於楚. 二三子過之, 食之三升², 客之不
자묵자유 경주자어초 이삼자과지 사지삼승 객지불
厚. 二三子復於子墨子曰 : 耕柱子處楚無益矣. 二三子過
후 이삼자복어자묵자왈 경주자처초무익의 이삼자과

之, 食之三升, 客之不厚.
지　사지삼승　객지불후

子墨子曰 : 未可智[3]也. 毋幾何而遺十金於子墨子曰 : 後
자묵자왈　미가지야　무기하이유십금어자묵자왈　후

生不敢死. 有十金於此, 願夫子之用也.
생불감사　유십금어차　원부자지용야

子墨子曰 : 果未可智也.
자묵자왈　과미가지야

1 游(유)－다른 나라에 가서 벼슬하게 하는 것.　2 三升(삼승)－하루 먹는 곡
식의 양. 보통 사람은 오승(五升)의 밥을 먹어야 한다 하였다(『莊子』 「天下
篇」).　3 智(지)－지(知)와 통하여, '아는 것'.

물자를 아껴쓸 것을 주장하는 묵가의 사상이 엿보인다. 보통
때 친구들을 소홀히 대접하기는 했지만 경주자는 스승에게 보낸
10금이란 큰 돈을 모으고 있었던 것이다.

6　무마자(巫馬子)가 묵자에게 말하였다.
　　"선생께서는 의로움을 행하시고 계신데, 도와드리는 사람
을 보지 못하였고 부하게 해주는 귀신도 없었습니다. 그런데도 선
생께선 의로움을 행하시니 미친 병이 드신 것 같습니다."
　묵자가 대답하였다.
　"지금 당신에게 여기에 두 신하가 있다고 합시다. 그 중 한 사람
은 당신이 보면 일을 하고, 당신이 보지 않으면 일을 하지 않고, 다
른 한 사람은 당신이 봐도 일을 하고, 당신이 보지 않아도 일을 한
다고 할 때, 당신은 이 두 사람 중에서 누구를 귀하게 여기겠소?"

무마자가 말하였다.

"저는 내가 보아도 일을 하고, 내가 보지 않아도 역시 일을 하는 사람을 귀하게 여깁니다."

묵자가 말하였다.

"그렇다면 이것은 당신도 역시 미친 병이 있는 것을 귀하게 여기는 것이오."

巫馬子謂子墨子曰 : 子之爲義也, 人不見而助¹, 鬼不見
무마자위자묵자왈　자지위의야　인불견이조　귀불견

而²富. 而子爲之, 有狂疾.
이 부　이자위지　유광질

子墨子曰 : 今使子有二臣於此. 其一人者見子從事, 不
자묵자왈　금사자유이신어차　기일인자견자종사　불

見子則不從事, 其一人者見子亦從事, 不見子亦從事, 子
견자즉불종사　기일인자견자역종사　불견자역종사　자

誰貴於此二人?
수귀어차이인

巫馬子曰 : 我貴其見我亦從事, 不見我亦從事者.
무마자왈　아귀기견아역종사　불견아역종사자

子墨子曰 : 然則是子亦貴有狂疾也.
자묵자왈　연즉시자역귀유광질야

1 助(조)—보통 야(耶)로 되어 있으나 잘못인 듯하다(孫詒讓 說). 2 而(이)—그대. 너.

자기를 반대하는 무마자의 말을 부정하는 묵자의 논리가 볼만하다. 묵자는 자기의 방향으로 언제나 상대방을 교묘히 인도한다.

7 자하(子夏)의 제자들이 묵자에게 물었다.

　"군자에게도 싸움이 있습니까?"

　묵자가 대답하였다.

　"군자에겐 싸움이 없소."

　자하의 제자들이 말하였다.

　"개나 돼지에게도 싸움이 있거늘, 어찌 선비에게 싸움이 없을 수가 있겠습니까?"

　묵자가 말하였다.

　"마음 아프도다! 말로는 탕(湯)임금이나 문왕(文王)에 대하여 얘기하면서도 행동은 개나 돼지에게 비기다니, 마음 아프도다!"

　　子夏¹之徒, 問於子墨子曰：君子有鬪乎?
　　자 하 지 도　문 어 자 묵 자 왈　군 자 유 투 호

　　子墨子曰：君子無鬪.
　　자 묵 자 왈　군 자 무 투

　　子夏之徒曰：狗狶²猶有鬪, 惡有士而無鬪矣?
　　자 하 지 도 왈　구 희 유 유 투　오 유 사 이 무 투 의

　　子墨子曰：傷矣哉! 言則稱於湯文, 行則譬於狗狶, 傷
　　자 묵 자 왈　상 의 재　언 즉 칭 어 탕 문　행 즉 비 어 구 희　상

　　矣哉!
　　의 재

1 子夏(자하)―공자의 제자. 성은 복(卜), 이름은 상(商). 자하는 그의 자. 공자가 죽은 뒤론 위(魏)나라 문후(文侯)를 섬기었다. 2 狶(희)―큰 돼지.

　　　　　　　　　　　　✎

　　말과 행동이 합치되지 않는 유가들을 꼬집는 묵자의 논리가 날카롭다.

8 무마자가 묵자에게 말하였다.

"지금의 사람들을 버리고서 옛 임금들을 기리고 있는 것은 마른 뼈를 기리는 것입니다. 비유를 들면 마치, 목수와 같습니다. 마른 나무는 알면서도 산 나무는 알지 못하는 것이지요."

묵자가 말하였다.

"세상 사람들이 살아가고 있는 근거는 옛 임금들의 도와 가르침 때문이다. 지금 옛 임금들을 기리는 것은 바로 세상 사람들이 살아가는 원리를 기리는 것이다. 기리어야 할 것인데도 기리지 않는 것은 어짊이 못된다."

巫馬子謂子墨子曰：舍今之人，而譽先王，是譽槁[1]骨
무 마 자 위 자 묵 자 왈　　사 금 지 인　　이 예 선 왕　　시 예 고 골

也. 譬若匠人然. 智[2]槁木也, 而不智生木.
야　비 약 장 인 연　지 고 목 야　이 부 지 생 목

子墨子曰：天下之所以生者，以先王之道敎也. 今譽先
자 묵 자 왈　　천 하 지 소 이 생 자　　이 선 왕 지 도 교 야　금 예 선

王, 是譽天下所以生也. 可譽而不譽, 非仁也.
왕　시 예 천 하 소 이 생 야　가 예 이 불 예　비 인 야

1 槁(고)－고(枯)와 통하며, '마른 것', '말라 죽은 것'. **2** 智(지)－지(知)와 통함.

여기에 의하면, 무마자는 유가에 속하는 사람이 아닌 듯도 하다. 왜냐하면 유가들도 묵가 못지않게 옛 훌륭한 임금의 도를 존중했기 때문이다.

9 묵자가 말하였다.

"화씨(和氏)의 구슬이나 수후(隋侯)의 진주나 주(周)나라의 세

개의 솥[鼎]과 여섯 개의 그릇[翼]은 제후들이 이른바 귀중한 보배라고 하는 것이다. 그러나 그것으로써 국가를 부하게 하고, 인민을 많게 하고, 법과 정치를 다스리고, 나라를 편안하게 할 수 있는가?

그것은 불가능하다. 이른바 훌륭한 보배가 귀중하다는 것은 그것이 이익이 될 수 있기 때문인 것이다. 그런데 화씨의 구슬과 수후의 진주와 주나라의 세 개의 솥과 여섯 개의 그릇은 사람들을 이롭게 할 수가 없으니 이것들은 천하의 귀중한 보배가 못되는 것이다.

지금 의로움을 써서 나라를 다스리면, 인민은 반드시 많아지고, 법과 정치는 반드시 다스려지고, 나라는 반드시 편안해질 것이다. 이른바 훌륭한 보배가 귀중하다는 것은 그것이 백성들을 이롭게 할 수 있기 때문인 것이다. 그런데 의로움은 사람들을 이롭게 할 수 있다. 그러므로 의로움은 천하의 훌륭한 보배라고 하는 것이다.”

子墨子曰 : 和氏之璧[1], 隋侯之珠[2], 三棘六異[3], 此諸侯
자묵자왈   화씨지벽   수후지주   삼극륙이   차제후

之所謂良寶也. 可以富國家, 衆人民, 治刑政, 安社稷乎?
지소위량보야   가이부국가   중인민   치형정   안사직호

曰 : 不可. 所謂貴良寶者, 爲其可以利也. 而和氏之璧,
왈   불가   소위귀량보자   위기가이리야   이화씨지벽

隋侯之珠, 三棘六異, 不可以利人, 是非天下之良寶也.
수후지주   삼극륙이   불가이리인   시비천하지량보야

今用義, 爲政於國家, 人民必衆, 刑政必治, 社稷[4]必安.
금용의   위정어국가   인민필중   형정필치   사직필안

所謂貴良寶者, 可以利民也. 而義可以利人, 故曰 : 義,
소위귀량보자   가이리민야   이의가이리인   고왈   의

天下之良寶也.
천하지량보야

1 和氏之璧(화씨지벽) ― 『한비자(韓非子)』 화씨편(和氏篇) 참조할 것. 화씨(和氏)라는 사람이 훌륭한 옥을 발견하여 초(楚)나라 임금에게 바쳤으나 임금은 그 진가(眞價)를 몰라보고 그의 다리를 자른다. 그는 삼대 임금을 걸쳐 양다리를

잘리우며 그 옥을 바친 뒤에야 그것이 유명한 구슬임이 밝혀졌다 한다.　**2** 隋侯之珠(수후지주)―수(隋)나라 임금이 살려준 큰 뱀으로부터 받았다는 진주. 『회남자(淮南子)』 남명편(覽冥篇) 주(注)에 보인다.　**3** 三棘六異(삼극육이)―삼력육익(三鬲六翼)으로 씀이 옳으며(宋翔鳳 說), 주(周)나라 왕실에 전해 내려오는 유명한 아홉 가지 동기(銅器). 격(鬲)은 솥의 일종으로 음식을 삶는 데 쓰는 그릇. 익(翼)은 귀가 달린 약간 넓직한 그릇.　**4** 社稷(사직)―나라 또는 왕조(王朝)를 대신하는 말. 사(社)는 땅의 신, 직(稷)은 곡식의 신인데 임금들은 반드시 이들을 제사지내었다.

　　일반적으로 사람들은 구슬이나 진주 같은 것을 보배라 여기지만 정치하는 사람에게는 무엇보다도 의로움이 보배가 된다는 것이다.

10　섭공자고(葉公子高)가 공자에게 정치에 관하여 물었다.
　　"정치를 잘한다는 것은 어떻게 하는 것입니까?"
　공자가 대답하였다.
　　"정치를 잘한다는 것은 멀리 있는 자들은 가까이 해주고, 낡은 것들은 새롭게 해주는 것이다."
　묵자가 그 얘기를 듣고서 말하였다.
　　"섭공자고는 그의 질문이 뚜렷하지 않고 공자 역시 그가 대답할 요점을 파악치 못하고 있다. 섭공자고가 어찌 정치를 잘한다는 것이 먼 곳 사람들은 가까이 해주고 낡은 것들은 새롭게 해주는 것임을 알지 못하였겠는가? 물은 것은 그렇게 하자면 어떻게 하면 되는가 하는 방법이었다. 남이 알지 못하는 것을 남에게 알려주지

않고 알고 있는 것을 일러준 것이다. 그러므로 섭공자고는 그의
질문이 뚜렷하지 않고 공자 역시 그가 대답할 요점을 파악치 못하
고 있다는 것이다."

葉公子高[1], 問政於仲尼曰 : 善爲政者, 若之何? 仲尼對
섭 공 자 고   문 정 어 중 니 왈   선 위 정 자   약 지 하   중 니 대

曰 : 善爲政者, 遠者近之, 而舊者新之.
왈   선 위 정 자   원 자 근 지   이 구 자 신 지

子墨子聞之曰 : 葉公子高, 未得其問也, 仲尼亦未得其
자 묵 자 문 지 왈   섭 공 자 고   미 득 기 문 야   중 니 역 미 득 기

所以對也. 葉公子高豈不知善爲政者之遠者近之, 而舊者
소 이 대 야   섭 공 자 고 기 부 지 선 위 정 자 지 원 자 근 지   이 구 자

新之哉? 問所以爲之若之何也. 不以人之所不知告人, 以
신 지 재   문 소 이 위 지 약 지 하 야   불 이 인 지 소 부 지 고 인   이

所知告之. 故葉公子高, 未得其問也, 仲尼亦未得其所以
소 지 고 지   고 섭 공 자 고   미 득 기 문 야   중 니 역 미 득 기 소 이

對也.
대 야

1 葉公子高(섭공자고) ─ 이름은 저량(諸梁). 자고(子高)는 그의 자. 초(楚)나라 대부
로서 섭 땅을 채읍(采邑)으로 가지고 있었다. 이와 비슷한 그와 공자의 대화는
『논어(論語)』 자로편(子路篇)에도 보이는데, '가까운 곳 사람들은 기뻐 따르게 하
고, 먼 곳 사람들은 흠모하여 찾아오게 한다.(近者說, 遠者來.)'고 말하고 있다.

여기서는 공자와 섭공(葉公)의 요령없는 문답을 비평하면서 한
편 유가들의 박약한 논리를 공격한 것이다.

11 묵자가 노양(魯陽)의 문군(文君)에게 말하였다.
"큰 나라가 작은 나라를 공격하는 것은 비유를 들면 마

치 아이들이 말놀이를 하는 것과 같습니다. 아이들은 말놀이를 하다가 모두 발을 써서 지쳐 버립니다. 지금 큰 나라가 작은 나라를 공격하면 공격당하는 편의 농부들은 밭을 갈 수 없고, 부인들은 길쌈을 할 수 없게 되며 나라 지키는 일에 종사하게 됩니다. 남을 공격하는 편에서도 역시 농부들은 밭을 갈 수 없고 부인들은 길쌈을 할 수 없게 되며 공격하는 일에 종사하게 됩니다. 그러므로 큰 나라가 작은 나라를 공격하는 것은 비유를 들면 마치 아이들 말놀이를 하는 것과 같다는 것입니다."

子墨子謂魯陽文君[1]曰：大國之攻小國, 譬猶童子之爲
馬[2]也. 童子之爲馬, 足用而勞. 今大國之攻小國也, 攻者
農夫不得耕, 婦人不得織, 以守爲事. 攻人者, 亦農夫不
得耕, 婦人不得織, 以攻爲事. 故大國之攻小國也, 譬猶
童子之爲馬也.

1 魯陽文君(노양문군) - 초(楚)나라 노양(魯陽) 땅의 문군(文君). 그는 유명한 초나라의 사마(司馬) 자기(子期)의 아들이며, 노양 땅을 채읍(采邑)으로 가지고 있었다. 2 爲馬(위마) - 말놀이를 하는 것. 말놀이를 하다 보면 말이 되는 편이나 말을 타는 편이나 아이들은 결국 모두 지쳐 버리게 된다. 전쟁도 한참 싸우다 보면 공격하는 쪽이나, 공격당하는 쪽이나 모두 큰 피해만 입는다. 필원(畢沅)은 말장난을 '죽마(竹馬)'를 뜻한다 하였으나 잘못일 것이다.

앞의 「비공편(非攻篇)」에서 이미 묵자의 비전론은 자세히 나왔으니 다시 한 번 참조하기 바란다.

12 묵자가 말하였다.

"말은 다시 실행할 수 있는 것이라면 늘 말해도 된다. 그러나 실천할 수가 없는 일이라면 늘 말해서는 안된다. 실천할 수가 없으면서도 늘 그것을 말한다면 헛된 말이 된다."

子墨子曰：言足以復行^{1}者常之^2. 不足以擧行者勿常. 不
자묵자왈　언족이복행　자상지　　부족이거항자물상　　부

足以擧行而常之, 是蕩口^{3}也.
족이거항이상지　　시탕구　야

1 復行(복행)−다시 또 실행하다.　2 常之(상지)−늘 그것을 말하다.　3 蕩口
(탕구)−입만을 쓸데없이 놀리는 것. 헛된 말을 하는 것.

　실천을 강조한 말이다. 묵자 사상의 가장 두드러진 특징의 하나가 실천을 중시한다는 것이다. 따라서 묵가는 자기네 사상의 실천을 위하여 목숨까지도 돌보지 않았다.

13 묵자가 관금오(管黔敖)로 하여금 고석자(高石子)를 위(衛)나라에 가서 벼슬살이하도록 하였다. 위나라 임금은 그에게 매우 후한 녹을 주고 경(卿)의 벼슬에 앉히었다. 고석자는 세 번 조회(朝會)에 나가서는 반드시 성의를 다하여 자기 뜻을 말하였다. 그러나 그의 말이 실천되지 아니하자, 그는 위나라를 떠나 제(齊)나라로 갔다.

　그는 묵자를 뵙고서 말하였다.

　"위나라 임금은 선생님 때문에 제게 매우 두툼한 녹을 주고 저를 경 벼슬에 앉히었습니다. 저는 세 번 조회에 나가서는 반드시 성의를 다하여 저의 뜻을 말하였으나 저의 말은 하나도 실천되는 게 없었습니다. 그래서 위나라를 떠나왔습니다. 위나라 임금은 저를 미쳤다고 보지 않겠습니까?"

묵자가 말하였다.

"그곳을 떠나는 게 진실로 올바른 길이라면 미쳤다는 소리를 듣는다 한들 무엇이 걱정되나? 옛날에 주공단(周公旦)은 관숙(管叔)에게 비난을 받자 삼공(三公) 자리를 사임하고 동쪽 상엄(商奄)에 피해 있었네. 사람들은 모두 그를 미쳤다고 말했지만 후세엔 그의 덕을 칭송하고 그의 이름을 기리게 되었으며, 지금까지도 여전히 그러하네. 또한 내가 듣건대, 의로움을 행한다는 것은 비난을 피하고 기림을 받으려는 것이 아니라 하였네. 그곳을 떠나는 게 진실로 올바른 길이라면 미쳤다는 소리를 듣는다 한들 무엇이 걱정인가?"

고석자가 말하였다.

"제가 그곳을 떠남이 어찌 감히 올바른 길이 아니겠습니까? 옛날에 선생님께서 말씀하시기를, 천하에 올바른 도가 행해지지 않을 때엔 어진 선비는 후한 대우를 받고 살지 않는 법이라 하셨습니다. 지금 위나라 임금은 올바른 도를 행하지 않고 있는데, 그의 봉급과 벼슬만을 탐한다면은 곧 저는 구차히 남의 곡식을 먹고 사는 게 됩니다."

묵자는 기뻐하며 자금자(子禽子)를 불러 말하였다.

"잠시 이 말을 들어 보게나! 의로움을 뒤로하고 벼슬을 좇는 사람들 얘기는 나도 늘 들어왔네. 벼슬을 뒤로하고 의로움을 좇는 사람은 고석자에게서 이제 보았네."

子墨子使管黔敖[1], 游高石子於衛. 衛君致祿甚厚, 設之
자묵자사관금오　유고석자어위　위군치록심후　설지

於卿. 高石子[2]三朝必盡言. 而言無行者, 去而之齊.
어경　고석자 삼조필진언　이언무행자　거이지제

見子墨子曰：衛君以夫子之故, 致祿甚厚, 設我於卿[3].
견자묵자왈　위군이부자지고　치록심후　설아어경

石三朝必盡言, 而言無行. 是以去之也. 衛君無乃以石爲
석삼조필진언　이언무행　시이거지야　위군무내이석위

狂乎?
광호?

子墨子曰：去之苟道, 受狂何傷? 古者, 周公旦[4]非管叔,
자묵자왈：거지구도　수광하상　고자　주공단 비관숙

辭三公[5], 東處於商奄[6]. 人皆謂之狂, 後世稱其德, 揚其
사삼공　동처어상엄　인개위지광　후세칭기덕　양기

名, 至今不息. 且翟聞之, 爲義非避毀就譽. 去之苟道, 受
명　지금불식　차적문지　위의비피훼취예　거지구도　수

狂何傷?
광하상

高石子曰：石去之, 焉敢不道也? 昔者, 夫子有言曰：
고석자왈　석거지　언감부도야　석자　부자유언왈

天下無道, 仁士不處厚[7]焉. 今衛君無道, 而貪其祿爵, 則
천하무도　인사불처후언　금위군무도　이탐기록작　즉

是我爲苟陷[8]人長[9]也.
시아위구함 인장 야

子墨子說, 而召子禽子曰：姑聽此乎! 夫倍義而鄉祿者,
자묵자열　이소자금자왈　고청차호　부배의이향록자

我常聞之矣. 倍[10]祿而鄉[11]義者, 於高石子焉見之也.
아상문지의　배 록이향 의자　어고석자언견지야

---

1 管黔敖(관금오)－묵자의 제자. 제나라 사람으로 『예기(禮記)』 단궁편(檀弓篇)
에 보이는 금오(黔敖)가 바로 이 사람이다. 보통 판본엔 오(敖)가 유(游)로 되
어 있으나 잘못임(畢沅 說). **2** 高石子(고석자)－묵자의 제자. **3** 卿(경)－지금
의 대신(大臣)에 해당하는 벼슬. **4** 周公旦(주공단)－주(周)나라 무왕(武王)의
아우. 무왕이 죽자, 어린 아들 성왕(成王)이 뒤를 이었다. 주공은 성실히 성
왕을 돌보아주었는데 그의 아우 관숙(管叔)은 주공이 임금 자리를 엿본다는
모함을 했었다(『書經』周書 金縢篇 참조). **5** 三公(삼공)－조정의 신하들 중 가
장 높은 벼슬자리. 주(周)나라 시대엔 태사(太師) · 태부(太傅) · 태보(太保)의

세 자리였다. **6** 商奄(상엄)-노(魯)나라에 있던 땅 이름. **7** 處厚(처후)-후대를 받으면서 지내는 것. **8** 啗(함)-담(啗)과 통하여, 먹다. 씹다. **9** 長(장)-장(糧)과 통하여, '양식'. '곡식'. **10** 倍(배)-배(背)와 통하여, '배반함'. 뒤로 미룸. **11** 鄕(향)-향(向)과 통하여, '향하다'. '…을 내세우다'의 뜻.

묵자는 언제나 윤리의 규범으로서 의로움을 내세우고 있다. 의로움 때문에 벼슬과 봉급을 버린 묵자의 제자 고석자의 행동과 묵자의 말을 통하여 의로움을 숭상하는 그들의 태도를 알 수 있다.

14

묵자가 말하였다.

"세속의 군자들은 가난한데도 그를 부하다고 하면 성을 내지만, 의롭지 않은데도 그에게 의롭다고 하면 기뻐한다. 어찌 도리에 어긋나는 일이 아니겠는가?"

子墨子曰 : 世俗之君子, 貧而謂之富則怒, 無義而謂之
자 묵 자 왈　　세 속 지 군 자　　빈 이 위 지 부 즉 노　　무 의 이 위 지

有義則喜. 豈不悖¹哉?
유 의 즉 희　　개 부 패 재

1 悖(패)-도리에 어긋나는 것.

15

공맹자가 말하였다.

"남보다 앞서는 데에는 법칙이 있는데, 그것은 세 가지가 있을 뿐입니다."

묵자가 말하였다.

"누가 남보다 앞서는 데 있어서 법칙이 세 가지가 있을 뿐이라 말했는가? 당신은 아직 사람이 앞서고 있다는 것에 대하여 모르고 있소."

제자 중에 묵자를 등졌다가 되돌아온 자가 있었는데, 말하기를

"내가 어찌 죄가 있겠습니까? 저는 되돌아오는 것이 뒤졌을 뿐입니다."

라고 하였다. 묵자가 말하였다.

"그것은 마치 군대가 싸움에 지고 나서 뒤에 처졌던 사람이 상을 달라는 거나 같은 일일세."

公孟子¹曰 : 先人²有則, 三而已矣. 子墨子曰 : 孰先人,
공맹자 왈 선인 유칙 삼이이의 자묵자왈 숙선인

而曰有則三而已矣? 子未智³人之先有.
이 왈 유 칙 삼 이 이 의 자 미 지 인 지 선 유

後生⁴有反子墨子而反者, 我豈有罪哉? 吾反後. 子墨子
후 생 유 반 자 묵 자 이 반 자 아 기 유 죄 재 오 반 후 자 묵 자

曰 : 是猶三軍北⁵, 失後⁶之人求賞也.
왈 시 유 삼 군 배 실 후 지 인 구 상 야

1 公孟子(공맹자) - 유가(儒家)에 속하는 인물인 듯. 2 先人(선인) - 남보다 앞서는 것. 3 智(지) - 지(知). 4 後生(후생) - 젊은이. 제자를 가리킴. 5 北(배) - 패배(敗北). 전쟁에 지는 것. 6 失後(실후) - 뒤에 낙오하다, 뒤에 처지다.

여기의 앞 대목에서 말하는 남보다 앞서는 법칙 '세 가지'는 무엇 세 가지인지 알 수가 없다. '선인(先人)'을 옛 훌륭한 사람의 뜻으로 풀이하는 이도 있으나 잘 알 수 없기는 마찬가지이다.

16 공맹자가 말하였다.

"군자는 새것을 만들지 않고 옛것을 계승할 따름입니다."

묵자가 이에 대하여 말하였다.

"그렇지 않습니다. 사람들 중에 가장 군자가 못되는 자들은 옛날의 훌륭한 것을 계승하지도 않고 지금 세상의 훌륭한 것을 만들어 내지도 않습니다. 그 다음으로 군자가 못되는 자들은 옛날의 훌륭한 것을 계승하지 않으면서 자기에게 좋은 것이 있으면 곧 새로 만들어 냅니다. 그것은 훌륭한 것이 자기로부터 나오도록 하고자 하기 때문입니다. 지금 옛것을 계승은 하면서도 새것을 만들어 내지는 않는다는 것은, 옛것을 계승하기를 좋아하지 않으면서 만들어 내기만 하는 자와 다를 것이 없습니다. 내 생각으로는 옛날의 훌륭한 것은 곧 계승하고, 지금 세상의 훌륭한 것은 곧 새로 만들어내야 한다고 생각됩니다. 훌륭한 게 더욱 많아지기를 바라기 때문입니다."

公孟子[1]曰 : 君子不作, 術[2]而已.

子墨子曰 : 不然. 人之其[3]不君子者, 古之善者不誦[4], 今也善者不作. 其次不君子者, 古之善者不遂[5], 己有善則作之. 欲善之自己出也. 今誦而不作, 是無所異於不好遂而作者矣. 吾以爲古之善者則誦之, 今之善者則作之. 欲善之益多也.

1 公孟子(공맹자)—유가에 속하는 사람. 「공맹편(公孟篇)」을 참조할 것. **2** 術 (술)—술(述)과 통하여, '옛것을 계승하여 전하는 것'. 이 '군자부작(君子不

作), 술이이(術而已)'는 『논어(論語)』 술이편(述而篇)의 '술이부작(述而不作)',
앞 「비유편(非儒篇)」의 '군자순이부작(君子循而不作)'과 같은 말이다.　**3** 其
(기)−심(甚)자의 잘못인 듯하다(『墨子閒詁』).　**4** 訹(수)−술(述)·술(術)과 통함.
보통 판본엔 주(誅)로 되어 있으나 유월(俞樾)의 설을 따라 고쳤다.　**5** 遂
(수)−술(述)자의 잘못인 듯하다(畢沅 說).

앞의 「비유편(非儒篇)」에서도 나왔던 것처럼 공자를 비롯한 유
가들의 '옛것을 계승하기만 하지 새것을 만들지는 않는다.'는 태도
를 비판한 말이다.

17 무마자가 묵자에게 말하였다.

"저와 선생님의 의견은 다릅니다. 저는 아울러 모든 사
람들을 사랑할 수 없습니다. 저는 먼 월(越)나라 사람들보다 이웃
추(鄒)나라 사람들을 더 사랑합니다. 노나라 사람들보다도 내 고향
사람들을 더 사랑합니다. 고향 사람들보다도 내 집안사람들을 더
사랑합니다. 내 집안사람들보다도 내 부모를 더 사랑합니다. 나의
부모들보다도 내 자신을 더 사랑합니다. 그것은 모두 내게 더욱
가깝기 때문입니다. 내가 얻어맞으면 아프지만 딴 사람이 맞으면
내게는 아프지 않습니다. 내 어찌 아픔을 느끼는 자신을 아끼지
아니하고 아픔을 느끼지 않는 남을 아끼겠습니까? 그러므로 저는
남을 죽임으로써 나를 이롭게는 하지만, 나를 죽임으로써 남을 이
롭게는 하지 않습니다."

묵자가 말하였다.

"당신의 의견을 남에게 숨겨두겠소? 그렇지 않으면 남에게 알

리겠소?"

무마자가 말하였다.

"내 어찌 나의 의견을 숨기겠습니까? 저는 사람들에게 알리겠습니다."

묵자가 말하였다.

"그렇다면 한 사람이라도 당신의 의견을 좋아한다면, 그 한 사람은 당신을 죽이고 자기를 이롭게 하려 들 것이며, 열 사람이 당신의 의견을 좋아한다면, 열 사람이 당신을 죽이어 자기를 이롭게 하려 들 것이며, 온 천하가 당신의 의견을 좋아한다면, 온 천하가 당신을 죽이어 자기를 이롭게 하려 들 것이오. 또 한 사람이라도 당신의 의견을 좋아하지 않는 이가 있다면, 그 한 사람은 당신을 죽이려 할 것이니 당신을 상서롭지 않은 말을 퍼뜨리는 자라고 여기기 때문이오. 열 사람이 당신의 의견을 좋아하지 않는다면, 그 열 사람은 당신을 죽이려 들 것이니 당신을 상서롭지 않은 말을 퍼뜨리는 자라고 여기기 때문이오. 온 천하가 당신의 의견을 좋아하지 않는다면, 온 천하가 당신을 죽이려 들 것이니 당신을 상서롭지 않은 말을 퍼뜨리는 자라고 여기기 때문이오. 당신을 좋아하는 사람들도 당신을 죽이려 들고 당신을 좋아하지 않는 사람들도 역시 당신을 죽이려 들 것이오. 이것이 이른바 가벼운 입놀림이니 당신 자신을 죽이게 될 것이라는 것이오."

묵자가 말하였다.

"당신의 말이 무슨 이익이 되오? 만약 이익도 없는데도 꼭 말하려 든다면 이것은 입이나 아프게 하는 짓일 것이오."

巫馬子謂子墨子曰 : 我與子異. 我不能兼愛. 我愛鄒[1]人
무 마 자 위 자 묵 자 왈   아 여 자 이   아 불 능 겸 애   아 애 추   인

於越人, 愛魯人於鄒人. 愛我鄉人於魯人. 愛我家人於鄉
어 월 인　　애 로 인 어 추 인　　애 아 향 인 어 로 인　　애 아 가 인 어 향

人. 愛我親於我家人. 愛我身於吾親, 以爲近我也. 擊我
인　　애 아 친 어 아 가 인　　애 아 신 어 오 친　　이 위 근 아 야　　격 아

則疾, 擊彼則不疾[2]於我. 我何故疾者之不拂[3], 而不疾者之
즉 질　　격 피 즉 부 질 어 아　　아 하 고 질 자 지 불 불　　이 부 질 자 지

拂? 故我有殺彼以利我, 無殺我以利彼.
불　　고 아 유 살 피 이 리 아　　무 살 아 이 리 피

子墨子曰: 子之義將匿我? 意[4]將以告人乎? 巫馬子曰:
자 묵 자 왈　　자 지 의 장 닉 아　　의 장 이 고 인 호　　무 마 자 왈

我何故匿我義? 吾將以告人.
아 하 고 닉 아 의　　오 장 이 고 인

子墨子曰: 然則一人說子[5], 一人欲殺子以利己, 十人說
자 묵 자 왈　　연 즉 일 인 열 자　　일 인 욕 살 자 이 리 기　　십 인 열

子, 十人欲殺子以利己, 天下說子, 天下欲殺子以利己.
자　　십 인 욕 살 자 이 리 기　　천 하 열 자　　천 하 욕 살 자 이 리 기

一人不說子, 一人欲殺子, 以子爲施不祥言者也. 十人不
일 인 부 열 자　　일 인 욕 살 자　　이 자 위 시 불 상 언 자 야　　십 인 불

說子, 十人欲殺子, 以子爲施不祥言者也. 天下不說子,
열 자　　십 인 욕 살 자　　이 자 위 시 불 상 언 자 야　　천 하 불 열 자

天下欲殺子, 以子爲施不祥言者也. 說子亦欲殺子, 不說
천 하 욕 살 자　　이 자 위 시 불 상 언 자 야　　열 자 역 욕 살 자　　불 열

子, 亦欲殺子. 是所謂經[6]者口也, 殺子之身者也.
자　　역 욕 살 자　　시 소 위 경 자 구 야　　살 자 지 신 자 야

子墨子曰: 子之言, 惡利也? 若無所利而必言, 是蕩口[7]
자 묵 자 왈　　자 지 언　　오 리 야　　약 무 소 리 이 필 언　　시 탕 구

也.
야

---

1 鄒(추) – 지금의 산동성(山東省) 추현(鄒縣)에 있던 나라 이름으로 노(魯)나라
와 이웃하고 있다. 월(越)나라는 장강(長江) 하류 멀리 남쪽에 있는 나라. **2**
疾(질) – 통(痛)과 뜻이 통하여, '아픈 것'. **3** 拂(불) – 뜻이 애매하나 '돕다'
또는 '아끼다' 의 뜻으로 보아야만 할 것이다. **4** 意(의) – 억(抑)과 뜻이 통하
여, '그렇지 않으면'. **5** 說子(열자) – 그대의 주장을 좋아하며 따르다. **6** 經
(경) – 경(輕)과 통하여, 가벼움. **7** 蕩口(탕구) – 입만을 놀리어 아프게 하는
것.

모든 사람들이 서로 사랑해야 한다는 자기의 '겸애설'을 변호하는 묵자의 논리엔 비수가 숨겨져 있는 듯하다. 무마자는 자기의 입장을 꼼짝달싹도 할 수 없는 궁지로 몰아넣는 묵자의 얘기를 듣고 전율을 느꼈을 것이다.

18 묵자가 노양(魯陽)의 문군(文君)에게 말하였다.

"지금 여기에 한 사람이 있는데 양고기와 쇠고기로 요리사가 요리를 만들어 이루 다 먹을 수도 없을 만큼 많다고 합시다. 그런데 남이 떡을 만드는 것을 보고서는 곧 슬쩍 그것을 훔치면서 내게도 음식을 좀 주어야지 하고 말하였습니다. 이것은 그의 눈과 귀가 만족 못할 만큼 먹을 게 부족한 때문인가요? 그에게 도둑질하는 버릇이 있기 때문인가요?"

노양의 문군이 대답하였다.

"도둑질하는 버릇 때문이지요."

묵자가 말하였다.

"초나라 사방의 밭은 널리 버려져 있어 이루 다 개척할 수도 없을 만큼 많으며, 수천 곳의 빈 땅은 이루 다 경작을 할 수 없을 만큼 많습니다. 그런데 송(宋)나라나 정(鄭)나라의 빈 고을을 보기만 하면 곧 슬쩍 그것을 도둑질하고 있으니, 이것은 앞의 경우와 다릅니까?"

노양의 문군이 말하였다.

"이것도 앞의 경우와 같은 것이니 실로 도둑질하는 버릇이 있기 때문입니다."

子墨子謂魯陽文君曰：今有一人於此, 羊牛犓豢[1], 饔人[2]

饔割而和之[3], 食之不可勝食也. 見人之作餅, 則還然[4]竊

之, 曰：舍余[5]食. 不知耳目安不足乎? 其有竊疾[6]乎?

魯陽文君曰：有竊疾也.

子墨子曰：楚四竟之田, 曠蕪而不可勝辟[7], 呼墟[8]數千,

不可勝入. 見宋鄭之閒邑[9], 則還然竊之, 此與彼異乎? 魯

陽文君曰：是猶彼也, 實有竊疾也.

1 犓豢(추환) — '환'은 환(豢)과 같은 자. 사람들이 기르는 가축의 고기. 2 饔
人(옹인) — 요리사. 보통 유인(維人)으로 되어 있으나 잘못임(畢沅 說). 3 饔割
而和之(첨할이화지) — 짐승 고기를 매만지어 맛있는 요리로 만드는 것. 4 還
然(환연) — 도둑질하는 사람이 주위를 살피는 모양. 5 舍余(사여) — '사'는 여
(予)의 잘못(孫詒讓 說). 내게 주다. 6 竊疾(절질) — 도둑질하는 버릇. 도벽(盜
癖). 7 辟(벽) — 벽(闢)과 통하여, '개척하는 것'. 8 呼墟(호허) — 빈 땅. 보통
평령(評靈)으로 되어 있으나 잘못임(孫詒讓 說). 9 閒邑(한읍) — 빈 고을.

　　남의 나라를 공격하는 것은 남의 물건을 도둑질하는 거나 같
다. 특히 자기에게도 충분한 물건이 있는데도 남의 것을 훔치는 도
벽이 있는 자와 같다는 것이다. 「비공편(非攻篇)」에 이미 묵자의 비
전론이 보였지만 짧은 대화에 번뜩이는 날카로운 논리가 볼만하다.

 묵자가 말하였다.
　　"계손소와 맹백상은 함께 노나라의 정사를 다스리고 있

었는데, 서로 믿지를 못하고 있어서 사당에 가서 빌었다. '진실로 우리를 화목하도록 하여 주십시오' 하고. 그것은 마치 그들이 눈은 가리고 사당에 가서 빌기를 '우리를 다 볼 수 있게 하여 주십시오' 하고 비는 거나 같은 것이니, 어찌 잘못이 아니겠는가?"

子墨子曰 : 季孫紹¹與孟伯常, 治魯國之政, 不能相信,
자묵자왈　계손소 여맹백상　치로국지정　부능상신

而祝于叢社², 曰, 苟使我和. 是猶弇³其目, 而祝於叢社
이축우총사　왈　구사아화　시유엄기목　이축어총사

也, 若使我皆視, 豈不繆⁴哉.
야　약사아개시　기불류재

1 季孫紹(계손소) – 맹백상(孟伯常)과 함께 다른 기록에는 보이지 않는 사람이다. 계강자(季康子)와 맹무백(孟武伯)의 자손인 듯.　2 叢社(총사) – 나무가 심어져 있는 신의 사당(祠堂).　3 弇(엄) – 가리다.　4 繆(류) – 잘못된 것.

귀신에게 제사지내며 소원을 빌면 대체로 그 소원을 이루어 준다고 사람들은 믿고 있다. 그러나 귀신에게 빌기 전에 사람의 행동과 몸가짐이 그 비는 뜻과 일치되어야만 한다는 것이다. 곧 진인사대천명(盡人事待天命)이어야 한다.

20 묵자가 낙골희(駱滑氂)에게 말하였다.
"내가 듣건대, 당신은 용감한 것을 좋아한다더군요?"
낙골희가 대답하였다.
"그렇습니다. 저는 어떤 고을에 용사가 있다는 말을 들으면, 저는 반드시 좇아가 그를 죽입니다."

묵자가 말하였다.

"천하 사람들은 누구나 그가 좋아하는 것을 흥성케 하고 그가 싫어하는 것은 없애려 합니다. 지금 당신은 어떤 고을에 용사가 있다는 말을 들으면 반드시 좇아가 그를 죽이고 있으니, 이것은 용감한 것을 좋아하는 게 아니라 용감한 것을 싫어하는 겁니다."

子墨子謂駱滑釐[1]曰：吾聞子好勇？
자 묵 자 위 락 골 희 왈　　오 문 자 호 용

駱滑釐曰：然. 我聞其鄕有勇士焉, 吾必從而殺之.
낙 골 희 왈　　연　아 문 기 향 유 용 사 언　오 필 종 이 살 지

子墨子曰：天下莫不欲興[2]其所好, 廢[3]其所惡. 今子聞其
자 묵 자 왈　천 하 막 불 욕 흥　기 소 호　폐 기 소 오　금 자 문 기

鄕有勇士焉, 必從而殺之, 是非好勇也, 是惡勇也.
향 유 용 사 언　필 종 이 살 지　시 비 호 용 야　시 오 용 야

1 駱滑釐(낙골희)―어떤 사람인지는 분명치 않으나 용사로 이름이 났던 것 같다. 2 興(흥)―보통 여(與)로 되어 있으나 왕인지(王引之)의 설을 따라 고쳤다. 3 廢(폐)―폐지시킴. 없앰. 보통 도(度)로 되어 있으나 왕인지의 설을 따라 고쳤다.

제자백가들의 책을 보면 문답(問答)으로 이루어진 글들이 무척 많다. 『논어(論語)』나 『맹자(孟子)』 등도 문답은 다른 것들과 성격이 매우 다르다. 곧 『묵자』의 문답은 단순한 교훈이나 자기의 주장을 늘어놓은 것이 아니라, 상대방을 자기 논리 속으로 한 발 한 발 끌어들이어 논리적으로 완벽한 결론을 내고 있는 것이 두드러진 특징이다.

墨 子

47.
귀의편 貴義篇

'귀의'란 의로움을 귀히 여긴다는 뜻이며, 첫머리 '만사엔 의로움보다 귀한 것이 없다'고 한 말에서 제명을 따온 것이다. 이미 앞에서도 보아온 바와 같이 묵자는 의로움을 언제나 윤리 기준으로 내세우고 있어 이 편에선 그것을 강조한 것이다. 그러나 내용을 읽어보면 의로움 이외에도 광범한 일반적인 많은 관심사들을 논하고 있다.

1 묵자가 말하였다.

"만사엔 의로움보다 귀한 것이 없다."

지금 어떤 사람에게 '그대에게 관(冠)과 신을 줄 것이니, 그대의 손과 발을 자르라고 한다면 그대는 그렇게 하겠는가?'고 말한다면 반드시 그러지 않을 것이다. 왜냐하면 관과 신은 손과 발만큼 귀하지 않기 때문이다.

또 말하기를, '그대에게 천하를 줄 것이니 그대 몸을 죽이라고

묵자 墨子
824

한다면 그대는 그렇게 하겠는가?'고 한다면 반드시 그러지 않을 것이다. 왜냐하면 천하는 자기 몸만큼 귀하지 않기 때문이다.

그런데 한 마디 말을 다투다가 서로 죽이기도 하는데 이것은 의로움 때문이니 의로움은 그 자신보다도 귀한 것이다. 그러므로 '만사에 의로움보다 귀한 것은 없다'고 말한 것이다.

子墨子曰：萬事莫貴於義. 今謂人曰：子子冠履, 而斷
자 묵 자 왈   만 사 막 귀 어 의   금 위 인 왈   여 자 관 리   이 단

子之手足, 子爲之乎? 必不爲. 何故, 則冠履[1]不若手足之
자 지 수 족   자 위 지 호   필 불 위   하 고   즉 관 리 불 약 수 족 지

貴也.
귀 야

又曰：子子天下, 而殺子身, 子爲之乎? 必不爲. 何故,
우 왈   여 자 천 하   이 살 자 신   자 위 지 호   필 불 위   하 고

則天下不若身之貴也.
즉 천 하 불 약 신 지 귀 야

爭一言以相殺, 是義貴於其身也. 故曰：萬事莫貴於義也.
쟁 일 언 이 상 살   시 의 귀 어 기 신 야   고 왈   만 사 막 귀 어 의 야

1 冠履(관리) – 머리에 쓰는 관과 발에 신는 신.

묵자는 유리의 기준이 되는 의로움이란 세상의 다른 무엇보다도 귀중한 것임을 강조한다. 유가에선 의로움이란 이익과 서로 어긋나는 것으로 생각하는 데 반하여, 묵자는 언제나 의로움을 이익과 결부시켜 생각하는 게 특징이라 할 것이다.

2 묵자는 노(魯)나라로부터 제(齊)나라에 갔다가 친구를 방문하였다.

친구가 묵자에게 말하였다.

"지금 천하엔 의로움을 행하는 사람이 없는데, 자네는 홀로 스스로를 괴롭히며 의로움을 행하고 있으니 자네도 그만두는 게 좋겠네."

묵자가 말하였다.

"지금 여기에 한 사람이 있는데 자식이 열 명 있다 하세. 한 사람이 농사를 짓고 아홉 명은 들어앉아 있다면 농사짓는 사람은 더욱 다급히 일하지 않으면 안될 걸세. 왜고 하니 먹는 사람은 많은데 농사짓는 사람은 적기 때문일세. 지금 천하엔 의로움을 행하는 이가 없으니 자네는 마땅히 내게 의로움을 권해야 할 것이어늘 어째서 나를 말리는가?"

子墨子自魯卽¹齊, 過²故人. 謂子墨子曰 : 今天下莫爲
자묵자자로즉   제   과 고인   위자묵자왈   금천하막위

義, 子獨自苦而爲義, 子不若已.
의   자독자고이위의   자불약이

子墨子曰 : 今有人於此, 有子十人, 一人耕而九人處,
자묵자왈   금유인어차   유자십인   일인경이구인처

則耕者不可以不益急矣. 何故, 則食者衆而耕者寡也. 今
즉경자불가이불익급의   하고   즉식자중이경자과야   금

天下莫爲義, 則子如³勸我者也, 何故止我?
천하막위의   즉자여 권아자야   하고지아

1 卽(즉)−나아가는 것. 2 過(과)−방문하는 것. 들리는 것. 3 如(여)−의(宜)
자와 통하여, '마땅히'의 뜻(王引之 說).

세상에 의로움을 행하는 사람이 없을수록 의로움을 행할 필요성은 더욱 커진다. 보통 사람이라면 세속을 좇기 일쑤이지만 묵자

는 신념에 투철했다.

3 묵자가 남쪽 초(楚)나라로 임금을 설복하러 가서 초나라 혜왕(惠王)을 뵙고 책을 바치려 하였다. 혜왕은 늙음을 이유로 사양하며 목하(穆賀)로 하여금 묵자를 만나게 하였다. 묵자가 목하에게 자기 주장을 얘기하니, 목하는 크게 기뻐하면서 한편 묵자에게 말하였다.

"선생님의 말씀은 정말로 훌륭하십니다. 그러나 임금님은 천하의 대왕(大王)이시니, 천한 사람이 지은 책이라 말하면서 따르지 않지 않을까요?"

묵자가 대답하였다.

"실행할 수 있는 일입니다. 비유를 들면, 마치 약과 같습니다. 풀뿌리라 하더라도 천자가 그것을 먹고 그의 병을 고칠 수 있다면, 어찌 한 개의 풀뿌리라 말하면서 먹지 않을 수가 있겠습니까? 지금 농부들은 그들 윗사람에게 세금을 바치는 데 윗사람들은 술과 단술과 젯밥을 만들어 하나님과 귀신들에게 제사를 지냅니다. 어찌 천한 사람들이 만든 것이라 하여 제사를 받으시지 않을 리가 있겠습니까? 그러므로 비록 천한 사람이라 하더라도 위로는 농부에게 비겨 보고, 아래로는 약에게 비겨 본다 하더라도 한 개의 풀뿌리만도 못할 리가 있겠습니까?

또한 영감께서도, 일찍이 탕(湯)임금에 관한 얘기를 들은 일이 있겠지요? 옛날에 탕임금이 이윤(伊尹)을 찾아가 만나려고 팽씨(彭氏)의 아들로 하여금 수레를 끌도록 하였습니다. 팽씨의 아들이 가는 도중에 물었습니다.

'임금님께선 어디를 가시려는 것입니까?'

탕임금이 말하였습니다.

'이윤을 가서 만나려는 것이야.'

팽씨의 아들이 다시 말하였습니다.

'이윤은, 천하의 천한 사람입니다. 만약 임금님께서 그를 만나려 하신다면 또한 명령을 내리셔서 불러 물어보신다 하더라도 그는 명령을 받아들일 것입니다.'

탕임금이 말씀하였습니다.

'그대는 알지 못하는 일이야. 지금 여기에 약이 있어서 그것을 먹으면 귀가 더욱 분명해지고 눈이 더욱 밝아진다면, 곧 나는 반드시 기뻐하면서 억지로라도 그것을 먹겠지. 지금 이윤은 우리나라에 있어서 비유를 들면 훌륭한 의사나 좋은 약과 같은 존재야. 그런데도 그대는 내가 이윤을 만나지 않기를 바라고 있으니, 이것은 그대가 나의 훌륭해짐을 바라지 않는 셈이야.'

그리고 팽씨의 아들을 내리게 하고는 그로 하여금 수레를 몰지 못하게 하였습니다. 탕임금께서 진실로 그러하였기 때문에 뒤에는 나라를 잘 다스릴 수 있으셨던 것입니다.”

子墨子南游於楚, 見楚惠王獻書. 惠王[1]以老辭, 使穆賀[2]
자묵자남유어초 견초혜왕헌서 혜왕 이로사 사목하

見子墨子. 子墨子說穆賀, 穆賀大說, 謂子墨子曰 : 子之
견자묵자   자묵자설목하   목하대열   위자묵자왈   자지

言則誠善矣. 而君王天下之大王也, 毋乃曰賤人之所爲而
언즉성선의   이군왕천하지대왕야   무내왈천인지소위이

不用乎?
불용호

子墨子曰 : 唯其可行. 譬若藥然. 草之本, 天子食之, 以
자묵자왈   유기가행   비약약연   초지본   천자식지   이

順[3]其疾, 豈曰一草之本, 而不食哉? 今農夫入其稅於大
순 기질   기왈일초지본   이불식재   금농부입기세어대

人，大人爲酒醴粢盛，以祭上帝鬼神．豈曰賤人之所爲，
인　대인위주례자성　이제상제귀신　기왈천인지소위

而不享⁴哉? 故雖賤人也，上比之農，下比之藥，曾不若一
이불향재　고수천인야　상비지농　하비지약　증불약일

草之本乎?
초지본호

且主君⁵，亦嘗聞湯之說乎? 昔者湯將往見伊尹，令彭氏
차주군　역상문탕지설호　석자탕장왕견이윤　영팽씨

之子御．彭氏之子半道而問曰; 君將何之?
지자어　팽씨지자반도이문왈　군장하지

湯曰; 將往見伊尹⁶．
탕왈　장왕견이윤

彭氏之子曰; 伊尹，天下之賤人也．若君欲見之，亦令召
팽씨지자왈　이윤　천하지천인야　약군욕견지　역령소

問焉，彼受賜矣．
문언　피수사의

湯曰; 非女所知也．今有藥於此，食之則耳加聰，目加
탕왈　비여소지야　금유약어자　식지즉이가총　목가

明，則吾必說而强食之．今夫伊尹之於我國也，譬之良醫
명　즉오필열이강식지　금부이윤지어아국야　비지량의

善藥也．而子不欲我見伊尹，是子不欲吾善也．
선약야　이자불욕아견이윤　시자불욕오선야

因下彭氏之子，不使御．彼苟然⁷，然後可也．
인하팽씨지자　불사어　피구연　연후가야

1 惠王(혜왕)—기원전 489년부터 433년까지 임금 자리에 있었다. 보통 책엔 헌혜왕(獻惠王)이라 되어 있으나 역사책에 그런 이름은 보이지 않으므로 '견초혜왕헌서(見楚惠王獻書)…' 라 손이양(孫詒讓)의 설을 따라 고친 것이다. 2 穆賀(목하)—초나라 대부(大夫). 3 順(순)—병이 낫는 것. 료(療)로 된 판본도 있다. 4 享(향)—제사를 받는 것. 5 主君(주군)—임금이 아니라 목하를 존경하는 뜻에서 쓴 말. 여기선 '영감' 이라 번역해 두었다. 6 伊尹(이윤)—탕임금의 재상이 되기 전에 궁정으로 들어가기 위하여 노예 같은 것도 하고 요리사 노릇도 하였으니 '천한 사람' 이라 한 것이다. 7 苟然(구연)—진실로 그러함.

이곳의 대화를 통해서도 엿볼 수 있듯이 묵자는 천한 집안 출신이었다. 그러나 의로움을 내세우는 데 있어서 천하고 귀한 구별은 있을 수 없다. 자기의 이론을 내세우는 묵자의 태도는 당당하다.

4 묵자가 말하였다.

"모든 말과 모든 행동이 하늘과 귀신과 백성들에게 이익이 되는 것이라면 하여야 한다. 모든 말과 모든 행동이 하늘과 귀신과 백성들에게 해가 되는 것이라면 버려야 한다. 모든 말과 모든 행동이 삼대의 성왕인 요임금·순임금·우임금·탕임금·문왕·무왕에 부합하는 것이라면 하여야 한다. 모든 말과 모든 행동이 삼대의 폭군인 걸왕·주왕·유왕·여왕에 부합되는 것이라면 버려야 한다."

子墨子曰 : 凡言凡動, 利於天鬼百姓者爲之. 凡言凡動,
자 묵 자 왈   범 언 범 동   이 어 천 귀 백 성 자 위 지   범 언 범 동

害於天鬼百姓者舍之. 凡言凡動, 合於三代聖王堯舜禹湯
해 어 천 귀 백 성 자 사 지   범 언 범 동   합 어 삼 대 성 왕 요 순 우 탕

文武者爲之. 凡言凡動, 合於三代暴王桀紂幽厲者舍¹之.
문 무 자 위 지   범 언 범 동   합 어 삼 대 폭 왕 걸 주 유 려 자 사   지

1 舍(사) — 버리다. 사(捨).

말과 행동의 표준을 간단히 제시한 말이다.

5 묵자가 말하였다.

"말이 충분히 행동으로 옮길 수 있는 것이라면 늘 하여도 좋다. 행동으로 옮기지 못할 것이라면 늘 말해서는 안된다. 행동으로 옮기지 못하면서도 늘 그것을 말한다면 그것은 헛된 말이 된다."

子墨子曰 : 言足以遷行¹者常之. 不足以遷行者勿常. 不足以遷行而常之, 是蕩口²也.

1 遷行(천행) — 행동으로 옮기다. 실천하다. 2 蕩口(탕구) — 공연히 입을 놀리는 것. 쓸데없는 말.

앞 「경주」편 12에 거의 같은 글이 나왔었음.

6 묵자가 말하였다.

"반드시 여섯 가지 버릇을 버려야 한다. 침묵을 할 적에는 생각을 하고, 말을 할 적에는 남을 깨우쳐주고, 움직일 적에는 일을 하여야 한다. 이 세 가지 것들을 번갈아가면서 행한다면 반드시 성인이 될 것이다. 반드시 자기 기쁨은 버리고, 자기 노여움은 버리며, 자기 즐거움은 버리고, 자기 슬픔은 버리며, 자기 사랑도 버리고, 자기 미움도 버리면서, 어짊과 의로움을 따라야 한다. 손과 발과 입과 코와 귀가 의로운 일을 한다면 반드시 성인이 될 것이다."

子墨子曰：必去六辟¹. 嘿²則思, 言則誨³, 動則事. 使三
자묵자왈　필거륙벽　묵즉사　언즉회　동즉사　사삼

者代御⁴, 必爲聖人. 必去喜, 去怒, 去樂, 去悲, 去愛⁵, 而
자대어　필위성인　필거희　거노　거락　거비　거애　이

用仁義. 手足口鼻耳, 從事於義, 必爲聖人.
용인의　수족구비이　종사어의　필위성인

1 六辟(육벽) – 여섯 가지 편벽된 일. 여섯 가지 버릇. 2 嘿(묵) – 묵(默). 침묵.
3 誨(회) – 남을 깨우쳐주다, 남을 가르치다. 4 代御(대어) – 교대로 쓰다. 번
갈아가며 행하다. 5 去愛(거애) – 뒤에 거오(去惡) 두 자가 빠졌음(兪樾 說). 그
래야 '여섯 가지 편벽됨'이 갖추어진다.

～ঙ～

　『중용(中庸)』에서도 '기쁨 · 노여움 · 슬픔 · 즐거움의 정이 드
러나지 않은 것을 중(中)이라 한다.(喜怒哀樂之未發, 謂之中.)'고 하였
다. 일반적으로 중국의 옛날 사람들은 개인감정은 억제되어야만
하는 것으로 여겼던 듯하다. 아무래도 그것은 사람들의 욕망에 가
까운 것이고, 또 그것은 하늘의 이치로부터 멀어질 수밖에 없는 것
이라 믿었기 때문인 듯하다.

　　7　묵자가 2, 3명의 제자들에게 말하였다.
　　　　"의로움을 행하다가 불가능한 게 있다 하더라도 반드시 그
올바른 도를 어기어서는 안된다. 비유를 들면, 마치 목수가 나무
를 깎다가 잘 되지 않는다 하여 그의 먹줄을 어기지 못하는 것과
같다."

子墨子謂二三子曰：爲義而不能, 必無排¹其道. 譬若匠
자묵자위이삼자왈　위의이불능　필무배기도　비약장

人之斲²而不能, 無排其繩³.
인 지 착 이 불 능　　무 배 기 승

1 排(배)−배(背)와 통하여, 어기는 것(畢沅 說). 배반하는 것.　2 斲(착)−나무를 깎는 것.　3 繩(승)−묵승(墨繩). 목수들이 쓰는 먹줄.

의로움이란 윤리의 절대적인 기준임을 강조한 말이다.

8 묵자가 말하였다.
　　"세상의 군자들은 개 한 마리나 돼지 한 마리를 요리하라고 하면 할 줄 모른다고 그 일을 사절한다. 그에게 한 나라의 재상이 되라고 하면 할 줄 모르면서도 그 일을 맡는다. 어찌 모순되는일이 아니겠는가?"

子墨子曰 : 世之君子, 使之爲一犬一彘¹之宰², 不能則辭
자 묵 자 왈　　세 지 군 자　　사 지 위 일 견 일 체 지 재　　불 능 즉 사
之. 使爲一國之相, 不能而爲之. 豈不悖³哉?
지　　사 위 일 국 지 상　　불 능 이 위 지　　기 불 패 재

1 彘(체)−돼지.　2 宰(재)−요리사.　3 悖(패)−도리에 어긋남. 모순됨.

　　무능한 자들이 나라의 정치를 떠맡고 있는 현실을 꼬집은 말이다.

묵자가 말하였다.

"지금 장님이 말하기를, 백색은 희다고 하고 흑색은 검다고 한다면, 비록 눈이 밝은 사람이라 하더라도 거기에 딴 말을 할 것이 없다. 흰 것과 검은 것을 섞어 놓고 장님으로 하여금 그 중 한 가지만을 집게 한다면 아는 수가 없을 것이다. 그러므로 내가 장님은 희고 검은 것을 모른다고 말한 것은 그 명칭을 두고 한 것이 아니라 그 분별 능력을 두고 한 것이다.

지금 천하의 군자들이 어짊이란 명칭을 쓰는데, 비록 우(禹)임금이나 탕임금이라 하더라도 이에 딴 말을 할 것이 없다. 어짊과 어질지 못한 것을 섞어 놓고서 천하의 군자들로 하여금 그 중 한 가지를 골라내라고 한다면 알지 못할 것이다. 그러므로 내가 천하의 군자들은 어짊을 알지 못한다고 말한 것은 그 명칭을 두고 한 것이 아니라 그 분별 능력을 두고 한 것이다."

子墨子曰 : 今瞽曰, 皚¹者白也, 黔²者黑也, 雖明目者,
자묵자왈 금고왈 애 자백야 검 자흑야 수명목자

無以易之³. 兼白黑, 使瞽取焉, 不能知也. 故我曰瞽不知
무이역지 겸백흑 사고취언 불능지야 고아왈고부지

白黑者, 非以其名也, 以其取也.
백흑자 비이기명야 이기취야

今天下之君子之名仁也, 雖禹湯無以易之. 兼仁與不仁
금천하지군자지명인야 수우탕무이역지 겸인여불인

而使天下之君子取焉, 不能知也. 故我曰, 天下之君子,
이사천하지군자취언 불능지야 고아왈 천하지군자

不知仁者, 非以其名也, 亦以其取也.
부지인자 비이기명야 역이기취야

---

1 皚(애)−흰 것. **2** 黔(검)−검은 것. **3** 易之(역지)−그것을 바꾸다. 그것 대신 이의(異議)를 제기하다.

사람들은 어떤 일에 관하여 말로는 알고 있으면서도 그것을 올바로 분별하여 실천할 줄은 모른다는 것이다. 묵자에 의하면 어떤 일의 개념만을 알고 있는 것은 정말로 아는 것이 아니라는 것이다. 이러한 묵자의 경험주의적인 입장은 그의 실리주의와 연관지어 이해하여야만 할 것이다.

10 묵자가 말하였다.

"지금 선비들이 자기 몸을 다루는 태도는 상인들이 한 필의 천을 다루는 것만큼도 신중하지 않다. 상인들이 한 필의 천을 다루어 팔 적에는 감히 함부로 아무렇게나 팔지 않고 반드시 좋은 것을 고른다. 지금 선비들이 자기 몸을 다루는 태도는 그렇지 아니하다. 자기 마음이 바라는 것이면 곧 그것을 행하여 심한 자는 형벌을 받고 가벼운 자는 비난을 받고 있다. 그러니 선비들이 자기 몸을 다루는 태도가 상인들이 한 필의 천을 다루는 만큼도 신중하지 않다는 것이다."

子墨子曰：今士之用身[1], 不若商人之用一布之愼也. 商
자묵자왈　금사지용신　　불약상인지용일포지신야　　　상

人用一布市, 不敢讎詢[2]而讎[3]焉, 必擇良者. 今士之用身,
인용일포시　불감혜구　이수언　필택량자　금사지용신

則不然. 意之所欲則爲之, 厚者入刑罰, 薄者被毀醜[4]. 則
즉불연　의지소욕즉위지　후자입형벌　박자피훼추　즉

士之用身, 不若商人之用一布之愼也.
사지용신　불약상인지용일포지신야

1 用身(용신)-자기의 몸을 다루는 것. 세상에 처신하는 것. **2** 譀詢(혜구)-욕을 먹는 것. 올바른 뜻이 없어 욕을 먹는다는 데서 뜻이 바뀌어 '함부로', '우물쭈물'. **3** 讐(수)-수(售)와 통하여, 물건을 파는 것. **4** 毀醜(훼추)-비난을 받다. 지탄을 받다.

의로움을 가벼이 여기며 함부로 처신하는 그 시대 지식인들을 꼬집은 말이다.

11 묵자가 말하였다.

"세상의 군자들은 그의 의로움을 이룩하려 하면서도 그의 몸을 수양하는 것을 도와주면 성을 낸다. 그것은 마치 그의 집 담을 이룩하려 하면서도 남이 담을 쌓는 것을 도와주면 성을 내는 것이나 같다. 어찌 도리에 어긋나는 것이 아니겠느냐?"

子墨子曰：世之君子, 欲其義之成, 而助之修其身, 則
자 묵 자 왈   세 지 군 자   욕 기 의 지 성   이 조 지 수 기 신   즉

慍¹. 是猶欲其牆之成, 而人助之築則慍也. 豈不悖²哉?
온   시 유 욕 기 장 지 성   이 인 조 지 축 즉 온 야   기 부 패 재

1 慍(온)-성을 내다. 불평하다. **2** 悖(패)-도리에 어긋나다.

12 묵자가 말하였다.

"옛날의 성왕들은 그의 도를 후세에 전하고자 하였기 때문에 그것을 대쪽과 비단에 써놓고 그것을 쇠와 돌에도 새기어

후세 자손들에게 전하여 남겨주었다. 후세 자손들이 그것을 법도
로 삼기 바랐기 때문이다. 지금 옛 훌륭한 임금들이 남겨준 말을
듣고도 실천하지 않는다면 그것은 옛 훌륭한 임금들이 전해준 것
을 버리는 셈이 된다."

子墨子曰 : 古之聖王, 欲傳其道於後世, 是故書之竹帛[1],
자묵자왈　고지성왕　욕전기도어후세　시고서지죽백

鏤[2]之金石, 傳遺後世子孫. 欲後世子孫法之也. 今聞先王
누 지금석　전유후세자손　욕후세자손법지야　금문선왕

之遺而不爲, 是廢[3]先王之傳也.
지유이불위　시폐 선왕지전야

1 竹帛(죽백)−죽간(竹簡)과 비단. 옛날에는 대쪽이나 비단에 글을 썼다.　2
鏤(누)−새기다, 조각하다. 3 廢(폐)−폐기하다, 버리다.

옛 성왕들의 가르침이야말로 지금 우리들에게 가장 확실한 법
도가 됨을 강조한 것이다. 이 점에 있어서는 묵자는 유가와 통한다.

13 묵자가 남부지방을 유세하다가 위(衛)나라를 찾아가게 되
었는데 수레 속에 매우 많은 책을 싣고 있었다. 현당자(弦
唐子)가 보고서 그것을 이상히 생각하며 물었다.

"우리 선생님께서 공상과(公尙過)에게 가르치시기를, 굽고 곧은
것을 헤아릴 따름이라 하셨습니다. 지금 선생님께서 많은 책을 싣
고 가시는데 어찌 된 일입니까?"

묵자가 말하였다.

"옛날 주공단(周公旦)은 매일 아침이면 책 100편을 읽고 저녁이면 70명의 선비들을 만났소. 그러므로 주공단은 천자를 보좌하는 재상이 되었고, 그가 닦아놓은 업적은 지금까지도 전해지고 있소. 나는 위로는 임금을 받들어야 할 일도 없거니와 아래로는 밭 갈고 농사짓는 어려움도 없으니, 내 어찌 이것을 감히 버리겠소? 내가 듣건대, 모든 물건은 한 가지 진리로 돌아가지만 말에는 잘못이 있는 것이며, 그리고 백성들이 듣는 것은 고르지 못하므로 그래서 책이 많아진 것이오. 지금 만약 마음에 걸리는 일들을 자세히 자주 생각하여 본다면 모든 물건은 한 가지 이치로 돌아가는 까닭을 바로 알게 될 것이니, 그래서 책으로 가르치지 않았던 것이오. 그런데 그대는 무엇을 이상하게 생각하는 거요?"

子墨子南游使衛, 關中[1]載書甚多. 弦唐子[2]見而怪之曰 :
자묵자남유사위 관중 재서심다 현당자 견이괴지왈

吾夫子敎公尙過[3]曰, 揣曲直而已. 今夫子載書甚多, 何有
오부자교공상과왈 췌곡직이이 금부자재서심다 하유

也?
야

子墨子曰 : 昔者周公旦, 朝讀書百篇, 夕見漆十[4]士. 故
자묵자왈 석자주공단 조독서백편 석견칠십사 고

周公旦佐相天子, 其脩至於今. 翟上無君上之事, 下無耕
주공단좌상천자 기수지어금 적상무군상지사 하무경

農之難, 吾安敢廢此? 翟聞之, 同歸[5]之物, 信有誤者, 然
농지난 오안감폐차 적문지 동귀지물 신유오자 연

而民聽不鈞[6], 是以書多也. 今若過之心者, 數逆[7]於精微,
이민청불균 시이서다야 금약과지심자 삭역어정미

同歸之物, 旣已知其要矣, 是以不敎以書也. 而子何怪焉?
동귀지물 기이지기요의 시이불교이서야 이자하괴언

1 關中(관중)―수레에 물건을 싣도록 만들어 놓은 속. 2 弦唐子(현당자)―묵자의 제자 중의 한 사람. 3 公尙過(공상과)―공상은 성이고, 과가 이름. 위(衛)나라 사람인 듯. 4 漆十(칠십)―칠십(七十). 5 同歸(동귀)―한 가지 진리로

돌아가다. **6** 鈞(균)−균(均)과 통하여, '고른 것'. **7** 逆(역)−고(考)의 뜻으로, '생각하다'(『周禮』 鄕師 鄭 注).

실리주의적인 묵자는 제자를 가르침에 있어 보통은 책보다도 올바른 도리를 깨닫게 하는 데 주력하였다. 그러나 묵자 자신은 부지런히 많은 책을 읽어 여러 학파들의 서로 엇갈리는 견해들을 파악하였던 것이다.

14 묵자가 공량환자(公良桓子)에게 말하였다.

"위(衛)나라는 작은 나라로서 제(齊)나라와 진(晉)나라 사이에 놓여 있으니 마치 가난한 집안이 부잣집 사이에 놓여 있는 것과 같습니다. 가난한 집에서 부잣집의 입고 먹는 것을 본받아 많이 소비를 하면 일찍 망해 버린다는 것은 틀림없는 일입니다. 지금 선생의 집안을 보건대, 장식한 수레가 수백 채나 되고, 콩이나 조를 먹는 말이 수백 필이나 되며, 무늬와 수가 놓인 옷을 입은 부인들이 수백 명이나 됩니다. 만약 수레를 장식하고 말을 먹이는 비용과 수놓인 옷을 입는 재물로써 신비들을 기른다면 틀림없이 천여 명의 선비를 거느리게 될 겁니다. 만약 환난을 당했다면, 곧 백 명의 선비들로 하여금 앞에 있게 하고, 수백 명의 선비들로 하여금 뒤에 있게 하는 것과, 수백 명의 부인들을 앞뒤에 있게 하는 것과 어느 것이 안전하겠습니까? 내 생각으로는 선비들을 기르는 것만큼 안전하지 않을 것 같습니다."

子墨子謂公良桓子[1]曰：衛小國也，處於齊晉之間，猶貧
자묵자위공량환자　왈　위소국야　처어제진지간　유빈

家之處於富家之間也. 貧家而學富家之衣食，多用則速亡
가지처어부가지간야　　빈가이학부가지의식　　다용즉속망

必矣. 今簡[2]子之家，飾車數百乘，馬食菽粟[3]者數百匹，婦
필의　금간　자지가　식거수백승　마식숙속　자수백필　부

人衣文繡者數百人. 若取[4]飾車食馬之費，與繡衣之財以畜
인의문수자수백인　약취　식거식마지비　여수의지재이휵

士[5]，必千人有餘. 若有患難，則使百人處於前，數百人處於
사　필천인유여　약유환난　즉사백인처어전　수백인처어

後，與婦人數百人處前後，孰安? 吾以爲不若畜士之安也.
후　여부인수백인처전후　숙안　오이위불약휵사지안야

1 公良桓子(공량환자) - 위(衛)나라의 대부(大夫). 2 簡(간) - 보는 것. 살피는
것(『廣雅』釋言). 3 菽粟(숙속) - 콩과 조. 곡식. 4 若取(약취) - 보통 약(若)이
오(吾)로 되어 있으나, 유월(俞樾)의 설(說)을 따라 고쳤다. 5 畜士(휵사) - 선
비들을 기르고 보호하는 것.

　　나라를 다스리는 사람은 쓸데없는 비용을 절약하여 훌륭한 인
재(人材)들을 기르기에 힘써야 한다는 얘기이다.

15 묵자가 어느 사람을 위(衛)나라로 가서 벼슬살이를 하도
록 하였는데, 벼슬살이를 갔던 자가 가자마자 돌아왔다.
묵자가 말하였다.

　　"어째서 돌아왔는가?"

　　그가 대답하였다.

　　"저에게 말한 대로 잘해주지 않아서입니다. 그들은 저에게 천
분(盆)의 봉급으로 대우하겠노라고 하고는 제게 5백 분만을 주었습

니다. 그래서 그곳을 떠나온 것입니다."

묵자가 말하였다.

"네게 주는 것이 천 분을 넘었다면 너는 그곳을 떠났겠느냐?"

그가 대답하였다.

"떠나지 않았을 것입니다."

묵자가 말하였다.

"그렇다면 그들이 확실하게 해주지 않아서가 아니라 그들의 봉급이 적었기 때문일세!"

子墨子仕¹人於衛, 所仕者, 至而反. 子墨子曰 : 何故反?
자묵자사 인어위 소사자 지이반 자묵자왈 하고반

對曰 : 與我言而不當². 曰 : 待女以千盆³, 授我五百盆,
대왈 여아언이부당 왈 대여이천분 수아오백분

故去之也.
고 거 지 야

子墨子曰 : 授子過千盆, 則子去之乎?
자묵자왈 수자과천분 즉자거지호

對曰 : 不去.
대 왈 부 거

子墨子曰 : 然則非爲其不審⁴也, 爲其寡⁵也.
자묵자왈 연즉비위기불심 야 위기과 야

1 仕(사)—벼슬살이를 하는 것. 2 不當(부당)—말한대로 하지 않는 것. 3 盆(분)—양의 단위. 1분은 12말[斗] 8되[升](『荀子』楊倞 注). 4 不審(불심)—자세히 하지 않다. 확실하게 하지 않다. 5 寡(과)—녹이 적은 것.

묵자가 위나라에 벼슬살이를 보낸 제자가 봉급이 적다는 핑계로 바로 돌아온 것을 꾸짖은 대목이다. 묵가에서는 그 제자들을 조직적으로 각 지방에 내보내어 벼슬살이를 하도록 하고 그 보수의

일부를 거둬들였다.

16 묵자가 말하였다.

"세속의 군자들은 의로운 선비를 봄에 있어서 곡식을 지고 가는 사람만큼도 못하게 여긴다. 지금 여기에 어떤 사람이 곡식을 지고 가다가 길가에 쉬고 있는데 일어나려다가 일어나지 못하는 것을 군자들이 본다면 늙고 젊거나 귀하고 천한 것에 관계 없이 반드시 그를 일으켜 세워줄 것이다. 어째서인가? 그것은 의로움이기 때문이다.

지금 의로움을 행하는 군자들은 옛 임금들의 도를 떠받들며 얘기를 하고 있다. 그러나 기뻐하며 실행하지 않을 뿐만 아니라 또한 그들의 행동을 비난한다. 그러니 세속의 군자들이 의로운 선비를 봄에 있어서 곡식을 지고 가는 사람만큼도 못하게 여긴다는 것이다."

子墨子曰：世俗之君子, 視義士, 不若負粟者. 今有人
자묵자왈　세속지군자　시의사　불약부속자　금유인

於此, 負粟息於路側, 欲起而不能, 君子見之, 無長少貴
어차　부속식어로측　욕기이불능　군자견지　무장소귀

賤, 必起之. 何故也? 曰義也.
천　필기지　하고야　왈의야

今爲義之君子, 奉承先王之道以語之. 縱[1]不說而行, 又從
금위의지군자　봉승선왕지도이어지　종　불열이행　우종

而非毁之. 則是世俗之君子之視義士也, 不若視負粟[2]者也.
이비훼지　즉시세속지군자지시의사야　불약시부속　자야

1 縱(종)－비록. …은 말할 것도 없고. 2 負粟(부속)－조 같은 곡식을 지고 가는 짐꾼.

세상에서 의로움을 내세우는 자기 학파를 가벼이 보고 있는 현실을 개탄한 말이다.

17 묵자가 말하였다.

"상인들은 사방을 다니며 장사를 해서 몇 곱이 남는다면, 비록 관소(關所)와 다리를 통과하는 어려움이 있고, 도적들의 위험이 있다 하더라도 반드시 장사를 한다.

지금 선비들은 앉아서 의로움을 말하는 것이므로 관소나 다리를 통과하는 어려움이나 도적들의 위험도 없을 뿐더러 이것은 몇 곱의 이익이 남는 건지 이루 다 헤아릴 수도 없을 정도이다. 그런데도 선비들은 하지 않으니, 곧 선비들의 이익 계산은 상인들만큼도 밝지 못하다는 결론이 된다."

子墨子曰 : 商人之四方, 市賈倍徙¹, 雖有關梁之難², 盜
자 묵 자 왈   상 인 지 사 방   시 가 배 사   수 유 관 량 지 난   도

賊之危, 必爲之.
적 지 위 필 위 지

今士坐而言義, 無關梁之難, 盜賊之危, 此爲倍徙不可
금 사 좌 이 언 의   무 관 량 지 난   도 적 지 위   차 위 배 사 불 가

勝計. 然而不爲, 則士之計利, 不若商人之察也.
승 계   연 이 불 위   즉 사 지 계 리   불 약 상 인 지 찰 야

1 倍徙(배사) — 배(倍)는 두 배. 사(徙)는 사(蓰)와 통하여, 다섯 배, 곧 몇 곱의 이익이 남는 것. 배(倍)는 보통 신(信)으로 되어 있으나 필원(畢沅)의 설을 따라 고쳤다. 2 關梁之難(관량지난) — 관소나 다리를 통과하는 어려움. 관소나 다리를 통과할 적에는 관리들이 세금을 거두었다.

선비들은 의로운 행동을 통하여 세상에 크게 기여할 수 있음에도 사람들은 의로움을 행함에 용감하지 못하다. 묵자는 노력하기 싫어하는 선비들을 꼬집은 것이다.

18

묵자가 북쪽의 제(齊)나라로 가다가 점쟁이를 만났다. 점쟁이가 말하였다.

"하나님께서는 오늘 북쪽에서 검은 용을 죽이시는데, 선생님의 피부색은 검으니 북쪽으로 가셔서는 안되겠습니다."

묵자는 그 말을 듣지 않고 마침내 북쪽으로 갔는데, 치수(淄水)에 이르러 뜻을 이루지 못하고 되돌아왔다.

점쟁이가 말하였다.

"제가 선생님께 북쪽으로 가시면 안된다고 하였습니다."

묵자가 말하였다.

"남쪽 사람으로 북쪽에 가지 못하고, 북쪽 사람으로 남쪽에 가지 못하는 사람이 있으며, 피부색도 검은 사람이 있고 흰 사람도 있는데, 어찌하여 그들은 모두 뜻을 이루지 못할 것인가? 또한 하나님은 갑(甲)날과 을(乙)날에는 동쪽에서 푸른 용을 죽이고, 병(丙)날과 정(丁)날에는 붉은 용을 남쪽에서 죽이며, 경(庚)날과 신(辛)날에는 서쪽에서 흰 용을 죽이고, 임(壬)날과 계(癸)날에는 북쪽에서 검은 용을 죽인다네. 만약 자네의 말을 따른다면, 곧 천하의 길 가는 것을 모두 금지시켜야 할 것일세. 그것은 마음을 둘러싸 가지고 천하를 텅 비게 하는 짓일세. 자네의 말은 따를 수가 없네."

子墨子北之齊, 遇日者[1]. 日者曰：帝以今日殺黑龍於北
자 묵 자 북 지 제　　우 일 자　　일 자 왈　　제 이 금 일 살 흑 룡 어 북

方, 而先生之色黑, 不可以北.
방　　이 선 생 지 색 흑　　부 가 이 북

子墨子不聽, 遂北, 至淄水[2]不遂[3]而反焉.
자 묵 자 부 청　　수 북　　지 치 수 불 수 이 반 언

日者曰：我謂先生不可以北.
일 자 왈　　아 위 선 생 부 가 이 북

子墨子曰：南之人不得北, 北之人不得南, 其色, 有黑
자 묵 자 왈　　남 지 인 부 득 북　　북 지 인 부 득 남　　기 색　　유 흑

者, 有白者, 何故皆不遂也? 且帝以甲乙殺靑龍於東方,
자　　유 백 자　　하 고 개 부 수 야　　차 제 이 갑 을 살 청 룡 어 동 방

以丙丁殺赤龍於南方, 以庚辛殺白龍於西方, 以壬癸殺黑
이 병 정 살 적 룡 어 남 방　　이 경 신 살 백 룡 어 서 방　　이 임 계 살 흑

龍於北方. 若用子之言, 則是禁天下之行者也. 是圍心[4]而
룡 어 북 방　　약 용 자 지 언　　즉 시 금 천 하 지 항 자 야　　시 위 심 이

虛天下也. 子之言不可用也.
허 천 하 야　　자 지 언 불 가 용 야

1 日者(일자)－점쟁이. 2 淄水(치수)－강물 이름. 지금의 산동성(山東省)에 있
다. 3 不遂(불수)－뜻을 이루지 못하는 것, 목적을 달성하지 못하는 것. 4
圍心(위심)－마음을 둘러싸다. 미신으로 올바른 판단을 할 수 있는 마음이 가
려지게 되는 것.

점쟁이의 말을 믿지 않고 실질적인 경험을 토대로 합리석으로
생각하는 묵자의 태도가 인상적이다.

19 묵자가 말하였다.
"내 말은 충분히 실행할 만한 것인데도 내 말을 버리고
생각을 바꾸는 것은 마치 추수(秋收)할 것은 버리고 조 이삭을 줍는

것과 같은 것이다. 다른 말로써 나의 말을 비난하는 것은 마치 계란으로 돌을 치는 것과 같은 짓이다. 천하의 계란을 다 없애더라도 그 돌은 꿈쩍도 않고 깨어지지 않을 것이다."

子墨子曰：吾言足用矣. 舍吾言革思者, 是猶舍穫¹而攈²
자 묵 자 왈　　오 언 족 용 의　　사 오 언 혁 사 자　　시 유 사 확 이 군

粟也. 以他言非吾言者, 是猶以卵投石也. 盡天下之卵, 其
속 야　　이 타 언 비 오 언 자　　시 유 이 란 투 석 야　　진 천 하 지 란　　기

石猶是也, 不可毁也.
석 유 시 야　　불 가 훼 야

1 舍穫(사확)―가을에 수확할 것을 버려 두는 것. **2** 攈(군)―줍다. 취하다.

⌇

자기의 주장이야말로 아무도 부정할 수 없는 진리임을 강조한 말이다. 묵자는 사랑과 노동을 통하여 극단적인 자기희생(自己犧牲)의 경지에까지 자기주장을 몰고 갔다. 그는 초라한 옷차림으로 직접 일하고 절약하며 온 나라에 자기 가르침을 폈다. 그 결과 많은 사람들이 묵자의 주장에 공명을 표하였다. 그러나 다른 사람들이 묵자의 주장을 받아들이는 태도는 사람들에 따라 큰 차이가 났다. 어떤 사람은 사랑을 강조하고, 어떤 사람은 노동을 강조하고, 어떤 사람은 절약만을 강조하는 등, 이미 묵자의 제자들 중에도 여러 가지 성격이 다른 유파들이 생겨나고 있었다. 그 때문에 묵가는 유가처럼 크게 발전하지 못하였을 것이다.

이 「귀의편」에서는 의로움을 기준으로 하여 분열하려는 자기 제자들이나 자기 학설의 공명자들을 자극하고 규합시키려는 의도가 짙게 보인다.

48.
공맹편 公孟篇

이 편엔 공맹자(公孟子)와의 문답이 많이 들어 있다. 이 편명도 첫머리 '공맹자위자묵자왈(公孟子謂子墨子曰)' 하는 구절 첫째 두 자를 딴 것이다. 여기엔 특히 묵가와 유가와의 입장의 차이를 토론한 대목에 주의를 하게 된다.

1 공맹자(公孟子)가 묵자에게 말하였다.

"군자는 자기를 건시히고 기다리다가 물으면 말을 하고 묻지 않으면 가만히 있는 것입니다. 비유를 들면, 종과 같은 것이니 두드리면 울리고, 두드리지 않으면 울리지 않는 것입니다."

묵자가 말하였다.

"그 말에는 세 가지 경우가 있소. 당신은 지금 그 중 한 가지만을 알고 있으나 또한 그 뜻하는 바는 알지 못하고 있소. 만약 나라를 다스리는 이들이 나라를 멋대로 사납게 다스릴 적에 나아가 잘못을 바로잡아주면 그를 공손하지 못하다고 말할 것이고, 측근(側近)을 통하여 잘못을 바로잡아주는 말을 올린다 해도 곧 논란만 한다고 말할 것이오. 이래서 군자들은 의혹을 품고 말을 않는 거지요.

만약 나라를 다스리는 이들이 정치를 하는 게 나라에 환난을 가져올듯한 형편이어서, 비유를 들면 마치 쇠뇌가 튕겨지려는 것과 같은 처지라면 군자는 반드시 그 일의 잘못을 바로잡아주는 것이오. 그리하여 나라를 다스리는 이들은 이익을 보게 되오. 임금은 이런 말을 들으면 반드시 쓸 것이오. 이와 같은 것은 비록 두드리지 않는다 하더라도 반드시 울리는 것이오.

만약 나라를 다스리는 이가 의롭지 않은 특이한 일을 일으키어 비록 교묘한 계획이 잘 짜여져서 군사를 움직이어 죄 없는 나라를 공격하여 정복함으로써 땅을 넓히고 재물을 거둬들이려 한다면, 해보았자 반드시 욕만 보게 될 것이오. 공격을 당하는 편도 불리하지만 공격하는 편도 불리한 것이니 양편 모두가 불리한 것이오. 이와 같은 때에도 두드리지 않아도 반드시 울리게 되는 것이오.

그런데도 당신은 말하기를, '군자는 자기를 건사하고서 기다리다가 물으면 말을 하고, 묻지 않으면 가만히 있는 것이다. 비유를 들면 종과 같은 것이니, 두드리면 울리고 두드리지 않으면 울리지 않는 것이다.'고 말하였소. 지금 당신은 두드리지도 않았는데 말하였으니, 이것은 당신이 말한 두드리지 않았는데도 운 것인가? 당신이 말한 군자가 못되는 행동인가?"

公孟子¹謂墨子曰：君子共²己以待，問焉則言，不問焉則
공맹자 위묵자왈　군자공 기이대　문언즉언　불문언즉

止. 譬若鍾然，扣則鳴，不扣則不鳴.
지　비약종연　구즉명　불구즉불명

子墨子曰：是言有三物焉. 子乃今知其一耳，又未知其
자묵자왈　시언유삼물언　자내금지기일이　우미지기

所謂也. 若大人行淫暴於國家, 進而諫則謂之不遜, 因左
소 위 야　약 대 인 행 음 폭 어 국 가　진 이 간 즉 위 지 불 손　인 좌

右而獻諫, 則謂之言議³. 此君子之所疑惑也.
우 이 헌 간　즉 위 지 언 의　차 군 자 지 소 의 혹 야

　若大人爲政, 將因於國家之難, 譬若機⁴之將發也然, 君
　약 대 인 위 정　장 인 어 국 가 지 난　비 약 기 지 장 발 야 연　군

子之必以諫. 然而大人之利有之也. 君得之, 則必用之矣.
자 지 필 이 간　연 이 대 인 지 리 유 지 야　군 득 지　즉 필 용 지 의

若此者, 雖不扣, 必鳴者也.
약 차 자　수 불 구　필 명 자 야

　若大人舉不義之異行, 雖得大巧之經⁵, 可行於軍旅之
　약 대 인 거 불 의 지 이 행　수 득 대 교 지 경　가 행 어 군 여 지

事, 欲攻伐無罪之國, 以廣辟⁶土地, 著稅⁷僞材⁸, 出必見
사　욕 공 벌 무 죄 지 국　이 광 벽 토 지　저 세 위 재　출 필 견

辱. 所攻者不利, 而攻者亦不利, 是兩不利也. 若此者, 雖
욕　소 공 자 불 리　이 공 자 역 불 리　시 량 불 리 야　약 차 자　수

不扣, 必鳴者也.
불 구　필 명 자 야

　且子曰, 君子共己待, 問焉則言, 不問焉則止. 譬若鍾
　차 자 왈　군 자 공 기 대　문 언 즉 언　불 문 언 즉 지　비 약 종

然, 扣則鳴, 不扣則不鳴. 今未有扣子而言. 是子之所謂
연　구 즉 명　불 구 즉 불 명　금 미 유 구 자 이 언　시 자 지 소 위

不扣而鳴邪? 是子之所謂非君子邪?
불 구 이 명 야　시 자 지 소 위 비 군 자 야

1 公孟子(공맹자) — 공자 문하(門下)의 70자(子) 중의 한 사람이라고도 하지만
분명치 않다. 어떻든 묵자와 교제가 잦았던 유가의 한 사람임엔 틀림없다.
2 共(공) — 공(拱)과 통하여, 잘 건사하는 것, 잘 유지하는 것. 3 言議(언의) —
쓸데없는 논란을 뜻함. 4 機(기) — 쇠뇌(弩). 5 大巧之經(대교지경) — 크게 교
묘한 작전 계획. 6 廣辟(광벽) — 넓힘. 개척해 넓힘. 7 著稅(저세) — '저'는 적
(籍)의 뜻으로, 세금을 거둬들이는 것. 8 僞材(위재) — '위'는 귀(賵)의 잘못으
로(畢沅 說), 재물을 거둬들이는 것.

'묻지 않으면 침묵을 지키고 물으면 대답한다'는 것이 유가들

이 주장하는 군자로서의 태도이다. 그러나 묵자는 군자들이 적극적으로 발언해야만 할 경우도 많음을 지적하고 있다. 묵자는 유가들처럼 침체된 소극적인 군자가 아니라 진취적이고 적극적인 군자의 모습을 생각하고 있었던 것 같다. 침묵은 언제나 미덕일 수 없다는 것이다.

2 공맹자가 묵자에게 말하였다.

"진실로 훌륭하다면, 어느 누가 알아주지 않겠습니까? 비유를 들면 훌륭한 무당과 같으니 들어앉아 나가지 않아도 많은 복채를 법니다. 비유를 들면 미녀와 같은 것이니 들어앉아 나가지 않아도 사람들이 다투어 그에게 구혼을 할 겁니다. 스스로 뽐내고 다닌다면 사람들은 아무도 그에게 장가들지 않을 것입니다. 지금 선생님께선 두루 사람들을 쫓아다니면서 설교를 하는데, 무엇 때문에 그처럼 수고하시는 겁니까?"

묵자가 대답하였다.

"지금 세상이 어지러워 미녀를 구하는 사람들은 많으므로 미녀는 비록 나가지 않는다 하더라도 많은 사람들이 그에게 구혼을 하오. 지금 훌륭한 것을 구하는 사람들은 적어서 힘써 사람들에게 설교하지 않으면 사람들은 그것을 알지 못하오. 또한 여기에 두 사람이 있는데 점을 잘 친다 합시다. 한 사람은 다니면서 사람들에게 점을 쳐주고, 한 사람은 들어앉아 나다니지 않는다고 합시다. 다니면서 사람들에게 점을 쳐주는 사람과 들어앉아 나다니지 않는 사람과 그들이 받는 복채는 누가 많겠소?"

공맹자가 대답하였다.

"다니면서 사람들에게 점 쳐주는 사람의 복채가 많을 것입니다."

묵자가 말하였다.

"어짊과 의로움도 그런 것이라면 나다니면서 사람들에게 설교하는 사람이 역시 많은 일과 훌륭한 일을 이룰 거요. 그러니 어찌 다니면서 사람들을 설복시키지 않겠소?"

公孟子謂子墨子曰：實爲善, 人孰不知? 譬若良巫[1], 處
공맹자위자묵자왈　실위선　인숙부지　비약량무　처

而不出, 有餘糈[2]. 譬若美女, 處而不出, 人爭求之. 行而
이불출　유여서　비약미녀　처이불출　인쟁구지　행이

自衒[3], 人莫之取[4]也. 今子徧從人而說之, 何其勞也?
자현　인막지취야　금자편종인이설지　하기로야

子墨子曰：今夫世亂, 求美女者衆, 美女雖不出, 人多
자묵자왈　금부세란　구미녀자중　미녀수불출　인다

求之. 今求善者寡, 不强說人, 人莫之知也. 且有二生於
구지　금구선자과　부강설인　인막지지야　차유이생어

此, 善筮[5]. 一行爲人筮者, 一處而不出者. 行爲人筮者,
차　선서　일행위인서자　일처이불출자　행위인서자

與處而不出者, 其糈孰多?
여처이불출자　기서숙다

公孟子曰：行爲人筮者, 其糈多. 子墨子曰：仁義鈞[6],
공맹자왈　행위인서자　기서다　자묵자왈　인의균

行說人者, 其功善亦多. 何故不行說人也?
행설인자　기공선역다　하고불행설인야

1 巫(무)－무당. 2 糈(서)－점을 쳐 주거나 푸닥거리를 해주고 받는 곡식. 3 衒(현)－자랑하다. 뽐내다. 4 取(취)－취(娶)와 통하여, 장가드는 것. 5 筮(서)－시초(蓍草)로 만든 점가치로 『역경(易經)』을 이용하여 점을 치는 것. 6 鈞(균)－균(均)과 통하여, '같은 것'. '고른 것'.

여기서는 묵자가 온 나라를 돌아다니면서 자기 학설을 설교하는 입장을 밝히고 있다. 그는 세상을 자기 주장대로 이끌려는 신념이 투철했던 것이다.

3 공맹자가 관(冠)을 쓰고 홀(笏)을 띠에 꽂고 유자(儒者)의 복장을 하고서 묵자를 뵙고 말하였다.

"군자는 옷을 잘 입은 뒤에 행동을 해야 합니까, 행동을 한 뒤에 옷을 잘 입어야 합니까?"

묵자가 말하였다.

"행동은 옷에 달려 있는 게 아니오."

공맹자가 말하였다.

"무엇으로써 그러함을 아십니까?"

묵자가 대답하였다.

"옛날에 제(齊)나라 환공(桓公)은 높은 관을 쓰고 넓은 띠를 띠고서 금칼을 차고 나무 방패를 들고 그의 나라를 다스렸는데 그 나라는 잘 다스려졌소. 옛날 진(晉)나라 문공(文公)은 거친 천으로 만든 옷과 암양 갖옷을 입고 가죽끈으로 칼을 띠에 차고서 그의 나라를 다스렸는데 그 나라는 잘 다스려졌소. 옛날 초(楚)나라 장왕(莊王)은 화려한 관에 색실로 짠 관끈을 달고 풍성한 웃옷에 넓직한 용포(龍袍)를 입고서 그의 나라를 다스렸는데 그 나라는 잘 다스려졌소. 옛날 월(越)나라 임금 구천(勾踐)은 머리를 깎고 문신(文身)을 하고서 그의 나라를 다스렸는데 그 나라는 잘 다스려졌소. 이 네 임금들은 그들의 옷이 같지 않았지만 그들의 행동은 한결같았소. 나는 이것으로써 행동은 옷에 달려 있지 않다는 것을 잘 알고 있소."

공맹자가 말하였다.

"좋습니다. 제가 듣건대, 훌륭한 것을 묵혀 두는 것은 상서롭지 않다고 하였습니다. 청컨대, 홀(笏)을 버리고 관을 바꿔 쓰고 다시 선생님을 뵈면 괜찮겠습니까?"

묵자가 말하였다.

"청컨대, 그대로 만나기로 합시다. 만약 반드시 홀을 버리고 관을 바꿔 쓴 뒤에야 만날 수 있다면, 곧 행동이 결과적으로 옷에 달려 있는 셈이 되어 버리오."

公孟子戴章甫[1], 搢笏[2], 儒服, 而以見子墨子曰 : 君子服
공 맹 자 대 장 보   진 홀   유 복   이 이 견 자 묵 자 왈   군 자 복

然後行乎, 其行然後服乎?
연 후 행 호   기 행 연 후 복 호

子墨子曰 : 行不在服.
자 묵 자 왈   행 부 재 복

公孟子曰 : 何以知其然也?
공 맹 자 왈   하 이 지 기 연 야

子墨子曰 : 昔者齊桓公, 高冠博帶, 金劍木盾, 以治其
공 묵 자 왈   석 자 제 환 공   고 관 박 대   금 검 목 순   이 치 기

國, 其國治. 昔者晋文公, 大布[3]之衣, 牂[4]羊之裘, 韋[5]以帶
국   기 국 치 석 자 진 문 공   대 포 지 의   장 양 지 구   위 이 대

劍, 以治其國, 其國治. 昔者楚莊王, 鮮冠[6]組纓[7], 絳衣[8]博
검   이 치 기 국   기 국 치   석 자 초 장 왕   선 관 조 영   봉 의 박

袍, 以治其國, 其國治. 昔者越王勾踐, 剪髮文身, 以治其
포   이 치 기 국   기 국 치   석 자 월 왕 구 천   전 발 문 신   이 치 기

國, 其國治. 此四君者, 其服不同, 其行猶一也. 翟以是知
국   기 국 치   차 사 군 자   기 복 부 동   기 행 유 일 야   적 이 시 지

行之不在服也.
행 지 부 재 복 야

公孟子曰 : 善. 吾聞之曰, 宿善[9]者不祥. 請舍笏, 易章
공 맹 자 왈   선   오 문 지 왈   숙 선 자 불 상   청 사 홀   역 장

甫, 復見夫子可乎?
보   부 견 부 자 가 호

子墨子曰 : 請因以相見也. 若必將舍笏章甫而後相見,
자 묵 자 왈   청 인 이 상 견 야   약 필 장 사 홀 장 보 이 후 상 견

然則行果在服也.
연 즉 행 과 재 복 야

1 章甫(장보)—은(殷)나라 관 이름. 공자도 장보를 썼다(『禮記』「儒行篇」). **2** 搢笏(진홀)—옛날 사(士) 이상 사람들의 신분을 밝히는 홀(笏)을 띠에 꽂는 것. **3** 大布(대포)—거친 천. **4** 牂(장)—암양(牝羊). **5** 韋(위)—다린 가죽. **6** 鮮冠(선관)—화려한 관. **7** 組纓(조영)—색실을 짜서 관끈을 만든 것. **8** 縫衣(봉의)—대의(大衣). 풍성하고 큼직한 웃옷. **9** 宿善(숙선)—선함을 알면서도 묵혀 두고 행하지 않는 것.

예(禮)를 중히 여기는 유가들은 사람들의 행동은 물론 복장에 대하여도 세심한 주의를 기울였다. 따라서 그들은 사람의 신분과 경우에 알맞는 복장을 제정해 놓고 있다. 그러나 실리주의적이고 부지런히 일하는 것을 중히 여기는 묵자는 형식적인 복장에 대하여 반대한다. 옷은 사람의 몸을 보호하기만 하면 됐지, 형식적인 장식이나 구별이 필요 없다는 것이다. 절약과 근면을 내세우는 묵자로서는 당연한 주장이라 할 것이다. 더구나 유가의 복장에 대하여도 초연한 묵자의 태도는 존경할 만하다.

4 공맹자가 말하였다.

"군자는 반드시 옛말을 하고, 옛 옷을 입은 연후에야 어질다고 할 수 있습니다."

묵자가 말하였다.

"옛날에 상나라 임금 주(紂)와 그의 경사(卿士)인 비중(費仲)은 천하의 포악한 자들이었고, 기자와 미자는 천하의 성인들이었소. 이들은 똑같은 말을 하였으나, 어떤 이는 어질고 어떤 자는 어질지 않았소. 주공(周公) 단(旦)은 천하의 성인이었고, 관숙(關叔)은 천하의 포악한 자였소. 이들은 같은 옷을 입었으나, 어떤 이는 어질고 어떤 자는 어질지 않았소. 그러니 옛 옷과 옛말은 아무 상관도 없는 것이오. 또한 당신은 주(周)나라는 법도로 삼지만 하(夏)나라는 법도로 삼지 않고 있으니, 당신이 말하는 옛것이란 옛것일 수가 없는 것이오."

公孟子曰 : 君子必古言服, 然後仁.
공맹자왈　군자필고언복　연후인

子墨子曰 : 昔者, 商王紂, 卿士¹費仲², 爲天下之暴人,
자묵자왈　석자　상왕주　경사　비중　위천하지폭인

箕子微子, 爲天下之聖人. 此同言, 而或仁不仁³也. 周公
기자미자　위천하지성인　차동언　이혹인불인　야　주공

旦爲天下之聖人, 關叔⁴爲天下之暴人. 此同服, 或仁或不
단위천하지성인　관숙　위천하지폭인　차동복　혹인혹불

仁. 然則不在古服與古言矣. 且子, 法周而未法夏也, 子
인　연즉부재고복여고언의　차자　법주이미법하야　자

之古非古也.
지고비고야

1 卿士(경사) ─ 옛날의 집정관(執政官). 2 費仲(비중) ─ 사람 이름. 「명귀」 하편에는 비중(費中)으로 나왔음. 3 或仁不仁(혹인불인) ─ '인'과 '불' 사이에 혹(或)자가 하나 빠져 있다. 4 關叔(관숙) ─ 관숙(管叔). 주공 단의 형. 주공 단의 전권(專權)에 반기(叛旗)를 든 일이 있다. 「경주」편에도 보임.

같은 말을 하는 사람 중에도 어진 사람이 있고 어질지 못한 사람이 있으며, 같은 옷을 입은 사람 중에도 어진 사람이 있고 어질지 못한 사람이 있다는 것은 옳은 말이다. 그리고 유가에서는 대체로 옛날 제도로서 주(周)나라 것을 따르는 데 비하여, 묵자는 특히 하나라 우(禹)임금을 법도로 삼고 있음에 주의하여야 한다.

공맹자가 묵자에게 말하였다.

"옛날 성왕들의 서열은 최고의 성인이 천자 자리에 오르고 그 다음이 경대부(卿大夫) 자리에 앉았었습니다. 지금 공자께서는 『시경(詩經)』, 『서경(書經)』을 널리 알고 예의와 음악에 밝으며 만물에 대하여 자세합니다. 만약 공자로 하여금 성왕의 시대를 만나게 한다면, 어찌 공자께서 천자가 되시지 않겠습니까?"

묵자가 말하였다.

"지혜가 있다는 것은 반드시 하늘을 존경하고 귀신을 섬기며 사람들을 사랑하고 쓰는 것을 절약하여야 하는 것이니, 이것들이 합쳐져야 지혜 있는 게 되오. 지금 당신은 말하기를, 공자는 『시경』, 『서경』을 널리 알고 예의와 음악에 밝고 만물에 대하여 자세하다고 하면서 천자가 될 수 있는 분이라 하였소. 이것은 남의 장부를 계산하면서 부자가 되었다고 생각하는 것과 같은 짓이오."

公孟子謂子墨子曰 : 昔者聖王之列也, 上聖立爲天子,
공맹자위자묵자왈　　석자성왕지렬야　　상성립위천자

其次立爲卿大夫. 今孔子博於詩書, 察於禮樂, 詳[1]於萬
기차립위경대부　　금공자박어시서　　찰어례악　　상어만

物. 若使孔子當聖王, 則豈不以孔子爲天子哉?
물　약사공자당성왕　　즉기불이공자위천자재

子墨子曰 : 夫知者, 必尊天事鬼愛人節用, 合焉爲知矣.
자묵자왈　　부지자　　필존천사귀애인절용　　합언위지의

今子曰, 孔子博於詩書, 察於禮樂, 詳於萬物, 而曰可以
금자왈　　공자박어시서　　찰어례악　　상어만물　　이왈가이

爲天子. 是數人之齒[2]而以爲富.
위천자　시수인지치　이이위부

1 詳(상)－자세히 이치를 알다. 2 齒(치)－옛날 사람들은 자기 재물을 장부하기 위하여 나무에 칼로 이빨처럼 새기어 숫자를 표시하였다. 따라서 '수인지치(數人之齒)'란 남의 재물을 표시한 나무에 새긴 이빨수를 헤아린다, 곧 남의 재산 장부를 계산한다는 뜻이다.

여기에선 획일주의(劃—主義)와 형식주의(形式主義)에 이어 유가들의 교양주의(敎養主義)를 비판한 것이다. 묵자에 의하면 단순한 앎이란 지혜가 될 수 없는 것이다. 앎에 윤리와 실천이 결합될 때 비로소 지혜가 된다는 것이다. 그런 점에서 공자는 많이 아는 사람일지언정 지혜가 많은 사람은 못 된다는 것이다.

6 공맹자가 말하였다.

"가난하고 부유한 것과, 오래 살고 일찍 죽는 것은 엄연히 하늘에 달려 있는 것이어서 덜거나 더하게 할 수 없는 것입니다."

그리고 또 말했다.

"군자는 반드시 배워야만 합니다."

묵자가 말하였다.

"사람들에게 배울 것을 가르치면서 운명이 있다고 주장하는 것은 마치 사람들에게 그의 머리를 싸매도록 하면서 그의 관은 버리라고 하는 거나 같은 것이오."

公孟子曰 : 貧富壽夭, 齰然¹在天, 不可損益.
공 맹 자 왈　빈 부 수 요　색 연 재 천　불 가 손 익

又曰 : 君子必學.
우 왈　군 자 필 학

子墨子曰 : 敎人學而執有命, 是猶命人葆²而去亓³冠也.
자 묵 자 왈　교 인 학 이 집 유 명　시 유 명 인 보 이 거 기 관 야

1 齰然(색연)―물건이 엇물리어 꼼짝도 않는 모양. 2 葆(보)―관을 쓰기 위하여, 머리를 천으로 싸매는 것. 3 亓(기)―기(其)와 같은 자.

유가의 숙명론(宿命論)을 비판한 말. 사람에겐 어쩔 수 없는 숙명이 있다면 사람들은 애써 배우거나 일할 필요가 없을 것이다. 따라서 운명을 긍정하면서도 학문을 권하는 유가의 이론은 모순된다는 것이다.

7 공맹자가 묵자에게 말하였다.
"의롭고 의롭지 않은 것은 있어도, 상서롭고 상서롭지 않은 것이란 없는 것입니다."

묵자가 말하였다.

"옛날의 성왕들은, 모두 귀신은 신명(神明)한 것이어서 화와 복을 내린다고 여기며 상서롭고 상서롭지 않은 것이 있다고 주장하였소. 그래서 정치는 다스려지고 나라는 편안했던 것이오. 걸(桀)왕과 주(紂)왕 이후로는 모두 귀신은 신명치 못한 것이어서 화와 복을 내릴 수가 없는 것이라 여기고 상서롭고 상서롭지 않은 것이란 없는 것이라 주장하였소. 그래서 정치는 어지러워지고 나라는 위태로워졌던 것이오.

그러므로 선왕의 책인 기자(箕子)편에 말하기를, '그들이 오만한 것은 그가 상서롭지 않음에서 나오는 것이다.'고 하였소. 그것은 착하지 못한 짓을 하면 벌을 받게 되고, 착한 행동을 하면 상을 받게 됨을 말한 것이오."

公孟子謂子墨子曰 : 有義不義, 無祥不祥.
공 맹 자 위 자 묵 자 왈   유 의 불 의   무 상 불 상

子墨子曰：古聖王，皆以鬼神爲神明而爲禍福，執[1]有祥
자묵자왈　　고성왕　　개이귀신위신명이위화복　　집유상

不祥，是以政治而國安也．自桀紂以下，皆以鬼神爲不神
불상　시이정치이국안야　　자걸주이하　　개이귀신위불신

明，不能爲禍福，執無祥不祥．是以政亂而國危也．
명　불능위화복　집무상불상　시이정난이국위야

故先王之書，子亦[2]有之曰：丌傲[3]也，出於子不祥．此言
고선왕지서　자역유지왈　기오야　출어자불상　차언

爲不善之有罰，爲善之有賞．
위불선지유벌　위선지유상

1 執(집)―고집하다. 주장하다.　2 子亦(자역)―기자(丌子)의 잘못. '기자'는
곧 기자(箕子), 『서경(書經)』 주서(周書) 기자(箕子)편. 지금은 없어져 전하지
않는다.　3 丌傲(기오)―그 오만하게 구는 것. '기'는 기(其)와 같은 자.

「명귀」편의 보충 같은 내용이다. 묵자는 귀신이 있어 사람들
의 행동을 살피어 사람들에게 화도 내리고 복을 주기도 한다는 것
이다. 그것은 그의 종교적인 신념이다.

8 묵자가 공맹자에게 말하였다.

"상례(喪禮)에 있어서, 임금과 부모와 저와 맏아들이 죽으
면 3년의 상복을 입소. 백부 숙부와 형제들은 1년, 친척들이라면 5
개월, 고모와 여자 형제들 및 고종(姑從)과 이종(姨從) 사이도 모두
몇 달의 상복을 입는 기간이 있소. 간혹 그런 상복을 입지 않는 기
간에 『시경』을 외우기도 하고, 『시경』을 현악기로 연주하기도 하
며, 『시경』을 노래하기도 하고, 『시경』을 춤추기도 하오. 만약 당
신의 말을 따른다면, 곧 군자들은 어느 사이에 정치를 하고, 백성

들은 어느 사이에 할 일을 하겠소?"

공맹자가 말하였다.

"나라가 어지러워지면 다스리고, 나라가 다스려지면 예의와 음악을 행하며, 나라가 다스려지면 할 일을 하게 하고, 나라가 부유해지면 예의와 음악을 행합니다."

묵자가 말하였다.

"나라가 다스려지는 것은 잘 다스리기 때문에 다스려지는 것이고, 다스리는 일을 망치면 곧 나라의 다스림도 망치게 되는 것이오. 나라가 부유한 것은 할 일들을 잘하기 때문에 그래서 부유해지는 것이고, 해야 할 일들을 망치면 곧 나라의 부도 망치게 되는 것이오. 그러므로 나라의 다스림은 힘쓰는 일을 게을리 말아야만 되는 것이오. 지금 당신은 말하기를, 나라가 다스려지면 예의와 음악을 행하고, 어지러워지면 그것을 다스린다고 하였소. 그것은 마치 목이 막힌 다음에야 물을 찾기 위해서 우물을 파고, 사람이 죽고 나서야 의사를 찾는 거나 같소. 옛날 삼대(三代)의 폭군인 걸왕·주왕·유왕·여왕은 음악을 성대히 연주케 하며 그들 백성은 거들떠보지도 않았소. 그래서 자신은 형벌로 죽임을 당하고 나라는 폐허처럼 되었던 것이오. 모두 그런 방도를 따랐기 때문이오."

子墨子謂公孟子曰 : 喪禮, 君與父母妻後子¹死, 三年喪
자묵자위공맹자왈   상례   군여부모처후자 사   삼년상

服. 伯父叔父兄弟期², 族人³五月, 姑姊舅甥⁴, 皆有數月
복   백부숙부형제기   족인오월   고자구생   개유수월

之喪. 或以不喪之閒, 誦詩三百⁵, 弦詩三百, 歌詩三百,
지상   혹이불상지간   송시삼백   현시삼백   가시삼백

舞詩三百. 若用子之言, 則君子何日以聽治, 庶人何日以
무시삼백   약용자지언   즉군자하일이청치   서인하일이

從事?
종사

公孟子曰：國亂則治之，國治則爲禮樂，國治則從事，
공맹자왈　국란즉치지　국치즉위례악　국치즉종사

國富則爲禮樂.
국부즉위례악

子墨子曰：國之治6，治之廢7，則國之治亦廢. 國之富
자묵자왈　국지치　　치지폐　　즉국지치역폐　　국지부

也，從事故富也，從事廢，則國之富亦廢. 故雖治國，勸之
야　종사고부야　종사폐　즉국지부역폐　고수치국　권지

無饜8，然後可也. 今子曰，國治則爲禮樂，亂則治之. 是
무염　　연후가야　금자왈　국치즉위례악　난즉치지　시

譬猶噎9而穿井也，死而求醫也. 古者三代暴王，桀紂幽
비유열　이천정야　사이구의야　고자삼대폭왕　걸주유

厲，茆10爲聲樂，不顧其民. 是以身爲刑僇，國爲戾虛11者.
려　이　위성악　불고기민　시이신위형륙　국위려허　자

皆從此道也.
개종차도야

---

1 後子(후자)－맏아들(畢沅 說).　2 期(기)－한 돌. 1년의 상(喪)을 지키는 것.
3 族人(족인)－가까운 친척들.　4 姑姊舅甥(고자구생)－고모와 여자 형제와 고
종(姑從)과 이종(姨從).　5 詩三百(시삼백)－시 삼백편.『시경(詩經)』을 가리키
는 것으로 볼 수도 있다. 묵자도『시경』은 매우 중시하고 공부하여, 책에도
자기 주장의 논거(論據)로 많은 인용을 하고 있기 때문이다.　6 子墨子曰(자묵
자왈), 國之治(국지치)－이 뒤에 '잘 다스리기 때문에 다스려진다(治之故治
也)'는 말이 빠져 있다(盧文弨 說).　7 廢(폐)－폐기하다, 망치다.　8 勸之無饜
(권지무염)－그것을 권면하는 일에 싫증을 내지 않다. 일에 힘쓰는 데 게을리
하지 않다.　9 噎(열)－목이 메이다.　10 茆(이)－꽃이 만발한 모양. 번성한 모
양.　11 戾虛(여허)－무너져 폐허가 되는 것.

이 대목은「절장」편과「비악」편의 이론을 보충한 것이다. 묵자
는 성대한 장례(葬禮)도 반대하고 음악 연주도 반대하고 있다.

9   공맹자가 말하였다.

   "귀신은 없습니다."

또 말했다.

"군자는 반드시 제사지내는 법을 배워야 합니다."

묵자가 말하였다.

"귀신이 없다고 주장하면서 제사지내는 예를 배우라는 것은 마치 손님이 없는데도 손님 대접하는 예의를 배우는 것과도 같고, 또 고기가 없는데도 고기 그물을 만드는 것과 같소."

公孟子曰 : 無鬼神.
공 맹 자 왈 　 무 귀 신

又曰 : 君子必學祭禮.
우 왈 　 군 자 필 학 제 례

子墨子曰 : 執無鬼而學祭禮, 是猶無客而學客禮也, 是
자 묵 자 왈 　 집 무 귀 이 학 제 례 　 시 유 무 객 이 학 객 례 야 　 시

猶無魚而爲魚罟[1]也.
유 무 어 이 위 어 고 　 야

1 罟(고) – 고기잡는 그물.

   여기선 유가의 무신론(無神論)과 제사를 숭상하는 것이 모순됨을 지적하고 있다.

10   공맹자가 묵자에게 말하였다.

   "선생님은 삼년상(三年喪)을 잘못이라고 하는데, 선생님의 삼월상(三月喪)도 그러면 잘못일 것입니다."

묵자가 말하였다.

"당신이 삼년상을 근거로 삼월상도 잘못이라 하는 것은, 마치 벌거벗은 사람이 옷자락을 걷어올린 것도 공손하지 않다고 말하는 거나 같은 것이오."

公孟子謂子墨子曰 : 子以三年之喪[1]爲非, 子之三月[2]之
공맹자위자묵자왈　　자이삼년지상　위비　자지삼월　지

喪亦非也.
상 역 비 야

子墨子曰 : 子以三年之喪, 非三月之喪, 是猶裸[3]謂撅[4]者
자묵자왈　　자이삼년지상　비삼월지상　시유라위궤자

不恭也.
불 공 야

1 三年之喪(삼년지상)─유가의 상례(喪禮) 중에서 가장 무거운 상. 어버이가 죽었을 경우에 자식이 입는다. 2 月(월)─보통 일(日)로 되어 있으나 필원(畢沅)의 설(說)을 따라 고쳤다. 3 裸(라)─벌거벗는 것. 나체. 4 撅(궤)─옷자락을 걷어올리는 것.

유가의 지나친 상례(喪禮)를 반박하고 간소한 상례를 주장한 말이다.

11 공맹자가 묵자에게 말하였다.
"아는 것이 남보다 현명한 것이 있다고 해서 지혜로운 사람이라 말할 수 있습니까?"
묵자가 말하였다.

"어리석은 사람도 아는 것이 남보다 현명한 것이 있을 수가 있지만, 어리석은 사람을 어찌 지혜로운 사람이라 말할 수 있겠소?"

公孟子謂子墨子曰 : 知¹有賢於人, 則可謂知乎?
공맹자위자묵자왈　　지 유현어인　즉가위지호

子墨子曰 : 愚之知有以賢於人, 而愚豈可謂知矣哉?
자묵자왈　　우지지유이현어인　이우기가위지의재

1 知(지) - 앞의 것은 '아는 것', 뒤의 것은 '지혜로운 사람'이라 풀이하였다. 모두 '아는 것' 또는 '지혜로운 것'으로 풀이해도 통한다.

12 공맹자가 말하였다.

"삼년상(三年喪)이란 우리 자식들이 부모님을 흠모하는 것을 배우는 것입니다."

묵자가 말하였다.

"어린아이의 지혜란 오직 부모를 흠모할 줄밖엔 모르오. 부모는 어찌 할 수가 없다 해도 그대로 그치지 않고 울부짖소. 그건 무슨 까닭이오? 그것은 지극히 어리석기 때문이오. 그러니 유자(儒者)들의 지혜란, 어찌 어린아이보다 현명하다고 할 수가 있겠소?"

公孟子曰 : 三年之喪, 學吾之¹慕父母.
공맹자왈　　삼년지상　학오지모부모

子墨子曰 : 夫嬰兒子之知, 獨慕父母而已. 父母不可得²
자묵자왈　　부영아자지지　독모부모이이　부모불가득

也, 然號而不止. 此亓故³何也? 卽愚之至也. 然則儒者之
야　연호이부지　차기고하야　즉우지지야　연즉유자지

知, 豈有以賢於嬰兒子哉?
지　기유이현어영아자재

1 吾之(오지) ─ 뒤에 자(子)자가 빠져있음(兪樾 說). 2 不可得(불가득) ─ 찾을 수가 없다. 올 수가 없다. 3 元故(기고) ─ 그 까닭. '기'는 기(其)와 같은 자.

역시 「절장」편 이론의 보충으로, 성대한 장례를 반대하고 있다.

13 묵자가 유자(儒者)에게 물었다.
"무엇 때문에 음악을 연주하오?"

"음악을 즐기려는 것이오."

묵자가 말하였다.

"당신은 내게 바른 대답을 못하고 있소. 지금 내가 묻기를, '무엇 때문에 집을 짓는가?'고 말했을 때 '겨울엔 추위를 피하고 여름엔 더위를 피하여 방으로써 남녀를 분별하려는 것이오.' 하고 대답한다면, 곧 당신은 내게 집을 짓는 이유를 얘기해 준 것이오. 지금 내가 묻기를, '무엇 때문에 음악을 연주하는가?'고 하였는데, '음악을 즐기려는 것이다.'고 대답하였소. 이것은 마치 '무엇 때문에 집을 짓는가?'고 물은 데 대하여 '집 때문에 집을 짓는다.'고 대답한 것이나 같은 것이오."

子墨子問於儒者曰：何故爲樂?
자 묵 자 문 어 유 자 왈   하 고 위 악

曰：樂以爲樂[1]也.
왈   악 이 위 락 야

子墨子曰：子未我應也. 今我問曰, 何故爲室? 曰, 冬避
자 묵 자 왈   자 미 아 응 야   금 아 문 왈   하 고 위 실   왈   동 피

寒焉, 夏避暑焉, 宮以爲男女之別也, 則子告我爲室之故
한 언   하 피 서 언   궁 이 위 남 여 지 별 야   즉 자 고 아 위 실 지 고

矣. 今我問曰, 何故爲樂? 曰, 樂以爲樂. 是猶曰何故爲
의　금아문왈　하고위악　왈　악이위락　시유왈하고위

室? 曰, 室以爲室.
실　왈　실이위실

1 樂以爲樂(악이위락) ─ 앞의 악(樂)은 음악, 뒤의 낙(樂)은 '즐김'의 뜻.

　　유가가 숭상하는 음악을 은근히 비판한 말. 음악이란 뜻의 악
(樂)자와 즐긴다는 뜻의 낙(樂)자가 같은 것을 이용한 궤변(詭辯)에
가까운 논법인 듯하지만 과학적으로 사물의 기원이나 목적을 따지
려는 묵자의 태도는 높이 사야만 할 것이다.

14 묵자가 정자에게 말하였다.
　　"유가의 도에는 천하를 잃기에 충분한 것으로 네 가지
세상살이 방법이 있습니다.

　　유가에서는 하늘은 밝지 않고 귀신은 신령스럽지 않다고 여기
어 하늘과 귀신이 기뻐하지 않고 있습니다. 이것이 천하를 잃기에
충분한 첫째 방법입니다.

　　또 후하게 장례를 치르고 오랫동안 상복을 입으며, 관과 덧관을
겹으로 하고, 많은 수의(壽衣)를 입히며, 장례를 치르는 것을 집을
이사하듯 하고, 3년 동안 울며 곡을 하여 남이 부축해 주어야만 일
어서고 지팡이를 짚어야만 걸어 다닐 수 있으며, 귀에는 들리는
것이 없고 눈에는 보이는 것이 없게 됩니다. 이것이 천하를 잃기
에 충분한 둘째 방법입니다.

　　또 현악기로 반주하고 북을 치며 노래와 음악을 즐기기를 좋아

합니다. 이것이 천하를 잃기에 충분한 셋째 방법입니다.

또 운명이 있다 하며 가난하고 부한 것과, 오래 살고 일찍 죽는 것과, 나라가 잘 다스려지고 어지러워지는 것과, 세상이 편안하고 위태로운 것은 모두 운명이 있어서 덜하게 하거나 더하게 할 수가 없는 것이라 믿고 있소. 그런 생각으로 위에 있는 사람들이 행동하면 반드시 정치를 잘하지 못하게 될 것이며, 아랫사람들이 그런 생각으로 행동하면 반드시 해야 할 일을 하지 못하게 될 것입니다. 이것이 천하를 잃기에 충분한 넷째 방법입니다."

정자가 말하였다.

"심하십니다! 선생님의 유가에 대한 비난이!"

묵자가 말하였다.

"유가에게 진실로 이와 같은 네 가지 세상살이 방법이 없는데도 내가 이렇게 말했다면 곧 그것은 비난이 될 것입니다. 그러나 지금 유가에서 진실로 이 네 가지 세상살이에 관계되는 방법을 갖고 있는데 내가 그것을 말한 것이라면 곧 그것은 비난이라 할 수 없습니다. 얘기하여 알려주는 것이지요."

정자는 말없이 물러나 나갔다. 그러자 묵자가 말하였다.

"당신은 미혹되어 있소! 돌아오시오!"

그는 되돌아와 앉아 나아오면서 말하였다.

"조금 전의 선생님 말씀에는 그릇된 점이 있었습니다. 만약 선생님의 말씀대로라면, 곧 우(禹)임금도 칭송하지 않고 걸왕과 주왕도 비난하지 않는 셈입니다."

묵자가 말하였다.

"그렇지 않습니다. 익히 다 아는 말에 대답할 적에는 이론에 어울리게 대응하는 것이 명민(明敏)한 일입니다. 두터이 공격해 오면 나를 두터이 방어하고, 엷게 공격해 오면 나를 엷게 방위합니다.

익히 다 아는 말에 대답하여 이론에 어울리게 말한 것이 마치 수
레채를 들고서 개미를 치는 거나 같은 일이 되는군요."

子墨子謂程子¹曰：儒之道, 足以喪天下者, 四政²焉.
자묵자위정자 왈 유지도 족이상천하자 사정 언

儒以天爲不明, 以鬼爲不神, 天鬼不說. 此足以喪天下.
유이천위불명 이귀위불신 천귀불열 차족이상천하

又厚葬久喪, 重爲棺槨³, 多爲衣衾⁴, 送死若徒, 三年哭
우후장구상 중위관곽 다위의금 송사약사 삼년곡

泣, 扶後起, 杖後行, 耳無聞, 目無見. 此足以喪天下.
읍 부후기 장후행 이무문 목무견 차족이상천하

又弦歌鼓舞, 習爲聲樂. 此足以喪天下.
우현가고무 습위성악 차족이상천하

又以命爲有, 貧富壽夭, 治亂安危, 有極⁵矣, 不可損益
우이명위유 빈부수요 치란안위 유극 의 불가손익

也. 爲上者行之, 必不聽治矣, 爲下者行之, 必不從事矣.
야 위상자행지 필불청치의 위하자행지 필부종사의

此足以喪天下.
차족이상천하

程子曰：甚矣先生之毁⁶儒也!
정자왈 심의선생지훼 유야

子墨子曰：儒固無此若四政者, 而我言之, 則是毁也.
자묵자왈 유고무차약사정자 이아언지 즉시훼야

今儒固有此四政者, 而我言之, 則非毁也. 告聞⁷也.
금유고유차사정자 이아언지 즉비훼야 고문야

程子無辭而出. 子墨子曰：迷之, 反.
정자무사이출 자묵자왈 미지 반

後坐⁸, 進復曰⁹：鄕者¹⁰先生之言, 有可聞者¹¹焉. 若先
후좌 진복왈 향자 선생지언 유가문자 언 약선

生之言, 則是不譽禹, 不毁桀紂也.
생지언 즉시불예우 불훼걸주야

子墨子曰：不然. 夫應孰辭¹², 稱議¹³而爲之, 敏也. 厚
자묵자왈 불연 부응숙사 칭의 이위지 민야 후

攻則厚吾, 薄攻則薄吾. 應孰辭而稱議, 是猶荷轅¹⁴而擊
공즉후오 박공즉박오 응숙사이칭의 시유하원 이격

蛾¹⁵也.
아 야

1 程子(정자) - 정번(程繁). 묵자의 제자(蘇時學 說). 「삼변」편에 보임. 2 四政(사정) - 네 가지 정책. 네 가지 세상살이 방법. 3 棺槨(관곽) - 관과 덧관. 4 衣衾(의금) - 시체에 입히는 수의(壽衣). 5 有極(유극) - 정해진 법도가 있다. 법도로 정해져 있는 것. 6 毀(훼) - 비난하다. 무너뜨리다. 7 告聞(고문) - 고하여 들려주다. 말하여 알려주다. 8 後坐(후좌) - '후'는 복(復)의 잘못(『墨子閒詁』). 되돌아와 앉는 것. 9 復曰(복왈) - 아뢰다, 말하다. 10 鄕者(향자) - 조금 전. 11 可聞者(가문자) - '문'은 간(間)의 잘못(畢沅 說). 비난할 만한 점, 그릇된 점. 12 孰辭(숙사) - 익히 다 잘 아는 말. 13 稱議(칭의) - 논의에 어울리게 하다, 이론에 맞게 하다. 14 轅(원) - 수레채. 말에 얹어 수레를 말이 끌수 있도록 나와 있는 수레 앞의 긴 나무 채. 15 蛾(아) - 의(蟻)와 통하여(畢沅說), 개미.

「비유」편의 보충이나 같은 내용이다. 묵자가 유가사상을 맹렬히 비판하고 있다. 그의 제자라는 정자가 오히려 선생님의 비판이 너무 심한 것이 아닌가 의문을 품을 정도이다. 그리고 여기에는 앞에 나온 묵자의 「천지(天志)」·「명귀(明鬼)」·「절용(節用)」·「절장(節葬)」·「비악 (非樂)」·「비명(非命)」편의 사상들을 바탕에 깔고 있다.

15 묵자가 정자(程子)와 토론을 하다가 공자의 말을 인용하였다. 정자가 말하였다.

"유가를 비난하면서 무엇 때문에 공자의 말을 인용하십니까?"
묵자가 말하였다.

"그것은 그가 합당하여 이치를 바꿀 수 없는 일이기 때문입니다. 지금 새들은 땅이 가뭄으로 뜨거운 것을 알고 걱정하게 되면 높이 날아오르고, 물고기들은 땅이 가뭄으로 뜨거운 것을 알고 걱정하게 되면 물 아래로 잠깁니다. 이것에 대하여는 비록 우(禹)임금과 탕(湯)임금이 꾀한다 하더라도 반드시 이치를 바꿀 수는 없을 것입니다. 새나 물고기는 어리석다고 할 수 있는데도 우임금과 탕임금도 그대로 따르고 있습니다. 지금 저도 공자의 말을 그래서 인용한 것 아닙니까?"

子墨子與程子¹辯, 稱²於孔子. 程子曰 : 非儒, 何故稱於
자묵자여정자변   칭 어공자   정자왈   비유   하고칭어

孔子也?
공자야

子墨子曰 : 是其當而不可易者也. 今鳥聞熱旱之憂則高,
자묵자왈   시기당이불가역자야   금조문열한지우즉고

魚聞熱旱之憂則下. 當此雖禹湯爲之謀, 必不能易矣. 鳥
어문열한지우즉하   당차수우탕위지모   필불능역의   조

魚可謂愚矣, 禹湯猶云因焉³. 今翟曾無稱乎孔子乎?
어가위우의   우탕유운인언   금적증무칭호공자호

1 程子(정자) – 정번(程繁)이란 사람인 듯하고, 유가인 듯하지만 확실치 않다. **2** 稱(칭) – 칭술(稱述), 곧 그의 행동이나 말을 긍정하여 인용하는 것. **3** 因焉 (인언) – 그대로 따르다.

공자를 은근히 꼬집는 묵자의 논리가 날카롭기 짝이 없다.

16 묵자의 밑으로 공부하려고 온 사람이 있었는데, 신체는 튼튼하고 생각은 잘 통하였다. 그를 따라서 공부하게 하고자 하여 묵자가 말하였다.

"좀 배워보지. 내 벼슬하도록 해줄 터이니."

좋은 말로 권하는 데 따라 배우기 시작하여 1년이 지나자 묵자에게 벼슬을 하게 해줄 것을 요구하였다. 묵자가 말하였다.

"네게는 벼슬을 하게 해주지 않겠어. 너도 노나라 얘기를 들었겠지? 노나라에 다섯 형제가 있었는데, 그들의 아버지가 죽자, 그 맏아들은 술을 좋아하는 나머지 장례도 치르지 않았네. 그들 네 아우가 말하기를, 형이 우리와 함께 장례를 치러준다면 형을 위하여 술을 사줄 것이라 했네. 좋은 말로 권하는 데 따라 장사를 지내게 되었지. 장사를 지내고 나서는 그 네 명의 동생들에게 술을 요구했다네. 그러자 네 명의 동생들은 말하였네. '우리는 형에게 술을 드릴 수가 없어요. 형은 형의 아버지를 장사지냈고 우리는 우리 아버지를 장사지냈는데, 어찌 우리 아버지만 장사지냈단 말입니까? 형이 장례를 치르지 않으면 사람들이 형을 비웃을 것이라 형에게 장사지내기를 권하였던 것이지요.'

지금 자네는 의로운 일을 행하게 되었고, 나도 역시 의로운 일을 행하였는데, 어찌 나만의 의로운 일을 행하였단 말이냐? 자네가 공부하지 않으면, 곧 사람들이 자네를 비웃을 것이라 자네에게 배우라고 권하였던 것일세."

有游於子墨子之門者, 身體强良, 思慮徇通[1]. 欲使隨而
유 유 어 자 묵 자 지 문 자   신 체 강 량   사 려 순 통   욕 사 수 이

學, 子墨子曰 : 姑[2]學乎. 吾將仕子.
학   자 묵 자 왈   고 학 호   오 장 사 자

勸於善言而學, 其年[3], 而責仕於子墨子. 子墨子曰 : 不
권 어 선 언 이 학   기 년   이 책 사 어 자 묵 자   자 묵 자 왈   불

仕子. 子亦聞夫魯語[4]乎? 魯有昆弟五人者, 亓[5]父死, 亓長
사 자   자 역 문 부 로 어 호   노 유 곤 제 오 인 자   기 부 사   기 장

子嗜酒而不葬. 亓四弟曰 : 子與我葬, 當爲子沽酒[6]. 勸於
자 기 주 이 부 장   기 사 제 왈   자 여 아 장   당 위 자 고 주   권 어

善言而葬. 已葬, 而責酒於其四弟. 四弟曰 : 吾末子子酒
선 언 이 장   이 장   이 책 주 어 기 사 제   사 제 왈   오 말 여 자 주

矣. 子葬子父, 我葬吾父, 豈獨吾父哉? 子不葬, 則人將笑
의 　자장자부　 아장오부　 기독오부재　 자부장　 즉인장소

子, 故勸子葬也.
자 　고권자장야

今子爲義, 我亦爲義, 豈獨我義也哉? 子不學, 則人將笑
금자위의　 아역위의　 기독아의야재　 자부학　 즉인장소

子, 故勸子於學.
자 　고권자어학

1 徇通(순통)—두루 통하다. 빠르게 통하다.　**2** 姑(고)—고차(姑且). 잠시.　**3**
其年(기년)—만 1년. '기'는 기(期)와 같은 뜻.　**4** 魯語(노어)—노나라의 얘기.
5 亓(기)—기(其).　**6** 沽酒(고주)—술을 사다, 술을 사 주다.

　　묵가에서는 공부를 어느 정도 한 제자들을 여러 고장으로 보
내어 벼슬살이를 하도록 했음을 알 수 있다. 그리고 그들은 받는
봉급의 일부를 묵자에게로 보내어 학파를 유지하는 비용으로 충당
케 하였다.
　　한편 묵자의 교육은 '의로움'을 배우고 실천하는 것이 그 중
심 목표였음을 알게도 한다.

17 묵자의 밑으로 배우러 온 사람이 있었다. 묵자가 말하
였다.
"어찌하여 배우지 않는가?"
그가 대답하였다.
"저의 집안사람 중에 배우는 사람이 없습니다."
묵자가 말하였다.

"그렇지 않다. 아름다움을 좋아하는 사람이, 어찌 우리 집안사람 중에 좋아하는 이가 없으므로 좋아하지 않겠다고 말하겠는가? 부유하게 되고 출세하고 싶은 사람이, 어찌 우리 집안사람들 중에 그것을 바라는 사람이 없으므로 되고자 하지 않는다고 말하겠는가? 아름다움을 좋아하고 부유하게 되고 출세하고 싶은 사람은 남을 거들떠보지 않고 오히려 힘써 그것을 쟁취한다. 의로움이란 천하의 큰 그릇인데, 어째서 반드시 남의 눈치를 보아야 하는가? 애써 그것을 행하여야 한다."

有游於子墨子之門者. 子墨子曰 : 盍[1]學乎?
유 유 어 자 묵 자 지 문 자   자 묵 자 왈   합 학 호

對曰 : 吾族人無學者.
대 왈   오 족 인 무 학 자

子墨子曰 : 不然. 夫好美者, 豈曰吾族人莫之好, 故不
자 묵 자 왈   불 연   부 호 미 자   기 왈 오 족 인 막 지 호   고 불

欲哉? 夫欲富貴者, 豈曰吾族人莫之欲, 故不欲哉? 好美
욕 재   부 욕 부 귀 자   기 왈 오 족 인 막 지 욕   고 불 욕 재   호 미

欲富貴者不視人[2], 猶强爲之. 夫義天下之大器也, 何以必
욕 부 귀 자 불 시 인   유 강 위 지   부 의 천 하 지 대 기 야   하 이 필

視人? 强爲之.
시 인   강 위 지

1 盍(합) - 하불(何不)이 합친 거나 같은 뜻의 글자.   2 視人(시인) - 남을 보다, 남의 눈치를 보다.

공부는 남의 눈치를 볼 것 없이 애써 하여야만 한다는 뜻이다.

18 묵자의 밑으로 공부를 하러 온 사람이 있었는데, 그가 묵자에게 말하였다.

"선생님께서는 귀신은 밝게 모든 것을 알아서 사람들에게 화와 복을 주는데, 착한 일을 한 사람은 부유하게 해주고 난폭한 자에게는 화를 내린다 하셨습니다. 지금 저는 선생님을 섬긴 지 오래되었는데도 복이 주어진 게 없으니, 아마도 선생님의 말씀이 옳지 못하거나 귀신이 분명하지 않은 것이 아니겠습니까? 저는 무슨 까닭으로 복을 받지 못하고 있는 것입니까?"

묵자가 말하였다.

"비록 자네가 복을 받지 못하였다 하더라도, 내 말이 어찌 옳지 않고, 귀신이 어찌 분명하지 않겠느냐? 자네도 들었겠지? 도망친 죄수를 숨겨준 자도 형벌을 받는다고 했지?"

그가 대답하였다.

"아직 듣지 못했습니다."

묵자가 말하였다.

"지금 여기에 한 사람이 있는데 자네보다 열 배 현명하다고 한다면, 자네는 그를 열 번 칭찬하면서 자네 자신은 한 번만 칭찬할 수가 있겠는가?"

그가 대답하였다.

"할 수 없습니다."

"그럼 여기 한 사람이 있는데 자네보다 백 배 현명하다고 한다면, 자네는 평생 동안 그의 훌륭함만을 칭찬하고, 자기에 대하여는 하나도 칭찬하지 않을 수 있겠는가?"

그가 대답하였다.

"할 수 없습니다."

묵자가 말하였다.

"한 명의 죄수를 숨겨도 죄가 있게 되는데, 지금 자네가 숨기고 있는 자들은 그처럼 무척 많네. 큰 죄를 받게 될 것이어늘, 어찌 복을 바라는가?"

有游於子墨子之門者, 謂子墨子曰 : 先生以鬼神爲明知,
유유어자묵자지문자 위자묵자왈   선생이귀신위명지

能爲禍人哉福[1], 爲善者富之, 爲暴者禍之. 今吾事先生久
능위화인재복   위선자부지   위포자화지   금오사선생구

矣, 而福不至, 意者[2]先生之言, 有不善乎, 鬼神不明乎?
의 이복부지   의자 선생지언   유불선호   귀신불명호

我何故不得福也?
아 하 고 부 득 복 야

子墨子曰 : 雖子不得福, 吾言何遽不善, 而鬼神何遽[3]不
자묵자왈   수자부득복   오언하거불선   이귀신하거 불

明? 子亦聞乎, 匿徒[4]之刑之有刑乎[5]?
명 자역문호   익도 지형지유형호

對曰 : 未之得聞也.
대왈   미지득문야

子墨子曰 : 今有人於此, 什子[6], 子能什譽之, 而一自譽
자묵자왈   금유인어차   십자   자능십예지   이일자예

乎?
호

對曰 : 不能.
대왈   불능

有人於此, 百子, 子能終身譽亓善, 而子無一乎?
유인어차   백자   자능종신예기선   이자무일호

對曰 : 不能.
대왈   불능

子墨子曰 : 匿一人者猶有罪, 今子所匿者, 若此亓多.
자묵자왈   익일인자유유죄   금자소익자   약차기다

將有厚罪者也, 何福之求?
장유후죄자야   하복지구

1 能爲禍人哉福(능위화인재복)－能爲人禍福哉(능위인화복재)가 잘못된 것(『墨子閒詁』). 사람들에게 화와 복을 내려준다는 뜻. 2 意者(의자)－생각해 보건대, 아마도. 3 何遽(하거)－어찌하여. '거'도 하(何)의 뜻이 있음. 4 匿徒(익도)－

도망친 죄수를 숨겨주는 것. **5 匿徒之刑之有刑乎(익도지형지유형호)** − 익형도
지유형호(匿刑徒之有刑乎)의 잘못(『墨子閒詁』). 형벌을 받던 죄수가 도망친 것
을 숨겨주는 것은 형벌을 받게 된다는 뜻. **6 什子(십자)** − 그대보다 열 배 현
명한 것. 따라서 '백자(百子)'는 '그대보다 백 배 현명한 것'(『墨子閒詁』).

훌륭한 사람을 칭찬하지 않는 일을 도망친 죄수를 숨겨주는
것에 비긴 것은 아무래도 좀 지나친 비유인 듯하다. 그러나 다음
대목과 함께 읽을 때 재미가 있다.

19 묵자가 병이 났는데, 질비(跌鼻)가 와서 물었다.

"선생님께서는 귀신은 밝아서 사람에게 화와 복을 내릴
수 있으며, 착한 자에게는 상을 주고 착하지 않은 자에게는 벌을
내린다 하셨습니다. 지금 선생님은 성인이신데, 어찌하여 병이 나
셨습니까? 생각건대, 선생님의 말씀이 착하지 않았다는 것입니
까? 귀신이 밝게 알지 못한 것입니까?"

묵자가 말하였다.

"비록 내게 병이 났다 하더라도 귀신이 어찌 갑자기 밝지 않아
졌겠느냐? 사람이 병을 얻게 되는 이유는 여러 가지가 있으니 추
위나 더위 때문에 얻는 경우도 있고, 수고나 괴로움 때문에 얻는
경우도 있어 백 개의 문 가운데 한 문을 닫았다 하더라도 도적이
어찌 갑자기 들어갈 데가 없겠는가?"

子墨子有疾, 跌鼻¹進而問曰∶先生以鬼神爲明, 能爲禍
자 묵 자 유 질　　질 비 진 이 문 왈　　선 생 이 귀 신 위 명　　능 위 화

福, 爲善者賞之, 爲不善者罰之. 今先生聖人也, 何故有
복　위선자상지　위불선자벌지　금선생성인야　　하고유

疾? 意者, 先生之言有不善乎? 鬼神不明知乎?
질　의자　선생지언유불선호　귀신불명지호

　　子墨子曰：雖使我有病, 鬼神何遽不明? 人之所得於病
　　자묵자왈　수사아유병　귀신하거불명　인지소득어병

者多方², 有得之寒署, 有得之勞苦, 百門而閉一門焉, 則
자다방　유득지한서　유득지로고　백문이폐일문언　즉

盜何遽無從入?
도하거무종입

---

1 跌鼻(질비)－묵자의 제자 가운데의 한 사람.　**2** 多方(다방)－여러 가지, 여
러 가지 방식.

묵자의 사상은 어디까지나 실질적이다. 묵자는 귀신의 존재를
믿지만 끝내 과학적인 사고방식을 서슴없이 밀고 나간다.

20 두세 명의 제자들이 묵자에게 활쏘기를 배우고 싶다고
말하였다. 묵자가 말하였다.

"안되네! 지혜있는 사람은 반드시 그의 능력이 이를 수 있는 정
도를 헤아리어 일을 하는 것일세. 한 나라의 용사라 하더라도 싸
우면서 남을 도와준다는 것은 할 수가 없는 일일세. 지금 자네들
은 한 나라의 뛰어난 용사도 아닌데 어찌 학문을 이룩하고 또 활
쏘기도 익힐 수가 있겠느냐?"

二三子, 有復¹於子墨子學射者. 子墨子曰：不可! 夫知
이삼자　유복　어자묵자학사자　자묵자왈　불가　부지

者, 必量亓力所能至, 而從事焉. 國士²戰且扶人³, 猶不可
자　필량기력소능지　이종사언　국사전차부인　유불가

及也. 今子非國士也, 豈能成學, 又成射哉?
급야　금자비국사야　기능성학　우성사재

1 復(복)－말하다. 요구하다.　2 國士(국사)－한 나라의 뛰어난 용사. 나라에
서 매우 뛰어난 사람.　3 扶人(부인)－다른 사람을 부축해 주다. 남을 돕다.

묵자의 본심은 제자들에게 공부에만 전념하라는 뜻으로 이런
말을 했을 것이다. 활쏘기보다는 공부가 더 중요하기 때문이다.

21 두세 명의 제자들이 묵자에게 아뢰었다.
"고자(告子)가 말하기를, 묵자는 의로움을 말하지만 행동
은 심히 악하니 청컨대 그를 버리라고 합니다."

묵자가 말하였다.

"안된다. 내 말에 찬성하면서 나의 행동을 비난하는 것은 않는
것보다는 낫다. 어떤 사람이 여기에 있는데 나는 매우 어질지 않
다고 하더라도 하늘을 높이고 귀신을 섬기며 사람들을 사랑한다
면 매우 어질지 않다 하더라도 없는 것보다는 나은 것이다. 지금
고자는 말을 매우 잘하는데, 어짊과 의로움을 말하면서 나를 비난
한다면 고자가 비난하더라도 그가 없는 것보다는 나은 것이다."

二三子復於子墨子曰：告子¹曰, 墨子言義而行甚惡, 請
이 삼 자 부 어 자 묵 자 왈　　고 자 왈　묵 자 언 의 이 행 심 악　청

棄之.
기 지

子墨子曰：不可. 稱我言, 以毁我行, 愈於亡². 有人於
자묵자왈　불가　칭아언　이훼아행　유어무　유인어

此, 翟甚不仁, 尊天事鬼愛人, 甚不仁, 猶愈於亡也. 今告
차　적심불인　존천사귀애인　심불인　유유어무야　금고

子言談甚辯, 言仁義而吾毁, 告子毁猶愈亡也.
자언담심변　언인의이오훼　고자훼유유무야

1 告子(고자) ─ 『맹자(孟子)』의 「고자(告子)」편에 등장하는 인물로서 유가의 학설과 함께 묵가의 학설을 닦았다 한다. 『맹자』에서 그는 맹자와 사람의 본성(本性)을 두고 격렬한 논쟁을 벌이고 있다. 고자는 사람의 본성은 선하지도 악하지도 않은 것이라 주장하며 '성선설(性善說)'을 주장하는 맹자의 입장을 궁지로 몰아넣고 있다. 어떻든 유가나 묵가 양편으로부터 이론적인 공격 대상이 되고 있는 것을 보면 이 시대의 특수한 존재였던 것 같다. **2** 亡(무) ─ 무(無)와 통함.

⁂

　묵자의 대범한 태도가 엿보인다. 그는 자기의 전부를 이해하지는 못하더라도 자기의 일부만이라도 세상 사람들이 올바로 이해해 주면 다행이라 여겼던 것이다.

22 두세 명의 제자들이 묵자에게 말하였다.
　"고자(告子)는 어짊을 행한다고 할 수 있겠지요?"
　묵자가 말하였다.
　"반드시 그렇다고 할 수 없다. 고자가 어짊을 행하는 것은 마치 발뒤꿈치를 들고서 키가 크다고 하거나 가슴을 뒤로 제치고 넓다고 하는 거나 같아서 오래 갈 수가 없는 것이다."

二三子復於子墨子曰 : 告子勝[1]爲仁?
이 삼 자 복 어 자 묵 자 왈　　고 자 승　위 인

子墨子曰 : 未必然也. 告子爲仁, 譬猶跂[2]以爲長, 隱[3]以
자 묵 자 왈　　미 필 연 야　　고 자 위 인　비 유 기 이 위 장　은 이

爲廣, 不可久也.
위 광　불 가 구 야

1 勝(승) – 감당하다, 할만하다. **2** 跂(기) – 발뒤꿈치를 드는 것. **3** 隱(은) – 언
(偃)과 통하여(畢沅 說), 몸을 뒤로 제치어 가슴을 넓게 펴는 것.

묵자는 어짊이란 억지로 행해지는 것이 아니라 진심에서 우러
나 자연스럽게 행하여 이루어지는 것이라 생각했던 듯하다.

23 고자가 묵자에게 말하였다.
"저는 나라를 다스리어 정치를 할 수 있습니다."
묵자가 말하였다.

"정치란 것은 입으로 말한 것을 몸으로 반드시 실행하는 것입니
다. 지금 당신은 입으로는 말하면서 몸으로는 실행을 않고 있으니,
이것은 당신의 몸이 어지러운 것입니다. 당신은 당신의 몸도 다스
리지 못하고 있는데, 어찌 나라를 다스리어 정치를 할 수가 있겠습
니까? 당신은 먼저 당신의 몸을 어지럽히지 말도록 하십시오."

告子謂子墨子曰 : 我能治國爲政.
고 자 위 자 묵 자 왈　　아 능 치 국 위 정

子墨子曰 : 政者, 口言之, 身必行之. 今子口言之, 而身
자 묵 자 왈　정 자　구 언 지　신 필 행 지　금 자 구 언 지　이 신

不行，是子之身亂也. 子不能治子之身，惡能治國政? 子
불 행　시 자 지 신 란 야　자 불 능 치 자 지 신　오 능 치 국 정　자

姑亡子之身亂之矣.
고 무 자 지 신 란 지 의

　묵자의 실천주의를 천명한 대목이다. 자기 자신도 올바로 건
사하지 못한다면 그는 나라를 다스릴 수가 없는 인물이라는 것이
다. 먼저 자기 자신부터 올바로 다스리고 세상을 다스릴 것을 생각
해야 한다는 것이다.
　이 「공맹」편에는 적지 않은 유가를 비판한 대목이 보이는데,
오히려 「비유」편보다도 설득력을 지녔다고 여겨지는 곳도 적지 않
다. 아무래도 뒤에 다시 쓴 것이라 논리상 조리가 더 바르게 서 있
기 때문인 것도 같다.

49.
노문편 魯問篇

이 편도 묵자와 여러 사람들의 문답으로 이루어져 있다. 「노문」이란 편명도 첫머리가 노(魯)나라 임금의 묵자에 대한 질문으로 시작되고 있어서, '노나라 임금의 질문'이란 뜻으로 붙여진 것이다. 따라서 내용도 전쟁의 부정으로부터 시작하여 묵자 사상을 드러내는 여러 가지 사항에 대한 이론으로 이루어져 있다.

1 노나라 임금이 묵자에게 말하였다.

"나는 제(齊)나라가 우리를 공격해 올까 두려워하고 있습니다. 구제받을 수가 있을까요?"

묵자가 말하였다.

"가능합니다. 옛날 삼대(三代)의 성왕이신 우(禹)임금·탕(湯)임금·문왕·무왕은 사방 백 리 나라의 제후였으나 충신을 좋아하고 의로움을 행하여 천하를 차지하였습니다. 삼대의 폭군인 걸왕

(桀王)・주왕(紂王)・유왕(幽王)・여왕(厲王)은 충신들을 원수로 삼고 포악한 짓을 하여 천하를 잃었습니다. 저는 바라건대, 임금님께서 위로는 하늘을 존중하며 귀신을 섬기고, 아래로는 백성들을 사랑하고 이롭게 해주며, 후하게 예물을 갖추고 하는 말과 명령을 신중히 하며 사방의 제후들에게 속히 두루 예를 차리고 온 나라들을 몰아 제나라를 섬기도록 한다면 환난으로부터 구제받을 수 있을 것입니다. 이것 말고는 진실로 아무런 방법도 없습니다."

魯君謂子墨子曰：吾恐齊之攻我也. 可救乎?
노 군 위 자 묵 자 왈　오 공 제 지 공 아 야　가 구 호

子墨子曰：可. 昔者三代之聖王, 禹湯文武, 百里[1]之諸
자 묵 자 왈　가　석 자 삼 대 지 성 왕　우 탕 문 무　백 리 지 제

侯也, 說忠[2]行義, 取天下. 三代之暴王, 桀紂幽厲, 讎怨[3]
후 야　열 충 행 의　취 천 하　삼 대 지 폭 왕　걸 주 유 려　수 원

行暴, 失天下. 吾願主君之, 上者尊天事鬼, 下者愛利百
행 포　실 천 하　오 원 주 군 지　상 자 존 천 사 귀　하 자 애 리 백

姓, 厚爲皮幣[4], 卑[5]辭令, 亟遍[6]禮四鄰諸侯, 毆國[7]而以事
성　후 위 피 폐　비 사 령　극 편 례 사 린 제 후　구 국 이 이 사

齊, 患可救也. 非此, 顧[8]無可爲者.
제　환 가 구 야　비 차　고　무 가 위 자

1 百里(백리)─사방 백 리의 나라. **2** 說忠(열충)─충신을 좋아하는 것. **3** 讎怨(수원)─'원'은 충(忠)의 잘못(兪樾 說). 충신을 원수로 삼다. **4** 皮幣(피폐)─짐승 가죽과 폐물(幣物). 예물(禮物). **5** 卑(비)─낮게 하다. 신중히 하다. **6** 亟遍(극편)─속히 두루 …하라. **7** 毆國(구국)─나라들을 몰아. **8** 顧(고)─고(固). 진실로.

🐛

나라를 올바로 다스리는 방법을 강조하고 있다. 묵자의 정치관은 매우 소박하다.

2 제나라가 노나라를 정벌하려 하였는데, 묵자가 제나라 장군 항자우에게 말하였다.

"노나라를 정벌한다면, 그것은 제나라의 큰 잘못입니다. 옛날에 오(吳)나라 임금은 동쪽으로 월(越)나라를 정벌하여 월나라 임금을 회계(會稽)에 가두어 놓고, 서쪽으로 초(楚)나라를 정벌하여 소왕(昭王)을 수(隨)에 잡아두고, 북쪽으로 제나라를 정벌하여 장군 국서(國書)를 잡아 오나라로 데리고 왔습니다. 그러자 제후들은 그 원수를 갚으려 하였는데 백성들은 그들의 수고로움을 괴로워하여 부릴 수가 없었습니다. 그 때문에 나라는 폐허가 되어버리고 그 자신은 처형을 당했습니다.

옛날 진(晉)나라의 지백(智伯)은 범씨와 중항씨를 정벌하여 삼진(三晉)의 땅을 합병하였습니다. 그러자 제후들이 그 원수를 갚으려 하였는데 백성들은 그들의 수고로움을 괴로워하여 부릴 수가 없었습니다. 그 때문에 나라는 폐허가 되고 그 자신은 처형되었는데, 이런 때문이었습니다. 그러므로 큰 나라가 작은 나라를 공격하는 것은 바로 서로를 해치게 되며, 그 잘못의 결과는 반드시 자기 나라로 되돌아오게 됩니다."

齊將伐魯, 子墨子謂項子牛[1]曰 : 伐魯, 齊之大過也. 昔者, 吳王東伐越[2], 棲[3]諸會稽, 西伐楚[4], 葆[5]昭王於隨[6]. 北伐齊, 取國子[7]以歸于吳. 諸侯報其讎, 百姓苦其勞, 而弗爲用[8]. 是以國爲虛戾[9], 身爲刑戮[10]也.

昔者智伯[11], 伐范氏與中行氏, 兼三晉[12]之地. 諸侯報其讎, 百姓苦其勞, 而弗爲用. 是以國爲虛戾, 身爲刑戮, 用是¹³也. 故大國之攻小國也, 是交相賊也, 過必反於國.
시　야　고대국지공소국야　시교상적야　과필반어국

1 項子牛(항자우)－제(齊)나라의 장수, 전화(田和)의 장수임(『墨子閒詁』).　**2** 伐
越(벌월)－「비공」중편에도 자세한 내용이 보인다.　**3** 棲(서)－잡아놓다, 유폐
(幽閉)시키다.　**4** 伐楚(벌초)－『좌전(左傳)』정공(定公) 4년의 기록에도 보임.
5 葆(보)－보(保). 잡아 가두다.　**6** 隨(수)－땅 이름.　**7** 國子(국자)－제나라의
장군 국서(國書). 이 전쟁의 기록은 『좌전』애공(哀公) 11년 기록에 보임.　**8**
弗爲用(불위용)－쓰여지게 되지 않았다, 곧 백성들이 말을 듣지 않은 것.　**9**
虛戾(허려)－폐허가 되는 것.　**10** 刑戮(형륙)－형벌을 받고 죽는 것, 곧 사형
을 당하는 것.　**11** 智伯(지백)－범씨·중항씨와 함께 진(晉)나라의 육경(六卿)
중의 한 사람.　**12** 三晉(삼진)－진(晉)나라의 지백과 범씨·중항씨 세 집안의
땅. 한(韓)·위(魏)·조(趙)가 아님.　**13** 用是(용시)－'용'은 이(以)와 통하여,
'이 때문'. '그런 까닭'.

　「비공」의 이론을 다시 보충한 내용이다. 묵자에 의하면, 아무
리 위대한 승리를 거둔다 하더라도 다른 나라를 정벌한다는 것은
죄악이다.

3　묵자가 제(齊)나라 태왕(太王)을 뵙고서 말하였다.
　"지금 여기에 칼이 있는데 사람의 머리를 시험 삼아 잘라
보니 설정 잘라졌습니다. 예리하다고 말할 수 있겠습니까?"
　태왕이 대답하였다.
　"예리합니다."
　묵자가 말하였다.
　"더 많은 사람의 머리를 시험 삼아 잘라보니 설겅설겅 잘라졌

습니다. 예리하다고 말할 수 있겠습니까?"

태왕이 대답하였다.

"예리합니다."

묵자가 말하였다.

"칼이 예리합니다만, 누가 사람을 죽인 죗값을 받아야 하겠습니까?"

태왕이 말하였다.

"칼은 그 예리한 것이 증명되었을 뿐이니, 그것을 시험한 사람이 그 죗값을 받을 것입니다."

묵자가 말하였다.

"남의 나라를 빼앗고 군대를 전멸시키며 백성들을 해치고 죽인다면 누가 그 죗값을 받게 되겠습니까?"

태왕은 고개를 떨구었다 들었다 하면서 생각하다가 말하였다.

"내가 그 죗값을 받겠지요."

子墨子見齊大王[1]曰：今有刀於此, 試之人頭, 倅然斷
자묵자견제태왕 왈 금유도어차 시지인두 졸연단

之. 可謂利乎?
지 가위리호

大王曰：利.
태왕왈 리

子墨子曰：多試之人頭, 倅然[2]斷之, 可謂利乎? 大王
자묵자왈 다시지인두 졸연단지 가위리호 태왕

曰：利.
왈 리

子墨子曰：刀則利矣, 孰將受其不祥[3]?
자묵자왈 도즉리의 숙장수기불상

大王曰：刀受其利, 試者受其不祥.
태왕왈 도수기리 시자수기불상

子墨子曰：幷國覆軍, 賊殺[4]百姓, 孰將受其不祥?
자묵자왈 병국복군 적살백성 숙장수기불상

大王俯仰而思之曰：我受其不祥.
태 왕 부 앙 이 사 지 왈   아 수 기 불 상

1 大王(태왕) - 제(齊)나라 선공(宣公)의 재상이었던 태공(太公) 전화(田和)를 가리킨다 한다. 전씨(田氏)는 대대로 제나라 재상을 지낸 명문인데 민심을 얻고 있다가 전상(田常)에 이르러 간공(簡公)을 죽이고 나라의 정치를 마음대로 하였었다. 뒤에 전화는 직접 자신이 제후가 되어 제나라는 전씨네 것으로 바뀌었다. 태공(太公)이나 태왕(太王)은 나라를 처음으로 건설한 이에게 붙이는 칭호이다. **2** 倅然(졸연) - 삭둑 잘라지는 모양. **3** 不祥(불상) - 상서롭지 않은 것, 곧 사람을 죽인 데 대한 죗값. **4** 賊殺(적살) - 해치고 죽이는 것. 보통 살(殺)은 오(敖)로 되어 있으나 잘못임(畢沅 說).

✼

교묘히 상대방을 자기 논리 속으로 유도하여 비전론(非戰論)을 펴는 묵자의 솜씨가 볼 만하다.

4 노양(魯陽)의 문군(文君)이 정(鄭)나라를 공격하려 하였다. 묵자는 그 말을 듣고서 이를 말리려고 노양의 문군에게 말하였다.

"지금 만약 노양 땅 경계 안에서 큰 도시가 작은 도시를 공격하고 큰 집안이 작은 집안을 공격하여 거기에 사는 사람들을 죽이고, 그들의 소·말·개·돼지·무명·비단·쌀·조 및 재물들을 빼앗아 간다면, 곧 어떻겠습니까?"

노양의 문군이 말하였다.

"노양 땅 사방 경계 안 사람들은 모두가 나의 신하들이오. 지금 큰 도시가 작은 도시를 공격하고 큰 집안이 작은 집안을 공격하여 그들의 재물들을 빼앗는다면, 곧 나는 무거운 형벌을 내릴 것이오."

묵자가 말하였다.

"하늘이 온 세상을 아울러 지니고 있는 것도 역시 임금님께서 사방 경계 안을 갖고 있는 것이나 같은 일입니다. 지금 군사를 일으키어 정나라를 공격한다면 하늘의 처벌이 내리지 않겠습니까?"

노양의 문군이 말하였다.

"선생께선 어찌하여 내가 정나라를 공격하려는 것을 막는 거요? 내가 정나라를 공격하는 것은 하늘의 뜻을 따르는 것이오. 정나라 사람들은 2세(世)에 걸쳐 그들의 임금을 죽이었고, 하늘은 벌을 내리시어 3년 동안 농사가 온전히 되지 않게 하였지요. 나는 하늘이 벌하시는 것을 도우려는 것이오."

묵자가 말하였다.

"정나라 사람들이 2세에 걸쳐 자기 아비를 죽이어 하늘이 벌을 내리시어 3년 동안 농사가 온전히 되지 않았다면 하늘의 처벌로써 충분한 것입니다. 지금 또 군사를 일으키어 정나라를 치면서 '내가 정나라를 공격하는 것은 하늘의 뜻을 따르는 것이다.'고 말씀하시는 것은 마치 여기에 한 사람이 있는데 그의 아들이 제멋대로 놀아나 사람 노릇을 못하므로 그의 아버지가 매질을 하니까 그의 이웃집 영감이 몽둥이를 들고서 치면서 말하기를, '내가 얘를 치는 것은 그의 아버지의 뜻을 따르는 것이다.'고 말하는 거나 같은 일입니다. 어찌 도리에 어긋나지 않겠습니까?"

魯陽文君將攻鄭, 子墨子聞而止之, 謂魯陽文君曰：今
노양문군장공정　자묵자문이지지　위로양문군왈　금

使魯四境之內, 大都攻其小都, 大家伐其小家, 殺其人民,
사로사경지내　대도공기소도　대가벌기소가　살기인민

取其牛馬狗豕布帛米粟貨財, 則何若?
취 기 우 마 구 시 포 백 미 속 화 재   즉 하 약

魯陽文君曰：魯四境之內, 皆寡人之臣也. 今大都攻其
노 양 문 군 왈   노 사 경 지 내   개 과 인 지 신 야   금 대 도 공 기

小都, 大家伐其小家, 奪之貨財, 則寡人必將厚罰之.
소 도   대 가 벌 기 소 가   탈 지 화 재   즉 과 인 필 장 후 벌 지

子墨子曰：夫天之兼有天下也, 亦猶君之有四境之內也.
자 묵 자 왈   부 천 지 겸 유 천 하 야   역 유 군 지 유 사 경 지 내 야

今舉兵將以攻鄭, 天誅亓不至乎?
금 거 병 장 이 공 정   천 주 기 부 지 호

魯陽文君曰：先生何止我攻鄭也? 我攻鄭, 順於天之志.
노 양 문 군 왈   선 생 하 지 아 공 정 야   아 공 정   순 어 천 지 지

鄭人二世殺其君[1], 天加誅焉, 使三年不全[2]. 我將助天誅也.
정 인 이 세 살 기 군   천 가 주 언   사 삼 년 부 전   아 장 조 천 주 야

子墨子曰：鄭人二世殺其父, 而天加誅焉, 使三年不全,
자 묵 자 왈   정 인 이 세 살 기 부   이 천 가 주 언   사 삼 년 부 전

天誅足矣. 今又舉兵, 將以攻鄭, 曰吾攻鄭也, 順於天之志,
천 주 족 의   금 우 거 병   장 이 공 정   왈 오 공 정 야   순 어 천 지 지

譬有人於此, 其子強梁[3]不材, 故其父笞[4]之, 其隣家之父,
비 유 인 어 차   기 자 강 량 부 재   고 기 부 태 지   기 린 가 지 부

舉木而擊之曰, 吾擊之也, 順於其父之志. 則豈不悖哉?
거 목 이 격 지 왈   오 격 지 야   순 어 기 부 지 지   즉 기 불 패 재

1 二世殺其君(이세살기군)－『사기(史記)』 정세가(鄭世家)에 의하면, 애공(哀公) 8년에 애공을 죽이고 그의 아우 축(丑)을 임금으로 세웠고〔共公〕, 다시 공공의 아들 유공(幽公) 원년에 한무자(韓武子)가 정나라를 쳐 유공을 죽이고 있다. 이 두 가지 사건을 가리키는 듯하다. 2 不全(부전)－농사가 제대로 되지 않아 흉년이 든 것. 3 強梁(강량)－힘이 센 것. 성질을 부리는 것. 멋대로 노는 것. 4 笞(태)－매, 매질.

묵자의 비전론은 철저하다. 비록 의롭지 않음을 징계하기 위한 것이라 하더라도 전쟁을 일으켜서는 안 된다는 것이다. 이것은 묵자의 깊은 인간에 대한 사랑에서 그 바탕을 찾아야만 할 것이다.

5 묵자가 노양의 문군에게 말하였다.

"제후들은 그의 이웃나라를 공격하여 그 나라 백성들을 죽이고, 그곳의 소와 말 및 곡식과 재물을 빼앗고는 곧 그것을 대쪽이나 비단에 기록하고 쇠와 돌에 새기며 술잔이나 솥에 글로 새겨 놓고 후세 자손들에게 전하여 말하기를, '나처럼 많은 승리를 거둔 사람은 없다.'고 합니다. 그런데 지금 천한 사람이 역시 그의 이웃집을 공격하여 그 집안사람들을 죽이고 그 집 개와 돼지 및 식량과 옷가지들을 빼앗고는 역시 그것을 대쪽과 비단에 기록하고 안석(案席)이나 그릇에 글로 새겨놓고 후세 자손들에게 전하여 말하기를, '나처럼 많은 일을 이룬 사람은 없다.'고 한다 합시다. 그래도 되겠습니까?"

노양의 문군이 말하였다.

"그렇습니다. 내가 선생님의 말씀을 놓고 생각해보니, 곧 세상에서 괜찮다고 하는 것은 반드시 그렇지가 않은 것이군요."

子墨子謂魯陽文君曰：攻其鄰國, 殺其民人, 取其牛馬,
자묵자위로양문군왈 공기린국 살기민인 취기우마

粟米貨財, 則書之於竹帛[1], 鏤[2]之於金石, 以爲銘[3]於鍾鼎[4],
속미화재 즉서지어죽백 누지어금석 이위명어종정

傳遺後世子孫曰, 莫若我多. 今賤人也, 亦攻其鄰家, 殺
전유후세자손왈 막약아다 금천인야 역공기린가 살

其人民, 取其狗豕, 食糧衣裘, 亦書之竹帛, 以爲銘於席
기인민 취기구시 식량의구 역서지죽백 이위명어석

豆[5], 以遺後世子孫曰, 莫若我多. 亓可乎?
두 이유후세자손왈 막약아다 기가호

魯陽文君曰：然. 吾以子之言觀之, 則天下之所謂可者,
노양문군왈 연 오이자지언관지 즉천하지소위가자

未必然也.
미필연야

1 竹帛(죽백)－죽간(竹簡), 곧 대쪽과 비단. 옛날에 종이 대신 쓰였음. **2** 鏤

(누)―새기다. **3** 銘(명)―쇠나 돌에 새긴 글. 명문(銘文). **4** 鍾鼎(종정)―술잔과 솥. **5** 席豆(석두)―안석(案席)과 그릇. '두'는 식기(食器).

෴

역시 묵자의 비전론(非戰論)의 보충이다. 묵자는 남의 나라를 공격하는 일을 철저히 반대하며 그것을 방지하기에 힘썼다.

6 묵자가 노양의 문군에게 말하였다.

"세상의 군자들은 모두 작은 물건에 대하여는 알면서도, 큰 물건에 대하여는 알지를 못하고 있습니다. 지금 한 사람이 여기에 있는데, 한 마리의 개나 한 마리의 돼지를 훔치면 그를 의롭지 못하다고 말하지만, 한 나라나 한 도읍을 훔치면 곧 의롭다고 여깁니다. 비유를 들면 그것은 마치 흰 것을 조금 보고서는 그것을 희다고 말하면서 흰 것을 많이 보고는 그것을 검다고 말하는 것이나 같습니다. 그러므로 세상의 군자들은 작은 물건에 대하여는 알면서도 큰 물건에 대하여는 알지 못한다고 말한 것은 이런 것을 두고 말한 것입니다."

노양의 문군이 묵자에게 말하였다.

"초(楚)나라 남쪽에 사람을 잡아먹는 나라가 있습니다. 그 나라에서는 맏아들을 낳으면 곧 잡아서 그를 먹으면서 아우에게 좋다고들 말합니다. 맛이 좋으면 그것을 임금에게 바치는데, 임금이 기뻐하면 곧 그 아비에게 상을 준답니다. 어찌 나쁜 풍속이 아니겠습니까?"

묵자가 말하였다.

"비록 중국의 풍속이라 하더라도 역시 그와 같은 게 있습니다. 전쟁터에서 그의 아비를 죽이고는 그의 자식에게 상을 주는데, 그의 자식을 잡아먹고 그의 아비에게 상을 주는 것과 무엇이 다릅니까? 진실로 어짊과 의로움을 따르지 않는다면 오랑캐들이 그의 자식을 잡아먹는 것을 무엇으로 비난할 수가 있겠습니까.?"

子墨子爲魯陽文君曰：世俗之君子，皆知小物，而不知
자묵자위로양문군왈　세속지군자　개지소물　이부지

大物. 今有人於此，竊一犬一彘¹，則謂之不仁，竊一國一
대물　금유인어차　절일견일체　즉위지부인　절일국일

都，則以爲義. 譬猶小視白，謂之白，大視白，則謂之墨.
도　즉이위의　비유소시백　위지백　대시백　즉위지묵

是故世俗之君子，知小物而不知大物者，此若言之謂也.
시고세속지군자　지소물이부지대물자　차약언지위야

魯陽文君語子墨子曰：楚之南有啖²人之國者. 橋³其國
노양문군어자묵자왈　초지남유담　인지국자　교기국

之長子生，則解而食之，謂之宜弟⁴. 美則以遺其君，君喜
지장자생　즉해이식지　위지의제　미즉이유기군　군희

則賞其父. 豈不惡俗哉?
즉상기부　기불악속재

子墨子曰：雖中國之俗，亦猶是也. 殺其父而賞其子，
자묵자왈　수중국지속　역유시야　살기부이상기자

何以異食其子，而賞其父哉? 苟不用仁義，何以非夷人⁵食
하이이식기자　이상기부재　구불용인의　하이비이인식

其子也?
기자야

---

1 彘(체)－돼지. 2 啖(담)－잡아 먹다. 씹어 먹다. 3 橋(교)－손이양(孫詒讓)도 무슨 뜻인지 알 수 없다 했다. 온 나라에 '걸쳐서'의 뜻일까? 4 宜弟(의제)－그의 아우에게 여러 가지로 좋다는 뜻. 5 夷人(이인)－남쪽 오랑캐들.

앞에서 세상 사람들은 작은 것에 대하여는 알면서도 큰 것에 대하여는 알지 못한다고 하는 논리가 재미있다. 그리고는 이어서 전쟁의 비정함을 원시적인 사람을 잡아먹는 습성에다 비유하고 있다. 묵자의 철저한 전쟁을 반대하는 사상이 엿보인다.

7 노나라 임금이 총애하던 신하가 죽었는데, 노나라 사람 중에 그를 위해 만장(挽章)을 지은 사람이 있었다. 노나라 임금은 그것을 기뻐하여 그를 등용하였다.

묵자가 그 얘기를 듣고 말하였다.

"만장이라는 것은 죽은 사람의 뜻을 쓰는 것입니다. 지금 그것을 기뻐하여 그를 등용한다면 그것은 마치 너구리를 끌어다가 수레를 끌게 하려는 것이나 같습니다."

魯君之嬖人[1]死, 魯君[2]爲之誄. 魯君因說而用之. 子墨子
聞之曰 : 誄[3]者, 道[4]死人之志也. 今因說而用之, 是猶以來
首[5]從服[6]也.

1 嬖人(폐인) — 총애하는 신하. 2 魯君(노군) — 두 번째 것은 노인(魯人)의 잘못, 그리고 뒤의 노인(魯人)은 노군(魯君)의 잘못(蘇時學 說). 3 誄(뢰) — 만장(挽章). 죽은 이를 애도하는 글. 그것을 깃발에 써서 장례 때 들고 갔다. 4 道(도) — 말하다, 쓰다. 5 來首(래수) — '래'는 리(이)의 잘못(『墨子閒詁』). 너구리. 6 從服(종복) — 복마(服馬) 노릇을 하게 하는 것. '복마'는 수레를 끄는 말.

인재의 등용은 냉정하고 객관적인 기준을 적용해야지, 임금이 좋아한다고 해서 그를 불러들여 벼슬을 주어서는 안 됨을 강조한 대목이다.

8 노양의 문군이 묵자에게 말하였다.

"내게 충신이라고 말하는 사람이 있습니다. 그에게 몸을 굽히라면 곧 구부리고, 몸을 젖히라면 곧 젖히며, 가만히 두면 곧 조용하고, 부르면 곧 응하는데 충신이라고 말할 수 있겠습니까?"

묵자가 말하였다.

"그에게 몸을 굽히라면 곧 구부리고, 몸을 젖히라면 곧 젖힌다면 이것은 그림자와 같습니다. 가만히 두면 곧 조용하고, 부르면 곧 응한다면 이것은 울림과 같습니다. 임금님께서는 그림자와 울림으로부터 무엇을 얻겠습니까? 제가 충신이라고 부르는 사람으로 말할 것 같으면, 임금에게 잘못이 있으면 틈을 엿보아 그것을 간하고, 자기에게 훌륭한 것이 있으면 임금에게 그것으로 의논을 하되 감히 자기가 훌륭함을 알리지는 아니하며, 밖으로는 악한 짓을 막으면서 훌륭한 일을 하도록 이끌어들이고 임금과 뜻을 같이 하되 아랫사람과 패거리를 짓지 아니합니다. 그래서 아름다운 것과 훌륭한 것은 임금에게로 돌아가고 원한이나 원수는 신하가 책임지며, 안락함은 임금에게로 돌아가고 근심 걱정은 신하가 책임지게 됩니다. 이것이 제가 말하는 이른바 충신입니다."

魯陽文君謂子墨子曰 : 有語我以忠臣者. 令之俯則俯,
노양문군위자묵자왈　유어아이충신자　영지부즉부

令之仰則仰, 處則靜, 呼則應, 可謂忠臣乎?
영지앙즉앙　처즉정　호즉응　가위충신호

子墨子曰：令之俯則俯，令之仰則仰，是似景[1]也．處則
<small>자 묵 자 왈 　 영 지 부 즉 부 　 영 지 앙 즉 앙 　 시 사 영 야 　 처 즉</small>

靜，呼則應，是似響也．君將何得於景與響哉？若以翟之所
<small>정 　 호 즉 응 　 시 사 향 야 　 군 장 하 득 어 영 여 향 재 　 약 이 적 지 소</small>

謂忠臣者，上有過則微[2]之以諫，己有善則訪[3]之上而無敢以
<small>위 충 신 자 　 상 유 과 즉 미 지 이 간 　 기 유 선 즉 방 지 상 이 무 감 이</small>

告，外匡其邪而入其善，尚同[4]而無下比[5]．是以美善在上而
<small>고 　 외 광 기 사 이 입 기 선 　 상 동 이 무 하 비 　 시 이 미 선 재 상 이</small>

怨讐在下，安樂在上而憂慼在臣．此翟之所謂忠臣者也．
<small>원 수 재 하 　 안 락 재 상 이 우 척 재 신 　 차 적 지 소 위 충 신 자 야</small>

---

1 景(영) ― 영(影)의 본자로서, '그림자'. 2 微(미) ― 틈을 엿보는 것(『漢書』「游俠傳」顔 注). 3 訪(방) ― 꾀하는 것(『爾雅』釋詁). 의논하는 것. 4 尙同(상동) ― 상(尙)은 상(上)과 통하여, 임금과 행동을 같이하는 것. 5 下比(하비) ― 아랫사람들끼리 친하게 어울리어 패거리를 이루는 것.

진실한 충신이란 무조건 임금에게 복종하기만 하는 사람이 아니라 진정으로 임금을 위하고 나라가 잘 되도록 능동적으로 활동하는 사람이란 것이다.

9 　 노(魯)나라 임금이 묵자에게 말하였다.

"내게 두 아들이 있는데, 한 놈은 학문을 좋아하고, 한 놈은 남에게 재물을 나누어 주기 좋아합니다. 누구를 태자로 삼는 게 좋겠습니까?"

묵자가 말하였다.

"알 수 없습니다. 혹은 상과 명예를 위하여 그렇게 할는지도 모릅니다. 낚시하는 사람이 공손한 것은 고기에게 먹이를 주기 위한 것이 아닙니다. 쥐에게 독이 든 떡을 먹이는 것은 그것을 사랑하기 때문이 아닙니다. 저는 바라건대, 임금께서 그들의 뜻과 공로를 합치어 관찰해 보시기 바랍니다.”

魯君謂子墨子曰：我有二子，一人者好學，一人者好分
노 군 위 자 묵 자 왈　　아 유 이 자　　일 인 자 호 학　　일 인 자 호 분

人財. 孰以爲太子而可.
인 재　숙 이 위 태 자 이 가

子墨子曰：未可知也. 或所爲賞譽爲是也. 釣者之恭，
자 묵 자 왈　미 가 지 야　혹 소 위 상 예 위 시 야　조 자 지 공

非爲魚賜也. 餌鼠以蟲[1]，非愛之也. 吾願主君之合其志功
비 위 어 사 야　이 서 이 충　　비 애 지 야　오 원 주 군 지 합 기 지 공

而觀焉.
이 관 언

1 蟲(충) - 蠱(고)와 뜻이 통하여, ‘독이 든 음식’.

　　사람의 평가는 신중을 기해야만 한다. 사람은 기계가 아닌 이상 객관적인 공로도 중요하지만 주관적인 의지도 못지않게 중요하다. 겉으로 나타나는 사실뿐만 아니라 그 사람 내면의 성질을 함께 파악하여야만 그를 올바로 평가할 수 있다는 것이다.

10 노나라 사람 중에 그의 아들을 묵자에게 가서 공부하도록 한 사람이 있었다. 그 아들이 전쟁에 나가서 죽자, 그의 아버지는 묵자를 책망하였다.
　　그러자 묵자가 말하였다.

"당신은 당신의 아들을 공부시키고자 하여 지금 공부를 이루었소. 전쟁에 나가서 죽자 당신은 성을 내는데, 그것은 마치 곡식을 팔려고 하다가 곡식이 팔리자 성을 내는 거나 같소. 어찌 그릇된 일이 아니오?"

> 魯人有因子墨子而學其子者. 其子戰而死, 其父讓[1]子墨
> 노 인 유 인 자 묵 자 이 학 기 자 자   기 자 전 이 사   기 부 양 자 묵
>
> 子.
> 자
>
> 子墨子曰 : 子欲學子之子, 今學成矣. 戰而死而子慍,
> 자 묵 자 왈   자 욕 학 자 지 자   금 학 성 의   전 이 사 이 자 온
>
> 而猶欲糶[2], 糶讎[3]則慍也. 豈不費哉?
> 이 유 욕 조   적 수 즉 온 야   기 불 비 재

1 讓(양) – 책망하다. 2 糶(조) – 곡식을 파는 것. 3 糶讎(적수) – '적'은 조(糶)의 잘못(『墨子閒詁』). '수'는 수(售)와 통하여, 팔리는 것.

학문이나 자신의 목표는 중시하되 사람의 목숨은 가벼이 여기는 묵자 사상의 한 단면을 엿볼 수 있다.

11 노(魯)나라 남쪽 시골에 오려(吳慮)라는 사람이 살고 있었는데, 겨울엔 질그릇을 굽고, 여름엔 밭을 갈며 자기 생활을 순(舜)임금에게 비기고 있었다. 묵자가 그 말을 듣고서 그를 만났다. 오려가 묵자에게 말하였다.

"의로움이여, 의로움이 제일인데, 어찌 말로 할 필요가 있겠습니까?"

묵자가 말하였다.

"선생님께서 말하는 의로움이란, 또한 있는 힘으로 남을 위해 수고하고 자기의 재물을 남에게 나누어 주는 것입니까?"

오려가 대답하였다.

"그렇습니다."

묵자가 말하였다.

"나는 일찍이 계산하여 본 일이 있습니다. 내가 농사를 지어가지고 천하 사람들을 먹이려 생각한다 합시다. 잘 되어야만 한 농부가 농사짓는 것에 해당하게 됩니다. 그것을 천하에 나눈다면, 한 사람에 한 되(一升)의 곡식도 돌아갈 수 없습니다. 설혹 한 되의 곡식이 돌아간다 하더라도 그것으로서는 천하의 굶주리는 자들을 배불릴 수 없음은 이미 알 수 있는 일입니다.

내가 베를 짜서 천하의 사람들을 입히려 생각한다 합시다. 잘 되어야만 한 부인이 짜는 것에 해당하게 됩니다. 그것을 천하에 나누어 준다면, 한 사람에 한 자(尺)의 천도 돌아갈 수 없습니다. 설사 한 자의 천이 돌아간다 하더라도 그것으로는 천하의 헐벗는 자들을 따뜻하게 해줄 수 없음은 이미 알 수 있는 일입니다.

내가 견고한 갑옷을 입고 예리한 무기를 들고서 제후의 환난을 구하려고 생각한다 합시다. 잘 하여야 한 남자가 싸우는 것에 해당하게 됩니다. 한 남자가 싸워서 대군(大軍)을 막아낼 수 없음은 이미 알 수 있는 일입니다.

내 생각으로는 옛 임금들의 도를 외우며 그들의 이론을 공부하고 성인들의 말씀에 통달하여, 그분들의 말한 것을 살피어 위로는 임금이나 통치자들을 설복시키고, 그 다음엔 보통 사람들과 걸어 다니는 선비들을 설복시키는 게 더 나을 것 같습니다.

임금이나 통치자들이 나의 말을 따르면 나라가 반드시 다스려질 것입니다. 보통 사람들과 걸어 다니는 선비들이 나의 말을 따르면 행동이 반드시 닦이어질 것입니다. 그러므로 나는 비록 농사를 지어 굶주린 사람들을 먹이지 않고 베를 짜서 헐벗는 사람들을 입히지 않는다 하더라도, 공로는 농사지어 먹이고 길쌈하여 입히는 사람들보다도 훨씬 크다고 생각합니다. 그러므로 나는 비록 농사짓거나 길쌈하지는 않고 있지만 공로는 농사짓고 길쌈하는 것보다 훨씬 크다고 생각하고 있습니다."

魯之南鄙[1], 人有吳慮者, 冬陶夏耕, 自比於舜. 子墨子
노 지 남 비　　인 유 오 려 자　　동 도 하 경　　자 비 어 순　　자 묵 자

聞而見之. 吳慮謂子墨子曰 : 義耳, 義耳, 焉[2]用言之哉?
문 이 견 지　　오 려 위 자 묵 자 왈　　의 이　　의 이　　언 용 언 지 재

子墨子曰 : 子之所謂義者, 亦有力以勞人, 有財以分人
자 묵 자 왈　　자 지 소 위 의 자　　역 유 력 이 로 인　　유 재 이 분 인

乎? 吳慮曰 : 有.
호　　오 려 왈　　유

子墨子曰 : 翟嘗計之矣. 翟慮耕而食天下之人矣. 盛[3],
자 묵 자 왈　　적 상 계 지 의　　적 려 경 이 사 천 하 지 인 의　　성

然後當一農之耕. 分諸天下, 不能人得一升粟. 籍[4]以爲得
연 후 당 일 농 지 경　　분 저 천 하　　불 능 인 득 일 승 속　　적 이 위 득

一升粟, 其不能飽天下之飢者, 旣可睹[5]矣.
일 승 속　　기 불 능 포 천 하 지 기 자　　기 가 도 의

翟慮織而衣天下之人矣. 盛, 然後當一婦人之織. 分諸
적 려 직 이 의 천 하 지 인 의　　성　　연 후 당 일 부 인 지 직　　분 제

天下, 不能人得尺布. 籍以爲得尺布, 其不能煖天卜之寒
천 하　　불 능 인 득 척 포　　적 이 위 득 척 포　　기 불 능 난 천 하 지 한

者, 旣可睹矣.
자　　기 가 도 의

翟慮被堅[6]執銳[7], 救諸侯之患, 盛, 然後當一夫之戰. 一
적 려 피 견 집 예　　구 제 후 지 환　　성　　연 후 당 일 부 지 전　　일

夫之戰, 其不御[8]三軍[9], 旣可睹矣.
부 지 전　　기 불 어 삼 군　　기 가 도 의

翟以爲不若誦先王之道, 而求其說, 道聖人之言, 而察
적 이 위 불 약 송 선 왕 지 도　　이 구 기 설　　도 성 인 지 언　　이 찰

其辭, 上說王公大人, 次說匹夫徒步之士.
기사　상세왕공대인　차세필부도보지사

王公大人用吾言, 國必治. 匹夫徒步之士用吾言, 行必脩.
왕공대인용오언　국필치　필부도보지사용오언　행필수

故翟以爲雖不耕而食飢, 不織而衣寒, 功賢於耕而食之, 織
고적이위수불경이사기　불직이의한　공현어경이사지　직

而衣之者也. 故翟以爲雖不耕織乎, 而功賢於耕織也.
이의지자야　고적이위수불경직호　이공현어경직야

1 鄙(비)－변두리, 시골. 2 焉(언)－어찌. 3 盛(성)－성대하게 잘 되는 것. 4 籍(적)－자(藉)와 통하여, '설사'. '설혹'. 5 可睹(가도)－볼 수 있다. 알 수 있다. 6 堅(견)－견고한 갑옷. 7 銳(예)－예리한 무기. 8 御(어)－어(禦)와 통하여, '막아내다'. 9 三軍(삼군)－군(軍)은 군의 부대 단위. 옛날 천자에게는 육군(六軍), 큰 제후의 나라엔 삼군(三軍)이 있었다.

　　묵자는 노동을 중시하고 모든 사람들이 서로 사랑할 것을 주장하고 있지만, 현명한 사람은 올바른 도리로 세상을 깨우치는 일이 더 중요함을 역설한다. 개인적으로는 스토익처럼 자기를 규제하지만 한편 사회적으로는 집단효과(集團效果)를 충분히 인식하고 있었던 것이다.

12 오려가 묵자에게 말하였다.
　　"의로움이여, 의로움이 제일인데, 어찌 말할 필요가 있겠습니까?"
　　묵자가 말하였다.
　　"만약 천하 사람들이 농사지을 줄 모른다고 가정할 때 사람들에게 농사짓는 방법을 가르쳐 주는 것과, 사람들에게 농사짓는 방법을 가르쳐 주지 않고 홀로 농사짓는 것과, 그들의 공로는 어느 편이 많겠습니까?"

오려가 말하였다.

"사람들에게 농사짓는 방법을 가르쳐 주는 사람의 공로가 더 많을 것입니다."

묵자가 말하였다.

"만약 불의의 나라를 공격한다고 가정할 때, 북을 쳐서 여러 사람들로 하여금 나아가 싸우게 하는 것과, 북을 쳐서 여러 사람들로 하여금 나아가 싸우게 하지 않고 홀로 나아가 싸우는 것과, 그 공로는 어느 편이 많겠습니까?"

오려가 말하였다.

"북을 쳐서 여러 사람들을 나아가게 하는 사람의 공로가 더 많을 것입니다."

묵자가 말하였다.

"천하의 보통 사람이나 걸어 다니는 선비들은 의로움을 아는 이가 적습니다. 그러니 천하에 의로움을 가르치는 사람은 역시 공로가 많을 것입니다. 그런데 어찌하여 말하지 않습니까? 만약 북을 쳐서 의로움으로 나아가게 한다면, 곧 나의 의로움도 어찌 더욱 발전하지 않겠습니까?"

吳慮謂子墨子曰 : 義耳, 義耳, 焉用言之哉?
오 려 위 자 묵 자 왈   의 이   의 이   언 용 언 지 재

子墨子曰 : 籍設[1]而天下不知耕, 教人耕, 與不教人耕而
자 묵 자 왈   적 설 이 천 하 부 지 경   교 인 경   여 불 교 인 경 이

獨耕者, 其功孰多? 吳慮曰 : 教人耕者, 其功多.
독 경 자   기 공 숙 다   오 려 왈   교 인 경 자   기 공 다

子墨子曰 : 籍設而攻不義之國, 鼓而使衆進戰, 與不鼓[2]
자 묵 자 왈   적 설 이 공 불 의 지 국   고 이 사 중 진 전   여 불 고

而使衆進戰而獨進戰者, 其功孰多? 吳慮曰 : 鼓而進衆
이 사 중 진 전 이 독 진 전 자　　기 공 숙 다　　오 려 왈　　고 이 진 중

者, 其功多.
자　기 공 다

子墨子曰 : 天下匹夫徒步之士, 少知義. 而敎天下以義
자 묵 자 왈　　천 하 필 부 도 보 지 사　　소 지 의　　이 교 천 하 이 의

者, 功亦多. 何故弗言也? 若得鼓而進於義, 則吾義豈不
자　　공 역 다　　하 고 불 언 야　　약 득 고 이 진 어 의　　즉 오 의 기 불

益進哉?
익 진 재

---

1 籍設(적설) ― 만약, …이라 가정한다면. 2 鼓(고) ― 북. 옛날 군에서 북을 전
진의 신호로 사용하였다.

※

　　여기서는 교육의 효과를 얘기하고 있다. 현명한 사람은 홀로
의로움을 행하고만 있을 게 아니라 세상 전체를 의로움으로 이끌
어 줄 의무가 있는 것이다.

13 묵자가 공상과(公尙過)를 월(越)나라로 파견하였다. 공상과
　　　가 월나라 임금을 설득하니 월나라 임금은 크게 기뻐하
며 공상과에게 말하였다.

　　"선생님께서 진실로 묵자로 하여금 월나라로 오셔서 나를 가르
치게 하실 수만 있다면 옛 오(吳)나라의 땅 사방 5백 리를 떼어 묵
자에게 봉(封)해드리겠습니다."

　　공상과는 이를 허락하였다. 마침내 공상과를 보내어 수레 50채
를 몰아 가지고 가서 노(魯)나라의 묵자를 마중해 오도록 하였다.

　　공상과는 찾아가 말하였다.

"제가 선생님의 도(道)로써 월나라 임금을 설득하니 월나라 임금은 크게 기뻐하고 저에게 말하기를, '진실로 묵자로 하여금 월나라로 오셔서 나를 가르치게 할 수만 있다면 옛 오나라의 땅 사방 5백 리를 떼어 선생님께 봉해드리겠다' 고 하였습니다."

묵자가 공상과에게 말하였다.

"그대는 월나라 임금의 뜻을 살펴볼 때 어떻다고 생각하는가? 생각컨대 월나라 임금이 나의 말을 받아들여 나의 도를 따른다면 곧 나는 가겠다. 배에 알맞게 먹고, 몸에 알맞게 옷을 지어 입으며, 스스로 여러 신하들과 어울리면 그만인데, 어찌 땅을 봉해 받을 필요가 있겠는가?

만약 월나라 임금이 내 말을 받아들이지 않고 나의 도를 따르지 않는데도 내가 간다면 곧 나의 의로움을 파는 게 될 걸세. 의로움을 고루 누구에게나 팔 것이라면, 이곳 중원(中原) 땅에서 팔아도 되는데, 무엇 때문에 꼭 월나라에 가야 하겠는가?"

子墨子游公尙過1於越. 公尙過說越王, 越王大說, 謂公
尙過曰：先生苟能使子墨子至於越而敎寡人, 請裂故吳之
地方五百里, 以封子墨子.

公尙過許諾. 遂爲公尙過, 束車五十乘, 以迎子墨子於
魯.

曰：吾以夫子之道, 說越王, 越王大說, 謂過曰：苟能使
子墨子至於越而敎寡人, 請裂故吳之地方五百里, 以封子.

子墨子謂公尙過曰：子觀越王之志, 何若? 意越王將聽

49.
노문편·魯問篇

吾言, 用我道, 則翟將往. 量腹而食, 度身而衣, 自比於羣
오언　용아도　즉적장왕　양복이식　도신이의　자비어군

臣, 奚能以封爲哉?
신　해능이봉위재

抑²越王不聽吾言, 不用吾道, 而吾往焉, 則是我以義糶
억월왕불청오언　불용오도　이오왕언　즉시아이의조

也. 鈞之糶³, 亦於中國⁴耳, 何必於越哉.
야　균지조　역어중국　이　하필어월재

1 公尙過(공상과) - 묵자의 제자 가운데의 한 사람.　2 抑(억) - 만약, 그렇지
않고.　3 糶(조) - 팔다. 곡식을 팔다.　4 中國(중국) - 황하(黃河) 유역을 중심으
로 한 중원(中原) 지방.

　지나친 대우는 바로 자기의 학설과 어긋나는 것이라 묵자는
생각하였다. 묵자의 강한 신념이 느껴진다.

14 묵자가 벼슬살이를 시키려 하자, 위월이 말하였다.
　　"사방의 군자들을 만나게 되면 무엇을 먼저 말해야 합
니까?"
　묵자가 말하였다.
　"한 나라에 들어가면, 반드시 중요한 일을 택하여 일을 하여야
한다. 나라가 어지러운 경우에는 그들에게 '현명한 사람을 존중해
야 한다.'는 상현(尙賢)과 '윗사람들과 뜻을 함께해야 한다.'는 상
동(尙同)을 먼저 말해 주어야 한다. 나라가 가난할 경우에는 그들에
게 '물건을 아껴 써야 한다.'는 절용(節用)과 '장례를 간소하게 치
러야 한다.'는 절장(節葬)을 먼저 말해 주어야 한다. 나라가 음악을

좋아하여 거기에 빠져 있다면 '음악을 즐기지 않아야 한다.'는 비악(非樂)과 '운명이란 있지 않은 것이다.'라는 비명(非命)을 먼저 말해 주어야 한다. 나라가 음란하고 무례하다면, 그들에게 하늘을 높이고 귀신을 섬길 것을 먼저 말해 주어야 한다. 나라가 남의 것을 빼앗고 침략하기에 힘쓴다면, 그들에게 '모든 사람들이 다 같이 서로 사랑해야 한다.'는 겸애(兼愛)와 '남의 나라를 공격해서는 안 된다.'는 비공(非攻)을 먼저 말해 주어야 한다. 그러므로 중요한 일을 택하여 일을 하여야 한다고 말한 것이다."

子墨子游¹, 魏越²曰: 旣得見四方之君子, 則將先語³?
자 묵 자 유   위 월 왈   기 득 견 사 방 지 군 자   즉 장 선 어

子墨子曰: 凡入國, 必擇務而從事焉. 國家錯亂, 則語
자 묵 자 왈   범 입 국   필 택 무 이 종 사 언   국 가 착 란   즉 어

之尙賢尙同. 國家貧, 則語之節用節葬. 國家憙音⁴湛湎⁵,
지 상 현 상 동   국 가 빈   즉 어 지 절 용 절 장   국 가 희 음 잠 면

則語之非樂非命. 國家淫僻無禮, 則語之尊天事鬼. 國家
즉 어 지 비 악 비 명   국 가 음 벽 무 례   즉 어 지 존 천 사 귀   국 가

務奪侵凌⁶, 卽語之兼愛非攻. 故曰擇務而從事焉.
무 탈 침 릉   즉 어 지 겸 애 비 공   고 왈 택 무 이 종 사 언

1 游(유)—외국에 나가 벼슬살이를 하도록 해주는 것. **2** 魏越(위월)—묵자의 제자. **3** 則將先語(즉장선어)—그러면 무엇을 먼저 말하겠는가? **4** 憙音(희음)—음악을 좋아하는 것. **5** 湛湎(잠면)—어떤 일에 빠져 있는 것. **6** 侵凌(침릉)—침략하는 것.

여기에서 묵자는 외국으로 벼슬하러 나가는 제자에게 자기의 학설을 적절히 잘 실천할 것을 당부하고 있다. 윗글 중에 '하늘을 높이고 귀신을 섬긴다(尊天事鬼).'는, 『묵자』의 「천지(天志)」·「명귀

(明鬼)」의 두 편을 달리 표현한 것이고, 그것들을 나머지 「상현(尚賢)」에서 「비공(非攻)」에 이르는 말에 합치면, 묵자의 중심사상을 논한 『묵자』의 제8편에서 제37편에 이르는 각 편들이 다 동원되고 있는 것이다.

15 묵자가 조공자(曹公子)를 송(宋)나라에 벼슬살이하도록 하였다. 3년 만에 돌아와서 묵자를 뵙고서 말하였다.

"처음 제가 선생님에게 배우러 왔을 적에는 짧은 거친 옷에 명아주와 콩잎 국으로 살았는데 그것도 아침에 얻어먹으면 곧 저녁에는 먹지 못하는 형편이라 귀신을 제사지낼 수도 없었습니다. 지금은 선생님 덕분으로 집안은 처음보다 부유해졌고, 또한 집안이 잘 살아가게 되었으며 귀신을 삼가 제사지내게 되었습니다. 그러나 집안사람들이 많이 죽고 여러 가축들은 번성하지 않으며 몸엔 병이 들었습니다. 저는 선생님의 도는 따를 만한 것임을 잘 알지 못하겠습니다."

묵자가 말하였다.

"그렇지 않다. 귀신들이 사람들에게 바라는 일은 사람이 높은 작위와 녹을 받게 되면, 곧 그것을 현명한 사람에게 양보하고, 재물이 많으면 그것을 가난한 사람들에게 나누어 주는 것이야. 귀신이 어찌 다만 기장을 뽑고 허파(肺)를 빼내어 재물을 만들어 바치기만을 바라겠는가? 지금 그대는 높은 벼슬과 봉급을 받고 지내면서도 그것을 현명한 사람에게 양보하지 않았으니 이것이 첫째 상서롭지 않은 일이며, 재물이 많으면서도 그것을 가난한 사람들에게 나누어 주지 않았으니 그것은 둘째 상서롭지 않은 일이네. 지금 그대는 귀신을 섬김에 있어서 다만 제사를 지낼 따름인데 그러고도 병이 어디서 났는가, 하고 말하는가? 그것은 마치 백 개의 문 가운데서 한 문만을 닫고서 도둑이 어디로부터 들어왔는가? 하고 말하는 것과 같네. 이처럼 귀신에게 백 가지 복을 요구해 봤자, 어찌 가능하겠는가?"

子墨子士¹曹公子²於宋. 三年而反, 睹³子墨子曰：始吾
자묵자사 조공자 어송 삼년이반 도 자묵자왈 시오

游於子之門, 短褐之衣⁴, 藜藿之羹⁵, 朝得之, 則夕弗得⁶,
유어자지문 단갈지의 여곽지갱 조득지 즉석불득

弗得祭祀鬼神. 今而以夫子之故⁷, 家厚於始也, 有家享⁸,
불득제사귀신 금이이부자지고 가후어시야 유가향

謹祭祀鬼神. 然而人徒多死, 六畜不蓄, 身湛⁹於病. 吾未
근제사귀신 연이인도다사 육축불번 신침어병 오미

知夫子之道之可用也.
지부자지도지가용야

子墨子曰：不然. 夫鬼神之所欲於人者, 多欲人之處高
자묵자왈 불연 부귀신지소욕어인자 다욕인지처고

爵祿, 則以讓賢也, 多財則以分貧也. 夫鬼神豈唯擢黍¹⁰拑
작록 즉이양현야 다재즉이분빈야 부귀신기유탁서 겸

肺¹¹之爲欲哉? 今子處高爵祿, 而不以讓賢, 一不祥也. 多
폐 지위욕재 금자처고작록 이불이양현 일불상야 다

財而不以分貧, 二不祥也. 今子事鬼神, 唯祭而已矣, 而
재이불이분빈 이불상야 금자사귀신 유제이이의 이

曰病何自至哉? 是猶百門而閉一門焉, 曰盜何從入? 若是
왈병하자지재 시유백문이폐일문언 활도하종입 약시

而求百福於鬼神¹², 豈可哉?
이구백복어귀신 기가재

1 士(사)—사(仕)와 통하여, 벼슬살이하는 것. 2 曹公子(조공자)—묵자의 제자 가운데 한 사람. 3 睹(도)—뵙다. 만나다. 4 短褐之衣(단갈지의)—짧고 거친 옷. 5 藜藿之羹(여곽지갱)—명아주와 콩잎으로 끓인 형편없는 국. 6 弗得(불득)—본시는 하나밖에 안 들어 있으나 손이양(孫詒讓)의 설을 따라 '제사귀신(祭祀鬼神)' 위에 하나를 더 넣었다. 7 故(고)—까닭. 보통 교(敎)로 되어 있으

나 고쳤다(俞樾 說). **8** 享(향)－잘 지내다, 잘 살다. 보통은 후(厚)로 되어 있으나 고쳤다(孫詒讓 說). **9** 湛(침)－젖는 것. 젖어드는 것. **10** 擢黍(탁서)－기장을 뽑다. 기장을 뽑아다가 기장밥을 지어 제물로 바치는 것. 서(黍)는 보통 계(季)로 되어 있으나 왕인지(王引之)의 설을 따라 고쳤다. **11** 拑肺(겸폐)－동물의 허파를 빼내다. 동물의 허파를 빼내어 삶아서 제물을 만들어 바치는 것. **12** 求百福於鬼神(구백복어귀신)－보통은 '구복어유괴지귀(求福於有怪之鬼)'로 되어 있으나 손이양의 설을 따라 고쳤다.

꠻꠻꠻

미신 같으면서도 귀신의 숭배를 통하여 묵자는 철저한 인간애 (人間愛)를 가르치고 있다.

16 노(魯)나라의 축관(祝官)이 한 마리의 돼지로 제사를 지내면서 귀신에게 백 가지 복을 빌었다. 묵자가 그 얘기를 듣고서 말하였다.

"그것은 안 된다. 지금 남에게 적은 것을 베풀고 그 사람에게 많은 것을 바란다면, 곧 그 사람은 자기에게 무엇이든 줄까봐 두려워하기만 할 것이다. 지금 한 마리의 돼지로 제사를 지내면서 귀신에게 백 가지 복을 빌었으니 귀신들은 그가 소나 양으로 제사 지낼까봐 두려워하고 있을 것이다. 옛날 성왕들은 귀신을 섬김에 있어서 그저 제사를 지내기만 했을 따름이다. 지금 돼지로 제사를 지내면서 백 가지 복을 빌었으니, 곧 그런 제물은 풍부한 것보다 빈약한 편이 더 좋을 것이다."

魯祝[1]以一豚祭, 而求百福於鬼神[2]. 子墨子聞之曰, 是不
노 축 이 일 돈 제   이 구 백 복 어 귀 신   자 묵 자 문 지 왈   시 불

可. 今施人薄, 而望人厚, 則人唯恐其賜於己也. 今以一
가　금시인박　이망인후　즉인유공기사어기야　금이일

豚祭, 而求百福於鬼神, 鬼神唯恐其以牛羊祀也. 古者聖
돈제　이구백복어귀신　귀신유공기이우양사야　고자성

王事鬼神, 祭而已矣. 今以豚祭, 而求百福, 則其富不如
왕사귀신　제이이의　금이돈제　이구백복　즉기부불여

其貧也.
기빈야

1 祝(축) – 제사지낼 때 비는 일을 맡은 축관(祝官). 2 鬼神(귀신) – 본시 한 번밖에 없으나 손이양(孫詒讓)의 설을 따라 '유공(唯恐)…' 위에 하나를 더 넣었다.

　아무리 상대가 귀신이라 하더라도 부당한 기도에 효험이 있을 리가 없다는 것이다. 귀신은 정성껏 제물을 올리며 제사를 지내기만 하면 되었지, 지나친 요구를 하는 것은 올바른 귀신을 섬기는 도리가 아니라는 것이다.

17 팽경생자(彭輕生子)가 말하였다.
　"지난 과거는 알 수 있지만, 올 장래는 알 수가 없습니다."
　묵자가 말하였다.
　"부모가 백 리 밖에 계신데 어려움을 겪고 계시다고 가정하자. 하루의 기한이 있어 그 사이에 달려가면 살고 달려가지 못하면 죽게 되어 있다. 지금 여기에 튼튼한 수레와 좋은 말이 있고, 또 여기에 아둔한 말과 네 바퀴가 달린 무거운 수레가 있는데, 그대에게 선택을 하라고 한다면 그대는 어떤 것을 타고 가겠는가?"
　그가 대답하였다.

"좋은 말과 튼튼한 수레를 타야만 속히 달려갈 수 있을 것입니다."

묵자가 말하였다.

"어찌 미래를 알지 못한다고 하겠는가?"

彭輕生子[1]曰 : 往者可知, 來者不可知.
팽 경 생 자 왈   왕 자 가 지   내 자 불 가 지

子墨子曰 : 籍設[2]而親在百里之外, 則遇難焉, 期以一日
자 묵 자 왈   적 설 이 친 재 백 리 지 외   즉 우 난 언   기 이 일 일

也, 及之則生, 不及則死. 今有固車良馬於此, 又有奴[3]馬
야   급 지 즉 생   불 급 즉 사   금 유 고 거 량 마 어 차   우 유 노 마

四隅之輪[4]於此, 使子擇焉, 子將何乘?
사 우 지 륜 어 차   사 자 택 언   자 장 하 승

對曰 : 乘良馬固車, 可以速至. 子墨子曰, 焉在不知來?
대 왈   승 량 마 고 차   가 이 속 지   자 묵 자 왈   언 재 부 지 래

1 彭輕生子(팽경생자) ─ 묵자의 제자인 듯하다. 2 籍設(적설) ─ 가설을 하다.
3 奴(노) ─ 노(駑)와 통하여, '아둔한 말'. 4 四隅之輪(사우지륜) ─ 네 개의 바퀴가 달린 무거운 수레.

묵자는 미래의 일도 알 수 있다고 한다. 그것은 올바른 논리에 입각하여 추리되는 결과가 틀림없는 게 많다는 과학적인 사고를 바탕으로 하고 있다. 부지런히 일하는 사람은 부자가 되고, 게으름 피며 놀기만 하는 사람은 가난해진다는 것 같은 추리가 그것이다.

18 맹산(孟山)이 초(楚)나라의 왕자려(王子閭)를 칭찬하여 말하였다.

"옛날 백공(白公)이 반란을 일으킨 다음 왕자려를 잡아놓고 도끼를 허리에 대고 창을 가슴에 겨냥하고서 말하였습니다. '왕이 되면 살고, 왕이 되지 않으면 죽을 것이다.' 이에 왕자려는 대답하였습니다. '어찌 이렇게도 나를 모욕하는가? 내 부모를 죽이고는 초나라를 맡겨주어 나를 기쁘게 하려는가? 나는 천하를 얻는다 하더라도 의롭지 않은 짓이면 하지 않겠다. 그런데 하물며 초나라 임금이 되겠는가?' 그리고 끝내 임금이 되지 않았습니다. 왕자려야말로 어찌 어진 분이 아니겠습니까?"

묵자가 말하였다.

"어렵기는 어려운 일이다. 그렇지만 어질다고는 할 수 없다. 만약 임금이 무도했다면, 무엇 때문에 나라를 물려받아 다스리지 않았는가? 만약 백공이 의롭지 않았다면, 무엇 때문에 임금 자리를 받은 다음 백공을 처벌한 뒤에 임금 자리를 임금에게 되돌려주지 않았는가? 그러므로 어렵기는 어려운 일이지만, 그러나 어질다고는 할 수 없다고 말한 것이다."

孟山[1]譽王子閭[2]曰：昔白公[3]之禍, 執王子閭, 斧鉞[4]鉤要[5],
맹산 예왕자려 왈 석백공 지화 집왕자려 부월 구요

直兵[6]當心[7], 謂之曰, 爲王則生, 不爲王則死. 王子閭曰：
지병 당심 위지왈 위왕즉생 불위왕즉사 왕자려왈

何其侮我也? 殺我親而喜我以楚國? 我得天下而不義, 不
하기모아야 살아친이희아이초국 아득천하이불의 불

爲也. 又况於楚國乎? 遂而不爲. 王子閭, 豈不仁哉?
위야 우황어초국호 수이불위 왕자려 기불인재

子墨子曰：難則難矣. 然[8]而未仁也. 若以王爲無道, 則
자묵자왈 난즉난의 연 이미인야 약이왕위무도 즉

何故不受而治也? 若以白公爲不義, 何故不受王, 誅白公
하고불수이치야 약이백공위불의 하고불수왕 주백공

然而反王[9]? 故曰, 難則難矣, 然而未仁也.
연이반왕 고왈 난즉난의 연이미인야

1 孟山(맹산)-묵자의 제자 중의 한 사람인 듯하다. 2 王子閭(왕자려)-초(楚)나라 평왕(平王)의 아들 계(啓).『좌전(左傳)』애공(哀公) 16년의 기록에도 백승(白勝)은 난을 일으키고 자려(子閭)를 왕으로 삼으려 하였으나 자려가 거부하여 무기로 협박을 하였다 했다. 3 白公(백공)-초나라 평왕(平王)의 태자 건(建)의 아들로서 이름은 승(勝)이다. 백승은 자기 아버지가 정(鄭)나라에서 죽음을 당하여 그 원수를 갚으려 하였다. 그러나 영윤(令尹) 자서(子西)가 말을 듣지 않았으므로, 그는 힘이 센 석걸(石乞)과 함께 자서를 죽이고 혜왕(惠王)을 가둔 다음 왕위를 뺏으려 하였으나 1개월 만에 실패하여 혜왕의 신하들에게 죽음을 당하고 말았다. 4 斧鉞(부월)-옛날 무기로 쓰던 도끼. 5 鉤要(구요)-도끼를 허리에 겨냥하여 대고 있는 것. 6 直兵(직병)-창 같은 곧장 찌를 수 있는 무기. 7 當心(당심)-무기를 심장에 대는 것. 8 然(연)-언(焉)과 통하는 조사. 9 反王(반왕)-임금 자리를 임금에게 되돌려주는 것.

묵자의 사상은 모든 면에서 철저하다. 유가들은 자기 몸만을 올바로 간수하는 소극적인 행동도 어짊[仁]에 속한다고 생각하였으나 묵자는 적극적으로 자기 몸만 올바로 닦을 뿐만 아니라 자기 주위의 불의를 없애고 세상을 의로움으로 인도하는 것이 진정한 어짊이라 생각하였다.

19 묵자가 제자인 승작(勝綽)으로 하여금 항자우(項子牛)를 섬기게 하였다. 항자우가 세 번 노(魯)나라 땅을 침략하였는데 승작은 세 번 다 그를 따라 싸웠다. 묵자가 이 얘기를 듣고는, 고손자(高孫子)를 보내 그를 퇴임시키도록 하였다.

그때 말하였다. "내가 승작을 보낸 것은 그로 하여금 선생님의 교만함을 막아 주고 그릇됨을 바로잡아주려는 것이었습니다. 지금 승작은 많은 봉급을 받게 되자 선생님을 속이고 있습니다. 선생님은 세 번 노나라를 침략하였는데 승작은 세 번 다 따라가 싸웠으니 이것은 달리는 말 가슴걸이에 채찍질을 하여 못 달리게 하는 것과 같은 것입니다. 제가 듣건대, 의로움을 말하면서 실행하지 않는 것은 분명한 이치를 범하는 것입니다. 승작은 이런 것을 알지 못하는 게 아니라 그의 봉급 때문에 의로움이 눌린 것입니다."

子墨子使勝綽[1]事項子牛[2]. 項子牛三侵魯地, 而勝綽三
자묵자사승작 사항자우 항자우삼침로지 이승작삼

從. 子墨子聞之, 使高孫子[3], 請而退之.
종 자묵자문지 사고손자 청이퇴지

曰 : 我使綽也, 將以濟驕[4]而正嬖[5]也. 今綽也, 祿厚而謪[6]
왈 아사작야 장이제교 이정폐야 금작야 녹후이휼

夫子. 夫子三侵魯, 而綽三從, 是鼓鞭於馬靳[7]也. 翟聞之,
부자 부자삼침로 이작삼종 시고편어마근 야 적문지

言義而弗行, 是犯明也. 綽非弗之知也, 祿勝義也.
언의이불행 시범명야 작비불지지야 녹승의야

1 勝綽(승작)─묵자의 제자 중의 한 사람. 2 項子牛(항자우)─제(齊)나라 임금 전화(田和)를 섬기던 장군. 3 高孫子(고손자)─역시 묵자의 제자이다. 4 濟驕(제교)─교만함을 구제하다. 교만함을 막다. 5 正嬖(정폐)─폐(嬖)는 벽(僻)과 통하여, '그릇된 행동을 바로잡아 주는 것'. 6 謪(휼)─속이다. 배반하다. 7 馬靳(마근)─근(靳)은 말 가슴걸이. 달리는 말 가슴걸이에 채찍질을 하면 말은 뒤로 물러선다.

묵자의 실천주의를 밝히는 일화이다. 말로만 의로움을 내세우면서 의로움을 실천하지 않는 사람은 사기꾼이라는 것이다. 더구나 철저히 전쟁을 반대하는 묵자의 제자가 남의 나라를 침략하는 장군을 도와 싸웠으니 묵자가 가만히 있지 않았을 것이다.

20 옛날에 초나라 사람들과 월나라 사람들이 장강(長江)에서 배 싸움을 벌였다. 초나라 사람들은 흐름을 따라서 진격하고 흐름을 안고서 후퇴하여, 유리할 적에 진격하다가 불리할 적에 후퇴를 하는 것이 어려웠다. 월나라 사람들은 흐름을 안고서 진격하고 흐름을 따라서 후퇴하여, 유리할 적에 진격하다가 불리할 적에 후퇴를 하는 것이 재빨랐다. 월나라 사람들은 이와 같은 형세를 이용하여 자주 초나라 사람들을 패배시켰다.

공수자가 노나라로부터 남쪽 초나라로 가서 처음으로 배 싸움에 쓰이는 기구를 만들었다. 끌어당기는 것과 막고 밀어내는 작용을 하는 것을 만들어, 후퇴하는 자들은 끌어당기고 전진하는 자들은 막고 밀어내었다. 끌어당기는 것과 막고 밀어내는 길이를 재어 그들이 쓰는 무기를 만들었던 것이다. 그래서 초나라의 무기는 싸우기에 적절하였고 월나라의 무기는 싸우기에 적절치 않아 초나라 사람들은 이와 같은 형세를 이용하여 여러 번 월나라 사람들을 패배시켰다.

공수자는 그의 기교를 뽐내면서 묵자에게 말을 걸었다.

"나는 배 싸움을 할 적에 끌어당기기도 하고 막고 밀어내게 할 수가 있는데, 선생님의 의로움 속에도 끌어당기는 것과 막고 밀어내는 것이 있는지 모르겠군요?"

묵자가 말하였다.

"나의 의로움 속의 끌어당기는 것과 막고 밀어내는 것은 당신이 배 싸움에서 끌어당기고 막고 밀어내는 것보다는 더 훌륭하지요. 나의 끌어당기는 것과 막고 밀어내는 것은 이러하오. 내가 사람을 끌어당길 적에는 사랑으로 하고, 사람을 막고 밀어낼 적에는 공손함으로 하오. 사랑으로 끌어당기지 않으면 곧 친해지지 않으며, 공손함으로 막고 밀어내지 않으면 곧바로 버릇없게 되오. 버릇도 없고 친하지도 않으면 곧바로 떨어지게 되오. 그러므로 서로 상대방을 사랑하고, 서로 상대방에게 공손하여 마치 서로 상대방을 이롭게 해주는 거나 같소. 지금 당신은 남을 끌어당기기도 하고 남을 멈추게도 하는데, 그러면 남도 역시 당신을 끌어당기기도 하고 당신을 멈추게도 할 것이오. 당신이 남을 막고 밀어내면 남도 당신을 막고 밀어낼 것이오. 서로 상대방을 끌어당기고 서로 상대방을 막고 밀어내는 것은 마치 서로를 해치는 거나 같소. 그러므로 나의 의로움 속의 끌어당기는 것과 막고 밀어내는 것은 당신이 배 싸움에서 끌어당기고 막고 밀어내는 것보다 훌륭하다는 것이오."

昔者楚人與越人, 舟戰於江^1. 楚人順流而進, 迎流^{2}而退,
석자초인여월인　주전어강　　초인순류이진　영류이퇴

見利而進, 見不利則其退難. 越人迎流而進, 順流而退, 見
견리이진　견불리즉기퇴난　월인영류이진　순류이퇴　견

利而進, 見不利則其退速. 越人因此若執^3, 亟^{4}敗楚人.
리이진　견불리즉기퇴속　월인인차약세　극패초인

公輸子^5, 自魯南游楚, 焉始^{6}爲舟戰之器. 作爲鉤强之
공수자　자로남유초　언시위주전지기　작위구강지

備, 退者鉤之, 進者强之. 量其鉤强^{7}之長, 而制爲之兵^8.
비　퇴자구지　진자강지　양기구강지장　이제위지병

楚之兵節, 越之兵不節, 楚人因此若執, 亟敗越人.
조시빙실　월지병부절　초인인차야세　극패월인

公輸子善其巧, 以語子墨子曰 : 我舟戰有鉤强, 不知子
공수자선기교　이어자묵자왈　아주전유구강　부지자

之義亦有鉤强乎?
지의역유구강호

子墨子曰 : 我義之鉤强, 賢於子舟戰之鉤强. 我鉤强,
자묵자왈　아의지구강　현어자주전지구강　아구강

我鉤之以愛, 揣^{9}之以恭. 弗鉤以愛則不親, 弗揣以恭則速
아구지이애　췌지이공　불구이애즉불친　불췌이공즉속

狎^{10}. 狎而不親則速離. 故交相愛, 交相恭, 猶若相利也.
압　압이불친즉속리　고교상애　교상공　유약상리야

今子鉤而止人, 人亦鉤而止子. 子强而距人, 人亦强而距[11]
자 자 구 이 지 인   인 역 구 이 지 자   자 강 이 거 인   인 역 강 이 거

子. 交相鉤, 交相强, 猶若相害也. 故我義之鉤强, 賢子舟
자   교 상 구   교 상 강   유 약 상 해 야   고 아 의 지 구 강   현 자 주

戰之鉤强.
전 지 구 강

1 江(강)－장강(長江). 초나라는 그 상류 쪽에, 월나라는 그 하류 쪽에 있었다. 2 迎流(영류)－흐름을 안다. 결국은 역류(逆流)와 같은 말. 3 因此若執(인차약세)－'세'는 세(勢)와 같은 뜻으로, 이와 같은 형세를 근거로 하여. 4 亟(극)－자주, 여러 번. 5 公輸子(공수자)－노(魯)나라의 기술자. 공수반(公輸般) 또는 노반(魯般)이라고도 부른다. 뒤의 「공수(公輸)」편 참고 바람. 6 焉始(언시)－처음으로. 7 鉤强(구강)－'구'는 갈고리로 걸어 끌어당기는 것, '강'은 거(拒)의 잘못(畢沅 說)으로, 막고 밀어내는 것. 8 兵(병)－병기(兵器). 무기. 9 揣(췌)－거(拒)의 잘못(『墨子閒詁』). 막고 밀어내는 것. 10 狎(압)－버릇없이 구는 것, 함부로 대하는 것. 11 距(거)－밀어젖히다, 막고 밀어내다.

　　전술과 무기 얘기를 하면서 실상은 자신의 모든 사람이 서로 사랑해야 한다는 '겸애' 사상을 강조하는 내용이다.

21 공수자(公輸子)가 대나무와 나무를 깎아서 까치를 만들었는데 사흘 동안이나 내려앉지 않았다. 공수자는 스스로 지극히 교묘하다고 생각하였다. 묵자가 이때 공수자에게 말하였다.

　　"당신이 까치를 만든 것은 목수가 수레 빗장을 만든 것만도 못한 것이오. 목수는 잠시 동안에 세 치의 나무를 깎아서 50석(石)의 무게를 실을 수 있는 수레에 쓰이는 것을 만들지요. 그러므로 사람이 이루어 놓은 일이 사람들에게 이로운 것을 교묘하다고 말하

고 사람들에게 이롭지 않은 것은 시원찮다고 하는 것이오."

公輸子[1]削竹木以爲鵲[2], 三日不下. 公輸子自以爲至巧.
공수자 삭죽목이위작   삼일불하   공수자자이위지교

子墨子謂公輸子曰 : 子之爲鵲也, 不如匠之爲車轄[3]. 須
자묵자위공수자왈   자지위작야   불여장지위거할   수

臾[4]劉[5]三寸之木, 而任五十石[6]之重. 故所爲功利於人, 謂
유유   삼촌지목   이임오십석 지중   고소위공리어인   위

之巧, 不利於人, 謂之拙[7].
지교   불리어인   위지졸

1 公輸子(공수자) ─ 「공수(公輸)」편에 등장하는 전쟁에 쓰이는 기구를 잘 만들
던 기술자. 이름은 공수반(公輸般). 「공수」편을 참조할 것. 2 鵲(작) ─ 까치. 3
車轄(거할) ─ 수레바퀴통 옆 굴대 끝에 끼워 수레바퀴가 빠지지 않게 하는 빗
장. 4 須臾(수유) ─ 잠시, 잠깐 동안. 5 劉(유) ─ 깎는 것. 6 石(석) ─ 무게로 환
산할 때 1석(石)은 120근(斤)에 해당한다. 7 拙(졸) ─ 졸렬. 교묘한 것의 반대.

이와 비슷한 얘기는 『한비자(韓非子)』에도 보인다. 『한비자』에
선 묵자가 직접 솔개〔鳶〕를 만든 것으로 되어 있다. 묵자의 제자가
묵자의 솔개 만든 기술을 칭찬하자, 묵자는 다음과 같은 말을 하였
다 한다.

"아니다. 수레 손잡이를 만든 사람만도 못한 일이다. 한 자도
못되는 나무를 써서 하루도 안 되는 사이에 만들어 버리는데, 그것
은 30석(石)의 무거운 짐을 싣고 멀리까지 나르는 힘이 있다. 그리
고 여러 해 견디어 낸다. 내가 만든 솔개는 3년 걸려 만든 것이지만
하루 난 뒤에는 부서져 버린다."

만든 것이 솔개인지 까치인지 또는 만든 사람이 묵자인지 공
수자인지는 확실치 않지만 실리주의(實利主義)를 내세우는 묵자의

면모를 이해하기엔 충분하다.

22 공수자가 묵자에게 말하였다.

"제가 선생님을 뵈온 일이 없었을 적에는 저는 송(宋)나라를 얻기를 바랐었습니다. 제가 선생님을 뵙게 된 뒤로는 제게 송나라를 준다 하여도 그것이 의롭지 않다면 저는 받지 않게 되었습니다."

묵자가 말하였다.

"내가 당신을 만나지 못하였을 적에는 당신은 송나라를 얻으려 하고 있었는데, 내가 당신을 만나게 된 뒤로는 당신에게 송나라를 준다 하여도 그것이 의롭지 않다면 당신은 받지 않게 되었다 하였소. 그렇다면 내가 당신에게 송나라를 준 셈이오. 당신이 의로움에 힘쓴다면 나는 당신에게 온 천하를 주게 될 것이오."

公輸子謂子墨子曰: 吾未得見之時, 我欲得宋. 自我得
공 수 자 위 자 묵 자 왈   오 미 득 견 지 시   아 욕 득 송   자 아 득

見之後, 子我宋而不義, 我不爲.
견 지 후   여 아 송 이 불 의   아 불 위

子墨子曰: 翟之未得見之時也, 子欲得宋, 自翟得見子
자 묵 자 왈   적 지 미 득 견 지 시 야   자 욕 득 송   자 적 득 견 자

之後, 子子宋而不義, 子弗爲. 是我子子宋也. 子務爲義,
지 후   여 자 송 이 불 의   자 불 위   시 아 여 자 송 야   자 무 위 의

翟又將子子天下.
적 우 장 여 자 천 하

여기에선 의로움을 윤리 기준으로 내세우는 묵자의 철저한 태

도를 엿볼 수 있다. 의로운 사람이야말로 제후가 되어도 좋고 천자 같은 사람이 될 수도 있다는 것이다.

　이 「노문」편의 대화에는 논설로 된 다른 편들에서 보기 힘든 묵자의 인간성이나 제자들에 대한 태도가 솔직하고 자연스럽게 표현되어 있다. 그리고 대화에서도 남의 얘기를 자기 논리로 끌어들이는 묵자의 논법이 볼 만하다.

50.

공수편 公輸篇

여러 가지 기구를 잘 만드는 기술자인 공수반(公輸般)과 전쟁을 반대하는 묵자의 대화를 중심으로 하여 '의로움'을 내세우는 묵자의 학설을 강조한 편이다. 공수반이 초(楚)나라 임금을 위하여 성을 공격하는 데 유용한 구름사다리(雲梯)라는 무기를 만들어 주자, 초나라 임금은 그것으로 송(宋)나라를 공격하려 한다. 이 얘기를 전해들은 묵자는 직접 자신의 위험과 고난을 무릅쓰고 초나라로 달려가 그 전쟁을 막는다. 묵자가 자신의 전쟁반대의 사상을 실천하는 얘기이다. 따라서 「경주」편 이하 앞 「노문」편까지의 짧은 대화를 모은 부분의 내용과는 성질이 다르다.

1 공수반(公輸般)이 초(楚)나라를 위하여 성을 공격하는 구름사다리(雲梯)라는 기계를 만들었다. 다 이루어지자, 그것을 가지고서 송(宋)나라를 공격하려 하였다. 묵자는 그 말을 듣자, 제(齊)

나라에서 출발하여 열흘 낮과 열흘 밤을 달리어 초나라의 도읍 영(郢)에 이르러 공수반을 만났다.

공수반이 말하였다.

"선생님은 무슨 일로 오셨는지요?"

묵자가 말하였다.

"북쪽에 나를 업신여기는 자가 있어 선생님 힘을 빌려 그를 죽이고자 합니다."

공수반은 기쁘지 않은 모습을 지었다. 묵자가 말하였다.

"10금(金)을 바치겠습니다."

공수반이 말하였다.

"저는 의롭기 때문에 본시 사람을 죽이지 않습니다."

묵자가 일어나 두 번 절을 하면서 말하였다.

"청컨대, 설명을 하게 해주십시오. 나는 북쪽에서 선생님께서 구름사다리(雲梯)를 만들어 그것으로써 송나라를 공격하려 한다는 말을 들었습니다. 송나라에 무슨 죄가 있습니까? 초나라는 여유 있는 땅을 가지고 있으나 백성들이 부족합니다. 부족한 백성들을 죽여 여유 있는 땅을 위하여 다툰다는 것은 지혜로운 일이라 할 수가 없습니다. 송나라는 죄도 없는데 그 나라를 공격한다는 것은 어진 일이라 할 수 없습니다. 알면서도 올바로 말하지 않는 것은 충성스럽다고 할 수가 없습니다. 올바로 말하여 뜻을 이루지 못하는 것은 강하다고 할 수가 없습니다. 의로워서 적은 사람들은 죽이지 않으면서도 여러 사람들을 죽인다면 일의 성질을 제대로 안다고 할 수 없습니다."

공수반은 설복 당하였다. 묵자가 말하였다.

"그런데 어찌하여 그만두게 하지 않습니까?"

공수반이 말하였다.

"안됩니다. 나는 이미 그렇게 하도록 임금님께 말하였습니다."

묵자가 말하였다.

"어찌하여 나를 임금님께 뵙도록 해주지 않습니까?"

공수반이 대답하였다.

"그렇게 하겠습니다."

公輸盤[1], 爲楚造雲梯[2]之械, 成, 將以攻宋. 子墨子聞之,
공 수 반　위 초 조 운 제 지 계　성　장 이 공 송　자 묵 자 문 지

起於齊, 行十日十夜, 而至於郢[3], 見公輸盤.
기 어 제　행 십 일 십 야　이 지 어 영　견 공 수 반

公輸盤曰：夫子何命焉爲?
공 수 반 왈　부 자 하 명 언 위

子墨子曰：北方有侮臣, 願藉[4]子殺之.
자 묵 자 왈　북 방 유 모 신　원 자 자 살 지

公輸盤不說. 子墨子曰：請獻十金.
공 수 반 불 열　자 묵 자 왈　청 헌 십 금

公輸盤曰：吾義固不殺人.
공 수 반 왈　오 의 고 불 살 인

子墨子起, 再拜曰：請說之. 吾從北方聞子爲梯, 將以
자 묵 자 기　재 배 왈　청 설 지　오 종 북 방 문 자 위 제　장 이

攻宋. 宋何罪之有? 荊[5]國有餘於地, 而不足於民. 殺所不
공 송　송 하 죄 지 유　형 국 유 여 어 지　이 부 족 어 민　살 소 부

足, 而爭[6]所有餘, 不可謂智. 宋無罪而攻之, 不可謂仁.
족　이 쟁 소 유 여　불 가 위 지　송 무 죄 이 공 지　불 가 위 인

知而不爭, 不可謂忠. 爭而不得, 不可謂强. 義不殺少而
지 이 부 쟁　불 가 위 충　쟁 이 부 득　불 가 위 강　의 불 살 소 이

殺衆, 不可謂知類[7].
살 중　불 가 위 지 유

公輸盤服. 子墨子曰：然胡不已乎?
공 수 반 복　자 묵 자 왈　연 호 불 이 호

公輸盤曰：不可. 吾旣已言之王矣.
공 수 반 왈　불 가　오 기 이 언 지 왕 의

子墨子曰：胡不見我於王?
자 묵 자 왈　호 불 견 아 어 왕

公輸盤曰：諾.
공 수 반 왈　낙

1 公輸盤(공수반) - 노(魯)나라 사람으로서 공수반(公輸般), 공수반(公輸班) 또는 노반(魯班)이라고도 불리며 유명한 기술자로서 후세에까지 이름을 떨치고 있다. 노(魯)나라 소공(昭公)의 아들이라고도 하며, 초(楚)나라로 가서 초나라 임금이 송(宋)나라를 공격할 수 있도록 무기를 고안해 낸 얘기가 『여씨춘추(呂氏春秋)』에도 보인다. **2** 雲梯(운제) - 누거(樓車)라고도 불렀으며, 수레에 높이 올라가는 사다리가 붙여져 있어 성을 공격하기에 편리하였다. **3** 郢(영) - 초나라 도읍 이름. 지금의 호북성(湖北省) 강릉현(江陵縣) 부근에 해당한다. **4** 藉(자) - 힘을 빌리는 것. **5** 荊(형) - 초(楚)나라의 별명. **6** 爭(쟁) - 쟁(爭)은 쟁간(爭諫)의 뜻. 임금의 뜻을 반대하며 올바른 일을 간하는 것. **7** 類(유) - 유추(類推) 또는 여러 가지 일의 성질을 뜻한다. 중국 논리학사(中國論理學史)에 있어서 유추법을 가장 먼저 개발한 것은 이 묵자학파였다.

훌륭한 무기를 만들어 외국을 공격하는 일을 말리는 묵자의 적극적인 태도가 인상적이다. 비정한 전쟁을 반대하고 의로움을 사람들에게 이해시키기 위하여 묵자는 자기의 모든 것을 바치고 있는 듯하다.

2 묵자가 임금을 뵙고서 말하였다.

"지금 여기에 한 사람이 있는데 그의 무늬 새겨진 좋은 수레를 버려 두고 이웃에 있는 다 낡은 수레를 훔치려 합니다. 그의 수놓인 비단옷은 버려두고 이웃에 있는 짧은 거친 옷을 훔치려 합니다. 그의 기장과 고기는 버려두고 이웃에 있는 겨와 지게미를 훔치려 합니다. 이것은 어떠한 사람이라 하시겠습니까?"

임금이 말하였다.

"반드시 도둑질하는 버릇이 든 사람이겠지요."

묵자가 말하였다.

"초나라 땅은 사방 5천 리의 넓이이고, 송나라 땅은 사방 5백 리이니 이것은 마치 무늬 새겨진 좋은 수레와 낡은 수레나 같습니다. 초나라에는 운몽(雲夢)이란 호수가 있는데 그 근처에는 물소와 외뿔소와 고라니와 사슴 같은 짐승들이 가득하고, 강수(江水)와 한수(漢水)에는 물고기와 자라와 큰 자라와 악어가 있어 천하의 부를 이루고 있습니다. 송나라는 이른바 꿩과 토끼나 붕어 같은 물고기조차도 없다는 나라입니다. 이것은 마치 기장과 고기와 겨와 지게미나 같습니다. 초나라에는 장송(長松)과 문재(文梓)와 편남(楩柟)과 예장(豫章) 같은 좋은 재목들이 나는데 송나라에는 긴 나무란 없습니다. 이것은 마치 수놓은 비단옷과 짧은 거친 옷이나 같습니다. 저는 임금님의 신하들이 송나라를 공격하려 하는 것도 앞 사람과 같은 종류의 일이라 생각합니다. 저의 생각으로는, 대왕께서는 반드시 의로움만 손상시키게 될 뿐 얻어지는 게 없을 것으로 압니다."

임금이 말하였다.

"좋은 말씀이오! 비록 그렇다 하더라도, 공수반이 나를 위하여 구름사다리(雲梯)를 만들었으니 꼭 송나라를 뺏어야만 하겠소."

子墨子見王, 曰：今有人於此, 舍[1]其文軒[2], 鄰有敝輿[3],
자 묵 자 견 왕　 왈　 금 유 인 어 차　 사 기 문 헌　　 인 유 폐 여

而欲竊之. 舍其錦繡, 鄰有短褐, 而欲竊之. 舍其粱肉[4],
이 욕 절 지　 사 기 금 수　 인 유 단 갈　 이 욕 절 지　 사 기 량 육

鄰有糠糟[5], 而欲竊之. 此爲何若人?
인 유 강 조　 이 욕 절 지　 차 위 하 약 인

王曰：必爲竊疾矣.
왕 왈　 필 위 절 질 의

子墨子曰：荊之地, 方五千里, 宋之地, 方五百里, 此
자 묵 자 왈　 형 지 지　 방 오 천 리　 송 지 지　 방 오 백 리　 차

猶文軒之敝輿也. 荊有雲夢[6], 犀[7]兕[8]麋[9]鹿滿之, 江漢之魚
유 문 헌 지 폐 여 야　 형 유 운 몽　 서 시 미 록 만 지　 강 한 지 어

鼈[10]黿[11]鼉[12]，爲天下富. 宋所謂無雉[13]兎鮒魚[14]者也. 此猶
별　원　타　　　위천하부　　송소위무치　토부어　자야　　차유

梁肉之與糠糟也. 荊有長松[15]文梓[16]梗枏[17]豫章[18]，宋無長
량육지여강조야　　형유장송　문재　편남　예장　　　송무장

木. 此猶錦繡之與短褐也. 臣以三吏[19]之攻宋也，爲與此
목　　차유금수지여단갈야　　신이삼리　지공송야　　위여차

同類. 臣見大王之必傷義而不得.
동류　　신견대왕지필상의이부득

王曰：善哉! 雖然, 公輸盤爲我爲雲梯, 必取宋.
왕왈　선재　수연　공수반위아위운제　필취송

1 舍(사)－사(捨)와 통하여, 버려두는 것. 2 文軒(문헌)－무늬가 조각되어 있
는 고급 수레. 3 敝輿(폐여)－낡고 해어진 수레. 4 梁肉(양육)－기장과 고기.
5 糠糟(강조)－겨와 술지게미. 6 雲夢(운몽)－호수(湖水) 이름. 7 犀(서)－물
소의 일종. 8 兕(시)－외뿔소. 9 麋(미)－고라니. 10 鼈(별)－자라. 11 黿
(원)－큰 자라. 12 鼉(타)－악어. 13 雉(치)－꿩. 14 鮒魚(부어)－붕어. 보통
호리(狐狸)로 되어 있으나 필원(畢沅)의 설을 따라 고쳤다. 15 長松(장송)－길
게 자라는 소나무로 좋은 재목이 된다. 16 文梓(문재)－가래나무의 일종. 역
시 좋은 재목이 된다. 17 梗枏(편남)－예장(豫章)나무처럼 생긴 나무로 좋은
재목이 된다. 18 豫章(예장)－크게 자라 좋은 재목이 되는 나무 이름. 19 三
吏(삼리)－삼경(三卿) 또는 삼공(三公)으로서 임금 아래 가장 중요한 신하들.
이(吏)는 보통 사(事)로 되어 있으나 손이양(孫詒讓)의 설을 따라 고쳤다.

묵자는 교묘한 논리로 초나라 임금을 설복한다. 그러나 구름
사다리라는 무기 때문에 초나라 임금은 송나라를 공격하려던 욕망
을 버리지 않는다.

3 이에 공수반을 다시 만났다. 묵자는 허리띠를 끌러 성을 만
들고 나뭇조각으로 구름사다리를 삼았다. 공수반은 성을

공격하는 방법을 아홉 번이나 바꾸면서 구름사다리로 공격하였으나 묵자는 아홉 번 모두 이를 막아내었다. 공수반이 성을 공격하는 구름사다리의 방법을 다 썼으나 묵자의 수비에는 여유가 있었다. 공수반이 굴복하였다.

그러나 그는 말했다.

"저는 선생님을 막아내는 방법을 알고 있지만, 저는 말하지 않겠습니다."

묵자도 역시 말하였다.

"나도 선생님이 나를 막아낼 방법을 알고 있지만, 나도 말하지 않겠습니다."

초나라 임금이 그 까닭을 물으니 묵자가 말하였다.

"공수 선생의 뜻은 다만 저를 죽이려는 것뿐입니다. 저를 죽이면 송나라는 막아낼 수가 없을 터이니 공격할 수 있을 거라는 거지요. 그러나 저의 제자는 금골희(禽滑釐) 등 3백 명이나 되는데, 이미 저의 수비하는 기계를 가지고서 송나라 성 위에서 초나라의 군대를 기다리고 있습니다. 비록 저를 죽인다 하더라도, 그것을 없앨 수는 없습니다."

초나라 임금이 말하였다.

"좋습니다! 나는 송나라를 공격하지 않도록 하지요."

묵자는 돌아가는 길에 송나라를 지났다. 마침 비가 내려 그곳 마을 문 안으로 들어가 비를 피하려 하였다. 그러나 마을 문을 지키는 사람이 그를 들여보내주지 않았다. 그러므로 '귀신처럼 일을 한 사람에 대하여 사람들은 그가 한 일을 알지 못한다. 분명히 일을 가지고 다투는 사람만이 여러 사람들에게 사실을 알게 한다.'는 말이 전한다.

於是見公輸盤. 子墨子解帶爲城, 以牒[1]爲械, 公輸盤九
어시견공수반　자묵자해대위성　이첩위계　공수반구

設攻城之機變, 子墨子九距之. 公輸盤之攻械盡, 子墨子
설공성지기변　자묵자구거지　공수반지공계진　자묵자

之守圉[2]有餘. 公輸盤詘[3].
지수어유여　공수반굴

而曰：吾知所以距子矣, 吾不言.
이왈　오지소이거자의　오불언

子墨子亦曰：吾知子之所以距我, 吾不言.
자묵자역왈　오지자지소이거아　오불언

楚王問其故, 子墨子曰：公輸子之意, 不過欲殺臣. 殺
초왕문기고　자묵자왈　공수자지의　불과욕살신　살

臣宋莫能守, 可攻也. 然臣之弟子禽滑釐等三百人, 已持
신송막능수　가공야　연신지제자금골희등삼백인　이지

臣守圉之器, 在宋城上而待楚寇矣. 雖殺臣, 不能絕也.
신수어지기　재송성상이대초구의　수살신　불능절야

楚王曰：善哉! 吾請無攻宋矣.
초왕왈　선재　오청무공송의

子墨子歸, 過宋. 天雨, 庇[4]其閭中. 守閭[5]者不內也. 故
자묵자귀　과송　천우　비기려중　수려자불내야　고

曰, 治於神者, 衆人不知其功. 爭於明者, 衆人知之.
왈　치어신자　중인부지기공　쟁어명자　중인지지

---

1 牒(첩)-나무쪽. **2** 圉(어)-어(禦)와 통하여, '방어하다'. '막아내다'. **3** 詘
(굴)-굴(屈)과 통하여, 굴복하는 것. **4** 庇(비)-가리다, 보호받다, 피하다. **5**
閭(려)-마을 문.

　세상일은 이론만으로 처리되는 것은 아니다. 묵자는 초나라
임금에게 이론이 통하지 않자 최후로 자기의 방어술을 가지고 공
수반의 구름사다리의 기능과 겨룬다. 그 결과 공수반이 굴복하여
초나라의 침략전쟁을 막아낸다.

　그러나 옛날부터 세상에는 시니컬한 일이 많았다. 묵자는 송
나라의 재난을 막아준 은인인데도 그 나라 사람들은 묵자를 몰라

본다. 이런 데서 의로움을 행하려던 사람들도 의기를 잃기 쉽다. 위대한 일을 하려는 사람은 그러기에 더욱 철저한 신념이 필요한 것이다.

※ 제51편은 없어져 전하지 않으며, 편명도 알 수 없음.

52.
비성문편 備城門篇

여기서부터 『묵자』의 내용은 완전히 앞 부분의 것들과는 다른 성격의 것으로 바뀌어진다.

앞에 한 편이 빠져 버렸으나 확실한 그 내용은 알 수가 없다.

편명은 '성문을 수비한다'는 뜻. 내용을 보면, 실상은 이 편부터 시작되는 20편(篇)의 방어전술론(防禦戰術論)의 서론(序論)에 해당하는 것이다. 따라서 여기서는 성에 대한 공격에 대비하여 성을 수비하는 방법을 광범하게 논하고 있다. 남의 나라들 공격하는 전쟁을 강력히 반대하는 묵자는 좀 더 적극적인 방법으로 전쟁을 없애기 위하여 전쟁을 일으키는 자를 막아내는 방법을 깊이 연구하였던 것이다.

1 금골희(禽滑釐)가 묵자에게 물었다.

"성인의 말씀에 의할 것 같으면 평화로운 세상에 나타난다는 봉황새는 나타나지 않고 제후들은 은(殷)나라나 주(周)나라 같은 천자의 나라를 배반하며 전쟁이 세상에 한꺼번에 일어나 큰 나라는 작은 나라를 공격하고, 강한 나라는 약한 나라를 뺏고 있습니다. 저는 조그만 나라를 지키고 싶은데, 어떻게 하여야만 되겠습니까?"

묵자가 말하였다.

"어떤 공격으로부터 지키겠다는 것인가?"

금골희가 대답하였다.

"지금 세상에서 보통 쓰이는 공격 방법은 흙을 높이고 그 위에서 공격하는 임(臨)과, 고리 달린 줄을 걸고 기어 올라가 공격하는 구(鉤)와, 쇠를 단 수레로 부딪치어 성을 부수는 충(衝)과, 사다리 달린 수레로 공격하는 제(梯)와, 해자 등을 흙으로 메우는 인(堙)과, 물로 공격하는 수(水)와, 땅에 구멍을 파고 들어가 공격하는 혈(穴)과, 성벽을 뚫고 공격하는 돌(突)과, 성 안으로 구멍을 통하게 하고는 공격하는 공동(空洞)과, 일제히 군사들로 하여금 성벽에 달라붙어 기어오르며 공격케 하는 의부(蟻傅)와, 성을 공격하는 여러 가지 기구가 달린 분온(轒轀)과, 사람이 탄 판을 높이 올렸다 낮추었다 하는 기계로 공격하는 헌거(軒車) 등이 있습니다. 감히 이 열두 가지 공격으로부터 성을 지키려면, 어떻게 해야 하는지 여쭙고자 하는 것입니다."

禽滑釐問於子墨子曰：由聖人之言, 鳳鳥[1]之不出, 諸侯
畔[2]殷周之國, 甲兵[3]方起於天下, 大攻小, 强執弱. 吾欲守
小國, 爲之奈何?
子墨子曰：何攻之守?

禽滑釐對曰：今之世, 常所以攻者, 臨[4]·鉤[5]·衝[6]·梯[7]·
금골희대왈　금지세　상소이공자　임　구　충　제

堙[8]·水[9]·穴[10]·突[11]·空洞[12]·蟻傳[13]·轒輼[14]·軒車[15]. 敢
인　수　혈　돌　공동　의부　분온　헌거　감

問此十二者, 奈何?
문차십이자　내하

1 鳳鳥(봉조)－봉황(鳳凰). 태평스런 성군의 시대에만 나타난다는 전설적인 새. 2 畔(반)－배반함. 반란을 일으킴. 반(叛)·반(反)과 통함. 3 甲兵(갑병)－본시는 갑옷과 무기. 뜻이 전하여 전쟁을 뜻한다. 4 臨(임)－흙을 높이 쌓아 올리고 성을 공격하는 것. 뒤의 「비고림(備高臨)」편을 참조할 것. 5 鉤(구)－갈고리. 갈고리를 성 위에 걸고 기어오르는 것. 「비구(備鉤)」편은 없어지고 전하지 않으므로 자세한 내용은 알 길이 없다. 6 衝(충)－충거(衝車)로 공격하는 것. 충거는 수레채 앞쪽에 큰 쇠뭉치를 달고 말에도 갑옷을 입힌 다음 달려가 성벽에 부딪치어 성벽을 무너뜨리는 수레이다. 『시경』 대아(大雅) 「황의(皇矣)」편 공영달(孔穎達)의 소(疏)에, 묵자에는 「비충(備衝)」편이 있었는데 지금은 없어졌다고 하였다. 7 梯(제)－사다리. 공수반이 만든 운제(雲梯) 같은 것까지도 포함된다. 뒤에 「비제(備梯)」편이 있으니 참조할 것. 8 堙(인)－보통 흙산을 만들고 공격하는 것이라 풀이하고 있어(『玉篇』, 『左傳』 杜注, 『孫子』曹操注, 『尉繚子』 등) 앞의 '임(臨)'과 다를 바가 없다. 뒤에 「비인(備堙)」편은 없으나 이 편 뒷부분에 해자를 메우는 얘기가 나오는 것으로 보아 성 주위의 해자나 연못을 흙으로 메우고 공격하는 것으로 보았다. 9 水(수)－뒤의 「비수(備水)」편 참조할 것. 10 穴(혈)－땅에 구멍을 뚫고 들어가 공격하는 것. 뒤에 「비혈(備穴)」편이 있다. 11 突(돌)－뒤에 「비돌(備突)」편이 있기는 하나 공격하는 방법이 상세하지 않다. 혈(穴)은 땅에 굴을 파는 것임에 비하여, 돌(突)은 성벽에 구멍을 뚫고 들어가 공격하는 것인 듯하다(孫詒讓 說). 12 空洞(공동)－역시 혈(穴)이나 돌(突)과 마찬가지로 땅이나 성벽에 구멍을 뚫고서 공격하는 것인데, 어떤 특징이 있는지 기록이 없어 알 수 없다. 13 蟻傳(의부)－부(傅)는 부(附)와 통하여, 개미떼가 기어오르듯 군사들이 일제히 성벽을 기어오르며 공격하는 것. 뒤의 「비아부(備蛾傳)」편 참조할 것. 14 轒輼(분온)－네 바퀴 달린 수레를 10여 명이 타고서 성으로부터 공격을 피하며 여러 가지 기구로 성을 공격할 수 있도록 만들어진 수레. 「비분온(備轒輼)」편도 지금은 없어져 전하지 않는다. 15 軒車(헌거)－누거(樓車)와 같은 것인 듯

하며, 사람이 탄 판이 위아래로 움직일 수 있게 되어 있는 수레.「비헌(備軒)」
편도 없어지고 전하지 않는다.

금골희의 질문으로 묵자의 성방어법(城防禦法)을 유도하고 있
다. 이 편에선 성을 공격으로부터 수비하는 방법을 총괄적으로 설
명하고, 뒤에는 금골희가 말한 성을 공격하는 열두 가지 방법을 막
는 법을 하나하나 한 편으로 나누어 설명한다. 다만 지금은 많은
편이 분실되어 전하여지지 않고 그나마 전하여지는 편도 완전한
내용이 아니어서 애석하기 짝이 없다.

2 묵자가 말하였다.
"우리 성과 해자가 잘 손질되었고, 수비하는 기구들이 다
갖추어졌고, 땔감과 식량이 충분하고 위아래가 서로 친하게 지내
며, 또 사방 이웃 제후들의 구원을 받는 것, 이것이 성을 유지하는
조건인 것이다. 또한 지키는 사람으로 훌륭한 사람이 있다 하더라
도 임금이 그를 쓰지 않으면, 곧 지킬 수 없는 것과 같게 된다. 만
약 임금이 지킬 사람을 쓸 적에는 반드시 수비할 능력이 있는 사
람을 써야만 한다. 능력이 없는데도 임금이 그를 쓴다면, 곧 지킬
수 없는 형편이 된다. 그러니 지키는 사람은 반드시 훌륭하고 임
금은 그를 존중하여 써야만 성을 지킬 수 있게 되는 것이다."

子墨子曰：我城池修，守器具，樵粟[1]足，上下相親，又
자묵자왈　아성지수　수기구　초속족　상하상친　우

得四隣諸侯之救，此所以持也．且守者雖善，而君不用之[2]，
득사린제후지구　차소이지야　차수자수선　이군불용지

則猶若不可以守也. 若君用之守者, 又必能乎守者. 不能,
즉 유 약 불 가 이 수 야　　약 군 용 지 수 자　　우 필 능 호 수 자　　불 능

而君用之, 則猶若不可以守也. 然則守者必善, 而君尊用
이 군 용 지　　즉 유 약 불 가 이 수 야　　연 즉 수 자 필 선　　이 군 존 용

之, 然後可以守也.
지　　연 후 가 이 수 야

1 樵粟(초속)－신식(薪食)과 같은 말로, 연료(燃料)와 식량. 초(樵)는 보통 추
(推)로 되어 있으나 손이양(孫詒讓)의 설을 따라 고쳤다. 2 而君不用之(이군불
용지)－보통은 들어 있지 않으나 『묵자한고(墨子閒詁)』를 참조하여 보충하였
다.

성을 지키는 조건으로서 여러 가지 방비할 준비가 잘 되어 있
어야 하지만 수비를 담당할 인재를 뽑아 쓰는 것이 무엇보다 중요
하다는 것이다.

3 무릇 수비하는 방법은 성은 두텁고도 높아야 하며 해자나
못은 깊고도 넓어야 하며, 망루(望樓)가 잘 수리되고 지킬 기
구들이 잘 갖추어져 있어야 한다. 연료와 식량은 석 달 이상을 지
탱하기에 충분하고, 인원은 많고도 잘 갖추어져 있어야 하며, 관
리와 백성들이 잘 어울리고, 대신에는 임금에게 공로가 있는 사람
들이 많으며, 임금은 믿음과 의로움을 지니고 있고, 모든 백성들
은 무한히 즐기고 있어야 한다.

그렇지 않으면, 부모의 무덤이 있으면 좋다. 그렇지 않으면, 산
과 숲과 들과 못에서 풍부한 산물이 나면 좋다. 그렇지 않으면, 지
형이 공격하기는 어렵고 지키기는 쉽게 되어 있으면 좋다. 그렇지

않으면, 곧 적에게 깊은 원한이 있거나 임금에게 큰 공로가 있으면 좋다. 그렇지 않으면, 곧 내려주는 상이 분명하여 신용이 있고, 형벌이 엄하여 두려워할 정도면 좋다.

이상 열네 가지가 갖추어져 있으면, 백성들도 그들의 윗사람을 의심치 않으며, 그런 다음엔 성은 지킬 수가 있는 것이다. 열네 가지 가운데 하나도 갖추어져 있지 않다면, 비록 훌륭한 사람이라 하더라도 성을 견고히 지킬 수가 없을 것이다.

凡守圍¹城之法, 厚以高, 壕池深以廣, 樓撕²修, 守備繕
범수위 성지법 후이고 호지심이광 누시수 수비선

利. 薪食足以支三月以上, 人衆以選³, 吏民和, 大臣有功
리 신식족이지삼월이상 인중이선 이민화 대신유공

勞於上者多, 主信以義, 萬民樂之無窮.
로어상자다 주신이의 만민락지무궁

不然, 父母墳墓在焉. 不然, 山林草澤之饒⁴足利. 不然,
불연 부모분묘재언 불연 산림초택지요 족리 불연

地形之難攻而易守也. 不然, 則有深怨於敵⁵, 而有大功於
지형지난공이이수야 불연 즉유심원어적 이유대공어

上. 不然, 則賞明可信, 而罰嚴足畏也.
상 불연 즉상명가신 이벌엄족외야

此十四者具, 則民亦不疑⁶上矣, 然後城可守. 十四者無
차십사자구 즉민역불의 상의 연후성가수 십사자무

一, 則雖善者, 不能守矣.
일 즉수선자 불능수의

1 圍(위)-어(圉)의 잘못(孫詒讓 說). 막다, 지키다. 그리고 '성(城)'자는 '후(厚)'자 앞에 와 있어야 옳다. 2 樓撕(누시)-망루(望樓). 뒤의 수(修)는 보통 순(揗)으로 되어 있으나 손이양(孫詒讓)의 설을 따라 고쳤다. 3 選(선)-제(齊)와 통하여, '정제(整齊)히 잘 갖추어져 있는 것'. 4 饒(요)-산물이 풍부한 것. 5 敵(적)-보통 적(適)으로 되어 있으나 서로 통하는 글자이다. 6 疑(의)-보통 의(宜)로 되어 있어 학자들의 설이 구구하다. 여기선 잠신면(岑伸勉)의 설을 따랐다.

여기에선 성을 잘 지킬 수 있는 열네 가지 조건들을 구체적으로 들어 설명하고 있다.

4 그러므로 성을 지키는 방법으로는 성문에 대비하여 매다는 문과, 이를 들어 올렸다 내렸다 하는 장치를 마련하여야 한다. 매다는 문은 길이 2장(丈)에 넓이는 8자(尺)이며, 이런 것을 두 장 똑같게 만든다. 문짝은 딱 맞고, 세 치(三寸)가 서로 포개어지도록 한다. 문짝 위에는 불에 대비하여 진흙을 바르는데 두 치(二寸) 넘는 두께여서는 안 된다. 참호(塹壕)는 속이 깊이 1장 5척에 넓이는 문짝과 같게 하며, 참호의 길이는 군사력에 따라 적절히 조절한다. 참호 끝에 매다는 문을 만들어 놓고 한 사람이 들어갈 만한 장소를 마련해 둔다.

적이 쳐들어오면 모든 문짝에는 구멍을 뚫고 거기에 포장을 쳐 놓는다. 문마다 두 개의 막이 쳐지는데, 한 구멍에는 길이 네 자 되는 줄을 달아 놓는다. 성의 사방과 네 모퉁이에는 모두 높은 망루(望樓)를 만들어 놓고 귀족의 자식들로 하여금 그 위에 올라가서 적을 관찰하게 한다. 적의 상태와 적이 전진하고 후퇴하는 것과 좌우로 이동하는 것을 관찰한다. 관찰을 잘못하면 목을 자른다.

적군이 구멍을 파고서 공격해 오면 우리 편은 급히 굴 싸움 부대로 하여금 군사들을 선택하여 적을 맞아 구멍을 파게 한다. 이런 때에 대비하여 작은 쇠뇌를 준비하여 두었다가 이들을 맞아 싸워야만 한다. 백성들 집의 재목이나 기왓장과 돌 같은 성의 수비

에 도움이 될 만한 것들은 모두 바치도록 한다. 명령에 따르지 않
는 자가 있으면 죽인다.

故凡守城之法, 備城門, 爲縣門¹沈機². 長二丈³, 廣八
고 범 수 성 지 법   비 성 문   위 현 문 침 기   장 이 장   광 팔

尺, 爲之兩相如. 門扇⁴數⁵, 令相接三寸. 施土⁶扇上, 無過
척   위 지 량 상 여   문 선 촉   영 상 접 삼 촌   시 토 선 상   무 과

二寸. 塹⁷中深丈五, 廣比扇, 塹長以力爲度. 塹之末, 爲
이 촌   참 중 심 장 오   광 비 선   참 장 이 력 위 도   참 지 말   위

之縣⁸, 可容一人所.
지 현   가 용 일 인 소

客⁹至, 諸門戶皆令鑿, 而慕¹⁰孔之. 各爲二慕, 一鑿而繫
객 지   제 문 호 개 령 착   이 모 공 지   각 위 이 모   일 착 이 계

繩¹¹長四尺. 城四面四隅, 皆爲高磨樧¹², 使重室子¹³居亓
승   장 사 척   성 사 면 사 우   개 위 고 마 서   사 중 실 자 거 기

上. 候適¹⁴, 視亓態狀¹⁵, 與其進退左右所移處. 失候, 斬.
상   후 적   시 기 태 상   여 기 진 퇴 좌 우 소 이 처   실 후 참

適人爲穴而來, 我亟¹⁶使穴師¹⁷選士, 迎而穴之. 爲之具
적 인 위 혈 이 래   아 극 사 혈 사 선 사   영 이 혈 지   위 지 구

內弩¹⁸以應之. 民室材木瓦石, 可以益城之備者, 盡上之.
내 노   이 응 지   민 실 재 목 와 석   가 이 익 성 지 비 자   진 상 지

不從令者, 斬.
부 종 령 자 참

1 縣門(현문) − 적이 쳐들어오면 급히 여닫을 수 있도록 한편을 달아 올리도
록 만든 문. 2 沈機(침기) − '침'은 관(浣)의 잘못(『墨子閒詁』). '관'은 관(管) ·
관(關)과 통하여, '문을 여닫도록 하는 기관장치'. 3 丈(장) − 길이의 단위. 1
장은 열 자(尺). 4 門扇(문선) − 문짝. 5 數(촉) − 촉(促)과 통하여, '빈틈이 없
는 것'. 6 施土(시토) − 문짝에 진흙을 발라 붙여 대비하는 것. 7 塹(참) − 참
호(塹壕). 8 爲之縣(위지현) − 현문을 위하여, 즉 현문을 관리하는 사람을 위
하여. 9 客(객) − 적(敵)을 뜻함. 10 慕(모) − 막(幕)과 통하여, 포장을 치는 것.
11 繫繩(계승) − 새끼줄을 매달아 둔다. 문을 꼭 단속하기 위한 것이라 한다.
12 磨樧(마서) − 망루(望樓). 13 重室子(중실자) − 귀족 집안 출신의 아들. 14
候適(후적) − 적의 동정을 관찰하는 것. 15 態狀(태상) − 態(태)는 태(態)와 통
하는 글자로서 '상태'의 뜻. 16 亟(극) − 빨리, 속히. 17 穴師(혈사) − 구멍 속

에서의 싸움을 지휘하는 부대. **18** 內弩(내노)─좁은 장소에서 쓰기에 편리하도록 만든 짧은 쇠뇌.

※

　여기에선 성을 방비하는 방법으로 매다는 문(縣門)의 구조를 설명하고 있다. 그리고 문마다 구멍을 뚫어놓고 그곳으로 내다보거나 활을 쏠 수 있도록 하여야 한다는 것이다. 그리고 끝으로 성안 참호(塹壕)를 만드는 법, 적이 땅굴을 뚫고 공격해 올 때 대비하는 방법 등을 설명하고 있다.

　이 뒤로는 성을 쌓는 방법에서 시작하여 수비를 하기 위한 시설이나 무기의 배치 등을 설명하고 있다.

5 옛 부터 성을 쌓으면, 7척마다 한 개의 거촉(鋸欘)을 두고, 5보(步)마다 한 개의 토루(土壘)를 두고, 5축(築)마다 낫을 둔다. 긴 도끼는 자루의 길이가 8척이다. 10보마다 한 개의 긴 낫을 두는데, 그 자루의 길이는 8척이다. 10보마다 한 개의 손도끼를 둔다. 긴 쇠망치는 자루의 길이가 6척이고, 머리의 길이는 1척이며, 그 양편 끝은 도끼모양이다. 3보마다 한 개의 근 손 창을 두는데, 창끝의 길이가 1척이고, 손잡이 길이가 5촌이다. 두 개의 손 창을 마주치게 하여 평평하게 보이도록 세워놓는다. 평평하지 않으면 불리하며, 그 양편 끝은 예리해야 한다.

昔築[1]， 七尺一居屬[2]， 五步一壘[3]， 五築[4]有錍[5]． 長斧， 柄
　석축　　칠척일거촉　　오보일루　　오축유제　　장부　　병

長八尺． 十步一長鎌[6]， 柄長八尺． 十步一斲[7]． 長椎[8]， 柄長
　장팔척　십보일장겸　　병장팔척　　십보일착　　장추　　병장

六尺, 頭長尺, 斧기兩端. 三步一大鋌[9], 前[10]長尺, 蚤[11]長
륙 척   두 장 척   부 기 량 단   삼 보 일 대 정   전   장 척   조   장

五寸. 兩鋌交之, 置如平. 不如平不利, 兌[12]기兩末.
오 촌   양 정 교 지   치 여 평   불 여 평 불 리   태   기 량 말

1 昔築(석축) – 옛부터 성을 쌓고는. 2 居屬(거촉) – 거촉(鋸欘). 괭이 종류의
연장. 3 壘(루) – 토루(土壘). 흙을 담아 나르는 물건. 4 築(축) – 길이를 나타
내는 단위. 5 鈵(제) – 풀을 깎는 데 쓰는 낫의 종류임. 6 鎌(겸) – 낫. 7 斲
(착) – 작(斫)과 같은 자. 손도끼. 8 椎(추) – 쇠망치. 9 鋌(정) – 손 창. 10 前
(전) – 창 끝. 11 蚤(조) – 조(爪)와 통하여, 손잡이. 12 兌(태) – 예(銳)와 통하
여, 예리한 것.

성을 수비하는 데 쓰는 기구들을 설명하고 있으나 확실히 알
수 없는 것들이 대부분이다.

6 충수(衝隧) 같은 땅굴을 파려면, 반드시 공격하려는 땅굴의
너비를 잘 알아낸 다음 땅굴을 옆으로 파나가도록 하여 그
것을 넓힘으로써 틀림없이 적의 땅굴이 무너지도록 해야 한다.

나무를 성글게 묶어서 나무 다발을 잘 만들어 가지고 앞쪽의 나
무와도 연관시키며, 길이 1장 7척을 한 단위로 하여 성 바깥쪽에
두되, 그 나뭇단을 종횡으로 쌓아둔다. 그 외면은 진흙을 바르되
그 흙이 흘러내리지 않도록 해야 한다. 그 넓이와 두께는 3장 5척
이상의 성에도 견딜 수 있도록 하고, 장작과 나무와 흙으로 대강
이것을 보강(補強)한다. 다급하게 일을 진행시켜야 한다. 앞쪽의 길
고 짧은 것들은 일찌감치 손질을 하고 진흙을 잘 바름으로써 성가
퀴가 될 수 있도록 한다. 그 외면에 흙을 잘 발라 불에 타지 않도

록 해야 한다.

穴隊¹若衝隊², 必審如攻隊之廣狹, 而令邪穿³亓穴, 令
혈대 약충대　　필심여공대지광협　　이령사천 기혈　영

亓廣, 必夷⁴客隊⁵.
기광　필이 객대

疏束樹木, 令足以爲柴摶⁶, 毌⁷前面樹, 長丈七尺, 一以
소 속 수목　영족이위시단　관 전면수　장장칠척　일이

爲外面, 以柴毌從橫施之. 外面以強塗⁸, 毌令土漏⁹. 令亓
위 외면　이시관종횡시지　외면이강도　관령토루　영기

廣厚, 能任三丈五尺之城以上, 以柴木土稍杜¹⁰之. 以急爲
광후　능임삼장오척지성이상　이시목토초두　지 이급위

故¹¹. 前面之長短, 豫蚤¹²接之, 令能任塗, 足以爲堞¹³. 善
고　전면지장단　예조 접지　영능임도　족이위첩　선

塗亓外, 令毋可燒拔¹⁴也.
도 기외　영무가소발　야

1 隊(대)—수(隧)와 통하여, 수도(隧道). 땅굴. 2 衝隊(충대)—충수(衝隧). 여러
가지 목적으로 사방으로 파놓은 땅굴. 뒤에 다시 보임. 3 邪穿(사천)—옆으
로 굴을 뚫다, 삐딱하게 굴을 뚫다. 4 夷(이)—무너뜨리다. 5 客隊(객대)—적
의 땅굴. 6 柴摶(시단)—장작 다발, 나무 다발. 7 毌(관)—관(貫)과 통하여,
관통하다. 연관시키다. 8 強塗(강도)—접착력이 강한 진흙을 바르는 것(『墨子
閒詁』). 9 土漏(토루)—흙이 흘러내리는 것. 10 稍杜(초두)—대강 채우다, 대
충 막다. 11 爲故(위고)—일을 하다. 12 豫蚤(예조)—미리 일찍이. 13 堞
(첩)—성첩(城堞), 성가퀴. 14 燒拔(소발)—태워 없애는 것.

　　성을 지키는데 필요한 땅굴과 나뭇단을 해설한 대목이다. 적
이 공격해 올 적에 성 밖에 나뭇단과 진흙을 이용하여 또 하나의
성을 만드는 것인 듯하다.

7 큰 성은 1장 5척 높이의 작은 문을 만드는데, 그 넓이는 4척이다. 다시 바깥 성의 문을 만드는데, 바깥 성의 문은 성 바깥쪽에 자리 잡으며, 두 개의 나무를 옆으로 문에 대어놓고 그 나무에 구멍을 뚫어 줄을 통하게 해 가지고 위 성가퀴에 매어놓는다.

참호(塹壕)에는 매달아 올리는 다리를 놓는다. 참호를 파 성으로부터 떨어지도록 하되 나무판 다리로 왕래케 한다. 성 밖에 비딱하게 참호를 파고 나무판으로 그곳을 연결시키되, 그 모양은 성의 형세를 따라 비딱하게 늘어지도록 한다.

성 안에는 속 성가퀴가 있는데, 따라서 안 성가퀴는 그 밖에 있는 것이다. 그 사이를 깊이 1장 5척으로 판 다음 거기에 땔나무를 채워놓아 거기에 불을 붙이어 적을 막을 수 있도록 한다.

大城丈五爲閨門¹, 廣四尺. 爲郭門², 郭門在外, 爲衡³以
대 성 장 오 위 규 문　　廣四尺　위 곽 문　　곽 문 재 외　위 형　이

兩木當門, 鑿⁴亓木, 維敷⁵上堞.
량 목 당 문　착 기 목　유 부　상 첩

爲斬⁶縣梁⁷. 酓⁸穿⁹斷城, 以板橋. 邪穿¹⁰外, 以板次¹¹之,
위 참 현 량　영 천 단 성　이 판 교　사 천　외　이 판 차 지

倚殺¹²如城報¹³.
의 쇄　여 성 보

城內有傳堞¹⁴, 因以內堞¹⁵爲外. 鑿亓閒, 深丈五尺, 室¹⁶
성 내 유 부 첩　인 이 내 첩　위 외　착 기 간　심 장 오 척　실

以樵¹⁷, 可燒之以待適¹⁸.
이 초　가 소 지 이 대 적

1 閨門(규문)―성의 작은 문임. 2 郭門(곽문)―성의 바깥문임. 3 衡(형)―나무를 옆으로 대는 것. 4 鑿(착)―구멍을 뚫다. 5 維敷(유부)―구멍에 줄을 통한 다음 그것을 매어놓는 것. 6 斬(참)―참호(塹壕). 7 縣梁(현량)―매달아 올리는 다리. 8 酓(영)―영(令)과 같은 뜻. …하도록 하다. 9 穿(천)―참호를 파는 것. 10 邪穿(사천)―참호를 비딱하게 파는 것. 11 次(차)―잇다, 연결하다. 12 倚殺(의쇄)―비딱하게 밑으로 처지게 하는 것. 13 報(보)―형세. 14

傅堞(부첩)—가장 성 안쪽에 있는 성가퀴. 속 성가퀴. **15** 內堞(내첩)—성 바로 안, 부첩보다는 바깥쪽에 있는 성가퀴. **16** 室(실)—채우다, 메우다. **17** 樵(초)—땔나무, 장작. **18** 適(적)—적(敵)과 뜻이 통함.

〰

적의 침입으로부터 성을 방비하기 위하여 성에 작은 문(闈門)·바깥 성의 문(郭門)·참호·매달아 올리는 다리(懸梁)·나무판 다리(板橋)·속 성가퀴(傅堞)·안 성가퀴(內堞) 등을 만드는 법을 해설한 것이다.

8 영이(슈耳)를 성에 붙여 만들되, 이층의 누각이 되도록 한다. 그 아래 성의 바깥 성가퀴 안을 깊이 1장 5척, 넓이 1장 2척으로 판다. 누각 또는 영이에서는 모두 힘 있는 자들이 대적하도록 하되, 활을 잘 쏘는 사람은 주로 활을 쏘고, 그를 돕는 자가 화살촉을 갈게 한다.

울타리를 만드는 자들에게 성가퀴를 높이 6척으로 연장시키도록 하며, 부(部)는 넓이 4척, 어디에나 무기와 쇠뇌를 얹어놓을 시렁을 마련해 놓는다.

전사기(轉射機)가 있는데, 그 길이는 6척이고, 1척은 땅에 묻어둔다. 두 개의 목재를 합쳐 온(轀)을 만들되, 온의 길이는 2척이며, 받침대 중간에 구멍을 뚫어 거기에 가로나무를 통해놓는데, 가로나무의 길이는 세로 세운 나무에 닿아야 한다. 20보(步)마다 한 개의 전사기를 놓고, 활을 잘 쏘는 자로 하여금 그 사용을 돕도록 하되, 한 사람은 언제나 거기로부터 떠나지 않도록 한다.

令耳¹屬城, 爲再重樓. 下鑿城外堞內, 深丈五, 廣丈二.
영이 속성 위재중루 하착성외첩내 심장오 광장이

樓若令耳, 皆令有力者主敵², 善射者主發, 佐以廣矢³.
누약령이 개령유력자주적 선사자주발 좌이광시

治裾諸⁴, 延堞高六尺, 部⁵廣四尺, 皆爲兵弩⁶簡格⁷.
치거저 연첩고륙척 부광사척 개위병노 간격

轉射機⁸, 機長六尺, 貍⁹一尺. 兩材合而爲之轀¹⁰, 轀長
전사기 기장륙척 매일척 양재합이위지온 온장

二尺, 中鑿夫¹¹之爲通臂, 臂¹²長至桓¹³. 二十步一, 令善
이척 중착부 지위통비 비 장지환 이십보일 영선

射者佐, 一人皆勿離.
사자좌 일인개물리

1 令耳(영이)－무엇인지 알 수 없다. 성 위에 누각처럼 설치되어 있는 것인 듯. 2 主敵(주적)－중심이 되어 대적(對敵)하는 것. 3 廣矢(광시)－'광'은 려(厲)의 잘못(『墨子閒詁』). 숫돌에 화살촉을 가는 것. 4 裾諸(거저)－'거'는 거(椐)의 잘못으로(『墨子閒詁』), 울타리. '저'는 자(者)와 통함. 5 部(부)－성가퀴에서 망을 보는 곳. 6 弩(노)－쇠뇌. 7 簡格(간격)－'간'은 짜다, 마련하다. '격'은 붕(棚), 곧 시렁의 뜻. 8 轉射機(전사기)－돌리면서 많은 화살을 쏠 수 있도록 만든 무기인 듯. 9 貍(매)－매(埋)의 속자(『墨子閒詁』). 땅에 묻는 것. 10 轀(온)－전사기의 뒷편을 눌러 안정시키도록 하는 부품. 11 夫(부)－부(跗)와 통하여, 대좌(臺座). 바탕. 12 臂(비)－팔처럼 옆으로 벌리어 전사기를 안정시키는 것, 가로나무. 13 桓(환)－전사기의 안정을 위하여 세로로 세워 놓은 나무.

　　여기서는 성을 지키는 설비로 영이(令耳)·누(樓)·거(椐)·부(部)·노(弩)·전사기(轉射機) 등이 설명되고 있다.

성 위에는 백 보(步)마다 한 누각을 세우되, 누각에는 네 기둥이 있으며, 기둥은 모두 두 기둥을 한 주춧돌 위에 세운다. 아래 누각은 높이 1장이고, 위 누각은 높이가 9척이며, 넓이와 길이는 각각 1장 6척이고, 어디에나 망보는 곳을 만든다. 30보마다 창을 하나씩 내는데, 길이 9척, 넓이 10척, 높이 8척이다. 넓이 3척, 길이 2척의 땅을 파서 망보는 곳을 만든다.

성 위에는 불을 피워두는 곳을 만드는데, 그 바탕의 길이는 성의 높고 낮음을 헤아리어 만들며, 그 끝쪽에 불을 놓아둔다.

城上百步一樓, 樓四植[1], 植皆爲通舃[2]. 下[3]高丈, 上九
성 상 백 보 일 루　　누 사 식　　식 개 위 통 석　　하 고 장　　상 구

尺, 廣喪[4]各丈六尺, 皆爲寧[5]. 三十步一突[6], 九尺, 廣十
척　광 상 각 장 륙 척　개 위 녕　　삼 십 보 일 돌　　구 척　　광 십

尺, 高八尺. 鑿廣三尺, 表[7]二尺, 爲寧.
척　고 팔 척　착 광 삼 척　표 이 척　위 녕

城上爲攢火[8], 夫[9]長, 以城高下爲度, 置火亓末.
성 상 위 찬 화　부 장　이 성 고 하 위 도　치 화 기 말

1 植(식) — 기둥. 2 通舃(통석) — 두 기둥이 한 개의 주춧돌 위에 세워지는 것(『墨子閒詁』). 3 下(하) — 앞 대목에서 '누는 이중으로 만든다'고 했으므로, 위의 누와 아래 누가 있는데 그 높이가 각각 다른 것이다. 4 廣喪(광상) — '상'은 무(袤)의 잘못(王引之 說). 넓이와 길이. 5 寧(녕) — 정(亭)의 잘못(畢沅 說). 정후(亭候). 망을 보는 곳. 6 突(돌) — 연돌(煙突). 연기노 빠셔나가게 하고 밖도 내다볼 수 있게 만든 창. 7 表(표) — 역시 무(袤)의 잘못(王引之 說). 길이. 8 攢火(찬화) — 적의 공격에 대비하기 위하여 불을 모아두는 곳. 9 夫(부) — 부(趺). 그 대(臺).

적의 공격에 대비하기 위하여 성 위에 누각(樓)과 망보는 곳(亭)

과 창(突) 및 불을 피우는 곳(攢火)을 만드는 법을 설명하고 있다.

10 성 위에는 9척마다 한 개의 쇠뇌와 한 개의 창 끝이 갈래
진 창과 한 개의 쇠망치와 한 개의 도끼와 한 개의 낫을
놓아두고, 어디에나 던질 돌과 쇠 가시를 쌓아둔다.

거(渠)는 길이가 1장 6척이고, 그 대(臺)의 길이는 1장 2척이며,
그 가로 나무의 길이는 6척, 그것이 묻혀있는 길이는 3척이다. 이
거는 성가퀴로부터 5촌(寸) 정도 떨어져 있어야 한다.

자막(藉莫)은 길이가 8척, 넓이 7척이며, 그것을 위하여 나무를 5
척 넓이로 세우고, 자막의 중간은 다리처럼 되도록 하며, 그 끝에
줄을 매어놓아 적이 공격해오면 한 사람으로 하여금 그것을 내렸
다 올렸다 하면서 그곳을 떠나지 않도록 해야 한다.

城上九尺一弩, 一戟[1], 一椎[2], 一斧, 一艾[3], 皆積參石[4],
성 상 구 척 일 노　일 극　일 추　일 부　일 애　개 적 삼 석

蒺藜[5].
질 려

渠[6]長丈六尺, 夫[7]長丈二尺, 臂[8]長六尺, 亓貍[9]者三尺. 樹
거 장 장 륙 척　부 장 장 이 척　비 장 륙 척　기 매 자 삼 척　수

渠毋傅[10]堞五寸.
거 무 부 첩 오 촌

藉莫[11]長八尺, 廣七尺, 亓木也廣五尺, 中藉苴[12]爲之橋,
자 막 장 팔 척　광 칠 척　기 목 야 광 오 척　중 자 저 위 지 교

索亓端, 適攻, 令一人下上之, 勿離.
삭 기 단　적 공　영 일 인 하 상 지　물 리

1 戟(극)-창 끝이 갈래진 창. **2** 椎(추)-쇠망치. 무기임. **3** 艾(애)-겸(鎌),
낫. 역시 무기의 일종. **4** 參石(삼석)-유석(槑石)의 잘못(洪頤煊 說). 공격해오
는 적에게 던질 돌. **5** 蒺藜(질려)-본시는 열매에 가시가 많이 달린 풀 이름.

여기서는 그 모양으로 적의 전진을 막기 위하여 철로 만든 쇠 가시. **6** 渠(거)−성을 지키는 데 쓰는 무기의 일종. **7** 夫(부)−부(趺)로, 거라는 무기의 대(臺). **8** 臂(비)−팔처럼 옆으로 뻗은 거의 가로나무. **9** 貍(매)−매(埋)와 통하여, 땅에 묻혀있는 것. **10** 毋傅(무부)−붙지 않도록 하다, 곧 거리를 두다. **11** 藉莫(자막)−성을 지키는 장치인 듯하나 분명치 않다. '막'은 막(幕)의 뜻으로 보고(畢沅), 일종의 장막으로 흔히 풀이하나, 역시 석연치 않다. **12** 藉苴(자저)−'저'는 막(莫)의 잘못.

（장식 이미지）

성 위에 적의 공격에 대비하기 위하여 여러 가지 무기와 돌 및 쇠 가시를 배치해놓는 법을 설명하고, 다시 거(渠)라는 무기와 자막(藉莫)을 설치하는 법을 설명하고 있다. 그러나 거와 자막이 어떤 것인지 확실히 알 수가 없다.

11 성 위에는 20보마다 한 개의 자거(藉車)를 둔다. 땅굴 공격에 대비할 경우에는 이 숫자를 따르지 않는다.

성 위에는 30보마다 한 곳의 이동 취사장을 둔다. 물을 운반하는 자는 반드시 삼베 그릇이나 가죽 동이를 써야 하고, 10보마다 그것을 하나씩 배치해야 하는데, 그 자루의 길이는 8척이고, 그릇의 크기는 두 말 이상 세 말까지 들어갈 수 있어야 한다.

해진 옷이나 새 천은 길이 6척으로 마련해놓고, 중간에 길이 1장의 굽은 자루를 달아 10보마다 하나씩 놓아두며, 반드시 긴 줄에 매어 달아 화살로 삼는다.

성 위에는 10보마다 한 개의 침(鈂)을 둔다. 물 항아리는 세 섬〔石〕 이상 들어가는 것이어야 하며, 작은 것 큰 것이 섞여 있어야 한다. 물뜨는 그릇은 각각 두 개씩 있어야 한다.

병졸들을 위하여 마른 밥을 준비하되, 한 사람 당 두 말[斗] 정도이고, 흐리고 비 오는 날에 대비하여 사방의 건조한 곳에 쌓아두어야 한다. 그리고 성 안이나 성가퀴 밖에서 성을 지키는 자들에게도 식사를 할 수 있도록 해야만 한다.

城上二十步一藉車[1], 當隊[2]者不用此數.
성 상 이 십 보 일 자 거　　당 대　자 불 용 차 수

城上三十步一壟竈[3]. 持水者必以布麻斗[4], 革盆[5], 十步
성 상 삼 십 보 일 롱 조　　지 수 자 필 이 포 마 두　　혁 분　　십 보

一, 柄長八尺, 斗大容二斗以上到三斗.
일　병 장 팔 척　두 대 용 이 두 이 상 도 삼 두

敝裕新布[6]長六尺, 中拙[7]柄, 長丈, 十步一, 必以大繩[8]
폐 유 신 포 장 륙 척　중 졸 병　　장 장　십 보 일　필 이 대 승

爲箭.
위 전

城上十步一鈂[9]. 水瓿[10], 容三石以上, 小大相雜. 盆蠡[11]
성 상 십 보 일 침　　수 부　용 삼 석 이 상　소 대 상 잡　분 려

各二財[12].
각 이 재

爲卒乾飯, 人二斗, 以備陰雨, 面[13]使積燥處. 令使守爲
위 졸 건 반　인 이 두　이 비 음 우　면　사 적 조 처　영 사 수 위

城內堞外行餐[14].
성 내 첩 외 행 찬

1 藉車(자거) ― 성을 수비하는 데 쓰는 무기의 일종. 2 當隊(당대) ― 수도(隧道)에 대한 방위를 하는 것. 땅굴 공격에 대비하는 것. 3 壟竈(롱조) ― 이동 취사장(炊事場). 4 布麻斗(포마두) ― 삼베에 기름칠을 하여 물이 새지 않도록 조치하여 만든 물을 담는 그릇. 5 革盆(혁분) ― 짐승가죽으로 만든 물을 담는 그릇. 6 敝裕新布(폐유신포) ― 해진 옷과 새 천. 7 中拙(중졸) ― '졸'은 굴(詘)의 가차자(假借字), 따라서 가운데가 굽은 것. 8 大繩(대승) ― 긴 줄. 9 鈂(침) ― 중국학자들은 무기의 일종으로 이해하려는 경향이 많으나, 물을 보관하는 시설인 듯하다. 10 瓿(부) ― 물 항아리, 물독. 11 盆蠡(분려) ― 물을 푸는 그릇. 12 二財(이재) ― '재'는 구(具)의 뜻(蘇時學 說). 두 개. 13 面(면) ― 사면(四

面)에, 사방에. **14** 行餐(행찬)－식사를 공급하는 것.

&

여기에서는 성을 수비하는 데 쓰이는 자거(藉車)·이동취사
장·식수를 운반하는 법·식수를 저장하는 법·건반(乾飯)의 준비
등에 대하여 설명하고 있다. 헌 옷과 새 천은 쓰이는 곳이 분명치
않다. '긴 줄에 매어 화살로 쏜다'고 했으니, 헝겊에 기름을 먹이
어 불을 붙인 다음 공격해오는 적에게 쏘기 위한 것인 듯도 하다.

12 기구 저장소를 마련한다. 자갈모래와 쇳가루를 모두 배
두(坏斗)에 담아둔다. 질그릇 만드는 사람에게 얇은 항아
리를 만들게 하되, 크기는 한 말 이상 두 말이 들도록 하며, 곧 세
개를 꽉 붙여 함께 단단히 묶어 배두로 쓰는 것이다.

성 위에는 격잔(隔棧)을 만들어 놓되, 그 높이는 1장 2척이며, 그
한 쪽 끝을 깎아놓는다.

작은 문을 만들되, 작은 문은 두 쪽이고, 각각 닫혀지도록 한
다.

置器備[1]. 殺沙[2]礫鐵[3], 皆爲坏斗[4]. 令陶者爲薄瓴[5], 大容
치기비　살사력철　개위배두　영도자위박부　대용

一斗以上至二斗, 卽用取三[6]祕合[7]束堅[8], 爲斗.
일두이상지이두　즉용취삼비합　속견　위두

城上隔棧[9], 高丈二, 剡[10]亓一末.
성상격잔　고장이　염　기일말

爲閨門[11], 閨門兩扇, 令可以各自閉也.
위규문　규문량선　영가이각자폐야

1 器備(기비)─성을 수비하는 데 필요한 기구들을 갖추어 저장하는 곳. 2 殺沙(살사)─자갈 모래, 모래. 3 礫鐵(역철)─쇳가루. 모두 공격해 온 적에게 뿌릴 것임. 4 坏斗(배두)─'배'는 진흙을 빚어 만든 굽지 않은 그릇, '두'는 자루가 달린 그릇임을 뜻함. 5 薄瓶(박부)─'부'는 부(缶)여서, 얇은 항아리. 6 取三(취삼)─세 개를 취하다. 7 祕合(비합)─꽉 합치는 것. 8 束堅(속견)─단단히 묶는 것. 9 隔棧(격잔)─나무를 엮어 만든 성 위아래를 오르내리게 하는 사다리 길인 듯. 10 剡(염)─깎아내다. 11 闈門(규문)─성의 작은 문.

적을 공격하는 데 쓸 모래와 쇳가루를 담아놓는 배두(坏斗)를 만들어 놓는 법과 격잔(隔棧) 및 앞에도 보인 성의 작은 문에 대한 설명을 하고 있다.

13 해자를 메우려는 적을 물리치려면 불로써 그들과 싸우되 풀무를 쓸 수 있어야 한다. 성가퀴 밖의 빙원(馮垣) 안팎에는 나무로 울타리를 만들어 놓는다.

영정(靈丁)은 3장마다 하나씩 세우고, 개 이빨이 맞물리듯이 해 놓아야 한다. 10보마다 한 사람이 나무 울타리 안에서 쇠뇌를 가지고 지키게 하며, 그 반 거리인 5보마다 삥 둘려 담장 가에 올가미를 만들어 놓는데, 7보마다 하나씩 만들어 놓는다.

救闉池¹者, 以火與爭, 鼓橐². 馮垣³外內, 以柴爲燔⁴.
구 인 지 자 이 화 여 쟁 고 탁 빙 식 외 내 이 시 위 번

靈丁⁵, 三丈一, 火耳⁶施之. 十步一人, 居柴內弩, 弩半⁷,
영 정 삼 장 일 화 이 시 지 십 보 일 인 거 시 내 노 노 반

爲狗犀⁸者環之牆, 七步而一.
위 구 서 자 환 지 장 칠 보 이 일

1 闉池(인지)─적이 공격을 위해서 성의 해자를 메우는 것. **2** 鼓橐(고탁)─풀무를 돌리어 바람을 내는 것. **3** 馮埴(빙식)─'식'은 원(垣)의 잘못(『墨子閒詁』). 빙원(馮垣)은 성가퀴 밖에 낮은 담처럼 만들어 놓은 여장(女牆). **4** 燔(번)─번(藩)의 잘못(『墨子閒詁』). 울타리. **5** 靈丁(영정)─확실히 어떤 것인지 알 수 없다. **6** 火耳(화이)─견아(犬牙)의 잘못(『墨子閒詁』). 개 이빨처럼 맞물리도록 하는 것. **7** 弩半(노반)─쇠뇌를 배치한 거리의 반이 되는 거리, 곧 5보를 뜻함. **8** 狗犀(구서)─뒤에 보이는 구시(狗屍)·구주(狗走)와 같은 것으로, 일종의 올가미나 간단한 함정 같은 것인 듯하다.

성 위에 풀무를 마련하고, 성가퀴 밖에 낮은 나무 울타리, 그리고 영정(靈丁)·구서(狗犀) 등을 만들어 놓는 법을 설명하고 있다. 그러나 분명치 않은 점이 적지 않다.

14 적의 불 공격을 막아야 한다. 적이 불화살로 성문 위로 불을 쏜다면, 문짝 위에 구멍을 뚫어 시렁을 만들어 놓고 그곳을 진흙으로 발라놓아야 한다. 그리고 삼베자루와 가죽 부대로 물을 날라다 불을 끈다. 문짝이나 벽 쪽의 기둥 또는 문기둥에 모두 반 자(尺) 크기의 구멍을 뚫고, 한 치(寸)마다 한 개의 막대기를 박는데, 막대기의 길이는 2치이고, 그것들 사이는 한 치이며, 이렇게 만드는 거리는 7치이고, 그 위에 두터이 진흙을 발라 불에 대비하는 것이다.

성문 위에 구멍을 뚫어 문에 불이 붙는 것을 막도록 해놓은 곳에 각각 3섬(石) 이상 드는 한 항아리의 물을 준비해 놓도록 하되, 크고 작은 그릇들을 섞어 준비해 놓아야 한다.

救車火¹, 爲烟矢²射火城門上, 鑿扇上爲棧³, 塗之. 持水
구거화　위연시 사화성문상　착선상위잔　도지　지수

麻斗⁴, 革盆⁵救之. 門扇薄植⁶, 皆鑿半尺, 一寸一涿弋⁷,
마두　혁분구지　문선박식　개착반척　일촌일탁익

弋長二寸, 見⁸一寸, 相去七寸, 厚塗之以備火.
익장이촌　견일촌　상거칠촌　후도지이비화

城門上所鑿以救門火者, 各一垂⁹水, 火三石¹⁰以上, 小
성문상소착이구문화자　각일수수　화삼석　이상　소

大相雜.
대상잡

1 車火(거화) — '거'는 훈(熏)의 잘못(『墨子閒詁』). 불로 공격하는 것.　2 烟矢(연시) — 불화살.　3 棧(잔) — 시렁, 선반.　4 麻斗(마두) — 삼베 천에 기름을 먹이어 만든 삼베 자루. 앞에 보임.　5 革盆(혁분) — 가죽 부대. 물을 담는데 씀.　6 薄植(박식) — '박'은 벽에 붙어있는 기둥, '식'은 문기둥.　7 涿弋(탁익) — '탁'은 탁(椓)과 통하여, 말뚝을 박는 것. 여기서는 보다 작은 막대기를 박는 것.　8 見(견) — 간(間)의 잘못(畢沅 說). 그 사이.　9 垂(수) — 부(缶)의 잘못일 것이다. 항아리.　10 火三石(화삼석) — '화'는 용(容)의 잘못(王引之 說). 세 섬이 들어가는 것.

　여기서는 적이 불화살을 쏘며 성을 공격해오는 것에 대한 대비를 설명하고 있다.

15 문짝을 만든 세로나무와 가로나무는 반드시 쇠붙이로 둘러싸되, 구리나 쇠의 판금(板金)으로 그것을 씌워야 한다. 문의 가로나무는 이중(二重)이어야 하고, 쇠로 그것을 씌워 반드시 견고해야만 한다.
　문빗장은 가로 2척의 나무로 만들고, 빗장에는 한 개의 자물쇠

가 있는데, 지키는 사람의 도장으로 봉해놓고, 때때로 사람을 보내어 봉한 것을 살피고 빗장이 세로나무에 제대로 들어가 있는가 보도록 한다. 문지기는 모두 도끼·손도끼·끌·톱·망치 같은 것을 휴대할 수 없게 한다.

門植關[1]必環錮[2], 以錮金若鐵[3]鍱[4]之. 門關再重, 鍱之以
문 식 관 필 환 고   이 고 금 약 철 섭 지   문 관 재 중   섭 지 이

鐵, 必堅.
철   필 견

梳關, 關二尺, 梳關[5]一莧[6], 封以守印[7], 時令人行貌[8]封,
소 관   관 이 척   소 관 일 현   봉 이 수 인   시 령 인 행 모 봉,

及視關入桓[9]淺深. 門者皆無得挾[10]斧, 斤, 鑿, 鋸, 椎.
급 시 관 입 환 천 심   문 자 개 무 득 협   부   근   착   거   추.

1 植關(식관)-'식'은 문을 지탱하는 세로나무, '관'은 문 위아래의 가로나무. 2 環錮(환고)-삥 둘러 쇠를 입히는 것, 쇠붙이로 둘러싸는 것. 3 金若鐵(금약철)-구리나 쇠. 옛날에는 동(銅)도 흔히 금(金)이라 하였다. 4 鍱(섭)-판금(板金), 판금을 입히다. 5 梳關(소관)-'소'는 광(桃)의 잘못(『墨子閒詁』). 광관(桃關)은 문빗장. 6 莧(현)-관(管)의 잘못(『墨子閒詁』). 빗장을 채우는 장치. 자물쇠. 7 守印(수인)-성을 지키는 사람의 도장, 태수(太守)의 도장. 8 貌(모)-시(視)의 잘못(畢沅 說). 살펴보는 것. 9 桓(환)-빗장을 거는 세로나무. 10 挾(협)-지니다, 휴대하다.

성문과 그 빗장에 대한 설명이다. 끝의 문지기는 빗장을 부술 수 있는 연모들을 몸에 지니지 못하도록 해야 한다는 조건이 재미있다.

16 성 위에 2보마다 한 개의 거(渠)를 둔다. 거는 기둥 1장 2척 되는 것을 세우고, 머리의 길이는 10척이며, 가로나무의 길이는 6척이다. 2보마다 한 개의 답(荅)을 두는데, 넓이는 9척이고, 길이는 12척이다.

城上二步一渠¹. 渠立程²丈三尺³, 冠⁴長十丈, 辟⁵長六尺.
성 상 이 보 일 거　거 립 정 장 삼 척　관 장 십 장　벽 장 륙 척

二步一荅⁶, 廣九尺, 袤十二尺.
이 보 일 답　광 구 척　무 십 이 척

1 渠(거)－앞 9절에도 보인 성을 지키는 무기의 일종.　2 程(정)－정(桯)의 잘못으로(『墨子閒詁』), 기둥.　3 丈三尺(장삼척)－'삼척'은 다른 곳의 '거'의 설명을 참고할 때 이척(二尺)의 잘못임.　4 冠(관)－거의 머리에 해당하는 윗부분.　5 辟(벽)－비(臂)와 통하여, 팔처럼 옆으로 뻗은 가로 막대기.　6 荅(답)－역시 성을 지키는 무기의 일종. '거'와 관련이 있는 듯.

　　성을 지키는 무기로 거(渠)와 답(荅)에 대한 설명을 한 부분이다. 필원(畢沅)은 『한서(漢書)』주(注)를 인용하며, 거답(渠荅)은 철질려(鐵蒺藜), 곧 쇠 가시라고 한데 합치어 설명하고 있으나 이해할 수 없다.

17 2보마다 연정과 긴 도끼와 긴 쇠망치 각 한 개씩을 둔다. 창 20자루를 2보마다 두루 놓아둔다.

二步置連梃¹, 長斧, 長椎各一物. 槍²二十枚, 周置二步中.
이 보 치 련 정　장 부　장 추 각 일 물　창 이 십 매　주 치 이 보 중

1 連梃(연정)—성벽을 기어오르는 적을 치는 데 쓰는 무기. 2 槍(창)—나무 막대기 양편을 뾰족하게 깎은 창(『墨子閒詁』).

성을 방어할 무기 배치법을 얘기한 대목임.

18 2보마다 한 개의 나무 쇠뇌를 배치하는데, 반드시 50보 이상의 거리를 쏠 수 있어야 한다. 그리고 많은 화살을 준비하되, 대 화살을 마련하지 못할 적에는 싸리나무·복숭아나무·산뽕나무·느릅나무로 만든 것도 괜찮다. 쇠 화살을 더욱 많이 준비하고, 사금(射衛)과 농종(櫳樅)을 널리 늘어놓는다.

二步一木弩, 必射五十步以上. 及多爲矢, 節[1]毋以竹箭,
이 보 일 목 노   필 사 오 십 보 이 상   급 다 위 시   절 무 이 죽 전

以楛[2], 趙[3], 挑[4], 楡[5], 可. 蓋求齊[6]鐵夫, 播以射衛[7]及櫳樅.
이 호   조   도   유   가   개 구 제 철 부   파 이 사 금 급 롱 종

1 節(절)—즉(卽)의 잘못(『墨子閒詁』). 2 楛(호)—싸리나무. 3 趙(조)—도(桃)의 잘못인 듯(『墨子閒詁』). 복숭아나무. 4 挑(도)—자(柘)의 잘못(『墨子閒詁』). 산뽕나무. 5 楡(유)—느릅나무. 6 蓋求齊(개구제)—'개'는 익(益)의 잘못. '제'는 재(齎)의 잘못(『墨子閒詁』). 따라서 더욱 많이 구해 오는 것. 7 射衛(사금)—농종(櫳樅)과 함께 역시 성을 지키는 데 쓰는 무기 이름.

여기에서도 성 안에 무기를 준비해놓는 것을 얘기하고 있으나, 뒤편에는 알 수 없는 물건들도 나온다.

19 2보마다 돌을 쌓아놓되, 돌의 무게 천 균(鈞) 이상의 것들 5백 개를 준비해야 하는데, 적어도 1백 개는 넘어야 한다. 쇠 가시와 함께 쓰면 성벽을 모두 잘 방위할 수가 있다.

2보마다 횃불을 쌓아놓되, 그 굵기는 1위(圍)이고, 길이는 1장이며 20개를 준비한다.

5보마다 한 개의 물독을 두고, 거기에는 물을 뜨는 표주박이 있는데, 표주박의 크기는 한 말 정도이다.

5보마다 올가미 5백 개를 쌓아두는데, 올가미의 길이는 3척이며, 창 끝을 숨겨놓되 그 끝은 예리해야 하며, 말뚝에 단단히 매어놓아야 한다.

10보마다 나뭇단을 쌓아놓는데, 굵기는 2위(圍) 이상, 길이는 8척이 되는 것 20개를 준비해야 한다.

25보마다 한 개의 아궁이를 마련하되, 아궁이에는 큰 쇠솥이 있는데 한 섬 이상 용량의 것 하나에 물을 끓여놓고 대비한다. 그리고 모래를 준비하는 것도 1천 섬 이하가 되어서는 안된다.

二步積石, 石重千鈞[1]以上者, 五百枚, 毋百. 以亢[2]疾犁[3], 壁
이 보 적 석　석 중 천 균 이 상 자　오 백 매　무 백　이 항 질 리　벽
皆可善方[4].
개 가 선 방

二步積苙[5], 大一圍, 長丈, 二十枚.
이 보 적 립　대 일 위　장 장　이 십 매

五步一罌[6], 盛水有奚[7], 奚蠡大容一斗.
오 보 일 앵　성 수 유 해　해 려 대 용 일 두

五步積狗屍[8]五百枚, 狗屍長三尺, 喪[9]以弟[10], 瓮[11]亓端,
오 보 적 구 시 오 백 매　구 시 장 삼 척　상 이 제　옹 기 단
堅約[12]弋.
견 약 익

十步積搏[13], 大二圍以上, 長八尺者, 二十枚.
십 보 적 단　대 이 위 이 상　장 팔 척 자　이 십 매

二十五步一竈, 竈有鐵鐕[14], 容石以上者一, 戒以爲湯.
이 십 오 보 일 조　　조 유 철 잠　　용 석 이 상 자 일　　계 이 위 탕

及持沙, 毋下千石.
급 지 사　무 하 천 석

1 鈞(균)−무게의 단위. 1균은 30근(斤). **2** 亢(항)−어(禦). 방어하는데 쓰는 것. **3** 疾犁(질리)−질려(蒺藜). 쇠 가시. **4** 方(방)−방(防). 방위하다. **5** 苙(립)−거(莒)의 잘못(『墨子閒詁』). 거(炬). 횃불. **6** 罌(앵)−항아리, 독. **7** 奚(해)−밑의 려(蠡)자가 빠진 것. 해려(奚蠡)는 표주박. **8** 狗屍(구시)−올가미나 함정의 일종. 앞에 보임. **9** 喪(상)−감추는 것(畢沅 說). **10** 弟(제)−모(茅)의 잘못(『墨子閒詁』). 창. **11** 瓮(옹)−태(兊)의 잘못(『墨子閒詁』). '태'는 예(銳)의 뜻. 날카롭게 하다. **12** 堅約(견약)−단단히 매어놓다. **13** 搏(단)−나무를 묶어놓은 나뭇단. **14** 鐕(잠)−큰 솥.

　역시 성 안에 돌이나 물 또는 올가미, 나뭇단 같은 성을 방비하는 데 필요한 물건들을 준비하는 방법을 해설하고 있다.

20　30보마다 망을 보는 누각을 마련하되, 누각은 성가퀴보다 4자 나와 있어야 하며, 너비는 3척, 길이는 4척, 나무판으로 삼면을 두르고 빈틈없이 진흙을 바르고, 여름에는 그 위를 덮도록 한다.

　50보마다 자거 한 대를 두되, 자거는 반드시 바퀴 굴대를 쇠로 만들어야 한다.

　50보마다 한 개의 변소가 있어야 하며, 그 둘레는 담을 두르고, 그 높이는 8척으로 한다.

　50보마다 한 개의 쉴 방을 마련하되, 방의 위쪽을 반드시 자물

쇠로 채우고 그곳을 지키도록 해야 한다.

  50보마다 나무다발을 쌓아놓되, 그 무게는 3백 석(石)도 되지 않아서는 안되며, 그 위를 진흙으로 잘 바르고 덮어 밖으로부터 불이 날아와 손상시키지 못하게 해야 한다.

三十步置坐候樓¹, 樓出於堞四尺, 廣²三尺, 廣四尺, 板
삼 십 보 치 좌 후 루   누 출 어 첩 사 척   광 삼 척   광 사 척   판

周³三面, 密傅⁴之, 夏蓋⁵亓上.
주 삼 면   밀 부 지   하 개 기 상

五十步一藉車⁶, 藉車必爲鐵纂⁷.
오 십 보 일 자 거   자 거 필 위 철 찬

五十步一井屛⁸, 周垣之, 高八尺.
오 십 보 일 정 병   주 원 지   고 팔 척

五十步一方⁹, 方尙¹⁰必爲關籥¹¹守之.
오 십 보 일 방   방 상 필 위 관 약   수 지

五十步積薪, 毋下三百石¹², 善蒙塗¹³, 毋令外火能傷也.
오 십 보 적 신   무 하 삼 백 석   선 몽 도   무 령 외 화 능 상 야

1 坐候樓(좌후루)─성 위의 망을 보는 누각. 2 廣(광)─뒤의 것은 장(長)의 잘못(俞樾 說). 길이. 3 板周(판주)─나무판으로 두르는 것. 4 密傅(밀부)─빈틈없이 진흙을 바르는 것. 5 蓋(개)─덮개를 만드는 것. 6 藉車(자거)─성을 수비하는 데 쓰는 무기의 일종. 앞 10절에도 보임. 7 纂(찬)─수레의 바퀴 굴대〔軸〕를 만드는 것(畢沅 說). 8 井屛(정병)─변소(『墨子閒詁』). 9 方(방)─방(房). 수비자들이 쉬는 곳(俞樾 說). 10 尙(상)─상(上), 위. 11 關籥(관약)─'약'은 약(鑰)과 통하여, 자물쇠로 잠가두는 것. 12 石(석)─무게의 단위. 120근(斤). 13 蒙塗(몽도)─진흙을 덮어 바르는 것.

  망을 보는 누각(坐候樓)·자거(藉車)·변소·쉬는 방·나무다발 등을 성에 마련해놓는 방식을 설명한 대목이다.

21 1백 보마다 한 개의 농종(櫳樅)을 두되, 땅으로부터의 높이가 5장(丈)이고 3층인데, 아래쪽은 넓이가 앞은 8척, 뒤는 13척이며, 그 위는 알맞게 어울리도록 줄여가야 한다.

1백 보마다 한 나무 누각을 세우는데, 누각의 넓이는 앞쪽이 9척이고, 높이는 7척이다. 누거(樓車)를 성벽 가까이에 두되, 성 밖 12척 되는 거리에 있어야 한다.

1백 보마다 한 우물을 파고, 우물에는 10개의 독을 두며, 나무로 두레박을 만들고, 물그릇은 4말(斗)에서 6말들이 1백 개를 준비해 둔다.

1백 보마다 한더미의 볏짚단을 쌓아놓되, 굵기가 2위(圍) 이상되는 것 50단이 있어야 한다.

1백 보마다 큰 방패를 두되, 방패의 너비는 4척이고, 높이는 8척이다. 사방으로 땅굴을 파놓는다.

1백 보마다 숨겨진 도랑을 파놓는데, 그 너비는 3척, 높이는 4척 되는 것 1천 개가 있어야 한다.

2백 보마다 한 개의 누각을 세우는데, 성가퀴 안에 넓이 2장 5척, 길이 2장, 성 밖으로 5척이 나와 있어야 한다.

百步一櫳樅[1], 起地高五丈, 三層, 下廣前面八尺, 後十
백 보 일 롱 종　기 지 고 오 장　삼 층　하 광 전 면 팔 척　후 십

三尺, 亓上稱議[2]衰殺[3]之.
삼 척　기 상 칭 의 최 쇄 지

百步一木樓, 樓廣前面九尺, 高七尺. 樓軵[4]居坫[5], 出城
백 보 일 목 루　누 광 전 면 구 척　고 칠 척　누 문 거 고　출 성

十二尺.
십 이 척

百步一井, 井十甕[6], 以木爲繫連[7], 水器容四斗到六斗者
백 보 일 정　정 십 옹　이 목 위 계 련　수 기 용 사 두 도 륙 두 자

百.
백

百步一積雜秆[8], 大二圍以上者五十枚.
백보일적잡간　대이위이상자오십매

百步爲櫓[9], 櫓廣四尺, 高八尺. 爲衝術[10].
백보위로　노광사척　고팔척　위충술

百步爲幽竇[11], 廣三尺, 高四尺者千.
백보위유독　광삼척　고사척자천

二百步一立樓, 城中廣二丈五尺二[12], 長二丈, 出樞[13]五尺.
이백보일립루　성중광이장오척이　장이장　출추　오척

1 欟樬(농종)－앞에도 보인 성을 지키는 무기.　2 稱議(칭의)－'의' 는 의(宜)와 통하여, 적절히 잘 어울리도록 하는 것.　3 衰殺(최쇄)－어울리게 줄이는 것. 4 樓軵(누문)－'문' 은 팽(軿)의 잘못(『墨子閒詁』). 곧 누거(樓車).　5 坫(고)－점(坫)의 잘못(畢沅 說). 담벽, 성벽.　6 甕(옹)－독.　7 繫連(계련)－두레박(蘇時學 說).　8 秆(간)－볏짚. 볏짚 종류.　9 櫓(로)－큰 방패.　10 衝術(충술)－'술' 은 수(隧)의 잘못으로, 앞(6절)에 나온 충대(衝隊), 또는 충수(衝隧). 사방으로 뻗은 땅굴.　11 幽竇(유독)－'독' 은 두(竇)의 잘못(俞樾 說). 물 공격에 대비하기 위한 암거(暗渠). 숨겨진 도랑.　12 五尺二(오척이)－뒤의 '이' 자는 잘못 붙은 것인 듯.　13 樞(추)－거(拒)의 잘못(『墨子閒詁』). 거(㺬)로도 쓰고, 모두 거(距)와 통하여, 누가 성 밖으로 나가 있는 부분을 가리킴.

　성 안에 농종(欟樬) · 나무 누각 · 샘과 물그릇 · 볏짚단 · 큰 방패 · 물 공격에 대비하기 위한 숨겨진 도랑(暗渠) · 누각 등을 마련하는 법을 설명하고 있다. 중간에 불쑥 나오는 땅굴(衝隧)의 얘기는 아무래도 잘못된 듯하다.

22 성 위는 넓이가 3보에서 4보는 되어야만 병졸들이 행동을 하고 싸울 수가 있다.

　밖을 내다보는 성가퀴는 너비가 3척, 높이 2척 5촌이며, 올라가는 계단은 높이 2척 5촌, 너비와 길이는 각각 3척이며, 밖으로 나가는 길의 너비는 각각 6척이다.

성 위의 네 모퉁이에는 이중의 누각이 있는데, 높이 5척이며, 네 명의 위(尉)가 거기에 자리잡는다.

성 위에는 7척마다 한 개의 거(渠)를 두되, 그 길이는 1장 5척이며, 3척을 땅에 묻고, 성가퀴로부터 5촌 떼어놓으며, 받침대의 길이는 1장 2척, 가로나무의 길이는 6척이다. 세워진 기둥 반쯤에 한 개의 구멍을 뚫고, 거기에 달린 손잡이의 직경은 5촌이다. 받침대에는 두 개의 구멍을 뚫고, 거의 받침대 앞쪽 끝은 성가퀴보다는 4촌이 낮아야 적당하다. 거에 구멍을 뚫고 구덩이를 판 다음 그 위를 기와로 덮어놓는다. 겨울에는 말똥을 채워놓고 언제나 명령을 기다리도록 하여야 한다. 혹은 기와로 구덩이를 덮어놓아도 된다.

城上廣三步到四步, 乃可以爲使鬪.
성상광삼보도사보 내가이위사투

俾倪[1]廣三尺, 高二尺五寸. 陛[2]高二尺五, 廣長各三尺,
비예광삼척 고이척오촌 폐고이척오 광장각삼척

遠[3]廣各六尺.
원광각륙척

城上四隅童異[4], 高五尺, 四尉[5]舍[6]焉.
성상사우동이 고오척 사위사언

城上七尺一渠[7], 長丈五尺, 貍[8]三尺, 去堞五寸, 夫[9]長丈
성상칠척일거 장장오척 리삼척 거첩오촌 부장장

二尺, 臂[10]長六尺. 半植[11]一鑿, 內後[12]長五寸. 夫兩鑿, 渠
이척 비장륙척 반식일착 내후장오촌 부량착 거

夫前端, 下堞四寸而適. 鑿渠, 鑿坎[13], 覆以瓦. 冬日以馬
부전단 하첩사촌이적 착거 착감 복이와 동일이마

夫[14]寒[15], 皆待命. 若以瓦爲坎.
부 한 개대명 약이와위감

1 俾倪(비예)—밖을 내다볼 수 있는 성가퀴. 2 陛(폐)—올라가는 계단. 3 遠

(원)—도(道)의 잘못(『墨子閒詁』).　**4** 童異(동이)—중루(重婁)의 잘못(『墨子閒
詁』). '루'는 루(樓)와 통하여, 이중 누각.　**5** 尉(위)—벼슬 이름. 정위(廷尉)·
현위(縣尉) 따위.　**6** 舍(사)—자리잡다, 위치를 잡다.　**7** 渠(거)—성을 방위하
는 무기.　**8** 狸(리)—매(埋)와 통하여, 땅에 묻다.　**9** 夫(부)—부(趺). 무기의 받
침대.　**10** 臂(비)—거답의 팔처럼 옆으로 뻗은 막대기.　**11** 植(식)—거답의 세
워진 기둥.　**12** 內後(내후)—내경(內徑)의 잘못(『墨子閒詁』). '내'는 예(枘)와 통
하여, 식(植)에 붙어있는 '자루의 직경'.　**13** 坎(감)—거답을 파묻어 세울 구
덩이.　**14** 馬夫(마부)—'부'는 시(矢)의 잘못(『墨子閒詁』). 말똥.　**15** 寒(한)—색
(塞)의 잘못(『墨子閒詁』). 막다.

　성과 성가퀴의 구조를 설명하고, 거기에 설치하는 거에 대하
여 설명하고 있다. 거는 이미 앞에도 나왔으나 여전히 어떤 물건인
지 확실히 알 수가 없다.

23　성 위에는 10보마다 한 표(表)를 만들어 놓는데, 길이는 1
장(丈), 물을 버리는 자가 표를 잡고 흔들어 밑의 사람에게
알리는 것이다. 50보마다 한 개의 변소가 있는데, 아래의 변소와 연
결되어 있다. 변소에 가는 자는 손에 물건을 들어서는 안 된다.
　성 위에는 30보마다 한 개의 자거(藉車)를 두는데, 땅굴 공격에
대비하는 자들은 그것을 쓰지 않는다.
　성 위에는 50보마다 하나의 다니는 계단이 있는데, 높이는 2척
5촌, 길이는 10보이다. 성 위에는 50보마다 하나의 망루(望樓)가 있
는데, 망루는 반드시 이중(二重)으로 되어 있어야 한다.
　토루(土樓)는 1백 보마다 하나씩 있는데, 밖의 문은 매어 다는 문
이며, 그 좌우에는 참호(塹壕)를 파놓는다. 그 토루에 자막(藉幕) 시

설을 할 적에는 그것이 나무 선반 위로 나오도록 하여 밖으로부터의 공격을 막아야 한다.

성 위에는 어디에나 방이 있어서는 안 되며, 만약 사람이 숨을 만한 곳이 있다면 그런 것은 모두 없애버려야 한다.

성 밑의 둘려있는 길 안에는 1백 보마다 하나의 나무다발 더미를 만들어 놓는데, 3천 석(石)이 되지 않아서는 안 되며, 그 위를 진흙으로 잘 싸발라 놓아야 한다.

城上千步[1]一表[2], 長丈, 棄水者操表搖之. 五十步一廁[3]
성상천보 일표 장장 기수자조표요지 오십보일측

與下同圂[4]. 之廁者, 不得操[5].
여하동혼 지측자 부득조

城上三十步一藉車[6], 當隊者[7]不用.
성상삼십보일자거 당대자 불용

城上五十步一道陛[8], 高二尺五寸, 長十步. 城上五十步
성상오십보일도폐 고이척오촌 장십보 성상오십보

一樓扎[9], 扎勇勇必重[10].
일루공 공용용필중

土樓百步一, 外門發樓[11], 左右渠之[12]. 爲樓加藉幕[13],
토루백보일 외문발루 좌우거지 위루가자막

棧[14]上出之, 以救外.
잔 상출지 이구외

城上皆毋得有室, 若也可依匿者, 盡除去之.
성상개무득유실 약야가의닉자 진제거지

城下州道[15]內, 百步一積薪, 毋下三千石, 以上善塗之.
성하주도 내 백보일적신 무하삼천석 이상선도지

1 千步(천보)―'천'은 십(十)의 잘못인 듯(『墨子閒詁』). 2 表(표)―물을 아래로 버릴 적에, 아래에 있는 사람이 물에 젖지 않도록 물 버리는 것을 알려주는 장치. 3 廁(측)―변소, 뒷간. 4 圂(혼)―변소. 더러운 물건을 쌓아두는 곳. 5 操(조)―물건을 손에 드는 것(畢沅 說). 6 藉車(자거)―앞에도 보인 성을 방어하는 데 쓰는 무기. 7 當隊者(당대자)―'대'는 수도(隧道). 땅굴에 의한 공격에 대비하는 사람. 8 道陛(도폐)―길의 계단. 9 樓扎(누공)―앞(3절)에 보인

누서(樓撕)의 잘못(『墨子閒詁』). 망루(望樓). **10** 抈勇勇必重(공용용필중) - '누서필재중(樓撕必再重)'의 잘못(『墨子閒詁』). **11** 發樓(발루) - 현문(縣門). 매어 다는 문. **12** 渠之(거지) - 참호(塹壕)를 파는 것. **13** 藉幕(자막) - 앞(9절)에 나온 자막(藉莫). 성을 지키는 데 쓰는 무기. **14** 棧(잔) - 사다리 길. 나무때기로 만든 선반. **15** 州道(주도) - 주도(周道). 성을 둘러서 난 길.

표(表) · 변소 · 자거(藉車) · 다니는 계단(道陛) · 망루(望樓) · 토루(土樓) · 자막(藉幕) · 나무다발더미(積薪) 등을 성 안에 마련해 놓는 법을 설명하고 있다.

24 성 위에는 10명마다 한 명의 십장(什長)을 임명하며, 그에게 한 명의 이사(吏士)와 한 명의 백사(帛士)를 소속시킨다.

1백 보마다 정자를 하나 만들어 놓되, 그 담은 높이가 1장 4척이고, 그 두께는 4척이다. 두 쪽으로 된 작은 문을 만들어 놓아 각각 따로 닫아지도록 하여야 한다.

정자에는 한 명의 위관(尉官)을 두는데, 위관은 중후하고 충실하고 신용이 있으며 일을 책임질 만한 사람을 임명해야 한다.

城上十人一什長[1], 屬一吏士[2], 一帛尉.
성상십인일십장　　속일리사　　일백위

百步一亭, 高垣[3]丈四尺, 厚四尺. 爲閨門[4]兩扇, 令各可
백보일정　　고원장사척　　후사척　　위규문량선　　영각가

以自閉.
이자폐

亭一尉, 尉必取有重厚忠信可任事者.
정일위　　위필취유중후충신가임사자

1 什長(십장)−10명을 인솔하는 사람. 2 吏士(이사)−손이양(孫詒讓)은 졸병의 뜻으로 해석하고, '일(一)'은 십(十)의 잘못이라 하였다. 그러나 '이사'는 뒤의 백위(帛尉)와 함께 십장을 돕는 낮은 관리로 봄이 좋을 듯. '이사'는 인사관계, '백사'는 재정관계를 보좌했을 것이다. 3 垣(원)−담. 4 閨門(규문)−성의 작은 문. 앞에 이미 보임.

ᐤᐤ

성의 수비대에 십장(什長)과 그 밑의 이사(吏士) · 백사(帛士) 및 정자를 만들어 놓고 거기에 위관(尉官)을 두어야 함을 설명하고 있다.

25

2사(舍)가 함께 한 개의 우물과 취사장을 쓰며, 재 · 겨 · 쭉정이 · 왕겨 · 말똥 등을 모두 잘 거두어 저장해 놓아야 한다.

성 위의 비품으로는 거답(渠荅) · 자거(藉車) · 행잔(行棧) · 행루(行樓) · 작도(斫刀) · 도르래 · 연정(連梃) · 긴 도끼 · 긴 쇠망치 · 장자(長茲) · 거(距) · 비충(飛衝) · 매다는 다리 · 비굴(批屈) 등이 있다.

성의 누각은 50보마다 하나를 만들고, 성가퀴 아래에는 작은 구멍을 3척마다 하나씩 뚫는다. 도르래를 만들되, 그 굵기는 2위(圍), 길이는 4척 반이고 반드시 손잡이가 있어야 한다.

기왓장과 돌은 무게 2근 이상을 모래와 함께 성 위에 50보마다 한 무더기씩 쌓아놓는다. 취사장에는 큰 무쇠솥을 걸어놓되, 모래와 같은 곳에 있어야 한다.

나무의 굵기 2위, 길이 1장 2척 이상의 것을, 그 밑동을 잘 연결시키는데, 그것을 장종(長從)이라 부르며, 50보마다 30개를 놓아둔다.

나무다리는 길이가 3장이며, 50개 이하여서는 안 된다. 다시 졸
병들을 시켜 급히 누벽(壘壁)을 만들게 하고, 그것을 기와로 덮어
둔다.

도자기나 나무로 만든 독은 용량이 10되[升] 이상인 것들을 50
보마다 10개씩 준비하여 물을 담아놓고 쓸 것이며, 또 5되짜리를
10보마다 2개씩 준비해 둔다.

二舍¹共一井爨², 灰, 康³, 秕⁴, 杯⁵, 馬矢⁶, 皆謹收藏之.
이사 공일정찬 회 강 비 배 마시 개근수장지

城上之備, 渠譫⁷, 藉車, 行棧⁸, 行樓⁹, 到¹⁰, 頡皋¹¹, 連
성상지비 거섬 자거 행잔 행루 도 힐고 연

梃¹², 長斧, 長椎, 長茲¹³, 距¹⁴, 飛衝¹⁵, 縣口¹⁶, 批屈¹⁷.
정 장부 장추 장자 거 비충 현구 비굴

樓五十步一, 堞下爲爵穴¹⁸, 三尺而一. 爲薪皋¹⁹, 二圍,
누오십보일 첩하위작혈 삼척이일 위신고 이위

長四尺半, 必有潔²⁰.
장사척반 필유결

瓦石, 重二升²¹以上, 上城上²²沙, 五十步一積. 竈置鐵
와석 중이승 이상 상성상 사 오십보일적 조치철

鑕²³焉, 與沙同處.
잠 언 여사동처

木大二圍, 長丈二尺以上, 善耿²⁴亓本, 名日長從²⁵, 五
목대이위 장장이척이상 선경 기본 명왈장종 오

十步三十.
십보삼십

木橋長三丈, 毋下五十. 復使卒急爲壘壁²⁶, 以蓋瓦復²⁷之.
목교장삼장 무하오십 복사졸급위루벽 이개와복 지

用瓦木罌²⁸, 容十升以上者, 五十步而十, 盛水, 且用之.
용와목앵 용십승이상자 오십보이십 성수 차용지

五十二²⁹者十步而二.
오십이 자십보이이

1 二舍(이사)―'舍'는 십장(什長)과 위(尉)가 있는 군대의 단위(單位). 2 爨
(찬)―조(竈). 취사장. 3 康(강)―강(糠). 겨. 4 秕(비)―쭉정이. 5 杯(배)―비
(秠)의 잘못(『墨子閒詁』). 부(稃). 왕겨. 6 馬矢(마시)―말똥. 7 渠譫(거섬)―앞

에 보인 거답(渠答). '섬'은 답(答)의 가음(假音)의 글자인 듯(畢沅 說). 8 行棧
(행잔)─앞(11절)에 보인 격잔(隔棧)과 비슷한 물건인 듯. 나무를 엮어 만든 성
위아래를 오르내리는 사다리 길. 9 行樓(행루)─앞(20절)에 보인 목루(木樓)와
같은 것인 듯. 10 到(도)─착(斲)의 잘못(『墨子閒詁』). 작도(斫刀). 11 頡皐(힐
고)─길고(桔槹). 도르래. 12 連梃(연정)─성벽을 기어오르는 적을 물리치는
데 쓰는 무기. 장부(長斧)·장추(長椎)와 함께 앞(16절)에 보임. 13 長茲(장
자)─'자'는 자(鎡)와 통하여, 괭이 종류의 물건(『墨子閒詁』). 14 距(거)─노아
(弩牙). 쇠뇌의 활줄을 거는 물건. 15 飛衝(비충)─충거(衝車)의 일종인 듯.
'비'는 빠른 것을 뜻할 것이다. 16 縣口(현구)─앞(7절)에 보인 현량(縣梁)과
같은 것인 듯, 곧 매어 달 수 있는 다리. 17 批屈(비굴)─어떤 물건인지 알
수 없다. 18 爵穴(작혈)─작은 굴, 작은 구멍. 19 薪皐(신고)─힐고(頡皐)의
잘못인 듯. 길고(桔槹). 20 潔(결)─결(挈)의 잘못(畢沅 說). 손잡이. 21 升
(승)─근(斤)의 잘못(王引之 說). 22 上城上(상성상)─앞 '상'자는 잘못 붙은
것(畢沅 說). 23 鐵鐕(철잠)─큰 무쇠솥. 24 耿(경)─련(聯)의 잘못(『墨子閒
詁』). 잘 연결시키다, 잇다. 25 長從(장종)─앞에 보인 농종(櫳樅)과 같은 것
인 듯(『墨子閒詁』). 26 壘壁(루벽)─보루(堡壘)가 되는 벽. 27 復(복)─복(覆).
덮다. 28 瓦木罌(와목앵)─도자기나 나무로 만든 독. 29 五十二(오십이)─
'십이'는 두(斗)의 잘못(蘇時學 說). 다섯 말. 5두.

　이 대목에서는 주로 성 위에 대비해 놓을 것들에 대하여 여러
가지로 설명을 하고 있다.

26 성 아래 마을 중 민가의 사람들도 각각 그의 좌우와 앞뒤
　　를 수비하기를 성 위와 같이 한다. 성은 작은데 사람들은
많을 경우 고향을 떠나온 늙은이와 병약자들은 나라 안이나 다른
큰 성으로 보내어 보호한다.

적이 와서 반드시 공격할 거라고 여겨지면 성을 지키는 사람은 먼저 성에 붙어있는 쓸데없는 시설물들을 제거하여, 특히 불이 나는 일이 없도록 해야 한다. 적이 성 아래로 오면 때때로 장교와 졸병들의 근무 부서를 바꾸되, 그 중 취사병만은 바꾸지 않으며, 취사병은 성 위로 올라오는 일이 없어야 한다. 적이 성 아래로 오면 모든 대야와 항아리를 거두어 성 아래쪽에 쌓아놓되, 1백 보마다 한 무더기씩 5백 개의 무더기를 만들어 놓는다.

성문 안에는 방이 있어서는 안되며, 주궁(周宮)을 만들어 놓고 거기에 장교를 배치하는데, 주궁은 4척 높이의 성가퀴이다. 행잔 안의 문에는 두 개의 빗장과 한 개의 쇠고리를 달아놓는다.

성 둘레의 길을 제하고, 해자로부터 1백 보 떨어진 거리 안에 있는 담이나 울 나무 같은 것은 크고 작은 것을 막론하고 모두 부수고 베어 없애버려야 한다. 적이 진격해 올 환한 길이나 가까운 길 또는 성 둘레의 길을 면하여는 어디에나 큰 누각을 세우고, 또 대 화살을 물속에 세워놓아야 한다.

城下里中家人, 各葆[1]亓左右前後, 如城上. 城小人衆,
葆離鄕老弱, 國中及也[2]大城.

寇[3]至, 度必攻, 主人先削城編[4], 唯勿燒. 寇在城下, 時
換吏卒[5]署[6], 而毋換亓養[7], 養毋得上城. 寇在城下, 收諸
盆甕[8], 耕積[9]之城下, 百步一積, 積五百.

城門內, 不得有室, 爲周官桓吏[10], 四尺爲倪[11]. 行棧[12]內
閈[13], 二關一堞[14].

除城場¹⁵外, 去池百步, 牆垣樹木小大俱壞伐, 除去之.
제 성 장 외 거 지 백 보   장 원 수 목 소 대 구 괴 벌   제 거 지

寇所從來若昵道¹⁶, 傒近¹⁷, 若城場, 皆爲扂樓¹⁸, 立竹箭
구 소 종 래 약 닐 도   혜 근   약 성 장   개 위 호 루   입 죽 전

天中¹⁹.
천 중

1 葆(보)―보(保)와 통하여, 보전(保全)하다. 보수(保守)하다. 2 及也(급야)―
'야'는 옛 타(他)자(『墨子閒詁』). 3 寇(구)―적(敵). 4 先削城編(선삭성편)―먼
저 성에 붙어있는 쓸데없는 시설들을 철거하는 것. 5 吏卒(이졸)―관리와 졸
병, 장교와 졸병. 6 署(서)―부서(部署). 근무하는 곳. 7 養(양)―취사병(炊事
兵). 8 盆罋(분옹)―대야와 항아리. 여러 가지 물을 담는 그릇. 9 耕積(경
적)―'경'은 구(冓)의 잘못. 잘 쌓아놓는 것. 10 周官桓吏(주관환리)―주궁식
리(周宮植吏)의 잘못(『墨子閒詁』). '주궁'은 성 안의 간단한 망을 보는 곳. '식
리'는 치리(置吏), 곧 관리를 두는 것. 11 倪(예)―비예(俾倪). 낮은 성가퀴.
12 行棧(행잔)―성 위아래를 오르내리는 사다리 길. 13 閈(한)―문. 14 二關
一堞(이관일첩)―두 개의 빗장과 한 개의 쇠고리. '첩'은 섭(鍱)의 잘못으로,
쇠고리. 15 城場(성장)―'장'은 도(道)의 뜻, 따라서 성 둘레로 난 길. 16 昵
道(닐도)―잘 보이는 길. 환한 길. 17 傒近(혜근)―근혜(近傒)로 씀이 옳으며,
'혜'는 혜(蹊)와 통하여, 가까운 길. 18 扂樓(호루)―큰 누각. 19 天中(천
중)―수중(水中)의 잘못(『墨子閒詁』).

　　전쟁이 났을 경우에 성 안의 민간인을 다루는 방법 및 적의 공
격에 대한 대비책을 논한 대목이다.

27

성의 수장(守將)이 있는 당 아래 큰 누각을 세워 높은 곳
에서 성을 내려다보게 하고, 당 아래 성 둘레에는 사방으
로 통하는 길을 낸다. 그 안에서 적을 상대하되, 적이 나타나기를

기다리는 동안, 적절히 보궁(保宮) 중에 있는 그 고장의 장로들을 불러 그와 더불어 일의 득실을 의논한다. 행동할 계책이 맞아떨어지면 곧 보궁으로 들어간다. 보궁으로 들어가 성을 수비하게 되면 성 안을 돌아다니지도 말고 머무는 곳으로부터 떠나지도 않아야 한다. 여러 성을 지키는 사람은 성이 낮은 곳과 해자가 얕은 곳을 잘 알아 가지고 빈틈없이 지키도록 해야 한다. 아침저녁으로 졸개로 하여금 북을 두드리어 시각을 알리게 해야 한다. 쓰는 사람이 적을수록 지키기는 쉬워진다.

守堂¹下爲大樓, 高臨城, 堂下周散道². 中應客³, 客待
　　수당　하위대루　　고림성　　당하주산도　　중응객　　객대
見, 時召三老⁴在葆宮⁵中者, 與計事得先⁶. 行德計謀合,
　견　시소삼로　재보궁　중자　여계사득선　　행덕계모합
乃入葆. 葆入守, 無行城, 無離舍. 諸守者, 審知卑城淺
　내입보　보입수　무행성　　무리사　　제수자　　심지비성천
池, 而錯守⁷焉. 晨暮卒歌⁸, 以爲度. 用人少, 易守.
　지　이착수언　　신모졸가　　이위도　　용인소　　이수

1 守堂(수당)－수궁(守宮)의 당. 성을 지키는 태수(太守)나 가장 높은 장수가 있는 곳의 당(堂). 2 周散道(주산도)－성 둘레에 사방으로 통하는 길을 내다. 3 客(객)－여기서는 적군. 4 三老(삼로)－한 고을의 장로(長老)로서 그 고을의 교화(敎化)를 맡았다(『漢書』百官公卿表). 마을에도 삼로가 있었으니(『管子』水地篇), 여기서는 성 안의 '삼로'인 듯하다. 5 葆宮(보궁)－보궁(保宮). 삼로가 거처하는 곳. 6 得先(득선)－'선'은 실(失)의 잘못(『墨子閒詁』). 득실(得失). 7 錯守(착수)－빈틈없이 지키는 것. 8 卒歌(졸가)－'가'는 고(鼓)의 잘못(『墨子閒詁』). 따라서 병졸로 하여금 북을 치게 하는 것.

역시 성을 수비하는 방법을 얘기하고 있으나 이해하기 쉽지 않은 곳이 여러 군데 있다.

28 수비하는 법에 있어서는, 50보마다 장정 10명, 부녀자 20명, 노인과 아이들 10명, 도합 50보에 40명이면 된다. 성 위의 누각의 졸병은 모두 1보마다 1명이면 되니, 20보에 20명이다. 성이 작고 크다 하더라도 이 비율로 조종하면 곧 수비하기에 충분할 것이다.

적이 성벽에 개미떼처럼 붙어 기어오를 때, 수비하는 쪽에서 그것을 먼저 알았으면 수비자들이 유리하고 적은 불리하다. 적이 땅굴로 공격해 올 때 10만의 많은 군사라 하더라도 공격은 네 개의 땅굴을 넘지는 않는다. 상급의 땅굴이라면 너비 5백 보이고, 중급의 땅굴이라면 너비 3백 보, 하급의 땅굴은 너비 3백 보이다. 150보도 못되는 땅굴이라면 수비자가 유리하고 공격자는 불리하다. 너비 5천6백 보의 땅굴이라면 장정 1천 명, 부녀자 2천 명, 노인과 아이 1천 명, 모두 4천 명이면 그들을 대적할 수가 있다. 이것이 땅굴 공격 대비에 필요한 사람 수이다. 노인과 아이들 및 일을 못하는 사람들은 땅굴공격을 막는 일에 참여하지 않고 성 위에서 수비를 하두록 한다.

守法, 五十步丈夫十人, 丁女二十人, 老小十人, 計之五
수 법　오 십 보 장 부 십 인　　정 녀 이 십 인　　노 소 십 인　계 지 오

十步四十人. 城下¹樓卒, 率²一步一人, 二十步二十人. 城
십 보 사 십 인　성 하 루 졸　솔　일 보 일 인　　이 십 보 이 십 인　　성

小大以此率之³, 乃足以守圉⁴.
소 대 이 차 율 지　　내 족 이 수 어

客⁵馮面⁶而蛾傅⁷之, 主人則先之知, 主人利, 客適⁸. 客
객　빙 면　이 아 부　지　　주 인 즉 선 지 지　　주 인 리　　객 적　　객

攻以邃[9], 十萬物[10]之衆, 攻無過四隊[11]者. 上術[12]廣五百步,
공이수　십만물지중　공무과사대　자　상술　광오백보

中術三百步, 下術五十步. 諸不盡百五步者, 主人利而客
중술삼백보　하술오십보　제부진백오보자　주인리이객

病. 廣五百步之隊, 丈夫千人, 丁女子二千人, 老小千人,
병　광오백보지대　장부천인　정녀자이천인　노소천인

凡四千人, 而足以應之. 此守術之數也. 使老小不事者,
범사천인　이족이응지　차수술지수야　사로소불사자

守於城上不當術者.
수어성상부당술자

1 城下(성하) - '하'는 상(上)의 잘못. 2 率(솔) - 모두. 3 率之(율지) - 그것을
비율로 삼다. 4 守圉(수어) - 수어(守禦). 지키다. 5 客(객) - 적, 적군. 따라서
'주인'은 성을 지키는 사람. 우리편. 6 馮面(빙면) - 성면을 의지하다, 성면
으로. 7 蛾傅(아부) - 의부(蟻傅). 개미떼처럼 성벽을 기어오르는 것. 8 適
(적) - 병(病)의 잘못(『墨子閒詁』). 불리한 것. 9 邃(수) - 수도(隧道). 땅굴. 10
萬物(만물) - '물'자는 잘못 끼어든 것. 없어야 옳다(『墨子閒詁』). 11 隊(대) -
수도(隧道). 땅굴. 12 術(술) - 역시 수도(隧道). 땅굴.

이 대목에서는 성을 수비하는 데 필요한 인원에 대하여 설명
하고 있다. 부녀자와 노인 및 아이들을 이토록 많이 동원한다는 것
은 약간 뜻밖이다.

29 성의 장수가 나갈 적에는 반드시 신분을 밝히는 깃발을
들게 하여 관리와 백성들이 모두 그를 알아보도록 해야
한다. 10명 또는 1백 명 이상을 거느리는 장수라 하더라도 성을 나
설 적에 신분을 밝히는 깃발을 들지 않았거나, 거느리는 사람들이
그곳 사람이 아니거나, 또 그의 깃발이 제 것이 아닐 때에는 1천

명을 거느리는 장수 이상의 신분이라 하더라도 그를 멈추게 하여 가지 못하게 해야 한다. 그래도 나간다면 그를 따르는 장교와 졸병들도 모두 목을 자르고 실정을 임금에게 보고한다. 이것이 성을 지킬 적에 엄중히 금지하는 법령이다. 간사한 일이 생겨나는 근원이니 잘 살피지 않으면 안되는 것이다.

城持¹出必爲明塡², 令吏民皆智知³之. 從一人⁴百人以
성 지 출 필 위 명 진   령 리 민 개 지 지 지   종 일 인 백 인 이

上, 持出不操塡章. 從人非亓故人, 乃亓積章⁵也⁶, 千人之
상   지 출 부 조 전 장   종 인 비 기 고 인   내 기 진 장 야   천 인 지

將以上止之, 勿令得行. 行及吏卒從之, 皆斬, 具以聞於
장 이 상 지 지   물 령 득 항   행 급 리 졸 종 지   개 참   구 이 문 어

上. 此守城之重禁之. 夫姦之所生也, 不可不審也.
상   차 수 성 지 중 금 지   부 간 지 소 생 야   불 가 불 심 야

1 持(지) − 將(장)의 잘못(『墨子閒詁』). 장교, 장군. 2 塡(진) − 기(旗)의 잘못. 깃발. 명진(明塡)은 신분을 밝히는 깃발. 3 智知(지지) − 뒤의 '지'자는 잘못 끼어든 것(王引之 說). 알게 하다. 4 一人(일인) − '일'은 십(十)의 잘못(『墨子閒詁』). 5 積章(진장) − '전'은 앞의 진(塡)과 같이 기(旗)의 잘못. 따라서 '도장이 찍힌 신분을 밝히는 깃발'. 6 乃亓積章也(내기진장야) − 급비기기장야(及非亓旗章也)의 잘못(『墨子閒詁』). '그리고 그의 신분을 밝히는 깃발이 제 것이 아닐 때'의 뜻.

30 성 위에 작혈이라는 작은 구멍을 내되, 성가퀴 밑으로 3척 되는 곳에 내고, 바깥쪽 구멍을 넓게 내며, 5보마다 하나씩 낸다. 작혈의 크기는 횃불을 넣을 정도이고, 높은 것은 6척, 낮은 것은 3척 높이에 내며, 그 구멍의 수는 성에 알맞도록 한다.
성 밖에 참호를 파는데, 격(挌)으로부터 7척 떨어져 있어야 하

며, 들어 올리는 다리를 놓는다. 성이 좁아서 참호를 팔 수가 없을 경우에는 파지 않아도 된다.

성 위에는 30보마다 한 곳의 이동취사장이 있어야 하고, 사람들은 길이 5척의 횃불을 준비하고 있어야 한다. 적이 성 아래 이르러 북소리가 들리면 횃불에 불을 붙이고, 다시 북소리가 나면 횃불을 작혈 가운데 넣어 밖을 밝힌다.

城上爲爵穴[1], 下堞三尺, 廣亓外, 五步一. 爵穴大容苴[2],
성상위작혈　하첩삼척　광기외　오보일　작혈대용저

高者六尺, 下者三尺, 疏數[3]自適爲之.
고자륙척　하자삼척　소삭　자적위지

塞[4]外塹[5], 去格[6]七尺, 爲縣梁[7]. 城逴陜[8]不可塹者, 勿塹.
색외참　거격칠척　위현량　성책협부가참자　물참

城上三十步一聾竈[9], 人擅苴[10]長五節[11]. 寇在城下, 聞鼓
성상삼십보일롱조　인천거　장오절　구재성하　문고

音, 燔苴[12], 復鼓, 內苴爵穴中, 照外.
음　번거　복고　내거작혈중　조외

1 爵穴(작혈)－앞(24절)에도 보인, 성가퀴 아래 뚫는 작은 구멍. 2 苴(저)－거(苣)의 잘못(王引之 說). 거(炬). 횃불. 3 疏數(소삭)－소밀(疏密). 4 塞(색)－천(穿)의 잘못(『墨子閒詁』). 파는 것. 5 塹(참)－참호(塹壕). 6 格(격)－적병이 성벽에 기어오르는 것을 막기 위하여 세워놓은 나무. 7 縣梁(현량)－들어 올리는 다리. 8 逴陜(책협)－좁은 것. 9 聾竈(농조)－농조(聾竈). 앞(10절)에 보인, 이동취사장. 10 擅苴(천거)－횃불을 들다, 횃불을 준비하다. 11 五節(오절)－5척(尺)의 잘못인 듯. 12 燔苴(번거)－횃불에 불을 붙이는 것.

성 위에서 밖을 내다보고 또 밤에 적이 공격해 왔을 적에는 밖을 밝히는 데 쓰는 작혈이란 작은 구멍을 내어 쓰는 방법을 설명하고 있다.

여러 자거는 모두 쇠로 둘러씌운다. 자거의 기둥은 길이

가 1장 7척, 그것이 묻혀있는 깊이가 4척, 받침대는 길이
가 3장 이상 3장 5척이 되어야 하며, 양편으로 뻗은 마협(馬頰)은
길이가 2척 8촌이다. 자거의 힘을 시험하여 그 밑바탕을 만들어야
한다. 받침대의 4분의 3은 위에 나와 있다. 자거의 밑바탕은 길이
3척, 4분의 3이 위에 나와 있다. 마협은 그것을 셋으로 나눈 중간
에 나와 있는데, 마협의 길이는 2척 8촌이다. 받침대의 길이가 24
척 이하의 것은 쓰지 않는다. 밑바탕은 큰 수레바퀴로 만든다. 자
거의 세워진 나무기둥은 길이가 1장 2척 반이며, 여러 자거는 모
두 쇠로 둘러씌우며, 후거(後車)가 있어 그 기능을 돕는다.

諸藉車皆鐵什[1]. 藉車之柱, 長丈七尺, 亓貍[2]者四尺, 夫[3]
제 자 거 개 철 십　　자 거 지 주　　장 장 칠 척　　기 리 자 사 척　　부

長三丈以上, 至三丈五尺, 馬頰[4]長二尺八寸. 試藉車之
장 삼 장 이 상　　지 삼 장 오 척　　마 협 장 이 척 팔 촌　　시 자 거 지

力, 而爲之困[5]. 失[6]四分之三, 在上. 藉車, 夫長三尺[7], 四
력　　이 위 지 곤　　실 사 분 지 삼　　재 상　　자 거　　부 장 삼 척　　사

二三[8], 在上. 馬頰在三分中, 馬頰長二尺八寸. 夫長二十
이 삼　　재 상　　마 협 재 삼 분 중　　마 협 장 이 척 팔 촌　　부 장 이 십

四尺以下, 不用. 治困以大車輪. 藉車桓[9], 長丈二尺半,
사 척 이 하　　불 용　　치 곤 이 대 거 륜　　자 거 환　　장 장 이 척 반

諸藉車皆鐵什, 復[10]車者在[11]之.
제 자 거 개 철 십　　복 거 자 재 지

1 鐵什(철십) – '십'은 탑(錔)과 통하여(畢沅 說), 쇠를 씌우는 것.　2 貍(리) – 매
(埋)와 통하여, 땅에 묻는 것.　3 夫(부) – 부(趺)와 통하여, 받침대.　4 馬頰(마
협) – 말의 양편 볼. 말의 양편 볼처럼 양편으로 나와 있는 자거의 부속품.　5
困(곤) – 곤(梱). 문지방. 밑바탕.　6 失(실) – 부(夫)의 잘못. 역시 부(趺)의 뜻.
7 長三尺(장삼척) – 앞의 글을 참조하면, '척'은 장(丈)의 잘못.　8 四二三(사이
삼) – 사지삼(四之三)의 잘못(『墨子閒詁』). 4분의 3.　9 桓(환) – 자거의 부속품의
하나로 세워놓은 나무기둥.　10 復(복) – 후(後)의 잘못(『墨子閒詁』). 그러나

'후거(後車)'도 어떤 것인지 알 수 없다.　**11** 在(재)─左(좌)의 잘못(『墨子閒詁』). 다시 佐(좌)와 통하여, 보좌하다. 보조하다.

○○○

　여기에서는 앞에서도 이미 여러 번 보인 자거(藉車)에 대하여 비교적 자세히 설명하고 있다. 그래도 그것이 어떤 무기인지 정확히 알기는 어렵다.

32　적이 해자를 메우고 공격해 올 때에는 수통(水桶)을 만드는데, 깊이 4척으로 단단히 덮어서 묻되, 10척에 하나씩 묻고 기와를 덮은 다음 명령을 기다린다. 굵기가 1위(圍), 길이 2척의 나무를 넷으로 나눈 다음 중간을 깎아내고 그 안에 숯불을 넣은 다음 이것들을 합쳐 싸 가지고 자거로 그것을 던지게 한다. 쇠가시도 만들어 던지는데, 그 길이는 2척 5촌, 굵기는 2위 이상이 되어야 한다. 또 말뚝을 박아놓는데, 말뚝의 길이는 7촌이고, 말뚝 사이는 6촌이며, 그 끝을 깎아 뾰족하게 해놓는다. 올가미는 넓이가 7촌, 길이는 8촌, 발톱의 길이는 4촌, 개 이빨처럼 물리는 견아(犬牙)도 만들어 놓는다.

寇闉池¹來, 爲作水甬², 深四尺, 堅慕貍³之. 十尺一, 覆
구 인 지 내　위 작 수 용　심 사 척　견 모 리 지　십 척 일　복

以瓦而待令. 以木, 大圍, 長二尺, 四分而早鑿⁴之, 置炭
이 와 이 대 령　이 목　대 위　장 이 척　사 분 이 조 착 지　치 탄

火亓中, 而合慕⁵之, 而以藉車投之. 爲疾犁⁶投, 長二尺五
화 기 중　이 합 모 지　이 이 자 거 투 지　위 질 리 투　장 이 척 오

寸, 大二圍以上. 涿弋⁷, 弋長七寸, 弋閒六寸, 剡⁸亓末.
촌　대 이 위 이 상　탁 익　익 장 칠 촌　익 간 륙 촌　염 기 말

狗走⁹, 廣七寸, 長尺八寸, 蚤¹⁰長四寸, 犬耳¹¹施之.
구주　광칠촌　장척팔촌　조　장사촌　견이　시지

1 闉池(인지) — 성의 해자를 메우는 것. **2** 水甬(수용) — '용'은 통(桶)과 통하여, 일종의 수통으로 적을 거기에 빠지게 하는 장치인 듯. **3** 慕貍(모리) — 막매(幕埋)의 뜻. 천 같은 것으로 싸 가지고 묻는 것. **4** 早鑿(조착) — '조'는 중(中)의 잘못(『墨子閒詁』). 중간을 텅 비도록 깎아내는 것. **5** 合慕(합모) — 여기서도 '모'는 막(幕)의 잘못(畢沅 說). 합쳐서 싸다. **6** 疾犁(질리) — 질려(蒺藜). 쇠 가시. **7** 涿弋(탁익) — '탁'은 탁(椓)과 통하여, 말뚝을 박는 것. **8** 剡(염) — 날카롭게 깎는 것. **9** 狗走(구주) — 앞 12절에 보인 구서(狗屖), 또는 18절에 보인 구시(狗屍)와 같은 일종의 올가미 또는 간단한 함정. **10** 蚤(조) — 조(爪)와 통하여, 올가미에 걸린 적을 상하게 하는 발톱 같은 것. **11** 犬耳(견이) — 견아(犬牙)의 잘못(『墨子閒詁』). 역시 올가미에 걸린 적을 개가 이빨로 무는 것처럼 손상케 하는 장치.

　여기에서는 적이 성 둘레의 해자를 메우고 공격을 해 올 적에 성을 방비하는 방법을 설명하고 있다. 곧 물통·숯불·쇠 가시·뾰족한 말뚝·올가미 등의 사용을 설명하고 있다.

33 묵자가 말하였다.
　"성을 지키는 법으로 반드시 성 안의 나무의 수를 헤아리어야 한다. 10명이 드는 것이 10계(挈)이고, 5명이 드는 것이 5계이다. 무겁고 가벼움은 계를 바탕으로 하고 필요한 인원수를 정한다. 땔나무를 나르는 계에 있어서는, 장정에 해당하는 계가 있고, 약한 자에게 해당하는 계가 있는데, 모두 그들의 능력에 어울리는 것이다. 모든 계의 무겁고 가벼움에 따라 일을 하는 것은 관리와 사람들이 각각 그들의 능력에 따라 일을 하게 하기 위한 것이다.
성 안에 먹을 것이 없을 적에는 크게 양을 줄인다."

子墨子曰 : 守城之法, 必數城中之木. 十人之所擧爲十
자묵자왈　　수성지법　　필수성중지목　　십인지소거위십

挈[1], 五人之所擧爲五挈. 凡輕重, 以挈爲人數. 爲薪樵[2]
계　　오인지소거위오계　　범경중　　이계위인수　　위신초

挈, 壯者有挈, 弱者有挈, 皆稱亓任[3]. 凡挈輕重所爲, 吏
계　　장자유계　　약자유계　　개칭기임　　범계경중소위　　이

人各得亓任. 城中無食, 則爲大殺[4].
인각득기임　　성중무식　　즉위대쇄

1 挈(계)−사람이 들어올리는 양을 가리키는 단위로 쓰인 듯하다. **2** 薪樵(신
초)−땔나무. **3** 稱亓任(칭기임)−그의 소임에 어울리다, 그의 능력에 어울리
다. **4** 大殺(대쇄)−크게 감량하다. 사람들이 나무를 나르는 책임량을 크게
줄여 준다는 뜻일 것이다.

　이 대목에서는 성 안에서 여러 가지 나무를 나르는 법을 해설
하고 있다. 나무에는 재목도 있지만 적을 불로 공격할 때 쓰는 나
무 다발도 있고, 밥을 짓는 데 쓰는 땔나무도 있을 것이다.

34 성문으로부터 5보 되는 거리에 큰 참호를 파는데, 그 높
이는 땅으로부터 1장 5척, 아래로는 지하수가 나오는 3
척 정도에서 멈춘다. 그 속에는 뾰족한 말뚝을 박아놓고, 위에는
들어올리는 다리를 만들어 기계장치로 끌어올릴 수 있게 하며, 그
위를 나무와 흙으로 발라놓아 길처럼 다닐 수 있게 해놓는다. 그

곁에는 해자와 보루(堡壘)가 있어 뛰어 건널 수가 없도록 한다. 그리고는 나가서 적에게 도전을 한 뒤 짐짓 패한 척 돌아온다. 적들이 마침내 들어오면 기계장치로 끌어 다리를 떨어뜨리면 적들을 사로잡을 수 있게 된다. 적이 두려워하고 의심을 갖게 되면, 그로 말미암아 떨어져 가까이 오지 못할 것이다.

去城門五步, 大塹之, 高地三丈下地至[1]. 施賊[2]亓中, 上
거 성 문 오 보　　대 참 지　　고 지 삼 장 하 지 지　　　시 적 기 중　　상

爲發梁[3], 而機巧[4]之, 比傳[5]薪土, 使可道行. 旁有溝壘[6], 毋
위 발 량　　이 기 교 지　　비 전 신 토　　사 가 도 행　　방 유 구 루　　무

可踰越. 而出佻[7]且比[8]. 適人遂入, 引機發梁, 適人可禽[9].
가 유 월　　이 출 조 차 비　　적 인 수 입　　인 기 발 량　　적 인 가 금

適人恐懼而有疑心, 因而離[10].
적 인 공 구 이 유 의 심　　인 이 리

1 高地三丈下地至(고지삼장하지지)─다른 곳의 기록을 참고할 때 이 구절은 '고지장오척, 하지지천삼척이지.(高地丈五尺, 下地至泉三尺而止.)'로 되어 있어야 한다(王引之 說). 2 施賊(시적)─'적'은 익(杙)의 잘못(『墨子閒詁』). 떨어지는 적이 다치도록 뾰족한 말뚝을 속에 박아놓는 것. 3 發梁(발량)─들어올렸다 내렸다 할 수 있는 다리. 4 機巧(기교)─'교'는 인(引)과 통하여, 기계장치로 끄는 것. 5 比傳(비전)─'전'은 부(傅)의 잘못(顧廣圻 說). 싸 바르는 것. 6 溝壘(구루)─해자와 보루(堡壘). 7 佻(조)─도(挑)와 통하여, 도전(挑戰)하는 것. 8 且比(차비)─'비'는 배(北)의 잘못으로, 패배(敗北)의 뜻(王引之 說). 짐짓 패배한 듯 보이는 것. 9 禽(금)─금(擒). 사로잡다. 10 離(리)─멀리 떨어져 공격해 오지 못하는 것.

성문 앞에 공격해 오는 적을 빠트릴 큰 함정을 파는 법을 설명하고 있다.

墨子

53.
비고림편 備高臨篇

흙을 높이 쌓고 높은 곳으로부터 성을 공격해 오는 적에 대비하는 방법을 해설한 편이다. 성을 쌓는 방법에서 시작하여 여러 가지 기구를 만드는 방법 등 기술적인 얘기가 대부분이다.

1 금자(禽子)가 두 번 절하고, 다시 두 번 절하면서 말하였다.

"감히 적군들이 흙을 높이 쌓고서 우리 성을 내려다보며 나무와 흙을 한꺼번에 올려다가 발판을 만들고서 큰 방패로 가리면서 한꺼번에 전진해 나와 마침내 성에다가 발판을 붙이고서 무기와 쇠뇌를 한꺼번에 올려놓고 공격해 온다면 어찌하면 되는지 여쭙고자 합니다."

묵자가 말하였다.

"그대는 발판 공격에 대한 수비를 묻는 건가? 발판을 이용한 공격이란 장군으로서는 졸렬한 방법이야. 졸병들만 지치게 하지 성을 해치기는 어려운 방법이지. 지키는 쪽에서도 높은 대성(臺城)을 쌓고 발판을 내려다보고 공격하며, 그 좌우로 큰 나무로 짠 틀을 각각 20자[尺]씩 내밀게 한다. 이 임시로 만든 성의 높이는 30자이다. 여기에서 강한 쇠뇌를 쏘고 여러 가지 기계 힘을 빌어 공격하며 특수한 무기로 공격한다. 그렇게만 하면 발판을 이용한 공격은 실패하고 말 것이다."

禽子[1]再拜再拜曰：敢問適[2]人積土爲高, 以臨吾城, 薪土
금 자 재 배 재 배 왈   감 문 적 인 적 토 위 고   이 림 오 성   신 토

俱上以爲羊黔[3], 蒙櫓俱前, 遂屬之城, 兵弩俱上, 爲之奈
구 상 이 위 양 검   몽 로 구 전   수 속 지 성   병 노 구 상   위 지 내

何.
하

子墨子曰：子問羊黔之守邪? 羊黔者, 將之拙者也. 足
자 묵 자 왈   자 문 양 검 지 수 야   양 검 자   장 지 졸 자 야   족

以勞卒, 不足以害城. 守爲臺城[4], 以臨羊黔, 左右出巨[5],
이 로 졸   부 족 이 해 성   수 위 대 성   이 림 양 검   좌 우 출 거

各二十尺. 行城[6]三十尺. 强弩射之, 校機[7]藉之, 奇器○○[8]
각 이 십 척   행 성 삼 십 척   강 노 사 지   교 기 자 지   기 기 ○ ○

之. 然則羊黔之攻, 敗矣.
지   연 즉 양 검 지 공   패 의

1 禽子(금자)―앞에 보인 묵자의 제자 금골희(禽滑釐). 2 適(적)―적(敵)과 통하는 자. 3 羊黔(양검)―확실한 것은 알 길이 없다. 추측컨대, 흙을 높이 쌓고 거기에 발판을 만들어 성벽에 밀어붙이고 공격하는 데 쓰이는 '발판'의 뜻인 듯하다. 4 臺城(대성)―높이 성 위에 누대처럼 다시 쌓아올린 성. 5 巨(거)―큰 나무를 엮어서 양편으로 길게 삐져 나오도록 만든 임시의 성[行城]을 가리킨다. 6 行城(행성)―임시로 만든 성. 7 校機(교기)―확실히 어떤 기구인지는 알 수 없다. 「비혈편」에 보이는 '철교(鐵校)'와 같은 것일 거라고 추측할 따름이다(孫詒讓 說). 8 ○○―본시 글자가 빠진 곳이다.

묵자는 흙을 높이 쌓고 성을 공격하는 방법은 대단치 않게 생
각하면서 이를 막아내는 방법을 설명하고 있다.

2 흙을 높이 쌓고 성을 공격하는 임(臨)에는 여러 개의 쇠뇌를
단 수레로써 대비하는데, 수레의 재목은 큰 각목(角木)으로
한 면이 한 자의 넓이가 되며, 길이는 성의 엷고 두터움에 알맞게
하고, 두 개의 굴대에 네 개의 바퀴가 달려 있다. 바퀴는 수레 몸
통 안에 들어가 있으며 위아래 두 겹으로 몸통이 되어 있다. 몸통
좌우 옆에는 두 개의 빗장 기둥이 서 있고, 좌우로 가로 댄 빗장
나무가 있다. 가로 댄 빗장 나무의 좌우에는 모두 둥근 빗장이 끼
워져 있는데, 빗장은 직경이 4치[寸]이다.

그 좌우엔 빗장 기둥에다 모두 쇠뇌가 매어져 있는데 활줄 걸이
로서 줄을 걸어다니게 되어 있다. 큰 쇠뇌 줄에 이르러는 쇠뇌의
활채가 앞뒤로 수레 몸통과 가지런하게 되어 있다. 수레 몸통의
높이는 모두 8자[尺]이며, 쇠뇌의 굴대는 아래 수레 몸통으로부터
3자 5치 떨어져 있다.

이 여러 쇠뇌의 살통은 구리로 만드는데 150근의 구리로 만든
다. 줄을 잡아당길 적에는 도르래[轆轤]로 조인다. 수레 몸통의 크
기는 3아름[圍] 반의 것을 쓰며 좌우에 활줄걸이가 있는데 3치 사
방의 나무로 만든다. 바퀴의 두께는 한 자 두 치이다. 활줄걸이의
채는 넓이가 한 자 네 치, 두께가 7치, 길이가 6자[尺]이다. 옆으로
뻗은 팔은 수레 몸통과 길이가 같으며, 밖에는 발톱이 있는데 길

이가 1자 5치이다.

備臨以連弩之車[1], 材[2]大方, 一方一尺, 長稱城之薄厚,
　비 림 이 련 노 지 거　　재 대 방　　일 방 일 척　　　장 칭 성 지 박 후

兩軸四輪. 輪居筐[3]中, 重下上筐. 左右旁二植[4], 左右有衡
　양 축 사 륜　　윤 거 광 중　　중 하 상 광　　좌 우 방 이 식　　　좌 우 유 횡

植[5]. 衡植左右皆圜內[6], 內徑四寸.
　식　　횡 식 좌 우 개 환 내　　내 경 사 촌

左右縛弩[7], 皆於植, 以距[8]鉤弦[9]. 至於大弦, 弩臂[10]前後,
　좌 우 박 노　　개 어 식　　이 거 구 현　　지 어 대 현　　노 비 전 후

與筐齊. 筐高八尺, 弩軸去下筐三尺五寸.
　여 광 제　　광 고 팔 척　　노 축 거 하 광 삼 척 오 촌

連弩機郭[11]用銅, 一石三十鈞[12]. 引弦鹿盧[13]收. 筐大三
　연 노 기 곽　　용 동　　일 석 삼 십 균　　　인 현 록 로　수　　광 대 삼

圍[14]半, 左右有鉤距, 方三寸. 輪厚尺二寸. 鉤距臂博尺四
　위　반　　좌 우 유 구 거　　방 삼 촌　　윤 후 척 이 촌　　구 거 비 박 척 사

寸, 厚七寸, 長六尺. 橫臂齊筐, 外蚤[15]尺五寸.
　촌　　후 칠 촌　　장 륙 척　　횡 비 제 광　　외 조　척 오 촌

1 連弩之車(연노지거)—여러 개의 쇠뇌를 달고 있는 전차(戰車)의 일종. **2** 材 (재)—차체(車體)의 재목을 뜻하는 듯하다. **3** 筐(광)—차체 위의 물건을 싣게 되어 있는 수레 몸통. **4** 植(식)—빗장을 끼울 수 있도록 세워놓은 나무 기둥. **5** 衡植(횡식)—가로 댄 빗장 나무. **6** 內(내)—예(枘). 쐐기. 빗장. **7** 弩(노)— 쇠뇌. 팔의 힘이 아니라 기관의 힘으로 쏘게 되어 있는 강력한 활. **8** 距 (거)—노아(弩牙)라고도 하며, 쇠뇌의 활줄을 거는 물건. **9** 鉤弦(구현)—쇠뇌 의 활줄을 걸어 잡아당기는 것. **10** 弩臂(노비)—쇠뇌의 활채. 쇠뇌는 활채가 화살통을 중심으로 하여 사람의 양팔처럼 벌려져 있다. **11** 機郭(기곽)—쇠 뇌의 화살이 들어 있다 나가는 중심 부분. 지금의 총으로 말하면 총신(銃身) 이나 같은 부분이다. **12** 一石三十鈞(일석삼십균)—균(鈞)은 근(斤)의 잘못. 1 석(石)은 4균. 1균(鈞)은 30근의 무게이다. **13** 鹿盧(녹노)—녹노(轆轤)와 같은 말로 도르래. 물건을 달아올릴 때 줄을 걸어 쉽사리 잡아당길 수 있게 하는 돌림바퀴. **14** 圍(위)—둘레를 나타내는 단위로서 한아름. 8자[尺]가 1위(圍) 라 한다. **15** 蚤(조)—조(爪)와 통하여, 발톱같이 생긴 부속품.

여기에선 흙을 높이 쌓아올리고 성을 공격하는 데 가장 유효한 반격무기(反擊武器)가 되는 '연노지거(連弩之車)'의 모양을 상세히 설명하고 있다.

3 거(距)가 있는데, 넓이 6치〔寸〕, 두께 3치, 길이는 수레 몸통과 같다. 가늠자가 있고 굴승(詘勝)이 있는데, 거를 올렸다 내렸다 할 수 있다. 받침대가 있는데, 무게가 1석(石)이며 굵기 5치의 목재로 만든다. 화살의 길이는 10자이고, 줄을 화살 끝에 주살처럼 매어놓고, 도르래로 말아 거둬들인다. 화살은 쇠뇌의 팔보다 3자 높이 있고, 쇠뇌로 무수히 쏘아대야 함으로, 그 화살은 1인당 60개 배당하고, 작은 화살은 수없이 쓸 수 있어야 한다. 10명이 이 쇠뇌 수레를 조작하여 적을 막는 것이다. 높은 누각을 만들어 적을 그 위에서 쏘며, 성 위에서는 답라시(荅羅矢)도 쓴다.

有距[1], 博六寸, 厚三寸, 長如筐. 有儀[2], 有詘勝[3], 可上
　유거　　박륙촌　　후삼촌　　장여광　　유의　　　유굴승　　　가상

下. 爲武[4], 重一石, 以材大圍五寸. 矢長十尺, 以繩○○[5]
　하　위무　　중일석　　이재대위오촌　　시장십척　　이승○○

矢端, 如[6]戈射[7], 以磨鹿[8]卷收. 矢高弩臂三尺, 用弩無
　시단　　여여과사　　이마록권수　　시고노비삼척　　용노무

數, 出人[9]六十枚, 用小矢無留[10]. 十人主此車, 遂具寇[11].
　수　출인륙십매　　용소시무류　　십인주차거　　수구구

爲高樓以射道[12]. 城上以荅羅矢[13].
　위고루이사도　　성상이답라시

1 距(거)—앞에서 설명한 연노지거(連弩之車)에 달린 부속품. 앞 절에 보임.

2 儀(의)−쇠뇌의 가늠자. **3** 詘勝(굴승)−쇠뇌를 올렸다 내렸다 하는 장치. **4** 武(무)−부(跗)의 잘못(『墨子閒詁』). 받침대. **5** ○○−글자를 알 수 없으나 아마도 '매어 둔다'의 뜻일 것이다. **6** 如如(여여)−한 글자는 잘못 들어간 것임. **7** 戈射(과사)−'과'는 익(弋)의 잘못(『墨子閒詁』). 새를 잡을 적에 쓰는 주살. **8** 磨鹿(마록)−녹로(鹿盧)로(王引之 說), 도르래. **9** 出人(출인)−'출'은 시(矢)의 잘못(『墨子閒詁』). **10** 無留(무류)−무수(無數)의 잘못(『墨子閒詁』). **11** 具寇(구구)−'구'는 거(拒)의 뜻으로, 적을 막는 것. **12** 射道(사도)−'도'는 적(適)의 잘못(『墨子閒詁』). '적'은 적(敵)과 통함. **13** 䉣羅矢(답라시)−알 수 없다. 아마도 화살 대신 성 위에서 적에게 던질 수 있는 돌 같은 것일 것이다.

앞 절에 이어 계속 연노지거(連弩之車)에 대한 설명을 하고 있다. 맨 끝의 '답라시(䉣羅矢)'란 말 아래, 손이양(孫詒讓)도 빠져 달아난 글이 있는 듯하다고 말하고 있다.

※ 이 뒤에 있어야 할 두 편도 없어져 버리고 편명도 전하지 않으나, 앞의 「비성문」편의 글을 참고할 때, 그 편명은 54. 「비구(備鉤)」편과 55. 「비충(備衝)」편이라고 여겨짐.

56.
비제편
備梯篇

제53 「비고림」편과 이 편 사이의 두 편은 완전히 없어져 버리고 전하여지지 않는다. 앞의 「비성문」편의 내용을 근거로 할 때 없어진 것은 제54 「비구(備鉤)」편과 제55 「비충(備衝)」편일 것이다.

여기에선 적병이 해자를 메우고 성벽 아래로 육박하여 사다리 달린 수레로 성을 공격해 올 때, 이에 대비하는 방법을 논한 것이다. 이 편도 뜻이 애매한 곳이 많으나 번역에 최선을 다해 보기로 한다.

1 금골희 선생이 묵자를 섬긴 지 3년이 되자 손발에 못이 박히고 얼굴이 새까맣게 되도록 자기 몸을 부리었다. 선생님을 위해 일만 하면서 감히 자기가 바라는 일은 물어보지도 않았다. 묵자는 그것을 슬프게 여기고서 곧 술을 맑게 뜨고 건포(乾脯)를 잘 말린 다음 태산(泰山)으로 나가 띠 풀을 쓰러뜨리고 깔고 앉

아 금자에게 술을 권하였다.

금자는 두 번 절하면서 탄식만 하였다. 묵자가 말하였다.

"또 무엇을 바라는 게 있는가?"

금자는 두 번 절하고 다시 두 번 절하면서 말하였다.

"감히 나라를 지키는 방도를 여쭙고자 합니다."

묵자가 말하였다.

"잠깐 집어치자, 잠깐 집어치자! 옛날에 그 기술을 터득했던 사람이 있었는데, 안으로는 백성들과 친하게 지내지 못하고 밖으로는 나라를 잘 다스리지 못하였으며, 적은 수의 사람들인데도 많은 수의 사람들을 업신여기고 약한 나라인데도 강한 나라를 가벼이 여겼다네. 그 결과 자신은 죽음을 당하고 나라는 멸망하여 천하의 웃음거리가 되었지. 자네는 신중히 생각해야 하네. 자기 자신에 재난이 닥칠지도 모르는 일이니까."

禽滑釐子事子墨子三年, 手足胼胝[1], 面目黧黑[2]. 役身給
금 골 희 자 사 자 묵 자 삼 년　수 족 변 지　면 목 리 흑　역 신 급

使, 不敢問欲. 子墨子其[3]哀之, 乃澄酒[4]膊脯[5], 寄于大山[6],
사　불 감 문 욕　자 묵 자 기 애 지　내 징 주 박 포　기 우 태 산

昧茅[7]坐之, 以樵[8]禽子.
매 모 좌 지　이 초 금 자

禽子再拜而嘆. 子墨子曰 : 亦何欲乎?
금 자 재 배 이 탄　자 묵 자 왈　역 하 욕 호

禽子再拜再拜曰 : 敢問守道[9].
금 자 재 배 재 배 왈　감 문 수 도

子墨子曰 : 姑亡[10], 姑亡! 古有亓術者, 內不親民, 外不
자 묵 자 왈　고 무　고 무　고 유 기 술 자　내 불 친 민　외 불

約治[11], 以少閒[12]衆, 以弱輕强. 身死國亡, 爲天下笑. 子
약 치　이 소 간 중　이 약 경 강　신 사 국 망　위 천 하 소　자

亓愼之. 恐爲身薑[13].
기 신 지　공 위 신 강

1 胼胝(변지) — 일을 너무 하여 손발에 못이 박히는 것. 2 鷙黑(이흑) — 검게 되는 것. 3 其(기) — 심(甚)과 통하여, '매우'. 4 澄酒(징주) — 술을 맑게 뜨는 것. 보통 징(澄)은 관(管)으로 되어 있으나 잘못임(孫詒讓 說). 5 膊脯(박포) — 건포(乾脯)를 잘 펴서 말리는 것. 6 大山(태산) — 태산(泰山). 7 昧茅(매모) — 띠 풀을 쓰러뜨리고 까는 것. 보통 매모(昧茅)로 되어 있으나 잘못이며, 매모는 멸모(滅茅)라고도 한다(孫詒讓 說). 8 樵(초) — 초(醮)와 통하여, 술을 따라 권 하는 것. 9 守道(수도) — 여기서는 '조그만 나라를 지키는 방법'의 뜻. 10 姑 亡(고무) — 잠시 그런 질문은 하지 말라는 뜻. 11 約治(약치) — 정치를 잘 처리 하는 것. 12 間(간) — 업신여김. 가벼이 여김. 13 薑(강) — 치(薑)로 씀이 옳으 며 재난을 당하는 것(쑥仲勉 說). 그러나 필원(畢沅)은 강(僵)과 통하여, '넘어 지는 것', '실패하는 것'이라 해석하고 있다.

　　가장 성실한 묵자의 제자인 금골희가 태산에서 스승과 마주앉아 '작은 나라를 지키는 법'을 스승에게 물었다. 그러나 묵자는 작은 나라로서 그러한 잔꾀를 아는 것은 오히려 큰 나라나 센 나라를 가벼이 여기어 나라를 망치는 원인이 된다면서 회답을 피한다. 묵자의 신중한 태도가 돋보인다.

2 금자가 두 번 절하고 머리를 조아리며 끝내 지키는 방도를 여쭈어 보기 위해서 말하였다.

　"감히 여쭙건대, 수가 많으면서도 용감한 적들이 우리 성의 해자를 메우고 군졸들이 한꺼번에 진격하여 와서 사다리 달린 수레를 이미 늘어놓고 공격할 장비들도 다 갖춘 다음 군사들이 또 수없이 다투어 우리 성으로 기어오르고 있다면, 이를 어찌하면 좋겠습니까?"

묵자가 말하였다.

"사다리 달린 수레(雲梯)로 공격하는 데 대한 수비방법을 묻는 것인가? 사다리 달린 수레란 무거운 기구이므로 그것을 이동시키기가 매우 어렵다. 지키는 편에서는 임시로 만든 성과 임시 누각을 적당한 간격을 두고서 성을 중심으로 둘레에 만드는데, 성의 넓고 좁은 것에 알맞게 만들며 임시 성과 임시 누각이 둘러싼 가운데에는 막을 칠 것이기 때문에 그 장소가 너무 넓어서는 안 된다.

임시의 성을 만드는 법은 성보다 20자(尺) 높이 세우며 그 위에는 담을 두르는데 담 넓이는 10자이다. 그 좌우엔 큰 나무로 짠 틀이 나오게 하는데 각각 20자 길이가 나와야 한다. 임시 누각의 높이와 넓이는 임시 성의 방법과 같다. 위 담에는 새구멍(雀穴)이라 부르는 구멍과 쥐 그슬림(煇鼠)이라 부르는 구멍을 뚫으며 그 밖은 가려놓는다. 기계와 충거(衝車)나 징검다리와 임시 성을 마련함에 있어 그 넓이는 적의 대열과 같아야 하며 그 사이사이에 도끼와 칼을 갖추어 놓는다.

충거를 다루는 사람은 열 명, 칼 든 사람은 다섯 명이 한 조가 되는데 힘 있는 자들로서 임명한다. 그리고는 깜박이지 않는 눈을 가진 사람으로 하여금 적을 살피게 하고 북으로 명령을 내리며 양편에서 끼고 활을 쏘며 몇 겹으로 활을 쏘고 여러 가지 기계로써 공격을 돕는다. 성 위에서는 화살과 돌과 모래와 재를 비처럼 퍼부으며 장작불과 끓는 물로 이를 돕는다.

잘하는 자에게는 상을 주고 잘 못하는 자에게는 벌을 내리고, 조용히 있다가도 상황에 따라 급히 움직이되 사고가 생기지 않도록 하여야 한다. 이렇게 하면 사다리 달린 수레를 이용한 공격은 실패로 돌아갈 것이다."

禽子再拜頓首[1], 願遂問守道, 曰：敢問客衆而勇, 堙壤[2]
금 자 재 배 돈 수　　원 수 문 수 도　　왈　　감 문 객 중 이 용　　인 전

吾池, 軍卒並進, 雲梯旣施, 攻備已具, 武士又多, 爭上吾
오 지　　군 졸 병 진　　운 제 기 시　　공 비 이 구　　무 사 우 다　　쟁 상 오

城, 爲之奈何?
성　　위 지 내 하

子墨子曰：問雲梯之守邪? 雲梯者, 重器也, 亓動移甚
자 묵 자 왈　　문 운 제 지 수 야　　운 제 자　　중 기 야　　기 동 이 심

難. 守爲行城雜樓[3], 相見[4]以環亓中[5], 以適廣狹爲度, 環
난　　수 위 행 성 잡 루　　상 견 이 환 기 중　　이 적 광 협 위 도　　환

中藉幕[6], 毋廣亓處.
중 자 막　　무 광 기 처

行城之法, 高城二十尺. 上加堞[7], 廣十尺. 左右出巨[8],
행 성 지 법　　고 성 이 십 척　　상 가 첩　　광 십 척　　좌 우 출 거

各二十尺. 雜樓高廣, 如行城之法. 爲爵穴[9]煇鼠[10], 施苔[11]
각 이 십 척　　잡 루 고 광　　여 행 성 지 법　　위 작 혈 휘 서　　시 답

亓外. 機[12]衝[13]棧[14]城, 廣與隊等, 雜亓間以鐫[15]劍.
기 외　　기 충 잔 성　　광 여 대 등　　잡 기 간 이 전 검

持衝十人, 執劍五人, 皆以有力者. 令案目者[16]視適, 以
지 충 십 인　　집 검 오 인　　개 이 유 력 자　　영 안 목 자 시 적　　이

鼓發之, 夾而射之, 重而射之, 校機藉之. 城上繁下矢石
고 발 지　　협 이 사 지　　중 이 사 지　　교 기 자 지　　성 상 번 하 시 석

沙灰以雨之, 薪火水湯以濟[17]之.
사 회 이 우 지　　신 화 수 탕 이 제　　지

審賞行罰, 以靜爲故, 從之以急, 毋使生慮[18]. 若此則雲
심 상 행 벌　　이 정 위 고　　종 지 이 급　　무 사 생 려　　약 차 즉 운

梯之攻, 敗矣.
제 지 공　　패 의

---

1 頓首(돈수)－머리를 땅에 조아리는 것. 2 堙壤(인전)－메우는 것. 보통은
연자(煙資)로 되어 있으나 왕인지(王引之)의 설을 따라 고쳤다. 3 雜樓(잡
루)－임시로 성 위에 만들어 올린 여러 가지 누각. 4 相見(상견)－상간(相間)
과 뜻이 통하여, 서로 적당한 간격을 두는 것. 5 環其中(환기중)－성을
중심으로 가에다 임시 성과 누각을 삥 둘러 세우는 것. 6 藉幕(자막)－막을
치는 것. 7 堞(첩)－성 위에 쌓는 여장(女墻) 또는 치첩(雉堞). 성 위에서 군사
들이 적을 공격하기에 편리하도록 쌓아놓은 담. 8 巨(거)－큰 통나무를 짜서
만든 틀. 9 爵穴(작혈)－작(爵)은 작(雀)과 통하여, '참새 굴'의 뜻. 밖을 내다

보기 위하여 뚫어놓은 구멍. **10** 煇鼠(휘서)−휘(煇)는 훈(燻)과 통하여, '쥐를 불로 그슬린다'는 뜻. 그 구멍으로 관솔불을 내어밀어 공격하는 적을 밝혀 그런 별명이 붙은 듯하다. **11** 施苔(시답)−구멍 밖을 물건으로 가리는 것. **12** 機(기)−화살이나 돌 같은 것을 쏘아내는 기계. **13** 衝(충)−충거(衝車). **14** 棧(잔)−징검다리. 높은 곳에서 높은 곳을 건너갈 때 쓴다. **15** 鐫(전)−도끼. **16** 案目者(안목자)−눈을 깜박이지 않고 주시(注視)를 잘하는 사람. **17** 濟(제)−돕다. **18** 慮(려)−걱정. 사고.

여기서도 적이 사다리 달린 수레를 이용하여 성을 공격해 올 때 성을 지키는 방법과 그 방비를 과학적으로 설명하고 있다.

3 지키는 자는 성가퀴를 만드는데 성가퀴의 높이는 여섯 자에 한 계단이 있으며, 그 가에는 도끼를 배치해 두었다가 기계로 내치도록 만들어 놓는다. 충거(衝車)가 오면, 곧 그것을 거두고 오지 않으면 그대로 배치해 둔다.

'작혈(雀穴)'은 3자[尺]마다 하나씩 뚫는다. 쇠 가시를 깔 적에는 반드시 적의 대열 앞에 세워지도록 하는데 수레를 밀며 끌고 가서 성 울타리 밖에 배치한다.

성 울타리는 성으로부터 10자 떨어져 열 자 두께로 만든다. 울타리 나무를 베는 방법은 크고 작고 간에 통나무채로 자르는데, 열 자 길이로 잘라 뒤섞어 깊이 묻고 단단히 흙을 다져 뽑혀지지 않도록 해야 한다.

20보(步)마다 한 곳의 쇄(殺)가 있다. 쇄에는 한 곳의 격(隔)이 있으며, 격은 두께가 10자이고, 쇄에는 두 쪽의 문이 있는데, 문의 넓이는 5자이다. 거문(柜門)은 한결같이 만들고, 얕게 묻되 다지지 않음으로써 쉽사리 뽑을 수 있도록 한다. 성 위의 거문이 바라보이는 곳에 던질 물건들을 놓아둔다.

守爲行堞, 堞高六尺而一等, 施斲¹亓面, 以機發之. 衝
수위행첩　첩고륙척이일등　시착 기면　이기발지　충

至則去之², 不至則施之.
지즉거지　부지즉시지

爵穴, 三尺而一. 疾犁³投, 必當隊而立, 以車推引之, 置
작혈　삼척이일　질려투　필당대이립　이거추인지　치

柜⁴城之外.
거성지외

去城十尺, 柜厚十尺. 伐柜之治, 小大盡木斷之, 以十尺
거성십척　거후십척　벌거지치　소대진목단지　이십척

爲傳⁵, 雜而深埋之, 堅築⁶, 毋使可拔.
위전　잡이심매지　견축　무사가발

二十步一殺⁷. 殺有一鬲⁸, 鬲厚十尺, 殺有兩門, 門廣五
이십보일쇄　살유일격　격후십척　살유량문　문광오

尺. 柜門一施⁹, 淺埋弗築, 令易拔. 城希柜門¹⁰而直桀¹¹.
척　거문일시　천매불축　영이발　성희거문　이치걸

1 斲(착)－도끼. 2 衝至則去之(충지즉거지)－충거가 오면 그것을 치운다. 운제(雲梯)는 도끼로 부술 수 있지만 충거는 도끼로 부숴지지 않기 때문에 치우는 것이다. 3 疾犁(질려)－질려(蒺藜)로도 쓰며 공격해 오는 적을 상하게 하기 위하여 땅바닥에 깔아놓은 쇠나 나무로 만든 가시. 4 柜(거)－거(柜). 성 밖에 다시 나무를 세워 놓은 울타리(孫詒讓 說). 5 傳(전)－단(斷)의 잘못(「備蛾傳」편 참조). 6 築(축)－땅을 다지는 것. 7 殺(쇄)－성의 방위 시설의 일종. 8 鬲(격)－격(隔). 성을 지키는 사람들이 머물거나 물건들을 저장할 수 있는 곳. 9 一施(일시)－한결같이 베풀다, 아래 글자가 빠져 달아난 듯(「墨子閒詁」). 10 城希柜門(성희거문)－'성' 아래 상(上)자가 빠졌고, '희'는 희(睎)와 통하여(王引之 說), 성 위에서 거문을 바라보는 것. 11 直桀(치걸)－'치'는 치(置)와 통하며, '걸'은 적에게 던질 물건.

여기엔 운제(雲梯) 공격에 대비하여 만드는 성가퀴〔女墻〕와 쇠가시 설치하는 법 및 울타리 만드는 법 등을 설명하고 있다. 뒤에 다시 울타리에 붙은 문 같은 것에 대한 설명이 간단히 보이나 정확히 알 수 없는 것이 많다.

4 매달아 놓은 횃불은 네 자마다 한 기둥에 갈고리를 달아 놓는다. 5보(步)마다 한 아궁이를 준비하는데 아궁이 문에는 화로에 숯불을 담아 둔다. 적군으로 하여금 모두 들어오게 하고는 불을 붙이어 문을 태우고 매달아 놓은 횃불로 이어서 공격한다. 그 다음에 수레를 내어 세워놓는데, 그 넓이는 적의 땅굴과 같아야 한다. 두 수레 사이에 한 개의 불을 두고 모두 선 채로 기다리다가 북소리가 울리면 불을 붙이고 곧 한꺼번에 진격토록 한다. 적군이 불을 피한 뒤에 다시 공격해 오면 매달았던 불로 다시 내리친다. 적군들은 매우 상할 것이니 군사들을 이끌고 물러갈 것이다.

그러면 우리 결사대에게 명하여 좌우로 곁문을 나가 나머지 군사들을 치게 한다. 용감한 군사들과 장수는 모두 성의 북소리를 듣고는 나가고 성의 북소리를 따라서 들어오게 한다. 평소의 훈련대로 군사들을 출격시키기도 하고 매복시켜 놓기도 한다. 밤중에 성위 사면에서 시끄럽게 북을 치면 적군들은 반드시 당황할 것이다. 이렇게만 하면 반드시 적군을 무찌르고 적장을 죽이게 될 것이니, 흰옷을 입고 자기편을 구별하며 암호로써 서로 연락을 한다. 이렇게 되면, 곧 사다리 달린 수레의 공격은 실패하게 될 것이다.

縣火¹, 四尺一鉤樴². 五步³一竈⁴, 竈門有鑪⁵炭. 令適人
현화　사척일구직　오보일조　조문유로탄　영적인

盡入, 煇⁶火燒門, 縣火次之. 出載而立, 亓廣終隊. 兩載
진입　훈화소문　현화차지　출재이립　기광종대　양재

之間一火, 皆立而待, 鼓而然⁷火, 卽具發之. 適人除火而
지간일화　개립이대　고이연화　즉구발지　적인제화이

復攻, 縣火復下. 適人甚病, 故引兵而去.
복공　현화부하　적인심병　고인병이거

則令我死士⁸, 左右出穴門, 擊遺師. 令賁士⁹主將, 皆聽
즉령아사사　좌우출혈문　격유사　영분사주장　개청

城鼓之音而出, 又聽城鼓之音而入. 因素¹⁰出兵施伏. 夜
성고지음이출　우청성고지음이입　인소　출병시복　야

半, 城上四面鼓噪¹¹, 適人必或¹². 有此必破軍殺將, 以白
반　성상사면고조　적인필혹　유차필파군살장　이백

衣爲服, 以號¹³相得¹⁴. 若此, 則雲梯之攻敗矣.
의위복　이호　상득　약차　즉운제지공패의

1 縣火(현화) ─ 적을 공격하기 위하여 횃불을 매어달아 놓은 것. 적이 성 가까이 오면 그것으로 내리친다. 2 鉤樴(구직) ─ 갈고리〔鉤〕가 달려 있는 말뚝〔樴〕. 3 步(보) ─ 여섯 자〔尺〕, 또는 여섯 자 네 치〔寸〕가 1보〔步〕라 한다. 4 竈(조) ─ 불때는 아궁이. 5 鑪(로) ─ 화로. 6 煇(훈) ─ 훈(燻)과 통하여, 불을 붙이는 것. 7 然(연) ─ 연(燃)과 통하여, 불을 태우는 것. 8 死士(사사) ─ 죽기를 꺼리지 않고 싸우는 군사. 9 賁士(분사) ─ 용맹스런 군사. 10 因素(인소) ─ 그전대로. 11 鼓噪(고조) ─ 북을 시끄럽게 치는 것. 12 或(혹) ─ 혹(惑)과 통하여, '당혹하다'. '당황하다'. 13 號(호) ─ 암호. 14 相得(상득) ─ 서로 뜻이 통하는 것.

　　사다리 달린 수레로 성을 공격해 올 때 여기서는 불로 반격하는 방법을 상세히 설명하고 있다.

※ 제57편은 없어져 전하지 않으며, 편명도 알 수 없음.

墨子

58.
비수편
備水篇

제57편도 없어져 버렸는데 그것은 「비인(備堙)」편일 것이다. 이 편은 본시 불로 공격해 오는 적으로부터 성을 지키는 방법을 해설한 것일 것이다. 그러나 본문의 대부분이 없어지고 여기엔 반대로 공격해 오는 적을 물로 물리치는 방법의 일부가 남아 있다.

1 성 안 참호(塹壕) 밖에 삥 둘러 있는 길[周道]은 넓이가 8보(步)인데 물을 저축해 둔다. 사방의 높고 낮은 것을 정확히 재어 성 안의 땅이 모두 낮으면 그 안에 도랑을 판다. 낮은 땅에는 땅을 깊이 파서 물이 흘러나오는 샘을 만들며 샘 안에 물통을 놓아둔다. 성 밖의 물보다 샘물의 깊이가 1장(丈) 이상이면 성 안에 수로(水路)를 판다.

거기에 배를 10척 띄워 높은 곳으로부터 공격할 무기로 삼으며, 배 한 척에는 30명이 타는데 사람들은 대부분 쇠뇌를 갖지만 그

10분의 4는 긴 창을 든다. 반드시 배는 잘 수리하여 분온(轒轀)처럼 여러 가지 공격 무기를 갖추어야 하며, 20척의 배가 일대(一隊)가 된다. 재능 있는 군사들과 힘있는 사람 30명을 골라서 배에 타게 하는데, 그 중 12명은 각기 긴 창을 들고 칼을 차고 갑옷을 입고 가죽신을 신고 투구를 쓰며 18명은 쇠뇌를 갖는다.

먼저 재능 있는 군사들을 양성하여 따로 집에 살게 하며 그의 부모처자들을 먹여 주며 인질(人質)로 삼는다.

물을 터야 할 때가 되면 여러 가지 무기를 갖춘 배를 내세우고 바깥 제방을 트며 성 위에서는 쏘는 기계로써 신속히 이들을 돕는다.

城內塹¹外周道², 廣八步³, 備水. 謹度四旁高下, 城中地
성내참 외주도 광팔보 비수 근도사방고하 성중지

偏下, 令巨⁴其內. 及下地, 地深穿之令漏泉⁵, 置則瓦⁶井
편하 영거기내 급하지 지심천지령루천 치칙와 정

中. 視外水深丈⁷以上, 鑿城內水巨.
중 시외수심장 이상 착성내수거

並船以爲十臨⁸, 臨三十人, 人擅⁹弩, 什四¹⁰酋矛¹¹. 必善¹²
병선이위십림 임삼십인 인천노 십사 추모 필선

以船爲轒轀¹³, 二十船爲一隊. 選材士¹⁴有力者三十人共船,
이선위분온 이십선위일대 선재사 유력자삼십인공선

亓十二人, 人擅酋矛, 劍甲鞮瞀¹⁵, 十八人擅弩.
기십이인 인천추모 검갑제무 십팔인천노

先養材士, 爲異舍, 食其父母妻子, 以爲質¹⁶.
선양재사 위이사 사기부모처자 이위지

視水可決, 以臨轒轀, 決外隄¹⁷, 城上爲射機¹⁸, 疾佐之.
시수가결 이림분온 결외제 성상위사기 질좌지

1 塹(참)─참호. 2 周道(주도)─성 안에 뺑 둘러 있는 큰 길. 3 步(보)─길이의 단위. 1보(步)는 여섯 자[六尺]임. 4 巨(거)─거(渠)와 통하여, '도랑', '수로(水路)'. 5 漏泉(누천)─물이 스며 새는 곳에 10보(步)마다 한 우물을 파서 스며 나오는 물을 샘 안으로 끌어들여 그것을 다시 퍼 올렸다(『通典』守拒法).

이것은 그 샘을 뜻한다. **6** 則瓦(칙와)-칙(則)은 측(側)과 통하고, 와(瓦)는 영(甁)과 통하여, 한편으로 기울어져 물 퍼내기 편리하도록 만들어진 물통. **7** 丈(장)-길이의 단위. 1장(丈)은 열 자[十尺]. **8** 臨(림)-높은 곳에서 공격할 수 있는 기구로써 배를 뜻한다(畢沅 說). **9** 擅(천)-들다, 잡다. **10** 什四(십사)-10분의 4. 십(什)은 보통 계(計)로 되어 있으나 잘못임(孫詒讓 說). 30명의 10분의 4는 12명으로 뒤에 나오는 숫자와 들어맞는다. **11** 酋矛(추모)-길이 2장(丈)이나 되는 긴 창. **12** 善(선)-선(繕)과 통하여, 손질을 잘하는 것. **13** 轒辒(분온)-여러 가지 적을 공격하는 기계를 갖추고 있는 옛날의 가장 무거운 전차. **14** 材士(재사)-싸움 잘하는 군사. **15** 鞮瞀(제무)-제(鞮)는 가죽 신. 무(瞀)는 무(鍪)와 통하여, 투구(『漢書』「揚雄傳」師古 注). **16** 質(지)-인지(人質). 재사(材士)가 싸움을 잘 못하면 그의 부모처자까지도 즉시 처벌할 수 있도록 잡아 두는 것이다. **17** 隄(제)-제방, 방축. **18** 射機(사기)-화살이나 돌 같은 것을 쏘아대는 기계. 기(機)는 보통 의(橫)로 되어 있으나 손이양(孫詒讓)의 설(說)을 따랐다.

물로 공격해 오는 적을 막는 얘기는 없고 오히려 성에서 물을 이용하여 공격해 오는 적을 막는 방법을 설명하고 있다. 하기는 크로제비츠는 '공격이야말로 가장 훌륭한 수비'(戰爭論)라 말하고 있다. 이 나머지 글을 놓고 볼 때 없어진 본문들이 아깝기 그지없다.

※ 제59편과 제60편도 없어져 전하지 않으며, 편명도 알 수 없음.

앞의 두 편은 없어져 버렸다. 이 편은 성에 구멍을 뚫고 공격해 오는 '돌(突)' 에 대한 방비를 해설한 것이다. 대부분의 내용은 없어지고 그 일부만이 남아 있다. 따라서 '돌' 이 어떠한 공격인지, 또 그것을 어떻게 막았는지에 대해 정확한 내용을 파악하기 어려운 것은 큰 유감이라 하겠다.

1 성에는 1백 보(步)마다 한 개의 돌문(突門)을 만든다. 돌문에는 각기 질그릇 굽는 가마 같은 아궁이를 만들어 놓는다. 들어가는 문은 네댓 자(尺) 넓이로 뚫어놓고 그 문 위는 기와 지붕으로 덮어놓아 물이 새어들지 않게 한다. 문 안으로 들어가 문지기가 문을 막을 수 있게 하는데, 그것은 두 바퀴 달린 수레를 쓰며 나무로써 수레를 묶어놓고 그 위는 진흙을 바르며 문에 달린 줄은 돌문 안에 놓아둔다. 문의 넓고 좁은 것의 기준은 사람이 문 안으로 들어갈 수 있도록 네댓 자가 되는 것이다. 그 안에 질그릇 굽는

가마 같은 아궁이를 만들어 놓고 문 옆에 풀무를 마련해 놓으며, 아궁이에는 나무와 쑥 같은 것을 채워 둔다. 적군이 들어오면, 바퀴를 돌려 돌문을 막고 풀무를 돌려 바람을 내며 아궁이의 불과 연기를 내뿜게 한다.

城百步, 一突門[1]. 突門各爲窯竈[2]. 竇[3]入門四五尺, 爲亓
성 백 보　일 돌 문　돌 문 각 위 요 조　두 입 문 사 오 척　위 기

門上瓦屋, 毋令水療. 能入門中, 吏主[4]塞突門, 用車兩輪,
문 상 와 옥　무 령 수 료　능 입 문 중　이 주 색 돌 문　용 거 량 륜

以木束之, 塗[5]其上, 維[6]置突門內. 使度門廣狹, 令人入門
이 목 속 지　도 기 상　유 치 돌 문 내　사 도 문 광 협　영 인 입 문

中四五尺. 置窯竈. 門旁爲橐[7], 充竈伏柴艾[8]. 寇卽入, 下
중 사 오 척　치 요 조　문 방 위 탁　충 조 복 시 애　구 즉 입　하

輪而塞之, 鼓橐[9]而熏[10]之.
륜 이 색 지　고 탁 이 훈　지

1 突門(돌문) - 적이 구멍을 뚫고 성 안으로 쳐들어 올 때 그곳에 불과 연기를 내뿜도록 장치가 된 문인 듯하다. 2 窯竈(요조) - 질그릇 굽는 가마처럼 생긴 아궁이. 3 竇(두) - 구멍. 구멍을 뚫다. 4 吏主(이주) - 돌문의 관리자. 5 塗(도) - 불에 타지 않도록 수레와 나무 겉에 진흙을 발라놓는 것이다. 6 維(유) - 수레바퀴에 줄을 연결하여 한 끝을 문에 매어 둔다. 바퀴를 돌리면 문이 열렸다 닫혔다 하는데 거기에 쓰이는 줄이다. 7 橐(탁) - 대장장이들이 바람을 내는 데 쓰는 '풀무'. 8 柴艾(시애) - 땔나무와 쑥. 그것을 태워 불길과 연기를 내뿜도록 한다. 9 鼓橐(고탁) - 풀무질을 하는 것. 10 熏(훈) - 훈(燻)과 통하여, '불과 연기로 적을 그슬리는 것'.

　　구멍을 뚫고 공격해 오는 적을 막는 방법으로 여기엔 '돌문'을 설명하고 있다. '돌문'은 그 방어법의 한 부분에 지나지 않았을 것이다.

땅에 굴을 파고 성 안으로 침입하여 공격해 오는 적을
막는 대책을 논한 것이다. 앞의 '돌'이나 '공동(空洞)'과 명확
한 구분은 서지 않지만 굴을 통하여 공격해 오는 적을 막는 방
법의 설명임에는 틀림이 없다.

1 금자가 두 번 절하고 다시 두 번 절하며 말하였다.
"감히 옛사람 중에 공격을 잘하는 자가 있어서 땅에 굴을
파고 성 안으로 들어와 기둥에 장작을 동여매고 불을 질러 우리
성을 파괴한다 하십시다. 성이 파괴되면 많은 사람들이 상할 터인
데, 그럴 때 어떻게 하면 좋을는지 여쭈어 보고자 합니다."
묵자가 대답하였다.
"굴을 뚫고 공격해 오는 적으로부터 성을 지키는 방법을 묻는
건가? 굴을 뚫고 공격해 오는 적에 대비하는 사람은 성 안에 높은

누각을 만들어 놓고 적군을 잘 관찰해야만 한다. 적군에 변화가 생기어 담을 쌓고 흙을 모으는 게 보통과 다르거나 만약 널리 물이 흐려진 게 보통과 다를 적에는 이것은 땅에 굴을 뚫고 있는 것이다. 급히 성 안에도 참호를 파고 땅에 굴을 뚫어 이에 대비하여야 한다.

성 안에 우물을 파되, 다섯 걸음마다 한 개의 우물을 파서 성벽 바로 밑에까지 닿도록 한다. 높은 땅이면 1장(丈) 5척(尺)을 파고 낮은 땅에서 샘물이 솟아나면 석 자만 파면 된다. 옹기장이로 하여금 큰 독을 만들게 하되 40두(斗) 이상이 드는 것이라야 한다. 그 독을 얇고 부드러운 가죽 끈으로 단단히 싼 다음 우물 속에 넣어 둔다. 그리고 귀가 밝은 사람으로 하여금 독에 들어가 엎드려 듣게 하면 적이 파는 굴이 있는 장소를 자세히 알게 될 것이니, 이 편에서 그를 맞아 굴을 파 간다."

禽子再拜再拜曰：敢問古人有善攻者，穴土而入，縛柱[1]
금자재배재배왈　감문고인유선공자　혈토이입　박주

施火以壞吾城. 城壞或中人[2], 爲之奈何?
시화이괴오성　성괴혹중인　위지내하

子墨子曰：問穴土之守邪? 備穴者，城內爲高樓，以謹
자묵자왈　문혈토지수야　비혈자　성내위고루　이근

候望適人. 適人爲變，築垣聚土非常者，若彭[3]有水濁非常
후망적인　적인위변　축원취토비상자　약방유수탁비상

者，此穴土也. 急塹城內，穴亓土直之[4].
자　차혈토야　급참성내　혈기토직지

穿井城內，五步一井，傅[5]城足[6]. 高地丈五尺，下地得泉
천정성내　오보일정　부성족　고지장오척　하지득천

三尺而止. 令陶者爲罌[7]，容四十斗以上. 固幎[8]之以薄鞈[9]
삼척이지　영도자위앵　용사십두이상　고멱지이박락

革，置井中. 使聰耳者，伏罌[10]而聽之，審知穴之所在，鑿
혁　치정중　사총이자　복앵이청지　심지혈지소재　착

穴迎之.
혈영지

1 縛柱(박주) ― 기둥에 장작을 붙들어 매는 것. **2** 中人(중인) ― 사람들이 성에 깔려 상하는 것. **3** 彭(방) ― 방(旁)과 통하여, '널리'의 뜻. **4** 直之(직지) ― 당지(當之)와 뜻이 통하여, '그것에 대처하는 것'. **5** 傅(부) ― 닿다. 미치다. **6** 城足(성족) ― 성 바로 밑 토대(土臺). **7** 罌(앵) ― 큰 독. **8** 幎(멱) ― 천 같은 것으로 싸는 것. 덮는 것. **9** 鞈(라) ― 부드러운 가죽 끈. **10** 伏罌(복앵) ― 큰 독 안으로 들어가 엎드려서 귀를 독에 대는 것.

여기서는 굴을 파고 공격해 오는 적을 막아내기 위하여 먼저 적이 굴을 파는 것과 그들이 파 오는 굴의 위치를 알아내는 방법을 설명하고 있다. 그 과학적인 두뇌가 무척 놀랍다.

2 옹기장이로 하여금 질그릇 독을 만들게 하되, 길이는 2척(尺) 5촌(寸), 굵기는 6위(圍)로 한다. 그 가운데를 둘로 쪼개어 독 바닥은 없애고 합쳐 가지고 굴 안에 설치하는데, 하나는 위를 보게 하고, 하나는 그것을 덮게 한다. 기둥 바깥쪽은 두루 진흙을 잘 발라, 그 기둥에 붙여놓은 것들이 타지 않도록 해야 한다. 기둥의 이은 구멍은 고운 진흙으로 잘 발라서 공기가 새지 않게 한다. 굴 양편을 모두 이와 같이 하여 굴을 파 나감에 따라 함께 이것도 옮겨 가는데 아래편은 땅에 잘 닿도록 한다.

그 속에는 겨와 재를 넣되 가득 채우면 안 된다. 겨와 재는 굴의 길이대로 모두 뿌려 놓는데 좌우 굴에도 모두 섞어서 이와 같이 한다.

굴 안쪽 입구에는 아궁이를 만드는데 질그릇 굽는 가마처럼 만들며 일곱이나 여덟 다발의 쑥이 들어갈 수 있도록 한다. 좌우의 굴들도 모두 이와 같이 한다. 그리고 가마에는 네 개의 풀무를 쓸 수 있도록 하여 둔다.

굴이 서로 만날 때가 되면 큰 공이로 쳐서 깨뜨리고는 급히 풀무질을 하며 쑥에 불을 붙여 연기를 피운다. 이때엔 반드시 풀무질을 잘 익힌 자로 하여금 풀무질을 하게 하고 아궁이 곁을 떠나는 일이 없도록 한다.

여러 개의 나무쪽을 합쳐 만든 연판(連版)은 굴의 높이와 넓이를 표준으로 하여 앞으로 나아가도록 한다. 그 연판에는, 구멍을 뚫어 창을 들이밀 수 있도록 하며, 그 구멍의 수는 3분의 1정도를 써서 굴을 방어할 수 있게 한다. 굴에서 만약 적과 마주치면 연판으로 적을 막고 창으로 굴을 방어하며 한편 굴이 막히지 않도록 한다. 굴이 만약 막히면 연판을 끌고 퇴각한다. 만약 한 굴만이 막히면 그 굴을 뚫고서 그곳에 연기가 통하도록 한다. 연기가 통하면 급히 풀무질을 하여 적을 연기로 그슬린다.

굴 안에서는 굴의 좌우에 귀를 기울이며 파 가다가 갑자기 적의 전진을 끊어 적이 나올 수 없게 만든다. 만약 적의 굴을 만나게 되면 그것을 나무와 흙으로 틀어막을 것이며 연판을 태우는 일이 없도록 하여야 한다. 그렇게만 하면 땅에 굴을 뚫고 침입해 오는 공격은 실패로 돌아가고 말 것이다.

令陶者爲瓦罋¹, 長二尺五寸, 大六圍². 中判³之, 合而施
영 도 자 위 와 앵　　장 이 척 오 촌　 대 륙 위　 중 판 지　 합 이 시

之穴中, 偃⁴一, 覆⁵一. 柱之外善周塗, 亓傅柱者勿燒. 柱
지 혈 중　 언 일　 복 일　 주 지 외 선 주 도　 기 부 주 자 물 소　 주

者勿燒⁶, 柱善塗亓竇際, 勿令泄⁷. 兩旁皆如此, 與穴俱
자 물 소　 주 선 도 기 두 제　 물 령 설　 양 방 개 여 차　 여 혈 구

前, 下迫地⁸.
전　 하 박 지

置康若灰⁹亓中, 勿滿. 灰康長五竇¹⁰, 左右俱雜, 相如也.
치강약회기중 물만 회강장오두 좌우구잡 상여야

穴內口爲竈, 令如窯, 令容七八員¹¹艾. 左右竇皆如此.
혈내구위조 영여요 영용칠팔원 애 좌우두개여차

竈用四橐.
조용사탁

穴且遇, 以頡皐¹²衝之, 疾鼓橐熏之. 必令明習橐事者,
혈차우 이힐고 충지 질고탁훈지 필령명습탁사자

勿令離竈口.
물령리조구

連版¹³, 以穴高下廣陝爲度, 令穴者與版俱前. 鑿亓版,
연판 이혈고하광합위도 영혈자여판구전 착기판

令容矛, 參分亓疏數¹⁴, 令可以救竇. 穴則遇, 以版當之,
영용모 삼분기소수 영가이구두 혈즉우 이판당지

以矛救竇, 勿令塞竇. 竇則塞, 引版而卻¹⁵. 遇一竇而塞
이모구두 물령색두 두즉색 인판이각 우일두이색

之, 鑿亓竇, 通亓煙. 煙通, 疾鼓橐以熏之.
지 착기두 통기연 연통 질고탁이훈지

從穴內聽穴之左右, 急絕亓前, 勿令得行. 若集客穴, 塞
종혈내청혈지좌우 급절기전 물령득행 약집객혈 색

之以柴塗¹⁶, 令無可燒版也. 然則穴土之攻, 敗矣.
지이시도 영무가소판야 연즉혈토지공 패의

---

1 瓦罌(와앵)−질그릇 독. 보통 월명(月明)으로 되어 있으나 잘못인 듯하다(王引之 說). **2** 圍(위)−둘레를 표시하는 단위. 한아름. 여덟 자〔八尺〕가 1위(圍)라 한다. **3** 中判(중판)−독의 밑바닥을 없애고 가운데를 쪼개어 이를 합쳐서 원통형(圓筒形)이 되게 하는 것. **4** 偃(언)−위를 향하여 젖혀놓는 것. **5** 覆(복)−그 위를 덮어 원통형으로 만드는 것. **6** 柱者勿燒(주자물소)−이 네 글자가 잘못 들어가 중복되어 있음(畢沅 說). **7** 泄(설)−물이나 공기가 새는 것. **8** 迫地(박지)−원통형으로 된 독의 아래쪽은 땅에 딱 달라붙도록 하는 것. **9** 康若灰(강약회)−강(康)은 강(糠)과, 약(若)은 여(輿)와 통하여, '겨와 재'. 겨와 재를 그 속에 넣는 것은 풀무질을 하여 연기를 적 편으로 보낼 때 재와 겨까지도 함께 날아가 적의 눈을 뜨지 못하도록 하려는 것이다. **10** 五竇(오두)−'오'는 궁(瓦)의 잘못. 굴의 길이대로 뜻. **11** 員(원)−다발. 묶음. **12** 頡皐(힐고)−길고(桔橰)와 같은 말로, 여러 사람이 함께 힘을 주어 단단한 성벽 같은 것을 부술 수 있도록 만든 큰 공이. **13** 連版(연판)−여러 개의 나무판을

합쳐 만든 것으로 굴의 흙이 무너지는 것을 막는 한편, 적을 만나면 자기를 보호하며 상대방을 공격할 수 있는 방패 역할을 하는 것. **14** 疏數(소수) — 구멍을 뚫은 수. **15** 卻(각) — 퇴각(退却). 물러남. **16** 柴塗(시도) — 나무와 흙.

여기서는 굴을 파고 침입해 오는 적을 찾아 굴을 파고 나가 연기로 공격하는 방법이 설명되어 있다. 비록 뜻이 애매한 곳이 몇 군데 있기는 하지만 흥미있는 내용이라 하겠다.

3 적군이 공격해 오면 우리 성은 다급해지고 비상사태로 돌입한다. 조심해서 굴을 파고 공격해오는 데 대비하지만 굴로써 대응한다 해도 확실한 것은 아니다. 급히 굴을 파나가서 적의 굴을 발견 못하더라도 신중히 밖의 적을 뒤쫓지 말아야 한다.

굴로써 공격해 오는 적을 분쇄하려면 20보(步) 간격으로 한 굴을 판다. 굴은 높이 10자(尺)에 넓이도 10자로 판다. 굴을 파나가는 데 있어서는 1보(步)에 3자 이상 내려가지 않으며, 10자의 굴을 이루면 왼편이나 오른편 옆으로도 파나가 높이와 넓이가 각 10자 되는 쇄(殺)라는 갈래 굴을 만든다. 큰 독을 두 개씩 묻어 나가는데 깊이는 성과 평행을 이루게 한다.

그 위에 나무쪽들을 놓는데 그것을 연판(聯板)이라 한다. 적의 굴 파는 소리를 듣는 샘은 5보마다 하나씩 판다. 굴 문은 가래나무와 소나무로 만든다. 문 안에는 양편에 쇠 가시를 붙이는데, 그 문의 길이대로 모두 붙이며 문에 고리를 달아둔다. 돌을 굴 밖 둘레에 쌓아두는데, 높이 7자이고, 다시 그 위에 성가퀴를 만든다. 계

단은 만들지 않으며, 돌에 사다리를 걸고 올라갔다 내려갔다 하며
출입한다.

寇至, 吾城急, 非常也. 謹備穴, 穴疑有應寇¹. 急穴, 穴
구 지 오 성 급 비 상 야 근 비 혈 혈 의 유 응 구 급 혈 혈

未得, 愼毋追.
미 득 신 무 추

凡殺以穴攻者, 二十步一置穴. 穴高十尺, 鑿十尺. 鑿如
범 살 이 혈 공 자 이 십 보 일 치 혈 혈 고 십 척 착 십 척 착 여

前, 步毋下三尺², 十步擁穴, 左右橫行, 高廣各十尺爲殺³.
전 보 무 하 삼 척 십 보 옹 혈 좌 우 횡 행 고 광 각 십 척 위 쇄

俚⁴兩罌, 深平城.
이 량 앵 심 평 성

置板亓上, 聯板⁵. 以井聽, 五步一穿. 用枱⁶若松爲穴戸.
치 판 기 상 연 판 이 정 청 오 보 일 천 용 이 약 송 위 혈 호

戸內有兩蒺藜⁷, 皆長極其戸, 戸爲環. 壘石外堠⁸, 高七
호 내 유 량 질 려 개 장 극 기 호 호 위 환 누 석 외 후 고 칠

尺, 加堞亓上. 勿爲陛, 與石以縣陛⁹, 上下出入.
척 가 첩 기 상 물 위 폐 여 석 이 현 폐 상 하 출 입

1 疑有應寇(의유응구) - 적군에 대응하는 데 의심이 있다, 곧 언제나 성공적으로 적을 격퇴할 수 있는 것은 아니라는 뜻. 2 步毋下三尺(보무하삼척) - 본시는 무(毋)자가 없어 '1보에 3척씩 내려간다' 고 해석해야 할 것이나 뜻이 연결되지 않으므로 중간에 무(毋)자를 넣었다. 3 殺(쇄) - 옆으로 갈라진 굴 이름. 4 俚(이) - 매(埋)와 통하는 자로서, 묻는 것. 5 聯板(연판) - 앞에 나온 연판(連板)과 같은 것임. 6 枱(이) - 본시는 '따비 자루' 의 뜻이나, 재(梓)의 가차(假借)자로서 '가래나무'(孫詒讓 說). 7 蒺藜(질려) - 쇠 가시. 8 外堠(외후) - '후' 는 곽(郭)의 뜻으로(『墨子閒詁』), 외곽(外廓). 굴의 바깥쪽 둘레. 9 縣陛(현폐) - 사다리를 걸다.

굴을 파고 성 안으로 침입하여 공격하려는 적을 굴을 파고 맞

아 싸우는 법의 설명이 계속되고 있다.

4 불가마와 풀무를 갖추어 놓는데, 풀무는 소가죽으로 만든 다. 불가마에는 두 개의 항아리가 있고, 손잡이를 잡고 풀 무질을 하는데, 손잡이의 무게는 100근(斤) 정도이며, 그 무게가 40 근 이하면 안된다. 숯에 불을 붙여 불가마에 채우며, 불가마에 가 득 차면 그것을 덮어 열기가 새어나오지 않게 하여야 한다. 적병 들이 재빨리 우리 굴에 다가오고 있는데, 적의 굴이 높거나 낮아 서 우리 굴에 닿지 않으면 곧 비스듬히 굴을 뚫어 굴이 서로 통하 게 만든다.

굴 안에서 적병과 만나게 되면 언제나 방어만 하고 추격을 하지 는 말아야 한다. 그리고 싸우다가는 도망을 치면서 불가마의 불로 태울 수 있는 기회를 기다려야 한다. 곧 달려와 굴 주변에 만들어 놓은 쇄 안으로 들어와야 한다.

쇄에는 서혈(鼠穴)이 있는데, 거기에는 문에다가 빗장과 자물쇠 를 만들어 놓고, 그 속은 한 사람만이 왔다갔다 다닐 수 있어야 한 다. 굴의 보루(堡壘) 중에는 각각 한 마리의 개를 배치한다. 개가 짖 으며 곧 사람이 있는 것이다. 쑥과 땔나무를 길이 1자 정도로 잘라 불가마 아궁이 속에 넣는다. 먼저 아궁이의 벽을 잘 쌓고, 적의 굴 쪽으로 연판(連版)을 만들어 놓는다.

具鑪橐[1], 橐以牛皮. 鑪有兩缻[2], 以橋[3]鼓之[4]. 百十[5], 每
구 로 탁   탁 이 우 피   노 유 량 부   이 교 고 지   백 십   매

亦熏四十什[6]. 然[7]炭杜之, 滿鑪而蓋之, 毋令氣出. 適人[8]
역 훈 사 십 십   연 탄 두 지   만 로 이 개 지   무 령 기 출   적 인

疾近五百穴[9], 穴高若下, 不至吾穴, 卽以伯鑿[10]而求通之.
질 근 오 백 혈   혈 고 약 하   부 지 오 혈   즉 이 백 착   이 구 통 지

穴中與適人遇, 則皆圍[11]而毋逐. 且戰北[12], 以須鑪火之
혈 중 여 적 인 우　　즉 개 어　　이 무 축　　차 전 배　　　이 수 로 화 지

然也. 卽去而入甕穴殺[13].
연 야　　즉 거 이 입 옹 혈 쇄

有偏竄[14], 爲之戶及關籥[15]. 獨順得往來[16]行亓中. 穴壘之
유 서 찬　　위 지 호 급 관 약　　독 순 득 왕 래　행 기 중　　혈 루 지

中各一狗, 狗吠卽有人也. 斬艾與柴[17], 長尺, 乃置窯竈[18]
중 각 일 구　　구 폐 즉 유 인 야　　참 애 여 시　　　장 척　　　내 치 요 조

中. 先壘窯壁, 迎穴爲連[19].
중　　선 루 요 벽　　영 혈 위 련

1 爐橐(노탁)－불가마와 풀무. 2 瓴(부)－항아리. 3 橋(교)－풀무의 손잡이.
4 鼓之(고지)－풀무질을 하다. 5 百十(백십)－'십'은 근(斤)의 잘못(『墨子閒
詁』). 6 每亦熏四十什(매역훈사십십)－'毋下重四十斤(무하중사십근)'의 잘못
(『墨子閒詁』). 무게가 40근 이하여서는 안된다는 듯. 7 然(연)－연(燃). 불을
붙이다. 8 適人(적인)－적병(敵兵). 9 五百穴(오백혈)－오혈(吾穴)의 잘못(蘇時
學 說). 우리 땅굴. 10 伯鑿(백착)－'백'은 의(倚)의 잘못(『墨子閒詁』). 굴을 비
스듬히 뚫는 것. 11 圍(어)－방어하는 것. 12 北(배)－도망치는 것. 13 甕穴
殺(옹혈쇄)－땅굴 둘레에 만들어 놓은 쇄. 14 偏竄(서찬)－서혈(偏穴), 다음 6
절에 자세함. 15 關籥(관약)－빗장과 자물쇠. 16 獨順得往來(독순득왕래)－
'순'은 수(須)의 잘못인 듯. 한 사람만이 왕래할 수가 있는 것. 17 艾與柴(애
여시)－쑥과 땔나무. 18 窯竈(요조)－불가마의 아궁이. 19 連(연)－연판(連
版). 앞에 보임.

　　땅굴을 파고 그것을 이용하여 공격해 오는 적을 불로 격퇴하
는 방법을 설명하고 있다.

5 성벽 발 밑에 붙여서 샘을 파는데, 3장(丈)에 하나씩 파되 성
밖의 넓고 좁은 지형을 살피어 우물을 적절히 파는 것이다.

신중히 실수가 없도록 해야 한다. 성이 낮아 땅굴이 높다면 땅굴을 이용한 공격은 어렵다.

성 아래 우물을 서너 개 파고, 새 항아리를 그 우물 속에 넣고 엎드려 잘 듣는다. 잘 살피어 적의 땅굴이 있는 곳을 알게 되면, 우리도 굴을 그 편으로 파 가는 것이다. 땅굴이 맞붙을 때를 위하여 큰 도르래를 만들어 놓는데, 반드시 견고한 재목으로 받침대를 만들고, 거기에 날카로운 도끼를 달아놓는다. 힘 있는 사람 세 사람에게 명하여 도르래를 이용 돌격하여 불결한 물건 10여 석(石)을 뿌리게 한다. 재빨리 우물 안에 장작을 날라다 놓고 그 위에 쑥 7, 8다발을 놓는다. 대야로 우물 입구를 덮어 연기가 위로 새지 않도록 하고, 그 옆의 풀무 어귀로 가서 재빨리 풀무질을 한다. 수레바퀴로 끄는 수레를 만들어, 한 다발의 땔나무를 물들인 삼베 줄로 가운데엔 진흙을 바른 다음 묶는다. 그것을 쇠사슬로 매달아 정확히 적의 땅굴 입구를 막도록 한다. 쇠사슬은 길이 3장(丈), 한 편 끝엔 고리가 달리고, 다른 끝에는 갈고리가 달려있다.

鑿井傳城足[1], 三丈一, 視外之廣陝, 而爲鑿井. 愼勿失.
착 정 부 성 족　　삼 장 일　시 외 지 광 합　이 위 착 정　신 물 실

城卑穴高, 從穴難.
성 비 혈 고　종 혈 난

鑿井城上[2], 爲三四井, 內新甀[3]井中, 伏而聽之. 審之知
착 정 성 상　　위 삼 사 정　내 신 추 정 중　복 이 청 지　심 지 지

穴之所在, 穴而迎之. 穴且遇, 爲頡皐[4], 必以堅材爲夫[5],
혈 지 소 재　혈 이 영 지　혈 차 우　위 힐 고　　필 이 견 재 위 부

以利斧施之. 命有力者三人, 用頡皐衝之, 灌以不潔[6]十餘
이 리 부 시 지　명 유 력 자 삼 인　용 힐 고 충 지　관 이 불 결 십 여

石. 趣伏此[7]井中, 置艾亓上七分[8]. 盆蓋井口, 毋令煙上
석　취 복 차 정 중　치 애 기 상 칠 분　　분 개 정 구　무 령 연 상

泄, 旁亓橐口, 疾鼓之. 以車輪軸[9], 一束樵, 染麻索塗中
설　방 기 탁 구　질 고 지　이 거 륜 온　　일 속 초　염 마 삭 도 중

以束之. 鐵鎖縣, 正當寇穴口. 鐵鎖長三丈, 端環[10], 一端
이 속 지   철 쇄 현   정 당 구 혈 구   철 쇄 장 삼 장   단 환   일 단

鈎[11].
구

1 傅城足(부성족)－성 밑 발치에 붙여.　2 城上(성상)－'상'은 하(下)의 잘못
(『墨子閒詁』).　3 甄(추)－입이 작은 항아리.　4 頡皐(힐고)－길고(桔橰). 도르래,
무거운 물건도 실어 움직이게 할 수 있는 큰 도르래임.　5 夫(부)－부(趺). 받
침대.　6 不潔(불결)－불결한 물건.　7 伏此(복차)－'차'는 시(柴)의 잘못(『墨子閒
詁』). 장작을 쌓아놓는 것.　8 七分(칠분)－칠팔원(七八員)의 잘못(『墨子閒
詁』). 일고여덟 다발.　9 輼(온)－바퀴를 달아 물건을 싣고 끌 수 있도록 만든
간단한 수레.　10 端環(단환)－끝에는 고리가 달린 것.　11 鈎(구)－갈고리.

　　여기서는 적의 땅굴의 위치를 알아내는 방법을 설명하고, 그
땅굴을 통한 공격에 대비하는 방법을 설명하고 있다.

6　　서혈(俹穴)은 높이 7자 5치 넓이이다. 기둥과 기둥 사이도 7
자이다. 굴 안은 2자마다 한 개의 기둥을 세우고, 기둥 밑
에는 주춧돌이 놓여있다. 두 기둥이 하나의 부토(負土)를 위에 얹고
있고, 이 두 기둥은 같은 주춧돌 위에 있다. 가로로도 부토가 얹혀
있다. 기둥은 굵기가 2위(圍) 반이며, 반드시 그 위의 부토는 견고
히 있어야 한다. 기둥과 기둥이 마주치는 일이 없어야 한다.

　굴 안에는 두 개의 불가마가 있는데, 모두 굴 문 위의 기와집으
로 만든다. 거기에는 관리인을 각각 한 사람씩 두고, 반드시 물을
준비해 놓는다. 굴 문을 막는 일은 두 개의 수레바퀴로 만든 간단
한 수레로 한다. 그 위를 진흙으로 바르고, 땅굴의 높고 낮음과 넓

고 좁음을 척도로 삼되, 굴 안으로 4, 5자 들어가게 해놓고 그것을 줄로 잡아매어 놓는다.

땅굴을 맡고 있는 사람들은, 적이 다투어 쳐들어올 적에는 돌아서서 그것을 막는 것이다. 쑥 세 다발이 담긴 불가마를 열고 그들로 하여금 돌격해 들어오게 한다. 숨어있던 사람들은 그 굴의 한쪽에 달라붙어, 두 개의 풀무로 풀무질을 하면서 그곳을 지키고 떠나지 말아야 한다.

鼠穴[1]高七尺, 五寸廣. 柱閒也尺[2]. 二尺一柱, 柱下傅舄[3].
서 혈 고 칠 척   오 촌 광   주 간 야 척   이 척 일 주   주 하 부 석

二柱共一員十一[4], 兩柱同質. 橫員士[5]. 柱大二圍半, 必固
이 주 공 일 원 십 일   양 주 동 질   횡 원 사   주 대 이 위 반   필 고

亓員士. 無柱與柱交者.
기 원 사   무 주 여 주 교 자

穴二窯[6], 皆爲穴月屋[7]. 爲置吏舍人[8] 各一人, 必置水.
혈 이 요   개 위 혈 월 옥   위 치 리 사 인   각 일 인   필 치 수

塞穴門, 以車兩走[9]爲蒀[10]. 塗亓上, 以穴高下廣陜爲度,
색 혈 문   이 거 양 주 위 온   도 기 상   이 혈 고 하 광 합 위 도

令入穴中四五尺, 維[11]置之.
영 입 혈 중 사 오 척   유 치 지

當穴者, 客爭伏門[12], 轉而塞之. 爲窯容三員艾[13]者, 令
당 혈 자   객 쟁 복 문   전 이 색 지   위 요 용 삼 원 애 자   영

亓突入. 伏尺[14]伏傅突一旁, 以二橐守之, 勿離.
기 돌 입   복 척   복 부 돌 일 방   이 이 탁 수 지   물 리

1 鼠穴(서혈)─서혈(鼠穴), 앞 4절에도 보임. 적의 땅굴 공격을 막기 위하여 마련한 땅굴. 2 也尺(야척)─'야'는 칠(七)의 잘못(『墨子閒詁』). 3 傅舄(부석)─주춧돌을 붙이다, 주춧돌을 놓다. 4 員十一(원십일)─부토(負土)의 잘못(『墨子閒詁』). 부토는 기둥 위에 나무판을 얹어 천장의 흙을 바치고 있도록 한 것. 5 員士(원사)─역시 부토(負土)의 잘못. 6 窯(요)─불가마. 7 穴月屋(혈월옥)─혈문상와옥(穴門上瓦屋)의 잘못(王引之說). 땅굴 문 위의 기와집. 8 吏舍人(이사인)─불가마를 관리하는 사람. 9 兩走(양주)─양륜(兩輪). 두 개의 수레바퀴. 10 蒀(온)─온(轀)의 잘못. 간단한 일종의 수레. 11 維(유)─줄로 매어놓

는 것. **12** 伏門(복문) – '문' 은 투(鬪)의 잘못(『墨子閒詁』). 싸우려고 달려드는 것. **13** 三員艾(삼원애) – 세 다발의 쑥. **14** 伏尺(복척) – 숨어있던 사람.

여기서는 특히 땅굴 공격에 대비하는 서혈(鼠穴)에 대하여 설명을 하고 있다. 그러나 분명치 않은 곳이 적지 않음은 어찌하는 수가 없다.

7 굴을 파는 데 쓰는 창은 쇠로 만들며, 길이는 4자(尺)반, 크기가 쇠도끼와 같고 그처럼 날이 있다. 두 개의 창을 갖고 들어가며, 굴로부터 한 자 떨어진 곳으로부터 비스듬히 파 가는 것이다. 위의 굴이 가슴 높이일 적에는 거기에서 쓰는 창의 길이가 7자여야 한다. 굴 안에는 둥글게 쇠사슬을 매어놓고, 굴은 둘이어야 한다.

우물을 성 아래 파되, 그 우물이 다 파져서 통하게 되기를 기다려야 한다. 나무판을 놓고 그 위에서 그 한 편 끝을 파고, 다시 나무판을 옮겨놓고 다른 한 편을 판다. 도르래에는 두 개의 받침대를 마련하고, 한편 그 세워진 기둥은 땅에 묻으며, 그 양쪽 끝에는 몇 개의 갈고리를 달아놓는다.

穴矛[1], 以鐵, 長四尺半, 大如鐵服說[2], 卽刃之. 二矛內,
혈 모　　이 철　장 사 척 반　대 여 철 복 열　즉 인 지　이 모 내

去竇尺, 邪鑿之. 上穴當心[3], 亓矛長七尺. 穴中爲環利率[4],
거 두 척　사 착 지　상 혈 당 심　기 모 장 칠 척　혈 중 위 환 리 률

穴二.
혈 이

鑿井城下, 俟亓穿井且通. 居版⁵上, 而鑿亓一偏⁶, 已而
착 정 성 하　사 기 천 정 차 통　거 판 상　이 착 기 일 편　　이 이

移版, 鑿一偏. 頡皐⁷爲兩夫⁸, 而旁貍⁹亓植¹⁰, 而數鉤亓兩
이 판　착 일 편　힐 고 위 량 부　　이 방 리 기 식　　이 삭 구 기 량

端.
단

1 穴矛(혈모) － 굴을 파는 데 쓰는 창. 2 服說(복열) － 부월(鈇鉞). 무기로 쓰는
도끼. 3 當心(당심) － 가슴에 닿다. 가슴높이. 4 環利率(환리률) －『육도(六韜)』
군용(軍用)편에 '환리철쇄(環利鐵鎖)'라는 쇠사슬이 보이는데, 같은 것인 듯
하다. 5 版(판) － 나무판. 그 위에 서서 우물을 파는 것이다. 6 偏(편) － 편
(偏). 한쪽. 7 頡皐(힐고) － 길고(桔槹). 도르래. 8 夫(부) － 부(趺). 받침대. 9
貍(리) － 매(埋). 땅에 묻다. 10 植(식) － 도르래의 서 있는 기둥.

　　땅굴과 샘을 파는 방법을 설명하고 있다. 샘도 땅굴을 알아내
기 위한 샘이다.

8 　전체 굴을 파는 사람은 50명이며, 남자와 여자가 반반이다.
50명이 굴을 파는데 흙을 운반할 삼태기를 만들어, 흙을 여
섯 개의 삼내기에 남는다. 삼줄로 그 아래편을 밝어 들어 올려 던
질 수 있도록 한다. 끝나면 굴을 7명만이 지키고 물러나 보루(堡壘)
를 만든다. 굴 가운데에 큰 헛간을 하나 만들어 굴에 쓰이는 물건
들을 그 속에 저장한다.
　　굴을 파고는 성 밖의 해자 가의 나무와 기와 등을 날라다 그 밖
에 뿌려놓는다. 굴 안에 참호를 파는데, 그 깊이는 지하수가 나올
정도이다. 가까운 굴을 팔 적에는 쇠도끼를 쓰되, 그 쇠붙이와 도

끼자루의 합친 길이는 4자면 충분하다.

적이 땅굴로 공격해 오면 역시 땅굴로 적에게 대응하며, 쇠갈고리를 쓰는데, 길이 4자면 충분하다. 땅굴이 서로 통하게 되었을 적에 적의 땅굴을 향하여 갈고리를 쓰는 것이다. 그리고 짧은 창·짧은 갈래진 창·짧은 쇠뇌·짧은 화살만 있으면 충분하다. 땅굴이 서로 통하였을 때 그것으로 싸우는 것이다.

諸作穴者, 五十人, 男女相半. 五十人攻內[1], 爲傳士之
제 작 혈 자　　오 십 인　　남 녀 상 반　　오 십 인 공 내　　위 전 사 지

〇[2], 受六參[3]. 約枲繩[4]以牛[5]亓下, 可提而與投[6]. 已則穴七
〇　　수 륙 삼　　약 시 승 이 우 기 하　　가 제 이 여 투　　이 즉 혈 칠

人守, 退壘之. 中爲大廡[7]一, 藏穴具亓中.
인 수　　퇴 루 지　　중 위 대 무 일　　장 혈 구 기 중

難穴[8], 取城外池脣[9]木月[10], 散之什[11]. 斬亓穴[12], 深到泉.
난 혈　　취 성 외 지 순 목 월　　산 지 십　　참 기 혈　　심 도 천

難近穴, 爲鐵鈇, 金與扶林[13]長四尺, 財[14]自足.
난 근 혈　　위 철 부　　금 여 부 림 장 사 척　　재 자 족

客[15]卽穴, 亦穴而應之, 爲鐵鉤鉅[16], 長四尺者, 財自足.
객 즉 혈　　역 혈 이 응 지　　위 철 구 거　　장 사 척 자　　재 자 족

穴徹, 以鉤客穴者. 爲短矛, 短戟, 短弩, 蚩矢[17], 財自足.
혈 철　　이 구 객 혈 자　　위 단 모　　단 극　　단 노　　맹 시　　재 자 족

穴徹[18]以鬪.
혈 철　　이 투

---

1 攻內(공내)－'내'는 혈(穴)의 잘못(『墨子閒詁』). 땅굴을 파는 것. **2** 士之〇(사지이)－'사'는 토(土)의 잘못. '〇'는 아마도 흙을 담는 그릇(蘇時學 說), 삼태기일 것이다. **3** 參(삼)－분(畚)의 잘못. 삼태기. **4** 枲繩(시승)－'시'는 모시풀이나, 여기서는 삼, '시승'은 삼줄. **5** 牛(우)－반(絆)의 잘못(蘇時學 說). 묶다. **6** 與投(여투)－'여'는 거(擧)의 잘못. 들어 던지다. **7** 大廡(대무)－큰 헛간. **8** 難穴(난혈)－'난'은 작(斷)의 잘못. 뒤에 나오는 '난'자도 그러함. 따라서 굴을 파는 것. **9** 池脣(지순)－해자 근처. 해자 가. **10** 木月(목월)－목와(木瓦)의 잘못(『墨子閒詁』). 나무와 기와. **11** 什(십)－외(外)의 잘못(『墨子閒詁』). **12** 斬亓穴(참기혈)－참기내(斬亓內)의 잘못(『墨子閒詁』). 그 안에 참호를 파다. **13**

金與扶林(금여부림) – '부림'은 부방(鈇枋)의 잘못(『墨子閒詁』). 쇠도끼의 '쇠붙이와 도끼자루'. **14** 財(재) – 재(纔). 겨우, …하기만 하면. **15** 客(객) – 적. **16** 鐵鉤鉅(철구거) – '거'는 거(距)와 통하며, 쇠로 만든 닭발 모양의 갈고리. **17** 蛋矢(맹시) – 짧은 화살. **18** 徹(철) – 서로 통하게 되는 것.

　적의 땅굴 공격에 대응할 이 편의 땅굴을 만드는 법 및 땅굴 속에서 적을 물리치는 법 등을 설명하고 있다.

　작도(斫刀)는 구리로 날을 만드는데, 길이는 5자〔尺〕이다. 그 자루에 구멍을 뚫고, 자루에 도르래를 달아 적의 땅굴 공격을 막는 데 쓴다. 명령으로 비축해둔 30말〔斗〕 이상 담기는 항아리를 갖다가 땅굴 속에 묻되, 3장〔丈〕에 하나씩 묻고 굴을 파는 소리가 나는가 듣는다. 굴을 파되, 높이는 8자, 넓이는 적당한 정도이며, 벽에 진흙을 잘 바른다. 불가마와 소가죽 풀무 및 질항아리를 준비하여 굴 둘레에 2개씩 놓는다. 더욱 많은 마른 콩잎과 쑥을 준비하였다가, 굴이 서로 통하게 되면 그것을 불태운다.

　도끼는 구리로 날을 만들고, 자루는 길이가 3자, 굴을 호위하기 위하여 4개가 필요하다. 보루(堡壘)를 만드는데, 굴을 호위하기 위하여 40개가 필요하다. 촉(劚)이 4개 있어야 하고, 손도끼·도끼·톱·끌·큰 끌 등을 준비하기만 하면 족하다. 쇠 목졸이개도 준비하는데, 굴을 호위하기 위하여 4개가 필요하다.

　중간 크기의 방패를 준비하는데, 높이 10자 반, 넓이 4자이다. 땅굴을 호위하기 위하여 큰 방패도 있어야 한다. 많은 마른 삼대를 갖추어 놓아 굴 안을 밝히기에 충분하여야 한다.

많은 초를 준비하여, 적이 불로 공격해오면 눈을 그것으로 보호
해야 한다. 눈을 보호하기 위해서는 방향을 나누어 굴을 뚫고, 대
야에 초를 담아 굴 안에 놓아두어야 한다. 큰 대야는 4말(斗)들이
보다 작은 것은 안 되며, 불로 공격해오면, 스스로 초 위로 가서
그것으로 눈을 씻는 것이다.

以金劍爲難[1], 長五尺. 爲銎[2]木屎[3], 屎有慮枚[4], 以左[5]客
이 금 검 위 난　　장 오 척　　위 공 목 치　　치 유 려 매　　이 좌 객

穴. 戒持[6]罌[7], 容三十斗以上, 貍[8]穴中, 丈一[9], 以聽穴者
혈　계 지 앵　용 삼 십 두 이 상　이 혈 중　장 일　이 청 혈 자

聲. 爲穴, 高八尺, 廣[10], 善爲傅置[11]. 具全牛交槀[12], 皮及
성　위 혈　고 팔 척　광　선 위 부 치　구 전 우 교 고　피 급

圿[13], 衛穴[14]二. 蓋陳靃及艾[15], 穴徹[16]熏之.
거　위 혈 이　개 진 확 급 애　혈 철 훈 지

斧以金爲斫, 屎[17]長三尺, 衛穴四. 爲壘, 衛穴四十. 屬[18]
부 이 금 위 작　희 장 삼 척　위 혈 사　위 루　위 혈 사 십　촉

四, 爲斤[19]斧鋸[20]鑿[21]鐵[22], 財[23]自足. 爲鐵校[24], 衛穴四.
사　위 근 부 거 착 철　재 자 족　위 철 교　위 혈 사

爲中櫓[25], 高十丈半, 廣四尺. 爲橫穴八櫓[26]. 蓋具槀皋[27], 財
위 중 로　고 십 장 반　광 사 척　위 횡 혈 팔 로　개 구 고 시　재

自足, 以燭穴中.
자 족　이 촉 혈 중

蓋持醯[28], 客卽熏, 以救目[29]. 救目, 分方[30]鑿[31]穴, 以益[32]
개 지 혜　객 즉 훈　이 구 목　구 목　분 방 고 혈　이 익

盛醯, 置穴中. 文盆[33], 毋少四斗, 卽熏, 以自臨醯上, 及
성 혜　치 혈 중　문 분　무 소 사 두　즉 훈　이 자 림 혜 상　급

以泄[34]目.
이 전 목

1 金劍爲難(금검위난)－착이금위작(斲以金爲斫)의 잘못(『墨子閒詁』). 작도(斫刀)
는 구리로 날을 만든다. '금'은 구리(銅). 2 銎(공)－도끼 구멍. 구멍을 내다.
3 木屎(목치)－목병(木柄). 나무 자루. 4 慮枚(려매)－녹로(鹿盧). 도르래. 5
左(좌)－좌(佐). 보조하다, 돕다. 6 戒持(계지)－명령으로 장만하다, 명령으로
준비하다. 7 罌(앵)－항아리. 8 貍(이)－매(埋). 묻다. 9 丈一(장일)－위에 삼

(三)자가 빠졌음. 3장에 하나씩 준비하다. **10** 廣(광)－아래 자〔尺〕를 표시하는 숫자가 빠져 있음. **11** 傅置(부치)－부식(傅埴)의 잘못(『墨子閒詁』). 진흙을 바르다. **12** 具全牛交槀(구전우교고)－구로우피탁(具鑪牛皮橐)의 잘못(『墨子閒詁』). 불가마와 소가죽 풀무를 갖추다. **13** 皮及坛(피급거)－급와부(及瓦缶) 및 질항아리. **14** 衛穴(위혈)－땅굴을 호위하다, 굴을 지키다. **15** 蓋陳靃及艾(개진확급애)－'개'는 익(益)의 잘못. 아래 나오는 것들도 같음(『墨子閒詁』). '곽'은 곽(藿)과 통하여, 콩잎(畢沅 說). 따라서 '더욱 많은 마른 콩잎과 쑥'의 뜻. **16** 穴徹(혈철)－적의 땅굴과 우리 땅굴이 서로 통하는 것. **17** 屎(희)－자루, 얼레 자루. **18** 屬(촉)－촉(劚). 무기로도 쓰이는 나무를 깎는 연장의 일종. **19** 斤(근)－손도끼. **20** 鋸(거)－톱. **21** 鑿(착)－끌. **22** 鐵(철)－큰 끌. **23** 財(재)－재(纔). 겨우, …하기만 하면. **24** 鐵校(철교)－쇠로 만든 사람의 목을 졸라 죽이는 무기. **25** 櫓(로)－큰 방패. **26** 橫穴八櫓(횡혈팔로)－위혈대로(衛穴大櫓)의 잘못. 땅굴을 호위하는 데 쓰는 큰 방패. **27** 槀枲(고시)－고마(槁麻). 마른 삼대. **28** 醯(혜)－혜(醯), 초(醋). **29** 救目(구목)－눈을 구하다, 눈을 보호해 주다. **30** 分方(분방)－방향을 나누어, 여러 적절한 방향으로. **31** 鼛(고)－착(鑿)의 잘못(蘇時學 說). 파다. **32** 以益(이익)－'익'은 분(盆)의 잘못(蘇時學 說). 대야로서. **33** 文盆(문분)－'문'은 대(大)의 잘못(『墨子閒詁』). 큰 대야. **34** 洒(전)－물로 씻다.

땅굴 공격에 대비하기 위한 여러 가지 무기와 싸우는 방법 등을 설명하고 있다. 분명치 않은 곳이 많은 게 아쉽기 짝이 없다.

63.
비아부편
備蛾傳篇

앞에 나온 '의부(蟻傳)', 곧 적군이 공격해 와서 개미떼처럼 성벽을 기어오르는 데 대비하는 방법을 논한 것임. 이 편도 이해하기 어려운 곳이 많지만 최선을 다해 번역하기로 한다. 여기선 군사들이 불에 달려드는 나방(蛾) 같다는 뜻으로 '아부'라 한 것 같다.

1 금자(禽子)가 두 번 절하고 다시 두 번 절하면서 말하였다.

"감히 강하거나 약한 적군들이 마침내는 성에 달라붙어 뒤늦게 오르는 자는 먼저 목을 치는 것으로 법도를 삼고서 성 밑을 파서 터전을 삼고 땅 밑을 파서 방을 만들어 놓고는 전진하며 쉴 새 없이 기어오르고 뒤에서 활을 맹렬히 쏘면서 엄호(掩護)한다면 이를 어떻게 막아내는 게 좋을지 여쭙고자 합니다."

묵자가 대답하였다.

"그대는 개미떼처럼 적군이 성벽을 기어오르면서 공격해 오는 아부(蛾傅)에 대처하는 방법을 묻는 건가? 아부하는 군대는 그 장수가 성이 났기 때문이다. 지키는 편에서는 높은 위치를 이용하여 활로 그들을 쏘고 기계를 이용하여 이들을 공격한다. 그들을 끌어들이고는 불과 끓는 물을 끼얹고 포장에 불을 붙이여 적군을 덮어씌우며 모래와 돌을 빗발처럼 내리친다. 그렇게 하면 개미떼처럼 성벽을 기어오르는 공격은 실패로 돌아갈 것이다."

禽子再拜再拜曰：敢問適人强弱, 逢以傅城, 後上先斷,
금 자 재 배 재 배 왈　 감 문 적 인 강 약　 수 이 부 성　 후 상 선 단

以爲法程[1], 斬[2]城爲基, 掘下爲室, 前上不止, 後射既疾,
이 위 법 정　 참 성 위 기　 굴 하 위 실　 전 상 부 지　 후 사 기 질

爲之奈何.
위 지 내 하

子墨子曰：子問蛾傅之守邪? 蛾傅者, 將之忿[3]者也. 守
자 묵 자 왈　 자 문 아 부 지 수 야　 아 부 자　 장 지 분 자 야　 수

爲行臨[4]射之, 校機[5]藉之. 擢[6]之, 太汜[7]迫之, 燒荅[8]覆之,
위 행 임 사 지　 교 기 자 지　 탁 지　 태 범 박 지　 소 답 복 지

沙石雨之. 然則蛾傅之攻敗矣.
사 석 우 지　 연 즉 아 부 지 공 패 의

1 法程(법정) – 법도. 규칙.　2 斬(참) – 참(塹), 또는 참(塹)의 생략된 글자로서 '땅을 파는 것'.　3 忿(분) – 성이 난 것, 화가 난 것.　4 臨(임) – 높은 장소를 만들어 놓고 낮은 곳을 향하여 유리한 위치에서 공격하는 것.　5 校機(교기)　적을 공격하는 기계의 일종.　6 擢(탁) – 적을 가까이로 끌어들이는 것.　7 太汜(태범) – 화탕(火湯)의 잘못(孫詒讓 說). 불과 끓는 물.　8 荅(답) – 포장, 장막.

가장 상식적인 성에 대한 공격방법이며, 방어방법도 가장 상식적인 것에 속한다.

2 개미떼처럼 성벽을 기어오르며 공격하는 아부(蛾傅)에 대비하기 위하여 현비(縣牌)를 만든다. 두께 두 치 되는 나무판으로 앞뒤가 석 자(三尺), 옆 넓이 다섯 자(五尺), 높이 다섯 자가 되게 하며, 그것을 무거운 물건을 올렸다 내렸다 하는 하력거(下歷車)에 매달아 놓는데 하력거의 바퀴 직경은 한 자 여섯 치(一尺六寸)이다. 한 사람으로 하여금 2장(丈) 길이의 네 개의 창을 갖고서 창날을 그 양편으로 내놓고 현비 속에 있게 한다. 쇠사슬로서 현비 윗대를 붙들어 매달아 기계로 움직일 수 있게 한다. 힘 있는 네 사람으로 하여금 그것을 내렸다 올렸다 하게 하며 하력거를 떠나지 않도록 한다. 현비를 만드는 숫자는 20보(步)마다 한 대를 만드는 데, 공격하는 대열이 있는 쪽에 있는 6보(步)에 하나씩을 배치한다.

또 누(壘)를 만들어야 하는데 넓이와 길이가 각각 1장(丈) 2척(尺)되는 포장에다 나무를 대어 윗대를 만들며 굵은 삼베 줄로 이를 동여매고 거기에 쓴 줄과 바른 진흙에는 물을 들이고 가운데에 쇠사슬을 매어 그 양쪽 가에 매달린 줄을 갈고리로 걸어 놓는다.

적병이 성벽에 붙어 기어오르면 답(荅)에 불을 붙여 그들을 덮어 씌운다. 그리고 연정(連梃)과 재, 모래 모든 것을 써서 방어한다.

備蛾傅爲縣牌[1]. 以木板厚二寸, 前後三尺, 旁廣五尺,
비 아 부 위 현 비　　　이 목 판 후 이 촌　　　전 후 삼 척　　　방 광 오 척

高五尺, 而折[2]爲下磨車[3], 轉徑尺六寸. 令一操二丈四矛[4],
고 오 척　　이 절 위 하 마 거　　　전 경 척 륙 촌　　　영 일 조 이 장 사 모

刃其兩端, 居縣牌中. 以鐵鏁[5], 敷[6]縣縣牌上衡, 爲之機.
인 기 량 단　　거 현 비 중　　이 철 쇄　　부 현 현 비 상 형　　위 지 기

令有力四人, 下上之, 弗離. 施縣牌大數, 二十步一, 攻隊
영 유 력 사 인　　하 상 지　　불 리　　시 현 비 대 수　　이 십 보 일　　공 대

所在, 六步一.
소 재　육 보 일

爲壘[7], 荅[8]廣從各丈二尺, 以木爲上衡, 以大麻索徧[9]之,
위 루　　답 광 종 각 장 이 척　　이 목 위 상 형　　이 대 마 삭 편 지

染其索塗, 中爲鐵鏁, 鉤其兩端之縣.
염 기 삭 도　중 위 철 쇄　구 기 량 단 지 현

客則蛾傳城, 燒苔以覆之. 連筳¹⁰抄大¹¹, 皆救之.
객 즉 아 부 성　소 답 이 복 지　연 시　초 대　　개 구 지

1 縣牌(현비) − '비'는 비(陴)와 통하여(畢沅 說), 성벽 가까이 매달아 놓고 그 속에 사람이 타고서 성벽을 기어오르는 적병을 창으로 찌를 수 있게 만든 장치. **2** 折(절) − 매달다. 연결하다. **3** 下磨車(하마거) − '마'는 력(曆)의 잘못(『墨子閒詁』). 『주례(周禮)』 정중(鄭衆)의 주에도 보이는데, 지금의 기중기처럼 무거운 물건을 쉽사리 들어올리고 내리고 할 수 있도록 만든 장치. **4** 矛(모) − 보통은 방(方)으로 되어 있으나 필원(畢沅)의 설을 따라 고쳤다. **5** 鐵鏁(철쇄) − 쇠사슬. **6** 敷(부) − 부(傅)와 통하여, '붙들어 매는 것'. **7** 壘(루) − 현비와 비슷한 것으로써 사람이 타고 성벽을 기어오르는 적병을 죽일 수 있게 만든 것. **8** 苔(답) − 나무다발을 포장으로 싸놓은 것. 앞 「비성문」 13절에도 보임. **9** 徧(편) − 편(編)의 잘못(『墨子閒詁』). **10** 連筳(연시) − 연정(連梃)의 잘못. 「비성문」편 13절에 보인 무기 이름. **11** 抄大(초대) − 사회(沙灰)의 잘못. 모래와 재.

여기에서는 성벽을 기어오르는 적병을 공격할 수 있는 무기인 '현비(縣陴)'와 '누(壘)'를 만드는 방법을 설명한 것이다. 성 안에 이러한 무기가 배치되어 있다면 여간해서 적병이 성벽을 기어오르지 못할 것이다.

3 수레의 굴대 사이가 넓고 큰 두 바퀴로써, 적의 공격을 막을 수도 있다. 양쪽 끝 날이 날카로운 창을 수레바퀴에 묶은 다음 두루 빈틈없이 끈으로 엮고 그 위에 진흙을 바르며, 가운데는 느릅나무나 잘 타는 나무로 채우고, 가시로 그 둘레를 두른

다. 이것을 화졸(火捽)이라고도 부르고, 또는 전탕(傳湯)이라고도 부르는데, 이것으로 땅굴에 대비하는 것이다. 적이 땅굴을 통해서 공격해 오면, 전탕에 불을 붙이고 줄을 잘라 그것을 적에게 떨어뜨린다. 용감한 병사들로 하여금 뒤따라서 적을 공격케 하는데, 용감한 병사들을 앞장세워 나아가게 하는 것이다.

以車兩走¹, 軸閒廣大, 以圉犯²之. 鱸³其兩端, 以束輪,
이 거 량 주　　축 간 광 대　　이 어 범 지　　동 기 량 단　　이 속 륜

徧徧⁴塗其上, 室中⁵以楡若蒸⁶, 以棘⁷爲旁. 命曰火捽, 一
편 편 도 기 상　　실 중 이 유 약 증　　이 극 위 방　　명 왈 화 졸　　일

曰傳湯, 以當隊⁸. 客則乘隊⁹, 燒傳湯, 斬維而下之. 令勇
왈 전 탕　　이 당 대　　객 즉 승 대　　소 전 탕　　참 유 이 하 지　　영 용

士隨而擊之, 以爲勇士前行¹⁰.
사 수 이 격 지　　이 위 용 사 전 행

1 兩走(양주)―두 개의 수레바퀴. 「비혈」편 5절에도 보임.   2 圉犯(어범)―적의 침범을 막다, 적의 공격을 방어하다.   3 鱸(동)―동(㺟)과 같은 자(『墨子閒詁』). 날이 날카로운 창의 일종, 창의 날을 날카롭게 하는 것.   4 徧徧(편편)―아래 '편' 자는 편(編)이 옳으며(『墨子閒詁』), 빈틈없이 끈으로 엮는 것.   5 室中(실중)― '실'은 질(窒)과 통하여, 가운데를 채우는 것.   6 楡若蒸(유약증)―느릅나무나 가는 나뭇가지. 잘 타는 나무들을 가리킴.   7 棘(극)―가시, 가시나무.   8 當隊(당대)―땅굴 공격에 대비하다.   9 乘隊(승대)―땅굴을 이용하여 공격해 오다.   10 前行(전행)―앞서 나아가다, 선봉(先鋒)이 되다.

　　두 개의 수레바퀴로 화졸(火捽) 또는 전탕(傳湯)이라 부르는 무기를 만들어 공격해오는 적에게 반격을 가하는 방법을 설명한 것이다.

성 위에서는 그러면 무너진 성을 수리하고, 성 아래에서는 밑이 예리한 말뚝을 충분히 준비하는데, 그 길이는 5자[尺]이고, 굵기는 1위[圍] 반 이상이어야 한다. 그 끝을 모두 뾰족하게 깎아 다섯 줄로 배열한다. 줄 사이는 넓이가 3자이고, 3자는 땅속에 묻으며, 견아(犬牙)를 붙여 세워놓는다.

연수(連殳)를 준비하되, 그 길이는 5자, 굵기는 10자이다. 몽둥이는 길이 2자, 굵기 6치[寸], 달린 줄의 길이 2자의 것을 준비한다. 쇠망치는 길이 6자, 그 머리의 길이는 1자 5치이다. 도끼는 자루의 길이 6자, 날은 반드시 날카로워야 하며, 모두 한쪽 뒤편은 날이 편편해야 한다.

城上輒塞[1]壞城, 城下足爲下設鑱[2]杖, 長五尺, 大圍半[3]
　　성 상 첩 색　괴 성　　성 하 족 위 하 예 참　익　장 오 척　　대 어 반

以上. 皆剡[4]其末, 爲五行. 行閒, 廣三尺, 貍三尺, 大耳[5]
이 상　개 염 기 말　　위 오 항　항 간　광 삼 척　이 삼 척　대 이

樹之.
수 지

爲連殳[6], 長五尺, 大十尺. 梃[7]長二尺, 大六寸, 索長二
위 련 수　　장 오 척　대 십 척　정 장 이 척　대 륙 촌　삭 장 이

尺. 椎柄長六尺, 首長尺五寸. 斧柄長六尺, 刃必利, 皆
척　추 병 장 륙 척　수 장 척 오 촌　부 병 장 륙 척　인 필 리　개

葬[8], 其一後.
예　　기 일 후

---

1 塞(색)—막다. 수리하는 것. 2 設鑱(예참)—예리한 것, 날카로운 것. '예'는 예(銳)와 통함. 3 大圍半(대어반)—'어'는 위(圍)의 잘못. 굵기가 1위 반. 4 剡(염)—날카롭게 깎는 것. 5 大耳(대이)—견아(犬牙)의 잘못. '견아'는 개 이빨처럼 생기어 적을 손상시키도록 만들어진 것. 앞 「비성문」 22절에 보임. 6 連殳(연수)—여러 개의 창을 연결시킨 무기. 7 梃(정)—몽둥이. 끈이 달렸음. 8 葬(예)—모두 알 수 없다 하였으나, 도끼의 모양을 설명한 것이라 보고 예(羿)자의 뜻을 따라 적절히 번역하였다.

성을 방어하는 데 필요한 여러 가지 무기들에 대하여 설명하고 있다. 끝이 뾰족한 말뚝은 공격하는 적이 성벽을 기어오르다가 떨어져 다치게 하려고 박아놓는 것인 듯하다.

5 답(笿)은 넓이가 1장(丈) 2척, ○○가 1장 6척이고, 앞 가로나무는 4치〔寸〕 밑으로 쳐지게 하며, 양쪽 가는 1자 정도 맞물리어 서로 덮도록 하되, 고기비늘처럼 모여있게 해서는 안되며, 그 뒤의 가로나무에 붙이도록 해야 한다. 한가운데에 큰 줄을 하나 매는데, 길이는 2장 6척이다. 답이 누각에 잘 맞지 않을 경우에는 성가퀴로 대용하며, 자주 볕에 말려야 한다. 답을 시렁에 얹어 바람이 위아래로 통하여 마르도록 한다.

성가퀴가 나빠서 무너질 염려가 있을 경우에는 먼저 10자〔尺〕되는 나무를 답 하나에 하나씩 묻어주어야 한다. 무너지기 시작할 적에는 세워놓은 나무를 깎고 가로나무를 그 나무 위에 눌러 고정시킨다. 가로나무는 길이 8자, 넓이 7치, 직경 1자이다. 여러 개를 쓰더라도 한 번 쳐서 그것이 내려가야 하며, 내려가게 하기 위하여 양날 가래로 그것을 쳐 자른다. 한 편에 줄을 매어 나무 누각 고리에 달아놓고, 돌을 그 망 속에 넣는다. 답은 서 있는 기둥 안쪽에 걸어놓아야지 기둥 바깥쪽에 걸어놓아서는 안된다.

笿[1]廣丈二尺, ○○[2]丈六尺, 垂前衡[3]四寸, 兩端接尺, 相
　답 광장이척　○○ 장륙척　수전형 사촌　양단접척　상

覆, 勿令魚鱗三[4], 著其後行[5]. 中央木繩[6]一, 長二丈六尺.
　복　물령어린삼　저기후행　중앙목승일　장이장륙척

苔樓不會者⁷, 以牒塞⁸, 數暴乾. 苔爲格⁹, 令風上下.
답루불회자　이첩색　삭포건　답위격　영풍상하

堞惡疑壞者, 先貍木十尺, 一枚一. 節壞¹⁰, 斵植¹¹以押
첩악의괴자　선리목십척　일매일　절괴　등식　이압

廬¹²盧薄¹³於木. 盧薄, 表¹⁴八尺, 廣七寸, 經尺一¹⁵. 數施¹⁶
려　로박　어목　노박　표　팔척　광칠촌　경척일　　삭시

一擊而下之, 爲上下¹⁷, 銔¹⁸而斵¹⁹之. 經一²⁰, 鈞禾樓²¹, 羅
일격이하지　위상하　　화　이등　지　경일　　균화루　　나

石²². 縣苔植內, 毋植外.
석　　현답식내　무식외

1 苔(답)―성을 기어올라오는 적에게 불을 붙여 내려치기 위하여 준비한 무기. 앞 2절에도 보임. **2** ○○―아마도 '장(長)'자와 숫자일 것이다. **3** 前衡(전형)―답(苔) 앞쪽의 가로나무. **4** 三(삼)―잠(簪)의 잘못(蘇時學說). 모여있는 것. **5** 後行(후행)―후형(後衡)의 잘못(『墨子閒詁』). 답 뒤쪽의 가로나무. **6** 木繩(목승)―대승(大繩)의 잘못(『墨子閒詁』). 큰 새끼줄. **7** 不會者(불회자)―'회'는 합(合)의 뜻(蘇時學 說). 답이 그것을 걸어놓을 누각에 잘 맞지 않을 경우. **8** 以牒塞(이첩색)―'첩'은 첩(堞)의 잘못(蘇時學 說). 성가퀴. 성가퀴로 대용하다, 성가퀴로 보충하다. **9** 爲格(위격)―나무시렁을 만드는 것, 시렁에 얹는 것. **10** 節壞(절괴)―'절'은 즉(卽)의 잘못(『墨子閒詁』). 막 무너지려 하다, 무너지기 시작하다. **11** 斵植(등식)―'등'은 작(斮)과 통하여(畢沅 說), 세워져 있는 나무 기둥을 깎는 것. **12** 押廬(압려)―뜻을 알 수 없다. 문맥으로 보아 '눌러 고정시킨다'는 뜻일 것이다. **13** 盧薄(노박)―기둥 위에 가로 얹어 댄 나무. **14** 表(표)―장(長)의 잘못(蘇時學 說). 길이. **15** 經尺一(경척일)―경일척(徑一尺)의 잘못(『墨子閒詁』). 직경 1자. **16** 數施(삭시)―여러 개를 작동시키는 것. **17** 爲上下(위상하)―'상'자는 잘못 끼어든 듯. 답을 내려보내기 위하여. **18** 銔(화)―화(鏵). 양날 가래. **19** 斵(등)―쳐서 자르는 것. **20** 經一(경일)―답의 한 편에 줄을 매는 것. **21** 鈞禾樓(균화루)―구목루(鉤木樓)의 잘못(『墨子閒詁』). 나무 누각에 고리를 매어 다는 것. **22** 羅石(나석)―답의 그물 같은 속에 돌을 집어넣는 것. 빠른 속도로 적에게 떨어지도록 하기 위한 것이다.

성에 기어오르는 적에게 내려던질 답(苔)을 만들어 설치하는 방법을 자세히 설명하고 있다.

6 두격(杜格)은 네 자 정도 땅에 묻고, 높은 것은 10장(丈)이 되지만, 나무를 긴 것과 짧은 것을 뒤섞고, 그 위를 날카롭게 해놓은 다음, 그 안팎을 두터이 진흙으로 바르며, 앞으로 나아갈 적에는 사다리길을 이용한다.

그 모퉁이에 세워놓은 누각에 답(苫)을 매어 달아 놓는데, 누각은 반드시 2층이어야 한다. 흙은 5보(步)마다 한 무더기씩 쌓아두는데, 20무더기 이하가 되어서는 안된다.

작혈(爵穴)은 10자마다 하나씩 뚫되, 성가퀴 아래 3자 되는 곳에 뚫으며, 그 바깥쪽을 넓게 하고, 성 위에 돌아가며 뚫어 놓는다.〔누급산여지혁분〕 만약 성벽을 기어오르며 공격해 온다면, 졸지에 그들 후방을 쳐야 하며, 서서히 움직이어 반격의 기회를 잃으면〔거혁화〕 낭패를 볼 것이다.

杜格¹, 貍四尺, 高者十丈, 木長短相雜, 兌²其上, 而外
두격   리사척   고자십장   목장단상잡   태기상   이외

內厚塗之, 前行行棧³.
내후도지   전행행잔

縣苫隅爲樓, 樓必曲裏⁴. 土, 五步一, 毋其⁵二十畾.
현답우위루   누필곡리   토   오보일   무기 이십뢰

爵穴⁶, 十尺一, 下堞三尺, 廣其外, 轉脯⁷城上. 樓及散
작혈   십척일   하첩삼척   광기외   전용성상   루급산

與池革盆⁸, 若轉攻⁹, 卒擊其後, 煖失治車革火¹⁰.
여지혁분   약전공   졸격기후   난실치거혁화

1 杜格(두격) ― 적의 공격을 방해하고 막는 시설의 일종. 2 兌(태) ― 예(銳). 예리하게 하는 것. 3 前行行棧(전행행잔) ― 두격의 앞쪽으로 가려면 두격은 통

과하기가 어렵도록 되어 있으므로 사다리 구조물을 이용하여 가야만 한다는 뜻. **4** 曲裏(곡리)−재중(再重)의 잘못(『墨子閒詁』). 이중(二重), 2층. **5** 毋其(무기)−'기'는 하(下)의 잘못(『墨子閒詁』). 이하가 되어서는 안된다. **6** 爵穴(작혈)−밖을 내다보고 또 적을 불로 비출 수 있도록 뚫어놓은 구멍.「비성문」편에 보였음. **7** 轉脯(전용)−돌아가며 구멍을 뚫어놓는 것. **8** 樓及散與池革盆(누급산여지혁분)−무슨 뜻인지 알 수가 없음. **9** 轉攻(전공)−'전'은 부(傅)의 잘못(『墨子閒詁』). 성벽을 기어오르며 공격하는 것. **10** 車革火(거혁화)−뜻을 알 수 없음. 앞뒤 문맥으로 보아 대체로 '낭패를 당하게 될 것이다'라는 뜻일 것이다.

❧

　여기서는 적의 공격을 무찌르기 위하여 두격(杜格)의 설치를 설명하고, 성 위에 흙을 준비하고, 작혈(爵穴)을 뚫는 일을 설명하고 있다.

7　성벽을 기어오르며 공격해오는 적을 죽이는 방법으로, 성 밖에 적의 공격을 방해하는 박(薄)을 설치하는데, 성으로부터 10자(尺) 떨어진 곳에 박의 두께 10자로 만든다. 나무를 잘라 박을 만드는 법은, 크고 작은 모든 나무를 다 자르되 10자를 자르는 단위로 하며, 서로 떨어진 거리에 깊게 묻고 단단히 다져서 뽑을 수가 없도록 한다.

　20보(步)마다 한 개의 쇄(殺)가 있고, 격(隔)이 있는데, 그 두께는 10자이다. 쇄에는 두 짝의 문이 있는데, 문의 넓이는 5자이다. 박의 문 판제(板梯)는 땅에 묻되 다지지 말고 쉽게 뽑히도록 해야 한다. 성 위에서 박의 문이 바라보이는 곳에 던질 물건들을 놓아두어야 한다.

매어 달아놓는 불은 4자 거리로 매어달 기둥을 세운다. 5보마다 한 개의 아궁이를 준비하는데, 아궁이 문에는 화로에 숯불을 담아 둔다. 적병이 모두 들어왔다는 군령(軍令)이 전하여지면, 불을 붙이어 문을 태우고, 매어 달아놓은 불로 바로 공격한다. 수레를 내어 세워놓는데, 그 넓이는 적의 땅굴과 같다. 두 수레 사이에 한 개의 불을 두고, 모두 서서 북소리를 기다리어 불을 붙이고 바로 모두 출격한다. 적병들이 불을 피하였다가 다시 공격해 오면, 매어 달 아놓았던 불로 다시 내려친다. 적군이 많은 손상을 받고 군사를 이끌고 도망치면, 곧 우리의 결사대에 명령을 내리어 좌우로 굴 문을 나가 나머지 적병들을 치게 한다. 용감한 병사들과 장수들로 하여금 모두 성의 북소리를 듣고 출격하고 다시 성의 북소리를 들 으면 들어오도록 한다. 평소 훈련대로 군사들을 출격시키고 매복 도 시킨다. 밤중에 성 위 사방에서 시끄럽게 북을 치면, 적군은 반 드시 미혹될 것이다. 적군을 깨뜨리고 적장을 죽이려면 흰옷을 입 어 아군을 구별하고, 암호로 서로 연락해야 한다.

凡殺蛾傅而攻者之法, 置薄[1]城外, 去城十尺, 薄厚十尺.
범 살 아 부 이 공 자 지 법   치 박 성 외   거 성 십 척   박 후 십 척

伐操[2]之法, 大小盡木斷之, 以十尺爲斷, 離而深貍, 堅築
벌 조 지 법   대 소 진 목 단 지   이 십 척 위 단   이 이 심 리   견 축

之, 毋使可拔.
지   무 사 가 발

二十步一殺[3], 有壙[4], 厚十尺. 殺有兩門, 門廣五步. 薄
이 십 보 일 쇄   유 우   후 십 척   살 유 량 문   문 광 오 보   박

門板梯[5], 貍之勿築, 令易拔. 城上希[6]薄門而置搗[7].
문 판 제   이 지 물 축   영 이 발   성 상 희 박 문 이 치 도

縣火[8], 四尺一椅[9]. 五步一竈, 竈門有爐炭. 傳令敵人盡
현 화   사 척 일 의   오 보 일 조   조 문 유 로 탄   전 령 적 인 진

入, 車火[10]燒門, 縣火次之. 出載[11]而立, 其廣終隊[12]. 兩載
입   거 화 소 문   현 화 차 지   출 재 이 립   기 광 종 대   양 재

之閒一火, 皆立而待鼓音而然, 卽俱發之. 敵人辟火[13]而復
지 간 일 화　개 립 이 대 고 음 이 연　즉 구 발 지　적 인 피 화　이 복

攻, 縣火復下. 敵人甚病[14], 敵引哭而楡[15], 則令吾死士,
공　현 화 복 하　적 인 심 병　적 인 곡 이 유　즉 령 오 사 사

左右出穴門, 擊遺師[16]. 令賁士[17]主將, 皆聽城鼓之音而出,
좌 우 출 혈 문　격 유 사　영 분 사 주 장　개 청 성 고 지 음 이 출

又聽城鼓之音而入. 因素[18]出兵, 將施伏. 夜半而城上四面
우 청 성 고 지 음 이 입　인 소　출 병　장 시 복　야 반 이 성 상 사 면

鼓噪, 敵人必或[19]. 破軍殺將, 以白衣爲服, 以號相得[20].
고 조　적 인 필 혹　파 군 살 장　이 백 의 위 복　이 호 상 득

1 薄(박)－울타리 비슷한 적의 공격을 막는 장치. **2** 伐操(벌조)－'조'는 박(薄)의 잘못(畢沅 說). 나무를 베어 박을 만드는 것. **3** 殺(쇄)－옆으로 낸 땅굴. 앞 「비제」편 참조. **4** 壙(우)－격(鬲) 또는 격(隔)의 잘못(「비제」편 참조). 물건을 저장하는 곳. **5** 板梯(판제)－문을 서 있도록 하는 나무인 듯. **6** 希(희)－희(睎)와 통하여, 바라보는 것. **7** 擣(도)－걸(桀). 적에게 던질 물건. **8** 縣火(현화)－나뭇단에 불을 붙이어 매어 달아놓도록 만든 것. **9** 椅(의)－직(樴)의 잘못. 불을 매어달 고리가 달린 기둥(「비제」편 참조). **10** 車火(거화)－'거'는 훈(熏)의 잘못. 불을 붙이는 것(「비제」편 참조). **11** 載(재)－수레. **12** 終隊(종대)－땅굴과 같은 것. **13** 辟火(피화)－불 공격을 피하는 것. **14** 甚病(심병)－매우 타격을 받는 것. **15** 引哭而楡(인곡이유)－인사이도(引師而逃)의 잘못(「비제」편 참조). **16** 遺師(유사)－나머지 적군. **17** 賁士(분사)－용감한 군사, 용사. **18** 因素(인소)－평소의 훈련을 근거로, 평소 훈련한 대로. **19** 或(혹)－혹(惑)과 통하여, 미혹되다. 당황하다. **20** 相得(상득)－서로 연락을 취하다, 서로 뜻을 통하다.

ℰ℘

앞 「비제」편에도 이와 비슷한 대목이 끝머리에 보였다.

※ 제64편, 제65편, 제66편, 제67편은 없어져 전하지 않으며, 그 편명도 알 수 없음.

68.
영적사편 迎敵祠篇

「비아부편」과 이 편 사이의 64, 65, 66, 67 네 편이 아깝게도 없어져 버렸다. '영적사'란 공격해 오는 적을 맞아 싸우기에 앞서 지내는 제사를 뜻한다. 『손자(孫子)』에도 「계 (計)」편에 '묘산(廟算)'이 있는 것으로 보아 전쟁을 하기 전에 제사를 지내는 것은 옛 중국 사람들의 일반적인 습성이었던 것 같다.

1 적군이 동쪽으로부터 쳐들어오면 그들을 동쪽 단에서 맞이한다. 단의 높이는 여덟 자(尺)이며 사당의 너비와 길이도 여덟 자이다. 나이 여든 살 된 사람 여덟 명이 주제자(主祭者)가 되어 푸른 깃발로 된 푸른 신(神)을 제사지내는데, 그 길이도 여덟 자 되는 것을 쓴다. 여덟 개의 쇠뇌로 여덟 발씩 여덟 번 쏘고는 그만 둔다. 장수의 옷은 반드시 파래야 하며 그때의 재물은 닭을 쓴다.

적군이 남쪽으로부터 쳐들어오면 그들을 남쪽 단에서 맞이한다. 단의 높이는 일곱 자(尺)이며, 사당의 너비와 길이도 일곱 자여야 한다. 나이 일흔 살 된 사람 일곱 명이 주제자가 되어 붉은 깃발로 된 붉은 신을 제사지내는데, 그 길이는 일곱 자 되는 것을 쓴다. 일곱 개의 쇠뇌로 일곱 발씩 일곱 번 쏘고는 그만둔다. 장수의 옷은 반드시 붉어야 하며 그때의 제물은 개를 쓴다.

　적군이 서쪽으로부터 쳐들어오면 그들을 서쪽 단에서 맞이한다. 단의 높이는 아홉 자(尺)이며, 사당의 너비와 길이도 아홉 자이어야 한다. 나이 아흔 살 된 사람 아홉 명이 주제자가 되어 흰 깃발로 된 흰 신을 제사지내는데, 그 길이는 아홉 자 되는 것을 쓴다. 아홉 개의 쇠뇌로 아홉 발씩 아홉 번 쏘고는 그만둔다. 장수의 옷은 반드시 희어야 하며 그때의 제물은 양을 쓴다.

　적군이 북쪽으로부터 쳐들어오면 그들을 북쪽 단에서 맞이한다. 단의 높이는 여섯 자(尺)이며 사당의 너비와 길이도 여섯 자이어야 한다. 나이 예순 살 된 사람 여섯 명이 주제자가 되어 검은 깃발로 된 검은 신을 제사지내는데 그 길이는 여섯 자 되는 것을 쓴다. 여섯 개의 쇠뇌로 여섯 발씩 여섯 번 쏘고는 그만둔다. 장수의 옷은 반드시 검어야만 하며 그때의 제물은 돼지를 쓴다.

　敵以東方來, 迎之東壇. 壇高八[1]尺, 堂蜜[2]八. 年八十者,
　적 이 동 방 래　영 지 동 단　단 고 팔 척　당 밀 팔　연 팔 십 자

八人主祭, 青[3]旗青神, 長八尺者. 八弩, 八八發而止. 將
팔 인 주 제　청 기 청 신　장 팔 척 자　팔 노　팔 팔 발 이 지　장

服必青, 其牲以鷄[4].
복 필 청　기 생 이 계

　敵以南方來, 迎之南壇. 壇高七[5]尺, 堂蜜七. 年七十者,
　적 이 남 방 래　영 지 남 단　단 고 칠 척　당 밀 칠　연 칠 십 자

七人主祭, 赤[6]旗赤神, 長七尺者. 七弩, 七七發而止. 將
칠 인 주 제　적 기 적 신　장 칠 척 자　칠 노　칠 칠 발 이 지　장

服必赤, 其牲以狗[7].
복필적 기생이구

敵以西方來, 迎之西壇. 壇高九[8]尺, 堂蜜九. 年九十者,
적이서방래 영지서단 단고구 척 당밀구 연구십자

九人主祭, 白[9]旗素[10]神, 長九尺者. 九弩, 九九發而止. 將
구인주제 백기소 신 장구척자 구노 구구발이지 장

服必白, 其牲以羊[11].
복필백 기생이양

敵以北方來, 迎之北壇. 壇高六[12]尺, 堂蜜六. 年六十者,
적이북방래 영지북단 단고륙 척 당밀륙 연륙십자

六人主祭, 黑[13]旗黑神, 長六尺者. 六弩, 六六發而止. 將
육인주제 흑 기흑신 장륙척자 육노 육륙발이지 장

服必黑, 其牲以彘[14].
복필흑 기생이체

1 八(팔) — 팔이라는 숫자가 동쪽에 쓰이는 것은 오행설(五行說)에 의하면, 동쪽은 목(木)에 해당하고 그 생수(生數)는 삼(三)이고, 성수(成數)가 팔(八)이기 때문이라 한다(『禮記』月令 鄭 注). 2 蜜(밀) — 심(深)의 잘못(俞樾 說). 건물의 '너비와 길이'. 3 靑(청) — 파랑. 오행설에 의하면, 동쪽은 청색(靑色)에 해당한다. 4 鷄(계) — 닭. 오행설에 의하면, 닭은 동쪽과 부합되는 목(木)에 해당하는 짐승이다. 5 七(칠) — 칠의 숫자가 남쪽에 쓰이는 것은 오행설에 의하면, 남쪽은 화(火)에 해당하고 그 생수(生數)는 이(二)이며, 그 성수(成數)가 칠(七)이기 때문이다(『禮記』月令 鄭 注). 6 赤(적) — 빨강. 오행설에 의하면, 남쪽은 적색(赤色)에 해당한다. 7 狗(구) — 개. 가의(賈誼)의 『신서(新書)』「태교편(胎敎篇)」에 '개는 남방의 제물이다'고 하였다. 그러나 『예기(禮記)』「월령편(月令篇)」 정현(鄭玄)의 주(註)에는 '개는 금(金)에 해당하는 가축이다'고 설명하고 있어 이와 틀린다. 8 九(구) — 구(九)의 숫자가 서쪽에 쓰이는 것은 오행설에 의하면, 서쪽은 금(金)에 해당하고 그 생수(生數)는 사(四)이고, 성수(成數)가 구(九)이기 때문이다. 9 白(백) — 오행설에 의하면, 서쪽은 백색에 해당한다. 10 素(소) — 백색. 11 羊(양) — 가의의 『신서(新書)』에 '양은 서쪽의 제물이다'고 하였는데, 『예기』「월령」편의 정현 주(註)에는 '양은 화(火)에 해당하는 가축'이라 설명하고 있다. 12 六(육) — 북쪽에 육이란 숫자가 쓰이는 것은 오행설에 의하면, 북쪽은 수(水)에 해당하고 생수(生數)는 일(一)이고, 그 성수(成數)가 육(六)이기 때문이다. 13 黑(흑) — 검정. 오행설에 의하면, 북쪽은 흑색(黑色)에 해당된다. 14 彘(체) — 돼지. 오행설에 의하면, 돼지는 북

쪽에 해당하는 수(水)에 속하는 가축이다(『禮記』月令 鄭 注).

⁂

　적이 침입해오면 적이 쳐들어오는 편의 단에서 그쪽의 빛깔과 그쪽의 수와 그쪽에 해당하는 짐승을 제물로 써서 승리를 기원한다. 이러한 격식은 황제(黃帝)가 지었다는 병법(兵法)에도 보인다 한다(『北堂書鈔』). 『공총자(孔叢子)』 유복(儒服)편에도 신릉군(信陵君)이 공자고(孔子高)에게 승리를 기원하는 예를 묻자, 이와 같은 내용의 대답을 하고 있다. 이로 보아 이 대목의 서술은 옛날 중국에서 보편적으로 행해지던 예식이었음을 알 수 있다.

2　성 밖의 인가(人家)나 유명한 큰 사당의 신주(神主)는 모두 성 안으로 옮긴다. 영검이 있는 무당에게 간혹 푸닥거리를 하게 하고 제물을 바치기도 한다. 또 기운을 바라보기도 하는데, 기운에는 큰 장수(大將)의 기운이 있고, 중간 장수(中將)의 기운이 있고, 작은 장수(小將)의 기운이 있으며, 가는 기운이 있고, 오는 기운이 있으며, 패망의 기운도 있다. 이런 기운을 분명히 알 수 있는 사람은 성공과 실패와 앞으로의 좋은 일과 나쁜 일을 알 수 있는 것이다.

　무당과 의사와 점쟁이는 일정한 사는 곳이 있어 언제나 약을 갖추고 있게 하며 관에서 먹여 살린다. 사는 곳을 잘 수리해 주고 무당은 반드시 사당(祠堂)에 가까이 있어야 하며 반드시 신을 공경하여야 한다. 무당이나 점쟁이가 관찰한 기운의 성질을 지키는 장군에게 알리면, 지키는 장군은 무당이나 점쟁이가 관찰한 기운의 성질을 혼자만 알고 있어야 한다. 그들이 드나들며 뜬소문을 퍼뜨리어 관리와 백성들을 놀라게 하거나 두려워하게 하는가 조심스럽게 자세히 살펴보고 용서 없이 죄에 대하여 벌을 내려야 한다. 기운을 관찰하는 집은 지키는 장군이 있는 집과 가까워야 한다. 현명한 대부(大夫)들과 의사나 점쟁이 및 공인(工人)들을 거두어 급료를 지불해야 하며, 백정이나 술장수들도 모아들이어 주방에 배치하여 일하게 하고 급료를 주어야 한다.

從¹外宅²諸名大祠. 靈巫或禱焉, 給禱牲. 凡望氣有大將
종 외택 제명대사 영무혹도언 급도생 범망기유대장

氣, 有中將氣, 有小將氣, 有往氣, 有來氣, 有敗氣. 能得
기 유중장기 유소장기 유왕기 유래기 유패기 능득

明此者, 可知成敗吉凶.
명차자 가지성패길흉

巫醫卜³有所, 長具藥, 宮養⁴之. 善⁵爲舍, 巫必近公社,
무의복 유소 장구약 궁양지 선위사 무필근공사

必敬神之. 巫卜望氣以請⁶報守, 守獨智⁷巫卜望氣之請而
필경신지 무복망기이청 보수 수독지 무복망기지청이

已. 其出入爲流言, 驚駭⁸恐吏民, 謹微⁹察之, 斷罪不赦.
이 기출입위류언 경해공리민 근미찰지 단죄불사

望氣舍, 近守官¹⁰. 牧¹¹賢大夫及有方技¹²者若工, 弟¹³之,
망기사 근수관 목 현대부급유방기 자약공 제 지

擧屠酤¹⁴者, 置廚給事, 弟之.
거도고 자 치주급사 제지

1 從(종)—사(徒)의 잘못(『墨子閒詁』). 성 밖으로부터 성 안으로 옮겨오는 것. 2 宅(택)—거택(居宅). 사람들이 사는 집. 3 卜(복)—점쟁이. 4 宮養(궁양)—관에서 먹여 살리는 것. 5 善(선)—선(繕)과 통하여, '잘 수리하는 것'. 6 請(청)—정(情)과 통하여, '사정', '실정', '내용'. 7 智(지)—지(知)와 통하여, '아는 것'. 8 驚駭(경해)—놀라게 하는 것. 9 微(미)—몰래 엿보는 것. 10 守官(수관)—성을 지키는 책임자의 공관(公館). 11 牧(목)—수(收)의 잘못(『墨子閒詁』). 거둬들이는 것. 12 方技(방기)—병을 고치거나 점을 치는 재주. 13 弟(제)—질(秩)의 뜻(『墨子閒詁』). 보수를 주는 것. 14 屠酤(도고)—백정과 술장수. '고'는 고(沽)의 뜻(蘇時學 說).

여기에선 주로 전쟁의 승패를 예언하는 무당과 점쟁이에 대한 설명을 하고 있다. 이들은 제사를 지내는 동안에 안팎의 기운을 관찰하여 전쟁을 예언했을 것이다.

3 성을 지키는 방법으로는 현사(縣師)가 일을 도맡아 본부로부터 나가서 해자와 방축을 돌아보고 사방으로 통하는 길을 막는다. 성을 수리함에 있어서는 모든 관청에서 재물을 함께 부담하고 모든 공인들이 일을 하게 한다. 대장군인 사마(司馬)는 성을 시찰하며 군사의 대열을 정비한다.

문지기를 배치하되 두 사람은 오른편 문짝을 장악하고, 두 사람은 왼편 문짝을 장악하되, 문을 닫는 일은 네 사람이 함께 맡아서 하고 백 명의 군사들이 그곳에 앉아 대기한다.

성 위엔 1보(步)마다 한 군사가 창을 들고 있고 그를 세 사람이 보좌한다. 5보(步)마다 오장(五長)이 있고, 10보마다 십장(什長)이 있으며, 백보마다 백장(百長)이 있다. 사방에는 대솔(大率)이 있고 가운데에 대장(大將)이 있다. 어디에나 일을 책임진 관리나 졸장(卒長)이 있다. 성 위의 섬돌이 있는 곳은 책임자가 있어 그곳을 지키며 많은 나머지 군사들은 가운데에 대기하고 있다가 급한 일이 생기면 달려간다. 관리들은 모두 맡은 직책이 있다.

성 밖 화살이 닿는 곳 이내에 있는 담은 모두 무너뜨리어 적들을 가려 주는 일이 없도록 한다. 30리 거리 안에 있는 잔 나무나 재목들은 모두 성 안으로 들여온다. 개와 큰 돼지, 작은 돼지와 닭 같은, 그 고기를 먹을 수 있는 것은 그것들을 잡아서 장조림을 만들어 놓는다. 병든 사람들도 모두 일어나게 한다. 성 안은 잔 나무나 움막과 집들은 화살이 미치는 곳이면 모두가 엄폐물이 되도록 한다. 명령을 내리어 저녁이면 개를 묶어놓고 말을 매어놓되 단단히 매도록 한다. 고요한 밤에 시끄러운 북소리가 들리도록 하는데 그것은 적군의 사기(士氣)를 떨어뜨리고 우리 백성들의 결의를 굳혀 주기 위한 것이다. 그러므로 그때 시끄럽게 하면 백성들의 사기가 죽는 일이 없다.

凡守城之法, 縣師¹受事, 出葆²循溝防築, 薦³通塗⁴. 脩
범수성지법 현사수사 출보순구방축 천통도 수

城, 百官共財, 百工卽事. 司馬視城, 脩卒伍.
성 백관공재 백공즉사 사마시성 수졸오

設守門, 二人掌右闑⁵, 二人掌左闑, 四人掌閉, 百甲坐
설수문 이인장우엄 이인장좌엄 사인장폐 백갑좌

之.
지

城上, 步一甲一戟, 其贊⁶三人. 五步有五長, 十步有什
성상 보일갑일극 기찬삼인 오보유오장 십보유십

長, 百步有百長. 旁⁷有大率, 中有大將. 皆有司吏卒長. 城
장 백보유백장 방유대솔 중유대장 개유사리졸장 성

上當階, 有司守之, 多卒⁸中處, 擇急⁹而奏¹⁰之. 士皆有職.
상당계 유사수지 다졸중처 택급이주지 사개유직

城之外, 矢之所逮¹¹, 壞其牆, 無以爲客菌¹². 三十里之
성지외 시지소답 괴기장 무이위객균 삼십리지

內, 薪蒸¹³材木, 皆入內. 狗彘豚鷄, 食其肉, 斂其骸, 以
내 신증재목 개입내 구체돈계 식기육 염기해 이

爲醢腹¹⁴. 病者以起. 城之內, 薪蒸廬室, 矢之所逮, 皆爲
위해복 병자이기 성지내 신증려실 시지소답 개위

之涂菌¹⁵. 令命昏緯¹⁶狗纂¹⁷馬擊¹⁸緯. 靜夜聞鼓聲而諜¹⁹,
지도균 영명혼위 구찬 마견 위 정야문고성이침

所以闇客之氣也, 所以固民之意也. 故時諜則民不疾²⁰矣.
소이엄객지기야 소이고민지의야 고시참즉민불질 의

군대 안에서 대장군의 명령을 받아 군사들을 단속하고 여러 가지 기구를 관리한다. 전국시대에도 이 『주례』와 비슷한 현사가 있었던 것 같다. **2** 葆(보)―보(保)와 통하여, 수보(守保). 수비하는 본보. **3** 薦(천)―즉 천(荐)과 통하여, '막는 것'. **4** 通塗(통도)―사방으로 통하는 길. **5** 闔(엄)―문짝. **6** 贊(찬)―보조자. **7** 旁(방)―사방의 사문(四門)이 있는 곳. **8** 多卒(다졸)―많은 나머지 군사들. 보통은 이중(移中)으로 되어 있으나 뜻이 통하지 않아 손이양(孫詒讓)의 설(說)을 따라 고쳤다. **9** 擇急(택급)―급한 것을 가리어, 급한 일이 생기면. **10** 奏(주)―나아가는 것. **11** 遝(답)―이르다, 미치다. **12** 菌(균)―엄폐물(掩蔽物), 차폐물(遮蔽物). **13** 薪蒸(신증)―잔 나무. 뒤의 재목(材木)이 큰 나무임과 대조가 된다. 재목은 보통 수(水)로 되어 있으나 잘못이다(孫詒讓 說). **14** 醢腹(해복)―해(醢)는 고기로만 만든 장조림. '복'은 이(腜)의 잘못으로(孫詒讓 說), 고기에 뼈가 섞인 채로 만든 장조림. **15** 涂菌(도균)―도(涂)는 참호 같은 엄폐할 장소. 균(菌)은 땅 위로 나와 있는 엄폐물. **16** 緯(위)―붙들어 매다. **17** 纂(찬)―매어두다. **18** 掔(견)―견고한 것(『說文』手部). **19** 謥(침)―조(譟)와 뜻이 통하여, '시끄러운 것'. **20** 疾(질)―병이 되다. 사기가 죽는 것.

　여기서는 적의 공격에 대비하는 성 안의 여러 가지 제도와 장비 방법을 설명하고 있다.

4 축(祝)과 사(史)가 사방의 산천과 땅의 신 및 곡식의 신에게 적의 침공을 아뢰어, 먼저 경계를 하도록 하고는 곧 물러난다. 임금은 흰옷을 입고 태묘(太廟)에서 서(誓)를 한다. "저 자는 바르지 못하여 의로움과 착한 일은 닦지 아니하고 오직 힘으로만 다스리면서 '나는 반드시 너의 나라를 망치고 너의 백성들을 멸망시키려 한다.'고 말하고 있소. 여러분들은 바라건대, 밤낮으로 스스

로 힘써서 나를 위해 일해 주시오! 마음을 합치고 힘을 모아 모두가 나를 도우며, 각자 죽음으로 성을 지키시오!"

서를 끝내고는 임금은 곧 물러나서 가운데 있는 태묘의 오른편에 머물고, 축과 사는 사(社)에 머문다. 모든 관리들이 모두 나와 올라오면, 문에서는 북을 울린다. 문 오른편엔 두 용을 그린 기(旂)를 세우고, 왼편엔 오채(五彩)의 새 깃으로 장식한 정(旌)을 세우며, 양 모퉁이에는 전공자(戰功者)의 이름을 적은 연명(練名)을 내건다. 화살을 세 발 쏘아 승리를 비는데, 다섯 가지 무기를 다 갖추어 놓는다. 그리고 관리들은 내려서 나와 명령을 기다리고 임금은 누대(樓臺)로 올라가 우리 교외를 바라보면서, 또 북 치는 자들에게 빨리 올라와 북을 울리게 한다. 역사마(役司馬)가 문 오른편에서 활을 쏘는데, 쑥대 화살로 쏘고, 작은 화살 세 발을 쏘며, 이어 쇠뇌를 쏜다. 교(校)는 문 왼편에서 활을 쏜다. 먼저 불화살을 쏘고, 다시 나무와 돌을 이어 던진다. 축과 사와 종인(宗人)은 사(社)에 빌고는 그 글을 시루로 덮어놓는다.

祝史[1]乃告於四望[2]山川社稷, 先於戎[3], 乃退. 公素服誓[4]
축사 내고어사망 산천사직 선어융 내퇴 공소복서

于太廟[5]曰: 其人爲不道, 不脩義詳[6], 唯乃是王[7], 曰, 予
우태묘왈 기인위부도 불수의상 유내시왕 왈 여

必懷亡爾社稷, 滅爾百姓. 二參子[8], 尙夜自厦[9], 以勤寡
필회망이사직 멸이백성 이삼자 상야자하 이근과

人! 和心比力, 兼左右[10], 各死而守!
인 화심비력 겸좌우 각사이수

旣誓, 公乃退食[11], 舍於中太廟之右, 祝史舍于社[12]. 百
기서 공내퇴식 사어중태묘지우 축사사우사 백

官具御, 乃斗[13], 鼓于門. 右置旂[14], 左置旌[15], 于隅練名[16].
관구어 내두 고우문 우치기 좌치정 우우련명

射參發, 告勝, 五兵[17]咸備. 乃下出挨[18], 升望我郊, 乃命
사삼발 고승 오병함비 내하출애 승망아교 내명

鼓俄升[19]. 役司馬[20]射自門右, 蓬矢[21]射之, 茅[22]參發, 弓弩
고 아 승   역사마   사자문우   봉시 사지   모 삼발   궁노

繼之. 校[23]自門左. 先以揮[24], 木石繼之. 祝史宗人[25]告社,
계 지   교 자문좌   선 이휘   목석계지   축사종인   고사

覆之以甑[26].
복 지 이 증

1 祝史(축사)-태축(太祝)과 태사(太史). 축은 신에게 비는 직책을 맡은 관리, 사는 기록을 주관하나 본시는 역시 제의(祭儀)와 관련이 있는 직책이었다. 2 四望(사망)-사방의 망제(望祭)를 지내는 대상. '망제'는 산천에 지내는 제사 이름. 3 先於戎(선어융)-선이계(先以戒)의 잘못(『墨子閒詁』). 먼저 전쟁에 대하여 경계토록 하는 것. 4 誓(서)-전쟁을 하기 전에 임금이나 대장군이 백성들 또는 부하들에게 전쟁의 목적과 방법 등을 알리는 연설. 『서경(書經)』의 '서'가 붙은 여러 편 참조. 5 太廟(태묘)-시조의 묘(廟). 6 義詳(의상)-'상'은 상(祥)의 뜻. 의로움과 착한 일. 7 唯乃是王(유내시왕)-유력시정(唯力是正)의 잘못(『墨子閒詁』). 오직 힘으로만 정치를 하는 것. 8 二參子(이삼자)-그대들. 자신의 백성과 군사들을 가리킴. 9 尙夜自厦(상야자하)-상숙야자려(尙夙夜自厲)의 잘못(『墨子閒詁』). 바라건대, 새벽부터 밤늦게까지 스스로 힘써 주시오. 10 兼左右(겸좌우)-다 같이 나를 돕기 바란다. '좌우'는 좌우(佐佑). 11 退食(퇴식)-본시는 관리들이 근무처에서 물러나 집으로 돌아와 밥을 먹는 것. 퇴근, 물러나는 것. 12 社(사)-땅의 신을 모시는 사당(祠堂). 13 乃斗(내두)-내승(乃升)의 잘못(『墨子閒詁』). 그리고 태묘로 오르는 것. 14 旂(기)-위아래로 두 마리의 용이 그려진 깃발. 15 旌(정)-깃대 위에 오채(五彩)의 새깃을 모아 꽂은 깃발. 16 練名(연명)-비단 조각에, 전쟁에 공을 세운 사람들이 이름을 적어 깃발처럼 드리우게 한 것. 17 五兵(오병)-옛날의 다섯 가지 기본 병기, 곧 세모진 창〔矛〕· 갈래진 창〔戟〕· 도끼〔鉞〕· 방패〔楯〕· 활과 화살〔弓矢〕. 18 挨(애)-사(俟)의 잘못(畢沅 說). 명령을 기다리는 것. 19 俄升(아승)-빨리 올라오도록 하는 것. 20 役司馬(역사마)-관리 이름. 도역(徒役)을 관장했음. 21 蓬矢(봉시)-쑥대로 만든 화살. 사기(邪氣)를 쫓았다. 22 茅(모)-작은 화살. 23 校(교)-군의 낮은 장교. 24 揮(휘)-휘(煇)의 잘못. 불화살. 25 宗人(종인)-예관(禮官). 26 甑(증)-시루, 솥.

전쟁에 앞서 태묘(太廟)에서 전쟁 승리를 위하여 행하는 의식
을 상세히 설명한 대목이다.

69.
기치편 旗幟篇

이 편에선 성 안에서 쓰는 깃발들을 중심으로 하여, 어떤 일을 표시하고 통보하는 신호에 대한 설명을 하고 있다. 옛날 군대의 통신 방법을 알아보는 데 유익한 내용이다.

1 성을 지키는 방법으로써 나무는 푸른 깃발, 불은 붉은 깃발, 땔나무는 누런 깃발, 돌은 흰 깃발, 물은 검은 깃발, 먹을 것은 쏙누서니 깃발로 표시한다.

결사대는 청색 물결을 그린 깃발, 정예군사(精銳軍士)들은 호랑이 깃발로 표시한다. 나머지 여러 군사들은 쌍 토끼 깃발, 어린아이들은 아이 그린 깃발, 여자들은 가라지풀 꼬리 그린 깃발로 표시한다.

쇠뇌는 개 깃발, 창은 기장목 꽂힌 깃발, 칼과 방패는 새 깃발, 수레는 용 깃발, 기병(騎兵)은 새 깃발로 표시한다.

모든 필요로 하는 깃발 이름이 씌어 있지 않은 것들은 모두 그 물건의 모양에 따라 이름을 붙인 깃발을 만든다. 성 위에서 깃발을 들면 장비를 갖추는 일을 맡은 관리는 거기에 해당하는 물건들을 운반해 가는데 물자가 풍족해지면 깃발을 내린다.

守城之法, 木¹爲蒼²旗, 火³爲赤旗, 薪樵爲黃旗, 石爲白
수 성 지 법　목 위 창 기　화 위 적 기　신 초 위 황 기　석 위 백

旗, 水爲黑旗, 食爲菌⁴旗.
기　수 위 흑 기　식 위 균 기

死士爲倉英⁵之旗, 竟士⁶爲虎旗, 多卒爲雙兎之旗, 五尺
사 사 위 창 영 지 기　경 사 위 호 기　다 졸 위 쌍 토 지 기　오 척

童子⁷爲童旗, 女子爲稊末⁸之旗.
동 자 위 동 기　여 자 위 제 말 지 기

弩爲狗旗, 戟爲茳⁹旗, 劍盾爲羽旗, 車爲龍旗, 騎馬鳥旗.
노 위 구 기　극 위 정 기　검 순 위 우 기　차 위 룡 기　기 마 조 기

凡所求索旗名, 不在書者, 皆以其形, 名爲旗. 城上擧
범 소 구 색 기 명　부 재 서 자　개 이 기 형　명 위 기　성 상 거

旗, 備具之¹⁰官, 致財物, 之足而下旗.
기　비 구 지 관　치 재 물　지 족 이 하 기

1 木(목)－오행설(五行說)에서 푸른색(동쪽)과 배합된다. 2 蒼(창)－파란색. 3 火(화)－오행설에서 붉은색(남쪽)과 배합된다. 4 菌(균)－천(茜)의 잘못. 천(蒨)으로도 쓰며, 꼭두서니 빛깔(孫詒讓 說). 5 倉英(창영)－푸른 빛깔의 물결〔창랑(滄浪)〕이나 대나무〔창랑(蒼筤)〕를 그린 깃발(俞樾 說). 6 竟士(경사)－경(竟)은 경(競), 또는 경(勁)과 통하여, '강한 정예(精銳) 군사'. 7 五尺童子(오척동자)－열네 살 이하의 아이들(「雜守篇」 참조). 8 稊末(제말)－가라지풀〔稊〕꼬리〔末〕. 제(稊)는 제(梯)로도 쓴다. 9 茳(정)－정(旌)의 잘못. 기장목이 달린 깃발(孫詒讓 說). 10 之(지)－물(物)의 잘못(孫詒讓 說).

여기서는 물건이나 사람을 표시하는 신호용 깃발에 대한 설명

을 하고 있다. 깃발의 색깔이나 모양으로서 먼 곳 사람들에게 필요
한 물건을 알렸던 것이다.

2 성을 지키는 방법으로는 돌이 쌓여 있어야 하고, 땔나무가
쌓여 있어야 하고, 띠 풀이 쌓여 있어야 하고, 갈대가 쌓여
있어야 하고, 나무가 쌓여 있어야 하고, 숯이 쌓여 있어야 하고,
모래가 쌓여 있어야 하고, 소나무와 잣나무가 쌓여 있어야 하고,
쑥대와 약쑥이 쌓여 있어야 하고, 삼대와 기름이 쌓여 있어야 하
고, 돈이 쌓여 있어야 하고, 양곡이 쌓여 있어야만 한다.

우물과 취사장이 일정한 곳에 있어야 하고 부모처자들의 살 곳
이 있어야 한다. 여러 가지 무기는 각각 깃발이 있어야 하고 신분
을 표시하는 부절(符節)은 쪼개어져 잘 간직되어야 한다. 법령은 각
각 올바로 다스려져야 하며, 가볍고 무거운 여러 가지 맡은 직책
에는 모두가 성실하여야 하며, 도로를 순찰하는 일을 맡은 사람은
각각 일정(日程)이 있어야만 한다. 정위(亭尉)는 각각 깃발을 지니되
깃대의 길이는 2장(丈) 5척(尺)이고, 깃발의 길이는 1장 5척이며, 넓
이는 반 폭(幅)되는 것 여섯 개를 갖고 있어야 한다.

凡守城之法, 石有積, 樵薪有積, 菅茅[1]有積, 萑葦[2]有積,
범수성지법 석유적 초신유적 관모유적 환위유적

木有積, 炭有積, 沙有積, 松柏有積, 蓬艾[3]有積, 麻脂[4]有
목유적 탄유적 사유적 송백유적 봉애유적 마지유

積, 金錢[5]有積, 粟米有積.
적 금전유적 속미유적

井有處, 重質[6]有居. 五兵[7]各有旗, 節[8]各有辨[9]. 法令各有
정유처 중질유거 오병각유기 절각유판 법령각유

貞[10], 輕重分數[11]各有請[12], 主愼[13]道路者各有經[14]. 亭尉[15]
정 경중분수각유청 주신 도로자각유경 정위

各爲幟, 竿長二丈五, 帛長丈五, 廣半幅者六.
각 위 치　간 장 이 장 오　백 장 장 오　광 반 폭 자 륙

1 菅茅(관모) ─ 띠 풀. 화공(火攻)에 쓰기 위한 것이다.　**2** 萑葦(환위) ─ 갈대.　**3** 蓬艾(봉애) ─ 쑥대와 약쑥.　**4** 麻脂(마지) ─ 삼대와 기름. 햇불을 만드는 데 쓰였다.　**5** 錢(전) ─ 보통 철(鐵)로 되어 있으나 잘못임(王引之 說).　**6** 重質(중지) ─ 중한 인지(人質), 곧 군사들의 부모처자를 가리킨다.　**7** 五兵(오병) ─ 다섯 가지 병기, 곧 긴 창·갈래진 창·도끼·방패·활과 화살 등 여러 가지 무기. 중요한 무기의 다섯 가지의 종류는 학자에 따라 여러 가지로 다르다.　**8** 節(절) ─ 부절(符節). 옛날에 맡은 직책과 신분을 나타내기 위하여 대쪽 같은 것을 맡은 사람이 보관하였다. 신분을 확인할 필요가 있을 적에는 이 부절을 맞춰 보면 된다.　**9** 辨(판) ─ 판(判)과 통하여, '쪼개는 것'(「說文」).　**10** 貞(정) ─ 정(正)과 통하여, 올바로 정리하는 것.　**11** 分數(분수) ─ 각기 나누어 맡은 직책을 뜻한다.　**12** 請(청) ─ 성(誠)과 통하여, 성실한 것. 충실한 것.　**13** 愼(신) ─ 순(循)의 가차자(假借字)로서 순찰(巡察)을 하는 것.　**14** 經(경) ─ 도정(道程), 일정(日程).　**15** 亭尉(정위) ─ 앞의 「영적사」편에 보인 백장(百長).

　여기서도 적을 맞아 싸우기 전에 성을 방비하기 위하여 갖추어야 할 여러 가지 준비와 준비물을 설명하고 있다.

3 적이 공격을 하여 앞 해자 바깥쪽에 이르면 성 위의 땅굴에 대비하는 자들이 북을 세 번 치고 한 개의 깃발을 올린다. 해자 가운데 땅에 이르면, 북을 네 번 치고 깃발을 두 개 올린다. 성 밖 울타리에 이르면, 북을 다섯 번 치고 세 개의 깃발을 올린다. 성 밖 풍원(馮垣)에 이르면, 북을 여섯 번 치고 네 개의 깃발을 올린다. 성 위 여원(女垣)에 이르면, 북을 일곱 번 치고 다섯 개의 깃발

을 올린다. 본성에 이르면 북을 여덟 번 치고 여섯 개의 깃발을 올린다. 본성을 반 이상 넘어 들어오면 북을 쉬지 않고 친다. 밤에는 불로써 이와 같은 숫자를 표시한다. 적이 후퇴를 할 적에는 깃발을 전진해 올 때와 같은 숫자로 내려가며 북은 치지 않는다.

寇傅攻前池外廉¹, 城上當隊²鼓三擧一幟. 到水中周³, 鼓
구 부 공 전 지 외 렴　　성 상 당 대 고 삼 거 일 치　　도 수 중 주　　고

四擧二幟. 到藩⁴, 鼓五擧三幟. 到馮垣⁵, 鼓六擧四幟. 到
사 거 이 치　　도 번　　고 오 거 삼 치　　도 풍 원　　고 육 거 사 치　　도

女垣⁶, 鼓七擧五幟. 到大城, 鼓八擧六幟. 乘大城半以上,
녀 원　　고 칠 거 오 치　　도 대 성　　고 팔 거 육 치　　승 대 성 반 이 상

鼓無休. 夜以火如此數. 寇脚解, 輒部⁷幟如進數而無鼓.
고 무 휴　　야 이 화 여 차 수　　구 각 해　　첩 부　치 여 진 수 이 무 고

1 廉(렴)－가〔邊〕, 쪽. 2 當隊(당대)－적의 땅굴 공격에 대비하는 사람들. '대'는 수도(隧道), 땅굴. 3 周(주)－주(州)와 통하여, 못이나 물 가운데 있는 땅. 4 藩(번)－성 밖에 나무를 세워 적이 성에 접근하기 어렵도록 만들어 놓은 울타리. 5 馮垣(풍원)－성 바깥쪽으로 있는 낮은 성가퀴. 6 女垣(여원)－첩(堞), 성가퀴. 7 部(부)－북(踣)과 통하여, 깃발을 넘어뜨리는 것, 곧 깃발을 내리는 것(王引之 說).

여기서는 적이 성을 공격해 올 때 적의 진격 상황을 알리는 신호를 설명하고 있다.

4 성의 우두머리는 붉은 깃발로써 길이는 50척(尺)이다. 사방의 네 문에 있는 장수는 길이가 40척이다. 그 다음은 30척이요, 그 다음은 25척이요, 그 다음은 20척이요, 그 다음은 15척인

데, 높이가 15척 이하로 내려가는 것은 없다.

성 위의 관리들은 휘장(徽章)을 등에 달고 졸병들은 머리 위에 단다. 성 아래 관리와 졸병들은 휘장을 어깨에 다는데 좌군(左軍)은 왼편 어깨에 달고, 우군(友軍)은 오른편 어깨에 달며, 중군(中軍)은 가슴에 휘장을 단다.

각 군은 한 개의 북을 갖는데 중군만은 세 개를 갖고 있으며, 모든 북은 세 번으로부터 열 번까지 치도록 되어 있다. 모든 북을 관리하는 관리는 삼가 법도에 따라 북을 쳐야 한다. 북을 쳐야 하는데도 치지 않거나 쳐서는 안될 때에 북을 치면 책임자는 목을 베인다.

城爲隆[1], 長五十尺. 四面四門將, 長四十尺. 其次三十尺, 其次二十五尺, 其次二十尺, 其次十五尺, 高無下四十五[2]尺.

城上吏[3]卒, 置之背, 卒於頭上. 城下吏卒, 置之肩, 左軍於左肩, 右軍於右肩[4], 中軍置之胸.

各一鼓, 中軍一三[5], 每鼓三十[6]擊之. 諸有鼓之吏, 謹以次應之. 當應鼓而不應, 不當應而應鼓, 主者斬.

1 城爲隆(성위융) − 성장위강치(城將爲絳幟)의 잘못(『墨子閒詁』). 성의 장수가 빨간 깃발을 만들다. 2 四十五(사십오) − 십오(十五)의 잘못. 3 城上吏(성상리) − 성 위의 관리. 이(吏)자 아래 졸(卒)자가 보통 들어 있으나 잘못이며, 또 이 대목은 군사들의 휘장(徽章)에 대한 설명인데 일부의 문장이 빠져 달아난 것이다(王引之 說). 또 휘장에는 군사들이 소속과 계급, 성명을 기입했다 한다(『尉繚子』 兵敎篇). 4 右軍於右肩(우군어우견) − 본시 빠져 없는 구절이나 왕

염손(王念孫)의 의견을 따라 첨가하였다. **5** 一三(일삼) – '일'은 잘못 끼어든 것인 듯(孫詒讓 說). **6** 三十(삼십) – 세 번에서 열 번까지. 신호로써 쓰이는 북을 치는 수는 세 번부터 열 번까지가 있으며 치는 방법을 변화시켜 여러 가지 신호로 썼다.

여기엔 장군들의 지위를 구별하는 깃발과 군사들의 소속과 신분을 밝히는 휘장과 신호로 쓰이는 북에 대한 설명을 하고 있다. 이러한 제도는 모두 성을 지키는 데 기본적으로 필요한 것이다.

5 길의 넓이는 30보(步)이고, 성 밑의 계단을 끼고 샘이 각각 두 개 있는데, 거기에 쇠 항아리를 놓아둔다. 길 바깥쪽에 담을 두르고 30보마다 변소를 만드는데, 담의 높이는 1장(丈)이다. 오물처리장을 만드는데, 담의 높이가 12자[尺] 이상이어야 한다. 마을의 골목길이 성 둘레의 길과 마주치는 곳에는 반드시 문을 만들고, 그 문은 두 사람이 지키도록 하며, 신분증명이 없는 자는 통과시키지 않으며, 명령을 따르지 않는 자는 목을 자른다.

道廣三十步, 於城下夾階者, 各二其井, 置鐵罐[1]. 於道
도 광 삼 십 보　　어 성 하 협 계 자　　각 이 기 정　　치 철 관　　어 도

之外, 爲屛, 三十步而爲之圜[2], 高丈. 爲民圂[3], 垣高十二
지 외　위 병　삼 십 보 이 위 지 환　　고 장　위 민 환　원 고 십 이

尺以上. 巷術[4]周道者, 必爲之門, 門二人守之, 非有信符[5]
척 이 상　항 술 주 도 자　필 위 지 문　문 이 인 수 지　비 유 신 부

勿行, 不從令者斬.
물 행　부 종 령 자 참

1 鐵鑵(철관) － '관'은 옹(甕)의 잘못(『墨子閒詁』). 쇠 항아리. **2** 圂(환) － 환(圂)의 잘못(『墨子閒詁』). 변소. **3** 民圂(민환) － 오물처리장. **4** 巷術(항술) － 마을의 골목길. **5** 信符(신부) － 증명, 신분증명.

여기서는 깃발과는 상관없는 성 안의 우물과 변소 및 오물처리장과 마을 골목으로 통하는 곳의 문 관리 등을 설명하고 있다.

6 성 안의 관리와 졸병 및 남녀 백성들은 모두 옷의 휘장(徽章)과 표지(標識)를 달리하여 남녀들로 하여금 알도록 한다. 여러 두격(杜格)을 지키는 자가, 세 번 출동하여 적을 물리치면, 태수(太守)는 명을 내려 그를 불러 앞으로 나오게 하고 먹을 것을 내리며, 큰 깃발을 수여하고, 백 호(戶)의 고을을 차지하게 한다. 만약 그가 다른 사람의 고장에서 지내고 있다면, 그의 관서(官署)에 기를 세워주어 모두가 명백히 그것이 어떤 사람의 기인가를 알게 한다.

두격(杜格) 안은 넓이가 25보(步)이고, 밖은 넓이가 10보이며, 길이는 지형을 표준으로 하여 정한다. 졸병들을 격려하여 지시에 따르게 하여 앞뒤와 좌우가 알아서 협력하도록 한다. 졸병으로 지친 자는 번갈아 쉬게 한다.

城中吏卒, 民男女, 皆荷異[1]衣章微[2], 令男女可知. 諸守
성중리졸   민남녀   개연이 의장미   영남녀가지   제수

牲格[3]者, 三出却適[4], 守[5]以令召賜食前, 予大旗, 署[6]百戶
생격자   삼출각적   수 이령소사식전   여대기   서백호

邑. 若他人財物[7], 建旗其署, 令皆明白知之, 曰某子旗.
읍   약타인재물   건기기서   영개명백지지   왈모자기

牲格內廣二十五步, 外廣十步, 表[8]以地形爲度. 靳[9]卒中
생 격 내 광 이 십 오 보　 외 광 십 보　 표　 이 지 형 위 도　 근 졸 중

敎, 解前後左右. 卒勞者, 更休之.
교　 해 전 후 좌 우　 졸 로 자　 경 휴 지

1 荶異(연이) ─ 변이(辨異), 즉 분별하여 다르게 하다. 2 章微(장미) ─ '미'는
지(識)의 잘못(王念孫 說). 휘장(徽章)과 표지(標識). 3 牲格(생격) ─ 두격(杜格).
「비아부」편에 보임. 적의 침공을 막는 장치. 4 却適(각적) ─ 적군을 물리치
다. 5 守(수) ─ 태수(太守), 또는 성의 최고 책임자. 6 署(서) ─ 개인적으로 다
스리게 주는 것. 7 他人財物(타인재물) ─ 다른 사람의 재물, 여기서는 자신의
땅이 아닌 다른 사람의 영지(領地)를 가리킴. 8 表(표) ─ 무(瞴)의 잘못(俞樾
說). 길이. 9 靳(근) ─ 륵(勒)의 잘못(『墨子閒詁』). 힘쓰게 하다, 격려하다.

ec~

　사람에 따라 옷의 휘장과 표지를 달리한다는 대목이 재미있
다. 그리고 전쟁에 공로가 있는 사람에게는 특별대우를 하여 군사
들의 사기를 북돋아 준다.

호령이란 바로 군기(軍紀)를 뜻한다. 여기에선 적이 공격해 왔을 때 어떻게 군기를 유지해야 하는가, 군사들에게 가하는 상벌(賞罰)을 중심으로 하여 자세한 설명을 하고 있다.

1 나라를 편안하게 하는 길은 땅이 소임을 다하는 데서부터 시작된다. 땅이 그 소임을 다하면 곧 공로가 이루어진다. 땅이 그 소임을 다하지 못하면, 곧 수고롭기만 했지 공로는 없게 된다.

사람도 역시 이와 같다. 준비가 먼저 갖추어져 있지 않은 자는 편안해질 수가 없다. 임금과 관리와 졸병과 백성들이 여러 마음을 지녀 통일되지 않는 것은 모두 그들의 장수나 우두머리에게 책임이 있다. 모든 상을 주는 것과 벌을 주는 것 및 잘 다스리는 것은 반드시 임금으로부터 나오는 것이다.

安國之道, 道任¹地始. 地得其任, 則功成, 地不得其任,
안 국 지 도　도 임　지 시　지 득 기 임　즉 공 성　지 부 득 기 임

則勞而無功.
즉 로 이 무 공

人亦如此. 備不先具者, 無以安. 主吏卒民多心不一者,
인 역 여 차　비 불 선 구 자　무 이 안　주 리 졸 민 다 심 불 일 자

皆在其將長². 諸行賞罰及有治者, 必出於王公.
개 재 기 장 장　제 행 상 벌 급 유 치 자　필 출 어 왕 공

1 道任(도임) – 도(道)는 종(從)과 통하여, …으로부터. 임(任)은 소임(所任) 또
는 책임을 다하는 것. 2 將長(장장) – 장수와 우두머리.

論리가 애매하지만 여기선 다스려지고 어지러워지는 원리를
논하였다.

2 자주 사람을 내보내어 국경의 성이나 요새(要塞)를 지키며
오랑캐들에게 대비하느라고 수고를 하는 자들에게는 위로
하는 물건을 내려주어야 한다. 그리고 그곳을 지키는 졸병들이 쓰
는 물건들이 남음이 있는지 부족한지, 지형상 국경을 지키기에 합
당한 곳이 어디인지, 그곳의 비품은 언제나 충분한가를 알아서 보
고하도록 한다. 국경의 고을들은 살펴보아 그곳의 나무들이 시원
찮다면 나무를 적게 쓰고, 밭이 잘 개간되어 있지 않다면 먹는 것
을 적게 하며, 큰 집은 없고 초가뿐이라면 수레를 적게 써야 한다.
재물이 많다면 백성들은 잘 먹고 지낼 것이다.

數使人行, 勞賜¹守邊城關塞, 備蠻夷之勞苦者. 擧²其守
삭 사 인 행　노 사　수 변 성 관 새　비 만 이 지 로 고 자　거　기 수

率³之財用, 有餘不足, 地形之當守邊⁴者, 其器備⁵常多者.
솔 지 재 용 유 여 부 족 지 형 지 당 수 변 자 기 기 비 상 다 자

邊縣邑, 視其樹木惡, 則少用, 田不辟⁶, 少食, 無大屋草
변 현 읍 시 기 수 목 악 즉 소 용 전 불 벽 소 식 무 대 옥 초

蓋⁷, 少用桑⁸. 多財, 民好食⁹.
개 소 용 상 다 재 민 호 식

1 勞賜(노사)─위로하고 물건을 내려주다. 2 擧(거)─알아내어 보고 하는 것.
3 守率(수솔)─'솔'은 졸(卒)의 잘못(『墨子閒詁』). 수비하는 졸병. 4 當守邊(당
수변)─국경을 지키기에 합당한 곳. 5 器備(기비)─수비하는 데 필요한 비품.
6 辟(벽)─벽(闢). 개간하는 것. 7 草蓋(초개)─지붕을 풀로 이은 집. 초가집.
8 用桑(용상)─'상'은 승(乘)의 잘못. 수레를 쓰다. 9 好食(호식)─먹는 것을
좋아하다. 밑에 몇 글자가 빠져 달아났음이 분명하다.

국경을 수비하는 사람들을 돌보는 방법을 쓰고 있다. 언제나
그곳에 맞는 대책을 세울 줄 알아야 할 것이다.

3 성 안의 성가퀴와 성 안의 길 사다리를 마련하고, 그 위에
무기와 비품을 둔다. 성 위에 관리와 졸병과 취사병은 모두
성 안 둘레의 길 안쪽에 머물도록 한다. 각각 그들의 담당 구역을
맡아 방위하며, 열 명의 병졸에 취사병은 2명씩이다. 신분증명을
관장하는 사람을 양리(養吏)라 부르며, 한 사람을 두어 여러 문을
분별하여 지키도록 한다. 문지기와 금지명령을 맡고 있는 자들은
모두 명령이 없거나 일이 없는 자라면 그 근처에 머물지 못하게
하며, 명령을 따르지 않는 자는 죽인다.
적군이 공격해올 때, 천 장(丈)의 큰 성이라면 반드시 성 밖으로

나가 그들을 맞아 싸우도록 해야 할 것이니, 그래야만 수비하는 편에게 유리하다. 천 장도 못되는 성이라면, 나가 싸워서는 안 된다. 적의 부대가 많고 적은 것을 살피어 그들에 대응하는 것이다. 이것이 성을 지키는 대체적인 방법이다.

　여기 말한 데 들어있지 않은 일은, 모두 마음으로 헤아려 본 방법과 사람들의 경험을 참작하여 행동한다.

爲內堞[1], 內行棧[2], 置器備[3]其上. 城上吏卒養[4], 皆爲舍道
위내첩　　내행잔　　치기비기상　　성상리졸양　　개위사도

內. 各當其隔部[5], 養什二人[6]. 爲符者[7]曰養吏, 一人, 辨護[8]
내　각당기격부　　양십이인　　위부자왈양리　　일인　변호

諸門. 門者及有守禁者, 皆無令無事者, 得稽留[9]止其旁[10]
제문　문자급유수금자　　개무령무사자　　득계류　지기방

不從令者戮.
부종령자륙

敵人但至, 千丈[11]之城, 必郭迎之[12], 主人利. 不盡千丈
적인단지　천장　지성　　필곽영지　　주인리　부진천장

者, 勿迎也. 視敵之居曲[13]衆少, 而應之. 此守城之大體也.
자　물영야　시적지거곡　중소　이응지　　차수성지대체야

其不在此中者, 皆心術[14]與人事參之.
기부재차중자　개심술　여인사참지

1 內堞(내첩)―'첩'은 첩(堞)과 통하여, 성 안의 성가퀴. 2 行棧(행잔)―어려운 곳을 건너고 험한 곳을 오르는 데 길처럼 쓸 수 있게 만든 일종의 사다리. 3 器備(기비)―무기와 상비. 4 吏卒養(이졸양)―관리와 졸병과 취사부. 장교와 졸병과 취사병. 5 隔部(격부)―병졸 10명이 수비하는 담당구역. 6 什二人(십이인)―열 명에 두 사람씩. 7 爲符者(위부자)―부신(符信)을 관장하는 사람. 8 辨護(변호)―분별하여 지키다. 잘 호위하다. 9 稽留(계류)―머무는 것. 10 旁(방)―곁, 근처. 11 千丈(천장)―성의 한 폭 길이를 가리킴. 대체로 5리(里) 사방의 큰 성임. 12 郭迎之(곽영지)―적을 외곽(外郭)으로 나가 맞아 싸우는 것. 13 居曲(거곡)―부대(部隊). 부대 편성. 14 心術(심술)―마음속의 술법, 마음속의 병법.

적의 공격을 대비하는 성 안의 병사 배치방법과 적이 공격해 올 적에 성을 수비하는 법을 설명하고 있다.

4 성을 지키는 사람은 재빨리 적을 깨치는 것이 상책이다. 수 비하는 날을 늘이고 오래도록 버티어 구원부대가 오는 것 을 기다리는 것은 수비에 밝은 사람의 행동이다. 반드시 이럴 수 있어야만 성은 지킬 수가 있는 것이다.

성을 지키는 방법에 있어서, 적이 고을로부터 백 리(里) 이상 떨어져 있을 적에, 성의 장수는 명령을 내리어 오관(五官)과 백장(百長)들을 다 소집하고, 부자와 귀중한 집안의 친인척들은 관부(官府)로 와서 머물도록 하며, 조심하여 믿을만한 사람들에게 이들을 지키도록 하되, 절대로 빈틈없이 일을 하여야 한다.

적이 성에 기어오르게 되면, 지키는 장수의 진영에는 군사가 3백 명 이상이어야 한다. 사방의 네 문의 장수는 반드시 공로가 있는 신하나 전사한 후손의 중요한 사람 중에서 골라야 하고, 거기에 따르는 병졸은 각각 백 명이 있어야 한다. 문을 지키는 장수가 다른 문도 함께 지킬 적에는 다른 문 위에는, 반드시 그 문을 끼고 높은 누각을 만들어 놓고, 활 잘 쏘는 자로 하여금 그곳을 지키게 한다. 성 밖의 여곽(女郭)과 풍원(馮垣) 같은 작은 성가퀴는 한 사람이 그곳을 지키도록 하되, 중요한 집안의 자식을 임명해야 한다. 50보(步)마다 한 개의 격(隔)을 만들어 놓는다.

凡守城者, 以亟[1]傷敵爲上. 其延日持久, 以待救之至,
범 수 성 자　 이 극　상 적 위 상　기 연 일 지 구　　이 대 구 지 지

明於守者也. 不能[2]此, 乃能守城.
명 어 수 자 야　불 능 차　내 능 수 성

守城之法, 敵去邑百里以上, 城將如今[3], 盡召五官[4]及百
수 성 지 법　적 거 읍 백 리 이 상　성 장 여 금　　진 소 오 관　급 백

長[5], 以富人重室[6]之親, 舍之官府, 謹令信人守衛之, 謹密
장　이 부 인 중 실 지 친　사 지 관 부　근 령 신 인 수 위 지　근 밀

爲故[7].
위 고

及傅城, 守將營, 無下三百人. 四面四門之將, 必選擇之
급 부 성　수 장 영　무 하 삼 백 인　사 면 사 문 지 장　필 선 택 지

有功勞之臣, 及死事[8]之後重者[9], 從卒各百人. 門將幷守他
유 공 로 지 신　급 사 사 지 후 중 자　　종 졸 각 백 인　문 장 병 수 타

門, 他門之上, 必夾爲高樓, 使善射者居焉. 女郭[10]馮垣[11],
문　타 문 지 상　필 협 위 고 루　사 선 사 자 거 언　여 곽　풍 원

一人[12]一人守之, 使重室子. 五十步一擊[13].
일 인　일 인 수 지　사 중 실 자　오 십 보 일 격

---

1 亟(극)－속히, 재빨리. 2 不能(불능)－필능(必能)의 잘못(蘇時學 說). 3 如今
(여금)－내령(乃令)의 잘못(畢沅, 王引之 說 종합). 곧 명령을 내리다. 4 五官(오
관)－고을의 낮은 관리. 군에 있어서는 하급 장교. 5 百長(백장)－여러 단위
부대의 장(長). 6 重室(중실)－귀중한 집안. 지위가 있는 사람들의 집안. 7
爲故(위고)－일을 처리하다, 일을 하다. 8 死事(사사)－전사한 사람. 전쟁에
서 죽은 사람. 9 重者(중자)－중실지자(重室之子)(蘇時學 說). 10 女郭(여곽)－
여원(女垣). 큰 성 밖에 만든 작은 성가퀴. 11 馮垣(풍원)－성 밖에 만든 여원
비슷한 작은 성가퀴. 12 一人(일인)－잘못되어 중복된 것임(蘇時學 說). 13
擊(격)－격(隔)의 잘못(『墨子閒詁』). 적의 공격을 막기 위하여 설치한 시설.

적이 성을 공격해 왔을 때 성을 수비하는 방법을 설명하고 있
다. 다만 끝머리 격(隔)에 대한 설명은 문맥이 잘 이어지지 않는다.

5 성 안의 마을들을 모두 8부(部)로 나누고, 부마다 한 관리를 둔다. 관리는 각각 네 명을 거느리고 길거리와 마을 가운데 를 다니며 순찰한다. 마을의 수비하는 일이나 잡일에 참여하지 않 는 노인들은 마을을 다시 4부(部)로 나누고, 부마다 한 우두머리를 두어 오가는 사람들을 검문(檢問)하게 하며, 불시로 다니며 순찰한 다. 다니다가 다른 이상한 자가 있으면 그가 간악한 자는 아닌가 조사한다.

관리로서 졸병 네 명 이상을 거느리고서 수비하는 직분을 맡고 있는 사람에게는 대장은 반드시 신부(信符)를 만들어 준다. 대장은 사람을 시켜 지키는 곳을 다니면서 신부를 조사하게 한다. 신부가 맞지 않고 암호에 응답하지 않는 자가 있으면 백장(百長) 이상의 사 람이 곧 그를 잡아 놓고 대장에게 보고한다. 멎어야만 함에도 멎지 않거나 관리나 졸병이 멋대로 놓아주는 자가 있으면 모두 벤다.

모든 죄를 진 자들 중에서 사형(死刑) 이상에 해당하는 죄는 모 두 그의 부모처자와 같은 어머니에게서 난 형제들에게까지 형벌 이 미친다.

因城中里爲八部, 部一吏. 吏各從四人, 以行衝術[1]及里
인성중리위팔부 부일리 이각종사인 이행충술급리

中. 里中父老, 不與守之事及會計[2]者, 分里以四部, 部一
중 이중부로 불여수지사급회계자 분리이사부 부일

長, 以苛[3]往來, 不以時行. 行而有他異者, 以得其姦.
장 이가왕래 불이시행 행이유타이자 이득기간

吏從卒四人以上, 有分守[4]者, 大將必與爲信符. 大將使
이종졸사인이상 유분수자 대장필여위신부 대장사

人行守操[5]信符. 信不合, 及號不相應者, 伯長以上, 輒止
인행수조신부 신불합 급호불상응자 백장이상 첩지

之, 以聞大將. 當止不止, 及從吏卒縱[6]之, 皆斬.
지 이문대장 당지부지 급종리졸종지 개참

諸有罪, 自死罪以上, 皆還[7]父母妻子同産[8].
제유죄 자사죄이상 개답부모처자동산

1 衝術(충술) – 길거리. **2** 會計(회계) – 여기선 무기를 들고 싸우는 일 이외의 잡일을 가리킨다. **3** 苛(가) – 검문하는 것(『周禮』 射人 鄭 注). **4** 分守(분수) – 수비하는 직분. 보통은 수(守)자가 들어 있지 않으나 왕인지(王引之)의 설(說)을 따라 보충하였다. **5** 操(조) – 신부(信符)를 맞추어 보며 조사하는 것. **6** 縱(종) – 놓아주는 것. **7** 逮(답) – 죄가 미치는 것. **8** 同産(동산) – 같은 어머니에게 난 형제들.

성 안에 비상이 걸렸을 때 성 안 마을들을 전투태세로 조직하는 방법과 그들을 이용하여 민간에 간첩이 스며들지 않도록 검색을 엄히 하는 방법을 쓰고 있다.

6 여러 성 위에서 수비를 담당하고 있는 남자들은 10분의 6은 쇠뇌를 갖고, 10분의 4는 다른 무기를 들며 젊은 여자와 노인과 어린 사람들은 한 개의 창을 갖는다.

졸지에 경계(警戒)할 일이 생기면 중군(中軍)에서는 급히 세 번 북을 치고, 성 위의 도로와 마을 가운데의 골목길까지도 다닐 수가 없도록 한다. 다니는 자는 목을 벤다.

여자가 군중에 들어와서 명령으로 다니게 되면 남자는 왼편을 걷고, 여자는 오른편을 걷되 나란히 가서는 안되며, 모두 그의 수비하는 장소로 나아가야 한다. 명령에 따르지 않는 자는 벤다. 지키는 곳을 무단히 떠난 자는 벤 뒤 사흘 동안 시체를 전시한다. 이것은 간사한 행동에 대비하기 위한 것이다.

이장(里長)과 수비를 담당하는 자가 마을 문에 숙직(宿直)한다. 관리가 그의 부(部)를 순찰하다가 마을 문에 다다르면 이장이 문을 열고 관리를 들여보낸다. 그리고 노인들이 지키는 곳과 외딴 골목 으슥한 사람 없는 곳까지 순찰하여야 한다. 간사한 백성들이 딴 마음을 먹고 일을 꾀하면 그 죄는 수레에 몸을 매어 찢도록 한다. 이장과 노인들 및 부(部)를 주관하는 관리가 간사한 자를 잡지 못 하면 모두 베며, 간사한 자를 잡으면 죄를 면케 하고 또 그들에게 황금 2일(鎰)을 사람마다 상으로 준다.

대장은 사인(使人)으로 하여금 수비하는 곳을 순찰하게 하되 긴 밤에는 다섯 번 순행하고 짧은 밤에는 세 번 순행한다. 사방의 관 리들도 역시 모두 스스로 그들 산하의 수비하는 곳을 순찰하되 대 장의 순찰과 같이한다. 명령에 따르지 않는 자는 벤다.

諸男子有守於城上者, 什六[1]弩四兵, 丁女[2]子老少人一矛.
제 남자 유 수 어 성 상 자　십 륙 노 사 병　정 녀 자 로 소 인 일 모

卒[3]有驚[4]事, 中軍疾擊鼓者三, 城上道路, 里中巷街, 皆
졸 유 경 사　중 군 질 격 고 자 삼　성 상 도 로　이 중 항 가　개

無得行. 行者, 斬.
무 득 행　행 자 참

女子到大軍, 令行者, 男子行左, 女子行右, 無並行, 皆
여 자 도 대 군　영 행 자　남 자 행 좌　여 자 행 우　무 병 행　개

就其守. 不從令者, 斬. 離守者, 三日而一徇[5]. 而所以備
취 기 수　부 종 령 자 참　이 수 자　삼 일 이 일 순　이 소 이 비

姦[6]也.
간 야

里舌[7]與皆守[8], 宿里門. 吏[9]行其部, 至里門, 舌與開門,
이 정 여 개 수　숙 리 문　이 행 기 부　지 리 문　정 여 개 문

內吏[9]. 與行父老之守, 及窮巷幽閒, 無人之處. 姦民之所
내 리　여 행 부 로 지 수　급 궁 항 유 한　무 인 지 처　간 민 지 소

謀爲外心, 罪車裂. 舌與父老, 及吏主部者, 不得皆斬, 得
모 위 외 심　죄 거 렬　정 여 부 로　급 리 주 부 자　부 득 개 참　득

之除, 又賞之黃金人二鎰[10].
지 제　우 상 지 황 금 인 이 일

大將使使人[11]行守, 長夜五循行, 短夜三循行. 四面之
대 장 사 사 인　행 수　장 야 오 순 행　단 야 삼 순 행　사 면 지

吏, 亦皆自行其守, 如大將之行. 不從令者, 斬.
리　역개자행기수　여대장지행　부종령자　참

1 什六(십륙)−10분의 6, 따라서 아래 사(四)는 10분의 4.　**2** 丁女(정녀)−장정 여자. 튼튼한 젊은 여자.　**3** 卒(졸)−졸지, 갑자기.　**4** 驚(경)−경(警)과 통하여, 적이 공격해 올 때의 경보를 뜻한다.　**5** 徇(순)−사람을 죽인 뒤 시체를 사람들에게 전시하는 것. 그 앞의 이일(而一)은 잘못 첨가된 것인 듯(『墨子閒詁』).　**6** 姦(간)−간사함. 주로 적의 간첩활동 같은 것을 가리킨다.　**7** 里正(이정)−이장(里長). 4부(部)로 한 마을을 나눈 한 부의 우두머리임.　**8** 皆守(개수)−유수자(有守者)의 잘못인 듯(孫詒讓 說).　**9** 吏(이)−성 안의 마을들을 8부(部)로 나누었는데, 그 부의 책임자가 되는 관리.　**10** 鎰(일)−무게의 단위. 24량이 1일(鎰)임.　**11** 使人(사인)−신인(信人)이라고도 하며 대장 밑에서 수비를 점검하는 역할을 한다.

적의 공격에 대비하는 여러 가지 성 안의 규칙을 설명하고 있다.

7 모든 취사장에는 반드시 문을 만들어 달고 굴뚝은 높이어 지붕 위로 네 자 올라가게 하며 조심하여 절대로 회재(火災)가 나는 일이 없도록 한다. 화재를 낸 자는 벤다. 화재를 기화로 삼아서 일을 어지럽히는 자들은 수레에 몸을 매어 찢어 죽인다. 같은 5인조(組)에서 불을 낸 자를 찾아내지 못하여도 목을 벤다. 찾아내면 처벌을 면한다. 불을 끄는 사람들은 절대로 떠들어서는 안 된다. 또 자기가 수비하는 곳을 떠나 마을을 혼란케 하면서 불을 끈 자도 벤다.

그곳의 이장(里長)과 그곳을 지키는 늙은이들과 그 부(部)의 관리들은 모두 불을 끄는 일을 할 수 있다. 그 부의 관리는 급히 사람을 내어 대장을 뵙고 보고케 하면 대장은 신인(信人)으로 하여금 부하들을 거느리고 불을 끄게 한다. 그 부의 관리가 실수로 보고하지 않으면 목을 벤다. 모든 사형 죄에 해당하는 여자들과 불을 나게 한 죄를 진 자들은 모두 체포하는 데 실수가 없도록 하여야 한다. 그 화재를 기화로 일을 어지럽히는 자들은 법에 따라 처벌한다. 포위당한 성에서 금하는 명령은 매우 엄격하다.

諸竈必爲屛[1], 火突[2]高, 出屋四尺, 愼無敢失火. 失火者,
제 조 필 위 병   화 돌 고   출 옥 사 척   신 무 감 실 화   실 화 자

斬. 其端失火以爲亂事者, 車裂. 伍人[3]不得, 斬. 得之,
참   기 단 실 화 이 위 란 사 자   거 렬   오 인 부 득   참   득 지

除[4]. 救火者無敢讙譁[5]. 及離守絕[6]巷救火者, 斬.
제   구 화 자 무 감 환 화   급 리 수 절 항 구 화 자   참

其舌及父老有守此巷中部吏, 皆得救之. 部吏區令人謁
기 정 급 부 로 유 수 차 항 중 부 리   개 득 구 지   부 리 극 령 인 알

之大將, 大將使信人[7], 將左右救之. 部吏失不言者, 斬.
지 대 장   대 장 사 신 인   장 좌 우 구 지   부 리 실 불 언 자   참

諸女子有死罪, 及坐失火, 皆無有所失逮[8]. 其以火爲亂事
제 여 자 유 사 죄   급 좌 실 화   개 무 유 소 실 체   기 이 화 위 란 사

者, 如法. 圍城之重禁.
자   여 법   위 성 지 중 금

1 屛(병)-가리개. 가리는 문. 2 火突(화돌)-연통. 굴뚝. 3 伍人(오인)-옛날엔 보통 열 집, 또는 다섯 집을 한 조(組)로 편성하였다. 여기서는 한 조의 모든 사람들을 가리킨다. 4 除(제)-처벌을 면제받음. 5 讙譁(훤화)-시끄럽게 떠들다. 6 絕(절)-난(亂)과 통하여, '어지럽히는 것'. 7 信人(신인)-앞에 나온 사인(使人)과 같은 관리로 대장의 부관(副官) 역할을 했던 것 같다. 8 逮(체)-체포하는 것.

전시 성 안의 화재 단속 방법을 얘기하고 있다. 적이 공격해 왔을 때 화재가 난다는 것은 아군에게 중대한 사태를 초래할 것이기 때문에 엄히 단속하였을 것이다.

8 적군이 갑자기 공격해 오면 관리와 백성들에게 엄한 명령을 내리어 감히 법석을 떨거나, 셋이 모여 있거나, 둘이 나란히 다니거나, 서로 바라보며 앉아서 울거나, 눈물을 흘리지 못하도록 한다. 만약 손을 들어 올리거나, 서로 손을 잡거나, 서로 손가락질을 하거나, 서로 손을 흔들거나, 서로 발을 구르거나, 서로 물건을 던지거나, 서로 치거나, 서로 몸이나 옷을 부비거나, 서로 말다툼을 하거나, 명령이 없는데도 적의 움직이는 것을 보고 움직이는 자가 발견되면 목을 벤다. 같은 무리의 사람들이 그런 것을 발견 못하면 모두 목을 베며, 그런 짓을 발견한 사람은 베이는 것을 면한다.

敵人卒而至, 嚴令吏民, 無敢讙囂¹, 三最², 並行³, 相視
적 인 졸 이 지   엄 령 리 민   무 감 환 효   삼 최   병 행   상 시

坐泣流涕. 若視舉手, 相探⁴, 相指, 相呼, 相麾⁵, 相踵⁶,
좌 읍 류 체   약 시 거 수   상 탐   상 지   상 호   상 휘   상 종

相投, 相擊, 相靡⁷, 以身及衣, 訟䮤⁸言語, 及非令也, 而
상 투   상 격   상 미   이 신 급 의   송 박 언 어   급 비 령 야   이

視敵動移者, 斬. 伍人不得⁹, 斬, 得之, 除¹⁰.
시 적 동 이 자   참   오 인 부 득   참   득 지   제

1 讙囂(환효)-법석을 떨다, 시끄럽게 굴다. 2 三最(삼최)- '최' 는 취(聚)와

통하여(王引之 說), 세 사람이 모이는 것. **3** 並行(병행)−두 사람이 나란히 걷는 것. **4** 相探(상탐)−서로 손을 잡고 만지는 것. **5** 相麾(상휘)−서로 손을 휘두르다, 서로 손짓하다. **6** 相踵(상종)−서로 발을 구르는 것. **7** 相靡(상미)−서로 부비다, 서로 스치다. **8** 訟駮(송박)−서로 말씨름을 하는 것. **9** 得(득)−영을 어기는 자들을 발견해 내는 것. **10** 除(제)−연좌(連坐)로 모든 대원이 처형당하는 것을 면제하는 것.

　적군이 갑자기 공격해 왔을 적에 성에서 성을 방위하는 태세를 갖추는 방법을 설명하고 있다.

9 　5인조(組) 중의 한 사람이 성을 넘어 적에게 항복할 때 5인조 대원이 그를 붙들지 못하면 대원의 목을 모두 벤다. 백인조(百人組)에서 적에게 항복하는 자가 있으면 백장(百長)을 벤다. 백장까지 끼어 적에게 항복하면 그가 소속되어 있는 편의 대장을 벤다. 적에게 항복하는 자의 부모처자와 같은 어머니에게서 난 형제들은 모두 수레에 몸을 매어 찢어 죽이되, 남보다 먼저 이 사실을 발각한 사람만은 처형을 면제한다.

　적이 공격해 오는 길목에서 적이 두려워 자기 위치를 떠나는 자는 벤다. 그가 속해 있는 5인조가 그를 붙들지 못하면 모두의 목을 벤다. 그를 붙들면 함께 받는 벌을 면한다. 날래게 싸워서 적을 길목에서 물리쳐 적이 물러나 끝내 다시 공격하지 못하게 되면, 가장 날래게 싸운 사람을 한 부대에서 두 사람 골라 많은 상을 내린다. 그리고 적의 포위망을 물리치면 성의 둘레가 1리(里) 이상일 때에는 그 성의 장수에게 30리(里) 사방의 땅을 떼어 주고 관내후(關內

侯)에 봉한다. 그를 보좌한 대장들과 현령(縣令)에겐 상경(上卿)의 벼슬을 내린다. 승(丞)과 승에 해당하는 관리들에게는 오대부(五大夫)의 벼슬을 내린다. 굳건히 지키는 계책에 참여한 관리나 호걸들과 사인(士人) 및 오관(五官)에 해당하는 성 위의 관리들에게는 모두 관용(官用) 수레를 내린다. 수비를 담당했던 남자들에겐 사람마다 2급(級)의 벼슬을 더해 준다. 수비를 담당했던 여자들에게는 5천 전(錢)의 돈을 내린다. 일정한 수비를 담당하지 않고 일한 모든 남녀 노소들에게는 사람마다 1천 전(錢)의 돈을 나누어 준다. 그리고 3년 동안 세금과 부역을 면제해 주어서 그동안은 세금과는 전혀 상관이 없게 된다. 이것은 관리와 백성들에게 견고히 수비를 하여 포위망을 쳐부술 것을 권장하는 방법인 것이다.

伍人踰城歸敵[1], 伍人不得, 斬. 與伯[2]歸敵, 隊吏[3]斬. 與
오인유성귀적　　　오인부득　　참　여백귀적　대리참　여

吏歸敵, 隊將[4]斬. 歸敵者, 父母妻子同産, 皆車裂, 先覺[5]
리귀적　대장참　귀적자　부모처자동산　개거렬　선각

之, 除.
지　제

當術[6], 需[7]敵離地[8], 斬. 伍人不得, 斬. 得之, 除. 其疾斲,
당술　수적리지　참　오인부득　참　득지　제　기질착

却敵於術, 敵下終不能復, 上疾鬪[9]者, 隊二人賜上奉[10]. 而
각적어술　적하종불능부　상질투자　대이인사상봉　이

勝圍, 城周里以上, 封城將三十里地, 爲關內侯[11]. 輔將[12]如
승위　성주리이상　봉성장삼십리지　위관내후　보장여

令[13], 賜上卿[14]. 丞[15]及吏比於丞者, 賜爵五大夫[16]. 官吏豪
령　사상경　승　급리비어승자　사작오대부　관리호

傑與計堅守者, 士人及城上吏比五官[17]者, 皆賜公乘[18]. 男
걸여계견수자　사인급성상리비오관자　개사공승　남

子有守者, 爵人二級. 女子, 賜錢五千. 男女老小, 無分守
자유수자　작인이급　여자　사전오천　남녀로소　무분수

者, 人賜錢千. 復[19]之三歲, 無有所與租稅. 此所以勸吏民
자　인사전천　복지삼세　무유소여조세　차소이권리민

堅守勝圍也.
견수승위야

1 歸敵(귀적)－적에게 항복하는 것, 적에게 귀순하는 것. **2** 伯(백)－백 명(『墨子閒詁』). **3** 隊吏(대리)－곧 앞에 나온 백장(百長). **4** 隊將(대장)－사방 사문(四門)에 있는 대장(大將). **5** 覺(각)－발각하는 것. **6** 術(술)－길. 여기선 적이 공격해 오는 길목. **7** 需(수)－유(儒)와 통하여, 겁을 내는 것. **8** 離地(이지)－자기의 지키던 위치를 떠나는 것. **9** 疾鬪(질투)－날래게 싸우다. 용감히 싸우다. **10** 上奉(상봉)－봉(奉)은 봉(俸)과 통하여, '상급의 녹봉(祿俸)'. 많은 상. **11** 關內侯(관내후)－옛날 작위(爵位)의 일종. 관내후는 경사에 머물면서 일정한 자기의 나라나 고을이 없는 게 특징이다. **12** 輔將(보장)－보좌한 장수. 앞에 나온 사방의 사문(四門)에 있는 장수들. **13** 令(령)－옛날 벼슬 이름. 현령(縣令) 같은 것. **14** 上卿(상경)－옛날엔 경(卿) 벼슬에 상·중·하의 세 등급이 있었고, 진한(秦漢)대에 와서는 구경(九卿)이 생겼다. **15** 丞(승)－옛날 벼슬 이름. 영(令) 바로 아래 지위였다. **16** 五大夫(오대부)－대부 중에서도 상위에 속하며, 대부는 경(卿)과 사(士)의 중간 위치였다. **17** 五官(오관)－옛날의 벼슬 이름. 주로 숙위(宿衛)를 담당하는 무관(武官)이었다. **18** 公乘(공승)－공용(公用)의 수레. 요즘 말로는 관용차(官用車)와 같다. **19** 復(복)－세금과 부역을 면제시켜 주는 것.

여기에선 전쟁을 앞두고 적에게 항복하는 자들에 대한 군령(軍令)을 설명한 뒤, 적을 성공적으로 물리치거나 적의 포위를 분쇄해 버린 사람들에게 내리는 상에 대하여 설명하고 있다. 지금 볼 적에는 형벌이나 시상이 모두 너무 지나친듯한 느낌이 있지만 옛날 전쟁에서는 어쩔 수 없는 일이었을 것이다.

10 관리와 졸병으로 성의 대문 가운데를 지키는 자들은 한 조(組)가 두 명을 넘지 말아야 한다. 용감한 자들을 앞줄에 내세우되 5명 단위로 앉아있게 하며, 각자가 자기 좌우와 앞뒤

의 실정을 잘 알도록 한다. 멋대로 부서를 떠나는 자는 사형이다.

문위(門尉)는 낮 동안 세 번 이들을 살펴보고, 저녁에 북이 울려 문을 닫은 뒤에도 다시 한 번 살펴본다. 성을 지키는 장수는 때때로 사람을 보내어 이들을 조사하도록 하며, 부서로부터 도망친 자의 명단을 올리도록 한다. 저녁밥은 모두 자기 부서에서 먹어야지 밖에 나가 먹으면 안된다. 성을 지키는 장수는 반드시 조심하여, 가까이서 일하는 알자(謁者)·근위병·중연(中涓) 및 앞에서 시중하는 여자들의 마음가짐과 얼굴빛 및 명령을 따르는 태도와 말씨의 실상을 자세히 살피어야 한다. 음식이 올라왔을 적에는 반드시 사람들에게 먼저 맛보도록 한다. 만약 실상이 그릇되었다면 잡아다가 그 까닭을 심문해야 한다. 성을 지키는 장수에게 불만이 있는 듯하면, 알자·근위병·중연 및 앞에서 시중하는 여자들에게 장수가 '이걸 잘라라!', '저걸 찔러라!', 또는 '이걸 묶어라!' 하고 여러 가지 명령을 내린다. 명령을 따르지 않거나 묶는 게 느린 자들은 모두 목을 자른다. 반드시 때때로 평소에 경계하도록 하여 놓아야 한다.

성의 여러 문 앞에 아침저녁으로 서 있거나 앉아있는 자들은 각각 나이가 많고 적은 데 따라 차례를 정하여 아침저녁으로 자기 위치로 나아가도록 한다. 공로가 있거나 능력이 있는 자들은 먼저 대우하고, 그 나머지 사람들은 차례대로 서 있게 한다. 하루에 다섯 번 순찰을 하여, 놀며 장난치거나 근무태도가 바르지 않고 남을 업신여기는 짓을 잘하는 자들 이름을 위에 보고 한다.

吏卒侍大門中者, 曹[1]無過二人. 勇敢爲前行, 伍坐[2], 令
이 졸 시 대 문 중 자   조 무 과 이 인   용 감 위 전 항   오 좌   영

各知其左右前後. 擅離署, 戮.
각 지 기 좌 우 전 후   천 리 서   육

門尉³晝三閱⁴之, 莫鼓⁵擊門閉, 一閱. 守時令人參之⁶, 上
문 위 주 삼 열 지　모 고 격 문 폐　일 열　수 시 령 인 참 지　　상

逋⁷者名. 鋪食⁸皆於署, 不得外食. 守必謹微察視, 謁者⁹,
포 자 명　포 식 개 어 서　부 득 외 식　수 필 근 미 찰 시　알 자

執盾¹⁰, 中涓¹¹, 及婦人侍前者, 志意顏色, 使令言語之請¹².
집 순　중 연　급 부 인 시 전 자　지 의 안 색　사 령 언 어 지 청

及上飮食, 必令人嘗. 皆非請也, 擊而請故¹³. 守有所不說¹⁴,
급 상 음 식　필 령 인 상　개 비 청 야　격 이 청 고　수 유 소 불 열

謁者, 執盾, 中涓, 及婦人侍前者, 守曰斷之! 衝之! 若縛
알 자　집 순　중 연　급 부 인 시 전 자　수 왈 단 지　충 지　약 박

之! 不如令, 及後縛者, 皆斷. 必時素誡¹⁵之.
지　불 여 령　급 후 박 자　개 단　필 시 소 계 지

諸門下, 朝夕立若坐, 各令以年少長相次, 旦夕就位. 先
제 문 하　조 석 립 약 좌　각 령 이 년 소 장 상 차　단 석 취 위　선

佑¹⁶有功有能, 其餘皆以次立. 五日官¹⁷, 各上喜戲¹⁸, 居處
우 유 공 유 능　기 여 개 이 차 립　오 일 관　각 상 희 희　거 처

不莊¹⁹, 好侵侮人者一²⁰.
부 장　호 침 모 인 자 일

---

1 曹(조)－무리. 조(組). **2** 伍坐(오좌)－5명이 한 조(組)를 이루어 앉아있는
것. **3** 門尉(문위)－성의 문 수비를 맡은 장교. **4** 閱(열)－살피다, 검열하다.
5 莫鼓(모고)－저녁에 시각을 알리는 북. **6** 參之(참지)－그들을 살피고 조사
하는 것. **7** 逋(포)－달아나다. 자기 부서를 이탈하는 것. **8** 鋪食(포식)－'포'
는 포(餔)와 통하여, 저녁밥(畢沅 說). **9** 謁者(알자)－성을 지키는 장수가 다른
사람들을 만나는 것을 주선하는 관리. **10** 執盾(집순)－장수를 가까이서 호
위하는 사람. 근위병(近衛兵). **11** 中涓(중연)－장수 옆에서 찾아온 사람들을
대접하는 임무를 맡은 관리. **12** 請(청)－정(情)과 통하여(蘇時學 說), 실정, 실
상. **13** 擊而請故(격이청고)－계이힐고(繫而詰故)의 잘못(『墨子閒詁』). 묶어 잡
아다가 그 까닭을 심문하는 것. **14** 不說(불열)－기뻐하지 않다, 좋아하지 않
다. **15** 時素誡(시소계)－때때로 평소부터 경계토록 하는 것. **16** 佑(우)－우
대하는 것. **17** 五日官(오일관)－일오열지(日五閱之)의 잘못(『墨子閒詁』). 하루
에 다섯 번씩 시찰하는 것. **18** 喜戲(희희)－희희(嬉戲). 놀며 장난치다. **19**
居處不莊(거처부장)－몸가짐이나 근무태도가 엄정(嚴正)하지 않은 것. **20** 侵
侮人者一(침모인자일)－'일'은 명(名)의 잘못(『墨子閒詁』). 남을 업신여기고 모
욕하는 자의 이름을 보고하는 것.

계속 성을 적의 침공으로부터 수비할 적의 군졸들을 다스리는 법을 설명하고 있다. 여기에는 특히 성의 수비 책임자인 최고 장수의 역할을 자세히 설명하고 있다.

11 밖으로부터 사자(使者)로 온 여러 인사들은 반드시 부절(符節)을 들고 있어야 한다. 성을 나가 돌보거나 현(縣)을 둘러볼 필요가 있을 적에는 반드시 믿을만한 사람을 내보내어야만 하고, 먼저 묵을 곳을 알아놓아야 한다. 그곳에서 나와 마중을 하면 성을 지키는 장수에게 보고를 하고 묵을 곳으로 들어간다. 남의 부하가 된 사람은 언제나 윗분의 뜻을 살피며 따라다녀야만 한다. 윗분을 따르되 아랫사람들을 따르지는 않는 법이며, 반드시 ○○를 기다리며 따라야만 한다. 밖에서 손으로 온 졸개들은 주인을 위해서도 지켜주며 수위 역할을 담당하여야 하고, 주인 측에서도 손으로 온 졸개들을 지켜주어야 한다.

성 안을 지키는 병졸들은 그들의 고을이 혹 적에게 함락되는 경우에 신중히 대비해야 하며 자주 그들의 부서를 살펴보아야 한다. 같은 고을 사람들은 함께 같은 부서를 지키지 않도록 한다. 섬돌과 문을 지키는 관리들은 부절(符節)을 만들어, 부절이 맞는 사람들은 들여보내어 위로를 받을 수 있게 하고, 부절이 맞지 않으면 체포하여 성을 지키는 장수에게 보고하는데, 성 위로 오는 자가 의복이나 기타의 것들이 명령과 같지 않아도 그렇게 한다.

숙위(宿衛)를 하는 북은 성의 장수가 있는 대문 안에 있다. 저녁에 말을 타고 사자(使者)로 나가는 사람은 부절을 들게 하며, 성문을 닫는 사람은 모두 벼슬이 있는 사람으로 한다. 저녁 북이 열 번 울리면 여러 문과 정자는 모두 문을 닫으며, 길을 다니는 자는 처형한다. 다니는 자는 반드시 잡아서 다니는 까닭을 심문하고 그의 죄를 묻는다. 아침이 되면 큰북을 울리어 다니는 것을 허락하게 된다. 여러 성문 관리자들은 각각 들어가 열쇠를 받아가지고 와서 문을 열고, 연 다음에는 바로 다시 열쇠를 반납한다. 부절이 있는 사람만은 이 군령(軍令)을 따르지 않아도 된다.

諸人士外使者¹來, 必令有以執將². 出而還若行縣³, 必
제인사외사자래　필령유이집장　　출이환약행현　　필

使信人, 先戒舍室⁴. 乃出迎, 門守⁵乃入舍. 爲人下者, 常
사신인　선계사실　　내출영　문수내입사　위인하자　상

司上之⁶, 隨而行. 松上⁷不隨下, 必須○○隨⁸. 客卒守主
사상지　수이행　송상불수하　필수○○수　객졸수주

人, 及以爲守衛, 主人亦守客卒.
인　급이위수위　주인역수객졸

城中戍卒, 其邑或以下寇⁹, 謹備之, 數錄¹⁰其署. 同邑
성중수졸　기읍혹이하구　근비지　삭록기서　동읍

者, 弗令共所守. 與階門吏, 爲符, 符合入勞, 符不合牧守
자　불령공소수　여계문리　위부　부합입로　부부합목수

言¹¹, 若城上者¹², 衣服, 他不如令者.
언　약성상자　의복　타불여령자

宿鼓在守大門中. 莫¹³令騎若使者, 操節, 閉城者, 皆以
숙고재수대문중　모령기약사자　조절　폐성자　개이

執麛¹⁴. 昏鼓鼓十, 諸門亭皆閉之, 行者斷. 必擊問¹⁵行故,
집참　혼고고십　제문정개폐지　행자단　필격문행고

乃行其罪. 晨見掌文鼓¹⁶, 縱行者. 諸城門吏, 各入請籥¹⁷,
내행기죄　신견장문고　종행자　제성문리　각입청약

開門, 已輒復上籥. 有符節, 不用此令.
개문　이첩복상약　유부절　불용차령

---

1 外使者(외사자)―밖에서 온 사자(使者). 2 執將(집장)―부절(符節)을 들다. '장'은 기장(旗章)으로, 신분을 표시하는 부절이나 같은 것(『墨子閒詁』). 3 還若行縣(환약행현)―밖의 성의 관할지들을 순시하거나 붙어있는 현(縣)을 둘러

보는 것. **4** 戒舍室(계사실)―가서 묵을 곳을 먼저 알아 놓는 것. **5** 門守(문수)―'문'은 문(聞)의 잘못(『墨子閒詁』). 성의 장수에게 보고하는 것. **6** 司上之(사상지)―사상지(伺上志)의 잘못(王引之 說). 윗분의 뜻을 엿보다. **7** 松上(송상)―'송'은 종(從)의 뜻(王引之 說). 윗분을 따르다. **8** ○○隨(○○수)―아마도 윗분의 명령을 따른다는 뜻일 것이다. **9** 下寇(하구)―적에게 함락되는 것. **10** 數錄(삭록)―자주 순찰하는 것. **11** 牧守言(목수언)―'목'은 수(收)의 잘못(蘇時學 說). 체포하여 성의 장수에게 보고하는 것. **12** 若城上者(약성상자)―약상성자(若上城者)가 옳음(吳鈔本, 茅本). **13** 莫(모)―저녁. 모(暮). **14** 執羹(집참)―'참'은 규(圭)의 뜻, 따라서 '규를 들고 있는 사람'이란 '벼슬을 하는 사람'을 뜻한다. **15** 撃問(격문)―'격'은 계(繫)의 잘못(『墨子閒詁』). 체포하여 심문하는 것. **16** 文鼓(문고)―분고(賁鼓). 큰북. **17** 籥(약)―문의 열쇠.

밖으로부터 성으로 온 손님, 성으로부터 밖으로 나간 경우의 대비책을 설명하고, 다시 성문을 관리하는 방법을 설명하고 있다.

12 적군이 공격해 오면 누각의 북을 다섯 번 울리고, 주변의 북과 여러 작은 북도 이에 따라서 울린다. 작은 북이 다섯 번 울려도 군의 소집에 뒤지는 자는 처단(處斷)한다. 명령은 반드시 매우 두려워해야만 하고, 상은 반드시 매우 이롭게 여겨야만 한다. 명령은 반드시 시행되어야 하며, 명령이 내려지면 바로 사람들은 명령을 따라 그들이 행할 것과 행해서는 안될 것을 알아야만 한다.

암호(暗號)는 저녁에 쓰는 암호가 따로 있는데, 암호를 모르는 자는 처단한다. 수비를 위한 규정(規程)을 마련하고, 무슨 규정이라는 표제를 붙이어 모든 거리며 골목과 계단이나 문에 써 붙여놓아

왕래하는 자들이 모두 보고 따르게 하여야 한다.

　여러 관리나 병졸과 백성 중에 그의 장수나 우두머리를 죽이거나 상해하려 한 자는 반역죄(反逆罪)나 같이 다룬다. 그런 자를 잡아 고발한 사람에게는 황금 20근(斤)을 상으로 준다. 그가 맡은 직책에서 벗어나 멋대로 물건을 취하는 자는 엄히 처벌한다. 만약 그가 다스려야 할 일이 아닌데도 멋대로 일을 다스리는 자는 처단한다.

　여러 관리나 병졸과 백성 중에 그에게 할당된 장소가 아닌데도 멋대로 다른 장소로 들어가는 자는 바로 체포하여 도사공(都司空)이나 후(候)에게 인도하면, 후는 그것을 성의 장수에게 보고한다. 이들을 체포하지 않고 멋대로 놓아줄 경우에는 처단한다. 모반(謀反)을 하거나 성의 규칙을 배반하여 성을 넘어 적에게로 가는 자를 한 명 체포하였을 경우에는, 명령으로 2명의 사형죄를 면제시킬 수가 있고, 성에서 중노동형(重勞動刑)을 받은 자 4명의 죄를 면제시켜 줄 수가 있다. 성을 배반하고 자기 부모도 버리고 도망하는 자는, 도망하는 자의 부모처자까지도 모두 체포한다.

　민가에 있는 재목이나 기와와 던질만한 돌들의 수와 그 길고 짧은 것 및 크고 작은 것을 모두 기록하여 전부 수합하여야 한다. 수합하지 않을 경우에는 일을 맡은 관리가 죄를 짓게 되는 것이다. 여러 병졸과 백성으로 성 위에 있는 사람들은 그의 좌우 사람들과 책임을 함께 진다. 좌우 사람들에게 죄가 있는데도 알지 못했다면 그가 소속된 5명까지 같은 죄를 지는 것이다. 만약 그 자신이 죄인을 체포하거나 혹은 그를 관리에게 고발했다면 모두 상을 받는다. 만약 자기의 5인조(組)가 아니고 다른 5인조의 죄를 먼저 알았다면, 그가 받는 상이 모두 두 배가 된다.

寇至，樓鼓五，有[1]周鼓[2]，雜小鼓乃應之．小鼓五，後從
구지　누고오　유주고　잡소고내응지　소고오　후종

軍[3]斷．命必足畏，賞必足利．令必行，令出，輒人隨省其
군단　명필족외　상필족리　영필행　영출　첩인수성기

可行不行[4]．
가행불행

號，夕有號，失號斷．爲守備程[5]，而署之曰某程，置署街
호　석유호　실호단　위수비정　이서지왈모정　치서가

街衢[6]階若門，令往來者，皆視而放[7]．
가구　계약문　영왕래자　개시이방

諸吏卒民，有謀殺傷其將長者，與謀反同罪．有能捕告，
제리졸민　유모살상기장장자　여모반동죄　유능포고

賜黃金二十斤．謹罪[8]非其分職[9]，而擅取之．若非其所當
사황금이십근　근죄비기분직　이천취지　약비기소당

治，而擅[10]治爲之，斷．
치　이천치위지　단

諸吏卒民，非其部界，而擅入他部界[11]，輒收，以屬都司
제리졸민　비기부계　이천입타부계　첩수　이촉도사

空[12]若候[13]，候以聞守．不收而擅縱之，斷．能捕得謀反，
공　약후　후이문수　불수이천종지　단　능포득모반

賣城，踰城敵[14]者一人，以令爲除死罪二人，城旦[15]四人．
매성　유성적　자일인　이령위제사죄이인　성단　사인

反城，事父母[16]去者，去者之父母妻子，悉擧．
반성　사부모　거자　거자지부모처자　실거

民室材木，瓦若藺石[17]數，署長短小大，當擧．不擧，吏
민실재목　와약린석　수　서장단소대　당거　불거　이

有罪．諸卒民居城上者，各葆[18]其左右．左右有罪，而不智
유죄　제졸민거성상자　각보기좌우　좌우유죄　이부지

也，其次伍有罪．若能身捕罪人，若告之吏，皆構[19]之．若
야　기차오유죄　약능신포죄인　약고지리　개구지　약

非伍，而先知他伍之罪，皆倍其構賞．
비오　이선지타오지죄　개배기구상

1 有(유)－우(又)와 통함．2 周鼓(주고)－주변에 있는 북，성 둘레의 북．3 後
從軍(후종군)－종군에 뒤지다．군의 소집에 늦게 나타나다．4 可行不行(가행
불행)－'可'는 잘못 붙은 글자(『墨子閒詁』)．5 備程(비정)－규정(規程)을 갖추
어 놓다．6 街街衢(가가구)－길거리와 골목．'街' 한 글자는 잘못되어 중복되
었음(蘇時學 說)．7 放(방)－방(倣)．따르다(蘇時學 說)．8 謹罪(근죄)－삼가 죄

를 묻다. 엄히 처벌하는 것. **9** 分職(분직) - 맡은 직책. **10** 擅(천) - 멋대로 하는 것. **11** 部界(부계) - 부서가 있는 장소. 할당된 장소. **12** 都司空(도사공) - 물과 죄인을 관장하는 관리(『漢書』如淳 注). **13** 候(후) - 낮은 관리 이름. **14** 城敵(성적) - 중간에 귀(歸)자가 빠졌음(畢沅 說). **15** 城旦(성단) - 아침부터 성의 일을 하는 중노동형을 받은 자(『漢書』惠帝紀 應劭 注). **16** 事父母(사부모) - '사'는 기(棄)의 잘못(『墨子閒詁』). **17** 藺石(린석) - 성에서 아래로 던지는 돌. **18** 葆(보) - 연대책임(連帶責任)을 지는 것. **19** 構(구) - 구(購)와 통하여, 상을 주는 것(蘇時學 說).

계속 적이 공격해 왔을 적에 군의 명령과 암호(暗號)를 사용하는 법, 성 안의 관리들 및 병졸과 백성을 관장하는 법 등을 설명하고 있다. 전쟁 때에 지키는 규율이 매우 엄하다.

13 성 밖의 일은 현령(縣令)이 책임지고, 성 안의 일은 성의 장수가 책임진다. 영(令)·승(丞)·위(尉)는 도망자가 있을 적에는 거기에 인원을 충당시켜야 한다. 그러나 도망자가 10명 이상이 되면, 영·승·위의 계급을 각각 2급(級)씩 뺏어서 낮춘다. 그러나 백 명 이상이 될 경우에는 영·승·위는 계급을 뺏기고 병졸이 되어 성을 수비한다. 여러 도망 인원을 충당시킴에 있어서는 반드시 적을 그 수만큼 포로로 잡아야만 용서를 받을 수가 있다.

백성들의 재물과 곡식을 거두어서 여러 가지 무기나 기구와 바꾸려 할 적에는 공평하게 값을 지불해야 한다. 고을 사람 중에 잘 아는 사람이나 형제 중에 죄를 지은 자가 있어, 비록 그가 현 안에 있지 않더라도 그의 죄를 대속(代贖)하기 위하여 곡식이나 돈 또는 비단 같은 여러 가지 재물을 내고 죄를 면하게 하고자 할 적에는 그것을 허락한다.

　말을 전하는 자는 10보(步)마다 1명씩 둔다. 말을 남겨두거나 덜 전하는 자는 처단한다. 여러 가지 군사상 편리할 수 있는 일은 재빨리 글로 적어 그 말을 성의 장수에게 전하여야 한다. 관리나 병졸 또는 백성 중에 어떤 일에 대하여 말하고자 하는 것이 있다면, 재빨리 말을 전하여 청원(請願)하여야 한다. 관리가 말을 남겨두고 여러 가지를 전하지 않을 적에는 처단한다.

城外令任, 城內守任. 令丞尉[1], 亡得入當. 滿十人以上,
성외령임　성내수임　영승위　　망득입당　만십인이상

令丞尉奪爵[2]各二級. 百人以上, 令丞尉免以卒戍. 諸取當
영승위탈작각이급　　백인이상　　영승위면이졸수　제취당

者, 必取寇虜, 乃聽之[3].
자　필취구로　내청지

募民欲財物粟米, 以貿易凡器[4]者, 卒以賈子[5]. 邑人知識[6]
모민욕재물속미　이무역범기　자　졸이가여　　읍인지식

昆弟有罪, 雖不在縣中, 而欲爲贖, 若以粟米錢金布帛他
곤제유죄　수부재현중　이욕위속　약이속미전금포백타

財物, 免出者, 令許之.
재물　면출자　영허지

傳言者, 十步一人. 稽留[7]言及乏傳者, 斷. 諸可以便事[8]
전언자　십보일인　계류언급핍전자　단　제가이편사

者, 亟以疏[9]傳言守. 吏卒民欲言事者, 亟爲傳言請之. 吏
자　극이소전언수　이졸민욕언사자　극위전언청지　이

稽留不言諸者, 斷.
계류불언제자　단

1 令丞尉(영승위)－각각 성을 지키는 군대 중에서 부대장급의 장교들임. **2** 奪爵(탈작)－벼슬을 뺏다, 계급을 낮추는 것. **3** 聽之(청지)－책임을 면케 해 주다, 죄를 용서받다. **4** 凡器(범기)－여러 가지 무기와 기구(器具). **5** 卒以賈子(졸이가여)－이평가여(以平賈子)의 잘못(『墨子閒詁』), 공정한 값을 따져 주다. **6** 知識(지식)－잘 아는 사람, 친지(親知). **7** 稽留(계류)－머물러 두는 것.

8 便事(편사)-군사(軍事)에 편리한 것. **9** 疏(소)-글로 적는 것.

성 안팎의 일에 대한 책임문제, 도망자에 대한 책임문제, 백성들의 재물을 이용하는 법 등에 대하여 설명하고 있다.

14 현에서는 각각 그 현 가운데의 호걸(豪傑)이나 모사(謀士) · 벼슬을 그만둔 대부(大夫) · 부자의 수가 얼마나 있는가 보고한다. 관청이나 성 아래 관리나 병졸 또는 백성들의 집은 앞뒤와 좌우의 집이 서로 연락하며 화재를 예방한다. 불을 일으켜 자기 집을 태우거나 불이 옮겨가 남의 집을 태우게 되면 그를 처단한다.

수가 많고 강한 자들이 약하고 수가 적은 사람들을 못살게 굴거나 남의 부녀자들을 억지로 욕보이거나 소동을 일으키는 자들은 모두 처단한다. 여러 성문이나 정자에서는 왕래하는 사람들의 부신(符信)을 엄밀히 살피어야 한다. 부절이나 증명서가 의심스럽거나 부절이 없는 자라면 모두 현령(縣令)의 관청으로 보내어 그를 누가 보내었는가 심문하도록 한다. 그들 중 부절이나 증명서가 있는 사람들은 관청으로 보내어 잘 머물도록 하고, 그들의 친지나 형제들 중 만나고자 하는 사람이 있을 경우에는 불러주되, 마을에 가서 만나지는 못하게 한다.

고을의 장로(長老)에게 마을 문을 지키게 하고, 숫돌과 화살을 손질하며 거답(渠答)도 만들게 한다. 만약 다른 일로 징발된 자라면 마을 안으로 들어갈 수가 없다. 장로는 민가에 들어가지 못한다.

마을에 명령을 전하는 자는 새 깃으로 표지를 삼는데, 그 새 깃은 장로가 있는 곳에 둔다. 집에 있는 사람들은 각각 명령을 그의 집 안에 전하는데, 명령을 잊어버리거나 명령을 버려둔 채 전하지 않으면 처단한다. 집을 지키고 있는 자들이 음식을 장만한다. 관리나 병졸 또는 백성으로 부절도 없이 멋대로 마을이나 관청으로 들어가는 자를 소리쳐 멈추게 하지 못하면 모두 처단한다.

여러 가지 수비에 필요한 기구나 재물들을 훔치거나 그 도둑질을 도운 자들은 1전(錢) 이상의 값이 나가는 경우에는 모두 처단한다. 관리와 병졸과 백성들은 각자 그의 이름을 나무판에 크게 써서 각기 자기 부서의 문 앞에 붙인다. 성의 장수는 써 붙인 이름을 보고서 멋대로 들어온 자를 가려내어 처단한다. 성 위에서는 하루에 한 번씩 깐 자리를 들어 올려 서로 살펴보도록 한다. 사람들에게 말하지 않고 금하는 물건을 감추어둔 것이 있다면 그를 처단한다.

縣各上其縣中豪傑, 若謀士, 居大夫¹, 重厚², 口數多少.
현각상기현중호걸 약모사 거대부 중후 구수다소

官府城下, 吏卒民家, 前後左右, 相傳保火³. 火發自燔,
관부성하 이졸민가 전후좌우 상전보화 화발자번

燔曼延⁴燔人, 斷.
번만연번인 단

諸以衆彊凌⁵弱少, 及彊奸⁶人婦女, 以讙譁⁷者, 皆斷. 諸
제이중강릉약소 급강간인부녀 이환화자 개단 제

城門若亭, 謹候視⁸往來行者符. 符傳⁹疑, 若無符, 皆詣縣
성문약정 근후시왕래행자부 부전의 약무부 개예현

廷言, 請問其所使. 其有符傳者, 善舍官府. 其有知識兄
정언 청문기소사 기유부전자 선사관부 기유지식형

弟, 欲見之, 爲召, 勿令里巷中.
제 욕견지 위소 물령리항중

三老¹⁰守閭¹¹, 令屬繕夫¹², 爲荅¹³. 若他以事者微者¹⁴,
삼로 수려 영려선부 위답 약타이사자미자

不得入里中. 三老不得入家人¹⁵. 傳令里中, 有以¹⁶羽, 羽
부득입리중 삼로부득입가인 전령리중 유이우 우

在三所差[17]. 家人各令其官中[18], 失令, 若稽留令者, 斷.
재삼소차　　　가인각령기관중　　　실령　　약계류령자　　단

家有守者, 治食. 吏卒民無符節, 而擅入里巷官府, 吏三
가유수자　치식　이졸민무부절　　이천입리항관부　　이삼

老守閭者, 失苛止[19], 皆斷.
로수려자　실가지　　개단

諸盜守器械財物, 及相盜[20]者, 直一錢[21]以上, 皆斷. 吏
제도수기계재물　　급상도　자　치일전　이상　　개단　　이

卒民各自大書於傑[22], 著之其署同[23]. 守案其署, 擅入者,
졸민각자대서어걸　　저지기서동　　수안기서　　천입자

斷. 城上日壹發席蓐[24], 令相錯發. 有匿不言, 人所挾藏在
단　성상일일발석욕　　　영상착발　유닉불언　인소협장재

禁中者, 斷.
금중자　단

---

1 居大夫(거대부)-벼슬을 그만두고 집에 와 있는 대부. 2 重厚(중후)-부유한 사람(畢沅 說). 3 相傳保火(상전보화)-서로 협력하여 화재를 예방하는 것. 4 燔曼延(번만연)-불이 다른 곳까지 옮겨가는 것. 5 凌(릉)-깔보다. 못살게 굴다. 6 彊奸(강간)-억지로 욕을 보이는 것. 7 讙譁(환화)-시끄럽게 소동을 피우는 것. 8 謹候視(근후시)-엄격히 살펴보는 것. 9 符傳(부전)-부신(符信)과 증명서. 10 三老(삼로)-고을의 장로(長老). 마을마다 한 사람 있었다. 11 閭(려)-마을 문. 12 令厲繕夫(영려선부)-영선려시(令繕厲矢)의 잘못(『墨子閒詁』). 숫돌과 화살을 손질하게 하다. 13 荅(답)-거답(渠荅). 성을 수비하는 데 쓰는 물건들을 저장해 두는 곳. 14 若他以事者微者(약타이사자미자)-약이타사징자(若以他事徵者)의 잘못(蘇時學 說). 만약 다른 일로 징발된 자라면. 15 家人(가인)-인가(人家)의 잘못(『墨子閒詁』). 16 有以(유이)-'유'는 자(者)의 잘못(蘇時學 說). 17 三所差(삼소차)-삼로소(三老所)의 잘못(『墨子閒詁』). 장로가 있는 곳. 18 官中(관중)-궁중(宮中)의 잘못(『墨子閒詁』). 그의 집안. 19 苛止(가지)-가지(訶止)의 잘못(畢沅 說). 소리쳐 멈추게 하는 것. 20 相盜(상도)-도둑질을 돕는 것. 21 直一錢(치일전)-1전의 값. 22 傑(걸)-걸(桀). 나무로 만든 액자 같은 것. 23 署同(서동)-'동'은 문(門)의 잘못. 그의 부서 문. 24 發席蓐(발석욕)-깔아놓은 자리를 들어올리다.

여기서도 성 밖의 현이나 마을 사람들과 협력하여 성을 수비하는 여러 가지 방법을 해설하고 있다. 특히 마을의 화재예방 방법과 장로(長老)에 의한 마을 문 수비에 대한 설명이 가장 자세하다.

15 관리나 병졸 및 백성들로 전사한 자가 있으면 바로 그 유가족을 불러 차사공(次司空)에게 그를 장사지내주도록 하되 앉아서 울지는 못하게 한다. 심한 부상을 당한 자는 돌아가 병을 치료하며 집에서 잘 보양하도록 한다. 의원을 보내주고 약도 대주며, 하루에 두 되(升)의 술과 두 근(斤)의 고기를 보내준다. 관리로 하여금 자주 마을로 가서, 병이 나은 것이 발견되면 즉시 가서 윗사람을 섬기도록 한다. 거짓으로 자해(自害)를 하거나 꾀병으로 일을 회피하려는 자는 삼족(三族)을 멸한다. 전쟁이 끝나면 성의 장수는 관리를 보내어 직접 전사하거나 부상한 사람의 집을 찾아가서 방문하여 그들을 위문토록 한다. 적이 물러가고 전쟁이 끝나면 다시 제사를 지내도록 한다.

성의 장수는 명령을 내리어 고을의 힘써 싸운 호걸들과 여러 공을 세운 사람들에게 상을 내리고, 반드시 전사하고 부상당한 사람들의 집을 친히 찾아가 그들을 조문(弔問)하고 위로해야 하며, 몸소 전사한 사람들의 후손을 만나보아야 한다. 성의 포위가 풀리면, 성의 장수는 속히 사자를 보내어 가서 위로를 하여야 한다. 공을 세운 사람과 전사자와 부상자의 수를 따져 작위(爵位)와 벼슬을 내린다. 성의 장수는 직접 그들을 존중하고 아껴주며 분명히 받들어 주어 그들로 하여금 원한이 적에 대하여 맺어지도록 만들어야 한다.

吏卒民死者, 輒召其人¹, 與次司空²葬之, 勿令得坐泣.
이졸민사자　첩소기인　여차사공장지　물령득좌읍

傷甚者, 令歸治病, 家善養. 予醫給藥, 賜酒日二升, 肉二
상심자　영귀치병　가선양　여의급약　사주일이승　육이

斤. 令吏數行閭, 視病有瘳³, 輒造⁴事上. 詐爲自賊傷, 以
근　영리삭행려　시병유추　첩조사상　사위자적상　이

辟⁵事者, 族之⁶. 事已, 守使吏, 身行死傷家, 臨戶而悲哀
피사자　족지　사이　수사리　신행사상가　임호이비애

之. 寇去事已⁷, 塞禱⁸.
지　구거사이　새도

守以令, 益⁹邑中豪傑力鬪, 諸有功者, 必身行死傷者家,
수이령　익읍중호걸력투　제유공자　필신행사상자가

以弔哀之, 身見死事之後. 城圍罷, 主亟發使者往勞. 擧
이조애지　신견사사지후　성위파　주극발사자왕로　거

有功及死傷者數, 使爵祿. 守身尊寵¹⁰明白貴之, 令其怨結
유공급사상자수　사작록　수신존총　명백귀지　영기원결

於敵.
어적

1 其人(기인)－그들의 유족. 2 次司空(차사공)－앞에 보인 도사공(都司空) 바로 밑의 벼슬. 3 瘳(추)－병이 낫는 것. 4 造(조)－이르다, 가다. 5 辟(피)－피(避)하는 것. 6 族之(족지)－그의 삼족(三族)을 멸하는 것. 7 事已(사이)－일이 끝나다, 전쟁이 끝나다. 8 塞禱(새도)－'새'는 새(賽)와 통하여, 제사를 지내는 것. 푸닥거리를 하는 것. 9 益(익)－상을 주는 것. 10 尊寵(존총)－존중해 주고 위해 주는 것.

　　여기서는 주로 전사자와 부상자들의 처리문제를 얘기하고 있다.

16 성 위의 병졸과 관리는 각각 그의 좌우 사람들과 연대책임을 진다. 만약 성에서 밖의 사람들과 모의를 하는 자가 있으면 그의 부모와 처자와 형제들까지도 모두 처단한다. 좌우에 있으면서 알고도 체포하거나 고발하지 않은 자는 모두 같은 죄로 처벌한다. 성 아래 마을 집의 사람들도 모두 서로 연대책임을 지는데, 연대 범위는 성 위의 숫자와 같다. 그런 자를 체포하거나 고발한 사람이 있으면 그에게 1천 호(戶)의 고을을 봉(封)해 준다. 만약 그의 이웃사람도 아닌 다른 부서의 사람을 체포하거나 고발하는 사람이 있으면 그에게 2천 호의 고을을 봉해 준다.

城上卒若吏, 各保¹其左右. 若欲以城爲外謀者, 父母妻
성 상 졸 약 리 가 보 기 좌 우 약 욕 이 성 위 외 모 자 부 모 처

子同産², 皆斷. 左右知不捕告, 皆與同罪. 城下里中, 家
자 동 산 개 단 좌 우 지 불 포 고 개 여 동 죄 성 하 리 중 가

人皆相葆, 若城上之數. 有能捕告之者, 封之以千家之邑.
인 개 상 보 약 성 상 지 수 유 능 포 고 지 자 봉 지 이 천 가 지 읍

若非其左右, 及他伍捕告者, 封之二千家之邑.
약 비 기 좌 우 급 타 오 포 고 자 봉 지 이 천 가 지 읍

1 保(보) – 연대책임(連帶責任)을 지는 것, 뒤의 보(葆)와 같은 뜻임. 2 同産(동산) – 같은 집에 태어난 사람, 곧 형제들.

성 안 사람들과 성 밖 사람들의 연대책임(連帶責任) 문제에 대하여 얘기한 대목이다.

17 성에서는 관리나 졸병이나 백성들이 멋대로 내려가는 것을 금한다. 적의 휘장(徽章)이나 깃발을 본뜨는 자는 처단

한다. 명령을 따르지 않는 자는 처단한다. 멋대로 그릇된 명령을 내리는 자는 처단한다. 명령을 잘 못 지키는 자는 처단한다. 창에 의지하여 성 위에서 벽에 매달려 내려 뛰거나, 성을 오르내림에 있어서 여러 사람들과 행동을 같이하지 않는 자는 처단한다. 응답을 하지 않고 멋대로 소리 지르는 자는 처단한다. 죄인을 놓치는 자는 처단한다. 적을 칭찬하며 우리 편을 비방하는 자는 처단한다. 자기 부서를 떠나서 여럿이 모여 얘기하는 자는 처단한다. 성에서 북소리가 울리는 것을 듣고도 자기 무리에 뒤져서 자기 부서로 올라가는 자는 처단한다.

사람들은 스스로 나무판에 크게 부서명을 써서 자기 부서 칸막이에 붙인다. 장수는 스스로 앞뒤를 헤아리어 부서를 배치하고, 자기 부서가 아닌데도 함부로 들어가는 자는 처단한다. 자기 부서 근처를 떠나 남의 부서 근처로 들어가도 잡지 않거나 사사로운 편지를 끼고 다니면서 청탁을 하거나 편지를 써 보내거나, 수비하는 일은 집어치고서 사사로운 집안일을 돌보거나, 졸병이나 백성들이 도둑질을 하면 집안사람들과 어린아이들까지도 용서 없이 처단한다.

어떤 사람이 천거한 것을 근거로 하여 부절(符節)도 없이 군대 안을 멋대로 돌아다니는 자는 처단한다. 적이 성 아래에 와 있을 때 적의 숫자에 따라 그 부서를 바꾸면서도 그들의 보급품은 바꾸지 않거나, 적의 숫자가 적은데도 숫자가 많다고 하거나, 적이 혼란한데도 잘 다스려져 있다고 하거나, 적의 공격이 졸렬한데도 교묘하다고 하는 자는 처단한다.

적과 아군은 서로 말을 건네거나 물건을 서로 빌려도 안 된다. 적이 편지를 달아 활로 쏘아 보내면 그것을 주워서는 안 된다. 밖에서 적이 안의 아군에게 착한 체하더라도 거기에 응해서는 안 된다. 이런 군령(軍令)에 따르지 않는 자들은 모두 처단한다. 화살에 편지를 달아 쏘아 보내와도 주워서는 안 되도록 금하여야 하며, 만약 편지를 화살에 매어 적에게 쏘는 군령을 범한 자가 있으면 부모 처자까지도 모두 처단하며, 성 위에 그들의 시체를 전시해 둔다.

그러한 짓을 하는 자를 잡아서 고해바치는 사람에게는 황금 20 근(斤)을 상으로 내린다. 비상시(非常時)인데도 다닐 수 있는 사람은 오직 장수〔太守〕와 그 장수의 부절을 갖고 다니는 사자(使者)뿐이다.

城禁吏卒民不[1]. 欲[2]寇微職[3]和旌[4]者, 斷. 不從令者, 斷.
擅[5]非出令者, 斷. 先令者, 斷. 倚戟縣下城[6], 上下不與衆
等者, 斷. 無應而妄讙呼[7]者, 斷. 縱失[8]者, 斷. 譽客內毀
者, 斷. 離署而聚語者, 斷. 聞城鼓聲而伍後上署者, 斷.

人自大書版[9], 著之其署隔[10]. 守必自謀其先後, 非其署
而妄入者, 斷. 離署左右, 共入他署左右不捕, 挾私書行
請謁[11], 及爲行書者, 釋守事而治和家事, 卒民相盜, 家室
嬰兒, 皆斷無赦.

人擧而藉[12]之, 無符節而橫行軍中者, 斷. 客在城下, 因
數易其署, 而無易其養[13], 譽敵少以爲衆, 亂以爲治, 敵攻
拙以爲巧者, 斷.

客主人無得相與言及相藉[14]. 客射以書, 無得擧. 外示內
以善, 無得應. 不從令者, 皆斷. 禁無得擧矢書, 若以書射
寇, 犯令者, 父母妻子皆斷, 身梟[15]城上.

有能捕告之者, 賞之黃金二十斤. 非時而行者, 唯守¹⁶及
유 능 포 고 지 자 상 지 황 금 이 십 근 비 시 이 행 자 유 수 급

摻¹⁷太守之節而使者.
삼 태 수 지 절 이 사 자

1 不(불)−하(下)의 잘못(『墨子閒詁』). 2 欲(욕)−효(效)의 잘못(『墨子閒詁』). 본
뜨다. 흉내내다. 3 微職(미직)−휘지(徽識)의 가차자(假借字)로서, 군인들의
휘장(徽章)(孫詒讓 說). 4 和旌(화정)−군문에 세워놓는 깃발(『周禮』大司馬職
鄭 注). 5 擅(천)−멋대로, 함부로. 6 倚戟縣下城(의극현하성)−계단을 통하지
않고 창에 의지하여 성벽에 매달려 뛰어내리는 것. 7 讙呼(환호)−시끄럽게
소리지르는 것. 8 縱失(종실)−죄인을 마음대로 놓아보내는 것. 보통 종(縱)
은 총(總)으로 되어 있으나 잘못인 듯하다(孫詒讓 說). 9 版(판)−부서를 밝히
는 간판. 10 隔(격)−부서 사이를 구분해 놓은 칸막이. 11 請謁(청알)−좋은
부서를 얻으려고 청탁을 하는 것. 12 藉(자)−의지하다. 자기를 천거해 준
사람의 권력을 배경(背景)으로 삼는 것. 13 養(양)−군대의 급양(給養). 보급
품(補給品). 14 相藉(상자)−물건을 서로 빌려 쓰는 것. 15 梟(효)−죄인의 목
을 잘라 매달아놓고 여러 사람들에게 보이는 것. 16 守(수)−성의 태수(太
守). 성의 최고 장수. 17 摻(삼)−갖고 있는 것.

　　여기서는 여러 가지 군령(軍令)에 대한 설명을 자세히 하고 있
다. 민심을 통일하기 위하여는 이와 같은 엄한 군령이 필요했을 것
이다.

18 성의 장수가 들어와 성을 지키는 임무를 진행함에 있어
서, 반드시 부로(父老)나 관리와 대부(大夫)들에 대하여 자
세히 물어보고, 원한이나 원수관계가 있는데도 서로 풀지 않고 있
는 자들이 있다면 그들을 불러 그들을 분명히 화해시켜 준다. 성

의 장수는 직접 반드시 그 사람들을 가려내어 그들의 명단을 만들고 그들을 다른 사람들로부터 고립시켜야 한다. 사사로운 원한 때문에 성이나 관리들이 하는 일을 해치는 자가 있다면, 부모처자까지도 모두 처단한다.

성을 밖의 사람들과 모의하여 배반하려는 자는 삼족(三族)을 멸한다. 그런 자들을 체포하거나 고발하는 사람이 있다면 그가 지키고 있는 고을의 크기를 참작하여 그에게 땅을 봉해 주며, 성의 장수는 그에게 인장(印章)을 다시 주고 그를 존중하고 아끼며 벼슬을 주고 관리나 대부와 병졸 및 백성들로 하여금 모두가 그것을 명백히 알도록 한다.

호걸 중에 밖으로 제후들과 많은 교제가 있는 사람들은 늘 그들을 초청하여 위에서는 그에 대하여 잘 알도록 하고, 그가 사는 곳 관리들에게 잘 부탁하여 돌보게 하며, 위에서는 자주 음식을 보내주고, 멋대로 출입을 하지 못하도록 하며, 그의 집안사람을 인질(人質)로 잡아놓는다.

고을의 어른이나 부로(父老)와 호걸의 부모처자는 반드시 존중하고 아껴주어야 한다. 만약 가난해서 먹을 것이 부족하여 끼니를 제대로 잇지 못한다면 위에서는 그들에게 식량을 대주어야 한다. 그리고 용사들의 부모와 처자들에게는 늘 때때로 술과 고기를 보내주고, 반드시 그들을 공경하며 그들을 반드시 태수(太守)의 근처에 살게 해야 한다.

守入臨城[1], 必謹問父老吏大夫, 請有怨仇讐不相解者,
수 입 림 성　　필 근 문 부 로 리 대 부　　청 유 원 구 수 불 상 해 자

召其人, 明白爲之解之. 守必自異其人而藉[2]之, 孤之. 有
소 기 인　　명 백 위 지 해 지　　수 필 자 이 기 인 이 자　지　　고 지　　유

以私怨害城, 若吏事者, 父母妻子皆斷.
이 사 원 해 성　　약 리 사 자　　부 모 처 자 개 단

其以城爲外謀者, 三族. 有能得若捕告者, 以其所守邑
기 이 성 위 외 모 자   삼 족   유 능 득 약 포 고 자   이 기 소 수 읍

小大封之, 守還授³其印, 尊寵官之, 令吏大夫及卒民, 皆
소 대 봉 지   수 환 수 기 인   존 총 관 지   영 리 대 부 급 졸 민   개

明知之.
명 지 지

豪傑之外多交諸侯者, 常請之, 令上通知之, 善屬⁴之所
호 걸 지 외 다 교 제 후 자   상 청 지   영 상 통 지 지   선 촉 지 소

居之吏, 上數選具⁵之, 令無得擅出入, 連質⁶之.
거 지 리   상 삭 선 구 지   영 무 득 천 출 입   연 질 지

術鄉⁷長者父老, 豪傑之親戚父母⁸妻子, 必尊寵之. 若貧
술 향 장 자 부 로   호 걸 지 친 척 부 모 처 자   필 존 총 지   약 빈

人食⁹, 不能自給食者, 上食之. 及勇士父母親戚妻子, 皆
인 식   불 능 자 급 식 자   상 식 지   급 용 사 부 모 친 척 처 자   개

時酒肉, 必敬之, 舍之必近太守.
시 주 육   필 경 지   사 지 필 근 태 수

---

1 臨城(임성)－성의 방비에 임하는 것. 2 藉(자)－적(籍)과 통하여, 이름을 기
록하여 명단을 만드는 것. 3 還授(환수)－다시 주다. 4 善屬(선촉)－잘 부탁
하여 돌보아주도록 하다. 5 選具(선구)－‘선’은 찬(饌)과 통하여, ‘찬구’는
음식의 뜻(『墨子閒詁』). 6 連質(연질)－그들의 가족을 인질(人質)로 삼는 것.
7 術鄉(술향)－수향(遂鄉), 향촌(鄉村), 고을. 8 親戚父母(친척부모)－‘친척’이
부모의 뜻이므로, ‘부모’ 두 자는 후세 사람들이 보탠 것임(王引之 說). 두 곳
모두 그러함. 9 人食(인식)－핍식(乏食)의 잘못(『墨子閒詁』). 먹을 것이 모자라
는 것.

❧

성을 지키는 태수(太守)나 장수는 그 고을의 서로 원한이 있는
사람들을 따로 감시하고, 또 고을의 여러 유력자들과 그의 부모처
자들을 특별대우할 것을 강조하고 있다.

19 성의 장수의 망루(望樓)는 인질(人質)을 잡아둔 숙사를 내려다보며 주위를 잘 살필 수 있어야 하고, 반드시 망루를 진흙으로 빈틈없이 바름으로써, 아래에서는 위를 볼 수 없지만 위에서는 아래를 볼 수 있도록 하여, 아래에서는 위에 사람이 있는지 없는지를 알 수가 없게 한다. 성의 장수가 친히 천거한 관리들은 곧고 청렴하고 충성되고 신의가 있어야 하며, 아무런 해가 없이 일을 맡길 수 있는 자라야 한다. 그들이 먹고 마시는 고기와 술은 금하지 말 것이며, 돈이나 비단 재물 같은 것은 각자가 자기 것을 지키어 서로 도둑질을 하는 일이 없도록 한다.

인질들의 숙소 담은 반드시 세 겹으로 담을 두른다. 그곳을 지키는 자는 모든 담 위에 기왓장이나 질그릇 조각을 쌓아놓는다. 문에는 관리를 두어 여러 문의 여닫는 것을 관장하게 하며, 반드시 태수(太守)의 부절(符節)을 근거로 하여 근무한다. 인질들 숙소의 호위는 반드시 수비하는 병졸 중 착실한 자들을 골라야 한다. 관리 중에 충성되고 신의가 있는 자로 아무런 해도 없이 일을 책임질 만한 자들을 신중히 골라 호위병의 장교로 임명한다. 그들 스스로 10자(尺) 높이의 담을 쌓아 둘레를 담으로 두르게 한다. 이곳 대문과 작은 문을 관장하는 자에게 아울러 성 밖의 문까지도 호위케 한다.

기운을 살피는 자의 숙소는 반드시 태수의 거처와 가까워야 한다. 무당의 숙소는 반드시 공사(公社)와 가까운 곳이어야 하며, 반드시 신(神)을 공경히 모셔야 한다. 무(巫)와 축(祝)·사(史) 및 기운을 살피는 자는 반드시 좋은 말을 백성들에게 알려주고 실정을 위로 태수에게 보고한다. 태수는 다만 홀로 그 실정을 알고 있어야만 한다. 기운을 살피는 자가 망령되이 좋지 못한 말을 하여 백성들을 놀라고 두려워하게 해서는 안되며, 그런 자는 용서치 않고 처단한다.

守樓臨質宮[1]而善周[2], 必密塗樓, 令下無見上, 上見下,
수루림질궁 이선주 필밀도루 영하무견상 상견하

下無知上有人無人. 守之所親擧吏, 貞廉忠信, 無害可任
하무지상유인무인 수지소친거리 정렴충신 무해가임

事者. 其飮食酒肉勿禁, 錢金布帛財物. 各自守之, 愼勿
사자 기음식주육물금 전금포백재물 각자수지 신물

相盜.
상도

葆宮[3]之牆, 必三重牆之垣. 守者皆累瓦釜[4]牆上. 門有
보궁 지장 필삼중장지원 수자개루와부 장상 문유

吏, 主者門里[5]筦閉[6], 必須太守之節. 葆衛[7], 必取戌卒有
리 주자문리 관폐 필수태수지절 보위 필취수졸유

重厚者. 請擇[8]吏之忠信者, 無害可任事者, 令將衛[9]. 自築
중후자 청택 리지충신자 무해가임사자 영장위 자축

十尺之垣, 周還牆. 門閨者[10], 非令[11]衛司馬門[12].
십척지원 주환장 문규자 비령 위사마문

望氣者[13], 舍必近太守. 巫[14]舍, 必近公社[15], 必敬神之.
망기자 사필근태수 무 사 필근공사 필경신지

巫祝史與望氣者, 必以善言告民, 以請[16]上報守. 守獨知其
무축사여망기자 필이선언고민 이청 상보수 수독지기

請而已. 無與望氣, 妄爲不善言, 驚恐民, 斷弗赦.
청이이 무여망기 망위불선언 경공민 단불사

1 質宮(질궁)-인질(人質)을 잡아 가두어놓은 집. 인질들 숙사. 2 善周(선주)-주위를 잘 살필 수 있는 것. 3 葆宮(보궁)-질궁(質宮). 인질들의 숙소. 4 累瓦釜(루와부)-담을 넘어 도망칠 때 소리가 나라고 이것들을 엎어놓는 것이다(蘇時學 說). '부'는 도(塗)로 된 판본도 있으니, '기왓장과 질그릇 조각을 쌓아놓는 것'일 것이다. 5 主者門里(주자문리)-'자'는 제(諸)와 통하고, '리'는 지(之)의 잘못. 따라서 '여러 문의 …을 주관하다'의 뜻. 6 筦閉(관폐)-관폐(關閉). 문을 여닫는 것. 7 葆衛(보위)-보궁(葆宮)의 호위. 8 請擇(청택)-'청'은 근(謹)의 잘못(『墨子閒詁』). 신중히 선택하는 것. 9 將衛(장위)-호위하는 자들의 장교. 10 門閨者(문규자)-보궁(葆宮)의 대문과 작은 문을 관장하는 사람. 11 非令(비령)-'비'는 병(幷)의 잘못(『墨子閒詁』). 아울

러 …하게 하다. **12** 司馬門(사마문)－성 밖 시설물들에 달려있는 문. **13** 望
氣者(망기자)－기운을 살피는 자. 자연의 기운을 살피어 전쟁의 결과를 예측
하였다. **14** 巫(무)－무당. 축(祝)·사(史)와 함께 신에게 제사도 지내고, 전쟁
의 길흉도 미리 점을 쳐 알기 위하여 옛날에는 군대에 이런 사람들을 데리고
다녔다. **15** 公社(공사)－그 고을의 토지신(土地神)을 제사지내는 사당. **16**
以請(이청)－이정(以情). 실정을.

여기에서는 인질(人質)의 관리와 군의 구성요원으로서는 독특한
망기자(望氣者) 및 무(巫)·축(祝)·사(史)의 역할을 설명하고 있다.

20 식량의 부족을 헤아리어 백성들로 하여금 각자 자기 집
에 있는 곡식의 수량을 적어 바치게 하되 그 기간을 정한
다. 장부에 올리는 것은 관리들과 잡된 재물이다. 기일이 다하여
도 숨겨놓고 보고하지 않거나 보고한 게 확실하지 않으면 관리나
군사로 하여금 자세한 내용을 조사케 한 뒤 모두 처단한다. 그런
자들을 잡아 고하는 자가 있으면 그 10분의 3을 내려준다.

 곡식이나 무명과 비단과 돈과 금을 거둬들이고 재물이나 가축
을 내주고 들여놓고 할 적에는 모두 그 값을 공평히 매겨서 증권
(證券)을 주관하는 사람이 그것을 써서 준다. 일이 끝난 다음에는
모두 각각 그 값에 따라 그것을 배상한다. 또 그 값의 많고 적은
것에 따라 벼슬을 내리기도 한다. 그 대가로 관리가 되고자 하는
사람은 허락한다. 관리가 되기를 바라지 않고 상이나 벼슬과 봉급
을 받으려 하거나 일가나 가까운 사람 중의 죄인을 대속(代贖)하려
하면 법령에 의거하여 허락한다.

度食不足, 令民各自占¹家五種²石升³數. 爲期, 其在蕚
도식부족 영민각자점 가오종 석승 수 위기 기재순

害⁴, 吏與雜訾⁵. 期盡, 匿不占, 占不悉, 令吏卒微得⁶, 皆
해 이여잡자 기진 익불점 점불실 영리졸미득 개

斷. 有能捕告, 賜什三⁷.
단 유능포고 사십삼

收粟米布帛錢金, 出內⁸畜産, 皆爲平直⁹其賈¹⁰, 與主券
수속미포백전금 출내축산 개위평직기가 여주권

人¹¹書之. 事已, 皆各以其賈倍償之. 又用其賈貴賤多少賜
인 서지 사이 개각이기가배상지 우용기가귀천다소사

爵. 欲爲吏者, 許之. 其不欲爲吏, 而欲以受賜賞爵祿, 若
작 욕위리자 허지 기불욕위리 이욕이수사상작록 약

贖出親戚所知罪人者, 以令許之.
속출친척소지죄인자 이령허지

1 占(점)－자신이 물자의 많고 적음을 헤아리어 적는 것.　2 五種(오종)－오곡. 메기장·찰기장·콩·보리·벼(『周禮』 職方氏 鄭 注).　3 石升(석승)－곡식의 양을 헤아리는 단위.　4 蕚害(순해)－부자(簿者)의 잘못. '장부'를 뜻한다.　5 訾(자)－자(資)와 통하여, '재물'의 뜻. 이 구절은 뜻이 애매하여 억지로 번역하였다.　6 微得(미득)－자세한 내용을 조사하여 알아내는 것.　7 什三(십삼)－10분의 3.　8 出內(출내)－출납[共納].　9 直(직)－치(値)와 통하여, 값을 매기는 것.　10 賈(가)－가(價)와 통하여, '값'.　11 主券人(주권인)－증권(證券)을 주관하는 사람.

비상시에 성 안에서 백성들의 곡식이나 재물을 징발하는 방법을 얘기한 것이다. 재물을 많이 바친 대가로 관리도 될 수 있고 벼슬도 할 수 있으며 죄인을 대속시킬 수도 있다는 것은 많은 재물의 헌납을 권장하기 위한 방법이었을 것이다.

21 은사(恩賜)를 받은 사람은 인질들의 숙소에서 그의 친족을 만나서 함께 가게 한다. 다시 윗사람을 섬기고자 하는 사람이라면 누구나 그의 상으로 벼슬을 두 배로 높여준다.

어떤 현의, 어떤 마을, 어떤 사람의 집에는 식구가 2명인데, 쌓여있는 곡식 6백 섬[石]이 있다. 어떤 마을, 어떤 사람의 집에는 식구가 10명인데 곡식 백 섬이 쌓여있다. 이런 곡식을 내놓는 데에는 정해진 기일이 있어야 한다. 기일이 지나도 내놓지 않는 경우에는 조정에서 그것을 몰수한다. 그런 자를 체포하거나 고발하는 자에게는 상으로 그 10분의 3을 준다. 조심하여 백성들이 우리 성에서 곡식을 얼마나 갖고 있는가 알지 못하도록 하여야 한다.

其受構賞者[1], 令葆宮[2]見以與其親. 欲以復佐上者, 皆倍
其爵賞.

某縣某里某子家, 食口二人, 積粟六百石. 某里某子家,
食口十人, 積百石. 出粟米, 有期日. 過期不出者, 王公有
之. 有能得, 若告之, 賞之什三. 愼無令民知, 吾粟米多少.

1 受構賞者(수구상자) – 앞 절에 이어지는 글로서, 자기 공로의 대가로 인질로 잡혀있는 자기 친족을 대속(代贖)할 수 있는 은사(恩賜)를 받은 사람. **2** 葆宮 (보궁) – 인질들의 숙소.

공로의 대가로 인질로 잡혀있는 자기 친족을 대속(代贖)하는 경우의 설명에 이어, 성에 필요한 곡식을 민간에서 조달하는 방법을 설명한 대목이다.

22 성의 장수가 성으로 들어가면 먼저 간첩(間諜)의 일부터 착수한다. 간첩이 정해지면 바로 집을 주고 잘 대우하되, 우리의 방위 상황은 알지 못하도록 한다. 간첩은 따로 집을 정해 주고 그의 부모처자들도 모두 같은 집에 살도록 하며, 옷과 음식이며 술과 고기를 대주고, 신임하는 관리로 하여금 잘 대접하도록 한다. 간첩이 되돌아와서 보고를 마치면 쉬도록 한다.

성 장수의 집은 3중의 담으로 둘러싸고, 밖 둘레의 모퉁이에 망루(望樓)를 세우고, 안 둘레에도 망루를 세운다. 망루로부터 간첩 숙소로 들어가는데, 1장(丈) 5척(尺)의 복도(複道)를 통하도록 되어 있다. 간첩 숙소에는 방이 있어서는 안된다. 사흘에 한 번씩 자리를 걷어올리고 대강 살펴보아야 한다. 집안에는 띠풀을 깔아주는데, 두께가 3자 이상이어야 한다.

간첩을 보내는 데 있어서는 반드시 고을의 충성되고 신의가 있는 훌륭한 사람을 골라야 하며, 부모와 처자가 있을 경우에는 후하게 받들고 대우해 주어야 한다. 반드시 내보내는 간첩을 존중하여 그의 부모와 처자를 잘 부양해 주어야 한다. 그들의 집은 달리하여, 다른 직원들과 같은 곳에 있지 않도록 하고, 술과 고기 등을 대주어 먹을 수 있게 한다. 다른 간첩을 보내게 되더라도 그들에 대한 대우는 같아야 한다.

간첩이 돌아오면, 여러 사항을 참조하고 살피어 믿을 만하면 후한 상을 내린다. 간첩으로 세 번 보내어 세 번 다 믿을 만하다면 큰상을 내려준다. 상을 받지 않고 관리가 되고자 하면 그를 2백 섬

〔石〕의 봉급을 받는 관리에 임명하고, 성의 장수는 허리에 차는 인장(印章)을 수여한다. 그가 관리가 되기를 바라지 않고 상을 받고자 한다면, 모두 앞에서 말한 것처럼 해준다. 깊이 적국 도읍에까지 들어갔던 자를 심문해보아 내용이 믿을 만하다면 그에게 내리는 상은 일반 간첩의 2배가 된다. 그가 상을 받기 바라지 않고 관리가 되고자 한다면, 그를 3백 섬의 봉급을 받는 관리에 임명한다.

싸워서 적을 물리친 군사로서 상을 받는 사람에게는 성의 장수가 반드시 친히 그 사람의 부모가 있는 곳까지 상을 가지고 찾아가서, 그들에게 장수로서의 신임을 보여주어야 한다. 그 중에 다시 윗사람을 받들어 일하겠다는 사람이 있으면 그가 상으로 받는 벼슬과 죄인의 대속(代贖)은 2배가 된다.

守入城, 先以候¹爲始. 得輒宮養²之, 勿令知吾守衛之
수 입 성　선 이 후　위 시　득 첩 궁 양 지　물 령 지 오 수 위 지

備. 候者爲異宮³, 父母妻子, 皆同其宮, 賜衣食酒肉, 信
비　후 자 위 이 궁　부 모 처 자　개 동 기 궁　사 의 식 주 육　신

吏善待之. 候來若復, 就閒⁴.
리 선 대 지　후 래 약 복　취 한

守宮三難⁵, 外環隅爲之樓, 內環爲樓. 樓入葆宮⁶, 丈五
수 궁 삼 난　외 환 우 위 지 루　내 환 위 루　누 입 보 궁　장 오

尺, 爲復道⁷. 葆⁸不得有室. 三日一發席蓐⁹, 略視之. 布茅¹⁰
척　위 복 도　보 부 득 유 실　삼 일 일 발 석 욕　약 시 지　포 모

宮中, 厚三尺以上.
궁 중　후 삼 척 이 상

發候, 必使鄕邑忠信善重士, 有親戚妻子, 厚奉資¹¹之.
발 후　필 사 향 읍 충 신 선 중 사　유 친 척 처 자　후 봉 자 지

必重發候, 爲養其親若妻子. 爲異舍, 無與員同所, 給食
필 중 발 후　위 양 기 친 약 처 자　위 이 사　무 여 원 동 소　급 식

之酒肉. 遣他候, 奉資之如前.
지 주 육　견 타 후　봉 자 지 여 전

候反, 相參審信¹², 厚賜之. 候三發三信, 重賜之. 不欲
후 반　상 참 심 신　후 사 지　후 삼 발 삼 신　중 사 지　불 욕

受賜, 而欲爲吏, 許之二百石之吏, 守珮授之印¹³. 其不欲
수 사　이 욕 위 리　허 지 이 백 석 지 리　수 패 수 지 인　기 불 욕

爲吏, 而欲受構賞祿, 皆如前. 有能入深至主國[14]者, 問之
위 리　이욕수구상록　개여전　유능입심지주국　자 문지

審信, 賞之倍他候. 其不欲受賞, 而欲爲吏者, 許之三百
심신　상지배타후　기불욕수상　이욕위리자　허지삼백

石之吏.
석지리

扞士[15]受賞賜者, 守必身自致[16]之其親之其親之[17]所, 見
한사　수상사자　수필신자치　지기친지기친지　소 견

其見守之任. 其欲復以佐上者, 其構賞爵祿, 罪人[18]倍之.
기견수지임　기욕복이좌상자　기구상작록　죄인 배지

1 候(후)−척후(斥候). 간첩(間諜). 2 宮養(궁양)−집을 주고 잘 보양(保養)하는
것. 3 異宮(이궁)−다른 집에 살게 하다. 4 就閑(취한)−한가한 시간을 갖다,
쉬다. 5 三難(삼난)−'난'은 잡(雜)의 잘못. 잡(帀)과 통하여(『墨子閒詁』), 담을
세 겹으로 두르는 것. 6 葆宮(보궁)−인질(人質)들의 숙소, 여기서는 간첩과
그 가족들의 숙소. 7 復道(복도)−복도(複道). 위아래 이중(二重)으로 된 길.
8 葆(보)−보궁(葆宮). 9 席蓐(석욕)−깔아놓은 자리. 10 茅(모)−띠풀, 띠.
11 奉資(봉자)−받들어주고 물자를 대주는 것. 12 相參審信(상참심신)−여러
가지 것을 참고하고 살피어 믿게 되는 것. 13 珮授之印(패수지인)−허리에
차는 인장(印章)을 준다. 인장은 2백 석의 영지(領地) 관할자임을 증명하는 것
임. 14 主國(주국)−왕국(王國)의 도성(都城). 15 扞士(한사)−적을 싸워서 물
리친 용사. 공을 세운 간첩도 포함된다. 16 身自致(신자치)−몸소 자신이 상
을 가지고 찾아가는 것. 17 其親之(기친지)−잘못되어 중복되었음(蘇時學
說). 18 罪人(죄인)−위에 속출(贖出) 두 자가 빠졌음(『墨子閒詁』). 죄인을 대
속하는 것.

　　여기서는 성에서 간첩을 고르고 그들을 대우하는 방법 등을
설명하고 있다.

23 척후는 성을 나가 10리(里) 지나지 않는 높고 편리한 곳에 표지(標識)를 세운다. 그 표지는 3명이 지키도록 하며, 성과의 사이에 5개의 표지를 세우고, 성 위의 봉화(烽火)와 서로 연락하도록 한다. 낮에는 횃불을 올리고, 밤에는 불로 신호를 하여 적이 쳐들어오는 경로를 알린다. 적의 대형과 반드시 공격할 곳도 자세히 알게 된다. 작은 성으로 수비하지 않고 적을 통과시킬 곳을 따져서 정하고, 그곳의 노약자들과 곡식이나 가축도 모두 미리 확보하여 두도록 한다.

  병졸을 척후로 내보내는 수는 50명을 넘지 않도록 한다. 적이 성가퀴에 다다르면 이들을 철수시키는데 조심하여 지체하는 일이 없어야 한다. 척후의 무리들은 3백 명을 넘지 않아야 한다. 해가 지면 그들을 내보내되, 휘장이나 표식을 달아야 한다. 조용한 길이나 험준한 곳으로 사람이 왕래하는 곳에는 사람들의 왕래를 추적(追跡)케 하는데, 추적하는 자는 동리마다 3명 이하여서는 안된다. 새벽에 나가서 추적을 하고 각각 그곳에 표지를 세워놓으면, 성 위에서 거기에 대처를 한다. 척후가 나가서 성곽 밖의 표지를 넘어가면, 추적하는 자는 성곽 문밖에 앉아있으면서 성곽 안에 그의 표지를 세우고, 병졸들의 반은 성곽 문 안에 있게 함으로써 적이 병졸들이 많고 적은 것을 알 수가 없도록 한다. 적이 왔다는 경보(警報)가 있으면, 적이 성곽 밖의 표지를 넘어오는 것을 보고서 성 위에서는 깃발로 지휘를 하게 된다. 추적하는 자들은 앉아서 북을 두드리며 전쟁에 대비하고 깃발에 의한 지시를 따른다.

出候¹無過十里, 居高便所, 樹表². 表三人守之, 比至城
출 후　무 과 십 리　　거 고 편 소　　수 표　　표 삼 인 수 지　　비 지 성

者三表³, 與城上烽燧相望. 晝則擧烽, 夜則擧火, 聞寇所
자 삼 표　　여 성 상 봉 수 상 망　　주 즉 거 봉　　야 즉 거 화　　문 구 소

從來. 審知寇形必攻. 論小城不自守通者, 盡葆[4]其老弱,
<small>종래　심지구형필공　논소성부자수통자　진보기로약</small>

粟米畜産.
<small>속미축산</small>

遣卒候者, 無過五十人. 客至堞, 去之[5], 愼無厭建[6]. 候者
<small>견졸후자　무과오십인　객지첩　거지　신무염건　후자</small>

曹, 無過三百人. 日暮出之, 爲微職[7]. 空隊[8]要塞[9], 之人[10]
<small>조　무과삼백인　일모출지　위미직　공대요새　지인</small>

所往來者, 令可○[11], 迹者[12]無下里三人. 平而[13]迹, 各立其
<small>소왕래자　영가○　적자무하리삼인　평이적　각립기</small>

表, 城上應之. 候出越陳表[14], 遮[15]坐郭門之外, 內立其表,
<small>표　성상응지　후출월진표　차좌곽문지외　내립기표</small>

令卒之半居門內, 令其少多無可知也. 卽有驚[16], 見寇越陳
<small>영졸지반거문내　영기소다무가지야　즉유경　견구월진</small>

表, 城上以麾指之. 迹坐擊丘[17], 期以戰備, 從麾所指.
<small>표　성상이휘지지　적좌격정　기이전비　종휘소지</small>

1 候(후)－간첩이 아니라 척후(斥候). 간첩과 척후는 같은 용어를 썼다. 2 樹表(수표)－성에서도 바라보이는 표지(標識)를 세우는 것. 3 三表(삼표)－오표(五表)의 잘못(王引之 說). 4 盡葆(진보)－모든 것을 미리 확보해 두는 것. 5 去之(거지)－물러나게 하다. 척후들을 철수시키는 것. 6 厭建(염건)－엄체(淹逮)의 잘못. 엄체(淹滯). 지체(遲滯)의 뜻. 7 微職(미직)－휘치(徽幟)의 잘못(畢沅 說). 휘장(徽章)과 표식(標識). 8 空隊(공대)－공수(空隧). 조용한 골목길. 9 要塞(요새)－지형이 험난한 곳. 10 之人(지인)－인지(人之)의 잘못(蘇時學 說). 11 可○(가○)－가이적(可以迹)의 잘못인 듯(王引之 說). 다니는 사람들을 확인하는 것, 행인을 추적하는 것. 12 迹者(적자)－다니는 사람들을 추적하는 사람. 13 平而(평이)－중간에 명(明)자가 빠짐(王引之 說). 새벽에. 14 陳表(진표)－뒤 「잡수」편에 보이는 전표(田表), 곧 성곽(城郭) 밖에 세워놓은 표지. 15 遮(차)－앞에 보인 적자(迹者). 추적하는 사람. 16 驚(경)－경(警)과 통하여, 적이 공격해 오는 것을 알리는 경보(警報). 17 擊丘(격정)－격고(擊鼓)의 잘못(『墨子閒詁』). 추적자들의 초소(哨所)마다 북을 하나씩 준비해두고 있다.

여기서는 적의 동향을 미리 알기 위하여 척후(斥候)를 내보내

는 법을 설명하고, 다시 척후가 적의 동태를 알리기 위하여 표지를
세우는 법, 기타 행인과 적의 왕래를 추적할 사람들을 배치하는 법
등을 설명하고 있다.

24 적이 쳐들어오는 것을 발견하면 한 개의 깃발[郵表]을 올
린다. 적이 경계를 넘어 들어오면 두 개의 깃발을 올린
다. 외성[郭]에 가까이 오면 세 개의 깃발을 올린다. 외성을 넘어
들어오면 네 개의 깃발을 올린다. 성에 가까이 오면 다섯 개의 깃
발을 올린다. 밤에는 불로써 모두 이와 같이 한다.

외성으로부터 1백 보(步) 이내의 거리에 있는 담벽이나 나무들
은 크고 작고 간에 모두 베거나 허물어 버린다. 밖의 민가의 우물
은 모두 메워서 물을 퍼먹을 수 없도록 해놓는다. 바깥 민간의 방
들은 모두 부숴 버리고 나무는 모두 베어 버린다. 모든 성을 공격
할 수 있는 물건들은 모두 성 안으로 들여놓는다. 그 소유자들은
각각 기록으로 그 수량을 남겨놓게 하였다가 일이 끝난 다음에는
각각 그 기록에 따라 찾아가도록 한다. 관리는 이때 증권을 발행
하며 증권에 그 수량을 적어 넣는다. 길가의 재목들을 다 성 안으
로 들여올 수 없을 적에는 그것들을 태워 버린다. 적이 그런 것을
이용하도록 버려두어서는 안된다.

望見寇, 擧一垂[1]. 入境, 擧二垂. 狎[2]郭, 擧三垂. 入郭,
망 견 구   거 일 수   입 경   거 이 수   압 곽   거 삼 수   입 곽

擧四垂. 狎城, 擧五垂. 夜以火皆如此.
거 사 수   압 성   거 오 수   야 이 화 개 여 차

去郭[3]百步, 牆垣樹木, 小大盡伐除之. 外空井[4], 盡窒之,
거 곽 백 보   장 원 수 목   소 대 진 벌 제 지   외 공 정   진 질 지

無令可得汲也. 外空窒⁵, 盡發之, 木盡伐之. 諸可以攻城
무 령 가 득 급 야　　외 공 질　　진 발 지　　목 진 벌 지　　제 가 이 공 성

者, 盡內城中. 令其人各有以記之, 事已, 各以其記取之.
자　　진 내 성 중　　영 기 인 각 유 이 기 지　　사 이　　각 이 기 기 취 지

事爲⁶之券, 書其枚數. 當遂⁷材木, 不能盡內, 卽燒之. 無
사 위 지 권　　서 기 매 수　　당 수 재 목　　불 능 진 내　　즉 소 지　　무

令客得而用之.
령 객 득 이 용 지

1 垂(수)-우표(郵表)를 잘못 쓴 것으로(俞樾 說), 나무막대기 위에 끈 같은 것을
매달아 표식으로 쓴 것이다. 2 狎(압)-가까이 오는 것. 3 郭(곽)-외성(外城).
성 밖에 둘려 있는 성. 4 空井(공정)-'공'은 택(宅)의 잘못(王引之 說). 집과 우
물. 5 空室(공질)-택실(宅室)의 잘못(王引之 說). 민가의 방. 6 事爲(사위)-
'사'는 이(吏)의 잘못(蘇時學 說). 7 遂(수)-수(隧)와 통하여, '길', '도로'.

ᘒᘖᕽᕽᖰ

여기서도 적의 접근을 알리는 신호 방법과 적에 대비하는 여
러 가지 일들을 기록하고 있다.

25 사람들은 나무쪽에 자기 이름을 크게 써서 그의 부서 가
운데 붙여놓는다. 일을 책임진 관리가 그가 일할 곳을 벗
어나면 곧 지나친 짓을 벌하는 법에 따라 그의 죄는 철형(聅刑)에
해당한다. 뽐내는 얼굴빛을 하고 올바른 사람을 업신여기며, 함부
로 소란을 떨고 조용히 있지 않으며, 길을 막고 여러 사람들을 방
해하며, 할 일을 버리고 뒤늦게 나타나며, 때를 넘기고 나쁜 짓을
고발하지 않으면 그 죄는 철형이다. 소란을 피워 여러 사람들을
놀라게 하면 그 죄는 사형이다. 윗사람을 비난만 하고 바른말은
하지 않고, 임금을 비판하고 흉악한 말을 하면 그 죄도 사형이다.

감히 악기나 바둑 장기를 군대 안으로 들여와서는 안 되는데,
그걸 들여오면 그 죄는 철형이다. 책임자의 명령이 없으면 감히
수레를 달리게 하거나 사람을 다니게 할 수가 없는데, 그러는 자
가 있다면 그 죄는 철형이다. 감히 소나 말을 군부대 안에 흩어놓
아서는 안되는데, 그러는 자는 죄가 철형에 해당한다. 음식을 때
도 없이 마시고 먹으면 그 죄도 철형에 해당한다. 군부대 안에서
감히 노래를 하거나 곡을 하는 일이 없어야 하는데, 그런 자가 있
으면 그의 죄는 철형이다.

제각기 죄인은 체포하여 벌하도록 하고, 죄진 자는 모두 죽인
다. 책임자가 죄진 자를 보고도 처벌하지 않으면 같은 벌을 받게
된다. 만약 도망자가 있으면 역시 죽여 버린다. 장수들이 그의 부
하들을 싸우게 하는데 있어서 법에 어긋나는 자는 죽여 버린다.
여러 책임자들이 사졸(士卒)과 관리와 백성들을 군령(軍令)을 따르
게 하지 못한다면, 그 대신 죄를 져야 한다. 모든 사형은 저자에서
행하며, 죽은 자는 3일 동안 전시한다.

人自大書版[1], 著之其署忠[2]. 有司[3]出其所治, 則從淫之
인자대서판　　　저지기서충　　　유사 출기소치　　즉종음지

法[4], 其罪射[5]. 務色謾言[6], 淫囂[7]不靜, 當路尼衆[8], 舍事[9]後
법　기죄사　　무색만정　　음효부정　　당로니중　　사사후

就, 逾時不寧[10], 其罪射. 謹囂[11]駴衆[12], 其罪殺. 非上不
취　　유시불녕　　　기죄사　　환효 해중　　기죄살　　비상부

諫, 次主[13]凶言, 其罪殺.
간　차주 흉언　기죄살

無敢有樂器麑騏[14]軍中, 有則其罪射. 非有司之令, 無敢
무감유악기폐기 군중　유즉기죄사　　비유사지령　　무감

有車馳人趨, 有則其罪射. 無敢散牛馬軍中, 有則其罪射.
유거치인추　유즉기죄사　　무감산우마군중　　유즉기죄사

飲食不時, 其罪射. 無敢歌哭於軍中, 有則其罪射.
음식불시　기죄사　무감가곡어군중　　유즉기죄사

令各執罰¹⁵, 盡殺. 有司見有罪而不誅, 同罰. 若或逃之,
영각집벌　　　진살　유사견유죄이부주　동벌　약혹도지

亦殺. 凡將率¹⁶鬪其衆失法, 殺. 凡有司不使去卒¹⁷吏民聞
역살　범장솔　투기중실법　살　범유사불사거졸　이민문

誓令¹⁸, 代之服罪. 凡戮人於市, 死上目行¹⁹.
서령　　대지복죄　범륙인어불　사상목행

1 書版(서판)－나무판에 쓰는 것.　2 署忠(서충)－'충'은 중(中)의 잘못인 듯
(『墨子閒詁』). 그의 부서 가운데.　3 有司(유사)－책임자. 일을 책임진 관리.　4
從淫之法(종음지법)－멋대로 지나친 짓을 하는 것을 규제하는 법. '종'은 종
(縱)과 통함.　5 射(사)－활로 귀를 쏘아서 뚫는 것. 철형(耿刑).　6 務色謾㣺(무
색만정)－잘난 얼굴빛을 하고 올바른 사람을 업신여기는 것.　7 淫囂(음효)－
매우 소란을 떠는 것.　8 尼衆(니중)－여러 사람들을 막고 길을 못 가게 하는
것.　9 舍事(사사)－자기가 할 일을 버려두는 것.　10 不寧(불녕)－나쁜 짓을
고발하지 않는 것(『漢書』高帝紀 李斐 注).　11 讙囂(환효)－소란을 피다, 시끄
럽게 굴다.　12 駭衆(해중)－여러 사람들을 놀라게 하는 것.　13 次主(차주)－
'차'는 자(刺)의 잘못(『墨子閒詁』). 임금을 비판하는 것.　14 獘騏(폐기)－혁기
(奕綦)의 잘못(『墨子閒詁』). 장기와 바둑.　15 令各執罰(영각집벌)－제각각 체
포하여 벌하는 것.　16 將率(장솔)－장수(將帥).　17 去卒(거졸)－'거'는 사(士)
의 잘못(俞樾 說). 사졸.　18 誓令(서령)－군령(軍令). '서'는 전쟁을 앞두고 임
금이나 장수가 백성과 부하들에게 한 당부와 명령.　19 上目行(상목행)－삼일
순(三日徇)의 잘못인 듯(『墨子閒詁』). 시체를 사흘 동안 전시하는 것.

　　군령(軍令)을 어기는 자들에 대한 여러 가지 처벌문제를 설명
하고 있다. 활로 귀를 쏘아서 구멍을 뚫는 철형이 재미있다.

26　알자(謁者)는 대문〔閤門〕 밖에서 시중하는데, 두 곳의 초소
　　(哨所)를 마련하여 문을 끼고 앉아있으며, 저녁밥을 먹을

적에도 교대를 하여 비우는 일이 없어야 한다. 문 아래 알자들에게 한 명의 장(長)을 임명한다. 성의 장수는 자주 그를 들어오도록 하여 그들 중의 도망자를 살피며, 문위(門尉)와 그 관장(官長)을 독려한다. 도망자가 생기면 안으로 들어와 보고하게 한다.

4명은 대문을 끼고 안쪽에 앉아있고, 2명은 곁문(散門)을 끼고 문밖에 앉아있는다. 손님이 나타나면 무기를 들고 문 앞에 선다. 저녁밥을 먹을 때 교대할 적에는 근무하는 자의 이름을 보고한다.

성의 장수가 있는 건물 아래쪽의 높은 망루에서 망을 보는 사람은 수레를 타고 오는 사람이나 말을 타고 오는 사람 또는 길 저편에서 오는 사람이나 성 안의 이상한 사람이 발견되면 즉시 그것을 성의 장수에게 보고한다. 성의 장수는 성 위의 망을 보는 자나 성문을 지키는 자와 고을의 관리가 그런 일을 와서 보고하는 일이 있으면 그에 대하여 조사를 한다. 망루 아래 있는 사람이 망보는 사람의 말을 받아 그것을 성의 장수에게 보고하는 것이다.

중연(中涓) 두 사람은 곁문을 끼고 안쪽에 앉아있는데, 문은 언제나 닫혀있고, 저녁밥을 먹을 적에는 교대를 한다. 중연 중에도 한 명의 장(長)이 있다.

성 장수의 집을 두르고 있는 한길에는 갈래 길을 마련하고, 그 길의 양편에는 각각 담을 쌓아, 높이 1장(丈)의 성가퀴처럼 만드는데, 세워진 모양이 닭다리처럼 되어서는 안 된다. 병졸이 인질 숙소인 보궁(葆宮)을 양편에서 감시하도록 하며, 편지가 있을 적에는 반드시 조심해서 살피고 조사를 해야 한다. 만약 법에 어긋난 점이 있으면 잡아놓고 문초를 한다.

갈림길 담 밖의 한길 가에는 어디에나 누각을 세운다. 높은 곳에서 마을 속을 들여다보며, 누각에는 한 개의 북과 간이 취사장을 둔다. 사고가 생기면 곧 북을 울리는데, 관리가 오면 멈춘다.

밤에는 불로써 북을 울려야 했던 곳을 비추어 가리킨다.

성 밑에는 50보(葆)마다 한 곳의 변소를 마련하는데, 변소는 성 위의 오물처리장과 같이 쓴다. 죄를 졌지만 처벌하지 않아도 괜찮을 사람들을 불러다가 변소를 소제하게 하여 편리하게 쓸 수 있도록 한다.

謁者[1], 侍令門[2]外, 爲二曹[3], 夾門坐, 鋪食[4]更[5], 無空. 門
알자　시령문 외　위이조　협문좌　포식경　무공　문

下謁者, 一長. 守數令入中, 視其亡者, 以督門尉[6], 與其
하알자　일장　수삭령입중　시기망자　이독문위　여기

官長. 及亡者, 入中報.
관장　급망자　입중보

四人夾令門內坐, 二人夾散門[7]外坐. 客見, 持兵立前.
사인협령문내좌　이인협산문외좌　객견　지병립전

鋪食更, 上侍者名.
포식갱　상시자명

守室下高樓, 候者[8], 望見乘車若騎卒, 道外來者, 及城
수실하고루　후자　망견승거약기졸　도외래자　급성

中非常者, 輒言之守. 守以須城上候, 城門及邑吏, 來告
중비상자　첩언지수　수이수성상후　성문급읍리　내고

其事者, 以驗之[9]. 樓下人受候者言, 以報守.
기사자　이험지　누하인수후자언　이보수

中涓二人, 夾散門內坐, 門常閉, 鋪食更. 中涓[10]一長者.
중연이인　협산문내좌　문상폐　포식경　중연　일장자

環守宮之術衢[11], 置屯道[12], 各垣其兩旁, 高丈爲埤隗[13],
환수궁지술구　치둔도　각원기량방　고장위비예

立初[14]雞足置. 夾, 挾[15]視葆食[16], 而札書[17]得, 必謹案視參
입초　계족치　협　협시보식　이찰서 득　필근안시참

食[18]者. 節[19]不法, 正請[20]之.
식자　절불법　정청지

屯陳[21]垣外, 術衢街皆樓. 高臨里中, 樓一鼓聾竈[22]. 卽
둔진 원외　술구가개루　고림리중　누일고롱조　즉

有物故[23], 鼓, 吏至而止. 夜以火指鼓所.
유물고　고　이지이지　야이화지고소

城下五十步一厠[24], 厠與上同圂[25]. 請有罪過而可無斷者,
성하오십보일측　측여상동혼　청유죄과이가무단자

令杼²⁶廁利之.
영저　측리지

1 謁者(알자) — 태수(太守)나 성의 장수에게 찾아오는 사람들을 주선하고 안내하는 역할을 맡은 관리. 2 令門(영문) — 장수의 집 대문. 3 二曹(이조) — 두 곳의 초소(哨所). 4 鋪食(포식) — 저녁밥을 먹는 것(앞에 보임). 5 更(경) — 교대하는 것. 6 門尉(문위) — 문을 지키는 책임자(앞에 보임). 7 散門(산문) — 곁문, 옆문. 8 候者(후자) — 망루(望樓)에서 망을 보는 사람. 9 驗之(험지) — 그것을 참험(參驗)하다, 여러 가지로 조사하다. 10 中涓(중연) — 문서 전달을 맡은 관리(앞에 보임). 11 術衢(술구) — 한길. '술'은 노(路)의 뜻. 12 屯道(둔도) — 둔진(屯陳). 작은 갈래길. 13 埤堄(비예) — 비예(睥睨), 비예(俾倪). 성 위에 만든 성가퀴의 일종. 14 立初(입초) — '초'는 물(勿)의 잘못(『墨子閒詁』). 15 夾挾(협협) — 위의 '협'은 졸(卒)의 잘못. 16 葆食(보식) — 보궁(葆宮). 인질이나 간첩의 가족을 보호하는 곳. 17 札書(찰서) — 서찰, 편지. 18 參食(참식) — 참험(參驗)의 잘못(王念孫 說). 19 節(절) — 즉(卽)의 잘못(『墨子閒詁』). 곧, 만약. 20 正請(정청) — 지힐(止詰)의 잘못(『墨子閒詁』). 멈추게 하고 문초를 하다, 잡아놓고 추궁을 하다. 21 屯陳(둔진) — 둔도(屯道). 작은 갈래길. 22 礱竈(농조) — 농조(礱竈). 간이취사장(「비성문」편에 보임). 23 物故(물고) — 사고(事故). 24 廁(측) — 변소. 25 圂(혼) — 혼(溷). 오물처리장. 26 杼(저) — 서(抒). 깨끗이 하다.

　　성의 태수(太守)나 장수 곁에서 일하는 사람들, 알자(謁者) · 후자(候者) · 중연(中涓) 등의 역할을 설명하고, 뒤에 변소에 대한 얘기를 붙이고 있다.

墨子

71.
잡수편 雜守篇

내용은 앞의 「비성문」편 처럼 적의 공격으로부터 성을 방위하는 방법을 논한 것인데, 「비성문」편은 서론적인 성격인 것이었는데 비하여, 이 편은 일반전술의 총론(總論)적인 내용을 얘기하고 있다. 전체적으로 이 편은 중복된 내용이 적지 않다. 앞 편들을 참조하며 읽는 것이 좋을 것이다.

1 금자(禽子)가 말하였다.

"적군은 수가 많으면서도 용감하고 싸움을 가벼이 알며 위세로 아군을 놀라게 합니다. 그리고 땔나무와 흙을 모두 올려다가 발판(羊坽)을 만들고 흙을 높이 쌓아올린 다음 우리를 위에서 내려다보며 공격합니다. 그리고는 큰 방패로 앞을 가리고 한꺼번에 전진하여 마침내는 성에 달라붙어 무기와 쇠뇌를 모두 갖고 올라 왔습니다. 어떻게 하면 좋겠습니까?"

묵자가 말하였다.

"그대는 발판을 만들고 그것을 이용하여 공격해 오는 데 대비하는 방법을 묻는가? 발판을 쓰는 자들이란, 공격이 졸렬한 자들이다. 자기 군사들만 수고롭히고 성을 해치기는 어려운 방법이다. 발판을 이용하여 공격해 올 때 멀리서 공격하면 곧 먼 데서 막고, 가까이서 공격해 오면 가까이 두고서 막으면 해는 성에 미치지 않는다. 화살과 돌을 쉴 새 없이 좌우에서 발사하고, 이어서 큰 돌로 내리친다. 우리의 정병(精兵)들을 격려하여 절대로 뒤를 돌아보지 않도록 해야 한다. 수비하는 자들이 거듭 내려가 공격하면, 공격하던 자들은 바로 후퇴하게 마련이다. 용기를 북돋아 주면 크게 분발하고 백성들의 마음은 용기백배가 되는 것이다. 많은 포로를 잡은 자들에게 언제나 상을 내리면 병졸들은 태만하지 않게 될 것이다."

　　禽子問曰 : 客衆而勇, 輕意[1]見威, 以駭主人. 薪土俱上,
　　　금자문왈　　객중이용　경의견위　이해주인　신토구상

以爲羊坽[2], 積土爲高, 以臨民. 蒙櫓[3]俱前, 遂屬之城, 兵
이위양령　적토위고　이림민　몽로구전　수촉지성　병

弩俱上. 爲之奈何?
노구상　위지내하

　　子墨子曰 : 子問羊坽之守邪? 羊坽者, 攻之拙者也. 足
　　　자묵자왈　　자문양령지수야　양령자　공지졸자야　족

以勞卒, 不足以害[4]城. 羊坽之攻, 遠攻則遠害, 近城[5]則近
이로졸　부족이해성　양령지공　원공즉원해　근성즉근

害, 不至城. 矢石無休, 左右趣射, 蘭[6]爲柱後[7]. 望以固[8].
해　부지성　시석무휴　좌우취사　난위주후　망이고

厲吾銳卒, 愼無使顧[9]. 守者重下, 攻者輕去. 養勇高奮,
여오예졸　신무사고　수자중하　공자경거　양용고분

民心百倍. 多執[10]數少[11], 卒乃不怠.
민심백배　다집삭소　졸내불태

1 輕意(경의)―'의'는 경(竟)의 잘못(孫詒讓 說). 경(競)과 통하여, '싸움을 가벼이 여기는 것'.　**2** 羊坽(양령)―양금(羊坽)으로 된 판본도 있으며, 앞의 「비고림」편에 보인 양금(羊黔)으로서 높은 곳에 적을 공격할 수 있도록 만든 발판.　**3** 櫓(로)―큰 방패.　**4** 害(해)―어(圉)의 잘못(孫詒讓 說). 어(圉)자와 통하여, '방어하는 것', '부지성(不至城)' 앞에는 해(害)자가 있어야 옳다(孫詒讓 說).　**5** 近城(근성)―'성'은 공(攻)의 잘못(孫詒讓 說).　**6** 蘭(난)―린(藺)의 잘못. 「호령」편에 보인 인석(藺石). 큰 돌.　**7** 柱後(주후)―'주'는 주(拄)의 잘못. 뒤이어 큰 돌로 내리치는 것.　**8** 望以固(망이고)―글자가 빠져 달아난 듯한데(畢沅 說), 무슨 뜻인지 알 수 없다.　**9** 顧(고)―뒤를 돌아보다. 전진할 의사가 없음을 뜻한다.　**10** 多執(다집)―많은 포로를 잡는 것.　**11** 數少(삭소)―'소'는 상(賞)의 잘못(王念孫 說). 자주 상을 내리는 것.

첫머리부터 이미 「비고림」편에 보인 것과 비슷한 내용의 얘기로 시작되고 있다. 적이 흙을 높이 쌓아올리고 성을 공격해 올 때 어떻게 방어하면 좋은가를 설명한 것이다.

2　적이 흙을 쉬지 않고 쌓아올리는데도 이를 막지 못하여 마침내 그들이 성에 달라붙게 되었다면 운제(雲梯)를 막는 방법으로 이에 대응한다. 인(堙)·충(衝)·구름사다리(雲梯)·임(臨)을 상대할 적에는 반드시 성의 형세를 따라 이들을 방어해야 한다. 무기가 부족하다면, 곧 나무로 적을 내려치게 한다. 왼편으로 1백 보(步), 오른편으로 1백 보 벌이어, 화살과 돌과 모래와 숯 같은 것을 많이 아래로 내려 쏘게 하고, 불을 붙인 나무와 끓인 물로도 여기에 가세한다.

정병을 뽑아 이들을 격려하여 절대로 뒤를 돌아보지 않도록 하며, 공정히 상을 내리고 벌을 준다. 평소에는 조용히 있다가도 일에 따라 다급히 행동하여 걱정이 생기는 일이 없도록 한다. 용기를 북돋아주어 분발하게 하면 백성들 마음은 용기백배가 될 것이다. 많은 포로를 잡은 자들에게 언제나 상을 내리면 병졸들이 태만해지지 않을 것이다.

作士[1]不休, 不能禁禦, 逐屬之[2]城, 以禦雲梯[3]之法應之.
작사 부휴 불능금어 수촉지성 이어운제 지법응지

凡待煙[4], 衝, 雲梯, 臨[5]之法, 必應城以禦之. 曰不足, 則
범대연 충 운제 임지법 필응성이어지 왈부족 즉

以木樟[6]之. 左百步, 右百步, 繁下矢石沙炭以雨之, 薪火
이목곽지 좌백보 우백보 번하시석사탄이우지 신화

水湯以濟之[7].
수탕이제지

選厲銳卒, 愼無使顧, 審賞行罰. 以靜爲故[8], 從之以急,
선려예졸 신무사고 심상행벌 이정위고 종지이급

無使生慮. 恚癰[9]高憤, 民心百倍. 多執數賞, 卒乃不怠.
무사생려 에통 고분 민심백배 다집삭상 졸내불태

1 作士(작사) - 적토(積土)의 잘못(『墨子閒詁』). 적이 성을 공격하기 위하여 흙을 성의 높이 비슷하게 쌓아올리는 것. 2 屬之(촉지) - 흙을 쌓은 것이 성에 닿는 것, 또는 적병이 성에 달라붙어 공격해 오는 것. 3 雲梯(운제) - 앞 53. 「비제」편 참조. 사다리가 달린 성 공격용 무기. 4 煙(연) - 인(垔)의 잘못. 해자를 메우고 공격해 오는 것. 여기의 무기는 모두 앞 51. 「비성문」편을 참조할 것. 5 臨(임) - 흙을 높이 쌓고 성을 공격하는 것. 6 樟(곽) - 정(椁)의 잘못(王引之 說). 내려치는 것. 7 濟之(제지) - 그를 구제하다, 합세하다. 8 爲故(위고) - 일을 삼다. 평소의 행동으로 하다. 9 恚癰(에통) - 양용(養勇)의 잘못(王引之 說). 용기를 북돋아주는 것. 이 구절은 앞 절을 참고 바람.

적이 성에 달라붙어 공격해 올 적의 대비책을 논한 내용이다.

3 충(衝)·임(臨)·구름사다리(雲梯)에 의한 공격에 대하여는 모두 충거(衝車)를 이용하여 이것들을 무찌른다. 거(渠)는 길이가 1장(丈) 5척(尺)이며, 그것을 땅에 묻은 깊이가 3척이고, 그 받침대의 길이는 1장 2척이다. 거(渠)의 넓이는 1장 6척이고, 거기의 사다리는 1장 2척이다. 거가 밑으로 쳐진 길이는 4척이다. 거를 세움에 있어서는 성가퀴에서 5치(寸) 이상 붙어있어서는 안된다. 사다리는 거의 10장(丈) 거리마다 한 개의 사다리가 있어야 한다. 거답(渠答)의 대체적인 수는, 1리 258보(步)마다 129개의 거답이 있어야 한다.

衝¹臨梯, 皆以衝衝之. 渠², 長丈五尺, 其埋者三尺, 矢³
충 림제 개이충충지 거 장장오척 기매자삼척 시

長丈二尺. 渠廣丈六尺, 其弟⁴丈二尺. 渠之垂者⁵四尺. 樹
장장이척 거광장륙척 기제장이척 거지수자사척 수

渠, 無傅葉⁶五寸. 梯, 渠十丈一梯. 渠答大數, 里二百五
거 무부엽오촌 제 거십장일제 거답대수 이이백오

十八, 渠答百二十九.
십팔 거답백이십구

1 衝(충)—충거(衝車). 성벽을 부수는 데 쓰는 무기. 「비성문」편에 보임. 2 渠(거)—성을 방비하기 위하여 만들어 놓은 장치. 거답(渠答). 앞에 보임. 3 矢(시)—부(夫) 또는 부(趺)의 잘못. 받침대. 4 弟(제)—제(梯)의 잘못. 5 垂者(수자)—성가퀴 아래로 늘어뜨려 놓은 부분. 6 傅葉(부엽)—'엽'은 첩(堞)의 잘못(畢沅 說). 성가퀴에 붙은 것.

충거(衝車)를 사용할 곳에 대한 간단한 설명 뒤, 거(渠)에 대한 설명을 하고 있다. 거는 이미 여러 번 나왔으나 아직도 어떤 물건인지 그 실상이 뚜렷하지 않다.

4　모든 바깥 길 중에, 요해(要害)의 곳으로써 적군을 곤란하게 하거나 적군에게 심한 피해를 줄 수 있는 곳에는 세 개의 정자(亭)를 만들어 놓는다. 정자는 삼각형을 이루어 직녀성(織女星)의 모양으로 배치되게 하여 여러 큰 언덕이나 산과 숲, 수로(水路)나 도랑 또는 언덕이나 밭두둑 길 및 성곽의 문과 길 같은 요해지가 될 만한 곳들과 함께 요새가 될 수 있게 한다.

또 휘장(徽章)을 통하여 왕래하는 자들의 많고 적음과 그들이 있는 곳을 추적하여 알 수 있게 한다. 성 안 군막(軍幕)으로 모은 백성들은 먼저 성 안의 관청과 민가와 여러 부서(部署), 건물들의 크고 작은 것을 조사하여 적절히 배치하여야 한다. 그 사람들 중에 간혹 형제나 친지들과 함께 있기를 바라는 자가 있으면 허락하도록 한다.

밖의 민가의 곡식이나 가축 또는 재물 중에서 성을 도울 수 있는 모든 물건들은 성 안으로 들여와 일이 다급해질 때에 대비해서 문 안에 쌓아놓도록 한다. 백성들이 바쳐온 곡식이나 무명과 비단 또는 금과 돈 및 소나 말과 가축들은 모두 공평한 값을 따져서 증권(證券)을 주관하는 사람으로 하여금 그것을 적어 각자에게 주도록 한다.

사람들로 하여금 각각 자기가 잘하는 일을 맡게 하면 세상의 모든 일이 잘될 것이다. 사람들이 나누어 맡은 직분이 고르면 세상의 모든 일이 뜻대로 된다. 모든 사람들이 좋아하는 일을 하게 하면 세상의 모든 일이 제대로 된다. 강하고 약한 사람들이 자기 분수에 따라 일을 하게 되면 세상의 모든 일이 이루어진다.

諸外道, 可要塞以難寇, 其甚害者, 爲築三亭. 亭三隅[1],
제 외 도　가 요 색 이 난 구　기 심 해 자　위 축 삼 정　정 삼 우

織女²之, 令能相救諸距³阜, 山林溝瀆丘陵阡陌⁴, 郭門若
직녀 지 영능상구제거부 산림구독구릉천맥 곽문약

閻術⁵, 可要塞.
염술 가요새

及爲微職⁶, 可以迹知往來者少多, 及所伏藏之處. 葆民⁷
급위미직 가이적지왕래자소다 급소복장지처 보민

先擧城中官府民宅室署大小調處⁸. 葆者, 或欲從兄弟知識
선거성중관부민택실서대소조처 보자 혹욕종형제지식

者, 許之.
자 허지

外宅粟米畜産財物, 諸可以佐城者, 送入城中, 事卽急,
외택속미축산재물 제가이좌성자 송입성중 사즉급

則使積門內. 民獻粟米布帛金錢牛馬畜産, 皆爲置平賈⁹,
즉사적문내 민헌속미포백금전우마축산 개위치평가

與主券書之.
여주권서지

使人各得所長, 天下事當. 釣¹⁰其分職, 天下事得. 皆其
사인각득소장 천하사당 균 기분직 천하사득 개기

所喜, 天下事備. 强弱有數, 天下事具矣.
소희 천하사비 강약유수 천하사구의

1 三隅(삼우)－세모꼴로 배치한다는 뜻. 2 織女(직녀)－별 이름. 직녀성은 세
개의 별이 삼각형으로 배열되어 있다(陳奕 說). 3 距(거)－거(鉅)와 통하여,
'큰 것'. 4 阡陌(천맥)－밭 사이의 길. 5 閻術(염술)－염(閻)은 마을 문(里門).
술(術)은 마을에 뻗어 있는 길. 6 微職(미직)－휘지(徽識)와 통하여, '군대에
서 군인들이 달고 다니는 휘장(徽章)'. 7 葆民(보민)－성 밖의 백성들 중 전
쟁에 대비하여 군막(軍幕) 안으로 끌려온 사람들. 8 調處(조처)－적절히 조정
하여 거처하게 하는 것. 9 平賈(평가)－공평한 가격. 10 釣(균)－균(均)과 통
하여, '고른 것'.

　　여기서도 적의 공격으로부터 성을 방비하는 데 필요한 일반적
인 대비를 얘기하고 있다.

5 우정(郵亭)을 세우고는 둘레에 담을 쌓는데, 높이는 3장(丈) 이상이어야 하고, 비스듬히 기울게 세우며, 팔처럼 벌려 세우는 사다리를 만들어 놓는다. 사다리의 양팔은 길이 3장이며, 연판(連版)은 3척 되는 것을 줄로 묶어서 이어놓는다.

둘레에 참호(塹壕)를 이중(二重)으로 파고, 들어 올리는 다리와 간이취사장을 만들어 놓고, 우정마다 북 한 개를 달아놓는다. 적을 발견했다는 구봉(寇烽), 적이 접근하고 있다는 경봉(驚烽), 적이 공격하려 한다는 난봉(亂烽)이 있는데, 봉화를 전해가면서 차례에 따라 이에 대응하는데, 나라의 도읍에까지 전달되어야 그치는 것이다. 그 사태가 다급한 경우에는 봉화를 끌어 잡고 위아래로 흔들어 준다. 봉화가 올라간 다음에는 바로 북을 다섯 번 울려 사태를 전하고, 또 봉화를 연이어 올리면서, 오고 있는 적병이 얼마나 되는가 알린다. 지체하는 일은 없어야 한다. 적이 왔다갔다하는데 따라 봉화를 쉬지 않고 올려야 한다.

적병이 바라보이면 봉화 한 개를 올린다. 국경 안으로 들어오면 봉화 두 개를 올린다. 요새를 공격하기 시작하면 봉화를 세 개 올리고, 북을 세 번씩 울린다. 성곽(城郭)에서 전투가 시작되면 봉화를 네 개 올리고, 북을 네 번씩 울린다. 성에서 전투가 시작되면 봉화를 다섯 개 올리고, 북을 다섯 번씩 울린다. 밤에는 불로 이와 같은 수만을 표시한다. 봉화를 지키는 사람은 일을 다급히 처리해야 한다.

築郵亭¹者, 圜²之, 高三丈以上, 令侍殺³, 爲辟梯⁴. 梯兩
축 우 정 자 환 지 고 삼 장 이 상 영 시 쇄 위 비 제 제 량

臂, 長三尺, 連門⁵三尺, 報⁶以繩連之.
비 장 삼 척 연 문 삼 척 보 이 승 련 지

塹⁷再雜⁸, 爲縣梁, 聾竈⁹, 亭一鼓. 寇烽, 驚烽, 亂烽,
참 재 잡 위 현 량 농 조 정 일 고 구 봉 경 봉 난 봉

傳火以次應之, 至主國¹⁰止. 其事急者, 引而上下之. 烽火
전 화 이 차 응 지 지 주 국 지 기 사 급 자 인 이 상 하 지 봉 화

以擧, 輒五鼓傳, 又以火屬之, 言寇所從來者少多. 旦弇
이거　첩오고전　우이화촉지　언구소종래자소다　단엄

還[11]. 去來屬次[12], 烽勿罷.
환　거래속차　봉물파

望見寇, 擧一烽. 入境, 擧二烽. 射妻[13], 擧三烽, 一藍[14].
망견구　거일봉　입경　거이봉　사처　거삼봉　일람

郭會[15], 擧四烽, 二藍[16]. 城會[17], 擧五烽, 五藍. 夜以火如
곽회　거사봉　이람　성회　거오봉　오람　야이화여

此數. 守烽者事急.
차수　수봉자사급

1 郵亭(우정)―봉화를 올리며 망을 보는 곳. 2 圜(환)―둘레에 담을 두르는 것. 3 侍殺(시쇄)―의쇄(倚殺)의 잘못(『墨子閒詁』). 비스듬히 세우는 것. 4 辟梯(비제)―비제(臂梯)의 잘못(畢沅 說). 양팔처럼 벌려서 세우는 사다리. 5 連門(연문)―연판(連版)의 잘못(『墨子閒詁』). 6 報(보)―감아서 묶는 것. 7 塹(참)―참(塹)의 잘못(『墨子閒詁』). 참호(塹壕). 8 再雜(재잡)―이중(二重)으로 두르는 것. '잡'은 잡(匝)과 통함. 9 聾竈(농조)―농조(聾竈). 간이취사장. 앞에 보임. 10 主國(주국)―임금이 있는 나라의 도읍(都邑). 11 旦弇還(단엄환)―무염체(毋厭逮)의 잘못(『墨子閒詁』). 게을리하거나 지체하지 마라. 12 屬次(속차)―적이 왔다갔다하는 '행동에 따라서'. 13 射妻(사처)―'처'는 요(要)의 잘못(『墨子閒詁』). 요새를 활로 쏘면서 공격해 오는 것. 14 一藍(일람)―'일'은 삼(三)의 잘못(王念孫 說). 북을 세 번 울리는 것. 15 郭會(곽회)―성곽(城郭)에서 싸움이 붙는 것. 16 二藍(이람)―'이'는 사(四)의 잘못(王念孫 說). 17 城會(성회)―성에서 전투가 시작되는 것.

이 절에서는 봉화를 올리는 곳인 우정(郵亭)의 설치와 봉화(烽火)와 북으로 적정(敵情)을 알리는 방법 등을 설명하고 있다.

6 척후(斥候)는 50명이 넘어서는 안 되며, 적이 성가퀴에 이르면 곧 그들을 철수시키되 지체하여서는 안 된다. 해가 진

다음에 내보내되, 모두 휘장(徽章)이나 표지(標識)를 달도록 한다. 큰 언덕이나 산림으로 추적해야 할 곳이면 어디나 추적케 하고, 추적자는 새벽에 내보낸다. 추적자는 한 마을에 3명 이하여서는 안 되며, 각각 자기 위치에 표지를 세워놓으면, 성 위에서 거기에 대처를 한다. 척후가 나가서 성곽 밖의 표지를 넘어가면, 추적하는 자는 성곽 문 안팎에 앉아있으면서 깃발을 세워놓고, 병졸들의 반은 성곽 문안에 있게 함으로써 적이 병졸들이 많고 적은 것을 알 수가 없도록 한다. 적이 왔다는 경보(警報)가 있으면, 맨 바깥쪽의 표지를 들고, 적이 오는 것을 보면 다음의 표지를 들며, 성 위에서는 그것을 보고 깃발로 지휘를 하게 된다. 추적하는 자들은 앉아서 북을 두드리며, 깃발을 정비하고, 전쟁에 대비하며, 깃발에 의한 지시를 따른다.

농민 중의 남자들은 전쟁에 대비하여 추적자들을 따라 활동하고, 여자들은 재빨리 성 안으로 들어온다. 적이 발견되면 북으로 연락하여 성까지 연락이 되면 북을 멈춘다. 표지를 지키는 사람은 3명이며, 번갈아가며 우정(郵亭)에 표를 세우고 망을 본다. 성의 장수는 자주 기병(騎兵)이나 관리에게 명하여 가서 두루 살펴보게 함으로써 그들의 행동이 어떤지 알고 있어야 한다. 그들의 초소(哨所)마다 북이 한 개씩 있어야 하며, 적이 멀리 보이기만 하면 북으로 연락하여 성에 알려진 뒤에야 북소리를 그친다.

候¹無過五十, 寇至葉², 隨去之, 唯弇逮³. 日暮出之, 令
후 무 과 오 십 구 지 엽   수 거 지 유 엄 체   일 모 출 지 영

皆爲微職⁴. 距阜⁵山林, 皆令可以迹, 平明而迹. 無迹⁶, 各
개 위 미 직   거 부 산 림 개 령 가 이 적 평 명 이 적 무 적   각

立其表⁷, 下城⁸之應. 候出, 置田表⁹. 斥坐郭內外, 立旗
립 기 표   하 성 지 응 후 출 치 전 표   척 좌 곽 내 외 입 기

幟, 卒半在內, 令多少無可知. 即有驚¹⁰, 舉孔表¹¹. 見寇,
치 졸 반 재 내 영 다 소 무 가 지 즉 유 경   거 공 표   견 구

擧牧表[12], 城上以麾指之. 斥步鼓[13], 整旗, 旗以[14]備戰, 從
거목표　성상이휘지지　척보고　정기　기이　비전　종

麾所指.
휘소지

田者[15]男子, 以戰備從斥, 女子亟走入. 卽見放, 到傳[16],
전자　남자　이전비종척　여자극주입　즉견방　도전

到城止. 守表者三人, 更立捶表[17]而望. 守數令騎若吏, 行
도성지　수표자삼인　경립추표　이망　수삭령기약리　행

旁視[18], 有以知爲所爲. 其曹[19]一鼓, 望見寇, 鼓傳到城止.
방시　유이지위소위　기조　일고　망견구　고전도성지

1 候(후) ─ 봉화를 올릴 적정(敵情)을 살피는 척후(斥候). 2 至葉(지엽) ─ '엽'은
첩(堞)의 잘못(『墨子開詁』). 성가퀴에 이르다. 3 唯弇逮(유엄체) ─ 물엄체(勿厭
逮). 게을리하고 지체하지 마라. 4 微職(미직) ─ 휘치(徽幟)의 잘못. 휘장(徽章)
과 표지(標識). 이 대목 앞의 「호령」편 참조 바람. 5 距阜(거부) ─ '거'는 거
(鉅)와 통하여, 큰 언덕. 높은 산. 6 無迹(무적) ─ 「호령」편을 참고하면, '적자
무하리삼인(迹者無下里三人)'이어야 옳다. 추적자는 한 마을에 3명 이하가 되
어서는 안된다. 7 表(표) ─ 성에 연락하는 곳임을 나타내는 표지. 8 下城(하
성) ─ 성상(城上)의 잘못. 9 田表(전표) ─ 진표(陳表). 성곽 밖에 세워놓은 표지.
10 驚(경) ─ 경(警). 적이 나타났다는 경보(警報). 11 孔表(공표) ─ 외표(外表)의
잘못(『墨子開詁』). 12 牧表(목표) ─ 차표(次表)의 잘못(『墨子開詁』), 다음의 표
지. 13 步鼓(보고) ─ '보'는 좌(坐)의 잘못(蘇時學 說). 앉아서 북을 치는 것.
14 旗以(기이) ─ '기'자는 잘못 하나가 더 끼어든 것임(蘇時學 說). 15 田者(전
자) ─ 농사짓는 사람. 16 見放到傳(견방도전) ─ '방'은 구(寇)의 잘못(『墨子開
詁』). '도'는 고(鼓)의 잘못(王引之 說). 적을 발견하면 북으로 연락을 하는 것.
17 捶表(추표) ─ 우표(郵表). 우정(郵亭)에 세운 표지(俞樾 說). 18 旁視(방시) ─
두루 살펴보게 하다. 19 曹(조) ─ 추적자들이 망을 보는 초소.

적정(敵情)을 살피는 척후(斥候)와 추적자의 역할을 논한 대목
임. 이미 앞 「호령」편에 비슷한 내용이 보였음.

7 하루에 한 말[斗]씩 먹는다면 1년이면 36섬[石]이 된다. 3분의 2말씩을 먹으면 1년에 24섬을 먹는다. 4분의 2말씩을 먹으면 1년에 18섬을 먹는다. 5분의 2말씩을 먹으면 1년에 14섬 4말을 먹는다. 6분의 2말을 먹으면 1년에 12말을 먹는다. 한 말씩 먹을 경우에는 한 끼에 다섯 되[升]를 먹는다. 3분의 2말씩 먹을 경우에는 한 끼에 세 되 반이 못되게 먹는다. 4분의 2말씩 먹을 경우에는 한 끼에 두 되 반을 먹는다. 5분의 2말씩 먹을 경우에는 한 끼에 두 되를 먹는다. 6분의 2말씩 먹을 경우에는 한 끼에 한 되 반이 넘게 먹는다. 하루에 모두 두 끼씩 먹는 것이다.

죽는 이들을 구하여야 할 비상시에는 하루 두 되씩 먹기를 20일간 하며, 하루 세 되씩 먹기를 30일간 하며, 하루 네 되씩 먹기를 40일간 한다. 이렇게 함으로써 백성들은 90일 동안의 궁핍한 처지를 면할 수가 있는 것이다.

斗食[1], 終歲三十六石. 參食[2], 終歲二十四石. 四食, 終
歲十八石. 五食, 終歲十四石四斗. 六食, 終歲十二石. 斗
食, 食五升. 參食, 食參升小半. 四食, 食二升半. 五食,
食二升. 六食, 食一升大半. 日再食[3].

救死[4]之時, 日二升者二十日, 日三升者三十日, 日四升
者四十日. 如是而民免於九十日之約[5]矣.

---

1 斗食(두식) ─ 한 끼에 다섯 되[升]씩 하루 두끼 한 말[斗]의 곡식을 먹는 급식(給食) 방법. 1섬[石]은 10말이므로, 1년이면 대체로 36섬을 먹게 되는 것이다. **2** 參食(삼식) ─ 한 끼에 3분의 2말을 먹는 방법, 따라서 오식(五食)이면 5분의 2말을 먹는 방법임. **3** 再食(재식) ─ 하루 두 끼를 먹는 것. **4** 救死(구

사)-죽는 이들을 구하다. 성에 식량이 부족한 위험한 시기를 극복하는 것.

5 約(약)-궁핍한 사태.

여기에선 군대 안에서의 여러 가지 급식(給食) 방법을 설명한 뒤 성이 적의 공격을 받을 때 성 안에서 90일 동안 방어를 지탱하면서 급식하는 방법을 설명한 것이다. 묵자는 적어도 90일 동안은 급식이 유지되어야만 적의 공격을 물리칠 수 있다고 생각하였던 것이다.

8 적이 가까이 오면, 재빨리 여러 다른 고을의 쇠그릇이나 구리·쇠 및 그밖에 성을 수비하는 데 도움이 될 것들을 모두 거두어들인다. 먼저 현 관원들의 집과 거처 및 관청의 다급하지 않은 것들 및 재목의 크고 작은 것과, 길고 짧은 것과, 그 대체적인 수를 조사하여 다급히 먼저 징발한다.

적군이 닥쳐오면, 집을 부수고 나무들을 베어낸다. 비록 만나자는 요청이 있다 해도 들어주지 않아야 한다. 땔나무를 들여와서 고기 비늘이 박혀 있듯이 들쭉날쭉 쌓아서는 안 된다. 땅굴에 대비하는 사람들이 가져가기 쉽도록 놓아두어야 한다. 다 갖고 들어오지 못하는 재목들은 태워버림으로써, 적군이 그것들을 찾아서 쓸 수가 없도록 하여야 한다. 나무를 쌓을 적에는 각각 그 길고 짧은 것과 크고 작은 것, 못생기고 잘생긴 모양에 따라 분류하여 쌓아야 한다. 성의 사방 바깥쪽으로 각각 담 안에 쌓아야 한다. 여러 나무 중에 큰놈은 모두 앞쪽을 동여맨 다음 끌어다 모아서 쌓아두어야 한다.

寇近, 亟收諸雜鄉¹金器若銅鐵, 及他可以左守事²者. 先
구근　극수제잡향　금기약동철　급타가이좌수사　자　선

舉縣官室居, 官府不急者, 材之大小長短, 及凡數³, 卽急
거현관실거　관부불급자　재지대소장단　급범수　즉급

先發.
선발

寇薄⁴, 發屋伐木. 雖有請謁⁵, 勿聽. 入柴, 勿積魚鱗簪⁶.
구박　발옥벌목　수유청알　물청　입시　물적어린잠

當隊⁷, 令易取也. 材木不能盡入者, 燔之, 無令寇得用之.
당대　영이취야　재목불능진입자　번지　무령구득용지

積木, 各以長短大小, 惡美形相從. 城四面外, 各積其內.
적목　각이장단대소　악미형상종　성사면외　각적기내

諸木大者, 皆以爲關鼻⁸, 乃積聚之.
제목대자　개이위관비　내적취지

1 諸雜鄉(제잡향)―여러 다른 고을. '잡'은 리(離)와 통하여(王念孫 說), '잡향'
은 별향(別鄉). 다른 고을. 2 左守事(좌수사)―성을 수비하는 데 도움이 될 물
건. '좌'는 좌(佐)와 통함. 3 凡數(범수)―대체적인 수량. 4 寇薄(구박)―적군
이 닥쳐오다. '박'은 박(迫)과 통함. 5 請謁(청알)―면회 요청. 6 魚鱗簪(어린
잠)―물고기 비늘처럼 들쭉날쭉 늘어놓는 것. 7 當隊(당대)―땅굴을 방비하
는 사람. '대'는 수도(隧道). 8 關鼻(관비)―코를 뚫어 끈을 매는 것. 앞머리
를 줄로 매는 것.

　적군이 공격해 왔을 적에 성에서 대비하여야 할 일들을 설명
하고 있다.

성의 태수(太守)는 사마(司馬) 이상의 부모형제와 처자들을 자
기가 있는 곳에 인질(人質)로 보호해 두어야만 곧 견고히 수

비할 수 있게 된다. 도사공(都司空)의 임명은 큰 성이면 네 명이 있어야 하고, 후(侯)는 두 명이 있어야 하며, 현후(縣侯)는 한 곳에 한 명씩 있어야 한다. 정위(亭尉)는 사공(司空)의 아래 있으며, 정(亭)마다 한 사람씩 임명한다.

태수를 돕는 관리들은 재능이 많고 깨끗한 위에 신용 있는 자라야 한다. 그의 부모형제와 처자들이 군막 안에 보호받고 있는 자여야만 태수를 돕는 관리가 될 수 있다. 모든 관리들은 반드시 인질(人質)로 보호받는 사람들이 있어야 하며 그래야만 일을 책임지도록 할 수가 있는 것이다.

대문을 지키는 사람은 두 사람 임명하여 문을 끼고 서 있게 하며, 지나다니는 사람들은 빨리 지나가도록 한다. 그밖에 각각 네 사람씩 창을 들고서 문을 끼고 서 있게 하며, 그곳 문지기들은 그들 아래쪽에 앉아 있어도 된다. 관리는 하루 다섯 번씩 그들을 검열하고, 자기 자리를 이탈한 자들의 이름을 위에 보고한다.

城守, 司馬[1]以上父母昆弟妻子, 有質在主所, 乃可以堅
성수 사마 이상부모곤제처자 유질재주소 내가이견

守. 署都司空[2], 大城四人, 候[3]二人, 縣候[4]面一. 亭尉[5]次
수 서도사공 대성사인 후이인 현후면일 정위차

司空[6], 亭一人.
사공 정일인

吏[7]侍守所者, 財足[8], 廉信. 父母昆弟妻子, 有在葆宮中
이 시수소자 재족 염신 부모곤제처자 유재보궁중

者, 乃得爲侍吏. 諸吏必有質, 乃得任事.
자 내득위시리 제리필유질 내득임사

守大門者二人, 夾門而立, 令行者趣[9]. 其外, 各四戟夾
수대문자이인 협문이립 영행자취 기외 각사극협

門立, 而其人坐其下. 吏日五閱之, 上逋[10]者名.
문립 이기인좌기하 이일오열지 상포 자명

1 司馬(사마)—여러 부(部)의 우두머리가 되는 관리. 대장군(大將軍)인 대사마(大司馬)와는 전혀 직위가 다르다. **2** 都司空(도사공)—수령 아래 소속되어 있던 속관(屬官)의 명칭. 육경(六卿) 중의 하나인 대사공(大司空)과는 직위가 전혀 다르다. 성에서는 오관(五官) 가운데의 하나이다. **3** 候(후)—역시 오관(五官) 가운데의 한 사람. **4** 縣候(현후)—성 사면에 한 사람씩 임명하던 대장(大將). **5** 亭尉(정위)—앞에 나온 백장(百長)을 가리킨다. **6** 次司空(차사공)—백장인 정위의 지위는 현위(縣尉) 아래 속하며, 그 위가 사공(司空), 다시 그 위가 도사공(都司空)이니 설명이 생략된 것이다. **7** 吏(이)—관리. 각 부(部)의 우두머리. **8** 財足(재족)—재(財)는 재(才)와 통하여, 재능. **9** 趣(취)—빨리 지나가는 것. **10** 逋(포)—도망치다. 자기 근무위치를 이탈하다.

여기에선 적을 방어하는 성 안의 관리제도를 간단히 설명한 것이다. 관리나 장수들의 책임을 묻기 위하여 그들의 부모형제와 처자들을 인질(人質)로 보호해 준다는 게 퍽 인상적이다.

10 해자의 바깥 변두리의 중요한 장소에 의심스러운 사람이 왔다갔다하고 밤길을 다니는 자가 있으면, 반드시 그를 활로 쏜다. 그 일을 소홀히 하는 자는 처벌한다.

담 밖 해자의 물속에는 대 화살을 장치한다. 화살을 꽂아놓는 넓이는 2보(步)이다. 화살은 물속으로 5치(寸) 내려가 있고, 길고 짧은 것이 뒤섞여 있어야 한다. 성 앞쪽의 바깥 변두리에는 세 줄로 설치하되, 바깥 줄은 밖을 향하고, 안 줄은 안을 향하게 한다.

30보(步) 거리마다 한 곳의 쇠뇌 움막을 만들어 놓는데, 움막의 넓이는 10자(尺), 길이는 1장(丈) 2척(尺)이다. 땅굴의 사정이 급박할 적에는 재빨리 그 근처에 있는 자들을 보내어 돕도록 한다. 그런 뒤에 그곳으로 돌아와 맡은 일을 한다.

池外廉¹, 有要有害, 必爲²疑人令³往來行夜者, 射之. 謀
지 외 렴　유 요 유 해　필 위 의 인 령　왕 래 행 야 자　사 지　모

其疏者⁴.
기 소 자

牆外水中, 爲竹箭. 箭尺⁵廣二步. 箭下於水五寸, 雜長
장 외 수 중　위 죽 전　전 척 광 이 보　전 하 어 수 오 촌　잡 장

短. 前外廉三行, 外外鄕, 內亦內鄕⁶.
단　전 외 렴 삼 행　외 외 향　내 역 내 향

三十步一弩廬⁷, 廬廣十尺, 袤⁸丈二尺. 隊⁹有急, 極¹⁰發
삼 십 보 일 노 려　여 광 십 척　무 장 이 척　대 유 급　극 발

其近者往佐. 其次襲¹¹其處.
기 근 자 왕 좌　기 차 습　기 처

1 廉(렴)-변두리, 가장자리. 2 必爲(필위)-‘위’는 유(有)의 잘못. 3 令(령)-
잘못 끼어든 글자. 4 謀其疏者(모기소자)-‘모’는 주(誅)의 잘못(兪樾 說). 그
것을 소홀히 하는 자는 처벌한다. 5 箭尺(전척)-‘척’은 잘못된 글자. 척(刺)
의 잘못인가? 화살을 꽂는다는 뜻. 6 鄕(향)-향(向)과 통함. 7 弩廬(노려)-
쇠뇌를 장치해 두는 움막. 8 袤(무)-길이. 9 隊(대)-수(隧). 땅굴. 10 極
(극)-극(亟). 재빨리. 11 襲(습)-잇다. 이어서 돕다.

　　해자의 물속에 적군이 뛰어들었다가는 다치도록 밑에 화살을
꽂아놓는 법을 설명하고, 뒤에 쇠뇌의 역할을 간단히 설명하고 있다.

11 　성의 장수의 부절(符節)을 가지고 성을 출입하는데, 부절
을 관장하는 관리로 하여금 반드시 사용자의 신상을 기
록하고 실지 임무를 써놓아, 그가 하는 일이 임무와 같아야 한다.

그리고 그가 돌아와 보고를 하면 그것을 근거로 검토를 하는 것이다. 부절을 든 사람이 성을 나가면 나가는 문의 문지기는 그 즉시 부절을 들고 나간 사람의 이름을 보고한다.

1백 보(步)마다 땅굴을 하나 만들고, 작은 문은 성의 태수 집과 통하지만 복잡하게 방까지 뚫려 있고, 복도(複道)를 만들고 담도 두르는데, 담은 그 위를 잘 손질해야 한다.

守節[1]出入, 使主節[2]必疏書[3], 署其情[4], 令若其事[5]. 而須其
수절 출입   사주절 필소서   서기정   영약기사   이수기

還報, 以劍驗[6]之. 節出, 使所出門者, 輒言節出時摻者[7]名.
환보   이검험 지 절출   사소출문자   첩언절출시삼자명

百步一隊[8], 閤[9]通守舍, 相錯[10]穿室, 治復道[11], 爲築墉[12],
백보일대   합 통수사   상착 천실   치복도   위축용

墉善其上.
용선기상

1 守節(수절) — 성의 장수, 또는 태수(太守)의 부절(符節). 2 主節(주절) — 부절을 관장하는 관리. 3 疏書(소서) — 부절을 갖고 갈 사람의 신상에 관하여 잘 기록하는 것. 4 署其情(서기정) — 그 실정을 쓰다. 그의 임무가 무엇인가 쓰는 것. 5 令若其事(영약기사) — 그가 하는 일이 그의 임무와 같도록 하는 것. 6 劍驗(검험) — 참험(參驗)의 잘못(王念孫 說). 참조하여 검토하는 것. 7 時摻者(시삼자) — 그때 부절을 들고 있는 사람. 8 隊(대) — 수(隧). 땅굴. 9 閤(합) — 작은 문. 10 相錯(상착) — 서로 복잡하게 얽히는 것. 외부 사람은 잘 알 수가 없도록 하는 것이다. 11 復道(복도) — 복도(複道). 12 墉(용) — 담을 두르는 것.

앞에서는 성에서 부절(符節)을 사용하는 방법을 설명하고 있다. 그러나 뒤의 땅굴 얘기가 나오는 대목은 뜻을 정확히 파악하기 어렵다.

채소를 준비하는 방법은 민가에서는 3년 먹을 채소를 저축하여 장마나 가뭄이 들어 흉년이 든 해에 대비토록 한다. 언제나 변두리의 현(縣)에서도 미리 물고기 잡는 풀·망초(芒草)·오훼(烏喙)·산초(山椒) 잎새 등의 독초를 길러 저축해 놓도록 하여, 적이 쳐들어왔을 때 성 밖 민가의 개울이나 샘은 메워야 할 것들은 메워야만 하는데, 메우지 못할 적에 이것들을 그 안에 넣는 것이다. 안전할 적에는 적에게 위태로운 듯이 보이고, 위태로울 적에는 안전한 듯이 보이도록 하여야 한다.

取疏¹, 令民家有三年畜²蔬食, 以備湛³旱, 歲不爲⁴. 常
취 소   영민가유삼년축 소식   이비잠 한   세불위   상

令邊縣, 豫種畜芫⁵, 芸⁶, 烏喙⁷, 袾葉⁸, 外宅溝井⁹可寘¹⁰,
령변현 예종축원   운   오훼   주엽   외택구정 가전

塞, 不可, 置此其中. 安則示以危, 危示以安.
색 불가 치차기중 안즉시이위   위시이안

1 疏(소)-소(蔬)와 통하여(畢沅 說), 채소. 2 畜(축)-축(蓄)과 통하여, 저축하는 것. 3 湛(잠)-오래 비가 오는 것. 장마가 지는 것. 4 歲不爲(세불위)-흉년이 드는 것. 농사가 잘 안된 해. 5 芫(원)-물에 풀면 물고기가 죽는다는 독초(毒草). 6 芸(운)-망(芒)의 잘못(『墨子閒詁』). 망초(芒草)로, 역시 물에 풀면 물고기가 죽는다 한다. 7 烏喙(오훼)-독초의 일종. 8 袾葉(주엽)-'주'는 초(椒)의 잘못(『墨子閒詁』). 산초(山椒) 잎새로 역시 독이 있다 한다. 9 溝井(구정)-도랑과 우물, 개울과 샘. 적군이 음료수로 이용하는 것이다. 10 寘(전)-구멍을 막는 것. 색(塞).

성의 방비를 위하여 먹을 채소를 저축하는 법과 적군이 와서 마실 물을 구하지 못하도록 물에 탈 독초(毒草)를 준비하는 일을 설명하고 있다.

13 적이 쳐들어오면, 모든 문에 활을 쏠 구멍을 내고 그 구멍을 포장으로 덮어놓는다. 각각 두 개의 구멍을 내고 포장이 쳐지는데, 한 구멍에는 길이 4자가 되고 굵기는 손가락 정도의 줄을 달아놓는다.

적이 쳐들어오면, 먼저 소·양·닭·돼지·개·오리·거위 등을 죽이어 그 껍질과 가죽·살과 뿔·기름·털·깃 등을 모아두고, 이들의 가죽은 모두 벗겨 둔다.〔이점동복(吏樽桐㢔)〕 쇠 화살촉을 만들고, 기둥 뒤에는 물건을 얹는 시렁을 만든다. 사태가 급박하고 병졸을 멀리 내보낼 수가 없을 적에는 성 밖 민가의 재목을 가져오도록 하는데, 그 양을 할당한다. 만약 성 위를 손질하여 격(隔)을 만들 적에는 그 모양을 세모가 되도록 한다. 무게 5근(斤) 이상의 재목을 물속에 담글 적에는 한 개의 뗏목이 더 되지 않도록 한다. 초가집이나 나무 더미에는 두께 5치(寸)이상 진흙을 발라놓아야 한다. 관리들은 그의 담당 범위 안의 성을 수비하는 데 도움이 될 재물들을 각기 수집하여 상납한다.

寇至, 諸門戶令皆鑿[1], 而類窽[2]之. 各爲二類, 一鑿而屬
繩, 繩長四尺, 大如指.

寇至, 先殺牛羊雞狗烏雁[3], 收其皮革筋角脂㞓[4]羽, 麄[5]
皆剝之. 吏樽桐㢔[6], 爲鐵鉳[7], 厚簡爲衡枉[8]. 事急, 卒不可
遠[9], 令掘外宅林[10], 謀多少[11]. 若治城○[12]爲擊[13], 三隅[14]
之. 重五斤已上諸林木, 渥[15]水中, 無過一茷[16]. 塗茅屋,
若積薪者, 厚五寸已上. 吏各擧其步界[17]中財物, 可以左[18]

守備者上.
수 비 자 상

1 鑿(착)—구멍을 뚫다. 2 類竅(류규)—'류'는 멱(幎)의 잘못(『墨子閒詁』). 활이나 쇠뇌를 쏘는 구멍을 적이 발견하지 못하도록 포장으로 덮어두는 것. 이 대목과 비슷한 글이 「비성문」편 4절에 보였음. 3 烏雁(오안)—까마귀와 기러기는 가축이 아니므로, 부아(鳧鵝) 정도의 잘못일 것이다. 오리와 거위. 4 㿠(뇌)—무슨 자인지 알 수 없다. 뒤에 새깃〔羽〕이 나오니, 짐승 털〔毛〕이 아닐까? 5 彘(체)—돼지. 앞의 가축들 사이에 끼어있던 것이 잘못되어 처진 것인 듯. 6 吏樿桐㫐(이점동복)—무슨 뜻인지 알 수 없다. 7 錍(비)—도끼, 또는 쇠화살촉. 8 厚簡爲衡枉(후간위형왕)—앞에 보인 '난위주후(蘭爲柱後)'의 잘못인 듯(『墨子閒詁』). 화살통 등을 얹을 선반을 기둥 뒤편에 만든다. 9 掘(굴)—수집하다. 10 外宅林(외택림)—'림'은 재(材)의 잘못(『墨子閒詁』). 성 밖 민가의 재목. 11 謀多少(모다소)—'모'는 과(課)의 잘못(『墨子閒詁』). 다소를 할당하다. 12 城○(성○)—○은 상(上)이 아닐까? 13 擊(격)—격(隔). 성을 방위하는 데 쓰는 장치. 앞에 보임. 14 三隅(삼우)—세모, 삼각형. 15 渥(악)—담그다, 적시다. 16 茷(패)—벌(筏)의 잘못. 뗏목. 17 步界(보계)—부계(部界)의 잘못(王引之 說). 그가 담당하고 있는 범위. 18 左(좌)—좌(佐). 도움이 되다.

적이 쳐들어왔을 때, 문에 활을 쏠 구멍을 뚫는 법, 가축을 처리하는 법, 기타 성을 수비하는 데 쓸 재목이나 여러 가지 물건들을 준비하는 법 등을 설명하고 있다.

14 남을 모함하기 잘하는 사람이 있고, 남을 이롭게 해주는 사람이 있으며, 나쁜 사람이 있고, 착한 사람이 있으며, 어른 같은 사람이 있고, 꾀를 잘 부리는 사람이 있으며, 용감한 사람이 있고, 재주가 뛰어난 사람이 있으며, 심부름을 잘하는 사람

이 있다. 나라 안 일을 잘하는 사람이 있고, 나라 밖의 일을 잘하는 사람이 있으며, 남과 잘 지내는 사람이 있고, 남과 잘 싸우는 사람이 있다.

성의 태수는 반드시 사람들의 그러한 성격을 잘 살피어 맡길 일과 들어맞을 경우에만 그를 채용한다. 백성들 중 서로 미워하거나 관리들을 비판하는 자가 있으면, 관리가 그들을 화해시켜 주게 하고는, 모든 것을 기록하여 그것을 잘 두었다가 어떤 보고가 들어왔을 때 그것을 참고하도록 한다.

키가 5자도 안 되는 작은 아이로 병졸노릇도 할 수 없는 자들은 서리(署吏)로 삼아 관부(官府)와 태수의 집 일 심부름을 하도록 한다.

던질 돌과 숫돌·화살 같은 여러 가지 쓸 기물들은 모두 각 부서에서 신중히 장만하여 각각 분담된 수량대로 쌓아있어야 한다.

가래나무로 초거(輬車)를 만들어, 초거는 화살을 실어 나르는 데 쓴다. 수레 몸통은 넓이가 10자(尺)이고, 수레채는 길이가 1장(丈)이며, 네 개의 바퀴가 있고 그 넓이는 6자이다. 수레의 짐받이는 길이를 수레채와 같이 만들고, 그 높이는 4자이며, 위의 덮개가 잘 덮어지도록 만들고, 화살을 실을 수 있도록 하여야 한다.

有讒人[1], 有利人, 有惡人, 有善人, 有長人[2], 有謀士, 有
유참인　유리인　유악인　유선인　유장인　유모사　유

勇士, 有巧士, 有使士. 有內人者, 外人者, 有善人者, 有
용사　유교사　유사사　유내인자　외인자　유선인자　유

善門人[3]者.
선문인자

守必察其所以然[4]者, 應名[5]乃內之. 民相惡, 若議吏, 吏
수필찰기소이연　자　응명내내지　민상오　약의리　이

所解, 皆札書[6]藏之, 以須告之至, 以參驗之.
소해　개찰서장지　이수고지지　이참험지

睨者[7]小五尺, 不可卒者, 爲署吏, 令給事[8]官府若舍.
예자소오척　불가졸자　위서리　영급사　관부약사

蘭石⁹厲矢, 諸材器用, 皆謹部¹⁰, 各有積分數¹¹.
인석 려시 제재기용 개근부   각유적분수

爲解車¹²以枱¹³, 城矢¹⁴以軺車. 輪軱¹⁵廣十尺, 轅¹⁶長丈,
위해거 이태 성의 이초거 윤고 광십척 원 장장

爲三輻¹⁷, 廣六尺, 爲板箱¹⁸, 長與轅等, 高四尺, 善蓋¹⁹上
위삼폭 광륙척 위판상 장여원등 고사척 선개 상

治, 令可載矢.
치   영가재시

1 讒人(참인)─남을 잘 음해(陰害)하는 사람. 2 長人(장인)─키 큰 사람이라 해석하는 이가 많으나, 여기서는 사람들의 성품을 말하고 있으므로 '어른 같은 사람'이라 풀이함이 옳을 것이다. 3 門人(문인)─'문'은 투(鬪)의 잘못. 싸움 잘하는 사람. 4 所以然(소이연)─그러한 성품들. 5 應名(응명)─명실(名實)이 상응(相應)하는 것. 6 札書(찰서)─조목조목 적는 것. 7 睨者(예자)─예자(倪者). 어린아이. 8 給事(급사)─일 심부름을 하는 것. 9 蘭石(인석)─성 위에서 아래로 던지는 돌. 10 謹部(근부)─각 부에서 조심하여 준비하는 것. 11 分數(분수)─분담하는 수량, 배당한 수량. 12 解車(해거)─바로 뒤에 보이는 초거(軺車)의 잘못(『墨子閒詁』). 작은 수레의 일종. 13 枱(태)─재(梓)의 가차자(假借字). 가래나무. 14 城矢(성의)─성시(盛矢)의 잘못. 화살을 싣는 것. 15 輪軱(윤고)─수레의 앞에 댄 나무, 결국은 넓이를 말할 때 수레의 몸통과 같은 것이 된다. 16 轅(원)─수레채. 17 三輻(삼폭)─사륜(四輪)의 잘못. 네 바퀴. 18 板箱(판상)─차상(車箱). 수레 짐받이. 19 善蓋(선개)─덮개를 잘 만들어 덮는 것.

　　이 대목은 특히 앞의 인재등용에 관한 해설이 눈을 끈다. 뒷부분의 성을 방비하는 데 쓰는 물건들의 설명은 명확치 않은 곳이 있다.

15 묵자가 말하였다.
　　"성을 지키지 못하게 되는 조건이 다섯 가지 있다. 성은 큰데 사람은 적은 것이 첫째, 지키지 못하는 조건이다. 성은 작은데 사람은 많은 것이 둘째, 지키지 못하는 조건이다. 사람은 많은데 식량은 적은 것이 셋째, 지키지 못하는 조건이다. 도시가 성으로부터 멀리 떨어져 있는 것이 넷째, 지키지 못하는 조건이다. 재물의 축적이 성 밖에 있고 부자들이 성 밖 시골에 있는 것이 다섯째, 지키지 못하는 조건이다."

성에는 만호(戶)의 집이 있고, 성 크기는 사방 3리(里)쯤 되는 것이 좋다.

> 子墨子曰：凡不守者有五. 城大人少, 一不守也. 城小
> 자묵자왈 범불수자유오 성대인소 일불수야 성소
>
> 人衆, 二不守也. 人衆食寡, 三不守也. 市去城遠, 四不守
> 인중 이불수야 인중식과 삼불수야 시거성원 사불수
>
> 也. 畜積在外, 富人在虛[1], 五不守也.
> 야 축적재외 부인재허 오불수야
>
> 率萬家, 而城方三里[2].
> 솔만가 이성방삼리

1 虛(허) – 墟(허)와 통하며, 성 밖의 시골. 2 方三里(방삼리) – 사방 3리, 곧 9평방리(平方里). 9평방리는 8천1백 묘(畝)의 넓이여서 한 집안당 1묘(畝)의 땅도 돌아가지 않지만 성의 방위를 지탱하기에는 충분한 넓이라는 것이다.

여기에선 묵자가 결론적으로 적의 공격으로부터 성을 수비하기 어려운 조건 다섯 가지를 들고 있다. 이 다섯 가지 조건은 모두 상식적인 범위를 크게 벗어나는 것은 아니지만 사람들이 소홀히 생각하기 쉬운 점에 중점을 두고 있다는 게 특징이라 할 것이다.

묵자墨子 연표年表

기원전 (紀元前)	주(周)	노(魯)	진(晉)·위(魏)· 한(韓)·조(趙)	제(齊)·전제(田齊)	송(宋)
468	정정왕(貞定王) 원년	애공(哀公) 27	출공(出公) 7 위환자(魏桓子) 한강자(韓康子) 조양자(趙襄子)	평공(平公) 13 전성자(田成子)	소공(昭公) 원년
467	2	도공(悼公) 원년	8	14	2
466	3	2	9	15	3
465	4	3	10	16	4
464	5	4	11	17	5
463	6	5	12	18	6
462	7	6	13	19	7
461	8	7	14	20	8
460	9	8	15	21	9
459	10	9	16	22	10
458	11	10	17	23	11
457	12	11	애공(哀公) 원년	24	12
456	13	12	2	25	13
455	14	13	3	의공(宣公) 원년	14
454	15	14	4 위(魏)·한(韓)· 조(趙)가 지백(智 伯)과 함께 범씨 (范氏)와 중항씨 (中行氏)를 쳐서 그들의 땅을 나 누어 갖다.	2 전양자(田襄子)	15

정(鄭)	초(楚)	월(越)	『묵자』에 보이는 그 시대의 일
성공(聲公) 33	혜왕(惠王) 21	구천(句踐) 28	월(越)나라 임금 구천(句踐)이 오(吳)나라 임금에게 치욕을 당하였는데, 위로 중국의 임금들이 위협을 느끼는 형세가 되었다.(親士·所染·兼愛·非攻·公孟 各篇)
34	22	29	
35	23	30	
36	24	31	
37	25	녹영(鹿郢) 원년	
38	26	2	
애공(哀公) 원년	27	3	
2	28	4	
3	29	5	
4	30	6	
5	31	불수(不壽) 원년	
6	32	2	
7	33	3	
8 정(鄭)나라 사람들이 애공을 죽임	34	4	정(鄭)나라 사람들은 3세(卅)에 걸쳐 자기네 임금을 죽였다. 애공은 그 중의 한 임금이다.(魯問篇)
공공(共公) 원년	35	5	진(晉)나라의 장군 지백(智伯)이 중항씨(中行氏)와 범씨(范氏)를 공격하여, 그들의 고을을 모두 차지했다.(非攻篇中)

기원전 (紀元前)	주(周)	노(魯)	진(晉) · 위(魏) · 한(韓) · 조(趙)	제(齊) · 전제(田齊)	송(宋)
453	16	15	5 지백(智伯)이 위 (魏) · 한(韓)과 조(趙) 양자(襄 子)를 진양(晉 陽)에서 공격하 여 포위하였는 데, 위 · 한이 조 와 손잡고 지백 을 죽임.	3	16
452	17	16	6	4	17
451	18	17	7	5	18
450	19	18	8	6	19
449	20	19	9	7	20
448	21	20	10	8	21
447	22	21	11	9	22
446	23	22	12	10	23
445	24	23	13	11	24
444	25	24	14	12	25
443	26	25	15	13	26
442	27	26	16	14	27
441	28	27	17	15	28
440	고왕(考王) 원년	28	18	16	29

정(鄭)	초(楚)	월(越)	『묵자』에 보이는 그 시대의 일
2	36	6	지백(智伯)이 조(趙) 양자(襄子)를 진양(晉陽)에서 포위하였는데, 한·위·조가 손잡고 지백을 쳐부수다.(非攻篇中·魯問篇)
3	37	7	
4	38	8	
5	39	9	
6	40	10	
7	41	옹(翁) 원년	묵자의 제자 공상과(公尙過)가 월(越)나라 임금에게 가서 유세(遊說)하다. 월나라에서는 공상과에게 노(魯)나라로 가서 묵자를 모셔오도록 한다. 구천(句踐)이 죽은 뒤의 일인 듯하다.(魯問篇)
8	42 채(蔡)나라를 멸망시키다.	2	채(蔡)나라가 오(吳)·월(越) 두 나라 사이에서 멸망하다.(非攻篇中)
9	43	3	
10	44	4	
11	45	5	
12	46	6	
13	47	7	
14	48	8	
15	49	9	공수반(公輸般)이 초(楚)나라로 가서 수전(水戰)에 배에서 쓰는 무기를 만들자 묵자는 의로움이 무엇보다 소중하다는 이론으로 그에게 대항한다.(魯問篇)

기원전 (紀元前)	주(周)	노(魯)	진(晋) · 위(魏) · 한(韓) · 조(趙)	제(齊) · 전제(田齊)	송(宋)
439	2	29	19	17	30
438	3	30	유공(幽公) 원년	18	31
437	4	31	2	19	32
436	5	32	3	20	33
435	6	33	4	21	34
434	7	34	5	22	35
433	8	35	6	23	36
432	9	36	7	24	37
431	10	37	8	25	38
430	11	원공(元公) 원년	9	26	39
429	12	2	10	27	40
428	13	3	11	28	41
427	14	4	12	29	42
426	15	5	13	30	43
425	위열왕(威烈王) 원년	6	14	31	44
424	2	7	15 위문후(魏文侯) 한무자(韓武子) 조환자(趙桓子)	32	45

정(鄭)	초(楚)	월(越)	『묵자』에 보이는 그 시대의 일
			공수반이 운제(雲梯)를 만들자 초나라 임금은 그것으로 송(宋)나라를 공격하려 한다. 묵자는 제(齊)나라로부터 초나라로 달려가 공수반과 초나라 임금을 설복하여 전쟁을 막는다.(公輸篇)
16	50	10	묵자가 초나라로 가서 혜왕(惠王)을 만나려 했는데, 임금은 늙었다는 핑계로 묵자의 청을 사양한다.(貴義篇)
17	51	11	
18	52	12	
19	53	13	
20	54	14	
21	55	15	
22	56	16	
23	57	17	
24	간왕(簡王) 원년 거(莒)나라를 멸망시키다.		거(莒)나라가 제(齊)나라와 월(越)나라 사이에서 멸망하다.(非攻篇中)
25	2	19	
26	3	20	
27	4	21	
28	5	22	
29	6	23	
30	7	24	
31	8	25	

기원전 (紀元前)	주(周)	노(魯)	진(晋)·위(魏)· 한(韓)·조(趙)	제(齊)·전제(田齊)	송(宋)
423	3	8	16 조헌후(趙獻侯)	33	46
422	4	9	17	34	47
421	5	10	18	35	48
420	6	11	19	36	49
419	7	12	열공(烈公) 원년	37	50
418	8	13	2	38	51
417	9	14	3	39	52
416	10	15	4	40	53
415	11	16	5	41	54
414	12	17	6	42	55
413	13	18	7	43	56
412	14	19	8	44 전장자(田莊子) 가 노(魯)나라 를 치고, 갈(葛) 및 안릉(安陵) 을 공격하다.	57
411	15	20	9	45 전화(田和)가 노 나라를 공격하여 도읍을 빼앗다.	58
410	16	21	10	46	59
409	17	목공(穆公) 원년	11	47	60

정(鄭)	초(楚)	월(越)	『묵자』에 보이는 그 시대의 일
유공(幽公) 원년 한무자(韓武子) 가 정(鄭)나라를 쳐서 유공(幽公) 을 죽이다.	9	26	노양(魯陽) 문군(文君)이 정(鄭)나라를 공격하려고 한다. 정나라 사람들은 3세 (世)에 걸쳐 그들의 아비를 죽인 자들이 다. 노양 문군은 자기가 정나라를 치는 것은 하늘의 뜻을 따르는 것이라고 한 다. 그래도 묵자는 그 전쟁을 막는다.(魯 問篇)
수공(繻公) 원년	10	27	
2	11	28	
3	12	29	
4	13	30	
5	14	31	
6	15	32	
7	16	33	
8	17	34	
9	18	35	
10	19	36	
11	20	37	제(齊)나라의 항자우(項子牛)는 노(魯)나 라 땅을 세 번이나 침공한다.(魯問篇)
12	21	예(翳) 원년	
13	22	2	
14	23	3	노(魯)나라 임금이 묵자에게 제(齊)나라 가 자기 나라를 공격할까 두렵다고 말한 다.(魯問篇)

기원전 (紀元前)	주(周)	노(魯)	진(晋)·위(魏)· 한(韓)·조(趙)	제(齊)·전제(田齊)	송(宋)
408	18	2	12 한경후(韓景侯) 조열후(趙烈侯)	48 전화(田和)가 노 나라를 정벌하여 성(郕)을 빼앗다.	61
407	19	3	13	49	62
406	20	4	14 위(魏)가 중산(中 山)을 멸망시키다.	50	63
405	21	5	15	51	64
404	22	6	16	강공(康公) 원년	65
403	23	7	17 위문후(魏文侯) 한경후(韓景侯) 조열후(趙烈侯) 이들이 천자(天子) 의 명을 받아 비로 소 제후가 되다.	2	도공(悼公) 원년
402	24	8	18 위(魏) 23 한(韓) 7 조(趙) 7	3	2
401	안왕(安王) 원년	9	19 위(魏) 24 한(韓) 8 조(趙) 8	4	3
400	2	10	20 위(魏) 25 한(韓) 9 조(趙) 9	5	4
309	3	11	21 위(魏) 26 한열후(韓烈侯) 원년 조무후(趙武侯) 원년	6	5

정(鄭)	초(楚)	월(越)	『묵자』에 보이는 그 시대의 일
15	24	4	
16	성왕(聲王) 원년	5	
17	2	6	
18	3	7	
19	4	8	
20	5 송(宋)나라를 10개월 동안 포위하다.	9	
21	6	10	
22	도왕(悼王) 원년	11	
23	2	12	
24	3	13	

기원전 (紀元前)	주(周)	노(魯)	진(晉)·위(魏)· 한(韓)·조(趙)	제(齊)·전제(田齊)	송(宋)
398	4	12	22 위(魏) 27 한(韓) 2 조(趙) 2	7	6
397	5	13	23 위(魏) 28 한(韓) 3 조(趙) 3	8	7
396	6	14	24 위(魏) 29 한(韓) 4 조(趙) 4	9	8
395	7	15	25 위(魏) 30 한(韓) 5 조(趙) 5	10	휴공(休公) 원년
394	8	16	26 위(魏) 31 한(韓) 6 조(趙) 6	11 전화(田和)가 노 (魯)나라를 정벌 하여 최(最)를 차지한다.	2
393	9	17	27 위(魏) 32 한(韓) 7 조(趙) 7	12	3
392	10	18	효공(孝公) 원년 위(魏) 33 한(韓) 8 조(趙) 8	13	4
391	11	19	2 위(魏) 34 한(韓) 9 조(趙) 9	14	5

정(鄭)	초(楚)	월(越)	『묵자』에 보이는 그 시대의 일
25	4	14	
26	5	15	
27 정나라 사람들이 자기네 수공(繡公)을 죽인다.	6	16	
강공(康公) 원년	7	17	
2	8	18	
3	9	19	
4	10	20	
5	11	21	

기원전 (紀元前)	주(周)	노(魯)	진(晋)·위(魏) 한(韓)·조(趙)	제(齊)·전제(田齊)	송(宋)
390	12	20	3 위(魏) 35 한(韓) 10 조(趙) 10	15	6
389	13	21	4 위(魏) 36 한(韓) 11 조(趙) 11	16	7
388	14	22	5 위(魏) 37 한(韓) 12 조(趙) 12	17	8
387	15	23	6 위(魏) 38 한(韓) 13 조(趙) 13	18	9
386	16	24	7 위무후(魏武侯) 원년 한문후(韓文侯) 원년 조경후(趙敬侯) 원년	19 전제(田齊) 태공화(太公和) 원년 천자(天子)의 명을 받아 전화 (田和)가 제후 가 되다.	10
385	17	25	8 위(魏) 2 한(韓) 2 조(趙) 2	20 전제(田齊) 2 노(魯)나라를 정 벌하여 쳐부수다.	11
384	18	26	9 위(魏) 3 한(韓) 3 조(趙) 3	21 전제(田齊) 원년 환공(桓公)	12
383	19	27	10 위(魏) 4 한(韓) 4 조(趙) 4	22 전제(田齊) 2	13

정(鄭)	초(楚)	월(越)	『묵자』에 보이는 그 시대의 일
6	12	22	
7	13	23	
8	14	24	
9	15	25	
10	16	26	묵자가 제(齊)나라 태왕(太王), 곧 태공(太公) 전화(田和)를 만나다.(魯問篇)
11	17	27	
12	18	28	
13	19	29	

기원전 (紀元前)	주(周)	노(魯)	진(晋) · 위(魏) · 한(韓) · 조(趙)	제(齊) · 전제(田齊)	송(宋)
382	20	28	11 위(魏) 5 한(韓) 5 조(趙) 5	23 전제(田齊) 3	14
381	21	29	12 위(魏) 6 한(韓) 6 조(趙) 6	24 전제(田齊) 4	15
380	22	30	13 위(魏) 7 한(韓) 7 조(趙) 7	25 전제(田齊) 5	16
379	23	31	14 위(魏) 8 한(韓) 8 조(趙) 8	26 제나라 강공(康公)이 죽어, 제나라는 모두 전씨네 나라가 되다.	17
378	24	32	15 위(魏) 9 한(韓) 9 조(趙) 9	전제(田齊) 위왕(威王) 원년	18
377	25	33	정공(靜公) 원년 위(魏) 10 한(韓) 10 조(趙) 10	2	19
376	26	공공(共公) 원년	2 위(魏) 11 한(韓) 11 조(趙) 11	3	20

정(鄭)	초(楚)	월(越)	『묵자』에 보이는 그 시대의 일
14	20	30	
15	21 도왕(悼王)이 죽다, 오기(吳起)가 그통에 귀족들 손에 죽임을 당하다.	31	오기(吳起)가 몸을 수레에 매어 찢기어 죽는 형벌을 받다.(親士篇)
16	숙왕(肅王) 원년	32	
17	2	33	제(齊)나라 강공(康公)이 음악과 춤을 크게 즐기다.(非樂篇上)
18	3	34	이 해 이후의 일은 『묵자』에 보이는 것이 없다. 묵자는 아마도 주(周)나라 안왕(安王) 말년 무렵에 죽은 듯하다.
19	4	35	
20	5	36	

| ㅈ |

墨子 묵자

초판 1쇄 발행 2014년 4월 17일
초판 2쇄 발행 2019년 6월 28일

역　　저 | 김학주
발행자 | 김동구
디자인 | 이명숙 · 양철민
발행처 | 명문당(1923. 10. 1 창립)
주　　소 | 서울시 종로구 윤보선길 61(안국동)
　　　　　우체국 010579-01-000682
전　　화 | 02)733-3039, 734-4798(영), 733-4748(편)
팩　　스 | 02)734-9209
Homepage | www.myungmundang.net
E-mail | mmdbook1@hanmail.net
등　　록 | 1977. 11. 19. 제1~148호

ISBN 979-11-85704-02-9 (03820)
35,000원